ଅନୁପମା

(ଉପନ୍ୟାସ)

ଅନୁପମା

(ଉପନ୍ୟାସ)

ଡ. ଭଗବାନ ବେହେରା

ବ୍ଲାକ୍ ଈଗଲ୍ ବୁକ୍ସ
ଭୁବନେଶ୍ୱର, ଓଡ଼ିଶା

BLACK EAGLE BOOKS
Dublin, USA

ଅନୁପମା / ଡ. ଭଗବାନ ବେହେରା

କଳାକୁଟିର, ଗନ୍ଧାଳି, ଔପଦା, ବାଲେଶ୍ୱର, ଓଡ଼ିଶା
ଭାରତ, ପିନ୍-୭୫୬୦୪୯, ଦୂରଭାଷ: ୯୯୩୮୫୯୭୬୦୦

ବ୍ଲାକ୍ ଈଗଲ୍ ବୁକ୍ସ : ଭୁବନେଶ୍ୱର, ଓଡ଼ିଶା • ଡବ୍ଲିନ୍, ଯୁକ୍ତରାଷ୍ଟ୍ର ଆମେରିକା

BLACK EAGLE BOOKS

USA address:
7464 Wisdom Lane
Dublin, OH 43016

India address:
E/312, Trident Galaxy, Kalinga Nagar,
Bhubaneswar-751003, Odisha, India

E-mail: info@blackeaglebooks.org
Website: www.blackeaglebooks.org

First International Edition Published by
BLACK EAGLE BOOKS, 2025

ANUPAMA
by **Dr. Bhagaban Behera**

Cover & Interior Design: Ezy's Publication

ISBN- 978-1-64560-701-4 (Paperback)

Printed in the United States of America

ଉତ୍ସର୍ଗ

ପ୍ରକାଶ,

ଭୁଲିନାହିଁ ସେଦିନର କଥା....

କଥା ଦେଇଥିଲି ଗୋଟେ କିଛି ଦେବିବୋଲି

କ'ଣ- କ'ଣ କହି ବ୍ୟସ୍ତହେଉଥିଲୁ ତୁ

ଆଜି ଚାରି ଦଶନ୍ଧି ପରେ

ଆମ ସଂପର୍କର ସେହି ଅଭୁଲା ସ୍ମୃତିରେ

ମୋ' **ଅନୁପମା**

ତୋ' ହାତରେ...।

...ଭଗବାନ ବାବୁ

ପ୍ରେରଣା

"ଯୌବନ ଜୟଗାନେ ସ୍ମୃତିର ପ୍ରଦୀପ ଆମ ଜଳେ
ଏ ଦେହରୁ ଦେହାତୀତ ବର୍ଣ୍ଣାୟିତ କାଳର ଅନଳେ ।"

କବି ରମାକାନ୍ତ ବେହେରା

ମୁଖଶାଳା

ଯୁବାବସ୍ଥାରେ ଲେଖକ ଭଗବାନ ବେହେରା

ପୂର୍ବରାଗ

ଅନୁପମା....

ତା' ଗୋଟିଏ ଅଖିରେ ସ୍ୱପ୍ନ ଝରେ
ଆର ଗୋଟିକରେ ଲୁହ
ଓଠରେ ଯାହାର ହସର ଫୁଆରା
ସେ ତ ରସବତୀ ଗୋଟେ ଝିଅ ।
        ରୂପକାହାଣୀର ପରୀଟିଏ ପରା
        ରୂପରେ ସେ ଅନୁପମା
        ସରଗପୁରୀର ଅପସରୀଟିଏ
        ସତେ ସେତ ମନୋରମା !
ସେ-ସ୍ୱପ୍ନ ସାଗରର ମୋତିଟିଏ
ସେ-ମିଠା ପ୍ରଣୟର ସ୍ମୃତିଟିଏ
ବିରହ ବିଧୁରା ପ୍ରୀତି-ଫୁଲ ଝରା
ଚିର କାରୁଣ୍ୟର କୃତିଟିଏ;
ଛଳ ଛଳ ସେତ ସ୍ନେହ-ମମତାର ମୂର୍ତ୍ତିଟିଏ !

ସତରେ–
        ସେ ଅତୁଳନୀୟା
        ସେ ଦିବ୍ୟ ଜୀବନର ଦିଶା
        ଶାଶ୍ୱତ ପ୍ରେମର ପରିଭାଷା
        ଅନୁପମା ...ଅନୁପମା.... ! !

ଉପନ୍ୟାସର ଉପକଥା

ଆଦୌ କିଛି ନ ଭାବି ଡାଏରୀ ପୃଷ୍ଠାରେ କଲମ ଚଳେଇବା ଆରମ୍ଭ କଲି । ସ୍ୱତଃ ଲେଖି ହୋଇଗଲା ପ୍ରଥମ ବାକ୍ୟଟି– 'ସୂର୍ଯ୍ୟ ଉଇଁ ଆସୁଥିଲେ ।' ପଛକୁ ପଛ ଯୋଡ଼ି ହେଇ ଚାଲିଲା କଥାକୁ କଥା । କ୍ରମଶଃ କଥା ଲମ୍ବୁଥିଲା, ଖିଅ ଖୋଲୁଥିଲା ଆପେ ଆପେ । କାହାଣୀର ଗତି କୁଆଡ଼େ, କିପରି ତା' ବ୍ୟାପ୍ତି, କେଉଁଠି ତା'ର ସମାପ୍ତି, ଏ ବିଷୟରେ ଚିନ୍ତା ନଥିଲା ମନରେ । ଲେଖି ଚାଲିଲି, ଯେତେ ଯାହା ଆସିଲା, ଯେମିତି ଆସିଲା । ଅନୁଭବ କରୁଥିଲି- ଯେପରି ମୁଁ ଏକ ଯନ୍ତ୍ର । ମୋ' ଭିତରେ କେହିଜଣେ ମନ୍ତ୍ର ସ୍ୱରୂପ ଏ ସବୁ କ୍ରିୟା କରୁଚି । ସେ ହିଁ ତା'ର ଭାବୁଚି, କହୁଚି, ଲେଖୁଚି- ସବୁକିଛି । କିଏ ସେ ? ଅବଶ୍ୟ ଏକ ଅଲୌକିକ ଅନିର୍ବଚନୀୟ ଅନ୍ତଃ ଚେତନାର ସ୍ଫୁରଣ ଥିଲା ।

ଲେଖୁ ଲେଖୁ ଲେଖିଲି । ଲେଖି ଚାଲିଲି । ପ୍ରଥମ ଲେଖା ଏ । ଆଗରୁ ଉପନ୍ୟାସ କି ଲମ୍ବା କାହାଣୀ ଲେଖିବାର ଅଭିଜ୍ଞତା ନଥିଲା । ପରିଣତ ବୟସରେ ଏ ଏକ ଅବସର ବିଳାସ ଭାବିନେଲି । ଖୁସି ଦେଉଥିଲା ଲେଖାର କ୍ରମ । ରୋମାଞ୍ଚ ଓ କୌତୂହଳ ଭରି ଉଠୁଥିଲା ଅନ୍ତରରେ । ଶୈଶବର ସ୍ମୃତି, ବାଲ୍ୟ ଚପଳ ଅନୁଭୂତି, କୈଶୋରର ସ୍ୱପ୍ନ, ତରୁଣ ମନର ଆଶା, ଯୌବନର ଉଚ୍ଛଳ ଆବେଗ, ପରିଣତ ପ୍ରାଣର ହତାଶା ଓ ହା-ହା-କାର ତାକୁ ବାଟ କଢ଼େଇ ନେଉଥିଲେ । ବ୍ୟକ୍ତି ଓ ସମାଜ ଜୀବନର ଯାବତୀୟ ସମସ୍ୟା-ସଂକଟ, ଚିତ୍ର-ଚରିତ୍ରମାନଙ୍କର କ୍ରିୟା-ପ୍ରତିକ୍ରିୟା, ମନସ୍ତାତ୍ତ୍ୱିକ ରହସ୍ୟ-ରୋମାଞ୍ଚର ଗାଥା କଥାଶୈଳୀରେ ସ୍ୱତଃ ଢଳେଇ ହେଇ ଯାଉଥିଲା ଲେଖାଟିରେ । ଲେଖାଟି କ୍ରମଶଃ ସଂକୁଚିତ ହେଇ ଆସିଲା ଆପେ ଆପେ ଆଉ ସ୍ୱାଭାବିକ ପରିଣତିକୁ ପ୍ରାପ୍ତ ହେଲା । ଜନ୍ମନେଲା ଲେଖକର ଅଳସ ମନର ମାମୁଲି ଖିଆଲ ଭିତରୁ ଦୀର୍ଘ ଉପନ୍ୟାସଟାଏ, ଯାହା ଆଜି ସାମ୍ନାରେ ।

ଉପନ୍ୟାସ ପଢ଼ିବାର ଯୁଗ ଆଉ ନାହିଁ ବୋଧେ । 'ହାଲୋ-ହାଏ'-ଡିଜିଟାଲ

ଯୁଗରେ ସାରାବିଶ୍ୱ ସଂକୁଚିତ ହେଇଯାଇଛି । ଦ୍ରୁତଗତିରେ ଧାଉଁଛି ଜୀବନ, ମନ-ପ୍ରାଣ-ଭାବ-କଳ୍ପନା-ସବୁକିଛି । ଏତେବେଳେ ଧୀରସ୍ଥିର ହେଇ ବସି ଦୀର୍ଘକାହାଣୀ ଅବା ଉପନ୍ୟାସଟିଏ ପଢ଼ିବାକୁ ବେଳ, ଧୈର୍ଯ୍ୟ ବା କାହାର ଅଛି ? ତଥାପି ପରିଣତ ବୟସରେ ଏ ପ୍ରୟାସ କାହିଁକି ?

ଏତିକି କହିବି- ଉପନ୍ୟାସ ଲେଖିବାର ସ୍ୱାଦ ଓ ସୁଖଦ ଅନୁଭୂତି ଏ ଜୀବନରେ ପାଇବାର ଇଚ୍ଛା ମୋ' ଭିତରେ ସଦାବେଳେ ତୀବ୍ର ହେଇ ଉଠୁଥିଲା । ସମୟ, ସୁଯୋଗ ଅପେକ୍ଷାରେ ଥିଲି । ପରିଣତ ବେଳାରେ ସେହି ଇଚ୍ଛା ମୋ' ଭିତରୁ ଉଚ୍ଛ୍ୱାସ ସୃଷ୍ଟିକଲା । ସେହି ଉଚ୍ଛ୍ୱାସକୁ ତୂଳୀରେ ତୋଳି ଧରିବାର ଏ ମୋର ଥିଲା ଆକୁଳ ପ୍ରୟାସ ।

ଉପନ୍ୟାସ ରଚନାରେ ପ୍ରଥମ ସୃଷ୍ଟିହେତୁ ପରିପକ୍ୱ ଅଭିଜ୍ଞତା ଓ ଅନୁଭୂତିର ଛାପ ଏଠି ସ୍ପଷ୍ଟ ବୋଲି କହିବିନି । ନିଶ୍ଚୟ କହିବି ପରିଣତ ପ୍ରାଣରେ ଗୋଟେ ତରୁଣମନର ରୋମାଣ୍ଟିକ୍ ଆବେଗ ସବୁ ଫୁଟି ପଡ଼ିଛନ୍ତି ଯତ୍ର-ତତ୍ର ଅତି ସ୍ୱାଭାବିକ ଭାବରେ । ଯୁଗ ବଦଳି ଯାଇଛି । କିଂତୁ ମାନବ ଭିତରୁ ସେହି ଆଦିମ ଉଦ୍ଦାମ ଯୌନ ଲିପ୍ସା ଆଦୌ ପ୍ରଶମିତ ହୋଇନାହିଁ । ଚିତ୍ର ପରଦାରେ ନଗ୍ନ ତାରକାମାନଙ୍କର ନୀଳଛବି, ମହାନଗରୀର ନାଇଟ୍ କ୍ଲବ, ବାର୍-ହୋଟେଲ, ଯୁଆ ଆଡ଼୍ଡା-ବାଇଜୀ କୋଠିର ରଂଗମହଲରେ ନଗ୍ନ ଉଭଟ ଯୌନ ଅଭିସାର, କ୍ରମବର୍ଦ୍ଧିଷ୍ଣୁ ବଳାତ୍କାର ଓ ନାରୀ ନିର୍ଯ୍ୟାତନାର ନାରକୀୟ ଲୀଳା-ଏହାର ଯଥେଷ୍ଟ ପ୍ରମାଣ ରଖେ । ମୋବାଇଲ ପରଦାରେ ରୂପସୀ ତରୁଣୀଙ୍କର ଉଲଗ୍ନ ରୂପ-ଯୌବନ ସଂଦର୍ଶନରେ ପ୍ରମତ୍ତ ଆଜିର ଯୌନ ସଂକ୍ରମିତ ବିକୃତ ଯୁବମାନସିକତାକୁ କିଛି ମାତ୍ରାରେ ଆଶ୍ୱସ୍ତ ଓ ରୋମାଞ୍ଚିତ କରି ଉପନ୍ୟାସ ଦିଗକୁ ଆକର୍ଷିତ କରି ଆଣିବାର ଅଭିପ୍ରାୟ ନେଇ ଏହି ଉପନ୍ୟାସିଟିକୁ ଟିକେ ରୋମାନ୍ସରେ ଭରିଦେବାକୁ ଇଚ୍ଛା ହେଲା ।

ଖାସ୍ କାଳ୍ପନିକ ପରୀ ରାଇଜର ଗାଲୁଗପ ଅବା କଉ କୁହୁକିନୀ ଅସୁରୁଣୀ କି ମାଲିଆଣୀ ମିଛ କାହାଣୀ ନୁହେଁ ଏ । ସାଂପ୍ରତିକ ସମୟ ଓ ସମାଜର ଚିତ୍ର-ଚରିତ୍ର, ସମସ୍ୟା-ସଂକଟ, ଦ୍ୱନ୍ଦ୍ୱ-ସଂଘର୍ଷ, ପ୍ରୀତି-ପ୍ରତାରଣା, ଆଚାର-ବ୍ୟଭିଚାର, ବିଶ୍ୱାସ ଓ ଆସ୍ଥା ଉପରେ ଆଧାରିତ ଏ ଏକ ସର୍ଜନଶୀଳ ସ୍ରଷ୍ଟା-ମାନସର ଅଭିନବ ପରିକଳ୍ପନା । ସ୍ଥଳ ବିଶେଷରେ କିଛିଟା ଅଲୌକିକ-ଅତିରଂଜିତ ବୋଧ ହେଲେ ବି ଏହା ସଂପୂର୍ଣ୍ଣ ସତ୍ୟ ଓ ତଥ୍ୟ ଭିତ୍ତିକ ଏକ ସାମାଜିକ ଚେତନା-ପ୍ରବାହର ପ୍ରଲମ୍ବିତ ଧାରାଟିଏ । ଶୃଂଗାର ଓ ବାତ୍ସଲ୍ୟ ଏହି ଧାରାର ଦୁଇଗୋଟି ସମାନ୍ତରାଳ ଉପକୂଳ, ଯାହାକୁ ପ୍ଳାବିତ କରି ଅଫୁରନ୍ତ ଭାବ-ପ୍ଳାବନର ଛଳଛଳିଲା ଉଚ୍ଛୁଳା ସ୍ରୋତସ୍ୱିନୀଟିଏ ଏଠି ଦ୍ରୁତ ଗତିଶୀଳା !

ଉପନ୍ୟାସଟି ସଂପର୍କରେ କୌଣସି ଜଣେ ପ୍ରତିଷ୍ଠିତ କଥାକାରଙ୍କ ସମୀକ୍ଷାତ୍ମକ ଆଲେଖ୍ୟ ବା ଅଭିମତଟିଏ ସଂଗ୍ରହପାଇଁ ସମୟ-ସୁଯୋଗ ପାଇଲିନି । ଏଣୁ ନିଜେ ନିଜ ସୃଷ୍ଟିଟିର କେତୋଟି ନିର୍ଦ୍ଦିଷ୍ଟ ବିଚାର ବିନ୍ଦୁ ଉପରେ ସୂକ୍ଷ୍ମ ଆଲୋକପାତ କରିବାକୁ ଉଚିତ ମଣୁଛି ।

- ରଚନାର ଚାତୁର୍ଯ୍ୟ ଅବା ବ୍ୟଂଜନାର ଗାମ୍ଭୀର୍ଯ୍ୟ ଭିତରୁ ନୁହେଁ, ସ୍ମୃତି ରୋମନ୍ଥନ ଓ ମନମନ୍ଥନରୁ ଏ ଉପନ୍ୟାସ କାହାଣୀର ସୂତ୍ରପାତ ।
- କଉ କଳାତ୍ମକ ଛାଞ୍ଚ ଦେହରେ ଢଳେଇ ଦେଇ ନାହିଁ ଏହି ଲେଖାଟିକୁ ଜାଣି ଜାଣି । ଏ ମୋ' ଭିତରୁ ଏକ ସ୍ୱତଃସ୍ଫୂର୍ତ୍ତ ଭାବୋଚ୍ଛ୍ୱାସର ଧାରାଟିଏ ।
- ରହସ୍ୟ-ରୋମାଞ୍ଚ, ପ୍ରେମ-ପ୍ରତାରଣା, ମିଳନ-ବିରହ, ଶୃଂଗାର ଓ ବାତ୍ସଲ୍ୟର ଅପୂର୍ବ ଯୁଗଳବନ୍ଦୀ ଏ ଉପନ୍ୟାସ ନାଟକୀୟ ସଂଳାପ ସଂଯୋଜିତ ଏକ ଆକର୍ଷଣୀୟ କଥା-କାହାଣୀର ଲମ୍ବାଯାତ୍ରା ।
- ପରିଣତ ବୟସର ସୃଷ୍ଟିଟିଏ ହେଲେବି, ଏଥିରେ ପରିପକ୍ୱତାର ପୁଟ ଓ ପାଣ୍ଡିତ୍ୟ ଫୁଟେଇବାକୁ ପ୍ରୟାସ କରାଯାଇନାହିଁ । ଏଇଟିକୁ ମୁଁ ମୋ' କଅଁଳ କୈଶୋର, ତରଳ ତାରୁଣ୍ୟ ଓ ଉଚ୍ଛଳ ଯୌବନର ମଧୁ-ମାଦକ ବୋଳା ସ୍ମୃତି ଓ ଅନୁଭୂତିସ୍ନିଗ୍ଧ ସ୍ରଷ୍ଟାପ୍ରାଣର ଅଫୁରନ୍ତ ପରିପ୍ରକାଶ ବୋଲି କହିବି ।
- କଥାକାର ସୁରେନ୍ଦ୍ର ମହାନ୍ତିଙ୍କ ପରି ମୁଁ ଏଠି ଅଙ୍କ କଷି ଶବ୍ଦରେ ଶାଣ ବସେଇବାକୁ ସମୟ ପାଇନି; ମନୋଜ ଦାସଙ୍କ ପରି ମାର୍ଜିତ ଶବ୍ଦ ଗୁଂଫନ ଓ ଗୁଂଥନରେ କୁଟିକମ ତାରକସି ଫୁଟେଇବାକୁ ପ୍ରଯତ୍ନ କରିନି, ପ୍ରତିଭା ରାୟଙ୍କ ଭଳି ଛଳଛଳ ଭାବ ଓ ଢଳଢଳ ଭାଷାର ଲାଳିତ୍ୟ ଭିତରେ ଚମତ୍କାରିତାର ଚାତୁରୀ ମେଲିବାକୁ ଅବା ରମାକାଂତ ବେହେରାଙ୍କ ପରି କଳ୍ପନାର ଇନ୍ଦ୍ରଜାଲ, ଭାଷାର ମଂଜୁଳ ବିନ୍ୟାସ ଓ କାରୁକାର୍ଯ୍ୟ ଭିତରେ ଭାବପ୍ଲାବନର ଅଫୁରନ୍ତ ଉଚ୍ଛ୍ୱାସ ତୋଳିବାର ପରିକଳ୍ପନା ବି କରିନି, ଏହା ମୋର ନିଜସ୍ୱ ସ୍ୱତଃ ପ୍ରାଣସ୍ଫୁର୍ତ୍ତିରୁ ଉତ୍ସାରିତ ସ୍ୱାଭାବିକ ଏକ ନୈସର୍ଗିକ ଶିଳ୍ପକଳା । ଅବଶ୍ୟ ପ୍ରଣମ୍ୟ ପୂର୍ବସୂରୀମାନଙ୍କର ପରୋକ୍ଷ ପ୍ରେରଣା ଓ ପ୍ରଭାବକୁ ଆଦୌ ଅସ୍ୱୀକାର କରୁନି ।
- ପ୍ରଥମ ସୃଷ୍ଟି ପ୍ରଥମ ସନ୍ତାନ ପରି ଭାରି ଅଲିଅଳ । କେତେ ଯତ୍ନରେ ତା'ର ଲାଳନ । କେତେ ଭାବ ପ୍ରବଣତା ଜଡ଼ିତ, କେତେ ସ୍ୱପ୍ନ-ସଂଭାବନାମୟ ଏ ସୃଷ୍ଟିର ଉନ୍ମେଷ ଓ ବିକାଶ । ସେହି ଭାବ-ଆବେଗ, ପ୍ରାଣତା-ପ୍ରବଣତା ଭରା କଞ୍ଚାହାତର କଅଁଳ ସୃଷ୍ଟିଟିଏ ଏ ।
- କେତେବେଳେ ସାଗର ଗର୍ଭରେ ଏହାର ଅଭିଯାତ୍ରା ତ କେତେବେଳେ ସାଗରର

କେଉଁ ଅଜଣାଦ୍ୱୀପରେ ଏହାର ଅଧିବାସ; ପୁଣି ସମାଜର ସଂଘର୍ଷ ଭୂମିରେ ରଣହୁଂକାର ତ ପୁଣି ପ୍ରଣୟର ତୂଳିତଳ୍ପରେ ଏହାର ରୂପ-ରାସ, ସ୍ୱପ୍ନାଭିସାର ।

• ବିରହ-ମିଳନ, ମିଳନ-ବିରହ ଫେର୍ ବିରହାତ୍ମକ ମିଳନର ଅଲୌକିକ ଉପସଂହାର ଏ ଉପନ୍ୟାସର କଥାକ୍ରମକୁ ଦେଇଛି ରୋମାଞ୍ଚକର ଶେଷସ୍ପର୍ଶ ।

• ଉପନ୍ୟାସ କାହାଣୀର ମୁଖ୍ୟନାୟିକା ଅନୁପମା, ନାୟକ ଅନୁପମ; ଉଭୟଙ୍କ ମଧ୍ୟରେ ଶାଶ୍ୱତ ପ୍ରେମ-ପ୍ରଣୟର ପରିଭାଷା ବହନ କରୁଥିବା ଶୀର୍ଷକ 'ଅନୁପମା' ସତରେ ମୋ' ସ୍ରଷ୍ଟାଜୀବନର ଏକ ଅନୁପମ ସୃଷ୍ଟି !

• ଏ ଯାବତ୍ ଅଠର ଖଣ୍ଡ ନାଟକ, ସତେଇଶ ଗୋଟି କାବ୍ୟ-କବିତା ସଂକଳନ, ଗବେଷଣାତ୍ମକ ସନ୍ଦର୍ଭ ଗ୍ରନ୍ଥ, କିଛି ପ୍ରବନ୍ଧ, ଗଳ୍ପ, ଏକାଂକିକା, ଗୀତିନାଟ୍ୟ, ଅଲୋଚନା ଓ ଅନୂଦିତ ରଚନା ଇତ୍ୟାଦି ବିପୁଳ ସର୍ଜନା ଭିତରେ ପରିଣତ ବେଳାର ଏହି ସୁକୁମାର ସୃଷ୍ଟିଟି ମୋତେ ସତରେ ଆଣିଦେଇଛି ପ୍ରଚୁର ଆତ୍ମସନ୍ତୋଷ ଓ ପରିତୃପ୍ତି ।

• ଗୋସ୍ୱାମୀ ତୁଳସୀ ଦାସ 'ସ୍ୱାନ୍ତଃ ସୁଖାୟ ତୁଳସୀ ରଘୁନାଥଗାଥା' କହି ସ୍ୱ ଅନ୍ତଃ କରଣର ସୁଖପାଇଁ ଏତେବଡ଼ ମହାନ କାବ୍ୟ 'ରାମଚରିତ ମାନସ' ରଚନା କରିଥିଲେ ବୋଲି ଉଦ୍‌ଘୋଷଣା କରିଯାଇଛନ୍ତି କାବ୍ୟର ମଂଗଳାଚରଣରେ । ଏହି ଦୃଷ୍ଟିକୋଣରୁ ମୋର ଏ ସୃଷ୍ଟିଟି ଆଦୌ ଜଣେ ପ୍ରବୁଦ୍ଧ କଥାକାର ହେବାର ଆସ୍ପର୍ଦ୍ଧା ରଖି ନୁହେଁ; ବରଂଚ ସ୍ରଷ୍ଟାପ୍ରାଣର ଖୁସି ବ୍ୟତିରେକେ ଅବସୋସ ଓ ଶୂନ୍ୟତାକୁ ଭରିବା ନିମିତ୍ତ ଏକ ପୂର୍ଣ୍ଣ ଓ ପୁଣ୍ୟ ପ୍ରୟାସ ମାତ୍ର ।

• ନିଷ୍କର୍ଷ ବିନ୍ଦୁରେ ଏତିକି କହିବି-କଳ୍ପନା, ଆଲୌକିକତା, ଆଧ୍ୟାତ୍ମିକତା ସହିତ ବାସ୍ତବତାର ମଧୁର ସମନ୍ୱୟରେ ଉପନ୍ୟାସଟିର କଥା-କଳ୍ପ କିଛି କମ୍ ଉତ୍କଣ୍ଠା ପୂର୍ଣ୍ଣ ନୁହେଁ । ବର୍ଣ୍ଣନା, କଥୋପକଥନ, ସ୍ୱଗତ ଉକ୍ତି-ପ୍ରତ୍ୟୁକ୍ତି ଓ ମନସ୍ତାତ୍ତ୍ୱିକ ଆତ୍ମମନ୍ଥନ ରଚନା ଶୈଳୀକୁ ବେଶ୍ ନାଟକୀୟ ବ୍ୟଂଜନାଧର୍ମୀ କରି ତୋଳିଛି । ଶୃଂଗାର ସହିତ ବାତ୍ସଲ୍ୟର ଦୁଇ ସମାନ୍ତରାଳ ରସଧାରା ପ୍ରବାହିତ ହୋଇଛି ପ୍ରାରମ୍ଭରୁ ଅନ୍ତଯାଏ; ଯାହା ଉପନ୍ୟାସକୁ କରିଛି ରସୋତ୍ତୀର୍ଣ୍ଣ ଓ ଭାବୋଚ୍ଛଳ ।

ଅତଏବ ନବ ସୃଜନର ଏହି କମନୀୟ କଳାକୃତିଟି ପ୍ରତି ଓଡ଼ିଆ ପାଠକ-ପାଠିକାଙ୍କ ସାଦର ଦୃଷ୍ଟି ଆକର୍ଷଣ କରିବା ନିମିତ୍ତ ଅନୁପମାର ଆକୁଳ ନିବେଦନ । ମାତ୍ର ଥରଟିଏ ତା' ଆଡ଼କୁ ଆଖି ଫେରାନ୍ତୁ, ଦେଖିବେ ଅନୁପମା ଆପଣଙ୍କ ପିଲାମନ, ଯୁବପ୍ରାଣ ଓ ପରିଣତ ଜୀବନକୁ ପ୍ରଚୁର ଆତ୍ମସନ୍ତୋଷରେ ଭରିଦେବ ଏ ବିଶ୍ୱାସ ଓ ଭରସା ମୁଁ ଦେଉଛି ।

ତେବେ ଆସନ୍ତୁନା, ଅନୁପମାର ଏହି ରହସ୍ୟ- ରୋମାଞ୍ଚଭରା କଥା-କାହାଣୀ

ଉପରେ ଥରେ ଆଖି ବୁଲେଇ ଆଣିବା । ବୁଲିଯିବା ସାଗରଦ୍ୱୀପର ସେହି ଲବଙ୍ଗ ବଗିଚା, ଅଳେଇଚ କୁଂଜ, ପରୀମହଲ, ରହସ୍ୟମୟ ରାଣୀହଂସପୁର । ସାଗରର ନୀଳ ଲହରୀରେ ଦୋଳିଖେଳିବା ରାଜହଂସୀର ପିଠିରେ ଝୁଲିଝୁଲି, ଝୁମିଝୁମି । ଚନ୍ଦ୍ରଭାଗାର ଚନ୍ଦ୍ରଉଦିଆ ରାତି ହାତଠାରି ଡାକୁଛି, ଡାକୁଛି ଚିତ୍ରକୋଣ୍ଡାର ଅରଣ୍ୟ ପ୍ରଦେଶରୁ ମରୁଆ ଫୁଲର ମହମହ ମହକ...। ନୀଳଜହ୍ନର ଅଭିସାର ଭିତରେ ଭିଜିଭିଜି ହଜିହଜି ଖୋଜିବା ନୀଳରହସ୍ୟକୁ ....। ମହୋଦଧିର ମହାସମାଧିରେ ଆହରଣ କରିବା ସେହି ଦିବ୍ୟ ଅଲୌକିକ ଆନନ୍ଦର ଚିନ୍ମୟ ସାନ୍ନିଧ...।

ସେହି ସବୁଜବନାନୀ, ଧୂସର ଉପତ୍ୟକା, ଯେଉଁଠି ଖାଲି ପ୍ରୀତିର ବନ୍ୟା ବହୁନି; ଝରଝର ଝରି ଯାଉଛି ବାତ୍ସଲ୍ୟର ମଧୁଝରଣା । ପ୍ରଜାପତିର ରଂଗୀନ ଡେଣାରେ ଡେଣାରେ କଉ ରୂପବତୀ ଖାସ୍ ରୂପ ସାଜୁନି, କୋକିଳର କଅଁଳ କୁହୁରେ ବାଜି ଉଠୁନି ମିଳନର ମୋହନ ମୁରଲୀ...

...ଏଠି ଶୃଂଗାର ବି ପାଲଟି ଯାଉଛି ଅଂଗାର: ପ୍ରତାରଣାର ଆବରଣ ତଳେ ପ୍ରୀତି ପ୍ରତିଶ୍ରୁତିଟିଏ !

ଭଗବାନ ବେହେରା

କଳାକୁଟିର
ଗନ୍ଧାଳି, ଖଇରା, ବାଲେଶ୍ୱର
ଓଡ଼ିଶା- ୭୫୬୦୪୯
ତା୧୧.୧୨.୨୦୨୪

॥ ୧ ॥

ସୂର୍ଯ୍ୟ ଉଇଁ ଆସୁଥିଲେ ।

ବାଳସୂର୍ଯ୍ୟର କନକ କିରଣରେ ଆରକ୍ତ ହେଇ ଉଠୁଥିଲା ପୂର୍ବାଶା । ପ୍ରାଚୀର ବୁକୁଚିରି ତମିସ୍ରା ଯେପରି ରକ୍ତର ଛିଟାଟିଏ ଆଂକି ଦେଇ ଯାଇଛି !

ଏବେ ବି ଅପସରି ନାହିଁ ମ୍ଳାନ ଅନ୍ଧାରର କାଳିମା । ଝାପ୍‌ସା ଦିଶି ଯାଉଛି ଦିଗ୍‌ବଳୟର ସେପାରି । ହାଲ୍‌କା ପବନରେ କାହାର ମୃଦୁ ଆଶ୍ଳେଷ ଭାସି ଆସି ଯେମିତି ମତୁଆଲା କରିଦେଲା ତା'ର ସାରା ଦେହ ଆଉ ମନଟାକୁ ! ଅସ୍ଥିର ହେଇ ଉଠିଲା ସେ । ସେ ଅନୁପମ ।

'ଅନୁପମ !' କିଏ କାହିଁକି ଯେ ତା'ର ଏହି ନାମକରଣଟି କରିଥିଲା ଜାଣେନି । ସେତେ ତ ସୁନ୍ଦର ନୁହେଁ ସେ; ନା ସୁନ୍ଦର ? ସଭିଏଁ କହନ୍ତି ରୁକ୍ଷ ମଣିଷଟା । କାହିଁ ନିଜେ ତ କେବେ ଏମିତି ଅନୁଭବ କରିନାହିଁ ? ସେ ତ ଭାରି ନିରୀହ-କୋମଳ - ସରଳ ମଣିଷଟିଏ ! ବଡ଼ ବିଚିତ୍ର ଏ ଦୁନିଆ । ଏଠି କେହି ବାହାରକୁ ଦେଖି ଭିତରକୁ ଜମା ଦେଖନ୍ତି ନାହିଁ । ରୂପ କ'ଣ ସବୁ କିଛି ?

'ଅନୁପମ !' ଏଇଠି, ଏଇ ସାଗର ବେଳାରେ କୁନିକୁନି ଶାମୁକା ଖୁଣ୍ଟୁଥିଲା ଝିଅଟି ସାଥିରେ । ଆଜକୁ କୋଡ଼ିଏ ବର୍ଷ ଅତୀତର ସେ ଘଟଣା । କାଲି ପରି ଲାଗୁଛି । ଏଇ ବାଲିକୁଦଟି ଉପରେ କେତେ ଖେଳିଚନ୍ତି ବାଲିଘର କରି । ଢେଉ ଆସୁଥିଲା ଥେଇ ଥେଇ ହେଇ । ଏମାନେ ଉଠି ଆସୁଥିଲେ ଉପର ଆଡ଼ିକୁ । ଢେଉ ବି ତାଙ୍କୁ ତିନ୍ତେଇ ଦେଉଥିଲା ବେଳେବେଳେ ।

ଦୁଷ୍ଟଟାଏ ସେ । କିଛି ବୁଝେନି ମନ । ଶୁଣେନି ଜମା କଥା । ଅମାନିଆଁ ଢେଉଟା ପ୍ରାୟ ସବୁଥର ଧୋଇ ନିଏ ସେ ବାଲିଘର । ଲିଭେଇ ଦିଏ ଚିହ୍ନ ଚାରିଗୋଟି କଅଁଳ ହାତର; କେତେ ସରାଗ, କେତେ ଯତ୍ନରେ ଗଢ଼ା ଯାଇଥିବା ଦୁଇଟି ବାଲ୍ୟ-ଚପଳ ପ୍ରାଣର ସେ ସ୍ୱପ୍ନ-ସନ୍ତକ ! ସବୁକିଛି ଆଜି ସ୍ମୃତି ହେଇ ରହିଚି । ଖାଲି ସ୍ମୃତି...

- "ହାଏ ଅନୁପମ !"

କାହାର ମଧୁର ସମ୍ବୋଧନରେ ଚମକି ଉଠିଲା ସେ ।

"କିଏ, କାହିଁ -କେଉଁଠି, କେହିତ ନାହାନ୍ତି ?"

ନା, ଏ ତା' ମନର ଭ୍ରମ ଥିଲା । କିଏ ବା କାହିଁକି ଡାକିବ ତାକୁ ଅତୀତର ସେ କଅଁଳ ଡାକ ? ସେ ତ କେବେଠୁ ସାଗର ଢେଉରେ ମିଳେଇ ଯାଇଛି ଗୋଟେ ଦୁଃସ୍ୱପ୍ନ ପରି । ହାଏ ! ଦୀର୍ଘଶ୍ୱାସ ଭିତରେ ଭରିଗଲା ଅନ୍ତରରେ କୋହ ଆଉ ଆଖିରୁ ଝରି ପଡ଼ିଲା ଅଲକ୍ଷ୍ୟରେ ଦୁଇବୁନ୍ଦା ଅଶ୍ରୁ ।

ଭାବୁଛି ଅନୁପମ । କେତେବେଳୁ ଏଇଠି ବସି ଏମିତି । ଝାଉଁବନର ଗୀତ ତା' ଭିତରେ ଆଜି ଆଉ ଶିହରଣ ଆଣୁନି । ସାଗରର ଭିଜାବାଲି ତାକୁ ଆଉ ହାତଠାରି ଡାକୁନି । ଦୂର ବଇଁଶୀର ସୁର ତାର ମନଟାକୁ ଉଚ୍ଚାଟ କରୁନି ଜମା କଉ ରାଧା ଲାଗି । ରାଧା କି ଆଉ ଅଛି ? ସେ ତ ନୀଳ ଲହରୀରେ ହଜି ଯାଇଛି ନୀଳପରୀ ହେଇ । ତା' ଭିତରେ ଆଉ ବାହାରେ ଆଜି ଖାଲି ଶୂନ୍ୟତା ଆଉ ଶୂନ୍ୟତା । ହତାଶା ଆଉ ହତାଶାର ହା-ହା-କାର ।

– 'ହାଃ-ହାଃ-ହାଃ.... !' ହସି ଉଠିଲା ଅବିନାଶ ।

ପ୍ରକୃତିସ୍ଥ ହେଲା ଅନୁପମ ।

– "ଆରେ, ଅବିନାଶ ଯେ ! କ'ଣ ତୋର ମର୍ଣ୍ଣିଂ ୱାକ୍ ସରିଗଲା ?"

– "ଆଗ ତୁ କହ, ମର୍ଣ୍ଣିଂ ୱାକ୍‌ରେ ଆସି ନିତି ନିତି ଠିକ୍ ଏଇଠି ତୁ ଏମିତି ବସିରହୁ; କ'ଣ ଏତେ ଭାବି ଚାଲୁ...କାହା କଥା... କିଏ ସେ ?"

– "ନାଇଁ ଅବିନାଶ, ସେମିତି କିଛି ନୁହେଁ ।"

– "କିଛି ତ ନିଶ୍ଚୟ ! କହିବୁନି ତୋ' ଅନ୍ତରର ରହସ୍ୟ ? ତୋ' ଛପିଲା ବୁକୁର ବେଦନା ? ତୁ କିପାଇଁ ଏତେ ବିଷଣ୍ଣ ? ଦେଖି ପାରୁନୁ... ସକାଳର ରଂଗୀନ୍ ଏନାମେଲ୍ କିପରି ସାଗରର ନୀଳ ଲହରିମାଳାରେ ଚିକ୍‌ଚିକ୍ କରୁଛି ! ପକ୍ଷୀମାନଙ୍କର କଳ-କାକଳିରେ ସଂଗୀତ ମୁଖର ହେଇ ଉଠୁଚି ଏଇ ବିଜନ ବେଳା ! ତୋ' ଭିତରେ ଏତେ ନିରବତା -ନିଃସଙ୍ଗତା, କହ କ'ଣ ହେଇଚି ତୋର ?"

କି ଜବାବ ଦବ ଅନୁପମ ? ଉତ୍ତର ଯୌବନରେ ଆସି ପାଦ ଦେବାକୁ ଯାଉଛି ସେ । କଅଁଳ କୈଶୋର, ତରଳ ତାରୁଣ୍ୟ, ଉଚ୍ଛଳ ଯୌବନର ମଧୁ ମାଦକ ବୋଳା ଅନୁଭୂତି ଯେ କାହିଁକି ଆଜି ତା' ତନୁ-ମନକୁ ବିଭୋର କରୁନି; ଚପଳ ଶୈଶବର ସେହି ବାଲ୍ୟ ମଧୁର ସ୍ମୃତି କାହିଁକି ଯେ ଆଜି ତା' ବିଧୂର ପ୍ରାଣକୁ ଅଧୀର କରୁଚି, ସେ କଥା କି କେବେ କାହାକୁ କହି ପାରିବ ସେ ? ତାହା ଯେ ତା'ର ଏକାନ୍ତ ଅନ୍ତରଙ୍ଗ-ଗୋପନୀୟ, ଯୋଉ ସ୍ମୃତିକୁ ଛାତିରେ ସାଇତି ରଖି ସେ ମରୁଛି ବଂଚି ବଂଚି, ଝୁରୁଛି-ଝରୁଛି ଝରାଫୁଲ ହେଇ !

– "ଅନୁପମ !" -ଅନୁପମ କାନ୍ଧରେ ହାତ ରଖିଲା ଅବିନାଶ ।

– "କହିଲିନା ସେ କିଛି ନୁହେଁ !" କଂଠରେ ଥିଲା କାରୁଣ୍ୟର କ୍ରୁରତା ।

– "କିଛି ଶୁଣିବିନି । ଦେଖ୍, ତୋତେ ଆଜି କହିବାକୁ ହେବ ।"

– "କ'ଣ ?"

– "ସେହି କଥା, ଯଉ କଥା ତୁ ସଦାବେଳେ ଏ ଦୁନିଆଠୁ ଲୁଚେଇ ରଖିଚୁ । ଯଉ କଥା ଶୁଣିବା ଲାଗି ଆଜି ମୋ' ପ୍ରାଣ ଏତେ ଅଧୀର-ଉଦ୍‌ବିଗ୍ନ ।"

– "ଅବିନାଶ !" -କୋହର ଉଚ୍ଛ୍ୱାସଟିଏ ଉଠି ମିଳେଇଗଲା ଶୂନ୍ୟତାରେ ।

– "ଆରେ କହନା, ତୋ' ମନ-ଗହନର ସେହି ଗୋପନ କଥା । ତୋ' ମରମ ବ୍ୟଥା ।" ସ୍ୱରରେ ଥିଲା ବାଧ୍ୟବାଧକତା ।

– "ନାଇଁ, ତୁ ମୋତେ ବାଧ୍ୟ କରନା ଅବିନାଶ ।"

ଉଠିଲା ଅନୁପମ । କେମିତି ଗୋଟେ ବିମର୍ଷ ଭାବ ନେଇ । ଦୀର୍ଘଶ୍ୱାସଟିଏ ଛାଡ଼ିଲା ଆଉ ଚାଲିଲା ଆଗକୁ ଆଗକୁ ସେହି ଝାଉଁବଣ ଆଡ଼େ ।

– "ଅନୁପମ..... !"

ଚାହିଁ ରହିଥିଲା ଅବିନାଶ !

ଭାସିଆସୁଥିଲା କେଉଁ ଦୂର ଦିଗନ୍ତରୁ ବିରହିଣୀ କୋଇଲିର କରୁଣ କୁହୁ !

॥ ୨ ॥

ଚଉରା ମୂଳରେ ସଂଜବତୀଟିଏ ଜାଳିଦେଇ ଚୂଲିରେ ଜାଳ ଧରଉଥିଲା ଗୌରୀ । ଆଜିକାଲିର ଗ୍ୟାସଚୂଲା ରନ୍ଧାକୁ ତାର ଜମା ପସନ୍ଦ ନୁହେଁ । ମାଟିହାଣ୍ଡି ଭାତ, ଶାଗ, କାଂଜି କେତେ ସୁଆଦ । ଫେର୍ ଢିଙ୍କିକୁଟା ଚାଉଳର ଭାତ ନହେଲେ ବାଆ ତାର ପାଟିରେ ଦେବନି । କହିବ, "ତମେଗୁଡ଼ା ପାଠପଢ଼ି ସବୁ ଦିନକୁ ଦିନ ମୁରୁଖ ହେଇଯାଉଚ ।" ସାହୁଘର ଜେଜିମା' କହୁଥିଲା- "ଆଲୋ ହୁଣ୍ଡି, ଢିଙ୍କିରେ ଧାନ କୁଟିଲେ, ଚକିରେ ବିରି ପେଷିଲେ ସିନା ଦିହ ଶକ୍ତ ହେବ । ଷଠିଘର କଷ୍ଟ ଭୋଗିବାକୁ ପଡ଼ିବନି । କଅଁଳା ଛୁଆକୁ କ୍ଷୀର ଟୋପେ ନିଅଁଟ ହେବନି।"

ଗୌରୀର ସବୁକଥା ମନେ ଅଛି । ସେଥିଲାଗି ସେ ଆରମା ଘର ଢିଙ୍କିରୁ ଧାନ କୁଟେ । ଚକି ପେଷେ । ଘରର ସବୁ ପାଇଟି ନିଜ ହାତରେ ଉଠାଏ । ବାଆ ତାର ଭାରି ଖୁସିହୁଏ । ତା' ଛଡ଼ା ବୁଢ଼ାଟାର ବା ଆଉ କିଏ ଅଛି ? ସେଇ ତା'ର ଦୁଃଖୀର ମାଣିକ; ଅନ୍ଧର ଲଉଡ଼ି !

ଗୌରୀ, ସତର ପୂରି ଅଠର ପଶିଚି ଏଇ ଫଗୁଣକୁ । ବଳିଲା ବଳିଲା ହାତ-ଗୋଡ଼, ହଳଦୀ ଗଣ୍ଠି ଦିହ, ଜହ୍ନିଫୁଲ ପରିକା ମୁହଁ, ସତେ ସୁନାନାକୀ ସଖୀକଣ୍ଢେଇଟିଏ ! ବାଆ ବଢ଼େଇକରି କହେ - "ମୋ' ଝିଅକୁ କିଏ ବାଛିଦେବ ?"

- 'କିଏ ଏ ଗୌରୀ ?'

ଯାହାକୁ ବାଆ ବୋଲି ଡାକୁଚି, ସତରେ ସେ କ'ଣ ତାର ବାବା; ଆଉ ଇଏ ତା'ର ଝିଅ ? ତେବେ ତାର ମା' କିଏ ? କାହିଁ -କେବେ ଦେଖିନି ତାକୁ ? ଯେତେ ପଚାରିଲେ ବାଆ ମୁହଁ ବୁଲାଇ ନିଏ । ଛଳଛଳ ଆଖିରୁ ଲୁହ ପୋଛି କହେ- 'ସେ କଥା ତୁ ମୋତେ ପଚାରନା ମାଆ । ମୁଁ କିଛି କହିପାରିବିନି ।' ମୁହଁଟି ଶୁଖେଇ ଦିଏ ଗୌରୀ । କଉଠୁ ଜାଣିବ ତା' ଜନ୍ମର ରହସ୍ୟ; କିଏ କହିବ ତାକୁ ?

- 'ଗୌରୀ, ଗୌରୀ !'

- ହେଇ ବାଆ ଆସିଲାଣି । ଏଇନେ ଗୋଡ଼ହାତ ଧୋଇ ଆସି ବସିଯିବ । କହିବ 'ଆଣେ, କ'ଣ ଦିଟା ପାଟିରେ ଦେଇ ମୁଁ ଦଣ୍ଡେ ଠା ମାରିବି ।' ବାଆକୁ ମୋର

ଭାରି ଭୋକ । ସାରାଦିନ କଣ ଦିଟା ପାଟିରେ ଦିଏକି ନାହିଁ, ମୁଣ୍ଡ ଝାଳ ତୁଣ୍ଡରେ ମାରି ଖଟୁଥାଏ ଯେ ଖଟୁଥାଏ । ସାହୁଘରର ପାଟ ମୂଲିଆ ସେ ।

କଂସା ଥାଳିଟିରେ ସଜଗଲା ଭାତ ସାଂଗକୁ କାଂଜି ତୋରାଣି ତାଟିଏ ବସେଇ ଦେଇ କହିଲା- 'ବାଆ, ତୁ ଖାଉ ଥା; ମୁଁ ଆସୁଚି ।'

– 'କିଲୋ ମାଆ, କଂଚାଲଂକା ଦିଟା ହେଲେ ଦେଇ ଯା ।'

– 'ନାଇଁ ଲୋ, ସଂଜବେଳେ ଛତୁ କଢ଼ି ଦିଟା ନଡ଼ାଗଦା ତଳୁ ତୋଳି ଆଣିଥିଲି ଯେ ବେସର ଦେଇ ଚୂଲିରେ ପକେଇଚି । ଆଣି ଦଉଚି ରହ ।' କଞ୍ଚାଲଙ୍କା ଦିଟା ବାଆ ଥାଳିକୁ ଫିଙ୍ଗିଦେଇ ତରତର ହେଇ ଚାଲିଗଲା ଗୌରୀ ।

ଛତୁ ପତୁଆକୁ ଆଉ କି ବେଳ ଅଣ୍ଟୁଛି ? ଢକଢକ କରି ଦି ଢୋକ ମାରିଦେଲା କାଂଜିପାଣିରୁ ବୁଢ଼ାଟା । ଆଉ ମସ୍ତବଡ଼ ଗୁଣ୍ଡାଟାଏ ବଳି ତତଲା ଭାତଗୁଡ଼ାକ ପୂରେଇ ଦେଲା ଆଁ ଭିତରେ । ଲୁଣ ଦିହରେ ଦଳି ମକଚି ଦେଇ ଖାଡ଼ିଆ କଞ୍ଚାଲଂକାଟାଏ କାମୁଡ଼ି ଚୋବେଇ ପକେଇଲା ଆଉ ହାଁପୁଡ଼ି ଦେଲା କାଂଜିରୁ ଷଡ଼କେ ।

– 'ରହ-ରହ-ରହ !'

ଛତୁ ପତୁଆଟା ଆଣି ବାଆ ଆଗରେ ଖୋଲି ବସିଲା ଗୌରୀ । ତହିଁକି ନିଘା ନାହିଁ ଜମା । ସେ ଖାଲି ଖାଇଚାଲିଛି । ବାଆ ତାର ।

– 'ଏଇ ନେ, ଦେଖିଲୁ କେମିତିକା ଲାଗୁଛି ?'

ପତରରେ ପତୁଆ ଟିପେ ଥୋଇ ଦେଇ ଉଠିଗଲା ଗୌରୀ । ବାଆକୁ ଆଉ କଂସେ ଭାତ ଦରକାର । ବାପର ପେଟକଥା ବୁଝେ ଝିଅଟି । କେମିତି ବା ବୁଝିବନି ? ସେ ତ ତାର ଝିଅ-ମା' ସବୁକିଛି । ବାଆଟି ତାର ଏକା ଭରସା । ତା' ବିନା ତା' ଜୀବନ ଯେ ଅନ୍ଧାର !

॥ ୩ ॥

କାହାର ପାଦଶବ୍ଦରେ ଚମକି ଉଠିଲା ସାଗରିକା ।

କିଏ ଏ ଆଗନ୍ତୁକ ? ପୁଣି ଏ ଅସମୟରେ ? ଅସମୟ କାହିଁକି ? ଏଠିତ ସହରର ବିଜୁଳି ଆଲୁଅ ରାତିଟାକୁ ଯେମିତି ଉଭାନ କରି ଦେଇଚି । ହେଲେ ଦୂର ଗାଁର ସେହି ଜହ୍ନରାତିକୁ କି ସରିହେବ ଇଏ ?

– ଠକ୍ -ଠକ୍, ଠକ୍, ଠକ୍ । କବାଟରେ ଆବାଜ ।

କ'ଣ କରିବ ? ରାତି ଯେ ଦୁଇଟା ବାଜିବାକୁ ଯାଉଛି । ଏ ନିଃଶବ୍ଦ ରାତ୍ରିରେ କେହି ଜଣେ ଅଜଣା ଅତିଥି... କିଏ ହୋଇପାରିନ୍ତି ସେ ? ଯିଏ ହୁଅନ୍ତୁନା କାହିଁକି, ସେ ଜମା ଦ୍ୱାର ଖୋଲିବନି । କାଳେ କେତେବେଳେ କେଉଁ ଅଘଟଣ ? ଏତ ନିତି ଦିନିଆ ଘଟଣା ଏ ସହରରେ । ଖୁନ୍-ଖରାପ, ରେପ-ମଡର, ଚୋରି-ଡକେଇତି । ନା ନା, ସେ ଜମା ଖୋଲିବନି ଦ୍ୱାର ଆଉ ପାଛୋଟି ନେବନି ଅଜଣା ଅତିଥିକୁ ତା' ଘର ଭିତରକୁ । ସେ ଯେ ଏକା ସମଗ୍ର ଏଇ କୋଠରୀଟାରେ । ଶୈଳଜାର ଦେଖାନାହିଁ । ଯାଇଛି ଯେ ଯାଇଛି । ସେହି ବଣ-ପାହାଡ଼ ଘେରା ଗାଁ-ଭୂଇଁରେ ତା'ର କ'ଣ ଯେ ଏତେ କାମ ?

ସମ୍ବୋଧନ ଆସିଲା- 'ସାଗରିକା'

ଚମକି ଉଠିଲା ସାଗରିକା । 'କିଏ ମୋତେ ମୋ ନାଆଁ ଧରି ଡାକୁଚି ?' ଚିହ୍ନା ଚିହ୍ନା ଲାଗୁଚି ଏ ସ୍ୱର । କିଏ ଏ ? ସତରେ ସେ କ'ଣ ଫେରି ଆସିଚନ୍ତି ?

- "ଆରେ କବାଟ ଖୋଲ । ଭୟ କରନି । ମୁଁ ତମର ଆଦୌ ଅପରିଚିତ ନୁହେଁ ।"

- 'କିଏ ତୁମେ ?'

- 'ମୁଁ ସାଗର ।'

- 'ସାଗର ! ତୁମେ ଫେରି ଆସିଚ ? ଏତେ ଦିନ ପରେ ?' କବାଟ ଖୋଲି ଦେଲା ସାଗରିକା ।

ଅସ୍ପଷ୍ଟ ଅନ୍ଧାର ଭିତରେ ଛାୟାମୂର୍ତ୍ତିଟିଏ ଛିଡ଼ା ହୋଇ ତା' ନିବିଡ଼ ଆଲିଂଗନକୁ ଯେମିତି ଅପେକ୍ଷା କରିଚି ଆତୁର ହୋଇ !

– "କ'ଣ ଘର ଭିତରକୁ ଡାକିବନି ? ଆଗପରି ହାତ ଟାଣିଧରି ପାଛୋଟି ନେବନି ? ଏତେ ଅଭିମାନ ?"

– 'ତୁମେ ଚୁପକର । ଏବେ ଆଉ କାହିଁକି; ସବୁ ସରିଗଲା ପରେ...(?)'

– 'କିଛି ସରିନି ସାଗରିକା ! ଯାହା ଶୁଣିଚ ଭୁଲ ହିଁ ଶୁଣିଚ ।'

– "ଭୁଲ, ମୁଁ ଭୁଲ ଶୁଣିଚି ? ମିଛ ସବୁ ମିଛ ! ମିଛ ବାହାନା ମେଲି ତମେ ଏବେ ଆଉ ମୋତେ ତମ ପ୍ରେମ-ଜାଲରେ ଫଶେଇ ପାରିବନି ସାଗର !"

– "ଆରେ, ସାଗର ଲାଗି ଯେ ସାଗରିକା । ସାଗରିକା ବିନା ସାଗର ଜୀବନର କଣ ପୂର୍ଣ୍ଣତା ଅଛି ? ଅନ୍ତତଃ, ଥରୁଟିଏ ଘର ଭିତରକୁ ଡାକ । ମୋ' କଥା ଶୁଣ । ବ୍ୟଥା ବୁଝିବାକୁ ଚେଷ୍ଟାକର । ସବୁକଥା ଆଜି ମୁଁ ତୁମକୁ କହିବି । ମନଖୋଲି କହିବି । ଥରୁଟିଏ ତ ମୋତେ ସୁଯୋଗ ଦିଅ ।"

– "ନାଇଁ, ତମେ ଫେରିଯାଅ । ଏବେ ମୋର ଆଉ କିଛି ଶୁଣିବାର ନାହିଁ । ଶୁଣି ପାଇବି କ'ଣ ? ଖାଲି ବ୍ୟଥା-ଯନ୍ତ୍ରଣା-ହତାଶା ଏଇଆ ନା ?"

– 'ନା ।'

– 'ନା ମାନେ ?'

– "ମୋ କଥା ଶୁଣିଲେ ସବୁକିଛି ବଦଳିଯିବ ତମ ମନର ଭାବନା । ଦୂର ହୋଇଯିବ ସନ୍ଦେହ- ଆଶଂକା ଆଉ ଅବସୋସ । ଓଲଟ-ପାଲଟ ହେଇଯିବ ତମ ଜୀବନର କାହାଣୀ ।"

– "ହା-ହା-ହା, ସାଗରର ଉତ୍ତାଳ ଉର୍ମି ବକ୍ଷକୁ ଲଂଫ ଦେଇ ମୁଁ ଆଉ ଆତ୍ମହରା ହେବାକୁ ଚାହେଁନା । ତାରୁଣ୍ୟର ସେ ଚପଳ ଖିଆଲ ମୋର ଭାଂଗିଯାଇଛି । ମୁଁ ଏବେ ଗତ ଯୌବନା ।"

– 'ସାଗରିକା !'

– "ଏଇ ଦେଖି ପାରୁଚ, ବିରହ-ବିଚ୍ଛେଦ- ଜ୍ୱାଳାରେ ଜଳିଜଳି ମୋର ସବୁକିଛି କେମିତି ଶେଷ ହୋଇଯାଇଛି ? ଦେଖ, ଦେଖ ସାଗର, ମୋ ଦେହରେ ଥରେ ହାତ ବୁଲେଇ ଦେଖ । ଆସ, ଭିତରକୁ ଆସ ।" ଟାଣିନେଲା ସାଗରକୁ ଉନ୍ମାଦିନୀ ପରି ।

॥ ୪ ॥

ଶୋଇ ଶୋଇ ଭାବୁଛି ଅବିନାଶ ଅନୁପମର କଥା । ଜିଗରୀ ଦୋସ୍ତ୍ ସେ ତା'ର । କେମିତି ବା ତାକୁ ଅବହେଳା କରି ପାରନ୍ତା ? ହେଲେ ଅନୁପମ... ?

ସେଦିନୁ ଯାଇଚି ଯେ ଯାଇଚି । ଝାଉଁବଣର ନୀଳ ନିର୍ଜନତା କୋଳରେ ସେ କି ହଜିଗଲା ? ନା ସାଗରର ନୀଳ ଲହରୀ ଭିତରେ ନିଜକୁ ନିରୁଦ୍ଦିଷ୍ଟ କରିଦେଲା ଜାଣି ଜାଣି ? ଏମିତି କେତେ ଅସ୍ୱାଭାବିକ ପ୍ରଶ୍ନର ଝଡ଼ ଆଜି ତା' ଭାବନା ରାଜ୍ୟରେ ! ସତରେ ବଡ଼ ରହସ୍ୟମୟ ସେ !

ନାଇଁ ! ତାକୁ ଖୋଜିବ । ଖୋଜି ବାହାର କରିବ ସେ । ଯାହା ବି ହେଇଯାଉ । ଉଠି ଊର୍ଦ୍ଧ୍ୱଶ୍ୱାସରେ ବାହାରକୁ ବାହାରି ଗଲା ଅବିନାଶ । ଠପ୍‌କିନି ଅଟକିଯାଇ ଭାବୁଚି- କେଉଁଠିକି ଯିବ ? ସେଇ ସାଗର ବେଳା... ଝାଉଁବଣ... ନୋଳିଆ ବସ୍ତି... ଜେଟି ମୁହାଣ (?) ଇଏସ, ସେହି ନୋଳିଆ ବସ୍ତିର ଝିଅ ପୂରବୀ ହିଁ କହିପାରିବ ତାର ଠିକଣା ।

– 'ଇଏସ, ପୂରବୀ !' ମୁଖରୁ ସ୍ୱତଃ ଉଚ୍ଚାରଣ ।

– 'ପୂରବୀ ?' ପଛରୁ ପ୍ରଶ୍ନ କଲା ସୌଦାମିନୀ ।

– "ଓ...ତମେ ଉଠିଆସିଲ ? ତମକୁ ମନାକରିଥିଲି ନା-ଏତେ ଶୀଘ୍ର ଉଠିବନି ? ଡକ୍ଟର ବାରଣ କରିଚନ୍ତି । ଅନିଦ୍ରା ହେଲେ ସ୍ୱାସ୍ଥ୍ୟ ଖରାପ ହେବ । ପୁଣି ସେହି ମାନସିକ ଅବସାଦ ଆଉ ଟେନ୍‌ସନ ।"

– 'ଯେତେ ଭୁଲାଇଲେ ବି ମୁଁ ଜମା ଭୁଲିବିନି ।'

– 'ମାନେ ?'

– "ତମକୁ କହିବାକୁ ହେବ ସେ ପୂରବୀ କିଏ ? ତା' ସାଥିରେ ତମର କି ସଂପର୍କ ? ନିଜର ପ୍ରେମିକା-ପତ୍ନୀ ଥାଉ ଥାଉ ଆଉ ଜଣଙ୍କ ନାଆଁ ଧରିବାକୁ ଲଜ୍ଜା ଲାଗେନା ? ତମ ପୁରୁଷଜାତିଟା କ'ଣ ଏଇମିତି ? ଭ୍ରମର ପରି ଏ ଫୁଲରୁ ସେ ଫୁଲ ଉଡ଼ି ବୁଲିବା ତମର ସଉକ୍ ନା ?"

– 'ଚୁପକର ! ଟିକେ ଚୁପ୍‌କର ଭଲା !'

– "କାହିଁକି ଚୁପ୍ କରିବି ?ମୋର ହକ୍ ଉପରେ ଯିଏ ଆଖି ପକେଇବ, ମୁଁ ତାକୁ ଛାଡ଼ିବିନି । ମୁଁ ତା' ତଣ୍ଟି କାଟିଦେବି । ତାକୁ ଶେଷ କରିଦେବି, ଶେଷ କରିଦେବି ।"

ଉତ୍‌କ୍ଷିପ୍ତ ଗୋଟେ ଝଡ଼ ପରି ଖେଦିଗଲା ଗୃହ ଭିତରକୁ ଆଉ ବିଛଣାରେ ଗଛକାଟିଲା ପରି ପଡ଼ି ଧକେଇ କାନ୍ଦିବାକୁ ଲାଗିଲା ।

"ଓଃ ! କି ଅଡୁଆରେ ପଡ଼ିଲା ମଣିଷ ? ଏଙ୍କୁ ମୁଁ କିପରି ବୁଝେଇ ବି ଯେ ପୂରବୀ ସହ ମୋର କିଛି ସମ୍ପର୍କ ନାହିଁ । ବାସ୍, ଜଣେ ସହପାଠିନୀ, କଲେଜ୍ ମେଟ୍ ।"

ଅବଶ୍ୟ ବହୁତ ରୂପବତୀ ଥିଲା ସେ । ଭେରି ଗୁଡ ଲୁକିଂ, ଆଇ ମିନ୍ କଲେଜ କୁଇନ୍ । ସେଥିପାଇଁ ତ ତା' ପ୍ରତି କାହାର ନା କାହାର ଆକର୍ଷଣ ଟିକେ ରହିବା ସ୍ୱାଭାବିକ । ହେଲେ ସମୟ ଗଡ଼ି ଯାଇଚି । ଯିଏ ଯାହା ବାଟରେ ଚାଲି ଯାଇଛନ୍ତି ନିଜ ଜୀବନକୁ ନେଇ । ପୂରବୀ ଏବେ କେଉଁଠି ରହେ ଠିକ୍ ଜାଣେନି । ଶୁଣିଛି ସେ କାଳେ ଏଇ ସହରରେ ରହେ । ନୋଳିଆ ବସ୍ତିର ସେଇ ପରିବେଶ ଛାଡ଼ି ସହର ?

କାହାକୁ ଭଲ ପାଉଥିଲା କି ନା ଜାଣେନା । ତାର ବଏ ଫ୍ରେଣ୍ଡ୍ କିଏ ....କ'ଣ ସାଗର ? ନାଇଁ ମ, ହେଇ ନଥିବ । ପୂରବୀ କ'ଣ ଏତେ ତଳକୁ ଖସି ଯାଇପାରିଲା ? ସେ ସୃଷ୍ଟିଛଡ଼ା ସାଗର ସାଥିରେ ଭାବ ଯୋଡ଼ିଲା, ମନ ମିଶେଇଲା ? ଧେତ୍, ମୁଁ ଏ ସବୁ କ'ଣ ଭାବୁଛି ?

– 'ଆଉ ଅନୁପମ... ? ?'

॥ ୫ ॥

ବେଶ ସଜାଡୁ ଥିଲା ଚାନ୍ଦିନୀ । ତାର ଟଙ୍କା ଦରକାର ଟଙ୍କା- ବହୁତ । ତା'ନହେଲେ ତାର ହାଇ ଷ୍ଟାଟସର ଲାଇଫ୍‌ଟା ଯେ ବିଲ୍‌କୁଲ ବରବାଦ ହେଇଯିବ । ଖୁସିରେ ରହିବାକୁ ଚାହେଁ ସେ । ଫୂର୍ତ୍ତି-ଖୁବ୍ ଫୂର୍ତ୍ତିରେ । ଝିଅଟିଏ ହେଲେ ବି ସେ ସଂସାରର ମିଛ-ମାୟା ଜଂଜାଳ ଜାଲରେ ଫଶିବାର ନାହିଁ ତାର ।

ତାର ଡାନ୍ସ-ବାର୍-ଟଙ୍କା ଆଉ ସେ ବାସ୍ ।

ମୋବାଇଲ ରିଂ ଟ୍ୟୁନ ବାଜି ଉଠିଲା ।

– "ହାଲୋ, ଇଏସ ଇଏସ୍! ମୁଁ ଏଇ ଅଧଘଣ୍ଟାଏ ଭିତରେ ପହଁଚି ଯାଉଚି ହୋଟେଲରେ । ପ୍ଲିଜ୍ ୱେଟ୍ ।"

– "ନୋ, ତମେ ଆଉ ସେ ହୋଟେଲ ବାର୍ ଯାଇ ପାରିବନି । ମୁଁ ତମକୁ ପ୍ରଚୁର ଟଙ୍କା ଦେବି । ଯେତେ ଚାହିଁବ ।" ଦ୍ୱାର ସାମ୍ନାରେ ଛିଡ଼ାହେଇ ଅନର୍ଗଳ କହି ଚାଲିଥିଲେ ତାଗିଦ୍ କରି ଜଣେ ଅଜଣା ଯୁବକ ।

– "କିଏ ଆପଣ ? ମୋତେ ଆପଣ ଏମିତି କାହିଁକି କହୁଚନ୍ତି ? ମୋ' ସାଥିରେ ଆପଣଙ୍କର ସଂପର୍କ କ'ଣ ? କାହିଁ ଆପଣଙ୍କୁତ ଆଗରୁ କେବେ ଦେଖିନି ଏ ସହରରେ ? କଉ ହୋଟେଲ କି ବାର୍‌ରେ ?"

– 'ମୁଁ ପ୍ରଥମ କରି ଆସିଚି ଏ ସହରକୁ । ଖୋଜିବା ପାଇଁ....'

– "କ'ଣ, କ'ଣ ଖୋଜୁଛନ୍ତି ଆପଣ ?"

– "ନହେଲା ବା ସେହି ସତୀ ଶିରୋମଣି କାମିନୀ,
ଅସତୀର କି ହେ, ନାହିଁକି ପ୍ରଣୟ ଯାମିନୀ ?"-କଂଠରେ କବିତା ଆବୃତ୍ତି ।

– "କ'ଣ ଯେ ଆପଣ କହୁଚନ୍ତି- କିଛି ବୁଝି ପାରୁନି ।"

– "ଆରେ କବି ମାୟାଧର ମାନସିଂ...ଆମ ଓଡ଼ିଆ ସାହିତ୍ୟର ପ୍ରଣୟୀ କବି । ତାଙ୍କୁ ତମେ ଜାଣିଥିବ ? ପଢ଼ିଥିବ ତାଙ୍କର 'ଧୂପ' କାବ୍ୟ ?"

– 'ଜାଣିଛି । ପଢ଼ିଚିବି । ହେଲେ ଏଠି ତାଙ୍କ କଥା କାହିଁକି ?'

– 'ନିଶ୍ଚୟ କହିବି । କହିବା ପାଇଁ ତ ଆସିଚି ।'

– "ମୁଁ ଆଉ ଅପେକ୍ଷା କରି ପାରିବିନି । ମୋତେ ଯିବାକୁ ହେବ । ସଂଧ୍ୟା ସାତଟାରେ ପ୍ରୋଗ୍ରାମ । ଡେରି ହେଇଗଲେ...."

– "ହେଉ ଡେରି, ବନ୍ଦ ହେଇଯାଉ ପ୍ରୋଗ୍ରାମ । ତମର ତ ଟଙ୍କା ଦରକାର ନା? ଏଇ ଧର ଦଶ ହଜାର, ପଚାଶ ହଜାର, ଲକ୍ଷେ ।" ତିନିଗୋଟି ଟଙ୍କା ବଣ୍ଡଲ ଧରାଇ ଦେଲେ ଚାନ୍ଦିନୀ ହାତରେ ।

– "କ'ଣ ଏଥର ଖୁସି ତ? ନା ଆଉ କିଛି ....।" କୋଟ ପକେଟରେ ହାତ ପୂରାଇବାକୁ ଉଦ୍ୟତ...

– "ନାଇଁ ନାଇଁ, ମୋର କିଛି ଦରକାର ନାହିଁ । ରଖନ୍ତୁ ଆପଣଙ୍କର ଟଙ୍କା । ମୁଁ ଆଜି ଆଉ ବାର୍ ଯିବିନି । ଜମା ବ୍ୟସ୍ତ ହେବିନି । ଆପଣଙ୍କର ସବୁକଥା ଶୁଣିବି । ଆସନ୍ତୁ, ବସନ୍ତୁ ଏଇଠି, ଏଇ ସୋଫା ଉପରେ । ମୁଁ ଆପଣଙ୍କ ପାଇଁ ସ୍ନାକ୍ସ ଆଉ କଫି ନେଇ ଆସୁଚି ।" ଚାଲି ଯାଉଥିଲା ଚାନ୍ଦିନୀ ।

– "ରୁହ, ସେ ସବୁ ମୋର ଏବେ ଦରକାର ନାହିଁ । ଖାଇଛି । ଭୋକ ହେଲେ ନିଶ୍ଚୟ କହିବି । ପାରିବତ ଜଳଗ୍ଲାସଟିଏ ଆଣି ଦିଅ । ବହୁତ ଶୋଷ । ଦୀର୍ଘପଥ ଅତିକ୍ରମ କରି ଆସିଚି କି ନା!"

– 'ଏଇ ନିଅନ୍ତୁ, ଧରନ୍ତୁ ଗ୍ଲାସ । ମୁଁ ବୋତଲରୁ ଢାଳୁଛି ।' ଗ୍ଲାସରେ ଜଳ ଢାଳିଲା ଚାନ୍ଦିନୀ । ଢକ୍ ଢକ୍ କରି ପିଇ ଯାଉଥିଲେ ଯୁବକ ।

– 'ଆଉ, ତୃଷା ମୋର ମେଣ୍ଟିଗଲା । ଓଃ କି ଶାଂତି! ସତରେ ତୁମେ ମୋ ଭିତରେ ପ୍ରାଣର ସଞ୍ଚାର କରିଦେଲ!'

– 'ଆଉ ମୋ ଭିତରେ ଆପଣ ଯେଉଁ ତୃଷାର ଝଡ଼ ସୃଷ୍ଟି କରିଦେଲେ, ତାର ତୃପ୍ତିତ ଆପଣଙ୍କୁ କରିବାକୁ ପଡ଼ିବନା?'

– 'ଓ, ହଁ ବୁଝିଲି ।'

– 'କୁହନ୍ତୁ ନା, ଆପଣ କିଏ? ମୋ' ପାଖରେ ଆପଣଙ୍କର କାମ କ'ଣ? ଆରେ ରେ, ମୁଁ ଏଯାଏ ଆପଣଙ୍କର ନାମ ଟା ବି ପଚାରିନି । କୁହନ୍ତୁ..'

– 'ମୁଁ ଅନୁରାଗ । ଅନୁରାଗ ପଟ୍ଟନାୟକ ।'

– "ଆପଣଙ୍କ ଘର ଠିକଣା? କିଏ କିଏ ଆଉ ଅଛନ୍ତି? ବାପା-ମାଆ-ସ୍ତ୍ରୀ ପିଲାପିଲି... ?"

– 'କ୍ଷମାକର, ସେମାନଙ୍କ କଥା ପଚାରି ମୋତେ ଆଉ ଲଜ୍ଜିତ କରନାହିଁ । ଦୁନିଆରେ ମୋର କେହି ନାହାନ୍ତି ।'

– 'କେହି ନାହାନ୍ତି ମାନେ?'

– 'ମୁଁ ଜଣେ ଭାବିନିଅ ଅନାଥ ।'

– 'ଅନାଥ !' ଚମକି ଉଠିଲା ଚାନ୍ଦିନୀ ଏଇ ଶବ୍ଦଟି ଶୁଣି । ମନେ ମନେ ଭାବି ଚାଲିଥିଲା - "ଆରେ, ମୁଁ ତ ଜଣେ ଅନାଥିନୀ ବାଳିକା । କାହିଁକି ଏ ସଂଯୋଗ ? କି ଉଦ୍ଦେଶ୍ୟ ତମର ଠାକୁରେ ? ସତରେ ଇଏ କ'ଣ ମୋତେ ଭଲପାଇ ଆସିଚନ୍ତି, ମୋର ହାତଧରି ଫେରେଇ ନେବାକୁ ସଂସାରର ସେହି ମାୟା-ମୋହ ଭିତରକୁ ?" ସ୍ୱତଃ ଚାନ୍ଦିନୀର ମୁଖରୁ ଉଚ୍ଚାରିତ ହେଲା-

– 'ନା ନା, କେବେ ହେଇ ପାରିବନି ।'

– 'ପାରିବନି ଅର୍ଥ ? କ'ଣ କିଛି କହିବ ? କୁହ, ମୋ' କଥା ହେବା ଆଗରୁ ମୁଁ ତମକଥା ଶୁଣିବି ।'

– "ନାଇଁ ନାଇଁ କିଛି ନୁହେଁ । ହଁ କୁହନ୍ତୁ, କାହିଁକି ଆସିଛନ୍ତି ଆପଣ ମୋ' ପାଖକୁ ? କ'ଣ ଉଦ୍ଦେଶ୍ୟ, କି କାର୍ଯ୍ୟ ମୋ' ପାଖରେ ! ମୋ' ଭଳି ଜଣେ ଅନାଥିନୀ ବାଳିକା, ସରି....।" ଚୁପ୍ ହୋଇଗଲା ଚାନ୍ଦିନୀ ।

– 'ଅନାଥିନୀ ! ତୁମେ ବି ? ହା..ହା..ହା..!'

– "ହସିଲେ ଯେ ? କ'ଣ ମୁଁ ଅନାଥିନୀ ବୋଲି ଜାଣି ଖୁସି ଲାଗିଲା ? ହଁ, ଅନାଥମାନଙ୍କୁ ସମାଜ ଏମିତି ତାଚ୍ଛଲ୍ୟ କରେ । ହସେ, କାରଣ ସେମାନଙ୍କର ବାପା ନାହିଁ-ମା' ନାହିଁ-ପରିବାର କେହି ନାହାନ୍ତି ।" ଅବସୋସର ଦୀର୍ଘଶ୍ୱାସଟିଏ ଛାଡ଼ି ମୁହଁ ଶୁଖାଇଦେଲା ଚାନ୍ଦିନୀ ।

– "କିଏ କହିଲା କେହି ନାହାନ୍ତି ? ବିନା ବାପା ମାଆରେ ଭ୍ରୂଣର ସଂଚାର କିପରିବା ସମ୍ଭବ ? ତମେ ଯେଉଁ ଗର୍ଭ ଆଉ ଔରସରୁ ଜାତ, ସେମାନେ କ'ଣ ତୁମର କେହି ନୁହନ୍ତି ?"

– 'କାହାନ୍ତି ସେମାନେ, କେଉଁଠି ? ?'

– "ଅଛନ୍ତି । ଏଇ ସମାଜରେ । ଏଇ ସହରରେ । ବହୁତ ସଭ୍ୟ-ଶିକ୍ଷିତ । ହାଇ ଷ୍ଟାଟସର ସେମାନେ । ନିଜର ଦେହ ଭୋକ ଓ ମନର ସଉକ ମେଣ୍ଟେଇବାକୁ ଯାଇ ଏମିତି ଭୁଲ କରିବସନ୍ତି ବାରଂବାର । ଜଣେ ନୁହେଁ ଅନେକ । ଆଉ ଅବାଂଛିତ ଗର୍ଭକୁ ଜନ୍ମଦେଇ ଫୋପାଡ଼ି ଦେଇ ଯାଆନ୍ତି ନିର୍ଜନ ଫୁଟପାଥ ଅବା ନର୍ଦ୍ଦମା କଡ଼କୁ ଶିଆଳ-କୁକୁରଙ୍କ ଆହାର ହେବାପାଇଁ । ଦୈବାତ୍ ବର୍ତ୍ତିଯାଏ ପିଲାଟା । କଉ ସୁହୃଦୟ ମଣିଷଟାର ଆଖିରେ ପଡ଼ିଯାଏ ସେ । ଉଠାଇ ନିଏ କୋଳକୁ । ନିଜେ ସମର୍ଥ ନଥିଲେ ନିରୁପାୟ ହୋଇ ଛାଡ଼ିଦିଏ ଅନାଥାଶ୍ରମରେ । ହୁଏତ ଏମିତି ଗୋଟେ ହୋଇଥିବ ତମ ଜୀବନର କରୁଣ କାହାଣୀ । ନଚେତ ଆଉ କିଛି । କିଛି ମନେଅଛି ତମର ?"

କାଷ୍ଟଟା ପରି ଛିଡ଼ା ହେଇ ଶୁଣିଯାଉଥିଲା ଅଚିହ୍ନା ଯୁବକଙ୍କ ମୁଖରୁ ତା' ଜୀବନର କରୁଣ ଇତିବୃତ୍ତ । ଚାନ୍ଦିନୀ ଏବେ ଆଉ ଚାନ୍ଦିନୀ ହେଇ ନଥିଲା । ତାର ହୋସ୍ ଯେମିତି ହଜି ଯାଇଥିଲା। ଆଉ କେଉଁ ଭାବଜଗତରେ !

ପ୍ରଶ୍ନିଳ ଭଂଗିରେ ଚାହିଁ ରହିଥିଲେ ଯୁବକ ଯୁବତୀକୁ ।

॥ ୬ ॥

ବାଆକୁ ଜ୍ୱର । ମଥାରେ ପାଣିପଟି ଦେଇ ଦେଇ ଥକିଗଲାଣି ଗୌରୀ । ତଥାପି ନିଆଁ ଜ୍ୱରଟା ଟିକେ ଥ ଧରୁନି । ଅମିଷା-ପୂନେଇଁ ଆସିଲେ ବାଆକୁ ଏମିତି ଜ୍ୱର ଆସେ । ଦିହରେ ଖଇ ଫୁଟେ । କଂପରେ ଦିହ ଥରେ । ବାଆ କହେ - "ମା'ଲୋ, ମୋତେ ଦିଟା କନ୍ଥା ଘୋଡ଼େଇ ମୋ' ଉପରେ ଲଦିପଡ଼ ।" ତାହା ହିଁ କରେ ଗୌରୀ । ପିଲାଦିନରୁ ତାର ଏଇ ଅଭ୍ୟାସ । ଆଉ ଆଜି ବାଆ ତାକୁ କିଛି କହୁନି । କ'ଣ ହୋଇଚି ତା'ର ? କି ରାଗିଯାଇଛି ତା' ଝିଅଟା ଉପରେ ?- ଭାବୁଛି ଗୌରୀ ।

କାଲି ସାନ ଥିଲା, ଆଜି ବଡ଼ ହେଇଗଲାଣି । ମଥାକୁ ହାତ ପାଇଲାଣି । ମା'ଟା ଥିଲେ ସିନା ମଥେଇ ନିଅନ୍ତା । ବାଆକୁ ବଡ଼ ଅଡୁଆ । ଆରମା ଘର ବୋହୂପିଲାକୁ ଡାକ ପକେଇ କହେ- "ଆଲୋ ଶୁକୁରୀ, ମୋ' ମାଆଟା ପରା; ଗୌରୀକୁ ନଜର କରୁଥିବୁ । ତା' କଥା ଟିକେ ବୁଝୁଥିବୁ । ମାଆ ଛେଉଣ୍ଡ ଛୁଆଟା । ମୁଁ ସାହୁଘରୁ ମୂଲ ସାରି ଆସୁଚି ।" ବାଆ ଚାଲିଯାଏ ମୂଲକୁ ।

ଶୁକୁରୀବୋହୂ ଆସି କାନ ପାଖରେ ଚୁପ୍‌ଚୁପ୍ ସବୁ ବତେଇ ଦିଏ । ଲାଜଲାଗେ ଗୌରୀକୁ । ଗୌରୀବି ଆଜ୍ଞା-ଅବଧାନ ପରିକା ସବୁ ମାନିଯାଏ ଶୁକୁରୀବୋହୂର କଥା । ସେ ତାର ଗୁରୁ । କେତେ ଗହନ କଥା ଶିଖିଚି ତା'ଠି । କଉ ରଜାପୁଅ-ରଜାଝିଅର ପ୍ରେମ କାହାଣୀ ନୁହେଁ ମ ! ଏଇ ନିତିଦିନିଆ ତେଲ-ଲୁଣ ସଂସାରର ଘରକରଣା କଥା ସାଂଗକୁ ଆଉ ଯେତେ ଯାହା । ଶାଶୂଘରେ ଯିମିତି ତାର କିଛିବି ଅଡୁଆ ହେବନି । ସୁନାବୋହୂଟି ପରି ସବୁ ତୁଲେଇ ନବ । ଏଇ ଶାଶୂ-ଶଶୁର-ଜାଆ-ନଣନ୍ଦ ସାହି ପଡ଼ୋଶୀ ଝିଅ-ବୋହୂଙ୍କ ଝଂଝଟ । ଗେରସ୍ତଟି ଯେତେ ଅଝଟିଆ ହେଇଥିଲେ ବି କେମିତି ମନେଇ ନବ ଚୂଟକିରେ, ସବୁକଥା ସେ କହିଚି । କିଛି ବି ବାକି ରଖିନି । ସତରେ ଶୁକୁରୀବୋହୂ-ଭାଉଜ କେତେ ଭଲ ! ତା'ପାଖରେ ସାରାଜୀବନ ଋଣୀ ରହିବ । ଆଉ ବାଆ....(?)

ବାଆକୁ ଛାଡ଼ି ସେ କ'ଣ ଶାଶୂଘର ଯାଇପାରିବ ? ଅଡୁଆ ହେଇଗଲା ତା' ଭାବନାର ଖିଅ ଗୁଡ଼ା । ଗୋଳମାଳ ହେଇଗଲା ତା' ମନ ଭିତରଟା । ଗୋଟେ ଦୀର୍ଘଶ୍ୱାସ

ଭିତରେ କିଏ ଯେମିତି କହି ଉଠିଲା- "ତୋ' କପାଳରେ କ'ଣ ଏତେ ସୁଖ ଅଛି ?" ଭାଙ୍ଗିଗଲା ମନ । ମଉଳି ପଡ଼ିଲା ମୁହଁ ।

– 'ଆଃ, ଗୌରୀ !'

ଗୌରୀର ଧ୍ୟାନ ଭାଙ୍ଗିଗଲା । ଦେଖିଲା ବାଆ ତାର ଜ୍ୱରରେ କଂପୁଛି । 'ବାଆ, ବାଆଲୋ... !' ବିକଳ ହେଇ ବାଆ ଦେହରେ ହାତ ଛୁଇଁଲା- "ଓଃ, କେତେ ତାତି ! କ'ଣ କରିବି ? ବାଆକୁ ଛାଡ଼ି କେମିତି ଯିବି ? ଦୋକାନ-ହାଟରୁ ଦି'ପାନ ବଟିକା ଆଣି ଦେଇଦେଲେ ଜ୍ୱରର କୋପଟା ଥମିଯାନ୍ତା । କିଏ ବା ଅଛି ଆଉ ! ଏବେଳରେ ମୋତେ ଟିକେ ସାହା ହେବ ?"

– 'ତୁ କିଛି ଚିନ୍ତା କରନା ଗୌରୀ !' ପଶି ଆସିଲା ଗୌର ।

– 'କିଏ, ଗୌରଭାଇ !'

– "ଏଇ ନେ, ମୁଁ ଡାକ୍ତରଙ୍କୁ ପଚାରି ଔଷଧ ନେଇ ଆସିଛି । ମଉସାଙ୍କୁ ଦେଇ ଦେ । ଡେରି କରନା ।"

ଗୌରୀ ସାଥେ ସାଥେ ଔଷଧ ବଟିକା ନେଇ ବାଆକୁ ଖୁଆଇ-ପିଆଇ ଦେଲା । ଭଲକି ଘୋଡ଼େଇ ଦେଲା କନ୍ଥାଟା । ଗୌର ଆଡ଼କୁ ଚାହିଁ ପ୍ରଶ୍ନ କଲା-

– 'ତମେ ?'

– "ହଁ ଲୋ, କାଲି ରାତିଗାଡ଼ିରେ ଆସି ପହଁଚିଲି । ସକାଳେ ଶୁଣିଲି, ମଉସାଙ୍କୁ ଭାରି ଜ୍ୱର । ଭାବିଲି - ଗୌରୀ ଝିଅ ପିଲାଟା, କଉଠିକି ଯିବ, କ'ଣ କରିବ ? ସେଥିପାଇଁ ବଜାର କରି ଯାଇଥିଲି ଯେ, ଔଷଧ ଧରି ଆସିଲି ।"

– "ତମେ ଆଜି ମୋର ବଡ଼ ଉପକାରଟାଏ କଲ ଗୌରଭାଇ ! ତମ ଋଣ ମୁଁ କେବେ ଶୁଝିପାରିବିନି ।"

– "କି ଉପକାର, କି ଋଣ ଲୋ ? ଏତ ମାମୁଲି କଥାଟାଏ । କେହି କ'ଣ କାହାଲାଗି ସାହି-ପଡ଼ିଶାରେ କିଛି କରନ୍ତିନି ? ନକଲେ ଏ ସମାଜ ରହିବଟି ? ସବୁତ ମଣିଷପଣିଆଁର କଥା । ହଉ, ତୁ ଖାଇଲୁଣି ?"

– 'ନାଇଁ, କିଛି ଖାଇନି । ବାଆକୁ ରୁଟିପଟେ ଦେଇଥିଲି ଯାହା ।'

– 'ଆଛା, ମୁଁ ମଉସାଙ୍କ ପାଖରେ ଅଛି । ତୁ ଯାଆ କଛି ଖାଇନବୁ ।'

– "କ'ଣ ଖାଇବି ? ବାଆଟା ପଡ଼ିଛି, ପାଟିକି କ'ଣ ଯିବ ?"

– "ଆଲୋ ପାଗଳୀ, ତୋରାଣି ମୁନ୍ଦେତ ପିଇଦେ । ଦିହଟା ବିଗିଡ଼ି ଯିବ ଯେ ! ବାଆକୁ ପୁଣି ଟେକା-ଉଠା କରିବୁ କେମିତି ? ଯା, ଯା... !"

– 'ହଉ ତମେ ବସିଥାଅ । ମୁଁ ସାଥେ ସାଥେ ଆସୁଛି ।' ଉଠି ଚାଲିଗଲା ଗୌରୀ ତରତର ହେଇ ।

ଯେମିତି ବିଜୁଳି ବତୀଟିଏ ! ସୁନାର ଲତାଟିଏ ! ଗୌରୀ ତା'ର ଭାରି ପସନ୍ଦ । ହେଲେ କେମିତି କହିବ ନିଜ ମନକଥା ତାକୁ । କାଳେ କ'ଣ ବୁଝିବ, ରାଗି, ରୁଷି ଯିବ ! ନାଇଁ, କିଛି କହିବନି । ଗୌରୀ ଇମିତି ତା' ଆଖି ଆଗରେ ଥାଉ ସବୁଦିନ । ତାର ଆଉ କିଛି ଲୋଡ଼ାନାହିଁ ।

– 'ସବୁଦିନ ?' ମନକୁ ମନ ପ୍ରଶ୍ନକଲା ଗୌର । ତା' ମନତଳେ ଖେଳିଗଲା ଭାବନାର ତରଙ୍ଗଟାଏ–

ଯଦି ଗୌରୀକୁ ଆଉ କେହି ଉଠାଇ ନିଏ କି ତା' ବାଆଟା ଯଦି ଗୌରୀକୁ ଆଉ କାହା ସାଥିରେ ବାହା ଦେଇଦିଏ ? ତେବେ- ସେ କ'ଣ କରିବ ? କାହିଁ ଓଡ଼ିଶା-ବାଲେଶ୍ୱର ଜିଲ୍ଲା ଏଇ ଛୋଟଗାଁ-ହରିପୁର ଆଉ ସେହି ସୁଦୂର ସୁରାଟ ସୂତାକଳ । ଗଲେ ବର୍ଷେ ଛଅମାସେ ଥରେ କି ଦିଥର ଆସିବାକୁ ହୁଏ । ଏବେ ଏବେ ଦୁଇ ମାସକୁ ଥରେ ସେ ବାହାନା କରି ଆସୁଚି ଖାସ୍ ଏଇ ଗୌରୀ ଲାଗି । ଏକଥା କ'ଣ ସେ ଜାଣେ ? ଜାଣିବବା କିପରି ? ସେ ବା କିପରି ବୁଝିବ-ଗୌର ତାକୁ ଏତେ ଭଲପାଏ ବୋଲି ? ତାକୁ ନେଇ କେତେ କଥା ଭାବିଛି; କେତେ ସପନ ଦେଖିଚି-

ଗୌରୀ ସାଥିରେ ତା'ର ବାହାଘର ହବ । ଗୌରୀ ନୂଆବୋହୂ ହେଇ ତା' ଘରକୁ ଯିବ । ଘୁଂଗୁର ଲଗା ପାଉଁଜିର ଝୁମୁରୁ ଝୁମୁରୁ ପାଦର ଚାଲିରେ ତା' ଘର ପୂରି ଉଠିବ । ଗୌରୀ ରାନ୍ଧି-ବାଢ଼ି ଦେବ । ଗୌର ପେଟଭରି ଖାଉଥିବ ତା' ଲକ୍ଷ୍ମୀହାତର ପରଷା ଶାଗ-ଭାତ-ଡାଲି-ମାଛ-ବଡ଼ିଚୂରା-ପୋଇରାଇତା କେତେ କ'ଣ ? ଆଉ ଗୌରୀ ପାଖରେ ବସି ପଙ୍ଖା କରୁଥିବ, କହୁଥିବ "ଆଉ ଦି'ଟା, ଆଉ ଦି'ଟା ଖାଇ ଦିଅ । ମୋ' ରାଣ ! ନ ଖାଇଲେ ବଳ ଆସିବ କଉଠୁ ? ଥକି ପଡ଼ିବ ।"

– "ଯାଃ, ମୁଁ ଏସବୁ କ'ଣ କ'ଣ ଭାବି ଯାଉଛି ? ସତରେ କ'ଣ ସତହେବ ମୋର ଭାବନା-ସ୍ୱପ୍ନ ? ସତରେ କ'ଣ ଗୌରୀ ହେବ ମୋ ସ୍ତ୍ରୀ ? ଆମର ଗୋଟେ ପୁଅ କି ଝିଅ ହେବ, ଡାକିବ 'ବାବା-ମାଆ', ଆଃ କି ଆନନ୍ଦ, କି ଶାଂତି ଜୀବନରେ !"

କେତେବେଳୁ ଯେ ଗୌରୀ ଆସି ତାକୁ ଏକ ଲୟରେ ଚାହିଁ ବସିଚି, କେମିତି ବା ଜାଣିବ ସେ ? ସେ ତ ସ୍ୱପ୍ନପୁରୀରେ..ଭାବ ରାଇଜରେ ଖାଲି ଗଡ଼ି ଚାଲିଛି ତା' ସୁଖର ନଅର; ହସ-ଖୁସିର ସଂସାର ! ଗଳାଖଂକାରି ଦେଲା ଗୌରୀ । ଚମକିପଡ଼ି ପ୍ରକୃତିସ୍ଥ ହେଲା ଗୌର ।

– 'ଆଲୋ ତୁ ?'

– "ହଁ, ମୁଁ! କେତେବେଳୁ ବସି ତମ ମୁହଁକୁ ବଲବଲ କରି ଦେଖୁଚି । ତମେ ତ ଜମା ଚଂକିବାର ନାଆଁ ଧରୁନାହଁ । କ'ଣ ସବୁ ଭାବି ଚାଲିଛ- କାହା କଥା କହିବ କି ?"

– "ନାଇଁ ଲୋ, ଏଇ ତୋରି କଥା ଭାବୁଥିଲି । ମଉସାଟା ପାଚିଲା ତାଳ । କେତେବେଳେ କଉକଥା । ତା'ପରେ ତୋର ଆଉ କିଏ ଅଛି କହତ ?"

– 'ଓ, ଏଇ କଥା ?'

– 'ହଁ, ସେଇ କଥା ଭବୁଥିଲି ।'-କଥା ଲୁଚାଇଲା ଗୌର ।

– "କାହିଁକି ? ଆରେ, ମୋ' ବାଆ କ'ଣ ମୋତେ ଏତେ ଶୀଘ୍ର ଛାଡ଼ି ଚାଲିଯିବ ଭାବିଛ ! ସେ ତ ଶହେ ବର୍ଷ ବଂଚିବ । ମୁଁ ପରା ଚଉରା ମୂଳରେ ସଂଜଦୀପ ଜାଳି ବୃନ୍ଦାବତୀ ମାଆଙ୍କୁ ଏଇ ଗୁହାରୀ କରୁଚି, ସବୁଦିନ ।"

– "ସତରେ ନା କ'ଣ ? ହଉ ମଉସା ଶହେ କ'ଣ ଦୁଇଶହ ବର୍ଷ ଜୀଇଁ ରହନ୍ତୁ । ହେଲେ..."

– 'ହେଲେ ଫେର କ'ଣ ? ଓ ବୁଝିଲି ବୁଝିଲି; ଆମ ନୂଆଭାଉଜ କେଉଁଦିନ ଆସିବ ସେଇକଥା ଭାବୁଥିଲ ତ ?'

- "ଆଲୋ, ତୁ କେମିତି ଜାଣିଲୁ ମୋ' ମନ କଥା !"

– "ଜାଣି ପାରିବିନି ! ତମ ବୟସର ପୁଅମାନେ ଚାକିରୀ ଖଣ୍ଡେ ପାଇଗଲା ପରେ, ଖାଲି ବକରୀ ଖୋଜନ୍ତି ମ, ବକରୀ-ଛୋକରୀ । ଏଇ କଥାଟା କ'ଣ କାହାଠୁ ବୁଝିବାକୁ ପଡ଼ିବ ? ଆଚ୍ଛା, କହିଲ କିଏ ସେ ଝିଅ ? କଉ ଗାଁର ? ଦେଖିବାକୁ କେମିତି ? ତା ନାଆଁ କ'ଣ ? କେତେଦିନରୁ ଦେଖା-ଚାହାଁ ଚାଲିଛି ବା ? କୁହନା !"

ଗୌର ନୀରବ । କ'ଣ କହିବ, କି ଉତ୍ତର ଦବ ଗୌରୀ ପ୍ରଶ୍ନର ? ଯାହାକୁ ସେ ଭଲପାଏ, ପାଇବାକୁ ଚାହେଁ, ସେତ ସେହି; ତାରି ସାମ୍ନାରେ ବସିଚି । ଦେଖିବାକୁ ସୁନା ପ୍ରତିମା, ଠିକ୍ ଲକ୍ଷ୍ମୀ ଠାକୁରାଣୀ !

– 'କହିବନିତ ? ହଉ ନ କୁହ !' ମୁହଁ ବୁଲାଇ ନେଲା ଅଭିମାନରେ ।

ବ୍ୟସ୍ତ ହୋଇଉଠିଲା ଗୌର । "ନାଇଁ ଗୌରୀ, ତୁ ମୋତେ ଭୁଲ ବୁଝନା । କହିଲୁ, ତୋ' ପରିକା ଆଉ ଏତେ ସୁନ୍ଦରୀ ଝିଅ କିଏ ଅଛି ଯେ ?"

– "କ'ଣ କହିଲ ମୁଁ, ସୁନ୍ଦରୀ ? ହା- ହା-ହା" ହସି ଉଠିଲା ଖିଆଲୀ ହସ, ହସି ଚାଲିଥିଲା ସେ । ଖିଆଲ ଭାଂଗୁ ନଥିଲା । କେତେ କ୍ଷଣପରେ ଫେରିପଡ଼ି–

– 'ଆଚ୍ଛା ଗୌ...ଗୌର ଭାଇ !'

ଗୌର ଚାଲି ଯାଇଥିଲା ।

॥ ୭ ॥

ସାଗର ଦ୍ୱୀପର ରୂପକୁମାରୀ ସେ । ଚୁଲୁବୁଲି ଝିଅଟାଏ । ସେଥିପାଇଁ ଦ୍ୱୀପର ରାଣୀମା ନାଁ ଦେଇଥିଲେ ଚପଳା । ଜନ୍ମରୁ ସେ ଏମିତି ଥିଲା କି ନା କେହି ଜାଣିନି । ଯଉଦିନ ଦ୍ୱୀପର ଝିଅମାନେ ଦରିଆ କୂଳରୁ ତାକୁ ତୋଳି ଆଣିଥିଲେ, ସେଦିନ ତାର ଚେତା ନଥିଲା । ଦିହରେ ପ୍ରାଣ ଅଛିକି ନା କହିବା ମୁସ୍କିଲ । ଝିଅମାନେ ରାଣୀମା'ଙ୍କ ପାଖରେ ନେଇ ହାଜର କରେଇଲେ । ବହୁ ସତ୍କାର ପରେ ତାର ଚେତା ଫେରିଲା । ପଚାରିଲାରୁ ସେ କିଛି କହି ପାରିଲାନି "ସେ କିଏ ? କୋଉଠୁ ଆସିଚି ? ତା'ର ନାଆଁ କ'ଣ ?" ଇତ୍ୟାଦି ଇତ୍ୟାଦି । ଆଠ କି ନଅ ବର୍ଷର ବାଳିକା । ଜଳସମାଧିରେ ଯେମିତି ସେ ହଜେଇ ଦେଇଛି ତା' ପୂର୍ବ ପରିଚୟ ! ଭୁଲି ଯାଇଛି ଗତ ଦିନର ସ୍ମୃତି । ନୂଆକରି ଜୀବନ ପାଇଛି ସେ । ରାଣୀମା' ମନ୍ତୁରା ଫୁଲ ଶୁଙ୍ଘେଇ ତା' ଦିହରେ ପ୍ରାଣ ପଶେଇ ଥିବାରୁ ଚପଳାର ଆଉ ଗୋଟେ ନାମ ରଖିଥିଲେ ଫୁଲକୁମାରୀ । ଝିଅମାନେ ତାକୁ ସେ ଦିନୁ ସେଇ ନାଆଁରେ ଡାକନ୍ତି । ଭାରି ଯତ୍ନ କରନ୍ତି । ସଦାବେଳେ ତା' ପାଖେ ପାଖେ । ଟିକେ ଆଡ଼ନଜର ହେଲେ ରାଣୀମା' ରାଗିବେ । ଫୁଲ ଶୁଙ୍ଘେଇ ଭେଣ୍ଡୀରୁ ମେଣ୍ଢୀ କରିଦେବେ ।

ଆଜକୁ ଦୀର୍ଘ କୋଡ଼ିଏ ବର୍ଷ ବିତିଗଲାଣି । ଚପଳା ବଡ଼ହୋଇ ଯୁବତୀଟିଏ ପାଲଟି ଯାଇଚି । ଯୁବତୀ, ଯେପରି ପରୀଟିଏ ! ନିଟୋଳ ଅଂଗଲତାରେ ଅଫୁରନ୍ତ ଯୌବନର ଢେଉ ! ରୂପର ଫରଫର ପ୍ରଜାପତିମାନେ ଯେମିତି ତା ଦିହ-ବଗିଚାରେ ଛମ୍ ଛମ୍ ହୋଇ ବସାବାନ୍ଧି ଲଟକି ରହିଚନ୍ତି ! ପ୍ରଜାପତିଟି ପରି ସଦା ଚଳ ଚପଳା । ତାର ଚପଳ ମନ, ଚଞ୍ଚଳ ପାଦଯୋଡ଼ିକ କାହିଁକି କେଜାଣି ସଦାବେଳେ ଧାଇଁଯାଏ ଦରିଆ କୂଳକୁ ! ଦରିଆ ଯେମିତି ତାର ଖେଳସାଥୀ ! ପୁରୁଷଶୂନ୍ୟ ଏଇ ଦ୍ୱୀପଟିରେ ଦରିଆ ତାକୁ କେତେଥର ଏମିତି କୋଳେଇ ଧରିଚି ! ଆଲିଂଗନ-ଚୁମ୍ବନ ଦେଇଛି । ତା' ଦିହରେ ଭରିଛି ରୋମାଞ୍ଚ-ଶିହରଣ । ସେ ଶିହରଣ ଯୌବନର; ପ୍ରେମପୂର୍ଣ୍ଣ ମିଳନ ମୁହୂର୍ତ୍ତର !

ତାର ସ୍ମୃତିହଜା ଦିନଗୁଡ଼ିକୁ ଆଦୌ ମନେ ପକେଇ ପାରୁନି ଚପଳା । ତାକୁ

କେତେଥର ପଚାରିଛନ୍ତି ମେଘମାଳା, ଚମ୍ପାବତୀ, ବନଲତା ଆଦି ସଖୀମାନେ । ସେ କିଛି କହିପାରେନି ଜମା । ଖାଲି ନିଜ ମୁଣ୍ଡଟାକୁ ଟିପିଧରେ । କହେ- "ନା, ନା, ମୋର କିଛି ମନେ ପଡୁନି । ତମେ ମୋତେ କିଛି ପଚାରନି । ମୁଣ୍ଡ ଭିତରଟା କ'ଣ କ'ଣ ହୋଇଯାଉଛି ! ଆଃ !"

ସତ କ'ଣ କେବେ ଲୁଚି ରହେ ? ସମୟର ଚୋରାବାଲିରେ ହଜି ଯାଇଥିବା ସେ ସ୍ମୃତିର ମୋତିଗୁଡ଼ିକୁ ଫେର୍ ଫେରେଇ ଦିଏ ସମୟର ଢେଉ । ବିଛୁଡ଼ି ଦିଏ ଶାମୁକା ପରି ସାଗରର ବାଲୁକା ରାଶିରେ ।

ସମୟ ବଦଳି ଯାଇଛି । ଚପଳାର ଚୁଲୁବୁଲି ପଣ ଧୀରେ ଅପସରି ଗଲାଣି ଦିହ-ମନରୁ । ସେ ଏବେ ଦିନକୁ ଦିନ ଚୁପ୍‌ଚାପ୍ ହେଇ ଯାଉଛି ଯେମିତି ! ଭାରି ଭାରି ଲାଗୁଛି ତାହ ଦିହଟା । ମନ ଭିତରଟା କାହାପାଇଁ କାହିଁକି କେଜାଣି ଆଉଟି ପାଉଟି ହେଉଚି ? କିଏ ସେ ? କେଉଁଠି ସେ ? ତା' ସାଥିରେ କି ସମ୍ପର୍କ ତାର ? ଏମିତି ଅନେକ ପ୍ରଶ୍ନର ଝଡ଼ ଉଠି ଫେର୍ ଶାଂତ ହୋଇଯାଏ ଚପଳା ମନରେ । ଚପଳା ଧୀରସ୍ଥିର ହୋଇ ଚୁପ୍‌ଚାପ୍ ବସିରୁହେ ଦରିଆ କୂଳରେ ତାର ସେ ନିତିଦିନିଆ ବାଲିକୁଦରେ ଅଧାଅଧି ପୋତି ପୋଡ଼ିଥିବା ଶଂଖ ମରମର ପଥର ଚଟାଣଟି ଉପରେ । ଆଖି ପାଏନି । ଖାଲି ଢେଉ ଆଉ ଢେଉ । ଦୂର ଚକ୍ରବାଳରେ ହଜି ଯାଉଥିବା ପକ୍ଷୀମାନଙ୍କର କଳରବ ତା' କାନରେ ବାଜେ । ତାକୁ ଉଚ୍ଛନ୍ନ କରେ । ମନ କହେ ତାର ଏମିତି ଡେଣା ଥାନ୍ତାକି, ସେ'ବି ତାଙ୍କ ସାଥିରେ ଉଡ଼ି ଉଡ଼ି ହଜିଯାନ୍ତା ଆକାଶରେ; ଦୂର ଦିଗବଳୟରେ ।

– 'ଫୁଲକୁମାରୀ !' ସଖୀମାନଙ୍କର ମିଳିତ କଣ୍ଠସ୍ୱର । ଚକିତ ସମ୍ବୋଧନ ।

ପ୍ରକୃତିସ୍ଥ ହେଲା ଚପଳା । ଚାହିଁ ଦେଖିଲା - ସଖୀମାନେ ଦରିଆକୁ ଚାହିଁ ଇଂଗିତ କରୁଛନ୍ତି । ପ୍ରଶ୍ନ କଲା-

– "କ'ଣ ସଖୀ ?"

– "ହେଇ ଦେଖ ଦେଖ, ଦରିଆ ଢେଉରେ କ'ଣ ଗୋଟାଏ ଭାସି ଭାସି ଏଇ ଆଡ଼କୁ ଆସୁଛି ।"

– "ଆରେ ହଁ ତ ! ରୁହ ରୁହ ମୁଁ ଭଲକରି ଦେଖେ । ଆରେ ଏତ ମଣିଷର ଶରୀରଟିଏ । ବଡ଼ ଆଶ୍ଚର୍ଯ୍ୟ ! ଚିତ୍‌ହୋଇ ପାଣିଉପରେ ଶୋଇରହିଚି । ଫୁଲର ଦୋଳିପରି ସାଗରର ନୀଳ ଲହରୀରେ ଝୁଲିଝୁଲି ଭାସି ଭାସି ଆସୁଚି ଦେଖ ଦେଖ । ଆଲୋ ସଖୀ, କିଏ ହୋଇଥିବ ସେ ?"

– 'ଆମେ କେମିତି ଜାଣିବୁ ମ ?' ଜବାବ ଦେଲେ ଝିଅମାନେ ।

– 'ଆଚ୍ଛା, ପାଖକୁ ଆସିଲେ ସବୁ ଜଣା ପଡ଼ିଯିବ।' କହିଲା ମେଘମାଳା।

ଶରୀରଟି କୂଳରେ ଲାଗିବା ଆଗରୁ ଅଟକି ଗଲା କିଛିଦୂର ପଥରମୁଣ୍ଡିଆ ଦେହରେ। ଅସ୍ଥିର ହୋଇଉଠିଲା ଚପଳାର ମନ। ଅସ୍ଥିର ହୋଇ ଉଠିଲେ ସଖୀମାନେ।

– "କିଛି ଗୋଟେ ଉପାୟ କର ସଖୀମାନେ। ଯଦି ଦେହରେ ପ୍ରାଣଥିବ ବଂଚିଯିବ ହେଲେ।" ବିବ୍ରତ ହୋଇ ଉଠି ଆକୁଳ କାକୁତି କଲା ଚପଳା।

ଚମ୍ପାବତୀ କହିଲା – "ଉପାୟ ଆଉ କ'ଣ ? ଚାଲ ସଭିଏଁ ଏକାସଂଗେ ଦରିଆକୁ ଡେଇଁବା। ଆଉ ତାକୁ ଟୋଳି ଆଣିବା।"

ଡେଇଁଲେ ସମସ୍ତେ। ପହଁରି ପହଁରି ପହଞ୍ଚିଲେ ମୁଣ୍ଡିଆ ପାଖରେ। ବନଲତା ଚିହିଁକି କହି ଉଠିଲା – "ଆରେ, ଏତ ଝିଅ ନୁହେଁ, ପୁଅଟିଏ !"

ଚପଳା ଦେଖୁଚି – "ଆଃହା, କି ସୁନ୍ଦର ଯୁବକ। ଭିଜା ବସ୍ତ୍ରଟି ତା' ଦେହ ସହିତ ଯେମିତି ଏକାକାର ହେଇଯାଇଛି। ପ୍ରଶସ୍ତ ବକ୍ଷ ଆଉ ବଳିଷ୍ଠ ବାହୁ ଯୁଗଳକୁ ଦେଖି ମନ ଉଚ୍ଚାଟ ହେଇ ଉଠିଲା। ସଖୀମାନେ ଏଠି ନଥାନ୍ତେ କି, ଏଇ ନିରୋଳା ସାଗର ଦୋଳାରେ ପୁରୁଷର ପ୍ରଶସ୍ତବକ୍ଷ ଉପରେ ସେ ଲୋଟି ପଡ଼ନ୍ତା ଆଉ ନିବିଡ଼ ଭାବରେ ତାକୁ ଭିଡ଼ିଧରି ତା' ଦେହରେ ପ୍ରାଣ ହେଇ ଚେଇଁ ଉଠନ୍ତା !"

– "ଆଲୋ ସଖୀ, ଚାହିଁ ଚାହିଁ କ'ଣ ଏତେ ଭାବୁଛୁ ମ ? ରସି ଗଲୁକି ?" ଚମ୍ପାବତୀର ଛଳୋକ୍ତି ।

– "ଚୁପ୍‌କର ଛୋପରୀ ! ଆଲୋ ଦେଖ ଦେଖ ଦିହରେ ପ୍ରାଣ ଅଛି କି ନାହିଁ !" ତାଗିଦ୍ କଲା ଚପଳା।

ଚପଳାର ନିର୍ଦ୍ଦେଶରେ ମେଘମାଳା, ବନଲତା ଯୁବକଟିକୁ ଟେକିନେଲେ କୋଳକୁ। ନାକଟିପି, ନାଠି ଦେଖି ପରକ୍ଷୀ ଚାଲିଲେ କିଛିକ୍ଷଣ।

– "କାହିଁ, କିଛି ଜଣା ପଡୁନି ତା'ର। ବୋଧହୁଏ ମରିଯାଇଛି ଟୋକାଟା !"

ସଖୀଙ୍କର ଏ ଅଶୁଭ ଉକ୍ତି ଶୁଣି ଗର୍ଜିଉଠିଲା ଚପଳା।

– "ନା, ସେ ବଂଚିଛି। ତାକୁ ବଂଚିବାକୁ ହବ। ମୁଁ ତାକୁ ଏମିତି ଛାଡ଼ି ଦେଇ ପାରିବିନି। ଆଉ ଡେରି କରନି, ଚାଲ ତାକୁ କୂଳକୁ ନେଇଯିବା।"

ଝିଅମାନେ ପିଠି ଉପରେ ଯୁବକକୁ ଶୁଆଇ ଭେଳାପରି ପହଁରି ପହଁରି ଆସିଲେ କୂଳକୁ। ସେହି ଶଂଖ ମରମର ପଥର ଚଟାଣଟି ଉପରେ ଶୁଆଇ ଦେଇ ପଙ୍ଖା କରିବାକୁ ଲାଗିଲେ। କିଏ ତଳିପାଦକୁ ମାଲିସ୍ କଲା ତ, କିଏ ହାତ ପାପୁଲି ଆଉଁଷି ଆଉଁଷି ତାଙ୍କୁ ଉଠେଇବାକୁ ଚେଷ୍ଟା କରୁଥିଲା। କେହି କାନରେ ଫୁଙ୍କିଲା ତ, ଆଉ କିଏ ନାକକୁ ଚିପି ଧରି ଛାଡ଼ି ଦେଉଥିଲା।

ସବୁ ପ୍ରଚେଷ୍ଟା ବ୍ୟର୍ଥ ହେଲା ସେମାନଙ୍କର । ଚପଳା କହିଉଠିଲା "ସଖୀ, ଯାଅ ରାଣୀମା'ଙ୍କୁ ଡାକି ଆଣ ଏଠାକୁ । ସେ ମୋରି ପରି ମନ୍ତୁରା ଫୁଲ ଶୁଙ୍ଘେଇ ଏଙ୍କୁ ଜୀବନ୍ୟାସ ଦେଇଦେବେ ।"

ଝିଅମାନେ ବିଳପି ଉଠିଲେ ଏକାବେଳେ ।

– "କ'ଣ କହିଲ-ରାଣୀମାଆ ? ଜାଣିନକି-ଏଇ ପୁରୁଷ ଶୂନ୍ୟ ଦ୍ୱୀପରେ ପୁରୁଷଙ୍କୁ ମନା । ରାଣୀ ମା ଯଦି ଏଙ୍କୁ ଦେଖିବେ, ସଙ୍ଗେ ସଙ୍ଗେ ଭସ୍ମ କରିଦେବେ ।" କହିଲା ମେଘମାଳା ।

ଚମ୍ପାବତୀର ଉକ୍ତି – "ତୁ ସେକଥା କହନା ସଖୀ । ଆମେ ବରଂ ଯାଉଛୁ, ସାଗରକୂଳ ଲତା-କୁଂଜରୁ କିଛି ଚେରମୂଳି ଘେନି ଆସୁଛୁ । ଦେଖିବା ଆମ ଚେଷ୍ଟା ସଫଳ ହେଉଛି କି ନା ?"

"ଠିକ୍ କହିଲୁ ସଖୀ ! ଆଉ ଡେରି କରନା । ଚାଲ ଚାଲ ।" ବନଲତା ଅନ୍ୟ ସଖୀ ଦୁହିଁଙ୍କୁ ଠେଲି ନେଇ ଚାଲିଗଲା ।

ଚାଲିଗଲେ ସଖୀମାନେ । ଚାହିଁ ରହିଛି ଚପଳା ଏକ ଧ୍ୟାନରେ ଯୁବକଙ୍କୁ ମନ୍ତ୍ରମୁଗ୍ଧ ତରୁଣୀଟି ପରି । ତା' ଭିତରେ କ'ଣ ସବୁ ହେଇ ଯାଉଛି । ଭାବୁଛି "ଏ ଯୁବକ କିଏ ? ଏଙ୍କୁ ଦେଖିବାଠୁ ତା' ପ୍ରାଣ ଅସ୍ଥିର ହେଇ ଉଠୁଛି କାହିଁକି ? କ'ଣ କରିବ ? କେମିତି ବଞ୍ଚେଇବ ଏଙ୍କୁ ? ନା, ସେ ହିଁ ଚେଷ୍ଟା କରିବ । ସେ ହିଁ ତାଙ୍କ ଦେହରେ ନିଜ ଦେହକୁ ମିଶେଇ ଦେବ ।"

ଲୋଟିପଡ଼ିଲା ଉନ୍ମାଦିନୀ ପରି ଚପଳା । ଯେମିତି ମେଘ ଦେହରେ ଲାସ୍ୟମୟୀ ବିଜୁଳି । ନିବିଡ଼ ଭାବରେ ଭିଡ଼ିଧରିଲା ଯୁବକକୁ । ଯୁବକର ଅଧରରେ ଅଧର ଯୋଖି ଆଂକି ଚାଲିଲା ଅଧୀର ଚୁମ୍ବନ ପରେ ଚୁମ୍ବନ । ଚୁମ୍ବନର ସ୍ପର୍ଶ ପାଇ ହଠାତ୍ ଚେଇଁ ଉଠିଲା ଯୁବକ । ଆଖି ଖୋଲି ଦେଖିଲା-କିଏ ଏ... ତରୁଣୀ, ସର୍ପିଣୀ ପରି ତା' ବକ୍ଷ ଉପରେ ଲୋଟି ପଡ଼ିଛି ଆଉ ଦଂଶି ଚାଲିଛି ତାର ଓଷ୍ଠ ଆଉ ମୁଖମଣ୍ଡଳକୁ । ପ୍ରଶ୍ନକଲା – "କିଏ, କିଏ ତମେ ?"

ଥମିଗଲା ଚପଳାର ପ୍ରେମଲୀଳା । ଯୁବକର ଆଖି ଖୋଲିବା ଦେଖି ବିଭୋର ହେଇ ଉଠିଲା ସେ । "ତମେ ବଂଚିଛ ?" ଚପଳା ଉଠି ଆସୁଥିଲା ଲଜ୍ଜାବଶତଃ । ଯୁବକଟି ଟାଣି ନେଲା ନିଜ ଛାତି ଉପରକୁ । ଦୁଇ ହାତ ପାପୁଲିରେ ଯୁବତୀର ମୁଖକୁ ଟେକି ଧରି ଗଭୀର ନିରୀକ୍ଷଣ କରି ଚାଲିଲା କେତେ କ୍ଷଣ ।

– "ତମେ ମୋ' ଅନୁପମା ?" ପ୍ରଶ୍ନକଲା ଯୁବକ ।

– "ଅନୁପମା ! କିଏ ସେ ଅନୁପମା ? ନା ନା ମୁଁ ତମ ଅନୁପମା ନୁହେଁ ।'" ଉଠିଆସିଲା ବକ୍ଷ ଉପରୁ ଚପଳା ।

– "କିଏ ତମେ ?"

– "ମୁଁ ଏ ଦ୍ୱୀପର ଫୁଲକୁମାରୀ ଚପଳା !"

– "ଚପଳା ? ଓଃ....."

ଯନ୍ତ୍ରଣାର କୋହ ଭିତରେ ଜଳିଉଠିଲା ଯୁବକର ବୁକୁତଳ । ଟିପି ଧରିଲା ନିଜର ଛାତିକୁ ଜୋର୍‌ରେ ।

– "କ'ଣ ହେଲା ତମର ?"

ଆତୁର ହେଇ ଚପଳା ଭିଡ଼ିନେଲା ଯୁବକକୁ ନିଜ ଛାତି ଉପରକୁ ।

॥ ୮ ॥

ଶୂନ୍ୟ ଆକାଶକୁ ଚାହିଁ ହା-ହା-କାର କରିଉଠିଲା ତା'ର ପ୍ରାଣ । ସବୁ ଆଶା ତା'ର ବ୍ୟର୍ଥ ହୋଇଗଲା । ଫେର ହାରିଗଲା ସେ । ବାଲି-ଜାଭା-ସୁମାତ୍ରା..କେତେ ଦ୍ୱୀପ ଖୋଜିଛି । ଖୋଜି ଖୋଜି ଥକି ପଡ଼ିଚି । ଭାବିଥିଲା ଏଇ ଅଜଣା ଦ୍ୱୀପଟା ତାକୁ ତା' ପ୍ରେମର ସଂଧାନ ଦେବ । ତା' ଅନୁପମାକୁ ଏଇଠି ଖୋଜି ପାଇଯିବ । ହାଏ ! ଦୀର୍ଘଶ୍ୱାସଟାଏ ଉଠିଲା ତା' ବୁକୁ ଥରାଇ ।

– 'ହାଏ ଅନୁପମ !'

ଚମକି ଚାହିଁଲା - 'କିଏ, କିଏ ମୋତେ ଅନୁପମ ବୋଲି ଡାକୁଛି ? କାହିଁ, କେଉଁଠି ସେ ?' ଜୋର୍‌ରେ ଚିତ୍କାର କରି ଉଠିଲା-

– 'ଅନୁପମା !'

ଡାକ ଶୁଣି ଧାଇଁ ଆସିଲେ ସଖୀମାନେ । ବେଢ଼ିଗଲେ ଅଜଣା ଯୁବକକୁ ।

– 'ଆରେ, ତମେ ବଂଚିଛ ? ଆଉ ଆମ ଫୁଲକୁମାରୀ ଚପଳା ?'

– "ଆଃ ବନ୍ଦକର ! ମୁଁ ଶୁଣିବାକୁ ଚାହେଁନା ସେହି ନାଆଁଟା । କୁହ ସେ ଅନୁପମା, ମୋ' ଅନୁପମା !" ଚିଡ଼ି ଉଠି ପାଗଳ ପରି ବକିଗଲା ଯୁବକଟି ।

– 'ଅନୁପମା ?' ଚକିତ ପ୍ରଶ୍ନବାଚୀ ସଖୀମାନଙ୍କର ।

– "ହଁ, ସେ ଚପଳା ନୁହେଁ ଅନୁପମା ! ମୁଁ ତାକୁ ଠିକ୍ ଚିହ୍ନିପାରିଚି । ସେହି ଏକା ମୁହଁ, ଏକା ରୂପ...କଂଠସ୍ୱର..."

ମେଘମାଳା କହି ଉଠିଲା- "ଆଗୋ, ଏ କ'ଣ ପାଗଳ ହୋଇଗଲେ ?"

– "ହେବେନି ! ଆମ ଫୁଲକୁମାରୀକି ଯିଏ ଥରେ ଦେଖିବ...ଆଲୋ, ମୋ' ମନଟା ପରା ବେଳେବେଳେ ଛକପକ ହୁଏ- ହେଇଥାନ୍ତି କି ପୁଅଟିଏ ! ଫୁଲକୁମାରୀ କି ହୃଦୟର ରାଣୀ କରି ରଖନ୍ତି । ଇଏତ ସହଯେ ପୁରୁଷଟାଏ ଫେର ଯୁବା ବୟସ...।"

ହସି ଉଠିଲେ ଅନ୍ୟ ଝିଅମାନେ । ପରିହାସ କରି କହିଲେ- 'ଛଟକୀଟା, ଏ ଜନ୍ମରେ ତୁ ପୁଅ ହବୁ ଯେ ତାକୁ ନେଇ ଭୋଗ କରିବୁ । ଶୁଣ୍, ଆମେ ଭାବୁଛୁ-ଇଏ ଗୋଟେ ପ୍ରେମ ପାଗଳ ।'

ବନଲତା କଥା ବଢ଼େଇ କହିଲା - 'ହଁ, ହେଇଥିବ । ତା' ନହେଇଥିଲେ ଇଏ ଅନୁପମା-ଅନୁପମା କହି ଚିତ୍କାର କରନ୍ତା କାହିଁକି ?'

- 'ସତ କହିଲୁ, କଉ ଅନୁପମା ପ୍ରେମରେ ପଡ଼ିଚି । ଆମ ଫୁଲ କୁମାରୀକି ଦେଖି ପ୍ରଳାପ ଛାଡୁଛି ।' କହିଲା - ଚମ୍ପାବତୀ ।

ମେଘମାଳା ଖୋଜିଲା ଖୋଜିଲା ଚାହାଣୀରେ ଚାରିଦିଗକୁ ଚାହିଁ ଚମକି ଉଠି କହିଲା, "ଆଲୋ...ଆମ ଫୁଲକୁମାରୀ ? କାହିଁ ତା'ର ତ ଏଠି ଦେଖା ନାହିଁ ? ସେ ବି... କ'ଣ କୋଉଠି କାହା ପ୍ରେମଜାଲରେ ଫସି ଖସିଗଲାନା କ'ଣ ? ଚାଲ ଚାଲ ଦେଖିବା ।"

ଚାଲିଗଲେ ଝିଅମାନେ ପ୍ରଜାପତି ପରି ଉଡ଼ିଉଡ଼ି, ଆଉ ଛପିଗଲେ ସେହି ଘଞ୍ଚ ଲଟାମାଳ ଭିତରେ ଛାଇପରି ! ଛାଇଗଲା ନୀରବତା ।

ଏକା ଏକା ଶୂନ୍ୟ ଆକାଶକୁ ଚାହିଁ ଗୋଟେ ନିଃସଂଗ ହା-ହା-କାର ଭିତରେ ମିଳେଇ ଯାଉଥିଲା ଅନୁପମର ଅସ୍ତିତ୍ୱ । କିଛି ବୁଝି ପାରୁନଥିଲା । ବିଚିତ୍ର ଏ ଦ୍ୱୀପ ! ଖାଲି ଖାଁ-ଖାଁ-ଶୂନ୍‌ଶାନ ।

ଆକାଶରେ ଭସା ବାଦଲର ଭେଳା । ଶୀତୁଆ ପବନରେ ଲୋମ ଟାଂକୁରି ଉଠୁଚି । ଦିହରେ ଓଦାବସ୍ତ୍ର ଅଧା ଶୁଖି ଶୁଖି ଆସିଲାଣି । ଭୋକ ଆଉ ଶୋଷ ତାକୁ କ୍ରମଶଃ ଅଥୟ କରୁଚି । ତେଣେ ବୋଇତ ବୁଡି ଯାଇଛି ତା'ର ଅତଳ ଜଳରେ । କେଉଁଠୁ ଗୋଟେ ଅମାନିଆଁ ଝଡ଼ ଖେପିଆସି ଉଜାଡ଼ି ଦେଲା ବୋଇତକୁ, ତା'ର ସବୁକିଛି ।

ଯାହାକୁ ସେ ଚପଳା ବୋଲି ଜାଣୁଛି ସେ ଯେ ତାର ଅନୁପମା କିଏ କହିବ ? ତାକୁ ଦେଖିବାବେଳୁ ତା' ମନରେ ଆଶା ଜାଗିଛି । ସେ ହିଁ ତ ତା' ନିଷ୍ପ୍ରାଣ ଶରୀରରେ ପ୍ରାଣ ସଞ୍ଚାର କରିଛି । ତା'ର ପ୍ରେମ, ତା'ର ଭଲପାଇବା, ତା'ର ସେବା ଯତ୍ନ... ! ଆହତ ଚିତ୍କାର କରି ଉଠିଲା-

– 'ଚପଳା !'

– 'ନା, ମୁଁ ତମ ଅନୁପମା । ମୋତେ ତୁମେ ଅନୁପମା ବୋଲି ଡାକିବ । ମୁଁ ଯିଏ ହୁଏନା କାହିଁକି, ତୁମେ ମୋର ପ୍ରେମ ।' କହି କହି ପାଖେଇ ଆସିଲା ଚପଳା ।

– 'ଚପଳା ?'

– 'ନାଇଁ କୁହ ଅନୁପମା !' ବାଧ୍ୟକଲା ସେ ।

- 'ଅନୁପମା !'

– "ଏତେବେଳେ ହେଲା ! ତାହା ଯଦି ନହେଇଥାନ୍ତା, ତେବେ ମୋ' ପ୍ରେମର

ପରଶରେ ତମେ ଚେଇଁ ଉଠି ନଥାନ୍ତ । ଆସ, ମୁଁ ତମପାଇଁ ନେଇ ଆସିଚି କିଛି ମିଠାଫଳ ଆଉ ଆମ ଝରଣାର ଜଳ । ଆଗ ଖାଇଦିଅ, ପିଇଦିଅ; ତାପରେ ଝିଅ ପୋଷାକଟି ପିନ୍ଧେଇ ଦେବି ତମକୁ ।"

– 'ମୁଁ କ'ଣ ଝିଅଟିଏ ଯେ ?' ବିସ୍ମିତ ହେଇ ଉଠି ପ୍ରଶ୍ନ କଲା ଯୁବକ ।

– 'ହେଇଟି, ରାଣୀ ମା' ଯଦି ଜାଣିବେନା, ତୁମେ ଝିଅ ନୁହଁ, ପୁଅଟାଏ-ସବୁ ଅଡୁଆ ହୋଇଯିବ । ସେ ତମକୁ ନିସ୍ତାର ଦେବେ ନାହିଁ ।'

– 'ତେବେ ?' ଭୟମିଶ୍ରିତ କଂଠରେ ଆକୁଳ ଉଚ୍ଚାରଣ ଯୁବକର ।

– 'ଚିନ୍ତା ନାହିଁ । ତମକୁ ମୋର ସଖୀ ହେଇ ଏଠି ରହିବାକୁ ପଡ଼ିବ । ମୁଁ ତୁମର ଗୋଟେ ନୂଆନାମ ଦେବି'–

– "କ'ଣ ?"

– "ରୁହ ଚିନ୍ତା କରେ... । କ'ଣ ଦେବି, କ'ଣ ଦେବି...ହଁ ଅନୁରାଧା । ମୁଁ ତୁମର ଅନୁପମା ଆଉ ତୁମେ ମୋର ସଖୀ – (?)"

– 'ଅନୁରାଧା !' କଥା ଯୋଡ଼ିଲା ଅନୁପମ ।

ହସି ଉଠିଲେ ଉଭୟ ହୋ-ହୋ- ହେଇ । ହସ ସବୁ ଯେମିତି ଫୁଲ ହେଇ ବିଛୁଡ଼ି ପଡୁଥିଲା ଉଭୟଙ୍କ ମନ-ଅଗଣାରେ ! କେଉଁ ଏକ ଅଜଣା ପୁଲକର ଶିହରଣରେ ଥରି ଉଠୁଥିଲା ପ୍ରାଣ-ପକ୍ଷୀ । ବାଟ ଖୋଜୁଥିଲା -ଦେହର ପଞ୍ଜୁରୀ ଠେଲି ଉଡ଼ିଯିବାକୁ ଖୋଲା ଆକାଶର ଉନ୍ମୁକ୍ତ ଇଲାକାରେ କାହିଁ କେତେଦୂର ଶୂନ୍ୟ-ଶୂନ୍ୟ -ମହାଶୂନ୍ୟକୁ ମୋହ ମୁକ୍ତିର ନିର୍ଲିପ୍ତ ନିରାଜନା ପାଇଁ !

ଥିରିଥିରି ପବନରେ ହଲିହଲି ନାଚି ଉଠୁଥିଲା ସାଗରର ନୀଳଢେଉ ।

॥ ୯ ॥

"କ'ଣ ତୁମ ବଂଧୁ ଅନୁପମଙ୍କର କିଛି ସୁରାକ୍ ପାଇଲ ?" ଉତ୍ସୁକତାର ସହିତ ପ୍ରଶ୍ନକଲା ସୌଦାମିନୀ ।

ଅବିନାଶ ସିଗାରେଟଟାଏ ଟାଣି ଧୂଆଁ ଛାଡ଼ି ଚାଲିଥିଲେ ଆରାମ ଚଉକିଟା ଉପରେ ପିଠେଇ ପଡ଼ି । ଦୃଷ୍ଟି ନିବଦ୍ଧ ଥିଲା କାନ୍ଥରେ ଝୁଲୁଥିବା ପ୍ରିୟ ବଂଧୁଟିର ଫୋଟଟି ଉପରେ । ନିରୁଦ୍ଦିଷ୍ଟ ଅନୁପମ ।

– 'କିଛି କହିଲ ନାହିଁ ଯେ ?'

– "ସମ୍ବାଦ ପତ୍ର, ଦୂରଦର୍ଶନ, ଆକାଶବାଣୀ ସବୁ ନିଉଜ ଚେନାଲ କିଛି ବି ବାଦ୍ ପଡ଼ିନାହିଁ । ଦେଖାଯାଉ, କେଉଁଠୁ କିଛି ସୁରାକ୍ ମିଳୁଛିକି ନା । ଆଚ୍ଛା, ସୌଦାମିନୀ, କହିବ ବୋଲି କହୁଥିଲ ପରା, ତମ କଉ ସାଂଗର ମାଉସୀ ଝିଅ ଭଉଣୀର କଥା ।"

– "କହି ଆଉ ଲାଭ କ'ଣ ମିଳିବ ? ସେ ଯେ ଆଉ ଏ ଦୁନିଆରେ ନାହିଁ ।"

– "ନାହିଁ, କ'ଣ କହୁଚ ତମେ !" ବିସ୍ମିତ ନେତ୍ରରେ ଚାହିଁରହିଲେ ଅବିନାଶ ସୌଦାମିନୀ ଆଡ଼କୁ ।

– 'ସତ !'

– "କ'ଣ ହୋଇଥିଲା ତାଙ୍କର ?"

ସୌଦାମିନୀ ଜବାବ ରଖିଲା- "କିଛି ନୁହେଁ ! ସେ ଅନେକ ଦିନ ତଳର କଥା । ତାର ଆଠବର୍ଷ ବୟସମାତ୍ର ହୋଇଥାଏ । ଚନ୍ଦ୍ରଭାଗା କୂଳରେ ଅନୁପମ ଆଉ ଅନୁପମା ବାଲିଘର କରି କେତେ ଖେଳୁଥିଲେ । ଲୋକେ କହନ୍ତି – ହଠାତ୍ ଦିନେ ସାଗରର ଢେଉ ତାକୁ ଟାଣିନେଲା ଭିତରକୁ । ଚିତ୍କାର କରି ଉଠିଲା ଅନୁପମ । ମାଝିମାନେ ଡଙ୍ଗାବାହି ଯେତେ ଚେଷ୍ଟା କଲେ କିଛି ଫଳ ହେଲାନି । ହଜିଗଲା ଢେଉ ଭିତରେ ଝିଅଟା ।"

– 'ଆଚ୍ଛା, ଅନୁପମାକୁ ଖୁବ୍ ଭଲ ପାଉଥିଲା ନା ଅନୁପମ ?'

– "ନିଜ ଠୁ ବି ଅଧିକା । ହେଲେ ଅନୁପମା ଗୋଟେ ଅଶ୍ଳୀଳ ସ୍ମୃତି ହୋଇ ରହିଗଲା ତା' ପାଇଁ ।"

– "ଓ, ଏତେବେଳେ ବୁଝିଲି, ଏଇ ତାହେଲେ ତାର ରହସ୍ୟ । ସେଥିପାଇଁ ଅନେକ ସମୟରେ ନିରୋଳାରେ ବସି ଚୁପ୍‌ଚାପ୍ ଖାଲି ତାରି କଥା ଭାବି ହୁଏ ନିଶ୍ଚୟ । ହଁ ତ, ସେଦିନ ମର୍ଣ୍ଣିଂୱାକ୍ ସାରି ଫେରିବା ବେଳକୁ ସେହି ସାଗର ବେଳାରେ ବସିବସି ଏକଧ୍ୟାନରେ କ'ଣ ସବୁ ଭାବି ହେଉଥିଲା । ସକାଳର ପହିଲି କିରଣରେ ଭାବିଲି ମନଭୁଲା ପ୍ରକୃତି ତାକୁ କିମିଆଁ କରିଛି । ଆଇ.ପି.ଏସ୍ ହେଲେ ବି କବି ଲୋକ କିନା ! ଆଉ କେଉଁ ନୂଆଗୀତର ଖିଅ ସଂଧାନରେ ମଜ୍ଜି ରହିଛି ସେ । କାହିଁ ହାତରେ ତ ନଥିଲା ସେତେବେଳେ କାଗଜ କି କଲମ ? ଓ ହୋ, ମନର କାଗଜରେ ପ୍ରେମର ଗୀତ ଲେଖି ଚାଲିଥିଲା ବିରହୀ ପ୍ରେମିକ ତା' ହଜି ଯାଇଥିବା ସେହି ପ୍ରେମିକାଟି ପାଇଁ ! ସତରେ ସୌଦାମିନୀ, ଅନୁପମ ନା ଦେଖୁଚି ଏକାବେଳେ ପାଗଳ ହେଇ ଯାଇଛି-ଫୁଲ୍ ମେଡ୍ ।"

– 'ହଁ, ସେଇ ଅନୁପମା ପାଇଁ !' କଥା ଯୋଡ଼ିଲା ସୌଦାମିନୀ ।

– 'ରିଏଲୀ !'

– "କ'ଣ କରିବ ବିଚରା । ଭୁଲି ପାରୁନି ଜମା -ତାର ସେ ବାଲ୍ୟ ପ୍ରୀତିକୁ; ପିଲାଦିନର ମିଠା ସ୍ମୃତିକୁ । କହିଲ, ତୁମେ ହେଇଥିଲେ କି ତାହାପରି"-

– "ନୋ, ନୋ । ମୁଁ ବାସ୍ତବବାଦୀ । କଳ୍ପନାବିଳାସୀ ଭାଗ୍ୟବାଦୀ ମଣିଷ ଆଦୌ ନୁହେଁ । ସେଥିପାଇଁ ତ ମୁଁ କାଗଜ-କଲମ ବ୍ୟାପାରଠୁ ବହୁତ ଦୂରରେ । ସେଗୁଡ଼ାକ ବଡ଼ ଦୁର୍ବଳ । ଜୀବନ ଓ ପରିସ୍ଥିତି ସାଥିରେ ଜମା ଖାପ ଖୁଆଇ ଚଳି ପାରନ୍ତିନି । କଉଝିଅ କାହାକୁ ପ୍ରତାରଣା ଦେଲା, କଉ ପୁଅ କାହାକୁ ଛାଡ଼ପତ୍ର...ଏସବୁ ଝାମେଲା ତ ଜୀବନରେ ଆସିବ । ସେଥିଲାଗି ଏତେ ବିବ୍ରତ କାହିଁକି ? ଜଣେ ପ୍ରତାରଣା କଲେ..."

– "ଓ, ଆଉ ଜଣକୁ ....ଚୁପକର ! ତମଭଳି ବାସ୍ତବବାଦୀ ପୁରୁଷଗୁଡ଼ାଙ୍କୁ ମୁଁ ଆଦୌ ଲାଇକ୍ କରେନା । ମୁଁହରେ କହୁଥିବେ ପ୍ରାକ୍ଟିକାଲ; ଆଉ କାର୍ଯ୍ୟରେ ଓଲଟା । ଘରେ ନିଜ ସ୍ତ୍ରୀ ଥାଉଥାଉ ସୁଯୋଗ ପାଇଲେ ଆଉ କଉ ସୁନ୍ଦରୀ ମୋହରେ ମସ୍ତହୋଇ ଏକାବେଳେ ଲୋଟି ପଡ଼ିବେ । ତାର ନାଆଁଟାକୁ ଜପାମାଳି କରି ବସିଥିବେ ।"

– "ଆରେ, ତମେ ମୋତେ ଇଂଗିତ କରି ଏ ସବୁ ଟେରଛା ବାକ୍ୟ-ବାଣଗୁଡ଼ା ବିନ୍ଧି ଯାଉ ନାହଁତ ସୌଦାମିନୀ ?"

– "କହିବିନି ?"

ସର୍ପିଣୀ ପରି ଫଁ କରି ଉଠିଲା ସୌଦାମିନୀ । ଯେମିତି ଚୋଟ ଦେଇ ବିଷ

ନିଆଁରେ ଜାଳିପୋଡ଼ି ପାଉଁଶ କରିଦବ ଅବିନାଶଙ୍କ ପୌରୁଷର ଅହଂକାରକୁ; ତାଙ୍କ ନିଲଠାପଣକୁ ।

– "ଶୁଣ, ଆଉ ଯଦି କେବେ କଉ ଝିଅ ନାଆଁ ମୋ' ସାମ୍ନାରେ ଧରିଛ ଦେଖ, ସେଦିନ ଭଲ କିଛି ହେବନାହିଁ । ତମକୁ ଛାଡ଼ି ମୁଁ ମୋ' ବାଟରେ ଚାଲିଯିବି ।"

ନିରୁପାୟ ଅବିନାଶ । କିଛି ଭାଷା ବାହାରୁ ନଥିଲା । କ'ଣ କହି ଏଙ୍କର ଅବୁଝା ମନଟାକୁ ବୁଝାଇବେ ? ମାପି ଚୁପି ପାଟି ଖୋଲିଲେ -

– "ସୌଦାମିନୀ, ଶୁଣ ମୋ' ମନକଥା । ତମରି କଥା ରହିବ । ମୁଁ ଏଠି ଆଉ କୌଣସି ଝିଅର ନାଆଁ ଉଠେଇବି ନାହିଁ । ତମେ ମୋତେ ଭୁଲ ବୁଝୁଛ ।"

– "ଭୁଲ ବୁଝୁଚି ମୁଁ ? ? ଆଉ ସେଦିନ ଯା –ସେ ଝିଅ କିଏ: ଯାହା ନାଆଁରେ ଏଠି କୀର୍ତ୍ତନ କରୁଥିଲ, ସେଇମ- କ'ଣ ଟି ତା' ନାଆଁ-ହଁ ପୂରବୀ ।"

– ପୂରବୀ... ? ହାଃ...ହାଃ....ହାଃ...

ଉନ୍ମାଦପରି ହସି ଉଠିଲେ ଅବିନାଶ ।

ଚିତ୍କାର କରିଉଠିଲା ସୌଦାମିନୀ ଆଉ ଜୋରରେ ଚାପି ଧରିଲା ଅବିନାଶଙ୍କ ପାଟିଟାକୁ ।

॥ ୧୦ ॥

ସେଦିନ ଗୌରଭାଇ କହୁଥିଲେ-ସିଏ କାଢ଼େ ଏଡ଼େ ସୁନ୍ଦରୀ, ସତରେ ନା କ'ଣ ? କେମିତି ଥରେ ନିଜକୁ ଦେଖନ୍ତା । ତାଳୁରୁ ତଳିପା ଯାଏ ଆଖି ପୂରେଇ । କେତେ ସୁନ୍ଦରପଣ ତାର କୋଉଠି କେମିତି ଠୂଳ ହେଇ ରହିଚି । ମନ ଭିତରେ ଗୋଟେ କୌତୂହଳ ଭାବ ! ହଁ ଆଜି ହିଁ ସେ ତାର ରୂପର ଠିକଣା କରିବ । ସେ ଦେଖିବ ନିଜକୁ ମନଭରି-ପ୍ରାଣ ଖୋଲି ।

ବାଆ ଯାଇଛି ମୂଲକୁ । ଘରେ ଆଉ କିଏ ବା ଅଛି ଏଥିରେ ତାକୁ ବାଧା ଦେବ ? ଗାଧୋଇ ଫେରିଛି ଗୌରୀ । ଦିହରେ ଖାଲି ପତଳା ଶାଢ଼ୀ ଯାହା ! ସେ ପୁଣି ଅଧା-ଅଧି ଭିଜି ଯାଇଛି ମାଠିଆ ଜଳରେ । ଏଇଟା ହିଁ ସୁଯୋଗ ।

ଗୌରୀ ଧୀରେ ଡରି ଡରି ପଶିଲା ଘର ଭିତରକୁ । ଆଇନା ପାଖକୁ । କାଲି ରାତିରେ ବଜାର ହାଟ ପାଟରା ଦୋକାନରୁ ବାଆ ତା' ଲାଗି ଗୋଟେ ବଡ଼ ଆଇନା ଆଣି ଝୁଲେଇ ରଖିଚି ଘର କାନ୍ଥରେ । ଝିଅ ତା'ର ରୂପ ଦେଖିବ, ବେଶ ସଜେଇବ ବୋଲି । ଆଇନା ସାମ୍ନାରେ ବନ୍ଦ ଆଖିଟିକୁ ଖୋଲିଦେଲା । ଇସ୍, କ'ଣ ଦେଖୁଚି ଇଏ ! ସେଦିନର ସେହି କୁନିଝିଅ ଗୌରୀ ଆଜି ଏତେ ବଡ଼ ହେଇ ଯାଇଛି ? ବିଶ୍ୱାସ ହେଉନି । ବନ୍ଧା ବେଣୀଟିକୁ ଖୋଲି ଦେଲା ସେ । କେଶଗୁଛ ସବୁ ଲମ୍ବେଇ ଗଲା ଅଣ୍ଟିର ତଳଯାଏ । ସତେ କଳା ବାଦଲର ଢେଉ ଠେଲି ତାର ଜହ୍ନପରି ମୁହଁଟି ଚହଟି ଉଠୁଛି !

ଆହା, କି ସୁନ୍ଦର ସେ ଦିଶୁଚି ! ତାର କଅଁଳି ଆସୁଥିବା ସେଦିନର ଫୁଲକଳି ଦୁଇଟି ବେଶ୍ ପରିପୁଷ୍ଟ ହୋଇଉଠିଲାଣି । ପୂରିଲା ପୂରିଲା ଲାଗୁଛି । ସମ୍ଭାଳି ପାରିଲାନି ଆଉ । ଅନିଚ୍ଛା ସତ୍ତ୍ୱେ ନିଜ ହାତ ପାପୁଲିକୁ ଛାତି ଉପରେ ଥରେ ବୁଲାଇ ଆଣିବାକୁ ରୁକି ପାରିଲାନି ସେ । ଇଚ୍ଛା ହେଲା, ସାରା ଦେହରୁ ଶାଢ଼ୀଟି ଖୋଲି ଫିଙ୍ଗିଦେଇ ଥରେ ଆଗପଛ ତନଖି କରି ଦେଖନ୍ତା ତା' ବୟସର କରାମତି; ଯୌବନର କମାଲ ।

ଘରେ ତ କେହି ନାହାନ୍ତି । ସେ ଏକା । ବାଆ ଆସିବାକୁ ବହୁତ ଡେରି । ଆଉ ମା'ଘର ଭାଉଜ ଏ ଗାଧୁଆ ବେଳଟାରେ ଆସିବ ବା କାହିଁକି ? ହଁ, ସେ ଦେଖିବ !

ଆଜି ସବୁକିଛି ଦେଖିବ । ଗୌରଭାଇର କଥା କେତେ ସତ ! ସତରେ ସେ କି ଏତେ ସୁନ୍ଦର ? ହଠାତ୍ ଦେହରେ ଗୋଟେ ଶିହରଣ ଖେଳିଗଲା । ଶିଥିଳ ହୋଇ ଉଠିଲା ଅଣ୍ଟିର ଗଣ୍ଠି । ଖସିପଡ଼ିଲା ଶାଢ଼ୀଟି ତଳେ । ଆଉ ଗୌରୀ ଚାହିଁ ରହିଥିଲା ଆଇନାକୁ, ଆଇନା ଭିତରକୁ । ବିବାକ୍ କାଠ ପାଲଟି ଯାଇଥିଲା ଯେମିତି ! ଆଖି ଫେରୁ ନଥିଲା । ଦିହ ଥରୁଥିଲା । ଅସ୍ଥିର ହୋଇ ଉଠୁଥିଲା ମନ । ଭାବି ପାରୁନଥିଲା ସେ କେତେ ସୁନ୍ଦର । ନିଜକୁ ଦେଖି ଯେବେ ଝିଅଟା ହେଇ ମନକୁ ଅଟକେଇ ପାରୁନି, ତେବେ ପୁରୁଷର କି ଯଶା ହେବ କୁହତ ? ଆଇନା ଭିତରର ସେହି ଝିଅଟିକୁ ଗୌରୀ ଥରେ ଛାତିରେ ଭିଡ଼ି ଧରନ୍ତା କି ! ତା' ଫୁଲଫୁଲିଆ ଗାଲରେ ଆଙ୍କି ଦିଅନ୍ତା ଚୁମାଟାଏ !

ଯାଃ, କି ଲାଜ କଥା ଏ ! ସରମୀ ଗଲା ଗୌରୀ । ନିଜର ମୁକୁଳା କେଶକୁ ଥରେ ବାଆଁ -ଡାହାଣକୁ ଝୁଙ୍କାଇ ଦେଇ ଫେରି ଚାହିଁଲା ତାର ପଛପଟକୁ । ଦପ୍‌କିନା ଜଳିଉଠି ଲିଭିଗଲା ଗୋଟେ ବିଜୁଳି ଆଲୁଅ...।

– 'କିଏ ?' ଶଙ୍କିତ ସ୍ୱରରେ ପାଟି କରି ଉଠିଲା ଗୌରୀ ।

କେହି ଜଣେ କବାଟ ଫାଙ୍କରେ ଦେଖୁଥିଲା ତାକୁ । କିଏ ସେ, ଇସ୍ କ'ଣ କରିବ ? ଶାଢ଼ୀଟିକୁ ଅତରସା ତଳୁ ଉଠାଇଆଣି ଘୋଡ଼େଇ ପକେଇଲା ଦିହଟାକୁ ଆଉ ଜୋର୍‌ରେ ଚିତ୍କାର କରି ଉଠିଲା

– 'କିଏ ସେଠି ?'

– ଦ୍ୱାର ସାମ୍ନାରେ ଆସି ଛିଡ଼ା ହୋଇଗଲା ସେ । 'ହାଃ....ହାଃ..ହାଃ ! ମୁଁ ।'

– "କାଳିଆ ! ତୋର ଏଡ଼େ ସାହସ, କେହି ନଥିଲାବେଳେ ଘରେ ପଶି..."

– "ଆଉ ମୋତେ ତୁ ଡରାଇ ପାରିବୁନି ଲୋ । ଏଇ ମୋବାଇଲ ଦେଖୁଚୁ । ଏଇଥିରେ ତୋର ଆଗ-ପଛ ସବୁ ଚେହେରାର ଫୋଟ ମୁଁ ଉଠାଇ ନେଇଛି । ପାଟି ବକ୍‌ବକ୍ କଲେ କି କାହାରିକୁ ଡାକି କହିଲେ ଜାଣିଥିବୁ ତ -ଏ କାଳିଆ କେଡ଼େ ହାରାମଜାଦା ।"

– "ନାଇଁ, ନାଇଁ କଳିଆ, ତୁ ତାହା କରନା । ଦେଖ୍-ଏ ମୋ ମାନ ଇଜ୍ଜତର କଥା ।"

– "ବେଶ୍, ଏବେ ମୋ' କଥାରେ ତୁ ରାଜି ହୋଇ ଯା । ଥରେ ଆ ନା, ତୋ' ସେ ଗୁଲଗୁଲିଆ ଦିହଟାକୁ ଛାତିରେ ଜାକିଧରି ତୋ' ଗୋରା ଗାଲରେ କିସ୍‌ଟିଏ..."

– "କାଳିଆ ! କ'ଣ କହିଲୁ ? ତୋର ତ କମ ସାହସ ନୁହେଁ ? ଜାଣିଛୁ, ମୋ' ବାଆ ଜାଣିଲେ ତୋର କି ଅବସ୍ଥା କରିବ ?"

– "ହାଃ-ହାଃ-ହାଃ.... । ଯାହା କରିବ ତ ସେତେବେଳେ ଦେଖାଯିବ । ଏବେ ଏ ମୌକା ହାତଛଡ଼ା ହେଇଗଲେ ଆଉ କ'ଣ ଯୁଟିବ? ଆ-ଲୋ!"ଡେଇଁପଡ଼ି ଧରିନେଲା ଗୌରୀକୁ । ଛାତି ଉପରକୁ ଝିଙ୍କି ଆଣିଲା ।

– 'ଛାଡ଼ି ଦେ, ଛାଡ଼ିଦେ କହୁଚି!'

– 'ରହ, ରହଲୋ!' ଗୌରୀକୁ ଟେକିଧରି ତଳେ ପକେଇଦେଇ ବାଘପରି ଚଢ଼ି ପଡ଼ିଲା ତା' ଦେହଟା ଉପରେ । ଚିତ୍କାର କରୁଥିଲା ଗୌରୀ । ରଣଚଣ୍ଡୀ ପରି ଧାଇଁଆସି ଝାଡୁରେ ନିର୍ଘୁମ ପିଟିଚାଲିଲା ଶୁକୁରୀବୋହୂ । ପିଟାଖାଇ କାଳିଆ ଛାଟିପିଟି ପଳେଇ ଯାଇଛି ପ୍ରାଣ ବିକଳରେ । ଆଉ ଗୌରୀ- ଉଭା ବିବସ୍ତ୍ର ଦିହଟାରେ ଥରୁଥିଲା ତଳେପଡ଼ି ।

– 'ଗୌରୀ!' ଧରି ଉଠାଇବାକୁ ଚେଷ୍ଟାକଲା ଶୁକୁରୀ । ଭାଉଜକୁ ଦେଖି ପାଗଳିନୀ ପରି ଉଠିଆସି କୁଣ୍ଢାଇ ଧରି କାନ୍ଦି ଉଠିଲା ଗୌରୀ ।

– 'ଭାଉଜ!'

– 'କାନ୍ଦନା ଗୌରୀ, ମୁଁ ଅଛି ପରା । ତୋର କେହି କଛି କରି ପାରିବେନି ଲୋ । ଦେ, ଶାଢ଼ୀଟା ପିନ୍ଧିପକା ।'

ଏତେବେଳେ ଚେତା ପଶିଲା ଗୌରୀର । ଲାଜେଇଗଲା ସେ । ତରତର ହୋଇ ଶାଢ଼ୀଟାକୁ ଢାଙ୍କି ପକେଇଲା ଦିହ ଉପରେ ।

– "ଧୀରେ, ଧୀରେ! ଏଠି ଲାଜ ଆଉ କାହାକୁ ଲୋ । ନଣନ୍ଦର ଭାଉଜକୁ ଫେର୍ ଏତେ ଲାଜ? ସତେଲୋ ଗୌରୀ, ତୋର ଏ ଯଉ ସୁନ୍ଦର ଦେହ, ରୂପନା....ଯେ କେହି ଲୋଭକରି ତୋ' ଉପରେ ଏମିତି ଝାଂପି ପଡ଼ିବ ଲୋ! ସେ କାଳିଆଟା...."

– 'ଭାଉଜ!' କାଳିଆ ନାଆଁ ଶୁଣି ବିଚଳିତ ହୋଇ କାନ୍ଦି ଉଠିଲା ଗୌରୀ ।

– "କ'ଣ ହେଲା, କାନ୍ଦୁଛୁ କାହିଁକି?"

– "ମୁଁ ଏବେ କ'ଣ କରିବି? କାଳିଆଟା ଯେ ମୋର ସବୁ ଫୋଟ ଉଠାଇ ନେଇଛି ତା' ମୋବାଇଲ କେମେରାରେ ।"

– 'ସତେ! ଆଚ୍ଛା, ଏଢ଼େ ବହପ ଟୋକାର!'

– "ମୋ ବାଆ ଜାଣିଲେ ମୁଣ୍ଡ ପିଟି ଦେବ । ଦଶଖଣ୍ଡ ଗାଁରେ ମୋ' ବାଆର ନାଆଁ ପଡ଼ିବ । ରାଇଜସାରା ଘୂରି ବୁଲିବ ସେ ଫୋଟ । ଲାଜ-ଅପମାନରେ ମଥାଟେକି ମୁଁ ଚାଲି ପାରିବିନି ଭାଉଜ । ମୁଁ ମରିଯିବି ।" କାନ୍ଦି ଉଠିଲା ଭୋ..ଭୋ...ହେଇ ।

ଗୌରୀକୁ ନିଜ ଛାତିକୁ ଭିଡ଼ି ନେଇ-"ଆଲୋ, ତୁ ଏ କ'ଣ କହୁଚୁ?

ବାୟାଣୀଟା ! ଜାଣିଥା, କାଳିଆ ଏ ଭୁଲ କେବେ କରିବନି । କଲେ ସେ କି ଛାଡ଼ ପାଇବ ? ଦେଖ, ତୋ ଭାଇ ଆସନ୍ତୁ, ପୋଲିସ ପାଖକୁ ଯିବେ । ସବୁକଥା କହିବେ । ଦେଖିବୁ, ସବୁ ଠିକ୍ ହୋଇଯିବ ।”

– 'ସତ କହୁଛ ଭାଉଜ ?'

ବିକଳ ଦୃଷ୍ଟିରେ ଶୁକୁରୀ କୁ ଚାହିଁ ରହିଲା ଗୌରୀ । ଆଉ ଭାଉଜ ଗୌରୀର ମୁହଁକୁ ଛାତିରେ କୋଳେଇ ଧରି କହିଲା -

– 'ହଁ, ସତ ।'

ସୂର୍ଯ୍ୟ ଆସି ମୁଣ୍ଡ ଉପରେ । ଆକାଶରେ ଡହଡହ ଜଳୁଥିଲା ନିଆଁ ।

॥ ୧୧ ॥

ଝଡ଼ ପରି ପଶି ଆସିଲା ସାଗର ସାଗରିକାର ସେହି ଶୂନ୍ୟ କୋଠରୀଟିର ଦ୍ୱାର ଠେଲି । ହାତରେ ଗୋଟେ ସମ୍ବାଦପତ୍ର ।

– 'ସାଗରିକା ! ସାଗରିକା !'

ସାଗରିକାର ଜବାବ ନଥିଲା । ସାଗରିକା କ'ଣ କେଉଁଆଡ଼େ ଅଭିମାନ କରି ଚାଲି ଯାଇଛି ? ବ୍ୟସ୍ତ ବିବ୍ରତ ହେଇ ଉଠିଲା ସେ । ଦୂରରୁ ଦେଖି-ଏହି ତ ସାଗରିକା ଆସୁଚି । ତା' ସାଥିରେ ଆଉ ଜଣେ ଯୁବକ କିଏ ସେ ? ତା'ଶଙ୍କିତ ମନ ଭିତରଟାକୁ ଘାଣ୍ଟି ପକେଇଲା ସନ୍ଦେହର କୁହେଳି । ଚାହିଁ ରହିଥିଲା ସେ !

– 'ଆସ, ଆସ ଅନୁରାଗ !' ପାଛୋଟି ଆଣିଲା ଘରମଧ୍ୟକୁ ।

– 'ସାଗରିକା !'

– 'ଓ, ତମେ ଆସିଗଲଣି ? ଏତେ ଶୀଘ୍ର ଫେରି ଆସିଲ ଯେ ?'

– 'ଆସିବିନି, ତମକୁ ଏଠି ଏକାଛାଡ଼ି...। ଆଚ୍ଛା, ଏ ବଂଧୁଜଣକ କିଏ ଜାଣି ପାରେକି ?'

– 'ମୁଁ ଅନୁରାଗ । ଏଇ ସହରକୁ ଏବେ ଏବେ ଆସିଚି, ଖୋଜିବା ପାଇଁ ।'- ନିଜ ଆଡୁ ପ୍ରକାଶ କଲେ ବଂଧୁ ଜଣକ ।

– 'ଖୋଜିବା ପାଇଁ, କ'ଣ ?' ପ୍ରଶ୍ନକଲା ସାଗର ।

– "ଭାଂଗି ଯାଇଥିବା ମନ, ହଜି ଯାଇଥିବା ସ୍ମୃତି, ମରି ଯାଇଥିବା ପ୍ରେମ, ଉଜୁଡି ଯାଇଥିବା ସଂସାର ଆଉ ନିରୁଦ୍ଦିଷ୍ଟ ଠିକଣା ।"

– "ବେଶ୍ ତ, ବଡ଼ ବିଚିତ୍ର ତମର ଏ ସଂଳାପ । ତମେ କ'ଣ...."

– 'ଆରେ ବସ, ଏମିତି କ'ଣ ଛିଡ଼ାହୋଇ କଥା ହୁଅନ୍ତି । ବସ-ବସ ।' ଚେୟାର ଅଫର୍ କଲେ ସାଗରିକା ।

– "ଇଏସ, ମୁଁ ଜଣେ ମନସ୍ତତ୍ତ୍ୱବିତ୍ । ମନବୁଝେ । ମନ ଗହନର ଯେତେ ରହସ୍ୟକୁ ଭେଦ କରିପାରେ । ତମ ଭିତରେ ସେମିତି କଛି ଅଛିକି ? କହିଲେ ମୁଁ ତାହାର ସମାଧାନର ସୂତ୍ର ଅବଶ୍ୟ ଖୋଜି ଦେଇ ପାରିବି ।"

– "ଧନ୍ୟବାଦ ! ଆବଶ୍ୟକ ହେଲେ କହିବି । ଆସ ବଂଧୁ- ଏ ଶୂନ୍ୟ କୋଠରୀକୁ ସ୍ୱାଗତ ।" ପାଛୋଟି ନେଲା ସାଗର ଅନୁରାଗଙ୍କୁ । ମୃଦୁ ମୃଦୁ ହସୁଥିଲା ସାଗରିକା । ଉଭୟଙ୍କ ଭିତରେ ଏ ମନସ୍ତାତ୍ତ୍ୱିକ ଡିସ୍‌କସନ ତାକୁ ବେଶ୍ ଉଷ୍ମ କରି ଦେଉଥିଲା ।

– 'ତମେ ବସି କଥାହୁଅ । ମୁଁ କଫି ନେଇ ଆସୁଚି ।' ଚାଲିଗଲା ସାଗରିକା ।

ପାଖାପାଖି ଚଉକି ଦୁଇଟିରେ ବସି ରହିଥିଲେ ସାଗର ଓ ଅନୁରାଗ । ସାଗର ଭାବି ଚାଲିଥିଲା- ଏ ଡକ୍ଟର ସତରେ କି ମୋ' ମନ-ଗହନର ଗୋପନ ରହସ୍ୟ ବିଷୟରେ ଜାଣିନେବେ ? ମୁଁ ଯେ କିପରି ସାଗରିକାକୁ ଆଦୌ ଭଲ ପାଏନା । ଖାଲି ଟାଇମ ପାସ୍ । ସେ ବି କ'ଣ ଜାଣିନେବେ-ଏ ଦୀର୍ଘ କେତେ ବର୍ଷ କାଳ ମୁଁ ସାଗରିକାକୁ ଛାଡ଼ି କୋଉଠି ଥିଲି । କାହିଁକି ଥିଲି, କାହା ସାଥିରେ ଥିଲି, କ'ଣ କ'ଣ କାର୍ଯ୍ୟ ହାସଲ କରି ଆସିଚି । ଶୈଳଜା ସାଂଗରେ ମୋର ସେ ଗୁପ୍ତ ସଂପର୍କ ଆଉ ଘଟେଇ ଥିବା ଅପରାଧର ସୂଚନା ଯଦି ଇଏ ପାଇଯାନ୍ତି... ତେବେ ମୋର ଅବସ୍ଥା କ'ଣ ହେବ ?

ସମ୍ବାଦପତ୍ରଟି ଉପରେ ଆଖି ବୁଲାଇ ଚାଲିଥିଲେ ଅନୁରାଗ । ହଠାତ୍ ପାଟିକରି କହି ଉଠିଲେ - 'ଅନୁପମ ନିରୁଦ୍ଦିଷ୍ଟ ! ଓଃ ସରି !'

– 'ଅନୁପମକୁ ତମେ ଜାଣ ?' ପ୍ରଶ୍ନକଲା ସାଗର ।

– 'ସେ ଯେ ମୋର ସଂପର୍କୀୟ ଭାଇ ।'

– 'ମାନେ ?' ଚକିତ ହୋଇ ଆପାଦମସ୍ତକ ନିରୀକ୍ଷଣ କରୁଥିଲା ସାଗର । ପଶିଆସିଲା ସାଗରିକା କଫି କପ୍-ପ୍ଲେଟ ହସ୍ତରେ । ପ୍ରଶ୍ନ କଲା-

– 'କିଏ କାହାର ଭାଇ ? ସାଗର କ'ଣ ତମର ଭାଇ ଅନୁରାଗ ?'

– ଅନୁରାଗ କଫି କପଟା ନେଉ ନେଉ 'ଆରେ ନା ନା, ସାଗର ନୁହନ୍ତି ଅନୁପମ ।'

– 'ଅନୁପମ !' ଚମକି ଉଠିଲା ସାଗରିକା । ଏଇ ନାଆଁଟି ସାଥିରେ ତାର କି ଯେ ସଂପର୍କ ? କାହିଁକି ଯେ ଏ ନାଆଁଟି ପ୍ରତି ଏତେ ଆକର୍ଷଣ !

– 'ଅନୁପମ...କଉ ଅନୁପମ ?' ଜାଣିଜାଣି ପଚାରିଲା ସାଗରିକା ।

– 'ଅନୁପମ ପଟ୍ଟନାୟକ, ମୋର ସଂପର୍କର ବଡ଼ଭାଇ ହେବେ । କିଂତୁ ସେ ଯେ ନିରୁଦ୍ଦିଷ୍ଟ ।'

– 'ସତେ !'

– 'ଏଇ ସମ୍ବାଦ ପତ୍ରରୁ ଜାଣିଲି ।'

– 'ଆଚ୍ଛା, ତମେ କଫି ପି ନିଅ । ମୁଁ ଦେଖୁଚି ।' ସମ୍ବାଦପତ୍ର ଟାଣିନେଇ ଦେଖି ଚାଲିଲେ ।

କିଂତୁ ସାଗର ଭିତରେ ଆଲୋଡ଼ନ । କି ଭଳି ସଂପର୍କ ଅନୁପମ ସାଥିରେ ଏବଂ ସତରେ ଏ କିଏ ? କ'ଣ ......

– 'କଉ ଭାବନାରେ ବୁଡ଼ିଗଲ ବଂଧୁ । ଆରେ କଫି ଯେ ଥଣ୍ଡା ହୋଇଯାଉଛି ।' ଚେତେଇ ଦେଲେ ଅନୁରାଗ ।

– 'ଇଏସ୍ ।' ସାଗର କଫି କପ୍ ଓଠରେ ଲଗାଇଲେ ।

କଫିର ସ୍ୱାଦ ନେଉଥିଲେ ଦୁଇ ବଂଧୁ । କହି ଉଠିଲେ ଏକସଂଗେ–

– 'ବାଃ, ବହୁତ ଟେଷ୍ଟି ହୋଇଛି କଫି । ଚମତ୍କାର ! ମାନିବାକୁ ପଡ଼ିବ ।'

– "ଥାଉ ଥାଉ, ଆଉ ଟେକାଟେକି କରନି । ଏ ପରା ନାରୀ ହାତର କିମିଆଁ । ଆଚ୍ଛା ଅନୁରାଗ ବାବୁ, ତମେ ବିବାହ କରିଛ ?"

ଅନୁରାଗ ସାଗରକୁ - 'ତମେ ? ଆଉ ତମେ ବି ?' ସାଗରିକାକୁ ।

– 'ମୋ କଥା ।' ହା....ହା....ହା, ହସି ଉଠିଲା ସାଗରିକା ବାୟାଣୀଟି ପରି । କହିଲା, "ଶୁଣିବ ଶୁଣିବ ଅନୁରାଗ, ମୋ' ସେ ଉଦ୍ଭଟ କାହାଣୀ !"

– 'ନା ନା, ବନ୍ଦକର ସେ ସବୁ ।' ଉତ୍ତେଜିତ ହୋଇ କହି ଉଠିଲା ସାଗର । 'ମୁଁ ଆସୁଛି ।' ଝଡ଼ପରି ପ୍ରସ୍ଥାନକଲା ସାଗର ଶୂନ୍ୟକୋଠରୀ ଛାଡ଼ି ।

ଅନୁରାଗବାବୁ କହି ଉଠିଲେ - 'ଆରେ ସତରେ ଏତ ଗୋଟେ ପାଗଳ !'

– 'ପାଗଳ ?' ସାଗରିକାଙ୍କ ପ୍ରଶ୍ନ ।

– "ଇଏସ୍, ପ୍ରେମ ପାଗଳ । ତା' ନହୋଇଥିଲେ, ଜଣେ ଝିଅର କାହାଣୀ ଶୁଣିବା ଆଗରୁ ଏମିତି ଉତ୍ତେଜିତ ହୋଇ ଚାଲିଯାଇ ନଥାନ୍ତେ ।"

– "ଆପଣ ଏ କ'ଣ କହୁଛନ୍ତି ଅନୁରାଗ ବାବୁ ?"

– "ଖାଲି ପାଗଳ ନୁହେଁ, ଜଣେ ପ୍ରତାରକ, ପ୍ରବଞ୍ଚକ ଆଇ ମିନ୍..."

– "ଥାଉ ! ଆଉ କିଛି ତାଙ୍କ ବିଷୟରେ ଶୁଣିବାକୁ ମୋ ଭିତରେ ଧୈର୍ଯ୍ୟ ନାହିଁ ।" ସାଗରିକା ଅସ୍ଥିର ହୋଇ ଉଠିଲା । ସାଗରିକାଙ୍କ ଏପରି ପ୍ରତିକ୍ରିୟାକୁ ଲକ୍ଷ୍ୟକରି ଅନୁରାଗଙ୍କ ପ୍ରଶ୍ନ–

– "ଆରେ ତମେ ବି ?"

ବିବ୍ରତ ହୋଇ ଉଠି ସାଗରିକା– "ନା ନା, ମୁଁ ପାଗଳ ନୁହେଁ । ମୁଁ ଠିକ୍ ଅଛି । ପୂରା ଠିକ୍ ଅଛି । ମୋତେ ବିଶ୍ୱାସ କର । ପ୍ଲିଜ୍ ।"

ଦ୍ରୁତ ପଦକ୍ଷେପରେ ଚାଲିଗଲା ଅନ୍ତରାଳକୁ ।

ଆଉ ଅନୁରାଗ ? ଏକା ଏକା ସେହି ଶୂନ୍ୟ କଠୋରୀଟି ଭିତରେ ବସି ହସି ଚାଲିଥିଲେ ।

– "ହା-ହା-ହା, ସବୁ ଗୁଡ଼ାକ ପାଗଳ । ଏଠି-ସେଠି-ସବୁଠି ଖାଲି ପାଗଳ-ପାଗଳ-ପାଗଳ । ହାଃ...ହାଃ...ହାଃ... !"

ଚମକି ପଡ଼ି- "ଏଁ ! ମୁଁ ଯେ ହସୁଚି ? ମୁଁ ବି କ'ଣ ତା'ହେଲେ ଗୋଟେ ପାଗଳ ? ? ନୋ... !"

ଚିତ୍କାର କରି ଉଠିଲେ ଅନୁରାଗ ପାଗଳଙ୍କ ପରି !

॥ ୧୨ ॥

ଚାନ୍ଦିନୀ ଚାହିଁ ବସିଚି । କେତେବେଳେ ସେ ଅଜଣା ସାଥୀ ଆସିବେ । ଅଜଣା... ? ଇଆ ଭିତରେ ଯେ ସେ ଗୋଟାପଣେ ଆପଣାର ହେଇ ସାରିଛନ୍ତି ।

– 'ଏହି ଯେ ରାତି ବାର ବାଜିବାକୁ ଯାଉଛି ।'

କାନ୍ଥଘଣ୍ଟାରେ ବାଜି ଉଠିଲା ବାରଟି ଘଣ୍ଟି ଢଂ-ଢଂ-ଢଂ ହେଇ । ଚାନ୍ଦିନୀର ଛାତି ଭିତରେ ସେହି ଶବ୍ଦର ପ୍ରତିଧ୍ୱନି; ଯେମିତି କେହି ହାତୁଡ଼ିରେ ତା' ବୁକୁପଞ୍ଜରାକୁ ଠକ୍ ଠକ୍ କରି ଚୋଟ ମାରୁଛି ! ଏ ଚୋଟ ନିଃସଂଗତାର ନୁହେଁ ତ ? ଯୌବନର ଉଦ୍ଦାମ ବେଳାରେ ଏଇ ଏକଲାପଣ ବହୁତ ବାଧେ ନା? ହେଲେ ସେ ତ ଆଜି ଗୋଟେ ସାଥୀର ସଂଧାନ ପାଇ ଯାଇଛି । ତେବେ ଏତେ ଆତୁରତା କାହିଁକି ? ନାଇଁ, ସେ ନିଜକୁ ସମ୍ଭାଳି ନବ । ଇଏସ୍ !

– "ଆଉ ଏ ବାବୁ? ଏତେ ଟଂକା ? କ'ଣ କରନ୍ତି ଇଏ ? ବଡ଼ ବିଚିତ୍ର ଲାଗନ୍ତି ଏ ବ୍ୟକ୍ତି ଜଣକ । କି ରହସ୍ୟ ରହିଚି ଏଙ୍କଠି ? କହୁଥିଲେ ନୂଆ କରି ଆସିଚନ୍ତି ଏ ସହରକୁ, କ'ଣ ଖୋଜିବା ପାଇଁ । ହୁଏତ ସେହି ଖୋଜିବା ବାହାନାରେ ବାହାରି ଯାଇଛନ୍ତି ସେତେବେଳୁ । ଯାଇଛନ୍ତି ଯେ ଯାଇଛନ୍ତି । ରାତିଆସି ବାରଟା ବାଜିଲାଣି- ଦେଖା ନାହିଁ ?" ଘରଟାକୁ ଆଗଠୁ ଅଧିକା ସଜାଡ଼ି ଦେଇଛି ଚାନ୍ଦିନୀ । ଯେମିତି କେହି ପ୍ରିୟତମଙ୍କ ଆଗମନର ସୂଚନା ପାଇ ! କେମିତି ସଜେଇବନି ଯେ ?

– 'ଯାଃ ।' ଇଏ କ'ଣ କରୁଛି ଚାନ୍ଦିନୀ । ଅଜଣା ଜଣେ ପୁରୁଷଙ୍କୁ ନେଇ ? ଆଜି ତାର ଏତେ ମାନସମନ୍ଥନ କାହିଁକି ? କ'ଣ ପାଇବ ସେଥିରୁ ସେ ? ଅନାଥିନୀ ବାଳିକା ! ସେ ବି ତ କହୁଥିଲେ ଜଣେ ଅନାଥ, ସତରେ ନା କ'ଣ ? ନା ଲୁଚାଇ ରଖିଚନ୍ତି ଅସଲ ପରିଚୟ ତା' ପାଖରେ ଆଉ କିଛି ଉଦ୍ଦେଶ୍ୟ ନେଇ ? ଦେଖାଯାଉ ! ସେ ନିଜେ ବି ଭାରି ହୁସିଆର । ସହଜରେ କାହାରି ପାଲରେ ପଡ଼ିବା ଝିଅ ନୁହେଁ ।

କବାଟରେ କିଏ ହାତ ମାରିଲା । ଧୀର..ଅତି ଧୀର ସେ ସ୍ପର୍ଶ । ଚାନ୍ଦିନୀର ସନ୍ଦେହ ରହିଲା ନାହିଁ ଯେ ସେ ହୋଇଥିବେ ସେହି ଅଜଣା ଯୁବକ । ଯାଇ କବାଟ ଫିଟେଇ ଦେଲା । ଗୋଟେ ବାର୍ ଡେନ୍ସ କରି ବଂଚୁଥିବା ଯୁବତୀ ଝିଅ ଘରକୁ କିଏ ବା କାହିଁକି ଆସିବ, ଫେର ରାତି ...ଏ ଅସମୟଟାରେ ? କାହିଁ, କେହି ତ ନାହାନ୍ତି ?

ସତରେ ସେ କ'ଣ ତାକୁ ଠକିଦେଇ ଚାଲିଗଲେ ଆଉ କେଉଁ ସହରକୁ? ହା-ହା-ହା..., ସେ ଠକିଲା କେମିତି ? ତା' ପାଖରେ ଯେ ପୁଳାପୁଳା ଟଂକାର ତାଡ଼ାଗୁଡ଼ା ଥୋଇଦେଇ ଯାଇଚନ୍ତି। ତାର ଆଉ କ'ଣ ଦରକାର? ଚାହୁଁଥିଲା ନା -ଫୂର୍ତ୍ତିରେ ବଂଚିବ; ତାର ଖାଲି ଟଙ୍କା ଦରକାର?? ଟଙ୍କା କ'ଣ ଜୀବନର ସବୁକିଛି? ଟଙ୍କା କ'ଣ ମେଣ୍ଟେଇ ପାରିବ ତା' ଜୀବନର ଯେତେ ଆବଶ୍ୟକତା ?

ଅନାଥିନୀ ହେଲେ ବି ସେ ଆଜି ଯୁବତୀଟିଏ! ଜୀବନ ପାଇଁ ତାର ସାଥୀ ଦରକାର। ଦେହ ପାଇଁ ଦେହଟାଏ ଦରକାର। ମନ ପାଇଁ ଆଉ ଗୋଟିଏ ମନ। ଜୀବନର ଏତେ ଭୋକ-ଶୋଷ-ଆଃ, ବୁକୁରେ ଯନ୍ତ୍ରଣା। ସେ ଅନୁଭବ କଲା ଗୋଟେ ବିରାଟ ଶୂନ୍ୟତା ଯେମିତି ତାକୁ ଗ୍ରାସ କରି ଯାଉଚି!

ସତରେ ଟଙ୍କାଦେଇ ସେ କ'ଣ ମନଟିଏ କିଣି ପାରିବ?

– 'ନା!' ଆହତ ଚିତ୍କାରଟାଏ କରି ଉଠିଲା ଚାନ୍ଦିନୀ। ଆଉ ସେ ଟଙ୍କା ପଛରେ ଗୋଡ଼େଇବ ନାହିଁ। ସେ ଖୋଜିବ ଗୋଟେ ସୁନ୍ଦର ମନ, ଯେଉଁ ମନ କି ତାକୁ ଦେଇପାରିବ ଶାଂତି-ପ୍ରୀତି ସବୁକିଛି। ସୁଖ-ଐଶ୍ୱର୍ଯ୍ୟର ମୋହରେ ଅନ୍ଧ ହୋଇ ପଡ଼ିଥିବା ଯୁବତୀର ମନ ମଧ୍ୟରେ ଏ ଭାବାନ୍ତର କାହିଁକି?

ହଁ ସେହି ଅଜଣା ଯୁବକ, ଯେମିତି ତା' ଭିତରେ ଗୋଟେ ବିରାଟ ପରିବର୍ତ୍ତନ ଆଣି ଦେଇଛନ୍ତି। ତାଙ୍କୁ ନେଇ ନିଜର ଅନ୍ତଃଚେତନାରେ କିଛି ଦୁର୍ବଳତା ଜାତ ହେଇନାହିଁ ତ? ତା' ମନ-ଗହନର ସେହି ଗୋପନ ରହସ୍ୟଟି ତେବେ କ'ଣ?

ହଠାତ୍ ବାଜି ଉଠିଲା ଫୋନର ରିଂ-ଟୋନ୍। ଉତ୍ସୁକତାର ସହିତ ଫୋନଟିକୁ ଉଠାଇ ନେଇ ସମ୍ବୋଧନ କଲା-

– 'ହାଲୋ!'

– 'ମୁଁ ଅନୁରାଗ କହୁଚି।'

– 'ହଁ, କୁହ ଅନୁରାଗ, ତମେ କେଉଁଠି? ମୁଁ ଯେ ତମକୁ ଏଠି ଅପେକ୍ଷା କରି ଚାହିଁ ବସିଛି।'

– 'ମୁଁ ତମ ପାଖରେ କେଉଁ ପରିଚୟ ନେଇ ରାତି କଟେଇବି ବୁଝି ପାରିଲିନି! ସେଥିପାଇଁ....'

– 'ପରିଚୟ?'

– 'ହଁ, ପରିଚୟ!'

– "କାହିଁକି, ଜଣେ ପୁରୁଷ ଆଉ ନାରୀ, ଜଣେ ଯୁବକ ଆଉ ଯୁବତୀ କ'ଣ ଏକାଠି ରହି ପାରିବେନି, ବିନା ପରିଚୟ ସଂପର୍କରେ?"

– "ନା ଚାନ୍ଦିନୀ! ଏଇଟା ଯେ ସମାଜ! ସମାଜର ଗୋଟେ ନିୟମ ଅଛି । ସେ କଟକଣାକୁ ଅତିକ୍ରମ କରିପାରିବାନି ଆମେ ।"

– "ନା, ମୁଁ ଚାହେଁନି ସେ ସମାଜର କଟକଣାକୁ ନେଇ ବଂଚିବା ପାଇଁ । ମୁଁ ମୁକ୍ତି ଚାହେଁ । ଏ ସାମାଜିକ ମିଛ-ମୋହ ବନ୍ଧନରୁ ମୁକ୍ତି ।"

– "ପାରିବ, ପାରିବ ଚାନ୍ଦିନୀ, ତୁମେ ମୋ' ହାତଧରି ସେହି ମୁକ୍ତିର ପଥରେ ଯାଇପାରିବ ?"

– 'ମୁକ୍ତିର ପଥ ?'

– "ହଁ, ଉଡ଼ାଚଢ଼େଇ ପରି ଆମେ ଉଡ଼ିଯିବା ଦୂର, ବହୁତ ଦୂରକୁ ଆଉ ସେଠି ଆମେ ଗଢ଼ିବା ଆଉ ଏକ ଦୁନିଆ; ଯେଉଁଠି ନଥିବ କିଛି ବନ୍ଧନ, ଆକଟ କି ଅଂକୁଶ । ମୁକ୍ତ ଆକାଶର ବିହଙ୍ଗ ପରି ଆମେ ମୁକ୍ତିର ସ୍ୱାଦୁ ଚାଖିବା । ଶାଂତିର ନୀଡ଼ଟିଏ ରଚନା କରି ପାଲଟି ଯିବା ଦ୍ୱା-ସୁପର୍ଣ୍ଣା । କୁହ ଜବାବ ଦିଅ ଚାନ୍ଦିନୀ ?"

ଚାନ୍ଦିନୀ ଯେମିତି ମୂକ ପାଲଟି ଯାଇଥିଲା । ରହସ୍ୟମୟ ଯୁବକଙ୍କ ଶବ୍ଦର ମର୍ମକୁ ଆଦୌ ଭେଦ କରି ପାରୁନଥିଲା ତାର ବୁଦ୍ଧି । ଓଠ ଦୁଇଟି ଖାଲି ଥରିବାକୁ ଲାଗିଲା । କିଛି ବି କହି ପାରିଲାନି ସେ ।

– 'ଚାନ୍ଦିନୀ, ଶୁଣି ପାରୁଛ ? ମୋ କଥାର ଜବାବ ଦିଅ !'

– "ନା, ମୁଁ କିଛି ଶୁଣି ପାରୁନି । ଜବାବ ଶୁଣିବ ତ ? ତମେ ଏବେ ମୋ' ପାଖକୁ ଚାଲିଆସ । ଇଏସ୍, ଏବେ ମୋର ତୁମେ ଦରକାର । ବାସ୍ ।"

ଆହତ ପ୍ରାଣର ବ୍ୟାକୁଳତା ନେଇ ଫୋନଟି ଥୋଇଦେଲା ଟେବୁଲ ଉପରେ ଆଉ ଶେଯଟି ଉପରେ ଲୋଟିପଡ଼ି କାନ୍ଦି ଉଠିଲା ସେ । କାନ୍ଦ ବନ୍ଦ ହେଉ ନଥିଲା । ଆଖିରୁ ଝରି ଚାଲିଥିଲା ଅମାନିଆଁ ଲୁହ । ଲୁହର ବନ୍ୟା ।

ହଠାତ୍ ଆମ୍ବାସଡରଟାଏ ଆସି ସଡନ ବ୍ରେକ୍ ଦେଇ ଅଟକିଗଲା ଗେଟ୍ ସାମ୍ନାରେ ।

॥ ୧୩ ॥

ବଂଶୀରେ ପୂରବୀର ରାଗ ତୋଳୁଥିଲେ ଅନୁପମ ଓରଫ୍ ଅନୁରାଧା । ପୂବେଇ ପବନରେ ସେ ରାଗର ମୂର୍ଚ୍ଛନା ଭାସି ଆସି ପ୍ରାଣରେ ଭରି ଦେଉଥିଲା କଂପନ । ସାଗରଦ୍ୱୀପର ସେହି ଲବଙ୍ଗ କ୍ଷେତ, ଡାଳିମ୍ବ ବଗିଚା, ଅଳେଇଚ କୁଂଜ, ମଲ୍ଲୀ-ହେନା-ଜାଇ-ଯୁଇ-ନାନାଜାତି ଫୁଲର ବାଟିକା ସମସ୍ତେ ଯେପରି ଆଜି ଜୀବନ୍ତ ହେଇ ଉଠିଚନ୍ତି ସଂଗୀତର ସମ୍ମୋହନ ପରଶରେ !

ଆଗରୁ ଏମିତି କେବେ ଘଟି ନଥିଲା ଏ ଦ୍ୱୀପରେ । ନିର୍ଜନ ନିବାସର ନିସଂଗତା କୋଳରେ ତରୁ-ଲତା-ବନ-ପ୍ରକୃତି ସତେ ମୂର୍ଚ୍ଛିତ ହେଇ ବଂଚି ରହିଥିଲେ ଅପେକ୍ଷା କରି ଏହି କ୍ଷଣକୁ କାହିଁ କେତେ କାଳରୁ । ସତରେ ବୃନ୍ଦାବନରେ ଏ ମୋହନ ବଂଶୀର ସୁର ଯେମିତି ମତୁଆଲା କରିଚି ସଭିଙ୍କୁ !

କିଂତୁ, କାହାନ୍ତି ସେ ଗୋପୀବୃନ୍ଦ ? କାହାନ୍ତି ସେହି ରୂପସୀ ଫୁଲକୁମାରୀ ରାଧା ? ସେମାନଙ୍କର ଦେଖା ନାହିଁ କାହାରି, ଆଶ୍ଚର୍ଯ୍ୟ !

ଏହି ଯେ ପାଦ ଟିପିଟିପି ଚପଳା ଆଗେଇ ଆସୁଥିଲା ଅନୁପମଙ୍କ ଅଲକ୍ଷ୍ୟରେ । ପାଦର ଶବ୍ଦରେ କାଳେ ଧ୍ୟାନ ଭାଂଗିଯିବ; ବେସୁରା ହେଇଯିବ ବଂଶୀ । ଆଃ କି ମନ ମତାଣିଆ ଏ ସୁର ! ଯେମିତି ମନ୍ତ୍ରମୁଗ୍ଧ ହେଇ ଯାଉଚି ସେ ! କିଏ ଯେପରି ତା' ପ୍ରାଣ ଭିତରେ ଛୁଇଁ ଯାଉଛି କାଉଁରୀ !

ବନ୍ଦ ହୋଇଗଲା ବଂଶୀ ।

– "ଆଃହା, ବନ୍ଦ କରିଦେଲ !" ବେଦନାର୍ତ୍ତ କଂଠରେ କହିଉଠିଲା ଚପଳା ।

– "କିଏ, ଓ ତମେ ? ଆସ, ବସ ମୋ' ପାଖରେ ।"

– 'ତମେ ଏତେ ସୁନ୍ଦର ବଂଶୀ ବଜେଇ ଜାଣ ?'

– "ମୋ' ବଂଶୀର ସୁର କ'ଣ ତୁମକୁ ଭଲ ଲାଗୁଛି ?"

– "ଯେପରି ମୁଁ ଆତ୍ମହରା ହେଇଯାଉଚି !"

– "ସତେ ?"

– "ହଁ, ସତ !"

– "ଠିକ୍ ଏମିତି, ସେ ମୋ' ବଂଶୀସ୍ୱନ ଶୁଣି ବିଭୋର ହେଉଥିଲା ।"

– "ଓ, ତମ ସେହି ଅନୁପମା କଥା କହୁଚ ?"

– "ହଁ, ସେହି ଅନୁପମା, ଯାହାକୁ ମୁଁ ହଜେଇ ଦେଇଚି ଅନେକ ଦିନରୁ..."

– "ଆରେ, କହୁଥିଲ ପରା ମୁଁ ତମ ଅନୁପମା ?"

– "ଏ ଏକ ମିଛ ବାହାନା । ମନ ଭୁଲାଣିଆଁ ଗପ । ତମେ ଅଉ ମୁଁ, ଆମ ଭିତରେ ଥିବା ସବୁ ରହସ୍ୟ ଏକ ରୋମାଞ୍ଚ, ଏକ ବେପଥୁ, ଯାହା ଢେଉପରି ଆସି ମିଳେଇ ଯିବ କ୍ଷଣକ ଭିତରେ ।"

– "ନାଇଁ, ତମେ ସେମିତି କୁହନି ଅନୁପମ ! ତୁମକୁ ଦେଖିବା, ସ୍ପର୍ଶକରିବା ଦିନଠୁ ମୁଁ ମୋ' ନିଜକୁ ଭୁଲି ଯାଇଚି । ମୁଁ ନିଜକୁ ଖୋଜି ପାଇଚି ତୁମରି ଭିତରେ । ତୁମେ ମୋର ପ୍ରେମ...ତୁମେ ମୋର ପ୍ରାଣ-ସ୍ପନ୍ଦନ ।"

– "ଅନୁପମା !" ଅନୁପମାକୁ କୋଳେଇ ନେଲେ ଅନୁପମ ନିଜ ବକ୍ଷ ଉପରକୁ । "ସତରେ ତମର ଭଲ ପାଇବା, ଏତେ ଅତ୍ମୀୟତା ମୋତେ ବି ପାଗଳ କରିଦେଇଛି । ସତକୁହ...ତମେ କି ମୋର ଅନୁପମା ? ଠିକ୍ ସେହି ନାକ, ସେହି ଆଖି, ସେହି ଓଠ, ସେହି ଚିବୁକ, ସେହି ମୁହଁ, ସୁନ୍ଦର ସୁନ୍ଦର ଦୁଇ ଗଣ୍ଡଦେଶ.. !" ଆଙ୍କି ଦେଲେ ଚୁମାଟିଏ ।

– "ଆଃ, ଦେଖୁଚି ଇଆ ଭିତରେ ତମେ ଭାରି ଦୁଷ୍ଟ ହେଇଗଲଣି ?"

– "ହେବିନି ? କଉ ପୁରୁଷ ପ୍ରଜାପତି ତମ ଏଇ ସୁନ୍ଦର ମୁଖ-ପଦ୍ମକୁ ପାଖରେ ପାଇ ଆତ୍ମହରା ହେଇ ନଉଠିବ କୁହତ ? ଇଚ୍ଛା ହେଉଛି-କ'ଣ ଜାଣ... ?"

– "କ'ଣ ?"

– "ତମ ରୂପର ଇନ୍ଦ୍ରଜାଲ ଭିତରେ ମୁଁ ହଜିଯାନ୍ତି ! ତମ ପ୍ରେମର ସମ୍ମୋହନ କୋଳରେ ମୁଁ ଶୋଇ ପଡ଼ନ୍ତି କୁନି ପିଲାଟିଏ ହୋଇ ସବୁଦିନି ପାଇଁ ।"

– "ଆରେରେ, ଏ କ'ଣ ? ମୁଁ ତମକୁ ଏତେ ଭଲ ପାଇଛି ମୋର ପ୍ରିୟତମ ଭାବରେ, ଆଉ ତମେ ମୋତେ ମାଆ ସଜେଇ ମୋ' କୁନିପୁଅ ହେବାର ପାଗଳାମୀ କରୁଛ ? ସତରେ ତମେ ବଡ଼ ବିଚିତ୍ର ଚରିତ୍ରଟାଏ, ନାଇଁ, ନାଇଁ ସେ ସବୁ ହେଇ ପାରିବନି । ତମେ ତମେ; ମୁଁ-ମୁଁ ! ତମେ ଅନୁପମ ମାନେ ମୋ' ସଖୀ ଅନୁରାଧା; ଆଉ ମୁଁ ଚପଳା, ତମ ଅନୁପମା ! ବାସ୍; ଆଉ କିଛି ବି ନୁହେଁ !"

– "ଅନୁପମା !"

– "ଉଠ, ଚାଲ ।" ହାତଟାଣି ଉଠାଇବାକୁ ଚେଷ୍ଟାକଲା ଚପଳା ।

– "ଆରେ, କେଉଁଠିକି ?"

– "ରୂପନଅର, ରାଣୀମା'ଙ୍କ ପାଖକୁ ।"

– "ରାଣୀ ମା' ?"

– "ହଁ, ରାଣୀ ମା'; ତମକୁ ଦେଖିଲେ ଖୁସି ହେବେ । ଖବର୍ଦ୍ଦାର, ତମେ ଜଣେ ପୁରୁଷ ବୋଲି ଜମା ମୁହଁରେ ଧରିବନି ।"

– "ଆଉ ତମ ସଖୀମାନେ ?" ଭୟ ଓ ସଂଦେହ ମିଶ୍ରିତ ପ୍ରଶ୍ନ ଅନୁପମର ।

– "ସେମାନେବି ସତର୍କ ! ସେମାନେ ମୋର ବିଶ୍ୱସ୍ତ ପ୍ରିୟସଖୀ । ସେ ଭୁଲ ସେମାନେ କେବେ ବି କରିବେନି ।"

– "ମୋତେ ନେଇ ସେଠି କ'ଣ କରିବ ଶୁଣେ ? ନାଇଁ ନାଇଁ, ବରଂଚ ମୁଁ ଏଇଠି ଭଲରେ ଅଛି । ଏଇ ନିକୁଂଜ ନିବାସ, ନିରୋଳ ପରିବେଶ, ଶୂନ୍ୟ ଆକାଶ ତଳେ ସାଗରର ବିଜନ ବେଳାରେ ଭିଜାବାଲିର ଶେଯ ମୋତେ ବେଶ୍ ଆରାମ ଦେଉଛି । ଖୁବ୍ ଶାଂତି ।"

– "ଦେଖ, ଭିଜାବାଲିରେ ଚାଲୁଚାଲୁ ସାବଧାନ, ଚୋରାବାଲିରେ ଯେପରି ପାଦ ଖସି ନଯାଏ !"

– "ଚୋରାବାଲି !" ଚମକି ଉଠିଲା ଅନୁପମ । ତା' ଭିତରେ ଖେଳିଗଲା ଗୋଟେ ଅହେତୁକ ଭୟର ଶିହରଣ ।

– "ହଁ, ଏଇ ଯଉ ସାଗରଦ୍ୱୀପର ବାଲୁକା ଶଯ୍ୟାରେ ଅନେକ ଚୋରାବାଲି ଲୁଚି ରହିଚି । ଜମା ବାଲିରେ ପାଦ ପକେଇବ ନାହିଁ କେତେବେଳେ ବୁଝିଲ ?"

– "ଆଉ କ'ଣ ବୁଝିବାକୁ ବାକି ରହିଚି ଯେ ? ଏଠିକୁ ଆସି ମୁଁ ଯେଉଁ ପ୍ରୀତିର ଚୋରାବାଲିରେ ଫଶି ଯାଇଛି ...ସେଥିରୁ..."

– "ତମେ ଆଉ କେବେ ମୁକୁଳି ପାରିବନି ଏଇଆ ନା ?"

– "କେମିତି ଜାଣିଲ ମୋ' ମନକଥା ? ସେ ବି ତ ଠିକ୍ ଏମିତି ମୋ ମନର ଭାଷା ପଢ଼ି ପାରୁଥିଲା । କଥା ଛଡ଼େଇ ଭାବ ଯୋଡୁଥିଲା ଠିକ୍ ତମରି ପରି । ସତ କୁହ, ତମେ କ'ଣ ମୋ' ସେହି ଅନୁପମା ?" ଭାବ ବିହ୍ୱଳିତ ହେଇ ଉଠି ପ୍ରଶ୍ନକଲା ଅନୁପମ ଏବଂ ମୁଗ୍ଧ ନେତ୍ରରେ ଚାହିଁ ରହିଲା ଚପଳାର ମୁହଁକୁ ।

– "ଅନୁପମା ?" ନିଜ ମନକୁ ପ୍ରଶ୍ନକଲେ ରାଣୀମା । କିଛି ଦୂରରୁ ନେପଥ୍ୟରେ ଛିଡ଼ାହୋଇ ଶୁଣୁଥିଲେ ଏମାନଙ୍କର ମୃଦୁ ବାର୍ତ୍ତାଳାପ । ଅନୁପମା ନାଆଁଟି ଶୁଣି ଚମକି ଉଠିଲେ । ତାଙ୍କ ଝିଅତ ଚପଳା ! ଦ୍ୱୀପର ଫୁଲକୁମାରୀ । ଫୁଲ ଶୁଙ୍ଘେଇ ସେ ତାକୁ ପ୍ରାଣ ଦେଇଥିଲେ ଆଜକୁ କୋଡ଼ିଏ ବର୍ଷ ପୂର୍ବେ । ଆଗେଇ ଆସୁଥିଲେ ରାଣୀ ମା' ।

ରାଣୀ ମା'ଙ୍କୁ ଆସୁଥିବାର ଦେଖି ବିବ୍ରତ ହୋଇ ଉଠିଲା ଚପଳା । ଅନୁପମ

ବି । କାଳେ ଶୁଣି ନେଇ ନାହାନ୍ତି ତ ଅନୁରାଧା ବେଶରେ ଅନୁପମଙ୍କ ଗୁପ୍ତ ରହସ୍ୟ କଥା ?

– "ଚପଳା !"

– "ରାଣୀ ମା' ।"

– "କହ, ତୋତେ ସେ ଅନୁପମା ବୋଲି କାହିଁକି ସମ୍ବୋଧନ କରୁଛି ? କିଏ ଏ ଝିଅ ? କଉଠୁ ଆସିଚି ? ମୋ' ଅଜ୍ଞାତରେ ପୁଣି ମୋ' ଦ୍ୱୀପରେ ଏ ତୋର ଏତେ ପ୍ରିୟ ହେଇଯାଇଛି କେମିତି ? କେବେଠୁ ? ସତ କହ ଚପଳା ?"

ଥରି ଉଠୁଥିଲା ଚପଳାର ସର୍ବାଙ୍ଗ । ବାଷ୍ପାକୁଳ ହେଇ ଉଠୁଥିଲା କଂଠ । କ'ଣ କହି ମାଆଙ୍କୁ ଭୁଲେଇବ, ଭାବି ପାରୁନଥିଲା ।

– "ଆରେ, ଚୁପ୍ ରହିଲୁ କାହିଁକି ? କହ, ମୋ ସୁନା ମାଆଟା ପରା, ମୁଁ ରାଗିବିନି । କହ ।"

– "ମାଆ, ଏ ମୋର ସଖୀ ଅନୁରାଧା ।" ଥରିଲା ଥରିଲା କଣ୍ଠରେ କହିଲା ଚପଳା ।

– "ଅନୁରାଧା !" ଅନୁପମଙ୍କର ପାଦଠୁ ମଥାଯାଏ ନିରୀକ୍ଷଣ କରି ଦେଖୁଥିଲେ ରାଣୀ ମା' ।

ଝିଅମାନେ ଖେପି ଆସିଲେ କହି କହି ।

– "ରାଣୀ ମା', ରାଣୀ ମା', ତମକୁ ସେଦିନ କହୁ ନଥିଲୁ । ଦରିଆ ଢେଉରେ ଭାସି ଭାସି ଆସି କୂଳରେ ଲାଗିଥିଲା । ଏଇ ସେହି ପୁ... ନାଇଁ ଝିଅ ଅନୁରାଧା । ଆମ ଫୁଲକୁମାରୀ ତାଙ୍କ ସାଥିରେ ସଖୀ ବସିଚନ୍ତି ପରା !"

– "ସତେ ! ଭଲ ହେଲା । ମୋ' ଚପଳାଟି ବି ଦିନେ ଭାସି ଭାସି ଆସିଥିଲା ଏଇ ଦରିଆ ଢେଉରେ । ଆଚ୍ଛା ! ଝିଅ ତୋ' ଘର କେଉଁଠି ? ତୋ' ଠିକଣା ? କହ, ମୁଁ ତୋତେ ଏ ଦ୍ୱୀପରେ ଅଟକେଇ ରଖିବିନି । ତୁ ଚାହିଁଲେ ମୁଁ ତୋତେ ପଠେଇଦେବି ତମ ରାଇଜକୁ । ଆଃହା, କେଡ଼େ ସୁନ୍ଦର ଝିଅଟିଏ ! ଆସିଲୁ ଆସିଲୁ, ତୋତେ ମୁଁ ଥରେ ମୋ' କୋଳରେ ଧରି...." ଆଗେଇ ଆସୁଥିଲେ ଅନୁପମଙ୍କ ଆଡ଼କୁ ।

ଝିଅମାନେ-ରାଣୀ ମା'ଙ୍କ ହାତ ପଛରୁ ଟାଣିଧରି ଅଟକାଇ କହି ଉଠିଲେ- "ରାଣୀ ମା', ରାଣୀ ମା'.. !"

– "କ'ଣ ଲୋ ?"

– "ତମେ ତାହା କରନା ।"

– "କାହିଁକି ?"

– "ତମେ କୋଳେଇ ଧରି ଫେର ଏଙ୍କୁ ବି ଝିଅ କରି ରଖିବାକୁ ଚାହିଁବ ନା କ'ଣ ଏ ଦ୍ୱୀପରେ ?"-ବନଲତାର ଉକ୍ତି ।

– "ନାଇଁ, ନାଇଁ, ତାହା ହେଇ ପାରିବନି । ଆମେ ତମର ଏତେ ଝିଅ ଥାଉ ଥାଉ ତମ ସ୍ନେହରେ ଆମେ ଆଉ କାହାର ଭାଗ ବସେଇବାକୁ ଦବୁନି ।"-ଚମ୍ପାବତୀର ଯୁକ୍ତି ।

ମେଘମାଳା କହିଲା- "ହଁ ରାଣୀ ମା', ସଖୀ ମୋର ସତ କହିଲା । ଏ ଜଣେ ପରଦେଶୀ । ଏ ଝିଅକୁ ତାଙ୍କ ରାଇଜକୁ ଆମେ ପଠେଇଦେବା ଭଲ ହେବ । ତାଙ୍କ ବାପା-ମା' ପରିବାର ତାଙ୍କ ପାଇଁ କେତେ ବ୍ୟସ୍ତ ହେଉଥିବେ ।"

ରାଣୀ ମା' ବୁଝିଗଲେ । "ସତ କହିଲ ଝିଅ । ଏ ଝିଅର ନିଜଲୋକ ମାନେ ଏକୁ ହଜେଇ କେତେ ଦୁଃଖରେ ଥିବେ-ମୁଁ ବୁଝି ପାରୁଛି । ନିଶ୍ଚୟ ପଠେଇ ଦେବି । ଅନ୍ତତଃ କିଛିଦିନ ଆମ ଦ୍ୱୀପରେ ରହୁ ଏ ଝିଅ । ତା'ପରେ ଯିବ ନିଜ ରାଇଜକୁ । ଆଚ୍ଛା ମା' ଚପଳା, ତମେ ଝିଅମାନେ, ତମର ଏଇ ପ୍ରିୟସଖୀଟିକୁ ନଅରକୁ ନେଇ ଆସ । ସେ ଆଜିଠୁ ସେଇଠି ରହିବ, ବୁଝିଲ ।"

ମିଳିତ ସ୍ୱରରେ ଜବାବ ଆସିଲା ଝିଅମାନଙ୍କର- "ଆଜ୍ଞା, ରାଣୀମା' !"

– "ଆସ ସମସ୍ତେ ।" ରାଣୀମା' ଚାଲିଲେ ଆଗେ ଆଗେ । ଝିଅମାନେ ପଛେ ପଛେ । ଯାଉଁ ଯାଉଁ ଫେରିଚାହିଁ- "ଫୁଲକୁମାରୀ, ଖୁବ୍ ସତର୍କ ଥିବ । ନହେଲେ ସବୁ ଖେଳ ସରିଯିବ ଗୋ,... ଆମେ ଆସୁଚୁ । ତମେ ତାଙ୍କୁ ସାଥିରେ ଧରି ଆସ ।" ଚାଲିଗଲେ ଝିଅମାନେ ।

ଚପଳା ଭାବୁଛି - "ବଂଚିଗଲି । ଧରାପଡ଼ି ଯାଇଥିଲେ କ'ଣ ଯେ ହୋଇଥାନ୍ତା ?"

– " କ'ଣ ଭାବୁଛ ଫୁଲକୁମାରୀ ?" ପ୍ରଶ୍ନକଲା ଅନୁପମ ।

– "ମୁଁ ..ହଁ ଭାବୁଛି ତୁମରି କଥା ! ଏ ଦ୍ୱୀପରେ ମୁଁ ତମକୁ କେତେଦିନ ଏମିତି ଲୁଚେଇ ରଖିପାରିବି ?"

– "ନାଇଁ ଚପଳା, ତମେ ମୋତେ ଚାଲି ଯିବାକୁ ଦିଅ । ଏ ଦ୍ୱୀପ ଛାଡ଼ି ପୁଣି ଦରିଆକୁ ଡେଇଁ ଭାସିଭାସି ଚାଲିଯିବି ଆଉ କେଉଁ ଦ୍ୱୀପକୁ । ସେଠି କାଳେ ମୋ' ଅନୁପମାର ସଂଧାନ ମିଳିଯିବ ।"

ଚାଲି ଯାଉଥିଲା ଦରିଆ ଆଡ଼କୁ ଅନୁପମ । ଚପଳା ପାଟିରୁ ସ୍ୱତଃ ବାହାରି ପଡ଼ିଲା ସେହି ସମ୍ବୋଧନ- "ହାଏ ଅନୁପମ !"

ଅଟକିଗଲା ଅନୁପମର ପାଦ । ଫେରି ଚାହିଁରହିଲା ଚପଳାର ମୁଖ ମଣ୍ଡଳକୁ ।

ସତରେ ଚପଳା କ'ଣ ତାକୁ ସେହି ଡାକରେ ଡାକିଲା-ଯେଉଁ ଡାକ ତା' କାନରେ ବାରମ୍ବାର ଶୁଭି ଯାଉଥିଲା ! ତାକୁ ପାଗଳ କରୁଥିଲା !

ଚପଳା ଚାହିଁ ମୃଦୁମୃଦୁ ହସୁଥିଲା ଅନୁପମଙ୍କ ମୁହଁକୁ । ଆଉ ଅନୁପମ ଟାଣିହେଇ ଆସୁଥିଲେ ଯେମିତି ତାରି ଆଡ଼କୁ ଏକ ଚୁମ୍ବକୀୟ ଆକର୍ଷଣରେ ! ଚପଳା ଦୁଇ ବାହୁ ପ୍ରସାରିତ କରିଦେଲା । ଅନୁପମ ଆସି ନିଜକୁ ହଜେଇ ଦେଲା ତାର ବାହୁ ବନ୍ଧନରେ !

ପ୍ରେମୀଯୁଗଳଙ୍କ ଏହି ନୈସର୍ଗିକ ମିଳନକୁ ଦେଖୁଥିଲା ପ୍ରକୃତି । ନାଚି ଉଠୁଥିଲା ସାଗରର ନୀଳଢେଉ ।

॥ ୧୪ ॥

ସୁରାଟ ସହର । ଦେହଟା ଭଲ ଲାଗିଲାନି ବୋଲି ଆଜି କାମକୁ ଯାଇନି ଗୌର । ଛୁଟି ନେଇ ବସି ରହିଚି ତାର ଛୋଟ ବସାଘରଟିରେ । ଝରକା ଫାଙ୍କ ଦେଇ ଚାହିଁ ରହିଛି ଦୂରକୁ-ବହୁତ ଦୂରକୁ । ବାହାରେ ଝିପିଝିପ୍ ବର୍ଷା । କୋହଲା ପବନରୁ ଦମକାଏ ମେଘପାଣି ଆଣି ସିଞ୍ଚି ଦେଇଗଲା ତା' ଦେହ ଉପରେ । ଶୀତେଇ ଉଠିଲା ସାରା ଦେହ । ଠିକ୍ ଏମିତି ଗୌରୀ ଯଉଦିନ ତା' ଦେହରେ ହାତ ଛୁଇଁ ଦେଇଥିଲା, ଏକାପରିକା ଅନୁଭବ କରିଥିଲା ସେ । ତାକୁ ଅଥୟ କରି ଦେଇଥିଲା ଗୌରୀର ସେଦିନର ସେହି ପହିଲି ଛୁଆଁ । ଆଉ ଆଜି-

– 'ଗୌରୀ!'

ଗୌରୀ ଅଛି ଯେ ଜବାବ ଦବ । ସେତ କାହିଁ କେତେଦୂର ତା' ପଲ୍ଲୀ ଗାଁଟିରେ । ଆଖି ପାଉନି କି ଦିଗ ଦିଶୁନି । 'ଯାଃ!'

ତା' କଥା ଆଜି କାହିଁକି ଏତେ ମନେ ପଡୁଛି କେଜାଣି ? ସତରେ ଗୌରୀର କିଛି ହେଇନି ତ ? ସେ କୁଶଳରେ ଅଛି ତ ? ତା'ର କି ମନେ ପଡୁଥିବ, ଏ ଗୌର ଭାଇର କଥା ? ଗୌର ଯେ ତାକୁ କେତେ ଭଲପାଏ ! ତାକୁ ସେ ଚାହେଁ ତା' ଜୀବନର ସାଥୀ ଭାବରେ ।

ଗୌର ଭାବି ଚାଲିଛି । ଝିପି ଝିପି ବର୍ଷା ଥମିବାର ନାଆଁ ନେଉନି । ସତରେ ଗୌରୀ ସହିତ ତାର ବାହାଘର ହବ! ବେଦିରେ ହାତଗଣ୍ଠି ପଡ଼ିବ । ତା' ମଥାରେ ସେ ପିନ୍ଧେଇ ଦବ ସିନ୍ଦୂର ! ହଳଦୀକଣ୍ଠି ବଉଳପାଟ ସାଂଗକୁ ତା' ମଥାରେ ନାଲି ଓଢ଼ଣି-ଆହା କେତେ ଶୋଭା ପାଉଥିବ ସତରେ! ଲକ୍ଷ୍ମୀପାଦ ଥାପି ଥାପି ନଇଁ ନଇଁ ଆସିବ ସେ ତା' ଘରର ଶୂନ୍ୟ ଅଗଣାକୁ । ପାଉଁଜିର ଝୁମୁରୁ ନାଦରେ ଗୁଂଜରି ଉଠୁଥିବ ଘର; ପାଲଟି ଯିବ ନାଚମନ୍ଦିର !

– "ଜୀ ଗୌରଦାସ ବାବୁ ହୈ କ୍ୟା ?"

ଡାକବାଲା ଚିଠି ଧରି ଛିଡ଼ା ହେଇଛି ଘର ସାମ୍ନାରେ ।

– 'ଓ ଗୌରବାବୁ!' ପୂର୍ବାପେକ୍ଷା ଟିକେ ଅଧିକ ଉଚ୍ଚା ସ୍ୱରରେ ଡାକିଲା ।

ଚମକି ଉଠିଲା ଗୌର । ଭାଂଗିଗଲା ଧ୍ୟାନ । ଛିଣ୍ଡିଗଲା ଭାବନାର ଖିଅ । ବିଚଳିତ ଗୌର ପ୍ରଶ୍ନ କଲା- 'କିଏ ?'

– "ଆମି ଡାକବାଲା । ଆପକୀ ଚିଠି ଆଇ ହୈ ବାବୁଜୀ ।"

– 'ଚିଠି !' ତର ତର ହେଇ ଦ୍ୱାର ପାଖକୁ ଚାଲି ଆସିଲା ଗୌର । ହାତ ବଢ଼ାଇ ଦେଲା ଡାକବାଲା ଆଡ଼କୁ । 'ଦିଅନ୍ତୁ ।'

ଚିଠି ଦେଇ 'ନମସ୍ତେ' କହି ଚାଲିଗଲା ଡାକବାଲା ।

– 'କାହାର ଏ ଚିଠି ?' ଓଲଟାଇ ଦେଖିଲା - "ଗୌରୀ । ଗୌରୀ ଚିଠି ଦେଇଛି । କାହିଁ କେବେତ ଦିଏନି; ଆଜି ଫେର.... ?" ବ୍ୟସ୍ତ ବିବ୍ରତ ହୋଇ ଖୋଲି ବସିଲା ଚିଠିଟିକୁ ଧୀରେ, ଅତି ଧୀରେ। ଖୋଲି ପଢ଼ିଲା-

"ଗୌରଭାଇ,

ଦୂରରୁ ମୋର ଜୁହାର ନେବ । ଏ ହତଭାଗିନୀ ଗୌରୀର କଥା ତମର ମନେ ପଡ଼େ କି ନାହିଁ ଜାଣେନା । ହେଲେ ତମ କଥା ମୋର ଏଠି ଭାରି ମନେ ପଡୁଛି । ନିଜକୁ ସମ୍ଭାଳି ପାରୁନି । ସେଥିଲାଗି ବାଆକୁ ଲୁଚେଇ ଚିଠିଟି ଲେଖୁଚି ।

ସତରେ ଗୌର ଭାଇ, ତମେ କେତେ ଭଲ ! ସେଦିନ ତମ ଉପକାର ମୁଁ କେବେ ଭୁଲି ପାରିବିନାହିଁ । ବାଆ ମୋର ଭଲ ହୋଇ କାମକୁ ଗଲାଣି । ତମେ ସେଦିନ ଔଷଧ ଦି' ପାନ ଆଣି ଦେଇନଥିଲେ...

ହଁ, ଆଉ ଗୋଟେ କଥା । ମୁଁ ସେଦିନ ତମକୁ ମୋ' ମନକଥା କହିବା ଆଗରୁ ତୁମେ ଦୁଷ୍ଟ ଠକି ଦେଇ ଚାଲିଗଲ । ତମେ ଗଲାପରେ ମୁଁ କେତେ ଯେ ବିକଳ ହୋଇଛି । ଭାବିଥିଲି ତମ ଘରକୁ ପରଦିନ ଯାଇ ସବୁ ମନକଥା କହିଦେବି । ହେଲେ..ଶୁଣିଲି ଭୋର-ସକାଳ ଗାଡ଼ିରେ ସୁରାଟ ଚାଲି ଯାଇଛ । କହିଲ..ସେ କଥା ଶୁଣି ମୋର ଅବସ୍ଥା କ'ଣ ହୋଇଥିବ ?

ସତ କହୁଛି ଗୌରଭାଇ, ତମ ବିନା ମୁଁ ବଂଚି ପାରିବିନି । ତମକୁ ନେଇ ମୁଁ ଯେ କେତେ ସ୍ୱପ୍ନ ଦେଖିଚି ! କେତେ କ'ଣ ଭାବୁଛି । ଆମେ ସ୍ୱାମୀ-ସ୍ତ୍ରୀ ହେଇ ସୁଖର ସଂସାରଟିଏ ଗଢ଼ିବା । ଆମର ଝିଅ କି ପୁଅଟିଏ ହବ । ହସ-ଖୁସିରେ ପୂରି ଉଠିବ ଆମ ସୁନା ସଂସାର । ମୋର ଆଶା କ'ଣ ସତେ ପୂରଣ ହେବ ?

ଆଉ ଗୋଟେ ଦୁଃଖକଥା ତମକୁ ନକହି ରହିପାରୁନି । ଏଇ କାଳିଆଟା ନା, ସଦାବେଳେ ମୋ' ଉପରେ ନଜର ପକଉଛି । କେତେବେଳେ କଉ କଥା । ତମକୁ ମୋ'ରାଣ, ତମେ ଏ ଚିଠି ପାଇ ଚାଲି ଆସିବ । ତମ ଆସିବା ବାଟକୁ ଚାତକିନୀ ପରି ଚାହିଁ ରହିଲି ।

ଇତି

ତମର ଗୌରୀ ।"

– 'ଗୌରୀ !' ଗୋଟେ ଆହତ ପ୍ରାଣର ଉଚ୍ଛ୍ୱାସ !

ଅସ୍ଥିର ହୋଇ ଉଠିଲା ଗୌର । କ'ଣ କରିବ ? କାଳିଆଟା ଯେ ତା' ଗୌରୀ ଉପରେ ପାପ ନଜର ପକଉଛି । ନାଇଁ, ସେ ତାକୁ କ୍ଷମା ଦେବନି । ତା'ଆଖିରୁ ଡୋଳା ଦି'ଟା ଉପାଡ଼ି ଆଣିବ । ଯଦି ଗୌରୀ ଦିହରେ ହାତ ଲଗେଇବନା, ହାତ ଦିଟା କାଟି ପକେଇବ ହଁ, ସେ ରାକ୍ଷସ ପାଲଟି ଯିବ ରାକ୍ଷସ !

ବୋତଲରୁ ପାଣି କେଇ ଢୋକ ପିଇ ଚଉକି ଉପରେ ନୁଥିକିନି ବସି ପଡ଼ିଲା ଗୌର । ମୁହୂର୍ତ୍ତେ ବିତିଗଲା ପରେ ଶାଂତ ହେଲା ତାର ମନ । କାହିଁକି ଏତେ ରାଗୁଛି ସେ ? ପର ଝିଅଟା ପାଇଁ ତାର ଏତେ ଜିଗର କାହିଁକି ? ଆଉ ତାର ବାପା ଯଦି ତା' ସାଥିରେ ବାହା ନଦିଏ ? କ'ଣ କରିବ ସେତେବେଳେ ? ବେଦିରୁ କ'ଣ ଗୌରୀକୁ ଉଠାଇ ଆଣିବ ? ଏଡ଼େବଡ଼ ହିମ୍ମତ କ'ଣ କରିପାରିବ ସେ ??

ଗୌରୀ କହିଛି- ଚିଠିପାଇ ତୁରନ୍ତ ଗାଁକୁ ଯିବାକୁ ହେବ । ଡେରି ହେଇଗଲେ କ'ଣ ନାହିଁ ଅଘଟଣ ଘଟି ଯାଇପାରେ । ନାଇଁ.... ସେ ତାହା ହେବାକୁ ଦେବନାହିଁ । ସେ ଯିବ, ନିଶ୍ଚୟ ଯିବ । କାଲି ସଂଜ ଗାଡ଼ିରେ....

ସଂଜ ନଇଁ ଆସୁଥିଲା ।

।। ୧୫ ।।

ସମ୍ବଲପୁରରୁ କଟକ ଅଭିମୁଖେ ଛୁଟିଛି ଗାଡ଼ି । ପାଖାପାଖି ଭିଡ଼ି ହୋଇ ବସିଥିଲେ ସମରା ଆଉ ଝୁମୁରୀ । ସମ୍ବଲପୁରିଆ ଟୋକା ଆଉ ଟୋକଲୀ ।

– "ହଇରେ ସମରା, ତୋ' କଟକ ସହରଟା ଆଉ କେତେ ଦୂରବା ?"

– "ଟିକେ ଥୟ ଧର ଲୋ ଝୁମୁରୀ, ଦେଖିବୁ ଦେଖିବୁ, କଟକ ସହରଟାନା କେତେ ବଡ଼ । ତା' ଭିଡ଼ ଭିତରେ ତୁ ଯେବେ ହଜି ଯିବୁ ନା ମୁଇଁ ତୋତେ ଆଉ କି ଖୋଜି ପାଇବିଲୋ ଝୁମୁରୀ ? ମୋ' ହାତ କଶିକରି ଧରିଥିବୁ...ଜମା ଛାଡ଼ିବୁନି ବୁଝିଲୁ !"

– "ହଏ ! ସେଥିଲାଗି ତୁଇ ଜମା ଭାବନା କର୍‌ନା ସମରା । ତୁଇ କି ଭାବିଛୁ, ମୁଇଁ ଯେନ୍ତା ଏନ୍ତା ଟୋକ୍‌ଲୀ ଅଛି । ମୁଇଁ ପରା ପାହାଡ଼ି ଝିଅ ! ମୋ ଦେହରେ ଯିଏ ହାତ ଲଗେଇବ ନା, ମୁଇଁ ତାକେ ଶେଷ୍ କରିଦେମି ହାଁ ।"

– "ଚୁପ୍‌କର....ଚୁପ୍‌କର ଲୋ ଝୁମୁରୀ । ଏଇ ଦେଖ୍ ଦେଖ୍, ଆମର ଗାଡ଼ିଟା କେନ୍ତା ଛୁଟିଛେ ତୁଫାନ ପରିକା ।"

– "ହଏ ଦେଖୁଚି ତ ! ତୁଇ ଦେଖ୍ ଦେଖ୍, ଦେଖିଛୁନା ଇଏ ଗଛ ଗୁଡ଼ା କେନ୍ତା ଧାଇଁଛେ ପଛକୁ ପଛକୁ ଆମ ସମଲପୁର ଆଡେ, କେନେରେ ସମରା ?"

– "କେନେ ମୁଇଁ କେନ୍ତା କହିମି ? ଚାଲ ଚାଲ୍, ମୋର ଯଉ ବାବୁଟା ନା ତୋତେ ସବୁ ବୁଝେଇ ଦବ ।"

– 'ବାବୁ ?' ପ୍ରଶ୍ନକଲା ଝୁମୁରୀ ।

– "ଭାରି ବଢ଼ିଆ ମାନୁଷ । ଡାକ୍ତର- ଡାକ୍ତର, ବଡ଼ ଡାକ୍ତର ବାବୁ । କଟକରେ ତାର ନାଆଁ ଅଛେ । ବହୁତ ଲୋକ ଆସନ୍ତି ତାଠେ । ଏଇବା ବେମାର୍ ଭଲ କରିବାର ଲାଗି । ଦେଖିବୁ ଦେଖିବୁ, ତୋତେ ସେ କେନ୍ତା ଭଲ୍ ପାଇବ, ଆଦର୍ କରିବ । ଆମେ ତାର୍ ଘରେ ରହିମା । ନୌକରୀ କର୍‌ମା !"

– 'ହଏ !'

କହୁ କହୁ ଗାଡ଼ି ଆସି ପହଂଚି ଗଲା ମହାନଦୀ ପୋଲ ଉପରେ ।

– "ଇଲୋ ବୁଆ, ଏତେ ବଡ଼ ନଦୀ! ଏତେ ପାନୀ। ମୁଇଁ ଆଗରୁ ଦେଖି ନଥିଲିରେ ସମରା।"

– "ଆଲୋ, ତୁଇଟା ତ ପାହାଡ଼ର ଛୁକରୀ। ବନ୍ ପାହାଡ଼ରେ ଝରନା କୂଲେ କାଣ୍ଡ-ଡୁଇଲା ଧରି ଖାଲି ଶିକାର କରମା ତୋତେ ଆସେ। ଦେଖ୍ ଦେଖ୍, ଇଏ ଆମ୍‌ରା ମହାନଦୀ। ବହୁତ ଲମ୍ବା ଏ ପୋଲଟା। ମୋତେ ଜାବୁଡ଼ି ଧରିଥା। ଜମା ହଲ୍‌ଚଲ୍ ନାଇ ହବୁ।"

ସମରା ହାତଟାକୁ ଜାବୁଡ଼ି ଧରିଲା ଝୁମୁରୀ। ଆଗରୁ କେବେ ଝୁମୁରୀ ସମରାର ହାତ ଧରିନି ଏମିତି ଏତେ ଜୋରରେ। 'ଆଜି ତାକେ କେନ୍ତା କେନ୍ତା ଲାଗୁଛେ ସମରା ହାତପାପୁଲିର ଛୁଆଁ।' ସମରା ହାତରେ ଝୁମୁରୀ ହାତ; ଯେମିତି ବାକି ରହିଛି ହାତଗଣ୍ଠିକୁ ! ଶୀତେଇ ଉଠିଲା ଝୁମୁରୀ ଦିହଟା। ସମରାର ସେଥିକୁ ଆଦୌ ନିଘା ନଥିଲା। ସେ ଚାହିଁ ରହିଥିଲା ମହାନଦୀର ଉଛୁଳା ଜଳରାଶିକୁ। 'କେନ୍ତା ଢେଉକାଟି ନଦୀର ପାନୀଗୁଡ଼ା ଧାଇଁଛେ ଆଗକୁ ଆଗକୁ।'

ହଠାତ୍ ଧଡ଼ାମ୍‌ସେ ପିଟି ହେଇଗଲା ବସଟା ସାଇଡ୍ ଗାର୍ଡ୍‌ୱାଲ୍ ଦେହରେ। ଆକ୍‌ସିଡେଣ୍ଟ, ସିରିୟସ୍ ଆକ୍‌ସିଡେଣ୍ଟ! ଖାଲି ଟିକେକୁ ରହିଗଲା। ନହେଲେ ସବୁ ଶେଷ ହୋଇ ଯାଇଥାନ୍ତା। ସମସ୍ତେ ଆଜି ଜଳ ସମାଧି ନେଇଥାନ୍ତେ ମହାନଦୀର ଉଛୁଳା ଗର୍ଭରେ। ଭାଗ୍ୟ ଭଲ ଥିଲା, କାଳିଆ ସାଆନ୍ତ ଆଉ ମା' ସମଲେଶ୍ୱରୀ ବଂଚେଇ ଦେଲେ। ବାରବାର ଜୁହାର କରୁଥିଲା ସମରା।

ଏଣେ ଭୁସ୍ ଭାସ୍ କରି ଯାତ୍ରୀମାନେ ପ୍ରାଣ ବିକଳରେ ଓହ୍ଲେଇ ପଡୁଥିଲେ ବସ୍ ପେଟରୁ। କିଏ ଝରକା ଭାଂଗି ଡେଇଁଲାତ, ଆଉ କିଏ ଭିଡ଼ ଭିତରେ ଠେଲି ପେଲି ପିଚିକି ଛିଟିକି ପଡୁଥିଲା ଦ୍ୱାରଦେଇ। ଯାହାହେଉ ଆଖି ପିଛୁଳାକେ ସମସ୍ତେ ଓହ୍ଲେଇଗଲେ ବସ ଦିହରୁ। ଆଉ ଝୁମୁରୀ?

– 'ଝୁମୁରୀ, ଝୁମୁରୀ!' ଜବାବ ନଥିଲା।

ବସ କାନ୍ଥରେ ଜୋର୍‌ରେ ବାଡ଼େଇ ଯାଇଥିଲା ଝୁମୁରୀର ମୁଣ୍ଡଟା। ଚେତା ହଜେଇ ଡେରି ପଡ଼ିଥିଲା ବସ କାନ୍ଥ ଦେହକୁ। ସମରା କ'ଣ କରିବ ବୁଝି ପାରୁନଥିଲା। ଆଉ ଡେରି ନକରି ଝୁମୁରୀକୁ ଉଭା ଟେକି ନେଲା ଦୁଇବାହୁରେ। ଓହ୍ଲେଇ ଆସିଲା ତଳକୁ। ତଳେ ଶୁଆଇ ଦେଇ ଡାକ ପକେଇଲା "ଆଲୋ ଝୁମୁରୀ! ଆଖି ଖୋଲ। ତୁଇ ନ ରହିଲେ ମୁଇଁଟା ପ୍ରାନ୍ ଛାଡ଼ି ଦବଲୋ, ଝୁମରୀ।" ଝୁମୁରୀକୁ ଭିଡ଼ିଧରି କାନ୍ଦି ଉଠିଲା ସମରା।

କାର୍‌ଟାଏ ସଡନ ବ୍ରେକ୍ ଦେଇ ଅଟକି ଗଲା ସେଇଠି। ଗାଡ଼ିରୁ ଓହ୍ଲେଇ ଆସିଲେ

ଜଣେ ବାବୁ ଆଉ ବାବୁଆଣୀ । ନିଜ ବୋତଲରୁ ପାଣି ଛାଟିବାକୁ ଲାଗିଲେ ବାବୁଜଣକ ଝୁମରୀ ମୁହଁକୁ । ନିଜ ପଣତ କାନିରେ ପଙ୍ଖା କରୁଥିଲେ ବାବୁଆଣୀ । ସମରା ବୋକାଙ୍କ ପରି ଖାଲିଚାହିଁ ରହିଥିଲା ସେମାନଙ୍କୁ ।

କେତେ ସମୟପରେ ଚେତା ଫେରିଲା ଝୁମୁରୀର! ମିଟିମିଟି ଆଖିରେ ଚାହିଁ ଚିତ୍କାର କରିଉଠିଲା- 'ସମରା!'

– "ଆଲୋ, ମୁଇଁ ତୋର୍ ପାଖେ ଅଛି ଲୋ ଝୁମୁରୀ ।"

– "ଆରେ, ତୋର୍ କିଛି ହେଇନି ତ । ତୁଇ ଭଲ୍ ଅଛୁ ତ ?"

– "ହଁ ଲୋ, ମୁଇଁ ପୂରା ଭଲ ଅଛି । ଏଇ ଦେଖୁନୁ, ମୋର କିଛି ନାହିଁ ହବାର । ମୁଇଁ ତ ତୋର୍ ଲାଗି ଡରିଯାଇ ଥିଲିଲୋ ଝୁମୁରୀ । ତୋର୍ ଯଦି କିଛି ହେଇ ଯାଇଥାନ୍ତା ନା..."

– "କାଣାଟା କରିଥାନ୍ତୁ ବା ?"

– "ସତ କହୁଛେ, ତୋର ଦିହ ଛୁଇଁ କହୁଛେ, ଏ ନଦୀଟାକେ ଡେଇଁ ପ୍ରାନ୍‌ଟାକୁ ହାରି ଦେଇଥାନ୍ତି ।"

– "ନାଇଁ ସମରା!" ସମରା ପାଟିରେ ହାତ ଦେଲା । "ଦେଖ୍, ତୁଇ ଏନ୍ତାକଥା ଆଉ କେବେ ନାଇଁ କହିବୁ । ତୋତେ ମୋ ରାନ୍ ।"

ଏଇ ଦୁଇଜଣଙ୍କ କଥା ପାଖରେ ଛିଡ଼ାହୋଇ ଶୁଣୁଥିଲେ ବାବୁ ଆଉ ବାବୁଆଣୀ । ସେମାନେ ଥିଲେ ରିଟାୟର୍ଡ଼ ପ୍ରଫେସର ରୁଦ୍ରପ୍ରତାପ ଆଉ ତାଙ୍କ ପତ୍ନୀ ପ୍ରିୟମ୍ବଦା । ପ୍ରିୟମ୍ବଦା ମୁହଁ ଖୋଲିଲେ–

– "ଶୁଣୁଛ, ଏମାନଙ୍କର କଥା । କେତେ ଭଲ ପାଆନ୍ତି ପରସ୍ପରକୁ ।"

– "ସତ କହିଲ ପ୍ରିୟମ୍ବଦା । ବଣ ପାହାଡ଼ର ମଣିଷ ଏମାନେ । ପ୍ରକୃତି ପରି ଭାରି ସରଳ, ନିରୀହ, ନିଷ୍କପଟ । ଆଉ ଏଇ ସହରୀ ସଭ୍ୟ ଶିକ୍ଷିତ ମଣିଷ ଗୁଡ଼ା, କେଡ଼େ ସ୍ୱାର୍ଥପର, ପ୍ରବଞ୍ଚକ! ଶୁଣ, କହୁଥିଲି କଣ କି, ଏମାନଙ୍କୁ ଆମ ଘରକୁ ନେଇଯିବା । ଝିଅଟା ମୁଣ୍ଡରେ ଆଘାତ ଲାଗିଛି । ଫେର୍ କ'ଣ ହେଇପାରେ । ତାର ଟ୍ରିଟ୍‌ମେଣ୍ଟ ଦରକାର । ଭଲ ହୋଇଗଲେ ସେମାନେ ତାଙ୍କ ବାଟରେ ଚାଲିଯିବେ ।"

– "ମୁଁ ତ ସେହି କଥା ଭାବୁଛି । ପଚାରିଲ, ସେମାନେ ଆମ ସହିତ ଯିବେ ତ ?" ପ୍ରଫେସର ପଚାରିଲେ-

– 'ହଇରେ, ତମେ ଆମ ସାଥିରେ ଯିବ ? ଆମେ ତମକୁ ନେଇ କଟକରେ ଛାଡ଼ିଦବୁ ।'

ଦୁଇଜଣ ନୁଥିକିନା ଆସି ବାବୁ-ବାବୁଆଣୀଙ୍କ ପାଦ ଉପରେ ମୁଣ୍ଡ ଥୋଇ ଜୁହାର କଲେ ।

– "ଉଠ୍ ଉଠ୍ ମାଆ; ଉଠ୍ ବାବା !" କହି ଉଠାଇଲେ ପ୍ରଫେସର ଦମ୍ପତି ।

ଯୋଡ଼ହସ୍ତରେ ଛିଡ଼ାହୋଇ ସମରା କହିଲା ନମ୍ରତାର ସହିତ-

– "ଆପଣ ମୋ' ଝୁମୁରୀର ପ୍ରାଣ ବଞ୍ଚେଇଲେ ବାବୁ-ବାବୁ ମା'। ମୁଇଁ ଆପଣଙ୍କ କଥା କେନ୍ତା କାଟି ପାରିବି ?"

– "ଆରେ ହଁ, କହିଲ ନାହିଁ ତ, ତମେମାନେ ଯାଉଥିଲ କେଉଁଠିକି ?"

– "ହଁ ବାବୁ, ଏଇ ମୋର ମାଉସୀ ଝିଅ ଭଉଣୀ-ଝୁମୁରୀଟା କହିଲା, ଚାଲ୍, ମୋତେ କଟକ ସହର ବାଲିଯାତରା ବୁଲେଇ ଆଣିବୁ । ସେଥିଲାଗି... ।"

– "ତମେମାନେ ରହିବ କଉଠି ?" ପ୍ରଶ୍ନକଲେ ପ୍ରିୟମ୍ବଦା ।

– "ମୁଇଁଟା ଏଇ କଟକ ସହରରେ କାମ କରୁଛେ ବାବୁମା । ଦୁଇ ବରଷ୍ ହେଇଗଲାନ । ମୋର ବାବୁଟା ବଡ଼ ଡାକ୍ତର । କଣତ ତାଙ୍କ ନାଆଁ-ଉମା..."

– "ଓ ଡକ୍ଟର ଉମାଶଙ୍କର !" କଥା ଯୋଡ଼ିଲେ ରୁଦ୍ରପ୍ରତାପ ।

– 'ହାଁ ହାଁ ବାବୁ, ସେଇ ।'

ପ୍ରିୟମ୍ବଦା ଝୁମୁରୀକୁ ପାଖକୁ ଟାଣି ନେଇ କହିଲେ - "ଆଲୋ ମାଆ, ତୁ ଆମ ଘରକୁ ଯିବୁ ? ଆମ ଘରେ ଆମର ଝିଅ ପରି ରହିବୁ । ଖାଇ ପିଇ ଫୂର୍ତ୍ତିରେ ରହିବୁ, ଯିବୁ ?"

– "ନାଇଁ ବାବୁମାଆ, ମୋ' ସମରାଟା .... !" ପ୍ରଫେସର କହିଲେ "ଠିକ୍ ଅଛି, ସମ୍‌ରାବି ଚାଲୁ । ଦୁଇଦିନ ରହିବ । ଯଦି ଆମ ଘର ତମକୁ ଭଲ ଲାଗିବ ରହିବ । ନଚେତ ମୁଁ ତମକୁ ନେଇ ସେ ଡକ୍ଟର ଉମାଶଙ୍କରଙ୍କ କ୍ୱାଟରରେ ଛାଡ଼ିଦେଇ ଆସିବି । ହେଲା ! ଆସ, ଆମ ଗାଡ଼ିରେ ବସ ।"

ଗାଡ଼ିର ଦ୍ୱାର ଖୋଲିଦେଲେ । ସମରାର ଇସାରା ପାଇ ଝୁମୁରୀ ଯାଇ ଗାଡ଼ି ପଛସିଟ୍‌ରେ ବସିଗଲା । ସମରା ବି । ଆଗ ସିଟ୍‌ରେ ପ୍ରଫେସର ଦମ୍ପତି । ଗାଡ଼ି ଷ୍ଟାର୍ଟ ଦେଇ ଛୁଟି ଚାଲିଲା କଟକ ମୁହାଁ ।

ସମରା ଓ ଝୁମୁରୀ ପାଖାପାଖି ବସି ଚାହିଁଥିଲେ ମହାନଦୀର ଜଳସ୍ରୋତକୁ । ନଦୀର ପ୍ରଖର ସ୍ରୋତପରି ଜୀବନର ଗତି କେମିତି ଧାଇଁ ଚାଲିଛି । ଏମାନେ ବୁଝି ପାରୁନଥିଲେ- ସତରେ ଯାଉଛନ୍ତି କୁଆଡ଼େ ? କଟକ ନା ଆଉ କଉ ସହର ?

ସମରା ହାତକୁ ଝୁମୁରୀ ଜାବୁଡ଼ି ଧରି ବସିଥିଲା । ଗାଡ଼ି ଚାଲିଥିଲା ହାଇ ସ୍ପିଡ୍‌ରେ ।

॥ ୧୬ ॥

ପୋଲିସ ଆସି ଦୁଇଥର ପଇଁତରା ମାରି ଗଲାଣି । କାଳିଆର ସଂଧାନ ନାହିଁ । ଗାଁ ଛାଡ଼ି ସେ କ'ଣ କେଉଁଆଡ଼େ ଫେରାର୍ ହୋଇଗଲା ? ନା କଉଠି ଛପି ଯାଇଛି କାହାଘର ମାଟୁ ଉପରେ ?

ଶୁକୁରୀ ଭାଉଜ କହୁଥିଲା- "ଦେଖିବୁ ଗୌରୀ, କାଳିଆ ଏଇଥର ପାନେ ପାଇବ । ଟୋକାର ମନ ଘର ଧରି ଯିବ ଲୋ ! ଆଉ ଦିନେ କାହା ଝିଅ ବୋହୂ ଉପରକୁ ଆଖି ଉଠେଇ ଚାହିଁବାକୁ ସାହସ କରିବନି ।"

ଭାଉଜର କଥା ଯଦି ସତ ହୁଏ ଜାଣିବ ସେ ତ୍ରାହି ପାଇଗଲା । ଆଉ ସେ ମୋବାଇଲ-ସେ ଫୋଟ ? ? ଯଦି ଫୋଟଗୁଡ଼ା ଛାଡ଼ିଦିଏ ? 'ହେ ମାଆ ମଙ୍ଗଳା, ମୋତେ ବଂଚା !' ମା' ମଙ୍ଗଳାଙ୍କ ଉଦ୍ଦେଶ୍ୟରେ ଯୋଡ଼ ହସ୍ତ ହୋଇ ବିନତି ଜଣେଇଲା ଗୌରୀ ।

କାହାର ପାଦଶବ୍ଦରେ ଭୟରେ ଥରି ଉଠିଲା ସେ । ପ୍ରଶ୍ନ କଲା-

– 'କିଏ ?'

– 'ହାଃ-ହାଃ-ହାଃ' ଚାପା ଅଟ୍ଟହାସ୍ୟ କରି ଉଠିଲା କଳାମୁଖା ପିନ୍ଧା ମଣିଷଟା ।

– 'କିଏ ତୁ ?'

– 'ମୁଁ !' ମୁଖା ଖୋଲି ଦେଲା କାଳିଆ ।

– 'କାଳିଆ ତୁ ?'

– "ତୁ ଭାବିଥିଲୁ ପୋଲିସ ଭୟରେ ମୁଁ ଫେରାର ହୋଇଯାଇଛି ନା, ହାଃ-ହାଃ-ହାଃ, ପୋଲିସ ତ ପୋଲିସ, ତୋ' କଉ ମଙ୍ଗଳା ମାଆ ମୋ' ପାଖରୁ ତୋ ନଂଗଳା ଫୋଟଗୁଡ଼ା ଛଡ଼େଇ ପାରିବନି । ମୁଁ ସେ ଫୋଟ ଗୁଡ଼ାକୁ ଅଲବତ ଛାଡ଼ିଦେବି ମିଡିଆରେ । ସାରା ଦୁନିଆ ଦେଖିବ ତୋର ସେହି ଅସଲ ଚେହେରା ।"

– "କାଳିଆ ! ତୋତେ ମୁଁ ନେହୁରା ହେଉଛି, ତୁ ମୋର ଏତେବଡ଼ ସର୍ବନାଶ କରନା ।"

– "ଆଉ ମୋ' କଥାଟା ତୋତେ ଗନ୍ଧଉଚି ନା ? ସେଦିନ ତୋ ଯଶା ଭଲ,

ଶୁକୁରୀ ବୋହୂଟା ଆସି ପହଁଚି ଗଲା । ନହେଲେ ତୋର ସବୁକିଛି ଶେଷ କରିଦେଇ ଥାନ୍ତି । ଆଉ ଶୁଣ... !"

– "କିଛି ଶୁଣି ପାରିବିନି । କହୁଛି ବାହାରି ଯା' ମୋ ଘରୁ । ନଚେତ୍ ଏଇନେ ଡାକ ପକେଇବି, ଚିଲେଇବି ।"

– "ଜାଣିଛି । ତୋର ଆଉ କିଛି ଉପାୟ ନାହିଁ । କିନ୍ତୁ ଶୁଣିରଖ, ତୁ ଯଦି ମୋ କଥାରେ ଉଠ୍‌ବସ୍ ନହେବୁ, ଜାଣିବୁ ମୁଁ ତୋର କି ଅବସ୍ଥା କରିବି । କହୁଚି ମାନି ଯା, ମୋ' କଥା ।"

– "କଉ କଥା ?"

– "ମୁଁ ତୋତେ ବାହା ହେବାକୁ ଚାହେଁ ।"

– "କାଳିଆ !"

– "କ'ଣ ରାଜି ମୋ ପ୍ରସ୍ତାବରେ ? ଜବାବ ଦେ ! ଚୁପ୍ ରହିଲୁ କାହିଁକି ?"

– "ତୋ ଭଳି ଗୋଟେ ରାକ୍ଷସକୁ ମୁଁ ବାହାହେବି ? ଯା ଯା, ଏ ଜନ୍ମରେ ସେଇଟା କେବେ ହେବନାହିଁ । ବରଂ ଜୀବନ ହାରିଦେବି, କିନ୍ତୁ ତୋ' ଭଳି ଗୋଟେ ପିଶାଚର ହାତଧରି ବଂଚିପାରିବିନି ମୁଁ । ନା...."

– "ଆଚ୍ଛା, ମନେ ରହିଲା ମୋର ତୋ' କଥା । ଆଉ ମୋ' କଥା ବି ତୁ ମନେରଖ, ଆଜି ଯାଉଛି । ଦିନେ ନା ଦିନେ ତୋ' ସାଥିରେ ମୋର ଭେଟ ହେବ । ଆଉ ସେଦିନ ତୁ ବୁଝିଯିବୁ ଏ କାଳିଆ ଗୋଟେ ମଣିଷ ନୁହେଁ, ସୈତାନ !"

ମୁହଁର ପରଦାକୁ ଟାଣିଦେଇ ଝଡ଼ ପରି ଚାଲିଗଲା କାଳିଆ । ସଂଜର ଅନ୍ଧାର ଭିତରେ କେଉଁଆଡ଼େ ଯେ ଅଦୃଶ୍ୟ ହୋଇଗଲା କିଛି ବି ବୁଝା ପଡ଼ିଲା ନାହିଁ । ପଛେ ପଛେ ଗୌରୀ ଧାଇଁଗଲା ଦାଣ୍ଡ ଦରଜା- ଘର ଅଗଣାକୁ । – "କାହିଁ କେହିତ ନାହାନ୍ତି ?"

ଗୋଟେ ଅଜଣା ଭୟ ଓ ଆତଙ୍କରେ ଶିହରି ଉଠିଲା ତାର ଭୟାଳୁ ଶରୀରଟା । ସେ 'ବାବା' ବୋଲି ଚିତ୍କାର କରି ଅଚେତ ହୋଇ ପଡ଼ିଗଲା ଦାଣ୍ଡ ବାରଣ୍ଡାରେ ଗଛ କାଟିଲା ପରି ।

– "ଗୌରୀ, ମା' ଗୌରୀ ।" ଚିତ୍କାର ଶୁଣି ଧାଇଁ ଆସିଲେ ରାଧୁ ପଧାନ । ଗୌରୀକୁ ପଡ଼ିଥିବାର ଦେଖି- "ଗୌରୀ, ତୋ'ର କ'ଣ ହେଲା ମାଆ ?" ...କୋଳେଇ ଧରିଲେ ଗୌରୀକୁ । ଗୌରୀର ଚେତା ନଥିଲା । କାନ୍ଦିଉଠି ଡାକ ପକେଇଲେ - "ଶୁକୁରୀ ବୋହୂ । ଆଲୋ ମକରୀ ମାଆ, ଧାଇଁଆସ, ମୋ' ଝିଅର କ'ଣ ହୋଇଗଲା, ତାକୁ ବଞ୍ଚାଅ । ମୋ' ସଂସାର ଉଜୁଡ଼ି ଗଲା । ଗୌରୀ, ଗୌରୀ !"

ଗୌରୀକୁ ଭିଡ଼ିଧରି କାନ୍ଦି ଉଠିଲା ଭୋଭୋ ହେଇ ବାଆ ତାର । ଧାଇଁ ଆସିଲେ ଶୁକୁରୀବୋହୂ, ମକରୀ ମାଆ ।

– "କ'ଣ ହେଲା, କ'ଣ ହେଲା ଗୌରୀର ?" ଶୁକୁରୀବୋହୂ ଗୌରୀକୁ ଟେକି ଧରିଲା ।

– "ଆଲୋ ଚାହିଁଚୁ କ'ଣ ? ଘରୁ ପାଣିଆଣି ମୁହଁକୁ ଛାଟମାର ।" ବ୍ୟସ୍ତ ହୋଇ କହିଲା ମକରୀ ମାଆ । ଶୁକୁରୀ ଚାଲିଗଲା ଘର ଭିତରକୁ । ପାଣି ଆଣି ଛାଟ ଦେଲା ଗୌରୀ ମୁହଁରେ । ହୋସ୍ ଆସିଲା ଗୌରୀର ।

– "ଆଃ କାଳିଆ..କାଳିଆ ! !" ଚିତ୍କାର କରୁଥିଲା ଗୌରୀ ।

– "କାଳିଆ !" ଗର୍ଜି ଉଠିଲା ରାଧୁ ପଧାନ ।

– "ଫେର୍ ସିଏ ଆସିଥିଲା ?" ଜିଭ କାମୁଡ଼ି ପକେଇ ଶୁକୁରୀ କଥା ଲୁଚେଇ କହିଲା, "ନା ନା, ସେ କିଛି ନୁହେଁ । ଗୌରୀଟା କାହାକୁ ଦେଖି ସଂଜ ଅନ୍ଧାରଟାରେ ଡରି ଯାଇଛି ବୋଧେ"-କହିଲା ମକରୀ ମାଆ ।

– "ଆଲୋ, ମୋ' ମାଆକୁ ଘର ଭିତରକୁ ଧରି ନେଇଯାଅ, ତାକୁ ଟିକେ ପଙ୍ଖାକର । ମୁଁ ଯାଉଛି, ଗାଁ ଓଝା ଘର ବୁଢ଼ାକୁ ଧରି ଆଣୁଛି । ସେ ମୋ ଗୌରୀକୁ ଫୁଙ୍କିଦେଲେ ତା'ର ସବୁ ନଜର କଟିଯିବ । ଶୁକୁରୀ, ମକରୀମାଆ ତମେ ଦଣ୍ଡେ ଗୌରୀକୁ ଦେଖୁଥାଅ । ମୁଁ ଏଇ ଯାଉଛି ଆଉ ଆସୁଛି ।" ବ୍ୟସ୍ତ ବିବ୍ରତ ହୋଇ ଚାଲିଗଲା ରାଧୁ ।

ଗୌରୀକୁ ଟେକିଧରି ଘର ଭିତରକୁ ଘେନିଗଲେ ଏମାନେ । ଗୌରୀ ଚୁପ୍ ହୋଇ ବସି ରହିଥିଲା । ପାଟିରୁ ଭାଷା ବାହାରୁ ନଥିଲା । କାଠ ପାଲଟି ଯାଇଥିଲା ଝିଅଟା ଯେମିତି !

ଶୁକୁରୀବୋହୂ ଭାଉଜ କାନ ପାଖରେ ପାଟି ଗୁଂଜି ଚୁପ୍ ଚୁପ୍ କ'ଣ ପଚାରୁଥିଲା । ଖାଲି ମୁଣ୍ଡ ଟୁଙ୍ଗାରୁଥିଲା ଗୌରୀ ।

॥ ୧୭ ॥

କଳା ଆମ୍ବାସଡରଟାଏ ଛୁଟିଆସି ସଡନ ବ୍ରେକ୍ ଦେଇ ଅଟକି ଗଲା ଗେଟ୍ ସାମ୍ନାରେ । ସଂଧ୍ୟା ହେଇ ଆସୁଥିଲା ।

ଗାଡ଼ି ପାଖକୁ ଦୌଡ଼ିଗଲା ଚାନ୍ଦିନୀ । ତାର ଇପ୍ସିତ ପୁରୁଷ ଅନୁରାଗଙ୍କୁ ପାଛୋଟି ଆଣିବ ଘର ଭିତରକୁ ।

ଗାଡ଼ିରୁ ଓହ୍ଲାଇଲେ ତିନିଜଣ । ଅନୁରାଗଙ୍କ ସହିତ ଅଚିହ୍ନା ଅପରିଚିତ କିଏ ଏମାନେ ? ଅନୁରାଗ ବାବୁ ପରିଚୟ କରେଇ କହିଲେ- "ଏମାନଙ୍କୁ ଚିହ୍ନିଚ ଚାନ୍ଦିନୀ ? ମୋର ବଂଧୁ ଏ ହେଉଛନ୍ତି ଅବିନାଶ, ଇଏ ସାଗର ।"

– "ଓ, ସାଗର ଆଉ ଅବିନାଶ । ହଁ ତ, ଏମାନଙ୍କୁ ଦେଖିଛି ସେହି ନାଇଟ କ୍ଲବ...ଡାନ୍ସବାରରେ, ଥରେ ନୁହେଁ ଏମିତି କେତେ ଥର । ଡ୍ରିଙ୍କ୍ସ କରନ୍ତି, ମସ୍ତିବି । ଏମାନଙ୍କ ସାଥିରେ ଅନୁରାଗଙ୍କର ସମ୍ପର୍କ ?" ମନେ ମନେ ଭାବୁଥିଲା ଚାନ୍ଦିନୀ ।

– "ଚାନ୍ଦିନୀ, କ'ଣ ଭାବୁଛ ? ଏକାବେଳେ ଏମାନଙ୍କୁ ଦେଖି କଉ ଭାବରାଜ୍ୟରେ ହଜିଗଲ ନା କ'ଣ ? କ'ଣ ଅତିଥିମାନଙ୍କୁ ଡାକିବନି ଘର ଭିତରକୁ ?" ପ୍ରଶ୍ନ କଲା ଅନୁରାଗ ।

– "ଆରେ ନାଇଁ ନାଇଁ, ସେମିତି ନୁହେଁ; ଆସନ୍ତୁନା !"

ଚାଲିଲେ ତିନିବଂଧୁ ଚାନ୍ଦିନୀଙ୍କ ପଛେ ପଛେ ।

– ଚାନ୍ଦିନୀ! ଆଃ ସତରେ କେତେ ଚମକିଲି ଝିଅଟାଏ ! ତୋଫା ଚାନ୍ଦିନୀର ଚମକ ତା' ଦେହରୁ ଝଲସି ଉଠୁଚି । ଚାଲି ବେଶ୍ ମତୁଆଲା କରି ଦେଉଛି ଦିଲ୍‌ଟାକୁ । ସାଗର ଭାବୁଛି । ଭାବୁଛି ଏଇ ଝିଅଟାକୁ କଉଠି ଦେଖିଛି ସେ । କଉଠି, ନା କିଛି ବି ଖିଆଲ ଆସୁନି । ଆଛା, ପଚାରିଦେଲେ ସବୁ ବୁଝା ପଡ଼ିଯିବ ।

ଆଉ ଅବିନାଶ, ତାଙ୍କ ପ୍ରେମିକା-ପତ୍ନୀଙ୍କୁ ପ୍ରାଣଡର ।

ଅନ୍ୟ କଉ ଝିଅ ଉପରେ ନଜର ପକେଇବା ଜାଣିଲେ ନିଆଁ ହୋଇଯିବେ । ତେଣୁ ଏ ବାବୁ ସତର୍କ-ସଂଯତ ଯେତେହେଲେ ବି ଚାନ୍ଦିନୀର ସେହି କ୍ଷୀଣ କଟି ହଲା ଚାଲି ଆଉ ଢଳଢଳ ତୁମ୍ବୀନିତମ୍ବର ଚାରୁ ଚାଳନାକୁ ନଚାହିଁବି ନଜର ହଟେଇ

ପାରୁନଥିଲେ ବିଲକୁଲ । ବାରଣ ସତ୍ତ୍ୱେ ବାରମ୍ବାର ଆଖିର ଦୃଷ୍ଟିଯାଇ ଲଟକି ଯାଉଥିଲା ଚାନ୍ଦିନୀ ଉପରେ । ଏମିତି ଝିଅଟିକୁ ସେ କ'ଣ କେବେ କେଉଁଠି ଦେଖିଚି ? ମନେ ମନେ ନିଜକୁ ପ୍ରଶ୍ନ କରୁଥିଲେ ଅବିନାଶ !

ଏତିକିବେଳେ ଅନୁରାଗ ବାବୁ ଘର ଭିତରକୁ ପାଛୋଟି ନେବା ଭଂଗିରେ କହିଲେ- 'ଆସନ୍ତୁ!' ସମସ୍ତେ ଘର ଭିତରକୁ ପ୍ରବେଶ କଲେ । ଚାନ୍ଦିନୀ ସୋଫା ଉପରେ ବସିବାକୁ ସହାସ୍ୟବଦନରେ ଇଂଗିତ କଲା ଓ କହିଲା 'ବସନ୍ତୁ, ମୁଁ ଆସୁଛି ।' ଗୃହ ଭିତରକୁ ଚାଲିଗଲା ଚାନ୍ଦିନୀ ।

ସମସ୍ତେ ଇତିମଧ୍ୟରେ ନିଜ ନିଜ ଆସନ ଗ୍ରହଣ କରି ନେଇଥିଲେ ।

ଅନୁରାଗଙ୍କର ତାରିଫ୍ ପୂର୍ଣ୍ଣ ଉକ୍ତି - "ଏଇଟା ଛୋଟିଆ ହେଲେ ବି ଦେଖୁଚନ୍ତି, ରୁମ୍‌ଟିକୁ କିପରି ସୁନ୍ଦର ଭାବେ ସଜେଇଚନ୍ତି ଚାନ୍ଦିନୀ । ଭାରି ଆର୍ଟିଷ୍ଟିକ୍ ଝିଅଟିଏ ।"

ସାଗର କଥା ଯୋଡ଼ିଲା- "ଭେରି ଭେରି ରୋମାଣ୍ଟିକ ଲାଗୁଛନ୍ତି !"

– "ଅବଶ୍ୟ, ମିଛନୁହେଁ ।" -କଥାରେ ପାଲି ଦେଲେ ଅବିନାଶ ।

ହସି ଉଠିଲେ ଏକତାଳରେ ତିନିବଂଧୁ । ଗୋଟେ ମଉଜ ଆଉ ମସ୍ତିର ସେ ହସ । ହସର ଉଚ୍ଛକିତ ଉଲ୍ଲାସ ଭିତରେ ମୁହୂର୍ତ୍ତକ ଲାଗି ହେଲେବି ରୋମାଣ୍ଟିକ୍ ହୋଇ ଉଠିଲା, ଯେମିତି ଏ ଏକ ପ୍ରମୋଦ କକ୍ଷ !

ଟ୍ରେରେ କୋଲଡ଼ ଡ୍ରିଙ୍କସ୍ ଧରି ପଶି ଆସିଲା ଚାନ୍ଦିନୀ । ଏମାନଙ୍କ କଥାକୁ ତାର ଆଦୌ ଲକ୍ଷ୍ୟ ନଥିଲା । ଥୋଇଦେଲା ଟ୍ରେ ଟିକୁ ପଏ ଉପରେ । 'ପ୍ଲିଜ୍ !' ରିସିଭ୍ କରିବା ପାଇଁ ଇସାରା କଲା । ସମସ୍ତେ ହାତରୁ ଡ୍ରିଙ୍କ୍ସ ନେଲେ । ସାଗର ଭାବୁଥିଲା- 'ଏଇ ରୂପସୀ ଉସମାନ୍‌ତାରାଙ୍କ ହାତରୁ ଡ୍ରିଙ୍କ୍ସ ଗ୍ଲାସଟା ରିସିଭ କରିଥିଲେ, ଯାଃ ଜମି ଯାଇଥାନ୍ତା । କି ଚମତ୍କାର ସତରେ ଏ ଡ୍ରିମଗାର୍ଲ ! ଖାଲି ଥରେ ମୋ' ବାହୁବନ୍ଧନରେ ଏ ଚିଡ଼ିଆଟି ଧରା ଦିଅନ୍ତା କି !

ଭାବନାର ଖିଅ ଛିଣ୍ଡାଇ ଅଦୃଶ୍ୟ ହେଇଗଲା ସେ ଲାସ୍ୟମୟୀ । ଚାନ୍ଦିନୀ ଚାଲି ଯାଇଥିଲା ଗୃହ ମଧ୍ୟକୁ କେମିତି ଗୋଟେ ବିତୃଷ୍ଣ ଭାବ-ଭଂଗି ଫୁଟେଇ ! ମନେ ମନେ ଚିଡ଼ି ଉଠୁଥିଲା ସେ । ସେ କି ଭାବିଥିଲା ଅନୁରାଗଙ୍କ ସାଥିରେ ଆଉ କେହି ଆସନ୍ତୁ । 'ଆଃ... !' ଅନ୍ତରରୁ ବ୍ୟଥାର ଉଦ୍‌ଗାର !

ଗତ ରାତିର ବିରହ ଜ୍ୱାଳା ଏବେବି ତାର ହୃଦୟକୁ ଜାଳି ଦଉଛି । କେତେ ଆତୁର ହେଇ ଅପେକ୍ଷା କରିଥିଲା ସାରାରାତି । ଭାବିଥିଲା ରାତିଟା ପାହିଗଲେ ଅନୁରାଗ ଆସିବେ ଏକା ଏକା । ତାଙ୍କ ସାଥିରେ ତାର ଦିନଟି ଖୁବ୍ ଖୁସିରେ କଟିବ । ବାର୍ତ୍ତାଳାପ ଛଳରେ ସେ କହି ବସିବ ତାର ସବୁ ମନକଥା । ସେ ତାଙ୍କଠୁ କ'ଣ ଚାହେଁ, ଏଇ

ଫୁଲା ଫୁଲା ଟଙ୍କା ନା ଆଉ କିଛି ? ଭାବମଗ୍ନା ତରୁଣୀଟି ବିଛଣାରେ ବସି ଝରକା ଦେଇ ଚାହିଁ ରହିଥିଲା ବାହାର ଅଗଣାକୁ । ସେଠି ବଗିଚାରେ ଫୁଟିଥିଲା ଫୁଲ । ଭ୍ରମରଟାଏ ଗୁଣୁଗୁଣୁ ସ୍ୱରରେ ଗୀତ ଗାଇ ଉଡ଼ି ବୁଲୁଥିଲା ଫୁଲ ଉପରେ । ଅଳି କରୁଥିଲା ସତେ ଟିକେ ମହୁପାଇଁ, ଏଇତ ପ୍ରେମ, ଏଇତ ଜୀବନର ମଧୁପର୍ବ । କିଂତୁ ଯୌବନ-ବଗିଚାରେ ଅମାନିଆଁ ଭ୍ରମରଟାକୁ କେମିତି ବା ମନେଇବ ସେ (?) ଭାବି ପାରୁନଥିଲା ।

ଗୃହ ଭିତରକୁ ଧୀରେ ସନ୍ତର୍ପଣରେ ପ୍ରବେଶ କଲେ ଅନୁରାଗ । ଦେଖିଲେ ଚାନ୍ଦିନୀ-ଯେମିତି ଆଜି ସାଜିଛି ମାନିନୀ ଅଭିସାରିକା । ତା' ଅଭିସାର ରଜନୀର ସ୍ୱପ୍ନ ଅବା ଭାଂଗି ଯାଇଛି କାହାର ନିଷ୍ଠୁର ଅନୁପସ୍ଥିତିରେ ! ଧୀରେ ମଧୁର ସମ୍ବୋଧନ-

– "ଚାନ୍ଦିନୀ ! କାଲି ରାତିରେ ଆସିଲିନି ବୋଲି ମନ ଊଣା କରିଛ ?"

– "ନା, ମୁଁ ବା ଆପଣଙ୍କର କିଏ ?" ମୁହଁ ବୁଲାଇ ନେଲା ଭିନ୍ନ ଦିଗକୁ ।

– "ଆରେ, ଏତେ ଅଭିମାନ ! ସତରେ ନାରୀ ମନସ୍ତତ୍ତ୍ୱକୁ ବୁଝିବା ଏତେ ସହଜ ନୁହେଁ । ଭେରି ଭେରି ରୋମାଣ୍ଟିକ୍ ଏମାନେ ଆଉ ସିରିୟସ୍ ବି । ଆଚ୍ଛା କହିଲ, ତମ ସାଥିରେ ମୋର କ'ଣ ବା ସମ୍ପର୍କ ? ଏଇ କେଇଟା ଦିନର ଦେଖା । ମିଳାମିଶା ବି ସେମିତି ନୁହେଁ । ମୁଁ ଜଣେ ଅଚିହ୍ନା-ଅଜଣା-ପରଦେଶୀ ବୋଲି ଭାବିନିଅ ।"

– "ତେବେ ଚାଲିଯାନ୍ତୁ ସେହି ପରଦେଶକୁ । ଏଠିକି କାହିଁକି ? ମୋତେ ଛାଡ଼ି ଦିଅନ୍ତୁ ମୋ' ରାସ୍ତାରେ ।"

– "ଚାନ୍ଦିନୀ !"

– "ବରଂ ମୁଁ ମୋ' ଜୀବନ ନେଇ ଭଲରେ ଥିଲି । ବେଶ୍ ଫୂର୍ତ୍ତିରେ ! ମୁଁ-ମୋ ବାର୍, ମୋ' ଡାନ୍ସ ଆଉ ଟଂକା ବାସ୍ !"

କିଛି ଦୂରରୁ ଗୋପନରେ କାନେଇ ଶୁଣୁଥିଲେ ସାଗର ଓ ଅବିନାଶ । ପରସ୍ପରକୁ ଇସାରାରେ ସତର୍କ କରାଇ ପୁନଶ୍ଚ କାନ ଡେରିବାକୁ ଆଗେଇ ଆସିଲେ କବାଟ ପାଖକୁ । ଆଉ ଟିକେ ନିକଟକୁ ।

– "ମୋର ଭୁଲ ହେଇଯାଇଛି ଚାନ୍ଦିନୀ ! ପ୍ଲିଜ୍ ମୋତେ କ୍ଷମା କରିଦିଅ ।" ନମ୍ର ଭାବେ କହିଲେ ଅନୁରାଗ ।

– "ଭୁଲ ଆଉ କ୍ଷମା ? ତମ ପୁରୁଷମାନଙ୍କ ପାଖରେ ଆଉ କ'ଣ କିଛି ନାହିଁ ? ଜାଣି ଜାଣି ଭୁଲ କରିବସିବେ ଆଉ..."

– "ଆଉ ! ତମ ମନକଥା ମୁଁ ବୁଝି ପାରୁଛି ।"

– "ନାଇଁ, ତମେ ଚାଲିଯାଅ । ମୋତେ ମୋ' ରାସ୍ତାରେ ଯିବାକୁ ଦିଅ ।"

– "ନୋ, ତାହା କେବେ ହେଇ ପାରିବନି । ଯାହାକୁ ମୁଁ ସେ ଅବାଟରୁ ବାଟକୁ ଆଣିଛି, ମୁଁ ତାକୁ ଆଉ ଛାଡ଼ି ଦେଇ ପାରିବିନି ।"

– "ଛାଡ଼ିବନି ମାନେ ?"

– "ମାନେ ଖୁବ୍ ଶୀଘ୍ର ବୁଝି ପାରିବ, ଅପେକ୍ଷା କର ।"

– "ମୋତେ ଆଶା ଦେଇ ନିରାଶ କରିବ ନାହିଁ ତ ?" ବ୍ୟାକୁଳ ପ୍ରଶ୍ନବାଚୀ ଚାନ୍ଦିନୀର ।

– "ଆଶା ? କେଉଁ ଆଶା କହିଲ ନାହିଁ ତ ?"

– "ସେ କିଛି ନୁହେଁ, ମୋର ବା ଫେର କି ଆଶା ଆପଣଙ୍କ ପରି ଜଣେ ଅଜଣା ପରଦେଶୀ ବାବୁଙ୍କଠୁ ? ଛାଡ଼ନ୍ତୁ ସେ ସବୁ । ହଁ, କ'ଣ ଟିଫିନ୍ ବ୍ୟବସ୍ଥା କରିବି ?"

– "ଇଏସ୍, ସେମାନେ ଆମର ଗେଷ୍ଟ୍ । ଫେର ମୋର ଇଣ୍ଟିମେଟ୍ । କିପରି ନୁହେଁ ?"

– "ବେଶ୍ ଆପଣ ସେମାନଙ୍କୁ ହାତଧୋଇ ପ୍ରସ୍ତୁତ ହେବାକୁ କୁହନ୍ତୁ ସେଠି ବୋତଲରେ ଜଳ ଅଛି । ମୁଁ ସଂଗେସଂଗେ ବ୍ୟବସ୍ଥା କରି ଆସୁଛି ।"

ଅନୁରାଗ ଡ୍ରଇଂରୁମ ଭିତରକୁ ଆଗେଇ ଆସିଲେ ।

– "ହାଲୋ ସାଗର, ଅବିନାଶ ! ଆରେ, ଏମାନେ କେହି ଯେ ନାହାନ୍ତି ?" ବାହାରିଗଲେ ସାମ୍ନା ଗେଟ୍ ପାଖକୁ ।

ଆମ୍ବାସଡରଟା ଷ୍ଟାର୍ଟ ଦେଇ ହାଇସ୍ପିଡ୍‌ରେ ଅଦୃଶ୍ୟ ହୋଇଗଲା ସହର ଭିଡ଼ ଭିତରେ । କିଛି ବୁଝି ପାରିଲାନି ଅନୁରାଗ,ଏଇ ପଳାତକ ଚରିତ୍ରମାନଙ୍କ ଏଭଳି ଆଚରଣ ବିଷୟରେ । ସୁତରାଂ ତାଙ୍କୁ ଅନୁସନ୍ଧାନ କରିବାକୁ ହେବ । ଇଏସ୍ ।

– "ସ୍ନାକ୍ସ ।" ଚାନ୍ଦିନୀ ପ୍ଲେଟ ଧରି ଆସି ଦେଖନ୍ତି- କୁଆଡ଼େ କେହି ନଥିଲେ । ଅନ୍ୟମନସ୍କତା ଭିତରେ ଖସି ପଡ଼ିଲା ପ୍ଲେଟ୍‌ଗୁଡ଼ା । ଆଉ ଚାନ୍ଦିନୀ ଟଳି ପଡ଼ିଲା ସୋଫାଟା ଉପରେ । ଘୂରାଇ ଦେଲା ମଥା ।

ଧାଇଁ ଆସିଲେ ଅନୁରାଗ । ଚାନ୍ଦିନୀଙ୍କର ଏପରି ଅବସ୍ଥା ଦେଖି ବିଚଳିତ ହେଇ ଉଠିଲେ । କୋଳକୁ ଟେକି ନେଇ ଗାଲ ଆଉଁଷି ଡାକିଲେ - "ଉଠ, ଉଠ ଚାନ୍ଦିନୀ ! ଦେଖ, ମୁଁ ଅଛି ତମ ପାଖରେ । ଚାନ୍ଦିନୀ ! ଉଠ ।"

ଅନୁରାଗଙ୍କ ସ୍ପର୍ଶପାଇ ହଠାତ୍ ଚେତା ଫେରିପାଇ ଚାହିଁ ଦେଖିଲା ଚାନ୍ଦିନୀ । ଅନୁରାଗବାବୁ ତାକୁ ତାଙ୍କ କୋଳରେ ଭିଡ଼ି ଧରିଛନ୍ତି କେତେ ଯତ୍ନ, କେତେ ସରାଗରେ । ସେ'ବା ଆଉ କ'ଣ ଚାହେଁ ? ଏହାହିଁ ତ ଚାହୁଁଥିଲା !

– "ଅନୁରାଗ ବାବୁ!" ଉଠି ଛିଡ଼ା ହେଲା ଯାଇ କିଛି ଦୂରରେ ।

– "ନାହିଁ । ଲାଜ ଲାଗୁଛି ? ହା-ହା-ହା- । ଆରେ ମୁଁ ତ ତମ ନିଜର । ଆସ, ଆଉ ଟିକେ ମୋ' ପାଖକୁ ଲାଗିଆସ । କାଲିର ବିରହ ଜ୍ୱାଳାକୁ ମୁଁ ଆଜି ଶାଂତ କରିଦବାକୁ ଚାହେଁ । ଆରେ ଆସନା ।"

ଟାଣିନେଲେ ଚାନ୍ଦିନୀକୁ ନିଜ ବକ୍ଷ ଉପରକୁ ଅନୁରାଗ । ଚାନ୍ଦିନୀ ଚାହିଁଥିଲା ଅନୁରାଗଙ୍କ ଏ ଅନୁରାଗ ପ୍ରବଣ ମୁଖ ମଣ୍ଡଳକୁ । ଆଉ ଅନୁରାଗ ଏକ ଲୟରେ ଚାହିଁ ଦେଖୁଥିଲେ-ଚାନ୍ଦିନୀର ସେହି ତୋଫା ଗୋରା ଗାଲ ଦୁଇଟି କିପରି ରକ୍ତିମ ହେଇ ଉଠୁଛି କ୍ରମଶଃ । ଆଉ ଅପେକ୍ଷା ନକରି ଅନୁରାଗ ନିଜ ଥରିଲା ଥରିଲା ଅଧରକୁ ନୁଆଇଁ ଦେଲେ ଚାନ୍ଦିନୀର ଗୋଲାପୀ ଗାଲ ଉପରକୁ ।

– "ନା, ମୁଁ ଏ କ'ଣ କରୁଛି ?" ଅଟକି ଗଲେ ଅନୁରାଗ ବିବେକର ଦଂଶନରେ । ଏ ଯେ ଅପରାଧ । ଉଠାଇ ଆଣିଲେ ଅଧରକୁ ଗାଲ ଉପରୁ ।

– "ଆଃ !", ଚିତ୍କାର କରି ଉଠିଲା ଚାନ୍ଦିନୀ । 'ନା'-ଅନୁରାଗଙ୍କ ହାତଛାଟି ଦେଇ ଚାଲି ଯାଉଥିଲା ଚାନ୍ଦିନୀ ଆହତ ନାଗୁଣୀ ପରି !

– "ଚାନ୍ଦିନୀ!" ହାତ ଟାଣି ଧରିଥିଲେ ଅନୁରାଗ ।

– "ନା-ନା-ନା- !", ପ୍ରଳାପ ସହ ଯେମିତି ବିଷୋଦଗାର କଲା ଚାନ୍ଦିନୀ ।

– "ସରି ।" ନିଜ କାନ ଧରିନେଲେ ଅନୁରାଗ ।

– "ସଟ୍ ଅପ !"

ଉଭୟ କଂପି ଉଠୁଥିଲେ ଅବ୍ୟକ୍ତ ଶିହରଣରେ । ଜଣେ ଅପରାଧ ବୋଧର ନିର୍ମମ ତାଡ଼ନାରେ; ଆଉ ଜଣେ ସଦ୍ୟ ମିଳନଚ୍ୟୁତ ଶୃଂଗାରର ଆହତ ଉନ୍ମାଦନାରେ ।

॥ ୧୮ ॥

ସାଗରଦ୍ୱୀପର ରୂପନଅର । ନିରୋଳ ଉଦ୍ୟାନ କୁଂଜ ତଳେ ବସି ଫୁଲର ମାଳାଟାଏ ଗୁନ୍ଥୁଥିଲା ଚପଳା । କିଛି ଦୂର ଆମ୍ରବୃକ୍ଷ ତଳେ ଚାନ୍ଦିନୀ ଉପରେ ବସିରହିଥିଲା ଅନୁପମ ଓରଫ ଅନୁରାଧା ।

ଆଜି ଆଉ ବଂଶୀ ବାଜୁନି । କିଛି ଭଲ ଲାଗୁନି ତାକୁ । ଦିନକୁ ଦିନ ମନଟା ଅଥୟ ହୋଇ ଉଠୁଚି । ଆମ୍ବଗଛ ଡାଳରୁ କୋଇଲିଟେ ଡାକିଦେଲା–"କୁହୁ-କୁହୁ-କୁହୁ....।"

ଚମକି ଉଠିଲା ଅନୁପମ । ଦେହରେ ମୃଦୁ ଶିହରଣଟାଏ ଖେଳିଗଲା । ସୁଲୁସୁଲୁ ପବନରେ ଭାସି ଆସୁଥିଲା କାହାର ମତାଣିଆଁ ରାଗିଣୀ । ଅତୀତର ସ୍ମୃତିଭିଜା ପ୍ରଣୟୀ କବିର ସେହି ସ୍ମରଣୀୟ ସଂଗୀତଟିକୁ ସ୍ୱତଃ ଗୁଣୁଗୁଣେଇ ଉଠିଲା ଅନୁପମ–

"ଏଇ ସହକାର ତଳେ
ସେଦିନ ପ୍ରିୟାର କର କଂକଣ
ଭିଡ଼ିଥିଲା ମୋର ଗଳେ;
ଏଇ ସହକାର ତଳେ ।"

ଅନୁପମଙ୍କ ସଂଗୀତର ସମ୍ମୋହନ ସ୍ପର୍ଶ ମନ୍ତ୍ରମୁଗ୍ଧ କରିଦେଲା ଚପଳାକୁ । ପ୍ରତିମାପରି ସେ କାନଡେରି ଚାହିଁ ରହିଥିଲା ସେହି ଦିଗରେ । ପୁନଶ୍ଚ ସଂଗୀତର ଦ୍ୱିତୀୟ ଉଲ୍ଲାସ– "ଚାନ୍ଦିନୀ ରାତି ଉଠିଥିଲା ମାତି
ମଳୟ ପରଶ ପାଇ
ବନପକ୍ଷୀ ଦୂରେ କରୁଣ ମଧୁରେ
ଯାଉଥିଲେ କିବା ଗାଇ
ଜ୍ୟୋତ୍ସ୍ନା ଓ ଛାୟା ରଚିଥିଲେ ମାୟା
ଚିତ୍ର ଏ ତରୁ ତଳେ
ପ୍ରଣୟିନୀ ମୋର ପ୍ରଣୟ ବିଭୋର
ଭିଡ଼ିଥିଲା ମୋର ଗଳେ;
ଏଇ ସହକାର ତଳେ...."

ଗୀତର ତାଳେ ତାଳେ ଚୁପି ଚୁପି ଆଗେଇ ଆସୁଥିଲା ଚପଳା । ଆଃ...କି ମିଠା ସ୍ୱର ! ଏତେ ଚମତ୍କାର ଗୀତ ବି ଗାଇପାରନ୍ତି ଇଏ । ସତରେ କିଏ ଏ ? କ'ଣ ଏଙ୍କର ଅସଲ ପରିଚୟ ? କେଉଁଠି ଶୁଣିଛି ଏ ସ୍ୱର ...କେଉଁଠି ? କେଉଁଠି ? ଆଃ...ନାନା, କିଛି ବି ମନେ ପଡୁନି ମୋର ।

ଗୀତ ସରିଗଲା । ପ୍ରବଣତା ବଶତଃ ଦୁଇ ବାହୁକୁ ଅନୁପମଙ୍କ ଗଳାରେ ବେଢ଼ିଦେଇ ପଛରୁ ଝୁଲି ପଡ଼ିଲା ଚପଳା । ଚମକି ଉଠିଲେ ଅନୁପମ- "କିଏ, ଓ, ତମେ !"

ମୁଗ୍ଧନେତ୍ରରେ ଚାହିଁ ରହିଲା ଅନୁପମ ଚପଳାର ମୁହଁକୁ । ଚପଳା ବି ଚାହିଁ ରହିଥିଲା ଅନୁପମକୁ ଠିକ୍ ସେମିତି । ଚାରିଚକ୍ଷୁର ଏ ମିଳନମଧୁର ମଂଜୁଳ ମୁହୂର୍ତ୍ତ ବେଶ୍ ରୋମାଣ୍ଟିକ୍ ହେଇ ଉଠୁଥିଲା । ବିତିଗଲା କେତେ କ୍ଷଣ ଏମିତି । କେହି ଯେମିତି ଦୃଷ୍ଟି ଫେରେଇ ପାରୁ ନଥିଲେ ପରସ୍ପରଠୁ ।

ଆମ୍ବ ଡାଳରୁ କୋଇଲି ଡାକିଦେଲା ଫେର- "କୁହୁ, କୁହୁ..."

ଚମକି ପ୍ରକୃତିସ୍ଥ ହେଲେ ପ୍ରଣୟୀ ଯୁଗଳ । ଭାବ ପ୍ରବଣତାର ଏପରି ଉତ୍‌ଶୃଙ୍ଖଳତାକୁ ନିଜ ଭିତରେ ଚାପି ରଖିପାରିନଥିବା ହେତୁ ମନେମନେ ଲଜ୍ଜିତ ହୋଇ ପଡ଼ିଲେ ଉଭୟ ।

– "ଚପଳା !"

– "ଏତେ ମିଠାଗୀତ ଗାଇପାର ତମେ ?"

– "ନାଇଁ ଏମିତି । ଏ ଗୀତଟି ମୋର ନୁହେଁ ଚପଳା । ତାଙ୍କର, ଯାହାଙ୍କୁ ଆମ ସାହିତ୍ୟରେ ପ୍ରେମ-ପ୍ରଣୟର କବି କୁହାଯାଏ । ସାକ୍ଷାତ ପ୍ରଣୟର ଈଶ୍ୱର ସେ । ଡକ୍ଟର ମାୟାଧର ମାନସିଂ ।"

– "ଆଚ୍ଛା, ତାଙ୍କ ଗୀତଟି ତମର ହଠାତ୍ ମନେ ପଡ଼ିଲା କାହିଁକି ?"

– "ଏ ଗୀତଟି ଭିତରେ ଯେମିତି ସବୁ ପ୍ରଣୟୀଙ୍କ ମନକଥା-ପ୍ରାଣବ୍ୟଥା ଫୁଟି ପଡ଼ିଛି ।"

– "ତମ ପ୍ରିୟତମା କଥା ମନେ ପଡୁଛି ନା ?"

– "ହଁ, ଆଜି ଭାରି ମନେ ପଡୁଛି ଅନୁପମାର କଥା । କାହିଁକି କେଜାଣି ? ସିଏ ଥିଲେ ଏତ୍ତୁଟିଏ ହେଇଥାନ୍ତା-ଠିକ୍ ତମରି ପରି । ଅତୁଳନୀୟ ରୂପ ସୌନ୍ଦର୍ଯ୍ୟର ପରୀଟିଏ ସାଜି ସେ ମୋ' ସାମ୍ନାରେ ଆସି ଛିଡ଼ା ହୋଇଯାନ୍ତା ।"

– "ଏଇତ, ମୁଁ ତୁମ ସାମ୍ନାରେ ଛିଡ଼ା ହେଇଛି ଅନୁପମ !" ସାମ୍ନାକୁ ଆସି ଛିଡ଼ା ହୋଇଗଲା ଚପଳା ।

– "କିଏ, ଅନୁପମା !" ଆଖିରେ ତନ୍ଦ୍ରିଳ ତମାସା ।

ଚପଳା ଭିତରେ ଝଲସି ଉଠିଲା ଅନୁପମାର ଛବି । ଭାବବିଭୋର ତରୁଣ ମନର ପ୍ରବଣତା ଆକୁଳିତ ଅନ୍ତରରେ ଚପଳାକୁ କୋଳାଗ୍ରତ କରିନେବାକୁ ଅଥୟ କରିଦେଲା କ୍ଷଣକ ପାଇଁ । ଅତଏବ, ଚପଳା ଏବେ ଅନୁପମର ନିବିଡ଼ ବାହୁବନ୍ଧନରେ ବନ୍ଦିନୀ ।

କୁଂଜ ଉହାଡ଼ରୁ ଫିକ୍‌କିନା ହସି ଉଠିଲେ ସଖୀ ଝିଅମାନେ । ତାଳିଦେଇ ଦେଇ ଆଗେଇ ଆସୁଥିଲେ ଏମାନଙ୍କ ଆଡ଼କୁ ।

ତଥାପି ପ୍ରଣୟର ଏ ନିବିଡ଼ ବଂଧନ ଡୋର ଖୋଲୁ ନଥିଲା । ପୂରା ଇମୋସନାଲ ଥିଲା ଅନୁପମ, ଯେମିତି ଏତେଦିନ ପରେ ସେ ତାର ହଜିଲା ପ୍ରେମକୁ ଖୋଜି ପାଇଛି !

ସଖୀମାନଙ୍କୁ ଆସୁଥିବାର ଦେଖି ଚପଳା ବିଚଳିତ ହୋଇ ଉଠିଲା । ଭିଡ଼ି-ମୋଡ଼ି ହେଇ ଚିଡ଼ି ଉଠିଲା- "ଛାଡ଼, ଆରେ ଛାଡ଼ିଦିଅ । ସେମାନେ ଆସୁଛନ୍ତି । ଆଃ ...ଛାଡ଼ ।"

ଠେଲିଦେଲା ଅନୁପମକୁ ମୃଦୁ ଆଘାତ ଦେଇ । ତଳେ ଚାନ୍ଦିନୀ ଉପରେ ଟଳି ପଡ଼ିଲା ଅନୁପମା ।

– "ଆଃ, ଅନୁପମା !"

ଝିଅମାନେ ତାଳି ଦେଇ ଜୋର୍‌ରେ ହସି ଉଠିଲେ । ଚମକି ପ୍ରକୃତିସ୍ଥ ହେଲା ଯୁବକ । ଲାଜେଇ ମୁହଁ ବୁଲାଇ ନେଇଥିଲା ଚପଳା ।

– "କି ଗୋ ସଖୀ, ଏତେ ଲାଜ ?" ମେଘମାଳା ପରିହାସ ଛଳରେ କହି ତୋଳିଧରି ହଲେଇଦେଲା ଚପଳାର ଚଟୁଳ ଚିବୁକକୁ ।

– "ଯାଃ !" ଘୁଞ୍ଚିଗଲା ଚପଳା କିଛିଦୂର । ଯେପରି ଲାଜକୁଳି ଲତା ଝାଉଁଳି ପଡ଼ିଲା ସରମରେ ! ଅନ୍ୟ ଝିଅମାନେ ଚପଳାର ହାତ ଟାଣିଆଣି ଆହା-ହା ଦେଖି ଦେଖି, ଆମ ଫୁଲକୁମାରୀଙ୍କର ଫୁଲ ମୁହଁଟି କେମିତି ଲାଲ ପଡ଼ିଯାଇଛି । ଚମ୍ପାବତୀ ଚପଳାର ମୁହଁକୁ ଦୁଇ ହାତ ପାପୁଲିରେ ତୋଳି ଧରି – "ଆଲୋ ଦେଖ ଦେଖ, ଆମ ସଖୀର ସୁନ୍ଦର କଇଁଫୁଲିଆ ମୁହଁଟି ଭିତରେ ପୂନେଇଁର ରୂପାଜହ୍ନଟା ଯେମିତି ଉଇଁ ଆସୁଚି ରୂପର ଢେଉମାରି !"

ବନଲତାର ବ୍ୟଙ୍ଗୋକ୍ତି-

– "ନାଇଁମ, ଆମ ଫୁଲକୁମାରୀ ଆଜି ଫୁଲସାଜି ଭ୍ରମରର ମଧୁସ୍ପର୍ଶରେ ଏକାବେଳେ ମତୁଆଲୀ ! କ'ଣ ମିଛ କହିଲି ସଖୀ ?"

– "ଚୁପ୍‌କର । ଛଟକୀ ଗୁଡ଼ାକ !" ଚପଳାର ଚପଳ ଦୁଷ୍ଟାମୀ ବୋଲ ମାନୁ

ନଥିଲା । ସୁତରାଂ ବନଲତାର ଦୁଇ ଗାଲକୁ ଚିପିଧରି ଖତେଇ ହେଇ କହି ଉଠିଲା - "ମୁଁ ନୁହେଁ ଲୋ, ତୁ-ତୁ ।"

– "ଆଃ, କାଟୁଚି ।"

– "କାଟୁଚି ନା ମିଠା ଲାଗୁଚି ବା ! ଛଟକୀ ଟା ।'

– "ଆଲୋ-ଆଲୋ, ଦେଖିଲଣି ଫୁଲକୁମାରୀ, ଆମ ଫୁଲକୁମାର କିପରି ମୁହଁ ଶୁଖେଇ ଚାଲି ଯାଉଛନ୍ତି ଲାଜରେ । ଆସ ଆସ !" ଟାଣି ଧରିଲା ମେଘମାଳା ଅନୁପମଙ୍କ ହାତକୁ । ଚମ୍ପାବତୀ ଚପଳାର ଅଣ୍ଟିରେ ଖୋସା ହୋଇଥିବା ଫୁଲମାଳାଟିକୁ ଖୋଲିଆଣି କହିଲା- "ଦେଖୁଛ, ଦେଖୁଛ ରୂପକୁମାର, ତମ ଲାଗି ଆମ ରୂପକୁମାରୀ କେତେ ସରାଗରେ ହାରଟି ଗୁନ୍ଥିଛନ୍ତି ମ ! ତୁମେ ଚାଲିଗଲେ କେମିତି ହେବ ?" ବନଲତା କହିଲା- 'ଆସମ,' ଟାଣି ଆଣିଲା ଅନୁପମଙ୍କୁ ଚପଳା ପାଖକୁ । ମେଘମାଳା-ଫୁଲହାରଟି ଚପଳା ହାତକୁ ବଢ଼ାଇ ଦେଇ କହିଲା- "ନିଅ ସଖୀ, ବରଣମାଳାଟି ତମ ମନ-ମଣିଷଙ୍କ ଗଳାରେ ଏବେ ଲମ୍ବେଇ ଦିଅ, ନିଅ !" ଧରେଇ ଦେଲା ଚପଳା ହାତରେ ଜୋରକରି । ଆଉ ଚପଳାକୁ ସଖୀମାନେ ଧରି ଧୀରେ ଘେନିଗଲେ ଅନୁପମଙ୍କ ଆଡ଼କୁ ।

– "ନା, ନା, ତୁମେ ତାହା କରନା ଚପଳା ! ମୋ' ଅନୁପମା ପ୍ରତି ଘୋର ଅନ୍ୟାୟ ହେବ । ସେ ମୋତେ ଅଭିଶାପ ଦେବ । ଆଖିରୁ ଲୁହ ଝରେଇବ ।"

– "ଆଜି ତମକୁ ଏ ଫୁଲହାର ଗ୍ରହଣ କରିବାକୁ ହେବ ଯୁବକ !" ତାଗିଦ୍ କରି କହିଲେ ଝିଅମାନେ । "କହିଲ ଦେଖି, ଆମ ସଖୀକୁ ତମେ ସେତେବେଳେ ଛାତିରେ ଭିଡ଼ି ଧରିଥିଲ କିପାଇଁ ଗୋ ? କି ଉଦ୍ଦେଶ୍ୟ ଥିଲା ତମର ?" ଯୁକ୍ତି କଲା ଚମ୍ପାବତୀ ।

ଚପଳା ବାଧାଦେଲା- "ନାଇଁ ସଖୀ ! ତମେ ତାଙ୍କୁ ଛାଡ଼ିଦିଅ । ମୁଁ କ'ଣ ସତରେ ତାଙ୍କ ଅନୁପମା ହେଇଚି ଯେ ସେ ମୋତେ ଗ୍ରହଣ କରିବେ ନିଜ ଜୀବନର ସାଥୀ ରୁପେ । ମୁଁ ତ ଏମିତି ଜଣେ ଏଇ ସାଗର ଦ୍ୱୀପର ଛାର କୁମାରୀ ଝିଅଟିଏ ।" ଚପଳାର ଅଭିମାନ ବ୍ୟଂଜକ ଉକ୍ତି ଶୁଣି ଅସ୍ଥିର ହୋଇ ଉଠିଲା ଅନୁପମ ।

– "ଅନୁପମା !"

– "ଆଉ କାହିଁକି ମୋତେ ଅନୁପମା ବୋଲି ଡାକୁଛ ? ମୋତେ ଚପଳା କି ଫୁଲକୁମାରୀ ଡାକିଲେ ଖୁସି ହେବି । ଆଜିଠାରୁ ତୁମେ ମୋତେ ସେହି ନାଆଁରେ ଡାକିବ । ଅନୁପମା ନୁହେଁ ।"

ଝିଅମାନେ ଛଳୋକ୍ତି କରି କହିଲେ- "ତାହେଲେ, ଏଇ ଫୁଲମାଳାଟି ଏଇ

ଚାନ୍ଦିନୀ ଉପରେ ରହିଲା । ଆମେ ଯାଉଛୁ । ତମେ ନିରୋଳାରେ ମନର ଭାବ ଦିଆ-ନିଆ ଯେତେ ପାରୁଛ ହୁଅ ।"

– "ଆସ ଲୋ ଆସ !" - ଡାକମାରି ଆଗେ ଆଗେ ଚାଲିଲା ମେଘମାଳା ।

– "ଆମେ ଆସୁଚୁ ସଖୀ । ଏଇ ନିରୋଳା ନିକାଞ୍ଚନରେ କେହି ନାହାନ୍ତି ମ । ଯାହା ଇଚ୍ଛା କର । ଆସ୍‌ଲୋ ବନଲତା ।" ବନଲତାର ହାତ ଟାଣି ନେଇ ଚମ୍ପାଫୁଲରେ ସଜ୍ଜିତ ନିଜର ଲମ୍ବା ବେଣୀଟି ହଲାଇ ହଲାଇ ଚାଲିଗଲା ଚମ୍ପାବତୀ ।

ମୌନତା ଭଂଗକରି ମୁହଁ ଖୋଲିଲା ଅନୁପମ-

– "ଅନୁପମା !"

- "ନାଇଁ, କେବଳ ଚପଳା ।"

– "କିନ୍ତୁ ମୁଁ କେମିତି ବୁଝେଇବି ତୁମକୁ ଯେ ବେଳେବେଳେ ପ୍ରବଣତା ବଶତଃ ତମ ଭିତରେ ଅନୁପମାକୁ ଦେଖେ । ତାକୁ ହିଁ ଅନୁଭବ କରେ । ଭାବ ପ୍ରବଣ ମନ ମୋର ତମକୁ ପାଇବା ପାଇଁ ବ୍ୟାକୁଳ ହୋଇଉଠେ । ଆଜି ଯାହା ହେଲା - ମୋତେ କ୍ଷମା କରିଦେବ । ତମର ଇଚ୍ଛା ବିରୁଦ୍ଧରେ ମୁଁ..."

– "ନା !", ଅନୁପମଙ୍କ ପାଟିର ହାତ ଦେଲା । "ତମେ ଯାହା କଲ କିଛି ଭୁଲ କରିନ ଅନୁପମ । ହେଇପାରେ ମୁଁ ତମର ସେହି ଅନୁପମା । କିପରି ଜାଣିବି, ମୁଁ କିଏ ? ମୋର ଯେ ବିଗତ ସ୍ମୃତି ସବୁ ହଜିଯାଇଛି । ଖାଲି ବର୍ତ୍ତମାନକୁ ନେଇ ଯାହା ବଂଚି ରହିଛି ମୁଁ ରାଣୀମାଆଙ୍କ ମନ୍ଥୁରା ଫୁଲର କାଉଁରୀ କନ୍ୟାଟିଏ ହେଇ । ତମେ କ'ଣ ଏତିକି ପରିଚୟକୁ ନେଇ ଖୁସି ହେଇ ପାରିବ ?"

– "ପାରିବି । ତମ ଭିତରେ ଅନୁପମାକୁ ଖୋଜି ପାଇବା ପାଇଁ ମୁଁ ସବୁ କିଛି ପାରିବି । ଆସ !" ହାତ ଟାଣି ଧରିଲା ଅନୁପମ ଚପଳାର ।

ଚପଳା କିଛି ବୁଝି ପାରିଲାନି । ଛିଡ଼ା ହୋଇ ରହିଥିଲା ଆଉ ଚାହିଁ ରହିଥିଲା ପ୍ରଶ୍ନିଳ ଦୃଷ୍ଟିରେ ଅନୁପମଙ୍କୁ । ହାରଟିକୁ ଉଠାଇ ଧରି-

– "ଆଚ୍ଛା, ଏଇ ହାରଟିକୁ ମୋ' ଗଳାରେ ପିନ୍ଧାଇବା ପାଇଁ ଗୁନ୍ଥିଥିଲ ନା ? ଆଜି ମୁଁ ତମ ଗଳାରେ ପିନ୍ଧାଇ ଦେଇ ତମକୁ ମୋ' ଅନୁପମାର ସ୍ଥାନ ଦେଉଛି ହୃଦୟରେ ।"

ଫୁଲହାରଟି ପିନ୍ଧାଇ ଦେଲା ଚପଳା ଗଳାରେ ଅନୁପମ । ଅନୁପମଙ୍କ ବକ୍ଷ ଉପରେ ଭାବ ବିଭୋର ଚପଳା ଟଳି ପଡୁପଡୁ ସ୍ୱତଃ ତା' ପାଟିରୁ ବାହାରି ପଡ଼ିଲା - "ହାଏ ଅନୁପମ !"

॥ ୧୯ ॥

ବାଆର ଛାତିରେ ମୁହଁ ଗୁଂଜି କଇଁ କଇଁ କାନ୍ଦି ଉଠିଲା ଗୌରୀ । ବାଆ ଗୌରୀକୁ କୋଳେଇ ନେଇ ସାନ୍ତ୍ୱନା ଦେଇ କହିଲା "କାନ୍ଦନା ଗୌରୀ, ମୁଁ ପରା ଅଛି । ତୋ' ବାଆଟା ଅଛି ତ -ତୋର କିଏ କ'ଣ କରିପାରିବ ?"

– 'ବାଆ !' କୋହ ସମ୍ଭାଳି ନପାରି ଭିଡ଼ି ଧରିଲା ବାଆକୁ ।

– "ମୋ' ସୁନାଟା ପରା, ଏ ବୁଢ଼ାବାପଟା ଉପରେ ତୋର କ'ଣ ଭରସା ନାହିଁ ? ଦେଖିବୁ ଗୌରୀ, ସବୁ ଠିକ୍ କରିଦେବି । ମୁଁ ଶୁକୁରୀ ବୋହୂ ପାଖରୁ ସବୁ ଶୁଣିଛି ଲୋ ।"

– "ଏଁ! କ'ଣ ଶୁଣଛି ବାଆ ? ଶୁକୁରୀ ଭାଉଜ କି ସବୁ କଥା ବାଆକୁ କହି ଦେଇଛି ?" ଶଙ୍କିଯାଇ ପଚାରିଲା - "କ'ଣ ଶୁଣିଛୁ ବାଆ, କ'ଣ କହିଛି ସେ ?"

– "ସେହି ବଦମାସ କାଳିଆଟା କଥା ।" ବାଆ ଆଖିରେ ଜଳି ଉଠିଲା ନିଆଁ ।

– 'ବାଆ !' ବାଆ ମୁହଁକୁ ଚାହିଁ, ଚାହିଁ ପାରିଲାନି ଲାଜ ଓ ଭୟରେ । ମୁହଁ ଫେରାଇନେଲା ଭିନ୍ନ ଦିଗରେ ଗୌରୀ ।

– "ଶୁଣ, ସେ ତୋର କଛି କରିବା ଆଗରୁ ମୁଁ ମୋ' କାମ ସାରିଦେବି ।"

– ସାରିଦେବ ? କ'ଣ ସାରିଦେବ କହୁଚି ? ତେବେ କି ତା' ବାହାଘର ଆଉ କାହା ସାଥିରେ.... ? ନାନା, ତାହା ହୋଇ ପାରିବନି । ଯଦି ସେ ବାହା ହେବ ତ ଆଉ କାହାକୁ ନୁହେଁ; କେବଳ ଗୌରଭାଇ ।

– "ହଁ ଗୌରଭାଇ !" ଉତ୍ତେଜିତ କଂଠରୁ ଫୁଟିପଡ଼ିଲା ଗୌରର ନାଆଁ ।

– "ଗୌର ? କ'ଣ କଲା ଗୌର ତୋର ?"

– ଯାଃ, କି ଭୁଲ କରିଦେଲା ସତରେ ସେ ?

– "ଆଲୋ ମାଆ, ତୁ କ'ଣ ଗୌରକୁ...(?)"

– "ନାଇଁ ବାଆ, ସେ କିଛି ନୁହେଁ । ମୁଁ କାହିଁକି..."

– "ବୁଝିଲି ତୋ ମନକଥା । ହଁ ଲୋ, ଗୌରଟା ଭାରି ଭଲ ପିଲାଟିଏ । ପରୋପକାରୀ । ଯଦି ସେ ଆଉ ତା' ବାପା -ମାଆ ରାଜିହେବେ ତେବେ ମୁଁ ତାରି

ହାତରେ ତୋତେ ଛନ୍ଦିଦେବି । ତୁ କାନ୍ଦନା । ରାତି ବହୁତ ହେଲାଣି । ତୁ ଶୋଇପଡ଼ । ଜମା ଚେଇଁ ରହିବୁନି । ଦେହ ବିଗିଡ଼ି ଯିବ । ମୁଁ ଯାଉଛି, ଦାଣ୍ଡ ବଙ୍ଗଳାରେ ଦଣ୍ଡେ କଡ଼ ପକେଇ ଦିଏଁ । ଭୋରରୁ ଫେର ସାହୁଘର ପାଇଟି । ହେ କାଳିଆ ସାଆନ୍ତ ! ତମେ ଭରସା ।" ବାଆ ଚାଲିଗଲା । ଚାହିଁ ରହିଥିଲା ଗୌରୀ ତା' ଚାଲିଯିବା ବାଟକୁ । ଭାବୁଥିଲା ବାଆର କଥା ।

ଭାବୁ ଭାବୁ ଗୌରୀର ଆଖିପତା କେତେବେଳେ ଯେ ପଡ଼ି ଯାଇଛି ଜାଣି ପାରିନି ।

XXX

ଗୌରଭାଇ ସାଥିରେ ତାର ବାହାଘର ସରିଯାଇଛି । ଆଜି ତାର ମଧୁଶଯ୍ୟା ରାତି । ବଧୂବେଶରେ କେତେ ସୁନ୍ଦର ଦିଶୁଚି ସେ । ନାଲି ଓଢ଼ଣି ଆଉ ହଳଦୀ ରଂଗୀ ପାଟଶାଢ଼ୀ ତାର ସୁନାଗୋରା ଦେହକୁ ଭାରି ମାନୁଛି । ଗୌରଭାଇ ଆସିବେ, ତାକୁ ଏ ବେଶରେ ଦେଖି ଆତ୍ମହରା ହୋଇ ଉଠିବେ । ଆଉ କହିବେ- "ଗୌରୀ ଲୋ, ତୁ କେତେ ସୁନ୍ଦର, ସାକ୍ଷାତ ଲକ୍ଷ୍ମୀ !" ଧେତ୍, ଏ ସବୁ କ'ଣ ଭାବୁଛି ସେ !

ଘର କୋଣରେ ବାସର ପ୍ରଦୀପ କ୍ରମଶଃ ଲିଭି ଲିଭି ଆସୁଛି ।

– "ନା ନା, ତାକୁ ଜଳେଇ ରଖିବାକୁ ହବ । ଲିଭିଗଲେ ଯେ ଅଶୁଭ ।" ତରତର ହୋଇ ଗୌରୀ ବସିପଡ଼ି ଖୁଣ୍ଟି ଚାଲିଲା ଦୀପର ସଳିତାଟିକୁ । ଗୌରୀର ଦିହ ଛାଇରେ ଘରଟା ଅନ୍ଧାର ହୋଇ ଉଠିଲା । ଏହି ଯେ ପାଦ ଚାପି ଚାପି କିଏ ଆସୁଚି । କିଏ ଆଉ ଆସିବେ ? ଶୀତେଇ ଉଠିଲା ଗୌରୀର ଦିହ । ଥରି ଉଠିଲା ମନ । ଏବେ କ'ଣ କରିବ କିଛି ସ୍ଥିର କରି ପାରିଲାନି । ନା, ଗୌରଭାଇ ଆଜି ତାର ସ୍ୱାମୀ । ପତି ପରା ପରମ ଦେବତା । ଇହକାଳ ପରକାଳର ସାଥୀ । ନାରୀ ଜୀବନର ସୁଖ-ସ୍ୱପ୍ନ ସେଇଠି, ତାଙ୍କରି ପାଦତଳେ ।

ଚାପାଗଳାରେ ସମ୍ବୋଧନ ଆସିଲା - 'ଗୌରୀ !'

ଉଠିଯାଇ ନୁଅିକିନା ଗୌରର ପାଦଉପରେ ମଥାଟି ଥୋଇଦେଲା ଗୌରୀ ।

ଧୀରେଧୀରେ କିଏ ଜଣେ ତଳୁ ତାକୁ ହାତଧରି ଉଠଉଚି । କାହା ହାତର ଛୁଆଁରେ ଉଲସି ଉଠୁଚି ତା' ତନୁତଳ । କିଛି ବୁଝିବା ଆଗରୁ କିଏ ତାକୁ ନିବିଡ଼ ଭାବରେ ଭିଡ଼ିନେଲା ତାର ପ୍ରଶସ୍ତ ଛାତି ଉପରକୁ । ଜାକି ଧରିଲା ଜୋର୍ ଆହୁରି ଜୋରରେ ।

– 'ଆଃ !' ଚିତ୍କାର କରି ଉଠିବା ଆଗରୁ ପାଟିକୁ ମୁଠାଇ ଧରି କହିଲା ଚୁପ୍-ଚୁପ୍-ଚୁପ୍ ! ଗୌରୀ ଚୁପ୍ ହୋଇଗଲା । ତା'ପରେ ....(?)

XXX

କାଉର କା' ଡାକରେ ଭାଂଗିଗଲା ଗୌରୀର ନିଦ।

– "ଆଃ, ଏ କ'ଣ ହେଲା? ନାଇଁ..ନାଇଁ, ସପନକୁ ମୁଁ ଭାଂଗିବାକୁ ଦେବିନି।" ଆଉ ଥରେ ଆଖି ଦୁଇଟିକୁ ତକିଆରେ ଜାକି ଧରି ବନ୍ଦ କରିନେଲା ଗୌରୀ। ଜାକିଜୁକି ପଡ଼ିରହିଲା ବିଛଣା ଉପରେ। ଢେର କସରତ କଲା- ଥରେ, ଥରେ ଖାଲି ଦେଖିବ ବୋଲି ତା' ମିଠା ସପନର ଶେଷ କେଉଁଠି? ଏ ମଧୁ ପର୍ବର ଶେଷ ଦୃଶ୍ୟ।

ହେଲେ ଭାଂଗିଗଲା ନିଦ, ତୁଟିଗଲା ସପନ କି ଆଉ ଯୋଡ଼ି ହେବ? ମିଛ ବାହାନାରେ ବା କି ଲାଭ? ଚିଡ଼ି ଉଠିଲା ସେ। ବିଳପି ଉଠିଲା ତାର ପ୍ରାଣ। କାଉକୁ ଦି ପଦ ଶୁଣେଇ ଦେଇ କହିଲା – "ଦୁଷ୍ଟଟା, ମୋର ସବୁ ସାରିଦେଲା।" ମୁହଁରେ ହାତ ପାପୁଲି ଜାକିଧରି କାନ୍ଦି ଉଠିଲା – 'ଉଁ-ଉଁ-ଉଁ'

ଶୁକୁରୀ ଭାଉଜ କେତେବେଳୁ ଆସି ଛିଡ଼ା ହୋଇ ଗୌରୀର ଏ ନାଟ ଦେଖୁଥିଲା। ଫିକ୍‌କିନା ହସି ଉଠିଲା ସେ।

ଚମକି ଉଠି ଚାହିଁଲା ଗୌରୀ। "ଭାଉଜ ତମେ?"

– "ଆଗ କୁହ, ଶୋଇ ଶୋଇ କି ସପନ ଦେଖୁଥିଲ ମ?"

– "ନାଇଁ, ସେ କିଛି ନୁହେଁ।" ମଉଳା ମୁହଁଟିକୁ ଫେରେଇ ନେଲା ଗୌରୀ। ତା' ଭିତରୁ ଯେମିତି ହତାଶାର ଉର୍ଦ୍ଧ୍ୱଶ୍ୱାସଟାଏ ଉଠି ମିଳେଇଗଲା ଶୂନ୍ୟରେ!

– "ମୁଁ ଜାଣିଛି।" ଛଳୋକ୍ତି କଲା ଶୁକୁରୀ।

– "କ'ଣ ଜାଣିଛ?" ବିସ୍ମିତ ଦୃଷ୍ଟିରେ ଚାହିଁ ରହିଲା ଗୌରୀ।

– "ସବୁ ଜାଣିଛି।"

– "କୁହ, କୁହ ଭାଉଜ, ତମକୁ ମୋ' ରାଣ।"

– "କହିବି ଯେ, ଗୋଟିଏ ସର୍ତ୍ତରେ।"

– 'କି ସର୍ତ୍ତ?'

– "ଆଗ କହିବାକୁ ହେବ, କି ସପନ ଦେଖୁଥିଲ ଶୋଇ ଶୋଇ। କାହାକୁ? କ'ଣ ଗୌର?"

– "ଭାଉଜ, ତୁମେ ନା...!" ଓଠରେ ଫୁଟି ଉଠିଲା ସ୍ମିତ ହାସ୍ୟର ରେଖାଟିଏ। ଲାଜରେ ମୁହଁ ତଳକୁ କରିନେଲା ଗୌରୀ। ଭାଉଜ ଗୌରୀର ମୁହଁଟିକୁ ଆଂଗୁଳାରେ ଟେକିଧରି ଭୃରୁ ନଚାଇ ଇସାରାରେ ପ୍ରଶ୍ନ କଲା-

– "କ'ଣ ମିଛ କହିଲି?"

– ଗୌରୀ ସଖୀ କଣ୍ଢେଇଟି ପରି ମୁଣ୍ଡ ହଲାଇ କହିଲା–"ନାଇଁ ନାଇଁ।"

– "ସତ ତ ?" ଶୁକୁରୀର ପ୍ରଶ୍ନ।

ସମ୍ମତି ସୂଚକ ମଥା ହଲାଇ ଦେଲା ସେ। ଲାଜରେ ବୁଜି ପଡ଼ିଥିଲା ଆଖି ଯୋଡ଼ିକ।

– "ଆଲୋ, ତୋର ବାହାଘର ହବ।"

ଚଟ୍‌କିନା ଆଖି ଖୋଲିଦେଇ ଉତ୍‌କଣ୍ଠିତ ଭଂଗୀରେ ଗୌରୀର ପ୍ରଶ୍ନିଳ ଦୃଷ୍ଟି।

– "କାହା ସାଥିରେ ଜାଣିଛୁ ?"

– "କୁହ କାହା ସାଥିରେ ?" - ଝୁଙ୍କେଇ ଦେଲା ଶୁକରୀ ଭାଉଜକୁ।

– "ତୋ' ଗୌରଭାଇ ସାଥିରେ ଲୋ..."

– 'ସତେ !' ନାଚି ଉଠିଲା ଗୌରୀ ଆଉ ଶୁକୁରୀ ଭାଉଜକୁ କୁଣ୍ଢେଇ ଧରି ତା' ଗାଲରେ ଶକ୍ତ ଚୁମାଟିଏ ଆଂକି ଦେଲା।

ଶୁକୁରୀ ମିଛରେ ମୃଦୁ ଚିତ୍କାର କରି ଉଠିଲା– 'ଆଃ.. !'

ସକାଳର ସୁନା ଖରା ବିଛୁଡ଼ି ହୋଇ ପଡ଼ିଥିଲା ଘର ଅଗଣାରେ। ଥେଇଥେଇ ହୋଇ ନାଚୁଥିଲା ସୁନାଶାରୀ ପରି !

॥ ୨୦ ॥

ପଶ୍ଚିମାକାଶରେ ଗୋଧୂଳିର ଅସ୍ତରାଗ ବେଶ୍ ବର୍ଣ୍ଣିଳ ହେଇ ଉଠୁଚି । ପ୍ରକୃତିର ତରୁପତ୍ର ଆଉ ଫୁଲରେ ଫୁଲରେ ସେହି ରାଗର ରଂଗିମା । ମୃଦୁମନ୍ଦ ପବନର ହିଲ୍ଲୋଳରେ ଫୁଲଗନ୍ଧର ଅପୂର୍ବ ଶିହରଣ । ସେହି ଶିହରଣ ସେମାନଙ୍କ ତନୁରେ, ମନରେ ବି । କାଠଯୋଡ଼ି ନଦୀତଟ ପାହାଚ ଉପରେ ବସି ସଂଧ୍ୟାର ଏ ଅନିନ୍ଦ୍ୟ ଶୋଭା ସନ୍ଦର୍ଶନରେ ଯେମିତି ମନ୍ତ୍ରମୁଗ୍ଧ ଥିଲେ ସୌଦାମିନୀ ଆଉ ସାଗରିକା ।

ଉଭୟ ସାଂଗ । ବିଦ୍ୟାଳୟରୁ କଲେଜ ସହପାଠିନୀ । ଜୀବନର ଭିନ୍ନ ଭିନ୍ନ ଚଲାପଥରେ ଯିଏ ଯାହାର ଗତିକରି ଆଜି ଏଇଠି । ବହୁତ ଦିନପରେ ଭେଟ । ଏକାଠି ନିରୋଳାରେ ବସି ଆଳାପ କରିବାର ସୁଯୋଗକୁ କି କେହି କେବେ ହାତଛଡ଼ା କରିପାରେ ? ସୁତରାଂ ଦୁଇ ସଖୀଙ୍କ ଭିତରେ ଆଜିର ଏ ସାଂଧ୍ୟ ଆସର-ଅବସର ।

ସ୍ୱଳ୍ପ କେତେ ସମୟର ମୌନତା ଭଂଗକରି କହି ଉଠିଲା ସାଗରିକା – "ଶୁଣୁଛୁ, ଶୁଣୁଛୁ ସୌଦାମିନୀ !"

ସୌଦାମିନୀ ନିରବ । ଅସ୍ତରାଗର ରକ୍ତିମ ଅଭିସାର ଭିତରେ ଯେମିତି ରହସ୍ୟମୟ ଭାବରେ ନିଜକୁ ହଜେଇ ଦେଇଛି ଦିଗବଳୟର କେଉଁ ଅନିର୍ଦ୍ଦିଷ୍ଟ ଇଲାକାରେ !

– 'ସୌଦାମିନୀ !' ଟିକେ ଜୋରରେ ସମ୍ବୋଧନ ସହ ଝୁଙ୍କେଇ ଦେଲା ସୌଦାମିନୀକୁ ସାଗରିକା ।

ଚମକି ଉଠିଲା ସୌଦାମିନୀ । ଭଂଗହେଲା ଧ୍ୟାନ । ଯେପରି କଉ ଶାଂତିର ସୁସୁପ୍ତି ସମାଧିକୋଳରୁ ହଠାତ୍ ଚେଇଁ ଉଠିଛି ! ନିଜ ଛାତିକି ଥୁ କରି ଛେପଟିକେ ପକେଇ ଥାପୁଡ଼େଇ ନେଲା ସେ । ତାପରେ ସାଗରିକାକୁ ଚାହିଁ– "ହଁ, କ'ଣ କହୁଥିଲୁ ପରା !"

– "କ'ଣ ଆଉ କହିବାର ଅଛି ? ପ୍ରକୃତିର ଅନବଦ୍ୟ ଶୋଭା ଦର୍ଶନରେ ଏକାବେଳେ ଆତ୍ମହରା ମୋର ସଖୀକୁ ଦେଖି ମୁଁ ରିଏଲୀ ସରପ୍ରାଇଜଡ୍ ।"

– "ନୋ ନୋ ! ଜୀବନର ଏତେ ବର୍ଷ ବିତି ଯାଇଛି ଖାଲି ଯନ୍ତ୍ରଣା ଆଉ ହା-

ହା-କାର ଭିତରେ । ପ୍ରାଣ ଖୋଲି ମୁକ୍ତ ଆକାଶକୁ ଚାହିଁ ନିଜ ସତ୍ତାକୁ ଖୋଜି ପାଇବାର ଯୋଗ ବା ଯୁଟିଲା କେଉଁଠି ? ସେଥିପାଇଁ... !"

– "ପ୍ରାଣଭରି ଉପଭୋଗ କରି ଚାଲି ଥିଲୁନା ପ୍ରକୃତିର ଏହି ନୈସର୍ଗିକ ରୁପଶ୍ରୀକୁ ?" କଥା ଯୋଡ଼ିଲା ସାଗରିକା ।

– "ନାଇଁ, ତାହା ବି ନୁହେଁ।"

– "ଆଉ ତେବେ ?"

– "ମୁଁ ଖୋଜୁଥିଲି ପ୍ରକୃତି ଭିତରେ ଜୀବନକୁ । ଜୀବନର ଚିର ସତ୍ୟ ଆଉ ରହସ୍ୟକୁ। କେତେ ତଫାତ୍... !"

– "ବୁଝି ପାରିଲିନି, ପ୍ରକୃତି ଆଉ ଜୀବନ ଭିତରେ କି ଯେ ତଫାତ୍... ?"

– "ପାରିବୁନି ସାଗରିକା । ତୁ ତ ଏଯାଏ ବିବାହ କରିନାହୁଁ । କିପରି ବୁଝିବୁ ?"

– "ଓ, ଏଇଥିପାଇଁ ତାହାଲେ ?"

– "ନୁହେଁ ଆଉ କ'ଣ ?"

– 'ହା-ହା-ହା !' ହସି ଉଠିଲା ସାଗରିକା ।

– 'ହସିଲୁ ଯେ ?' ପ୍ରଶ୍ନକଲା ବିସ୍ମିତ ଭଂଗୀରେ ଚାହିଁ ସୌଦାମିନୀ ।

– "ଏଇ ଦେଖ ଦେଖ, କାଠଯୋଡ଼ିର ସ୍ରୋତ କିପରି ତୀବ୍ରଗତିରେ ବହି ଚାଲିଛି ଆଗକୁ ଆଗକୁ। କେଉଁଠିକି କହି ପାରିବୁ ?"

– "କେଉଁଠିକି ?"

– "ଆଲୋ ବୋକ୍‌କୀ ! ସାଗର ଗର୍ଭକୁ । ସାଗର ଭିତରେ ଲୀନ ହେବାରେ ତାର ପୂର୍ଣ୍ଣତା । ତାର ପରିସମାପ୍ତି ।"

– "ବୁଝିଲି ! ତୁ ବେଯାଏ ସାଗରକୁ ଖୋଜି ଚାଲିଛୁ ? କେତେଦିନ ଏମିତି ଖୋଜି ଚାଲିଥିବୁ ? ଚଲାପଥରେ ଯଦି ମରୁଭୂମି ଆସେ, ତାହେଲେ ତୁ ମରୁନଦୀ ପାଲଟି ଯିବୁନି ତ ?"

ହସି ଉଠିଲା ପୁନଶ୍ଚ ସାଗରିକା ଗୋଟେ ଅବୁଝା ହସ । ପାଲଟା ପ୍ରଶ୍ନକଲା

– "ଆଛା କହତ, ତୁ ତୋ' ଜୀବନର ଚଲାପଥରେ ଚାଲିଚାଲି କ'ଣ ପାଇଛୁ ?"

– "ସତେ ତ !' ଭାବୁଛି ସୌଦାମିନୀ - କ'ଣ ପାଇଛି ସେ ? ଗୋଟେ ଜୀବନ ନାଆଁରେ ଖାଲି ଯନ୍ତ୍ରଣା । ହତାଶା ଆଉ ଅବସୋସ !"

– "ସତେ ଲୋ ସାଗରିକା, ଲକ୍ଷ୍ୟକୁ ଖୋଜିବାରେ ଯେଉଁ ଆକର୍ଷଣ, ପାଇବାରେ ନଥାଏ ।"

– "ଆଉ ପାଇବାରେ ଯଉ ପରିତୃପ୍ତି, ସେତକତ ଖୋଜିବାରେ ମିଳେନିନା ?"

– "ତୁ ଠିକ୍ କହିଚୁ ।" ଦୀର୍ଘଶ୍ୱାସ ଭିତରେ ଉଠିଲା ଗୋଟେ କୋହର ଉଚ୍ଛ୍ୱାସ ।

– "ତୁ ବି କିଛି ଭୁଲ କହିନୁ ।" କୋହଭରା ସ୍ୱରରେ ଜବାବ ରଖିଲା ସାଗରିକା ।

– "ମୁଁ ହାରି ଯାଇଛି ।"

– "ମୁଁ ବି !"

– "ନାଇଁ, ଆମକୁ ଜିତିବାକୁ ହେବ ।"

– "ଇଏସ୍, ନାରୀ ଦୁର୍ବଳା ନୁହେଁ । ସେ ତାର ଖୁସିକୁ ଜୋର କରି ଛଡ଼େଇ ନବ ।"

– "ତାର ଅଧିକାରରୁ କେହି ତାକୁ ବଂଚିତ କରିପାରିବେ ନାହିଁ । ସେଇଟା ଯେ ତାର ହକ୍ ।"

– "ତାହେଲେ... ?"

–"କ'ଣ କରିବା ଏବେ ?"

– "ସଂଗ୍ରାମ ।"

– "ସଂଗ୍ରାମ ?"

– "ମହିଳାମଞ୍ଚ ସଜାଡ଼ିବାକୁ ପଡ଼ିବ ।"

– "ନାରୀଶକ୍ତିକୁ ଜାଗ୍ରତ କରେଇବାକୁ ହେବ ।"

– "ଆସିବ କ୍ରାଂତି ।"

– "ଇଏସ୍ କ୍ରାଂତି । ନାରୀ ଚେତନାରେ ବିସ୍ଫୋରଣ !"

– "ଏଇ ବିସ୍ଫୋରଣ ସମାଜକୁ ଦୋହଲାଇ ଦେବ ।"

– 'ଏଇ ବିସ୍ଫୋରଣ ପୌରୁଷର ଅହଂକାରକୁ ମାଟିରେ ମିଶେଇ ଦେବ !'

– ନାରୀ ଆଉ ପୁରୁଷ

– ଗୋଟିଏ ବୃନ୍ତର ଦୁଇଟି ପୁଷ୍ପ

– ଗୋଟିଏ ମୁଦ୍ରାର ଦୁଇଟି ପାର୍ଶ୍ୱ...

– ପରସ୍ପର ପରିପୂରକ !

ଏହି ସତ୍ୟ-ସିଦ୍ଧାନ୍ତକୁ କେହି ଫାଙ୍କି ଦେଇ ପାରିବନି ।

– 'ନୋ...'

– 'ନେଭର...'

– "କେଉଁ ସତ୍ୟ-କେଉଁ ସିଦ୍ଧାନ୍ତ ସାଗରିକା-ସୌଦାମିନୀ ? ?"

ଏକ ସମୟରେ ପ୍ରଶ୍ନ କରି ଉଠିଲେ ସାଗର ଓ ଅବିନାଶ । ଅପ୍ରତ୍ୟାଶିତ ଭାବେ ପ୍ରବେଶ କରିଥିଲେ ସେମାନେ ଏମାନଙ୍କ ମିଳନ ମଞ୍ଚକୁ ।

ଅକସ୍ମାତ ପାଖରେ ଉଭାହେଇଥିବା ସାଗର ଓ ଅବିନାଶଙ୍କୁ ଦେଖି ଦୁହେଁ ଯେମିତି ପାଲଟିଗଲେ ମୂକ-ନିଶ୍ଚଳ-ଅଥର୍ବ !

ଏମାନଙ୍କ ଅବସ୍ଥା ଦେଖି ହସି ଉଠିଲେ ସାଗର ଓ ଅବିନାଶ–

– ହାଃ–ହାଃ–ହାଃ

ସେଇ ହସ ନାରୀଶକ୍ତିକୁ ଉପହାସ କରି ଯେପରି ଶୂନ୍ୟରେ ମିଳେଇ ଯାଉଥିଲା... ଆଉ କାଠଯୋଡ଼ିର ତୀବ୍ର ଗତି ତରଂଗର ତାଳେ ତାଳେ ଗୁଂଜରି ଉଠୁଥିଲା ସେହି ବିଦ୍ରୂପର ଉଦ୍ଭଟ ପ୍ରତିଧ୍ୱନି !

ସଂଧ୍ୟା ନଇଁ ସାରିଥିଲା ।

॥ ୨୧ ॥

ପ୍ରଫେସରପଡ଼ାର ସେହି ଈଷତ୍ ନେଳିରଂଗର କୋଠାଟି ଭିତରେ ଆଜି ଯେମିତି ପ୍ରାଣର ସଞ୍ଚାର ହେଇଚି ! ସବୁଦିନ ପରି ଏଠି ଆଉ ନାହିଁ ନୀରବ-ନିଶ୍ଚଳ ଗୋଟେ ଖାଁ ଖାଁ ଶୂନ୍-ଶାନ୍ ପରିବେଶ । ରିଟାୟାର୍ଡ଼ ପ୍ରଫେସର ରୁଦ୍ରପ୍ରତାପ ଓ ପତ୍ନୀ ପ୍ରିୟମ୍ବଦାଙ୍କ କ୍ୱାଟର ସେ । ସମୟ ସକାଳ ସାଢ଼େ ସାତ ।

ଘର ଭିତରୁ ଡାକ ପଡ଼ିଲା – 'ଆରେ ସମରା !'

– 'ମାଆ !' ବଗିଚାର ଗଛରେ ପାଣି ଦେଉ ଦେଉ ଜବାବ ଦେଇ ଧାଇଁ ପଡ଼ଲା ସମରା ।

ପୁଣି ଡାକ ଆସିଲା- 'ଆଲୋ ଝୁମୁରୀ ।'

– 'ବାବୁ !' ପ୍ରଫେସରଙ୍କ ଡ୍ରଇଁରୁମ୍‌ରେ ଝାଡୁ ଲଗାଉଥିଲା ଝୁମୁରୀ । ବାବୁଙ୍କ ଡାକ ଶୁଣି ଚାଲିଗଲା ତରତର ହେଇ ।

ଏଇ ଅଳ୍ପ କେଇଟା ଦିନ ଭିତରେ ସବୁ ବଦଳି ଯାଇଛି । ସମରା ଆଉ ଝୁମୁରୀ ପ୍ରଫେସର ଦମ୍ପତିଙ୍କର ବେଶ୍ ବିଶ୍ୱସ୍ତ ଏକାଂତ ନିଜର ହେଇ ଉଠିଚନ୍ତି । ସେମାନଙ୍କ ଶୂନ୍ୟ ସଂସାର ଯେମିତି ଏ ଦୁହିଙ୍କ ଉପସ୍ଥିତିରେ ଆଜି ପୂରିଲା ପୂରିଲା ଲାଗୁଛି ! ସତରେ କେଡ଼େ ଭୁଲଟାଏ ହେଇ ନଯାଇଛି ଜୀବନରେ । ସନ୍ତାନ ବିନା ଦାମ୍ପତ୍ୟର ମାନେ କ'ଣ ?

କିଂତୁ ପ୍ରଫେସରଙ୍କର ତ ସନ୍ତାନ ଥିଲେ । ଦୁଇ ଝିଅ ଆଉ ପୁଅଟାଏ ! ହେଲେ ହାଏ, ସେମାନେ ଆଜି କେଉଁଠି, କେତେଦୂରେ ? ଏ କୋଠାବାଡ଼ି, ବେଙ୍କ୍ ବେଲେନ୍ସ, ଏତେ ସମ୍ପତ୍ତି ସବୁ କାହାପାଇଁ ? ଏମିତି କେତେ ଯେ ପ୍ରଶ୍ନବାଚୀର ଘୂର୍ଣ୍ଣି ଭିତରେ ଘାରି ହେଉଥିବା ଦୁଇ ପ୍ରାଣୀଙ୍କ ମନ-ପ୍ରାଣ ଆଜି କିଂତୁ ଆଦୌ ଅଥୟ ହେଉନାହିଁ । ଏତେଦିନ ପରେ ଜୀବନର ପ୍ରକୃତ ସତ୍ୟକୁ ଖୋଜି ପାଇଚନ୍ତି ।

ସତରେ ଜୀବନ ଗୋଟେ ଗଣିତ ନୁହେଁ; ସାହିତ୍ୟ । ଏଠି ରସ ଅଛି, ଭାବ ଅଛି, ଅଛି ଆନନ୍ଦ ଆଉ ଶାଂତି ।

– 'ବାବୁ !' ଦ୍ୱାର ପାଖରେ ଚାପ୍ଲେଟ ଧରି ଛିଡ଼ା ହୋଇଥିଲା ଝୁମୁରୀ ।

– 'ନୋ, କହ ବାବା ! କହ' - ତାଗିଦ କରି କହିଲେ ରୁଦ୍ରପ୍ରତାପ ।

– 'ବାବା !'

– 'ହଁ, ଏଥର ହେଲା । ଚା ଆଣିଛୁ ? ଆଣ-ଦେ ।'

– 'ନିଅନ୍ତୁ ବାବୁ !'

– 'ଫେର୍...'

– 'ନାଇଁ -ବାବା !'

– "ହାଃ-ହାଃ-ହାଃ । ମୋ ଚଗଲୀ ମାଆଟା । ବୁଝିଲୁ ଝୁମୁରୀ, ମୋ' ମନ କହୁଚି- ତୁ କେଉଁ ଜନ୍ମରେ ମୋର ଝିଅ, ନାଇଁ ମୋର ମାଆ ଥିଲୁ । ହଁ, ମାଆ ।"

– "ଥାଉ ବାବା, ଚା ଥଣ୍ଡା ହୋଇଯିବ । ପିଇ ଦିଅନ୍ତୁ, ମୁଇଁ ମାଙ୍କ ପାଖେ ଯାଉଛେ । ମାଁ ଡାକୁଥିଲେ ପରା ।"

ପଶି ଆସିଲେ ପ୍ରିୟମ୍ବଦା କହି କହି "ନାଇଁ ଲୋ, ମାଆ କାହିଁକି ତୋତେ ଖୋଜିବ ? ତୁ ସଦାବେଳେ ତୋ ବାବାଙ୍କ ପାଖରେ ଛାଇପରି ଘୂରି ବୁଲୁଥା । ତାଙ୍କର ଖାଲି ଝିଅ ଦରକାର ନା !"

ପରିହାସ କରି କହିଲେ ରୁଦ୍ରପ୍ରତାପ- "ପ୍ରିୟମ୍ବଦା, ଆରେ ଝିଅଟା ପାରା ବାପାର । ହାଃ-ହାଃ-ହାଃ..."

– "ସେ କଥା ହେଇ ପାରିବନି ବୁଝିଲ, ଝୁମୁରୀ ଏବେଠୁ ମୋ' ପାଖେ ପାଖେ ରହିବ । ବଣମୂଲକର ଝିଅଟା । ମୁଁ ତାକୁ ସହରୀ ଠାଣି-ବାଣୀ ଚାଲିଚଳଣି କେତେ କ'ଣ ଶିଖେଇବି । ତେବେ ସିନା..."

– "ଉଚିତ କହିଲ ପ୍ରିୟମ୍ବଦା । ଝିଅଟାକୁ ନିଜ ଝିଅଠୁ ଅଧିକା କରି ଗଢ଼ । ତେବେ ସିନା.. !"

– "କ'ଣ ତେବେ ସିନା ?"

– "ସେଇ ତମରି ଝିଅ ହୋଇ ସାରା ଜୀବନର ଦୁଃଖ -ଅଭାବକୁ ପୂରା କରିଦବ ।"

– "ହଁ ତ, ମୁଁ ସେହି କଥା କହିବାକୁ ଆସିଥିଲି । ଆରେ ଯାଃ, ମୁଁ ତ ପୂରା ଭୁଲି ଯାଇଚି । ଆଲୋ ମା' ଆସିଲୁ ଆସିଲୁ, ମୁଁ ତୋତେ ଆଜି ଗ୍ରାଇଣ୍ଡରରେ ମସଲା ବଟାଟା ଶିଖେଇ ଦେବି ।" ତର ତର ହୋଇ ଚାଲିଗଲେ ପ୍ରିୟମ୍ବଦା ।

– "ଆସୁଚେ ବାବୁ !"

– "ଓଃ ହୋ, ଫେର ସେହି ଭୁଲ୍ ?"

– "ନାଇଁ, ବାବା । ଆଉ ଭୁଲହେବନି । ଏଇ କାନ୍ ଧରୁଛେ ।" ନିଜ କାନ ଧରି ଭୁଲ ସ୍ୱୀକାର କଲା ଝୁମୁରୀ ।

– "ଆରେ ବାବା, ଥାଉ, ହେଲା ଯାଆ ।"

ଝୁମୁରୀ ଚାଲି ଯାଉଯାଉ ଫେରି - "ବାବା !"

–"କ'ଣ ହେଲା ? କିଛି କହିବୁ ? କହ..."

– "ଗୋଟେ କଥା ପଚାରିମି..."

– "ଗୋଟେ କାହିଁକି, ତୋ ମନ ଭିତରେ ଯେତେ ପ୍ରଶ୍ନ ଅଛି ପଚାର । ମୁଁ ତୋ ପ୍ରଶ୍ନର ଠିକ୍ ଠିକ୍ ଉତ୍ତର ଦେବି । ହେଲେ ଏବେ ନୁହେଁ । ଆଉ କେତେବେଳେ । ତୁ ଯାଆ, ନଚେତ ତୋ' ମାଆ ଫେର ମୋ' ଉପରକୁ ଚଣ୍ଡୀ ହୋଇ ଖେଦିଆସିବେ ଯଦିନା..."

ଘର ଭିତରୁ ଆବାଜ୍ ଆସିଲା- "ଆଲୋ ଝୁମୁରୀ..."

– "ଯାଉଛେ ମା', ଯାଉଛେ !" ତରତର ହୋଇ ଚାଲିଗଲା ଝିଅଟି ।

ଏକ ଲୟରେ ଚାହିଁ ରହିଥିଲେ ପ୍ରଫେସର ରୁଦ୍ରପ୍ରତାପ । ଚାହିଁ ରହିଥିଲେ ଝିଅଟିର ଚାଲିକୁ; ତା' ଚୁଲୁବୁଲି ଢଂଗ-ଢାଙ୍ଗଣାକୁ । ସତରେ, ଏତେ ଦିନପରେ ତାଙ୍କ ଅନ୍ତର ତଳର କ୍ଷତରେ କିଏ ଯେମିତି ଶୀତଳ ପ୍ରଲେପଟିଏ ଲେପି ଦେଇ ଯାଉଛି !

ଦ୍ୱାର ପାଖରୁ ଆବାଜ ଆସିଲା- "ମୁଇଁ ବଜାର ଯାଉଛେ ବାବୁ ।"

– "ତୋର ବି ସେହି ଅଭ୍ୟାସ ?"

– "ନାଇଁ, ମୁଁ ଆପଣଙ୍କୁ ବାବୁ ବୋଲି ଡାକିବି । ଆପଣ କେତେ ବଡ଼ଲୋକ ।"

– "ହଉ, ହେଲା, ତୋ' ଇଚ୍ଛା ! କ'ଣ କହୁଥିଲୁ ?"

– "ଆପଣ କ'ଣ ଆଣିବାକୁ କହୁଥିଲେ ଯେ ? ବଜାର ସାରି ମୁଁ ନେଇ ଆସିବି ।"

– "ହଁ ହଁ, ମୋର ପ୍ରେସର ମେଡିସିନ ସରିଯାଇଛି । ନିଦ ବଟିକା ବି । ଶୁଣ୍, ସେହି ଯଉ ମହାପାତ୍ର ମେଡିସିନ ଷ୍ଟୋର ନୁହଁ, ସେଇଠୁ ନେଇ ଆସିବୁ । ମୁଁ ଚିଠାରେ ଲେଖି ଦେଉଛି ।"

କାଗଜଟାଏ ଟାଣି ଆଣି ଲେଖି ବଢ଼ାଇଦେଲେ ।

– "ଆରେ, ମାଆ ବଜାର ଖର୍ଚ୍ଚ ଦେଇଛନ୍ତି ?"

– "ନାଇଁ ବାବୁ, ଆପଣ ଦେବେ ବୋଲି କହିଲେ ।"

– 'ଠିକ୍ ଅଛି, ଏଇ ମନିପର୍ସ ନେ । ତୋର କେତେ କ'ଣ ଦରକାର...

– 'ନାଇଁ ବାବୁ, ଆପଣ ଦିଅନ୍ତୁ ।' ନମ୍ରତାର ସହିତ କହିଲା ସମରା ।

– "ଓହୋ, ଅବୁଝା ପିଲାଟା ! ହଉ କେତେ ଦରକାର ? ଚିଠା ଟା ଦେଖି ।" ଚିଠାଟା ସମରା ହାତରୁ ନେଇ ପଢ଼ି ହିସାବ କରି, "ହଁ ଏଇ ଦି' ହଜାର ନେଇ ଯା, ହୋଇଯିବ ।"

– "ବାବୁ, ଏତେ ଗୁଡ଼ାଏ ଟଙ୍କା !"

– "ଆରେ ପାଗଳା, ଅଧିକା ଥାଉ । ଅଭାବ ହେଲେ କ'ଣ ଫେରିକି ଆସିବୁ ? ନେନେ ଯା...।" ବଢ଼ାଇ ଦେଲେ ଟଙ୍କା ।

– 'ଆଜ୍ଞା ବାବୁ ।' ଟଂକା ନେଇ ଚାଲି ଯାଉଥିଲା ।

– 'ହଁ, ଶୁଣ !' ଅଟକିଲା ସେ । 'ପାଖକୁ ଆ'। ସମରା ପାଖକୁ ଆସିଲା । ଚୁପ୍‌ଚୁପ୍ କରି କହିଲେ ରୁଦ୍ରପ୍ରତାପ ଏଣେତେଣେ ସତର୍କ ଦୃଷ୍ଟିପାତ ପୂର୍ବକ ସମରାର କାନ ପାଖରେ-

– "ସେଇ ଯଉ ପରିବା ମାର୍କେଟ୍ ପାଖକୁ ଗୋଟେ କାଉଣ୍ଟର ଅଛି-ବୁଝି ପାରିଲୁ ?"

– 'ନାଇଁ ବାବୁ ।'

– "ଫରେନ୍ ଲିକର କାଉଣ୍ଟର-ଆରେ ମଦ -ମଦ । ସେଇଠୁ ଗୋଟେ ଛୋଟ ପେକ୍ ନେଇ ଆସିବୁ । ମୋର ଟିକେ ଅଭ୍ୟାସ ଅଛି କି ନା । ମୁଁ ଲେଖି ଦେଉଛି ।" ଅନ୍ୟ ଏକ କାଗଜରେ ଲେଖି ବଢ଼ାଇ ଦେଇ, "ଏଇ କାଗଜଟି ଦେଖାଇଦେଲେ, ସେମାନେ ଦେଇଦେବେ । ଏଇ ଧର ଆଉ ହଜାରେ ଟଙ୍କା । ଦେଖ୍ -ଏ କଥା ଝୁମୁରୀ ଯେପରି ନ ଜାଣେ । ବୁଝିଲୁ ? ଯା-ଯା ।"

– 'ଆଜ୍ଞା ବାବୁ !' ଚାଲିଗଲା ସମରା ।

ଆଶ୍ଚର୍ଯ୍ୟ ! ପ୍ରଫେସର ରୁଦ୍ରପ୍ରତାପ, ନାଆଁଟା ଯେପରି ପରାକ୍ରମବି ଠିକ୍ ସେମିତି । ସାରା ସହର ଜାଣିଛି । କାହାକୁ କଉ କଥାରେ କେୟାର କରିବା ଆଦମି ନୁହଁ । ହେଲେ ଆଜି ତାଙ୍କ ଅନ୍ତରରେ ଏ ଅହେତୁକ ଭୟ ଓ ଆତଙ୍କର ଶଙ୍କା କାହିଁକି ? କିଏ ଯେମିତି ତାଙ୍କ ଅନ୍ତର ଭିତରୁ ଠକ୍‌ଠକ୍ କରି କହୁଚି- 'ଦେଖ ରୁଦ୍ରପ୍ରତାପ, ତମେ ନିଜକୁ ଠକି ଦେଇ ପାରିବ । ହେଲେ ପାରିବ ତମେ ତମ ଝୁମୁରୀକୁ ଠକି (?) ଯାହାକୁ ତମେ ନିଜର ଝିଅ ନୁହେଁ; ମାଆ ବୋଲି କହି ବସିଚ ?'

ଚିତ୍କାର ସହ ପ୍ରଳାପ କରି ଉଠିଲେ ରୁଦ୍ର ପ୍ରତାପ- 'ନୋ-ନେଭର !' ବ୍ୟସ୍ତ ହୋଇ ଉଠି - 'ଆରେ ସମରା !'

ସମରା କିନ୍ତୁ ଚାଲି ଯାଇଥିଲା ।

॥ ୨୨ ॥

ଏ କେଶବତୀ କନ୍ୟାଟି କିଏ ? କିଏ ଏ ସୁନ୍ଦରୀ ନିତମ୍ବିନୀ ? କିଏ ଏ ଯୁବତୀ ? ଅଫୁରନ୍ତ ରୂପ-ଯୌବନର ଏ ଅପରୂପା ରୂପସୀ ଜଣଙ୍କର ପରିଚୟ କ'ଣ ? ଇଏ କି କେଉଁ ନଗ୍ନ ତାରକାର ନୀଳଛବି ? ଆଃ, କି ରୋମାଞ୍ଚକର ! କଳାକୁଟିଳ କେଶବିନ୍ୟାସ ନିଟୋଳ ନଗ୍ନ ନିତମ୍ବର ନିମ୍ନ ଭାଗଯାଏ ପ୍ରଲମ୍ବିତ, ଯେମିତି କେଉଁ ଏକ ଅମୃତ ଭର୍ତ୍ତି ରତ୍ନଗର୍ଭା ହୀରକ କୁଂଭକୁ ବେଢ଼ି ରହିଛନ୍ତି କଳାବେଣୀ ନାଗକନ୍ୟାମାନେ ! ଅବା କଳା କାଦମ୍ବିନୀ କୋଳରେ କେଳି କରୁଛିକି ଲାସ୍ୟବତୀ ବିଜୁଳିକନ୍ୟା ଚନ୍ଦ୍ରକାଂତା !

ଉତ୍ତାଳ ହେଇ ଉଠୁଥିଲା ଭାବ ସମୁଦ୍ର । ଉଚ୍ଚାଟ ହେଇ ଉଠୁଥିଲା କାମନାର ଉତ୍କଟ ରୂପଲିପ୍ସା । ଆତ୍ମବିସ୍ମୃତ ହୋଇ ଯେମିତି ଏକଲୟରେ ଚାହିଁ ରହିଥିଲା ସେଇ ନଗ୍ନ ରୂପସୀର ଉଚ୍ଛଳ ଯୌବନ ସଂଭାରକୁ ସାଗର ।

– 'ସାଗର !' ଧୀର ସମ୍ବୋଧନ ଆସିଲା ପୃଷ୍ଠଭାଗରୁ । ସାଗର ନିରବ, ଭାବମଗ୍ନ । କାନ୍ଧରେ ହାତ ରଖିଲା ଅବିନାଶ ।

ସ୍ପର୍ଶ ପାଇ ଚମକି ଉଠି- 'କିଏ ଅବନାଶ ! କେତେବେଳେ ?'

– "ଏଇ ଜାଷ୍ଟ ! ହେଲେ ଡାକିଲେ ବାବୁଙ୍କର ଜମା ଜବାବ ନାହିଁ । ମୋବାଇଲ ପରଦାରେ କ'ଣ ଏମିତି, ଦେଖି - ଆରେ, ବାଃ, କି ଚମତ୍କାର ! ଏମିତି ସୁନ୍ଦରୀଟିଏ ତ ମୁଁ କେଉଁଠି କେବେ ବି ଦେଖିନି । ନଗ୍ନ ଦେହରେ ଏ ଆକାଶର ପରୀ-ଅମରାବତୀର ଉର୍ବଶୀ ନୁହେଁ ତ ?"

– 'ଆହୁରି ଦେଖ, ଗଭୀର ଭାବରେ ନିରୀକ୍ଷଣ କରି ଦେଖ । ପାଗଳ ହୋଇଯିବୁ ତୁ ।'

– 'ସତେ ତ ! ତା' ବକ୍ର ଚାହାଣୀରେ କନ୍ଦର୍ପ ଯେପରି ଶରବୃଷ୍ଟି କରୁଛି !'

– "ଆଉ ଦେଖ ତା' ରକ୍ତିମ ଅଧର, ତା' ଗୋଲାପୀ ଗଣ୍ଡଯୁଗଳ, ପରିପୂର୍ଣ୍ଣ ତା' ଉନ୍‌ମୁକ୍ତ ସ୍ତନଯୁଗଳର ଉଦ୍ଦାମ ଆକର୍ଷଣକୁ..."

– 'ସତରେ ସାଗର, ତୁ ବହୁତ ବଡ଼ ଭାଗ୍ୟବାନ ।'

– 'ଭାଗ୍ୟବାନ ! କଛି ବୁଝି ପାରିଲିନି ଉକ୍ତିର ମର୍ମ ?'

– "ସାଗରିକା ଥାଉ ଥାଉ ଆଉ ଏକ ନାୟିକା? ମାନେ ଦୋ ଫୁଲ, ଏକ ମାଲୀ? ଗୋଟିଏ ଭ୍ରମର ଦୁଇଟି ଫୁଲ?? ହାଃ-ହାଃ-ହାଃ..!"

– 'ସଟ୍‌ଅପ୍ ! ସାଗରିକା ଜାଣିଲେ ସବୁ ବରବାଦ କରିଦବ। ଆରେ ସିକ୍ରେଟ୍...ସିକ୍ରେଟ୍। ବସ୍ ଏଇଠି, ସବୁକଥା କହୁଚି।'

ପାର୍ଶ୍ୱ ଚଉକିରେ ବସି ପଡ଼ିଲା ଅବିନାଶ।

– "ଦେ କହ, କ'ଣ ସେ ରହସ୍ୟ-ଏ ନଗ୍ନ ନାୟିକାର?"

– "ଆରେ ବୋକ୍‌କା, ଏହି ନଗ୍ନ ଫୋଟଟି ଆଜି ସକାଳୁ ମିଡିଆରେ ଘୂରି ବୁଲୁଛି। ଦୈବାତ ମୋବାଇଲ ଖୋଲିଲି। ପଡ଼ିଗଲା ଆଖିରେ। ସେତେବେଳୁ ଦେଖୁଚି ତ ଦେଖୁଚି...।"

– "ଏକାବେଳେ ମୋହି ଯାଇଛୁ ନା କ'ଣ? ଅବଶ୍ୟ ଯିଏ ଦେଖିବ ଚମକିବ। ଲୋଭେଇବ। ନିୟନ୍ତ୍ରଣ ହରେଇ ବସିବ ନିଜ ଉପରୁ। ଏକୁ ପାଇବାପାଇଁ ସବୁକିଛି ଶକ୍ତି ପ୍ରୟୋଗ କରିଦେବ ଏଇଆନା?"

– 'ବେଶ ତ! ଉତ୍ତମ ପ୍ରସ୍ତାବ। ଆମେ ଶକ୍ତି ପ୍ରୟୋଗ କରି ଦେଖିବା?'

– 'କେମିତି ଜାଣିବା। ଏ ଝିଅ କେଉଁଠିକାର। କ'ଣ ତାର ଠିକଣା ॥ ?'

– 'ପତା ଲଗେଇଲେ ନିଶ୍ଚୟ ପାଇଯିବା।'

– 'ଆଉ ପାଇଗଲା ପରେ?'

– 'ହଁ, ପାଇଗଲା ପରେ ମୋର ଇଚ୍ଛା ହେଉଛି କ'ଣ ଜାଣିଚୁ ଅବିନାଶ?'

– "କ'ଣ?"

– "ଏଇ ରୂପବତୀକୁ ଉଠେଇ ଆଣନ୍ତି ଆଉ ଚାଲିଯାନ୍ତି କଉ ଅଜ୍ଞାତ ଏକ ଇଲାକାକୁ, ଯଉଠି କେହି ନଥାନ୍ତେ। ଖାଲି ସେ ଆଉ ମୁଁ; ମୁଁ ଆଉ ସେ।"

– "ତା'ପରେ?"

– "ତା'ପରେ ଆଉ କ'ଣ? ଯୁଗ ଯୁଗ ଧରି ଏକଧ୍ୟାନରେ ଚାହିଁ ରହିଥାନ୍ତି ତାର ରୂପଲାବଣ୍ୟକୁ।"

– 'ଖାଲି ଚାହିଁଥାନ୍ତୁ ନା ଆଉ କିଛି?'

– 'ଆଉ କିଛି ମାନେ?'

– "ସେଇଥିପାଇଁ ସାଗରିକା ତୋ' ଉପରେ ରାଗେ, ଚିଡ଼େ, ମୁହଁ ଫୁଲାଏ; ରୋଷ-ଅଭିମାନ କେତେ କ'ଣ?"

– "ହଁ ସତକଥା। ସାଗରିକାକୁ ଏଯାଏ ମୁଁ ଖୁସି କରି ପାରିଲିନି। ବୁଝିବି

ପାରିଲିନି ତାର ମନକଥା । ବୁଝିବାକୁ ବା ମୋ' ପାଖରେ ଫୁରସତ କାହିଁ? ଆଉ ତୋ' ସୌଦାମିନୀ, ମାନେ ଆମ ସୌଦାମିନୀ ଭାଉଜ ବା !"

– "ଛାଡ଼ ! ସେ ତ ଗୋଟେ ହାପ୍ ମେଡ୍ ଆଇ ମିନ 'ସିଜୋଫ୍ରେନିଆ ରୋଗୀ, ସାଇକାଟ୍ରିକ୍ ପେସେଣ୍ଟ । ଡେଲି ମେଡିସିନ ନଖାଇଲେ ରଖେଇ ଦେବନି । ଯଦି ସେ ଜାଣିବ ମୁଁ କୋଉ ଝିଅ ଚକ୍କରରେ ଅଛି; ମୋ' ଦଫାରଫା କରିଦେବ । ଅତଏବ, ଏ ରୂପସୀକୁ ନେଇ ତୁ ତୋ କଳ୍ପନାର ତାଜମହଲ ତୋଳିଚାଲ ସାଗର । ସାଗରିକାଠୁ ତୁ ବରଂଚ ବର୍ତ୍ତି ଯାଇପାରିବୁ, ହେଲେ ମୁଁ ନୁହେଁ ।"

– "ହାଃ-ହାଃ-ହାଃ ! ଆରେ ବୋକା, ଖାଲି କ'ଣ ସାଗରିକା ? ଏମିତି କେତେ ଯୁବତୀଙ୍କୁ ନେଇ ମୋ' ଯୌବନଟାକୁ ମୁଁ ଏଞ୍ଜଏ କରିଚାଲିଛି । କିଂତୁ ଅବସୋସ ରହିଗଲା..."

– 'ଅବସୋସ ?'

– 'ଅନୁପମା !'

– 'ଅନୁପମା ? ?'

– "ହଁ, ସେ ମୋ' ମନ ମଧ୍ୟରେ ଗୋଟେ ବିରାଟ ଶୂନ୍ୟତା ସୃଷ୍ଟି କରି ଦେଇ ଯାଇଛି ଅବିନାଶ !" ଦୀର୍ଘଶ୍ୱାସ ସହ ଅଥୟ ଯନ୍ତ୍ରଣାରେ ଛଟପଟ ହେଇ ଉଠିଲା ସାଗର ।

– 'ଆରେ, ତା ଲାଗି ଏତେ ଭାବପ୍ରବଣ ? ସେତ ବହୁତ ଦିନରୁ କେଉଁଆଡ଼େ ନିରୁଦ୍ଦିଷ୍ଟ ହୋଇଯାଇଛି, କହୁଥିଲୁ ନା ?'

– 'ହଁ ଅବିନାଶ, ସେ ନିଖୋଜ ହେଇଯାଇଛି । ମୁଁ ଏଇ ହାତରେ ତାକୁ ଠେଲି ଦେଇଛି ସାଗର ଗର୍ଭକୁ ।'

– 'ସାଗର ! ତୁ ? ଆରେ କାହିଁକି ? ?'

– "ତାକୁ ମୁଁ ବହୁତ ଭଲ ପାଉଥିଲି । ଜୀବନର ସାଥୀ ଭାବରେ ପାଇବାକୁ ଚାହୁଁଥିଲି ପିଲାଟି ଦିନରୁ । କିଂତୁ..."

– "କ'ଣ ହେଲା ?"

– 'କଣ୍ଟା ହୋଇ ଛିଡ଼ାହେଲା ଆଉ ଜଣେ ଆମ ମଝିରେ ।'

– 'କିଏ ସେ ?'

– 'ଅନୁପମ !'

– 'ଅନୁପମ ?'

– "ହଁ ଅବିନାଶ, ଅନୁପମା ମୋତେ ନୁହେଁ, ତାକୁ ହିଁ ଭଲ ପାଉଥିଲା, ଅନୁପମ

ବି । ତାଙ୍କର ମିଳାମିଶାକୁ ମୁଁ ସହି ପାରିଲିନି । ଭୀଷଣ ରାଗିଗଲି... ଆଉ ତାପରେ...ଶେଷ୍ । ସବୁ ଶେଷ୍...ହାଃ-ହାଃ-ହାଃ ।" ଉନ୍ମାଦ ପରି ହସି ଉଠିଲା ସାଗର । ସେ ହସରେ ଥିଲା ଖାଲି ବେଦନା, ଯନ୍ତ୍ରଣା ଆଉ ହତାଶାର ହା-ହା-କାର ।

– 'ଓ, ବୁଝିଲି !'

– "କ'ଣ ବୁଝିଲୁ ?"-ଚକିତ ଦୃଷ୍ଟିରେ ପ୍ରଶ୍ନ କଲା ସାଗର !

– "ଅନୁପମର ଅନ୍ୟମନସ୍କତା ପଛରେ ଏଇ ତାହାଲେ କାରଣ ? ଆଉ ତା' ନିରୁଦ୍ଦିଷ୍ଟ ହେବା ପଛରେ..."

– "ନାଇଁ, ମୋର କିଛି ହାତନାହିଁ । ଜାଣେନି କ'ଣ ହେଲା ତାର ? ହଁ ଏତିକି ଜାଣେ, ଅନୁପମା ନିଖୋଜ ହେଇଯିବା ଦିନଠୁ...."

– "ଆଉ ! ସବୁ ବୁଝିଗଲି । ଅନୁପମାକୁ ଖୋଜି ଖୋଜି ସେ ପ୍ରେମପାଗଳ କେଉଁଠି ନିଜକୁ ବି ନିରୁଦ୍ଦିଷ୍ଟ କରି ଦେଇଛି । ସତରେ ସେ କ'ଣ ଜୀବନରେ ଅଛି ନା ଅନୁପମା ପରି..."

– 'ଛାଡ୍ ସେ କଥା । ଅତୀତକୁ ଅତୀତ ଭିତରେ ହଜି ଯିବାକୁ ଦେ ।'

– "ନାଇଁ ସାଗର । ଅନୁପମା ସିନା ଫେରିବନି; ହେଲେ ମୋ' ପରମ ମିତ୍ର ଅନୁପମ, ତାକୁ ମୋତେ ଯେମିତି ହେଲେ ବି ଖୋଜି ବାହାର କରିବାକୁ ପଡ଼ିବ । ତାର ଅନୁସନ୍ଧାନ ମୋତେ ଜାରି ରଖିବାକୁ ହେବ ।"

– "କିଛି ଫଳହେବନାହିଁ ଅବିନାଶ । ସେ ମରୀଚିକା ପଛରେ ନ ଧାଇଁ ବରଂ ତୁ ଜୀବନର ମରୁବାଲିରେ ଗୋଟେ ମରୁଉଦ୍ୟାନର ସ୍ୱପ୍ନକୁ ସାକାର କରିବାର ପ୍ରୟାସ କର ।"

– "ମରୁଉଦ୍ୟାନର ସ୍ୱପ୍ନ ? କ'ଣ ତୁ କହିବାକୁ ଚାହୁଁ ?"

– "ଆରେ, ସୌଦାମିନୀ ଭାଉଜଙ୍କ କଥା କହୁଚି । ବୁଝି ପାରୁନୁ, ମାନସିକ ବିକୃତିର କାରଣ କ'ଣ ? କଣ ପାଇଁ ସେ ଏତେ ବିମୁଖ, ବିତୃଷ୍ଣ-ବିମର୍ଷ ।"

– "କ'ଣ ଯେ ତୁ କହୁଚୁ, କିଛି ବୁଝିପାରୁନି । ମୋତେ ବି କ'ଣ ତୋରି ପରି ଫୁଲ୍‌ମସ୍ତିରେ ମଜଗୁଲ ହେଇ ବଂଚିବାକୁ ହେବନା କ'ଣ ? ଖୋଲି କରି କହିଲୁ ତୋର କଥାର ଅର୍ଥ କ'ଣ ?"

– "ଆରେ ନିର୍ବୋଧ ସ୍ୱାମୀ, ତାଙ୍କର ଗୋଟେ ପିଲା ଦରକାର । ସେ ମା' ହେବାକୁ ଚାହାନ୍ତି । ଦେଖିବୁ ପିଲାଟିଏ ପାଇଗଲେ, ସବୁ ଠିକ୍ ହୋଇଯିବ ।"

– "ହାଃ-ହାଃ-ହାଃ ! ପିଲା ମୋ ଦ୍ୱାରା ? ? ନୋ ନୋ, ଏମିତି ବରଂଚ ଭଲ-ଆମେ ଦୁଇ, ଆମର ନାହିଁ ମାନେ ଜିରୋ । ଦେଖି ପାରୁନୁ, ସମାଜରେ

ଜନବିସ୍ଫୋରଣ କିପରି ଉଗ୍ରରୂପ ଧାରଣ କଲାଣି । ଦେଶର ଜନସଂଖ୍ୟା ଦେଢ଼ଶହ କୋଟି ପାର୍ କରିବାକୁ ଯାଉଛି । ଏମିତି ଯଦି ଚାଲେ, ଚାଇନା କୁ ବି ଟପିଯିବ । ଆଉ ତୁ କହୁଚୁ...।"

– "ଏ ତ ହେଲା ତୋର ଫିଲୋସଫି ! ଗୁଡ୍ ! ଦେଶ ପାଇଁ ଏତେ ଚିନ୍ତା; ଏତେ ତ୍ୟାଗ ? ହେଲେ ତାଙ୍କ କଥା ତ ଚିନ୍ତାକର ।"

– 'I don't care !'

– 'ଅବିନାଶ, ତୁ ଭୁଲ କରୁଛୁ ।'

– 'ଆଉ ତୁ ?'

– 'ମୁଁ ?' ବିବ୍ରତ ହୋଇ ଉଠିଲା ସାଗର ।

– "ଅନେକ ନାୟିକାଙ୍କ ନାୟକ ସାଜି ତୋ' ପ୍ରେମିକା ସାଗରିକାଙ୍କ ସାଥିରେ ତୁ କ'ଣ ଅନ୍ୟାୟ କରୁନାହୁଁ ? ବାରଂବାର ତାଙ୍କୁ ଧୋକ୍‌କା ଦେଇ ଚାଲିଛୁ ? କାହିଁକି କହତ ? ?"

– "କାରଣ, ମୁଁ ଚାହେଁ ସେ ଜଂଜାଳ ଜାଲରେ ନ ଫଶି ଖାଲି ଏଂଜଏ ...ଏଂଜଏ କରି ଚାଲିଥିବି, ଆଉ ସାଗରିକା ମୋ' ଜୀବନ-ସାଗରର ବାଲିଦ୍ୱୀପରେ ଛିଡ଼ା ହୋଇ ରହିଥିବ ଗୋଟେ ଆଶା-ଆଶ୍ରା ଆଉ ଆଶ୍ୱାସନାର ବତୀଘର ହେଇ । ଇଏସ୍ । 'ଲିଭ-ଇନ୍ ଟୁଗେଦର' - ଏଇ ଫର୍ମୁଲାଟା ଯେ ଆଜି ଗୋଟେ ଅଲ୍‌ଟ୍ରା ମଡର୍ଣ୍ଣ ଲାଇଫ୍ ଷ୍ଟାଇଲ୍ ହେଇଯାଇଛି-ତାହା କ'ଣ ତୁ ଜାଣୁନା । ନୋ ମେରେଜ୍-ଫୁଲ୍ ଏଞ୍ଜଏ । ହାଃ-ହାଃ-ହାଃ...."

ହସି ଚାଲିଥିଲା ସାଗର...। ନିର୍ବାକ ନିଷ୍ପନ୍ଦ ଅବିନାଶ ନିର୍ନିମେଷ ନୟନରେ ଚାହିଁ ଶୁଣି ଯାଉଥିଲା ସାଗରର ଏହି ଉଦ୍ଭଟ ଜୀବନ-ଦର୍ଶନର ପ୍ରଗଲ୍‌ଭ ଆଖ୍ୟାନକୁ !

ପ୍ରଖର ରୌଦ୍ରତାପରେ ଜଳି ଉଠୁଥିଲା ପୃଥିବୀ ।

॥ ୨୩ ॥

ଜଣେ ଯୁବତୀ ପାଖରେ ଯୁବତୀବେଶରେ ଯୁବକ ।

ନିଆଁ ପାଖରେ ଘିଅ କେତେ କ୍ଷଣ ବା ରହି ପାରିବ; ପୁଣି ଗୋଟିଏ କକ୍ଷ ଆଉ ଗୋଟିଏ ଶେଯରେ ?

ସାଗରଦ୍ୱୀପ ରୂପନଅରର ଏଇ ରୂପକୋଠିର ଫୁଲଶେଯ ତାକୁ କଣ୍ଟାପରି ଲାଗୁଛି । ଆଖିକୁ ନିଦ ଆସୁନି ଜମା । ଚେଇଁ ଚେଇଁ କେତେ କ'ଣ ଭାବି ଚାଲିଛି ଅନୁପମ । ମନେପଡ଼ିଲା ସବୁଜ କବିର ସେହି ପ୍ରୀତିଭରା ପ୍ରାଣଥରା ଗୀତର ଉଚ୍ଛ୍ୱାସ–

"ମାଧବୀ ନିଶୀଥେ ଆଜି ନିଦ ନାହିଁ ଚକ୍ଷେ
ଯଉବନ ଜାଗେ ମୋର ବକ୍ଷେ
ବାସନା ରହିଛି ଚାହିଁ ଦୂର ବନ ସରଣୀ
କନକ କିରଣ ଧାରା ପ୍ଲାବିଯାଏ ଧରଣୀ
ପରୀମାନେ, ଆସ ଲଘୁ ପକ୍ଷେ ।"

ଦୂରପଥ ତାକୁ ହାତଠାରି ଡାକୁଛି । ଡାକୁଛନ୍ତି ପରୀମାନେ । ସେ ଏଠି ଆଉ କେତେଦିନ ଅଟକିବ ? ଏକାପରି ଦିଶିଲେବି ଚପଳା ସତରେ କ'ଣ ତା' ଅନୁପମା ? ସମାନ ଦୃଶ୍ୟ ବସ୍ତୁ ସବୁବେଳେ ଏକା ହେଇ ନ ଥାନ୍ତି । ଏଇ ନ୍ୟାୟରେ ଚପଳାକୁ ସେ ଗ୍ରହଣ କରିବି, ସ୍ୱୀକାର କରି ପାରୁନି ମନ-ପ୍ରାଣରେ । ପରକନ୍ୟା ! ଦେହ ଛୁଇଁଲେ ପାପ । କେତେଥର ପାଖକୁ ଲାଗି ଆସିଛି ଚପଳା । ମେଘଖଣ୍ଡ ଦେହରେ ଲଟେଇ ପଡ଼ିଛି ବିଜୁଳିଟି ପରି । ଏକାକାର ହେଇ ଯିବାକୁ ଚାହିଁଚି । ହେଲେ ପ୍ରତିଥର ପ୍ରତ୍ୟାଖ୍ୟାନ କରି ଠେଲି ଦେଇଛି ତାର ନିଷ୍ଠୁର ପୌରୁଷ । କିଛି ଭୁଲ କରିନିତ ? ଚାହିଁଲା ଚପଳା ଆଡ଼କୁ ସେ ।

ଏହି ଯେ ଶେଯ ଉପରେ ଅଭିମାନ କରି ଶୋଇପଡ଼ିଛି ଚପଳା । ଝୀନ ବସ୍ତ୍ରାଭରଣ ତଳୁ ଉକୁଟି ଉଠୁଚି ତା ପରିପୂର୍ଣ୍ଣ ଯୌବନ ଶ୍ରୀ । ବିବଶ କରୁଛି । ଚୁମ୍ବକ ପରି ଆକର୍ଷିତ କରୁଛି । ଆଃ...କି ସେ ଆକର୍ଷଣ ! କି ସେ ସମ୍ମୋହନ ! ମୋହିନୀ କନ୍ୟାର ରୂପଲିପ୍ସା ଆଜି ତାକୁ ଏତେ ଅଥୟ କରୁଛି କାହିଁକି ? ଇଚ୍ଛା ହେଉଛି, ଯୁବତୀର

ଅଜ୍ଞାତରେ ଥରେ ଅଂଗରୁ ବସ୍ତ୍ର ଆଡ଼େଇ ଦେଖି ନିଅନ୍ତା ରୂପସୀର ରୂପବୈଭବ, ଯଉବନର ସେହି ଅନୁପମ ଐଶ୍ୱର୍ଯ୍ୟକୁ । ଆଉ ତାରି ଭିତରେ ଖୋଜି ନିଅନ୍ତା ତା' ପ୍ରେୟସୀ ଅନୁପମାର ସ୍ମୃତି ସଂକେତ-ସ୍ତନଯୁଗଳର ଉପରି ପାର୍ଶ୍ୱରେ ଅଂକିତ ଦୁଇ କଳାଜାଇ ଫୁଲର ରୂପଚିତ୍ରକୁ ।

ଧୀର ଅତି ସନ୍ତର୍ପଣରେ ପାଖେଇ ଆସୁଥିଲା ତାର ହସ୍ତଟି ସେହି ଦିଗରେ । ଚପଳା ଶୋଇଛି ଚିତ୍ ହୋଇ ନିଘୋଡ଼ ନିଦରେ । ସେ ବା କେମିତି ଜାଣିବ ଅନୁପମର ମନକଥା; ପ୍ରାଣବ୍ୟଥା ? କେତେ ପାଗଳ ପରି ଖୋଜି ବୁଲୁଚି ତା' ପ୍ରଣପ୍ରିୟାକୁ । ପୁରୁଷ ସୁଲଭ ଦୁର୍ବଳତା ତାକୁ ଯେପରି ଗ୍ରାସ କରିଯାଉଛି କ୍ରମଶଃ । ଆଉ ବିଳମ୍ବ ନକରି ରୂପସୀ ଚପଳାର ବକ୍ଷଯୁଗଳ ଉପରୁ ଝୀନ ବସ୍ତ୍ର ଓଢ଼ଣିଟି ଧୀରେ ଖୋଲି ଦେବାକୁ ଚେଷ୍ଟା କଲା ପ୍ରୀତି ପାଗଳ ଯୁବକ ।

ହଠାତ୍ କାହାର ଲୋମଶ ହସ୍ତ ଲମ୍ବିଆସି ଧରି ଅଟକାଇ ତାଗିଦ୍ କଲା - 'ରହ !'

– "ଆଃ, କିଏ, କିଏ ଏପରି ମୋ' ହାତକୁ ଟାଣି ଧରିଛି ? କିଏ....କିଏ ତୁ ?" ପ୍ରଶ୍ନକଲା ଅନୁପମ ।

– 'ମୁଁ ତୋର ବିବେକ !'

– 'ବିବେକ !'

–"ତୁ ଏ କ'ଣ କରୁଛୁ ? ଯୁବତୀର ଅଜ୍ଞାତରେ ଏହା ପାପ, ମହାପାପ ।"

ଦୂରେଇ ଆଣିଲା ହାତଟି ଅନୁପମ । ଏକ ଅଜଣା ଭୟ ଓ ଅହେତୁକ ଆଶଂକା ତାକୁ ବ୍ୟସ୍ତ-ବିବ୍ରତ କରିଦେଲା । ସର୍ବାଂଗରେ ଶିହରଣ ! ନାଃ, ଆଉ ଏ ଭୁଲ କରିବନି । ହେଲେ ତାର ପ୍ରାଣପ୍ରେୟସୀକୁ ଚିହ୍ନିବାର ଯେ ଅନ୍ୟ ବିକଳ୍ପ ହିଁ କିଛି ନାହିଁ । ତେବେ ଚପଳାର ଇଚ୍ଛାରେ କ'ଣ ରାଜି ହୋଇଯିବ ? ତା' ସାଥିରେ ଗୋପନରେ ରତି ସଂଭୋଗରେ ପ୍ରମତ୍ତ ହୋଇ ଉଠିବ ? ଆଉ ସେହି ଛଳରେ ସେ ଚିହ୍ନିବ ତାର ଅନୁପମାକୁ ?

ଯୁବକର ମନ ତଳେ ଏମିତି କେତେ ଅସମାହିତ ଦ୍ୱନ୍ଦ୍ୱର ଆଲୋଡ଼ନ; ପ୍ରାଣରେ କେତେ ଆଶା -ନିରାଶାର କଂପନ ତାକୁ ଅସ୍ଥିର କରିଦେଲା । ଅସହ୍ୟ ହୋଇ ଉଠିଲା ଏଇ ନୀରବ ନିଶୀଥର ନିର୍ଜନ ପ୍ରହର ।

ନିର୍ଜନ, କିପରି ନିର୍ଜନ ? ଏହି ଯେ, ପାଖରେ ତାର ଯୁବତୀଟିଏ ! ବକ୍ଷକୁ ତୋଳି ନେବାର ପ୍ରାଣପୂର୍ଣ୍ଣ ପ୍ରୟାସରେ ବିଫଳ ହୋଇ ଏକ ବ୍ୟର୍ଥ ସ୍ୱପ୍ନରେ ହୁଏତ ମଜ୍ଜି ରହିଛି ! ଶାଂତ ମୁଖମଣ୍ଡଳ ଯେମିତି ଅଶାଂତ ଝଡ଼କୁ ସାମ୍ନା କରୁଛି ! ଏହି ଯେ

ତାର ତନ୍ଦ୍ରା ବିଜଡ଼ିତ ଚକ୍ଷୁ ପଲକ ଯୁଗଳ ଅସ୍ଥିର ହୋଇ ଉଠୁଛି । କ୍ରମଶଃ ଆଖିର ଭ୍ରୂକୁଟି କୁଞ୍ଚିତ ହୋଇ ଉଠିଲା । ଗୋଲାପୀ ଗଣ୍ଡଯୁଗଳରେ ଖେଳିଗଲା ତରଂଗ । ଓଷ୍ଠ ଦୁଇଟି ଥରି ଉଠି ଅସ୍ପଷ୍ଟ ଚିତ୍କାର କରି ଉଠିଲା- 'ନା, ତମେ ମୋତେ ଏଠି ଏକାଛାଡ଼ି ଚାଲିଯାଇ ପାରିବନି ଅନୁପମ!'

ବିଚଳିତ ହୋଇ ଉଠିଲା ଅନୁପମ । ବିଳମ୍ବ ନକରି ଚପଳାର ଅଂଗ ସ୍ପର୍ଶ କଲା । ମୃଦୁ ସମ୍ବୋଧନ ସହ ଉଠେଇବାକୁ ଚେଷ୍ଟାକଲା- 'ଚପଳା!'

ସ୍ୱପ୍ନାଚ୍ଛନ୍ନ ଅବସ୍ଥାରେ ବଳପି ଉଠିଲା ଯୁବତୀ- 'ନା, ମୁଁ ଚପଳା ନୁହେଁ, ମୁଁ ଅନୁପମା-ଅନୁପମା ।'

– 'ଅନୁପମା! ଆରେ ଉଠ ।' ଟିକେ ଜୋରରେ ହଲାଇଦେଲା ଅନୁପମ । ଖୋଲିଗଲା ଚପଳାର ଆଖି । କିଂତୁ ଭାଂଗିନଥିଲା ତା' ମନତଳୁ ସେହି ତନ୍ଦ୍ରିଳ ତମାସା । ସ୍ୱପ୍ନର ଭେଳିକିରେ ସମ୍ମୋହିତା ଯୁବତୀ ଜଳଜଳ କରି ଚାହିଁ ଦେଖିଲା-ସାମ୍ନାରେ ତାର ସ୍ୱପ୍ନବାଞ୍ଛିତ ପୁରୁଷ ।

ବ୍ୟାକୁଳିତ ଭାବାବେଗ ଭିତରେ ଉଠିପଡ଼ି ବିଳାପ କରି ଉଠିଲା ।

– 'ଅନୁପମ!'

ଅନୁପମଙ୍କୁ ଆକର୍ଷିତ କରି ଦୁଇବାହୁରେ ଭିଡ଼ିନେଲା ନିଜର ବକ୍ଷ ଉପରକୁ...!

ଫୁଲଶଯ୍ୟାରେ ଜଣେ ସ୍ୱପ୍ନୋନ୍ମତ୍ତା ଯୁବତୀର ନିବିଡ଼ ବାହୁବନ୍ଧନରେ ଜଣେ ଯୁବକ; ଫେର୍ ଏକାଂତ କକ୍ଷ, ନିରୋଳ ନିଶୀଥ, ମହମହ ମଧୁଲଗ୍ନ...।

॥ ୨୪ ॥

ଚପଳା ଚମକି ଉଠିଲା ।

ଏ କ'ଣ ? ତା' ଗୋଲାପି ଗଣ୍ଡଯୁଗଳରେ ଚୁମ୍ବନର ସ୍ୱାକ୍ଷର ?

ଗତ ରାତ୍ରିରେ ସେ ସ୍ୱପ୍ନାଭିସାର ତେବେ ସତ୍ୟ ଥିଲା ? ତା'ର ସେହି ସ୍ୱପ୍ନବାଂଛିତ ପୁରୁଷ ସତରେ ଏଇ ପରଦେଶୀ ଯୁବକ ଅନୁପମ ?

ସରମୀ ଗଲା ସରମୀଲତା !

କେମିତିବା ତାଙ୍କୁ ପଚାରିବ, କ'ଣ ହୋଇଥିଲା ସତରେ ? କାହାକୁ ବା କହିବ ଲାଜକଥା ? ବିଚଳିତ ହେଇ ଉଠିଲା ମନ । ଅସ୍ଥିର ହେଇ ଉଠିଲା ହସ୍ତଯୁଗଳ । ଉଲ୍ଲସି ଉଠିଲା ବକ୍ଷତଳ ।

ଯେମିତି ତା' ଯୌବନ-ଯମୁନାରେ ଆଜି ଜୁଆର ଆସିଛି । ନିଜକୁ ନିୟନ୍ତ୍ରଣରେ ରଖି ପାରିଲାନି ସେ । ପାଖେଇଗଲା ଅଇନା ସାମ୍ନାକୁ; ଆଉ ଖୋଲିଦେଲା ତା' ବକ୍ଷ ଉପରୁ ଅଂଗବସ୍ତ୍ରଟିକୁ । ଚିତ୍କାର କରି ଉଠିଲା ସେ–

– 'ନା... !'

ସଖୀମାନେ ଗୋପନରେ ଛପିରହି କେତେବେଳୁ ଚାହିଁ ଦେଖୁଥିଲେ ସଖୀର ଭାବଲୀଳା । ଚଟ୍‌କିନା ପଛପଟୁ କାନ୍ଧ ଉପରକୁ ଝୁଙ୍କି ପଡ଼ିଲା ମେଘମାଳା ।

– 'ଆଃ, କିଏ ?' ଅଂଗବସ୍ତ୍ରଟିକୁ ଚପଳା ଘୋଡ଼େଇ ଦେଲା ବକ୍ଷ ଉପରେ ଲଜ୍ଜା ଆଉ ଅପମାନରେ ।

– 'ଆଲୋ, ଯେତେ ଲୁଚେଇଲେ ରହସ୍ୟକି ଆଉ ଲୁଚିଯିବ ? ଦେଖି ଦେଖି ?' ଅଂଗବସ୍ତ୍ରଟି ଖୋଲିଦେବାକୁ ଉଦ୍ୟତ ।

– 'ନାଇଁ, ଛାଡ଼ ମୋତେ ।' ଛାଟିଦେଇ ଚାଲି ଯାଉଥିଲା ଚପଳା ।

ସାମ୍ନାରୁ ପଶି ଆସିଲେ ଦୁଇ ସଖୀ- ଚମ୍ପାବତୀ ଓ ବନଲତା । ଚପଳାର ଦୁଇ ବାହୁକୁ ଧରି ଅଟକାଇ କହି ଉଠିଲେ - "ରହ ରହ ରହ, ଯାଉଛୁ କେଉଁଆଡ଼େ ? ଦେଖି ..ଦେଖି.."

ଚମ୍ପାବତୀ ଚିଲେଇ ଦେଲା- "ଆଲୋ ଏ କ'ଣ ?"

– "କ'ଣ କିଲୋ ଚମ୍ପାବତୀ-ବନଲତା ?" ଧାଇଁ ଆସିଲା ମେଘମାଳା ।

– "ଦେଖିଲଣି-ଦେଖିଲଣି ସଖୀ ମେଘମାଳା, ଆମ ଫୁଲକୁମାରୀର ଫୁଲଫୁଲିଆ ଦୁଇ ଗୋରା ଗାଲ ଉପରେ କିଏ କେତେବେଳେ ଆସି ରକ୍ତ ଅଳତାର ଛବି ଦୁଇଟି ଆଙ୍କି ଦେଇ ଯାଇଛି ମ !"

ମେଘମାଳା ଓ ବନଲତା କହିଉଠିଲେ – 'ଆଲୋ ସତେତ !'

ବନଲତାର ବ୍ୟଂଗୋକ୍ତି – "ଆଲୋ ହେ, ଅଦେଖା ଅଜାଗା ଘା'କୁ ଦେଖେଇବୁନି ସିନା, ହେଲେ ଏ ଦେଖା ଜାଗାଟାର ଲାଜ ରହସ୍ୟକୁ ତୁ ତ ଆଉ ଲୁଚେଇ ପାରିବୁନି ଫୁଲକୁମାରୀ ?"

ଚିଡ଼ି ଉଠିଲା ଚପଳା ମିଛ ରାଗ ଆଉ ଛଳ ଅଭିମାନରେ ।

– "ଆଃ ଚୁପ୍‌କର ! ଦେଖ, ରାଣୀ ମା' ଯଦି ଜାଣିବେ, ବୁଝି ପାରୁଛ, ମୋ' ଅବସ୍ଥା କ'ଣ ହେବ ?"

ଚମ୍ପାବତୀର ଛଳୋକ୍ତି- "ଆଲୋ, ଏ କଥା ? ରାଣୀ ମା' ପଚାରିଲେ କହିଦବୁ -କାଲି ରାତିରେ ଡାଆଁସଟାଏ ଦଂଶିଦେଇ ଯାଇଛି, ବାସ୍ !"

କାହାର ପାଦଶବ୍ଦ ଶୁଭିଲା ।

ଚମକି ଚୁପ୍ ହୋଇଗଲେ ଝିଅମାନେ । ସତରେ ରାଣୀ ମା' କ'ଣ ଏଇ ଆଡ଼କୁ ...। ବ୍ୟସ୍ତ ହୋଇଉଠି.... 'ଆଲୋ ସଖୀ, ଆସ ଆସ, ଆମେ ଆଢୁଆଳରେ ଲୁଚିଯିବା ।' ଲୁଚିଗଲେ ଝିଅମାନେ ।

କିଂତୁ ଯାହାକୁ ଡରୁଥିଲେ ସେ ନୁହଁ ! ଆସିଲେ ଆଉ ଜଣେ । ସେହି ଯୁବତୀ ବେଶରେ ଯୁବକ ପ୍ରବର ଅନୁପମ ଓରଫ ଅନୁରାଧା ।

ନେପଥ୍ୟରୁ ଫିକ୍‌କିନା ହସିଉଠି ଉଭା ହୋଇଗଲେ ଲୀଳାମୟୀ ସଖୀବୃନ୍ଦ । ଚପଳାକୁ ଇଂଗିତ କରି କହିଲା ମେଘମାଳା..

– "ହଇଲୋ, ସେ ଆସିଗଲେଣି, ଆଉ ଆମେ ଏଠି ରହି ତମର ଅଡୁଆ କରିବୁ କାହିଁକି ? ସଖୀ ଅନୁରାଧା, ତମ ପ୍ରିୟ ସଖୀଙ୍କ ସାଥିରେ ଏବେ ଯେତେପାର କଥା ହୁଅ ଗୋ, ଗୋପନକଥା !"

ହସିଉଠିଲେ ପରିହାସ କରି 'ହା-ହା-ହା, ହେଇଟି ଏବେ ଆମେ ଆସୁଛୁ ।' ଏକ ସ୍ୱରରେ ତାଗିଦ୍ କରି ଚାଲିଗଲେ ସଖୀମାନେ ।

ଅନୁପମା ଆଉ ଅନୁପମ । ଚପଳା ଆଉ ଅନୁରାଧା । ଉଭୟ କେହି କାହାକୁ ଚାହିଁବି ଚାହିଁ ପାରୁନଥିଲେ । ଲାଜରେ ଚପଳା ମୁହଁ ବୁଲାଇ ନେଇଥିଲା ଭିନ୍ନ ଦିଗକୁ । ଅନୁପମ ବି !

ଗତ ରଜନୀର ଗୋପନ ପ୍ରଣୟ ରହସ୍ୟ ଏବେ ବି ଏମାନଙ୍କୁ ମୋହାଚ୍ଛନ୍ନ କରି ରଖିଛି ଯେମିତି ! ନିରବ ରାତ୍ରୀ, ନିଦ୍ରିତ ପ୍ରହରରେ ଜଣେ ଅର୍ଦ୍ଧଚେତନ ନାୟିକାର ସାଥିରେ ଭାବପ୍ରବଣ ଜଣେ ନାୟକ ମଧ୍ୟରେ ଯାହାସବୁ ଘଟିଗଲା, ସେଥିପାଇଁ ଦୁହେଁ ଦୁହିଁଙ୍କୁ ଅପରାଧୀ ମନେ କରିବା ସ୍ୱାଭାବିକ ।

ଅନୁପମ ନିଜକୁ ନିଜେ କ'ଣ କ୍ଷମାଦେଇ ପାରିବ ? ଯଉ ଅନୁପମା ଲାଗି ତା'ର ଏତେ ପ୍ରେମାନୁରାଗ, ଯାହାଲାଗି ସେ ଆଜି ଦରିଆ ପାରିରେ ଯାଯାବର ପରି ଘୂରି ବୁଲୁଛି - ତା'ର ସେହି ଅନିର୍ବଚନୀୟ ଶାଶ୍ୱତ ପ୍ରେମ ସାଥିରେ ଏତେବଡ଼ ପ୍ରତାରଣା...ପ୍ରବଞ୍ଚନା ? ?

ଧିକ୍‌କାର କରି ଉଠିଲା ଅନୁପମ ନିଜକୁ–

– 'ଇଉ, ଲୋଫର !' ପାଗଳ ପରି ନଜ ଗାଲକୁ ନିଜେ ପିଟି ଚାଲିଲା ବାରଂବାର...ବାରଂବାର...।

ଚପଳା କିଛି ବୁଝିପାରିଲାନି । ଧାଇଁଆସି ହାତ ଧରି ଅଟକାଇ ଦେଲା । ବିବ୍ରତ ଓ ବ୍ୟଥିତ ସ୍ୱରରେ ପ୍ରଶ୍ନକଲା–

– "ଏ କ'ଣ କରୁଛ ତୁମେ ? କ'ଣ ପାଗଳ ହୋଇଗଲ ?"

– "ହଁ, ପାଗଳ, ମୁଁ ପାଗଳ ହେଇ ଯାଇଛି । ହାଃ–ହାଃ–ହାଃ... !"

ହସୁହସୁ କାନ୍ଦି ଉଠିଲା ଜଣେ ଅପରାଧୀ ପରି ଅନୁପମ ।

– "ଅନୁପମ ! ମୋ' ରାଣ, କାନ୍ଦନି । ମୁଁ ଅଛିନା, ତମ ଅନୁପମା !" ପ୍ରବୋଧନା ଦେବା ଛଳରେ ଚପଳାର ପ୍ରୀତି ସଂଭାଷଣ ।

– "ନାଇଁ, ଏମିତି ହେଇ ପାରିବନି । ତୁମେ ମୋତେ ମାର, ମାର ।" ଚପଳାର ହାତଧରି ନିଜ ଦୁଇଗାଲକୁ ବାଡ଼େଇ ଚାଲିଲେ ।

– 'ଆରେ, ଛାଡ଼ ।' ଟାଣିନେଲା ହାତ ।

– 'ଚପଳା, ମୋତେ ତୁମେ କ୍ଷମା କରିଦିଅ ଚପଳା ।' ବ୍ୟାକୁଳ ନିବେଦନ କଲା ପାଗଳ ପରି - ଅନୁପମ !

– 'କ୍ଷମା ?' ଚପଳାର ପ୍ରଶ୍ନ ।

– "ମୁଁ ମୋ' ପାପର ପ୍ରାୟଶ୍ଚିତ କରିବାକୁ ଚାହେଁ ।" ଚପଳାର ଦୁଇ ହାତ ପାପୁଲିକୁ ନିଜ ଗଳାରେ ଭିଡ଼ିଧରି–

– 'ଦିଅ, ମୋ ତଣ୍ଟିଟିପି ଶେଷ କରି ଦିଅ ଚପଳା । ଶେଷ କରିଦିଅ !'

– ହା–ହା–ହା...ହସି ଉଠିଲା ଚପଳା ।

– 'ଏଁ ! ତମେ ହସୁଛ ?'

– 'ହସିବିନି ?'

– 'ମାନେ ?'

– "ମୁଁ ଯାହା ଚାହିଁଥିଲି ତାହା ତ ପାଇ ଯାଇଛି । ସିଏ ତୁମେ ହୁଅ କି ମୋର ସେହି ସ୍ୱପ୍ନର ପୁରୁଷ ।"

– 'ଆଶ୍ଚର୍ଯ୍ୟ ! କାଲି ରାତିରେ ସେ..'

– 'ସ୍ୱପ୍ନ ଥିଲା !'

– 'ନାଇଁ ସତ୍ୟ'

– 'ସ୍ୱପ୍ନ !'

– 'ସତ୍ୟ !'

– 'ସ୍ୱପ୍ନ !'

– 'ସତ୍ୟ !'

– 'ନା– ! !

ଉଭୟ ଏକ ସଂଗେ ଚିତ୍କାର କରିଉଠି ସ୍ଥିର ହୋଇଗଲେ ।

॥ ୨୫ ॥

ପୋଲିସ ଆଖିରେ ଧୂଳି ଦେଇ କାଳିଆ ଫେରାର ହୋଇ ଯାଇଛି । ବଦମାସ, ମିଡିଆରେ ଛାଡ଼ି ଦେଇଛି ଗୌରୀର ନଗ୍ନ ଫୋଟ । ଚାରିଆଡ଼େ ଚହଳ । ଗାଁ ଗୋଟା ଖାଲି ଟୁପୁରୁ-ଟାପୁରୁ । ମୁହଁ ଟେକି ବାଟ ଚାଲିପାରୁନି ବାଆ । ଘର କଣରେ ମୁହଁ ଲୁଚେଇ ବସି ରହିଚି ଗୌରୀ । ତା’ ଆଖିରୁ ଝରି ଚାଲିଛି ଅନବରତ ଲୁହ । ମୁଣ୍ଡ ଉପରେ ପାହାଡ଼ଟେ ଭାଂଗି ପଡ଼ିଛି ଯେପରି ! କ’ଣ କରିବ କିଛି ବୁଦ୍ଧି ଦିଶୁନି ତାକୁ ।

ବିଚାରୀ, କେତେ ସୁଖର ସ୍ୱପ୍ନଟାଏ ଦେଖୁନଥିଲା ! ଗୌର ଭାଇ ସାଥିରେ ତାର ବାହାର ହବ । ଗଢ଼ିବ ସୁନା ସଂସାର । ହାଏ, ସବୁ ଚୁରମାର ହେଇଗଲା । ଏବେ ଆଉ କିଏ ବା ତାକୁ ବାହା ହେବ ? ସତରେ ଗୌରଭାଇ ଏ କଥା ଜାଣିଲେ ତାକୁ କି ଗ୍ରହଣ କରିବେ ? ନାଇଁ ସେ ଆଉ କାହାରି ହାତ ଧରି ପାରିବ ନାହିଁ । ଜୀବନ ହାରିଦେବ । ହଁ...।

– ‘ଗୌରୀ !’ ଦାଣ୍ଡ ପଟରୁ କାହାର ଡାକ ଶୁଭିଲା ।

– କିଏ ? ଏ ଯେ ଗୌର ଭାଇଙ୍କ ସ୍ୱର । ସତରେ ଗୌରଭାଇ କ’ଣ ଆସିଛନ୍ତି ? କେତେ ଆଶା ନେଇ ଆସିଥିବେ । ଆଉ ଏଠି ତା’ କଥା ଶୁଣି କ’ଣ ଭାବୁଥିବେ ସେ ? ଭାବୁଥିବେ, ଗୌରୀଟା ଉଦଣ୍ଡୀ ହୋଇଗଲା । ତା’ ନହେଇଥିଲେ ତାର ଏ ଲଂଗଳା ଫୋଟ କିଏ କାହିଁକି ଉଠେଇ ନବାକୁ ସାହସ କରିଥାନ୍ତା ? ନିଶ୍ଚୟ ଏହାର କିଛି ଦୁର୍ବଳତା ଅଛି । ସଂପର୍କ ଅଛି କାହା ସାଥିରେ । କିଏ ସେ ? କିଏ ସେ ସୈତାନ, ତା ଆଶାରେ ବାଲି ଢାଳି ଦେଲା . ଆଃ...କେତେ କଷ୍ଟ ହେଇଥିବ ତାଙ୍କୁ ?

– ନା, ସେ ତାଙ୍କୁ ଏ ପୋଡ଼ାମୁହଁ ଦେଖେଇବ ନାହିଁ । କଉ ସାହସରେ ସେ ଯାଇ ସାମ୍‌ନାରେ ଛିଡ଼ା ହେବ ? ସବୁ ତ ଜଳି ପାଉଁଶ ହୋଇ ଯାଇଛି ।

ମୁଁହରେ ହାତ ପାପୁଲି ଗୁଂଜି ଭୋ-ଭୋ କାନ୍ଦି ଉଠିଲା ଗୌରୀ ।

– “ଗୌରୀ ! ମୁଁ ତୋ’ ଗୌରଭାଇ ଡାକୁଛି। କ’ଣ ମୋ’ ଉପରେ ରାଗି ଯାଇଛୁ ? କ’ଣ କରିବି କହତ ? ତୋ’ ଚିଠି ପାଇଲା ପରେ ମୋତେ କଂପାନୀ ଛୁଟି ଦେଲାନି । ବହୁତ ନେହୁରା ହେଲି । ଶୁଣିଲାନି, ସେଥିପାଇଁ ସାତଦିନ ଡେରି

ହେଇଗଲା । ତୁ କ'ଣ ତୋ' ଗୌରଭାଇକୁ କ୍ଷମା ଦେବୁନି ? ଆଲୋ ଚିଠିରୁ ତୋ' ମନକଥା ସବୁ ବୁଝିପାରିଛି । ସେଥିପାଇଁ ତ ତୋ' ପାଖକୁ ଧାଇଁ ଆସିଛି । ମୋ' ମନକଥା ସବୁ ତୋ' ପାଖରେ କହିଦେବି ବୋଲି । ତୁ କ'ଣ ମୋ' କଥା ଶୁଣିବୁନି ? ଗୌରୀ, ଗୌରୀ ଲୋ !"

ଗୌରୀର ଜବାବ ନାହିଁ । ଯେମିତି ଜଡ଼ ପାଲଟି ଯାଇଛି ସେ ! ତା' ଦେହରୁ ଯେପରି ପ୍ରାଣଶକ୍ତି ହଜି ହଜି ଯାଉଛି ! କାନ୍ଥକୁ ଢଳି ପଡ଼ିଲା ଗୌରୀ ।

ଗୌର ବ୍ୟସ୍ତ ହୋଇ ପଡ଼ିଲା । କାହିଁକି ଗୌରୀ ଆଜି ତା' ଡାକ ଶୁଣୁନି । କ'ଣ ହେଇଚି ତା'ର ? ନା, କିଛିତ ହେଇଚି । ତା ମୁହଁରୁ ସବୁକଥା ସେ ଆଜି ଶୁଣିବ । ନିଜ ମନର ସବୁକଥା ଆଜି କହିବ ତାକୁ । କିଛି ବି ଲୁଚାଇବ ନାହିଁ ।

– "ଗୌରୀ !" ଉଚ୍ଚସ୍ୱରରେ ଡାକ ପକାଇ ଘର ଭିତରକୁ ପାଦ ବଢ଼େଇଲା ।

ଅକସ୍ମାତ କେଉଁଆଡୁ ଗୋଟେ ଢେଲା ଆସି ବାଜିଲା ଗୌର ମୁଣ୍ଡରେ । ଚିତ୍କାର କରି ଉଠିଲା ସେ – 'ଆଃ !' ଚମକି ଉଠିଲା ଗୌରୀ । କ'ଣ ହେଲା, କ'ଣ ହେଲା ଗୌର ଭାଇଙ୍କର ? ସେ ଏମିତି ଚିତ୍କାର କରି ଉଠିଲେ କାହିଁକି ?

– 'ଗୌରଭାଇ !' ଉଠି ଧାଇଁ ଆସିଲା ଗୌରୀ ।

– "ବଦମାସ, ତୁ ମୋ' ଝିଅର ଜୀବନ ସାରି ଦେଇଛୁ । ତା' ଇଜ୍ଜତ ମାଟିରେ ମିଶେଇଚୁ । ମୁଁ ତୋତେ ଆଜି ଛାଡ଼ିବିନି । ପିଟିପିଟି ଶେଷ କରିଦେବି ।"

ବାଆକୁ ଆଜି ଯେପରି ବିଶ୍ରାମ ଆସିଚି ! ଠେଙ୍ଗାଟିଏ ଧରି ଧାଇଁ ଆସିଲା ରାଧୁ ପଧାନ । ସଂଜର ମୁହଁ ଅନ୍ଧାର ଭିତରେ କିଛି ଦେଖି ପାରିଲାନି ସେ-କିଏ ଗୌର ଅବା କାଳିଆ । ନିର୍ଦ୍ଧୁମ ପିଟି ଚାଲିଲା । ଦାଣ୍ଡ ଦ୍ୱାରବନ୍ଧଟା ଉପରେ ଟଳିପଡ଼ି ଚିତ୍କାର କରୁଥିଲା ଗୌର ।

ଧାଇଁ ଆସିଲା ଗୌରୀ । 'ବାଆ, ବାଆ, ତୁ ଏ କ'ଣ କରୁଛୁ ? ବାଆ' କହି ଗୌର ଉପରେ ପଡ଼ିଗଲା ଆଉ କୁଣ୍ଢାଇ ଧରିଲା ଗୋଟାଯାକେ । ଠେଙ୍ଗା ପାହାର ସବୁ ବାଜୁଥିଲା ଗୌରୀ ପିଠିରେ ।

ଚିତ୍କାର ଛାଡୁଥିଲେ ଉଭୟ ଗୌର ଆଉ ଗୌରୀ । ପାଟିଶୁଣି ଶୁକୁରୀ ବୋହୂ ଛୁଟିଆସି ବୁଢ଼ାର ହାତକୁ ଟାଣି ଧରିଲା, 'ବଡ଼ବାଆ !'-ଠେଙ୍ଗାଟାକୁ ଝିଙ୍କି ଛଡ଼ାଇ ଫୋପାଡ଼ି ଦେଲା ଦୂରକୁ । ପାଟିକରି କହିଲା –

– "ତୁ କ'ଣ ପାଗଳ ହେଇ ଯାଇଛୁ ?"

– 'ଶୁକୁରୀ !'

– 'ଦେଖ୍, ଦେଖ୍ କିଏ ଏମାନେ ।'

ଗୌର ଉପରେ ପଡ଼ି ଚିତ୍କାର କରୁଥିଲା ଗୌରୀ ।

– 'ଏଁ, ଗୋରୀ, ଗୌରୀ !' ଗୌରୀକୁ ଟେକିନେଲା କୋଳକୁ । ଗୌରକୁ ଦେଖି "କିଏ ଏ ? ସତ କହ କିଏ ଏ ? ତୁ ସେହି ବଦମାସ କାଳିଆକୁ ଯିଏ ତୋର ସର୍ବନାଶ କରିଛି ?" ଗୌରୀ ଗର୍ଜିଉଠିଲା । 'ନା, ଏ କାଳିଆ ନୁହେଁ, ଗୌର ଭାଇ ।'

– 'ଗୌର !' କେତେ ପାଦ ପଛେଇଗଲା ବୁଢ଼ାଟା । ଘୂରିଗଲା ମୁଣ୍ଡ । କ'ଣ ହୋଇଗଲା ଇଏ ? ମଥାରେ ହାତପିଟି ନୁଥିକିନି ତଳେ ବସିପଡ଼ିଲା ରାଧୁ ପଧାନ । "ହେ ଭଗବାନ ! ମୁଁ ଏ କ'ଣ କଲି ?"

ଶୁକୁରୀ ଗୌର ଓ ଗୌରୀକୁ ଧରି ବସାଇଲା ।

– 'ଗୌରଭାଇ, ତମର କିଛି ହେଇନି ତ ?' ଅଣ୍ଡାଳି ପକେଇଲା ଗୌରର ସର୍ବାଂଗ ଗୌରୀ ।

– "ଆଲୋ, ମୋ' ଉପରେ ପଡ଼ି ତୁ ତ ମୋ' ଲାଗି ସବୁ ମାଡ଼ ଖାଉଥିଲୁ, ମୋର କ'ଣ ହେବ ?" ଜବାବ ଦେଲା ଗୌର ।

– "ଏଇଯେ, ତମ ମୁଣ୍ଡ ଫାଟି ରକ୍ତ ଝରୁଛି । ଓଃ, ମୁଁ କ'ଣ କରିବି ଏବେ ?" କିଛି ବୁଝିବା ଆଗରୁ ନିଜ ଶାଢ଼ୀକାନି ଚିରି ବାନ୍ଧିଦେଲା ଗୌର ମଥାରେ ।

– "ନାଇଁ ଲୋ ଗୌରୀ, ସେ ରକ୍ତକୁ ଝରିବାକୁ ଦେ । ଏହା ତ ଘଟିବାର ଥିଲା । ଏଥିପାଇଁ କାହାରିକି ଦୋଷ ଦେଉନିଲୋ, ମୁଁ ଆସୁଛି !" ଗୌର ଉଠି ଚାଲି ଯିବାକୁ ଉଦ୍ୟତ ।

ରାଧୁଆ ବ୍ୟଥିତ ପ୍ରାଣରୁ ଗୋଟେ ଉଦ୍‌ଗାର ଉଠିଲା – "ନା, ତୁ ଯାଇ ପାରିବୁନି । ମୋ' ପାପର ପ୍ରାୟଶ୍ଚିତ ନସରିବା ଯାଏ...."

– 'ମଉସା !'

– "ମଉସା ବୋଲି ଡାକୁଛୁ ନା ? କହ ବାପ, ମୁଁ କ'ଣ କରିଥାନ୍ତି ? ତୁ ବୋଲି ମୁଁ ଜାଣିନିରେ । ଏ ମୁହଁ ଅନ୍ଧାରଟାରେ କିଏ ଜଣେ ମୋ' ଦାଣ୍ଡ ଦରିଜା ଡେଇଁବା ଦେଖି ମୋ' ମୁଣ୍ଡକୁ ପିତ ଉଠିଗଲା, ଭାବିଲି ସେଇ ଦୁଷ୍ଟ ଫେର ଆସଚି ମୋ' ଝିଅର ଜୀବନ ନବାପାଇଁ । ସେଥିଲାଗି....! ମୋତେ ତୁ କ୍ଷମା କରି ଦେ ବାପ !" ଗୌରର ପାଦ ଧରିଲା ରାଧୁ ପଧାନ ।

– "ଏ କ'ଣ ମଉସା ! ତୁମେ ପରା ମୋ' ବାପା ଭଳି । ମୋ' ପାଦ ଧରିବ ? ନାଇଁ, ତୁମେ ମୋତେ କ୍ଷମା କରିଦିଅ, ଏ ସଂଜ ଅବେଳଟାରେ ମୁଁ ଆସି ଭୁଲ କରିଦେଲି ।"

ଶୁକୁରୀ ଭାଉଜ କଥା ଛଡ଼େଇ କହିଲା, "ନାଇଁ ଗୌର, ତମେ କାହିଁକି ଭୁଲ କରିବ ? ସବୁ ଭୁଲତ କାଳିଆର ।"

– 'କାଳିଆର ?' କିଛି ବୁଝି ନପାରି ପ୍ରଶ୍ନ କଲା ଗୌର ।

– "ଏକା ତା'ରି ଦୁଷ୍ଟାମି ଲାଗି ଏତେ ସବୁ କାଣ୍ଡ ।"

– "କି ଦୁଷ୍ଟାମୀ, କି କାଣ୍ଡ ଭାଉଜ ?"

– "ମୁଁ ତମକୁ ସବୁ କହିବି । ଟିକେ ଥୟ ଧର । ଗୌରୀ, ଧର ଗୌରକୁ, ଘର ଭିତରକୁ ନେଇଯିବା । ମୁଣ୍ଡରେ ମଲମ ଲଗେଇ ପଟିଟା ବାନ୍ଧିଦେବା ।"

– "ହଁ, ହଁ ମା' ଗୌରୀ, ଗୌର ଭାଇକୁ ଘର ଭିତରକୁ ନେଇଯା, ଭଲକରି ମୁଣ୍ଡରେ ମଲମ ଲଗେଇ ବାନ୍ଧିଦେବ । ମୁଁ ସାହୁ ଘରୁ କ୍ଷୀରପାଏ ଧରି ଆସୁଛି । ଗରମ କରି ତାକୁ ପେଇଦେଲେ ଦିହ ଟିକେ ଭଲ ଲାଗିବ । ଯାରେ ଗୌର । ମୁଁ ନ ଆସିବା ଯାଏ ପାଦ କାଢ଼ିବୁନି ବୁଝିଲୁ ! ତୋତେ ତୋ ମଉସାର ରାଣ !" ଚାଲିଗଲା ରାଧୁପଧାନ ଯେମିତି ଅର୍ଦ୍ଧ ପାଗଳ !

ଗୌରୀ ଗୌରର ହାତ ଧରି ଟାଣି – 'ଆସ ଗୌର ଭାଇ ।'

ପଡ଼ିଶା ଘର ଚଉରା ମୂଳରୁ ସଂଜ ଶଂଖ ବାଜି ଉଠିଲା ।

॥ ୨୬ ॥

ଚାନ୍ଦିନୀ ମନମାରି ବସିଛି ।

ଜୀବନର ଏଇ ଦୋଛକିରେ ବୁଝି ପାରୁନି କେଉଁ ପଥରେ ପାଦ ରଖିବ ! ଅନାଥିନୀ ଝିଅଟା । ଅନାଥାଶ୍ରମରେ ବଢ଼ିଚି । ଉଚ୍ଚ ଶିକ୍ଷିତା ନିଶ୍ଚୟ ସେ । ହେଲେ କାହିଁକି ଯେ ରୂପ ବିକିବାର ବାଟ ବାଛି ନେଇଥିଲା, ଆଜି ସେଇକଥା ଭାବି ବସିଲେ ଆଶ୍ଚର୍ଯ୍ୟ ଲାଗୁଛି ।

କ'ଣ ବା କରିଥାନ୍ତା ?

ତା' ଭିତରେ ଗୋଟେ ଉଡ଼ା ଚଢ଼େଇ ଫଡ୍ ଫଡ୍ କରୁଥିଲା । ଯେମିତି ବାଟ ଖୋଜୁଥିଲା ଉଡ଼ିଯିବା ପାଇଁ ମୁକ୍ତ ଆକାଶର ଖୋଲା ପଡ଼ିଆରେ । ସେଥିପାଇଁ ହୁଏତ ସେ ସାଜିଥିଲା ଗୋଟେ ବାର୍‌ବାଲୀ । ନୃତ୍ୟ ନାୟିକା । ଫୂର୍ତ୍ତିରେ ବଂଚିବ ସେ । ସ୍ୱାଧୀନ ଜୀବନ ନେଇ । ସେଥିପାଇଁ ତାର ପୁଳା ପୁଳା ଟଙ୍କା ଦରକାର ।

ଟଂକା, ଖାଲି ଟଂକା !

ଝାପ୍‌ସା ଅନ୍ଧକାର କକ୍ଷ ମଧ୍ୟରେ ଚିକିମିକି କରୁଥିବା ନାଚମଣ୍ଡପ ଉପରେ ରୁଣୁଝୁଣୁ ପାଦ କଚାଡ଼ି ବିଜୁଳିକନ୍ୟାଟି ପରି ଯେତେବେଳେ ନାଚି ଉଠୁଥିଲା ଚାନ୍ଦିନୀ, ରୋମାଞ୍ଚ ଖେଳି ଯାଉଥିଲା ସାରା ରଂଗମହଲରେ । ରଂଗୀନ ଆଲୋକର ଭେଲିକି ଭିତରେ ନାଚମଞ୍ଚର ପରିବେଶ ହେଇ ଉଠୁଥିଲା ଫୁଲ୍ ରୋମାଣ୍ଟିକ୍ ।

ନାଚୁ ନାଚୁ ଯେତେବେଳେ ଚାନ୍ଦିନୀ ନିଜର ଅଂଗବସ୍ତ୍ରକୁ ଗୋଟେ ପରେ ଗୋଟେ ଖୋଲି ଫିଙ୍ଗି ଦେଉଥିଲା, ତା' ଉପରକୁ ବୃଷ୍ଟି ହେଉଥିଲା ଟଂକା । ମଦମସ୍ତ ଅଭିଜାତ ବାବୁମାନେ ଉନ୍ମାଦପରି ବିଳାପ କରି ଉଠୁଥିଲେ । ଏ ବିଳାପ ଥିଲା ଉଭଟ ଯୌନ ହିଂସ୍ରତାର ! ଗୋଟେ ପ୍ରମତ୍ତ ପାଶବ ପିପାସାର ।

ସେଦିନର କଥା ଆଜି ମନେପଡ଼େ ।

ଅପ୍ସରୀ ଉର୍ବଶୀ ପରି ସଜେଇ ହେଇ ନାଚୁ ନାଚୁ ଚାନ୍ଦିନୀ ଯେତେବେଳେ ଘାଘରାଟା ଦେହରୁ ଖସେଇ ଦେଇଥିଲା, ନାଚମହଲଟା ତାଳି ଆଉ କୋଳାହଳରେ କଂପି ଉଠିଥିଲା କେତେ କ୍ଷଣ ।

ଚାନ୍ଦିନୀ ନାଚୁଥିଲା କିଂତୁ ସଟ୍ ଡ୍ରେସରେ । ଅର୍ଦ୍ଧ ନଗ୍ନ ତାରକା ସାଜି । ଦେଶୀ ନୁହେଁ, ବିଦେଶୀ ଡାନ୍ସ । ହଲିହଲି ଢଳିଢଳି ଡିସ୍କୋ ଏଣ୍ଡ ପପ୍ । ତା' ନାଚରେ ଫୁଟି ଉଠୁଥିଲା ଦେଶୀ-ବିଦେଶୀର ବିଚିତ୍ର ମିଶ୍ରରାଗ ।

ସଂଗୀତର ତାଳେ ତାଳେ ତା ନିଟୋଳ ନିତମ୍ବକୁ ଦର୍ଶକଙ୍କ ଆଡକୁ ବୁଲେଇ ହଲେଇ ଦେଇ କଟିର ଗୋଟେ ଶକ୍ତ ଠୁମ୍‌କାଟେ ମାରି ଦେଲା ନା, ଝଟ୍‌କାଟାଏ ଲାଗି ହୋସ୍ ଉଡ଼ିଯାଇଥିଲା କେତେକଙ୍କର । ଆଉ କେତେ ମାତାଲ ଛିଡ଼ାହୋଇ ଚିଲେଇ ଉଠିଲେ ଆଉ ମାଡ଼ି ଆସିଲେ ଶିକାରକୁ ଝାଂପି ନେବାପାଇଁ ନିଜ ପଂଝା ଭିତରକୁ । ମୁହୂର୍ତ୍ତକ ଲାଗି ଗୋଟେ କିଳିକିଳା ରବ ଆଉ ବିକଟାଳ ଚିତ୍କାରରେ ପୂରି ଉଠିଲା ହୋଟେଲ ବାର୍‌ର ବଂଗଳା । ଅସମ୍ଭାଳ ହୋଇ ଉଠିଲା ସେହି ଯୌନ ବୁଭୁକ୍ଷୁଦଳଙ୍କ ଉତ୍ପାତ ।

ରଂଗକୋଠିର ଆଲୋକ ଦପ୍‌କିନି ଲିଭିଗଲା ।

ଅନ୍ଧକାରରେ ଛିଡ଼ା ହୋଇ ଦେଖୁଥିଲା ଚାନ୍ଦିନୀ- ମତୁଆଲା ସଭ୍ୟ ସହରୀ ଆଭିଜାତ୍ୟ ଗୋଷ୍ଠୀର ଉଦ୍ଧତ ଦାୟାଦମାନଙ୍କ ଅସହାୟ ବିକଳ ଅବସ୍ଥାକୁ । ଏହି ଯୌନ ରାକ୍ଷସଗୁଡ଼ାଙ୍କର ଅସଲ ନଗ୍ନ ମାଂସଳ ରୂପଲିପ୍ସାକୁ ।

ନାଚ ମଞ୍ଚର ମ୍ଳାନ ଅନ୍ଧକାର ଭିତରୁ ସେମାନଙ୍କ ସଭ୍ୟ ଆଧୁନିକ ଆଭିଜାତ୍ୟର ଅହମିକାକୁ ବିଦ୍ରୁପ କରି ହସି ଉଠିଥିଲା ଚାନ୍ଦିନୀ । 'ହାଃ-ହାଃ-ହାଃ ....।

– 'ହା-ହା-ହା...।' ଚାନ୍ଦିନୀ ମୌନତା ଭଂଗକରି ଫିକ୍‌କିନା ହସି ଉଠିଲା ।

ଏଇ ହସ ଭିତରେ ଆଜି ଫୁଟି ଉଠିଛି ଯେମିତି ଗୋଟେ ଜାରଜ ସଭ୍ୟତାର ଉଗ୍ର ଯୌନ ଅଭିସାର ପ୍ରତି ଘୃଣ୍ୟ ପରିହାସ ! ଯେଉଁ ସମାଜ ତାକୁ ଜନ୍ମରୁ ପିତୃମାତୃ ପରିଚୟହୀନ କରି ଦୁନିଆ ଆଗରେ ସଜେଇ ଦେଇଛି ଜଣେ ଅଲୋଡ଼ା ଆନାଥିନୀ ଜାରଜ କନ୍ୟା ।

ବେଳେବେଳେ ତା' ମନରେ ପ୍ରଶ୍ନ ଉଠେ ।

ଏତେ ରୂପ-ଯୌବନର ଚମକ ତା' ଦିହରେ ଯେଉଁମାନେ ଭରିଛନ୍ତି ସେମାନେ ନିଶ୍ଚିତ ଉଚ୍ଚବଂଶଜ ରୂପବନ୍ତ- ରୂପବତୀ ପିତା-ମାତା ହିଁ ହୋଇଥିବେ । କେମିତି ଖୋଜିବ ତାଙ୍କୁ ? କିଏ କହିବ ସେମାନଙ୍କର ଠିକଣା ? ହାଏ.,ଏ ସମାଜର କେତେ ଯେ ତା'ପରି ଅନାଥ-ଅନାଥିନୀ ବାଳକ-ବାଳିକାଙ୍କ ପ୍ରାଣ ଆଜି ହା-ହା-କାର କରି ଉଠୁଛି ଏଇ ପ୍ରଶ୍ନର ପଦିଏ ଉତ୍ତର ଆଶାରେ ।

କୁହ, କୁହ ସମାଜ ! କିଏ, କିଏ ଅଛ ଦେବ ସେମାନଙ୍କର ଜବାବ ? ମୁଁ ତୁମକୁ ଆଜି ପ୍ରଶ୍ନ ପଚାରୁଛି । ଜବାବ ଦିଅ ! ନୀରବ, ସମସ୍ତେ ନୀରବ ?

– 'ହାଃ-ହାଃ-ହାଃ...କାଓ୍ୱାର୍ଡ଼୍, ସବୁଗୁଡ଼ାକ କାଓ୍ୱାର୍ଡ଼୍ !'

– 'କାଓ୍ୱାର୍ଡ଼୍ ? ?' କଥା ଯୋଡ଼ି ଅନ୍ୟମନସ୍କ ଭାବେ ପଶି ଆସିଲେ ଅନୁରାଗ ।

– 'କିଏ ..ତମେ ?'

– 'ନା, ନା, ମୁଁ କାଓ୍ୱାର୍ଡ଼୍ ନୁହେଁ ! ମୁଁ କାଓ୍ୱାର୍ଡ଼୍ ନୁହେଁ !'

ଅଭିମାନ ଆଉ ଉତ୍ତେଜନା ବଶତଃ ମୃଦୁ ଚିତ୍କାର କରି ଉଠିଲେ ଚାନ୍ଦିନୀ ।

– 'ଇଏସ୍, ଇଉ କାଓ୍ୱାର୍ଡ଼୍ ! ଇଉ-ଇଉ !'

ଅଂଗୁଳି ନିର୍ଦ୍ଦେଶ କରି ଆସନରୁ ଉଠି ଆଗେଇ ଆସୁଥିଲା ଚାନ୍ଦିନୀ । ହଠାତ୍ ଟଳି ପଡ଼ିଲା ।

ଚାନ୍ଦିନୀକୁ ବାହୁଯୁଗଳରେ ଭିଡ଼ି ଧରି ବିବ୍ରତ ହେଇ ଉଠିଲା ଅନୁରାଗ ।

- 'ଚାନ୍ଦିନୀ !'

ଚାନ୍ଦିନୀର ହୋସ୍ ନଥିଲା ।

ସଂପୂର୍ଣ୍ଣ ଚେତା ହଜାଇ ସାରିଥିଲା ସେ !

ତାକୁ ବକ୍ଷ ଉପରେ ନିବିଡ଼ ବାହୁବନ୍ଧନରେ ବାନ୍ଧି ରଖିଥିଲେ ଅନୁରାଗ । ହେଲେ ଚାନ୍ଦିନୀ କ'ଣ ଜାଣିପାରୁଥିଲା-ପ୍ରତିଥର ପ୍ରତ୍ୟାଖାନ କରି ଦୂରେଇ ରହୁଥିବା ସେହି ଅଜଣା ପରଦେଶୀ ଯୁବବଂଧୁ ଜଣକ ଆଜି ତାକୁ ନିଜ ବକ୍ଷରେ ନିବିଡ଼ ଭାବେ ଭିଡ଼ି ଧରିଛନ୍ତି ଏକାନ୍ତ ଆପଣର କରି ?

କକ୍ଷଟିର ବିଦ୍ୟୁତ ବତୀଟି ହଠାତ୍ ଲିଭିଗଲା ।

॥ ୨୭ ॥

ନିଶା ରାକ୍ଷସର କବଳିତ ମନ କି ସହଜରେ ବୋଲ ମାନିବ ? ଦେହଟା ଆଜି ଭାରି ଖସ୍‌ଖସ୍ ଲାଗୁଛି । ମୁଣ୍ଡଟା ଦିକ୍‌ଦିକ୍ କରୁଛି । ଗୋଡ଼ର ମାଂସପେଶୀ ଘୋଳାବିନ୍ଧା ! ଏମିତି ହୁଏ ସଦାବେଳେ । ଗୋଟେ ପେଗ୍ ପକେଇ ଦେଲେ ସବୁ ଟାଙ୍ଗା ।

ଏଇଟା ନିତିଦିନିଆ ଅଭ୍ୟାସ । ଅଭ୍ୟାସଟାକୁ ଛାଡ଼ିପାରି ନାହାନ୍ତି ଜମା ସାରା ଜୀବନ । ଅଭ୍ୟାସ ତ ନୁହେଁ, ଗୋଟେ ବଦଭ୍ୟାସ !

ଆଉ ଆଜି ?

ପ୍ରିୟମ୍ବଦା ସାଂଗରେ ଝୁମୁରୀ ତ ପଡ଼ିଶା ଘର ଯାଇଛି ।

ଏ ସମରାଟା ବି ଏତେବେଳେ କୁଆଡ଼େ ଗଲା ? ଯୁଆଡ଼େ ଯାଉଛି ଯାଉ ! ନିଜେ ଠିପି ଖୋଲି ଗୋଟେ ପେକ୍ ଚଢ଼େଇ ଦେବି । ଆଗକୁ ଆଉ ନୁହେଁ ।

ଏଣେତେଣେ ଖୁବ୍ ସତର୍କ ଦୃଷ୍ଟି ବୁଲାଇ ନେଲେ ପ୍ରଫେସର ରୁଦ୍ରପ୍ରତାପ । ନାହିଁ, କେହି ନାହାନ୍ତି । ବେଶ୍ ଏଇଟା ସୁଯୋଗ ।

ବୋତଲର ଠିପିଟା ମୋଡ଼ି ଖୋଲିଦେଇ ଗ୍ଲାସରେ ଢାଳି ଚାଲିଲେ । ଆଉ ବିଳମ୍ବ ନକରି ଗ୍ଲାସଟାକୁ ଉଠାଇ ପାଟି ଭିତରକୁ ଢାଳି ଦେବାର ପ୍ରୟାସ କରିବା ଆଗରୁ ଗ୍ଲାସ ହାତକୁ ଧରିନେଲା କାହାର କଅଁଳ ହାତଟାଏ । ଚମକିପଡ଼ି ଫେରି ଚାହିଁ ଦେଖିଲେ-

– 'ତୁ !' ଥରିବାକୁ ଲାଗିଲା ରୁଦ୍ରପ୍ରତାପଙ୍କ ହାତ ।

ମଥା ହଲାଇ ବାରଣ କଲା ଝୁମୁରୀ । ଗ୍ଲାସଟାକୁ ଛଡ଼ାଇ ଆଣି ଥୋଇଦେଲା ଟେବୁଲ ଉପରେ ।

– 'ଝୁମୁରୀ !'

– 'ଏଗୁଡ଼ାକ ବିଷ ବାବା !'

– 'ହଁ, ତୁ ଠିକ୍ କହିଚୁ...ବିଷ । ଏ ବିଷ ଆଉ ମୁଁ କେବେ ପିଇବିନି । ନା, ଏଇ କାନ ଧରୁଚି ।' କାନ ଧରିଲେ ।

- 'ଛି ବାବା,' କାନରୁ ହାତ ଛଡ଼ାଇ ଆଣିଲା ଝୁମୁରୀ ।

– "ମୋତେ ଭୁଲ ବୁଝିବୁନି ମା' ! କ'ଣ କରିବି ? ଏଇଟା ମୋର ଗୋଟେ ବଦଭ୍ୟାସ ରହି ଆସିଥିଲା । ହେଲେ ମୁଁ ଆଜି ପ୍ରମିଜ୍ କରୁଛି..."

– 'ପ୍ରମିଜ୍ ?' ପଶି ଆସିଲେ ପ୍ରିୟମ୍ବଦା ।

– "ଓ, ବୁଝିଗଲି । ଆଜି ଏତେଦିନ ପରେ ଝୁମୁରୀ ତାହେଲେ ତମକୁ ପାଠ ପଢ଼େଇ ଛାଡ଼ି ଦେଇଛି ନୁହେଁ ?"

– "ଛାଡ଼ିବନି ? ଆରେ, ବାପ୍ ସେ ବେଟା ଜ୍ୟାଦା । ସେ ପରା ମୋ' ଝିଅ ।"

– "ହିଁ, ଝିଅ ବୋଲିତ ତମେ ତାକୁ କାଟି ପାରିଲନି । ନଚେତ ତମେ ନା ! ବୁଝିଲୁ ଝୁମୁରୀ, ସାରାଜୀବନ ଏଙ୍କୁ ମୁଁ ପାରିଲିନି । କେତେ ଆକଟ କରିଛି । କଷ୍ଟ ରଖିଛି । ସବୁ ବେକାର । ହେଲେ ମାଆ, ତୋ ଠି କି ଯାଦୁ ଅଛି କେଜାଣି..।"

ଲାଜେଇ ମୁହଁ ପୋତିଲା ଝୁମୁରୀ । ଓଠରେ ସ୍ମିତ ହସ ।

– ନାଇଁ ମାଆ, ମୁଇଁ ତ ଗୋଟେ ପାହାଡ଼ି ଝିଅ । ସେତେ ପାଠ୍ ଶାଠ୍ ନାଇଁ ପଢ଼ିବାର ।

– "ଆଲୋ, ପାଠ ସେତେ ନ ପଢ଼ିଲୁ କ'ଣ ହେଲା, ତୋ' ଭିତରେ ଯଉ ଜ୍ଞାନ, ବୁଦ୍ଧି, ବିବେକ ଅଛି, ତାହା ଆଜିକାଲିର ଉଚ୍ଚ ପାଠପଢୁଆ ପୁଅ-ଝିଅଙ୍କ ପାଖରେ ମିଳେନି ।"

– 'ତମେ ଉଚିତ କହିଲ ପ୍ରିୟମ୍ବଦା !'

–"ଆଚ୍ଛା, ମୁଣ୍ଡ ଘୋଳା-ବିନ୍ଧା ରୋଗପାଇଁ କ'ଣ କିଛି ଔଷଧ ଖାଇବ ?"

– 'ନାଇଁ ମାଆ, ମୁଇଁ ବାବାଙ୍କର ସବୁ ରୋଗ ଛଡ଼େଇ ଦେବି ।'

– "ଛଡ଼େଇଦବୁ ? ଆଲୋ ତୁ କିଛି ଛୁ' ମନ୍ତର ଜାଣିଛୁନା କ'ଣ ?"

– "ହା-ହା-ହା, ନାଇଁ ମାଆ, ଦେଖ ମୁଁ କିମିତି ଛଡ଼େଇ ଦେଉଛି । ବାବା, ତମେ ଟିକେ ଶୋଇଲ ।" ଧରି ଶୁଆଇ ଦେଲା ବିଛଣାରେ ।

– "ଆଲୋ ମାଆ, କ'ଣ କରୁଛୁ ?"

– 'ଦେଖ, ମୁଁ କାଣା କରୁଛି !' ଗୋଡ଼ ଘଷିଲା ଝୁମୁରୀ ।

– "ଦେଖୁଚ, ଦେଖୁଚ, କେହି ପାଠୁଆ ଝିଅ-ବୋହୂ ଏମିତି ସେବା କରିଥାନ୍ତେ ? ହଉ ମାଆ, ତୁ ବାବାଙ୍କୁ ଘଷି ଦେଇ ଆ, ମୁଁ ଯାଏ, ତେଣେ ସମରାଟା ବଜାର ସାରି ଆସିଲାକି ନା ଦେଖେଁ । ଆରେ ସମରା !"

ଡାକ ପକେଇ ଚାଲିଗଲେ ପ୍ରିୟମ୍ବଦା ।

– 'ବାବା, ଟିକେ ଭଲ୍ ଲାଗୁଛେ ?'

– 'ଆଃ କି ଆରାମ ! ବହୁତ ଶାଂତି ଲାଗୁଛି ମାଆ । ସତରେ ଗୋଡ଼ର ଘୋଳା-ବିନ୍ଧାତ ପୂରା ଠପ୍ । ହା-ହା-ହା...'

– 'ମୁଣ୍ଡ ଟିପିଦେବି ବାବା ?'

– ଦେ, ମୁଣ୍ଡଟା ସକାଳଠୁ ଦିକ୍‌ଦିକ୍ କରୁଛି । ତୋ' ହାତ ବାଜିଲେ ସେ'ବି ଛୁ'ମନ୍ତର ହେଇଯିବ ।

– 'ଦେଉଛି ବାବା !' ଝୁମୁରୀ ମୁଣ୍ଡ ପାଖକୁ ଆସି ଟିପିବାକୁ ଲାଗିଲା ।

– "ଓଃ, କି ଆରାମ, କି ଶାଂତି । ହେ କାଳିଆ ସାଆନ୍ତ, ତୁମେ ମୋ' ମାଆଟିର କଲ୍ୟାଣ କର ପ୍ରଭୁ । ଆଃ....ଆଃ....କି ଶାଂତି... !"

ଧୀରେ ଧୀରେ ରୁଦ୍ରପ୍ରତାପଙ୍କ ଆଖିପତା ନଇଁ ଆସିଛି । ଆରାମରେ ସେ ଶୋଇ ପଡ଼ିଛନ୍ତି । ଝୁମୁରୀ ଟିପି ଚାଲିଛି ତାଙ୍କ ମଥା । କେତେ ସମୟ ପରେ

– "ବାବା ! ଶୋଇ ଗଲେଣି । ଶୋଇଥାନ୍ତୁ । ଯାଉଛେ, ଘର ପାଇଟିଗୁଡ଼ା ସାରିଦେମି । ରୋଷେଇ ଘରେ ମା'ଙ୍କୁ ସାହାଯ୍ୟ କରମି ।"

ଧୀରେ, ଅତି ଧୀରେ ରୁଦ୍ରଙ୍କ ମଥାରୁ ହାତ କାଢ଼ି ଆଣିଲା ଝୁମୁରୀ । ଚାଲି ଯାଉଯାଉ ଆଖି ପଡ଼ିଲା ଟେବୁଲ ଉପରେ । ମଦବୋତଲ ଆଉ ଗ୍ଲାସ ସେମିତି ଥୁଆ ହୋଇ ରହିଛି ।

– "ନାଇଁ, ଏସବୁକୁ ନେଇ ଆଜି ମୁଇଁ ନାଲ ନର୍ଦ୍ଦମାକେ ଫେକ୍‌ମି । ସମରାଟା ବି ଯଦି ଏକୁ ଦେଖିବ ନା, ସେ ବି ଚଢ଼େଇ ଦେବ । ନାଇଁ ନାଇଁ ।"

ମଦବୋତଲ-ଗ୍ଲାସ ଧରି ଚାଲିଗଲା ଝୁମୁରୀ ଧୀରେ...ଅତି ଧୀରେ...

ଅତି ଧୀରେ ପାଦ ଚାପିଚାପି, କାଳେ ତା' ବାବାଙ୍କ ନିଦ ଭାଂଗିଯିବ ।

॥ ୨୮ ॥

ରାଣୀମା'ଙ୍କ ଆଖିରେ ଆଜି ନିଆଁ ।

ଏତେବଡ଼ ଧୋକା ?

ମା'ଙ୍କ ପାଦତଳେ ପଡ଼ି କାନ୍ଦୁଥିଲା ଚପଳା । ସବୁ ଭୁଲ ତାର । ସେହିଁ ଲୁଚାଇଥିଲା ସବୁକିଛି । ଅଜଣା ଯୁବକ ଦେହରେ ସେ ହିଁ ଫୁଙ୍କିଥିଲା ଜୀବନ । ପରଦେଶୀ ପ୍ରଣୟର ମାୟାରେ ସେ ହିଁ ବାନ୍ଧିଥିଲା ନିଜକୁ । ଝିଅବେଶରେ ଜଣେ ଯୁବକକୁ ଲୁଚେଇବାର ଦୁଃସାହସ ଆଉ ବାହାନା ତାରି ନା ? ହେଲେ ଦଣ୍ଡଭୋଗିବାକୁ ପଡ଼ିବ ଜଣେ ନିରୀହ ସରଳ ମଣିଷକୁ ? କିଛି ବୁଝିପାରୁନଥିଲା -କି ଉପାୟ କରିବ ସେ ?

ଗର୍ଜି ଉଠିଲେ ରାଣୀ ମା'– "ଆରେ କିଏ ଅଛରେ ? ସେହି ଛଦ୍ମବେଶୀ ଯୁବକକୁ ମୋ' ସାମ୍ନାକୁ ଘେନିଆସ । ମୁଁ ତାକୁ ଶାସ୍ତି ଦେବି । ଏଡ଼େ ଦୁଃସାହସ, ମୋରି ନଅରରେ ରହି ପୁଣି ମୋ' ଝିଅ ସହିତ ? ମେଘମାଳା, ଚମ୍ପାବତୀ, ବନଲତା... !"

ମେଘମେଦୁର ଆକାଶରେ ବଜ୍ରର ଏ ଗୁରୁଗର୍ଜନ ଯେପରି ଥରାଇ ଦେଉଥିଲା ସାରା ସଂସାରଟାକୁ !

– "ମୁଁ ନିଜେ ଆସି ଯାଇଛି ରାଣୀ ମା' ।"

ଅନୁପମ ନିର୍ଭୀକ ଭାବେ ଆସି ଉଭାହେଲା ରାଣୀମା'ଙ୍କ ସାମ୍ନାରେ । ପଛେ ପଛେ ଝିଅମାନେ ।

– 'ତୁ !'

– "ହଁ, ମୁଁ । ସେଇ ଛଦ୍ମବେଶୀ ଯୁବକ ।"

ନିଜ ଦେହରୁ ଖୋଲିଦେଲା ଅନୁରାଧାର ପୋଷାକ । ପୁରୁଷ ପୋଷାକରେ ଏବେ ଦାଉ ଦାଉ ଝଟକୁଥିଲା ଜଣେ ରୂପବନ୍ତ ନାୟକ ।

ଚମକି ଉଠିଲେ ରାଣୀ ମା' ଯୁବକକୁ ଦେଖି । ଗର୍ଜି ଉଠିଲେ, "ତୋର ଏଡ଼େ ସାହସ, ମୋ' ଝିଅ ସାଥିରେ ଗୁପ୍ତ ପ୍ରଣୟ ?"

କାନ୍ଦିଉଠି କହିଲା ଚପଳା- "ନାଇଁ, ନାଇଁ ରାଣୀ ମା', ତାଙ୍କର କିଛି ଦୋଷ ନାହିଁ । ସବୁ ଦୋଷ ମୋର ।"

୧୧୮ | ଭଗବାନ ବେହେରା

– "ତୁ ଚୁପ୍ କର । ତୋ ମୁହଁରୁ ମୁଁ କୌଣସି କଥା ଶୁଣିବାକୁ ଚାହେଁନି । ଘୁଞ୍ଚିଯା' ମୋ ପାଖରୁ । ଚାଲି ଯା' ମୋ ସାମ୍ନାରୁ ।"

ଧାଇଁ ଆସି ରାଣୀମା'ଙ୍କ ପାଦ ଧରିନେଲେ ଝିଅମାନେ ।

– "ରାଣୀମା', ରାଣୀମା', ଆପଣ କୋପ ଶାଂତ କରନ୍ତୁ ରାଣୀମା' । ଆପଣଙ୍କ ଅଲିଅଳି ଝିଅ ପ୍ରତି ଏତେବଡ଼ ଦଣ୍ଡ ଦିଅନ୍ତୁ ନାହିଁ ।"

– "ଚୁପ୍‌କର ତୁମେମାନେ । ବୁଝିପାରୁଛି ଏସବୁ ତମରିମାନଙ୍କ ଫାର୍ଶ । ତମେମାନେ ହିଁ ଏମାନଙ୍କ ଭିତରେ ମାୟା ଲଗେଇଛ । ସମ୍ପର୍କର ସୂତ୍ର ଯୋଡ଼ିଛ । ମୁଁ ଆଜି ତମ କାହାରିକୁ ଛାଡ଼ିବିନି । ଦଣ୍ଡଦେବି ।"

– "ନା ରାଣୀମା', ଦଣ୍ଡ ଦେବେ ତ ମୋତେ ଦିଅନ୍ତୁ । ମୁଁ ଅପରାଧୀ । ମୁଁ ଜଣେ ଛଦ୍ମବେଶୀ ଦସ୍ୟୁ- ଆପଣଙ୍କ ଦ୍ୱୀପର ଏଇ ଅମୂଲ୍ୟ ରତ୍ନ-ମାଣିକଟିକୁ ଲୁଟ କରିଛି । ଚୋରି କରିଛି ତାଙ୍କର ସରଳ-ସୁନ୍ଦର ମନଟିକୁ । ଦିଅନ୍ତୁ, ରାଣୀମା', ମୋତେ ଦଣ୍ଡ ଦିଅନ୍ତୁ ।"

ଆଣ୍ଠୁମାଡ଼ି ମୁଣ୍ଡ ତଳକୁ କରିନେଲା ଯୁବକ ।

– "ନାଇଁ, ତାଙ୍କୁ ନୁହେଁ, ମୋତେ ଦଣ୍ଡ ଦିଅନ୍ତୁ ମାଆ ।"

ମା'ଙ୍କ ପାଦତଳେ ବସି ମୁଣ୍ଡ ନୁଆଇଁଦେଲା ଚପଳା ।

ଝିଅମାନେ ବି ଆଣ୍ଠୁମାଡ଼ି ବସିପଡ଼ି ମଥା ତଳକୁ କରିନେଲେ ଓ ଏକ ସ୍ୱରରେ ନିବେଦନ କଲେ-

– "ତାଙ୍କ ସାଥିରେ ଆମକୁ ବି ଶାସ୍ତି ଦିଅନ୍ତୁ!"

ରାଣୀ ମା' ହସି ଉଠିଲେ । ଅଭିମାନିନୀ ମା'ର ଆଖିରୁ ଝରିପଡ଼ିଲା ଅଶ୍ରୁଧାରା । ଶାଂତ ହୋଇଗଲା କୋପ ମାତୃ ବାତ୍ସଲ୍ୟର ଚାପରେ । ଡାକିଲେ ଶ୍ରଦ୍ଧାପୂର୍ଣ୍ଣ ସମ୍ବୋଧନରେ-

– 'ଚପଳା!'

ଚପଳା ରାଣୀ ମା'ଙ୍କ ଏପରି ଅଦ୍ଭୁତ ପରିବର୍ତ୍ତନ ଦେଖି ତାଜୁବ ହୋଇଗଲା । ମା'ଙ୍କ ପାଖକୁ ଯାଇ ଅସ୍ପଷ୍ଟ ସ୍ୱରରେ ଜବାବ ଦେଲା- "ମା'!"

କୋଳାଗ୍ରତ କରିନେଲେ ଚପଳାକୁ ରାଣୀମା' ।

– "ଆରେ, ତୁ ଏଡ଼େ କଥାଟେ ମୋତେ ଲୁଚେଇଲୁ ? ତୋ' ମନକଥା ମୋତେ କହିଲୁନି ? ଭାବିପାରିଲୁ କିପରି, ତୋ ଖୁସିକୁ ମୁଁ ଛଡ଼େଇ ନେବି ? ମୁଁ ପରା ମା' ! ମା' କ'ଣ କେବେ ତା' ଛୁଆ ଉପରେ ଦାଉ ସାଧିପାରେ ?"

– "ମାଆ!" ଭାବବିହ୍ୱଳ ହୋଇ ମା'କୁ କୁଣ୍ଢେଇ କାନ୍ଦି ଉଠିଲା ଚପଳା। କାନ୍ଦିଉଠିଲେ ଝିଅମାନେ। ଛଳଛଳ ହୋଇଉଠିଲା ଅନୁପମଙ୍କ ଆଖି।

ମା' ଆଉ ଝିଅର କି ଅପୂର୍ବ ବାତ୍ସଲ୍ୟ!

– "ଆଲୋ, ତୁ ପରା ମୋ ଜୀବନ! ତୁ ମୋ ରଙ୍କୁଣୀ ଧନ। ତୋ ଖୁସି ପାଇଁ ମୁଁ ସବୁ ପାରିବି। କହ ମା', ତୁ କ'ଣ ଏ ଯୁବକଙ୍କୁ ଭଲପାଉ? ଜୀବନସାଥୀ ରୂପେ ଗ୍ରହଣ କରିବାକୁ ଚାହୁଁ?"

ଚପଳା ଆଖିରୁ ଲୁହ ପୋଛିଦେଇ ମୁହଁଟିକୁ ଦୁଇ ହାତପାପୁଲିରେ ତୋଳିଧରି ପୁନର୍ବାର ପ୍ରଶ୍ନ କଲେ ରାଣୀମା'।

– "କହ ମା'!"

– 'ହଁ!' ଚପଳାର କୋହଭରା ପ୍ରାଣର ଉଚ୍ଛ୍ୱାସ।

ସାମାନ୍ୟ ଗମ୍ଭୀର ହୋଇ ଉଠିଲେ ରାଣୀ ମା। ତାଙ୍କ କଂଠରୁ ନିର୍ଗତ ହେଲା ଏହି କଠୋର ବାକ୍ୟ–

– "ବେଶ୍, ତାହା ହିଁ ହେବ। ଏ ଯୁବକଙ୍କୁ ନେଇ ତୋତେ ଏ ଦ୍ୱୀପଛାଡ଼ି ସବୁଦିନ ପାଇଁ ଚାଲିଯିବାକୁ ପଡ଼ିବ।"

– 'ମାଆ!' ମା'ଙ୍କ କୋଳରୁ ଉଠି ଆସିଲା ଚପଳା।

ବିସ୍ମିତ, ବିସ୍ଫାରିତ ନେତ୍ରରେ ଅବାକ୍ ହୋଇ ଚାହିଁ ରହିଲେ ଝିଅମାନେ। ଆଉ ଅନୁପମଙ୍କ ଭାବ-ତରଙ୍ଗରେ ଖେଳିଗଲା ଗୋଟେ ଖୁସିର ହିଲ୍ଲୋଳ। ରାଣୀମା'ଙ୍କ କଥା ସରିନଥିଲା।

– "କାରଣ, ପୁରୁଷଶୂନ୍ୟ ଏ ଦ୍ୱୀପ ସାଂସାରିକ ମୋହ-ବନ୍ଧନକୁ ପ୍ରଶ୍ରୟ ଦିଏ ନାହିଁ। ସେଥିଲାଗି ଏଠି ବାରଣ ଅଛି। ଏଠି ଯେ ସେ ଭୁଲ କରିବ, ସେ କାଳସର୍ପର ଶିକାର ହେବ। ତାହା ମୁଁ ହେବାକୁ ଦେଇ ପାରିବିନି ମାଆ!"

– 'ମାଆ!' ଛଳଛଳ ଆଖି ଓ ବାଷ୍ପାକୁଳ କଂଠରେ ଚପଳାର ଆକୁଳ ଆକୁତି ପ୍ରତି କର୍ଣ୍ଣପାତ ନକରି ମା' କଠୋର ସ୍ୱରରେ ନିର୍ଦ୍ଦେଶ ଦେଲେ–

– "ଯା, ତୁ ଚାଲିଯା। ଯାଅ ପୁତ୍ର, ଏଇ ମୋ' ଝିଅଟିକୁ ଧରି ଏ ଦ୍ୱୀପଛାଡ଼ି ତମେ ତମ ଦେଶକୁ ଚାଲିଯାଅ। ଯଥା ଶୀଘ୍ର।"

– 'ରାଣୀ ମା!' ଅନୁପମଙ୍କ ଅଶ୍ରୁଳ ଆବେଦନ।

– "ହଁ, ଏହି ହେଉଛି ତମପାଇଁ ମୋର ଶାସ୍ତି–

ଏ ଅଭିଶପ୍ତ ଦ୍ୱୀପରୁ ନିର୍ବାସନ!

XXX

ନିର୍ବାସିତ ପ୍ରେମୀଯୁଗଳ ସଦ୍ୟ ବର-ବଧୂ ବେଶରେ ବିଦ୍ୟମାନ । ଏବେ ବିଦାୟର ବେଳା । ସାଗରର ନୀଳଢେଉ ଆଜି ଯେମିତି ତାଙ୍କୁ ପାଛୋଟି ନେବାପାଇଁ ଉତ୍ତାଳ ହେଇ ଉଠୁଚି !

ଅନୁପମଙ୍କ ମୁଖରେ ପ୍ରସନ୍ନତାର ଜ୍ୟୋତି ।

ଏତ ରାଣୀମା'ଙ୍କ ଶାସ୍ତି ନୁହେଁ, ତା' ପ୍ରତି ଶୁଭ-ଆଶୀର୍ବାଦ । ତା ଅନୁପମାକୁ ଧରି ସେ ଆଜି ଫେରି ଯାଉଛି ନିଜ ରାଇଜକୁ । ଯାହାକୁ ଖୋଜି ଖୋଜି ସାତଦରିଆ ଡେଇଁ ଆସିଥିଲା, ସେହି ଅନୁପମାର ସଂଧାନ ପାଇ ସାରିଛି । ତାର କୋମଳ ସ୍ତନ ଯୁଗଳ ଉପରେ ସେ ଦେଖିଛି ବାଲ୍ୟ ସ୍ମୃତିଚିହ୍ନ- ଦୁଇଟା କଳାଜାଇ ଟିପା । ନିଃସନ୍ଦେହ, ସେହିଁ ତାର ଅନୁପମା । ହେଲେ ଅନୁପମା ?

ସେ କି ଜାଣିଛି ଏ ରହସ୍ୟ ? ତାରତ ସବୁ ସ୍ମୃତି ଲୋପ ପାଇ ସାରିଛି । କିପରି ବୁଝାଇବ ଯେ, ସେ ଚପଳା ନୁହେଁ, ଅନୁପମା; ହଁ ଅନୁପମା ।

ଚପଳା ଚାହିଁ ରହିଥିଲା ଅନୁପମଙ୍କ ମୁଖର ଭାବଭଂଗୀକୁ । ସତରେ ସେ ଆଜି କେତେ ଉତ୍‌ଫୁଲ୍ଲିତ । ନିଜେ ବି । ହେଲେ ସବୁଦିନ ପାଇଁ ଏ ଦ୍ୱୀପ, ତା' ସଖୀ ସଂଗାତ, ରାଣୀ ମା' ଏ ଲବଂଗ କ୍ଷେତ, ଡାଳିମ୍ବ ବଗିଚା, ଅଳେଇଚ କୁଞ୍ଜ, ନାନାଜାତି ଫୁଲଫଳଭରା ପ୍ରକୃତିର ଏହି ମନୋଲୋଭା ପରିବେଶକୁ ଛାଡ଼ିତ ତାକୁ ଚାଲିଯିବାକୁ ହେବ ସବୁଦିନ ପାଇଁ ସେ କେଉଁ ଅଜଣା ରାଇଜକୁ ।

– 'ନାଃ !' ଆହତ ବିଳାପ କରି ଉଠିଲା ଚପଳାର ପ୍ରାଣ ।

– 'ଚପଳା !'

– 'ମୁଁ ପାରିବିନି ?'

– 'ପାରିବିନି ?'

– 'ମୁଁ ଏ ଦ୍ୱୀପଛାଡ଼ି ଯାଇ ପାରିବିନି ।'

– "ଆରେ, ରାଣୀମା'ଙ୍କର ଯେ ଆଦେଶ ଅଛି ।"

– "ଏଁ ଆଦେଶ ? ହଁ ମୋତେ ଯିବାକୁ ହେବ । ତା ନହେଲେ ଯେ କାଳସର୍ପ ଆମ ଦୁହିଁଙ୍କୁ ଗ୍ରାସ କରିଦେବ । ଗାନ୍ଧର୍ବ ମତରେ ଆମର ବିବାହ ସରିଯାଇଛି । ଏଠି ଆଉ ଗୋଟେ ରାତି ଆମପାଇଁ ନିରାପଦ ନୁହେଁ । ଅନୁପମ ! ଚାଲ ଆମେ ଚାଲିଯିବା ।" ବ୍ୟସ୍ତ ହୋଇ ଉଠିଲା ଚପଳା ଏକ ଅନାଗତ ଭୟ ଓ ଆଶଂକାରେ ।

– 'କିଂତୁ କିପରି ?'

– 'ସେ ବ୍ୟବସ୍ଥା ମୁଁ କରି ସାରିଛି ପୁଅ ।' କିଛି ଦୂରରୁ ଜବାବ ଦେଲେ ରାଣୀମା' ।

ଫେରି ଚାହିଁଲେ ଅନୁପମ ଓ ଚପଳା ।

ରାଣୀମା' କନ୍ୟାମାନଙ୍କ ସହ ଆଗେଇ ଆସୁଥିଲେ ସାଗରକୂଳକୁ । କନ୍ୟାମାନଙ୍କ ହାତରେ ଥିଲା ବଡ଼ବଡ଼ ଫୁଲର ପେଡ଼ି, ଯେଉଁଥିରେ ସାଇତା ଥିଲା କନ୍ୟା ବିଦାୟର କିଛି ସଂରଜାମ । ଦୀର୍ଘପଥ ପାଇଁ ପାଥେୟ ସ୍ୱରୂପ କଛି ସୁଆଦିଆ ଫଳ ଆଉ ସୁବାସିତ ଫୁଲ । ଝରଣାର ମିଠା ଜଳକୁମ୍ଭ ଇତ୍ୟାଦି । ରାଣୀମା'ଙ୍କର ଛଳୋକ୍ତି –

– "କ'ଣ ଯିବାପାଇଁ ପ୍ରସ୍ତୁତ ହୋଇ ଯାଇଛ ? ବେଶ୍ ମୁଁ ସବୁ ବ୍ୟବସ୍ଥା କରି ଦଉଛି ।" ହାତ ହଲେଇ ସାଗର ଗର୍ଭକୁ ଇଂଗିତ କଲେ । ଯାଦୁ ଲାଗିଲା ପରି ସାଗର ଭିତରୁ ଏକ ଫୁଲର ନଉକା ଉଚ୍ଛୁଳି ଉଠିଲା ଆଉ ରାଜହଂସୀ ପରି ଦରିଆ ଢେଉରେ ଢଳିଢଳି ଭାସିଭାସି ଆସିଲା କୂଳକୁ ।

ଆଶ୍ଚର୍ଯ୍ୟଚକିତ ଦୃଷ୍ଟିରେ ଚାହିଁ ରହିଥିଲା ଅନୁପମ ।

– "ଯାଅ ଲୋ', ଏମାନଙ୍କୁ ନେଇ ଫୁଲନଉକାରେ ବସେଇ ଦିଅ । ପେଡ଼ି ସବୁ ଯଥାସ୍ଥାନରେ ଥୋଇଦିଅ ।"

ରାଣୀମା'ଙ୍କ ନିର୍ଦ୍ଦେଶ ପାଇ କନ୍ୟାମାନେ ଫୁଲର ପେଡ଼ିସବୁକୁ ନଉକାରେ ଥୋଇଦେଲେ । ତାପରେ ନବ ବିବାହିତ-ବିବାହିତା ବର-ବଧୂଙ୍କୁ ଧରି ଘେନି ଯିବାର ଉପକ୍ରମ । ଧୀରେ ଆଗକୁ ପାଦ ବଢ଼େଇବା ଆଗରୁ ଚପଳା ଛଳଛଳ ନେତ୍ରରେ ଫେରିଚାହିଁ ଥରେ ଡାକିଦେଲା- "ମାଆ !"

ରାଣୀ ମା' ଦୁଇହାତ ପ୍ରସାରିତ କରି ଡାକିଲେ- "ଆ... !"

ବାୟାଣୀଟି ପରି ଛୁଟିଆସି ମା'ଙ୍କ ଛାତିରେ ଲୋଟି ପଡ଼ିଲା ଚପଳା । ଝିଅକୁ କୁଣ୍ଢାଇଧରି କାନ୍ଦିଉଠିଲେ ରାଣୀମା' । ଝିଅମାନେ ଧାଇଁ ଆସିଲେ..ବେଢ଼ିଗଲେ ମା-ଝିଅଙ୍କୁ । ଲଦିପଡ଼ି କାନ୍ଦିଉଠିଲେ ଭୋ-ଭୋ- କରି ।

ସେହି କରୁଣ କ୍ରନ୍ଦନରୋଳରେ ଯେମିତି ଆକାଶ ଓ ପୃଥିବୀ ସ୍ତବ୍ଧ ହୋଇଗଲା । କ୍ଷଣକ ପାଇଁ ସ୍ଥିର ହୋଇଗଲା ଯେପରି ସାଗରର ନୀଳ ଲହରୀ ! ସ୍ତମ୍ଭୀଭୂତ ଥିଲା ପ୍ରକୃତି । ସମ୍ମୋହିତ ଥିଲେ ଅନୁପମ ।

ଅକସ୍ମାତ ଆକାଶରେ ବଜ୍ରପାତ । ସୁ ସୁ ଗର୍ଜନର ଶବ୍ଦ । ଚମକି ପଡ଼ିଲେ ସମସ୍ତେ । ରାଣୀ ମା' ବିବ୍ରତ ହେଇ ଉଠି କହିଲେ- "ଆରେ, ଝଡ଼ ଆସୁଛି । ଘୂର୍ଣ୍ଣିଝଡ଼ ! ଆଉ ଅପେକ୍ଷା କରିବାର ନୁହେଁ । ଝଡ଼ ପୂର୍ବରୁ ତମେମାନେ ଏଠାରୁ ଚାଲିଯାଅ । ମା' ଚପଳା, ଏଇ କୁହୁକ ପେଡ଼ିଟା ନେ ମା', ଏଥିରେ ଗୋଟେ

ଫୁଲଫରୁଆ ଅଛି । କାନିରେ ସାତଗଣ୍ଠି ପକେଇ ବାନ୍ଧିଦେ । ଏକୁ ସାଇତି ରଖିବୁ । ସମୟ ଆସିଲେ ଏ ତୋର ବହୁତ ବଡ଼ କାମରେ ଲାଗିବ । ନେ ମା'!" ଚପଳା କାନିରେ ସାତଗଣ୍ଠି ପକେଇ ବାନ୍ଧିଦେଲେ ରାଣୀମା' ସେହି କୁହୁକ ପେଡ଼ି ।

ପୁଣି ଶୁଭିଲା ମାଡ଼ି ଆସୁଥିବା ସେହି ଝଡ଼ର ସୁସୁରି ।

– 'ଆରେ, ଝଡ଼ ଆସିଗଲା ଯାଅ, ନେଇଯାଅ ଏମାନଙ୍କୁ, ବସାଇ ଦିଅ ନଉକାରେ ।'

ତରତର ହେଇ ଅନୁପମ ଓ ଚପଳାକୁ ସଖୀମାନେ ଧରିନେଇ ନଉକାରେ ବସାଇଦେଲେ । ଚପଳା କାନ୍ଦିଉଠି ସଖୀଙ୍କ ହାତ ଟାଣି ଧରୁଥିଲା ।

– "ନାଇଁ, ଛାଡ଼ିଦେ ଚପଳା । ଝଡ଼ ଆସୁଛି । ବିପଦରେ ପଡ଼ିଯିବ ।" ତାଗିଦ୍ କରୁଥିଲେ ରାଣୀମା' ।

ତାଳି ମାରିଦେଲେ ରାଣୀ ମା' । ଦୋହଲି ଗଲା ରାଜହଂସୀ । ଆଦେଶ ଦେଲେ, "ଯା, ଖୁବ୍ ଶୀଘ୍ର ଏ ଝଡ଼ ସମୁଦ୍ରଟାକୁ ପାର୍ ହୋଇଯା ! ଯା !"

ପୁଣି ତାଳିଟିଏ ମାରିଦେଲେ । ତୀର ବେଗରେ ଆକାଶ ଆଉ ସାଗରର ସେହି ଅନ୍ଧାରୀ ଦିଗନ୍ତରେ ଆଖି ପିଛୁଳାକେ ଅଦୃଶ୍ୟ ହୋଇଗଲା ଫୁଲର ନଉକା ।

ସ୍ଥାଣୁପରି ଅଶ୍ରୁଳ ନେତ୍ରରେ ଛିଡ଼ାହେଇ ଚାହିଁ ରହିଥିଲେ ଏମାନେ । ସବୁରି ଆଖିରୁ ଝରୁଥିଲା ଧାରଧାର ଅଶ୍ରୁ ।

ସ୍ଥିର ଗୁମସୁମ୍ ହୋଇଯାଇଥିଲା ଝଡ଼ ପୂର୍ବର ପୃଥିବୀ ।

॥ ୨୯ ॥

ପ୍ରଫେସର ପଡ଼ାର ସେହି ନୀଳକୋଠି ।

ରାତ୍ରି ପ୍ରାୟ ଦଶ ।

ବାବା-ମା'ଙ୍କ ପାଦ, ମୁଣ୍ଡ ଟିପିଦେଇ ଉଠିଯାଉଥିଲା ଝୁମୁରୀ । ଏ କ'ଣ ତା' ହାତଟାକୁ ପଛରୁ କିଏ ଟାଣି ଧରୁଛି ? ଫେରି ଦେଖିଲା-ସେ ରୁଦ୍ରପ୍ରତାପ ।

– 'ବାବା !'

– "ବସ୍ ମା', ମୋ' ପାଖରେ ବସ୍ ।"

– 'ବାବା, ଆଉ ମୁଣ୍ଡ ଟିପିଦେବି ?'

– "ନାଇଁ ମା' ! ସେଦିନ ତୁ ଶୁଣିବାକୁ ଅଳି କରୁଥିଲୁ ନା; ମୋ' ଗଲା ଦିନର କଥା ?"

ଝୁମୁରୀର କୌତୂହଳ ବଢ଼ିଗଲା । ପାଖରେ ବସିପଡ଼ି ମୁଣ୍ଡ ଟିପି ଦେଇ କହିଲା- 'କୁହ ବାବା, ମୁଁ ସବୁ ଶୁଣିବି ।'

– 'ଶୁଣୁଛ ପ୍ରିୟମ୍ବଦା !'

ପ୍ରିୟମ୍ବଦାଙ୍କ ଜବାବ ନଥିଲା । ସେ ଶୋଇ ପଡ଼ିଥିଲେ ଗଭୀର ନିଦ୍ରାରେ । ଭଲହେଲା । ଝିଅଟା ପାଖରେ ଜୀବନର ସବୁକଥା କହିଦେବେ, ଯାହା ଏତେଦିନ ଯାଏ ମନ ଭିତରେ ଛପେଇ ରଖିଥିଲେ । କାହାକୁ ବା କହିଥାନ୍ତେ ?

– 'ବାବା !'

– "ହଁ ଶୁଣ ! ଏଇ ଯଉ ପ୍ରିୟମ୍ବଦା ତୋ' ମା'କୁ ଦେଖୁଚୁନା, ଏ ମୋର ପଛ ସଂସାର । ଆଗ ସ୍ତ୍ରୀର ସାନ ଭଉଣୀ- ତୋର ମାଉସୀ । ଏଙ୍କ ଆଗରୁ ମୁଁ ଆଉ ଜଣଙ୍କୁ ବିବାହ କରିଥିଲି ମା' ! ଭାରି ସୁନ୍ଦର ଆଉ ଭଲ ମଣିଷ ଥିଲେ ସେ । ହେଲେ..."

– "କ'ଣ ହେଲା ବାବା, ମା'ଙ୍କର କ'ଣ ହେଲା ? ସେ କ'ଣ ଆପଣଙ୍କୁ ଛାଡ଼ି ବାପଘରକୁ ଚାଲିଗଲେ ?"

– "ହଁ... !" ଦୀର୍ଘଶ୍ୱାସ ସହ- 'ଚାଲିଗଲା । ବାପା ଘରକୁ ନୁହେଁ । ସବୁଦିନ ପାଇଁ ମୋତେ ପରକରି ଆରପାରିକୁ ।' କୋହଭରା କଂଠରୁ ଉଠିଲା ଗୋଟେ ବେଦନାର ଉଚ୍ଛ୍ୱାସ- 'ହାଏ ଅନସୂୟା !' ଝରିପଡ଼ିଲା ଆଖିରୁ ଦୁଇଧାର ଅଶ୍ରୁ ।

– "ବାବା ! ତମେ କାନ୍ଦୁଛ ?" ନିଜ ଶାଢ଼ୀ କାନିରେ ଆଖିରୁ ଲୁହ ପୋଛିଦେଲା ଝୁମୁରୀ । "ନାଇଁ, ଥାଉ । ମୁଁ ଆଉ ଶୁଣିବିନି ।"

– 'ତୋତେ ଶୁଣିବାକୁ ହେବ ମାଆ ।'

– 'କଷ୍ଟ ହେଉଛି ନା ବାବା ?'

– "ନାଇଁଲୋ, ଏଇ ଦେଖ୍ ମୁଁ କିପରି ଆତ୍ମତୃପ୍ତିରେ ହସୁଛି ।"

ସ୍ମିତ ହସି - "ବୁଝିଲୁ ଝୁମୁରୀ, ତୋତେ ନା, ମୋ' ମନଭିତରର ଦୁଃଖ କହିଦେଲେ, ମୋ' ଅନ୍ତରଟା ଶାଂତ ହେଇ ଯାଉଚିରେ । ଶୁଣ୍ ।"

– "କୁହ, ବାବା ତାପରେ କ'ଣ ହେଲା ?"

– 'ପ୍ରଥମ ଗର୍ଭ ଦୁଇଟି କଅଁଳାଛୁଆଙ୍କୁ ଜନ୍ମଦେଇ ସେ ଆଖି ବୁଜିଦେଲା ।'

– 'ବାବା !' ଆହତ ପ୍ରାଣରୁ ଚିତ୍କାର କରି ଉଠିଲା ଝୁମୁରୀ ।

– "ଦେଖିଲି, ପିଲା ଦୁଇଟି ଝିଅ । କ'ଣ କରିବି କିଛି ବୁଦ୍ଧି ଦିଶିଲାନି । ଦୁନିଆଟା ଅନ୍ଧାର ହୋଇଗଲା ମୋର । ରିସର୍ଚ୍ଚ କାମରେ ଫରେନ ଯିବାର ଥିଲା । ଉପାୟ ନପାଇ ଯାଆଁଳା ଛୁଆ ଦୁଇଟିକୁ ଦେଇଦେଲି ।"

– 'କାହାକୁ ଦେଇଦେଲେ ବାବା ?' ବ୍ୟସ୍ତ ହୋଇ ଉଠିଲା ଝୁମୁରୀ ।

– "ଜାଣିନି । ହସ୍‌ପିଟାଲରେ ସୁଇପର କାମ କରୁଥିଲା ସେ । ବିକଳ ହେଇ ହାତପାତି ମାଗିଲା । ସାନଟିକୁ ତାରି ହାତକୁ ଟେକିଦେଲି । ଆଉ ବଡ଼ଟିକୁ ଆଉଜଣକୁ ।"

– 'ସେ କିଏ ବାବା ?'

– "ମୋ' ବଗିଚାର ମାଳୀ ଥିଲା ସେ । ଭାରି ଆପଣାର । କଣ ତ ତା' ନାଆଁ -ହଁ ରାଧୁ ।"

– 'ତାଙ୍କ ଘର କେଉଁଠି ବାବା ?'

– 'ଘର.. କହୁଥିଲା ବାଲେଶ୍ୱର ଜିଲ୍ଲା-କଉ ହରିପୁର ଗାଁ ।' ଦେଲାବେଳେ କହିଲି- "ରାଧୁରେ, ମୋ' ଅମାନତ ତୋ' ପାଖରେ ରହିଲା । ତୁ ଏକୁ ପାଳି ବଡ଼ କରିବୁ । କନ୍ୟାଦାନ କରିବୁ । ମୋର ତ ହୀନ କପାଳ ।"

ବାବାଙ୍କ ଆଖିରୁ ଝରୁଥିବା ଲୁହ, ପୋଛି ଦେଉଥିଲା ଝୁମୁରୀ । ସାନ୍ତ୍ୱନା ଦେଇ କହିଲା- 'କାନ୍ଦନା ବାବା !'

– 'ଅମାନିଆଁ ଲୁହଗୁଡ଼ା ଆଜି ମନା ମାନୁନିରେ ମାଆ !'

– "ତା'ପରେ ?"

– 'ହଁ, ସେ ପ୍ରଥମେ ରାଜି ହେଉନଥିଲା କାହିଁକି ଜାଣିଛୁ ?'

– 'କାହିଁକି ବାବା ?'

– 'ଆରେ ସେ ବାହା ହେଇ ନଥିଲା ।' ମୁଁ ତାକୁ ବାଧକଲି, 'ଦେଖ୍ ତୁ ଯଦି ଏଇଟିକୁ ନ ନେବୁ ଇଏ ମରିଯିବ ।'

–"ଚଟ୍‌କିନା ମୋ' ହାତରୁ କୋଳକୁ ଭିଡ଼ିନେଲା ବିଚରା । ଆଉ ଏକମୁହାଁ ହେଇ ଚାଲିଗଲା ଗାଁକୁ । ଏତେବର୍ଷ ହେଇଗଲା–ତାର ଖବର ଅନ୍ତର କିଛି ପାଇଲିନି । ଆଜକୁ ସତର ବର୍ଷ ହେଇଗଲା ମାଆ । ମୋ' ଝିଅ କେମିତି ଅଛି ?"

– "ତା' କଥା ଜାଣିବାକୁ ତମ ଇଚ୍ଛା ହୁଏନି ବାବା ?"

– "ଭାରି ଇଚ୍ଛା ହୁଏ । କ'ଣ କରିବି, ଉପାୟ ନାହିଁ । କେମିତି ତାକୁ ଯାଇ କହିବି- 'ରାଧୁଆ, ମୋ' ଅମାନତକୁ ଫେରେଇ ଦେ ।' ତାକୁ ଭାରି ବାଧିବ । ଆଖିରୁ ଲୁହ ଗଡ଼େଇବ । ନାଇଁ, ପାପ ହେବ, ମହାପାପ ହେବ । ସବୁ ମୋ' କପାଳ ମାଆ !" କପାଳରେ ହାତ ରଖିଲେ ରୁଦ୍ରପ୍ରତାପ । କପାଳରୁ ହାତ କାଢ଼ି ଆଣିଲା ଝୁମୁରୀ ।

– "ବାବା ! କପାଳରେ କ'ଣ ହାତ ଦିଅନ୍ତି ? ମୁଇଁ ପରା ଅଛି, ତମର ଗୋଟେ ଝିଅ !"

– 'ହଁ, ମାଆ, ତୁ ମୋରି ଝିଅ !'

– 'ଆଚ୍ଛା ବାବା, ଆଉ ଝିଅଟି କଥା ତମର ମନେପଡ଼େନି ?'

– "ପଡ଼େରେ ମାଆ ! ହେଲେ କେମିତି ଜାଣିବି, ସେ ଏବେ କେଉଁଠି ଅଛି ? ହସ୍‌ପିଟାଲରେ ଯାଇ ବହୁତ ପଚାରିଲି । କେହି ତାର ଠିକଣା ସଠିକ କହି ପାରିଲେନି । ହଁ, ଜଣେ ନର୍ସ ମା'ଟିଏ କରୁଥିଲା, ସେ କାଳେ ଆଦିବାସୀ ସଂପ୍ରଦାୟର ସ୍ତ୍ରୀ ଲୋକ ।"

ଚମକି ପଡ଼ିଲା ଝୁମୁରୀ । ଆଦିବାସୀ ନାଆଁଟି ଶୁଣି ତା' ଛାତି ଭିତରଟା ଯେମିତି ଆନ୍ଦୋଳିତ ହୋଇ ଉଠିଲା । ମନରେ କେତେ ଭାବନା ଉଙ୍କି ମାରିଗଲା କ୍ଷଣକରେ । ଗମ୍ଭୀର ହୋଇ କହିଲା ଝୁମୁରୀ- 'ବାବା, ସେ ସ୍ତ୍ରୀଲୋକର ନାଆଁଟି କହିପାରିବ ?'

– "ନା'ରେ ମା' ! ମୋର ମନ କହୁଚି ସେ ସମ୍ବଲପୁର କି ସୁନ୍ଦରଗଡ଼ ଅଞ୍ଚଳର ଲୋକ ହେଇଥିବ । ଏବେ ତାକୁ ବା ଆଉ କେଉଁଠି ଖୋଜିବି ? ଛାଡ଼ ତା' କଥା, ରାତି ବହୁତ ହେଲାଣି, ଯା ମା', ଟିକେ ଶୋଇ ପଡ଼ିବୁ ।"

– 'ବାବା !'

– 'କହ, ଆଉ କିଛି ଜାଣିବାକୁ ଚାହୁଁଛୁ ?'

– 'ମୁଁ ଯିବି ବାବା, ସମରାକୁ ନେଇ ହରିପୁର ।'

– "ଆଲୋ ପାଗଲୀ, ତୁ କ'ଣ ତାକୁ ଚିହ୍ନି ପାରିବୁ ? ସେ କି ତୋତେ ଚିହ୍ନିବ ?"

– "ସତରେ ତ ! ହଉ ସେଠିକି ଯିବିନି । ଆଚ୍ଛା ବାବା, ତମେ ମାଆଙ୍କୁ ନେଇ ଆମ ଘରକୁ ଯିବ ?"

– 'ତମ ଘର ?'

– "ନୂଆଖାଇ ଆସୁଛେ, ଆମ ଗାଁରେ ମାଦଲ ବାଜିବ, ନାଚ-ଗୀତ, ଭାରି ମଉଜ ହବ । ଯିବନା ବାବା-ଆମର ଗାଁ ?"

– "କହିଲୁନି ତ ତମ ଗାଁ ନାଆଁ, କୋଉଠି ?"

– "ସମଲପୁର, ସେହି ଯଉ ଜମନକିରା- ଝରିଆବାହାଲ, ଶୁଣିଛ ?"

– "ଶୁଣିଛି । ତମଘରେ ଆଉ କିଏ କିଏ ଅଛନ୍ତି ରେ ମାଆ ?"

– "ମୋର ବାବାଟା ନା.."- ଧକେଇ ହେଇ କାନ୍ଦି ଉଠିଲା ଝୁମୁରୀ ।

– "କ'ଣ ହେଲା ମାଆ ?"

– "ମୋ' ବାବା ଆଉ ନାହିଁ ।"

– "ନାହିଁ ?"

– "ବଣକୁ କାଠକାଟି ଯାଇଥିଲା ଯେ ଆଉ ଫେରିଲାନି । ଗାଁର ଲୋକ କହିଲେ, ତାକୁ କାଳେ ବାଘ ଟେକିନେଲା ।" କାନ୍ଦିଲା ଝୁମୁରୀ ।

ରୁଦ୍ର ଉଠିବସି ଝୁମୁରୀକୁ କୋଳକୁ ଭିଡ଼ିନେଲେ ।

– "କାନ୍ଦନା ମା', ମୁଁ ପରା ଅଛି ତୋ' ବାବା ।"

– "ବାବା !" କୁଣ୍ଢେଇ ପକେଇଲା ରୁଦ୍ରଙ୍କୁ ଝୁମୁରୀ ।

– "ଆଉ ତୋର ମା' ?"

– "ଅଛି ବାବା, ଗାଁରେ । ମା'ର କଥା ଭାରି ମନେ ପଡୁଛେ ବାବା, ତମେ ଯିବନା ...ଆମର ଗାଁ...କଥା ଦିଅ !"

– "ମୋ' ସୁନା ମା'ଟିକୁ କଥା ଦେଲି-ନିଶ୍ଚୟ ଯିବି । ହେଲା ଏଥର ଟିକେ ହସି ଦେ ।"

ହସିଦେଲା ଝୁମୁରୀ ।

ବାହାରେ ଟପ୍ ଟପ୍ ଝରୁଥିଲା କାକର ।

॥ ୩୦ ॥

ଝଡ଼ ସମୁଦ୍ରକୁ ପାର ହେଇ ଯାଇଛି ରାଜହଂସୀ ।

ଏବେ ଶାନ୍ତ ସାଗର । ଉତ୍ତାଳ ଢେଉ ଆଉ ନାହିଁ । ଚିକିମିକି ଖରା ନୀଳ ଫେନିଳ ତରଙ୍ଗରେ ଯେମିତି ବିଛେଇ ଦେଇ ଯାଉଛି ହୀରା-ମୋତିର ତାରକସି ।

ମନ୍ଦ ସମୀରଣର ଶୀତଳ ପରଶରେ ନିଦ ଭାଂଗିଲା ଅନୁପମର । ଦେଖିଲା-ତାର ଛାତି ଉପରେ ତାକୁ ଦୁଇବାହୁରେ ଭିଡ଼ିଧରି ନିଶ୍ଚିନ୍ତ ନିଦ୍ରାରେ ଶୋଇ ପଡ଼ିଛି ଚପଳା ।

ସାଗର ଢେଉରେ ପହଁରି ପହଁରି ଆଗେଇ ଚାଲିଛି ଫୁଲର ନଉକା ରାଜହଂସୀ ବେଶ୍ ଆରାମରେ ।

– 'ଚପଳା !' ଚିବୁକରେ ମୃଦୁ ସ୍ପର୍ଶ ଦେଇ ଉଠାଇବାକୁ ଚେଷ୍ଟାକଲା ଅନୁପମ । ଆରେ ଏତେ ନିଦ ? ଆଚ୍ଛା ଦେଖିବି କେମିତି ନିଦ ଭାଂଗିବନି । ସେ କୌଶଳ ମୋତେ ଜଣାଅଛି ।

ଧୀରେ ଚପଳାର ଚଟୁଳ ଅଧରରେ ଆଂକିଦେଲା ଚୁମ୍ବନଟିଏ ।

ଚମକି ଉଠିଲା ଚପଳା ।

– 'କିଏ, ଓ -ତମେ ?' ଆଖି ମଳି ମଳି ଚାହିଁଲା ଚପଳା ଚତୁର୍ପାର୍ଶ୍ୱକୁ । "ଇଏ କ'ଣ-ଖାଲି ପାଣି ଆଉ ପାଣି ! ନୀଳ ଆଉ ନୀଳ !" ଝୁଲି ଝୁଲି ଚାଲିଛି ରାଜହଂସୀ ।

– "ଆରେ ବାଃ, କେତେ ସୁନ୍ଦର ଏ ସାଗରର ନୀଳବକ୍ଷ !"

– "ଆଶ୍ଚର୍ଯ୍ୟ ! ତୁମେ ପରା ସାଗର ଦ୍ୱୀପର ଝିଅ । ତୁମକୁ ବି ବିଚିତ୍ର ଲାଗୁଛି ସାଗରର ଏ ନୀଳ ରହସ୍ୟ ?"

–"ସତରେ, ମୁଁ କେବେ ଆସି ନଥିଲି ଏ ମଝି ଦିରଆକୁ । ଆଚ୍ଛା ଆମେ କଉଠିକି ଯାଉଛେ ?" ପ୍ରଶ୍ନକଲା ଚପଳା ।

– 'କାହିଁକି ? ଆମ ରାଇଜକୁ ।' ଜବାବ ରଖିଲା ଅନୁପମ ।

– 'ଆମ ରାଇଜ ? କେଉଁଠି-କେତେଦୂର ?'

– ":ସେ ଅନେକ ଦୂର । ବ୍ୟସ୍ତ ହୁଅନି ପ୍ରିୟେ । ଆମେ ଠିକ୍ ସମୟରେ ପହଁଚିଯିବା ଆମ ଲକ୍ଷ୍ୟସ୍ଥଳରେ । ଆଚ୍ଛା, ଉତ୍କଳର ନାମ ଶୁଣିଛ ?"

– 'ଉତ୍କଳ ?' ବିସ୍ମିତ ଦୃଷ୍ଟିରେ ଚାହିଁ ରହିଲା ଚପଳା ।

– "ଉତ୍କର୍ଷ କଳାର ଦେଶ । ମନ୍ଦିରମାଳିନୀ ସେ ମାଟି । ନୀଳ ମହୋଦଧି ବେଳାରେ ଜଗତର ବଡ଼ ଠାକୁର ଶ୍ରୀଜଗନ୍ନାଥଙ୍କର ବଡ଼ ଦେଉଳ । କିଛି ଦୂର ଉତ୍ତରକୁ ରାଜଧାନୀ ଭୁବନେଶ୍ୱର ପୀଠରେ ବିଦ୍ୟମାନ ସାକ୍ଷାତ ଲିଂଗରାଜ ଆଉ ଚନ୍ଦ୍ରଭାଗା କୂଳରେ ବିଶ୍ୱବିସ୍ମୃତ କୋଣାର୍କ ସୂର୍ଯ୍ୟମନ୍ଦିରର ଅପରୂପ କାରୁକାର୍ଯ୍ୟ ଦେଖିଲେ ତମ ଆଖି ଖୋସି ହେଇଯିବ ।"

– "ଚନ୍ଦ୍ରଭାଗା !" ନାଁଟା ଶୁଣି ଚମକି ଉଠିଲା ଚପଳା ।

– "କ'ଣ ହେଲା, ଚନ୍ଦ୍ରଭାଗା ନାଁ ଶୁଣି ତମେ ...କ'ଣ କିଛି ମନେ ପଡ଼ିଗଲା....ଏଇ ପୂର୍ବ ସ୍ମୃତି ?"

– 'ଆଃ !' ନିଜ ମୁଣ୍ଡକୁ ଦୁଇହାତରେ ଚିପିଧରି ଅନୁପମର ବକ୍ଷ ଉପରକୁ ଟଳି ପଡ଼ିଲା ଚପଳା ।

– 'ଚପଳା !' ବିବ୍ରତ ହେଇ ଉଠିଲେ ଅନୁପମ !

– "ନାନା, ମୋର କିଛି ମନେ ପଡୁନି । ସତରେ ମୁଁ କିଏ ? ମୁଁ କ'ଣ ସାଗରଦ୍ୱୀପର ଝିଅ ନା ଆଉ କେହି ? ତମେ ମୋତେ ଦେଖିବାଠାରୁ ଅନୁପମା-ଅନୁପମା ବୋଲି କାହିଁକି ଡାକ ? କୁହ ସତରେ ମୁଁ କି ତମ ଅନୁପମା ?"

ଏମିତି ଅନେକ ପ୍ରଶ୍ନବାଣରେ ଘାଇଲା କରିଦେଲା ଅନୁପମଙ୍କୁ । ଏତେଗୁଡ଼ାଏ ପ୍ରଶ୍ନର କି ଉତ୍ତର ଦେଇ ତାର ଅବୁଝା ମନକୁ ଶାଂତ କରିବ ବୁଝି ପାରିଲାନି ଅନୁପମ ।

– "ଥାଉ, ତମେ ଆଉ କୌଣସି କଥା ମୁଣ୍ଡରେ ପୂରାଅନି । ତମେ ଅନୁପମା ହୁଅ କି ଚପଳା, କୁହ ତୁମେ ମୋର ପ୍ରିୟତମା ନା ?"

– 'ହଁ !' ଆତ୍ମତୃପ୍ତିରେ ମୁଣ୍ଡ ହଲାଇ ଜବାବ ରଖିଲା ଚପଳା ।

– 'ସେଇତକ ଆମର ପରିଚୟ । ତମେ ମୋର ଆଉ ମୁଁ ତମର, ବାସ୍ ! ଆସ ... !' ଆଲିଂଗନ ଲାଗି ଇସାରା ଦେଲେ ଅନୁପମ ।

ଚପଳା ଅନୁପମଙ୍କ କୋଳରେ ବସିପଡ଼ି ଦୁଇବାହୁରେ ଭିଡ଼ି ଧରିଲା । ଆଉ ଅନୁପମ ଚପଳାର ସୁନ୍ଦର ମୁହଁଟିକୁ ଦୁଇ ପାପୁଲିରେ ତୋଳିଧରି ଓଠରେ ଓଠ ଯୋଖିଲେ ।

ପରସ୍ପର ମଧ୍ୟରେ କେତେକ୍ଷଣ ଏମିତି ବିତିଗଲା ଚୁମ୍ବନର ମଧୁପର୍ବ ।

ନୀଳ ସାଗରର ବିଚିମାଳାରେ ହଲିହଲି ଝୁଲିଝୁଲି ଆଗେଇ ଚାଲିଥିଲା ଫୁଲନଉକା-ରାଜହଂସୀ । ଚପଳା ଚାହିଁ ରହିଥିଲା ଦୂରଦୂର ନୀଳ ଦିଗନ୍ତକୁ, ଯେଉଁଠି ସାଗର ଆଉ ଆକାଶ ଏକାକାର ହେଇ ଯାଇଥିଲେ ଗୋଟିଏ ରେଖାରେ ।

ଆଉ ଅନୁପମ ଭାବୁଥିଲେ ସେ କେତେବେଳେ ପହଁଚିଯିବେ ତାଙ୍କ ପ୍ରିୟ ବାଲ୍ୟ ସ୍ମୃତିପୀଠ ଚନ୍ଦ୍ରଭାଗାର ସେହି ସ୍ୱର୍ଣ୍ଣିମ ବାଲୁକା ବେଳାରେ। ସେଇଠି ପହଁଚିଗଲେ ହୁଏତ ସବୁକିଛି ମନେ ପଡ଼ିଯିବ ଅନୁପମାଙ୍କର। ସେହି ପିଲାଦିନ ବାଲିସ୍ତୂପ-ବାଲିଘରର କଥା। କେମିତି ସାଗରର ନୀଳଢେଉ ଥେଇ ଥେଇ ନାଚିନାଚି ଆସି ସେମାନଙ୍କୁ ଭିଜେଇ ଦେଇ ଯାଉଥିଲା। ଭାଂଗି ଦେଉଥିଲା ବାଲିଘର। ବେଳା କୁଂଜବଣ ବୁଦାରୁ କଣ୍ଟିକୋଳି ତୋଳିଦେବା, ପ୍ରଜାପତି ଧରିଦେବା ପାଇଁ କେତେ ଅଳି କରୁଥିଲା ସେ। ସୁନା ପିଲାଟି ପରି ମାନି ଯାଉଥିଲା ଅନୁପମ, ଏମିତି କେତେ ସ୍ମୃତି ...!

ଯଦି ତାର ସେ ସ୍ମୃତି ଫେରି ନ ଆସେ ତାହେଲେ? ଆଶା-ଆଶଙ୍କାର କୁହେଳି ତା ମନଗହନର ଭାବଭୂମିକୁ ଦୋହଲାଇ ଦେଲା। ଅନ୍ତରରୁ ଉଠିଲା ହତାଶାର ଊର୍ଦ୍ଧ୍ୱଶ୍ୱାସଟାଏ!

ମୌନତା ଭଂଗକରି ଚିଲେଇ ଉଠିଲା ଚପଳା

– "ଦେଖୁଚ, ଦେଖୁଚ ଅନୁପମ!" ହାତଠାରିଲା ଦୂର ଦିଗନ୍ତକୁ।

– "କ'ଣ?"

– "ଏଇନା ତମ ସେହି ନୂଆରାଇଜ ଉତ୍କଳ? ଆମେ ତାହେଲେ ପହଁଚି ଗଲେଣି?" ଚପଳାର ତନୁମନରେ ଉତଫୁଲ୍ଲତା-ଉଲ୍ଲାସ।

– "ନାଇଁ ଚପଳା, ଏଇଟା ବାଲିଦ୍ୱୀପ, ଆଉ ସେଇଟା ଜାଭା। ତା'ପରେ ସୁମାତ୍ରା...ଏମିତି କେତେ ଦ୍ୱୀପପୁଞ୍ଜ। ଠିକ୍ ତମ ସାଗରଦ୍ୱୀପ ପରି।"

– 'ଓ.. ବୁଝିଲି!' ଚପଳା ଶାନ୍ତ ହୋଇଗଲା।

– 'ଜାଣିଛ ଚପଳା!'

– "କ'ଣ?"

– "ଆମ ଉତ୍କଳର ସାଧବପୁଅମାନେ ଏଇ ସବୁ ଦ୍ୱୀପକୁ ବୋଇତ ବାହି ବାଣିଜ୍ୟ କରି ଆସୁଥିଲେ। କେତେ ସୁନା-ରୁପା, ଧନ-ଦରବରେ ପୂରି ଉଠୁଥିଲା ଆମ ଉତ୍କଳ। ହାଏ..! ଆଜି ସେ ସବୁ ସ୍ୱପ୍ନ, ଖାଲି ସ୍ମୃତି ହୋଇ ରହିଯାଇଛି। ଉତ୍କଳ ଆଜି ସେ ଉତ୍କଳ ହୋଇନାହିଁ।"

ଅବସୋସର ଦୀର୍ଘଶ୍ୱାସଟାଏ ଉଠିଲା ବୁକୁ ଥରାଇ!

– 'ଅନୁପମ!' ଅନୁପମଙ୍କୁ ଧରିନେଇ- 'ଦୁଃଖ ଲାଗୁଛି?'

– "ନାଇଁ, ଦୁଃଖ କରି ଆଉ ହେବ କ'ଣ? ଯୁଗ ବଦଳି ଯାଇଛି। ବଦଳେଇ ଦେଇଛି ସବୁକିଛି। ଆରେ ମୁଁ ତ ସେତେବେଲୁ କହି ଚାଲିଛି। ତମେ କିଛି କହିବନି? କୁହନା, ତମ ଭାବନା ରାଜ୍ୟରେ କ'ଣ ସବୁ ଉଙ୍କି ମାରୁଛି?"

– "ମନେ ପଡୁଛି ସାଗରଦ୍ୱୀପର କଥା । ମୋ' ରାଣୀମା', ମୋ' ପ୍ରିୟସଖୀ ମେଘମାଳା, ଚମ୍ପାବତୀ, ବନଲତା-ଏମାନେ ସବୁ କ'ଣ କରୁଥିବେ? ମୋ' କଥା ତାଙ୍କର ମନେ ପଡୁଥିବ ନା ନାହିଁ?"

– "ହଁ, ନିଜ ଜନ୍ମମାଟି, ଆତ୍ମୀୟ ଜନମାନଙ୍କୁ ଛାଡ଼ି ଆସିଲେ ଏମିତି ମନ ଅଥୟ ହୁଏ । ତମେ କହୁଥିଲ ନା, ସେ ତମର ପ୍ରକୃତ ଜନ୍ମମାଟି ନୁହେଁ? ଦେଖିବ ତମେ ଯେତେବେଳେ ତମ ପ୍ରକୃତ ଜନ୍ମଭୂମିରେ ପହଁଚିଯିବ ଆଉ ତମ ପ୍ରିୟ ମଣିଷଙ୍କୁ ଆଖିରେ ଦେଖିବ, ଆଉ ଦେଖିବ ପ୍ରିୟ ଗାଁର ସେହି ନଈ, ଗୋଠ, ତୋଟା, ବଣ-ବିଲ, ଲତା-କୁଂଜ, ଧୂଳିଦାଣ୍ଡ, ତୁଳସୀ ଚଉରା, କଇଁ ପୋଖରୀ, ମନ୍ଦିର ବେଢ଼ା, ସେହି ପାଣି-ପବନ, ସତରେ ତମେ ଆତ୍ମହରା ହେଇ ଉଠିବ ଚପଳା! ଅପେକ୍ଷା କର, ଆଉ ମାତ୍ର ଖୁବ୍ କମ୍ ସମୟ । ଆମେ ପହଁଚି ଯିବା ଲକ୍ଷ୍ୟସ୍ଥଳରେ ।"

– "ସତେ! ଆମେ ସେଠି ପହଁଚି କ'ଣ କରିବା? କେଉଁଠିକି ଯିବା? ଆମକୁ କ'ଣ ସେମାନେ ଚିହ୍ନିବେ? ଆମେ କ'ଣ ଚିହ୍ନି ପାରିବା ଆମ ଗାଁକୁ?"

– "ସବୁ ପ୍ରଶ୍ନର ଉତ୍ତର ସେଠି ପହଁଚିଗଲେ ପାଇଯିବ ଚପଳା ।"

– "ଆଚ୍ଛା, ଆମେ କ'ଣ ବୋଲି ପରିଚୟ ଦବା?"

– "କାହିଁକି? ଆମେ କହିବା ସ୍ୱାମୀ-ସ୍ତ୍ରୀ!"

– "ଆମକୁ ଗ୍ରହଣ କରିବେ ତ?"

– "କାହିଁକି କରିବେନି? ଯଦି ତାହା ହୁଏ, ତେବେ ଚିନ୍ତାନାହିଁ ଚପଳା । ଆମେ ସ୍ୱତନ୍ତ୍ର ଭାବରେ ବଂଚିବା । ସାମାଜିକ ବଂଧନରୁ ଊର୍ଦ୍ଧ୍ୱରେ ଆଉ ଏକ ମୁକ୍ତ ଜୀବନ । ଯେଉଁ ଜୀବନର ଗତି ମାୟାରୁ ମୋହ ଆଡ଼କୁ ନୁହେଁ, ମୋହରୁ ମୁକ୍ତିକୁ; ଅଶାଂତିରୁ ପ୍ରଶାଂତି ଆଡ଼କୁ ।"

– "ମୋହରୁ ମୁକ୍ତି, ଅଶାଂତିରୁ ପ୍ରଶାଂତି?"

– "ସେହି ମୁକ୍ତି ଆଉ ପ୍ରଶାଂତିର ଦିବ୍ୟଭୂମିରେ ଆମେ କେବଳ ପୁରୁଷ ଆଉ ନାରୀ; ଦେବ ଆଉ ଦେବୀ । ଏଇ ହେବ ଆମର ପରିଚୟ । ଯଉଠି ଜାତି ନଥିବ, ଧର୍ମ ନଥିବ, ସଂପ୍ରଦାୟ ନଥିବ, ନଥିବ ଏସବୁକୁ ନେଇ କନ୍ଦଳ, ଦ୍ୱନ୍ଦ୍ୱ; ଧ୍ୱଂସ ଆଉ ପ୍ରଳୟ । ଏ ସାରା ଦୁନିଆକୁ ଆଣି ଦବାକୁ ହେବ..ମାୟା ମୋହ ଜଂଜାଳଗ୍ରସ୍ତ ଜୀବନ ଯନ୍ତ୍ରଣାର ଦୂରରେ ଆଉ ଏକ ଉନ୍ମୁକ୍ତ ଜୀବନର ଠିକଣା; ବୁଝେଇ ଦବାକୁ ହବ-ମୋହ ମୁକ୍ତିର ପରିଭାଷା ।"

ମୁଗ୍ଧ ନେତ୍ରରେ ଚପଳା ଚାହିଁ ଶୁଣି ଯାଉଥିଲା ଅନୁପମଙ୍କ ଏଇ ଦିବ୍ୟ ସଂଭାଷଣ । ସତରେ ଏ କ'ଣ ଜଣେ ଦିବ୍ୟ ପୁରୁଷ ନା ଅସାଧାରଣ ମଣିଷ? ଅନୁପମଙ୍କ ପ୍ରତି

ଚପଳା ମନରେ କ୍ରମଶଃ କୌତୂହଳ ଭାବ ଭରି ଉଠୁଥିଲା । ସେ ଏଙ୍କର ରହସ୍ୟକୁ ଉନ୍‌ମୋଚନ କରିବାକୁ ଚାହେଁ । ଏଥିଲାଗି ତା' ମନରେ ବ୍ୟଗ୍ରତା ।

ହଠାତ୍ କାହାର ଝଟ୍‌କାରେ ଝୁଙ୍କିଗଲା ରାଜହଂସୀ ।

ଝୁଲିଗଲେ ଅନୁପମ ଓ ଚପଳା । ଚପଳା ଜାବୁଡ଼ି ଧରିଲା ଅନୁପମଙ୍କୁ ।

– "ରୁହ, ଭୟ କରନି । ମୁଁ ଦେଖୁଚି । ଆରେ ଏଯେ ଚନ୍ଦ୍ରଭାଗା କୂଳ ନୁହେଁ, ଚାନ୍ଦିପୁର ବେଳାଭୂମି । ଏଠି କ୍ଷେପଣାସ୍ତ୍ର ଘାଟିରୁ ପରୀକ୍ଷା କରାଯାଏ । ଓଃ, ବଡ଼ ବିପଦରେ ପଡ଼ିଗଲେ ଆମେ । ଯଦି ରାଜହଂସୀ ଉପରେ କ୍ଷେପଣାସ୍ତ୍ର ମାଡ଼ ହୁଏ, ତେବେ ?"

କ୍ଷୀପ୍ର ବେଗରେ ଛୁଟିଗଲା ରାଜହଂସୀ ଭିନ୍ନ ଦିଗରେ । ଅନୁପମର ଉଦ୍‌ବେଗ ସେ କ'ଣ ସତରେ ବୁଝି ପାରୁଥିଲା ? ହେଇଥିବ । ଏତ ରାଣୀମା'ଙ୍କ କୁହୁକଡଙ୍ଗା । ମନ୍ତ୍ରଶକ୍ତି ଦ୍ୱାରା ପରିଚାଳିତ ଏ ସୂକ୍ଷ୍ମଯାନ । କିଛି ବି ଅସମ୍ଭବ ନୁହେଁ ।

ରାଣୀମା'ଙ୍କ ନିର୍ଦ୍ଦେଶ ଅଛି- ନିରାପଦରେ ପହଞ୍ଚାଇ ଦେବ ଲକ୍ଷ୍ୟସ୍ଥଳରେ । ଲକ୍ଷ୍ୟସ୍ଥଳ ତ ସେହି ଚନ୍ଦ୍ରଭାଗା କୂଳ ।

ଚପଳା ତାଳିଦେଇ କହିଲା- "ଚାଲ ରାଜହଂସୀ, ଚନ୍ଦ୍ରଭାଗା !"

ଚଳଚଞ୍ଚଳ ଗତିରେ ଢେଉକାଟି ଆଗେଇ ଚାଲିଲା ରାଜହଂସୀ ଚନ୍ଦ୍ରଭାଗା ଅଭିମୁଖେ । ଅନୁପମ ଓ ଚପଳା ପରସ୍ପରକୁ ଭିଡ଼ିଧରି ଅପେକ୍ଷା କରୁଥିଲେ କେମିତି କୂଳରେ ଲାଗିଯିବ ନଉକାଟି ।

ଚାନ୍ଦିପୁରରୁ ଚାନ୍ଦବାଲି, ଚାନ୍ଦବାଲିରୁ ପାରାଦ୍ୱୀପ ଦେଇ କୋଣାର୍କ ଚନ୍ଦ୍ରଭାଗା କୂଳ ଅଭିମୁଖେ ଛୁଟି ଚାଲିଛି ବୋଇତ । ସଂଧ୍ୟା ନଇଁ ଆସୁଛି । ଗୋଧୂଳିର ଅସ୍ତରାଗ ଆଉ ନାହିଁ । ଅସ୍ପଷ୍ଟ ହେଇ ଉଠୁଛି ସାଗର ବେଳା । ମ୍ଳାନ ଅନ୍ଧକାରର ଝୀନ ପରଦାଟିଏ କିଏ ଯେପରି ଟାଣି ଦେଉଛି ସାଗରର ନୀଳ ଲହରୀ ବକ୍ଷରେ ! କ୍ରମଶଃ ବହଳ ହେଇ ଆସୁଛି ଅନ୍ଧାର । ସବୁକିଛି ଅଦୃଶ୍ୟ ।

ଛୁଟିଛି ରାଜହଂସୀ । ଆଖି ପିଛୁଳାକେ ଯେପରି ପହଁଚାଇ ଦେବ ଚନ୍ଦ୍ରଭାଗା କୂଳରେ । ତଟ ଦେଶରେ ଅକସ୍ମାତ ଏକ ବିସ୍ଫୋରଣ । ତଟରକ୍ଷୀ ବାହିନୀଙ୍କ ଇଏ ଆକ୍ରମଣ ନୁହେଁ ତ ? ବିଚିତ୍ର ଏକ ଦ୍ରୁତଗାମୀ ବୋଇତକୁ ଦେଖି ଏହା ସ୍ୱାଭାବିକ ।

କି ଆଶ୍ଚର୍ଯ୍ୟ ! ବିସ୍ଫୋରଣ ଭିତରେ ରାଜହଂସୀ ପ୍ରେମୀଯୁଗଳଙ୍କୁ ଚନ୍ଦ୍ରଭାଗାର ତଟ ଦେଶକୁ ଫିଙ୍ଗିଦେଇ ନୀଳ ଲହରୀ ଭିତରେ ଉଭେଇ ଗଲା ଉଲ୍‌କା ପରି । ଆଉ ଅନୁପମ....ଅନୁପମା ? ?

॥ ୩୧ ॥

ଏମ୍‌ସ ICU ରେ ଭର୍ତ୍ତି ଦୁଇଜଣ ଯୁବକ-ଯୁବତୀ ।

ଅବସ୍ଥା ସିରିୟସ୍ । ଦଶଘଣ୍ଟା ପରେ ବି କାହାରି ଚେତା ଫେରୁନି । ସେମାନେ ଥିଲେ -ଅନୁପମ ଓ ଚପଳା ।

ସାଗର ବେଳାରେ ଗତ ସଂଧ୍ୟାର ସେ ବିସ୍ଫୋରଣ ଆଉ ଆକ୍‌ସିଡେଣ୍ଟ -ଓଃ କି ହୃଦୟ ବିଦାରକ ! ଦୈବାତ ବର୍ତ୍ତିଗଲେ ଏମାନେ । ଛିଟିକି ପଡ଼ିଥିଲେ ତଟଦେଶକୁ । ହୁଏତ ପଥରରେ ବାଡ଼େଇଯାଇ ମୁଣ୍ଡରେ ଗଭୀର ଆଘାତ ଲାଗଛି। ସେଥିପାଇଁ ଏ ବେହୋସ୍ ।

ଡାକ୍ତରୀଦଳଙ୍କ ଅକ୍ଳାନ୍ତ ଉଦ୍ୟମ ପରେ ଏବେ ଏବେ ହୋସ୍ ଆସିଛି ଯୁବତୀଙ୍କର । ଆସୁଛି ଫେର୍ ଚାଲି ଯାଉଛି । ଗଭୀର ଆଘାତର ଯନ୍ତ୍ରଣାରେ ବେଳେବେଳେ ଚିତ୍କାର କରି ଉଠୁଛି ସେ । ପ୍ରାଣଫଟା ଚିତ୍କାର !

ଅନ୍ୟ ଏକ ଚେମ୍ବରରେ ଯୁବକ । ପୂରା ବେହୋସ । ଚେତା ଫେରିବାର ସୂଚନା ହିଁ ନାହିଁ । ଖାଲି ନିଃଶ୍ୱାସ-ପ୍ରଶ୍ୱାସ ଯାହା ଚାଲିଛି । ଏକ ପ୍ରକାର କୋମାରେ ।

XXX

'ଆଃ...।' ଚେତା ଫେରିଛି ଯୁବତୀର । ଆଖି ଖୋଲି ଚାହିଁଛି । "ଆଃ, ମୋର କ'ଣ ହୋଇଛି ?"

ଡାକ୍ତର ସାନ୍ତ୍ୱନା ଦେଇ କହିଲେ- "ବ୍ୟସ୍ତ ହୁଅ ନାହିଁ । ତମର କିଛି ହୋଇନାହିଁ । ମୁଣ୍ଡରେ ସାମାନ୍ୟ ଆଘାତ ଲାଗିଛି । ସେ ଠିକ୍ ହୋଇଯିବ ।"

– "ମୁଁ ଏବେ କେଉଁଠି ?"

– "ତମେ ଏବେ ରାଜଧାନୀ ଭୁବନେଶ୍ୱର AIMS ହସ୍‌ପିଟାଲ ICU ଚେମ୍ବର ବେଡରେ ।"

– 'ଆଉ ସେ ?'

– 'ତାଙ୍କର ଏ ଯାଏ ସେନ୍ସ ଫେରିନି ।'

– "କାହାନ୍ତି କେଉଁଠି ସେ ? ମୁଁ ତାଙ୍କ ପାଖକୁ ଯିବି । ମୋତେ ନେଇଚାଲ ଡକ୍ଟର ।" ବ୍ୟସ୍ତ ବିଚଳିତ ହେଇ ଉଠିଲା ଚପଳା ।

– "ନୋ, ଏବେ ତମର ସେନ୍ସ ଫେରିଛି । ପୁଣି ଚାଲିଯାଇ ପାରେ । ଚାଲିଗଲେ ଫେରିବା ମୁସ୍କିଲ । ଧୈର୍ଯ୍ୟ ଧର । ସ୍ଥିର ରୁହ । କଥା ଆଦୌ କୁହନାହିଁ । ସିଷ୍ଟର, ବି କେୟାରଫୁଲ ।" ଚାଲିଗଲେ ଡକ୍ଟର ।

ଚପଳାର ଆଖିରୁ ଧାରଧାର ଲୁହ ଝରି ଯାଉଥିଲା । ସିଷ୍ଟର ଲୁହ ପୋଛି ଦେଇ କହିଲେ - "ନାଇଁ କାନ୍ଦନାହିଁ । ମୁଣ୍ଡ ଉପରେ ପ୍ରେସର ପଡ଼ିବ । ଥାଉ ।"

ନିଜ ମୁଣ୍ଡରେ ବେଣ୍ଡେଜ୍ ଉପରେ ହାତ ବୁଲାଇ- 'ଓଃ !', ଆଖିବୁଜି ହୋଇଗଲା ଯୁବତୀଟିର ।

XXX

'ଆଃ -ଆଃ !' ଚିତ୍କାର ଶୁଭିଲା ଭିନ୍ନ ଚେମ୍ବରରୁ ।

– 'ଡକ୍ଟର, ଡକ୍ଟର !' ପାଟି କରି ଉଠିଲେ ଉପସ୍ଥିତ ସିଷ୍ଟର ।

ଝଡ଼ପରି ଚେମ୍ବର ମଧ୍ୟକୁ ପଶି ଆସିଲେ ଡକ୍ଟର ନିବେଦିତା ।

– "କ'ଣ, ସେନ୍ସ ଫେରି ଆସିଲା ?" ପେସେଣ୍ଟକୁ ଦେଖିଲେ ।

– 'ଆସିଥିଲା, ଚାଲିଗଲା ।'

– "ଓଃ ସରି ! ଇଏସ୍, ନୋ ଡାଉଟ୍, ସେନ୍‌ସ ଆସିଛି ଯେତେବେଳେ ଏଗେନ୍ ଫେରିବ । ଦେଖ, ବି ସିରିୟସ । ଯେପରି କିଛି ବି ତ୍ରୁଟି ନ ହୁଏ । ସେନ୍ସ ଆସିଲେ ଇମିଡିଏଟ୍ ମୋତେ କଲ୍ କରିବ । ମୁଁ ଆସୁଛି ।"

– 'ଇଏସ୍ ମାଡାମ୍ !'

ଚେମ୍ବରରୁ ବାହାରି ଯାଉଯାଉ ଅଟକି ଗଲେ ଡକ୍ଟର ନିବେଦିତା । ବାତାୟନ ପଥଦେଇ ଚାହିଁ ରହିଲେ ବାହାରକୁ । ଦୃଷ୍ଟି ଯେପରି ମିଶି ଯାଉଥିଲା ଦିଗନ୍ତରେ ।

ମନେ ମନେ କହିଚାଲିଥିଲେ - 'ଇଏସ୍, ତମକୁ ଫେରିବାକୁ ହେବ ମିଷ୍ଟର । ତା' ନହେଲେ ମୋର ଦୀର୍ଘ ପ୍ରତୀକ୍ଷା ଯେ ବ୍ୟର୍ଥ ହେଇଯିବ ।'

ହସି ଉଠିଲେ ନିବେଦିତା । ଯୁବକଙ୍କ ପାଖକୁ ଯାଇ ଗଭୀର ନିରୀକ୍ଷଣ ପୂର୍ବକ- "ଆସ, ଫେରିଆସ ଅନୁପମ ! ମୁଁ ଆଉ ତମ ବିରହ ସହିପାରୁନି । ସହିବାର ସମସ୍ତ ଧୈର୍ଯ୍ୟ ମୋର ଶେଷ ହୋଇଯାଇଛି ।"

ଅନୁପମଙ୍କୁ ହଲେଇ ଦେଲେ ଧୀରେ ।

– "ଉଠ, ଦେଖ ମୁଁ କିଏ ? ତମ ସାମ୍ନାରେ ଛିଡ଼ାହୋଇ ତମକୁ ସାଦର ସ୍ୱାଗତ

କରିବାକୁ ଅପେକ୍ଷା କରିଛି । I myself Dr. Nibedita Patnayak. I mean your beloved sweet dream, your lovely girlfriend Nibedita."

ଯୁବକଙ୍କର ସେନ୍ସ ନଥିଲା । ନିରବ ନିଶ୍ଚଳ ଭାବରେ ବେଡରେ ପଡ଼ି ରହିଥିଲେ ସେ । ମୁଖମଣ୍ଡଳରୁ ଏବେ ବି ପ୍ରସନ୍ନତାର ଜ୍ୟୋତି ମ୍ଳାନ ପଡ଼ିନାହିଁ । ସତେ ଯେପରି କଉ ସ୍ୱପ୍ନଲୋକରେ ସେ ନିଜ ପ୍ରାଣପ୍ରିୟା ସାଗର କନ୍ୟା ରୂପକୁମାରୀ ଚପଳା ସାଥିରେ ରଚି ଚାଲିଛନ୍ତି ଗୋପନ ପ୍ରଣୟାଭିସାର !

କିଛି କ୍ଷଣ ନିରୀକ୍ଷଣ ଅନ୍ତେ ପ୍ରସନ୍ନତାର ତେଜ ଫୁଟି ଉଠିଲା ଡକ୍ଟର ନିବେଦିତାଙ୍କ ମୁଖମଣ୍ଡଳରେ । 'Ok ! ଟେକ୍ କେୟାର..ଇଏସ୍ ?'

– 'ଇଏସ୍ ମାଡାମ୍ ।' ସିଷ୍ଟର ଦୁଇଜଣ ଜବାବ ରଖିଲେ ।

ଚାଲିଗଲେ ନିବେଦିତା ଅନ୍ୟମନସ୍କ ଭାବରେ । କିଛି ବୁଝି ପାରୁନଥିଲେ ସିଷ୍ଟର ସଂଗୀତା ଓ ବୈଶାଳୀ ।

– 'ସଂଗୀତା !'

– 'କହ ବୈଶାଳୀ ।'

– 'ଇଏ କିଏ କି ?'

– "ନିଶ୍ଚିତ ମାଡାମଙ୍କର କେହି ସେମିତି ହେଇଥିବେ ଖାସ୍ ।"

– "ଇଏସ୍, ତାହା ନହେଇଥିଲେ ସେ ଏଙ୍କ ପାଇଁ ଏତେ ତତ୍ପର ଆଉ ଇମୋସନାଲ ହେଇ ଉଠୁନଥାନ୍ତେ । କାହିଁ ମାଡାମଙ୍କୁ ତ ଆଗରୁ କେବେ କାହାପାଇଁ ଏମିତି ବିବ୍ରତ ହେବାର ଦେଖିନାହିଁ । ଜାଣିଛି ମାଡାମ ଜଣେ ବେଚଲର ଲେଡି । ସେ କାଳେ ମେରେଜକୁ ଆଦୌ ପସନ୍ଦ କରନ୍ତିନି ?"

– "ଲେଟ୍ ଇଟ୍ ! ସେ ସବୁରେ ଆମର କ'ଣ ମିଳିବ ? ସେତ ବଡ଼ ଲୋକିଆଙ୍କ ବେପାର ! କଥାରେ ନାହିଁ 'ବଡ଼ଘର ବଡ଼ ଗୁମର କଥା ।' ଆସିଲୁ ଆସିଲୁ, ଆମେ ପେସେଣ୍ଟଙ୍କ ବେଡ୍‌ଟା ଝାଡ଼ିଦବା । ନଚେତ ମାଡାମଙ୍କ ଠୁ ଗାଳି ଶୁଣିବାକୁ ପଡ଼ିବ ।"

– 'ହଁ, ଚାଲ୍ ଚାଲ୍ ।'

ଉଭୟ ଧୀରେ ଯୁବକଙ୍କୁ ଧରି ଉଠାଇଲେ । ବୈଶାଳୀ ଯୁବକଙ୍କୁ ଟେକିଧରି ନିଜ ବକ୍ଷ ଉପରକୁ ଟାଣିନେଲା ଓ ସଂଗୀତା ବେଡ଼ଟିକୁ ଝାଡ଼ିବାରେ ବ୍ୟସ୍ତ ରହିଲା ।

– "ଏ କ'ଣ !"

ବୈଶାଳୀଙ୍କ ବକ୍ଷକୁ ଭିଡ଼ି ହେଇ ରହିଥିବା ଯୁବକଙ୍କ ଦେହରେ କଂପନ କାହିଁକି ? ବୈଶାଳୀର ଉନ୍ନତ ବକ୍ଷୋଜଯୁଗଳର କୋମଳ ନିବିଡ଼ ସ୍ପର୍ଶ କି ତା' ଭିତରେ ଶିହରଣ ଆଣୁଛି ? ଥରୁଥିଲା ଯୁବକର ସର୍ବାଂଗ । ବ୍ୟସ୍ତ ହୋଇ ଉଠିଲା ବୈଶାଳୀ ।

– "ସଂଗୀତା !"

– "କ'ଣ ?"

– "ଦେଖିଲୁ ଦେଖିଲୁ । ଏଙ୍କର କ'ଣ ହେଉଛି ?"

– "ଆରେ ସତେ ତ ! ଏ ଏମିତି ଥରୁଛନ୍ତି କାହିଁକି ? ଏଙ୍କର କ'ଣ ହେଲା ? ଆଛା ଧରତ ଶୁଆଇ ଦେବା ।"

ଉଭୟ ଧୀରେ ଧରି ଆଣି ଶୁଆଇ ଦେଲେ ବେଡରେ । ଅନୁପମଙ୍କ ଶିହରଣ ଧୀରେଧୀରେ ଶାନ୍ତ ହୋଇଆସିଲା ।

– 'ଓ ଗଡ !' -ଆସ୍ୱସ୍ତ ହେଲା ବୈଶାଳୀ ।

ବୈଶାଳୀର ବିବ୍ରତ ହେଇ ଉଠିବା ଦେଖି କହିଲା, ସଂଗୀତା–

– "ତାଙ୍କର ଏମିତି କ'ଣ ହେଲା ବୈଶାଳୀ; ତୁ କ'ଣ କଲୁକି ?"

– "କାହିଁ ମୁଁ କ'ଣ କଲି ? ମୁଁ କିପରି ଜାଣିବି ତାଙ୍କର କ'ଣ ହେଲା ?"

ହସି ଉଠିଲା ସଂଗୀତା, କହିଲା 'କିଛି ବୁଝି ପାରୁନୁ ?'

– "କ'ଣ ?"

– "ଆଲୋ, ତୋର ସେ ଉତ୍ତଳା ଯୌବନର ମତୁଆଲା ସ୍ପର୍ଶ ପାଇ..."

– 'ଚୁପ୍‌କର !'

– "ନାଇଁଲୋ, ସତ କହୁଚି । ଏଥିରୁ ପ୍ରମାଣିତ ହେଇଗଲା ଏ ଯୁବକ ଜଣେ ବଡ଼ ପ୍ରେମିକ । ତାକୁ ପ୍ରେମରୋଗ ଧରିଛି । ଆଛା ସେ ଚେମ୍ବରରେ ଯଉ ଯୁବତୀ ଜଣକ ଟ୍ରିଟ୍‌ମେଣ୍ଟ ହେଉଛନ୍ତି..."

– "ହଁ ଲୋ, ସିଏ ଏଙ୍କର ପ୍ରେମିକା ହେଇଥିବେ ନିଶ୍ଚିତ । ତାହା ନହୋଇଥିଲେ..."

ପଶି ଆସିଲେ ଡକ୍ଟର ମାଡାମ୍ । କଥା ଯୋଡ଼ିଲେ- "କ'ଣ ତା' ନହୋଇଥିଲେ... ?"

ସିଷ୍ଟର ଦୁଇଜଣ ମଥା ତଳକୁ କରିନେଲେ ।

– 'ମୁଁ ତୁମକୁ ପଚାରୁଛି ପରା ? ଜବାବ ଦିଅ ।'

ବୈଶାଳୀ କହିଲା - 'ମାଡାମ ଏ ଯୁବକଙ୍କ ଦେହରେ ଏବେ କଂପନ ସୃଷ୍ଟି ହୋଇଥିଲା ।' 'ହଁ ମାଡାମ....କଂପନ ।'-କହିଲା ସଂଗୀତା ।

– "କଂପନ ! ହା-ହା-ହା-, ଜାଣିଥିଲି ଏହାହିଁ ହେବ । ଖୁବ୍ ଶୀଘ୍ର ଏଙ୍କର ସେନ୍ସ ଫେରୁଛି ସିଓର ।"

ପୁଣି ସେହି ଝରକା ପାଖକୁ ଯାଇ ସ୍ୱଗତ ଭାବନାରେ ବିଭୋର ହେଇ ଉଠିଲେ

ନିବେଦିତା । "ବାଃ, ଦୀର୍ଘ ବିରହର ଏମିତି ମଧୁର ପରିଣତି ମୁଁ ଭାବି ପାରିନଥିଲି । ବୁଝିଲ ଅନୁପମ, ମୁଁ ତ ଭାବିଥିଲି ଏ ଜୀବନରେ ମୁଁ ତମକୁ ଆଉ କେବେ ପାଇ ପାରିବିନି । କାରଣ ତମେ ଥିଲ ନିରୁଦ୍ଦିଷ୍ଟ । ତଥାପି ମୋର ଆଶା ମଉଳି ନଥିଲା- କାଳେ ତମେ ଫେରିବ ! ଦେଖ, ଆଜି କେମିତି ଘଟଣା ଚକ୍ରରେ ତମେ ମୋ' ପାଖକୁ ଫେରି ଆସିଛ । ଇଏସ୍, ଆମେ ପୁଣି ଫେରିଯିବା ଆମର ସେହି ଅତୀତକୁ । ସେହି ମଧୁବୋଲା ଅତୀତକୁ ।"

– 'ମାଡାମ !!' ଦୁଇ ସିଷ୍ଟରଙ୍କର ସମ୍ବୋଧନରେ ପ୍ରକୃତିସ୍ଥ ହେଇ

– "କ'ଣ ହେଲା, ସେନ୍ସ ଫେରି ଆସିଲା ? ହା-ହା-ହା.... !"

॥ ୩୨ ॥

ସଂପୂର୍ଣ୍ଣ ସୁସ୍ଥ ହେଇ ଯାଇଛି ଅନୁପମା ଓରଫ ଚପଳା । ତାର ଚପଳ ଚକ୍ଷୁ ଦୁଇଟି ଖାସ୍ ଖୋଜି ଚାଲିଛି ଆଉ ଜଣକୁ । ସିଏ ତା'ର ପ୍ରେମ-ପ୍ରଣୟ-ପ୍ରାଣ-ଜୀବନ ସବୁକିଛି ।

– "କାହାନ୍ତି ସେ ? ଅନୁପମ !"

ଧୀରେ ପାଦ ବଢ଼େଇଲା ଅନୁପମଙ୍କ ଚେମ୍ବରକୁ ।

ଅନୁପମ ବି ସଂପୂର୍ଣ୍ଣ ସୁସ୍ଥ ଜଣା ପଡୁଥିଲେ । ପାର୍ଶ୍ୱସ୍ଥ ଝରକା ଦେଇ ଚାହିଁ ରହିଥିଲେ ଦୂର ଆକାଶରେ ଭାସିଯାଉଥିବା ମେଘଖଣ୍ଡକୁ । ଭାବୁଥିଲେ ଠିକ୍ ଏମିତି ସବୁକିଛି ବଦଳିଯାଏ ଆପଣା ଛାଏଁ ସତେ ନା ?

ଧୀରେ ପୃଷ୍ଠଭାଗରୁ ଆସି ଅନୁପମଙ୍କ କାନ୍ଧରେ ହାତ ରଖିଲା ଚପଳା ।

ଚମକି ଫେରିଚାହିଁଲେ ଅନୁପମ ଆଉ ପ୍ରଶ୍ନ କଲେ - 'କିଏ ତମେ ?'

ଚମକି ଉଠିଲା ଚପଳା ! କେତେପାଦ ପଛକୁ ଘୁଞ୍ଚିଗଲା ସେ । ବୁଝି ପାରିଲାନି ଏ ସବୁ କ'ଣ ହେଉଛି ? ପୁନଶ୍ଚ ପାଖେଇଯାଇ ଧରି ଝୁଙ୍କେଇ ଦେଲା ଅନୁପମଙ୍କୁ । ପ୍ରଶ୍ନ କଲା- "ମୋତେ ତୁମେ ଚିହ୍ନି ପାରୁନାହଁ ? ମୁଁ ପରା ତୁମ ଅନୁପମା-ତମ ଚପଳା !"

– "କିଏ ଅନୁପମା, କିଏ ସେ ଚପଳା ? ?"

ଚିତ୍କାର କରି ଉଠିଲା ଚପଳା- "ନାଇଁ, ଏମିତି ହେଇ ପାରିବ ନାହିଁ । ତମେ କ'ଣ ପାଗଳ ହେଇ ଯାଇଛ ! କୁହ କୁହ ଅନୁପମ ! କୁହ !"

– "ଆରେ ମୁଁ କାହିଁକି ଅନୁପମ ହେବି ? ମୁଁ ତ ଅନୁଭବ, ତୁମେ ପାଗଳୀ ହେଇ ଯାଇଛ-ହାଃ..ହାଃ...ହାଃ... !"

– "ଓଃ ଭଗବାନ ! ଏ ସବୁ କ'ଣ ହୋଇଗଲା ? ଡକ୍ଟର !"

ଚିଲେଇ ଉଠିଲା ଚପଳା ।

ଧାଇଁ ଆସିଲେ ସିଷ୍ଟର ବୈଶାଳୀ ଓ ସଂଗୀତା ।

ବ୍ୟସ୍ତହୋଇ ଉଠି - "କ'ଣ ହୋଇଛି । ତମେ ଏମିତି ପାଟି କରୁଛ କାହିଁକି ?"

ପଛେ ପଛେ ପ୍ରବେଶ କଲେ ଡକ୍ଟର ନିବେଦିତା । ଚପଳାକୁ ଦେଖି

– "ହ୍ୱାଟ୍, ତମେ ଏଠାରେ ? କ'ଣ ହୋଇଛି ସିଷ୍ଟର ? ଏନି ପ୍ରୋବ୍ଲେମ୍ ?"

– "ଡକ୍ଟର ! ଏ ମୋତେ ଚିହ୍ନି ପାରୁନାହାନ୍ତି ।" କାନ୍ଦି କାନ୍ଦି କହିଲା ଚପଳା ।

– "ଚିହ୍ନି ପାରୁନାହାନ୍ତି ମାନେ ? ତୁମେ ତାଙ୍କର କିଏ କି ? କ'ଣ ସଂପର୍କ ଏଙ୍କ ସାଥିରେ ତୁମର ?"

– 'ସେ ମୋର....'

– 'ହଁ କୁହ, ରହିଗଲ କାହିଁକି ?'

– 'ମୁଁ ତାଙ୍କର..ନା, କେହି ନୁହେଁ ।'

ହସି ଉଠିଲେ ନିବେଦିତା । 'ଆଚ୍ଛା...ତାଙ୍କୁ ପଚାରିଲେ ସତ୍ୟଟା ଜଣା ପଡ଼ିଯିବ । ହାଲୋ ଅନୁପମ !'

– 'ନାଇଁ ମୁଁ ଅନୁପମ ନୁହେଁ, ଅନୁଭବ ।' ଭିନ୍ନି ଦିଗରେ ଦୃଷ୍ଟି ରଖି ଉତ୍ତର ଦେଲେ ଅନୁପମ ।

– "ଆଶ୍ଚର୍ଯ୍ୟ ! ତେବେ କ'ଣ ଅନୁପମ ଆକ୍ସିଡେଣ୍ଟରେ ନିଜର ସ୍ମୃତି ଶକ୍ତି ହରେଇ ବସିଚନ୍ତି ? ଆଛା ଏ ଆଡ଼କୁ ଚାହିଁଲ, ତମେ ମୋତେ ଚିହ୍ନି ପାରୁଛ ?"

– 'ଇଉ..'ମନେ ପକାଇ.. 'ନିବେଦିତା !'

– "ଇଏସ । ମୁଁ ତମର ସେହି ନିବେଦିତା । ଓଃ ଗଡ୍ ! ଅନୁପମ ମୋତେ ଭୁଲି ନାହାନ୍ତି ।"

– "ନିବେଦିତା ! ମୋତେ କ୍ଷମା କରିଦିଅ ନିବେଦିତା । I am sorry, very sorry, ପ୍ଲିଜ୍ ।"

ନିବେଦିତାଙ୍କ ହାତ ଧରିଲା ।

– "ଆରେ ଏଇଟା ହସ୍‌ପିଟାଲ ! ଛାଡ଼ ! ମୁଁ ସବୁ ବ୍ୟବସ୍ଥା କରିଦେଇଛି । ଏଠୁ ଡିସ୍‌ଚାର୍ଯ ପରେ ମୋ' କ୍ୱାଟରରେ ତମ ସାଥିରେ ମୋର ଡେଲି ଦେଖାହେବ । ତମର ସ୍ପେଶାଲ ଟ୍ରିଟ୍‌ମେଣ୍ଟ ଏବେଠୁ ମୋ' ଗାଇଡେନ୍ସ ଆଉ କଷ୍ଟଡିରେ କରେଇବି ମାଇଁ ଡିଏର । ଡୋଣ୍ଟ ଓରି ! ଆଉ ତମେ... ?"-ଚପଳା ପ୍ରତି ।

– 'ମାଡାମ୍ !'

– "ଡିସ୍‌ଚାର୍ଯ ପରେ ତମେ କେଉଁଆଡ଼େ ଯିବ ?"

– 'ଜାଣିନି ।'

– "ତମର କେହି ଆତ୍ମୀୟ କ'ଣ ଏଯାଏଁ ଆସି ନାହାନ୍ତି ? କ'ଣ ସିଷ୍ଟର ?"

– "ନାହିଁ ମାଡାମ୍ ! କହୁଥିଲେ ଏଠି ତାଙ୍କର ନିଜର କେହି ନାହାନ୍ତି ।"

– "ଫେର ରହିବ କେଉଁଠି ? ଚଳିବ କେମିତି ?"

– 'କହି ପାରିବିନି ।'

– "ମୁସ୍କିଲ ଏ ଝିଅ । ଡୋଣ୍ଟ ମାଇଣ୍ଡ ! ତମର ବି ବ୍ୟବସ୍ଥା ହୋଇଯିବ । ଡିସ୍‌ଚାର୍ଯ ପରେ ମୋ'ଘରେ ରହିବ । ମୋର ମେଡ ସରଭେଣ୍ଟ ମାନେ ଚାକରାଣୀ ହୋଇ । ପାରିବ ?"

ଅନୁପମା ଭାବୁଛି ଅନୁପମଙ୍କୁ ଛାଡ଼ି ସେ ବଂଚି ପାରିବନି । ତାଙ୍କୁ ଛାଡ଼ି ସେ ଯିବ କେଉଁଠିକି ? ସାଗରଦ୍ୱୀପ ଯେ ବହୁତ ଦୂର । ସେଠିକି କ'ଣ ସେ ଫେରିଯାଇ ପାରିବ ? କେମିତି ? ନାନା ଯେତେ ଝଡ଼ ଅସୁ, ଯେତେ ଦୁଃଖ ପଡୁ, ସବୁ ସହିଯିବ ତା' ପ୍ରେମ ପାଇଁ-ତା' ଅନୁପମଙ୍କ ପାଇଁ ।

– "ଆରେ, ଏଇଟା ଗୋଟେ ପାଗଳୀ ନା କ'ଣ ? ପଚାରିଲେ ଜବାବ ନାହିଁ ।"

– "ନା, ନା ମୁଁ ପାଗଳୀ ନୁହେଁ । ହଁ-ମୁଁ ରହିବି । ଆପଣଙ୍କ ଘରେ ଚାକରାଣୀ ହେଇ ରହିବି ।"

– "ହା-ହା-ହା ଗୁଡ୍ ଗାର୍ଲ । ଆଛା ତମମାନଙ୍କ ଡିସଚାର୍ଯ ପେପର ପ୍ରସ୍ତୁତ କରି ଆସୁଛି । ତମେ ଆଜି ମୋ' ସହିତ ଯିବ ବୁଝିଲ ?" ଚାଲିଗଲେ ଡଃ ନିବେଦିତା । ସିଷ୍ଟରମାନେ ବି ।

ଛଳଛଳ ଆଖି ବାଷ୍ପାକୁଳ କଣ୍ଠରେ ପାଖକୁ ଯାଇ- "ଅନୁପମ !"

– "ଓଃ ହୋ, କହିଲିନା ମୁଁ ଅନୁପମ ନୁହେଁ, ଅନୁଭବ !"

– "ଆଛା ବାବା...ତମେ ଅନୁଭବ । ଆଉ ମୁଁ କିଏ ?"

– "ତୁମେ ....କିଏ ?" ଚାହିଁ ମନେ ପକେଇବାକୁ ଚେଷ୍ଟାକଲା ଅନୁପମ ।

– "ମନେ ପକାଅ । ହଁ....ହଁ ମନେ ପକାଅ..."

– "ଆଃ ..ନା ! ମୋର କିଛି ମନେ ପଡୁନି ।"

ଛଳଛଳ ଆଖିରେ କୋହଭରା କଣ୍ଠରେ କହିଲା ଚପଳା

– "ସତରେ ତମେ କ'ଣ ମୋତେ ଚିହ୍ନିପାରୁନାହଁ ? ମୁଁ ପରା ତୁମ ଚପଳା । ତୁମ ଅନୁପମା ! ଯଉ ଅନୁପମାକୁ ପାଇବା ପାଇଁ ତୁମେ କେତେ ସାଗର ଦ୍ୱୀପ ବୁଲିଛ, ଝଡ଼ର ସାମ୍ନା କରିଛ ।"

– "ସାଗରଦ୍ୱୀପ...ଝଡ଼ ? ?" ମୁହଁ ବୁଲାଇ ନେଲା ଭିନ୍ନ ଦିଗକୁ ।

– "ମୁଁ ତମ ସେଇ ଚପଳା....ସାଗରଦ୍ୱୀପର ଫୁଲକୁମାରୀ । ଚାହଁ ମୋ' ଆଡ଼କୁ ଚାହଁ..ସବୁ ମନେପଡ଼ିଯିବ ।"

– "ମନେ ପଡ଼ିଯିବ ?"

–"ମନେ ପକାଅ, ସେହି କୋଣାର୍କ...ଚନ୍ଦ୍ରଭାଗା..ସାଗର କୂଳ...ବାଲିଘର.... ଆଉ ଅନୁପମା ?"

– "ଆଃ, ବନ୍ଦକର ! ମୋ' ମୁଣ୍ଡ ଭିତରଟା କ'ଣ ହେଇ ଯାଉଛି ।" ନିଜ ହାତରେ ମୁଣ୍ଡକୁ ଟିପି ଧରି ନୁଥିକିନା ବସିପଡ଼ିଲେ ବେଡ୍ ଉପରେ ଅନୁପମ ।

– "ଅନୁପମ ! କ'ଣ ହେଲା ତମର ?" ବ୍ୟସ୍ତ ହୋଇ ଉଠିଲା ।

ଅନୁପମଙ୍କ ମୁଣ୍ଡକୁ ନିଜ କୋଳରେ ଚାପିଧରିଲା ଅନୁପମା ।

।। ୩୩ ।।

ଆଜି ଗୌରୀର ବାହାଘର ।

କେମିତି ଝିଅଟାର ହାତକୁ ଦିହାତ କରିଦେଇ ବୋଝ ଓହ୍ଲେଇବ ସେଇ ଝୁଙ୍କ୍‌ରେ ଲାଗି ପଡ଼ିଛି ବାଆ । ଶୁକୁରୀବୋହୂ ପାଖରୁ ସବୁକଥା ଶୁଣିବା ଦିନରୁ ତାର ମୁଣ୍ଡ ଆଉ କାମ କରୁନି । ସାହୁମହାଜନ ଘରୁ ଘରତଳି ଜମିଖଣ୍ଡିକ ବନ୍ଧକ ଦେଇ ଟଂକା ଆଣିଛି ପରା । ଏତେ ପରେବି ଏ ବାହାଘର ପାଇଁ ଗୌରଭାଇ ରାଜି । ତାଙ୍କ ପରିବାର ବି । ସତରେ କେତେ ଭଲ ମଣିଷ ସେମାନେ ।

ଗୌରୀ ବସି ବସି ଏମିତି କେତେ କ'ଣ ଭାବି ଯାଉଛି ।

ଆଜି ତାର ବାହାଘର । ଗୌରଭାଇ ପାଲିଙ୍କି ଚଢ଼ି ବରସାଜି ଆସିଥାନ୍ତେ । ଢୋଲ-ଟମକରେ ଫାଟି ପଡ଼ିଥାନ୍ତା ଗାଁ ଦାଣ୍ଡ । ଗଛ-ରୋଷଣିରେ ଏ ବାହାରାତି ଝଲସି ଉଠିଥାନ୍ତା ।

ହାଏ ହତଭାଗିନୀ! ମନେମନେ ନିଜକୁ ଧିକ୍‌କାରୁଥିଲା ଗୌରୀ ।

– 'ଗୌରୀ, ଗୌରୀ!' ତରତର ହୋଇ ପଶି ଆସିଲା ଶୁକୁରୀବୋହୂ । ହାତରେ ଗୋଟେ ନାଲି ଓଢ଼ଣି ।

– 'ଭାଉଜ!'

– "ଆସିଲୁ ଆସିଲୁ, ତୋ' ବାକି ସଜକାମଟା ସାରିଦିଏଁ ।"

– 'କାହିଁକି ଭାଉଜ?'

– "ଆଲୋ ପୁରୋହିତେ କହିଚନ୍ତି ମଙ୍ଗଳ ଲଗନ ଗଡ଼ିଗଲେ ଆଉ ବାହାଘର ହେଇ ପାରିବନି ।"

– 'ହୋଇ ପାରିବନି?' ଚମକି ପଡ଼ିଲା ଗୌରୀ ।

– "ନାଇଁଲୋ, ଆମକୁ ସଂଜ ସାତଟା ସୁଦ୍ଧା ମନ୍ଦିର ବାହାମଣ୍ଡପରେ ପହଂଚିବାକୁ ହେବ । ଆସିଲୁ ଆସିଲୁ ।" ବସିପଡ଼ି ଗୌରୀର ମୁକୁଳା କେଶ ସୁଆଁରିବାକୁ ଲାଗିଲା । ଗୌରୀ ଭାବୁଛି ଏ କାଳିଆଟା ସବୁ ସାରିଦେଲା । ଏବେ ଆଉ ଭାବିଲେ କ'ଣ ଅଛି? ଗୌରଭାଇଙ୍କ ହାତରେ ତାର ହାତଗଣ୍ଠିଟା ପଡ଼ିଗଲେ ସବୁ ଶଂକଟ ଦୂର

ହେଇଯିବ । "ହେ ମା' ମଙ୍ଗଳା ! ମୋତେ ସାହା ହୁଅ ମାଆ ।" ମନେମନେ କେତେ ନେହୁରା ହେଲା ।

ଗୌରୀ ଆଖିରୁ ଝରଝର ଝରିଗଲା ଅଶ୍ରୁଧାର ।

– 'ତୁ କାନ୍ଦୁଛୁ ଗୌରୀ ! ଥାଉ ।' ନିଜ କାନିରେ ଲୁହ ପୋଛିଦେଲା । କହିଲା, "ବୁଝିଲୁ, ଠାକୁରେ ଯାହା କରନ୍ତି ମଙ୍ଗଳ ପାଇଁ ଲୋ । ଗୌର ପରିକା ବର ଭାଗ୍ୟରେ ଥିଲେ ଯୁଟେ । ଦେଖିବୁ ତୋ' ସଂସାର ହସ-ଖୁସିରେ ଭରି ଉଠିବ । ପୋଡ଼ାମୁହାଁ ସେ କାଳିଆଟାକୁ ଗୁଲିମାର ।"

କାଳିଆର ନାଆଁଟା ଶୁଣି ଥରି ଉଠିଲା ଗୌରୀ । କାଳିଆ କିଛି ଅଘଟଣ ଘଟେଇବ ନାହିଁ ତ ? ଭୟ ଓ ଆଶଂକାରେ ଶିହରି ଉଠିଲା ତାର ପ୍ରାଣ ।

– 'ଭାଉଜ !'

– "ଧୈର୍ଯ୍ୟଧର । ମାଆ ମଙ୍ଗଳା ସବୁ ଠିକ୍ କରିଦେବେ ।"

ବାଆର ଡାକ ଶୁଭିଲା, "ଆଲୋ ଶୁକୁରୀ, ଗୌରୀର ସାଜ ସରିଲାନା ନାହିଁ ? ବେଳ ଉଛର ହେଉଛି । ଯିବା ପରା ।"

– "ଯାଉଛୁ, ଯାଉଛୁ ବଡ଼ ବାଆ । ସରିଗଲାଣି ।"

– 'ଭାଉଜ !' ବ୍ୟସ୍ତ ହୋଇ ଉଠିଲା ଗୌରୀ ।

– "ଦେଖି ଦେଖି, ମୋ' ଗେହ୍ଲୀ ନଣନ୍ଦର ଚନ୍ଦ୍ରବଦନଟା ।" ଗୌରୀର ମୁହଁକୁ ନିଜ ଆଡ଼କୁ ବୁଲାଇ- "ଆରେ ବାଃ, କେତେ ସୁନ୍ଦର ସତରେ ! ଯେମିତି ପୂନେଇଁର ଚାନ୍ଦ ଉଇଁ ଆସୁଛି ! ଯାଃ, କିଏ କାଳେ ଖୁଣ୍ଟିଦେବ, ରହରହ, ମୋ' ଆଖିର କଜଳର କଳାଟିପାଟିଏ ଆଂକିଦିଏ ତୋ' ଗୋରା ଗାଲ ଉପରେ ।" ନିଜ ଆଖିପତାରୁ କଜଳ ନେଇ ଆଂକିଦେଲା ଟିପାଟିଏ । ଗୌରୀର ଗୋରା ଗାଲ ଉପରେ ଟିପାଟି ଜହ୍ନରେ କଳଂକ ପରି ଦ୍ୱିଗୁଣିତ କରିଦେଲା ମୁଖର ଦ୍ୟୁତିକୁ । ଝଟକି ଉଠିଲା ମୁହଁଟା । ଓଢ଼ଣିଟି ମଥାରେ ଘୋଡ଼େଇ ଦେଇ କହିଲା ଶୁକୁରୀ-

– "ହଁ, ଏଥର ହେଲା । ଆମ ଗୌରୀ ଠିକ୍ ନାଲି ପରୀଟିଏ ।"

– 'ଭାଉଜ !' ଭାଉଜ ଛାତିରେ ମୁହଁ ଗୁଂଜି କାନ୍ଦି ଉଠିଲା ଗୌରୀ ।

– "ଥାଉ କାନ୍ଦନା ! ମୋ' ସୁନାଟା ପରା, ଚାଲ ଏବେ ଆମେ ବାହାରି ଯିବା ।"

ଘର ଅଗଣାରୁ ଗାଡ଼ିର ହର୍ଣ୍ଣ ଶୁଭିଲା ।

– "ହେଇ ଗାଡ଼ି ଆସିଲାଣି, ଉଠ ।' ଗୌରୀକୁ ଧରି ଉଠାଇଲା । ଧୀରେଧୀରେ ଧରିଧରି ନେଇଗଲା ଗୌରୀକୁ ଶୁକୁରୀ ।

ବାହାରେ ଛିଡ଼ା ହୋଇଥିଲା ଫୁଲରେ ସଜେଇ ହୋଇ ଅଟୋ ରିକ୍ସାଟିଏ ।

XXX

ଗାଁ ମୁଣ୍ଡ ମଙ୍ଗଳା ମନ୍ଦିର ବେଢ଼ା । ମନ୍ଦିରରୁ ସଂଜ-ଆଳତିର ଘଣ୍ଟି-ଘଣ୍ଟା ବାଜି ଉଠୁଥିଲା । ସୁସଜ୍ଜିତ ବେଦି ଉପରେ ବରବେଶରେ ବସି ଚାହିଁ ରହିଥିଲା ଗୌରୀର ଆସିବା ବାଟକୁ ଗୌର । ଭାବୁଥିଲା-ଏତେ ବିଳମ୍ବ ହେଉଛି କାହିଁକି ? ବାଟରେ କିଛି ଅଘଟଣ ଘଟନି ତ ? ନାଇଁ ତାକୁ ଦେଖିବାକୁ ପଡ଼ିବ । ବେଦିରୁ ଉଠି ଚାଲି ଯାଉଥିଲା ଗୌର ।

କିଛି ଦୂରରୁ ଗାଡ଼ିର ଶବ୍ଦ ଶୁଭିଲା ।

– "ଏହି ଯେ ସେମାନେ ଆସିଗଲେଣି । ଚିନ୍ତାଗଲା ।" ବସିପଡ଼ିଲା ବେଦିରେ । ମଥା ତଳକୁ କରି ନଚାହିଁ ଚାହୁଁଥିଲା ଗୌରୀର ଆସିବାକୁ ।

ଅଟୋରିକ୍ସାରୁ ଓହ୍ଲାଇଲା ଗୌରୀ । ହଳଦୀକଂଠୀ ବଉଳପାଟକୁ ଗୌରୀର ସୁନାଗୋରା ଦେହ ଫେର୍ । ତା' କଇଁଫୁଲିଆ ପାଦରେ ନାଲି ଅଳତା ସତେ କେତେ ସୁନ୍ଦର ଲାଗୁଛି, ଯେମିତି ରକ୍ତ ପଦୁଅଁ ଫୁଟି ପଡ଼ିଛି !

ଶୁକୁରୀବୋହୂ ଭାଉଜ ଗୌରୀକୁ ଧରି ଧୀରେ ଆଣି ଆସୁଥିଲା ବେଦିମଣ୍ଡପକୁ । ଯେତେ ପାଖେଇ ଆସୁଥିଲା ଗୌରୀ, ସେତେ ସେତେ ଲାଜେଇ ଯାଉଥିଲା ଗୌର ।

ନାଲି ଓଢ଼ଣିଟି ଭିତରୁ ଗୌରୀର ଚନ୍ଦ୍ରଉଦିଆ ମୁହଁଟି ଦାଉଦାଉ ଝଟକି ଉଠୁଥିଲା । କଣେଇଁ ଚାହିଁଦେଲା ଗୌର । ଚମକି ଗଲା ଆଖି । ଚାହିଁ ପାରିଲାନି ଜମା । ଆଖି ଦୁଇଟି ବୁଜି ହୋଇଗଲା । ଗୌରୀର ଚୋରା ଚାହାଣି ତାକୁ ଯେପରି ଅନ୍ଧକରିଦେଲା ! କଉ କୁହୁକ କାଉଁରିକାଠି ଛୁଇଁଦେଲାକି ତା' ଆଖିରେ ! ଓଢ଼ଣି ତଳୁ ହସିଦେଲା ଗୌରୀ ।

ପୁରୋହିତ ଆଳତି ସାରି ତରତର ହୋଇ ବେଦି ପାଖରେ ଆସି ବସିପଡ଼ି ଡାକ ପକେଇଲେ- "ଆରେ କନ୍ୟାପିଲାକୁ ବେଦିକୁ ଆଣ । ଲଗ୍ନବେଳ ଗଡ଼ିଯାଉଛି ଯେ !" ପୂଜାକାମରେ ବ୍ୟସ୍ତ ରହିଲେ ନନା ।

ବାଆ ବ୍ୟସ୍ତ ହେଇ ଉଠିଲା । "ଆଲୋ ଶୁକୁରୀ, ଆଉ ଡେରି କରୁଛୁ କାହିଁକି ? ନେ ଗୌରୀକୁ ବେଦିରେ ନେଇ ବସା ।"

ଗୌରୀକୁ ନେଇ ବେଦିରେ ବସାଇଲା ଶୁକୁରୀ ।

ପୁରୋହିତଙ୍କ ନିର୍ଦ୍ଦେଶ- 'ଦିଅ, ଶଂଖ ଫୁଙ୍କ, ହୁଳହୋଳି ଦିଅ ।' ଶୁକୁରୀ ଶଂଖ ଫୁଙ୍କିଲା । ଗୌରର ଭାଉଜମାନେ ହୁଳହୋଳିରେ କଂପେଇ ଦେଲେ ମନ୍ଦିର ପରିବେଶ । ପୁରୋହିତଙ୍କ କଣ୍ଠରୁ ଉଚ୍ଚାରିତ ହେଲା ମଙ୍ଗଳାଷ୍ଟକ ।

"ଓଁ ମଙ୍ଗଳଂ ଭଗବାନ ବିଷ୍ଣୁ, ମଙ୍ଗଳଂ ମଧୁସୂଦନମ୍
ମଙ୍ଗଳଂ ପୁଣ୍ଡରିକାକ୍ଷ, ମଙ୍ଗଳଂ ଗରୁଡ଼ ଧ୍ୱଜ ।"

ପୁନଶ୍ଚ ଶଂଖ, ହୁଳହୁଳି ଧ୍ୱନିରେ କଂପି ଉଠିଲା ମନ୍ଦିରର ସାଂଧ ବେଳା ।

ବିବାହ କର୍ମ ଆଗେଇ ଚାଲିଛି ଯଥାବିଧି । ଶୁଭବେଳା ମଧ୍ୟରେ ବିବାହ ସାରିବାକୁ ପଡ଼ିବ । ଏଣୁ ବ୍ୟସ୍ତ ପୁରୋହିତେ । ଖଇପୋଡ଼ା, ହାତଗଣ୍ଠି, ସିନ୍ଥାରେ ସିନ୍ଦୂର ଦାନ ପରେ ଏବେ ଯଜ୍ଞବେଦିର ଚତୁର୍ପାର୍ଶ୍ୱରେ ବରକନ୍ୟାଙ୍କ ସାତବାର ପ୍ରଦକ୍ଷିଣର ଲଗ୍ନ । ବରକନ୍ୟା ଉଠି ବୁଲିବାକୁ ଲାଗିଲେ । ସେମାନଙ୍କ ଉପରେ ଫୁଲପକା ହେଉଥିଲା । ପୁରୋହିତଙ୍କ ମନ୍ତ୍ରୋଚ୍ଚାରଣ ଏବଂ 'ଯଥା ରାବଣସ୍ୟ ଧ୍ୱନି'ରେ କଂପି ଉଠୁଥିଲା ବେଦି ମଣ୍ଡପ । ବାଜି ଉଠିଲା ଯୋଡ଼ିଶଂଖ । ହୁଳହୁଳି ନାଦରେ ଫାଟି-ଫୁଟି ପଡୁଥିଲା ମନ୍ଦିର ବେଢ଼ା ।

ହଠାତ୍ ବଜ୍ରପାତ ପରି ବୋମାଟାଏ ଫୁଟିଉଠିଲା । କଳାରଙ୍ଗର ବୁଲେରୋଟାଏ ହୁଇପରି ଛୁଟିଆସି ବ୍ରେକ୍ ଦେଇ ଅଟକିଲା ବେଦି ସମ୍ମୁଖରେ । ଧୂସ୍‌ଧାସ୍ ଗାଡ଼ିରୁ ଓହ୍ଲାଇ ପଡ଼ି ଖେଦି ଆସିଲେ କେତେଜଣ କଳା ପୋଷାକ ଓ ମୁଖାପିନ୍ଧା ଗୁଣ୍ଡାଦଳ । ପିସ୍ତଲ ଦେଖାଇ ବେଢ଼ିଗଲେ ସମସ୍ତଙ୍କୁ । ଜଣେ ହୁକୁମ ଦେଲା–

– "ହୁସିଆର ! ଯିଏ ଯେଉଁଠି ଯେମିତି ଅଛ, ସେମିତି ରୁହ । ନଚେତ ସବୁଗୁଡ଼ାଙ୍କୁ ଗୁଳିକରି ଶେଷ କରିଦେବୁ ।"

ଗର୍ଜିଉଠିଲା ଗୌର, 'କିଏ ତୁମେମାନେ ?'

– "ତୋର ଯମ ! ଏ, ଏଇଟାକୁ ବାନ୍ଧିଦିଅ ।" ହୁକୁମ ଦେଲା ପିସ୍ତଲଧାରୀ । ଛଦ୍ମବେଶୀ ଗୁଣ୍ଡାମାନେ ଗୌରର ପ୍ରତିରୋଧ ସତ୍ତ୍ୱେ ବାଂଧିଦେଲେ ମନ୍ଦିର ଖମ୍ବ ଦେହରେ ।

– "ଇଏସ୍, ଏବେ ଏଇ ସୁନ୍ଦରୀଟିକୁ ଉଠେଇ ନିଅ ।"

କଂପି ଉଠିଲା ରାଧୁ ପଧାନ । 'ଖବର୍ଦ୍ଦାର, ମୁଁ ବଂଚିଥିବା ଯାଏ ମୋର ଝିଅ ଦେହରେ କେହି ହାତ ଦେଇ ପାରିବନି ।' ଗୌରୀ ସାମ୍ନାକୁ ଆସି ବାହୁ ମେଲାଇ ଛିଡ଼ା ହୋଇଗଲା ରାଧୁଆ ।

– 'ହାଃ-ହାଃ-ହା- ।' ହସି ଉଠିଲା ଲିଡର । ହସି ଉଠିଲେ ଗୁଣ୍ଡାମାନେ । "ବେଶ୍, ମୁଁ ତୋ' ମୁହଁଟାକୁ ବନ୍ଦ କରିଦଉଛି ।" ଗୁଳି ଫାଏର କଲା, ଆଉ ଗୁଳି ଚୋଟରେ ଚିତ୍କାର କରି ଟଳିପଡ଼ିଲା ରାଧୁ ପଧାନ । 'ଆଃ...'

– 'ବାଆ !' କାନ୍ଦିଉଠି କୁଣ୍ଢେଇ ଧରିଲା ଗୌରୀ ବାଆକୁ ।

– "ଏ, ଏଇଟାକୁ ଇଏସ୍ !"

ଇସାରା ପାଇ ଗୁଣ୍ଡାମାନେ ଜୋର୍‌କରି ଉଠାଇନେଇ ଗାଡ଼ି ଭିତରକୁ ଠେଲିଦେଲେ ଆଉ ଗାଡ଼ି ଛୁଟାଇ ଫେରାର ହୋଇଗଲେ ଆଖି ପିଛୁଳାକେ ।

ଅସହାୟ ଗୌର ଚିତ୍କାର କରି ଉଠିଲା-

– "ଗୌରୀ...... !"

॥ ୩୪ ॥

ରାତ୍ରି ପ୍ରାୟ ଦଶଟା ।

ବିଜୁଳି ଆଲୁଅରେ ଜଳୁଛି ସହର ।

ସହରର ଅନ୍ଧାରୀ ଗଳି ଭିତରେ ଅଦୃଶ୍ୟ ହେଇଗଲା ବୁଲେରୋଟି । ବୁଲେଟ୍‌ଟାଏ ଛୁଟି ଆସି ସେହି ଛକ ମୋଡ଼ରେ ଅଟକିଗଲା । ଡକାୟତକୁ ଫଲୋ କରି ପାଗଳ ପରି ଛୁଟି ଆସିଛି ଗୌର । ତା' ଗୌରୀକୁ ଉଦ୍ଧାର କରିବ । ହେଲେ ଏବେ କେମିତି ଜାଣିବ, ଗୌରୀକୁ ନେଇ କେଉଁଆଡ଼େ ଫେରାର ହେଇଗଲେ ବଦମାସର ଦଳ ।

ପଛରୁ ପୋଲିସ ଗାଡ଼ିଟାଏ ଆସି ବ୍ରେକ୍‌ଦେଲା । ଗାଡ଼ି ଭିତରୁ ମୁଣ୍ଡଟା ବାହାରକୁ କାଢ଼ି ପ୍ରଶ୍ନ କଲେ ଥାନାବାବୁ – "କ'ଣ କିଛି ସୁରାକ ପାଇଲ ସେମାନଙ୍କର ?"

– "ବୁଝି ପାରୁନି ଇନିସ୍‌ପେକ୍ଟର ! ଏଇ ଛକରୁ ସେମାନେ କେଉଁଆଡ଼େ ଉଭାନ ହୋଇଗଲେ । ନିଶ୍ଚୟ ଏହି ଅନ୍ଧାରୀ ଗଳିରାସ୍ତା ଦେଇ ଯାଇଥିବେ ।" ଜବାବ ରଖିଲା ଗୌର ।

– "ଇଏସ୍, ତମେ ସେହି ବାଟରେ ଯାଅ । ଆମେ ଅନ୍ୟ ରାସ୍ତା ଦେଇ ଯାଉଛୁ । ଡ୍ରାଇଭର, ଷ୍ଟାର୍ଟ ।" ଅର୍ଡର ପାଇ ଡ୍ରାଇଭର ଗାଡ଼ି ଛୁଟାଇ ଦେଲା ଭିନ୍ନ ଦିଗରେ । ଆଉ ଅନ୍ଧାରୀ ଗଳି ରାସ୍ତାରେ ଗୌର ।

ବୁଲେଟ୍ ଛୁଟି ଚାଲିଛି ତୋଫାନ ବେଗରେ ।

XXX

କାଳିଆ ଆଜି କାଳିକିଂକର ।

ସାଧୁବାବାର ମୁଖାତଳେ ଜଣେ ଭଣ୍ଡ ଡକାୟତ । ପୂରା ଗେଙ୍ଗ ସଜେଇ ସାରା ସମାଜଟାକୁ ଛଦ୍ମ ସମ୍ମୋହନରେ ବଶୀଭୂତ କରି ରଖିଚି ସୈତାନ । ରାଜନୀତି ନେତା ଠାରୁ କୁଲି-ରିକ୍ସାବାଲାଏ ସମସ୍ତେ ତାର ଶିଷ୍ୟ, ଭକ୍ତ ।

ବାବା କାଳିକିଂକର ସାକ୍ଷାତ କାଳପୁରୁଷ ।

ଭକ୍ତଙ୍କ ବିଶ୍ୱାସ ସେ ଜଣେ ପ୍ରଚଣ୍ଡ ଜ୍ଞାନୀ ମହାତ୍ମା । ସିଦ୍ଧ ପୁରୁଷ । ଏବେ ଏବେ ହିମାଳୟରୁ ଆସିଚନ୍ତି । ବାରବର୍ଷ ତପସ୍ୟା ପରେ । ଚାହିଁଲେ ଚୁଟକିରେ ପ୍ରଳୟ

କରି ଦେଇପାରିବେ । ଛୁଇଁଦେଲେ ଭଲ ହୋଇଯାଉଛି କେତେ ଅସାଧ୍ୟ ବ୍ୟାଧି । ଯେତେ ସମସ୍ୟାର ସମାଧାନ ତାଙ୍କଠି । ଏଥିଲାଗି ସକାଳଠୁ ସଂଜ, ରାତି ବାରଟା ଯାଏ ଆଶ୍ରମ ପରିବେଶରେ ଭିଡ଼ ଜମେ । ଗହଳ ଚହଳରେ ଉଛୁଳି ପଡୁଥାଏ ଆଶ୍ରମ । ଭକ୍ତଙ୍କର ସ୍ୱର୍ଗଭୂମି ଏଇ 'ଶାଂତିଧାମ' । ବାବା ସ୍ୱୟଂ ଭଗବାନ ।

ରାତ୍ରି ବାରଟା ପରେ ଆଶ୍ରମ ଶୂନଶାନ୍ ହୋଇଉଠେ । ଯେମିତି ଗୋଟେ ମଶାଣି ରାଜ୍ କରୁଛି । ସୁରାଶବ୍ଦହୀନ ରାତ୍ରିର ନୀରବ ପ୍ରହରରେ ଏଠି ସବୁ କ'ଣ ଚାଲେ ? କେଉଁମାନେ ଆସନ୍ତି ଗୁପ୍ତ ସୁଡ଼ଙ୍ଗ ପଥଦେଇ ଅଣ୍ଡର ଗ୍ରାଉଣ୍ଡ କୋଠରୀକୁ ?

କୋଠରୀ ଏକ ଅଦ୍ଭୁତ ତନ୍ତ୍ର-ଜାଲରେ ବେଷ୍ଟିତ । ଯେଉଁମାନେ ଆସନ୍ତି ଆଉ ବୋଧେ ଫେରନ୍ତିନି । ସେହି କାଳିଆ ଓରଫ କାଳିକିଂକର କାଳ କୋଠରୀ ଭିତରେ ଆଜି ବନ୍ଦିନୀ ଗୌରୀ । ହସ୍ତପଦରେ ଶୃଂଖଳ । ଅଖିରେ ଅନ୍ଧ ପୋଟଳି । ମୁହଁରେ ପଟି । ବିଚାରୀର ଉପାୟ ନାହିଁ ହଲଚଲ ହେବାର । କାହାକୁ ପାଟି ଖୋଲି ଡାକିବାର । ବିକଳ ହା-ହା-କାର କରି ଉଠୁଥିଲା ଅସହାୟା ତରୁଣୀଟିର ଆର୍ତ୍ତପ୍ରାଣ ।

କାହାର ସତର୍କ ପଦଶବ୍ଦରେ ଶିହରି ଉଠିଲା ଗୌରୀ ।

ଏହି ଯେ କିଏ ଜଣେ ଏହି ଆଡ଼କୁ ଆସୁଚି ! କିଏ ହୋଇପାରେ ସେ ? କିପରି ବା ଜାଣିବ-ଏତେବଡ଼ ଷଡ଼ଯନ୍ତ୍ରର ରହସ୍ୟ ? ସେ ଯେ ସେହି ଦୁଷ୍ଟ କାଳିଆର ଗୁପ୍ତ ଆଡ଼୍ଡା । ଅଣ୍ଡର ଗ୍ରାଉଣ୍ଡ କୋଠରୀ ଭିତରେ ବନ୍ଧା ପଡ଼ିଛି ।

– 'ହାଃ-ହାଃ-ହାଃ !' କାହାର ଚାପା କଟାଳ ଅଟ୍ଟହାସ୍ୟ ଫୁଟି ଉଠିଲା ଆଉ ସାରା ଅନ୍ଧକାର କୋଠରୀଟି ପ୍ରତିଧ୍ୱନିତ ହେବାକୁ ଲାଗିଲା ସେହି ପୈଶାଚିକ ହସର ପ୍ରହେଳିକାରେ ! ତାଳିଟିଏ ମାରିଲା ସେ । ଦ୍ରୁତ ସତର୍କ ପଦକ୍ଷେପରେ ପଶି ଆସିଲେ ପ୍ରେତପରି ଦୁଇଟା ଛାୟାମୂର୍ତ୍ତି । ଇସାରା ପାଇ ଖୋଲିଦେଲେ ତରୁଣୀର ବଂଧନ ଡୋର । ଆଖିର ପୋଟଳି ଆଉ ମୁହଁର ପଟି ।

ସାମ୍ନାରେ ପ୍ରେତଛାୟାମାନଙ୍କୁ ଦେଖି ଚିତ୍କାର କରି ଉଠିଲା ଗୌରୀ ।

– "ସଟ୍ ଅପ୍ ! ଚୁପ୍ ...ଚୁପ୍ । ପାଟି ଖୋଲିବୁତ ଶେଷ କରିଦେବି ।" ଦେଖାଇଲା ପିସ୍ତଲ । ଇସାରାରେ ଅଦୃଶ୍ୟ ହେଇଗଲେ ଛାୟାମୂର୍ତ୍ତି ଦୁଇଟି ।

ହଠାତ୍ ଜଳିଉଠିଲା ଉଜ୍ଜ୍ୱଳ ଆଲୋକରେ କକ୍ଷଟି । ଶିହରି ଉଠିଲା । ଆଖି ବୁଜି ହୋଇଗଲା ଗୌରୀର ।

– 'ହାଃ-ହାଃ-ହାଃ....।' ପୁନର୍ବାର ସେହି ଅଟ୍ଟହାସ୍ୟ ପିଶାଚର ।

ଚମକି ପଡ଼ିଲା ଗୌରୀ, ଏ ଯେ ପରିଚିତ ସ୍ୱର । କିଏ ଏ ? ଆଖି ଖୋଲିଦେଲା,

ଆଉ ଦେଖିଲା ସାମ୍ନାରେ ସାକ୍ଷାତ ଜଣେ ଆପାଦମସ୍ତକ କଳା ପୋଷାକରେ ଆବୃତ୍ତ ମୁଖାପିନ୍ଧା ଯେମିତି ରାକ୍ଷସଟାଏ !

– 'କିଏ ତୁ ?' ପ୍ରଶ୍ନକଲା ଭୀତତ୍ରସ୍ତା ଗୌରୀ ।

ଧୀରେ ନିଜ ମୁହଁ ଉପରୁ ମୁଖାଟାକୁ କାଢ଼ି ଫିଙ୍ଗିଦେଲା ଦସ୍ୟୁ ।

ମୁଣ୍ଡରୁ ଖୋଲିଦେଲା ନକଲୀ ଜଟା ଆଉ ମୁହଁରୁ ଦାଢ଼ି ।

– 'କାଳିଆ !'

– "ନା, କହ କାଳିକିଂକର । ତୋର କାଳପୁରୁଷ । ହାଃ-ହାଃ-ହାଃ... !"

– "ସତକହ, ମୋତେ ତୁ ଏଠାକୁ ଧରି ଆଣିଛୁ କାହିଁକି ? କ'ଣ ତୋର ମତଲବ ?"

– "ମତଲବ ଟା ବୁଝି ପାରୁନୁ ? ଆଲୋ ତୋ'ପରି ଗୋଟେ ବିଉଟି କୁଇନର ଲଂଗଳା ଫୋଟଟା ମୁଁ କାହିଁକି ମିଡିଆରେ ସ୍ପ୍ରେଡ କରିଦେଲି ?"

– "କାହିଁକି, କାହିଁକି ତୁ ଏମିତି କଲୁ ?"

– "ତୋତେ ଆଉ କେହି ବାହା ହେବେନି । ବାଧ୍ୟ ହୋଇ ତୁ ମୋତେ ବାହାହେବୁ..ମୋତେ, ଏଇ କାଳିଆକୁ ।"

– 'କାଳିଆ !'

– "ହେଲେ ସେ ଗୌରଦାସ, ଏଡ଼େ ସାହସ, ମୋ' ଟାରଗେଟ୍ ଉପରକୁ ଝାଂପ ମାରିଦେଲା ? ନୋ ନେଭର । ମୁଁ ତାର ଆଶା ପୂରା ହେବାକୁ ଦେବିନି ।"

– 'କାଳିଆ !' ଶିହରି ଉଠିଲା ଗୌରୀ ଭୟରେ ।

– "ତୁ ଗୌରଦାସକୁ ବାହା ହେଇ ଯାଇଛୁ ନା ? ଆ, ଏଇ କାଳକୋଠରୀ ଭିତରେ ମୁଁ ଆଜି ତୋର ଚଉଠିଟା ସାରିଦେବି ।"

ନିଜ ଦେହରୁ ପୋଷାକ ସବୁ ଗୋଟେ ପରେ ଗୋଟେ ଖୋଲି ଫିଙ୍ଗିଦେଲା । ଖାଲି ଥିଲା ଲଂଗଳା ଦେହରେ ଛୋଟ କୌପିନୀଟେ ।

ଚିତ୍କାର କରି ଉଠିଲା ଗୌରୀ- "ନା ନା, ତୁ ମୋର ଏତେବଡ଼ ସର୍ବନାଶ କରନା କାଳିଆ । ମୁଁ ତୋତେ ନେହୁରା ହେଉଛି, ତୁ ମୋତେ ଛାଡ଼ି ଦେ ।" ହାତଯୋଡ଼ି ବିକଳ ନିବେଦନ କଲା ଗୌରୀ ।

ଗୌରୀର କଥାକୁ ଆଦୌ କର୍ଣ୍ଣପାତ ନକରି ବୋତଲର ଠିପି ଖୋଲି ଢକଢକ ପିଇ ଯାଉଥିଲା କାଳିଆ -ମଦ । ବୋତଲ ପରେ ବୋତଲ ।

ଭୀତତ୍ରସ୍ତା ଗୌରୀ ବାଟ ଖୋଜୁଥିଲା ଆତ୍ମରକ୍ଷାର । କିନ୍ତୁ ଗୁପ୍ତ କୋଠରୀର ସବୁଦ୍ୱାର ବନ୍ଦ ଥିଲା ।

ଆଗେଇ ଆସିଲା କାଳିଆ ଘାଇଲା ବାଘ ଭଳି ।

ଭୟାତୁରା ହରିଣୀଟି ପରି ପଛେଇ ପଛେଇ ଯାଉଥିଲା ଗୌରୀ । କାନ୍ଥ ଦେହରେ ଅଟକି ଗଲା ସେ । ଝାଂପିପଡ଼ି ଗୌରୀକୁ ଧରିନେଲା କାଳିଆ ।

– "ଆଃ, ନାନା, ମୋତେ ଛାଡ଼ି ଦେ କାଳିଆ !"

– "ହାଃ-ହାଃ-ହାଃ ! ଛାଡ଼ିଦେବି ନା ? ବଦମାସ ଟୋକୀ । ସେଦିନ ସେ ଶୁକୁରୀ ବୋହୂଟା ଯୋଗୁ ତୁ ବର୍ତ୍ତିଗଲୁ । ଆଉ ଆଜି ମୋର ବାଘ ପଂଝାରୁ ତୋତେ କେହି ରକ୍ଷା କରି ପାରିବେନି ଲୋ ଗୌରୀ । ତୋ' ଯଶା ଯଦି ଭଲ, ଆ ! ମୁଁ ତୋର କିଛି କରିବିନି ଲୋ, ଖାଲି ତୋର ସେ କଅଁଳିଆ ଦେହଟାକୁ ଛାତିରେ ଥରେ ଚାପି ଧରିବି ।"

ଝିଙ୍କିନେଲା ନିଜ ଛାତି ଉପରକୁ ଆଉ ଭିଡ଼ି ଧରିଲା ଜୋରରେ । ଚିତ୍କାର ସହ ବଳ ପ୍ରୟୋଗ କଲା ଗୌରୀ । ଧକ୍‌କା ଦେଲା କାଳିଆକୁ । 'ଆଃ, ଛାଡ଼ିଦେ ଦୁଷ୍ଟ ।' କାଳିଆ ଛାଡ଼ିଦେଲା ।

– "ହାଃ-ହାଃ-ହାଃ, ଏଇ ଛାଡ଼ିଦେଲି । ଯା, କେତେ ବାଟ ଯିବୁ ଯା, ଆରେ ଯା ।"

କାଳିଆ ହାତମୁଠାରେ ଥିଲା ଗୌରୀର ଶାଢ଼ୀକାନି । ଟାଣି ଦେଲା କାଳିଆ । ଘୂରିଗଲା ଗୌରୀ ଚକାଭଉଁରୀ ପରି । ଦେହରୁ ଖୋଲିଗଲା ଶାଢ଼ୀ । ଶାଢ଼ୀକାନିକୁ ଟାଣିଧରି ବିକଳ ହେଲା ଗୌରୀ ।

– "ଆଃ ....ନା. ଛାଡ଼ିଦେ କାଳିଆ । ଛାଡ଼ିଦେ... !"

– "ହାଃ-ହାଃ-ହାଃ ! ଆଲୋ, ବସ୍ତ୍ରହରଣଟା ନହେଲେ ରାଧା-କୃଷ୍ଣ ରାସଲୀଳା ହେବ କେମିତି ? ଏଇ ଦେଖୁଚୁ, ଗଜଦନ୍ତ ପଲଙ୍କରେ ଗୋଲାପର ଶେଯ, ଆଉ ରଜନୀଗଂଧାର କୁଂଜ କିମିତି ସଜା ହେଇ ରହିଛି ? ଅତର ବାସ୍ନାରେ କିମିତି ମହମହ ମହକି ଉଠୁଚି ଏଇ ଆମ ବାସର ଘର । ରଂଗୀନ ଆଲୁଅରେ ଚିକିମିକି କରୁଛି ଏ ରଂଗ ମହଲ ! ଖାଲି ତୋରି ପାଇଁଲୋ ଗୌରୀ । ମାନିଯା ମୋ'କଥା । ଏ ବାବା କାଳିକିଂକର ପାଖରେ ତୁ ଗୌରୀମାତା ହେଇ ପୂଜା ପାଇବୁ । ଅୟସରେ ରହିବୁ । କ'ଣ, ମୋ' କଥାରେ ରାଜି ?"

– "ନା, ତୋ' ଭଳି ରାକ୍ଷସକୁ ମୁଁ ଘୃଣା କରେ ।"

– "ହ୍ୱାଟ ? ମୁଁ ରାକ୍ଷସ ! ବେଶ୍ ଏବେ ଏଇ ରାକ୍ଷସଟା କେତେ ହିଂସ୍ର...ତୁ ଠିକ୍ ବୁଝିଯିବୁ । ହାଃ-ହାଃ-ହାଃ....।"

ଗର୍ଜିଉଠି ଝିଙ୍କିଦେଲା ଶାଢ଼ୀକୁ । ଗୌରୀ ଛିଟିକି ପଡ଼ିଲା କାଳିଆ ଛାତିରେ ।

ଦୁଇ ବାହୁରେ ଗୌରୀକୁ ଟେକିନେଇ ପଲଙ୍କ ଉପରକୁ ଫିଙ୍ଗିଦେଇ ବାଘପରି ମାଡ଼ିବସିଲା କାଳିଆ ।

ଦପ୍‌କିନା ଲିଭିଗଲା ଆଲୁଅ ।

ଚିତ୍କାର କରି ଉଠିଲା ଗୌରୀ । ରାକ୍ଷସ ପରି କାଳିଆ ତାକୁ ବିଦୀର୍ଣ୍ଣ କରୁଛି । ନଖ ଆଉ ଦାନ୍ତମୁନରେ ଖିନ୍‌ଭିନ୍ କରିଚାଲିଛି ତାର ସାରା ଶରୀରଟାକୁ । ବିକଟ ଅନ୍ଧକାର ଗର୍ଭରୁ ଖାଲି ଉଠୁଥିଲା ଚିତ୍କାର ଆଉ ଫୁତ୍‌କାର !

ବାହାରେ ନିଶା ଗର୍ଜୁଥିଲା ।

XXX

ଗୌରୀର ଚେତା ନାହିଁ । ନଗ୍ନ ଶରୀରରେ ସେ ଚିତ୍ ହୋଇ ମୂର୍ଚ୍ଛାର ପରି ପଡ଼ି ରହିଚି ସେହି କାଳ କଠୋରୀଟି ଭିତରେ ।

ରାତ୍ରିର ଅନ୍ତିମ ପ୍ରହର ।

ହିଂସ୍ର ଦାନବ କାଳିକିଂକର ଟଳିଟଳି ପଶି ଆସିଲା ଫେର କଠୋରୀ ଭିତରକୁ ।

ଜଳି ଉଠିଲା ଆଲୋକ ।

ପୈଶାଚିକ ରକ୍ତ ଚକ୍ଷୁ ଦୁଇଟି ଗୌରୀର କ୍ଷତ ବିକ୍ଷତ ଶରୀରଟା ଉପରେ ବୁଲେଇ ଆଣି ଅଟ୍ଟହାସ୍ୟ କରି ଉଠିଲା ସେ ପ୍ରତିହିଂସାର ଚରମ ତୃପ୍ତିରେ ।

ଏତେଦିନେ ତାର ଉଗ୍ର ଯୌନଲାଳସାର ଉତ୍କଟ ପରିସମାପ୍ତି ଘଟିଛି । ସାରାରାତି ସେ ବାରବାର ଧର୍ଷଣ କରିଛି ଗୌରୀକୁ । ଯେତେ ରାଗ, ଯେତେ ରୋଷ, ଯେତେ ଭୋକ, ଯେତେ ଶୋଷ ମେଣ୍ଟେଇ ନେଇଛି ସେ ! ହାଃ-ହାଃ-ହାଃ...

ଆତ୍ମତୃପ୍ତିରେ ଚାହିଁଲା ଗୌରୀ ଆଡ଼କୁ । ଆଖି ତରାଟି ଦେଖିଲା ଗୌରୀର ଲଂଗଳା ଦେହଟାକୁ । ଯେମିତି ଗିଳି ଯାଉଥିଲା ସେ ! ଆଣ୍ଠେଇ ପଡ଼ିଲା ତା' ପାଖରେ, ଡାକିଲା 'ଗୌରୀ !'

ଗୌରୀର ଜବାବ ନଥିଲା । ଗାଲ ଦୁଇଟିକୁ ଚିପି ଧରି ହଲେଇ ଦେଲା । ତା' ଛାତି ଉପରେ ବୁଲେଇ ଆଣିଲା ହିଂସ୍ର ହାତଟା ଆଉ ଥରେ ।

– "ହାଃ-ହାଃ-ହାଃ... ! ତୋର ଏଇ ଉଦ୍ଧତ ଯଉବନଟାକୁ ନେଇ ଗର୍ବ କରୁଥିଲୁ ନା ଗୌରୀ ? ଦେଖ୍, ମୁଁ ତୋର ସେ ଫୁଟନ୍ତା ଫୁଲରୁ ସବୁ ମହୁ ଚୁସିଚୁସି ଶେଷ କରି ଦେଇଛି । ହାଃ-ହାଃ-ହାଃ...ଗୌରଦାସ, ତୋ' ସୁନ୍ଦରୀ ଗୌରୀର ରଂଗୀନ ସ୍ୱପ୍ନଟାକୁ ଭୁଲି ଯା' । ଦେଖ୍, ମୁଁ କିମିତି ତାକୁ ଫିନିସ୍ କରିଦେଲି । ହାଃ-ହାଃ-ହାଃ... !"

– "ଗୌରୀ ! ଏ ଗୌରୀ ! ଉଠ୍....ଉଠ୍ ଗୌରୀ ! ତୋତେ ତୋ' କାଳିଆ ଡାକୁଛି ଉଠ୍ ! ଆଲୋ ଉଠ୍ ! ଆରେ, ଏଇଟା ମରିଯାଇଛି ନା କ'ଣ ?" ଗୌରୀର

ନାକ ପାଖରେ ହାତ ଦେଲା... ନାଠି ଟିପି ଦେଖିଲା...। "ହାଃ..ହାଃ..ହାଃ! ରୁକ୍‌ରୁକ୍ ହେଉଛି। ନା, ତୁ ମରିବା ଦରକାର। ତୁ ବଂଚି ରହିଲେ କାଳିଆର ସବୁ ଖେଳ ଖତମ ହେଇଯିବ। ଧୂଳିସାତ୍ ହେଇଯିବ ତା'ର କଳା-ସାମ୍ରାଜ୍ୟ।"

– "ନୋ ନେଭର, ମୁଁ ଏହା କେବେ ହେବାକୁ ଦେବିନି। ତେବେ ଏବେ ଉପାୟ? କ'ଣ କରିବି...କ'ଣ କରିବି?"

ସାରା କଠୋରୀଟାରେ ଖାଲି ଏଣେତେଣେ ଟହଲ ମାରିଲା ଅର୍ଦ୍ଧପାଗଳ ପରି। ଯେମିତି ତା' ଦିମାକ୍ ଗୁଡୁମ୍ ହୋଇଯାଇଛି! ସ୍ଥିର ହୋଇଗଲା। ମୁହୂର୍ତ୍ତେ ଭାବିଲା ଚୁପ୍‌ଚାପ୍। ହସି ଉଠିଲା ସେ ଯେମିତି ଉପାୟଟା ପାଇଗଲା।

ଚିଲ୍ଲେଇ ଉଠିଲା- 'ଇଏସ!'

।। ୩୫ ।।

ସାରା ସହରଟାର ଗଳିକନ୍ଦି ଧୁନ୍ଧି ସାରିଲାଣି ଗୌର । ତଥାପି ଗୌରୀର ଖୋଜ୍ ଖବର ନାହିଁ । ପୋଲିସ ତା' ବାଟରେ ଖୋଜି ଚାଲିଛି ।

ଗୌରୀ କ'ଣ ଆଉ ଜୀବନରେ ଥିବ ?

ଆକାଶ ଫଟାଇ କମ୍ପି ଉଠିଲା ଗୌରର ବୁକୁଫଟା ଆର୍ତ୍ତନାଦ ।

– 'ଗୌରୀ... !' ନିଶବ୍ଦ ରାତ୍ରିର ବୁକୁଚିରି ଏ କରୁଣ ବିଳାପ ଅବା ଥରାଇଦେଲା ସାରା ସହରଟାର ପାଷାଣ ପଞ୍ଜରାକୁ !

ଏଯାଏ ରାତ୍ରି ପାହିନାହିଁ । ସାରାରାତି ଘୂରିଘୂରି କ୍ଲାନ୍ତ ହେଇ ପଡ଼ିଛି ଗୌର । ତଥାପି ଆଖିରେ ନିଦ ନାହିଁ । ଜଗିବସିଛି ସେ ସେହି ଅନ୍ଧାରୀ ଗଳିର ଛକଟା ଉପରେ । ସେ ପୋଲିସ ଏଯାଏ କ'ଣ ଯେ କରୁଛନ୍ତି ?

ଏହି ଯେ ଗାଡ଼ିଟାଏ ଛୁଟି ଆସୁଛି ତାରି ଆଡ଼କୁ । ସତରେ ପୋଲିସ କ'ଣ କିଛି ସନ୍ଧାନ ପାଇଯାଇଛି ? ଉଠି ଛିଡ଼ା ହୋଇପଡ଼ିଲା ଗୌର । ହାତ ହଲାଇ ଗାଡ଼ିକୁ ଅଟାକାଇବାକୁ ଚେଷ୍ଟାକଲା । ହେଲେ ...ଗୌରକୁ ଦେଖି ଗାଡ଼ିଟା ଫୁତ୍‌କାର ଛାଡ଼ି ଛୁଟିଗଲା କ୍ଷିପ୍ର ବେଗରେ ।

ଗୌର ଦେଖିଲା –ଏଇଟା ତ ଗୋଟେ କଳା ବୁଲେରୋ । ଏଇଟା କ'ଣ ସେହି ଗାଡ଼ି ? ବୁଲେଟ୍ ଛୁଟାଇ ଦେଲା ପିଛା ଧରି । ମହାନଦୀ ପୋଲ ଉପରେ ଆଗପଛ ଛୁଟି ଚାଲିଛି ଗାଡ଼ି ଦୁଇଟି । ପଛରୁ କେହି ଫଲୋ କରୁଥିବା ଦେଖି ବୁଲେରୋଟି ହଠାତ୍ ଅଟକି ଗଲା । ଗାଡ଼ିରୁ ଚାରିଜଣ କଳା ପୋଷାକଧାରୀ ଗୁଣ୍ଡା ଓହ୍ଲାଇ ପଡ଼ିଲେ । ଟାଣି ଆଣିଲେ ଗାଡ଼ିର ଡିକି ଭିତରୁ ସନ୍ଦିଗ୍ଧ ଡେଡ୍ ବଡିଟାଏ, ଆଉ ଫିଙ୍ଗିଦେଲେ ମହାନଦୀର ଉଛୁଳା ଗର୍ଭକୁ । ହୁଇପରି ଉଭାନ ହୋଇଗଲା ବୁଲେରୋ ପାହାନ୍ତି ରାତ୍ରିର ସେହି ଝାପ୍‌ସା ଅନ୍ଧକାର ଭିତରେ ।

ପିଛାଧରି ଛୁଟି ଆସିଲା ଗୌର । ଅଟକି ଗଲା ସେଇଠି । ବୁଲେରୋଟା ଏହି ଜାଗାରେ ଅଟକି ଥିଲା । ଓହ୍ଲାଇ ଚାରିଆଡ଼କୁ ଅଖି ବୁଲାଇ ଆଣିଲା । କାହିଁ କିଛି ତ ନାହିଁ ?

ରାତ୍ରି ପାହି ଆସୁଥିଲା । ଝାପ୍‌ସା ଝାପ୍‌ସା ଦିଶି ଯାଉଥିଲା ମହାନଦୀର ଉଚ୍ଛୁଳା ଜଳସ୍ରୋତ । ଗୌର ଦେଖିଲା, ସ୍ରୋତରେ କ'ଣ ଗୋଟେ ଭାସି ଭାସି ଯାଉଛି । ଦୁଷ୍ଟ ଦାନବର ଦଳ, ନିଶ୍ଚିତ ଗୌରୀକୁ ଏଠି ଫିଙ୍ଗି ଦେଇ ଯାଇଛନ୍ତି । ବିଳମ୍ବ ନକରି ଗୌର ଡାକ ପକାଇଲା- 'ଗୌରୀ ।' ଡେଇଁପଡ଼ିଲା ନଦୀ ଗର୍ଭକୁ ।

ଆଗେ ଆଗେ ଗୌରୀ । ପଛେ ପଛେ ଗୌର ପହଁରି ପହଁରି ଚାଲିଛି । ଜଳ ତରଂଗରେ ବୁଡ଼ି ଉଠି ଚେତା ଫେରି ପାଇଛି ଗୌରୀ । ଗାଁ ପୋଖରୀରେ ତାକୁ ପିଲାଟି ଦିନରୁ ପହଁରିବା ଆସେ । ହେଲେ ଆଜି ତା' ଦେହ ଯେ ନିସ୍ତେଜ, ଦୁର୍ବଳ । ତଥାପି ହାତପାଦ ହଲାଇ ଆଗେଇବାକୁ ଚେଷ୍ଟାକଲା । ଜଳର ଅନୁକୂଳ ସ୍ରୋତ ତାକୁ ଠେଲି ଠେଲି ନେଇ ଯାଉଥିଲା ଆଗକୁ ଆଗକୁ । ପଛରେ ଗୌର ପ୍ରାଣପଣେ ତାର ଚେଷ୍ଟା ଜାରି ରଖିଥିଲା ଗୌରୀ ପାଖରେ ପହଁଚିବା ପାଇଁ ।

XXX

ରାତି ପାହି ଯାଇଛି । ସକାଳର ଅସ୍ପଷ୍ଟ ଆଲୋକରେ ସ୍ପଷ୍ଟ ହେଇ ଉଠିଲାଣି ନଦୀର ବାଲିଚଡ଼ା । କୁଳୁକୁଳୁ ସ୍ରୋତକାଟି ବହିଚାଲିଛି ମହାନଦୀ । କଳରବ କରି ଉଡ଼ିଗଲେ ପକ୍ଷୀଦଳ । ହଠାତ୍ ହୋସ୍ ଆସିଲା ଗୌରର । ଦେଖିଲା ବାଲିଚଡ଼ାରେ ଚିତ୍ ହୋଇ ପଡ଼ି ରହିଛି ସେ, ଆଉ ତା'ର ନିବିଡ଼ ବାହୁ ବନ୍ଧନ ଭିତରେ ବାନ୍ଧିହୋଇ ପଡ଼ିରହିଛି ତା'ର ପ୍ରାଣପ୍ରିୟା ଗୌରୀ । ଡାକିଲା-'ଗୌରୀ !'

ଗୌରୀର ଜବାବ ନାହିଁ । ଏବେ ଯାଏ ଗୌରୀର ହୋସ୍ ଫେରିନାହିଁ । ହାତଗୋଡ଼ ହଲାଇ ନଦୀ ସୁଅରେ ବେଶ୍ କିଛି କସରତ କରିଛି ପ୍ରାଣ ବଞ୍ଚେଇବା ପାଇଁ ବିଚାରୀ । ଜୀବନ ପାଇଁ ସଂଘର୍ଷ । ବଂଚି ରହିବା ଲାଗି ପ୍ରୟାସ । ଜଣେ ଅନ୍ୟ ପାଇଁ, ପ୍ରେମ ପାଇଁ; ମାୟା-ମୋହ ସଂସାର ପାଇଁ ।

– 'ଆଲୋ ଗୌରୀ !' ଉଚ୍ଚସ୍ୱରରେ ଡାକ ପକେଇଲା ଗୌର । ଗୌରୀକୁ ପାଣିରୁ ଟେକିଆଣି ବାଲିଚଡ଼ାରେ ଆଶ୍ରୟ ନେଲାବେଳେ ଗୌରୀର ଜବାବ ଶୁଣିଛି । ଗୌରୀ ମରିନି । ବଂଚିଛି । ତାର ହୋସ୍ ଆଣିବାକୁ ପଡ଼ିବ । ଟେକି ଧରି ଉଠି ଆସିଲା ନଦୀର ତଟ ଦେଶକୁ । ଶୁଆଇ ଦେଇ ପାଣି ଛାଟିଲା ତା' ମୁହଁରେ । ନାକ ଦଳିଲା, କାନ ଫୁଙ୍କିଲା । ଚେଷ୍ଟାକଲା ଉଠାଇବାକୁ । ଗୌରୀ ଜବାବ ଦେଲାନି । ଚିତ୍କାର ସହ ଭିଡ଼ି ଧରିଲା ଗୌରୀକୁ ଗୌର । ଭୋ-ଭୋ କାନ୍ଦି ଉଠିଲା ସେ ।

– 'ଗୌରୀ.... !' ମୁଣ୍ଡ କୋଡ଼ି ହେଲା ଗୌରୀ ଛାତିରେ ।

ଏ କ'ଣ, ବନ୍ଦ ହୋଇଯାଇଥିବା ହୃଦୟରେ ସ୍ପନ୍ଦନ ? ଛାତି ତାର ଉଠିଲା-ପଡ଼ିଲା । ଏମିତି କେତେ କ୍ଷଣ ପରେ ସ୍ଥିର ହୋଇଗଲା । ଚେତା ଫେରି ପାଇଲା

ଗୌରୀ । ଆଖି ଖୋଲିଲା । ଚାହିଁ ଦେଖିଲା, ସେ ଆଉ ସେହି କାଳ କୋଠରୀ ଭିତରେ ନାହିଁ । ଖୋଲା ଆକାଶ ତଳେ ନଦୀ ପଠାର ଭିଜା ବାଲି ଶେଯରେ ସେ ଶୋଇଛି । ତା' ସାମ୍ନାରେ ନାହିଁ ସେହି ପିଶାଚର କଙ୍କାଳ ମୂର୍ତ୍ତି । ତାକୁ ଏକ ଲୟରେ ଚାହିଁ ରହିଛି ଆଉ ଜଣେ, ଯିଏ ତାକୁ ପାଣିରୁ ଛାଣି ଆଣିଛି ନିଜ ପ୍ରାଣକୁ ବାଜି ଲଗେଇ ! କିଏ ଏ ? ଗଭୀର ଦୃଷ୍ଟିରେ ଚାହିଁ ଦେଖିଲା ସେ ଆଉ କେହି ନଥିଲା; ଥିଲା ତା'ର ପ୍ରେମ, ପ୍ରାଣ ପ୍ରିୟତମ ଗୌରଭାଇ ! ବ୍ୟାକୁଳିତ କଂଠରେ ଡାକିଲା–

– 'ଗୌର ଭାଇ !'

– 'ଗୌରୀ.... !'

ଉଭୟ ପରସ୍ପରକୁ କୋଳାଗ୍ରତ କରିନେଲେ । ଝଲକାଏ ପବନ ତାଙ୍କ ଦେହରେ ଶୀତଳ ଶିହରଣ ଖେଳାଇ ଦେଇ ବହିଗଲା । କେତେକ୍ଷଣ ଶାଂତ ରହିବା ପରେ ହଠାତ୍ ଗୌରୀ ପ୍ରକୃତିସ୍ଥ ହୋଇ ଠେଲି ଦେଲା ଗୌରକୁ ।

–"ନା, ତମେ ମୋତେ ଛୁଅଁନା ।"

– 'ଗୌରୀ !' ଚମକି ଉଠିଲା ଗୌର ।

– "ମୁଁ ଅଛୁଆଁ ହୋଇଯାଇଛି ।" ଆଖିରେ ଅଶ୍ରୁ ।

– "ତୁ ଏ କ'ଣ କହୁଛୁ ଗୌରୀ ?" ବ୍ୟାକୁଳିତ ହୋଇ ଉଠିଲା ଗୌର ।

– "ସେ ସଇତାନ ମୋର ସର୍ବନାଶ କରିସାରିଛି ।" ଭୋ କରି କାନ୍ଦି ଉଠିଲା ।

– "ଗୌରୀ !" ଧରିନେଲା ଗୌରୀକୁ ।

– "ଏଇ ମୋ' ଗାଲକୁ ଦେଖ, ମୋ ଛାତିକି ଦେଖ ।" ଆଢ଼େଇ ଦେଲା ଛାତି ଉପରୁ ଲୁଗାଟା । ଆଜି ଗୌର ପାଖରେ ତାର ଲଜ୍ଜା ନାହିଁ କି ସଂକୋଚ ନାହିଁ । ଆଉ ଦେଖିବ ? ନିଜ ଜଙ୍ଘ ଉପରୁ ଲୁଗାଟା ଟାଣି ଦେବାକୁ ହାତ ବଢ଼ଉ ଥିଲା ଗୌରୀ । ଗୌର ତା' ହାତଟାକୁ ଧରି ଅଟକାଇ ଦେଲା । ବିଳାପ କରି ଉଠିଲା – "ନା ! ମୁଁ ଏ ସବୁ ଦେଖି ପାରିବିନି । ସତ କହ, କିଏ ତୋର ଏ ପରି ସର୍ବନାଶ କରିଛି ? କିଏ ?"

– 'କାଳିଆ !'

– 'କାଳିଆ ?'

– 'ହଁ, ସେହି ଦୁଷ୍ଟ.. !'

ଗର୍ଜିଉଠିଲା ଗୌର– 'ସୈତାନ ! ମୁଁ ତୋତେ –'

– "ନାଇଁ, ତା' ସାଂଗରେ ତମେ ଲାଗିବନି, ସେଇଟା ଗୋଟେ ମଣିଷ ନୁହେଁ, ନରପିଶାଚ । ସେ ତମକୁ ମାରିଦେବ ।"

– 'ଗୌରୀ !'

– "ଯାଅ, ତମେ ମୋ'ଠୁ ଦୂରେଇ ଯାଅ ! ମୁଁ ବିଷାକ୍ତ ହେଇଯାଇଛି । ଆଜି ମୁଁ ଗୋଟେ ଅସତୀ-କୁଳଟା-କଳଂକିନୀ । କାହିଁକି ତମେ ମୋତେ ବଂଚେଇଲ ? ମୁଁ ମରିଯାଇଥିଲେ ଭଲ ହେଇଥାନ୍ତା । ସବୁ କଳଂକ ଶେଷ ହୋଇଯାଇଥାନ୍ତା ।"

ଗମ୍ଭୀର ହୋଇ ଉଠିଲା ଗୌର । ଦମ୍ଭର ସହିତ ଡାକି କହିଲା- "କିଏ କହୁଚି, ତୁ ଅସତୀ ? କିଏ କହିବ ତୁ କୁଳଟା ? ଜଣେ ଅସହାୟା ଅବଳା ତରୁଣୀ ଉପରେ ଏ ସମାଜର ଅତ୍ୟାଚାରର ପରିଣାମ ଏହା ହେଇପାରେନା । ମୁଁ କହୁଚି, ତୋ' ଗୌରଭାଇ କହୁଚି- ଦୁନିଆକୁ ଶୁଣେଇ କହୁଚି-ତୁ ତୁଳସୀ ପରି ପବିତ୍ର । ସୀତା -ସାବିତ୍ରୀ ପରି ସତୀ-ମହାସତୀ ।"

– "ଏତେ ପରେ ମୋତେ ତୁମେ....(?)"

– "ହଁ ! ଆଲୋ, ତୁ ପରା ମୋ' ପ୍ରେମ, ଭଲପାଇବା ? ପ୍ରେମ କି ଏହି ଦେହଟାକୁ ଦେଖି ବଂଚିରହେ ? ନାଇଁ ଲୋ, ମନ ସହିତ ମନର ମେଳ, ଆତ୍ମା ସାଥିରେ ଆତ୍ମାର ମିଳନ ତ ପ୍ରକୃତ ପ୍ରେମ । ସେହି ପ୍ରେମର ବାଜା ବଜେଇ ମୁଁ ତୋତେ ଏ ଦୁନିଆ ଦାଣ୍ଡରେ ମୋର ସ୍ତ୍ରୀ ରୂପରେ ଘରକୁ ପାଛୋଟି ନେବି । ଆ, ଆ ଗୌରୀ !" ଗୌରୀର ହାତ ଧରିଲା ।

– "ନାଇଁ ଗୌର ଭାଇ ! ଏ ତ ତମ ମହାନତା, ବଡ଼ପଣ ! ହେଲେ ଏ ସମାଜ ଆଗରେ ମୁଁ ମୁଣ୍ଡଟେକି ଚାଲି ପାରିବି ତ ? କଥାଟା ସାରା ରାଜ୍ୟରେ ପ୍ରଘଟ ହେଇଗଲେ ମୁଁ ବଂଚି ପାରିବି ତ ? ? କୁହ ଜବାବ ଦିଅ !"

ନିରୁତ୍ତର ଗୌର ନିରବରେ ମଥା ତଳକୁ କରିନେଲା ।

– "ଜାଣେ, ଏହାର ଜବାବ ତମ ପାଖରେ ନାହିଁ । ବରଂ ଭଲ ହେବ ତମେ ମୋତେ ଏଇ ମହାନଦୀର ଉଛୁଳା ସୁଅ ଭିତରକୁ ଠେଲି ଦେଇ ଚାଲିଯାଅ ।"

ଗୌର କଂଠରୁ ଉଚ୍ଚାରିତ ହେଲା ପ୍ରେମ ପାଇଁ ବଳିଦାନର ଏଇ ଚରମ ବାଣୀ –

– "ଯଦି ବଂଚିବା ସାଥୀ ହୋଇ। ଯଦି ମରିବା ସାଥୀ ହୋଇ । ବେଶ୍, ଆଗ ମୁଁ ଡେଉଁଛି ।" ଡେଇଁବାକୁ ଉଦ୍ୟତ ଗୌର ।

– "ନାଇଁ !" ଗୌରୀ ଟାଣିଧରିଲା ଗୌରର ହାତ ।

କୁଳୁକୁଳୁ ନାଦରେ କୂଳଲଂଘି ବହି ଚାଲିଥିଲା ମହାନଦୀ । କିଛି ଦୂରରୁ ଓଡ୍ରାଫ ଦଳର ବୋଟଟାଏ ଭାସିଭାସି ଆସୁଥିଲା ତାଙ୍କରି ଆଡ଼କୁ ।

ସୂର୍ଯ୍ୟ ଉଇଁ ସାରିଥିଲେ ।

॥ ୩୬ ॥

ଚାହିଁ ବସିଚି ଚାନ୍ଦିନୀ ।

ଆକାଶରେ ପୂର୍ଣ୍ଣିମୀର ଜୁଆର । ଭସା ବଉଦ ତଳେ ଜହ୍ନର ଲୁଚକାଳି ଯେମିତି ଛାଇ-ଆଲୁଅର ମାୟାଜାଲ ରଚିଚି ! ଏ ମାୟାର ମୋହାକର୍ଷଣ ଆଜି ଚାନ୍ଦିନୀ ଉପରେ କିଛି ବି ପ୍ରଭାବ ପକେଇ ପାରୁନି ।

– କାହିଁକି ?

ଏ ପ୍ରଶ୍ନର ଉତ୍ତର ଖୋଜୁ ଖୋଜୁ ଚାନ୍ଦିନୀ ମଜି ହଜି ଯାଇଥିଲା କେଉଁ ଭାବରାଜ୍ୟରେ । ଝରକାର ଫାଙ୍କ ଦେଇ ଅପଲକ ନେତ୍ରରେ ଚାହିଁ ରହିଥିଲା ଭସାଣିଆ ଆକାଶ ଆଡ଼େ ।

– "ଭାବନାରେ କ'ଣ ଏକାବେଳେ ତନ୍‌ମୟ ?"

ମୁଖରେ ବିସ୍ମୟର ଭାବ ଫୁଟାଇ ପଛରୁ ପ୍ରଶ୍ନକଲା ସାଗର । ଚାନ୍ଦିନୀର କିଛି ଉତ୍ତର ନଥିଲା । ସେ ଥିଲା ଭାବମଗ୍ନା ।

– 'ହାଲୋ, ହାଏ ଚାନ୍ଦିନୀ !' ଟିକେ ଉଚ୍ଚସ୍ୱରରେ ସାଗରର ସମ୍ବୋଧନ ।

– 'କିଏ ?' ପ୍ରକୃତିସ୍ଥ ହେଲା, ଫେରି ଚାହିଁଲା ଚାନ୍ଦିନୀ ।

– "କ'ଣ ଚିହ୍ନି ପାରୁଛ ?"

– 'ଆପଣ !'

– "ହଁ, ମୁଁ ସାଗର । ସାଗର ପଟ୍ଟନାୟକ ।"

– "ସାଗର ବାବୁ, ଏ ସମୟରେ ?"

– "ଏମିତି ! ଅନୁରାଗ ବାବୁ ନାହାନ୍ତି ବୋଧହୁଏ ?"

– "ଏବେ ଆସିଯିବେ । କିଛି କାମ ଥିଲା ?"

– "ହଁ, ନାଇଁ, ସେମିତି ଜରୁରୀ କିଛି ନୁହେଁ । କହୁଥିଲି କଣ କି, ରାତ୍ରି ସମୟ । ଏକାକିନୀ ଜଣେ ତରୁଣୀ ସହିତ ଏକାନ୍ତରେ, କିଛି ମାଇଣ୍ଡ କରୁନାହାନ୍ତି ତ ?"

– "ନୋ-ନୋ, ଆରେ ବସନ୍ତୁନା ।" ଚେୟାର ଅଫର କଲା । ସାଗର ବସି କ'ଣ କହିବ ଭାବି ପାରୁନଥିଲା ।

– "କ'ଣ କହିବେ କୁହନ୍ତୁ ?"

– "ଆଛା ଚାନ୍ଦିନୀ, ତମର ଆଉ କିଏ ସବୁ ଅଛନ୍ତି ?"

– "ନାଇଁ, ଏ ଦୁନିଆରେ ମୁଁ ଏକା । ଜଣେ ଅନାଥିନୀ ।"

– "ଓ ସରି । ଆଛା, ଅନୁରାଗବାବୁଙ୍କ ସହ ତମର ସମ୍ପର୍କ ?"

–"ସେ ବି ଜଣେ ଅନାଥ, ଯାହା କହନ୍ତି, କେତେ ସତ ଜାଣେନି । ସେ ତ ଏକ ରହସ୍ୟମୟ ପୁରୁଷ ।"

– "ମିଛ ନୁହେଁ! ତେବେ ତମେ ତାଙ୍କୁ ନେଇ ସ୍ୱପ୍ନ ଦେଖ ନୁହଁ ?"

– "ସ୍ୱପ୍ନ ? ହା-ହା-ହା ପୁଣି ମୁଁ ?"

ଖିଆଲି ହସ ଭିତରେ ଚନ୍ଦିନୀର ସ୍ୱପ୍ନିଳ ଭାବ-ଭଂଗୀ ବେଶ୍ ଫୁଟି ଉଠୁଥିଲା ।

– "କାହିଁକି ନୁହେଁ? ତମେ ଜଣେ ଯୁବତୀ ଫେର୍ ଅସାମାନ୍ୟା ରୂପବତୀ । ତମ ପାଖରେ କ'ଣ ନାହିଁ? ଚାହିଁଲେ...."

– "ଚାହିଁଲେ... ? କ'ଣ କହିବାକୁ ଚାହାନ୍ତି ଆପଣ ?"

– "ଅନୁରାଗ ବାବୁ କ'ଣ, ତାଙ୍କଠାରୁ ଆହୁରି ଧନୀ, ଶିଳ୍ପପତିଙ୍କ ପିଲାମାନେ ଆପଣଙ୍କୁ ପସନ୍ଦ କରିବେ । ଲାଇନ ଲଗେଇବେ-ଲାଇଫ୍ ପାର୍ଟନର କରିନେବା ପାଇଁ ।"

– "ଓ, ଏଇ କଥା ! ନାଇଁ ବାବା । ସେ ଧନୀ ଶିଳ୍ପପତିଙ୍କ ଲାଇନରେ ମୋର ପଶିବାର ନାହିଁ ।"

– "ଆଉ ଅନୁରାଗ ବାବୁ... ?"

– "ଜଣେ ଅଦ୍ଭୁତ ମଣିଷ,... !"

– "କେମିତି ଜାଣିଲ ?"

– "ଏଇ ତାଙ୍କର କ୍ରିୟାକଳାପରୁ । ସବୁ ଆବସାଡ୍ ! କହନ୍ତି ଗୋଟେ, କରନ୍ତି ଆଉ ଗୋଟେ । କେଉଁଠି ରହନ୍ତି, କ'ଣ ଯେ କରନ୍ତି, କିଛି ବୁଝି ହୁଏନି । ଭାବୁଛି.."

– "କ'ଣ ଭାବୁଛ ?"

– "ନିଶ୍ଚିତ ସେ ଜଣେ...."

– "କ'ଣ ?"

– "ଡକ୍ଟର, ସାଇକୋ ଡକ୍ଟର ।" କହି କହି ପଶିଆସିଲେ ଅନୁରାଗ । "ଆରେ ସାଗର ବାବୁ ଯେ ? କେତେବେଳୁ ?"

– "ଏଇ ଜଷ୍ଟ !"

– "ୱେଲ.., ଆଚ୍ଛା ଚାନ୍ଦିନୀ, ମୋର ଆସିବା ଟିକେ ବିଳମ୍ବ ହେଇଗଲା, କିଛି ମାଇଣ୍ଡ୍ କରିନାହଁ ତ ?"

ସ୍ମିତ ହସି- "ଆରେ ମୁଁ କାହିଁକି ମାଇଣ୍ଡ୍ କରିବି ? ଆଚ୍ଛା ହଉ, ଦୁଇ ସାଂଗ କଥା ହେଉଥାଅ, ମୁଁ ସ୍ନାକ୍ସର ବ୍ୟବସ୍ଥା କରି ଆସୁଛି ।"

ସାଗର ଭାବୁଛି - "ଯାଃ, ସବୁ ସାରିଦେଲା ଅନୁରାଗ, ଏତିକିବେଳେ ତାକୁ ଆସିବାକୁ ଥିଲା ? ଗଲା, ଆସିବାର ଅଭିପ୍ରାୟ, ସବୁ ମନକଥା, କିଛିବି କହିପାରିଲାନି ଚାନ୍ଦିନୀକୁ । ସେ ଯେ ଖାସ୍ ତା'ରି ପାଇଁ ଆସିଥିଲା-ଖାସ୍ ତାରି ପାଇଁ । ତା' ଭଳି ସୁନ୍ଦରୀ ଯୁବତୀକୁ ନିଜ ଜୀବନର ସାଥୀରୂପେ ପାଇପାରିଲେ ତା' ଜୀନ୍ଦଗୀଟା ମସ୍ତ୍ ହୋଇଯିବ । ଆଉ ସାଗରିକା ଫୁଟ୍..."

ନିଜ ଦେହରୁ କୋଟ୍ ଉତାରି ରଖୁ ରଖୁ ସାଗରକୁ ଏମିତି ଭାବ ମୁଦ୍ରାରେ ଦେଖି- "ହାଲୋ, କଣ ଭାବସ୍ରୋତରେ ଏକାବେଳେ ଭାସିଗଲେ ନା କ'ଣ ? ସାଗର ବାବୁ ?" ସାଗର କାନ୍ଧରେ ହାତ ରଖିଲେ ।

ଚମକି ଉଠି – "ହଁ, କ'ଣ କିଛି କହୁଥିଲୁ ?"

– "ଆରେ ମୋର ବି ସେହି ପ୍ରଶ୍ନ । ତୋତେ ପଚାରୁଛି । କହ ଏବେ ତୋ' ମନ ଭିତରେ କି ଚକ୍‌କର ଚାଲିଛି ? ସାଗରିକାଙ୍କ ସହ କିଛି ଏମିତି -ସେମିତି ହେଇନି ତ ? ନା ଚାନ୍ଦିନୀର ଆକର୍ଷଣରେ ସାଗର ବକ୍ଷରେ ସୃଷ୍ଟି ହୋଇଛି ଭାବନାର ଉତ୍ତାଳ ଉଦ୍‌ବେଳନ ?"

କିଛିଟା ବିଚଳିତ ହୋଇ ଉଠିଲା ସାଗର ।

– "ଅନୁରାଗ, ତୁ କ'ଣ କହୁ ? ଆରେ ହଁ...ତୋର ଅନୁମାନ କିଛି ଅସତ୍ୟ ନୁହେଁ । ମୋ' ଚିନ୍ତାର କାରଣ ତ ସେହି ..."

– "ସେହି... ?"

– "ଚାନ୍ଦି...ନୋ.. ଇଏସ୍ ସାଗରିକା ।" କଥାର ଖିଅ ଲୁଚାଇଲା ସାଗର ।

– 'ସାଗରିକା ?'

– "ଆଜିକାଲି ବେଶି ଚିଡୁଛି । କଥାରେ କଥାରେ ରାଗି ନିଆଁ । ତୁମ୍ଭି ତୋଫାନ କରୁଛି । ଇଏସ୍ ସେଇଥିପାଇଁ ମୁଁ ଆସିଥିଲି ତୋ' ପାଖକୁ । କହ ଭାଇ, କ'ଣ କରିବି ? ତୁ ତ ସେହି ବିଭାଗର ଡକ୍ଟର । ତୁ ହିଁ ପାରିବୁ ବାଟକୁ ଆଣି ।"

– "Why not ? I will try. ଆଚ୍ଛା, ସୌଦାମିନୀ ଭାଉଜ, ଆଉ ସାଗରିକା ଦିଦିଙ୍କ ମଧ୍ୟରେ ସେହି କଲେଜ ଜୀବନର ଦୁଷ୍ମନୀ ଅଛି ନା ନାହିଁ ?"

– "ନା'ରେ ଭାଇ, ଏକାବେଳେ ଜଡ଼ାତେଲକୁ ମେଣ୍ଢା ଲୋମ ।"

– 'ମାନେ ?'

– "ଆଜିକାଲି କାଠଯୋଡ଼ି ନଦୀ ତଟରେ ବସି ସାଂଧ ପ୍ରକୃତିର ଉପଭୋଗ ତ ଦୂରର କଥା, ଚାଲିଛି ମନ୍ତ୍ରଣା, ରିତିମତ ଗୋଟେ ପ୍ଲାନ-ପ୍ରୋଗ୍ରାମ ।"

– 'ପ୍ଲାନ ପ୍ରୋଗ୍ରାମ ?'

ପଶି ଆସିଲେ ଅବିନାଶ କହିକହି- 'ଝଡ଼, ଝଡ଼ ଆସୁଚି, ପ୍ରଳୟଙ୍କରୀ ଝଡ଼, ଘୂର୍ଣ୍ଣିଝଡ଼ ।'

ଅନୁରାଗଙ୍କ ପ୍ରଶ୍ନ – 'ଆରେ ଅବିନାଶ ଭାଇ, ଆପଣ ?'

– "କେମିତି ଆସି ନଥାନ୍ତି କହିଲୁ ? ତୋ' ସୌଦାମିନୀ ଭାଉଜ ନା- 'ଯାଅ, ଅନୁରାଗଙ୍କୁ ଧରି ଆସିବ ଏବେ ।' କହତ ଏଇ କେଇଟା ଦିନ ମଧ୍ୟରେ ତୁ ଏଙ୍କୁ ...କି ଯେ ମନ୍ତ୍ରତନ୍ତ୍ର କରିଛୁ ?"

ସାଗର କଥା ଯୋଡ଼ିଲା-'ଇଏସ୍ କଥାଟା ଏକଦମ ସତ !'

– "ହାଃ-ହାଃ-ହାଃ... ! ମନସ୍ତତ୍ତ୍ୱର ମଣିଷକିନା । ଛାଡ଼ ସେକଥା, କି ଝଡ଼ର କଥା କହୁଥିଲେ ?"

– "ହଁ, ଏମାନେ ସବୁ ଏବେ କ୍ରାଂତିକାରୀ ଗୋଷ୍ଠୀର । ମେଣ୍ଟ ବାନ୍ଧିଛନ୍ତି । ପୁରୁଷ ସମାଜ ବିରୁଦ୍ଧରେ ଘମାଘୋଟ ଲଢ଼େଇ । ନାରୀ ଜାଗରଣ, ନାରୀ ସଶକ୍ତୀକରଣର ଏକ ଅଭିଯାନ । ଜାଣିଛ ଅନୁରାଗ, ସେ ନାରୀ ମେଣ୍ଟର ସାଗରିକା ଲିଡରସିପ୍ ନେଇଛନ୍ତି । ତାଙ୍କର ରାଇଟ୍ ପାର୍ଟନର ତୋ' ସୌଦାମିନୀ ଭାଉଜ । ଏଥର ବୁଝି ପାରୁଥିବୁ ତ ଆଗକୁ ଆମ ପୁରୁଷଗୁଡ଼ାଙ୍କର ଅବସ୍ଥା କି ଶୋଚନୀୟ !"

ଅଦୂର ନେପଥ୍ୟରେ ଛିଡ଼ା ହୋଇ ଶୁଣୁଥିଲା ଚାନ୍ଦିନୀ । ସ୍ନାକ୍ସ ପ୍ଲେଟଧରି ହଠାତ କହି କହି ପଶି ଆସିଲେ-

– "ତେବେ ତ ଖୁବ୍ ଭଲ ହେଲା । ମୁଁ ବି ଏବେଠୁ ସେହି ଜାଗରଣରେ ସାମିଲ ହେବି । ଫାଇଟ୍ କରିବି ନାରୀମାନଙ୍କ ପାଇଁ । ଏ ପୁରୁଷମାନଙ୍କ ପ୍ରତାରଣା ଆଉ ସହି ହବନି । ସବୁବେଳେ ଫାଙ୍କିବାଜ୍ । କଥାକଥାକେ ଅଭିନୟ- ଫାର୍ସ ।"

ଅନୁରାଗଙ୍କ ପ୍ରତି ଥିଲା ତାଙ୍କର ଏ ବ୍ୟଂଗୋକ୍ତି ଅଭିମାନର ।

ସମସ୍ତେ ହୋ-ହୋ-ହେଇ ହସି ଉଠିଲେ ।

ଚୁପ୍ ହୋଇଗଲା ଚାନ୍ଦିନୀ । କିଛିଟା ଲଜ୍ଜା ଆଉ ଅପମାନ ବୋଧ ତାକୁ ସଂକୁଚିତ କରିଦେଲା । ଧୀର-ସତର୍କତାର ସହ ପ୍ରଶ୍ନ କଲା–

– "କ'ଣ ହେଲା ? ମୁଁ କ'ଣ କିଛି ଭୁଲ କହିଲି ?"

ଅନୁରାଗ କଥା ଯୋଡ଼ି ପ୍ରଶସ୍ତି ବାହାନାରେ କହିଉଠିଲେ–

– "No, no, you are fully correct." କଥା ଲମ୍ବେଇଦେଲେ -

"ଆରେ, ନାରୀର ତ ଗୋଟେ ସ୍ୱାଧୀନତା ଅଛି । ମନ ଅଛି, ସ୍ୱପ୍ନ ଅଛି । ସେ ବି ତ ତାର ଏସବୁକୁ ସାବ୍ୟସ୍ତ କରିବା ପାଇଁ ହକ୍‌ଦାର ।"

ଝଡ଼ ପରି ପଶିଆସିଲେ ସାଗରିକା ଓ ସୌଦାମିନୀ । ଗର୍ଜି ଉଠିଲେ

– "କିଂତୁ କାହିଁ, କେଉଁଠି ସେ ସ୍ୱାଧୀନତା ? ?"

ତାଜୁବ୍ ହୋଇଗଲେ ଅନ୍ୟମାନେ । ଯେମିତି ଝଡ଼ ପୂର୍ବର ଏ ସଂକେତ୍ !

– "ଆସ ଭଉଣୀ, ଆମେ ତୁମକୁ ନାରୀ ଜାଗରଣ ମଞ୍ଚ ତରଫରୁ ସ୍ୱାଗତ କରୁଛୁ ।" ସାଗରିକା ଓ ସୌଦାମିନୀ ଏକସଂଗେ ଚାନ୍ଦିନୀଙ୍କୁ ଆହ୍ୱାନ ବାଣୀ ଶୁଣାଇ ବଢ଼ାଇ ଦେଲେ ହାତ ।

ଚାନ୍ଦିନୀ ହାତ ମିଳେଇବାକୁ ବାଧ୍ୟ ହେଲା । ତାପରେ ଚାନ୍ଦିନୀକୁ ନିଜ ବକ୍ଷକୁ ଟାଣିନେଇ ଭିଡ଼ି ଧରିଲେ ସାଗରିକା; ସୌଦାମିନୀ ବି..।

ନୀରବତା ଭଂଗ କରି କହିଲେ ଅବିନାଶ-

– "କ'ଣ ଏଠି ଏବେ ଏକାବେଳେ ବିସ୍ଫୋରଣ ଘଟିବନା କ'ଣ ?"

– 'ଓ, ଡରି ଯାଉଛ ?' ସୌଦାମିନୀଙ୍କ କଟାକ୍ଷ ।

ନରମି ଯାଇ - "ନାଇଁ, କହୁଥିଲି କଣକି ତମେ ପରା ମୋତେ ପଠେଇଥିଲ ତମ ଅନୁରାଗ ଦେବରଙ୍କୁ ପାଛୋଟି ନେଇ ଯିବାପାଇଁ ? ଫେର୍..."

ସାଗରିକାଙ୍କ ପରିହାସ- "ଏଇଟା ଆମର ସର୍‌ପ୍ରାଇଜ୍ ! ଆମେ ଏବେ ଠୁ ସତର୍କ । ତମମାନଙ୍କ ପାଦେ ପାଦେ ଆମର ସି.ଆଇ.ଡି ଦୃଷ୍ଟି ଘୂରି ବୁଲିବ ।"

– "ହା-ହା-ହା...ସତେ ନା କ'ଣ ସାଗରିକା ଦିଦି ? ଦେଖ, ମୁଁ ବି ତମମାନଙ୍କ ସାଥିରେ ଅଛି । ଇଏସ୍.... !"

ହାତ ବଢ଼ାଇ ଦେଲେ ଅନୁରାଗ । ହାତ ମିଳାଇଲା ସାଗରିକା, ସୌଦାମିନୀ, ଚାନ୍ଦିନୀ । ନାରୀଙ୍କ କଣ୍ଠରୁ ଉଠିଲା ଉଦ୍‌ଘୋଷ- 'ସାବାସ୍ !'

ବ୍ୟସ୍ତ ବିଚଳିତ ହେଇ ଉଠି ଚୁପ୍‌ଚୁପ୍ ଅବିନାଶ ସାଗର କାନପାଖେ କହି ଉଠିଲା- 'ଏ ସାଗର, ଆମ ପାହାଚ ଖସିଲା । ଆମେ ଆଉ କାହିଁକି ଧରା ପଡ଼ିଯିବା ?' ସ୍ୱୀକାରୋକ୍ତି ଜଣାଇ ଅବିନାଶ କହି ଉଠିଲେ- 'ମୁଁ ବି ତମ ସହିତ ଅଛି ।' ହାତ ମିଳାଇଲେ ।

ସାଗରକୁ ସାଗରିକାଙ୍କ ପ୍ରଶ୍ନ-

– 'ଆଉ ତୁମେ ସାଗର ?'

– "ନୋ ନେଭର। ଏଇଟାକୁ ମୁଁ କେବେ ମାନିନେଇ ପାରିବିନି। ଯୁଗେ ଯୁଗେ ନାରୀ ପୁରୁଷର ବାହୁଛାୟା ତଳେ ବନ୍ଦିନୀ। ଲତାପରି ସେ ଦୁର୍ବଳା- ଅବଳା। ପୁରୁଷର ପ୍ରଶସ୍ତ ବକ୍ଷ ତାର ଆଶ୍ରୟର ସ୍ଥଳ। ସେ ଯୁଗେଯୁଗେ ପୁରୁଷର ଅଂକଶାୟିନୀ ଉପଭୋଗ୍ୟା। ପୁରୁଷ ହାତରେ ସେ ଗୋଟେ କ୍ରୀଡ଼ା ପୁତ୍ତଳିକା-ପୁରୁଷର ସେ ଜଷ୍ଟ୍ ଗୋଟେ ଭୋଗ୍ୟବସ୍ତୁ – I mean a romantic property. Yes!"

ସାଗରିକା ଗର୍ଜି ଉଠିଲା – 'Oh, you shut up.. !'

ବିଦ୍ରୁପ ହସ ହସି ଉଠିଲା ସାଗର – 'ହାଃ-ହାଃ-ହାଃ... !'

ଅନ୍ୟମାନେ ପ୍ରତିବାଦର ସ୍ୱରତୋଳି ଗର୍ଜି ଉଠିଲେ – 'ସାଗର ! ! !'

ଝଡ଼ବେଗରେ ଚାଲିଗଲା ସାଗର।

॥ ୩୭ ॥

ହସ୍‌ପିଟାଲ ବେଡ୍ ରୁ କେତେବେଳେ ଖସି ଯାଇଛନ୍ତି ଗୌରୀ ଓ ଗୌର । କାଳେ ପୋଲିସ ଆସିଯିବ । ସାମ୍ବାଦିକମାନେ ବେଢ଼ିଯିବେ । ସେମାନଙ୍କର ପରିଚୟ ଯଦି ପ୍ରକାଶ ପାଇଯାଏ, ସବୁ ସରିଯିବ । ଏଇ ଭୟ ଘାରିଥିଲା ସେମାନଙ୍କୁ । ଏହାଛଡ଼ା ଗୌରୀ ବଂଚିଛି; ଏ ଖବରଟା ଯଦି କାଳିଆ ଜାଣିଯିବ, ତେବେ ତାର ଆଉ ରକ୍ଷା ନାହିଁ । ଗୌରୀ ସାଥିରେ ତା' ଗୌର ଭାଇକୁ ବି ଶେଷ କରିଦବ ସେ ଜହ୍ଲାଦ ।

– 'ନା ନା, ଏମିତି ହେଇ ପାରିବନି । ଚାଲ ଆମେ ଚାଲିଯିବା ।'

ଗୌରୀର ଏଇ କଥା ପଦକରେ ସେମାନେ ଲୁଚି ଲୁଚି ଆସି ଆଶ୍ରୟ ନେଇଛନ୍ତି କଟକ ସହରତଳି କୁଲି ବସ୍ତିର ଗୋଟେ ଛୋଟ ଚାଳିଘରେ । ତାଙ୍କର ଦୁଃଖ ଶୁଣି ଆଶ୍ରୟ ଦେଇଛି ଜଣେ ବୁଢ଼ୀ ମାଉସୀ ।

ସଂଧ୍ୟା କେତେବେଲୁ ଅପସରି ଗଲାଣି । ମେଘୁଆ ରାତିର ବହଳ ଅନ୍ଧାର କ୍ରମେ ଘନିଭୂତ ହେବାରେ ଲାଗିଛି ।

ଗୌରୀର କ୍ଷତ ଏଯାଏ ଶୁଖିନି । ଯନ୍ତ୍ରଣା ଏବେ ବି ଜର୍ଜରିତ କରୁଛି ତାର ଶରୀରଟାକୁ । ଗୌରୀ ଶୋଇଛି ବିଛଣାରେ ଚିତ୍ ହୋଇ । ପାଖରେ ବସି ଗୌର ଲଗାଇ ଦେଉଛି ତା' ମୁହଁରେ ମଲମ ।

– 'ଗୌରୀ !'

– 'କୁହ !'

– "ତୋ' ଛାତିରେ ମଲମ ଲଗେଇ ଦେବି ?"

– "ନାଇଁ, ଲାଜ ଲାଗିବ ।"

– "ନାଇଁଲୋ, ଲାଜ କାହିଁକି ?"

ସତେ ତ ! ଗୌରୀର ଲାଜ ଆଉ କାହିଁ ପାଇଁ ? ଯଦି ସବୁ ଠିକ୍ ଚାଲିଥାନ୍ତା, ତେବେ ଆଜି ଗୌରୀ କ'ଣ ଲୁଚେଇ ରଖି ପାରିଥାନ୍ତା ତା' ନିଜକୁ ତା' ପତିଦେବଙ୍କ ଠୁ ?

ଗୌର ଧୀରେ ଆଢ଼େଇ ଦେଲା ଗୌରୀ ବକ୍ଷ ଉପରୁ ପତଳା ଶାଢ଼ୀ କାନିଟିକୁ ।

ଲାଜରେ ଗୌରୀ ଆଖି ବନ୍ଦ କରିନେଲା । ଆଉ ନିଜ ହାତ ପାପୁଲିରେ ଢାଙ୍କିଦେଲା ମୁହଁଟିକୁ ।

ଗୌର ଧୀରେଧୀରେ ଲଗାଇ ଦେଉଛି ମଲମ କ୍ଷତ ଉପରେ । ଯଉ ଯୌବନର ଉଦ୍ଦାମ ଆକର୍ଷଣ ସାରା ପୁରୁଷ ଜାତିକୁ ଉନ୍ମତ୍ତ କରେ; ସେ ଆଜି ତା' ଦେହ ମନରେ ତିଳେ ମାତ୍ର ସୃଷ୍ଟି କରୁନି ଶିହରଣ- କଂପନ । ଗୌରୀର ଅବସ୍ଥା ଦେଖି ଯେମିତି ନିଷ୍ପନ୍ଦ ହେଇ ଯାଇଛି ତାର ହୃଦୟ । ନିସ୍ତେଜ ହୋଇ ପଡ଼ିଛି ପୁରୁଷତ୍ୱ ।

ଗୌରୀର ସମସ୍ତ କ୍ଷତ ସ୍ଥଳରେ ନିର୍ବିକାର ଭାବରେ ଗୌର ମଲମ ଲଗାଇ ଦେଉଛି । ଜମା ପ୍ରତିବାଦ କରୁନି ଗୌରୀ ।

– କାହିଁକି ପ୍ରତିବାଦ କାହା ପାଖରେ...(?)

ଗୌରଭାଇ, ସିଏ ତ ଏବେ ତାର ସର୍ବସ୍ୱ । ଏକମାତ୍ର ସାହା--ଭରସା ! ସେ ପରା ତା' ସିନ୍ଥିରେ ସିନ୍ଦୂର ଦେଇଛି । ସେ ତାର ସ୍ୱାମୀ. ଏଣୁ ନିସଂକୋଚରେ ଆଜି ସମର୍ପି ଦେଇଛି ତାର ସାରା ଦେହକୁ ସେହି ପ୍ରେମମୟ ପୁରୁଷଙ୍କ ପାଦତଳେ ।

ମଲମ ଲଗେଇ ସାରିଛି ଗୌର । ଟିକେ ଆରାମ ଲାଗୁଛି ଏବେ ଗୌରୀକୁ । ତା' ପ୍ରିୟତମ ପୁରୁଷଙ୍କ ହାତର ଶୀତଳ ପ୍ରଲେପ ତା' ସାରା ଦେହରେ ପୁଲକ ଭରିଛି । ଏ ପୁଲକ ଯେମିତି ପ୍ରଥମ ମିଳନର ସୁଖଠୁ କିଛି କମ ନୁହେଁ ହବ ପରା !

ଶାଂତିରେ ଆଖିପତା ବୁଜି ହୋଇ ଆସିଲା ଗୌରୀର ।

ଆଉ ଗୌର (?) ଏକଲୟରେ ଚାହିଁ ରହିଚି ତା' ଗୌରୀକୁ । ଦେଖୁଚି ଯେମିତି କେତେ ଯୁଗରୁ ସେ ଅପେକ୍ଷା କରି ରହିଥିଲା ଏଇ ମୁହୂର୍ତ୍ତକୁ ।

ଆଜି ତାଙ୍କ ବିବାହର ଚଉଠି ରାତି ।

ମଧୁମିଳନର ଏ ବ୍ୟର୍ଥ ବାସର ଲଗ୍ନ, ପହିଲି ପରଶର ସେ ସ୍ପର୍ଶ କାତର ଆତୁରତା ଆଜି ତା'ଲାଗି ମୂଲ୍ୟହୀନ ହେଇଯାଇଛି । ତାର ସବୁ ଆଶା-ସ୍ୱପ୍ନ- ପ୍ରତୀକ୍ଷାର ବିଫଳତା ତିଳେ ହେଲେ ବି ବିଚଳିତ କରୁନି ତାକୁ । କାରଣ ସେ ଗୌରୀକୁ ଭଲପାଏ ପ୍ରାଣଦେଇ । ଆଉ କ'ଣ ଦରକାର ତାର ? ଖାଲି ଗୌରୀ....ଗୌରୀ...ବାସ୍ ।

ଏଇତ ଗୌରୀ ଗୋଟାଯାକେ ଶୋଇଛି ତା' ସାମ୍ନାରେ । ସେ ତାକୁ ଦେଖୁଚି ଆଖି ପୂରେଇ । ସେ ତାର ସେବା କରୁଛି ପ୍ରାଣ ଭରି । ଗୌରୀ କେମିତି ଭଲ ହେଇ ଉଠିବ, ତାର ସମସ୍ତ କ୍ଷତଚିହ୍ନ ଲିଭିଯିବ, ସେ ଫେର୍ ସୁନ୍ଦର-ସତେଜ ହେଇ ଉଠିବ ପୂର୍ବପରି ଆଉ ଉଭାହେବ ସାକ୍ଷାତ ଶିବଙ୍କ ଆଗରେ ଗୌରୀମାତା ପରି ! ସେ ଏ ସମାଜଠୁ ଚାଲିଯିବ ଦୂରକୁ ବହୁତ ଦୂରକୁ କଉ ଅଜଣା ରାଇଜକୁ, ଯେଉଁଠି ନଥିବ ଏପରି ପୈଶାଚିକତାର ପ୍ରଶ୍ନବାଚୀ, ଯେଉଁଠି ନଥିବ ନିରୀହ ନାରୀତ୍ୱ ଉପରେ ପୁରୁଷର

ଏଭଳି ନିର୍ମମ ଅତ୍ୟାଚାର । ସେଠି ସେ ଛୋଟିଆ କୁଡ଼ିଆଟେ ଛାଇଦେବ । ଛୋଟ ଘରଟି ଭିତରେ ହସି ଉଠିବ ତାର ଟିକି ସଂସାର ।

ଗୌରର ଭାବ ବିଭୋର ଚକ୍ଷୁପତା ଧୀରେ ନଇଁ ଆସୁଥିଲା ।

ଗୌରୀ ଶୋଇଛି ନିଘୋଡ଼ ନିଦରେ । ମରଣ ମୁହଁରୁ ସେ ବଂଚି ଫେରିଚି । କାଳରାତ୍ରିର ସେହି ବିଭତ୍ସ ମୁହୂର୍ତ୍ତର ଯମ ଯନ୍ତ୍ରଣା ଆଉ ତାର ସ୍ମୃତିପଟକୁ ଶିହରିତ କରୁନାହିଁ । ପଲକ ତଳେ ନାହିଁ ତନ୍ଦ୍ରା କି ସ୍ୱପ୍ନ । ଗୌରଭାଇର ସ୍ପର୍ଶରେ ଆଃ...କି ଶାଂତି !

କେତେବେଳେ ଯେ ଗୌର ବସୁବସୁ ଶୋଇ ପଡ଼ିଛି ଗୌରୀ ଦେହକୁ ଭିଡ଼ି ହୋଇ ଜାଣି ପାରିନି । ତାର ସତର୍କ ହାତ ଦୁଇଟି ଗୌରୀର ଦେହଟିକୁ ଆଉଜେଇ ଆଣିଛି ନିଜ ଛାତି ପାଖକୁ ଧୀରେ ଅତି ଧୀରେ ଯେମିତି ତା' ଗୌରୀକୁ କଷ୍ଟ ହେବନି; ତାର ସୁଖ ନିଦ୍ରା ଭାଂଗିବନି ।

ଆଃହା...ନବ ବରବଧୂଙ୍କ ଏ କି ବିଚିତ୍ର ମିଳନଛନ୍ଦ । ଆଜି ତାଙ୍କ ବାସର ରାତି । ସେ କଥା କ'ଣ ସେମାନଙ୍କର ଖିଆଲ ଅଛି ? ତଥାପି ଯନ୍ତ୍ରଣା ଭିତରେ ଅଛି ଜୀବନ, ବେଦନାରେ ଅଛି ଆନନ୍ଦ । ବିରହରେ ମିଳନର ସମ୍ମୋହନ ।

ପ୍ରେମର ସ୍ନିଗ୍ଧ ସାନ୍ନିଧ ଦୁଇଟି ଦେହ, ମନ ଆଉ ପ୍ରାଣକୁ ଆଜି ଯେମିତି ଏକାକାରକରି ଦେଇଛି-ଏକାକାର !

ବାହାରେ ଝିପିଝିପି ବର୍ଷାର ଆସର ଜମି ଆସୁଥିଲା ।

॥ ୩୮ ॥

କାଉର କା' ଡାକରେ ଗୌରୀର ନିଦ ଭାଂଗିଗଲା ।

ଏ କ'ଣ ? ସେ ଯେ ଗୌର ବାହୁବନ୍ଧନ ଭିତରେ । ସେ ବି କେମିତି କେତେବେଳେ ତାର ହାତଟିକୁ ଲଦିଦେଇ ଭିଡ଼ିଧରିଛି ଜାଣିପାରିନି ।

ପ୍ରେମରେ ଏମିତି ହୁଏ । ପ୍ରେମ କ'ଣ ଖାଲି ଜାଗରଣର ତାମସା କି ? ଏଠି ସ୍ୱପ୍ନ ଆଉ ଅବଚେତନର ବି କମ କାରସାଦୀ ନାହିଁ ।

ଭାରି ଲାଜ ଲାଜ ଲାଗିଲା ଗୌରୀକୁ । ପୁରୁଷ ଶରୀରର ପ୍ରଥମ ଉଷ୍ମ ସ୍ପର୍ଶ ତାକୁ କେମିତି ଉଲ୍ଲସିତ କରିଦେଲା । ଏ କ'ଣ ହେଉଛି ? ତା' ଛାତିତଳେ କଂପନ କାହିଁକି ? ସାରା ଶରୀରରେ ଖେଳି ଯାଉଛି ଶିହରଣ । ଉଚ୍ଚାଟ ଉନ୍ମାଦନା । ଏକ ମଧୁର ଜ୍ୱାଳା ଯେମିତି ତାକୁ ଜାଳିଜାଳି ଦେଉଛି !

– 'ଆଃ !'

ମୃଦୁ ଚିତ୍କାର ସହ ସେ ଭିଡ଼ି ଧରିଲା ଗୌରକୁ । ଯେତେ ତାର ଶକ୍ତି ।

ଚମକି ଉଠିଲା ଗୌର ! ଦେଖିଲା ଗୌରୀ ତାକୁ ଭିଡ଼ି ଧରୁଛି ଆହୁରି ଆହୁରି ଜୋରରେ । କିଛି ବୁଝିପାରିଲାନି ସେ ।

– 'ଓଃ !', ଗୌରୀର କେତେ ଶକ୍ତି । 'ଗୌରୀ ! ଗୌରୀ !' ଡାକିଲା ଗୌର । ଗୌରୀ କାହିଁକି ବା ଶୁଣିବ ? ନିବିଡ଼ କରି ଭିଡ଼ି ଧରିଛି ଗୌରକୁ ଛାତିରେ !

ଗୌର ଭାବୁଛି -ଗୌରୀ କଣ ଶୋଇ ଶୋଇ ସ୍ୱପ୍ନ ଦେଖୁଛି ? କିଛି ଅଶୁଭ ସ୍ୱପ୍ନ ନା ସେହି କାଳିଆ କାଳପିଶାଚର କଥା ମନେ ପଡ଼ିଯାଇଛି ତାର ? ଗୌରୀକୁ ଜମା ବାଧା ଦେଲାନି ସେ । ଗୌରୀର ନିବିଡ଼ କୋମଳ ସ୍ପର୍ଶର ମାଦକତା ବରଂଚ ତାକୁ ମତୁଆଲା କରୁଥିଲା, ବେଶ୍ ମତୁଆଲା ! ସେ ତା' ରକ୍ତର ପ୍ରବାହରେ ଅନୁଭବ କରୁଥିଲା ଗୋଟେ ମଧୁର ଜ୍ୱଳନର ଅଗ୍ନି ସଂଚାର ।

ଅଳ୍ପ କିଛି କ୍ଷଣପରେ ଗୌରୀ ଶାଂତ ହୋଇଗଲା । ତା' ଦେହରୁ ଓହ୍ଲେଇଗଲା ଉନ୍ମାଦନା । ଭାଂଗିଗଲା ପ୍ରବଣତା । ତୁଟିଗଲା ସମ୍ମୋହନ ।ସଚେତନ ହେଇ ଉଠିଲା ସେ । ଦେଖିଲା, ଗୌର ତାକୁ ଚାହିଁ ରହିଛି । ତା' ଆଖିର ପଲକ ପଡୁନି । ଡୋଳା ଦୁଇଟି ଯେପରି ସ୍ଥିର ।

ହଲେଇ ଦେଇ ଡାକିଲା - 'ଏ!'

– 'ଉଁ!' ପ୍ରକୃତିସ୍ଥ ହେଲା ଗୌର ।

– 'ଛାଡ଼!'

– "ନାଇଁ, ଏ ଭିଜା ସକାଳର କୋହଲା ପବନରେ ଆଉ କିଛିକ୍ଷଣ ମୋତେ ଭିଜି-ଭିଜି ଯିବାକୁ ଦେ ଗୌରୀ ।" ଭିଡ଼ି ଧରିଲା ଗୌରୀକୁ ଠିକ୍ ଅନୁରୂପ ଭାବରେ ନିବିଡ଼ କରି ।

ଗୌରୀ ପ୍ରତିବାଦ କଲାନି । ସରମୀ ଯାଉନି ଆଜି ସେ ସେଦିନର ଲାଜକୁଳି ପରି! ତା' ପ୍ରିୟତମ ପୁରୁଷଙ୍କ ମଧୁର ଆଲିଂଗନ ଭିତରେ ସେ ଅନୁଭବ କରୁଥିଲା ଏକ ଅପୂର୍ବ ମାଦକତା ।

ଠକ୍ ଠକ୍ ଆବାଜ ଆସିଲା କବାଟରୁ ।

– 'କିଏ?' ଧଡ଼ପଡ଼ ହୋଇ ଉଠି ବସିଲେ ଉଭୟ ।

ଏତେ ସକାଳେ କିଏ ଡାକୁଛି? ପୋଲିସ କି ସାମ୍ବାଦିକ ନୁହଁନ୍ତି ତ?

– 'ଗୌରୀ?' ବିବ୍ରତ ଅବସ୍ଥାରେ ପ୍ରଶ୍ନ କଲା ଗୌର ।

– 'କିଏ ସେ?' ଭୟମିଶା ସ୍ୱରରେ ଅନୁରୂପ ପ୍ରଶ୍ନ । ଥରି ଉଠିଲା ଗୌରୀର ସର୍ବାଙ୍ଗ ।

– 'ରହ, ମୁଁ ଦେଖୁଚି ।' ଗୌର ଉଠି ଧୀରେ କବାଟ ପାଖକୁ ଗଲା । କବାଟ ଫାଙ୍କରେ ଚାହିଁ ଦେଖିଲା-ମାଉସୀ! ପ୍ରାଣପଶିଲା ତାର । ଚଟକିନା ଖୋଲିଦେଲା କବାଟ ।

– 'ମାଉସୀ!'

– "ଆରେ ସକାଳ ହେଲାଣି, ଉଠିଲନା ନାହିଁ, ସେଥିଲାଗି ଉଠେଇବାକୁ ଆସିଥିଲି ବାବା । ଝିଅଟାର ଦିହଟା ଟିକେ ଭଲ ଲାଗିଲାଣି ତ? ଦେଖ୍ ବାବା ମୋର ତ କେହି ନାହିଁ । ପରଘର ପାଇଟି କରି ପେଟ ଚାଖଣ୍ଡ ପୂରଉଛି । ତମ ସାଂଗରେ ଏବେ ବସି ଦୁଃଖ କଥା ହେବାକୁ ତର କାହିଁ? ଆଚ୍ଛା ବାବା, ବାବୁଘର ପାଇଟି ସାରି ଆସିବା ବେଳେ ମୁଁ ସଜ କ୍ଷୀର ଆଉ ପାଉଁରୁଟି ଝିଅଟା ପାଇଁ ନେଇ ଆସିବି । ତୁ ଜମା ବ୍ୟସ୍ତ ହେବୁନି । ଝିଅଟାକୁ ନଜର କରୁଥିବୁ ବୁଝିଲୁ?"

– 'ହଁ ମାଉସୀ!'

– "ଏଇ ମୋ' ଘର ଚାବିକାଠିଟା ତୁଇ ରଖିଥା , ଭୋକ ଲାଗିଲେ ଟିଣରେ ମୁଢ଼ି ରଖିଛି, କାଢ଼ି ଖାଇନେବ । ମୁଁ ଆସୁଛି ।"

ମାଉସୀ ଚାବିକାଠି କାନିରୁ ଫିଟାଇ ବଢ଼େଇଦେଲା ଗୌର ହାତକୁ ଆଉ ବାଡ଼ି

ଠକ୍ ଠକ୍ କରି ନଇଁନଇଁ ଚାଲିଲା ସଡ଼କ ଆଡ଼େ । ଚାହିଁ ରହିଥିଲା ଗୌର । ଭାବୁଥିଲା- ହାଏ, ଏଇ ବୁଢ଼ୀ ମା'ଟିର କେହି ପୁଅ କି ଝିଅ ଯଦି ପାଖରେ ଥାନ୍ତେ...।

ଗୌର ଛାତିତଳେ କିଏ ଯେପରି ଉପହାସ କରି କହୁଛି- "ଆରେ, ଏ କଣ ଜଣେ ? ଏ ସମାଜରେ କେତେ ଯେ ଏମିତି ଅସହାୟ ଜୀବନ ନେଇ ମରଣ ସାଥିରେ ସଂଘର୍ଷ କରି ଚାଲିଛନ୍ତି ତାର ଖବର କିଏ ରଖିଛି ? କିଏ ଅଛି ସେମାନଙ୍କ ପାଖରେ ? ?"

ବିଦ୍ରୋହ କରି ଉଠିଲା ଗୌରର ମର୍ଦ୍ଦପଣ । "ନାଇଁ ମୁଁ ଏହା କେବେ ହେବାକୁ ଦେବିନି । ଯେତେ ମେହନତ କରିବାକୁ ପଡୁପଛେ ମୁଁ ଗୋଟେ ବୃଦ୍ଧାଶ୍ରମ ଗଢ଼ିବି । ସେଇଠି ଆଶ୍ରୟ ପାଇବେ ଏମିତି ଅସହାୟ ମାଆ-ମାଉସୀମାନେ । କ'ଣ ଭୁଲ ଭାବୁଛି ?"

– 'ଗୌରୀ ! ଗୌରୀ... !'

ଡାକି ଡାକି ପଶିଗଲା ଘର ଭିତରକୁ, ଦେଖିଲା..

ଘରର ଗୋଟେ କୋଣକୁ ଗୌରୀ ଲୁଚିଲୁଚି ଶାଢ଼ୀ ବଦଳାଉଥିଲା ।

॥ ୩୯ ॥

ସକାଳର ଚିକ୍‌କଣ ଖରା ବିଛେଇ ହେଇ ପଡ଼ିଛି ବଗିଚାର ଘାସ ଗାଲିଚାରେ । କାକର ବିନ୍ଦୁମାନଙ୍କରେ ଫୁଟି ଝଟକୁଛି ଶତ ଇନ୍ଦ୍ରଧନୁର ବିଚିତ୍ର ବର୍ଣ୍ଣାଳି । ଧୀର ପବନରେ ଫୁଲମାନେ ସତେ ଝୁଲିଝୁଲି ଝୁମି ଉଠୁଚନ୍ତି ! ଆଉ ମନ ଫୁଲାଣିଆଁ ଗୀତ ଗାଇ ଉଡ଼ି ବୁଲୁଛନ୍ତି ଏ ଫୁଲରୁ ସେ ଫୁଲ ବାଉଳା ଭ୍ରମର ଓ ରୂପର ପସରା ମେଲି ରୂପବତୀ ପ୍ରଜାପତି ମାନେ ।

ଫୁଲ ତୋଳୁତୋଳୁ ଏ ଦୃଶ୍ୟକୁ ଉପଭୋଗ କରୁଥିଲା ଝୁମୁରୀ ।

– 'ଆରେ ସମରା !' ଚିହିଁକି ଉଠିଲା ସେ ।

– 'କାଣ କିଲୋ ଝୁମୁରୀ ?' ଘାସ ବାଛୁ ବାଛୁ ଜବାବ ରଖିଲା ସମରା ।

– 'ହେଇ ଦେଖିଛୁନା !' ହାତ ଠାରିଲା ନିର୍ଦ୍ଦିଷ୍ଟ ଦିଗକୁ ।

– 'କାଣ୍ କିଲୋ ?' ମୁଣ୍ଡ ଉଠେଇ ଫେରି ଚାହିଁଲା ସେ ।

ଚୁପ୍ ରହିବା ପାଇଁ ଆଙ୍ଗୁଳିରେ ଇସାରା ଦେଇ ପାଖକୁ ଆସିବାକୁ ଠାରିଲା । ସମରା କିଛି ଭାବି ପାରିଲାନି । ଉଠି ଆସିଲା ପାଦ ଚାପି ଚାପି । ଚପା ଗଳାରେ ପଚାରିଲା–

– 'କାହିଁଲୋ, କାଣା ?'

– 'ହେଇ ଦେଖୁଚୁ; ଫୁଲର୍ ଉପରେ ଭଅଁରାଟା..... !'

– 'ହାଁତ, ଦେଖୁଚେ । କାଣା ହେଲା ସେଇଠୁ ?'

– 'ଧେତ୍, ଆରେ ମହୁ ପିଉଛେ ମହୁ...ଭଅଁରା !'

– "ଓ–ଏଇ କଥାଟା ? ପିଲାଟା ବେଲୁ ମୁଇଁତ ଏମିତି କେତେବାର ଦେଖି ଆସୁଚେ । ଆଜି ଆଉ ଏ ନୂଆ କଥାଟା କିଲୋ ?"

– "ତୋ' ଗଣ୍ଡି ଆଉ ମୁଣ୍ଡ ।" ମୁହଁ ଛାଟି ଚାଲି ଯାଉଥିଲା ଝୁମୁରୀ ।

– "କାଣା କହିଲୁ, ତୋତେ ଆର ଆଜି ଛାଡ଼୍‌ବ ନା !"

– 'ଆଛା, ଦେଖ୍ ମା !'

ଦଉଡ଼ିବାକୁ ଲାଗିଲା ବଗିଚା ସାରା, ଯେମିତି ସେ ଛୁଇଁ ପାରିବନି । ଆଉ ସମରା ସାମନା ପଟ, ବିପରୀତ ଦିଗରୁ କ୍ଷେପି ଆସିଚି । ଝୁମୁରୀ ପଛକୁ ଚାହିଁ ଧାଉଁ ଧାଉଁ ପଡ଼ିଯାଇଛି ସମରାର ଛାତି ଉପରେ । ଆଉ ସମରା ଭିଡ଼ି ଧରିଛି ଝୁମୁରୀକୁ ।

– 'କହ, କାଣା କହୁଥିଲୁ, ମୋର ଗଣ୍ଡି ଆଉ ମୁଣ୍ଡଟା ?'

– 'ଆରେ ଛାଡ଼ ମୋତେ... !'

– 'ନାଇଁ ଛାଡ଼ିବ ନା !' ଅଧିକ ଜୋରରେ ଜାକି ଧରିଲା ଝୁମୁରୀକୁ ।

– 'ଆଃ, କହୁଚେ ଛାଡ଼, ନାଇଁତ ଜାଣିଥା, ବାବାଙ୍କ ପାଖେ ତୋର କଥାଟା କହି ଦାନା ଉଠେଇ ଦେମି ହାଁ ।'

ସକାଳ ଭ୍ରମଣରୁ ଫେରୁଥିଲେ ରୁଦ୍ରପ୍ରତାପ ଓ ପ୍ରିୟମ୍ବଦା । ଝୁମୁରୀର ପାଟି ଶୁଣି ରୁଦ୍ରପ୍ରତାପ ଡାକ ଛାଡ଼ିଲେ – 'ଝୁମୁରୀ ।'

ଛାଡ଼ ହୋଇଗଲେ ଦିଜଣ । ସମରା ବସିପଡ଼ି ଘାସ ଉପାଡ଼ିବା କାର୍ଯ୍ୟରେ ଲାଗିପଡ଼ିଲା ଆଉ ଝୁମୁରୀ ଅଭିନୟ କରି କାନ୍ଦିବାକୁ ଲାଗିଲା- 'ହୁଁ..ହୁଁ...ହୁଁ..'

ପ୍ରିୟମ୍ବଦା ବ୍ୟସ୍ତ ହୋଇଉଠି ପଚାରିଲେ-

– "ଆଲୋ ମା', କାନ୍ଦୁଛୁ କାହିଁକି ?"

– 'ନିଶ୍ଚିତ ସମରା ତାକୁ ଚିଡ଼େଇଛି । ସତ ନା ?' ରୁଦ୍ରଙ୍କ ପ୍ରଶ୍ନ ।

– 'ହାଁ, ନାଇଁ... !' ହସି ଉଠିଲେ ରୁଦ୍ର ଓ ପ୍ରିୟମ୍ବଦା

– "ହଁ ଫେର ନାଇଁ ? କିରେ ସମରା ତୁ ଏମିତି ଚୁପ୍ ହୋଇ ବସି ରହିଛୁ, କଥା କ'ଣ ?" ପ୍ରଶ୍ନକଲେ ପ୍ରିୟମ୍ବଦା ।

ରୁଦ୍ରଙ୍କର ଅଭିମାନଭରା ଉକ୍ତି – "ବୁଝିଗଲି । ତମମାନଙ୍କର ତମ ଗାଁ ଘରକୁ ଯିବାପାଇଁ ମନ ଗୁଡ଼େଇ ହେଉଛି ନା ?"

ପ୍ରିୟମ୍ବଦା କହିଲେ, "କି କଥା ଇଏ ? ପିଲା ଦି'ଟା ଛ' ମାସ ହେଲା ଆସିଲେଣି.. ମନେ ପଡ଼ିବନି ?"

– 'ଠିକ୍ ଅଛି, ମୁଁ ଦି ଦିନ ଭିତରେ ଗାଁକୁ ଯିବା ବ୍ୟବସ୍ଥା କରି ଦଉଛି ।' କହିଲେ ରୁଦ୍ରପ୍ରତାପ ।

ରୁଷିଯାଇ ଚିଡ଼ି ଉଠିଲା ଝୁମୁରୀ ।

– 'ବାବାଁ, ତମେ ବଡ଼ ଦୁଷ୍ଟ ! ମୁଇଁ କେତେବେଳେ କହିଲି ଯେ ଗାଁକୁ ଯିମି ବୋଲି ?'

– 'ଆଉ ତେବେ ?'

– 'ଏଇ ସମରାଟା....'

– "କ'ଣ କଲା ସେ ?" ସହାସ୍ୟ ପ୍ରଶ୍ନ ପ୍ରିୟମ୍ବଦାଙ୍କର ।

– "ମୋତେ ଚିଡ଼ଉଛି । ମୁଁ କହିଲେ, ମୋର କଥାଟା ଜମା ନାଇଁ ଶୁଣିବାର....ନାଇଁ ବୁଝିବାର । ଏଇଟା ଗୋଟେ ହୁଣ୍ଡାଟା । ମୁଣ୍ଡରେ ବୁଦ୍ଧି ନାହିଁ ଇଆର ।" ସମରା ହସୁଥିଲା ମୁରୁକି ମୁରୁକି ।

ହସି ଉଠିଲେ ରୁଦ୍ର ଓ ପ୍ରିୟମ୍ବଦା ଝୁମୁରୀର ପିଲାଳିଆମି ଦେଖି । ହସି ଉଠିଲା ଯେମିତି ସକାଳର ଶାଂତ ପରିବେଶଟା ହସର ପ୍ରତି ସ୍ପନ୍ଦନରେ ! ରୁଦ୍ରଙ୍କ ତାଗିଦ୍–

– "ହଉ, ତା' କଥା ପରେ ବୁଝାଯିବ । ଆଗ କହିଲୁ ମା', ତୁ ତୋ' ଏ ବୁଢ଼ା ପୁଅଟାକୁ ଛାଡ଼ି ଚାଲିଯିବୁ ?"

ଆଖି ଛଳଛଳ କରି ଜବାବ ଦେଲା ଝୁମୁରୀ–

– "ନାଇଁ ବାବା, ମୁଇଁ ମାଆ ଆଉ ମୋର ବାବାକୁ ଛାଡ଼ି ଯିବନା । ମୁଇଁ ଏଇଠି ତମର ପାଖେ ରହିମି ସଦାବେଳେ । ହେଲେ..."

– "ଓ, ତୋର ମା' କଥା ମନେ ପଡୁଛି ?"

– "ହଏ, ମନେ ପଡୁଛି ତ ! ବାବା, କହୁଥିଲ ନା, ଆମର ସାଥେ ଯିବ ବୋଲି ?"

– "ହଁ କହିଥିଲି ? ତୋ' କଥା କ'ଣ ମୁଁ କେବେ କାଟି ପାରିବି ମା' ? ତୁ ପରା ମୋ' ସୁନା ମାଆ ?" ହସି ଉଠିଲା ଝୁମୁରୀ ।

– "ବୁଝିଲ ବାବା, ଆମ ଗାଁ ନା ଭାରି ସୁନ୍ଦରିଆ । ପାହାଡ଼... ଝରନା... ଶାଳୁଆ ବଣ...ତମକୁ ଭାରି ଭଲ ଲାଗିବ । ଆମ ସମ୍ବଲପୁରର ମା' ସମଲେଇ ମନ୍ଦିର, ଆମ ଜମନକିରା-ଝରିଆବାହାଲ ସବୁ ବୁଲେଇ ଆଣିମି । କିରେ ସମରା ?"

– "ହାଁ, ହାଁ, ତୋର କଥାଟା ହବ । ଏଥର ତୋର ସବୁକଥା ମୁଇଁ ମାନିବିଲୋ ଝୁମୁରୀ । ଏଇ କାନ୍ ଧରୁଛେ ।" କାନ ଧରିଲା ସମରା ।

– 'ନାଇଁ ତ ମୁଇଁ ଫେର ରାଗିଯିମି ତୋର ଉପରେ ହାଁ!'

ହସିଉଠି କହିଲେ ପ୍ରିୟମ୍ବଦା– "ହଉ, ତମେ ବାପ ଝିଅ ପଛରେ ଆସ । ଆ'ରେ ସମରା, ସେପଟେ ବହୁତ କାମ ପଡ଼ିଚି । ବ୍ରେକ୍‌ଫାଷ୍ଟ ତିଆରି କରିବାକୁ ହବ ।"

ପ୍ରିୟମ୍ବଦା ଆଗେ ଆଗେ ଚାଲିଲେ । ପଛରେ ସମରା । ଯାଉ ଯାଉ ଝୁମୁରୀ ଆଡ଼କୁ କଣେଇଁ ଚାହିଁ ହସି ଦେଲା । ଜିଭ ଦେଖେଇ ଖତେଇ ହେଇ ମୁହଁ ମୋଡ଼ିନେଲା ଝୁମୁରୀ ।

ପିଲାମାନଙ୍କ ଖେଳ ଦେଖି ଭିନ୍ନ ଦିଗକୁ ଚାହିଁ ହସି ଉଠିଲେ ରୁଦ୍ରପ୍ରତାପ । ବଗିଚାର ଚଉତରା ଉପରେ ବସି ପଡୁପଡୁ ଡାକିଲେ– 'ଝୁମୁରୀ!'

– 'ବାବା ?'

– "ମୋ' ଦେହରୁ ସାର୍ଟଟା ଉତାରି ଦେଲୁ ମା' !"

ଝୁମୁରୀ ସାର୍ଟଟି ଖୋଲିଦେଲା ।

– "ଆଃ...କି ଆରାମ ! ବୁଝିଲୁ ମା', ଶୀତ ସକାଳର ଉଷୁମ ଖରାରେ ଦଣ୍ଡେ ବସିଗଲେ ନା ଦେହରେ ଭିଟାମିନ -Dର ଅଭାବଟା ପୂରଣ ହୋଇଯିବ । ବୟସ ହେଲାଣି ତ । ଗୋଡ଼ ଗଣ୍ଠି ସବୁ ଦରଜ କରିବା ଆରମ୍ଭ କରି ଦେଲାଣି ।"

– 'ବାବା, ଗୋଡ଼ ଟିପିଦେବି ?'

ଝୁମୁରୀ ଆଣ୍ଠେଇ ବସି ଗୋଡ଼ ଟିପିଲା । ରୁଦ୍ରଙ୍କ ଆଖିରୁ ଝରିପଡ଼ିଲା ଦୁଇଟୋପା ଅଶ୍ରୁ ବିନ୍ଦୁ ଝୁମୁରୀର ହାତ ଉପରେ ।

– 'ବାବା ! ତମେ କାନ୍ଦୁଛ ?'

– "ନାଇଁରେ ଏ ଆଖିଟାର ଅମାନିଆଁ ଲୁହ ଏବେ ଆଉ ବୋଲ ମାନୁନି । ସାରା ଜୀବନ ଚାପିଧରି ରଖିଥିଲି । ଦୁନିଆ ଜାଣିଛି-ରୁଦ୍ର ପ୍ରତାପ ଗୋଟେ କଠୋର - ପାଷାଣ ! ତାର ଭାବ-ଆବେଗ-ହୃଦୟ ବୋଲି କିଛି ନାହିଁ । ସେ ପୁଣି କାନ୍ଦିବ ? ହାଃ-ହାଃ-ହାଃ... !"

ହସୁଥିଲେ ଉନ୍ମାଦ ପରି । ଆଖିରୁ ଝରି ଚାଲୁଥିଲା ଅଶ୍ରୁଧାରା । ହୃଦୟରୁ ଉଠୁଥିଲା କୋହ । ଚାପି ଧରିଥିଲେ ବେଦନାକୁ ବୁକୁତଳେ । ଦେହକୁ କରିନେଇଥିଲେ ପଥର ।

ଉଠିପଡ଼ି ନିଜ ଶାଢ଼ୀକାନିରେ ଆଖିର ଲୁହ ପୋଛି ଦେଉ ଦେଉ କାନ୍ଦ କାନ୍ଦ ହେଇ କହିଲା ଝୁମୁରୀ- 'ନାଇଁ ବାବା, ତମେ କାନ୍ଦନି । ମୁଇଁ ପରା ଅଛି ! ତୁମ ପାଖରେ ତୁମର ଝିଅ ଅଛି ବାବା ।'

– "ସତ କହୁଚୁ, ସତ କହୁଚୁ ମା' ! ତୁ ମୋତେ ଛାଡ଼ି ଯିବୁନିତ ?"

– 'ନାଇଁ ।'

– "ଦେଖ୍ ଝୁମୁରୀ, ଯଦି ତୁ ଚାଲିଯିବୁ, ସତ କହୁଚି ମୁଁ ବଂଚି ପାରିବିନିରେ !" ପାଟିରେ ହାତ ଚାପି ଧରିଲା ଝୁମୁରୀ ।

– "ନାଇଁ, ଏମିତି କହନ୍ତିନି ବାବା । ତମ ଝିଅ ତମକୁ ଛାଡ଼ି କୁଆଡ଼େ ବି ଯିବନି । ଆଜି ମୁଇଁ ମା' ସମଲେଇର ରାନ୍‌ଖାଇ କହୁଚେ ।"

ରୁଦ୍ର ଭାବ ବିହ୍ୱଳ ହେଇ ଉଠିଲେ । ଛଳଛଳ ନେତ୍ରରେ ଚାହିଁ ରହିଲେ ଝୁମୁରୀର ଅଶ୍ରୁଳ ଥମଥମ ମୁଖମଣ୍ଡଳକୁ । ଭାବୁଥିଲେ - କେତେ ସରଳ, ନିରୀହ ଏ ଝିଅ ! କେତେ ସ୍ନେହ ମମତା, କେତେ ଆପଣାପଣ ! ଖାଣ୍ଟି ସୁନାମୁଣ୍ଡାଟାଏ । ଧନ୍ୟ ଏହାର ବାପା-ମା' । ସେ ବଣ-ପାହାଡ଼ରେ ଫେର୍ ଏମିତି ମାଣିକ ଥାନ୍ତି ? ମୋ' ଝିଅମାନେ ଆଜି ଯଦି ଥାନ୍ତେ....

– "ବାବା ।" ହଲାଇ ଦେଲା ଝୁମୁରୀ ।

।। ୪୦ ।।

ଅନୁପମ ଏବେ ଡକ୍ଟର ନିବେଦିତାଙ୍କ କ୍ୱାଟରରେ । ମାଡାମଙ୍କ ସ୍ପେଶାଲ ଗାଇଡେନ୍ସରେ ଏବେ ତାଙ୍କର ଟ୍ରିଟମେଣ୍ଟ ଚାଲଛି । ଯେତେ ଶୀଘ୍ର ସେ ତାଙ୍କର ସ୍ମୃତି ଫେରି ପାଇବେ, ନିବେଦିତାଙ୍କ ଗୋଟେ ଦୀର୍ଘ ପ୍ରତୀକ୍ଷାର ଅନ୍ତ ଘଟିବ । ଦୀର୍ଘ ଦିନରୁ ଦେଖି ଆସିଥିବା ସେହି ରଂଗୀନ ସ୍ୱପ୍ନଟା ସାକାର ହେଇଯିବ -ଏଇ ଆଶାରେ ନିବେଦିତା ।

– ସ୍ୱପ୍ନ....(?)

ନିବେଦିତା ଜଣେ ଶିଳ୍ପପତିର ଝିଅ । ଆଉ ଅନୁପମ ମଧ୍ୟବିତ ପରିବାରର । ହେଲେ ବି ଅନୁପମଙ୍କ ଟାଲେଣ୍ଟ, ଫିଟ୍‌ନେସ, ଫିଜିକ୍ ତାକୁ ଆକୃଷ୍ଟ କରିଥିଲା ସେଦିନ; ଯଉଦିନ ରେଭେନ୍ସା କଲେଜ ସ୍କୋୟାର ଭିତରେ ପ୍ରଥମେ ପରସ୍ପରକୁ ଭେଟି 'ହାଲୋ, ହାଏ !' ବୋଲି ସମ୍ବୋଧନ କରି ଉଠିଥିଲେ ଉଭୟ ଉଭୟଙ୍କୁ ।

ସେହି ପ୍ରଥମ ସାକ୍ଷାତ ଆଉ ସମ୍ବୋଧନ ତାଙ୍କ ଭିତରେ କେମିତି ଗୋଟେ ସଂପର୍କର ଯୋଗସୂତ୍ର ଯୋଡ଼ି ଦେଇଥିଲା । ସେଦିନ ସେମାନେ ଥିଲେ +୨ ପ୍ରଥମ ବର୍ଷର ବିଜ୍ଞାନ ଛାତ୍ର-ଛାତ୍ରୀ । ନିତିଦିନ ଭେଟ ହୁଏ । କେତେବେଳେ କଲେଜ ଗେଟ୍ ଆଉ ଲନ୍ ଭିତରେ ତ ଆଉ କେତେବେଳେ ଲାଇବ୍ରେରୀ ଷ୍ଟଡି ରୁମ୍‌ରେ । କ୍ଲାସ ରୁମ୍‌ରେ ତ ପ୍ରାୟ ସବୁଦିନ ।

ଗଢ଼ି ଉଠୁଥିଲା ଏକତରଫା ନୂଆ ନୂଆ ପ୍ରେମ । ଗ୍ରନ୍ଥକୀଟ ଅନୁପମ ସଦାବେଳେ ପାଠରେ ମଜ୍ଜି ରହିବା କିଂତୁ ଭଲ ଲାଗୁନଥିଲା ନିବେଦିତାକୁ । ମୁକ୍ତ ଅବହାୱାରେ ଏ ବୟସର ପୁଅ-ଝିଅ ଟିକେ ବୁଲି ଆସିବେନି; ନିରୋଳା ପାର୍କର କୁଂଜ ତଳେ ବସି ଗପିବେନି, କଫିସପ-ଟି ପାର୍ଟି ଆଟେଣ୍ଡ୍ କରିବେନି କି ପିକ୍‌ନିକ୍‌ରେ ଯିବେନି- ଏମିତି କ'ଣ ହୁଏ ? ଏତ ଅଲଟ୍ରାମଡର୍ଣ୍ଣ ସୋସାଇଟି, ଆରିଷ୍ଟୋକ୍ରାଟ୍ ସିଭିଲାଇଜେସନର ଗୋଟେ ଡେଭଲବଡ଼ ଲାଇଫ୍ ଷ୍ଟାଇଲ୍ ନା ?

ଯେତେ ବାଧ୍ୟ କଲେ ବି ସବୁଥର ଆଭଏଡ କରିଯାଏ ଅନୁପମ । କହେ- "ଦେଖ ନିବେଦିତା, ଅଗକୁ ପରୀକ୍ଷା । ପ୍ରସ୍ତୁତି ସରିନି । ତମେ ସିନା ବଡ଼ଲୋକର

ଝିଅ । ଅଚଳାଚଳ ସମ୍ପତ୍ତିର ମାଲିକ ତମର ଡାଡି । ହେଲେ ମୁଁ ଯେ ଜଣେ ନିମ୍ନ ମଧ୍ୟବିତ କ୍ଲାସର । ଗାଁରେ ମୋର ବାପା-ମାଆ ପରିବାର । ତାଙ୍କ ଆଶା ମୋତେ ପୂରଣ କରିବାକୁ ହେବ ନିବେଦିତା ।"

ଚିଡ଼ି ଉଠେ ନିବେଦିତା । "ପରିବାର-ପରିବାର-ପରିବାର । ହ୍ୱାଟ ପରିବାର ? ତା' ବୋଲି କ'ଣ ନିଜର କଛି ନାହିଁ? ଏଇ ଏଞ୍ଜଏ-ଏଣ୍ଟରଟେନ୍‌ମେଣ୍ଟ । ବୋଗସ୍ ଆଇଡିଆ ।"

ପ୍ରତିବାଦ କରି ଉଠେ ଅନୁପମ । "ନୋ, ତମ କଥାକୁ ମୁଁ କେବେ ମାନିନେଇ ପାରିବିନି । ଜୀବନର ଗୋଟେ ଆଦର୍ଶ ଅଛି, ଲକ୍ଷ୍ୟ ଅଛି ।"

ନିବେଦିତା ତରଫରୁ ପ୍ରଶ୍ନର ଝଡ଼ ଉଠେ- "ଆଛା କହିଲ, ତମ ଲକ୍ଷ୍ୟ ଟା କ'ଣ ? କ'ଣ ତମ ଜୀବନର ଆଦର୍ଶ ?"

– 'ଜଣେ ଅଧ୍ୟାପକ ହେବି, ଆଦର୍ଶ ଅଧ୍ୟାପକ ।'

– "ହା-ହା-ହା....ଅଧ୍ୟାପକ, I mean a teacher ?"

– "Yes!"

– "ବୋଗସ୍ କୋଉଠିକାର ! ତମେ ପିଲାମାନଙ୍କୁ ପାଠ ପଢ଼େଇବ । ଏଇ ଆଦର୍ଶ ଆଉ ଲକ୍ଷ୍ୟ ନେଇ ଛୁଟି ଆସିଚ ଗାଁ ଛାଡ଼ି ସହର; ଏରିଆ କଲେଜ ଛାଡ଼ି ରେଭେନ୍ସା ? ମାନିବାକୁ ପଡ଼ିବ ଅନୁପମ ! ତାରିଫ୍ କରିବାକୁ ପଡ଼ିବ ତମର ଏ ଆର୍ଟିଚିଉଟ୍‌କୁ । ମୁଁ କିଂତୁ ଏ ସବୁକୁ ଆଦୌ ପସନ୍ଦ କରେନା ।"

– 'ମାନେ ?'

– "ବୁଝି ପାରୁନାହଁ? ମୁଁ ତୁମକୁ ଜଣେ ଆଇ.ଏ.ଏସ୍ କିମ୍ବା ଆଇ.ପି.ଏସ୍. ଅଫିସର ଭାବରେ ଦେଖିବାକୁ ଚାହେଁ । ସେଥିରେ ପାୱାର ଅଛି, ପ୍ରେଷ୍ଟିଚ୍ ଅଛି, ଅଛି ଷ୍ଟାଟସ୍ ଏଣ୍ଡ ମନି ।"

– 'Is that ?'

– "ଇଏସ, ତମେ ବଡ଼ଲୋକ ହେଇଯିବ । ପୁଳାପୁଳା ଟଂକାର ପାହାଡ଼ ଉପରେ ଛିଡ଼ା ହୋଇ ସେଦିନ ଅଟ୍ଟହାସ୍ୟ କରି ଉଠିବ ଠିକ୍ ଯେପରି ଆଜି ମାଇଁ ଡାଡି, ମାଇଁ ଫାଦର । ତୁମେ ପାଲଟିଯିବ ଗୋଟେ ଗ୍ରେଟ୍ ବ୍ୟୁରୋକ୍ରାଟ, ଅଣ୍ଡରଷ୍ଟାଣ୍ଡ ?"

ନିବେଦିତାର ଏତେ ଦୀର୍ଘ ପ୍ରଗଲ୍‌ଭ ଭାଷଣ ଶୁଣିବାକୁ ଧୈର୍ଯ୍ୟ ପାଏନି ଅନୁପମର । ବିବେକର ତାଡ଼ନାରେ କାନରେ ହାତ ଜାକି ଆଖି ବନ୍ଦ କରି ନିଏ ସେ ।

ଭାଷଣ ସରିଯାଏ । ନିବେଦତା ନୀରବ ହୋଇ ପ୍ରଶ୍ନର ତୁରନ୍ତ ଉତ୍ତର ଆଶାରେ

ଫେରି ଦେଖେ- "ଏ କ'ଣ, ଏପଟେ ମୁଁ ତମକୁ ଜୀବନ ଓ ଭବିଷ୍ୟତର ମାର୍ଗଦର୍ଶନ କରଉଛି; ତମେ ମୋ' କଥାକୁ କର୍ଣ୍ଣପାତ ନକରି କାନରେ ହାତଦେଇ, ଆଖି ବନ୍ଦକରି ଗାନ୍ଧୀବୁଢ଼ାର ମାଙ୍କଡ଼ ସାଜି ବସିରହିଚ ? ଇଡିୟଟ୍ ! ରାଗ ତମତମ ହେଇ ମୁହଁ ଫେରାଇ ଚାଲିଯାଏ ନିବେଦିତା ଗୋଟେ ଅଦିନ ଝଡ଼ପରି ।

XXX

ଅନୁପମ ବୁଝି ପାରେନି । ଜଣେ କେପିଟାଲିଷ୍ଟ କୋଟିପତିର ଝିଅ ନିବେଦିତା । ତା' ପରି ଜଣେ ମାମୁଲି ଯୁବକ ପାଇଁ କାହିଁକି ଏତେ ସ୍ୱପ୍ନ ଦେଖେ । ସବୁକ୍ଷେତ୍ରରେ ଏତେ ଯତ୍ନ କରେ, ଅଯାଚିତ ସାହାଯ୍ୟ ଓ ସହଯୋଗରେ ତିଳେ ମାତ୍ର କୁଣ୍ଠା କରେ ନାହିଁ । କଣ ସେ ଚାହେଁ ସତରେ ? ଏଇ ଦ୍ୱନ୍ଦ୍ୱ ଆନ୍ଦୋଳିତ କରୁଥାଏ ଅନୁପମକୁ ।

ଏଇ ସେ ଦିନର ଘଟଣା-

ଗୋଧୂଳିର ଅସ୍ତରାଗ ଧୀରେ ମ୍ଳାନ ପଡ଼ି ଆସୁଚି । ସଂଧ୍ୟାର ମହଳଣ ତଳେ ମୁହଁ ଲୁଚେଇଦେବ ପ୍ରକୃତି । ଜଳି ଉଠିବ ସହରର ଉଜ୍ଜ୍ୱଳ ଆଲୋକମାଳା । ଶୁଭ୍ର ଚାନ୍ଦିନୀ ପରି ବିଛୁଡ଼ିଯିବ ରାସ୍ତା-ଘାଟ ସବୁଠି ।

କଲେଜ ଛାତ୍ରାବାସ ସାମ୍ନା ସେହି କୃଷ୍ଣଚୂଡ଼ା ଗଛ ତଳେ ଛିଡ଼ାହୋଇ ଉପଭୋଗ କରୁଥିଲା ଅନୁପମ ସାଂଧ୍ୟ ପ୍ରକୃତିର ଏହି ଅନିନ୍ଦ୍ୟ ରୂପଶ୍ରୀକୁ । ଏକ ଧ୍ୟାନ, ଏକ ଲୟରେ ତା'ର ଦୃଷ୍ଟି ନିବଦ୍ଧ ଥିଲା ପଶ୍ଚିମ ଚକ୍ରବାଳର କେଉଁ ଏକ ସୀମାହୀନ ଦିଗନ୍ତରେ । ଏକ ପ୍ରକାର ଭାବଗମ୍ଭୀର ସମାଧିସ୍ଥ ଅବସ୍ଥା ।

– 'ହାଲୋ !' ପୃଷ୍ଠଭାଗରୁ ମୃଦୁ ସମ୍ବୋଧନ ସହିତ ସ୍ନିଗ୍ଧ ସ୍ପର୍ଶଟିଏ ।

– 'କିଏ ଓ ତମେ ?'

– 'ହଁ....ମୁଁ... !'

– 'ଏଠି ଏତେବେଳେ ?'

– "ଭଲ ପାଇବା କ୍ଷେତ୍ରରେ ସ୍ଥାନ-କାଳ-ପାତ୍ରର ବିଚାର କରାଯାଏନି ମିଷ୍ଟର । ଆଚ୍ଛା କହିଲ, ବିଜ୍ଞାନର ଛାତ୍ର ହୋଇ ଏ କଳା ପ୍ରେମଟି କେବେ ଠୁ ?"

– 'ମାନେ ବୁଝିପାରିଲିନି ।'

– "ବୁଝେଇ ଦେଉଛି । ଏଇ ଯଉ ସୂର୍ଯ୍ୟାସ୍ତର ଦୂର ଆକାଶ ଆଡ଼େ ସେତେବେଲୁ ପଲକହୀନ ଦୃଷ୍ଟିରେ ଚାହିଁ କେଉଁ ରଂଗୀନ ସ୍ୱପ୍ନରେ ମଜ୍ଜି ଯାଇଥିଲ ଶୁଣେ ?"

ସ୍ମିତ ହସି - "ଏଇ କଥା ? ଆରେ ତମେ ବି ଦେଖନା, ସୂର୍ଯ୍ୟାସ୍ତ ଆକାଶର ଛବି କେତେ ସୁନ୍ଦର ! ଦେଖ, ଦେଖ, ଭସା ବଉଦ କୋଳରେ ଅସ୍ତସୂର୍ଯ୍ୟର ରକ୍ତିମ

ଅଭିସାର କେମିତି ମନୋଲୋଭା ହେଇ ଉଠୁଛି ! ପକ୍ଷୀମାନେ ଦଳଦଳ ହେଇ ଉଡ଼ିଗଲାବେଳେ ସେମାନଙ୍କର ଡେଣାରେ ଡେଣାରେ କିପରି ସ୍ୱର୍ଣ୍ଣିମ ଦ୍ୟୁତିର ଅଫୁରନ୍ତ ସ୍ଫୁରଣ? ତମକୁ କ'ଣ ଭଲ ଲାଗେନା ଏସବୁ? ଭଲ ଲାଗେନା ନିସର୍ଗ ପ୍ରକୃତିର ନିସୀମ କୋଳରେ ନିଜକୁ ହଜେଇ ଦେବାକୁ ଆଉ ମଜେଇ ଦେବାକୁ ସେହି ସତ୍ୟ-ଶିବ-ସୁନ୍ଦରର ଅନିର୍ବଚନୀୟ ଭାବ ସତ୍ତାରେ?"

ବିବ୍ରତ ହୋଇ ଉଠିଥିଲା ନିବେଦିତା ଏକାବେଳେ ।

– "ଓନୋ! ମୁଁ ଏସବୁକୁ ଆଦୌ ପସନ୍ଦ କରେନା । ଶୁଣ, ବିଜ୍ଞାନର ଛାତ୍ର ହେଇ ଏମିତି ଭାବବାଦୀ କଳ୍ପନାବିଳାସୀ ଇମୋସନାଲ ହେଇ ଉଠିବା ଆଦୌ ଶୋଭା ଦିଏନି । ଦେଖ, ତମକୁ ପ୍ରାକ୍ଟିକାଲ ଆଇ ମିନ୍ ବାସ୍ତବବାଦୀ ହେବାକୁ ପଡ଼ିବ । ବାସ୍ତବକୁ ଛାଡ଼ି ଜୀବନର ମାନେ ଯେ କିଛି ନାହିଁ । ସେ କଳ୍ପନା-ଜଳ୍ପନାରୁ କ'ଣ ପାଇବ ଶୁଣେ?"

– "ମାନସିକ ଶାନ୍ତି । ଜୀବନ ଯନ୍ତ୍ରଣାରୁ ମୁକ୍ତି । ନିରାଶା ଭିତରେ ଆଶାର ଇସାରା ପାଏ ମୁଁ ସେଥିରୁ ।"

- "ତାହେଲେ ଦେଖୁଛି ମୋ' ଆସିବାଟା ବୃଥା?"

– "ଆସିବାର ଅଭିପ୍ରାୟ? ମୁଁ ତମର କି ଉପକାର କରିପାରିବି?"

– "ପାରିବ, ଅନେକ ପାରିବ । ହେଲେ-"

– "କ'ଣ?"

– "ତମେ ସେ ଦିଗରେ ଆଦୌ ସଚେତନ ହେଇ ପାରୁନ ।"

– 'ଅର୍ଥାତ୍?'

– "ଆରେ ଆସନା!" - ହାତଧରି ଟାଣିଲା ।

– "ଛାଡ଼, ଏ ସମୟରେ ଏମିତ ଆମକୁ ଯଦି କେହି ଦେଖି ସନ୍ଦେହ କରନ୍ତି?"

– "ତେବେ କ'ଣ? କହିବେ- ଏ ଦୁହିଙ୍କ ଭିତରେ ଗୋଟେ କିଛି ଚକ୍କର ଚାଲିଛି, ଆଇ ମିନ୍ ଲଭ୍ ଏଇଆତ?"

– 'ଇଏସ୍!'

– 'ହୁ କେୟାରସ! ପ୍ଲିଜ୍ କମ୍ ଅନ୍-!'

– 'କେଉଁଠିକି?'

– "ସେହି ନଦୀକୂଳ, ପାର୍କ ନଚେତ ହୋଟେଲ ଆଉ ପିକ୍‌ଚର ହାଉସ୍! ଆଜିର ସଂଧ୍ୟାଟା ଖୁବ୍ ଜମିଯିବ । ହେଇ ଉଠିବ ଫୁଲ ରୋମାଣ୍ଟିକ୍, ରିଏଲୀ!"

– "ତୁମେ କ'ଣ ମୋତେ.... ?"

– "ଇଏସ୍, ମୁଁ ତୁମକୁ ଭଲପାଏ ! I love you Anupam. !"

– Sorry, ଏସ୍‌କିଉଜ୍ ମି, ପ୍ଲିଜ୍ !

– 'ଅନୁପମ !' ଗମ୍ଭୀର ହେଇ ଉଠିଲା କଣ୍ଠସ୍ୱର ।

– 'ତମେ ବଡ଼ଘରର ଝିଅ !'

– "ଆଉ ତମେ ଲୋଏର କ୍ଲାସର ଏଇଆତ, ହା-ହା-ହା.... ସବୁ ଜାଣି ମୁଁ ତମକୁ ଭଲ ପାଇଛି । ତମକୁ ନେଇ ସ୍ୱପ୍ନ ଦେଖିଛି ।"

– 'ସ୍ୱପ୍ନ ?'

– "ଇଏସ୍, ତମକୁ ମୁଁ ମୋର ଲାଇଫ୍ ପାର୍ଟନର ଭାବେ ପାଇବାକୁ ଚାହେଁ ।"

– 'ଆଉ ତମ ଡାଡି-ମମି ?'

– "ନୋ ଡାଉଟ୍ ! ସେମାନେ ମୋ' ପସନ୍ଦରେ କେବେ ଆପତ୍ତି ଉଠେଇବେ ନାହିଁ, କାରଣ ମୁଁ ତାଙ୍କର ଓନଲୀ ଚାଇଲଡ୍...ଏକମାତ୍ର ସନ୍ତାନ ! ତା' ଛଡ଼ା ତମକୁ ସେ ସିଓର୍ ପସନ୍ଦ କରିବେ ।"

– 'କିପରି ?'

– "You are the best scholar, very good looking, extra - extra-extra understand ?"

– "ମୋର ଏ ସବୁକୁ ତମେ ପସନ୍ଦ କର, ଭଲପାଅ ନୁହେଁ ? ଆଉ ମୋତେ ?"

– "ହା-ହା-ହା ଆଉ ତମକୁ ବି ରିଏଲୀ ! ଥରେ ତମର ଏଇ ହାତଟା ମୋର ଏଇ କଅଁଳ ଛାତି ତଳେ ଛୁଇଁ ଦେଖନା..ଦେଖିବ କିପରି ହୃଦୟ ଭିତରେ ତମ ଲାଗି ମୋ' ପ୍ରୀତିର ସ୍ପନ୍ଦନ ଆବାଜ୍ ତୋଳୁଛି – I love you Anupam, I love you.... Love you... !"

ଅନୁପମର ଡାହାଣ ହାତଟାକୁ ଟାଣି ନେଇ ନିଜ ବାମପାର୍ଶ୍ୱ ବକ୍ଷ ଉପରେ ଚାପି ଧରିଲା ନିବେଦିତା ।

– "ଆରେ ଏ କ'ଣ କରୁଛ ?" ହାତ ଛାଡିନେଇ ଦୂରେଇଗଲା ଅନୁପମ ।

– "ନନ୍‌ସେନ୍‌ସ ! ଏମିତି ସୁଯୋଗ କେହି କ'ଣ ହାତଛଡ଼ା କରେ ?"

– "ନୋ, ତୁମେ ଚାଲିଯଅ !"

– "ହ୍ୱାଟ, ଡରିଗଲ ? ଆରେ ଦେଖ, କେହି ନାହାନ୍ତି । ଫୁଲରେ ଭର୍ତ୍ତି ଏଇ କୃଷ୍ଣଚୂଡ଼ା ଗଛଟା ଆମକୁ କିପରି ଚିଅର କରୁଛି । ରୋମାଣ୍ଟିକ ହେଇ ଉଠିବା ପାଇଁ, ଥରେ ଚାହଁ ... !"

– "ନୋ-ନୋ, ମୁଁ ତୁମର କୌଣସି କଥା ଏବେ ଶୁଣିବାକୁ ଚାହେଁନା, ବରଂ ମୁଁ ଚାଲିଯାଉଛି ।" ଦୂରେଇ ଯାଉଥିଲା ଅନୁପମ ।

ଉତ୍ତେଜିତ ସ୍ୱରରେ ବିଦ୍ରୂପ କରି ଉଠିଲା ନିବେଦିତା ।

– 'କାୱାର୍ଡ଼, ଇଉ କାୱାର୍ଡ଼ ଅନୁପମ... !'

ସଂଧ୍ୟାର ଅନ୍ଧାର ଭିତରେ ସାରା କଲେଜ କାମ୍ପସଟା ଯେପରି ଗୁଂଜରି ଉଠିଲା ସେଇ ଶବ୍ଦର ପ୍ରତିଧ୍ୱନିରେ–

– 'କାୱାର୍ଡ଼ ....କାୱାର୍ଡ଼....କାୱାର୍ଡ... !'

XXX

ଆଜି ଭାଲେନଟାଇନ ଡେ ।

ନିବେଦିତା ସ୍ଥିର କରି ନେଇଛି, ଯେମିତି ବି ହେଉ ଅନୁପମକୁ ଗୋଲାପର ଫୁଲତୋଡ଼ାଟାଏ ଭେଟି ଦେଇ ପ୍ରପୋଜ୍ କରିବ ।

ବାରମ୍ବାର ଏମିତି ତାକୁ ଆଭଏଡ କରିବା ଭିତରେ ପୁଅମାନଙ୍କର ନିଶ୍ଚିତ କିଛି ଦୁର୍ବଳତା ସୃଷ୍ଟି ହୁଏ । ସେଥିପାଇଁ ଆଦୌ ବିବ୍ରତ ନୁହେଁ ନିବେଦିତା । ପୁରୁଷଙ୍କ ସାଇକୋଲୋଜିକୁ ସେ ଭଲଭାବେ ପଢ଼ିସାରିଛି । ଛଳେବଳେ କଉଶଳେ ତାର ଫାଇଦା ଉଠେଇବାକୁ ପଡ଼ିବ । ଅନୁପମଙ୍କୁ ପାଇ ପାରିଲେ ତାର ଲାଇଫ୍ ସିଓର ବ୍ରାଇଟ୍ ହେଇଯିବ, ଫୁଲ୍ ରୋମାଣ୍ଟିକ୍ । ସେ ହେବ ଜଣେ ଆଇ.ଏ.ଏସ୍ ଅବା ଆଇ.ପି.ଏସ୍. ଅଫିସରର ୱାଇଫ୍ ମାନେ ଲାଇଫ୍ ପାର୍ଟନର ।

ବିଜ୍ଞାନର ଛାତ୍ର ହେଲେ ବି ପ୍ରକୃତି ପ୍ରେମଟା ଅନୁପମର ସହଜାତ । ଏଣୁ ସଂଜ-ସକାଳର ନିସର୍ଗ ସୌନ୍ଦର୍ଯ୍ୟ ସଂଦର୍ଶନରେ ବିଭୋର ହେବା ତାର ଏକପ୍ରକାର ନିତିଦିନିଆ ଅଭ୍ୟାସ ହେଇଯାଇଛି । ସଂଧ୍ୟାରେ କୃଷ୍ଣଚୂଡ଼ା ବୃକ୍ଷତଳେ ଆଉ ସକାଳେ ମହାନଦୀ ପଠା ।

ନିତିଦିନ ପରି ଆଜିବି ନଦୀପଠାରେ ବସି ସୂର୍ଯ୍ୟୋଦୟର ଦୃଶ୍ୟ ଉପଭୋଗ କରୁଥିଲା ଅନୁପମ । ମହାନଦୀର ଜଳ ତରଂଗରେ ସକାଳ ସୂର୍ଯ୍ୟାଲୋକର ପ୍ରତିସ୍ଫୁରଣ ଅପୂର୍ବ ହେଇ ଉଠୁଚି । ଆହୁରି ଅପୂର୍ବ ହୋଇ ଉଠୁଚି ତରଂଗ ତଳେ ତଳେ ଉଡ଼ିଯାଉଥିବା ପକ୍ଷୀମାନଙ୍କର ଚଳ ଚପଳ ପ୍ରତିଛବି ।

– 'ବାଃ, କି ଚମତ୍କାର !' ସ୍ୱତଃ ଅନୁପମଙ୍କ କଣ୍ଠରୁ ଭାବ-ବିଭୋର ଏଇ ଅଭିବ୍ୟକ୍ତିର ଉଚ୍ଛ୍ୱାସ ।

– 'ରିଏଲୀ, ଖୁବ୍ ଚମତ୍କାର !' କଥା ଯୋଡ଼ିଲା ନିବେଦିତା ।

– 'କିଏ-ନିବେଦିତା ! ତମେ ?'

– 'ତମକୁ ଖୋଜି ଖୋଜି !'

– 'କିପରି ଜାଣିଲ ଯେ ମୁଁ ଏଇଠି ଥିବି ?'

– "ଜାଣି ପାରିବିନି ? ତମ ଭଳି ପ୍ରକୃତି ପ୍ରେମୀ ସାଇଣ୍ଟିଷ୍ଟମାନେ କ'ଣ ଚାହାନ୍ତି...କେଉଁଠି ଥାନ୍ତି.... ?"

– 'ତମେ ପୁଣି କାହିଁକି ?'

– 'ସେହି କାହିଙ୍କିର ଉତ୍ତର ଆଜି ମୁଁ ତୁମଠୁ ଶୁଣିବାକୁ ଚାହେଁ ।'

– "ଓ ବୁଝିଲି, କୋର୍ସ ବିଷୟରେ ଡିସ୍‌କସନ ଥିଲା ନା ? ତେବେ ତ କଲେଜ ଲାଇବ୍ରେରୀ କି ସେମିନାର ହଲରେ... !"

– 'ବୋଗସ୍ !'

– 'ବୋଗସ୍ ?'

– "ଏତେ ବେକ୍‌ୱାର୍ଡ଼ ହେଲେ ଚଳିବ ? ତମକୁ କ'ଣ ଜଣା ନାହିଁ-ଆଜି..."

– 'ଆଜି ?'

– "ଭାଲେନ୍‌ଟାଇନ୍ ଡେ, ଆଇ ମିନ୍ ପ୍ରେମ ଦିବସ । ପ୍ରେମିକ-ପ୍ରେମିକାଙ୍କ ପାଇଁ ମିଳନର ଅପୂର୍ବ ଅବସର । ସୁତରାଂ–"

– 'ଭାଲେନ୍‌ଷ୍ଟାଇନ୍ ? ପ୍ରେମ ? ? ମୋର ତ କାହା ସାଥିରେ ପ୍ରେମ ନାହିଁ ? ମୁଁ କାହିଁକି ସେକଥା ଭାବିବି ? ମୁଁ ତ ଖାଲି ଭାବୁଛି...'

– "ଥାଉ । ଜାଣିଛି ତମେ କ'ଣ ଭାବୁଛ ! ଏଇ ଗାଁ..ପରିବାର-ବାପା-ମା' ଏଇଆ ତ ?"

– "ନୋ, ମୁଁ ମୋ' ପରୀକ୍ଷା ରେଜଲ୍‌ଟ କଥା ଭାବୁଛି ।"

– "ଖାଲି ପାଠ-ପାଠ-ରେଜଲ୍‌ଟ । ଆଉ କ'ଣ କିଛି ନାହିଁ ?" ବିରକ୍ତିର ଭାବ ଫୁଟାଇ ବିସ୍ଫୋରଣ କରି ଉଠିଲା ନିବେଦିତା ।

– 'ନିବେଦିତା !'

– "ଶୁଣ, ଆଜିର ଏଇ ପ୍ରୀତି ଲଗ୍ନରେ ତୁମେ ମୋତେ ପ୍ରପୋଜ୍ ନକଲ ନାହିଁ, ଅନ୍ତତଃ ମୋ' ତରଫରୁ ଗ୍ରହଣ କର"– ପଛ ପାଖରେ ଛପେଇ ରଖିଥିବା ଗୋଲାପର ତୋଡ଼ାଟିଏ ବଢ଼ାଇ ଦେଇ ପ୍ରପୋଜ୍ କଲା ନିବେଦିତା– **'I love you Anupam.'**

ଅନୁପମ କିଂକର୍ତ୍ତବ୍ୟବିମୂଢ଼ ହେଇ ଉଠିଲା । କ୍ଷଣେମାତ୍ର ଚିନ୍ତାକରି – 'ନୋ', ପଛେଇ ଗଲା କେତେପାଦ ।

– 'ପ୍ଲିଜ୍... !'

– 'ଏସ୍‌କିଉଜ୍ ମି!'

ଦ୍ରୁତ ପଦକ୍ଷେପରେ ଅନୁପମଙ୍କୁ ଚାଲିଯାଉଥିବାର ଦେଖି ବିସ୍ଫୋରଣ କରି ଉଠିଲା ନିବେଦିତା- "ମୋତେ ଏମିତି ପ୍ରତ୍ୟାଖ୍ୟାନ କରି ଚାଲିଯାଇ ପାରିବନି ଅନୁପମ...!"

XXX

– 'ସ୍ୱପ୍ନ ...! ହାଃ-ହାଃ-ହାଃ...!'

ହସିଉଠିଲା ନିବେଦିତା। ସେଦିନର ସେହି ସ୍ୱପ୍ନ ଆଜି ହାତମୁଠାରେ ଧରାଦେଇଚି। ପରିସ୍ଥିତିର ତାଡ଼ନାରେ ନିଜ ଇପ୍ସିତ ପୁରୁଷ ଆଜି ତାଙ୍କ କବ୍‌ଜାରେ। ଖସି ଯିବାର ଚାନ୍ସ ହିଁ ନାହିଁ। ଫେର୍ ସେ ଏବେ ସ୍ମୃତିଭ୍ରଷ୍ଟ। ଏହା ହିଁ ତ ସୁଯୋଗ ନିଜର କରିନେବା ପାଇଁ।

ବାକି ଏହି ସ୍ତ୍ରୀଲୋକଟା! ତା' ସାଥିରେ ଅନୁପମଙ୍କର ବା କି ସମ୍ପର୍କ? କିଏ ଏହି ସତରେ? ନାଆଁ କହୁଚି ଚପଳା। ସାଗର ଦ୍ୱୀପର ଝିଅ। ଆରେ ଏବେ ଆଉ କଉଠି ପରୀରାଇଜ ଅଛି ଯେ, ସାଗରଦ୍ୱୀପର ରୂପକୁମାରୀ ଏଠିକି ଚାଲି ଆସିଚି ରୂପର ବେଉସା କରିବା ପାଇଁ। ଠିକ୍ ଅଛି। ଏହା ବେଉସା ମୁଁ ଛଡ଼େଇ ଦେବି। ଅନୁପମଙ୍କର ଛାଇ ମାଡ଼ିବାକୁ ଦେବିନି। ଦେଖିବି ସେ ମୋ' ଅନୁପମଙ୍କୁ ମୋ'ଠୁ କିପରି ଛଡ଼େଇ ନେଇ ପାରିବ? ମନ ମଧ୍ୟରେ ଏମିତି କେତେ ଭାବାତ୍ମକ ଦ୍ୱନ୍ଦ୍ୱର ସଂଘାତ।

ଚପଳା କଫି ପ୍ଲେଟ-କପ୍ ଧରି ଆସି ନମ୍ରଭାବରେ ସମ୍ବୋଧନ କଲା।- 'ମାଡାମ, କଫି..!'

– 'ଇଏସ୍ ଦେ!' କଫିକପ୍-ପ୍ଲେଟ ନେଲେ ନିବେଦିତା।

– "ଅନୁପମ ଉଠିଲେଣି? ତାଙ୍କ ପାଇଁ....(?)"

– "ନୋ, ତୋତେ କହିଥିଲି ନା ତୁ ମୋ' ବ୍ୟାପାରରେ ଏଣ୍ଟ୍ରି କରିବୁନି? କ'ଣ ମନେ ନାହିଁ ତୋର?"

– 'ମନେ ଅଛି ମାଡାମ'-କହିଲା ଚପଳା।

– "ଯା, ବ୍ରେକ୍‌ଫାଷ୍ଟ ପ୍ରସ୍ତୁତ କରି ରଖ। ମୁଁ ମର୍ଣ୍ଣିଂ ସିଫ୍ଟରେ ଯିବି।

– 'ଆଜ୍ଞା!' ସନ୍ତର୍ପଣରେ ଚାଲିଗଲା ଚପଳା।

ହାଏରେ ଭାଗ୍ୟ! କାହିଁ ସାଗରଦ୍ୱୀପର ଫୁଲକୁମାରୀ ଆଉ ଆଜି ଏଠି ଚାକରାଣୀ- ଜଣେ କ୍ରୀତଦାସୀ।

।। ୪୧ ।।

ଚପଳା ଆଖିରେ ଲୁହ !

ତା' କପାଳରେ ପୁଣି ଏମିତି କଥା ଲେଖାଥିଲା ?

କି ଭୁଲ ନକଲା ସେ ? ଗୋଟେ ପରଦେଶୀ ଯୁବକକୁ ବଂଚେଇବାକୁ ଯାଇ ତା' ପ୍ରେମରେ ପଡ଼ିଗଲା । ଅଜଣା ଜଣକୁ ଅନ୍ଧ ଭାବରେ ଭଲପାଇ ସେ ଜାଣିଜାଣି ନିଜ ଜୀବନରେ ଭରିଦେଲା ଜହର ! ଯୌବନର ଉନ୍ମାଦନାରେ ଆତ୍ମହରା ହେଇ ସେ ପଥ ହୁଡ଼ିଲା । ସମର୍ପିଦେଲା ତାର ତନୁ-ମନ-ଯୌବନ ସେହି ମଣିଷଟି ପାଖରେ ।

ଫଳ କ'ଣ ହେଲା ?

ହତାଶାର ଦୀର୍ଘଶ୍ୱାସଟାଏ ଉଠିଲା ତାର ବୁକୁ ଥରାଇ । ନୁହେଁ ରାଣୀ ମା'ଙ୍କର ଅଲିଅଲି ରାଜଜେମା, ସେ ଆଜି ଜଣେ ଯେମିତି କ୍ରୀତଦାସୀ-ବନ୍ଦିନୀ ! ମୁକ୍ତିର ରାହା ନାହିଁ । କେହି ସାହା ନାହିଁ । ଯାହାଙ୍କୁ ଭରସା କରି ସେ କେତେ ଆଶା-ସ୍ୱପ୍ନ ନେଇ ସୁଖର ଜୀବନ ଗଢ଼ିବ ବୋଲି ସାତ ଦରିଆ ପାରି ହେଇ ଚାଲି ଆସିଥିଲା, ତାଙ୍କ ପାଖରେ ଆଜି ସେ ଅଜଣା-ଅଚିହ୍ନା ଜଣେ ଅପରିଚିତ ମଣିଷ । ହାଏ ବିଧାତା !

ନାଇଁ, ଆଉ ପାରିବନି । ଏଠି ଏତେ ନିର୍ଯ୍ୟାତନା ସହିବା ଅପେକ୍ଷା ସେ ଜୀବନ ହାରିଦେବ । ହେଲେ ସେ ପାଇବ କ'ଣ ? ଜୀବନ ଯେ ଈଶ୍ୱରଙ୍କ ଦିବ୍ୟଦାନ । ଏହି ଦୁର୍ଲ୍ଲଭ ମାନବ ଜୀବନକୁ ହାରିଦେବା ଯେ ମହାପାପ । ସାତ ଜନ୍ମରେ ବି ସେ ପାପରୁ ମୁକ୍ତି ନାହିଁ । ସେ ବା କିଏ ଈଶ୍ୱରଙ୍କ ଉପରେ ଅଂଗୁଳି ଉଠେଇବାକୁ ? ନାନା, ଏତେବଡ଼ ଅପରାଧ କରି ପାରିବନି ସେ ।

– 'ତେବେ, ଉପାୟ ?'

– 'ଅଛି !' ଅନ୍ତରାତ୍ମାରୁ ଆବାଜଟାଏ ଉଠିଲା ।

– "କ'ଣ ସେ ଉପାୟ ? କ'ଣ କରିବି ମୁଁ ?"

– "ଅପେକ୍ଷା ! ଅପେକ୍ଷାକର ସମୟକୁ । ଧୈର୍ଯ୍ୟ-ସଂଯମ, ସହିଷ୍ଣୁତା ମନୋବଳ -ଏ ସବୁତ ଜୀବନ ଯାତ୍ରାର ଗୋଟିଏ ଗୋଟିଏ ପାହାଚ, ପାଥେୟ । ଆଶା ନେଇ ବଂଚିରହେ ଜୀବନ । ତମେ ଆଶା ହରାଅନି ଝିଅ । ଦେଖିବ ସବୁ ଠିକ୍ ହୋଇଯିବ ।"

– "ଠିକ୍ ହୋଇଯିବ ? ସେ ପୁଣି ସ୍ମୃତି ଫେରି ପାଇବେ ? ମୋତେ ଚିହ୍ନିବେ ? ନିଜର କରିନେବେ ? ?" ମନରେ ପ୍ରଶ୍ନର ପାହାଡ଼ ।

– "ହଁ, ମୁଁ ସବୁ ସହିଯିବି । ଯେତେ ନିର୍ଯ୍ୟାତନା, ଯେତେ ଅତ୍ୟାଚାର ସବୁ ସହିବି, ମୋ' ପ୍ରେମ ପାଇଁ; ମୋ' ଅନୁପମଙ୍କ ପାଇଁ ।" ସ୍ଥିର ନିଶ୍ଚୟ କରିନେଲା ଅନୁପମା ।

– 'ଆଃ !' ଯନ୍ତ୍ରଣାରେ ଚିତ୍କାର କରି ଉଠିଲେ ଅନୁପମ ।

– 'ଅନୁପମ !' ବ୍ୟସ୍ତହୋଇ ଗୃହ ଭିତରକୁ ପ୍ରବେଶ ପାଇଁ ପାଦ ବଢ଼ାଉଥିଲା ଚପଳା । ଅଟକି ଗଲା ସେ । ମାଡାମଙ୍କର ଯେ ନିର୍ଦ୍ଦେଶ ଅଛି ତାଙ୍କ ବେଡରୁମ୍‌କୁ ନ ଯିବା ପାଇଁ । କ'ଣ କରିବି ?

– 'ଆଃ ..ଆଃ...' ମୁଣ୍ଡ ଗଡ଼ାଇ ଯନ୍ତ୍ରଣା ଅନୁଭବ କରୁଥିଲେ ଅନୁପମ ।

– "ନାଇଁ, ମୋ' ଅନୁପମ ଯନ୍ତ୍ରଣାରେ ଛଟପଟ ହେବା ମୁଁ ସହିପାରିବିନି । ଅନୁପମ- ଅନୁପମ ।"

ଡାକିଡାକି ପଶିଗଲା ଘର ଭିତରକୁ ।

– "କ'ଣ ହେଲା ତମର ?" ଅନୁପମକୁ ଧରିନେଲା ।

– "ଆଃ, ମୋ' ମୁଣ୍ଡ ...ମୋ' ମୁଣ୍ଡ... !"

ମୁଣ୍ଡ ଟିପିଧରିଲା ଚପଳା । କେତେ ସମୟ ପରେ-

– 'ଭଲ ଲାଗୁଛି ? ଏ !' ଧୀରେ ହଲେଇ ଦେଲା ଅନୁପମଙ୍କୁ ।

– 'ଉଁ !' ଆଖି ଖୋଲିଲେ । 'ହଁ !' ତମେ.. ? ଚପଳାକୁ ଚାହିଁ ରହିଲେ ଅନୁପମ କେମିତି ଏକ ଚକିତ ଚାହାଣିରେ ।

– 'ମୋତେ ତୁମେ ଚିହ୍ନି ପାରୁନାହଁ ?' ବ୍ୟଥାହତ ପ୍ରାଣରେ ପ୍ରଶ୍ନକଲା ଚପଳା ।

– 'କଏ ତୁମେ ? ଓ କହୁଥିଲ ପରା କଉ....'

– "ମନେ ପକାଅ, ସେଇ ସାଗର ଦ୍ୱୀପ...ଫୁଲକୁମାରୀ, ଚପଳା ମୁଁ . ତୁମେ ଯାହାକୁ ତମ ଅନୁପମା ବୋଲି କହୁଥିଲ ।"

– "ଚପଳା ...ଅନୁପମା (?) ଅନୁପମା.....ଚପଳା (?) ଚପଳା..ଆଃ ନା ।" ନିଜ ମୁଣ୍ଡ ଟିପି ଧରିଲେ ଅନୁପମ ।

– 'ଅନୁପମ !' ଅନୁପମଙ୍କ ମୁଣ୍ଡକୁ ନିଜ ଛାତିରେ ଭିଡ଼ି ଧରିଲା ଚପଳା ।

– "Shut up!"ଝଡ଼ ପରି ଆସି ଗର୍ଜି ଉଠିଲା ନିବେଦିତା ।

ଅନୁପମକୁ ଛାଡ଼ିଦେଇ ଘୁଞ୍ଚିଗଲା ଚପଳା ।

– "ତୋର ଏଡ଼େ ସାହସ, ମୋ' ବେଡରୁମ୍ ଭିତରକୁ ତୋତେ ମନା କରିଥିଲି ନା ? ଇଡ଼ିଅଟ ନନ୍‌ସେନ୍‌ସ ।"

ଚପଳା ଗାଲରେ ଚାପୁଡ଼ାଟାଏ କସିଦେଲା ନିବେଦିତା ।

– 'ଆଃ !' ଚିତ୍କାର ସହ ନିଜ ଗାଲକୁ ଚାପି ଧରିଲା ଚପଳା ।

– "ଆରେ-ରେ, ତାଙ୍କର ଦୋଷ କ'ଣ ?" ପ୍ରବେଶ ପୂର୍ବକ ପ୍ରଶ୍ନକଲେ ଡକ୍ଟର ଅନୁରାଗ ।

ଚପଳା କାନ୍ଦିଉଠି ଚାଲିଗଲା ଦ୍ରୁତ ଗତିରେ ।

– 'ଡକ୍ଟର ଅନୁରାଗ, ଆସନ୍ତୁନା !' ଗୃହକୁ ସ୍ୱାଗତ କଲେ ନିବେଦିତା ।

– 'ଏ କିଏ ?' ଚପଳାଙ୍କ ପ୍ରତି ଇଂଗିତ କରି ପ୍ରଶ୍ନକଲେ ଅନୁରାଗ ।

– "ଛାଡ଼ନ୍ତୁ ତା' କଥା । ସେ ଗୋଟେ ଫୁଟପାଥ୍‌ର ଝିଅ । ତାର କିଛି ଠିକ୍ ଠିକଣା ନାହିଁ । ମୋ' ଘରେ ଚାକରାଣୀ ହୋଇ ରହିଛି ।"

'ଚାକରାଣୀ ? ଫୁଟପାଥ୍‌ର ଝିଅ ? ଠିକ୍ ଠିକଣା ନାହିଁ ? ?–ଏମିତି କେତେ ପ୍ରଶ୍ନ ଆନ୍ଦୋଳିତ କରିଦେଲା ଅନୁରାଗଙ୍କ ଅନ୍ତରତଳକୁ । ଆଖି ଆଗରେ ଭାସିଗଲା ତା' ଅନୁଅପାର ସ୍ମୃତି । ବିଭୋର ହେଇ ଉଠୁଥିଲା ଅନୁରାଗ ।

– "ଡକ୍ଟର ଅନୁରାଗ ! ଏ କ'ଣ, ସେ ଝିଅଟା କଥାରେ ଆପଣ ଏପରି ଇମୋସନାଲ ହେଇ ଉଠିଲେ ଯେ ?"

– "ନୋ ନୋ, ସେ କିଛି ନୁହେଁ । ଇଏସ୍, ଆପଣଙ୍କ ସେ ପେସେଣ୍ଟ୍ କାହାନ୍ତି ?"

– 'ଆସନ୍ତୁନା !'

ଗୃହ ମଧ୍ୟକୁ ପ୍ରବେଶ କଲେ ଅନୁରାଗ । ଅନୁପମଙ୍କୁ ନିବେଦିତାଙ୍କ ବେଡରେ ଥିବାର ଦେଖି ପାଖକୁ ଗଲେ । ଚିହ୍ନା ଚିହ୍ନା ଲାଗିଲା ଅନୁପମଙ୍କ ମୁହଁ । ବିସ୍ମୟ ଓ ବିଶ୍ୱାସର ସହ ପ୍ରଶ୍ନ କଲେ ଅନୁରାଗ 'ଏ ଅନୁପମ ଭାଇ ନୁହନ୍ତି ତ ?'

– 'ଇଏସ୍, ଅନୁପମ ।' ଜବାବ ରଖିଲା ନିବେଦିତା ।

ଆଖି ଖୋଲି ଚାହିଁଲେ ଅନୁପମ ଅନୁରାଗଙ୍କୁ । ଗଭୀର ନିରୀକ୍ଷଣ ପୂର୍ବକ ପ୍ରଶ୍ନ କଲେ ନଚହ୍ନିଲା ପରି... 'ତୁମେ ?'

– 'ଚିହ୍ନି ପାରୁଛ ?'

– 'ନାଇଁ... !'

– "ମୁଁ ତମ ପିଲାଦିନର ଗାର୍ଲଫ୍ରେଣ୍ଡ୍ ଅନୁପମାଙ୍କ ସାନଭାଇ ଅନୁରାଗ, ମନେପଡ଼ିଲା ?"

– "ଅନୁପମା....କିଏ ଅନୁପମା ? ନା, ମୋର କିଛି ମନେ ପଡୁନି ।"

– "ସିଓର ମନେ ପଡ଼ିଯିବ, ଡୋଣ୍ଟ୍ ଓରି । ମୁଁ ଜଣେ ସାଇକୋ ଡକ୍ଟର । ଏବେ ଏବେ ବନାରସରୁ ଆସିଚି ଏଇ ଓଡ଼ିଶାକୁ ।"

ବିଚଳିତ ହୋଇ ଉଠୁଥିଲା ନିବେଦିତା ଏମାନଙ୍କ ଅତୀତକୁ ନେଇ ଫାଲ୍‌ତୁ ଆଳାପରେ । ଅସହିଷ୍ଣୁତାର ଉଦ୍‌ବେଗ ପ୍ରକାଶ କରି –

– "ଲେଟ୍ ଇଟ୍ ! ଆପଣ ଟ୍ରିଟ୍‌ମେଣ୍ଟ ଉପରେ ଫୋକସ୍ କରନ୍ତୁ ନା ପ୍ଲିଜ୍ !"

– "ଅଲରେଡି ଟ୍ରିଟ୍‌ମେଣ୍ଟର କାଉନ୍‌ସେଲିଂ ମୁଁ ଷ୍ଟାର୍ଟ କରିଦେଇଛି ମାଡାମ୍ । ଏଇ ଗପ-ସପ, ଆପୋଷ-ଆଳାପ..ପାଷ୍ଟ୍ ଏଣ୍ଡ୍ ପ୍ରେଜେଣ୍ଟ୍ ଭିତରେ ଗୋଟେ ସନ୍ତୁଳନ, ଏ'ତ ହେଉଛି ଫର୍ମୁଲା... ଆମ ଟ୍ରିଟ୍‌ମେଣ୍ଟ୍‌ର ।"

– 'ଥାଙ୍କ୍‌ସ !' ନିବେଦିତାଙ୍କ ସ୍ୱୀକାରୋକ୍ତି ।

– "ଦେଖନ୍ତୁ ଅନୁପମ ବାବୁ, ଆପଣଙ୍କର କିଛି ହେଇ ନାହିଁ । ଆପଣ ସମ୍ପୂର୍ଣ୍ଣ ଠିକ୍ ଅଛନ୍ତି । ଉଠନ୍ତୁ, ବସନ୍ତୁ ।"

ଅନୁପମଙ୍କୁ ଅନୁରାଗ ଧରି ଉଠାଇ ବସାଇଲେ । ଉଠାଇବାରେ ନିବେଦିତା ସାହାଯ୍ୟ କଲେ ଅନୁରାଗଙ୍କୁ ।

– 'ଆଚ୍ଛା ଅନୁପମ ଭାଇ- ସରି ଅନୁପମ ବାବୁ !'

– 'ନା, ନା ମୁଁ ଅନୁପମ ନୁହେଁ, ମୁଁ ତ ଅନୁଭବ ।'

– ହା-ହା-ହା ଆପଣ ହିଁ ଅନୁପମ । ଅନୁପମ ପଟ୍ଟନାୟକ ।

– ମୁଁ ଅନୁପମ ? ଅନୁପମ ପଟ୍ଟନାୟକ ? ? ସ୍ମୃତି ଚାରଣ କରି "ଇଏସ୍...ମୁଁ ଅନୁପମ ! ନୋ-ନୋ.., ମୁଁ..."

– 'Ok, you Anubhab!' ନିବେଦିତାଙ୍କ ପ୍ରତି ଧୀର ସ୍ୱରରେ –

– "ଦେଖନ୍ତୁ ମାଡାମ, ଧୀରେଧୀରେ ମେମୋରି ରିକଭର କରୁଛି । ଜମା ବ୍ୟସ୍ତ ହେବାର କିଛି ନାହିଁ । ସେ ଖୁବ୍ ଶୀଘ୍ର ଠିକ୍ ହେଇଯିବେ । ମୁଁ ମେଡିସିନ ପ୍ରେସକ୍ରାଇଭ କରିଦଉଚି, ତାଙ୍କୁ ନିୟମିତ ଖୁଆଇବେ ।" ପାଖ ଚଉକିରେ ବସି ନିଜ ପେଡ୍‌ରେ ମେଡିସିନ ଲେଖି ବଢ଼ାଇ ଦେଲେ ନିବେଦିତାଙ୍କ ହାତକୁ ।

ଦରଜା ବାହାରେ କାନ୍ଥରେ କାନ ଡେରି ଛିଡ଼ା ହେଇ ଶୁଣୁଥିଲା ଚପଳା । ଖୁବ୍ ଶୀଘ୍ର ଫେରି ଆସିବ ଅନୁପମଙ୍କର ସ୍ମୃତି । ଶାଂତିର ଦୀର୍ଘଶ୍ୱାସଟିଏ ଛାଡ଼ି ଯୋଡ଼ହସ୍ତ ଟେକି- "ହେ ଭଗବାନ ! ମୋ' ଅନୁପମଙ୍କୁ ଭଲ କରିଦିଅ ପ୍ରଭୁ ।"

– 'ମୁଁ ଆସୁଛି !' ଦ୍ରୁତେ ବାହାରି ଆସିଲେ ଅନୁରାଗ । ପାର୍ଶ୍ୱରେ ଛିଡ଼ା ହୋଇଥିବା

ଯୁବତୀ ଜଣଙ୍କୁ ଦେଖି ଚମକି ଉଠିଲେ । ତୀକ୍ଷ୍ଣ ଦୃଷ୍ଟିରେ ଚାହିଁ ରହିଲେ ଚପଳାର ମୁଖମଣ୍ଡଳକୁ । ପ୍ରଶ୍ନ କଲେ-

– "କିଏ ତୁମେ ? ତମେ ମୋ' ଅ-ନୁ-ଅ-ପା ?"

– 'ନାଇଁ, ମୁଁ ଚପଳା ।' ମୁହଁ ବୁଲାଇନେଲା ଚପଳା ।

– 'ଚପଳା ?' ବିସ୍ମିତ ପ୍ରଶ୍ନବାଚୀ ।

– "କ'ଣ ହେଲା, କ'ଣ କଲା ସେ ? କିଛି ମିସ୍‌ବିହେଭ କରିନି ତ ? ହଇଲୋ ଛୋଟଲୋକର ଝିଅ !" ଆଗେଇ ଯାଉଥିଲା ତମତମ ହୋଇ ।

– 'ରହନ୍ତୁ !' ଅଟକି ଗଲା ନିବେଦିତା । ଚପଳା ପାଖକୁ ଯାଇ

– 'ତମେ ଚପଳା କେମିତି ହେଇ ପାରିବ ?'

– "ମାନେ ? ?" ବିସ୍ମୟ ଚକିତ ପ୍ରଶ୍ନ ଅନୁରାଗଙ୍କ ପ୍ରତି ନିବେଦିତାଙ୍କର ।

– "ଯାହାକୁ ମୁଁ ବର୍ଷ ବର୍ଷ ଧରି ଖୋଜି ବୁଲୁଥିଲି ସେ ଆପଣଙ୍କ ଘରେ...ଓଃ ଗଡ୍ !"

– "କ'ଣ କହି ଯାଉଛନ୍ତି ଆପଣ ? ଏକୁ ଆପଣ ଚିହ୍ନନ୍ତି ?"

– "ଆଜକୁ ଠିକ୍ କୋଡ଼ିଏ ବର୍ଷ ଅତୀତର ଘଟଣା–

ମା' କହନ୍ତି, ସେତେବେଳେ ତାକୁ ଆଠବର୍ଷ ହୋଇଥିଲା । ହଠାତ୍ ସେ କେଉଁଆଡ଼େ ହଜିଗଲା । ବାବା କହୁଥିଲେ, ତାକୁ କାଳେ ଢେଉ ଟାଣିନେଲା ସାଗର ଗର୍ଭକୁ । ସେ ମୋ' ଅନୁଅପା- ଅନୁପମା ପଟ୍ଟନାୟକ । ଅନୁ ଅନୁ ହେଇ ମା' ମୋର ପ୍ରାଣ ଛାଡ଼ିଲା । ବାବା ମୋର ପାଗଳ ହେଇ ତାକୁ ଖୋଜି ବୁଲିଲେ । ମୋତେ ସେତେବେଳେ ମାତ୍ର ତିନିବର୍ଷ । ମା' ଗଲାପରେ ମିଟୁ ମାଉସୀ ମୋତେ ପୁଅକରି ନେଇଗଲେ ତାଙ୍କ ଘର ବନାରସ ।"

ନିବେଦିତାଙ୍କ ଛାତିରେ କେମିତି ଗୋଟେ ଛନକା ପଶିଲା ପରି ବୋଧହେଲା । ପାଦତଳ ମାଟି ଯେମିତି ଖସିଖସି ଯାଉଛି । ନିଜକୁ ରୋକି ପାରିଲେନି ସେ । ଅନୁରାଗଙ୍କ ମାଇଣ୍ଡକୁ ଡିଷ୍ଟର୍ବ କରିବା ପାଇଁ ଫାଙ୍କା ହସଟିଏ ହସି ଉଠିଲେ ନିବେଦିତା ।

– "ହାଃ-ହାଃ-ହାଃ... ଆରେ, ଏ'ତ ଏକ ଚମତ୍କାର କାହାଣୀ । କୋଡ଼ିଏ ବର୍ଷର ଅତୀତ ଆଉ କି ଫେରି ଆସିପାରେ ? ଆପଣ ବିଶ୍ୱାସ କରୁଛନ୍ତି ? କିଂତୁ ଏ ଆପଣଙ୍କର ଭଉଣୀ ସେହି ଅନୁପମା ନୁହେଁ । ଏ ତ ଚପଳା ! ଆଉ ଜଣେ ।"

ଚପଳା ପ୍ରାଣରେ ସ୍ପନ୍ଦନ ! ଅନ୍ତରରେ ଆଲୋଡ଼ନ !

– 'ଆଉ ଜଣେ ?' ଚପଳାଙ୍କ ଆପାଦମସ୍ତକ ଚାହିଁ– 'ଆଶ୍ଚର୍ଯ୍ୟ ! ଏତେ ସିମିଲାରିଟୀ କେମିତି ?'

– "କିଛି ବିଚିତ୍ର ନୁହେଁ । ଦୁନିଆରେ ଏକପ୍ରକାର ଦେଖିବାକୁ ଏମିତି ଅନେକ ଅଛନ୍ତି ।"

– "ଇଏସ୍, ତାହା ବି ହୋଇପାରେ । ତଥାପି ମୋ' ଖୋଜିବାର ଶେଷ ନାହିଁ, ମୋ' ପ୍ରିୟ ସ୍ମୃତିକୁ ମୁଁ ଏମିତି ହଜେଇ ଦେଇ ପାରିବିନି ମାଡାମ । ମୁଁ ତାକୁ ଖୋଜିବି, ସାରା ଜୀବନ ଖୋଜି ଚାଲିବି । ଆଚ୍ଛା, ମୁଁ ଆସୁଛି, ବାଏ ।" ଚାଲିଗଲେ ଅନୁରାଗ ।

ଚପଳା ଚଟ୍‌କିନା ମୁହଁ ଫେରାଇ ଚାହିଁ ରହିଲା ଅନୁରାଗଙ୍କ ଚାଲିଯିବା ପଥକୁ । ରକ୍ତ ଯେପରି ରକ୍ତକୁ ଟାଣି ଧରୁଛି !

ଚପଳାକୁ ଏପରି ତଟସ୍ଥ ହେଇ ଚାହିଁ ରହିଥିବାର ଦେଖି – "ଆଲୋ ହେ, ଏଠି ଛିଡ଼ାହୋଇ ଆଁ'ଟା କରି ଚାହିଁଚୁ କ'ଣ ? ସେ ତୋ' ଭାଇ ନୁହେଁ ଲୋ । ଛୋପରୀ କଉଠିକାର !"

ଚପଳା ଗାଲକୁ ଖୁନ୍ଦାଟାଏ ମାରିଲା ନିବେଦିତା ।

'ଆଃ !' ନିଜ ଗାଲକୁ ଚାପି ଧରିଲା ଚପଳା ।

– "ଯା ଯା, ମୋତେ ଭୋକ ହେଲାଣି । ଶୀଘ୍ର ବଢ଼ାବଢ଼ି କର । ଖବର୍ଦ୍ଦାର, ଅନୁପମ ବାବୁଙ୍କ କଥା ତୋର ବୁଝିବା ଦରକାର ନାହିଁ । ତାଙ୍କ ପାଇଁ ମୁଁ ଅଛି । ବୁଝିଲୁ !"

– 'ଆଜ୍ଞା ମାଡାମ !' ଘର ଭିତରକୁ ପଶିଗଲା ନିବେଦିତା । ଚାଲି ଯାଉଥିଲା ଚପଳା । ହେଲେ ପାଦ ଉଠୁନଥିଲା ଆଗକୁ । କିଏ ଯେପରି ତାକୁ ପଛରୁ ଟାଣି ଧରୁଛି । କାହାର ଏ ମାୟା ଡୋର ? ସତରେ ସେ ନିଜେ କ'ଣ ଅନୁପମା ! ଅନୁରାଗଙ୍କ ଅନୁଅପା ? ଆଃହା, ପିଲାଟି କେତେ ବିକଳ ହେଉଛି ତା' ଅନୁଅପା ପାଇଁ । ମୁଁ ସତରେ ଯଦି ତା' ଅନୁ ଅପା ହୋଇଥାନ୍ତି.. ନା, ନା ମୁଁ ଅନୁପମା ନୁହେଁ...ମୁଁ ଚପଳା, ଚପଳା ।

ବ୍ୟସ୍ତ ବିବ୍ରତ ହେଇଉଠି ଅର୍ଦ୍ଧ ପାଗଳିନୀ ପରି ଚାଲିଗଲା ଚପଳା ।

ଆକାଶରେ ମେଘଖଣ୍ଡ ଦେହରେ ଚିକ୍‌କିନି ମାରିଦେଲା ବିଜୁଳି ।

॥ ୪୨ ॥

ଗୌର ଆଖିରେ ଜଳୁଛି ପ୍ରତିଶୋଧର ନିଆଁ । ସେହି ଯୌନରାକ୍ଷସ କାଳିଆ ଓରଫ କାଳିକିଂକରକୁ ଶେଷ ନକରିବା ଯାଏ ସେ ଶାନ୍ତିରେ ବସି ପାରିବ ନାହିଁ । ଏଣୁ ଗୌରୀର ଅଜାଣତରେ ଟାଉନ ଥାନାରେ ଏଫ୍.ଆଇ.ଆର୍ ଦେଇଛି ଗୌର । ମହାନଦୀର ଉଛୁଳା ଗର୍ଭରୁ ଜଣେ ପୀଡ଼ିତା ଯୁବତୀକୁ ଉଦ୍ଧାର କରି ସେ ପୋଲିସ ଆଖିରେ ପାଲଟି ଯାଇଛି ବାହାଦୂର । ସେହି ସାହସିକତା ପାଇଁ କମିସନରେଟ୍ ପୋଲିସ ଡି.ଜି. ଖୁରାନା ସାହେବ ତାକୁ ବହେ ତାରିଫ୍ କରି ବକ୍‌ସିସ ଦେଇଛନ୍ତି । ବକ୍‌ସିସ-ପଚାଶ ହଜାର । ଏହି ଟଙ୍କାରେ ସେ ବେଶ୍ କିଛିଦିନ ଚଳିଯିବ । ତାପରେ ଅଟୋଟାଏ ଭଡ଼ାରେ ଆଣି ଚଳେଇ ଗୁଜୁରାଣ ମେଣ୍ଟେଇବାକୁ କିଛି ଅସୁବିଧା ହେବନାହିଁ ତାର ।

ସେତେଦିନ ଯାଏ ସେ ଏ ସହର ଛାଡ଼ି ଯିବନାହିଁ, ଯେତେଦିନ ଯାଏ ତା' ଛାତିରୁ ପ୍ରତିହିଂସାର ଜ୍ୱାଳା ଶାଂତ ନ ହେଇଚି ।

– 'ଗୌରୀ ! ଗୌରୀ !' ଡାକି ଡାକି ପଶି ଆସିଲା ଘର ଭିତରକୁ ଗୌର ।

ଗୌରୀ ଶୋଇଛି ମଲ୍ଲୀମା' କୋଳରେ ମୁଣ୍ଡ ରଖି ।

– 'ଆସିଗଲୁ ବାପ ?' ପଚାରିଲା ମାଉସୀ ।

– "କ'ଣ ହେଇଚି ଗୌରୀର ମାଉସୀ ?" ଡରିଗଲା ଗୌର ।

– "ନାଇଁ ପୁଅ, ଝିଅଟାର ଦିହ ଅସୁଖ ଲାଗିଲାତ, ମଥାଟା ଘୋଳାବିନ୍ଧା କଲା । ସେଥିଲାଗି ତାକୁ କୋଳରେ ଶୁଆଇ ତା' ମୁଣ୍ଡଟା ଟିପି ଦେଉଥିଲି । ସେ ଶୋଇ ପଡ଼ିଛି । ତାକୁ ଏବେ ଡାକନା ପୁଅ । ପାଇଟିକି ଯାଉଥିଲେ ମୁଁ ବା ଆଉ ଝିଅଟାକୁ ନଜର କରିପାରନ୍ତି କଉଠୁ ? ତୁ'ତ ମୋତେ ପାଇଟି ଛଡ଼େଇ ଦେଲୁ । ବସି ବସି ଚିଟା ଲାଗୁଛି । କ'ଣ ଆଉ କରନ୍ତି କହ ?"

– "ମାଉସୀ ! ମୁଁ ଯଦି ତମର ପୁଅ ହୋଇଥାନ୍ତି, ତମକୁ ଏ ବୟସରେ ପରଘରେ ଖଟି ପେଟ ପୋଷିବାକୁ ଛାଡ଼ି ଦେଇଥାନ୍ତି କି ? ଧରି ନିଅ ମୁଁ ତୁମର ପୁଅ ।"

– "ବାବୁରେ, କଉ ଜନମରେ ତୁ ମୋର ପୁଅ ଥିଲୁ ହାଁ ।" ମାଉସୀ ଆଖିରେ ଲୁହ ଜକେଇ ଆସିଲା ।

– 'କାନ୍ଦନା ମାଉସୀ ।' ପାଖରେ ବସିପଡ଼ି ମାଉସୀ ଆଖିରୁ ଲୁହ ପୋଛି ଦେଲା ଗୌର । ସାନ୍ତ୍ୱନା ଦେଇ କହିଲା- 'ମୁଁ ପରା ଅଛି । ତମ ପୁଅ ଅଛି । ତମ ବୋହୂ- ଏ ଗୌରୀ ଅଛି ।'

ଗୌର ମୁଣ୍ଡରେ ହାତ ବୁଲାଇ ବୁଢ଼ୀ କହିଲା- "ତୋର କୋଟି କଲ୍ୟାଣ ହେଉ ବାପ । ଆଉ ମୋ' ଗୌରୀ ଆଃହା ଠିକ୍ ତାରି ଆଖି, ତାରି ନାକ-ଓଠ-ମୁହଁ ଗଢ଼ଣ । ବୁଝିଲୁ ପୁଅ, ଗୋଟିପଣେ ମୋ' ଝିଅ ପରିକା । ଯେମିତି ଯାଆଁଳା ଭଉଣୀ ହେବେ ପରା !"

– 'ଝିଅ, ତମ ଝିଅ ?' ପଚାରିଲା ଗୌର ।

– "ହଁ ରେ ପୁଅ, ତାକୁ ହିଁତ ଖୋଜି ଖୋଜି ମୁଁ ଆସି କଟକ ସହରଟାରେ ଏଇ ଅପନ୍ତରାରେ ପଡ଼ି ରହିଛି ।"

– "କ'ଣ ହୋଇଛି ତାର, କେଉଁଠି ଅଛି ସେ ?"

– "ଆଜକୁ ଦଶମାସ ହେଇଗଲା । ଝିଅଟା ମୋର କଟକ ବାଲିଯାତରା ଦେଖିବ ବୋଲି ଜିଦି ଧରିଲା । ଭାରି ଏକଜିଦିଆ ଝିଅଟା, ଯାହା ବୁଝିଥିବ ସେଇଆ, କଥା କାଟି ପାରିଲିନି । ମୁଁ ତ ବୁଢ଼ୀ ଲୋକ । ତାକୁ କି ଆଉ ସାଥିରେ ଧରି ଆସି ପାରିଥାନ୍ତି ? ତା' ଧରମ ମାଉସୀ ପୁଅ ସାଂଗରେ ପଠେଇ ଦେଲି । ଆସିଛି ଯେ ଆସିଛି ।"

– 'ତାଙ୍କର କିଛି ଖବର ପାଇଲ ?'

– "ନାଇଁ ବାପ, କଟକ ସହରର ଗଳିକନ୍ଦି...ବୁଲି ବୁଲି କେତେ ଖୋଜିଲିଣି । ଚାଲିଚାଲି ପାଦରେ ବାତ ପଡ଼ି ଗଲାଣି । ଦେଖୁଛୁ ବାପ, ପାଦ ଦି'ଟା କେନ୍ତା ଫୁଲା ପଡ଼ି ଯାଇଛେ ?"

– 'ଆଃହା, ସତରେତ !' ମାଉସୀ ପାଦରେ ହାତ ଆଉଁସି ଦେଲା ଗୌର । କହିଲା- "ତମେ ବ୍ୟସ୍ତ ହୁଅନି ମାଉସୀ, ସେ ଯଦି ଏଇ ସହରରେ କଉଠି ଥାଏ, ମୁଁ ତାକୁ ନିଶ୍ଚେ ଦିନେ ଖୋଜିଆଣି ଦେବି ।"

– 'ସତ କହୁଚୁ ବାପ ? ତୋର କୋଟି ପରମାୟୁ ହେବ ।'

– 'ଆଚ୍ଛା, ତାର କିଛି ଫୋଟ ଅଛି ତମ ପାଖରେ ?'

– "ହଁରେ ବାପ, ଗଣ୍ଠୁଲି ଭିତରେ ସାଇତି ରଖିଛି ତାର ପିଲାବେଳର ଫଟ । ଆରେ ପୁଅ, ଫଟ କ'ଣ ଦେଖିବୁ ? ଗୋଟିପଣେ ଏଇ ମୋ' ଗୌରୀ ପରି । ଗୋଟିଏ ଚାଉଳରେ ଗଢ଼ା । ଏ ଟିକେ ସଫା, ଆଉ ସେ ଟିକେ ଉଣା ।"

– "ତା' ନାଆଁ କ'ଣ ମାଉସୀ ?"

– 'ଝୁମୁରୀ ।'

– 'ଝୁମୁରୀ !'

– "ମୁଁ ତାର ପହିଲେ ନାଆଁ ଦେଇଥିଲି ମଲ୍ଲୀ । ସେଥିଲାଗି ଗାଁରେ ମୋତେ ସମସ୍ତେ ମଲ୍ଲୀମାଆ ବୋଲି ଡାକନ୍ତି । ଏତୁଟେ ହେଇଥିଲା-ତିନିବର୍ଷର । ତା' ବାବା ତା' ପାଦରେ ଘୁଂଗୁର ହଳେ ବାନ୍ଧି ଦେଇଥିଲେ । ସଦାବେଳେ ସେ ମୋରି ପଛେ ପଛେ ଝୁମୁରୁ ଝୁମୁରୁ ହେଇ ଡେଇଁ ଡେଇଁ ବୁଲୁଥିଲା । ତା' ବାବା ତା' ନାଁ ଦେଇଥିଲେ ଝୁମୁରୀ ।"

ନିଦରୁ ଚେଇଁ ଉଠିଲା ଗୌରୀ ଝୁମୁରୀର ନାଆଁ ଶୁଣି । ପାଟିରୁ ବାହାରି ପଡ଼ିଲା 'ଝୁମୁରୀ ?'

– "ଉଠି ପଡ଼ିଲୁ ମା' ! ହଉ ଉଠ୍ ।"

ଆଖି ମଳିମଳି ଉଠିଲା ଗୌରୀ ।

– "ତୋ' ଦେହ ଟିକେ ଭଲ ଲାଗୁଛି ମାଆ ?"

– 'ନାଇଁ, ତମେ ଆଗ କୁହ, ସେ ଝୁମୁରୀ କିଏ ?'

– 'ତୋରି ପରି ମୋର ଗୋଟିଏ ଝିଅ ମାଆ । ଠିକ୍ ତୋରି ପରି ।'

– 'ମୋ ପରି ?'

ଗୌରୀର ଭାବ–ମାନସରେ ଖେଳିଗଲା କଂପନ । ବୁକୁତଳୁ ଉକୁଟି ଉଠିଲା ବ୍ୟଥାର ବେପଥୁ । କାହିଁକି କେଜାଣି ଝୁମୁରୀର ନାଆଁଟା ତାକୁ ଅଥୟ କରିଦେଉଛି । କ'ଣ ସମ୍ପର୍କ ତା' ସାଥିରେ ତାର ? ଗୌରୀ ବିଭୋର ହେଇଉଠି ମୁହଁ ଖୋଲିଲା- 'ମାଉସୀ, ମୁଁ ଥରେ ତାକୁ ଦେଖନ୍ତି ।'

– 'ଆଲୋ, ସେ ଥିଲେ ତ ଦେଖିବୁ ?'

ଥରି ଉଠିଲା ଗୌରୀର ଛାତି ଅଜଣା ଅଶଂକାରେ ।

– "କ'ଣ କହୁଚ ମାଉସୀ, କ'ଣ ହେଇଚି ତାର ?"

– 'ଏଇ କଟକ ସହରଟାରେ ସେ ହଜି ଯାଇଛି ।'

– 'ହଜି ଯାଇଛି ?'

ବ୍ୟସ୍ତ ହେଇ ଉଠିଲା ଗୌରୀ । ଗୌରକୁ ଚାହିଁ ବିକଳ ହୋଇ କହିଲା- "ଗୌରଭାଇ, ତମେ ତାକୁ ଖୋଜି ଆଣିବ ନା, କଥା ଦିଅ, ମୋ' ଦେହ ଛୁଇଁ କୁହ ?"

"ମୁଁ ପରା ମାଉସୀକୁ କଥା ଦେଇଛି । ନିଶ୍ଚୟ ଖୋଜି ଆଣିଦେବି । ତୁ ଚିନ୍ତା କରନା !" କହିଲା ଗୌର ।

– "ଆଲୋ, ବାହାହେଲା ପୁଅ ସେ । ତାକୁ କ'ଣ ଭାଇ କହନ୍ତି ? କହିବୁ..."

– "କ'ଣ କହିବି ?" କଥା ଛଡ଼ାଇଲା ଗୌରୀ ।

– "କହିବୁ- 'ବାବୁ ।' ହଉ ମୁଁ ଆସୁଛି । ତମେ ଦି'ଟା କ'ଣ ପାଟିରେ ଦେଇ ଶୋଇପଡ଼ ।" ମାଉସୀ ଚାଲିଗଲା ।

ଗୌର ହସି ଉଠିଲା । କହିଲା ତାଗିଦ୍ କରି–

– 'ହେଲା ! ଏଥର ଗୁରୁଜ୍ଞାନ ପାଇଲୁ ତ ?'

– 'ହଉ, ହଉ, ସେଇଆ କହିବି ।'

– "କ'ଣ କହିବୁ ଶୁଣେ ?"

– 'କହିବି, କହିବି କ'ଣ କହିବି ?'

– 'ଆରେ କହିବୁ ଗୌର–(?)'

– 'ହଁ, ବାବୁ!'

– 'ହାଁ, ଏଥର ହେଲା । ମୋ' ସୁନାଟା ପରା ।'

ଗୌରୀକୁ ନିଜ ଛାତିରେ ଭିଡ଼ିଧରି ଗୌରୀର ଗାଲରେ ଚୁମାଟେ ଆଂକିଦେଲା ଗୌର । ଆଉ ଇସାରା ଦେଲା ନିଜ ଦୁଇ ଗାଲରେ ଦୁଇଟି ଚୁମା ପାଇଁ ।

– "ନାଇଁ, ତମେ ବଡ଼ ଦୁଷ୍ଟ ହେଇଗଲଣି । ସଦାବେଳେ ଖାଲି ଦେ-ଦେ-ଦେ । ଆଉ କ'ଣ କିଛି ନାହିଁ ? ଛାଡ଼ ମୋତେ !"

– 'ଛାଡ଼ିବିନି । ଜମା ନୁହେଁ ।' ଭିଡ଼ି ଧରିଲା ଆଉ ଟିକିଏ ଜୋରରେ ।

– 'ଆଃ, ଆଃ କାଟୁଚି । ଦୁଷ୍ଟ !' ଗୌରର ଦୁଇ ଗାଲରେ ଦୁଇଟି ଚୁମା ଆଙ୍କି ଦେଲା । ଗେହ୍ଲେଇ କହିଲା- 'ଏଥର ହେଲା ତ ଗୌର ବାବୁ ?'

– "ସତେ ଲୋ ଗୌରୀ, ତୋତେ ପାଇ ମୋ' ଜୀବନ ଧନ୍ୟ ହୋଇ ଯାଇଚି ।" ଭାବ ବିହ୍ୱଳ ହୋଉ ଇଠିଲା ଗୌର ।

– "ଆଉ ତମକୁ ପାଇ ମୁଁ କ'ଣ ?"

– "ନାଇଁ ଲୋ, ମୁଁ ହତଭାଗାଟା ! ତୋ ମୁହଁରେ ହସ ଫୁଟାଇ ପାରିଲିନି । ସେ ଚଣ୍ଡାଳ... !"

– 'ଥାଉ !' ଗୌର ପାଟିରେ ହାତଦେଇ "ସେ ପାପକଥା ଗୁଡ଼ା ଆଉ ମନକୁ ନିଅନାହିଁ । ଯାହା ଘଟିଯାଇଛି, ସେ ତ ମୋ' ପୋଡ଼ା କପାଳ ଥିଲା । ଏତେପରେ ତମେ ମୋତେ ଗ୍ରହଣ କରିଛ.... ସତରେ ତମେ ମୋ' ପାଇଁ ଦେବତା ।"

– "ନାଇଁ ଲୋ, ମୁଁ ଦେବତା ନୁହେଁ କି ତୁ ଦେବୀ । ଆମେ ପୁରୁଷ ଆଉ ନାରୀ । ବାସ୍ ଏଇ ନାରୀ ଆଉ ପୁରୁଷର ପରିଚୟ ନେଇ ବଂଚି ରହିବା । ଏହାହିଁ ତ ଜୀବନର ବରାଦ ଆଉ ବାସ୍ତବତା । ଯା ଯା, ମତେ ଭାରି ଭୋକ ହେଲାଣି !"

– "ହଉ, ତମେ ଗୋଡ଼ ହାତ ଧୋଇ ଆସ । ମୁଁ ବାଢ଼ି ବସଉଛି ।" ଗୌରୀ ଉଠି ଚାଲିଗଲା ।

ଗୌର ଭାବୁଥିଲା– "କେତେ ସରଳ ଏ ଝିଅଟା । କେଡ଼େ ମହତ, ଏତେପରେ ସେ ସୈତାନଟାକୁ କ୍ଷମା କରି ଦେଇଛି । ହେଲେ ପ୍ରତିଶୋଧ କଡ଼ାଗଣ୍ଡାରେ ଅସୁଲ ନକରି ଏ ଗୌରଦାସ ଆଉ ଗାଁକୁ ଫେରିବନି । ଏ ତାର ବଜ୍ର ଶପଥ ।"

ଗୌରୀ ଡାକ ପକେଇଲା–

– 'ବାଢ଼ି ଦେଲିଣି, ଖାଇବ ଆସ ।'

– 'ହଁ ଯାଉଛି ଯାଉଛି ।'

ତରତର ହେଇ ଉଠିଗଲା ଗୌର । ଗୌରୀର ପଦେ ଡାକରେ ଯେମିତି ତା'ର ସବୁ ରାଗ ପାଣି ଫାଟିଗଲା !

ଆଖିର ନିଆଁ ଝରି ପଡୁଥିଲା ଅଶ୍ରୁ ହେଇ ।

॥ ୪୩ ॥

ଗାଁରେ ମା'କୁ ନପାଇ ଫେରି ଆସିଛି ଝୁମୁରୀ ।

ମା' କାଳେ ତାକୁ ଖୋଜି ଖୋଜି ଆସିଛି ଏଇ କଟକ ସହର । ଆଜକୁ ଚାରିମାସ ହେଇଗଲା । କ'ଣ କରିବ ଏବେ? କୋଉଠି ଖୋଜିବ ସେ ତା' ମା'କୁ? ଆଖିରୁ ଲୁହ ଝରାଇ ବସି ବସି ବ୍ୟସ୍ତ ବ୍ୟାକୁଳ ହେଇ ଉଠୁଥିଲା ଝିଅଟି ।

କେତେ ଖୁସିରେ ସେ ତାର ବାବା-ମା'ଙ୍କୁ ଧରି ଯାଇଥିଲା ଜମନକିରା । ଗାଁରେ ଦି ଦିନ ରଖି ବୁଲେଇ ଆଣି ଆସିଥାନ୍ତା ତାଙ୍କ ରାଇଜ । ବନ୍ ପାହାଡ଼ରୁ କେନ୍ତା ଛଲ୍‌ଛଲ୍ ହେଇ ବହି ଯାଉଛେ ଝରନା । ବନ୍‌ଫୁଲର ମହମହ ମହକରେ ମତୁଆଲା ହେଇ ନାଚି ଉଠିଥାନ୍ତା ଝୁମୁରୀ । ମାଦଲ୍ ବଜେଇ ଝୁମି ଉଠିଥାନ୍ତା ସମରାଟା । ତାଙ୍କ ନୂଆଖାଇ ପରବର ଦିନ କେତେ ମଉଜ କରିଥାନ୍ତେ ବାବା-ମା' ସେଠେ । ହେଲେ ସବୁ ବେକାର ହେଇଗଲା ଯାଃ । ଏକା ବସିବସି ଭାବୁଛି ଝୁମୁରୀ । ମନତଳେ କେତେ ଅସୁମାରୀ ଭାଷାର ଭିଡ, ଭାବର ଢେଉ... !

ମା' ତାର ବାବୁ-ମା'ଙ୍କେ ଦେଖିଥିଲେ ଗୋଡ଼ତଳେ ପଡ଼ି କେତେ ଜୁହାର, କେତେ ନେହୁରା ହେଇଥାନ୍ତା । କେତେ ଗୁହାରି କରିଥାନ୍ତା ତାର ଏଇ ଝିଅଟାକୁ ଝିଅ କରିଛେ ବୋଲି । "ହାଏରେ ମୋର ପୋଡ଼ା କପାଲ୍ । ମୁଇଁ କାଣା କରମି ଏବେ? ସମରାଟା ...ହାଁ, ଯାଉଛେ ତାକୁଇ କହିମି, ସିଏ ମୋର୍ ମା'ଟାକେ ଖୋଜି ଆଣିବ! ଆରେ ସମରା, ସମରା!"

ଡାକି ଡାକି ଉଠିଗଲା ଝୁମୁରୀ ।

ଘର ସଦର ବାରଣ୍ଡା ଆରାମ ଚଉକି ଉପରେ ବସି ପେପର ପଢ଼ିବାରେ ମଗ୍ନ ଥିଲେ ରୁଦ୍ର ପ୍ରତାପ । ଝୁମୁରୀର ଡାକଶୁଣି ଚାହିଁ ଦେଖିଲେ- ଝିଅଟାର ଛଳଛଳ ଆଖି ଆଉ ଥମ୍‌ଥମ୍ ମୁହଁଟାକୁ । ସଦା ହସହସ ମୁହଁଟି ଯେମିତି ଆଜି ଝାଉଁଳି ପଡ଼ିଛି । ମା'କୁ ନପାଇ କେତେ ଛଟପଟ ହେଉଛି ଛୁଆଟା । କେତେ ଆଶା କରି ଯାଇଥିଲା ଗାଁକୁ । ମା'କୁ ଥରେ ଦେଖି ଆସିବ ବୋଲି । ମା' ତାର ତାହେଲେ ଏବେ କେଉଁଠି?

ଇଏସ୍, ନିରୁଦ୍ଦିଷ୍ଟ ବ୍ୟକ୍ତି ସଂପର୍କରେ ସଂପୃକ୍ତ ବିଭାଗ ସହିତ କଣ୍ଟାକ୍ଟ କରିବାକୁ

ହେବ । ତାର ମା' ଏଇ କଟକରେ ଯେଉଁଠି ଥିଲେ ବି ପୋଲିସ ନିଶ୍ଚିତ ତାର ଠିକଣା ଖୋଜିଦେଇ ପାରିବ । ହେଲେ- ମା'ର ଫୋଟଟାଡ ଦରକାର । ତା' ନହେଲେ ଚିହ୍ନିବ କେମିତି ?

– 'ଆରେ ଝୁମୁରୀ!' ଝୁମୁରୀ ଡାକ ଶୁଣି ଧାଇଁ ଆସିଲା ।

– 'ବାବା!' ମନରେ ଉତ୍ସୁକତା ।

– "ତୋ' ମା'ର ଫୋଟ ତୋ' ପାଖରେ ଅଛି, ଦେଇ ପାରିବୁ ?"

– "କାହିଁକି ବାବା ? କ'ଣ କରିବ ?" ପ୍ରାଣରେ କୌତୂହଳ ।

– "ପୋଲିସକୁ ଦେବି । ସେମାନେ ତୋ' ମା'କୁ ଖୋଜି ଦେବେ ।"

– "ସତରେ ? ରଖିଛେ ବାବା । ମା'ଙ୍କର ଫଟୋଟା ମୁଇଁ ସାଇତି ରଖିଛେ । ଆଣି ଦେମି ?"

– 'ଦେମି ନୁହେଁ କହ ଦେବି ।'

– 'ହଁ, ସେଇ ଦେବି ।'

– "ଥାଉ, ଏବେ ନୁହେଁ । ପରେ ତୋ' ପାଖରୁ ମାଗିନେବି । ଆଚ୍ଛା ସମରାକୁ ତ ମୁଁ ଦେଖୁନାହିଁ....ସେ କ'ଣ ବଜାର ଯାଇଛି ?"

– 'ନାଇଁ ବାବା, ସେ ଯାଇଛି ମା'କୁ ଖୋଜିବ ବୋଲି ।'

– "ତୋ' ମା'କୁ ଖୋଜିବ ସମରା ? ଆଉ ଏ କଟକ ସହର ବାବନ ବଜାର ଛପନ ଗଳି; କୋଉଠି ଖୋଜିବ ସେ ତୋର ମା'କୁ ? ଆଚ୍ଛା-ଯାଇଛି ତ ଯାଉ । ତୁ ଚିନ୍ତା କରନା ମା', ଏଇ ଯଉ ରାସପୂର୍ଣ୍ଣିମାଟା ଆସୁଛି ନା, ମହାନଦୀ ପଠାରେ ବାଲିଯାତ୍ରା ମେଳା ବସିବ । ସେଇଠିକି କେତେ ଲୋକ ଆସିବେ । ଆମେ ଯିବା, ତୋ' ମା'କୁ ଖୋଜିବା ।"

– 'ହଁ, ବାବା! ସେଇଠି ମୋର ମା'ଟା ସିଓର ମିଳିଯିବ ।'

– 'ଶୁଣୁଛ, ଶୁଣୁଛ ପ୍ରିୟମ୍ବଦା!' ଗୃହ ଭିତରୁ ଜବାବ ଆସିଲା - "କ'ଣ କହୁଚ ?"

– "ତମ ଝୁମୁରୀ ଇଂଲିସ୍ କହି ଶିଖିଲାଣି । ତମ ପାଠପଢ଼ାକୁ ମାନିବାକୁ ପଡ଼ିବ ।"

– 'ବାଁବାଁ, ତମେ ନା!' ଲାଜେଇଗଲା ଝୁମୁରୀ ।

– "ଆରେ ଆଉ କେଇଟା ଦିନ ତାକୁ ଦେଖ, ଦେଖିବ ସେ ପୂରା ମଡର୍ଣ୍ଣ ହେଇଯିବ, ଖାଣ୍ଟି କଟକିଆ । କାହାର ଝିଅ ସେ ଜାଣିଛ, ମାଇଁ ସେଲ୍‌ଫ ବାବା ରୁଦ୍ରପ୍ରତାପ ରାୟ ଚୌଧୁରୀ- ହାଃ...ହାଃ....ହାଃ.... !"

ନିଶମୋଡ଼ି ସାହେବୀ ଢଂଗ ପ୍ରଦର୍ଶନ କଲେ ରୁଦ୍ର ।

ହସି ଉଠିଲା ଝୁମୁରୀ । ଫୁଲପରି ଚହଟି ଉଠିଲା ମୁହଁଟି ।

– "ହାଁ, ଏଥର ହେଲା । ବୁଝିଲୁ ମା', ତୁ ହସିଲେ ମୋ' ଦୁନିଆ ହସେ । ତୁ କେବେ ଆଉ ମୁହଁ ଶୁଖେଇବୁନି ମୋତେ କଥା ଦେ ! ଆଉ ତୁ ରୁଷିଲେ, ତୁ କାନ୍ଦିଲେ ମୁଁ ସହି ପାରିବିନିରେ ।"

– "କାହିଁକି ବାବା, ମୁଁ କ'ଣ ତମର ଏତେ ନିଜର ?"

– "କି ଉତ୍ତର ଦେବି ତୋତେ ? ଆରେ ନିଜର ପୁଅ-ବୋହୂ ଆଜିକାଲି ବୁଢ଼ା ବାପା-ମା'ଙ୍କୁ ଘରୁ ତଡ଼ି ଦେଉଛନ୍ତି । ଭଲ ଗଣ୍ଡେ ଖାଇବାକୁ ଦେଉ ନାହାନ୍ତି । କେତେ ବୁଢ଼ାବୁଢ଼ୀ ବାଟ-ହାଟରେ ପଡ଼ି ପ୍ରାଣ ଛାଡୁଛନ୍ତି । ତୁତ ବଣମୂଲକର ଝିଅ । କେମିତି ଜାଣିବୁ ମା', ଏ ପାଠୁଆ ରାଇଜର କଥା ।"

– 'ବାବା !' ବ୍ୟଥିତ ହୋଇ ଉଠିଲା ଝୁମୁରୀର ପ୍ରାଣ ।

– "ଆଉ ମୋର କେଡ଼େ ଭାଗ୍ୟ ! ଏ ବୁଢ଼ା ବୟସରେ ତୋ' ପରି ଝିଅଟାଏ ମୋତେ ମିଳିଯାଇଛି ।"

– 'ବାବା !' ଭାବବିହ୍ୱଳ ହେଇଉଠିଲା ସେ ।

– "ହଁରେ ମା', ଯାହାଙ୍କୁ ଜନ୍ମ ଦେଇଥିଲି, ତାଙ୍କୁ ତ ପରହାତକୁ ଟେକି ଦେଲି । ସେମାନେ ଆଜି କେଉଁଠି, କେମିତି ଅଛନ୍ତି ଜାଣିବାର ଉପାୟ ନାହିଁ । ହେଲେ ଆଜି ମୁଁ ତୋରି ଭିତରେ ମୋ' ଝିଅକୁ ଦେଖୁଚି ମାଆ ।"

– 'ବାବା !' କାନ୍ଦିଉଠିଲା ଝୁମୁରୀ । ଆଣ୍ଠେଇ ବସିପଡ଼ି ରୁଦ୍ରଙ୍କ କୋଳରେ ମୁଣ୍ଡ ଗୁଂଜିଲା ।

– 'ହଁ, ତୁ ମୋର ସେଇ ହଜି ଯାଇଥିବା ମାଣିକରେ ।' ରୁଦ୍ରଙ୍କର ଆଖିରେ ଲୁହ ।

ଭାବବିଭୋର ରୁଦ୍ର ଝୁମୁରୀର ମଥାକୁ ନିଜ କୋଳରେ ଜାକି ଧରିଲେ । କାନ୍ଦି ଉଠିଲେ ସେ । 'ବାବା' ସମ୍ବୋଧନ ସହ କାନ୍ଦି ଉଠିଲା ଝୁମୁରୀ ।

– "ଏ କ'ଣ ? ସକାଳୁ ସକାଳୁ ବାପ-ଝିଅଙ୍କର କାନ୍ଦଣା ପର୍ବ ଆରମ୍ଭ ହୋଇଗଲା, କଥା କ'ଣ ?" କହିକହି ଆସିଲେ ପ୍ରିୟମ୍ବଦା ।

– 'ପ୍ରିୟମ୍ବଦା !'

– "ଏବେ ଆଉ କାନ୍ଦିଲେ କି ଝୁରିହେଲେ କ'ଣ ହେବ ? ଛୁଆଦିଟାକୁତ ଅନାଥାଶ୍ରମରେ ଦେଇଥାନ୍ତ ହେଲେ, ଏବେ ଯାଇ ଘେନି ଆସିଥାନ୍ତେ । ଆମ ଘର ପୂରି ଉଠନ୍ତା ।"

– "ମୁଁ ସିନା ନିରୂପାୟ ହୋଇ ବୁଦ୍ଧିକୁ ପୋଡ଼ି ଖାଇଲି । ହେଲେ ତମ ପୁଅ କ'ଣ କଲା ? ସେ କ'ଣ ବୁଝିଲା ମା'ର ବେଦନା ? ପାଠଶାଠ ପଢ଼ି ବାପାର ପଦିଏ କଥା ସହି ପାରିଲାନି । ଘରୁ ଅଭିମାନ କରି ଚାଲିଗଲା । ଗଲା ଯେ ଯାଇଛି ।"

ନିଜ ଆଖିରୁ ଲୁହ ପୋଛିଲେ ପ୍ରିୟମ୍ବଦା- "ମୁଁ ଆଉ କ'ଣ କରି ପାରିଥାନ୍ତି ?"

– 'ଝୁମୁରୀ, ଝୁମୁରୀ ଲୋ !'

ଡାକି ଡାକି ଧାଇଁ ଧାଇଁ ଧଇଁସଇଁ ହୋଇ ଆସିଲା ସମରା । ସମସ୍ତେ ତଟସ୍ଥ ହୋଇ ଚାହିଁ ରହିଲେ ତାରି ଆଡ଼କୁ ।

– 'ଆଲୋ ଝୁମୁରୀ, ଜାଣିଛୁ ?'

– "କ'ଣ ବା ?" ସମରା ଧଇଁ ହେଇ କିଛି କହିପାରିଲାନି ।

ଝୁଙ୍କେଇ ଦେଲା ଝୁମୁରୀ ।

– 'ଆରେ କିଛି କହୁନୁ କାହିଁକି ? କିଛି ଖବର ପାଇଲୁ ?'

– "ନାଇଁ ଲୋ, ହଁ, ମୁଇଁ ଦେଖିଛେ । ଠିକ୍ ତା'ରି ପରିକା । ବାଡ଼ି ଠକ୍ ଠକ୍ କରି ଚାଲିଗଲା । ମୁଇଁ ଯେତେ ଡାକିଲି ଶୁଣିଲାନି ଜମା ।"

– 'ତୁ ସତ କହୁଚୁ ସମରା ?' ପ୍ରଶ୍ନକଲେ ଉତ୍କଣ୍ଠିତ ସ୍ୱରରେ ରୁଦ୍ରପ୍ରତାପ ।

– "ଠିକ୍ କହୁଛି ବାବୁ, ମୁଇଁ ମୋ' ମଲ୍ଲୀମା' ମାଉସୀକୁ ଚିହ୍ନି ପାରିବିନି ? ମିଛ କହୁନି ବାବୁ ! ଏଇ ଆଖି ଛୁଉଁଛେ, ମୋର ସମଲେଇ ମା'ର ରାନ୍ ଖାଇ କହୁଛେ ।"

ହସିଉଠି କହିଲେ ପ୍ରିୟମ୍ବଦା–

– "ଆଉ ଚିନ୍ତା କ'ଣ ? ଏଥର ଝୁମୁରୀ ମା'କୁ ଆମେ ଖୋଜି ଆଣିବାନି ? ଆମ ଝୁମୁରୀର ଦୁଃଖ ଯିବ ।"

– "ଉଚିତ କହିଚ ପ୍ରିୟମ୍ବଦା । ହେଲେ..ଆରେ ହଁ, ଏଇ ଯଉ ଆଗକୁ ବାଲିଯାତ୍ରାଟା ଆସୁଚି ନା, ସେଇଠି ନିଶ୍ଚେ ତାର ମା' ମିଳିଯିବ ହଁ ।"

– 'ମୋତେ ବାଲିଯାତ୍ରା ବୁଲେଇ ନବ ବାବା ?'

– "ଆରେ ମୋ' ଝୁମୁରୀ ମା'କୁ ନେବିନି ତ ଆଉ କାହାକୁ ନେବି ? ତୁ କହ, ତୋତେ ଛାଡ଼ି ମୋର ଆଉ କିଏ ଅଛିଯେ ?" ଝୁମୁରୀର ଚିବୁକକୁ ଟୋଳିଧରି ହଲେଇ ଦେଲେ ବାବା ରୁଦ୍ର ।

– "ମୋର ବୁଆଟାବି ଠିକ୍ ଏମିତି ଥିଲା । ଆଜି ତା'ର କଥା ମୋର ବହୁତ ମନେ ପଡ଼ିଯାଉଛେ ।" ଆଖି ଛଳଛଳ ହେଇ ଉଠିଲା ଝୁମୁରୀର ।

– 'ତୋର ବାବା ?' ପ୍ରଶ୍ନ ପ୍ରିୟମ୍ବଦାଙ୍କର ।

– "ଶିକାରକୁ ଗଲା ଯେ ଆଉ ଆସିଲାନି । ତାକୁ କାଳେ ବାଘ ଉଠାଇ ନେଲା ।" କାନ୍ଦି ଉଠିଲା ଝୁମୁରୀ ।

– "କାନ୍ଦନା ମା', ମୁଁ ପରା ଅଛି । ତୋର ବାବା !"

– 'ବାବା !' ଭିଡ଼ି ଧରିଲା ରୁଦ୍ରଙ୍କୁ ।

ସମରାର ଆଖି ଜକେଇ ଆସିଲା । କୋହରେ ଭରି ଉଠିଲା ପ୍ରିୟମ୍ବଦାଙ୍କ ଅନ୍ତର । ଚାଲିଗଲେ ଲୁହ ପୋଛି ପୋଛି ସେଠାରୁ ।

ଝୁମୁରୀ ରୁଦ୍ରଙ୍କୁ ନିଜ ବାବା ଭାବି ଭିଡ଼ି ଧରିଥିଲା । ରୁଦ୍ର ବି ଝୁମୁରୀକୁ ନିଜ ଜନ୍ମକଲା ଝିଅ ଭାବି ଛାତିରେ ଜାକିଧରି ଯେମିତି ଅନୁଭବ କରୁଥିଲେ ଅପାର ଶାନ୍ତି । ଥମି ଆସୁଥିଲା ଜଣେ କନ୍ୟା ବିରହ ବିଦଗ୍ଧ ପିତୃ ହୃଦୟର ଅନ୍ତର୍ଦ୍ଦାହ, ହତାଶାର ହା-ହା-କାର ।

ବାତ୍ସଲ୍ୟର ଏଇ ମଧୁର ଶ୍ରାବଣୀ ଯେମିତି ଭିଜେଇ ଦେଉଥିଲା ଉଭୟଙ୍କ ମନ-ପ୍ରାଣ-ଆତ୍ମାକୁ !

ସଜନା ଶାଖାରେ ବସି ଦେଖୁଥିଲା ହଳଦୀ ବସନ୍ତଟିଏ !

॥ ୪୪ ॥

ବେହେଲାରେ ରାଗ ଭରୁଥିଲେ ଅନୁରାଗ ।

ରାଗ ବସନ୍ତମଲ୍ଲାର ।

ସ୍ନିଗ୍ଧ ଶାରଦୀୟ ସାଂଧବେଳାରେ ଫେର ବସନ୍ତର ଆବିର୍ଭାବ, କି ବିଚିତ୍ର ଏ ବିରୋଧାଭାସ !

ଚାନ୍ଦିନୀ ଚାହିଁ ଦେଖିଲା ଅନୁରାଗଙ୍କ ଏ ଅଭିନବ ଅବତାରକୁ । ବିଶ୍ୱାସ କରି ପାରିଲାନି । ଆରେ, ବେହେଲାରେ ବି ଏତେ ମଧୁର ସଂଗୀତର ଝଂକାର ତୋଳି ପାରନ୍ତି ଏ ଯୁବକ ? ଗୋଟେ ଉତ୍‌ଫୁଲ୍ଲ ଉନ୍ମାଦନା ଖେଳିଗଲା ତା' ଦେହମନରେ । ଅସ୍ଥିର ହେଇ ଉଠିଲା ତାର ପାଦଯୁଗଳ । ନାଚି ଉଠିଲା ସେ ବେହେଲାର ତାଳେତାଳେ । ରୁଣୁଝୁଣୁ ପାଦର ଧ୍ୱନ୍ ଭିତରେ ମସ୍ତ ମଜଗୁଲ ହେଇ ଉଠିଲା ଚାନ୍ଦିନୀ ।

ମାଟିର ଏହି କଳା-କୁଟୀର ଅଂଗନକୁ ଯେପରି ଓହ୍ଲେଇ ଆସିଚି କଉ ଅମରାବତୀର ଅପ୍ସରୀ ରୂପସୀ ରମ୍ଭା !

କ୍ରମଶଃ ରାଗରେ ଅଂଗାର ଭରି ଦେଇଛନ୍ତି ଅନୁରାଗ ! ତନ୍ତ୍ରୀରେ ତନ୍ତ୍ରୀରେ ଫୁଟି ଉଠୁଚି ସ୍ୱର ଶୃଂଗାରର ଅଫୁରନ୍ତ ଉଲ୍ଲାସ । ଅନୁରୂପ ତାନରେ ଉତ୍ତାନ ହେଇ ଉଠୁଚି ନୃତ୍ୟର ଦ୍ରୁତ ଚଳ-ଚପଳ ଛନ୍ଦ । ଆତ୍ମହରା ହେଇ ଉଠୁଚି ନୃତ୍ୟରତା ରମଣୀ । କି ଅପୂର୍ବ ଏ ନୃତ୍ୟ ! କି ଚମତ୍କାର ଏ ଲାସ୍ୟମୟୀ ଲଳନା ! କି ବିଚିତ୍ର ଏ ରୂପବତୀ ଚପଳଛନ୍ଦା !

ରାଗ ଯେତେ ତୀବ୍ର ହେଉଥିଲା, ସେତେ କ୍ଷୀପ୍ର ହେଇ ଉଠୁଥିଲା ନୃତ୍ୟର ବେଗ । ସଂଗୀତର ସମ୍ମୋହନରେ ତନ୍ମୟ-ମନ୍ମୟ ମନ୍ତ୍ରମୁଗ୍ଧ ସ୍ୱର ଶୃଂଗାର ସାଧକ, ଜଣେ ଯୁବକ ଆଉ ଏଣେ ନୃତ୍ୟ-ସଂଗୀତର ରଂଗୀନ ମୂର୍ଚ୍ଛନାରେ ଉନ୍ମାଦିନୀ ବିମୁଗ୍ଧା ନୃତ୍ୟ ପଚିଂଯସୀ ନାୟିକା, ଜଣେ ଯୁବତୀ ।

ନୃତ୍ୟ ଓ ସଂଗୀତର ଏହି ଯମଜ ଯମକ ଭିତରେ ସତରେ କେତେ ରଂଗୀନ-ରୋମାଣ୍ଟିକ୍ ହେଇ ଉଠିଛି ଆଜିର ଏହି ଶାରଦୀୟ ସାଂଧ ଆସର-ଅବସର ।

– "ଏ କ'ଣ ? ଏ ଯେ ଅଗ୍ନିର ଝଂକାର ।"

ବସନ୍ତମଲ୍ଲାର ବଦଳିଗଲା ଅଗ୍ନିମଲ୍ଲାରକୁ...

ମୃଦୁ ଚିତ୍କାର କରି ଉଠିଲା ଚାନ୍ଦିନୀ- 'ଆଃ.... !'

କିଏ ଯେପରି ତା' ଶିରାରେ ଶିରାରେ ଅଗ୍ନିର ଚାଳନା କରୁଛି ! ଅସହ୍ୟ ଉତ୍ତେଜନା-ଉଦ୍ଦିପନା ତା' ଦେହର ଦାହରେ ଯେ ପରି ବାରୁଦ ଖଂଜି ଦେଉଛି ! ନୃତ୍ୟରେ ବିସ୍ଫୋରଣ ଭରିଦଲା ସେ । ଲାସ୍ୟମୟୀ ନାୟିକା ବଦଳିଗଲା ଜ୍ୱାଳାମୟୀ ବିଜୁଳିକନ୍ୟା । ତନୁ ତଳେ ପ୍ରଜ୍ୱଳିତ ଅଗ୍ନିଦାହ ଭିତରେ ସେ ତୋଳୁଥିଲା ତାଣ୍ଡବ ପ୍ରଳୟର !

ଅକସ୍ମାତ ବନ୍ଦ ହୋଇଗଲା ବେହେଲାର ରାଗ ।

– 'ଆଃ... !' ଚିତ୍କାର ସହ କଚାଡ଼ି ହେଇ ପଡ଼ିଲା ଚାନ୍ଦିନୀ । ଚମକି ପଡ଼ିଲା ଅନୁରାଗ । ଛୁଟି ଆସିଲା ଗୃହ ଭିତରକୁ । ଏ କ'ଣ ? ଚାନ୍ଦିନୀ ଯେ ଚଟାଣରେ ପଡ଼ି ସର୍ପିଣୀ ଭଳି ଫଣାଟେକି ଫୁତ୍‌କାର କରୁଛି । କଂପୁଛି ତାର ସାରା ଶରୀରଟା ।

– 'ଚାନ୍ଦିନୀ !' ଚାନ୍ଦିନୀକୁ ଧରିବାକୁ ଉଦ୍ୟତ ଅନୁରାଗ ।

– 'ଆଃ ନା, ତୁମେ ମୋତେ ଛୁଅଁନା । ଘୁଞ୍ଚିଯାଅ !' ଠେଲିଦେଲା ।

– 'ଚାନ୍ଦିନୀ !' ଭୟ ମିଶ୍ରିତ ବିସ୍ମୟରେ ପୃଥକ ହୋଇଗଲେ ଅନୁରାଗ । କିଛି ବୁଝି ପାରିଲେନି ସେ । ଚାନ୍ଦିନୀର ଆଜି ଏ କି ପ୍ରତିକ୍ରିୟା ? ଫେର୍ ଏ କିପରି ବେଶ ବିନ୍ୟାସ ?

ପାଦରେ ଘୁଙ୍ଘୁର, କଟିରେ ଘାଘରା, ଆଖିରେ ସୁରମା, କବରୀରେ ଗଜରା- କ'ଣ ହେଇଚି ତାଙ୍କର ? ଆଜି ଏ ବିଚିତ୍ର ଶୃଂଗାର କାହିଁକି ?

ଧୀର ସ୍ୱରରେ ମଧୁର ସମ୍ବୋଧନ କଲେ ଅନୁରାଗ ।

– 'ଚାନ୍ଦିନୀ !' ଚାନ୍ଦିନୀ ସ୍ଥିର ହେଇ ଯାଇଥିଲା ଏକ ଅପରୂପ ମୁଦ୍ରାରେ । ସତେ କୋଣାର୍କର କେଉଁ ନୃତ୍ୟରତା ଶିଳାସୁନ୍ଦରୀ ଏଠି ଜୀବନ୍ତ ହେଇଉଠି ଫେର୍ ସମାଧିସ୍ଥ ହେଇଯାଇଛି !

ନିଜ ମୋବାଇଲ କେମେରାରେ ଚାନ୍ଦିନୀଙ୍କର ସେହି ମୂର୍ତ୍ତ ମଂଜୁଳ ରୂପଶ୍ରୀକୁ ତୋଳି ଧରିଲେ ଅନୁରାଗ । 'ଆଃ, କି ଅପୂର୍ବ ବିମୋହନ ଏ ମୂର୍ତ୍ତି !'

– 'ଚୁପ୍‌କର !' ଚାନ୍ଦିନୀର ଚୁପ୍‌କାର ।

– 'ଚାନ୍ଦିନୀ !'

– 'ଧର, ମୋତେ ଉଠାଅ ।'

– 'ଉଠ !'

ଧୀରେ ଧରି ଉଠାଇ ପାର୍ଶ୍ୱସ୍ଥ ଫୁଲଶଯ୍ୟାରେ ବସାଇ ଦେଲେ ଚାନ୍ଦିନୀକୁ ଅନୁରାଗ । ପ୍ରଶ୍ନ କଲେ

– "ତମର ସତରେ କ'ଣ ହୋଇଥିଲା ଚାନ୍ଦିନୀ ?"

– "ଆଗ କୁହ, ତମର କ'ଣ ହୋଇଥିଲା ?"

– "ମୋର କାହିଁ କ'ଣ ? କିଛି ନାହିଁ ।"

– 'ନାହିଁ ନା ? ସେଇ ବାଲକୋନିରେ ବସି ତମେ ସେତେବେଳୁ...'

– 'ଓ ସେଇ କଥା ?' ମନେମନେ ନୀରବ ଭାଷାର ଅଭିବ୍ୟକ୍ତି - "ତମେ କିପରି ବୁଝିବ ଚାନ୍ଦିନୀ, ଏ ହତାସ ପ୍ରାଣରେ ଭରି ଦେଉଥିଲି କିଛିଟା ଆସ୍ୱସ୍ତି-ଆଶ୍ୱାସନାର ଆଶାବରୀ ।"

– 'ଏ !' ହଲେଇ ଦେଲା ଚାନ୍ଦିନୀ ।

– 'ଉଁ ?' ପ୍ରକୃତିସ୍ଥ ହେଲେ ଅନୁରାଗ ।

– 'କିଛି କହିଲ ନାହିଁ ଯେ ?'

– "ହଁ, ଆଜି ମୋର ଭାରି ଇଚ୍ଛାହେଲା, ଦୀର୍ଘଦିନର ନିରବ ଯନ୍ତ୍ରଟିରେ ଥରେ ପ୍ରାଣର ସୁରିଲା କଂପନ ଭରିଦେବା ପାଇଁ ।"

– "ବଡ଼ ଅଦ୍ଭୁତ ତମେ ! ସାଇକୋ ଡକ୍ଟର, ଫେର ସଂଗୀତର ସାରେଗାମା ଭିତରେ ମସ୍ତ ! କେବେଠୁ ଶୁଣେ ?"

– "ଅନେକ ଦିନରୁ । ବନାରସରେ ଥିଲାବେଳେ ମୋ' ମିଟୁ ମାଉସୀ ମୋତେ ଏ ବେହେଲାଟା ଧରେଇ ଦେଇ କହିଲେ- ସଂଗୀତ ଜୀବନକୁ ରଂଗ-ରସରେ ଭରିଦିଏ ପୁତ୍ର ।"

– 'କାହିଁ, ଏତେଦିନ ହେଲା ମୁଁ ତ ତମର ଏ ରୂପ କେବେ ଦେଖିନାହିଁ ? ଆଉ ଆଜି ?'

– 'ତମ ସେ ପ୍ରଶ୍ନର ଉତ୍ତର ମୁଁ ଏବେ ଦେଇ ପାରିବିନି ଚାନ୍ଦିନୀ । ଆଉ କେତେଟା ଦିନ ଅପେକ୍ଷା କରିବାକୁ ହେବ ।'

– 'ଅନୁରାଗ !'

– "ହଁ, କହିଲ ନାହିଁତ, ତମର ଆଜି ଏ କି ଶୃଂଗାର ? କ'ଣ ମନେ ପଡ଼ିଗଲା ତମ ସେହି ହୋଟେଲ ବାର୍‌ର ରଂଗୀନ ସ୍ମୃତି ?"

– 'ନିର୍ବୋଧ, କିଛି ବୁଝି ପାରୁନାହିଁ ?'

– 'ମାନେ... ?'

– "କୁହ, ମୁଁ ଆଉ କେତେ ପ୍ରତୀକ୍ଷା କରିବି ? ଆଉ ପାରୁନି ଅନୁରାଗ ।

ଭାବିଲି ରୂପର ଶୃଂଗାର ସଜେଇ ତମ ଆଗରେ ଛିଡ଼ାହେଲେ କାଳେ ମୋ' ମନ କଥା ବୁଝିବ। ଆକର୍ଷିତ ହେବ ଆଉ ଟୋଳିନବ ତମ ବକ୍ଷ ଉପରକୁ। ଆସ, ମୋ ଦୀର୍ଘ ପ୍ରତୀକ୍ଷାର ଅନ୍ତ ଘଟାଇ ଦୁଇଟି ଦେହର ମିଳନ ବନ୍ଧରେ ଆମେ ଏକାକାର ହେଇଯିବା। ଆସ ଅନୁରାଗ।"

– "ହା-ହା-ହା...ତମେ କ'ଣ ପାଗଳୀ ହେଇଯାଇଛ?"

– "ହଁ, ମୁଁ ପାଗଳୀ ହେଇଯାଇଛି। ପ୍ରେମ ପାଗଳୀ! ତମ ପାଇଁ। ସେଇଥିପାଇଁ ସଜେଇଛି ରୂପ, ସଜେଇଛି ଏଇ ଫୁଲଶେଯ। ସିଞ୍ଚି ଦେଇଛି ସୁବାସିତ ଅତର। ଆଜି ଏଇ ଚାନ୍ଦିନୀ ରାତି ଆମପାଇଁ ପାଲଟି ଯାଉ ମିଳନର ମଧୁଯାମିନୀ। ଆସ ...ଅନୁରାଗ! ତମ ଅନୁରାଗର ବର୍ଷାରେ ମୋତେ ଭିଜେଇ ଦିଅ।"

ଅନୁରାଗଙ୍କ ହାତଧରି ଆକର୍ଷିତ କଲା ଚାନ୍ଦିନୀ ଫୁଲଶଯ୍ୟାକୁ।

– 'ଆରେ, ଏ ଯାଏ ଯେ ଆମର ମେରେଜ ହୋଇନାହିଁ।'

– "ତାହେଲେ ବେହେଲାରେ ରାଗ ଟୋଳି ମୋ' ଦେହରେ ଉତ୍ତେଜନା, ମୋ' ମନ-ପ୍ରାଣରେ ପ୍ରବଣତା ଆଉ ମୋ' ଆଖିରେ ମିଳନର ରଂଗୀନ ନିଶା ଭରିଦେଲ କାହିଁକି? କି ଇସାରା ଦେଉଥିଲ ତମେ?"

– 'ଓ..ସରି!'

– 'ସଟ୍‌ଅପ୍! ସରି କହି ତମେ ଆଜି ମୋତେ ଠକି ଦେଇ ପାରିବନି ଅନୁରାଗ।'

– "ଚାନ୍ଦିନୀ!" ଅସହାୟ ବୋଧ ଅଥୟ କରୁଥିଲା ଅନୁରାଗଙ୍କୁ।

– "ତମ ମନରେ ଯେବେ ତାହାଥିଲା, ତେବେ କାହିଁକି ଆଜି ତମେ ମୋ' ଭିତରେ ଏତେ ଜ୍ୱାଳା, ମନରେ ଏତେ ତୃଷ୍ଣା ଭରିଦେଲ, କାହିଁକି-କାହିଁକି? କୁହ, କୁହ ଅନୁରାଗ!"

ଅନୁରାଗଙ୍କ ଛାତିରେ ଦୁଇ ହାତରେ ବିଧା ପରେ ବିଧା ମାରି ଚାଲିଲା ଆଉ ପ୍ରେମ ପାଗଳିନୀ ସାଜି ଭିଡ଼ିଧରି ଚିତ୍କାର କରିଉଠିଲା ଚାନ୍ଦିନୀ।

କାଷ୍ଠ ପାଲଟି ଯାଇଥିଲେ ଅନୁରାଗ!

॥ ୪୫ ॥

ସହରର ନାରୀ ଜାଗରଣ ସମିତି ।

ଏକ ନିଭୃତ କକ୍ଷରେ ଗୁପ୍ତ ଆଲୋଚନାରେ ମଗ୍ନ ଥିଲେ ସମିତିର ବିପ୍ଳବିଣୀ ନାରୀନେତ୍ରୀମାନେ । ସେମାନେ ଥିଲେ ସାଗରିକା, ସୌଦାମିନୀ, ଚାନ୍ଦିନୀ, ବୈଶାଳୀ, ସଂଗୀତା-ଏମିତି କେତେଜଣ ଆଗଧାଡ଼ିର । ଆଲୋଚନାର କେନ୍ଦ୍ରବିନ୍ଦୁ ନାରୀ ନିର୍ଯ୍ୟାତନା, କିଡନାପ, ରେପ୍ ଆଉ ମର୍ଡ଼ର । ସଦ୍ୟ ଘଟି ଯାଇଥିବା ଘଟଣାଟି ଉପରେ ସମସ୍ତଙ୍କର ଧ୍ୟାନଦୃଷ୍ଟି ଅଟକି ରହିଥିଲା ।

ସାଗରିକା ବିଦ୍ରୋହ-ବିଳାପ କରି ଉଠିଲା-

– 'ଓଃ, କି ବିଭତ୍ସ ଏ କାଣ୍ଡ !'

– 'ସତରେ ଅତୀବ ଲୋମହର୍ଷଣକର ଏ ଘଟଣା !' ସ୍ୱର ମିଳେଇଲା ସୌଦାମିନୀ ।

– "କେଡ଼େ ନିଷ୍ଠୁର ହୋଇପାରେ ଏ ପୁରୁଷ ! ବଳାତ୍କାର, ଫେର୍ ଉଛୁଳା ନିଦୀଗର୍ଭକୁ ନିକ୍ଷେପ ? ଓଃ ଭଗବାନ !" ଚାନ୍ଦିନୀଙ୍କ ଦରଦୀ ହୃଦୟରୁ ଏ ଅଗ୍ନି ଉଦ୍‌ଗାର ।

– 'ଭାଗ୍ୟ ଭଲ, ଝିଅଟି ବଂଚିଯାଇଛି ।' ସୂଚନା ଦେଲା ସାଗରିକା ।

– 'ବଂଚିଯାଇଛି ? ?' ଚକିତ ହେଇ ଉଠିଲେ ବୈଶାଳୀ ଓ ସଂଗୀତା ।

– 'ତାକୁ ବଞ୍ଚେଇଛି ଜଣେ ଯୁବକ -ସେହି ପୁରୁଷ ।' କହିଲା ସୌଦାମିନୀ ।

ଚାନ୍ଦିନୀ ଉତ୍ସାହିତ ହେଇ ଉଠିଲା - "ଓ- ଗଡ୍ ! ସେ ଏବେ କେଉଁଠି ? ଆମେ ତାକୁ ଦେଖା କରିବା । ସାବାସୀ ଦେବା । ଆଉ ପୀଡ଼ିତାକୁ ସମବେଦନା ।"

– "ଖାଲି ସମବେଦନାରେ କ'ଣ ନାରୀର ପୀଡ଼ା ସମାପ୍ତ ହୋଇଯିବ ?" ପ୍ରଶ୍ନ କଲା ବୈଶାଳୀ ।

– "ପୁରୁଷଟିକୁ ସାବାସୀ ଦେଇଦେଲେ କି ବଦଳିଯିବେ ପୁରୁଷମାନେ ?–" ପ୍ରଶ୍ନ ଯୋଡ଼ିଲା ସଂଗୀତା ।

ସାଗରିକାଙ୍କ ବୈପ୍ଳବିକ ଆହ୍ୱାନ- "ନାଇଁ, ଆମକୁ ଏଥିପାଇଁ ସ୍ୱର ଉଠେଇବାକୁ ପଡ଼ିବ । ଏ ମାମଲାକୁ କାହାରି ପ୍ରେସର ଆଉ ମୋଟା ଉତ୍‌କୋଚ ବଳରେ ପୋଲିସ ଚାପିଦେବା ଆଗରୁ ଆମେ ଜାଳିଦେବା ବିଦ୍ରୋହର ନିଆଁ ।"

ଚାନ୍ଦିନୀର ବିସ୍ଫୋରଣ- 'ମୁଁ ସେଇ ନିଆଁରେ ଶିଖା ହୋଇ ଜଳିବି ।'

ବୈଶାଳୀ, ସଂଗୀତା- 'ଆମେ ବି । ଫୁଙ୍କି ଜଳେଇଦବୁ ସେ ଶିଖାକୁ ଆହୁରି ଜୋରରେ ।'

– 'ମୁଁ ସେହି ଅଗ୍ନିରେ ଢାଳି ଦେବି ଘିଅ ।' ସୌଦାମିନୀଙ୍କ ଅଗ୍ନେୟ ଉଦ୍‌ଗାର ।

– "ହାଃ-ହାଃ-ହାଃ.....ଇଏସ୍, ଯଉ ନିଆଁକି ଖାଲି ଜଳିବ, ଜଳିବ । ସାରା ସହର, ସମାଜ, ରାଜ୍ୟ-ଦେଶ-ସାରାବିଶ୍ୱକୁ ବ୍ୟାପିଯିବ ନାରୀଶକ୍ତିର କ୍ରାଂତିକାରୀ ବିକିରଣ ।" ଯେମିତି ଜଳି ଉଠିଲେ ସାଗରିକା ।

– 'ଆଉ ସେହି ବିକିରଣ ବଳରେ ଧ୍ୱସ୍ତ ହେଇଯିବ ଉଦ୍ଧତ ପୁରୁଷର ଯେତେ ହିଂସ୍ରତା ଗର୍ବ-ଦମ୍ଭ-ଅହଂକାର ।'

ମିଳିତ ସ୍ୱରରେ ବିସ୍ଫୋରଣ କରି ଉଠିଲେ ଅନ୍ୟମାନେ ।

– "ଶୁଣ ଭଉଣୀମାନେ, ନାରୀ ଜାଗରଣ ସମିତିର ସଭାନେତ୍ରୀ ଭାବରେ ମୁଁ ସାଗରିକା ପଟ୍ଟନାୟକ ଆଜି ଏହି ଅହ୍ୱାନ ଦେଉଛି, ଆପଣମାନେ ସମସ୍ତେ ଆଗେଇ ଆସନ୍ତୁ । ଆସନ୍ତା କାଲିଠାରୁ ଆମର ଅଭିଯାନ ଆରମ୍ଭ ହେବ । ସହରର ବସ୍ତିରେ ବସ୍ତିରେ, ଘରେ-ଘରେ ବୁଲିବୁଲି ନାରୀମାନଙ୍କୁ ମତେଇବା, ତତେଇବା । ଆମର ହକ୍ ବିଷୟରେ ବୁଝେଇ ସଚେତନ କରେଇବା । ସଭ୍ୟା ସଂଗ୍ରହ ପ୍ରଥମ ପଦକ୍ଷେପ ହେବ । ସଂଖ୍ୟା ନ ବଢ଼ିଲେ, ଅଭିଯାନ ସହଜରେ ସଫଳ ହେବନାହିଁ । ତା'ପରେ ଆମେ ସଜେଇବା ପଟୁଆର । ଅହିଂସାର ସତ୍ୟାଗ୍ରହ, ହଡ଼ତାଳ, ଘେରାଉ, ରାସ୍ତାରୁକୋ । ମାଗିବା ହକ୍, ଦାବି କରିବା ନ୍ୟାୟ; ପୀଡ଼ିତା ନାରୀକୁ ନ୍ୟାୟ !"

ଅନ୍ୟମାନେ - "ହଁ, ନାରୀକୁ ନ୍ୟାୟ, ନାରୀକୁ ନ୍ୟାୟ !!"

ବାହାରୁ ଆବାଜ ଆସିଲା-

– 'ମୁଁ ସେଇ ନ୍ୟାୟ ପାଇଁ ଦାବି ଉଠେଇବାକୁ ଆସିଚି ମାଡାମ୍ ।'

ଘର ବାହାରେ ଛିଡ଼ା ହୋଇଥିଲା ଗୌର ଦାସ ।

– 'କିଏ ? ଘର ଭିତରକୁ ଆସ !' ସାଗରିକାଙ୍କ ଅନୁମତି ।

ଗୃହ ଭିତରକୁ ପ୍ରବେଶ କଲା ଗୌର । ଯୋଡ଼ହସ୍ତରେ ନିଜର ପରିଚୟ ରଖିଲା–

– 'ମୁଁ ସେହି ପୀଡ଼ିତାର ସ୍ୱାମୀ !'

ସମସ୍ତ ନେତ୍ରୀ ଛିଡ଼ା ହୋଇ ପଡ଼ିଲେ । ଏକ ସ୍ୱରରେ ଆବାଜ୍ ଉଠିଲା- 'ତମେ ସେହି ସାହସୀ ଯୁବକ, ଯିଏ...'

– "ଆଜ୍ଞା ! ମୁଁ ତ ମୋର କର୍ତ୍ତବ୍ୟ କରିଛି । ମୃତ୍ୟୁ ମୁଖରୁ ବଂଚେଇଛି ଗୋଟେ ଜୀବନକୁ ।"

ସମବେତ କଣ୍ଠରୁ ପ୍ରଶଂସାର ପ୍ରଶସ୍ତି–

– "ତମକୁ ଯେତେ ତାରିଫ୍ କଲେ ବି କମ ହେବ ଯୁବକ!"

– "ଦେଖ, ଆମ ନାରୀ ଜାଗରଣ ସମିତି ତରଫରୁ ତମର ସାହସିକତା ପାଇଁ ଆଗାମୀ ଅଧିବେଶନରେ ଆମେ ତୁମକୁ ସମ୍ମାନିତ କରିବୁ। ସମ୍ବର୍ଦ୍ଧନା ଦେବୁ। ଆଉ ଏ ଉତ୍‌ଶୃଂଖଳ ସମାଜ ଆଖିରେ ଅଂଗୁଳି ଗୁଂଜି ଦେଖେଇ ଦେବୁ -ପୁରୁଷ ହବତ ଏମିତି! ତେବେ ଯାଇ ଏ ଉଦଣ୍ଡ ପୁରୁଷମାନେ ଚେତନା ପାଇବେ। ଆଚ୍ଛା, କହିଲନିତ ତମର ଆସିବାର ଉଦ୍ଦେଶ୍ୟ? ଥାନାରେ ଏଫ୍.ଆଇ.ଆର୍ କରିଛ?" ପଚାରିଲା ସାଗରିକା!

– "କରିଛି ଆଜ୍ଞା। କିଂତୁ ମୋ' ସ୍ତ୍ରୀର ଅଗୋଚରରେ।"

– 'କାହିଁକି?' ପ୍ରଶ୍ନକଲା ସୌଦାମିନୀ।

– "ସେ ଚାହେଁନି, ତାର ନାଆଁଟା ପ୍ରଘଟ ହେଇଯାଉ। ତାର ଫୋଟ ମିଡିଆରେ, ଟିଭିରେ ପ୍ରସାରିତ ହେଉ। ସେ ହତଭାଗିନୀ ମରୁମରୁ ବଂଚିଛି ମାଡାମ। ତାକୁ ଆପଣମାନେ ବଂଚାନ୍ତୁ। ନଚେତ ସେ ଜୀବନ ହାରିଦବ।"

– 'ଅବଶ୍ୟ, ତାଙ୍କର ପୀଡ଼ା ଆଉ ସମସ୍ୟା ଆମେ ବୁଝି ପାରୁଛୁ।'

ସମ୍ମତି ଜଣାଇଲେ ସଭାନେତ୍ରୀ ଓ ସଭ୍ୟାମାନେ।

– "କିଂତୁ ତାଙ୍କୁ ଶକ୍ତ ହେବାକୁ ପଡ଼ିବ। ନାରୀ ଯଦି ଦୁର୍ବଳ ହେଇ ପଡ଼େ, ତେବେ ବିପ୍ଳବ ଆଗେଇ ପାରିବନି। ଆଚ୍ଛା ଠିକ୍ ଅଛି। ଆମେ ପୋଲିସ ସହିତ ଏ ବିଷୟରେ କଥାହେବୁ। ଛଦ୍ମ ନାମରେ ମାମଲା ଲଢ଼ା ହେବ। କ'ଣ ତମେ ରାଜି ତ?"

– "ଆଜ୍ଞା ମାଡାମ୍, ମୁଁ ପ୍ରତିଜ୍ଞା କରିଛି, ଦୋଷୀ ଦଣ୍ଡ ନପାଇବା ଯାଏ ଏ ସହର ଛାଡ଼ି ଯିବିନାହିଁ। ଯଦି ଆଇନ ଦ୍ୱାରା ସମ୍ଭବ ନହୁଏ ତେବେ... ।"

– 'ତେବେ?' ଅନ୍ୟମାନଙ୍କ ପ୍ରଶ୍ନ।

– 'ମୁଁ ଛଳେ-ବଳେ-କଉଶଳେ ସେ ସୈତାନକୁ ଖୋଜି ବାହାର କରିବି, ତାକୁ ଉଚିତ ଶାସ୍ତି ଦେବି।'

–"ନାଇଁ, ଏତେ ଉତ୍ତେଜିତ ହେବା ଠିକ୍ ନୁହେଁ। ଆଇନକୁ ହାତକୁ ନେବା ଆଦୌ ବୁଦ୍ଧିମାନର କାର୍ଯ୍ୟ ହେବନାହିଁ। ଆମେ ନ୍ୟାୟପାଇଁ ଲଢ଼ିବା। ପୋଲିସ ତା' କାମ କରିବ। କରିବାକୁ ବାଧ ହେବ ଆଉ ଦୋଷୀ ଧରାହେଇ ଦଣ୍ଡ ପାଇବ।"

ସାଗରିକାଙ୍କ ଏ ଅହ୍ୱାନ ପ୍ରତି ସମର୍ଥନ ଜଣାଇ ସମସ୍ତେ କହି

ଉଠିଲେ- "ହଁ, ହଁ, ଦୋଷୀ ଦଣ୍ଡ ପାଇବ, ଦଣ୍ଡ ପାଇବ ।" କୁହ ଭଉଣୀମାନେ ମୋ ଶ୍ଲୋଗାନ ସହିତ ସ୍ୱର ମିଳାଇ କୁହ –

'ଆମର ଶକ୍ତି ନାରୀ ଶକ୍ତି !'

ଅନ୍ୟମାନେ - 'ନାରୀଶକ୍ତି ନାରୀଶକ୍ତି !'

ସାଗରିକା - 'ନାରୀଶକ୍ତି ଜିନ୍ଦାବାଦ !'

ଅନ୍ୟମାନେ - 'ଜିନ୍ଦାବାଦ....ଜିନ୍ଦାବାଦ'

ଗୌରଦାସ ଛିଡ଼ାହୋଇ ସାବଧାନ ପୋଜିସନରେ ସାଲ୍ୟୁଟ୍ ଦେଲା ଏଇ ନାରୀଶକ୍ତିର କ୍ରାଂତିକାରୀ ସ୍ୱରୂପକୁ ।

॥ ୪୬ ॥

ବାବା କାଳିକିଂକରଙ୍କ ଦରବାର ।

ପ୍ରବଚନ ମଣ୍ଡପରେ ବିଦ୍ୟମାନ ବାବା କାଳିକିଂକର । ଗୈରିକ ବସନାବୃତ୍ତ ବଳିଷ୍ଠ ଶରୀର । କପାଳରେ ଚନ୍ଦନର ତ୍ରିବଳି । ମଧ୍ୟ ଭାଗରେ ସିନ୍ଦୂରର ଟିପା । ମଥାରେ ପଗଡ଼ି । ବକ୍ଷଦେଶରେ ସଦ୍ୟ ଗୋଲାପର ଦୀର୍ଘ ପ୍ରଲମ୍ବିତ ପୁଷ୍ପମାଳା । ପାଦରେ କଠଉ ।

ସମ୍ମୁଖ ଦରବାର ହଲରେ ଖଚାଖଚ ଭିଡ଼ । ଭକ୍ତଙ୍କ ଠାରୁ ଭକ୍ତା ବେଶି । ବାବା କାଳିକିଂକର କାଳେ ଜଣେ ପ୍ରଖର କାଳିସାଧକ । ସେ ମଧ୍ୟରାତ୍ରିର ନିଶବ୍ଦ ପ୍ରହରରେ କାଳୀ ମା'ର ପୂଜା କରନ୍ତି । ଅର୍ଘ୍ୟ ବାଢ଼ନ୍ତି । ବଳି ଚଢ଼ାନ୍ତି । ସାକ୍ଷାତ କାଳୀ ମା' ଆସି ସବାର ହେଇଯାନ୍ତି ତାଙ୍କ ଉପରେ । ତାଙ୍କ କର୍ଣ୍ଣରେ ବସି କଥା କହନ୍ତି । ଭବିଷ୍ୟବାଣୀ କରନ୍ତି ।

କାହାର ପିଲା ଦରକାର, କାହାର ବନ୍ଧ୍ୟାଦୋଷ । କାହାର ଖାଲି ଝିଅ, ପୁଅ ହେଉନି । କିଏ ଅସାଧ୍ୟ ରୋଗରେ ପଡ଼ିଛି । କାହାର ଜମି ମାମଲା ବର୍ଷ ବର୍ଷ ତୁଟୁନି । ଇମିତି ଇମିତି କେତେ ସମସ୍ୟାର ଆଶୁ ସମାଧାନ ବାବାଙ୍କ ଚୁଟ୍‌କିରେ । ଆଖି ପିଛୁଳାକେ ଛୁମନ୍ତର କରି ଦିଅନ୍ତି ବାବା ।

ଏଇ ନଗଦ ନଗଦ ବାବା ସହରକୁ ଆସିଚନ୍ତି । କିଏ କହୁଚି ବନାରସରୁ, କିଏ କହୁଚି କାଶ୍ମୀର ହିମାଳୟ ଗୁମ୍ଫାରୁ ସାକ୍ଷାତ ଶଂକର ଓହ୍ଲେଇ ଆସିଚନ୍ତି ବାବାଙ୍କ ରୂପରେ !

କେତେକ କୁହାକୁହି ହେଉଚନ୍ତି-"ବାବାଙ୍କର ଭାରି ପ୍ରତାପ । ସିଦ୍ଧ ବାବା । ମନ୍ତ୍ରବଳରେ ଗଛ ଚଳେଇ ଦବା ଶକ୍ତି ତାଙ୍କଠି । ହିମାଳୟରୁ ସେ ଗାଡ଼ି କିମ୍ବା ଘୋଡ଼ାରେ ଚାଲି ଚାଲି ଆସି ନାହାନ୍ତି । ଶୂନ୍ୟ କଠଉରେ ଉଡ଼ିଉଡି ପାର ହୋଇ ଆସିଚନ୍ତି କେତେ ବଣ-ପାହାଡ଼, ନଦୀ-ନାଳ ।"

ବାବା ଜଣେ ବଡ଼ ମହାତ୍ମା । କଳିଯୁଗରେ ସାକ୍ଷାତେ କଳକୀ ଅବତାର ସେ । ଏଣୁ ତାଙ୍କ ଆଶ୍ରମରେ ସାରାଦିନ, ରାତି ବାରଟା ଯାଏ ଭିଡ଼ । ଆଶ୍ରମର ନାମ 'ଶାନ୍ତିଧାମ' । ଖାସ୍ ସେହି ଶାନ୍ତି ଟିକେ ପାଇଁ କେତେ ସ୍ତ୍ରୀ-ପୁରୁଷ, କେତେ ନେତା-ମନ୍ତ୍ରୀ, କୁଜିନେତା, କୋଟିପତି, ବଡ଼ବଡ଼ିଆ ବାବୁଙ୍କଠାରୁ ଗରିବ, ଖଟିଖିଆ,

ଭିକାରୀଯାଏ -ଏଠି କାହାରିକି ବାଡ଼-ବତା ନାହିଁ । ଯିଏ ଯେତେବେଳେ ଆସିଲା ଦରବାରରେ ବାବା ହାଜର ।

ବାବା କାହାଠୁ କଛି ଗ୍ରହଣ କରନ୍ତିନି । ସାଂସାରିକ ଭୋଗ-ବିଳାସଠୁ ବହୁତ ଦୂରରେ । ବେଳେବେଳେ ଭକ୍ତାମାନେ ଜିଗର କଲେ ଫୁଲଟିଏ ଗ୍ରହଣ କରିଥାନ୍ତି ଶ୍ରଦ୍ଧାରେ । ଦିହ-ମୁଣ୍ଡରେ ହାତ ବୁଲେଇ ଆଣି କହନ୍ତି - "ସବୁ ସେହି ମା' କାଳୀଙ୍କର କରୁଣା । କାୟ-ମନ ଅର୍ପଣ କରି ନିଜକୁ ଭେଟିଦିଅ ପୂର୍ଣ୍ଣପ୍ରାଣରେ । ଦେଖିବ, ମା' ସବୁରି ମନୋବାଂଛା ଅକ୍ଲେଶରେ ପୂର୍ଣ୍ଣ କରିଦେବେ ।"

ଭକ୍ତ-ଭକ୍ତାମାନେ ବାବାଙ୍କ କଥା କିଛି ଶୁଣନ୍ତି ନି । ଯିଏ ଯେତେପାରେ ତାଙ୍କ ପାଦତଳେ ବଡ଼ ରୁପାଥାଳିଟିରେ ଗଦେଇ ଦିଅନ୍ତି ଟଂକା ପରେ ଟଂକା । ମନ୍ଦିରକୁ ଦାନ ପାଇଁ ହୁଣ୍ଡିଟାଏ ବସିଚି । ସେଠି ବି ଦାନ-ଦକ୍ଷିଣା ଚାଲେ । ମାସକୁ ମାସ ଲକ୍ଷଲକ୍ଷ ଟଙ୍କା, ସୁନା, ରୁପାମୋହର ବାହାରେ କାହିଁ କେତେ । ଯାଏ ମନ୍ଦିର ତହବିଲକୁ । ଆଶ୍ରମର ସେବା-ପୂଜା ଲାଗି ଖଂଜା ହୋଇ ରହିଚନ୍ତି ସେବିକା-ସେବକ ଦଳ । ଗଜା-ଗଜା ଟୋକା ଆଉ ଚହଟ ଚିକ୍‌କଣିଆ ଟୋକଳି ମାନେ । ସବୁରି ଦେହରେ ଗୈରିକ ଧୋତି ଆଉ ଶାଢ଼ୀ ।

ସେବିକାମାନେ କହନ୍ତି- "ବାବା ସଦାବେଳେ ସଜଭୋଗ ପାଆନ୍ତି । ତାଜାଫଳ, ତଟକା କ୍ଷୀର, ଖିଚୁଡ଼ି ଅନ୍ନ..."ପୂରା ସାକାହାରୀ ବାବା । ସେ ଭକ୍ତଙ୍କୁ ବୁଝାନ୍ତି- 'ଦେଖ, ଆମିଷ ରୋଗର କାରଣ । ସାତ୍ତ୍ୱିକ ଆହାର କର । ସୁସ୍ଥ ରହ । ଖୁସି ରହ ।'

ବାବା କହନ୍ତି- "ନିୟମିତ ଯୋଗାସନ କର । ବ୍ୟାୟାମ କର । କର୍ମ କର ଫଳପାଅ । ମନେରଖ- ସୁସ୍ଥ ଶରୀରରେ ସୁସ୍ଥ ମନର ବିକାଶ । ମନଯଦି ଚାଙ୍ଗା, ଗୋବରଗଡ଼ିଆ ଗଙ୍ଗା । ମନକୁ ଚାଙ୍ଗା କର । ସଂଜ-ସକାଳେ ସୂର୍ଯ୍ୟ ନମସ୍କାର କର । ସୂର୍ଯ୍ୟ ସକଳ ଶକ୍ତିର ଆଧାର । ଏ ପିଣ୍ଡ ବ୍ରହ୍ମାଣ୍ଡ । ଯାହା ଅଛି ପିଣ୍ଡେ ତାହା ଅଛି ଏ ବ୍ରହ୍ମାଣ୍ଡେ ।" ଇଡ଼ା-ପିଙ୍ଗଳା-ସୁଷୁମ୍ନା, ଚନ୍ଦ୍ର-ସୂର୍ଯ୍ୟ-ଗୂଢ଼କଥା କହନ୍ତି ବାବା । କେଡ଼େ ବ୍ରହ୍ମଜ୍ଞାନୀ ସେ । ଜ୍ଞାନରେ, ତପରେ, ଜପରେ, ତାଙ୍କୁ କ'ଣ କେହି ବଳେଇ ଯାଇ ପାରିବ ?

ଶଂଖ ବାଜି ଉଠିଲା । ବାବା ଓଁ-ପ୍ରଣବ ନାଦରେ କଂପେଇ ଦେଲେ ସଭାଗୃହ । ଥରି ଉଠିଲେ ସମସ୍ତେ ଏକ ଅପୂର୍ବ ଶିହରଣରେ । ତାଟକା ହେଇ ଚାହିଁ ରହିଥିଲେ ବାବାଙ୍କ ମୁଖ ମଣ୍ଡଳକୁ । ଆଜି ବାବା କଉ ବାର୍ତ୍ତା ଦେଉଛନ୍ତି ?

ବାବାଙ୍କ ମୁଖରୁ ଫୁଟି ଉଠିଲା - ଦିବ୍ୟ ପ୍ରବଚନ–

ପ୍ରିୟ ଭକ୍ତଜନ,

ହରି ଓମ୍ !

‘ହରି ଓମ୍-ହରି ଓମ୍’ ଧ୍ୱନିରେ ପ୍ରତିଧ୍ୱନିତ ହେଲା ସଭାସ୍ଥଳ । ସମଗ୍ର ଆଶ୍ରମ ପରିମଣ୍ଡଳ ।

‘ଦେଖ ଭକ୍ତଜନ ! ଆଜି ମୁଁ ତୁମ୍ଭମାନଙ୍କୁ ଗଭୀର ତତ୍ତ୍ୱଜ୍ଞାନ ସମ୍ବନ୍ଧେ ବୁଝାଇବି । ଏ ତତ୍ତ୍ୱ ପ୍ରେମ ତତ୍ତ୍ୱ, ଆତ୍ମ ତତ୍ତ୍ୱ, ହରି ଓମ୍ ।’

‘ହରି ଓମ୍’ ଧ୍ୱନିରେ ପୁନର୍ବାର କଂପି ଉଠିଲା ସଭାଗୃହ । ଶୁଣ, ଏବେ ‘ଗୁରୁ ଭଜନ ଜ୍ଞାନଗୀତା’ରୁ ପଦଟିଏ –

(ଗୀତ)

ଭଜରେ ମନ ରାମନାମ କୃଷ୍ଣନାମ ଭଜ ।
ଅବନା ଅଣା ଅକ୍ଷର ଶୂନ୍ୟ ବ୍ରହ୍ମ ନିରାକାର
ନିର୍ବିକାର ନିରଂଜନ ହେଜ ।୦। ଭଜରେ ମନ...
ଧ୍ୟାନରେ ଲଗାଅ ମନ ରେ ବାଇମନ
ଧନ-ଜନ-ଯୌବନ କର ପାଦେ ସମର୍ପଣ
ଘଟରୁ ଛୁଟିଲେ ପ୍ରାଣ
    ପଡ଼ିଥିବ ଏଠି ମାଟି ସଜ ।୧। ରେ–

ଭକ୍ତମାନେ ପାଳି ଧରୁଥିଲେ । ବାଦ୍ୟକାରମାନେ ଯନ୍ତ୍ର ସଂଗୀତ ପରିବେଷଣ କରୁଥିଲେ ବାବାଙ୍କ ଭଜନର ତାଳେତାଳେ ।

ଏମିତି କେତେ ସମୟ ଚାଲିଲା ଭଜନ-କୀର୍ତ୍ତନ-ନାମ-ସଂକୀର୍ତ୍ତନ । ପ୍ରବଚନ ଶେଷ ହେଲା । ‘ହରି ଓମ୍କାର’ କରି ଉଠି ଚାଲିଗଲେ ବାବା ଗୁହାରୀ ଶୁଣାଣି କକ୍ଷକୁ । ଭକ୍ତମାନେ ଧାଡ଼ି ଧାଡ଼ି ହୋଇ ଗୃହ ବାହାରେ ରୁଣ୍ଡ ହେଇଗଲେ । ଜଣେ ସେବିକା ଜନୈକା ସୁନ୍ଦରୀ କିଶୋରୀ ବଧୂକୁ ଧରିଧରି ଆଣିଲା ବାବାଙ୍କ ସାମ୍ନାକୁ । ଯୁବତୀଟି ଗୋଡ଼ତଳେ ପଡ଼ି ଉଠି ଯୋଡ଼ହସ୍ତରେ ଛିଡ଼ାହୋଇ ଚାହିଁ ରହିଲା ବାବାଙ୍କୁ ।

ଯୁବତୀକୁ କଟମଟ କରି ଚାହିଁ ରହିଲେ ବାବା । ଜିଭଟା କେମିତି ଲାଳେଇ ଉଠିଲା ଯୁବତୀର ଉଚୁକା ଯୌବନକୁ ଦେଖି । ତା’ ରୂପର ନିଆଁରେ ଜଳିଜଳି ଉଠିଲା ବାବାଙ୍କ ଆଖି । ଆଖି ବନ୍ଦକରି ଧ୍ୟାନମୁଦ୍ରାରେ ବାବା କହି ଉଠିଲେ- ‘ଭଲ, ବହୁତ ଭଲ- ହରି ଓମ୍ ।’ ବାବାଙ୍କ ଦିବ୍ୟ ସଂଭାଷଣ-

– “କୁହ ବାଳିକେ, କି ପ୍ରାର୍ଥନା ଅଛି ? ସମସ୍ୟା... ଆମ୍ଭେ ଚୂଟକିରେ ସମାଧାନ କରିଦେବୁଁ । କୁହ, ଲଜ୍ଜା-ସଂକୋଚ-ଭୟ ଛାଡ଼ି ମନ-ହୃଦୟକୁ ବାବାଙ୍କୁ ସମର୍ପି ଦିଅ ବାଳିକେ ।”

– "ବାବା, ମୋର ବନ୍ଧ୍ୟାଦୋଷ ଅଛି ବାବା । ପାଞ୍ଚବର୍ଷ ହେଲା ବିବାହ କଲିଣି । ଫଳ ରହୁନାହିଁ ।"

– 'ତୁମ୍ଭର ସ୍ୱାମୀ କେଉଁଠି ? ତାଙ୍କୁ ସାଂଗରେ ଧରି ନ ଆସିଲ କିପାଇଁ ?'

– 'ସେ ବିଦେଶରେ ବାବା ! ବର୍ଷକୁ ଥରେ ଆସନ୍ତି ।'

– 'ଓ ଏଇ ସମସ୍ୟା ? ଚିନ୍ତା ନାହିଁ ବାଳିକେ.. ଆମ୍ଭେ ଅଛୁଁ..ବାବା କାଳିକିଂକର । ଆମ୍ଭେ ଥରଟିଏ ଖାଲି ଛୁଇଁଦେଲେ, ମନସ୍କାମ ପୂର୍ଣ୍ଣ ହେଇଯିବ ..ହରି ଓମ୍...ହରି ଓମ୍ !"

– "ବାବା, ଆପଣ ଯଉ ପୂଜା ଦବାକୁ କହିବେ ଦେବି ବାବା । ମୋର ଖାଲି ପିଲାଟିଏ ଦରକାର, ଆଉ କିଛି ମାଗୁନି ।"

– "ଶୁଣ ହରି ଓମ୍ । ଏଥିଲାଗି ଅନୁଷ୍ଠାନ କରିବାକୁ ହେବ । କାଳୀ ମା'ଙ୍କଠି ଭୋଗ ବାଢ଼ିବାକୁ ହେବ । ନିଶବ୍ଦ ମଧ୍ୟରାତ୍ରିରେ କାଳୀ ମା'ଙ୍କ ଆଗରେ ସାଷ୍ଟାଙ୍ଗ ଅଧିଆପଡ଼ି ଧ୍ୟାନ ଲଗେଇ ମା'ଙ୍କୁ ଗୁହାରୀ କରିବାକୁ ହେବ ମନେମନେ ।"

– "ମୁଁ ଯଜ୍ଞ କୁଣ୍ଡରେ ଆହୂତି ଦେବି, ଆହୂତି । ପୂର୍ଣ୍ଣାହୂତି ନ ସରିବାଯାଏ ପାଟି ଖୋଲିବ ନାହିଁ ଖବର୍ଦ୍ଦାର । ନହେଲେ ମା' ରାଗିଯିବେ, ରକ୍ତ ପିଇଯିବେ । କ'ଣ ପାରିବ, ପୂଜା ଦେଇ ପାରିବ ହରି ଓମ୍ ?"

– "ପାରିବି ବାବା, ଆଣ୍ଟୁକୁଡ଼ୀ ଦୋଷରୁ ମୁକ୍ତି ପାଇଁ ମୁଁ ସବୁ ପାରିବି ।"

– "ବେଶ୍, ଏହି ଭକ୍ତାଙ୍କୁ ସାଦରେ ପାଛୋଟି ଘେନିଯାଅ ସେବିକେ । ସ୍ନାନ-ଶୌଚ-ସଂସ୍କାର କରାଇ ରୂପ ସଜାଅ । ହରିଦ୍ରା, ଚନ୍ଦନ, ଅଗୁରୁ, କୁଂକୁମ ପ୍ରସାଧନରେ ଅଂଗ ଶୁଦ୍ଧି ପରେ ନବ ପାଟବସ୍ତ୍ରରେ ନବବଧୂ ରୂପେ ସଜାଇ ଦିଅ । ସାରା ଦେହରେ ସିଞ୍ଚିଦିଅ ଅତର । ସସମ୍ମାନରେ ହାଜର କରାଅ ମୋର ପୂଜାବେଦିରେ । ଆଜ ରାତ୍ରିରେ ମୁଁ ଏଙ୍କର ପୁତ୍ରଜୀବକ ପୂଜା ସାରିବି । ମା'ଙ୍କ ଆଶୀର୍ବାଦରୁ ଏଙ୍କୁ ଏକ ସୁନ୍ଦର ପୁତ୍ର ସନ୍ତାନଟିଏ ପ୍ରାପ୍ତ ହେବ-ନିଶ୍ଚିତ, ହରି ଓମ୍ ! ହରି ଓମ୍ !"

– 'ଆସ', ସେବିକାମାନେ କିଶୋରୀ ବଧୂକୁ ଧୀରେ ଗୁପ୍ତଦ୍ୱାର ଦେଇ ଘେନିଗଲେ ଅଣ୍ଡରଗ୍ରାଉଣ୍ଡ କକ୍ଷ ଭିତରକୁ ।

ଅଟ୍ଟହାସ୍ୟ କରିଉଠିଲେ କାଳିକିଂକର 'ହାଃ-ହାଃ- ହାଃ...ହରି ଓମ୍ !'

॥ ୪୭ ॥

ଆଜି ବାଲିଯାତ୍ରା ।

ଯାତ୍ରା ପଡ଼ିଆରେ ଭିଡ଼ କାହିଁରେ କ'ଣ ? ଫିଙ୍ଗିଦେଲେ ସୋରିଷ ତଳେ ପଡ଼ିବନି । ଖାଲି ମୁଣ୍ଡମାଳ । ଲୋକାରଣ୍ୟ । ସେଥିପାଇଁ ତ କଟକର ବାଲିଯାତ୍ରା ବିଶ୍ୱପ୍ରସିଦ୍ଧ । ରୁପାର ତାରକସି ଗହଣା, ମାଣିଆବନ୍ଧୀ -ସମ୍ବଲପୁରୀ ଝୀନ ପାଟଶାଢ଼ୀର ସୋ'ରୁମ୍, ଚକ୍ରଦୋଳି-ଝୁଲଣା ସାଂଗକୁ ରକମ ରକମର ଷ୍ଟଲ ଲାଗିଛି । ଚାହିଁଲେ ଆଖି ଝଲସି ଉଠୁଚି । ଘୋ-ଘୋ, ଚୋ-ଚୋ ଶବ୍ଦରେ କଂପି ଉଠୁଚି ମହାନଦୀ ପଠା, ବାଲିଯାତ୍ରା ପଡ଼ିଆ ।

ଆଗବର୍ଷ ଅପେକ୍ଷା ଏଥର ବେଶି ଭିଡ଼ ।

କରୋନାଟା ଦୁଇବର୍ଷ କାଳ ଉଜାଡ଼ି ଦେଲା ସବୁକିଛି । ଏବେ ଆଉ ଭୟନାହିଁ । ମୁହଁରେ ତୁଣ୍ଡି ବାନ୍ଧି ଅର୍ଦ୍ଧ ଛଦ୍ମ ମାଙ୍କଡ଼ ବେଶରେ କାହାକୁ ଜଳକାପରି ଜଳଜଳ ଚାହିଁ ନଚିହ୍ନି ଚିହ୍ନିଲା ପରି ହାତ ହଲେଇ ଚୋରଙ୍କ ପରି ଚଂପଟ ମାରିବାର ସେ ବାହାନା-ହଟହଟା କଥା ମନେ ପଡ଼ିଗଲେ ଶିହରି ଉଠୁଚି ଦିହ ।

ଝୁମୁରୀ ବାହାରି ପଡ଼ିଛି ବୁଲିଯିବ ବାଲିଯାତ୍ରା ।

ସମ୍ବଲପୁରିଆ ଝିଅ ଦେହକୁ ସମ୍ବଲପୁରୀ ପାଟଶାଢ଼ୀ ବେଶ୍ ମାନୁଛି । ମା' ପ୍ରିୟମ୍ବଦା ପାଦରେ ଆଣି ଖଂଜି ଦେଇଛନ୍ତି ପାଉଁଜି । ପାଦ ପକେଇଲେ ଝୁମୁରୁ ଝୁମୁରୁ ଶବ୍ଦରେ ଘରପୁର ଗୁଞ୍ଜରି ଉଠୁଚି । ରୁଦ୍ରପ୍ରତାପଙ୍କ ତାଗିଦ୍ - "ଦେଖ ପ୍ରିୟମ୍ବଦା, ମୋ' ଝିଅଟାକୁ ଭଲକରି ସଜେଇ ଦିଅ । ବାଲିଯାତ୍ରା ଭିଡ଼ରେ ଯେମିତି ଫୁଟିକରି ବାହାରିବ ହଁ ।" ଆଉ ସମରାକୁ ନୂଆ ପୋଷାକ କିଣି ଦେଇଛନ୍ତି ରୁଦ୍ର । ପିନ୍ଧି ବେଶ୍ ଭଦ୍ରଖିଆ ଟୋକା ପରି ଲାଗୁଛି ।

କାର ଷ୍ଟାର୍ଟ କରି ଡାକ ପକେଇଲେ ରୁଦ୍ରପ୍ରତାପ ।

– "ଆଗୋ ପ୍ରିୟମ୍ବଦା, ଆସ । ସଂଧ୍ୟା ହେବା ଆଗରୁ ସେଠି ପହଁଚିଲେ ସିନା ବୁଲି ଦେଖିବ । ରାତି ଭିଡ଼, ଝିଅଙ୍କ ପାଇଁ ନିରାପଦ ନୁହେଁ । ଝିଅଟା ମୋର ନୂଆକରି

ବାଲିଯାତ୍ରା ଦେଖି ଯାଉଛି ଯେତେବେଳେ ମନଖୁସି କରି ବୁଲିବୁଲି ସବୁକିଛି ଦେଖିବ ସିନା । ଆସ-ଆସ !"

"ଯାଉଛେ ଯାଉଛେ ବାବା !" ଘର ଭିତରୁ ଝୁମୁରୀ ଜବାବ ଦେଲା ।

– "ଏହି ଯେ, ସେମାନେ ଆସି ଗଲେଣି । ସମରା, ତୁ ଆଉ କାହିଁକି ଛିଡ଼ାହେଲୁ; ଆ, ଆଗରେ ବସି ଯା' ।"

ସମରା ଗାଡ଼ିରେ ବସିଗଲା ।

ଆଗେ ଆଗେ ଝୁମୁରୀ, ପଛରେ ପ୍ରିୟମ୍ବଦା । ଝୁମୁରୀ ଆସୁଥିଲାବେଳେ ଲାଗୁଥିଲା କଉ ପରୀରାଇଜରୁ ଝୁମୁରୁ ଝୁମୁରୁ ନାଦ କରି ଧୂଳିର ଧରଣୀକୁ ସତେ ଓହ୍ଲେଇ ଆସିଛି ସରଗପରୀ !

କାର୍ ଭିତରେ ପଛ ସିଟ୍‌ରେ ପ୍ରିୟମ୍ବଦା ଓ ଝୁମୁରୀ ଆଉ ଆଗ ସିଟ୍‌ରେ ରୁଦ୍ରପ୍ରତାପଙ୍କ ବାମ ପାର୍ଶ୍ୱ ସିଟରେ ସମରା । ଗାଡ଼ି ଚାଲିଲା । ରୁଦ୍ର ଷ୍ଟିଏରିଂ ମୋଡ଼ିଦେଲେ ବାମରୁ ଡାହାଣକୁ ଫେର ବାମ ଫେର ସାମ୍ନାକୁ । କଟକ ସହରର କଳା ମଚମଚ ରାସ୍ତା ଉପରେ ଗଡ଼ି ଗଡ଼ି ଚାଲିଥିଲା ଧଳା-କଳା ଦାମୀ କାର୍‌ଟି । ମନ ଉଚ୍ଛନ୍ନ ହେଇ ଉଠୁଥିଲା ଝୁମୁରୀର । ଝରକା ବାଟ ଦେଇ ଚାହିଁ କାବା ହୋଇ ଯାଉଥିଲା ସେ ।

– "ଇଏ ବୁଆ, କେଡ଼େ ବଡ଼ବଡ଼ କୋଠା । କେତେ ଗାଡ଼ି । କି ଚକାଚକ କଟକ ସହର-ଏ ମା' !" ଚିହିଙ୍କି ଉଠିଲା ଝୁମୁରୀ । ଖୁସିରେ ଝୁମି ଉଠିଲା ତା' ଚୁଲ୍‌ବୁଲି ମନ-ପାରା ।

XXX

ଏଣେ ଗୌରୀ ।

ଅଳି କରି ବସିଛି ସେ ଥରେ ବୁଲି ଆସନ୍ତା ବାଲିଯାତ୍ରା । ଶୁଣିଛି, ହେଲେ, କେବେ ଦେଖିବାର ଯୋଗ ଜୁଟିନି ବିଚାରୀର । ନାଚାର ଗୌର । ମଲ୍ଲୀ ମା' ମାଉସୀ ତାଗିଦ୍ କରି କହଚି- "ଦେଖ ପୁଅ, ମୋ' ଝିଅଟିର ହାତ ଶକତ କରି ଧରିଥିବୁ । ଜମା ଛାଡ଼ିବୁନି ଟି । ଇଏ କଟକ ସହର । ଫେର ବାଲିଯାତ୍ରା ଭିଡ଼ । ଭିଡ଼ ଭିତରେ କେତେବେଳେ କାହିଁ କଉକଥା "

ଗୌର ସେଥିପ୍ରତି ପୂରା ସଜାଗ-ସତର୍କ ।

ଗୌରୀ ବେଶ ସଜାଡୁଥିଲା ଠିକାଠିକା । ତା' କପାଳତ ପୋଡ଼ି ଯାଇଛି । କି ବେଶ ବା ହେବ ସେ ? ଗୌରର ଏକା ଜିଦ୍ -ତା' ଗୌରୀ ସଜେଇ ହେବ । ପରୀ ପରି ଦେଖାଯିବା ଦରକାର । ତା' ନହେଲେ ସେ ପାଦ କାଢ଼ିବନି ଏଠୁ । ମଲ୍ଲୀ ମା' ମାଉସୀ ତା' ନିଜ ରୋଜଗାର ଟଙ୍କାରେ କିଣି ଆଣି ଦେଇଛି ସମ୍ବଲପୁରୀ ନାଲି

ପଶାପାଲି ପାଟଶାଢ଼ୀଟିଏ । ଗୌରୀର ଗୋରା ଦେହକୁ ବେଶ୍ ମାନିବ । ମାଉସୀର ଖୁସି କେମିତି ବା ଭାଙ୍ଗିପାରିବ ଗୌରୀ ?

– 'ଏବେ ଯିବା ?' ଗୌରୀ କହିଲା ।

ଗୌର ଚାହିଁଛି ଏକ ଲୟରେ ଗୌରୀକୁ । କାହିଁ ଏତେ ସୁନ୍ଦର ରୂପ ଗୌରୀର ତ କେବେ ଦେଖିନି । ଯେମିତି ତା' ଆଗରେ ଉଡ଼ିଆସି ଛିଡ଼ାହେଇଛି ଲାଲପରୀଟିଏ ! ଭାବ-ଜଗତରେ ବୁଡ଼ିଗଲା ଗୌର ।

ହଲାଇ ଦେଲା ଗୌରୀ ଗୌରକୁ ।

– "ଏ ! କ'ଣ ଏକାବେଳେ କେଉଁଠି ହଜିଗଲନା କ'ଣ ? ମୋତେ ଏମିତି ଚାହିଁ ରହିଛ କାହିଁକି ? ମୁଁ କ'ଣ ତମକୁ ଭଲ ଦିଶୁନି ?"

ପ୍ରକୃତିସ୍ଥ ହୋଇ ଗୌର ଜବାବ ରଖିଲା-

– "ନାଇଁ, ମୋତେ ଜମା ଭଲ ଲାଗୁନି । ତୋ' ମୁହଁଟାରେ ସେ କଳାଜାଇଟା ଫୁଟି ଦିଶୁନିତ ? ତୋ' ଆଖିରେ କଜଳର ରେଖା କାହିଁ ? ଖାଲି ଶାଢ଼ୀଟା ପିନ୍ଧି ପକେଇ ମଥାରେ ସିନ୍ଦୂର ଗାରଟେ ଆଙ୍କିଦେଲେ କ'ଣ ହୋଇଗଲା ? ଏଇ ବେଶରେ ଯିବୁ ବାଲିଯାତ୍ରା ? ହେଇ ପାରିବନି । ଚାଲିଲୁ-ଚାଲିଲୁ, ମୁଁ ତୋତେ ମୋ' ନିଜ ହାତରେ ସଜେଇ ଦେବି । ଦେଖିବୁ କେଡ଼େ ଚୋଖା ଲାଗିବୁ ସତରେ ତୁ । ଚାଲ ଚାଲ ।"

ଠେଲି ଠେଲି ଗୌରୀକୁ ଘର ଭିତରକୁ ନେଇଗଲା ଗୌର ।

XXX

ବାଲିଯାତ୍ରା ପଡ଼ିଆର ଭିଡ଼ କାଟି ଆଗେ ଆଗେ ରୁଦ୍ରପ୍ରତାପ । ତା ପଛକୁ ପ୍ରିୟମ୍ୱଦା ଝୁମୁରୀ ହାତଧରି । ସମରା ସବା ପଛରେ । ଯେମିତି ଭିଡ଼ ଭିତରେ ଝୁମୁରୀ ଦିହରେ କେହି ହାତ ଛୁଇଁ ପାରିବେନି । ଭିଡ଼ ଭିତରୁ ଫୁଟି ଦିଶୁଚି ଝୁମୁରୀ ।

ଘଣ୍ଟାଏ ଭିତରେ ଯାତ୍ରା ପଡ଼ିଆଟା ବୁଲି ବୁଲେଇ ଆଣିଲେ ରୁଦ୍ରପ୍ରତାପ ସେମାନଙ୍କୁ । ପ୍ରିୟମ୍ୱଦା ଥକିପଡ଼ି କହିଲେ-

– 'ଶୁଣ, ମୁଁ ଆଉ ପାରିବିନି ।'

– "ହଁ, ହଁ, ମୁଁ ବି ଥକି ପଡ଼ିଲିଣି । ବୁଢ଼ା ବୟସରେ ଆଉ କ'ଣ ବଳ ଅଣ୍ଟୁଛି ? ଚାଲଚାଲ, ଗାଡ଼ିରେ ଦଣ୍ଡେ ବସିଯିବା ।"

– "ଝିଅଟା ମନକରି ଆସିଥିଲା । ତା'ଲାଗି କ'ଣ କିଛି କିଣିବନି ?"

– "ଆରେ ହଁ ତ ! ମୁଁ ଭୁଲି ଯାଇଛି । ଠୁଙ୍କାପୁରି ନଖାଇ ବାଲିଯାତ୍ରାରୁ କ'ଣ କେହି ଫେରେ ? ମୋ' ଝୁମୁରୀ ମା'ଟାକୁ ଭୋକ ହବଣି.... !"

– "ନାଇଁ ବାବା, ମୋତେ ଜମା ଭୋକ ନାହିଁ । ତମେ ଆଗ ଚାଲିଲ, ଦଣ୍ଡେ ରେଷ୍ଟ ନେଇଯିବ । ତା' ପରେ ଆମେ ଠୁଙ୍କାପୁରି ଖାଇବାକୁ ଯିବା । କିରେ ସମରା ?"

– 'ହଏ, ତୁ ତ ଠିକ୍ କହୁଚୁ । ଚାଲ ଚାଲ... !'

– "ନାଇଁ, ଆଗ ଠୁଙ୍କାପୁରି, ତା'ପରେ ଯଉକଥା ।" ରୁଦ୍ରଙ୍କର ଅର୍ଡ଼ର ।

– 'ହଉ, ଚାଲଚାଲ !' କହିଲେ ପ୍ରିୟମ୍ବଦା ।

ଚାଲିଲେ ସମସ୍ତେ ।

XXX

ଏଣେ ଗୌରୀକୁ ଧରି ବୁଲୁଛି ଗୌର ।

ଗୌରୀ ଦେଖୁଚି ଆଖି ପୂରେଇ–"ଆଃ, ଏତେଦିନେ ଆଶା ପୂର୍ଣ୍ଣ ହୋଇଗଲା । ଯୋଗ ପଡ଼ିବାକୁ ସିନା । ନହେଲେ ଗୌରୀ କାହିଁ ଆଉ କାହିଁ କଟକ ସହର ବାଲିଯାତ୍ରା ।"

– 'ଗୌରୀ !' ଭାବ ଭାଙ୍ଗିଲା ଗୌରୀର ।

– 'ଉଁ !'

– "ମୋ' ହାତ ଜମା ଛାଡ଼ିବୁନି ଦେଖ । ଏ ଭିଡ଼ ଭିତରେ ତୁ ଯେବେ ହଜି ଯିବୁନା ମୁଁ ବଂଚି ପାରିବନି ଲୋ । ଥରେ ହଜେଇ ଦେଇଥିଲି ତୋତେ; ଆଉ ନୁହେଁ ।"

ଗୌରୀ ହାତକୁ ଜୋରରେ ମୁଠାଇ ଧରି ଚାଲିଲା ଗୌର ।

– 'ଶୁଣୁଛ !'

– "କ'ଣ ?"

– "କହନ୍ତି ବାଲିଯାତ୍ରା ଠୁଙ୍କା ପୁରି, କଟକ ଦହିବରା କାଢ଼େ ଭାରି ମଜାଲାଗେ ?"

– "ସେଇଠିକି ତ ମୁଁ ତୋତେ ନେଇକରି ଯାଉଛି । ଆଗ ପେଟଭରି ଖାଇବା, ତାପରେ ଦେଖୁଛୁ -ଏଇ ଯଉ ଚରକି ଦୋଳି...ସେଥିରେ ଝୁଲିବା । କହୁଥିଲୁ ନା ତୋ' ନାକକୁ ଚଣା, କାନକୁ ଝରା, ପାଦକୁ ପାଉଁଜି କିଣିଦେବି ବୋଲି ?"

– "ନାଇଁ, ଏବେ ସେ ସରାଗ ସବୁ ଥାଉ । ଚାଲିଲ, ଠୁଙ୍କାପୁରି ଖାଇବା ଆଉ ଘରକୁ ଚାଲିଯିବା । ଏ ଭିଡ଼ ମୋତେ ଜମା ଭଲ ଲାଗୁନି । ଅଣନିଃଶ୍ୱାସୀ ଲାଗୁଛି ।"

– 'ହଉ, ଆ...ଆ ।' ତରତର ଭିଡ଼ଠେଲି ଗୌର ଗୌରୀକୁ ଧରି ଚାଲିଲା ଠୁଙ୍କାପୁରି ଷ୍ଟଲ ଆଡ଼େ । ସମ୍ବଲପୁରୀ ପଶାପାଲି ତା' ଦେହରେ ଝଟକି ଉଠୁଛି । କିଏ କାଳେ ନଜର ପକେଇ ଦେବ, ମଲ୍ଲୀ ମା' ମାଉସୀ ତା' ଝିଅ କାନିରେ ଛାଞ୍ଚୁଣି କେରାଏ ବାନ୍ଧି ଦେଇଛି । ତା' କପାଳରେ ଦେଇଛି କଜଳର ଟିପାଟିଏ ।

ଏ କ'ଣ? ସୁ ସୁ ଗର୍ଜନ କରି ହଠାତ୍ ଧୂଳିଝଡ଼। ଧୂଳିର ଧୂଆଁରେ ଧୂସର ଧୂମାଳ ହେଇ ଉଠିଲା ମହାନଦୀ ପଠା। କୁହେଳିକାଛନ୍ନ ହେଇଗଲା ଗୋଧୂଳିର ଆକାଶ। ଆଖିରେ ଧୂଳିବାଲି ସମସ୍ତଙ୍କୁ ଅନ୍ଧ କରିଦେଲା କିଛି ମୁହୂର୍ତ୍ତ ଲାଗି। ଭିଡ଼ ଭିତରେ କିଏ କୁଆଡ଼େ ଠେଲି-ପେଲି ଦଉଡ଼ିବାକୁ ଲାଗିଲେ।

ଚିତ୍କାର କରି ଉଠିଲା ଗୌର। ଗୌରୀ ହାତ ଛାଡ଼ି ଦେଇଛି। ପାଗଳ ପରି ଚିରାଡ଼ି ଚିରାଡ଼ି ଡାକ ଛାଡ଼ିଲା- "ଗୌରୀ, ଗୌରୀ! ତୁ କେଉଁଠି ଗୌରୀ?"

କାନ୍ଦି କାନ୍ଦି ଧୂନ୍ଦି ପକେଇଲା ଚାରିଆଡ଼। ଦେଖିଲା ଝଡ଼ରୁ ବର୍ତ୍ତିବା ପାଇଁ ସେ ଛପରତଳେ ଖୁଣ୍ଟକୁ ଭିଡ଼ିଧରି ଛିଡ଼ା ହୋଇଛି। ଗୌର ଗୌରୀ ଡାକ ଛାଡ଼ି- ଝିଙ୍କି ଆଣିଲା ନିଜ କାନ୍ଧ ଉପରକୁ। ଝଡ଼ ଭିତରେ ଝଡ଼ପରି ଉଠି ଆସିଲା ନଦୀବଂଧ ଉପରକୁ। ଅଟୋ ପଛ ସିଟକୁ ଠେଲି ଦେଇ ଗାଡ଼ି ଛୁଟେଇ କ୍ଷେପିଗଲା ବସ୍ତିଆଡ଼େ।

ଏପଟେ ବହୁ କଷ୍ଟରେ ଆସି କାର୍ ଭିତରେ ଆଶ୍ରୟ ନେଲେ ରୁଦ୍ର ଓ ପ୍ରିୟମ୍ବଦା। ଗର୍ଜି ଉଠିଲେ ରୁଦ୍ର- "ମୁଁ କହୁଚିନା, ଝିଅର ହାତଟାକୁ ଜମା ଛାଡ଼ିବ ନାହିଁ।" ପ୍ରିୟମ୍ବଦାଙ୍କ ଯୁକ୍ତି "ମୁଁ କ'ଣ କରିଥାନ୍ତି? ଏ ନିଆଁ ଝଡ଼ଟା କୋଉଠି ଥିଲା ଏତିକିବେଳେ ମାଡ଼ି ଆସିଲା। ଝିଅଟା ଅଧାଖିଆ ହେଇଥିଲା- ସବୁ ସାରିଦେଲା।"

– 'ଝୁମୁରୀ।' ଡାକଛାଡ଼ି କାର୍‌ରୁ ଓହ୍ଲାଇ ଆସିଲେ ରୁଦ୍ରପ୍ରତାପ। ଦେଖିଲେ ଝଡ଼ ଭିତରୁ ଦୁଇବାହୁରେ ଟେକିଧରି ସମରା ଆସୁଛି ଝୁମୁରୀକୁ ନେଇ।

ସମରା ଝିଅଟାକୁ କାର ପଛ ସିଟ୍‌ରେ ଟେକି ବସାଇଦେଲା। କୋଳକୁ ଜାକିନେଲେ ପ୍ରିୟମ୍ବଦା।

– "ମୋ' ଝିଅର କ'ଣ ହେଲାରେ ସମରା? ଝୁମୁରୀ!" ହଲେଇଦେଲେ ଝୁମୁରୀକୁ ରୁଦ୍ରପ୍ରତାପ। ପ୍ରିୟମ୍ବଦା ବି।

– 'ସେ ଚେତା ହଜେଇ ଦେଇଛି ବାବୁ।'

– 'ଚେତା ହଜେଇ ଦେଇଛି?'– ଅସ୍ଥିର ହେଇ ଉଠିଲେ ରୁଦ୍ର।

– "ଆଉ ଚାହିଁଚ କ'ଣ? ହସ୍‌ପିଟାଲକୁ ନେଇ ଚାଲ, ଶୀଘ୍ର।"

– 'ହଁ, ଚାଲ।'

ଷ୍ଟାର୍ଟଦେଇ କାର୍ ଛୁଟାଇ ଦେଲେ ରୁଦ୍ର। ଛୁଟିଗଲା ମହାନଦୀ ବଂଧ ଉପରେ ଗାଡ଼ିଟା ଝଡ଼ ଭିତରେ ଝଡ଼ ବେଗରେ।

କ୍ରମଶଃ ଝଡ଼ ଶାଂତ ହେଇ ଆସୁଥିଲା।

॥ ୪୮ ॥

କଟକ ସହର ତଳି ବସ୍ତିର ସେହି ଗଳି ରାସ୍ତା। ଦ୍ରୁତ ବେଗରେ ଅଟୋଟା ଛୁଟିଆସି ଅଟକିଗଲା ସେହି ଛୋଟ ଚାଳିଘର ସାମ୍ନାରେ। ଗାଡ଼ି ଭିତରେ ଛାଟିପିଟି ହେଉଥିବା ଝିଅଟା ବି ଚୁପ୍ ହୋଇ ବସିରହିଲା କାଠଟା ପରି।

ଝଡ଼ ଥମି ଯାଇଛି। ଶାଂତ ହେଇଯାଇଛି ପ୍ରକୃତି।

– "ଆଲୋ, ଚୁପ୍ ହୋଇ ବସି ରହିଲୁ କାହିଁକି, ଓହ୍ଲେଇ ଆ।" ଗୌରୀକୁ କହିଲା ଗୌର। ସେ କି ଗୌରୀ ହେଇଛି ଯେ ଶୁଣିବ? ଝୁମୁରୀ ବସି ଭାବୁଥିଲା, "ଏ ବଦମାସ ଟୋକାଟା ତାକୁ ଉଠେଇ ଆଣିଛି। କିଏ ଏ, ଏହାର ମତଲବ କ'ଣ? ହେ ମା' ସମଲେଇ, ମୋତେ ଇଆ ପାଲରୁ ବଂଚା।"

– "ହଇଲୋ ଗୌରୀ, ତୋତେ କ'ଣ ମୋ' କଥା ଶୁଭୁନି? ହଉ ହେଲା, ଆଉ ଅଭିମାନ କରନା। କ'ଣ କରିବି; ଝଡ଼ ପବନଟାତ ସବୁ ସାରିଦେଲା। ଦୁଃଖ କରନା, ମୁଁ କାଲି ଫେର ତୋତେ ନେଇ ବୁଲେଇ ଆଣିବି। ଆ, ଓହ୍ଲେଇ ଆ, ମୋ' ସୁନାଟା ପରା! ମୋ' ଧନଟା ପରା।"

ଗାଡ଼ିରୁ ଓହ୍ଲେଇବାର ନାଆଁ ଧରୁନି ଝିଅଟି। କିଛି ବୁଝି ପାରୁନି ସତରେ ସେ ଏବେ କେଉଁଠି। ଏ ଟୋକାଟା ତା' ସାଥିରେ କିଛି ବଦମାସୀ କରିବ ନାହିଁ ତ? "ଜମା ଓହ୍ଲେଇବିନି। ଦେଖିବି ସେ ମୋର କ'ଣ କରିବ?" ଦମ୍ଭ ହୋଇ ବସିଲା ଝୁମୁରୀ!

– "ଯାଃ, ପାରିବିନି ତୋତେ! ବସିଥା ସେଇଠି। ମୁଁ ତୋ' ମା'କୁ ଡାକୁଚି ରହ। ମାଉସୀ, ମାଉସୀ।"

– "କି ହେଲାରେ ପୁଅ?" ଭଲ କରିଛୁ। ବର୍ଷା ଆସିବା ଆଗରୁ ମୋ' ଝିଅଟାକୁ ଘେନି ଚାଲି ଆସିଚୁ। ଆଲୋ ଗୌରୀ, ରୁଷିଚୁ ପୁଅଟା ଉପରେ? ଆ, ମୋ' ମାଆଟା ପରା। ରାଗେନା।" ଠକ୍ ଠକ୍ ବାଡ଼ି ଚୋଟ ମାରି ଆସି ପହଁଚିଗଲା ମଲ୍ଲୀମା' ମାଉସୀ ଅଟୋଟା ପାଖରେ। ଡାକିଲା–

– 'ଗୌରୀ!' ଗାଡ଼ି ଭିତରୁ ଝୁମୁରୀ ଦେଖୁଛି–

– 'ଏ କିଏ, ଇଏତ ମୋର ମା' । ଚଟକିନା ଗାଡ଼ିରୁ ଡେଇଁ ଓହ୍ଲେଇ ପଡ଼ିଲା ଝୁମୁରୀ, ମା' ମା' ଡାକି କୁଣ୍ଢେଇ ପକେଇଲା ମା'କୁ ।

– "କିଏ ଲୋ, କିଏ ତୁ ? ଝିଅ ମୁହଁକୁ ତୋଳି ଧରି ଦେଖି, ମୋ' ଝୁମୁରୀ ! ମୋ ମା', ମୋ' ଝିଅ, କଉଠି ଥିଲୁ ତୁ ? ତୋତେ ଖୋଜି ଖୋଜି ମୁଁ ଅନ୍ଧୁଣୀ ହୋଇ ଗଲିଣି । ମୋ' ମା'ଲୋ ।" କୁଣ୍ଢେଇ ଧରିଲା ଫେର ।

ଗୌରର ଏତେବେଳେ ଚେତା ପଶିଲା । ଏ ଗୌରୀ ନୁହେଁ, ଝୁମୁରୀ; ମାଉସୀର ଝିଅ । ଆଉ ମୋ' ଗୌରୀ ? ଚିତ୍କାର କରି ଉଠିଲା ଗୌର–

– "ଗୌରୀ... !"

ଆଟୋ ଛୁଟେଇଦେଲା ଗୌର ପବନ ବେଗରେ ।

XXX

ଏଣେ ହସ୍‌ପିଟାଲ ବେଡରେ ଶୋଇଚି ଝିଅଟି । ଚେତା ଫେରିନି । ତା'ର ପ୍ରାରମ୍ଭିକ କେତୋଟି ପରୀକ୍ଷା କରୁଛନ୍ତି ଡାକ୍ତର । ବାହାରେ ଅପେକ୍ଷା କରି ଜଗି ବସିଚନ୍ତି ରୁଦ୍ର, ପ୍ରିୟମ୍ବଦା ଓ ସମରା । ସମସ୍ତେ ଚିନ୍ତିତ ଆଉ ବିବ୍ରତ । କ'ଣ ହେଲା ଝୁମୁରୀର ? ସେତ ଠିକ୍ ଥିଲା । ପାହାଡ଼ୀ ଝିଅ, ଏତେ ଦୁର୍ବଳ ହେଇ ପାରିବନି । ତେବେ ଚେତା ହରେଇ ବାସିଲା କାହିଁକି ? ଏମିତି କେତେ ପ୍ରଶ୍ନର ଦ୍ୱନ୍ଦ୍ୱ ରୁଦ୍ରଙ୍କ ମାନସ ପଟକୁ ଆନ୍ଦୋଳିତ କରୁଥିଲା ।

ବାହାରକୁ ବାହାରି ଆସିଲେ ଡକ୍ଟର ଅନ୍ନପୂର୍ଣ୍ଣା ଦେବୀ । ବଡ଼ ମେଡିକାଲ ଗାଇନିକ୍ ପ୍ରଫେସର ।

– "ମାଡାମ ! ମୋ' ଝିଅର କିଛି ହେଇନିତ ? ତାର ଚେତା... ?"

ରୁଦ୍ରଙ୍କ ବ୍ୟସ୍ତ ବିବ୍ରତ ପ୍ରଶ୍ନ ।

– "ଆସିଯିବ ଖୁବ୍ ଶୀଘ୍ର ! ବ୍ୟସ୍ତ ହୁଅନ୍ତୁ ନାହିଁ ।" ସ୍ମିତ ହସି ଉଠିଲେ ଡକ୍ଟର ।

– 'ଆପଣ ହସୁଚନ୍ତି ?' ପ୍ରିୟମ୍ବଦା ପ୍ରଶ୍ନ କଲେ ।

– "ହସୁଛି ଏଇଥିପାଇଁ ଝିଅର କିଛି ହେଇନାହିଁ, ହଁ ଆଉ ଗୋଟିଏ କଥା ଶୁଣିଲେ ଆପଣମାନେ ନିଶ୍ଚୟ ଖୁସିହେବେ ।"

ଉତ୍ସୁକତାର ସହ ଚାହିଁ ରହିଲେ ରୁଦ୍ର ଓ ପ୍ରିୟମ୍ବଦା ।

– "ଆରେ ଖୁସି ଖବର; ଆପଣ ଜେଜେ ଆଉ ଜେଜେମା ହେବାକୁ ଯାଉଛନ୍ତି !" ଚାଲିଗଲେ ମାଡାମ ।

– 'ଏଁ !' ଯେମିତି ଗୋଟେ ବଜ୍ରପାତ ହେଲା ରୁଦ୍ର-ପ୍ରିୟମ୍ବଦାଙ୍କ ମୁଣ୍ଡ ଉପରେ ।

କେତେ କ'ଣ ଭାବିଥିଲେ..ଫଗୁଣ ଆସିଲେ ସମରା-ଝୁମୁରୀର ବାହା କରେଇଥାନ୍ତେ। ହେଲେ ବାହା ଆଗରୁ ପିଲା!

– "ଓଃ ! କି ଭୁଲ କରିଛନ୍ତି ସେ ? ସମରାଟା କ'ଣ କରିଦେଲା ? ଶେଷରେ ଝିଅଟାକୁ ....ନାଇଁ, ସମରାଟା କେତେ ଭଲ। ସେ ଏପରି କରି ପାରିବନି। ଇଏସ୍, କିଛିତ ରହସ୍ୟ ଅଛି।"

ସମରା ଡକ୍ଟରଙ୍କ କଥାରୁ କିଛି ଅର୍ଥ ବାହାର କରି ପାରିଲା ନାହିଁ। ଖାଲି ଆଖି ତରାଟି ଚାହିଁ ରହିଲା ବୋକାଙ୍କ ପରି।

ପ୍ରିୟମ୍ବଦା ରୁଦ୍ରଙ୍କୁ ଝୁଙ୍କେଇ ଦେଲେ-

– "ଆଉ ଭାବିଲେ କ'ଣ ହେବ ?"

ନର୍ସ ଜଣେ ହଠାତ୍ ବାହାରକୁ ଆସି ସୂଚନା ଦେଲେ- 'ପେସେଣ୍ଟର ଚେତା ଫେରି ଆସିଚି, ଆସନ୍ତୁ।'

ନର୍ସଙ୍କ ପଛେ ପଛେ ତରତର ହୋଇ ରୁଦ୍ର-ପ୍ରିୟମ୍ବଦା ଓ ସମରା ୱାର୍ଡ଼ ଭିତରକୁ ପଶିଗଲେ। ବେଡ ପାଖକୁ ଯାଇ ରୁଦ୍ର ଚାହିଁ ଦେଖିଲେ - "ଆ'ରେ ଏତ ମୋ' ଝୁମୁରୀ। ମୁଁ ତ କେତେ କ'ଣ ଭାବି ଯାଇଥିଲି। ଆମ ଝୁମୁରୀର ଚେତା ଫେରି ଆସିଛି ପ୍ରିୟମ୍ବଦା।" ପ୍ରସନ୍ନ ଥିଲେ ରୁଦ୍ର ମନେମନେ। ପ୍ରିୟମ୍ବଦା ଝିଅ ପାଖକୁ ଯାଇ ମଥାରେ ହାତ ବୁଲାଇ - "ମା' ଝୁମୁରୀ!"

ଆଖି ଖୋଲିଲା ଗୌରୀ। ଏମାନଙ୍କୁ ସାମ୍ନାରେ ଦେଖି କିଛି ବୁଝିପାରିଲାନି – "କିଏ ଏମାନେ ? ତାକୁ ଝୁମୁରୀ ବୋଲି କାହିଁକି ଡାକୁଚନ୍ତି ? ଆଉ ଗୌର ?"

ଚାରି ଆଡ଼କୁ ଚାହିଁଲା ତା'ର ଖୋଜିଲା ଖୋଜିଲା ହରିଣୀ ଆଖି। ଗୌରକୁ ନଦେଖି କାନ୍ଦି ଉଠିଲା ସେ।

ନର୍ସ ଜଣକ ବାରଣ କଲେ- "ଆଉ କାନ୍ଦନି, ତମର କିଛି ହେଇନି। ତମେ ସଂପୂର୍ଣ୍ଣ ଠିକ୍ ଅଛ। ଆରେ ତମେ ତ ହସିବା କଥା, କାନ୍ଦୁଛ କାହିଁକି ? ତମେ ପରା ପିଲାର ମା' ହେବାକୁ ଯାଉଛ।"

– "ଏଁ ମା' ? ନା!" ଚିତ୍କାର କରି ଉଠିଲା ଗୌରୀ। ଉଠି ବସିଲା ସେ। ପ୍ରିୟମ୍ବଦା କୋଳେଇ ନେଲେ ଝିଅଟିକୁ।

– "କାନ୍ଦନା ମାଆ। ଆମେ ପରା ତୋ' ବାବା-ମା' ଏଠି ଅଛୁ। କାନ୍ଦୁଛୁ କାହିଁକି ?"

– "ମୋ' ବାବା-ମା' ? ହଁ, ବାଆ କହିଥିଲା, ତାହେଲେ ଏମାନେ କ'ଣ ସତରେ....ନାଇଁ ମିଛ!"

– 'ଝୁମୁରୀ !' ରୁଦ୍ରଙ୍କ ସେହି କଅଁଳ ଗେହ୍ଲା ଡାକ ।

– 'ନା, ମୁଁ ଝୁମୁରୀ ନୁହେଁ? ମୁଁ...'

– 'କିଏ ତୁ?'

– 'ଗୌରୀ !'

– "ଗୌରୀ !!" ଆଶ୍ଚର୍ଯ୍ୟ ଚକିତ ହେଇ ଉଠିଲେ ସମସ୍ତେ ।

ଝଡ଼ଟା ପରି ଘର ଭିତରୁ ବାହାରକୁ ଚାଲିଆସି ପ୍ରାଣଫଟା ଚିତ୍କାର କରି ଉଠିଲା ସମରା–

– 'ଝୁମୁରୀ !'

॥ ୪୯ ॥

ନିଜ ମା'କୁ ପାଇ ବହୁତ ଖୁସି ଝୁମୁରୀ ।

ହେଲେ ଏ ଗୌରୀ କିଏ ?

ମା' କହୁଚି ଠିକ୍ ଏକାପରି ଦି' ଝିଅ । ଟିକେ ଖୁଣ ବି ବାହାର କରି ପାରିବନି । ବାବା କହୁଥିଲେ ତାଙ୍କର ଦି ଝିଅ, ଯାହାଙ୍କୁ କଅଁଳା ଶିଶୁ ଅବସ୍ଥାରେ ଅନ୍ୟ ହାତକୁ ଟେକି ଦେଇଥିଲେ । ଆମେ ସେହି ଝିଅ ନୁହଁତ ? ସତରେ ଆମେ କ'ଣ ଦି ଭଉଣୀ ? ଯଦି ସତ ହେଇଥାଏ...

– "ନାଇଁ, ମୁଁ ଯିବି, ମୋ' ନାନୀକି ଖୋଜବି ମା' !"

– "ଝୁମୁରୀ, ମୋ' ମା'ଟା ପରା, ଆଉ ଦଣ୍ଡେ ମୋ' କୋଳରେ ଶୋଇପଡ଼ । କେତେଦିନ ହେଲାଣି, ମୁଁ ତୋତେ କୋଳରେ ଧରନି ଲୋ । ଆଜି ମା' ସମଲେଇ ମୋ' ଝିଅକୁ ଯେତେବେଳେ ମୋତେ ଫେରେଇ ଦେଇଛି ।"

– "ନାଇଁ ମା', ମୁଁ ଯିବି ।"

– "ପାଗଳୀଟା, ଆଲୋ ତୁ ଆଉ କଉଠିକି ଯିବୁ ? ସେ ସମରାଟା ଯୁଆଡ଼େ ଯାଉଛି ଯାଉ । ବଦମାସ, ମୋ' ଝିଅକୁ ଆଣି ଗାଁକୁ ଫେରିବାର ନାଆଁ ଧରିଲାନି ?"

– "ନାଇଁଲୋ ମା', ସମରାର କିଛି ଦୋଷ ନାହିଁ । ଦୋଷତ ମୋରି ।"

– "ତୋର କି ଦୋଷ ? କାହା ପାଖରେ କି ଦୋଷ କରିଛୁ ତୁ ?"

– "ସେଇ ଯଉ ମୋର ବାବା-ମା ! ବଡ଼ଲୋକ । କୋଠାଘର, ଗାଡ଼ି, ପାଚେରି, ଗେଟ୍, ଫୁଲବଗିଚା କେତେ କ'ଣ ?"

– "ହଁ, କ'ଣ ହେଲା ?"

– "ସିଏ ପରା ମୋତେ ଝିଅ କରି ରଖିଥିଲେ । ଏଇ ଶାଢ଼ୀ, ଏଇ ପାଉଁଜି ମୋ' ମା'-ବାବା ଦେଇଚନ୍ତି । ମୋତେ ନପାଇ ଭାରି ବ୍ୟସ୍ତ ହେଉଥିବେ ମାଆ ।"

ଚମକି ଉଠିଲା ମଲ୍ଲୀ ମା' । ଛାତିରେ ଛନକା ପଶିଗଲା ଯେମିତି ! ଆଜକୁ ସତର ବର୍ଷ ଆଗର ଘଟଣା । ଏ କି ସେହି ବାବୁ ? ମନେ ମନେ ଭାବୁଥିଲା ସେ ।

– "କ'ଣ ଭାବୁଛୁ ମା' ?" ହଲେଇ ଦେଲା ମାଆକୁ ।

ଦକସି ଉଠି କଥା ଲୁଚାଇ- "ନାଇଁଲୋ, ଭାବୁଥିଲି ଏଇ ଗୌର ପୁଅଟା କଥା। ତା' ଗୌରୀକି ଖୋଜିବ ବୋଲି ସଂଜଠୁ ଯାଇଛି ଯେ ଦେଖା ନାହିଁ। କୁଆଡ଼େ ଗଲା? ଗୌରୀକୁ ପାଇଲା କି ନାହିଁ? ମା'ଟାର ମୋର ଦିହ ଅସୁଖ ଥିଲା, କଉଠି ତାର କିଛି ହେଇ ଯାଇନି ତ?"

ଗାଡ଼ି ଶବ୍ଦ ଶୁଭିଲା। ଅଟୋଟା ଆସି ଛିଡ଼ାହେଲା ଘର ସାମ୍ନାରେ।

– "ମା', ହେଇ ସେ ବାବୁ ଆସିଲେଣି। ହେଲେ ଗୌରୀ?"

ମଉଳା ମନରେ ଘର ବାହାର ବାରଣ୍ଡାରେ ଆସି ନୁଥିକିନି ବସି ପଡ଼ିଲା ଗୌର। ମୁଣ୍ଡରୁ ବହି ଯାଉଥିଲା ଶର୍ମ ଝାଳ।

ଉଠି ଆସିଲା ମଲ୍ଲୀମା'। କହିଲା - "ଆରେ ପୁଅ, ତୁ ଆସିଲୁ, ମୋ' ଗୌରୀ ଝିଅ କାହିଁ?"

– 'ବହୁତ ଖୋଜିଲି, ହେଲେ ପାଇଲିନି ମାଉସୀ।'

ଧଇଁ ସଇଁ ହେଉଥିଲା ଗୌର ଶୋଷରେ।

– "ମା', ମୁନ୍ଦେ ପାଣି ଦେଇ ପାରିବୁ? ମୋ' ତଣ୍ଟିଟା ଶୁଖି ଯାଉଛି। ମୁଣ୍ଡଟା ଘୂରି ଯାଉଛି। ଅନ୍ଧାର ଦିଶୁଛି ଚାରିଅଡ଼।"

ଦୀର୍ଘଶ୍ୱାସ ପକାଇ – 'ଆଃ ଗୌରୀ!' କାନ୍ଥକୁ ଡେରି ପଡ଼ିଲା ଗୌର। ବ୍ୟସ୍ତ ହୋଇ ଉଠିଲା ମଲ୍ଲୀ ମା', କହିଲା- "ଆଲୋ ଝୁମୁରୀ, ଗଲୁଗଲୁ, ପାଣି ଗିଲାସେ ନେଇ ଆଣି ତୋ' ଗୌରଭାଇ କି ପିଆଇ ଦେ ତ!"

ଝୁମୁରୀ ଧାଇଁଯାଇ ପାଣି ଗ୍ଲାସ ଧରି ଆସିଲା । କହିଲା -

– "ନିଅ ପାଣି ପି' ଦିଅ।" ମୁହଁ ପାଖରେ ଗ୍ଲାସ ଲଗେଇଲା। ଗୌର ପାଣି ଢକଢକ କରି ପିଇଗଲା ପେଟେ। 'ଓଃ!'ଦୀର୍ଘଶ୍ୱାସଟିଏ ଛାଡ଼ି ଚାହିଁଲା ଝୁମୁରୀ ଆଡ଼କୁ। ପାଦରୁ ମଥାଯାଏ। ସେହି ଏକା ରୂପ, ଏକା ମୁହଁ, ଏକା ଶାଢ଼ୀ। ପାଦରେ ପାଉଁଜି। ମୁଣ୍ଡରେ ମଲ୍ଲୀର ଗଜରା। କି ଆଶ୍ଚର୍ଯ୍ୟ! ସେ ଆଜି ସତରେ ଏ କ'ଣ ଦେଖୁଚି? ଇଏ ଆଉ ସେହି ଗୌରୀ ନୁହେଁ ତ, ଯାହାକୁ ଯାଦୁ ଲାଗିଯାଇଛି, କହୁଚି ଝୁମୁରୀ ବୋଲି?

– "କ'ଣ ଦେଖୁଚ?"

– "ନାଇଁ, କିଛି ଦେଖୁନି। ଖାଲି ମୁଁ ତୋରି ଭିତରେ ଖୋଜୁଛି ମୋ' ଗୌରୀକୁ।"

– 'ବାବୁ!' କଛି ବୁଝି ପରିଲାନି ଝୁମୁରୀ।

– 'ବାବୁ ନୁହେଁ, କହ ଭାଇ।' ମଲ୍ଲୀ ମା' ତାଗିଦ କରି କହିଲା।

– 'ଭାଇ?'

– "ହଁ, ହଁ ତୁ ଆଜିଠୁ ଗୌରୀର ଭଉଣୀ ହେଲୁ । ଗୌରୀ ମୋ' ବଡ଼ ଝିଅ, ତୋ' ନାନୀ । ତୁ ଏକୁ ଭିଣେଇଭାଇ ବୋଲି ଡାକିବୁ ବୁଝିଲୁ ?"

– 'ହଁ ଭିଣେଇ ଭାଇ ।' ହସି ଉଠିଲା ଝୁମୁରୀ ଥଟ୍ଟାରେ ।

– "ହେଲେ ପୁଅ, ତୁ ଏ ଝୁମୁରୀକୁ ପାଇଲୁ କଉଠୁ କହତ ?"

– "ମୁଁ କିଛି ଜାଣିନି । ସେ ଝଡ଼ ଭିତରେ ହାତଟା ଖସିଗଲା ଗୌରୀର । ତା'ପରେ ଧୂଳିର ଝଡ଼ ଭିତରେ ଆଉ କିଛି ଦେଖାଗଲାନି । ଅଣ୍ଡାଳି ଅଣ୍ଡାଳି ଯାଉଥିଲା ବେଳେ ଇଆରି ହାତଟା ମୋ' ହାତରେ ବାଜିଗଲା । ଦେଖିଲି ଏକାପରିକା ଶାଢ଼ୀ, ଗୌରୀ ଭାବି ଏକୁ ଉଠେଇ ଆଣିଲି ।"

– "ଆଉ ମୋ' ଗୌରୀ !" କାନ୍ଦକାନ୍ଦ ହୋଇ ପଚାରିଲା ମଲ୍ଲୀମା' ।

– "ଜାଣିନି, ସେ ଝଡ଼ ଭିତରେ କେଉଁଆଡ଼େ ଚାଲିଗଲା । କିଏ ତାକୁ ନେଇଗଲା ? କେମିତି ଥିବ ? ହାଏ ବିଧାତା ! ଏ ପୁଣି କ'ଣ ହୋଇଗଲା ? ଗୌରୀ.... !" କାନ୍ଦି ଉଠିଲା ଗୌର ।

ଝୁମୁରୀ ନିଜ ଶାଢ଼ୀ କାନିରେ ଗୌର ଆଖିରୁ ଲୁହ ପୋଛି ଦେଉ ଦେଉ କହିଲା- "କାନ୍ଦନା ଭିଣେଇ ଭାଇ, ଗୌରୀ ନାନୀ ସିନା ହଜି ଯାଇଛି, ହେଲେ ମୁଇଁ ପରା ତୁମ ପାଖରେ ଅଛି-ଝୁମୁରୀ । ଆମେ ସାଥୀ ହୋଇ ଯିବା, ଗୌରୀ ନାନୀକୁ ଖୋଜିବା ।"

ଝୁମୁରୀ ମନ ଭିତରେ ଗୋଟେ ଭାବନା ଖେଳିଗଲା । ଝୁମୁରୀ ଭାବୁଛି ଗୌରୀକୁ ଝୁମୁରୀ ଭାବି ମୋ' ବାବା-ମା'-ସମରା ଆମ ଘରୁକୁ ନେଇ ଯାଇ ନାହାନ୍ତି ତ ? ହଁ, ମୋର ମନ କହୁଛେ, ସେ ସେଠେଇ ଥିବ ।

ତାଳିମାରି ନାଚି ଉଠିଲା ଝୁମୁରୀ- 'ପାଇଗଲି !'

–"ଆଲୋ କ'ଣ ପାଇଗଲୁ ? ପାଗିଳୀଟି ପରି ତାଳିମାରି ହସୁଛୁ କାହିଁକି ?" ପ୍ରଶ୍ନକଲା ମଲ୍ଲୀମା' ।

ଗୌର ଆଦୌ କିଛି ବୁଝିପାରିଲାନି, ଖାଲି ଚାହିଁ ରହିଥିଲା ।

– 'ମିଳିଗଲା, ଗୌରୀ ନାନୀ ମିଳିଗଲା ।'

– 'ମିଳିଗଲା ?' ମଲ୍ଲୀମା', ଗୌର ଉଲ୍ଲସିତ ହେଇ ଉଠିଲେ ।

– "ସେ ନିଶ୍ଚେ ସେଠେଇ ଅଛି । ମୋ' ବାବା-ମା'ଙ୍କ ପାଖରେ ।"

– "ବାବା-ମା' ?" ପ୍ରଶ୍ନିଳ ଦୃଷ୍ଟିରେ ଚାହିଁ ପଚାରିଲା ଗୌର ।

– "ହଁ, ମୋ' ବାବା ମା', ଆମେ ଯିବା । ମୁଇଁ ସେ ବାଟଟା ପାଇବି ନାହିଁ, ହେଲେ ସେ ଘର, ସେ ବଗିଚା, ସେ ଗେଟ୍‌ଟା ଦେଖିଲେ ଜାଣି ପାର୍‌ବି । ତମେ ଯିବ ଭିଣେଇ ଭାଇ ମୋ' ସାଥିରେ ?"

ମଲ୍ଲୀମା' କହିଲା, 'ଆଲୋ, ଏ ରାତିଟାରେ... !

– "ନାଇଁ ନାଇଁ, ଗୌରୀ ଯାଇଛି, ଫେର ମୁଁ ତୋତେ ହଜେଇ ଦବାକୁ ଚାହେଁନା । ମାଉସୀ, ତମକୁ କଥା ଦେଇଥିଲି ନା, ତମ ଝୁମୁରୀକୁ ଖୋଜି ଆଣିଦେବି ବୋଲି ?"

– "ହଁ, କଥା ତ ରଖିଲୁ ପୁଅ, ହେଲେ ମୋ' ଗୌରୀ କାହିଁ ? ତାକୁ ତୁ ଖୋଜି ଆଣି ନ ଦେବା ଯାଏ ମୁଁ ଥୟ ଧରି ରହି ପାରିବିନିରେ । ମୋ' ମା'ଟା କେଉଁଠି ଥିବ- କିମିତି ଥିବ ? ହେ ମା' ସମଲେଇ, ତୋତେ କୁଟି ଜୁହାର ମାଆ, ତୁ ମୋ' ଝୁମୁରୀ ପରି ମୋ' ଗୌରୀକୁ ମୋତେ ଆଣି ଦେ ।"

ତଳେ ସମଲେଇଙ୍କ ଉଦ୍ଦେଶ୍ୟରେ ମୁଣ୍ଡକୋଡ଼ି ହେଲା ବୁଢ଼ୀ । ମାଆକୁ ଧରି ଅଟକାଇ କହି ଉଠିଲା ଝୁମୁରୀ- "ମା' ତୁ ଏମିତି ବାୟାଣୀ ହେଲେ କ'ଣ ହେବ ?"

– "ହେବିନି ? ତୋରି ପରି ସେ ବି ମୋର ଝିଅ । କି ଗୁଲଗୁଲିଆ ମୁହଁ, ଗେଲୀ ଗୋଲୀ କଥା, ଝୁମୁରୁ ଝୁମୁରୁ ଚାଲି । ତା' ମୁହଁଟା ମୋ' ଆଖିରେ ନାଚି ଯାଉଛି ଲୋ ମା' । ତା' ଡାକ ମୋ' କାନରେ ଶୁଭି ଯାଉଛି । ମୋ' ମନ କହୁଚି, ସେ ଏଇଠି କଉଠି ଅଛି । ରାତି ପାହୁ । ମୁଁ ତମ ସଙ୍ଗରେ ଯିବି । ତାକୁ ଖୋଜିବି ।"

ଅସହାୟ ଗୌର ଛିଡ଼ା ହୋଇଥିଲା କାଷ୍ଠଟା ପରି । ତା' ଆଖିରୁ ଝରି ଯାଉଥିଲା ଅସରା ଲୁହର ଅସରା । ଛଳଛଳ ହେଇ ଉଠୁଥିଲା ଝୁମରୀର ଆଖିପତା ।

XXX

ଏଠି ଗୌରୀ ଶୋଇଚି ରୁଦ୍ରପ୍ରତାପଙ୍କ ଘର ପଲ୍ୟଙ୍କରେ । ପାଖରେ ବସି ରହିଥିଲେ ପ୍ରିୟମ୍ବଦା । ଅସ୍ତବ୍ୟସ୍ତ ରୁଦ୍ରପ୍ରତାପ ଅନ୍ୟମନସ୍କ ଭାବରେ ଟହଲ ମାରୁଥିଲେ ବାରଣ୍ଡା ସାରା । କ'ଣ କରିବେ କିଛି ବୁଝି ପାରୁନଥିଲେ । ଭାବୁଥିଲେ–

– "ହେ କାଳିଆ ସାଆନ୍ତ, ତମର ଲୀଳା ସତେ କି ବିଚିତ୍ର ! ଝୁମୁରୀ ଜାଗାରେ ଗୌରୀ ?ଏ କ'ଣ ମୋର ସେହି ହଜିଲା ଝିଅ ? ଦେଖିବାକୁ ଏକାପରି । ଫେର ଫେରି ଆସିଚି ଦଇବ ଘଟଣା ଚକ୍ରରେ ମୋ'ରି ପାଖକୁ ? ହେଲେ ମୋ' ଝୁମୁରୀ ?" ଆହାତ ପ୍ରାଣରୁ ଉଚ୍ଛ୍ୱାସ–

– 'ଝୁମୁରୀ ! ତୁ କଉଁଠି ମାଆ ?' କାନ୍ଦି ଉଠିଲେ ରୁଦ୍ରପ୍ରତାପ ।

– 'ବାବୁ !' ଆସି ମୁହଁ ତଳକୁ କରି ଛିଡ଼ାହେଲା ସମରା । ବିଷଣ୍ଣ ତା'ର ମୁଖ ମଣ୍ଡଳ । ଯେମିତି ଆଜି ଭାଂଗି ପଡ଼ିଛି ସେ !

– "ଆରେ, ମୋ' ଝୁମୁରୀ ? ପାଇଲୁନି ନା ?"

– "ନାଇଁ ବାବୁ, କେତେ ଖୋଜିଲି । କେତେ ଡାକିଲି, ହେଲେ ଜବାବ

ପାଇଲିନି । ହଁ, କାହାର ଗୋଟେ ଡାକ ମୁଁ ଶୁଣିଛି । ମୋରି ପରି ଜଣେ 'ଗୌରୀ, ଗୌରୀ' ଡାକି ଡାକି ଚାଲିଗଲା ସେଇ ବାଲିଯାତ୍ରା ପଡ଼ିଆ ଭିତରକୁ । ଯେତେ ଡାକିଲି ଶୁଣିଲାନି ।"

– 'ସବୁ ସେଇ କାଳିଆର ଲୀଳା !'

– 'ଗୌରୀର ନିଦ ଭାଂଗିଛି । ଆଃ ...ଗୌର ବାବୁ!' ଆଖିରୁ ଲୁହ ଝରି ଯାଉଥିଲା । ପ୍ରିୟମ୍ୱଦା ଲୁହ ପୋଛିଦେଇ–

– "କାନ୍ଦନା ମା', ତୋ' ଗୌରବାବୁ ମିଳିଯିବେ । ସେ କୋଉଠି ରହନ୍ତି ମା' କହିପାରିବୁ ?" ଗୌରୀ ଉତ୍ତର ଦେଲା-

– 'ଏଇ କଟକ ସହର ସେହି ତଳି ବସ୍ତିରେ ।'

– "କ'ଣ କରନ୍ତି ସେ ?"

– 'ଅଟୋ ଚଳାନ୍ତି ।'

– 'ଅଟୋ ! ଆଗୋ ଶୁଣଛ ।'

– "ପ୍ରିୟମ୍ୱଦା ! କ'ଣ ହେଲା ପୁଣି ଝିଅଟାର ?" ଆସି ଗୌରୀ ପାଖରେ ବସି ମୁଣ୍ଡ ଆଉଁସି - 'ଗୌରୀ, ତୁ ଠିକ୍ ଅଛୁ ତ ମାଆ ?'

– 'ହଁ ବାବୁ!'

– "ଫେର ସେହି ବାବୁ? ତୋତେ ପରା କହିଥିଲି ତୁ ମୋତେ ବାବୁ ନୁହେଁ, ବାବା ବୋଲି ଡାକିବୁ?' ମୁଁ କ'ଣ ତୋ' ବାବା ପରି ଲାଗୁନି ? କହ, ଥରେ କହିଦେ ବାବା ବୋଲି !"

– 'ବାବା !' ଜଳଜଳ କରି ଚାହିଁ ରହିଲା ଗୌରୀ ରୁଦ୍ରଙ୍କ ଅଶ୍ରୁଳ ଆଉ ଉଲ୍ଲସିତ ମୁଖ ମଣ୍ଡଳକୁ ।

– 'ଆଃ କି ଶାଂତି !' ଆଖି ବନ୍ଦକରି ଆତ୍ମସ୍ଥ ହୋଇ ଉଠିଲେ ରୁଦ୍ର ।

– "ଆଉ ମୋତେ କ'ଣ ମା' ବୋଲି ଡାକିବୁନି ?"

– "ମା' !"

– "ମୋ' ସୁନା ମା'ଟା ।" ଗୌରୀର କପାଳରେ ସ୍ନେହରେ ଚୁମାଟିଏ ଆଙ୍କିଦେଲେ ପ୍ରିୟମ୍ୱଦା ।

– "ଆରେ ତମେ ତ ବାଜି ମାରିନେଲ । ଆଉ ମୁଁ... ? ହଁ, ମୁଁ ତ ହତଭାଗା ମଣିଷଟା । ମୋ' ଝିଅ କୋଉଠୁ ଆସିବ ଯେ..."

– "ବାବା ! ନାଇଁ!" ରୁଦ୍ରଙ୍କ ପାଟିରେ ହାତଦେଲା । କହିଲା- "ମୁଁ ପରା ଅଛି, ତମ ଝିଅ, ତମ ସୁନା ଝିଅ ଗୌରୀ ।"

– "ହଁ ହଁ, ତୁ ମୋ' ଝିଅ, ତୁ ମୋରି ଝିଅ ।" କୋଳରେ ଜାକି ଧରିଲେ ଗୌରୀକୁ ପାଗଳ ପରି ରୁଦ୍ରପ୍ରତାପ, 'ଆଃ କି ସୁଖ, ଏ ପୋଡ଼ା ପ୍ରାଣରେ ।'

– "ଆଉ ଗୌର, ମୁଁ ତାକୁ ନିଶ୍ଚୟ ଖୋଜି ବାହାର କରିବି । ହେଲେ ତୁ କଥା ଦେ ମା', ଝୁମୁରୀ ପରି ତୁ ଆମକୁ ଛାଡ଼ି ଚାଲି ଯିବୁନି ତ ?" ପ୍ରଶ୍ନ ରୁଦ୍ରଙ୍କର ଗୌରୀ ପ୍ରତି ।

– "ନା ବାବା, ନା ମା' ! ମୁଁ ତମମାନଙ୍କୁ ଛାଡ଼ି ଆଉ କୁଆଡ଼େ ଯିବି ନାହିଁ । ମୁଁ ଏଇଠି ରହିବି । ତୁମରି ପାଖରେ ସାରା ଜୀବନ ।"

– "ହା-ହା-ହା ! ଏତେବେଳେ ହେଲା । ବୁଝିଲ ପ୍ରିୟମ୍ବଦା, ଗୌରୀ ମୋର ଖାଣ୍ଟି ସୁନା ଝିଅ ।"

– 'ହେ କାଳିଆ ସାଆନ୍ତ !' ହାତ ଟେକିଲେ ପ୍ରିୟମ୍ବଦା !

କି ବିଚିତ୍ର ଏ ମମତାର ସଂସାର !

॥ ୫୦ ॥

ଚପଳାର ମାନସପଟରେ ଅନୁପମାର ବାଲ୍ୟ ଚପଳ ସ୍ମୃତି ବେଳେବେଳେ ଆସି ଉଙ୍କି ମାରି ଯାଉଛି । ତାକୁ ବିଚଳିତ କରୁଛି । କାହିଁକି ଏମିତି ହେଉଛି ?

କିଛି ବୁଝି ପାରୁନି ଚପଳା ।

ସେ କି ଆଉ ଅନୁପମା ?

ଚନ୍ଦ୍ରଭାଗା କୂଳର ସେହି ଆକ୍‌ସିଡେଣ୍ଟ, ଯାହା ଅନୁପମଙ୍କ ଭାବ ରାଜ୍ୟରେ ଏତେ ବଡ଼ ଆଲୋଡ଼ନ ସୃଷ୍ଟିକଲା, ତା'ର ସମସ୍ତ ବାସ୍ତବ ସ୍ମୃତିକୁ ହଜେଇଦେଲା ଆଉ ଆଣି ଛିଡ଼ା କରେଇଦେଲା ଅତୀତକୁ ଭୁଲିଥିବା ଜଣେ ଭିନ୍ନ ମଣିଷ ଭାବରେ ଦୁନିଆ ସାମ୍ନାରେ । ସେହି ଆକ୍‌ସିଡେଣ୍ଟ ତା' ନିଜର ସ୍ମୃତିପଟରେ କ'ଣ କିଛି ସେମିତି ପରିବର୍ତ୍ତନ ଆଣିବାକୁ ଯାଉଛି ? ସତରେ ସେ କ'ଣ ଫେରିପାଇବ କୋଡ଼ିଏ ବର୍ଷ ଆଗରୁ ହରେଇଥିବା ତା'ର ପୂର୍ବ ସ୍ମୃତିକୁ, ତା'ର ପ୍ରକୃତ ପରିଚୟକୁ ? ଚପଳାରୁ ସେ ବଦଳିଯିବ ଅନୁପମା ?

ଏମିତି କେତେ କଥା ତା' ମନ ମଧ୍ୟରେ ଆସି ବସା ବାନ୍ଧୁଛି ଦିନୁଦିନ । ଭାରାକ୍ରାନ୍ତ ହେଇଉଠୁଚି ମନ-ମସ୍ତିଷ୍କ ! ଯଦି ସେ ଅନୁପମା, ତେବେ ତା' ଅନୁପମ କ'ଣ ତାକୁ ଚିହ୍ନିବେ ? ଚିହ୍ନିବେ ନିଜ ପ୍ରାଣପ୍ରିୟା ବୋଲି ? ସେ ତ ସ୍ମୃତିହରା । ଅନୁପମ ଆଜି ଅନୁଭବ । ହାଏ ବିଧାତା ! ଏ କି ବିଚିତ୍ର ବିଡ଼ମ୍ବନାରେ ଆଣି ପକେଇଲ ପ୍ରଭୁ !

ଆଉ ନିବେଦିତା ?

ଯେବେ ଜାଣିବ ସେ ଅନୁପମଙ୍କର ବାଲ୍ୟ ବାନ୍ଧବୀ ଅନୁପମା ବୋଲି, ସେ କ'ଣ ତାକୁ ନିସ୍ତାର ଦେବ ? ଜୀବନରୁ ମାରିଦବ ସେ ସୈତାନୀ ।

ଚପଳା ଭଲ ଭାବରେ ଜାଣିଛି, ଏଇ ନିବେଦିତା ହିଁ ତା' ପ୍ରେମ ପଥର କଣ୍ଟା । ଯଦି ବି ସ୍ମୃତି ଫେରି ଆସେ, ନାଇଁ, ସେ କେବେ ପ୍ରଘଟ କରିବ ନାହିଁ ନିଜେ ଅନୁପମା ବୋଲି । ଅନୁପମା ହେଉ କି ଚପଳା...ସେଥିରୁ କି ଯାଏ ଆସେ ତା'ର ? ଅନୁପମ ତ ତା'ର ପ୍ରେମ, ପ୍ରାଣ, ଜୀବନ ସର୍ବସ୍ୱ । ଖାସ୍ ତାଙ୍କରି ପାଇଁ, ତା' ପ୍ରେମକୁ ପାଇବା ପାଇଁ ଯେତେ କଷ୍ଟ ଆସୁ ସହିଯିବ । ଏଇଠି ଏମିତି ପଡ଼ି ରହିବ କ୍ରୀତଦାସୀ

ହେଇ । ଅନୁପମଙ୍କ ସ୍ମୃତି ଫେରି ଆସିଲେ ସେ ମୁହୂର୍ତ୍ତେ ଏଠି ଆଉ ରହିବନି । ତା' ଅନୁପମଙ୍କୁ ନେଇ ସେ ଚାଲିଯିବ ସାଗରଦ୍ୱୀପ, ନଚେତ ନିଜ ବାପଘର ଗାଁ କୋଣାର୍କ ଚନ୍ଦ୍ରଭାଗା ।

– "କ'ଣ ଭାବୁଛ.... ?" ପ୍ରଶ୍ନ କଲେ ଅନୁପମ ।

ଭାବନାରେ ବୁଡ଼ି ରହିଥିଲା ଚପଳା । ଶୁଣିବି ଶୁଣି ପାରିଲାନି ତାକୁ କିଏ କ'ଣ କହୁଚି । ଜାଣିବି ପାରିନି କେତେବେଲୁ ଅନୁପମ ଆସି ପଛରୁ ଛିଡ଼ା ହୋଇ ତାକୁ ନିରୀକ୍ଷଣ କରୁଛନ୍ତି । ଉଚ୍ଚ ସ୍ୱରରେ ଅନୁପମ ସମ୍ବୋଧନ କଲେ–

– 'ଚପଳା !' ଚମକି ପଡ଼ି ଫେରି ଚାହିଁଲା ଚପଳା ।

– 'ତମେ ! ଉଠି ଆସିଲ ?'

– 'ଶୋଇ ଶୋଇ ଆଉ ଭଲ ଲାଗୁନି ।'

– 'ମାଡାମ୍ ଜାଣିଲେ ରାଗିବେ ।'

– 'ଆରେ ରାଗିବେ କାହିଁକି ?'

– 'ତାଙ୍କର ଆସିବା ବେଳ ହେଇଗଲାଣି ।'

– 'ଆସନ୍ତୁ ।'

– "ମୋ' ପାଖରେ ତମକୁ ଦେଖିଲେ, ସେ ଭୀଷଣ ଚିଡ଼ିଯିବେ, ସବୁ ରାଗ ମୋ'ରି ଉପରେ ଶୁଝେଇ ଦେବେ । ନାଇଁ, ତମେ ଯାଅ, ଶୋଇପଡ଼ ।"

– "ହା-ହା-ହା..., ତମେ ଏତେ ଡରୁଛ ? କାହିଁକି ? ?"

କେମିତି ବୁଝେଇବି ଯେ...ଖାସ୍ ତମ ପାଇଁ । ତମେ ଯେ ପୂର୍ବସ୍ମୃତି ହରେଇ ବସିଚ । ତମେ କ'ଣ ଏସବୁ କଛି ବୁଝିପାରିବ ?–ମନେ ମନେ ଭାବୁଥିଲା ଚପଳା ।

– 'ଏ !'

– 'ଉଁ ?'

– 'କିଛି କହିଲ ନାହିଁ ଯେ ?'

– 'କଉ କଥା ?'

– "ତୁମେ କ'ଣ ଭାବୁଥିଲ ?"

– 'କିଛି ନୁହେଁ ।'

– 'ଜାଣିଛି ।'

– "କ'ଣ ଜାଣିଛ ତମେ ?" ଚମକି ଉଠିଲା ଚପଳା । ସ୍ମୃତି କ'ଣ ଫେରୁଛି ?

– "ତୁମେ ସାଗରଦ୍ୱୀପର ରୂପକୁମାରୀ । ବହୁତ ସୁନ୍ଦର ତମେ । ସତରେ ନା ?"

– "ତମକୁ କ'ଣ ମୁଁ ସୁନ୍ଦର ଲାଗୁଛି ?"

– "ହଁ, ବହୁତ ସୁନ୍ଦର । ଆଚ୍ଛା, ସାଗରଦ୍ୱୀପ, ସେଇଟା କେଉଁଠି ? ମୋତେ ତମେ ନେଇଯିବ ତମ ସାଗରଦ୍ୱୀପକୁ, କୁହନା ?"

– "ତମର ସ୍ମୃତି ଫେରି ଆସିଲେ ମୁଁ ନିଶ୍ଚିତ ତମକୁ ସାଗରଦ୍ୱୀପ ନେଇ ବୁଲେଇ ଆଣିବି । କହିଲ- ତମର କ'ଣ କିଛି ମନେ ପଡୁନି ପୂର୍ବକଥା ? ତମର ଜଣେ ପିଲାଦିନର ସାଂଗ ଥିଲା, ତା' ନାଆଁ ଅନୁପମା ।"

– "ପିଲାଦିନର ସାଂଗ..ଅନୁପମା ? ନା, ମୋର କଛି ମନେ ପଡୁନି । କୁହନା ତମେ କ'ଣ ଜାଣିଛ ?"

– "କହିବି, ସବୁ କହିବି । ଏହି...ଗାଡ଼ିର ଶବ୍ଦ ଶୁଭିଲାଣି । ମାଡାମ୍ ଆସିଗଲେ...ତମେ ଯାଅ, ମୁଁ ଯାଉଛି ।"

ତରତର ହୋଇ ରୋଷେଇ ଘରକୁ ପଶିଗଲା ଚପଳା ।

ଗାଡ଼ିରୁ ଓହ୍ଲାଇ ଫୁର୍ତ୍ତି ମନରେ ଆଗେଇ ଆସୁଥିଲା ନିବେଦିତା । ଆଜି ବେଶ୍ ଚହଟ ଚିକ୍‌କଣ ଦିଶୁଛି ସେ । ବିଉଟି ପାର୍ଲରରୁ ସିଧା ମେକ୍‌ଅପ୍ ନେଇ ଫେରିଚି ପରା । ଗଭାରେ ଗଜରା, ହାତରେ ଗୋଲାପର ତୋଡ଼ା । କ'ଣ କି ଆଜି? ଏତେ ରୋମାଣ୍ଟିକ୍ ?

ଅନୁପମ ଓରଫ ଅନୁଭବ ଚାହିଁ ରହିଥିଲେ ନିବେଦିତାଙ୍କ ଆଗମନକୁ । ତାଙ୍କର ଆଜିର ଏ ଚମତ୍କାର ବେଶ ବିନ୍ୟାସକୁ ।

– 'ତମେ ଏଠି ଏକା ଛିଡ଼ା ହୋଇ କାହାକୁ ଦେଖୁଛ ?' ପ୍ରଶ୍ନ କଲା ନିବେଦିତା ।

– "ତମକୁ! ତମେ ଆଜି ଖୁବ୍ ରୋମାଣ୍ଟିକ୍ ରୋମାଣ୍ଟିକ୍ ଲାଗୁଛ ନିବେଦିତା! ରିଏଲୀ ।"

– 'ସତେ! ତେବେ ତ ଜମିଗଲା । ଆସନା...!'

ଅନୁପମଙ୍କ ହାତ ଧରି ଟାଣିଟାଣି ନେଇଗଲା ବେଡରୁମ୍‌କୁ । କିନ୍ତୁ ଅନୁପମ କିଛି ବୁଝି ପାରୁନଥିଲେ ନିବେଦିତାଙ୍କ ଭାବଭଂଗୀର ଇସାରା ।

– "ଅନୁପମ, ସରି ଅନୁଭବ, ତମେ ଠିକ୍ ଅଛତ ? ମାନେ ଫିଟ୍ ?" ଉତ୍ସୁକତାର ସହ ପ୍ରଶ୍ନକଲା ନିବେଦିତା ।

– "ଇଏସ, ମୁଁ ଆଜି ସଂପୂର୍ଣ୍ଣ ଫିଟ୍ ହେଇ ଯାଇଛି । ମୋର ଆଉ ମୁଣ୍ଡରେ ବ୍ୟଥା ନାହିଁ । ସତରେ ନିବେଦିତା, ତମର ସେବା ମୋତେ ନୂଆ ଜୀବନ ଆଣି ଦେଇଛି । ସେ ଡକ୍ଟର ବନ୍ଧୁ ଅନୁରାଗ ବାବୁ ଆଜି ଆସି ନାହାନ୍ତି ?"

– "ଆଜି ସନ୍‌ଡେ । କାଲି ଆସିବେ । ଆସ, ଏଇଠି ବସ । ଏଇ ଆଲବମ୍‌ଟି ଖୋଲି ଦେଖ ଆଉ କୁହ କେମିତି ହେଇଛି ?"

ଆଲବମ୍, ଯେଉଁଥିରେ ଥିଲା ନିବେଦିତାଙ୍କ ସର୍ଟ ଡ୍ରେସର ଅନେକ ପୋଜ୍ ଦିଆ ଫୋଟ । ପୃଷ୍ଠାପରେ ପୃଷ୍ଠା ଖୋଲି ଦେଖି ଚାଲିଲେ ଅନୁପମ । ମୁହଁରେ ତାଙ୍କର ଫୁଟି ଉଠୁଥିଲା ବିକୃତି ଓ ବିତୃଷ୍ଣାର ବିମୁଖତା ।

ଡ୍ରେସିଂଟେବୁଲ ମିରର ସାମ୍ନାରେ ଛିଡ଼ାହୋଇ ନିଜକୁ ଦେଖୁଥିଲା ନିବେଦିତା । ଆଜି ବିଉଟି ପାର୍ଲରର ଲେଡି ମିସ୍ 'ଡାନି' ବାଃ, ତାକୁ ଏକାବେଳେ ଫ୍ରେସ୍ ଏଣ୍ଡ ଫେୟାର କରି ଛାଡ଼ି ଦେଇଛନ୍ତି । କି ଚମତ୍କାର ଲାଗୁଛି ଆଖିର ସୁରମା, ଓଠର ଲିପ୍‌ଷ୍ଟିକ୍ ଆଉ ହେୟାର ଷ୍ଟାଇଲ, ଇତ୍ୟାଦି ଇତ୍ୟାଦି । ଆପାଦ ମସ୍ତକ, ଆଗ ପଛ ନିଜକୁ ତନଖି କରି ନେବାପରେ ପାଟିରୁ ବାହାରି ପଡ଼ିଲା 'Ok !'

ସଂଜ ଗଡ଼ି ରାତ୍ରି ଘନେଇ ଆସୁଛି । ଅନ୍ଧକାର ଯେତେ ବହଳ ହେଉଛି, ନିବେଦିତାଙ୍କ ଦେହର ତାତି ସେତେ ବଢ଼ି ବଢ଼ି ଯାଉଛି । ଏତେଦିନ ପରେ ଆଜି ସେ ନିଜର ପ୍ରେମ-ପୁରୁଷଙ୍କୁ ପ୍ରାଣଭରି ଉପଭୋଗ କରିବାପାଇଁ ନିଜକୁ ସମର୍ପି ଦେବ । ମନ ଯେଉଁଠି ଥରେ ମିଶିଯାଇଛି ସେଠି ଦେହଟାକୁ ମିଶେଇବାରେ ଆପତ୍ତି କାହିଁକି ? କାହିଁକି ଏତେ ପ୍ରତୀକ୍ଷା ? ଆଜି ହିଁ ସେ ଦୀର୍ଘ ପ୍ରତୀକ୍ଷାର ପଡ଼ିବ ପୂର୍ଣ୍ଣଚ୍ଛେଦ । ଦୁଇଟି ଦେହ ଏକ ହେଇଯିବ ।

ହସିଉଠିଲା ନିବେଦିତା ପ୍ରେମ ପାଗଳିନୀ ପରି ।

– 'ହସି ଉଠିଲ ଯେ ?' ପ୍ରଶ୍ନ କଲେ ଅନୁପମ ।

– "ଆରେ ନିଜ ପ୍ରେମିକକୁ ଏତେ ପାଖରେ ପାଇ କେମିତି ହସିବିନି କହିଲ ? ଅନେକ ଦିନ ଆଖିରୁ ବିରହର ଅଶ୍ରୁ ଝରେଇ ନିରବରେ କାନ୍ଦିଛି । ଆଉ ନୁହେଁ ।"

– 'ନିବେଦିତା !'

– "କ'ଣ ଆଲବମଟି ସୁନ୍ଦର ହେଇଛି ନା ? ବହୁତ ରୋମାଣ୍ଟିକ୍ ଲାଗିଥିବ ତମକୁ ? ଖୁବ୍ ସେକ୍‌ସୀ ?"

– "ଇସ୍ ଅଶ୍ଳୀଳ ! ଏତେ ନଗ୍ନ ତୁମେ ହେଇପାର ନିବେଦିତା ?"

– "ହ୍ୱାଟ୍ ନଗ୍ନ ? ହାଃ-ହାଃ-ହାଃ... ! ଆରେ ନାରୀର ଯଉ ନଗ୍ନତା ପାଇଁ ଦୁନିଆ ପାଗଳ, ନଗ୍ନ ଅଙ୍ଗ ପ୍ରଦର୍ଶନ କରି ଯଦି ସମାଜର ଝିଅମାନେ ରାତାରାତି ଷ୍ଟାର ପାଲଟିଯାଉଛନ୍ତି ଆଇ ମିନ୍ ବିଉଟୀଷ୍ଟାର, ସେଠି ତମେ ...ଓ, ନୋ, ତମେ ଏତେ ବେକୱାର୍ଡ଼ ହେଲେ ଚଳିବନି ମାଇଁ ଡିଅର !"

ନିବେଦିତା ବସିପଡ଼ିଲେ ଅନୁପମଙ୍କ କୋଳରେ । ଆଉ ତାଙ୍କ ଅଧରରେ ଚୁମ୍ବନଟିଏ ଆଙ୍କି ଦେଇ ମାଗିଲେ ପ୍ରତିଦାନ । ମୁଖକୁ ବଳପୂର୍ବକ ନୁଆଁଇ ଆଣି ନିଜ ଗାଲ ଉପରେ ଯୋଖିଦେଲେ ଅନୁପମଙ୍କ ଅଧର ।

ବାଧ୍ୟହେଲେ ଅନୁପମ କୁଣ୍ଠିତ ସ୍ପର୍ଶଟିଏ ଆଙ୍କିଦେବା ପାଇଁ ।

ଆଧାଖୋଲା ଝରକା ଫାଙ୍କରେ ଦେଖୁଥିଲା ଚପଳା ।

– "ଆଃ..ନା !" ଆହତ ଚିତ୍କାର ସହ ନିଜ ମୁହଁ ବୁଲାଇନେଲା ଭିନ୍ନ ଦିଗକୁ । ଛାତି ତଳେ ଜଳି ଉଠିଲା ବେଦନାର ରଡ଼ନିଆଁ ।

ଗୋଲାପର ତୋଡ଼ାଟିକୁ ଅନୁପମଙ୍କ ହାତକୁ ବଢ଼ାଇ ଦେଇ-"ପ୍ଲିଜ୍ ମୋ'ର ଏହି ପ୍ରୀତିର ଛୋଟ ଉପହାରଟିକୁ ଗ୍ରହଣ କର ପ୍ରିୟତମ ।" ଧରେଇ ଦେଲା ତୋଡ଼ାଟିକୁ ଜୋର କରି । "ଦେଖି ପାରୁଛ, ତମ ଲାଗି ମୁଁ ଆଜି ରଜନୀଗନ୍ଧାର ଶେଯ ସଜେଇ ରଖିଛି । ମିଠା ଅତର ସିଞ୍ଚି ଦେଇଛି ମୋର ସାରା ଦେହ ଆଉ ଘର ସାରା । କିମିତି ମହମହ ଗନ୍ଧରେ ମହକି ଉଠୁଚି ଆଜିର ଏ ଅଭିସାର ରଜନୀ ! ଆମ ମିଳନର ମଧୁ-ମଦିର ଲଗ୍ନ । ଆସ, ଆମର ଦୀର୍ଘ ପ୍ରତୀକ୍ଷିତ ବାସରକୁ ସାକାର କରିବା ।"

ଅନୁପମଙ୍କୁ ଟାଣିନେଲା ନିବେଦିତା ବିଛଣା ଉପରକୁ । ଚିତ୍ ହୋଇ ପଡ଼ିଗଲା ସେ ଆଉ ଅନୁପଙ୍କୁ ନିଜ ଛାତି ଉପରକୁ ଝିଙ୍କିନେଇ ଭିଡ଼ି ଧରିଲା ନିବିଡ଼ ଭାବରେ ।

ବିତିଗଲା କିଛିକ୍ଷଣ ଏକାଂତ ନୀରବ-ନିଶ୍ଚଳ ସ୍ଥିତିରେ ।

"କି ଆଶ୍ଚର୍ଯ୍ୟ ! ଅନୁପମଙ୍କ ଦେହରେ ଆଦୌ ଶିହରଣ ଆସୁନି । ରୋମାଞ୍ଚ ଫୁଟୁନି । ଦେହମନରେ ଯେମିତି ଶାଂତ ଶୀତଳତା ରାଜ କରୁଛି । ଶୀଥିଳ ପୁରୁଷତ୍ୱ ଆଜି ହେଇ ଉଠୁନି ସ୍ପର୍ଶକାତର ! ମାନସିକ ଆଘାତ ତାଙ୍କ ସ୍ମୃତି ସହିତ ପୁରୁଷତ୍ୱକୁ ଏକପ୍ରକାର ସମାପ୍ତ କରିଦେଇଛି ବୋଧହୁଏ ?"-ଭାବୁଛି ନିବେଦିତା ।

ନିବେଦିତାକୁ ଠେଲିଦେଇ ଉଠି ଆସିଲେ ଅନୁପମ ।

– "ତମେ ଏ କ'ଣ କରୁଛ ନିବେଦିତା ?"

"ଯାହା ମୋର ବହୁତ ଦିନ ଆଗରୁ କରିବାର ଥିଲା । ତମପରି ଦୁର୍ବଳ ପୁରୁଷଙ୍କ ଉପରେ ବଳ ପ୍ରୟୋଗ । କିଂତୁ ଆଜି ତମକୁ ମୋର ବୋଲ ମାନିବାକୁ ହେବ । ତମକୁ ମୋର କ୍ଷୁଧା-ତୃଷ୍ଣା ମେଣ୍ଟେଇ ସବୁଦିନ ପାଇଁ ମୋର ହେଇଯିବାକୁ ପଡ଼ିବ । ଆସ, ଆସ ଅନୁପମ !"

କାମ ଉନ୍ମାଦିନୀ ନିବେଦିତା ଉଠି ଆସି ଜୋର୍‌କରି ଠେଲିଦେଲା ବିଛଣା ଉପରକୁ । ଚିତ୍ ହୋଇ ପଡ଼ି ଜଡ଼ବତ୍ ଚାହିଁ ରହିଲେ ଅନୁପମ । ନିବେଦିତା ସତରେ କ'ଣ କରିବାକୁ ଯାଉଛି ?

ଧୀରେ ଧୀରେ ନିଜ ଅଂଗରୁ ବସ୍ତ୍ର ଖୋଲିବାକୁ ଲାଗିଲା ନିବେଦିତା ଗୋଟିଏ ପରେ ଗୋଟିଏ । ଆଉ ଆସି ଛିଡ଼ାହେଲା ଅନୁପମଙ୍କ ସାମ୍ନାରେ ।

– "ଦେଖ, ଦେଖ ମୋତେ ! କ'ଣ ତମ ଦେହରେ କିଛି ବି ଉତ୍ତେଜନା ସୃଷ୍ଟି ହେଉନାହିଁ ?"

ଅନୁପମ ଦେଖୁଥିଲେ -ତାଙ୍କ ଆଖି ସାମ୍ନାରେ ଛିଡ଼ା ହେଇଛି ସଂପୂର୍ଣ୍ଣ ବିବସ୍ତ୍ରା, ନଗ୍ନଜାନୁ....ପରିପୂର୍ଣ୍ଣ ଯୌବନା ଯୁବତୀ- "ଆଃ, କି ଅଶ୍ଳୀଳ । ଘୁଞ୍ଚିଯାଅ !" ମୁହଁ ବୁଲାଇ ନେଲେ ଅନୁପମ !

– 'ହ୍ୱାଟ ? ଘୁଞ୍ଚିଯିବି ? ହାଃ-ହାଃ-ହାଃ... !'

ଲଂଫଦେଲା ଅନୁପମଙ୍କ ଉପରକୁ ଆଉ ଭିଡ଼ିଧରି ନଖ-ଦନ୍ତମୁନରେ କ୍ଷତବିକ୍ଷତ କରିଚାଲିଲା ଅନୁପମଙ୍କ ସାରା ଦେହଟାକୁ ଯେପରି ବାଘୁଣୀଟିଏ ଖିନ୍‌ଭିନ୍ କରୁଛି !

ଝରକାର ଫାଙ୍କ ଦେଇ ସବୁକିଛି ଦେଖୁଥିଲା ଚପଳା । ସହି ପାରିଲାନି ସେ । ଅସହ୍ୟ ଯନ୍ତ୍ରଣାରେ ଜଳି ଉଠିଲା ତାର ସର୍ବାଂଗ । ଚିତ୍କାର କରି ଉଠିଲା ସେ ଉନ୍ମାଦିନୀ ପରି ।

– "ଆଃ..ନା !"

ବାରମ୍ବାର ବିଧା ପରେ ବିଧା ବାଡ଼େଇ ଚାଲିଲା ଗୃହର ରୁଦ୍ଧ ଦ୍ୱାର ଦେଶକୁ । ଅସ୍ତବ୍ୟସ୍ତ କରିଦେଲା ନିବେଦିତାକୁ ସେ ।

କାଳନାଗୁଣୀ ପରି ଫଁ ଫଁ ହୋଇ ଉଠିଆସିଲା ଯୌନ ଉନ୍ମାଦିନୀ ନିବେଦିତା ଆଉ କବାଟକୁ ଖୋଲିଦେଇ ଚପଳା ଗାଲରେ ବସାଇଦେଲା ଠୋ-କରି ନିର୍ମମ ଚାପୁଡ଼ାଟାଏ । ଗର୍ଜି ଉଠିଲା-

– 'ସଟ୍ ଅପ୍ !'

– 'ଆଃ !', ତଳେ କଚାଡ଼ି ହେଇ ପଡ଼ିଲା ଚପଳା !

ନିବେଦିତା କ୍ରୋଧ ଜର୍ଜରିତ ହେଇ ଉଠି ଚଢ଼ି ପଡ଼ିଲା ଛାତି ଉପରେ ।

– "ମୁଁ ଆଜି ତୋତେ ଶେଷ କରିଦେବି ।" ଚପଳାର ତଣ୍ଟି ଚିପିଧରିଲା ନିବେଦିତା । 'ଆଃ.... !' ଚିତ୍କାର କରି ଉଠିଲା ଚପଳା, ଧାଇଁ ଆସିଲେ ଅନୁପମ । ଚପଳା ଉପରୁ ନିବେଦିତାକୁ ଝିଙ୍କିନେଲେ ଆଉ ତାର ଗାଲରେ ବସାଇ ଦେଲେ ଶକ୍ତ ଚାପୁଡ଼ାଟାଏ । ଛିଟିକି ପଡ଼ିଲା ନିବେଦିତା । ଆହତ ବାଘୁଣୀ ପରି ଅଗ୍ନି ନେତ୍ରରେ ଚାହିଁ ରହିଲା ଅନୁପମକୁ । ଉଠି ଆସି କଂପି ଉଠିଲା-

– "ଇଉ, ତମେ ମୋତେ ମାରିଲ ? ମୋତେ ? ?"

ଗୃହ ଭିତରର ଆସବାବ ପତ୍ର ଟାଣିଓଟାରି ଫିଙ୍ଗିବାକୁ ଲାଗିଲା ଏଣେ ତେଣେ । ଯେପରି ସବାରହେଇଚି ଗୋଟେ ଯୌନରାକ୍ଷସୀ ତା ଉପରେ ! ସେତିକିରେ ଶାଂତ ହେଲାନାହିଁ କ୍ରୋଧ । ଫୁଲକୁଣ୍ଡଟାକୁ ଉଠାଇ ଆଣି ଅନୁପମଙ୍କ

ମୁଣ୍ଡ ଉପରେ ପ୍ରହାର କରିବାକୁ ଉଦ୍ୟତ । ଅନୁପମଙ୍କୁ ଠେଲିଦେଲା ଚପଳା । ପ୍ରହାରଟି ବାଜିଲା ତା' ନିଜ ମୁଣ୍ଡରେ । ଚିତ୍କାର କରି ତଳେ ପଡ଼ି ମୂର୍ଚ୍ଛିତା ହୋଇଗଲା ଚପଳା । ସମତାଳରେ ଚିତ୍କାର କରି ଉଠିଲା ନିବେଦିତା, ଗଗନଫଟା ଚିତ୍କାର ଆଉ ବିଛଣାରେ ଗଛ କାଟିଲାପରି ଚିତ୍ ହୋଇ ପଡ଼ି ମୂର୍ଚ୍ଛାଗଲା ସେ । ଉଭୟ ମୂର୍ଚ୍ଛିତା । ଜଣେ ଶକ୍ତ ଆଘାତ ଜନିତ ବେଦନାର ବିଚ୍ଛୁରଣରେ, ଆଉ ଜଣେ ଅତ୍ୟଧିକ ଉଦଗ୍ର ଯୌନ ଉନ୍ମାଦନାର ବିସ୍ଫୋରଣରେ ।

– "ଚପଳା !" ଚିତ୍କାର କରି ଉଠିଲେ ଅନୁପମ ।

ଚପଳାର ଚିତ୍କାର ଯେମିତି ତାଙ୍କ ଅନ୍ତରାତ୍ମାରେ ପ୍ରତିଧ୍ୱନିତ ହେଉଥିଲା । ଚପଳା ଉପରେ ଆଘାତର ସବୁ ଯନ୍ତ୍ରଣା ଯେପରି ସେ ହିଁ ଅନୁଭବ କରୁଥିଲେ । ବ୍ୟାକୁଳିତ ପ୍ରାଣରେ କୋଳେଇ ଧରିଲେ ଚପଳାକୁ ।

– "ଚପଳା, ତମର କ'ଣ ହେଲା ଚପଳା ? ଉଠ, ଉଠ ଚପଳା । ଏଁ, ତମ ମୁଣ୍ଡ ଫାଟି ରକ୍ତ ଝରୁଛି । କାହିଁକି ଏମିତି କଲ ତମେ ? ମୋତେ ବଂଚାଇବାକୁ ଯାଇ..ନାନା, ମୁଁ ତମର କିଛି ହେବାକୁ ଦେବିନି ।" ଦୁଇ ବାହୁରେ ଚପଳାକୁ ଟେକିନେଲେ ଅନୁପମ ।

ରକ୍ତ ଝରୁଥିଲା ଚପଳାର ସିନ୍ଥିରେ ସିନ୍ଦୂରର ରେଖାଟିଏ ହେଇ !

॥ ୪୧ ॥

ଚପଳାର ଚେତା ଫେରି ଆସିଚି ।

ଫେରିଛି ତାର ସ୍ମୃତି । ନିବେଦିତାର ସେହି ଶକ୍ତ ପ୍ରହାର ତାକୁ ଦେଇଚି ଏଇ ଉପହାର !

'ଅନୁପମ' 'ଅନୁପମ' କହି ଖାଲି ବିଳିବିଳେଇ ହେଉଛି ସେ । ପାଖରେ ଜଗି ବସିଛନ୍ତି ଅନୁପମ ଓରଫ୍ ଅନୁଭବ । ସାରାରାତି ।

ଏ ଯାଏ ରାତି ପାହିନି !

କ'ଣ କରିବେ ? ଚପଳା ଯେ ତା' ଅନୁପମଙ୍କୁ ଖୋଜୁଛି ? ଏବେ ଅନୁପମଙ୍କୁ କେଉଁଠୁ ଆଣିଦେବେ ତାକୁ ? ଅନୁପମଙ୍କୁ ନପାଇ ସେ ଯଦି ସକ୍‌ଡ ହେଇଯିବ, ତେବେ ? ନାନା- ମୋତେ ହିଁ ଅନୁପମର ଅଭିନୟ କରିବାକୁ ପଡ଼ିବ !

– "ଆଃ, ଅନୁପମ । ଅନୁପମ ! ତୁମେ କେଉଁଠି ଅନୁପମ ?" ଆଖି ବନ୍ଦ ଥିଲା ଚପଳାର । ଯନ୍ତ୍ରଣାରେ ଛଟପଟ ହେଉଥିଲା ସେ ।

– 'ଚପଳା, ଚପଳା !'

– "ନା, ମୁଁ ଚପଳା ନୁହେଁ । ମୁଁ ଅନୁପମା ।"

– 'ହଁ, ହଁ ତମେ ଅନୁପମା !'

– "ମୋ' ଅନୁପମ କାହାନ୍ତି ? ଅନୁପମ !" ଆଖି ବନ୍ଦଥିଲା ଚପଳାର ।

– "ଏଇ ଦେଖ ମୁଁ ତମ ସାମ୍ନାରେ ବସିଛି । ତମ ପାଖରେ । ଆଖି ଖୋଲ ।"

ଧୀରେ ଆଖି ଖୋଲିଲା ଅନୁପମା । ଚାହିଁ ଦେଖିଲା, ସତରେ ଅନୁପମ ତା' ସାମ୍ନାରେ । ଆଖିରୁ ଝରିଗଲା ଅଶ୍ରୁଧାରା । ଅସ୍ଥିର ହୋଇ ଉଠିଲା ଓଷ୍ଠ ଯୁଗଳ । କଂପିତ ହେଇ ଉଠିଲା ବାହୁ ବଳୟ । ଆକୁଳିତ ଅନ୍ତରରେ ଉଠିଆସି ଅନୁପମଙ୍କ କୋଳରେ ଢଳିପଡ଼ି ଭିଡ଼ିଧରିଲା ବାୟାଣୀଟି ପରି । 'ଭୋ-ଭୋ' କରି କାନ୍ଦି ଉଠିଲା ସେ ! ସସ୍ନେହରେ କୋଳେଇ ଧରିଥିଲେ ଅନୁପମାଙ୍କୁ ଅନୁଭବ ।

– 'କାନ୍ଦନି, ମୁଁ ପରା ଅଛି । ତମ ଅନୁଭବ... !'

– "ଅନୁଭବ ?" ଦୂରେଇଗଲା ଅନୁପମା ଚମକି ଉଠି ।

– 'ସରି...ଅନୁପମ!' କାନ ଧରିନେଲେ ଅନୁପମ।

– 'ନାଇଁ!' ମୁହଁ ବୁଲାଇ ନେଇ- "ତୁମେ ଚାଲିଯାଅ। ଚାଲିଯାଅ ମୋ' ସାମ୍ନାରୁ। ମୁଁ ମୋ' ଅନୁପମକୁ ଚାହେଁ, ଅନୁଭବକୁ ନୁହେଁ।" କାନ୍ଦକାନ୍ଦ ହୋଇ ହୃଦୟର ବେଦନା ଉଦ୍‌ଗାର କରୁଥିଲା ଅନୁପମା।

– 'କି ଭୁଲ କଲି, କିପରି ସମ୍ଭାଳିବି ଏବେ ଏଙ୍କୁ ?' ପାଖକୁଯାଇ–

– 'ଅନୁପମା!'

– 'ଛୁଅଁନା ମୋତେ। ତମେ ଜଣେ ପରପୁରୁଷ।'

– "ଠିକ୍ କହିଚ। ତମ ପାଇଁ ମୁଁ ଜଣେ ପରପୁରୁଷ ହାଃ..ହାଃ...ହାଃ..!"

ହସୁ ହସୁ କାନ୍ଦିଉଠିଲେ ଅନୁପମ କେଉଁ ଏକ ଅବ୍ୟକ୍ତ ଅନ୍ତର ବେଦନାର ଦଂଶନରେ...!

ଗୃହ ଭିତରୁ ଶବ୍ଦ ଶୁଭିଲା। ସ୍ୱପ୍ନରେ ବିଳାପ କରୁଥିଲା ନିବେଦିତା, ପ୍ରତିହିଂସାର ଆର୍ତ୍ତ ବିଳାପ। ଚିତ୍କାର ଛାଡ଼ି କହୁଥିଲା–

– "ନା, ମୁଁ ତମକୁ ଛାଡ଼ିବିନି। ମୁଁ ତମକୁ ଶେଷ କରିଦେବି। ଜୀବନରୁ ମାରିଦେବି। ଆଃ...!"

ଦାନ୍ତ କଡ଼ମଡ଼ କରି ହିଂସ୍ର ଗର୍ଜନ କରିଉଠିଲା ନିବେଦିତା।

– 'ଅନୁପମ!' ଅନୁପମା ଭୟରେ ଥରିଉଠି ଭିଡ଼ିଧରିଲା ଅନୁପମଙ୍କୁ।

– 'ଭୟକରନି ଅନୁପମା। ମୁଁ ଅଛି ନା!'

– 'ସେ ଆମକୁ ମାରିଦବ...ମାରିଦେବ।'

"ନାଇଁ, ଆମର ସେ କିଛି କରି ପାରିବ ନାହିଁ। ଶୁଣ, ଆମକୁ ଏବେଠୁ ବାହାନା କରିବାକୁ ପଡ଼ିବ।" ସାନ୍ତ୍ୱନା ଦେଇ କହିଲେ ଅନୁପମ!

– 'ବାହାନା ?'

– "ଅଭିନୟ, ଖାଲି ଅଭିନୟ।"

– 'ଅଭିନୟ ?'

– "ତମେ ଅନୁପମା ନୁହଁ, ଚପଳା; ଆଉ ମୁଁ ଅନୁଭବ ନୁହେଁ, ଅନୁପମ। ଇଏସ୍... ?"

– "ଇଏସ୍!" ଅନୁପମଙ୍କ ହାତରେ ହାତ ମିଳେଇଲା ଅନୁପମା।

XXX

କାହାର ଉଷ୍ମ ସ୍ପର୍ଶରେ ନିଦ ଭାଂଗିଗଲା ନିବେଦିତାର। ଆଖି ଫିଟାଇ ଚାହିଁ

ଦେଖିଲା-ସକାଳର କଅଁଳ କିରଣ କେରାଏ ଝରକାର ଫାଙ୍କ ଦେଇ ଆସି ତା'ର କୋମଳ ଗଣ୍ଡଦେଶ ଉପରେ ଠୁଳ ହେଇ ରହିଚି !

– 'ଆଃ ..କି ଆରାମ !'

ଯେମିତି କିଏ ତାକୁ ଚୁମ୍ବନ ଦେଉଛି, ଅଶାଂତ ଚୁମ୍ବନ ! ଚମତ୍କାର ସ୍ୱାଦ ଆସ୍ୱାଦନ କରୁଥିଲା ସେ । ପଡ଼ି ରହିଥିଲା ଜଡ଼ପରି । ପିଉଥିଲା ନୈସର୍ଗିକ ସ୍ନିଗ୍ଧ ସାନ୍ନିଧ୍ୟର ଦିବ୍ୟ ମାଧୁରୀ ।

ସ୍ୱତଃ ଆଖି ବନ୍ଦ ହେଇ ଯାଇଥିଲା ତାର । ତଲ୍ଲୀନ ହେଇ ଉଠିଥିଲା କେଉଁ ଏକ ଆଲୌକିକ ଭାବ ତରଂଗରେ ।

– 'ନିବେଦିତା !'

ଅନୁପମଙ୍କ ଶ୍ରଦ୍ଧାପୂର୍ଣ୍ଣ ସମ୍ବୋଧନରେ ଉଠି ବସିଲା ସେ । ଦେଖିଲା ସାମ୍ନାରେ ଛିଡ଼ାହୋଇ ରହିଛନ୍ତି ଅନୁପମ । ଅନୁପମ ଆଜି ବେଶ୍ ଖୁସି ଥିବା ଲାଗୁଛନ୍ତି ।

– 'ଉଠ, ସକାଳ ହେଲାଣି ।'

ନିବେଦିତା ଚାହିଁ ଦେଖିଲା ଚାରିଆଡ଼ ଅସଜଡ଼ା ହେଇ ପଡ଼ିଛି । ଆସବାବ ପତ୍ର ସବୁ ଛିନ୍‌ଛତ୍ର; ଭାଂଗିରୁଜି ଚୁରମାର । ନିଜ ଦେହର ବସ୍ତ୍ର ଅବିନ୍ୟସ୍ତ । ବିପର୍ଯ୍ୟସ୍ତ ବେଶ-ବିନ୍ୟାସ । ପଲ୍ୟଙ୍କର ଆଇନାକୁ ଚାହିଁ କାନ୍ଦିଉଠିଲା ନିବେଦିତା ଅବୋଧ ଶିଶୁ ଭଳି । ନିବେଦିତାକୁ ନିଜ ବକ୍ଷକୁ ଟାଣିନେଲେ ଅନୁପମ ।

– 'ଅନୁପମ !' ଆବେଗ ବଶତଃ ଭିଡ଼ିଧରିଲା ଅନୁପମଙ୍କୁ ନିବେଦିତା । କାନ୍ଦିଉଠିଲା ସେ । ଯେମିତି ତା'ର ସବୁକିଛି ଶେଷ ହେଇଯାଇଛି !

ଧୀରେ ନିବେଦିତାଙ୍କ ଅଧର ଉପରକୁ ନିଜ ଅଧର ନୁଆଁଇ ଆଣୁଥିଲେ ଅନୁପମ ।

ଠେଲିଦେଇ - "ନାଇଁ, ଆଉ କାହିଁକି ? ଯାଅ, ତୁମେ ମୋ'ଠୁ ଦୂରେଇ ଯାଅ । ମୁଁ ତମଠୁ କଛି ଚାହେଁନା, କିଛିବି ନୁହେଁ । ମୁଁ ତମର କିଏ ?"

– 'ଏ କଥା ତମେ କହିପାରୁଛ ନିବେଦିତା ?'

– "କହିବିନି ? ତମ ମନକୁ ପଚାର । ତମେ କାଲି ମୋ' ସହିତ ଯାହା କରିଛ...ନାଇଁ ।"

ଉଠି ଚାଲିଯାଉଥିଲା ନିବେଦିତା ପଲ୍ୟଙ୍କରୁ । ଖସିପଡ଼ିଲା ଢାଙ୍କିହୋଇ ରହିଥିବା ପିନ୍ଧା ଶାଢ଼ୀଟି । ଲାଜ ଆଉ ସଂକୋଚରେ ଅସ୍ଥିର ହୋଇଉଠିଲା ସେ । ତଳୁ ଶାଢ଼ୀଟି ଉଠାଇବାକୁ ଚେଷ୍ଟା କରୁଥିଲାବେଳେ ଉଠାଇ ସାରିଥିଲେ ଅନୁପମ ।

– 'ରୁହ, ମୁଁ ତମକୁ ପିନ୍ଧାଇ ଦେଉଛି ।'

ଶାଢ଼ୀଟି ଯଥାରୀତି ପିନ୍ଧାଇ ଦେଉଥିଲେ ଅନୁପମ। କିଂକର୍ତ୍ତବ୍ୟ ବିମୂଢ଼ା ନିବେଦିତା ମୁଗ୍ଧ ନେତ୍ରରେ ଚାହିଁ ରହିଥିଲା ଅନୁପମଙ୍କୁ। ଭବୁଥିଲା- ଅନୁପମଙ୍କର ଏ କି ପରିବର୍ତ୍ତନ? କାଲି ଆଉ ଆଜି ଭିତରେ ଆକାଶ ପତାଳ। ସତରେ କ'ଣ ହେଇଛି ଏଙ୍କର? ଓ, ମୋର ରାଗ-ଅଭିମାନର ପ୍ରତିକ୍ରିୟା ତାଙ୍କ ଉପରେ ସିଓର୍ ପ୍ରଭାବ ପକେଇଚି। ସେ ଅନୁତପ୍ତ ହୋଇପଡ଼ିଚନ୍ତି ନିଶ୍ଚୟ ନିଜ ଭୁଲ ପାଇଁ। ଜଣେ ନାରୀ ପ୍ରତି ପୁରୁଷର ଏପରି ଅବହେଳା-ଉପେକ୍ଷା କ'ଣ ଅପରାଧ ନୁହେଁ? ଇଏସ୍, ଅପରାଧ। ସେଥିପାଇଁ ଦଣ୍ଡ ଭୋଗିବାକୁ ପଡ଼ିବ।

– "କ'ଣ ଭାବୁଛ?" ପ୍ରଶ୍ନକଲେ ଅନୁପମ।

– 'ନୋ, ସେ କିଛି ନୁହେଁ।' ଦୂରେଇ ଯାଉଥିଲା।

ହାତ ଟାଣି ଧରି-'କଛି ନୁହେଁ ମାନେ?'

– "ତମେ ଗୋଟାଏ ବୋଗସ୍, ୟୁସ୍‌ଲେସ୍, ଆଇ ମିନ ଡଲ୍ ବ୍ରେନ୍। ପୁରଷ ହୋଇ ନାରୀ ମନର ବେଦନା ବୁଝି ପାରନା।"

ନିବେଦିତାଙ୍କୁ ନିଜ ବକ୍ଷ ଉପରକୁ ଟାଣିନେଇ ଭିଡ଼ିଧରିଲେ ଅନୁପମ ଆଉ ନିବେଦିତାର ଗଣ୍ଡ ଦେଶରେ ଆଂକିଦେଲେ ଗଭୀର ଚୁମ୍ବନଟାଏ।

– "ଏବେ କି ସନ୍ଦେହ ଅଛି ମୋ' ପୁରୁଷତ୍ୱର ବୁଦ୍ଧିମତା ଉପରେ, ଉଁ?" ପ୍ରଶ୍ନିଲ କଟ୍ଟାକ୍ଷ।

– 'ଅନୁପମ ...ତମେ?' ଆଶ୍ଚର୍ଯ୍ୟ ଚକିତ ଥିଲା ନିବେଦିତା।

– "ହଁ ମୁଁ , ମୋ' ଭୁଲ ବୁଝି ପାରିଛି ନିବେଦିତା। ପ୍ଲିଜ୍ ଥରକପାଇଁ ମୋତେ କ୍ଷମା କରିଦିଅ।"

– "ନାଇଁ, କ୍ଷମା ନୁହେଁ ଶାସ୍ତି। ମୁଁ ତମକୁ ଶାସ୍ତି ଦେବି। ଦେଖିବି ତମ ଶିଥିଳ ପୌରୁଷ କିପରି ମୋ' ତୃଷ୍ଣାର ଦାହକୁ ଶାଂତ କରେଇ ନ ପାରିବ।" ଉଠି ଛିଡ଼ା ହେଲା।

ମନେ ମନେ କହି ହେଉଥିଲା ସେ- "ଇଏସ୍, ତମ ପୁରୁଷତ୍ୱକୁ ଫେରେଇ ଆଣିବା ପାଇଁ...ଯେତେ ତଳକୁ ମୁଁ ଖସି ଯିବାକୁ ପ୍ରସ୍ତୁତ ମିଷ୍ଟର! ୱେଟ୍।"

ଦ୍ରୁତ ବେଗରେ ଘରୁ ବାହାରିଗଲା ନିବେଦିତା।

ହସୁଥିଲେ ଅନୁପମ। କିଛି ଦୂରରୁ ହସୁଥିଲା ଅନୁପମା ଲୁଚେଇ ଲୁଚେଇ।

॥ ୫୨ ॥

ଗୌରୀକୁ ଖୋଜି ଖୋଜି ନୟାନ୍ତ ହେଲାଣି ଗୌର ।

ଗୌରୀର କିଛି ଖୋଜ ଖବର ନାହିଁ । କ'ଣ କରିବ କିଛି ବୁଦ୍ଧିବାଟ ଦିଶୁନି ତାକୁ । ଯେମିତି ଚଡ଼କ ପଡ଼ିଛି ତା' ମୁଣ୍ଡରେ ।

ଆଉ ଝୁମୁରୀ ମା'କୁ ପାଇ ବେଶ୍ ଖୁସି । ଦୁନିଆସାରା ସବୁ ଖୁସି ଯେମିତି କିଏ ଆଣି ଅଜାଡ଼ି ଦେଇଛି ତା' ହାତ ପାପୁଲିରେ । ହେଲେ ମନଟା ବେଳେବେଳେ ଅଥୟ ହେଇ ଉଠେ ସମରାଟା ଲାଗି । "ବାବା ! ମା', ତୁମେ କେଉଁଠି ?" ମୁହଁ ଶୁଖାଇ ନିଏ । କିଏ ଦେବ ସେମାନଙ୍କ ଠିକଣା ?

XXX

ଏଣେ ଗୌରୀ ଚାରିମାସର ଅନ୍ତଃସତ୍ତ୍ୱା ।

ଦେହ କ୍ରମଶଃ ଭାରି ଭାରି ଲାଗୁଛି । ଲାଜ କଥା କାହାକୁ କହିବ ? ଡକ୍ଟର ଯେ ରୁଦ୍ରପ୍ରତାପ ଓ ପ୍ରିୟମମ୍ବଦାଙ୍କୁ ଆଗରୁ କହିସାରିଛନ୍ତି ଏ ରହସ୍ୟ ଗୌରୀ ଜାଣେନା । ଗୌର ଲାଗି ଅସ୍ଥିର ହେଉଛି ମନଟା ଦିନୁଦିନ । କ'ଣ କରୁଥିବେ ? କେମିତି ଥିବ ତା' ମଲ୍ଲୀମା' ମାଉସୀ ?

ଶେଯରେ ଶୋଇ ଶୋଇ ଆଖିକୁ ଆଦୌ ନିଦ ଆସୁନି । ବାରବାର କଡ଼ ଲେଉଟାଇ ଜଳଜଳ ଖାଲି ଚାହିଁ ରହୁଛି । ଗୋଟିଏ ବିଛଣାରେ ପ୍ରିୟମ୍ବଦା । ଝିଅଟାକୁ ଜଗି ଶୋଉଛନ୍ତି ସେ ସେଦିନରୁ । ଝୁମୁରୀଠୁ ଗୌରୀ ବେଶି ଗେହ୍ଲା ତାଙ୍କର । ଝୁମୁରୀ ଚୁଲବୁଲି ହେଲେ ଗୌରୀ ଧୀର ଶାଂତ ଭାରି ନରମ ମିଜାଜର ଝିଅଟି ।

– 'ଗୌରୀ... !' ଧୀରେ ଡାକ ପକେଇଲେ ପ୍ରିୟମ୍ବଦା ।

– 'ହଁ ମାଆ !' ଜବାବ ଦେଲା ଗୌରୀ ।

– 'ତୁ ଶୋଇନୁ ?'

– 'ଆଖିକୁ ନିଦ ଆସୁନି ମାଆ ।'

– 'ଦେହ ଭଲ ଲାଗୁନି ?'

– 'ଭାରି ଭାରି ଲାଗୁଛି ।'

– 'ମୁଁ ଜାଣିଛି ।'

ଚମକି ପଡ଼ିଲା ଗୌରୀ । କ'ଣ ଜାଣିଛି ମା' ? ମା'-ବାବାଙ୍କୁ କ'ଣ କେହି କହିଛି ଏ କଥା ? କ'ଣ ଭାବୁଥିବେ ? ଭାରି ଲାଜ ଲାଜ ଲାଗିଲା ଗୌରୀକୁ । ଲାଜ ? ଲାଜ କାହିଁକି ? ସେତ ବିବାହିତା । ତା'ର ସ୍ୱାମୀ ଅଛି ।

– 'ଗୌରୀ !'

– 'ମାଆ... !'

– "ଆଲୋ, ମୁଁ ପରା ମା' । ଝିଅର ସୁଖ-ଅସୁଖ କଥା ମୁଁ ଜାଣି ପାରିବିନି ? ଡକ୍ଟର ଆମକୁ ସବୁ କହିଚନ୍ତି । ତୁ ଚିନ୍ତାକରନା ଝିଅ ? ଆମେ ଅଛୁ । ଏଠି ତୋର କିଛି ଅବହେଳା ହେବନି । ଖାଲି ଆମକୁ ଗୋଟେ ଦରକାର ।"

– କ'ଣ ମା' ?

– "ହୁଣ୍ଡୀଟା, ଆଲୋ ନାତି କି ନାତୁଣୀଟିଏ ।"

– 'ମାଆ !' ମୁହଁ ତଳକୁ କରିନେଲା ଲାଜରେ ।

– "କ'ଣ ଦବୁ ନା ନାହିଁ ? ନା ଆମକୁ ଛାଡ଼ି ଝୁମୁରୀଟା ପରି ତୁ ବି କୁଆଡ଼େ ଉଭାନ ହେଇଯିବୁ ?"

– "ତୁମେ ଏ କ'ଣ କହୁଚ ମାଆ ?"

– "ହଁ ଲୋ, ମୋର ତ ପୋଡ଼ା କପାଳ । ଥାଇ କରି ନାହିଁ । ହାଏ !" ଦୀର୍ଘଶ୍ୱାସଟାଏ ବାହାରିଗଲା ପ୍ରିୟମ୍ବଦାଙ୍କ ଅନ୍ତର ଥରାଇ । ଆଖି ଛଳଛଳ ହେଇ ଉଠିଲା ଅମାନିଆଁ ଲୁହର ଉଜାଣିରେ ।

ଉଠି ମା' ପାଖକୁ ଗୁଂଜି ହେଇଗଲା ଗୌରୀ ।

– "ତୁମେ କାନ୍ଦୁଛ ମା' ? ନାଇଁ କାନ୍ଦନି ।" ଲୁହପୋଛି ଦେଇ- "ମୁଁ ପରା ଅଛି...ତମ ଝିଅ ।" ଗୌରୀ ମୁଣ୍ଡ ଗୁଂଜିଦେଲା ପ୍ରିୟମ୍ବଦାଙ୍କ କୋଳରେ । ନିଜ ଝିଅ ପରି କୋଳେଇ ନେଲେ ପ୍ରିୟମ୍ବଦା ।

– "ସତେ ଲୋ ଝିଅ, ଏ ବୟସରେ ସବୁ ବାପା-ମା' ଚାହାନ୍ତି ଟିକିଏ କୋଳ ସୁଖ । ନାତି କି ନାତୁଣୀଟିଏ । ହେଲେ ..."

– "କ'ଣ ହେଲା ମା' ?"

– "ମୋର ବି ଗୋଟେ ପୁଅ ଥିଲା ।"

– 'ପୁଅ ?'

– "ହଁ ମା', ଆଜକୁ ପାଞ୍ଚ ବରଷ ହେଲାଣି, ସେ ତା' ବାବାଟା କଥାରେ ଅଭିମାନ କରି କେଉଁଆଡ଼େ ଚାଲିଯାଇଛି । ଅନୁ....।"

– 'ଅନୁ... ?'

– "ତା' ନାଆଁ ଅନୁପମ, ବହୁତ ପାଠ ପଢ଼ିଚି । କେଉଁଆଡ଼େ ଯେ ଚାଲିଗଲା ଖୋଜି ଖୋଜି କିଛି ସଂଧାନ ମିଳିଲାନି । ମନର କୋହକୁ ଛାତିରେ ଚାପି ଖାଲି ମରୁମରୁ ଜୀଇଁ ରହିଛି ମାଆ ।"

– "ଦୁଃଖ କରନି ମା' । ମୋ' ମନ କହୁଚି, ଯେଉଁଠି ଥିଲେ ବି ଭଲରେ ଥିବେ । ଦେଖିବ- ସେ ନିଶ୍ଚେ ଦିନେ ଫେରି ଆସିବେ ।"

– "ସତ କହୁଚୁ ? ତୋ' ତୁଣ୍ଡ ସତୁଣ୍ଡ ହେଉ । ସବୁ ତ ମୋ' ପୋଡ଼ା କପାଳରେ ମାଆ ।" ଆଖିରୁ ଲୁହ ପୋଛିଲେ ପ୍ରିୟମ୍ବଦା । "ହଉ ରାତି ବହୁତ ହେଲାଣି । ଟିକେ ଶୋଇପଡ଼ । ଦେହ ଅସୁଖ ଅଛି, ତାକୁ ବିଶ୍ରାମ ଦରକାର ।"

– "ଜମା ନିଦ ଆସୁନି ମା' !"

– "ନିଦ ଆସୁନି ? ଜ୍ୱାଇଁ ପୁଅଙ୍କ କଥା ମନେପଡୁଛି ? ପଢ଼ିବଲୋ ମା' । ଏ ବେଳରେ ପାଖଛଡ଼ା ହୁଅନ୍ତିନି । ତୁ ଚିନ୍ତାକରନି ମା' ! ତୋ' ବାବା ଖବର ରଖୁଚନ୍ତି, ନିଶ୍ଚିତ ଜ୍ୱାଇଁଙ୍କୁ ଖୋଜି ବାହାର କରିବେ । ଏଇ କଟକରେ ତ, ଆଉ କ'ଣ କୁଆଡ଼େ ହଜିଯିବେ ? ଆସିଲୁ ଆସିଲୁ, ମୋ' କୋଳରେ ମୁଣ୍ଡରଖି ଶୋଇପଡ଼ ତ !"

– "ନାଇଁ ମା', ତମେ କ'ଣ ରାତି ଉଜାଗର ହେବ ? ତମ ଦେହ ଖରାପ ହୋଇଯିବ । ମୁଁ ଶୋଇ ପଡୁଛି ।"

ଗୌରୀ ଆଖିବୁଜି ଶୋଇପଡ଼ିଲା ସୁନା ପିଲାଟି ପରି ।

ହସି ଉଠିଲେ ପ୍ରିୟମ୍ବଦା । କହିଲେ- "ହଉ, ମୋ' ପାଖକୁ ଟିକେ ଲାଗି ଆ, ମୁଁ ତୋ' ପିଠିରେ ହାତ ଥାପୁଡ଼େଇ ଶୁଆଇ ଦେବି ।"

ଗୌରୀକୁ ପାଖକୁ ଜାକିଆଣି ତା' ପିଠିରେ ହାତ ଥାପୁଡେଇ ଶୁଆଇବାକୁ ଚେଷ୍ଟା କଲେ ପ୍ରିୟମ୍ବଦା ।

କିଛି ଦୂରରେ ଛିଡ଼ାହୋଇ ଦେଖୁଥିଲେ ରୁଦ୍ରପ୍ରତାପ ମା'-ଝିଅଙ୍କର ଏହି ସ୍ନେହ ସରାଗ ।

– "ଓଃ ଗଡ୍ ! ଯାହାହେଉ ଏତେଦିନେ ପ୍ରିୟମ୍ବଦାଙ୍କୁ ଟିକେ ଖୁସି ହେବାର ଦେଖିଲି । ସତରେ ଏ ଝିଅଟି ଯଦି ଆମରି ହୋଇଥାନ୍ତା !" କୋହଟାଏ ଉଠିଲା ଅନ୍ତରରୁ । ଆଖିରେ ନାଚିଗଲା ଝୁମୁରୀର ଛବି ।

ଝୁମୁରୀ ଆଉ ଗୌରୀ -କେମିତି ସମ୍ଭବ ? ଏକା ପରିକା ଦି ଝିଅ । ସତରେ ଏମାନେ କ'ଣ ମୋର ସେହି ହଜିଲା ରତ୍ନ ? ଏମାନଙ୍କୁ ପାଇବାଠୁ ମୋର ମନ-ପ୍ରାଣରେ ଯେମିତି ମମତାର ଲହଡ଼ି ଉଠୁଛି । ରୁଦ୍ରପ୍ରତାପର ସବୁ ଦର୍ପ-ଦମ୍ଭ-ଅହମିକା-

ଆଭିଜାତ୍ୟ-ଷ୍ଟାଟସ୍ ସବୁକିଛି ମାଟିରେ ମିଶିଯାଇଛି । ଏଇତ ମଣିଷପଣିଆଁ । ଏ ଜୀବନରେ ଆଉ କ'ଣ ଅଛି ?

ରୁଦ୍ରପ୍ରତାପ ଆଜି ମର୍ମେ ମର୍ମେ ଅନୁଭବ କରୁଛନ୍ତି- ଜୀବନର ନିରୁତା ନିର୍ଯ୍ୟାସକୁ । ଅସଲ ରହସ୍ୟକୁ । ଗଛ ଗୋଟେ ଫୁଲ ଚାହେଁ, ଫୁଲରୁ ଫଳ ଫେର ଗଛ । ଏଇତ ଜୀବନର ଚକ୍ର ! ଏଇ ଚକ୍ରାକାର ଜୀବନ ଭିତରେ ଟିକେ ଶାଂତି ଆଉ ସନ୍ତୋଷ ଦରକାର ନା ? ହେଲେ ସବୁ ଥାଇ ଆଜି ଏଠି ଶାଂତି କାହିଁ ?

– "କେଉଁଠି ମୋ' ଝୁମୁରୀ ?"

॥ ୪୩ ॥

ସେଦିନୁ ଗୌର ଦାସ ଆଉ ଗାଁକୁ ଫେରିନି ।

ତା' ଆଖିରୁ ଲିଭିନି ପ୍ରତିଶୋଧର ନିଆଁ !

ହେଲେ ଯାହାପାଇଁ ସେ ନିଆଁରେ ଜଳି ଜଳି ମରୁଛି, ସେ କେଉଁଠି ? ତା' ପ୍ରାଣପ୍ରିୟା ଗୌରୀ !

– "ଗୌରୀ, କେଉଁଠି ଖୋଜିବି ତୋତେ ? ସେ ଦୁଷ୍ଟ କାଳିଆ କ'ଣ ତୋତେ ଫେର୍ ଉଠେଇ ନେଇଛି ? "ଓଃ ଭଗବାନ ! ମୋ' ଗୌରୀକୁ ରକ୍ଷାକର ।"

ସେହି ସହରତଳି ବସ୍ତିର ଛୋଟ ଚାଳି ଘରଟି ଭିତରେ ଶୋଇ ଶୋଇ ଛଟପଟ ହେଉଛି ଗୌର । ଯଉ କୁଡ଼ିଆ ଘର ଗୌରୀପାଇଁ ସ୍ୱର୍ଗ ପାଲଟି ଯାଇଥିଲା, ଆଜି ତାହା ତାକୁ ନର୍କ ପରି ଲାଗୁଛି । 'ହାଏ !', ହା-ହା-କାର କରିଉଠିଲା ଗୌରର ପ୍ରାଣପକ୍ଷୀ । 'ଗୌରୀ !' ବୁକୁତଳୁ ଫୁଟି ବାହାରି ଆସିଲା ବେଦନାର ଉଚ୍ଛ୍ୱାସଟାଏ ! ବନ୍ଦ ହୋଇ ଆସିଲା ଆଖି । ଝରୁଥିଲା ଅଶ୍ରୁ !

ଧୀର ପାଦ ଚାପିଚାପି କିଏ ଆସୁଚି !

ଏତେ ରାତିରେ ଫେର୍ ? ଘରର କବାଟ ଗୌରୀ ଯିବାଦିନୁ ଆଉଜା ହୋଇ ରିହଛି ଯେ ରହିଛି । କାହିଁକି କାହାପାଇଁ ସେ ଆଉ ଡରିବ, ବ୍ୟସ୍ତ ହେବ ? ଚୋର କି ତସ୍କର ଯିଏ ଆସୁଚି ଆସୁ । କ'ଣ ବା ଆଉ ଅଛି ତା' ପାଖରେ ? ତା' ଜୀବନର ଅମୂଲ ମାଣିକ ତ ହଜିଯାଇଛି !

କବାଟ ଖୋଲିଗଲା ।

– 'କିଏ ?' ଗୌର ଚମକି ଉଠି ପ୍ରଶ୍ନ କଲା ।

– 'ମୁଁ !'

– 'ଝୁମୁରୀ'

– 'ଚୁପ୍ ।'

କବାଟ ଧୀରେ ଆଉଜି ଦେଲା ଝୁମୁରୀ ।

ପାଖକୁ ଆସି ବସିପଡ଼ିଲା ଗୌରର ବିଛଣାରେ ।

ଧଡ଼ପଡ଼ ହେଇ ଉଠି ବସିଲା ଗୌର । ଏ କ'ଣ, ଏତେ ରାତିରେ ଲୁଚିଛପି ଝୁମୁରୀ ଆସିଚି କାହିଁକି ? ତା'ଠୁ ସେ କ'ଣ ଚାହେଁ ? ନା ନା, ତା' ହୃଦୟରେ ଗୌରୀକୁ ଛାଡ଼ି ଆଉ କାହାକୁ ସ୍ଥାନ ଦେଇ ପାରିବନି ସେ । ପାପ ହେବ, ମହାପାପ !

ଝୁମୁରୀ ଧୀରେ ପାଟି ଖୋଲିଲା-

– 'ଭିଣେଇ ଭାଇ !'

– "କ'ଣ ?"

– 'ଡରି ଯାଉଛ ?' ସ୍ମିତ ହସି ଉଠି- 'ନାଇଁ, ମୁଁ ବାଘୁଣୀ ନୁହେଁ ଯେ ତମକୁ ଖାଇଯିବି ।'

– 'ଝୁମୁରୀ !' କିଛି ବୁଝିପାରିଲାନି ଗୌର କଥାର ମର୍ମ ।

– 'ଦେଖିଲି, ତମେ ଶୋଇନ । ଶୋଇ ପାରୁନ ।'

– "ତୁ ବି କ'ଣ ଶୋଇନୁ ?"

– "କେମିତି ଶୋଇ ପାରିବି କୁହ ? ଏତେ ଘଟଣା ଘଟିଲା ପରେ ଆଖିକୁ କ'ଣ ନିଦ ଆସିବ ? ଆଚ୍ଛା କହିଲ !"

– 'କଉ କଥା ?'

– "ଗୌରୀ ନାନୀର କଥା ତମର ବହୁତ ମନେ ପଡୁଛି ନା ?"

ଆଖି ଛଳଛଳ ହୋଇ ଉଠିଲା ଗୌରର ।

– "ହଁ ଲୋ, ମୋ' ଗୌରୀ ଏବେ କେଉଁଠି ଅଛି ? କେମିତି ଅଛି... ?"

– "ଭାବିନିଅ, ମୁଁ ତମ ଗୌରୀ । ଏଇତ ତମ ପାଖରେ ଅଛି...ବାସ୍ !"

– "ତୁ ଏ କ'ଣ କହୁଚୁ ଝୁମୁରୀ ?" ଚକିତ ହେଇଉଠିଲା ଗୌର ।

– "ତମେ କହୁଥିଲ ନା, ମୁଁ ଠିକ୍ ତାରି ପରି ଦେଖିବାକୁ ।"

– "ହଁ ଠିକ୍ ମୋ' ଗୌରୀ ପରି । ହେଲେ..."

– "ହେଲେ ଆଉ କ'ଣ ? ଆଜିଠୁ ମୁଁ ତମ ଗୌରୀ ହେଇଗଲି । ମୋତେ ଆଉ ଝୁମୁରୀ ବୋଲି ନ ଡାକି- ଗୌରୀ ଡାକିବ । କ'ଣ ରାଜି ?"

– "ତୁ କ'ଣ କହୁଚୁ, ମୁଁ କିଛି ବୁଝି ପାରୁନି ।"

– "ବୁଝିଯିବ, ବ୍ୟସ୍ତ ହୁଅନାହିଁ । ଆସିଲ-ଆସିଲ । ମୋ' କୋଳରେ ମୁଣ୍ଡରଖି ଶୋଇ ପଡ଼ିଲ । ଦେଖିବ କେତେ ସୁଖ ନିଦ ଆସିଯିବ ଆଉ ଶୋଇ ଶୋଇ ଦେଖିବ କେତେ ମିଠା ସପନ । ଆରେ ଆସନା... !"

ଗୌରକୁ ଟାଣିନେଇ ତା' ମୁଣ୍ଡକୁ ନିଜ କୋଳରେ ଜାକିଧରି ଶୁଆଇ ଦେଲା ଆଉ ତା' କଅଁଳ ହାତ ପାପୁଲିରେ ଆଉଁସିବାକୁ ଲାଗିଲା । କହିଲା-

– 'ଦିଅ ଏଥର ଶୋଇପଡ଼ । ଆଖି ବନ୍ଦକର ।'

– 'ଝୁମୁରୀ!'

– 'ପାଟିନାହିଁ, ଏକଦମ୍ ଚୁପ୍ ।'

ଝୁମୁରୀର ତାଗିଦ୍‌ରେ ପାଟି ଖୋଲି ପାରିଲାନି ଗୌର । ବାଧ୍ୟ ହେଲା ସେମିତି ଝୁମୁରୀ କୋଳରେ ମୁଣ୍ଡଗୁଂଜି ପଡ଼ି ରହିବାକୁ । ଏ କ'ଣ, ଠିକ୍ ଗୌରୀର କୋଳ ସୁଖପରି ଲାଗୁଛି । ଆଃ, କି ଶାଂତି ଝୁମୁରୀର ହାତପରଶ !

ଆଖିପତା ନଇଁ ଆସିଲା । ନିଘୋଡ଼ ନିଦରେ କେତେବେଳେ ଯେ ସେ ଶୋଇପଡ଼ିଛି ଜାଣି ପାରିନି ।

ରାତି ପାହିଲା । କୁଆ କା' ଡାକ ଦେଇ ଉଡ଼ିଗଲା ଚାଳରୁ ନଡ଼ିଆଗଛକୁ । ଧଡ଼ପଡ଼େଇ ଉଠିଲା ଗୌର । ଚାରିଆଡ଼କୁ ଚାହିଁ ଦେଖିଲା- 'କାହିଁ, ଏଠିତ କେହି ନାହାନ୍ତି ? କବାଟ ସେମିତି ଆଉଜା ହେଇ ରହିଚି ।' ଗଲା ରାତିରେ ତେବେ କ'ଣ ସ୍ୱପ୍ନ ଦେଖୁଥିଲା ଗୌର ?

– 'ଭିଣେଇ ଭାଇ, ଉଠ ।' କବାଟ ଠକ୍ ଠକ୍ କରି ଡାକ ପକେଇଲା ଝୁମୁରୀ ।

– 'ହଁ, ଉଠି ବସିଚି ।' ଜବାବ ଦେଲା ଗୌର ।

କବାଟ ଖୋଲି ପଶି ଆସିଲା ଝୁମୁରୀ । ପରିହାସ ଛଳରେ କହିଲା- "କ'ଣ, ସାରାରାତି ବାବୁଙ୍କର ଆଖିକୁ ନିଦ ଆସିନି କି, ନା ନିଘୋଡ଼ ନିଦରେ ଶୋଇ ଘୁଙ୍ଗୁଡ଼ି ମାରୁଥିଲ ?"

– 'ତୁ କେମିତି ଜାଣିଲୁ ?'

– "ହା-ହା-ହା, ଆରେ ମୁଇଁପରା ତମର ସେ ମାନେ ମୋ' ଗୌରୀ ନାନୀର ଭଉଣୀ । ତମର କଣ ହେବିଟି..ବୁଝି ପାରୁଛ ? ଶାଳୀ ! ଆଉ ଶାଳୀ-ଭିଣେଇର କଥା ତ ତମେ ଜାଣିଥିବ । ଆଉ କ'ଣ ବୁଝେଇଦେବି କାନ ଧରି ।"

ପାଖରେ ଆଣ୍ଠୁମାଡ଼ି ବସିପଡ଼ି ଗୌରର କାନ ଧରିଲା ।

– 'ଆଃ, ଛାଡ଼ !'

– "ନାଇଁ, ଜମା ଛାଡ଼ିବିନି । କୁହ ଆଗ !"

– "କ'ଣ ?"

– "ମୋତେ ଆଜି ବାଲିଯାତ୍ରା ବୁଲେଇ ନବ କି ନାହିଁ ?"

– "ବାଲିଯାତ୍ରା ! ନାରେ ବାବା ନା, ସେ ବାଲିଯାତ୍ରା ପଡ଼ିଆକୁ ଜୁହାର ।"

– "ଆରେ ବୋକ୍‌କା, ସେଠିକି ଗଲେ ଆମେ ଗୌରୀନାନୀକି ଖୋଜିବା, କାଳେ କିଛି ଖବର ମିଳିଯିବ ।"

– "ଫେର୍ ଯଦି ମୁଁ ତୋତେ ହଜେଇ ଦେବି ?"

ଭୁରୁ ନଚାଇ - "ଉଁ କ'ଣ ହୋଇଯିବ ସେଇଠୁ ?"

ଗୌର ନୀରବ ରହିଲା ।

– 'ଓ, ବୁଝିଗଲି ।'

– "କ'ଣ ବୁଝିଲୁ ?"

– "ଏଇ ଶାଳୀ ରତନଟି ପ୍ରତି ତମର ଟିକେ ଟିକେ ହେଲାଣି ।"

– "କ'ଣ ହେଲାଣି ?"

– "ପ୍ରେମ !"

– 'ଚୁପ୍‌କର ।'

– "କାହାକୁ ଚୁପ୍ କରଉଛୁ ପୁଅ ?"

ମାଉସୀ ପଶିଆସି ଦେଖିଲେ, ଗୌରର କାନ ଧରିଛି ଝୁମୁରୀ ।

– "ଆଲୋ ଏ କ'ଣ ?"

କାନ ଛାଡ଼ିଦେଲା ଝୁମୁରୀ । ଆଣ୍ଠୁମାଡ଼ି ବିସି ରହିଥିଲା କିନ୍ତୁ ପୂର୍ବପରି । ମାଉସୀ ଚିଡ଼ି ଉଠି–

– "ଆଲୋ ଏ କ'ଣ କରୁଛୁ ଚଗଲୀ ! ବଡ଼ ଭାଇଟାର କାନଧରି ପାଠ ପଢ଼ାଉଛୁ ?"

– "ହଁ, ହଁ, ଏଙ୍କୁ ପାଠ ନପଢ଼େଇଲେ ଏ ଜମା ବାଟକୁ ଆସୁନାହାନ୍ତି । ଉଁ ? କ'ଣ ଠିକ୍ କହିଲି ?" ଗୌର ପ୍ରତି ପ୍ରଶ୍ନିଳ ଇଂଗିତ ।

ଗୌର ଗାଲରେ ମୃଦୁ ଚାପୁଡ଼ାଟାଏ ଥୋଇ ଦେଇ ଦାନ୍ତ ଖତେଇ ମୁହଁମୋଡ଼ି ଉଠି ଚାଲିଗଲା ଝୁମୁରୀ । ଛଳଛଳିଲା ପାହାଡ଼ୀ ଝରଣାଟିଏ ନୃତ୍ୟଛଳରେ ଝରିଗଲା ଯେମିତି !

– "ଯାଃ ବାୟାଣୀଟା । ତା' କଥା ଜମାରୁ ଧରିବୁନି ପୁଅ । ତୋତେ ମୋ' ରାଣ ।"

– 'ମାଉସୀ !'

– "ହଁ, କହୁଥିଲୁ ପରା ଆମେ ଯିବା । ଆଉ ଉଛର କରୁଛୁ କାହିଁକି ? ଯା', ଗାଧୁଆ, ପାଧୁଆ ସାରି ବାହାରି ପଡ଼ । ମୁଁ ଝୁମୁରୀକୁ କହୁଛି କ'ଣ ଦି'ଟା ଜଳଖିଆ ବାଢ଼ିଦେବ । ଆଲୋ ଝୁମୁରୀ, ଝୁମୁରୀ !"

ଡାକି ଡାକି ଅଣ୍ଟିରେ ହାତଦେଇ ବାଡ଼ି ଠକ୍ ଠକ୍ କରି ଚାଲିଗଲା ମାଉସୀ ମା' ! ଗୌର ଆଶ୍ଚର୍ଯ୍ୟ ହେଇ ଚାହିଁ ରହିଛି । ଭାବୁଛି– "ଏ ସବୁ କ'ଣ ହେଉଛି ? ଏ

ମନଟା ମୋର ଗୌରୀକୁ ଛାଡ଼ି ଏ ଝୁମୁରୀ ପାଇଁ କାହିଁକି ଝୁମି ଉଠୁଚି ? ନାଇଁ ନାଇଁ... !"

ନିଜ କାନ ଧରି ଦି' ଚାପୁଡ଼ ଗାଲରେ କଷି ଦେଲା ଗୌର ।

– "ତୁ ଯେଉଁଠି ଥା ଗୌରୀ, ମୁଁ ତୋତେ ଆଜି ନିଶ୍ଚୟ ଖୋଜି ବାହାର କରିବି ।"

ତର ତର ହୋଇ ଉଠିଗଲା ଗୌର ।

।। ୫୪ ।।

ଗୌର କ'ଣ ଆଉ କେଦାର ହେଇଚି ଯେ ଗୌରୀ ଲାଗି ବାଘ ମୁହଁକୁ ଡେଇଁ ପଡ଼ିବ ? ସେ ତ ଜଣେ ସାଧରଣ ମଣିଷ । ତାର ଦେହ ଅଛି, ମନ ଅଛି, ବୟସ ଅଛି ।

ଜଣେ ଯୁବତୀ ପାଖରେ ଜଣେ ଯୁବକ ।

ନିଆଁ ପାଖରେ ଘିଅ କେତେ କାଳ ଆଉ ଟାଣ ହେଇ ରହି ପାରିବ ? ତରଳି ପଡ଼ିବା ସ୍ୱାଭାବିକ । ଏଥିରେ ଆଉ ପାପ କ'ଣ ? ପ୍ରେମର କବି ମାନସିଂ ପରା କହିଥିଲେ–

"ଯୁବକ ଯୁବତୀ ଧରମ ଏତ ବୟସ ଦାବି
ନୂଆ ଏଥି ଆଉ କି ଅଛି ଥରେ କହତ ଭାବି ?"

ଏଣେ ଝୁମୁରୀ ସମ୍ଭରାକୁ ଭୁଲି ଗୌର ଆଡ଼କୁ ଝୁଙ୍କି ପଡୁନିତ ? ବୟସ ଷୋହଳ ଯାଇ ସତର ପୂରିବାକୁ ବସିଲାଣି । ଛାତି ତଳୁ ତା' କଅଁଳ ଯୌବନ ଉଛୁଳି ଉଠୁଛି । ତାକୁ ଆନମନା କରୁଛି । ଫୁଲ ଖୋଜୁଛି ଭ୍ରମର । ଦିହ ମାଗୁଛି ଦିହଟିଏ । ତାହା ତ ତା'ର ହକ୍ । କେତେଦିନ ଆଉ ନିଜକୁ ମାଡ଼ିଜାକି ରଖିବ ? ନାନୀର ବର ହେଲାତ ହେଲା କ'ଣ ? ଶାଳୀ ଯେତେହେଲେ, ଭିଣେଇ ଉପରେ ଅଧିକାର ଅଛି ନା ।

ବାକି ଗୌରଭାଇଟା, କେମିତିକା ମଣିଷଟାଏ ! ପୂରା ମୁନି-ଋଷି । ନାଇଁ ତାଙ୍କ ଲାଗି ଏବେ ତାକୁ ମେନକା ସାଜିବାକୁ ପଡ଼ିବ ହଁ । ଝୁମୁରୀର ମନ ରାଇଜରେ ଏମିତି କେତେ କେତେ ଭାବନା-କାମନା ଫରଫର ପ୍ରଜାପତି ପରି ଉଙ୍କି ମାରନ୍ତି । ଉଚ୍ଛନ୍ନ ହେଇଉଠେ ଝୁମୁରୀର ମନ । ଅସମ୍ଭାଳ କରେ ତାକୁ ତା' ଉଉଳା ଯୌବନ ।

କ୍ଷୀର ଗ୍ଲାସଟେ ଧରି ପଶି ଆସିଲା ଝୁମୁରୀ ।

– 'ଝୁମୁରୀ !' ଚାହିଁ ରହିଲା ଗୌର । ଶିହରି ଉଠିଲା ଦିହ । ଦୁଷ୍ଟ, ଆଜି କିଛି ଝାମେଲା ଫେର୍ କରିବ ନାହିଁ ତ ?

– "ତମେ ଏ ଯାଏ ଶୋଇନ ! ଭଲ ହେଇଛି । ମୁଇଁ ତ ତାହାହିଁ ଚାହୁଁଥିଲି । ନିଅ, ନିଅ ଏଇ କ୍ଷୀର ଗ୍ଲାସଟା ପିଇଦିଅ । ଗରମ ଗରମ । ତେବେ ଯାଇ ଆଖିକୁ ଭଲ ନିଦଟାଏ ଆସିଯିବ । ନିଅ– !" ବଢ଼େଇ ଦେଲା କ୍ଷୀର ଗ୍ଲାସ ।

ଉପାୟ ନାହିଁ । ଝୁମୁରୀର ତାଗିଦ୍‌କୁ ଆଡ଼େଇ ଯିବାର ଏଡ଼େ ସାହସ ଗୌରର ବା ଆସିବ କୋଉଠୁ ? ଯେତେହେଲେ ଗୌରୀର ଭଉଣୀ ସେ । ଏଇ ଅଧିକାରର ଦାଉ ତ ତାକୁ ବରଦାସ୍ତ କରିବାକୁ ପଡ଼ିବ । ଏଣୁ ବାଧ୍ୟ ପିଲାଟି ପରି ଗ୍ଲାସଟି ଆଡ଼କୁ ହାତ ବଢ଼ାଇଦେଲା ଗୌର ।

– "ନାଇଁ, ମୁଁ ଆଜି ତମକୁ କ୍ଷୀର ପିଆଇ ଦେବି । ଆଁ କର ।" ପାଟିରେ ଗୁଂଜିଦେଲା ଗ୍ଲାସଟି ।

ଗୌର ପିଇଚାଲିଲା ନିର୍ବିକାର ଭାବରେ । ଯେମିତି ଗୋଟେ ମମତାର ହାତ ତା'ଜୀବନର ଯନ୍ତ୍ରଣାକୁ ପୋଛି ଦେବାପାଇଁ ସ୍ୱତଃ ଲମ୍ବି ଆସିଚି ତା' ପାଖକୁ । ବଡ଼ ବିଚିତ୍ର ଏ ଝୁମୁରୀ ଝିଅଟା । କେତେବେଳେ ତାକୁ ପ୍ରେମିକା ଲାଗୁଛିତ, ଆଉ କେତେବେଳେ ଯେମିତି କୁନିପିଲାର ସ୍ନେହମୟୀ ମା'ଟିଏ ।

କ୍ଷୀର ପିଇ ସାରିଲା ଗୌର । ଝୁମୁରୀ ନିଜ ଶାଢ଼ୀ କାନିରେ ଗୌରର ମୁହଁ ପୋଛିଦେଇ କହିଲା - "ଏବେ ଶୋଇପଡ଼ । ଆଜି ଗୌରୀନାନୀକୁ ଖୋଜି ଖୋଜି ଥକି ପଡ଼ିଥିବ ।"

– "ତୁ ଏବେ ଶୋଇବୁ ଯାଆ ଝୁମୁରୀ । ରାତି ବହୁତ ହେଲାଣି । ତେଣେ ମାଉସୀ ଖୋଜିବେ । ଯଦି..." କଥା ଛଡ଼ାଇ କହିଲା ଝୁମୁରୀ–

– "ସେ ଯଦି ଫଦି କିଛି ନାହିଁ । ତମ ମାଉସୀ ମାନେ ମୋର ମା' ମୋତେ ଫ୍ରି କରିଦେଇଛି । କହିଚି–"

– "କ'ଣ କହିଚି ?"

– "ତୋ' ଗୌର ଭିଣେଇ ଭାଇକୁ କୋଉ କଥାରେ ଊଣା ହେବାକୁ ଦେବୁନି । ନ ହେଲେ ଗୌରୀ ଝିଅର କଥା ମନେ ପକାଇ ଛୁଆଟା ମୋର କଷ୍ଟ ପାଇବ । ଶୁଣିଲ ତ, କୁହ ଏଥର ? ଆଉ ଏବେ ମୋତେ ଏଠୁ ଚାଲିଯିବା ଲାଗି କହିବ ?"

– 'ଝୁମୁରୀ !'

– "ସେ କଥା ହେଇ ପାରିବନି । ତମେ ଶୋଇଲ ଆଗ । ମୁଁ ପାଦ ଟିପି ଦେବି । ଗୋଡ଼ ଘଷିଦେବି । ମୋ' ନାନୀକୁ ଖୋଜି ଖୋଜି ବହୁତ ବ୍ୟଥା ହେଉଥିବ ନା ? ଶୁଅ ।" ଟାଣି ଶୁଆଇ ଦେଲା ଶେଯରେ । ଆଉ ବସି ଗୌରର ପାଦ ଟିପିବାକୁ ଲାଗିଲା ।

ସଂକୋଚ-ଲଜ୍ଜା ଗୌରକୁ ଆଉ ବିବ୍ରତ କରୁନି । ଏଇ କେଇଟା ଦିନ ଭିତରେ ଯେମିତି ତାକୁ ଆପଣେଇ ନେଇଚି ଝୁମୁରୀ ତା' ସ୍ନେହ-ମମତା ଆଉ ଅନାବିଳ

ସେବାଯତ୍ନରେ । କ'ଣ ଦେଇ ସେ ତା'ର ଏ ଋଣ ଶୁଝିବ ? ସତରେ ତା'ଠୁ କ'ଣ ଚାହେଁ ଝୁମୁରୀ ?

ଝିଅଟିଏ ପୁଅଟେ ଠାରୁ କ'ଣ ଚାହାନ୍ତା ? ଏଇ ଟିକେ ପ୍ରେମ ଆଉ ସୁଆଗ । ସେ କ'ଣ ତାକୁ ତାହା ଦେଇପାରିବ ?

ଭାବୁ ଭାବୁ ଆଖିପତା ନଇଁ ଆସୁଥିଲା ଗୌରର । ଝୁମୁରୀବି ଛାଇନିଦରେ ଝୁଙ୍କିହୋଇ ଟଳି ପଡୁଥିଲା ଗୌର ଉପରକୁ । ଚମକି ଉଠୁଥିଲା ଗୌର-କହୁଥିଲା

– "ଏ ଝୁମୁରୀ, ଏବେ ଯା' ଶୋଇବୁ । ମୋତେ ନିଦ ଆସି ଗଲାଣି । ମୁଁ ଏବେ ଶୋଇ ପଡ଼ିବି ।"

ଝୁମୁରୀ ବିଲବିଲେଇ ଉଠିଲା- "କାହିଁକି, ମୁଁ ତମ ପାଖରେ ରହିଲେ କ'ଣ କିଛି ଅଡୁଆ କରୁଛି ?"

– "ନାଇଁ ଲୋ, ସେ କଥା ନୁହେଁ । ତୋ' ଦେହ ଖରାପ ହେଇଯିବ ।"

– "ତମେ ଆଗ ସୁସ୍ଥ ରହିଲେ ହେଲା । ନହେଲେ ମୋ' ଗୌରୀ ନାନୀକି ଖୋଜିବ କିଏ ? ଥାଉ, ଚୁପ୍ ହେଇ ଶୋଇଲ ଆଗ । ମୋ' କଥା ମୁଁ ବୁଝିବି ।"

ଗୌର ଉପରକୁ ଆଉଜି ପଡ଼ି ତା' ଆଖିପତାକୁ ନିଜ ହାତ ପାପୁଲିରେ ଘୋଡ଼ାଇ ଦେଲା । 'ଶୁଅ ଏଥର ।'

ଗୌର ଶୋଇବ କ'ଣ ?

ଝୁମୁରୀର କଅଁଳ ଛାତିର ପରଶ ଗୌର ବୁକୁରେ ସୃଷ୍ଟିକଲା କଂପନ । ସାରା ଦେହରେ ଖେଳିଗଲା ଶିହରଣଟାଏ । ଅଥୟ କଲା ତାକୁ । କ'ଣ କରିବ କିଛି ଠିକ୍ କରି ପାରିଲା ନାହିଁ ।

ଝୁମୁରୀ ତା' ଆଖିକୁ ଜାକି ଧରି ଛାତି ଉପରେ ଅଜ୍ଞାତରେ ଲଦି ହୋଇ ପଡ଼ିଛି । ତା' ଦେହରେ ଏମିତି କିଛି ହେଉଛି କି ନା କିଏ ଜାଣେ ? ସରଳା ପାହାଡ଼ୀ ଝିଅ, ସ୍ପର୍ଶର କାତରତା, ପ୍ରୀତିର ମାଦକତା ସେ କ'ଣ ବା ବୁଝିବ ? ତାକୁ ଛାତି ଉପରୁ ଠେଲି ଦେଇ ପାରିଲାନି ଗୌର । ବରଂଚ ତାର ଦୁଇ ବାହୁ ପ୍ରସାରିତ ହୋଇଗଲା ଆଉ ଝୁମୁରୀକୁ ଠେଲିଦେବା ବଦଳରେ ଧୀରେ ଉଠାଇ ଭିଡ଼ିନେଲା ନିଜ ବକ୍ଷ ଉପରକୁ ।

– "ଆଃ, ତୁମେ ଏ କ'ଣ କରୁଛ ? ଛାଡ଼ !"

– "ରହ, କହୁଥିଲୁ ନା, ଏଇଠି ରହିଲେ ତୋର କିଛି ଅଡୁଆ ହେବନି । ହଁ, ଏଇଠି ଆଜି ସାରାରାତି ଏଇ ମୋ' ଛାତିରେ ଛାତି ଜାକି ତୁ ଶୋଇପଡ଼ । ଦେଖିବୁ ତୋତେ ବି ଖୁବ୍ ଭଲ ନିଦ ଆସିଯିବ ।"

ଝୁମୁରୀ ମୁହଁକୁ ନିଜ ମୁହଁ ଉପରକୁ ନୁଆଇଁ ନେଲା ଗୌର । ମନା କରିପାରିଲାନି

ଝୁମୁରୀ । ତା' ଅଧର ଶୀତେଇ ଉଠିଲା । ଛାତିରେ କେମିତିକା ଗୋଟେ ମିଠାମିଠା ପରଶର ମାଦକତା । ତା' ଯଉବନ-ଯମୁନାରେ କି ଆଜି ନୂଆକରି ଜୁଆର ଉଠୁଚି ?

ବିନା ପ୍ରତିବାଦରେ ମୁହଁରେ ମୁହଁ ରଖି, ଛାତିରେ ଛାତି ଜାକି ସୁନାଝିଅଟି ପରି ଶୋଇ ପଡ଼ିଲା ଝୁମୁରୀ । ଦଣ୍ଡେ ନୁହେଁ କି ପହରେ ନୁହେଁ, ସାରା ରାତି ।

ବାହାର ଅଗଣାରେ ବିଛୁଡ଼ିହେଇ ପଡ଼ିଥିଲା ତୋଫା ଚାନ୍ଦିନୀ କଇଁ ଫୁଲ ପରିକା ।

॥ ୫୫ ॥

ସବୁ ବିଧାତାଙ୍କର ଲୀଳା ।

ଗୌର ଜୀବନରୁ ଗୌରୀ ଦୂରେଇ ଗଲା ପରେ ଏ ଝୁମୁରୀ । ଏକୁ ଆଉ ହାତଛଡ଼ା କରିବାକୁ ଚାହୁଁନି ଗୌର । ଗୌରୀ ତା' ଜୀବନରେ ଯଉ ଶୂନ୍ୟତା ସୃଷ୍ଟି କରି ଦେଇଗଲା, ଝୁମୁରୀ କ'ଣ ସତରେ ସେ ଶୂନ୍ୟତାକୁ ପୂରା କରିପାରିବ ?

ଗୌର ମନରେ ଏ ଅବାନ୍ତର ପ୍ରଶ୍ନବାଚୀ କାହିଁକି ?

ଫେର୍ ଝୁମୁରୀ ତା' ସାଥିରେ ଛଳ କରିବ ନାହିଁତ ? ତାକୁ ଠକି ଚାଲିଯିବ ନାହିଁତ ? ଏଇ ଆଶଙ୍କା ଗୌର ମନ ଭିତରଟାକୁ ଘାଣ୍ଟି ପକଉଥିଲା । ଝୁମୁରୀଠୁ ସେ ବା କ'ଣ ଚାହେଁ ?

ଅନାବିଳ ସ୍ନେହପ୍ରୀତିର ସେ ତ ଏକ ଅମୃତ ପ୍ରତିମା । ନିରୀହା ସରଳା ଝିଅଟି; ଛଳଛଳ ବନ ଝରଣାଟିଏ ! ମାୟା-ମମତା ଛଡ଼ା ଛନ୍ଦ-କପଟ ସେ କ'ଣ ବୁଝେ ?

ଏତେଦିନର ମିଳାମିଶା ପରେ ବି କାହିଁ ଥରେ ହେଲେ ତ ମୁହଁ ଖୋଲି କହିନି ତା' ମନକଥା, ମାଗିନି ତା' ଦେହର ଦାୟ ? ଯୌବନର ଯାତନାକୁ ନିଜ ଭିତରେ ଭିତରେ ଚାପିରଖି ସେ ଖାଲି ଦେଇ ଚାଲିଛି ସ୍ନେହ-ପ୍ରେମ-ସେବା-ସାନ୍ନିଧ ସବୁକିଛି, ଯଉ ସଂପର୍କରେ ନାହିଁ ଆବିଳତା, ଟିକେ ବି କଳାଛାପ ।

ଦୁନିଆ ଯାହାକୁ ପାପ ବୋଲି କହେ ସେ ପାପ-ପ୍ରଣୟର ଖେଳସାଥୀ ହେବାକୁ ଚାହିଁନି କେବେ । ମାଟି ପରି ତାର ମନ । ପଥର ପରି ତା'ର ଦେହ । ସତରେ କି ଅଦ୍ଭୁତ ନାରୀ ସେ, ନାରୀ ନା ନାରାୟଣୀ (?) ଯିଏ ଅନ୍ୟର ବ୍ୟଥା ଭୁଲେଇବାକୁ ଯାଇ ନିଜକୁ ଛଟପଟ କରୁଛି, ଅନ୍ୟର ଓଠରେ ହସ ଫୁଟେଇବାକୁ ଯାଇ ନିଜ ଇଚ୍ଛାକୁ ମାରି ଚାଲିଛି ସଦାବେଳେ । ଝୁମୁରୀର ପାଦତଳେ ନଇଁ ଯାଉଛି ମଥା । ତାକୁ ମା' ବୋଲି ଥରେ ଡାକିବାକୁ ପ୍ରାଣ ବ୍ୟାକୁଳ ହେଇ ଉଠୁଚି ।

ଧନ୍ୟ ସେହି ଲଳିତା, ଯିଏ ରାଧା ହେବାକୁ କେବେ ଚାହିଁଲାନି । ରାଧା ଲାଗି ପ୍ରୀତିର ସବୁ ଉପଚାର ସଜାଡ଼ି ଦେଲା, ବାଢ଼ିଦେଲା ଯେତେ ପାଥେୟ ପ୍ରଣୟ ପଥର ।

ଗୌରର ଆଜି ମନେପଡ଼ି ଯାଉଛି କବି ରାଧାମୋହନ ଗଡ଼ନାୟକଙ୍କ କାଳଜୟୀ କବିତାର ସେହି ଅମର ପଙ୍କ୍ତି । ତା' କଣ୍ଠରୁ ଉଚ୍ଚାରିତ ହେଲା ସେହି ଝଂକାର-

"ଦିବା-ରଜନୀର ମଧ୍ୟେ ସଂଧ୍ୟା ଯେସନେ ଝଳିତା
ରାଧା-ମାଧବର ମଧ୍ୟେ ସୁନ୍ଦରୀ ଆଗୋ ଲଳିତା !
ପଥ କଣ୍ଟକ ବାଜି ଗୋ ବିକ୍ଷତ ତବ ଚରଣ
ରାଧିକା ନୁହଁ ତ ଦୂତିକା, କିପାଁ ଏତେ ବ୍ୟଥାବରଣ ?"

ପଛରେ ଛପି ଶୁଣୁଥିଲା ଝୁମୁରୀ । ଚିହିଁକି ଉଠି କହିଲା- "କ'ଣ ତମେ ଏକାବେଳେ କବି ପାଲଟି ଗଲନା କି ? ଆଃ, କେତେ ବଢ଼ିଆ ଲାଗୁଛେ ଗୀତଟା । ଆଚ୍ଛା, ଭିଣେଇ ଭାଇ, ମୋତେ ତାର ମାନେଟା ବୁଝେଇ ଦିଅନା ।"

– "ତୁ ସେ ସବୁ ବୁଝି ପାରିବୁନି ବୁଝିଲୁ ।"

– "କାହିଁକି ? ମୁଁ କ'ଣ ଏତେ ହୁଣ୍ଡୀଟା ହେଇଛି ଯେ । ମୁଇଁ ପାଠ୍ ପଢ଼ିଚି ଗୋ ! ଆମ ଗାଁରେ ଗୋଟେ ସ୍କୁଲ ଅଛି- ଜମନ୍‌କିରା ଜାଣିଛ ?"

– 'ହଁ, ହଁ ମୁଁ ଶୁଣିଛି ।'

– "ସେଇଠେ ସ୍କୁଲରେ ମୁଇଁ ମାଇନର ପାଶ୍ କରିଚି । ହେଲେ- ଏ ଗୀତଟାର ମାନେଟାତ ମୁଇଁ ଜମାରୁ ବୁଝି ପାରୁନି, କୁହନା; ତମକୁ ମୋ' ନିୟମ ।

– 'ଝୁମୁରୀ !' ଝୁମୁରୀ ପାଟିରେ ହାତ ଦେଇ - "ତୁ ନିୟମ ପକେଇ ଦେଲୁ ? ଆଚ୍ଛା କହିଲୁ..."

– "କ'ଣ ?"

– "ତୁ ଯେ ମୋର ଏତେ ସେବା କରୁଛୁ, ମୋତେ କେତେ ଭଲ ପାଉଛୁ, ତୁ ମୋର କିଏ କି ?"

– "କ'ଣ କହିଲ, ମୁଇଁ ତାହେଲେ ତୁମର କେହି ନୁହେଁ ?"

ମୁହଁ ଶୁଖାଇ ଦେଲା ଝୁମୁରୀ । ଝୁମୁରୀର ମୁହଁ ଶୁଖା ଦେଖି ଗୌର ବ୍ୟସ୍ତ ବିବ୍ରତ ହୋଇ ଉଠିଲା । ସାକୁଲେଇ କହିଲା-

– "ମୋ' ସୁନାଟା ପରା, ରଷି ଯାଆନା ।"

– "ତମେ ଏମିତି କାହିଁକି କହିଲ ଯେ, ଜାଣିଛ ମୁଇଁ ରାଗିଯିବି ଯଦିନା ତମର ମୋର କଟି ।" କାନ୍ଦିଲା ଝୁମୁରୀ ।

– "ହେଲା, ମୋର ଭୁଲ ହେଇଛି । ଏଇ କାନ ଧରୁଛି ।"

କାନ୍ଦୁ କାନ୍ଦୁ ଝୁମୁରୀ ହସିଦେଲା । ହସି ଦେଲା ଗୌର ।

– "ବୁଝିଲୁ, ମୁଁ ସେ କଥା କହୁନଥିଲି ଲୋ, କହୁଥିଲି ତୋର ଏତେ ଦାନର କି ପ୍ରତିଦାନ ଦେଇ ତୋ' ରଣ ଶୁଝିବି, ସେଇକଥା ?"

– "ନାଇଁ, ମୁଁ କିଛି ଚାହେଁନି । ମୁଁ ଖାଲି ତମର ସେବା କରିବି । ତମ ପାଖେପାଖେ ରହିବି ବାସ୍ ।"

– "କେତେଦିନ ଏମିତି ସେବା କରିବୁ ?"

– "ଯେତେ ଦିନ ମୋ' ଗୌରୀନାନୀ ତମକୁ ମିଳିଯାଇନି !"

– "ତୁ କି ଭାବୁଛୁ ସେ ଆଉ ଫେରିବ ?"

– "ମୋର ମନ କହୁଛି, ସେ ଅଛି, ଭଲରେ ଅଛି । ଦେଖିବ ଭିଣେଇ ଭାଇ, ସେ ତମକୁ ନିଶ୍ଚେ ମିଳିଯିବ । ସେତେବେଳେ ତମେ ମୋତେ ପର କରିଦେବନି ତ ?"

– "ନାଇଁଲୋ, ତୁ ପରା ମୋର..."

– "କ'ଣ ? ଚୁପ୍ ହେଇଗଲ ଯେ ? ଆରେ କୁହନା, ମୁଁ ତମର କିଏ ?"

– "ତୁ-ମୋ' ମାଆ !"

ଝୁମୁରୀକୁ କୋଳେଇ ନେଲା ଗୌର ଆଉ ଧକେଇ ହେଇ କାନ୍ଦି ଉଠିଲା । ଝୁମୁରୀ ବି କାନ୍ଦିଉଠିଲା ଗୌରକୁ ଭିଡ଼ି ଧରି । କିଶୋରୀ କନ୍ୟାଟି, ସେ କି ଜାଣିଛି କ'ଣ ପାଇଁ କାନ୍ଦୁଛି ଅମାନିଆଁ ହୋଇ ?

ସେହି ମା', ମା' ଡାକର ଏତେ କିମିଆଁ । ଝିଅ ଯଉ ବୟସର ହେଉନା କାହିଁକି, କେହି ତାକୁ ହୃଦୟ ଖୋଲି ଥରେ ମା' ବୋଲି ଡାକିଦେଲେ ମମତା ଆଉ କି ଥଳକୂଳ ମାନିବ ? ଆପେ ଆପେ ଫୁଟି ଉଛୁଳି ପଡ଼ିବ ।

ଆଜି ଉଭୟଙ୍କ ଭିତରେ ତାହାହିଁ ଘଟିଲା । ଅନାବିଳ ବାତ୍ସଲ୍ୟର ସୁଧାସ୍ନିଗ୍ଧ ଆକର୍ଷଣ ତାଙ୍କୁ ଯେମିତି ବିଭୋର କରିଛି । ଏଇ ନୂଆ ନୂଆ ମିଳାମିଶା ଭିତରେ ଯୁବକ-ଯୁବତୀ ସୁଲଭ ଭାବର ଯଉ ଉଦ୍‌ବେଳନ ସେମାନଙ୍କ ଭିତରଟାକୁ ଉଚ୍ଚାଟ କରୁଥିଲା, ଆଜି ସେ ଜୁଆରରେ ହଠାତ୍ ଭଟ୍ଟା ପଡ଼ିଗଲା । ସ୍ଥିର ହୋଇଗଲା ସମୁଦ୍ର । ଏକାବେଳେ ଶାଂତ-ନିର୍ବିକାର -ନିଷ୍ପନ୍ଦ । ସେଠି ଖାଲି ରାଜ୍ କରୁଥିଲା ଦିବ୍ୟ ପ୍ରଶାଂତିର ଅପୂର୍ବ ଅନୁରକ୍ତି ।

ଘର ଅଗଣାରେ ଅକସ୍ମାତ କାର୍‌ଟିଏ ଆସି ବ୍ରେକ୍ ଦେଇ ଛିଡ଼ା ହୋଇଗଲା ।

ଚମକି ପଡ଼ିଲେ ଏମାନେ । ଭାଂଗିଗଲା ଏଇ ଅପୂର୍ବ ମା'-ପୁଅଙ୍କର ବିଚିତ୍ର ଯୁଗଳବନ୍ଦୀ । କିଶୋରୀ ମା'ର ଛାତିରେ ମୁହଁ ଗୁଂଜିଥିବା ଯୁବା ପୁଅଟାର ଏ କି ପାଗଳାମୀ ? କୁଆଁରୀ ଝିଅଟିର ଏ କିପରି ଭାବପ୍ରବଣତା ?

– ଏମିତି କ'ଣ ସମ୍ଭବ ଏ ଯୁଗରେ ?

କାର୍‌ର ହର୍ଣ୍ଣ ବାଜିଲା । ଝୁମୁରୀ ଦୌଡ଼ିଗଲା ଘର ଅଗଣାକୁ । ଦେଖିଲା - ଏତ ସେହି ଗାଡ଼ି । ଧାଇଁଗଲା କାର୍ ସାମ୍ନାକୁ । ଗୌର ବି ତା' ପଛେପଛେ ।

କାର୍‌ରୁ ଓହ୍ଲାଇଲେ ଜଣେ ଦୀର୍ଘକାୟ ମଣିଷ, ପୂରା ସାହେବୀ ଡ୍ରେସରେ । ଧୀରେ ମୁହଁରୁ କଳା ଚଷମାଟି ଖୋଲି ଚାହିଁଲେ ଝୁମୁରୀକୁ । ଝୁମୁରୀ ତା'ର ବାବାଙ୍କୁ ସାମ୍ନାରେ ଦେଖି ଆନନ୍ଦରେ କୁରୁଳି ଉଠିଲା ।

– 'ଝୁମୁରୀ!' ସେହି ସ୍ନେହବୋଳା ଡାକ ରୁଦ୍ରପ୍ରତାପଙ୍କର ।

– 'ବାବା!' ବାବାଙ୍କୁ କୁଣ୍ଢେଇ ଧରିଲା ଝୁମୁରୀ ।

ସତରେ ରକ୍ତର କି ଆକର୍ଷଣ! ସ୍ନେହ-ମମତାର କି ସମ୍ମୋହନ!

ହଜିଯାଇଥିବା ମାଣିକଟିକୁ ପାଇଲା ପରି ଝିଅକୁ ଛାତିରେ କୁଣ୍ଢେଇ ଧରି ଭାବ-ବିଭୋର ହେଇଉଠିଲେ ରୁଦ୍ରପ୍ରତାପ । ଛଳଛଳ ହୋଇଉଠିଲା ଚକ୍ଷୁ । ବାଷ୍ପାକୁଳ କଂଠରେ କହିଲେ-

– "ତୁ ଏଇଠି ଅଛୁ? ମୁଁ ସାରା ସହରଟା ଖୋଜି ସାରିଲିଣି ? ଆରେ ତୋତେ ନଦେଖି ତୋର ଏ ବୁଢ଼ାବାପାଟା ଅନ୍ଧ ହେଇଯାଇଛିରେ । ତୁ କହ, ତୋତେ ଛାଡ଼ି ମୁଁ ବଂଚି ପାରିଥାନ୍ତି କିପରି ? କହ, କହ ମୋତେ ? ?"

ଝୁମୁରୀର ମୁହଁଟାକୁ ଦୁଇ ପାପୁଲିରେ ତୋଳିଧରି ପ୍ରଶ୍ନ କରି ଚାଲିଥିଲେ ରୁଦ୍ର ଯେମିତି ଜଣେ ଅର୍ଦ୍ଧପାଗଳ !

– 'ବାବା!' କାନ୍ଦ କାନ୍ଦ ହେଇ ଉଠିଲା ଝୁମୁରୀ ।

ପୁନର୍ବାର ବାପ-ଝିଅ ପରସ୍ପରକୁ ଭିଡ଼ି ଧରିଲେ ।

ଗୌର ତାଜୁବ୍ ହେଇ ଛିଡ଼ା ହୋଇଛି କାଠଟା ପରି । କ'ଣ ଦେଖୁଚି ଏ? ଏତେ ବଡ଼ ଲୋକ ଫେର ଏ ବଣପାହାଡ଼ର ଅପାଠୁଆ ଝିଅଟା ପ୍ରତି ଏତେ ସ୍ନେହ, ଏତେ ମୋହ, ମାୟା-ମମତା ?

– 'ଜୁହାର ବାବୁ!' ରୁଦ୍ରଙ୍କୁ ମୁଣ୍ଡିଆଟିଏ ମାରିଲା ଅତି ନମ୍ର ଓ ସନ୍ତର୍ପଣ ଭାବରେ ଗୌର ।

– "ଏ ବାବୁ କିଏ ମା' ?" ଝୁମୁରୀକୁ ପଚାରିଲେ ରୁଦ୍ର ।

– "ଏଇ ହେଉଛନ୍ତି ସେହି ଦୁଷ୍ଟ, ଯିଏ ମୋତେ ବାଲିଯାତ୍ରା ପଡ଼ିଆରୁ ଜୋର୍‌କରି ଉଠାଇ ଆଣିଥିଲେ । ତାଙ୍କୁ ତୁମେ ମାର-ମାର ବାବା!"

– "ନାଇଁଲୋ, ମୁଁ ତାକୁ ପୂଜା କରିବି ।"

ଗୌରକୁ କୋଳାଗ୍ରତ କଲେ ରୁଦ୍ରପ୍ରତାପ । କହିଲେ-

– "ତୋତେ କେତେ ତାରିଫ୍ କରିବି ବୁଝି ପାରୁନି । ତୁ ସେଦିନ ସେ ଝଡ଼ ଭିତରୁ ଏକୁ ଉଦ୍ଧାର କରିନଥିଲେ ମୁଁ କ'ଣ ଆଉ ମୋ' ମା'କୁ ପାଇଥାନ୍ତି ? ତୋର କୋଟିଏ ପରମାୟୁ ହେଉ ବାବା । କହ, ତୁ ଏ ଉପକାରର କି ପୁରସ୍କାର କି ଉପହାର ଚାହୁଁଚୁ ? କେତେ ଟଙ୍କା ?"

– "ଟଙ୍କା କ'ଣ ହେବ ବାବୁ ? ମୁଁ ଯେ ସାମାନ୍ୟ ଜଣେ ଗାଉଁଲୀ ଯୁବକ । ଏଠି ଅଟୋ ଚଳାଇ ମୋ' ମା' ଭଉଣୀଙ୍କୁ ପୋଷୁଛି ।"

– "ଜାଣିଛ ବାବା, ଏ ଯଉ ମା' ବୋଲି କହୁଚନ୍ତି ନା, ସେ ମୋରି ମାଆ ।"

– "ତୋ' ମା' ?" ପ୍ରଶ୍ନକଲେ ରୁଦ୍ର । ଗୌର କହିଲା–

– "ଝୁମୁରୀ, ଯା', ମା'ଙ୍କୁ ଡାକିଆଣ !" ଧାଇଁଗଲା ଝୁମୁରୀ ମା'ମା'ଡାକି ଡାକି ଘର ଭିତରକୁ ।

ଘରୁ ବାହାରି ଆସିଲା ମଲ୍ଲୀମା' ।

ନଇଁ ନଇଁ ବାଡ଼ି ଠକ୍‌ଠକ୍ କରି ବୁଢ଼ୀ ଆଗେଇ ଆସୁଚି । "ଜାଣିଛି– ତୁ ପୁଅଟା ସାଙ୍ଗରେ କିଛି ଦୁଷ୍ଟାମୀ କରିଥିବୁ । ସେଥିପାଇଁ ସେ ତୋ' ଗାଲଚିପି ଦି ଚାପୁଡ଼ା ଦେଇଥିବ । ତୋତେ ଆଜି ସାବାଡ଼ କରୁଚି ରହ ।"

– "ମା' ! ଏସବୁ କ'ଣ କହି ଯାଉଛୁ ବାୟାଣୀଟି ପରି ? ଦେଖିବୁ ଚାଲ, କିଏ ଆମ ଘରକୁ ଆସିଚନ୍ତି ?"

– "କିଏ ଲୋ କାହିଁ ? ଚାଲ, ମୋତେ ଟିକେ ଧରି ଧରି ନେଇଚାଲ । ଆଜି କାହିଁକି ମୋ' ଆଣ୍ଠୁଗଣ୍ଠିଟା ଭାରି ଦରଜ କରୁଛି ।"

ଝୁମୁରୀ ମା'କୁ ଧରି ଧରି ଘେନି ଆସିଲା । କହିଲା–

– "ଏଇ ଦେଖ ମା', ଏଇ ମୋର ବାବା ! ଯଉ କହୁନଥିଲି ବଡ଼ଘର...ବଡ଼ବାବୁ !" ଚମକି ପଡ଼ିଲା ବୁଢ଼ୀ ।

– "ଏଁ ! ବଡ଼ ବାବୁ ! ଯାଃ, ନିଆଁ ଆଖିଟାକୁ ତ ଦିରଶ ହଉନି । ରହ, ମୋ' ଚଷମାଟା ଦେଇଦିଏଁ ! ବୁଢ଼ୀ ଆଖିରେ ବେକରେ ଝୁଲୁଥିବା ଚଷମାଟା ଦେଇ ବାବୁଙ୍କୁ ଚାହିଁଲା । ଚାହିଁ ରହିଲା ଆଖି ତରାଟି । ଅଚିହ୍ନା ଅଚିହ୍ନା ଚିହ୍ନା ଚିହ୍ନା ଲାଗୁଥିବା ବାବୁଙ୍କୁ ଶେଷରେ ଚିହ୍ନିପାରିଲା ସେ ।

– "ବାବୁ !" ଗୋଡ଼ତଳେ ପଡ଼ିଗଲା ବୁଢ଼ୀ ।

ଗୌର-ଝୁମୁରୀ ବୁଢ଼ୀକୁ ଧରି ଉଠାଇଲେ । ବୁଢ଼ୀ ହାତଯୋଡ଼ି ଛିଡ଼ା ହେଇ ରହିଲା ।

– "କିଏ ତମେ ? ମୁଁ ତ ତମକୁ ଚିହ୍ନି ପାରୁନି ? ତମେ କ'ଣ ମୋତେ ଚିହ୍ନିଚ ?" ପ୍ରଶ୍ନକଲେ ରୁଦ୍ରପ୍ରତାପ ବିସ୍ମିତ ହୋଇ ।

– "ଚିହ୍ନିବିନି ବାବୁ, ଆଖିରୁ ସିନା ନଜର ହଟି ଯାଇଛି, ହେଲେ ତମର ସେହି ମୁହଁର ଚେହେରା, କଥାର ସୁର-ସବୁ ମନେଅଛି ବାବୁ । ତମେ ସିନା ଭୁଲି ଯାଇଛ, ହେଲେ ମୁଁ ଭୁଲିନି । ତମର ମନେ ପଡୁଛି ନା ବାବୁ, ସେଇ ଯଉ ବଡ଼ ଡାକ୍ତରଖାନା । ଛୁଆ ଦି'ଟାକୁ ଜନ୍ମ ଦେଇ ମା'ଟା ଆଖି ବୁଜିଦେଲା ।" ଛଳଛଳ ହେଇ ଉଠିଲା ମଲ୍ଲୀମା'ର ଆଖି । କୋହରେ ପୂରି ଉଠିଲା ଛାତି ।

ଚମକି ପଡ଼ିଲେ ରୁଦ୍ରପ୍ରତାପ । ବିସ୍ମୟାକୁଳିତ ପ୍ରାଣରେ ଏକପ୍ରକାର ବିଳାପ କରି ଉଠିଲେ- "ତମେ ସେହି ?"

– "ହଁ ବାବୁ, ଏଇ ହାତରେ କଣି ଝିଅଟାକୁ ଟେକି ଦେଇ କହିଲ, ମୋ' ମାଣିକ ତମ ପାଖରେ ରହିଲା । ତାକୁ ସାଇତି ରଖିବ । ସେଦିନୁ କାନିରେ ସାତଗଣ୍ଠି ପକେଇ ମୁଁ ତାକୁ ସାଇତି ରଖିଛି ବାବୁ ।"

– "ମୋର ସେଇ ଝିଅ କାହିଁ କେଉଁଠି ?" ଉତ୍ସାହିତ ହେଇ ଉଠୁଥିଲେ ରୁଦ୍ର । ମଲ୍ଲୀମା' ଝୁମୁରୀ ହାତକୁ ଟାଣି ବାବୁଙ୍କ ସାମ୍ନାକୁ ନେଲା ଆଉ କହିଲା- 'ଏଇ ଝୁମୁରୀ ତମ ସେ ମାଣିକ ।' ଝୁମୁରୀ ହାତକୁ ଧରାଇ ଦେଲା ରୁଦ୍ରଙ୍କ ହାତରେ- "ଏଥର ତମ ଋଣରୁ ମୋତେ ମୁକ୍ତକର ବାବୁ । ଯା' ମା', ଏଇ ବାବୁ ହେଉଛନ୍ତି ତୋର ଅସଲ ବାବା !"

– "ଝୁମୁରୀ ମୋ' ଝିଅ ?"

– 'ବାବା !' କୁଣ୍ଢେଇ ପକେଇଲା ବାବାଙ୍କୁ । କୁଣ୍ଢେଇ ନେଲେ ରୁଦ୍ର ।

– "ଝୁମୁରୀ, ମୋ' ଝିଅ, ମୋ' ମାଣିକ !" ଅର୍ଦ୍ଧପାଗଳଙ୍କ ପରି ଝୁମୁରୀ କପାଳରେ ଆଁକିଚାଲିଲେ ଚୁମା ପରେ ଚୁମା ! "ଆଉ ଗୌରୀ ?"

– "ଗୌରୀ !" ଚମକି ଉଠିଲା ଝୁମୁରୀ, ପ୍ରଶ୍ନ କଲା ଗୌର ।

– "ଗୌରୀକୁ ଆପଣ ଜାଣିଛନ୍ତି ବାବୁ? ସେ ମୋ' ସ୍ତ୍ରୀ । ସେଦିନ ସେହି ବାଲିଯାତ୍ରାରେ ସେ ହଜି ଯାଇଛି ।" କାନ୍ଦିଉଠିଲା ଗୌର କୋହ ସମ୍ଭାଳି ନପାରି ।

– "ତମେ ତାହଲେ ଗୌର ବାବୁ ?"

– "ଆପଣ କିପରି ଜାଣିଲେ ମୋ ନାଆଁ ?"

– "ଗୌରୀ କହୁଥିଲା ।"

– "ଗୌରୀ !" ସମସ୍ତଙ୍କ ମୁଖରୁ ବାହାରି ଆସିଲା ଏହି ଶବ୍ଦ ।

– "ହଁ, ଗୌରୀ, ତମ ଗୌରୀ ମୋ' ଘରେ ଅଛି ।"

– 'ଅଛି ?' ଖୁସିରେ ଝୁମି ଉଠିଲା ଝୁମୁରୀ । ଭାବବିଭୋର ହେଇ ଉଠିଲା ଗୌର । ହାତଯୋଡ଼ି ଉପରକୁ ଜୁହାର କରୁଥିଲେ ମଲ୍ଲୀମା' ।

– "ବାବା, ମୋ ଗୌରୀନାନୀ ଆମ ଘରେ ଅଛି ?" ପଚାରିଲା ଝୁମୁରୀ ।

– "ହଁରେ ମା', ସେଦିନ ତୋତେ ନପାଇ ସମରାଟା ବହୁତ ଖୋଜିଲା । ପାଇଲାନି । ଦେଖିଲା ଠିକ୍ ତୋରି ପରି ଝିଅଟେ ଅଚେତ ହୋଇ ପଡ଼ି ରହିଥିଲା ରାସ୍ତା କଡ଼ରେ । ତାକୁ ସେ ତୁ ବୋଲି ଭାବି ଉଠାଇ ଆଣିଲା ।"

– "ଆପଣ କ'ଣ ସେହି ରୁଦ୍ରପ୍ରତାପ ରାୟ ଚୌଧୁରୀ ?" ପ୍ରଶ୍ନ ଗୌରର ।

– "ହଁ, ମୁଁ ସେହି ଆଭାଗିନୀ ଝିଅମାନଙ୍କର ନିଷ୍ଠୁର ନିର୍ମମ ବାବା । ଗୋଟିଏ ଝିଅକୁ ଫେରି ପାଇଲି । ଆର ଝିଅଟି ସେ ହରିପୁର ଗାଁରେ କେମିତି ଅଛି ଜାଣିନି ।"

– "ହରିପୁର୍ ଗାଁ ? ଝିଅ ? ?" ଚକିତ ହୋଇ ଉଠିଲା ଗୌର ।

– "ହଁ ବାବା, ମୋର ବଡ଼ ଝିଅଟିକୁ ମୁଁ ସେଦିନ ତାରି ହାତକୁ ଟେକି ଦେଇଥିଲି । ସେତେବେଳେ ସେ ମୋର ବଗିଚାର ମାଳୀ କାମ କରୁଥିଲା । ଘରର ବୋଲ ହାକ କରୁଥିଲା । ସେ ମୋର ଥିଲା ଭାରି ବିଶ୍ୱସ୍ତ ।"

– "ତାଙ୍କ ନାଆଁଟା କ'ଣ କହିପାରିବେ ବାବୁ ?"

– "ନାଆଁଟା ଥିଲା -ରାଧୁ ପଧାନ !"

ରାଧୁର ନାଆଁ ଶୁଣି ପାଟି ବିସ୍ଫାରିତ ହେଇଗଲା ଗୌରର । କେତେ ପାଦ ପଛେଇଗଲା ସେ । ଅସ୍ଥିର ହେଇ ଉଠିଲା ତାର ପାଦ ଯୁଗଳ । ପାଦତଳର ମାଟି ଯେମିତି ଧସି ଧସି ଯାଉଥିଲା ।

– "କ'ଣ ହେଲା ବାବା, ରାଧୁର ନାଆଁଟି ଶୁଣି ଚମକି ପଡ଼ି ଚୁପ୍ ହେଇଗଲ ଯେ ? ତମେ କ'ଣ ତାକୁ ଜାଣିଛ ?"

– 'ସେ ମୋ ଗାଁର ଲୋକ ବାବୁ !'

– "ଗାଁର ଲୋକ ? ଆଉ ମୋ' ଝିଅ କେମିତି ଅଛି ବାବା ? ମୋତେ ତା' ପାଖକୁ ଥରେ ନେଇ ଯାଇ ପାରିବ ? ମୁଁ ତାକୁ ଥରେ ଦେଖିବି ।" ବ୍ୟସ୍ତ ଓ ବ୍ୟାକୁଳିତ ହେଇ ଉଠୁଥିଲେ ରୁଦ୍ର ।

– "ଆପଣଙ୍କୁ କେଣେ ଆଉ ଯିବାକୁ ପଡ଼ିବନି ବାବୁ ! ସେହି ଗୌରୀ ଆପଣଙ୍କର ବଡ଼ଝିଅ ।"

– "ମୋ' ଝିଅ- ଗୌ-ରୀ ! ହାଃ-ହାଃ-ହାଃ...। ଆରେ ମୋର ଆଜି କି ଆନନ୍ଦର ଦିନ ।" ମୋବାଇଲରେ କଲ୍ କରି – "ହାଲୋ, ହାଲୋ ପ୍ରିୟମ୍ବଦା, ହାଲୋ

ହାଲୋ ହାଲୋ ନା, କେହି ଶୁଣିବେନି । ଜାଣିଛି-ମା'-ଝିଅ ବସି ଗପ ହେଉଥିବେ ତ, ସୃଷ୍ଟି ପ୍ରଳୟ ହେଇଯାଉ, ମୋ' କଥା ଶୁଣୁଛି କିଏ ?"

– "ଗୌର ଭାଇ, ତମେ ତ କାହିଁ ଆଗରୁ ମୋତେ ଏକଥା କହୁନଥିଲ ?"

– "ଆଲୋ ହୁଣ୍ଡୀ, ମୁଁ ଜାଣିବି କିପରି ? ରାଧୁ ମଉସା ଆଖି ବୁଜିବା ଆଗରୁ..."

– "ରାଧୁ ଆଉ ନାହିଁ ? ଓଃ... !" ମଥାରେ ହାତଦେଲେ ରୁଦ୍ରପ୍ରତାପ ।

– "କହିଗଲେ, ଗୌର, ମୋ' ଗୌରୀ ତୋତେ ଲାଗିଲା । ତୁ ତାକୁ ତା' ବାବାଙ୍କ ପାଖରେ ପହଁଚାଇ ଦେବୁ । କହିବୁ -ରାଧୁଆ ତମ ଜିମା ଅମାନତକୁ ଫେରେଇ ଦେଇ ଯାଇଛି । ନାଆଁ ପଚାରିବାରୁ କହିଥିଲେ- କଟକର ବଡ଼ ପ୍ରଫେସର, ନାଆଁ ରୁଦ୍ରପ୍ରତାପ ରାୟ ଚୌଧୁରୀ ।"

– 'ଆଉ !' ଆଖିରୁ ଲୁହ ପୋଛିଲେ ରୁଦ୍ର । "ତମେ ଯେଉଁଠି ଥାଅ ରାଧୁ, ମୋ' ପାଖରେ ତମର ସାତଜନମକୁ ଋଣ ରହିଗଲା । ତମ ଆତ୍ମାର ସଦ୍‌ଗତି ହେଉ । ବାବା ଗୌର, ଝୁମୁରୀ ଆରେ ଆଉ ଡେରି କରୁଛ କାହିଁକି ? ବାହାରି ପଡ଼ । ଯିବା ପରା !"

ଉତ୍ସୁକତାର ସହ ପ୍ରଶ୍ନକଲା ଝୁମୁରୀ- 'କଉଠିକି ବାବା ?'

– "ଆରେ ଆମ ଘରକୁ । ତୋ' ବାବା ଘରକୁ, ତୋ' ଗୌରୀ ନାନୀ ଏ କଥା ଶୁଣିଲେ କେତେ ଖୁସି ହେବ ଜାଣିଛୁ ? ଗୌରୀ ମୋ' ଝିଅ । ଆରେ ମୁଁ ଆଜି ଆଉଥରେ ତାକୁ ଅଖି ପୂରେଇ ଦେଖିବିରେ । ଯା-ଯା ! ବାହାରି ପଡ଼ ।"

– "ମୋ ମା'କୁ ଛାଡ଼ି..." କହିଲା ଝୁମୁରୀ ।

– "ଆଲୋ ବୋକୀଟା, ମୁଁ କ'ଣ ତାଙ୍କୁ ଏଠି ଏକାଛାଡ଼ି ଚାଲିଯିବି ? ସମସ୍ତେ ଯିବ । ଆଜିଠାରୁ ତମେମାନେ ତମଘରେ ଖୁସିରେ ଅୟସରେ ରହିବ ।"

– "ହଁ ବାବା, ଗୌରୀ ନାନୀକି ଦେଖିବା ପାଇଁ ମୋ' ମନ ଉଚ୍ଛନ୍ନ ହେଲାଣି । ମୁଁ ଏଇ ଗଲି ଆଉ ଆସିଲି ।"

ଖଣ୍ଡି ଉଡ଼ାଦେଇ ନାଚିନାଚି ଚାଲିଗଲା ଝୁମୁରୀ ଠିକ୍ ଚୁଲୁବୁଲୀ ସୁନାଶାରୀଟିଏ । ଗୌର ନମ୍ରତାର ସହିତ କହିଲା–

– "ମା' ଆଉ ମୁଁ ଟିକେ ପଛରେ ଗଲେ କ'ଣ ହେବନି ବାବୁ ?"

– "ବାବୁ ନୁହେଁ, କୁହ ବାବା !"

– 'ଆଜ୍ଞା !'

– "ଠିକ୍ ଅଛି । ଝୁମିରୀକୁ ମୁଁ ନେଇ ଆଗେଆଗେ ଯାଉଛି । ତମେ ପଛରେ ଆସ । ଠିକଣା-ପ୍ରଫେସର ପଡ଼ା, ସେହି ନୀଳକୋଠି...ରୁଦ୍ରନିବାସ.ମନେ ରହିଲା ?"

– "ଆଜ୍ଞା, ଆପଣ ଆସନ୍ତୁ । ଆଲୋ ଝୁମୁରୀ... !"

ଧାଇଁ ଧାଇଁ ଆସିଲା ଝୁମୁରୀ- 'ଏଇ ମୁଁ ଆସିଗଲି !'

ଝୁମୁରୀ ଦେହରେ ସେହି ସମ୍ବଲପୁରୀ ଶାଢ଼ୀଟି ବେଶ୍ ଚହଟି ଉଠୁଥିଲା । ସେ ଦିଶୁଥିଲା ଠିକ୍ ଗୌରୀ ପରି ।

ରୁଦ୍ର ଗାଡ଼ିରେ ବସି ସାରିଥିଲେ । ଝୁମୁରୀ ଉଠିଗଲା ଗାଡ଼ିକୁ ।

ଗାଡ଼ି ଷ୍ଟାର୍ଟ ଦେଇ ଛୁଟିଚାଲିଲା ଫେରନ୍ତା ପଥରେ । ଚାହିଁ ରହିଥିଲା ଗୌର । ମଲ୍ଲୀମା' ହାତ ଟେକିଥିଲା ଉପରକୁ ।

॥ ୫୬ ॥

ଗୌରୀ ମନ ଶୁଖେଇ ବସିଚି ।

ଏତେବଡ଼ ଖୁସିକଥାଟା ଶୁଣି ଆଜି ତାଙ୍କ ପାଦ ତଳେ ଲାଗୁନଥାନ୍ତା । ପିଲାପାଇଁ କେତେ ଦିଅଁଦେବତାଙ୍କୁ ମାନସିକ କରି ସାରନ୍ତେଣି । ହେଲେ ସେ ଆଜି ସେଠି କେମିତି ଅଛନ୍ତି ? ମୋତେ ନ ପାଇ ତାଙ୍କ ମତିଗତି ଠିକ୍ ଅଛି ତ ? ଏମିତି କେତେ ଶୁଭ-ଅଶୁଭ ଚିନ୍ତା ତା' ମନ ଭିତରଟାକୁ ଘାଣ୍ଟି ପକାଉଥିଲା ।

ଗୌରୀ ଆଜି ସମ୍ବଲପୁରୀ ଶାଢ଼ୀଟି ପିନ୍ଧି ସଜେଇ ହେଇ ବସିଚି । ବାବା ଯାଇଛନ୍ତି, କାଳେ ତାଙ୍କୁ ଖୋଜି ପାଇଯାଇଥିବେ ! ସାଥିରେ ସେ ବି ଆସୁଥିବେ ।

ଗାଡ଼ିର ହର୍ଣ୍ଣ ଶୁଭିଲା ।

ଘର ଭିତରୁ ଡାକ ପକେଇ ବାହାରି ଆସିଲେ ପ୍ରିୟମ୍ବଦା ।

– "ଆରେ ସମରା, ବାବୁ ଆସିଗଲେ ପରା ! ଗେଟ୍ ଟା ଖୋଲି ଦେ ଯା' । ମୋ' ଝୁମୁରୀର କିଛି ଖୋଜ-ଖବର ମିଳିଲାକି ନାହିଁ ?" ଗେଟ୍ ଆଡ଼କୁ ଉତ୍ସୁକତାର ସହିତ ଚାତକିନୀ ପରି ଚାହିଁ ରହିଲେ ସେ ।

ଗୌରୀ ଆସି ମା'ଙ୍କ ପଛପାଖରୁ କାନ୍ଧରେ ମୁହଁ ଲଦି ଚାହିଁ ରହିଲା ସେହି ଦିଗକୁ ।

– "ଏ କ'ଣ, ସେ ଯେ ଏକା ଏକା ! ଆଜି ଦିନଟା ବି କ'ଣ ବୃଥାରେ ଗଲା ? ହାଏ ବିଧାତା !"

ମୁହଁ ମଉଳେଇ ଦେଲା ଗୌରୀ । ଲିଭିଗଲା ତା' ମୁଖମଣ୍ଡଳରୁ ଉଙ୍କି ମାରୁଥିବା ଆଶାର କିରଣ ଟିକକ ।

ରୁଦ୍ରପ୍ରତାପ ଆସୁଥିଲେ କ୍ଳାନ୍ତ ଶରୀର, ଭଗ୍ନ ମନ, ବିଷଣ୍ଣ ବଦନରେ । ଛଳ ଅବସାଦର କାଳିମା ପ୍ରସନ୍ନ ମୁଖଚନ୍ଦ୍ରର ଜ୍ୟୋତିକୁ ରାହୁ ସାଜି ଗ୍ରାସ କରୁଥିଲା ଯେପରି ! ସବୁଥିଲା ପ୍ରପଞ୍ଚ ।

ପ୍ରିୟମ୍ବଦାଙ୍କ ପାଇଁ ଗୋଟେ ବାହାନା-ଛଳନା ସରପ୍ରାଇଜ୍ !

– "କ'ଣ ହେଲା, ତମେ ଏକା ଏକା ଆସିଲ ?"

– "ଆଉ କ'ଣ କରିଥାନ୍ତି କୁହ ? ଖୋଜି ଖୋଜି ନୟାନ୍ତ ହେଲି । କଉଠି ହେଲେ ତା'ର ସନ୍ଧାନ-ସୁରାକ ପାଇଲିନି । ଛାଡ଼, ସବୁ ଆମ କପାଳ ! ରୁମାଲରେ ନିଜ ମୁହଁର ଝାଳପୋଛି - "ମୋ ଗୌରୀ କାହିଁ ?"

– 'ବାବା !'

– "ହେଇ ଦେଖ, ସାଥେ ସାଥେ ମୋ' ଝିଅଟା ମୁହଁ ଶୁଖେଇଦେଲା । ଆସିଲୁ ଆସିଲୁ, ତୋତେ ମୁଁ ଆଖି ପୂରେଇ ଆଉ ଥରେ ଦେଖେଁ !"

ଦୁଇ ପାପୁଲିରେ ଗୌରୀର ଚନ୍ଦ୍ରମା ପରି ମୁହଁଟାକୁ ତୋଳି ଧରି ଏକ ଲୟରେ ଚାହିଁ ରହିଲେ ରୁଦ୍ରପ୍ରତାପ ।

– "କ'ଣ ହେଲା ? ଏମିତି ଛୁଆଟା ମୁହଁକୁ ବୋକାଙ୍କ ପରି ଚାହିଁ ରହିଚ, କ'ଣ ହେଇଚି ? ତୁମେ କାନ୍ଦୁଛ ? ?" -ପ୍ରଶ୍ନ ପ୍ରିୟମ୍ବଦାଙ୍କର ।

– "କାନ୍ଦିବିନି ? ଆରେ, ଏତ ମୋର ଆନନ୍ଦର ଅଶ୍ରୁ, ମହା ଆନନ୍ଦର ! ଆଗୋ ପ୍ରିୟମ୍ବଦା, ଜାଣିଛ, ଏ ଗୌରୀ ମୋ'ରି ଝିଅ, ଆମ ଝିଅ !"

କୋଳେଇ ଧରିଲେ ଗୌରୀକୁ ନିଜ ଛାତିରେ । ଯେମିତି କେତେ ଯୁଗର ବୁକୁଜ୍ୱାଳା ଧୀରେଧୀରେ ଶାନ୍ତ ହୋଇ ଆସୁଥିଲା !

– 'ବାବା !'

– "ହଁରେ ମା', ତୁ ମୋରି ଝିଅ, ମୋ' ବଡ଼ ଝିଅ ।"

– "ତମେ ସବୁ କ'ଣ କହିଯାଉଛ ମୁଁ କିଛି ବୁଝି ପାରୁନି ।"

– "ଶୁଣିବ, ସବୁ ଶୁଣିବ ପ୍ରିୟମ୍ବଦା । ଶୁଣିଲେ ତମେ ଧୈର୍ଯ୍ୟଧରି ରହି ପାରିବତ ?"

– "ଏମିତି କଉକଥା, କୁହନା ଆଗ !"

– "ଆରେ, ଗୌରୀ ଆଉ ଝୁମୁରୀ ଦୁଇ ଯାଆଁଳା ଭଉଣୀ । ସତରେ ସେମାନେ ଆମରି ଝିଅ । ହେ ପ୍ରଭୁ !"

– "ହେଲେ ମୋ' ଝୁମୁରୀ ଏବେ କେଉଁଠି ? ତାକୁ କେଉଁଠି ଛାଡ଼ି ଆସିଲ ?" ବିକଳ ହୋଇ ପଚାରିଲେ ପ୍ରିୟମ୍ବଦା ।

– 'ସରପ୍ରାଇଜ୍ ।'

– 'ସରପ୍ରାଇଜ୍ ?'

– 'ଆଲୋ ମା' ଝୁମୁରୀ ... !'

ଝୁମୁରୀ ଗାଡ଼ିର କବାଟ ଖୋଲି ଓହ୍ଲାଇଲା । ସମରା ଧାଇଁଗଲା ଗେଟ୍ ପାଖକୁ ।

– 'ଝୁମୁରୀ !' ଭାବ ଭୋଳା ସମରାର ଆକୁଳ ସମ୍ବୋଧନ ।

– "ବଦମାସ୍ । ତୋ' କଥା ମୁଁ ପଛରେ ବୁଝୁଚି ରହ । ଆଗ ମୋ' ଗୌରୀ ନାନୀକୁ ଟିକେ ଦେଖିନିଏଁ । ନାନୀ! ନାନୀ!"

ଡାକି ଡାକି ଛମ୍‌ଛମ୍ ପ୍ରଜାପତିଟିଏ ପରି ଧାଇଁ ଧାଇଁ ଆସିଲା ଝୁମୁରୀ । ଗୌରୀକୁ ନିଜ ପିଠି ପାଖରେ ଲୁଚେଇ ଦେଇ ଛିଡ଼ା ହେଇଥିଲେ ରୁଦ୍ର ।

– "ନାନୀ! ମୋ ନାନୀ କାହିଁ? ବାବା, ତମେ ବଡ଼ ଦୁଷ୍ଟ! ମୋ' ନାନୀକୁ କେଉଠି ଲୁଚେଇ ଦେଇଛ, କୁହନା!"

ଗୌରୀ ବାହାରି ଆସିଲା ସାମ୍ନାକୁ- "ଝୁମୁରୀ! ମୋ' ଭଉଣୀ ।" ପ୍ରସାରିତ କରିଦେଲା ଦୁଇହାତ କୋଳେଇ ନେବା ପାଇଁ ।

– 'ନାନୀ!' କୁଣ୍ଢେଇ ପକେଇଲା ଗୌରୀକୁ ଝୁମୁରୀ ।

ଯାଆଁଳା ଦୁଇ ଭଉଣୀଙ୍କ ଏ ମିଳନ ଦୃଶ୍ୟର ଭାବୋଚ୍ଛ୍ୱଳ ପରିପ୍ରକାଶ ବାସ୍ତବିକ୍ କି ଅନନ୍ୟ! ବାପା-ମା'ଙ୍କ ଆଖିରେ ସ୍ୱତଃ ଛଳଛଳ ହେଇ ଉଠୁଥିଲା ମମତାର ଅଶ୍ରୁ ।

ଗୌରୀ ଆଉ ଝୁମୁରୀ ପରସ୍ପର ଜଣେ ଅନ୍ୟ ଜଣକର ମୁହଁକୁ ହାତ ପାପୁଲିରେ ତୋଳିଧରି ଚାହିଁ ରହିଥିଲେ । ସେମାନଙ୍କ ଧ୍ୟାନଭଂଗ କରି କହି ଉଠିଲେ ରୁଦ୍ରପ୍ରତାପ ।

– "ନାଇଁ, ଏମିତି ନୁହେଁ! ଆସ!"

ଦୁଇଜଣଙ୍କୁ ଧରି ଘେନିଗଲେ ଡ୍ରେସିଂ ଟେବୁଲ ମିରର ସାମ୍ନାକୁ । "ଏଇଠି ଦେଖ...କିଏ ଝୁମୁରୀ...କିଏ ଗୌରୀ ।"

ଝୁମୁରୀ-ଗୌରୀ ଆଇନା ଭିତରେ ପରସ୍ପରକୁ ଦେଖି ଚମକି ଉଠିଲେ । ଏ କ'ଣ? ଏକାପରି ଦି' ଜଣ? କି ଆଶ୍ଚର୍ଯ୍ୟ!

– "ପ୍ରିୟମ୍ବଦା, ଦେଖିଲ ଦେଖିଲ, ତମ ଦି' ଝିଅଙ୍କ ଭିତରୁ ଝୁମୁରୀ କିଏ, କିଏ ଗୌରୀ?" ପ୍ରିୟମ୍ବଦା ଗଭୀରଭାବେ ନିରୀକ୍ଷଣ କରି କିହଲେ- "ଇଏ ହେଉଛି ଝୁମୁରୀ, ଏଇ ଗୌରୀ ।"

ଫିକ୍‌କିନା ହସିଦେଲା ଗୌରୀ । ଝୁମୁରୀ ତାଳିମାରି ନାଚି ଉଠିଲା . "ବାବା, ମା' ମିଛ କହିଲେ ।"

– "ଜାଣିଛି, ତମ ଦିହିଙ୍କି କେହି ଚିହ୍ନି ପାରିବେ ନାହିଁ । ମୋ' ଦି' ଝିଅ ଦି' ପରୀ । ଆସିଲ ଆସିଲ, ମୋ' ଦୁଇ ପାଖରେ ଛିଡ଼ା ହୋଇଗଲ, ଆଗ ଗୋଟେ ସେଲଫି ନିଏଁ!" ସେଲ୍‌ଫି ନେଲେ । "ହାଁ-ଏତେବେଳେ ହେଲା ! ପ୍ରିୟମ୍ବଦା ଆସ, ଛିଡ଼ା ହେଇଯାଅ । ଆରେ ସମରା, ଆ, ଆ. ନେ । ଏଇ ମୋବାଇଲରେ ମୋର ଗୋଟେ ଫେମିଲୀ ଫୋଟ ଉଠାଇ ନେ ତ ବାବା!"

ସମରା ଫୋନ ନେଇ ଫୋଟ ସ୍ନାପ୍ ନେଲା ।

ଠିକ୍ ଏତିକିବେଳେ ଅଟୋଟାଏ ଆସି ଲାଗିଲା ଗେଟ୍ ସାମ୍ନାରେ । ସମସ୍ତେ ସେଇ ଆଡ଼କୁ ଚାହିଁ ରହିଲେ । ଝୁମୁରୀ କୁରୁଳି ଉଠିଲା ।

– "ନାନୀ, ମୁହଁ ଶୁଖେଇ ଚାହିଁଚୁ କ'ଣ ହୁଣ୍ଡୀ, ଆ -ବା, ଦେଖିବୁ ଆ, କିଏ ଆସିଛନ୍ତି ?" ଗୌରୀ ହାତଧରି ଟାଣି ଟାଣି ନେଇଗଲା ଗେଟ୍ ପାଖକୁ ଝୁମୁରୀ । ଖୋଲିଦେଲା ଗେଟ୍! ଅଟୋରୁ ଓହ୍ଲାଇଲା ଗୌର । ସାମ୍ନାରେ ଛିଡ଼ା ହୋଇଥିବା ଏକାପରି ରୂପ-ବେଶ ଭୂଷାରେ ଦି' ଅପ୍ସରୀଙ୍କୁ ଦେଖି ଚମକି ଉଠିଲା । କିଏ ଗୌରୀ କିଏ ଝମୁରୀ କେମିତି ଜାଣିବ ?

ଝୁମୁରୀ ପାଟି ଖୋଲିଲା- "କ'ଣ ଚିହ୍ନି ପାରୁନ ?"

– "ତମେ ଆସିଚ !" ଗୌରୀ ଓଠ ଚାପି ରହି ପାରିଲାନି ।

ଗୌରୀ ଭାବପ୍ରବଣତାର ଆକର୍ଷଣରେ ଆଗେଇ ଯାଉଥିଲା ଗୌର ଆଡ଼କୁ । ଝୁମୁରୀ ଦୁଇଜଣଙ୍କ ମଝିରେ ହାତ ମେଲାଇ ଛିଡ଼ା ହୋଇ ଆକଟ କଲା- "ନା, ଏବେ ନୁହେଁ । ଏତେ ସହଜରେ ବି ନୁହେଁ । ଆଗ ମୋ' ପାଉଣା, ତେବେ ଯାଇ ଯଉକଥା ।"

ଗୌରୀ ଗେହ୍ଲେଇ ହୋଇ କହିଲା - "ମୋ' ସୁନା ଭଉଣୀଟାର ଫେର କି ପାଉଣା ଲୋ ?" ଚୁମାଟାଏ ଆଂକିଦେଲା ଝୁମୁରୀ ଗାଲରେ । "ତୁ ଯାହା ଚାହିଁବୁ ସବୁ ପାଇବୁ ।"

ସମରାଙ୍କୁ ଝୁମୁରୀର ଏ ସବୁ ଢଙ୍ଗଢାଙ୍ଗ ଆଦୌ ଭଲ ଲାଗୁନଥିଲା । ଝୁମୁରୀ ଛଟକ ଦେଖାଇ କହିଲା - "ଦେଖ, ଚାହିଁବିତ ତୁ ତୋ' ବରକୁ ମୋତେ ଦେଇଦବୁ ତ କହ ?" ଝୁମୁରୀର ଗାଲ ଟିପି ଦେଇ - "ଚଗଲୀଟା, ଏମିତି କ'ଣ ସବୁ ହୁଏ ?"

ଏତେବେଳଯାଏ ଏମାନଙ୍କ ଫାର୍ସ ଦେଖୁଥିଲା ମଲ୍ଲୀମା' । ଗର୍ଜି ଉଠିଲା । ଅଟୋରୁ ପାଦ କାଢୁ କାଢୁ - "ଏ, ତାମ୍‌ସା କରୁଛୁନା ? ତୋ'ର ତ କମ ସାହସ ନୁହେଁ, ମୋ' ଆଗରେ ମୋର ପୁଅ-ଝିଅ ଦିଟାଙ୍କୁ ହେଟାଉଡ଼ି ପକେଇଚୁ । ଆଲୋ, କେତେଦିନ ପରେ ସେ ଦିହେଁ ଭେଟଭାଟ ହେଇଚନ୍ତି । ସବୁ ସେଇ କାଳିଆ ସାଆନ୍ତ ଆଉ ସମଲେଇ ମାଆର କରୁଣା ।"

– "ଗୌରୀ !"

– "ମାଆ !" କୁଣ୍ଢାକୁଣ୍ଢି ହେଇ କନ୍ଦାକନ୍ଦି ହେଲେ ମା' ଝିଅ ।

ଘର ବାରଣ୍ଡାରୁ ଡାକ ପକେଇଲେ ରୁଦ୍ରପ୍ରତାପ ।

– "ଗୌରୀ, ଝୁମୁରୀ ।"

– ଯାଉଛୁ ଯାଉଛୁ ବାବା । ଆ' ମା', ଆ ନାନୀ ।

ଦି’ ଭଉଣୀ ମା’କୁ ଦି’ପଟରୁ ଧରିଧରି ଘେନି ଆସୁଥିଲେ ।

– “ଆସ ଗୌରଭାଇ !” ଗୌରର ହାତ ଧରି ଘେନି ଆସୁଥିଲା ସମରା ।

ଚଉରା ମୂଳରେ ସଂଜ ଦୀପଟିଏ ଜାଳିଦେଇ ପ୍ରିୟମ୍ବଦା ଫୁଙ୍କିଦେଲେ ଶୁଭ ଶଙ୍ଖଟାଏ । ପୂବେଇ ଆକାଶର ମଥାଛୁଇଁ ଉଇଁ ଆସୁଥିଲା ପୂନେଇଁର ଚାନ୍ଦ ।

॥ ୫୭ ॥

ଆକାଶରେ ଶୀତ ଜ୍ୟୋସ୍ନାର ଢେଉ ।

ଲତା-ପତ୍ରରେ ଝରାକାକରର ଟପଟପ ଶବ୍ଦ । ନିରବ ରାତ୍ରିର ନିଶୂନ ପ୍ରହର ବେଶ୍ କରୁଣ ! ଯେମିତି ବାଢ଼ି ଦେଉଛି କାହା ବେଦନାରେ ଅଶ୍ରୁର ଆରତି ! କିଏ ସେ ?

ସେହି ବିରହିଣୀ ନାୟିକା, ଯିଏ ମନମାରି ଶୋଇ ପଡ଼ିଛି ଶୂନ୍ୟ ଶେଯରେ ଅଭିମାନିନୀ ରାଇ ପରି । କାହିଁ, କେତେଦୂରେ ତା' ଶ୍ୟାମଘନ ? ଜୀବନ-ଯମୁନାରେ ତାର ଆଜି ଜୁଆର ଉଠୁନି । ଯୌବନର କୁଂଜବନରେ ବାଜୁନି ମୋହନବଂଶୀ । ମତୁଆଲା କରୁନି ତାକୁ ମଧୁମିଳନ ପାଇଁ । ସେ ଶୋଇଛି, ଶୋଇ ରହିଛି, ନିରୀମାଖି କୁଆଁରୀ କଇଁ । ତା' କୁଆଁର ସ୍ୱପ୍ନ ସବୁ ଜଳିପୋଡ଼ି ପାଉଁଶ ହେଇଯାଇଛି ।

କାହାର ସ୍ୱପ୍ନିଳ ପରଶରେ ଚେଇଁ ଉଠିଲା ଚପଳା । ଛଳଛଳ ହେଇ ଉଠିଲା ଚକ୍ଷୁ ଯୁଗଳ । ଝରକା ଖୋଲି ଚାହିଁ ରହିଲା ବାହାରକୁ । 'ଶୂନ୍‌ଶାନ୍ ଅର୍ଦ୍ଧରାତ୍ରିରେ କିଏ, କିଏ ଏପରି ଗୀତ ଗାଉଛି ? କାହାର ଏ କରୁଣ ସ୍ୱର ଭାସି ଆସି ତା' ବିରହିଣୀ ପ୍ରାଣରେ ଭରି ଦେଉଛି ବ୍ୟଥାର ବେପଥୁ ।' କାନ ଡେରିଲା ସେ । ଭାସି ଆସୁଥିଲା ସେହି ସ୍ୱର...ସେହି ରାଗିଣୀ । ବୁକୁଫଟା ଉଦାସ ସଂଗୀତର କରୁଣ ମୂର୍ଚ୍ଛନା...

ଗୀତ— ସ୍ମୃତି ଫେରେ ସ୍ୱପ୍ନ ଝରେ ଏଇ ମନ- ଅଗଣାରେ
ସାଥୀ ତୁମେ କୁହ ସତେ ପାଶେ ଥାଇ କେତେ ଦୂରେ ।୦।
ସପନ ଭରା ଏ ରାତି ବିତିଯାଏ ମନ ମାରି
ଏଇ ମୋ' ମରମ ତଳେ କେତେ ଆଶା ଅସୁମାରୀ
ହତାଶେ ଯାଏ ଗୋ ଝରି
ଗୋପନ ସେ ଅଭିସାରେ ।୧।
ଜୀବନର ଜୁଇ ଜଳେ ଜଳି ଉଠେ ଯଉବନ
ଯାତନା ଜୁଆର ଜାଗେ କାହିଁ ଅଛ ପ୍ରାଣଧନ

ଆଶା ମରୀଚିକା ସାଜେ

ବିରହିଣୀ ଝୁରିମରେ ।୨।

– "ଆଃ, କି ଜ୍ୱାଳା, କି ଯନ୍ତ୍ରଣା । କିଏ ଯେମିତି ତନୁ ତଳକୁ ଜର୍ଜରିତ କରୁଛି । ଆଃ...ନା, ଆଉ ପାରିବିନି... !"

– 'ହାଃ....ହାଃ..ହାଃ... !'

– 'କିଏ ?' ଚାହିଁ ଦେଖିଲା ଛାୟାମୂର୍ତ୍ତିଟାଏ ..ସାମ୍ନାରେ ଛିଡ଼ାହେଇ ତାକୁ ବିଦ୍ରୂପ କରୁଛି ।

– 'କିଏ ତୁ ?' ପ୍ରଶ୍ନ କଲା ଭୀତତ୍ରସ୍ତା ଯୁବତୀ ।

– 'ମୁଁ ତୋର ବିବେକ !'

– 'ବିବେକ ?'

– 'ତୁ ଏତିକିରେ ଭାଂଗି ପଡୁଛୁ ଅନୁପମା !'

– 'ମୁଁ ଆଉ ପାରୁନି ।'

– "ତୋତେ ପାରିବାକୁ ହବ । ତା' ନହେଲେ ତୋ'ର ସବୁ ତପସ୍ୟା ଯେ ବ୍ୟର୍ଥ ହେଇଯିବ ? ବ୍ୟର୍ଥ !"

– "ତପସ୍ୟା ? ବ୍ୟର୍ଥ ? ?"

– "ତୁ ହାରିଯିବୁ, ଜୀବନ ଯୁଦ୍ଧରେ ତୁ ହାରିଯିବୁ ଅନୁପମା !"

– "ଜୀବନ ଯୁଦ୍ଧରେ ମୁଁ ହାରିଯିବି ?"

– "ଦେଖ୍, ତୋତେ ଜିତିବାକୁ ହେବ । ସେଥିପାଇଁ ଶକ୍ତ ହେବାକୁ ପଡ଼ିବ ଶକ୍ତ । ନିବେଦିତା ତୋ'ର ସୁଖ-ସ୍ୱପ୍ନକୁ ତୋ'ଠୁ ଛଡ଼େଇ ନେବାପାଇଁ ଯଉ ଜାଲ ବିଛେଇଚି-"

– 'ଜାଲ ?'

– "ହଁ-ମାୟାଜାଲ ! ସେହି ମାୟାଜାଲକୁ ତୋତେ ଟିକ୍ ଟିକ୍ କରି କାଟି ଦେବାକୁ ପଡ଼ିବ । ତା' ନହେଲେ..."

– 'ନହେଲେ ?'

– "ତୁ ତୋ' ଅନୁପମକୁ ଆଉ ପାଇ ପାରିବୁନି ।"

– "ନାଇଁ !" ଦୁଇ ହାତ ପାପୁଲିରେ ନିଜ କାନକୁ ଚାପିଧରି ଚିତ୍କାର କରି ଉଠିଲା ଅନୁପମା । ଅଟ୍ଟହାସ୍ୟ କରି ଉଠି ଅଦୃଶ୍ୟ ହେଇଗଲା ଛାୟାମୂର୍ତ୍ତି !

ଅନୁପମାର ଚିତ୍କାର ଶୁଣି ଗୃହ ମଧ୍ୟକୁ ପଶି ଆସିଲେ ଅନୁପମ । ବ୍ୟସ୍ତ ବିଚଳିତ କଣ୍ଠରେ–

– "କ'ଣ ହେଲା, କ'ଣ ହେଲା ତମର ?"

ଆଖି ବନ୍ଦ କରି ନେଇଥିଲା ଅନୁପମା । ଅନ୍ୟ କାହାର କଣ୍ଠସ୍ୱର ଶୁଣି ଧୀରେ ଆଖିଖୋଲି ବିକଳ ଦୃଷ୍ଟିରେ ଦେଖିଲା-ତା' ସାମ୍ନାରେ ସେହି ବିକଟାଳ ଛାୟାମୂର୍ତ୍ତିଟି ନାହିଁ । ଛିଡ଼ା ହୋଇଥିଲେ ଅନୁପମ-ତା' ସ୍ୱପ୍ନର ପୁରୁଷ, ଶାଂତ -ସ୍ନିଗ୍ଧ-ସୁକୁମାର ।

– "ତମେ ଇମିତି ଚିତ୍କାର କରି ଉଠିଲ ଯେ ? କ'ଣ ହେଇଛି କୁହ...., ଅନୁପମା !" ଧରିନେଲେ ଅନୁପମାକୁ ।

– "ଅନୁପମ !" ଭିଡ଼ି ଧରିଲା ଅନୁପମଙ୍କୁ ଅନୁପମା ଆଉ କାନ୍ଦି ଉଠିଲା ଅବୋଧ ବାଳିକାଟି ପରି । କୋଳେଇ ଧରିଲେ ଅନୁପମ ଅନୁରୂପ ଭାବରେ ।

ପରସ୍ପର ନିବିଡ଼ ଆଲିଂଗନ ମଧ୍ୟରେ ଆଜି ଯେପରି ଅନୁଭବ କରୁଥିଲେ ଭିନ୍ନ ଏକ ତନ୍ମୟତା-ତଲ୍ଲୀନତା । ଦୁଇଟି ଆତ୍ମା ଯେମିତି ଏକ -ଅଭିନ୍ନ ହେଇ ଯାଉଛି ଅଲୌକିକ କଉ ଆତ୍ମଲୋକରେ । ଚେତନା ଯେମିତି ହଜି ହଜି ଯାଉଚି ସୁସୁପ୍ତିର ସେ କେଉଁ ଶୀତଳ ସାନ୍ନିଧ ଗହ୍ୱରକୁ । ଉଭୟ ଥିଲେ ଶାଂତ- ଆତ୍ମସ୍ଥ ।

ଝଡ଼ପରି ପଶି ଆସିଲା ନିବେଦିତା । କୋଠରୀର ଲାଇଟ୍ ଅନ୍ କଲା । ଦେଖିଲା -ଏମାନଙ୍କର ଜଡ଼ବତ୍ ସ୍ଥିତି । ସବୁ ବୁଝିଗଲା ସେ । ଜଳିଉଠିଲା ତା' ଦେହରେ ଅଗ୍ନିର ଜ୍ୱାଳା । ତା' ଆଖିରେ ପ୍ରତିହିଂସାର ନିଆଁ ! କଂପି ଉଠିଲା ତାର ସର୍ବାଂଗ । ଗର୍ଜି ଉଠିଲା ସେ–

– "ଇଉ ସଟ୍ ଅପ୍ !"

ଚମକି ଉଠିଲେ ଅନୁପମ-ଅନୁପମା ! ଟାଣି ଆଣିଲା ଅନୁପମଙ୍କୁ ନିବେଦିତା ଅନୁପମାର ମାୟାବନ୍ଧନରୁ । ଅନୁପମାର ମୁହଁକୁ ଦେଲା ଶକ୍ତ ପଦାଘାତ । ଚିତ୍କାର ସହ ଛିଟିକି ପଡ଼ିଲା କିଛି ଦୂରରେ ଅନୁପମା । ଗର୍ଜନ କରି ନିବେଦିତା ବିଷୋଦ୍‌ଗାର କଲା–

– "ତୁ ମାୟାବିନୀ, ତୁ ମୋ' ସାଥିରେ ଛଳନା କରୁଥିଲୁ ? ମୋ' ସୁଖ-ସ୍ୱପ୍ନକୁ ଧୂଳିସାତ୍ କରିବାପାଇଁ ଚାଲ୍ ଖେଳିଚୁ । ବିଶ୍ୱାସ କରି ମୁଁ ତୋତୋ ମୋ' ଘରେ ଆଶ୍ରୟ ଦେଇଥିଲି । ହେଲେ ଆଉ ନୁହେଁ । ଦେଖ୍, ଏଥର ମୁଁ ତୋର କି ଅବସ୍ଥା କରୁଛି ।"

– "ନାଇଁ, ମୁଁ କିଛି ଦୋଷ କରିନି । ମୁଁ ତାଙ୍କୁ ଏଠାକୁ ଡାକିନି । ସେ ନିଜେ ଆସିଥିଲେ ।"

– "କ'ଣ ଏକଥା ସତ...ଅନୁପମ ?"

– "ସତ !"

– "ହ୍ୱାଟ୍? ଇଉ-! ଅନୁପମଙ୍କ ଦୁଇ ବାହୁକୁ ନିଜ ନଖମୁନରେ ଦାବୁଡ଼ି ଧରି ଝୁଙ୍କାଇ ଦେଇ- "ତୁମେ ବି?"

– "ନୋ, ତୁମେ ଯାହା ଭାବୁଛ, ତାହା ନୁହେଁ ନିବେଦିତା।"

– "ଚୁପ୍ କର! ତମକୁ ଚିହ୍ନିବାରେ ମୋର ଆଉ ବାକି ନାହିଁ। ତମେ ମୋତେ ଖାଲି ଆଭଏଡ଼ କରି ଚାଲିଛ ତାହେଲେ ଇଆରି ପାଇଁ? କୁହ, ଇଏ ତମର କିଏ? କାହିଁକି ତମ ସାଥିରେ ସେଦିନ ମେଡିକାଲରେ ଭର୍ତ୍ତି ହୋଇଥିଲା? କ'ଣ ସଂପର୍କ ଅଛି ଏହା ସହିତ? କୁହ କୁହ ଅନୁପମ?"

– "ନା, ଏହା ସହିତ ମୋର କିଛି ସଂପର୍କ ନାହିଁ। ମୁଁ ଏକୁ ଚିହ୍ନେନା। ଏ ମୋର କେହି ନୁହେଁ! ଆଃ- !" ନିଜ ମୁଣ୍ଡକୁ ଟିପିଧରି ପାଗଳବତ୍ ସ୍ଖଳିତ ପଦକ୍ଷେପରେ ପ୍ରସ୍ଥାନ କଲେ ଅନୁପମ।

– "ତୁ କହିବୁ, ତୁ ଆଜି ସବୁ ସତ କହିବୁ।"

ଅନୁପମାର ଚୂଟି ଧରି ଟାଣି ଆଣି ଛିଡ଼ା କରାଇ ଦେଲା ନିବେଦିତା। ତା' ଗାଲକୁ ଦୁଇ ଆପୋଡ଼ କଶିଦେଇ ଗର୍ଜିଉଠିଲା –

– "କହ, ତାଙ୍କ ସାଥିରେ ତୋର କି ସଂପର୍କ! ସେ ତୋର କିଏ?"

– "ଆଃ, କହୁଚି...ସେ ମୋର...ଆଃ ନାନା, କେହି ନୁହେଁ, କେହି ନୁହେଁ ମୋର ସେ!" କାନ୍ଦି ଉଠିଲା ବୁକୁ ଫଟାଇ।

– "ତୁ ଏମିତି ମାନିବୁନି। ରହ-ଆଜି ମୁଁ ତୋ' ବିଚାର କରୁଛି।"

ଝଡ଼ପରି ଚାଲିଗଲା ନିବେଦିତା। ଘରର ବାହାରୁ ବନ୍ଦ କରିଦେଲା ଦ୍ୱାରଟିକୁ।

ଶିହରି ଉଠିଲା ଅନୁପମା।

ନିରବ ରାତ୍ରିର ସେ କାରୁଣ୍ୟ କ୍ରମଶଃ ଦାରୁଣ ହେଇ ଉଠୁଥିଲା।

॥ ୫୮ ॥

"ତମେ ଜିତିଗଲ ରୁଦ୍ର; ମୁଁ ହାରିଗଲି ।

ତମେ ତମ ଦି' ଝିଅଙ୍କୁ ପାଇଲ, ଆଉ ମୁଁ?

ମୋ' ମାଣିକ ?"

– "ଏ ଝିଅମାନେ କ'ଣ ତୁମର ନୁହଁ ?" ସାନ୍ତ୍ୱନା ଦେଇ କହିଲେ ରୁଦ୍ର ।

– "ବୁଝୁଛି, ହେଲେ ତମେ କୁହ, ମାଆ ମୁଁ । ଗୋଟିଏ ବୋଲି ବାଇଶ ବର୍ଷର ଭେଣ୍ଡିଆ ପୁଅକୁ ହରେଇ ଜଣେ ମା' ମନରେ କେତେ କୋହ, କେତେ ବ୍ୟଥା ବେଦନା କଳ୍ପନା କରିପାରୁଛ ?"

– "ସବୁ ବୁଝି ପାରୁଛି ପ୍ରିୟମ୍ୱଦା । ଯଉଦିନ ଅନସୂୟା ଦୁଇ ଝିଅଙ୍କୁ ଜନ୍ମଦେଇ ଆଖି ବୁଜିଦେଲେ, ସେଦିନ ମୁଁ ହତାଶ ହେଇ ପଡ଼ିଥିଲି । ଭାବିଥିଲି ମୋ' ଜୀବନର ସବୁକିଛି ଶେଷ ହୋଇଗଲା । ଝିଅ ଦୁଇଟିକୁ ଅନ୍ୟହାତରେ ଟେକି ଦେଇ ମୁଁ ଫରେନ୍ ଚାଲିଗଲି, ଏ ଦୁଃଖଦ ସ୍ମୃତିର ଯନ୍ତ୍ରଣାରୁ ବର୍ତ୍ତିବା ପାଇଁ । ସନ୍ତାନକୁ ହରେଇ କେତେ ଯନ୍ତ୍ରଣା, ସାରା ଜୀବନ ମୁଁ ମର୍ମେ ମର୍ମେ ଅନୁଭବ କରି ଆସିଛି ପ୍ରିୟମ୍ୱଦା । ଆଉ ଆଜି ତମେ ମୋତେ କହୁଚ ମୁଁ ତମ ବେଦନା ବୁଝିପାରିବିନି ?"

– "ରୁଦ୍ର !" ଲୁହଝରା ଆଖି, କୋହଭରା ଅନ୍ତରର ଏ ଅଧୀର ଭାବୋଚ୍ଛ୍ୱାସ ପ୍ରିୟମ୍ୱଦାଙ୍କ ଦୁଦୁଟିରି ନିର୍ଗତ ହେଉଥିଲା, ଯେମିତି ଏକ ଜ୍ୱାଳାଗ୍ନିର ବିସ୍ଫୁରଣ !

– "ସେହି କାଳିଆ ଠାକୁରଙ୍କ ଉପରେ ଭରସା ରଖ ପ୍ରିୟମ୍ୱଦା, ମୋର ମନ କହୁଚି, ସେ ନିଶ୍ଚୟ ଦିନେ ଫେରି ଆସିବ ।"

– "ସତ କହୁଚ, ମୋ' ପୁଅ ଫେରିବ ? ମୋ' ଅନୁପମ ଫେରି ଆସିବ ? ?"

– "ଅନୁପମ ଫେରି ଆସିଚନ୍ତି ପ୍ରିୟମ୍ୱଦା ମାଉସୀ !"

କହିକହି ଘର ଭିତରକୁ ପଶି ଆସିଲେ ଅନୁରାଗ ।

– "ଅନୁରାଗ ଯେ !" ରୁଦ୍ର-ପ୍ରିୟମ୍ୱଦାଙ୍କ ମିଳିତ ସମ୍ବୋଧନ ।

ପ୍ରଣାମ କଲେ ମଉସା-ମାଉସୀଙ୍କୁ ଅନୁରାଗ ।

– "କ'ଣ କହିଲୁ ବାପ, ଆଉଥରେ କହିଲୁ, ମୋ' ପୁଅ..."

– "ହଁ, ତମ ପୁଅ ଅନୁପମ ଭାଇ ଫେରି ଆସିଚନ୍ତି ।"

– "ତୁ ଏପରି ନିଶ୍ଚିତ କରି କହି ପାରୁଛୁ କିପରି ଅନୁରାଗ ? ତୁ କ'ଣ ତାକୁ ଦେଖିଚୁ ।" ରୁଦ୍ରଙ୍କ ପ୍ରଶ୍ନ ।

– "ଆଖିରେ ଦେଖି ଆସିଚି ।"

– "ସତ କହୁଚୁ, ସତ କହୁଚୁ ବାପ ? ମୋ' ଅନୁକୁ ତୁ ଦେଖିଚୁ ?"

– "ସତ କହୁଚି ମାଉସୀ ! ମିଛ କାହିଁକି କହିବି ? ବିଶ୍ୱାସ ହେଉନି ତ ? ବେଶ୍ ଏଇ ଆଖିରେ ଦେଖିନିଅ-ଚିହ୍ନିଲ ଏ ତମ ପୁଅ ଅନୁପମ ନା ?"

ନିଜ ମୋବାଇଲ ଭିଡିଓ ରେକର୍ଡ଼ି ଫୋଟ ଦେଖାଇଲେ । ଅନୁପମଙ୍କୁ ମୋବାଇଲରେ ଦେଖି ବିଭୋର ହେଇ ଉଠିଲେ ରୁଦ୍ର ଓ ପ୍ରିୟମ୍ବଦା । ମୋବାଇଲ ପରଦା ଉପରେ ହାତ ଆଉଁସି- "ଅନୁ, ଅନୁରେ, ତୁ କେଉଁଠିଥିଲୁ ବାବା ?"

– "ଅନୁପମ ଏବେ କେଉଁଠି ଅନୁରାଗ ?" ଉତ୍ସାହିତ ହେଇ ଉଠି ପଚାରିଲେ ରୁଦ୍ରପ୍ରତାପ ।

- "ସେ ଏବେ ଟ୍ରିଟ୍‌ମେଣ୍ଟରେ ! ଏମ୍‌ସ ହସ୍‌ପିଟାଲ ଡକ୍ଟର ନିବେଦିତାଙ୍କ ସ୍ପେଶାଲ ଗାଇଡେନ୍ସ ଭିତରେ, ତାଙ୍କରି କ୍ୱାଟରରେ ।"

– "ଟ୍ରିଟ୍‌ମେଣ୍ଟ !"

– "କ'ଣ ହେଇଚି, କ'ଣ ହେଇଚି ମୋ' ପୁଅର ? କହ କହ ଅନୁରାଗ !"

– "ଗୋଟେ ସିରିୟସ୍ ଏକ୍‌ସିଡେଣ୍ଟରେ ତାଙ୍କ ମୁଣ୍ଡରେ ଶକ୍ତ ଆଘାତ ଲାଗିଛି । ଭାଗ୍ୟକୁ ବଂଚି ଯାଇଛନ୍ତି ସେ, ହେଲେ..."

– "କ'ଣ, କ'ଣ ହେଇଚି କହ ଅନୁରାଗ, ତାର କିଛି ସେମିତି କ୍ଷତି ହେଇନି ତ ?" ରୁଦ୍ର ବିବ୍ରତ ହେଇ ଉଠି ପଚାରିଲେ ।

– "କହ ବାପା, ମୋ' ପୁଅର କ'ଣ ହୋଇଛି ! ଠିକ୍ ଅଛି ତ ?" କାନ୍ଦକାନ୍ଦ ହେଇ ପଚାରିଲେ ପ୍ରିୟମ୍ବଦା ।

– "ସବୁକିଛି ଠିକ୍ ଅଛି ତାଙ୍କର । କିଂତୁ-ସେ ହରେଇ ବସିଛନ୍ତି ତାଙ୍କର ପୂର୍ବ ସ୍ମୃତି । ସେ ନିଜକୁ ଚିହ୍ନି ପାରୁନାହାନ୍ତି । କହୁଚନ୍ତି ସେ ଅନୁପମ ନୁହନ୍ତି-ଅନୁଭବ ।"

– "ଅନୁରାଗ !" ଅବାକ୍ ହୋଇଗଲେ ରୁଦ୍ର-ପ୍ରିୟମ୍ବଦା ।

– "ଚିନ୍ତା କରନ୍ତୁନି ମଉସା-ମାଉସୀ । ସେ ଖୁବ୍‌ଶୀଘ୍ର ଠିକ୍ ହେଇଯିବେ । ମୁଁ ତାଙ୍କର ଟ୍ରିଟ୍‌ମେଣ୍ଟ କରୁଛି ।"

ବ୍ୟାକୁଳିତ ହୋଇ ଉଠି କହିଲେ ପ୍ରିୟମ୍ବଦା- "ମୋ' ପୁଅ ଭଲ ହେଇ ଯିବତ ବାପା ?"

– "ବିଶ୍ୱାସ ରଖନ୍ତୁ ମାଉସୀ! ଧୈର୍ଯ୍ୟ ଧରନ୍ତୁ । ଟିକେ ସମୟ ଲାଗିବ ସ୍ମୃତି ଫେରିବାପାଇଁ । ଟ୍ରିଟମେଣ୍ଟ ଚାଲିଛି । ଆଜିର ବିଜ୍ଞାନ ଶକ୍ତି ପାଖରେ କିଛି ବି ଅସମ୍ଭବ ନୁହେଁ! କଟକ ଆସିଥିଲି । ଭାବିଲି ଏ ଖୁସି ଖବରଟା ଆପଣଙ୍କୁ ଜଣେଇଦେଲେ ଟିକେ ଆଶ୍ୱସ୍ତ ହେବେ । ମୁଁ ଏବେ ଆସୁଚି । ହଁ, ଆଉ ଗୋଟେ ଖୁସି ଖବର-ଯଦିଓ ମୁଁ ସେତେ ସିଓର ନୁହେଁ... !"

– "କହ, କହ ଅନୁରାଗ, କ'ଣ କହିବାକୁ ଚାହୁଁଛୁ ?" ବ୍ୟସ୍ତ ହୋଇ ଉଠିଲେ ରୁଦ୍ର ।

– "ଚୁପ୍ ରହିଲୁ କାହିଁକି ବାବା ?" ପ୍ରିୟମ୍ବଦା ପଚାରିଲେ ।

– "ଖାଲି ଆପଣଙ୍କ ପୁଅ ନୁହେଁ, ଆପଣଙ୍କ ବୋହୂକୁ ବି ଦେଖି ଆସିଚି ମାଉସୀ ।"

– "ମୋ' ବୋହୂ!"

– "ଯାହାକୁ ପିଲାଦିନେ ଆପଣଙ୍କ ପୁଅ ସାଥିରେ ବାହା କରେଇବେ ବୋଲି ମୋ' ମା'ଙ୍କୁ ମାନେ ଆପଣଙ୍କ ବଉଳକୁ କଥା ଦେଇ ନିୟମ କରିଥିଲେ ରାମଚଣ୍ଡୀ ମା' ମନ୍ଦିରରେ ।"

– "ଆରେ ତୁ କାହାକଥା କହୁଚୁ ଅନୁରାଗ ?" ଉଭୟଙ୍କ ପ୍ରଶ୍ନ ।

– "ମୋ' ଅନୁଅପା ।"

– "ଅନୁ!!" ଚମକି ଚିତ୍କାର କରି ଉଠିଲେ ପ୍ରିୟମ୍ବଦା ଓ ରୁଦ୍ର ।

– "ହଁ, ସେ ବି ତାଙ୍କ ସାଥିରେ ଅଛି, ସେଇଠି ।"

– "ତୁ ଏ କ'ଣ କହୁଚୁ ଅନୁରାଗ! ଆରେ କୋଡ଼ିଏ ବର୍ଷ ପୂର୍ବେ ସେ ଯେ ନିରୁଦ୍ଦିଷ୍ଟ ହୋଇଯାଇଥିଲା... ?" ରୁଦ୍ର ପଚାରିଲେ ।

– "ଆଶ୍ଚର୍ଯ୍ୟ, ଖାଲି ଆଶ୍ଚର୍ଯ୍ୟ ସେହି କାଳିଆ ଠାକୁରଙ୍କର ।"

ରୁଦ୍ର ଓ ପ୍ରିୟମ୍ବଦା ପ୍ରଭୁଙ୍କ ଉଦ୍ଦେଶ୍ୟରେ ହାତ ଟେକିଲେ ।

– "ଅନୁପମ ଭାଇଙ୍କ ସ୍ମୃତି ଫେରି ଆସିଲେ ହୁଏତ ସେ ହିଁ କହିବେ ଏହା ପଛରେ କି ରହସ୍ୟ ଲୁଚି ରହିଚି ।"

ଆନନ୍ଦରେ ଉତ୍ଫୁଲ୍ଲିତ ହେଇ ଉଠି ରୁଦ୍ରପ୍ରତାପ କହିଲେ–

– "ଦେଖିଲ, ଦେଖିଲ ପ୍ରିୟମ୍ବଦା, କହୁଥିଲିନା-ମୁଁ ସିନା ଦୁଇ ଝିଅଙ୍କୁ ଫେରି ପାଇଲି, ଏବେ ତମେ ଏକାବେଳେ ତମ ପୁଅ ଆଉ ବୋହୂଙ୍କୁ ହାଃ-ହାଃ-ହାଃ, ଆରେ ହସ, ହସ ପ୍ରିୟମ୍ବଦା । ବହୁତ ଦିନ କାନ୍ଦିଛ, ଏବେ ଅନ୍ତତଃ ଥରୁଟେ ତ ହସିଦିଅ ।"

– "ନାଇଁ, ମୋ' ପୁଅ-ବୋହୂଙ୍କୁ ତମେ ମୋତେ ଆଣି ନଦେବା ପର୍ଯ୍ୟନ୍ତ ମୋ' କାନ୍ଦ ବନ୍ଦ ହେବନାହିଁ ।"

– "ହେଲା, କଥା ଦେଲି । ଆମେ ସାଂଗହେଇ ଯିବା, ସେମାନଙ୍କୁ ଦେଖି ଆସିବା । ବ୍ୟସ୍ତ ହୁଅନାହିଁ । ଆଲୋ ଝୁମୁରୀ-ଗୌରୀ କୁଆଡ଼େ ଗଲ ସବୁ । ଆରେ ଆସ । ଶୁଣିବ ଆସ । ତମପାଇଁ ଖୁସି ଖବର ।"

ଝୁମୁରୀ, ଗୌରୀ, ଗୌର, ସମରା ଉପର ମହଲାରୁ ଦ୍ରୁତଗତିରେ ଓହ୍ଲେଇ ଆସି ଠୁଳ ହୋଇଗଲେ ତଳମହଲା ବଂଗଳାରେ ଯେଉଁଠି ଆନନ୍ଦରେ ପ୍ରଳାପ କରୁଥିଲେ ରୁଦ୍ରପ୍ରତାପ ।

– "ବାବା !!" ଝୁମୁରୀ, ଗୌରୀ ବାବାଙ୍କୁ ଦୁଇ ପାର୍ଶ୍ୱରୁ ବେଢ଼ିଗଲେ ।

– "ଆରେ ତମ ଭାଇ ଫେରି ଆସିଛିରେ ।"

– "ଆମ ଭାଇ ?" ପ୍ରଶ୍ନ କଲେ ଗୌରୀ ଓ ଝୁମୁରୀ ।

– "ତା' ସାଥିରେ ତମ ନୂଆ ଭାଉଜ ।"

– "ନୂଆ ଭାଉଜ ।"

– "ହାଃ...ହାଃ...ହାଃ.. ଆରେ ଚାହିଁଚ କ'ଣ ? ସମରା, ଗୌର, ଯାଅ, ମୋ' ଘରକୁ ସଜାଅ, ମିଠା ଆଣ, ଉତ୍ସବ ମନାଅ । ଆନନ୍ଦ ଉତ୍ସବ..ହାଃ..ହାଃ..ହାଃ..ଆଃ" ନିଜ ଛାତିରେ ଯନ୍ତ୍ରଣା ଅନୁଭବ କରି ଚାପି ଧରିଲେ ରୁଦ୍ରପ୍ରତାପ ।

– "ବାବା !!" ଚିତ୍କାର ସହ ଧରିନେଲେ ଗୌରୀ, ଝୁମୁରୀ, ଗୌର, ସମରା । ବିବ୍ରତ ହୋଇ ଉଠିଲେ ପ୍ରିୟମ୍ବଦା ଓ ଅନୁରାଗ ।

ଧରିନେଇ ଧୀରେ ସୋଫା ଉପରେ ବସାଇ ଦେଲେ । ଅନୁରାଗ ନିଜ ଷ୍ଟେଥସ୍ ଛାତିରେ ପକାଇ ଚେଷ୍ଟ କରି କହିଲେ, "ଡୋଣ୍ଟ୍ ଓରି । ଟିକେ ବେଶି ଇମୋସ୍‌ନାଲ ହେଇ ଗଲେତ....। ରେଷ୍ଟ୍ ନେଲେ ଠିକ୍ ହେଇଯିବେ । ନେଇଯାଇ ତାଙ୍କୁ ଶୁଆଇ ଦିଅ ।"

– "ନାଇଁ, ମୁଁ ଶୋଇବିନି । ଏଇଠି ବସିବି । ଗୌରୀ, ଝୁମୁରୀ, ଆସ ମୋ' ପାଖରେ ବସ ।" ଗୌରୀ-ଝୁମୁରୀ ଦୁଇ ପାର୍ଶ୍ୱରୁ ବାବାଙ୍କୁ ଭିଡ଼ିହେଇ ବସି କୁଣ୍ଢାଇଧରି ଏକସ୍ୱରରେ କହିଲେ-

– "ତମର କିଛି ହେବନି ବାବା, ଆମେ ପରା ଅଛୁ । ତମ ଦି ଝିଅ ।"

ଦୁଇ ଝିଅଙ୍କୁ ଦୁଇବାହୁରେ କୋଳେଇ ଧରି ଭାବବିହ୍ୱଳ ରୁଦ୍ର ଦୃଢ଼ ସ୍ୱରରେ କହିଲେ –

– "ଇଏସ୍ !"

॥ ୫୯ ॥

"ବାବା-ମା' ଯାଇଛନ୍ତି ଭାଇ-ଭାଉଜଙ୍କୁ ଦେଖିବା ପାଇଁ। ସେମାନେ ଫେରିବା ଡେରିହେବ। ସମରା, ଗୌରଭାଇ ଯାଇଛନ୍ତି ମାର୍କେଟିଂ। ଏବେ ଆ ନାନୀ, ଆମେ ବସି ମଜାଗପ କରିବା।"

ଗୌରୀକୁ ଟାଣିଟାଣି ନେଇ ବିଛଣା ଉପରେ ବସାଇଦେଲା ଝୁମୁରୀ। ଗୌରୀ କହିଲା- "ମୋ' ସୁନା ଭଉଣୀଟା, କଉ ମଜାକଥା କହିବୁ ଲୋ ?"

– "ନାଇଁ, ନାଇଁ, ତୁ ଗପ କହିବୁ-ମୁଁ ଶୁଣିବି। ଦେ କହ !"

– "କି ଗପ କହିବି ତୋତେ ?" କହିଲା ଗୌରୀ।

– "ପ୍ରେମ ଗପ !"

– "ପ୍ରେମ ! ତୋର ପ୍ରେମ କରିବାଲାଗି ମନ ଉଚ୍ଛନ୍ନ ହେଲାଣି ? ଠିକ୍ ଅଛି, ବାବା ଆସନ୍ତୁ, ତାଙ୍କୁ କହି ସମରା ସାଂଗରେ...."

– "ଧେତ୍ ! ମୁଁ କ'ଣ ସେଇକଥା କହୁଚି ?"

– "ଆଉ କଉ କଥା, କାହା କଥା ?"

– "ବୁଝିପାରୁନୁ ହୁଣ୍ଡୀଟା, ଆରେ ମୋ' ଗୌର ଭିଣେଇ ଭାଇଙ୍କ ସାଂଗରେ ମୋ' ଗୌରୀନାନୀର ଚୋରା ପ୍ରେମ କାହାଣୀ।"

– "ଚୁପ୍ ! ଚଗଲୀ ହେଇ ଗଲୁଣି। ମୁଁ କାହିଁକି କାହାକୁ ପ୍ରେମ କରିବି ?"

– "ଆହାହା, କହନା ! ଆଉ ଗୌରଭାଇ କ'ଣ ଆପେଆପେ ଆସି ମୋ' ନାନୀକି ବାହାହେଇ ପଡ଼ିଲେ ? ଉଁ ? ଜବାବ ଦେ ! ଚୁପ୍ ରହିଲୁ ଯେ, ଓ ଲାଜ ଲାଗୁଛି ? ବୁଝିଲି... !"

– "କ'ଣ ବୁଝିଲୁ ? କ'ଣ ବୁଝିଲୁ ତୁ ?"

– "ବୁଝିଲି ଯେ ମାନେ-"

– "ମାନେ ?"

– "ସେଇ କଥା !"

ଚଟ୍‌କିନା ଉଠି ଚାଲି ଯାଉଥିଲା ଝୁମୁରୀ। ଗୌରୀ ତା' ହାତ ଟାଣି ଧରି- 'ରହ, ଚାଲି ଯାଉଛୁ କୁଆଡ଼େ?'

– "ନାନୀ, ଆରେ ଛାଡ଼।"

– "ନାଇଁ। ନ କହିବା ଯାଏ ଛାଡ଼ିବିନି, ଆ ବସ୍।" ଟାଣି ବସାଇଦେଲା ଝୁମୁରୀକୁ ନିଜ କୋଳରେ। ଭିଡ଼ିଧରି ତାଗିଦ କରି କହିଲା "କହ, କ'ଣ କହୁଥିଲୁ?"

ଧମକେଇ - "କହିବି ତ, ନା କହିବି ତ?"

– "ଆରେ କହୁନୁ, କେତେ ଫାଜିଲାମି କରୁଚୁ।" ଉତ୍କଣ୍ଠା ବଢ଼ି ବଢ଼ି ଯାଉଥିଲା ଗୌରୀର।

– "କହୁଚି, ଏଇ ଆମ ମା' କହୁଥିଲେ, ମୋର କାଲେ ପିଲା ହେବ।"

ଚମକି ଉଠିଲା ଗୌରୀ- "କ'ଣ? ତୋର ଫେର ପିଲା? ଆଲୋ ବାହା ହେଇନୁ, କଥା କ'ଣ?"

ହସି ଉଠିଲା ଝୁମୁରୀ, ଗୌରୀ କୋଳରୁ ଓହ୍ଲେଇ ଆସି ସାମ୍ନାରେ ବସିଗଲା। ଝାଂପିପଡ଼ି ଗୌରୀର ଚିବୁକ ହଲେଇ ଦେଇ କହିଲା- "ହୁଣ୍ଡୀଟା, ମୋର ନୁହେଁଲୋ ତୋର।"

ଲାଜରେ ମୁହଁ ପୋତିଦେଲା ଗୌରୀ। ଗୌରୀର ମୁଖ ତୋଳିଧରି "କି କ'ଣ ହେଲା ମୋ' ନାନୀ ପରୀର?" ହସିଦେଇ ମୁହଁ ବୁଲେଇ ନେଲା ଗୌରୀ। ତାଗିଦ୍ କରି କହିଲା ଝୁମୁରୀ –

– "ଦେଖ, ମୋର ଗୋଟେ ସୁନ୍ଦୁରିଆ ପୁଅ ଦରକାର। ଦେଖିବୁ ତୁ ତାକୁ ଜନ୍ମଦେଇ ସାରିଲା ପରେ, ତାର ଜଂଜାଳ କିଛି ତୋତେ ବୁଝିବାକୁ ପଡ଼ିବନି ଲୋ, ସବୁ ଏଇ ଝୁମୁରୀର। ଏମିତି ତାକୁ ପଟେଇ ଦେବି ଯେ, ସିଏ ମୋତେ ଡାକିବ ମା' ଆଉ ତୋତେ ମାଉସୀ।"

ହସିଦେଇ - "ହଉ ହେଲା, ସେ ବେଳତ ଆସୁ।" କହିଲା ଗୌରୀ।

– "ଜାଣିଛୁ ନାନୀ, କଥାଟା ଜାଣିବା ପାଖରୁ ସମଲେଇ ମା'କୁ ମୁଇଁ ମାନସିକ କରିଚେ, ପୁଅ ହେଲେ ମୁଇଁ ତାକେ ଦେମି ଗୋ, କ'ଣ ଜାଣିଛୁ? ସୁନାର ଚିତା!"

କୋହଭରା କଂଠରୁ ଗୌରୀର ଭାବ ଉଛୁଳି ପଡ଼ିଲା।

– "ଝୁମୁରୀ!" ଭିଡ଼ି ଧରିଲା ଝୁମୁରୀକୁ। "ମୋ' ସୁନା ଭଉଣୀ!" ଆଖିରୁ ଝରି ପଡ଼ିଲା ଅଶ୍ରୁ। ଛଳଛଳ ହେଇ ଉଠିଲା ଝୁମୁରୀର ଦୁଇ ଆଖି।

ହଠାତ୍ ବାନ୍ତି ଉଠିଲା ଗୌରୀର। ଝୁମୁରୀକୁ ଠେଲି ଦେଇ ଉଠି ଧାଇଁଗଲା

ବେସିନ ପାଖକୁ । ଝୁମୁରୀ ବି ଧାଇଁଗଲା ପଛେ ପଛେ । ଦେଖିଲା ନାନୀ ବାନ୍ତି କରୁଛି । ହସିଦେଲା ଝୁମୁରୀ, ଏତ ଶୁଭ ଲକ୍ଷଣ ।

ବାନ୍ତି କରିବାର ଶବ୍ଦ ଶୁଣି ଦ୍ରୁତ ପଦକ୍ଷେପରେ ଗୃହ ଭିତରକୁ ପଶି ଆସିଲେ ସମରା ଆଉ ଗୌର ।

– "କ'ଣ ହେଲା, କ'ଣ ହେଲା ଗୌରୀର ? ଗୌରୀ, କ'ଣ ହେଲା ତୋର ?" ଗୌରୀକୁ ଧରିନେଇ ପଚାରିଲା ଗୌର । ବ୍ୟସ୍ତ ହେଇ ଉଠୁଥିଲା ଗୌରର ମନ ।

କିଛି କହିଲାନି ଗୌରୀ । ମୁହଁ ତଳକୁ କରି ଚାଲିଗଲା ଘର ଭିତରକୁ । ଶୋଇପଡ଼ିଲା ବିଛଣାରେ ମୁହଁ ଢାଙ୍କି ଲାଜରେ ।

– "ଗୌରୀ !" କିଛି ବୁଝି ନପାରି ପଛେପଛେ ଯାଉଥିଲା ଗୌର । ହାତ ଟାଣି ଧରିଲା ପଛରୁ ଝୁମୁରୀ, ଆକଟ କରି କହିଲା– "ରୁହ, ସେ ଆଡ଼େ ନୁହେଁ, ଏ ଆଡ଼େ ଆସ ଭିଣେଇ ଭାଇ । କ'ଣ ଘଟଣା ମୁଁ କହୁଚି ।" ଟାଣି ଟାଣି ଗୌରକୁ ନେଇଗଲା ନିରୋଳାକୁ ।

– "ଆରେ କଥାଟା ତ କ'ଣ କହ ?"

– "କହିବି ଯେ, ବକ୍‌ସିସ୍ ଦେବାକୁ ପଡ଼ିବ । କିରେ ସମରା କହୁନୁ ।" ସମରା ବଲବଲ କରି ଚାହିଁଥିଲା । "ଆରେ, ତୁ ତ ହୁଣ୍ଡାଟା, ତୁ କ'ଣ କହିବୁ ? କ'ଣ ଦବକି ନାହିଁ ?" ପଚାରିଲା ଗୌରକୁ ଝୁମୁରୀ ।

– "ବକ୍‌ସିସ ? ଆଲୋ ତୁ ପୁଣି କି ବକ୍‌ସିସ୍ ନବୁ ? ଦେଖୁଚୁତ ଅଟୋ ଚଳେଇ ପେଟ ପୋଷୁଥିବା ମଣିଷଟା ମୁଁ ।"

– "ମୁଁ ସେ ଧନ-ରତନ କିଛି ମାଗୁନି ମ !"

– "ଓ, ତୁ ଯାହା ଚାହୁଁଚୁ, ମୁଁ ବୁଝି ପାରୁଛି । ଠିକ୍ ଅଛି, ଏଇ କଥା ତ ? ଫଗୁଣ ଆସିଲେ ମୁଁ ତୋତେ ବାହା କରେଇ ଦେବି ।"

– "ମୋତେ ତୁମେ ବାହା କରେଇଦବ ? କାହା ସାଥିରେ ଶୁଣେ ?"

– "ତୁ ଯାହାକୁ ମନେମନେ ଭଲ ପାଉଛୁ, ସମରା ।"

ଲାଜେଇ ଗଲା ଝୁମୁରୀ, ହସିଦେଇ ମୁହଁ ବୁଲେଇ ନେଲା ସମରା । ଗୌର ଗେହ୍ଲେଇ ହେଇ କହିଲା–

– "ଆଚ୍ଛା ମୋ' ସୁନାଟା ପରା, ଏବେ କହ !"

– "ଶୁଣିବ, ମୋ' ଗୌରୀନାନୀ ମା' ହେବାକୁ ଯାଉଛି । ତମେ ବାପା ।"

– "ମାଆ-ଗୌରୀ ? ?" ଚମକି ଉଠିଲା ଗୌର । ଦକ୍‌ସି ଗଲା ଦେହ । ତା'

ମନ ଭିତରଟାରେ କେଜାଣି କାହିଁକି ଖେଳିଗଲା ଗୋଟେ ବିଷାକ୍ତ ଭାବ ତରଙ୍ଗ । ଯେମିତି ଗୋଟେ ବିଷଧର ସର୍ପ ତା ଦିମାକ ଉପରେ ଫଣାଟେକି ସବାର ହୋଇଛି । ଚୋଟ ପରେ ଚୋଟ ମାରୁଛି ।

– 'ଆଃ... !'ମୁଣ୍ଡକୁ ଟିପି ଧରି ବସି ପଡ଼ିଲା ସୋଫାଟା ଉପରେ ଗୌର ।

ସମରା -ଝୁମୁରୀ ଧରିନେଇ ଚିତ୍କାର କରି ଉଠିଲେ–

– "କ'ଣ ହେଲା ଗୌର ଭାଇ ? ?"

ମୂକ ପାଲଟି ଯାଇଥିଲା ଗୌର ଯେମିତି !

॥ ୬୦ ॥

ଚାନ୍ଦିନୀ ଶୋଇଛି ଛାଇ ନିଦରେ ।

ସମୟ ଅପରାହ୍ନ ।

ଏବେ ବି ଜାଳି ପୋଡ଼ି ଦେଉଛି ଖରାର ତାତି । ସେଥିକୁ ଖାତିର ନାହିଁ ତା'ର, ସେ ସାଗର । ନିଛାଟିଆ ଖରାବେଳ, ଏଇତ ମଉକା ।

ମଦମସ୍ତ ସାଗର ଟଳିଟଳି ଆସୁଛି । ହାତରେ ମଦବୋତଲ । ପାଟିରୁ ଅନର୍ଗଳ ଉଦ୍‌ଗାର–

– "ଆଇ ଲଭ ଇଉ ଚାନ୍ଦିନୀ । ଆଇ ଲଭ ଇଉ । ଥରେ, ଖାଲି ଥରେ ମୁଁ ତମକୁ କିସ୍ କରିବି । ଖାଲି ଥରେ । ଇଏସ ! ତମ ସେ ଗୋରା ଗୋରା ଗାଲ, ନାଲି ନାଲି ଓଠ, ନୀଳନୀଳ ଢଳଢଳ ଆଖି, ତମ ସେ ପୂରିଲା, ପୂରିଲା ଆଃ, ମୋତେ ପାଗଳ କରିଚି । ପାଗଲ୍ ....!"

କବାଟ ଠେଲି ପଶି ଆସିଲା ସାଗର ।

ବିଛଣାରୁ ଧଡ଼ପଡ଼ ଉଠି ବସିଲା ଚାନ୍ଦିନୀ ।

– "ଏ କ'ଣ, ତମେ..ଏପରି ଅବସ୍ଥାରେ ? ଯାଅ, ବାହାରି ଯାଅ ଘରୁ ।" ଚିତ୍କାର କରି ଉଠିଲା ଚାନ୍ଦିନୀ ।

– "ଏଁ, ମୋତେ ତୁମେ ବାହାରି ଯିବାକୁ କହିଲ ? ଆରେ ମୁଁ ତୁମକୁ କେତେ ଭଲପାଏ । I my self Mr. Sagar Patnayak, ଏ ସହରର ସବୁଠୁ ବଡ଼ କେପିଟାଲିଷ୍ଟର ପୁଅ । Only son, understand?"

ଚେୟାର ଉପରେ ଟଳିଟଳି ବସି ପଡ଼ିଲା ସାଗର ।

– "ସାଗର ବାବୁ!" ବିଚଳିତ ହେଇ ଉଠୁଥିଲା ଚାନ୍ଦିନୀ ।

– "ନୋ, ବାବୁ ନୁହେଁ, କୁହ ଡାର୍ଲିଂ !"

– "ସଟ୍ ଅପ୍ !" ଚାନ୍ଦିନୀ ଗର୍ଜି ଉଠିଲା ।

– "ହାଃ-ହାଃ-ହାଃ ! ମୋତେ କିଛି ଫରକ୍ ପଡ଼ିବନି । ଏଇ ଦେଖି ପାରୁଛ

ପୁରା ଥ୍ରୀ ଏକ୍ସ ରମ୍ । ଓନଲୀ ଆଉ ସିଙ୍ଗଲ ପେକ୍ ପକେଇ ଦେଲେ ନା, ମାଇଣ୍ଡ ଟା ପୂରା ଫ୍ରେସ୍ । ସବୁ ଝମାଲ୍ । ହାଃ-ହାଃ-ହାଃ... !"

ଚେୟାରରୁ ଉଠିଲା ସାଗର । ବିବ୍ରତ ହେଇ ଉଠିଲା ଚାନ୍ଦିନୀ ।

– "କ'ଣ କରିବି ? କିପରି ଏ ଦୁଷ୍ଟକୁ ବିଦା କରିବି ?"

– "ରିଏଲି, ମାଇଁ ସୁଇଟ ଡାର୍ଲିଂ ଚାନ୍ଦିନୀ, ତୁମେ ବହୁତ ସୁନ୍ଦର । ଭେରି ଭେରି ବିଉଟିଫୁଲ୍ । ନୋ ଡାଉଟ୍, ମୁଁ ତମକୁ ସିଓର ମେରେଜ କରିବି । ତମେ ହେବ ବଡ଼ କେପିଟାଲିଷ୍ଟର ବୋହୂ । ଏଇ ସାଗର ପଟ୍ଟନାୟକର ସ୍ତ୍ରୀ ମାନେ ୱାଇଫ୍ ।"

– "ଓ ନୋ-ନା !" କାନରେ ହାତ ଜାକି ଚାନ୍ଦିନୀ ଶିହରି ଉଠିଲା ।

ଢକ୍‌ଢକ୍ କରି ପିଇ ଚାଲିଥିଲା ସାଗର । ବୋତଲଟାକୁ ଟେବୁଲ ଉପରେ ଥୋଇ- "ଆସ, ଆସ ଚାନ୍ଦିନୀ, ଥରେ ଖାଲି ମୁଁ ତମକୁ କିସ କରିବି; ଏଞ୍ଜଏ କରିବି । ଥରେ....।" ପାଖେଇ ଆସୁଥିଲା ଚାନ୍ଦିନୀ ଆଡ଼କୁ । ପାଟି କରି ଉଠିଲା ଚାନ୍ଦିନୀ ।

– "ଘୁଞ୍ଚିଯାଅ ।"

– "ହ୍ୱାଟ୍ ? ଘୁଞ୍ଚିଯିବି ? ? ହାଃ-ହାଃ-ହାଃ । ଆରେ ତମଭଳି କେତେ ଗୁଲ୍‌ସନ ଲେଡିର ଗୁଲ୍‌ଗାଲ ବଡିଟାକୁ ମୁଁ ଏ ରମ୍‌ର ରଂଗୀନ ନିଶାରେ ପେଷ୍ କରି ଛାଡ଼ି ଦେଇଛି । ଆଉ ଇଉ...।" ଧରିବାକୁ ଉଦ୍ୟତ ।

– "ସଟ୍ ଅପ୍ !" ଚାନ୍ଦିନୀ ଗର୍ଜି ଉଠି ଚାପୁଡ଼ାଏ କଷିଦେଲା ସାଗର ଗାଲରେ ।

– "ଆଃ !" ଚିତ୍କାର ସହ ଟଳି ପଡ଼ିଲା ସଗର ।

– "ଅସଭ୍ୟ ! ଇଏ କାଢ଼େ ବଡ଼ଘରର ପୁଅ ।"

– "ଏ, ତୁ ମୋତେ ମାଇଲୁ ? ସାଗର ପଟ୍ଟନାୟକକୁ ମାଇଲୁ ? ? ନୋ, ମୁଁ ତୋତେ ଛାଡ଼ିବିନି । ଆଜି ଏହାର ବଦଲା ନେବି ।"

ଉଠାଇ ଆଣିଲା ବୋତଲ । ପିଇପିଇ ଶେଷ କରିଦେଲା ମଦ । ଫିଙ୍ଗିଦେଲା ବୋତଲ, ଗର୍ଜି ଉଠିଲା ।

– "ଇଉ ଷ୍ଟୁପିଡ ଲେଡି ।"

ଧରିବାକୁ ଗୋଡ଼େଇଲା ଚାନ୍ଦିନୀକୁ । ଅସହାୟ ଅବସ୍ଥାରେ ଚାନ୍ଦିନୀ ଏକଡ଼ ସେକଡ଼ ହେଉଥାଏ । ବାହାରକୁ ଚାଲିଯିବାକୁ ଚେଷ୍ଟା କରୁଥିଲା । ଧରିନେଲା ସାଗର ଚାନ୍ଦିନୀର ହାତ ।

– "ରହ, ବୁଝିଲୁ ମୋ' ପାଲରୁ ତୋତେ ଆଜି କେହି ଉଦ୍ଧାର କରିପାରିବେନି ଲୋ ! ଜାଣିଥା ମୁଁ ଗୋଟେ ବାଘ ।"

– "ଛାଡ଼୍, ଛାଡ଼ିଦିଅ ମୋ' ହାତ ।"

– "ହାଃ-ହାଃ-ହାଃ ! ଆଗ ମୁଁ ତୋତେ ଏଞ୍ଜଏ କରିବି, ତା'ପରେ ଛାଡ଼ିଦେବି ବୁଝିଲୁ । ଆ..ଚାଲିଆ ।"

ଟାଣିନେଇ ଠେଲି ପକେଇ ଦେଲା ବିଛଣା ଉପରେ । ଚିତ୍ ହୋଇ ପଡ଼ି ଚିତ୍କାର କରି ଉଠିଲା ଚାନ୍ଦିନୀ-

– "ଅନୁରାଗ, ଅନୁରାଗ !"

ଚାନ୍ଦିନୀ ଉପରକୁ ଝାଂପି ପଡୁଥିଲା ସାଗର । ଛୁଟି ଆସିଲା ସାଗରିକା । ପଛେ ପଛେ ସୌଦାମିନୀ । ଗର୍ଜି ଉଠିଲେ ଉଭୟ ।

ସାଗରର ଦୁଇ ବାହୁକୁ ଧରି ଟାଣି ଓଟାରି ଆଣି ଧକ୍କା ଦେଲା ସାଗରିକା । ସାଗର ଛିଟିକି ତଳେ କଚାଡ଼ି ହୋଇ ପଡ଼ିଲା କିଛି ଦୂରରେ ।

– "ଚାନ୍ଦିନୀ!" ସାଗରିକା- ସୌଦାମିନୀ ଚାନ୍ଦିନୀକୁ ଧରି ଉଠାଇଲେ ।

– "ସାଗରିକା ଦିଦି, ସୌଦାମିନୀ ଦିଦି ।" ଉଭୟଙ୍କୁ କୁଣ୍ଢାଇ ଧରି କାନ୍ଦି ଉଠିଲା ଚାନ୍ଦିନୀ ।

ସାଗର ପ୍ରତି ଅଗ୍ନି ନେତ୍ରରେ ଚାହିଁଲା ସାଗରିକା ।

– "ଇଉ, ଏଠି ଆସି ଏଇ ତାମ୍‌ସା କରୁଚ ? କାହିଁ, ତୋ' ଝାଡୁଟା କାହିଁ ?"

ଖୋଜି ବାହାର କରି ଆଣିଲା ଝାଡୁ । ରଣଚଣ୍ଡି ପରି ପିଟି ଚାଲିଲା ସାଗରକୁ । ସାଗର ପିଟାଖାଇ ଚିତ୍କାର ଛାଡୁଥିଲା । ଦ୍ରୁତେ ଗୃହ ଭିତରକୁ ପଶି ଆସିଲା ଅବିନାଶ । ସାଗରିକାର ହାତଧରି ଅଟକାଇ-

– "ଆରେ ମରିଯିବ ଯେ !"

– "ଯାଉ, ଏଭଳି ମର୍ଦ୍ଦଙ୍କୁ ଏମିତି ଶାସ୍ତି ଦରକାର । ବୁଝିଲ ଅବିନାଶ, ଅନ୍ୟର ଝିଅ-ବୋହୂମାନଙ୍କ ଉପରେ ଯେଉଁମାନେ ଏଭଳି ପାପ ନଜର ପକେଇବେ, ବଳାତ୍କାର କରିବାକୁ ହିମ୍ମତ କରିବେ, ଆମେ କାହାରିକୁ ଛାଡ଼ିବୁନି । ଆଲୋ ଚାନ୍ଦିନୀ, ତୁ ଏତେ ଦୁର୍ବଳ ହେଇଗଲୁ କେମିତି ? ତା' ମୁହଁକୁ ଦି'ଟା ମାରି ପାରିଲୁନି ?"

ସୌଦାମିନୀ କହିଲା - "କହତ, ଆମେ ଠିକ୍ ସମୟରେ ପହଞ୍ଚି ନଥିଲେ ତୋର କି ପରିସ୍ଥିତି ହେଇଥାନ୍ତା ?"

ଅବିନାଶ ସାଗରକୁ ଧରି ଉଠାଇବାକୁ ଚେଷ୍ଟା କଲେ । କିଂତୁ ସାଗରଙ୍କର ଚେତା ନଥିଲା । ପାଟି କରି ଉଠିଲେ ଅବିନାଶ-

– "ସୌଦାମିନୀ, ଆରେ ପାଣି ଆଣ... !"

ଚାନ୍ଦିନୀ ପାଣି ବୋତଲ ଧରି ଆଗେଇ ଯାଉଥିଲା । ସାଗରିକା ଟାଣିଧରି

ଅଟକାଇ- "ନୋ, ତାକୁ ସେମିତି ଛାଡ଼ିଦିଅ। ଆପେ ଚେତା ଫେରି ଆସିବ।" ସାଗରିକା ସାଗରକୁ ଜୋରରେ ଝୁଙ୍କାଇ ଦେଇ- "ଏ!"

ଚେତାପାଇ ମିଟିମିଟି କରି ଚାହିଁଲା ସାଗର।

– "କ'ଣ ନିଶା ଖସିଲା ନା ଆଉ କିଛି ଡୋଜ୍ ଦରକାର?"

– "ନାଇଁ, ନାଇଁ ସାଗରିକା। ପ୍ଲିଜ୍ ମୋତେ କ୍ଷମା କରିଦିଅ।"

ସାଗରିକା ଗୋଡ଼ଧରି ପଡ଼ିଗଲା ସାଗର। ସାଗରିକା ଧୀରେ ଧରି ଉଠାଇ - "ଉଠ, ଉଠ! କଥା ଦିଅ, ଆଉ କେବେ ନୁହେଁ?'"

– "ଆଉ ନୁହେଁ। ଆଉ ଏ ଭୁଲ୍ କରିବିନି। ପ୍ରମିଜ୍!"

– "ଅବିନାଶ, ଏଙ୍କୁ ନେଇ ଯାଅ। ଆମେ ପଛରେ ଆସୁଛୁ।"

ଅବିନାଶ ସାଗରକୁ ଧରିଧରି ଘେନି ଯାଉଥିଲେ ବାହାରକୁ। ଚାହିଁ ରହିଥିଲେ ଏମାନେ କେମିତି ଗୋଟେ ଘୃଣ୍ୟ ଦୃଷ୍ଟିରେ। ଯେମିତି ନାରୀ ଚକ୍ଷୁରେ ଆଜି ଜଳି ଉଠିଛି ନିଆଁ ! ଅନ୍ତରରେ ଭରି ଉଠିଛି ବିଦ୍ରୋହର ଦାବାନଳ ! ସାଗରିକାଙ୍କ କଣ୍ଠରୁ ଫୁଟି ଉଠିଲା ବିଦ୍ରୋହର ଏହି ଅଗ୍ନିବାଣୀ –

"ଶୁଣ ଭଉଣୀମାନେ,

ଏଇ ଆଜିର ଗୋଟିଏ ଘଟଣା ନୁହେଁ। ସମାଜରେ ଏମିତି ପ୍ରତିଦିନ ପ୍ରତି ମୁହୂର୍ତ୍ତରେ ଘଟି ଚାଲିଛି ଅଘଟଣ। ଘରେ, ବାଟେଘାଟେ, ଛକ-ବଜାର, ମଠ-ମନ୍ଦିର ସବୁଠି ନାରୀ ଉପରେ ଚାଲିଛି ଅତ୍ୟାଚାର- ବଳାତ୍କାର। ନିର୍ଯ୍ୟାତନା ଆଜି ସୀମା ଟପି ଯାଇଛି। ଆଉ ନୁହେଁ, ଆମକୁ ଜାଗି ଉଠିବାକୁ ପଡ଼ିବ। ନାରୀମାନଙ୍କୁ ଶକ୍ତ ହେବାକୁ ପଡ଼ିବ। ନିଜେ ନିଜ ସୁରକ୍ଷାଲାଗି ଶକ୍ତି ପ୍ରୟୋଗ ନକଲେ, କେହି ରକ୍ଷା ପାଇ ପାରିବେନି। ନାରୀମାଂସ ଲୋଭୀ ଯୌନ ରାକ୍ଷସର ଦଳ ସାଁବାଲୁଆପରି ସାରା ସମାଜରେ ସାଲୁବାଲୁ ହେଇ ଘୂରି ବୁଲୁଛନ୍ତି। ଭଦ୍ରମୁଖା ପିନ୍ଧା ସେହି ଦାନବମାନଙ୍କ ଦାଉରୁ ବର୍ତ୍ତିବାକୁ ହେଲେ ଆମକୁ ସାଜିବାକୁ ହେବ ଦୁର୍ଗା- ଦୁର୍ଗତିନାଶିନୀ, କାଳୀ-ମହାକାଳୀ। କ'ଣ ତମେ ମୋ' କଥାରେ ଏକମତ?"

ଚାନ୍ଦିନୀ ଓ ସୌଦାମିନୀ ଏକ ସ୍ୱରରେ ଜବାବ ଦେଲେ-

– "ଆମେ ତମ କଥାରେ ଏକମତ ସାଗରିକା ଦିଦି!"

– "ଗୁଡ୍, ଶୁଣ, ଆମ ନାରୀ ଜାଗରଣ ସମିତି ତରଫରୁ ସହରରେ ଜିମ୍ ସେଣ୍ଟରମାନ ଖୋଲା ଯାଉଛି। କେବଳ ନାରୀମାନଙ୍କ ପାଇଁ। କାଲି ତାର ଉନ୍‌ମୋଚନ। ଛକ ଛକରେ ବଡ଼ବଡ଼ ହୋର୍ଡିଂ ଲାଗିବ। ସହରର ସବୁ ନାରୀମାନଙ୍କୁ

ଆହ୍ୱାନ–ଆମନ୍ତ୍ରଣ କରାଯାଉଛି । ଦେଖ୍‌ ଚାନ୍ଦିନୀ, ମୁଁ କାଲି ତୋତେ ସେହି ଉନ୍‌ମୋଚନ
ମଞ୍ଚରେ ଦେଖିବାକୁ ଚାହେଁ, ଇଏସ ?”

  – “ଇଏସ୍‌ !” ସମ୍ମତି ଜଣାଇଲା ଚାନ୍ଦିନୀ ।

  ଚାନ୍ଦିନୀ ଓ ସୌଦାମିନୀ ସାଗରିକାଙ୍କ ହାତରେ ହାତ ମିଳାଇଲେ ।

  ତଥାପି ମଉଳି ନଥିଲା ମଧ୍ୟାହ୍ନର ଖରା ।

॥ ୬୧ ॥

ସେଦିନୁ ଚପଳାର ସଂଧାନ ନାହିଁ ।

ଅନୁପମ ବୁଝି ପାରୁନି ଏପରି କ'ଣ ହେଲା ? ନିବେଦିତା କି ଚପଳାକୁ କେଉଁଠି ଲୁଚାଇ ଦେଇଛି ନା ଜୀବନରୁ ମାରି ଦେଇଛି ?

– "ଆଃ.... !"

ଅସହ୍ୟ ଯନ୍ତ୍ରଣାରେ ଜଳି ଉଠିଲା ତାର ଅନ୍ତର । କ'ଣ କରିବ? କେମିତି ଜାଣିବ ସେ ଯୁବତୀ ଏବେ କେଉଁଠି ? ଅସ୍ଥିର ହେଇ ଉଠିଲା ମନ । କାହିଁକି ଯେ ଜଣେ ଅଚିହ୍ନା-ଅପରିଚିତା ପାଇଁ ତା' ପ୍ରାଣରେ ଏତେ ପ୍ରବଣତା; ଏତେ ଆକର୍ଷଣ, ଅନୁରାଗ କାହିଁକି ? ସତରେ ସେ କ'ଣ ତାର କେହି ନିଜର, ଆପଣାର ? ? 'ଓଃ', ମୁଣ୍ଡକୁ ଟିପିଧରି ବସି ପଡ଼ିଲା ଆରାମ ଚଉକିଟା ଉପରେ । ନିଜକୁ ପ୍ରଶ୍ନକଲା –

– "ସତରେ ମୁଁ କ'ଣ ମତିଭ୍ରଷ୍ଟ ହେଇ ଯାଇଛି ? ମୋର ମେମୋରି ଫେଲ୍ କରିଯାଇଛି ? ମୁଁ କିଏ ? ଅନୁପମ ନା ଅନୁଭବ ? ସେ କିଏ....ଚପଳା ନା ଅନୁପମା ? ଆଃ... !" ଆଖି ବନ୍ଦ କରି ଢଳି ପଡ଼ିଲା ଚେୟାର ବାଡ଼ାକୁ ।

ଏଣେ ଚପଳାକୁ ଅନ୍ଧାରୀ ଘର ଭିତରେ ଚାବି ଦେଇ ବାନ୍ଧି ରଖିଛି ନିବେଦିତା । ହାତ-ପାଦରେ ରଶି । ମୁହଁରେ ପଟି । କାହାକୁ କେମିତିବା ଡାକିବ ? କିଏ ଶୁଣିବ ତା'ର ପ୍ରାଣର ଡାକ; ନୀରବ କ୍ରନ୍ଦନ ? ଚଟାଣରେ ଛାଟିପିଟି ହେଇ ଗଡ଼ୁଛି ଚପଳା । ଖସିବାର ଉପାୟ ନାହିଁ । ମନେମନେ କେତେ ଡାକୁଛି–

– ହେ ଭଗବାନ ! ଏହି କ'ଣ ତୁମର ବିଚାର ? କି ଦୋଷ କରିଥିଲି ମୁଁ? ସାଗରଦ୍ୱୀପର ଫୁଲକୁମାରୀ ଚପଳା ଜୀବନରେ ଏ କି ବିପର୍ଯ୍ୟୟ ? ଚପଳାରୁ ଆଜି ସ୍ମୃତି ଫେରି ମୁଁ ନିଜକୁ ଅନୁପମା ବୋଲି ଜାଣିଲା ପରେ ମୋ' ଅନୁପମକୁ ପାଖରେ ପାଇ କେତେ ଖୁସି ହୋଇଥିଲି ମୁଁ । ଭାବିଥିଲି ତାଙ୍କର ସ୍ମୃତି ଫେରୁ କି ନଫେରୁ, ସୁଯୋଗ ଦେଖି ମୁଁ ତାଙ୍କୁ ନେଇ ଚାଲିଯିବି ଆମ ଗାଁ ଚନ୍ଦ୍ରଭାଗା ନଚେତ ଫେର ସେହି ସାଗରଦ୍ୱୀପ । କେହି ପାଇବେନି ତା'ର ଟେର । ଓଃ ! ଏ କ'ଣ ହେଇଗଲା ? ହେ ପ୍ରଭୁ, ଏ ନର୍କରୁ ମୋତେ ଉଦ୍ଧାର କର । ମୋ' ଅନୁପମଙ୍କ ସ୍ମୃତି ଫେରେଇ ଦିଅ ପ୍ରଭୁ ।

ଅସରା ଅଶ୍ରୁର ଧାରା ଝରିଝରି ଶୁଖିଗଲାଣି ଆଖିପତା । ଆଉ କାନ୍ଦି ପାରୁନି ସେ । ସହି ପାରୁନି ନିବେଦିତାର ଚାବୁକ ପ୍ରହାର, ଅସହ୍ୟ ନିର୍ଯ୍ୟାତନା । ମରିଯାନ୍ତା ହେଲେ !

ଠକ୍ ଠକ୍ ଆବାଜ ହେଲା କବାଟ ସେପଟରୁ ।

ଫାଙ୍କ ଦେଇ ଚାହିଁଲା ଚପଳା-କିଏ ଜଣେ ଛିଡ଼ାହୋଇ ଠକ୍ ଠକ୍ କରୁଛି । କିଏ ଏ, କ'ଣ ଅନୁପମ ? ତାଙ୍କର ସ୍ମୃତି କି ଫେରି ଆସିଛି ? ସେବି କ'ଣ ତାଙ୍କ ଅନୁପମାକୁ ଖୋଜି ବୁଲୁଛନ୍ତି ? ଶବ୍ଦଟାଏ କରିବା ପାଇଁ ଚେଷ୍ଟାକଲା । ହେଲେ ପାରିଲାନି । କଛି କ୍ଷଣପରେ ଚାହିଁ ଦେଖିଲା-ବ୍ୟକ୍ତି ଜଣକ ଚାଲି ଯାଇଥିଲେ ।

ସାରା କ୍ୱାଟର, ତଳ, ଉପର ତାଲାର ସବୁ ଆଡ଼ ଖୋଜି ଖୋଜି ଯୁବତୀଟିକୁ ନପାଇ ବ୍ୟସ୍ତ ହେଇ ଉଠିଲା ଅନୁପମ । ନିରାଶାର କୁହେଳି ଭିତରେ ମନଶ୍ଚକ୍ଷୁ ଯେମିତି ଅନ୍ଧିଭୂତ ହେଇ ଯାଉଥିଲା । ଆପଣାର ଆପଣାର ପରି ଲାଗୁଥିବା ସେହି ଅଜଣା ଝିଅଟି କେତେ ଯତ୍ନ କରୁନଥିଲା ସତରେ... ! କେତେ ସ୍ନେହ-ମମତା ଅଜାଡ଼ି ନଦେଇଛି ଏଇ କେଇଟା ଦିନ ଭିତରେ ? ଯେମିତି ତା' ନିସଂଗ ପ୍ରାଣରେ ଭରିଥିଲା ଆଶାର ଆଶାବରୀ; ତା' ନିଝୁମ ମନରେ ଝୁମ୍ ! ହାଏ ! ହା-ହାକାର କରି ଉଠିଲା ଅନୁପମଙ୍କ ହୃଦୟ । ଭାଂଗି ପଡୁଥିଲା ସେ, ଯେମିତି ନିଜେ ନିଜ ଭିତରେ ଏକାନ୍ତରେ ।

ଆବାଜ୍ ଆସିଲା । ହର୍ଣ୍ଣ ଶୁଭିଲା । ଗେଟ୍ ସାମ୍ନାରେ ଛିଡ଼ାହେଲା ଆସି ନୀଳ ରଂଗର କାର୍‌ଟାଏ । ଗାଡ଼ିରୁ ଓହ୍ଲାଇଲେ ଅନୁରାଗ, ପ୍ରିୟମ୍ବଦା ଓ ରୁଦ୍ରପ୍ରତାପ ।

ଏମାନଙ୍କୁ ଆସୁଥିବାର ଦେଖି ଦ୍ୱନ୍ଦ୍ୱରେ ପଡ଼ିଗଲା ଅନୁପମ । ଏତ ଅନୁରାଗ ବାବୁ, ତାଙ୍କ ସାଥିରେ ଏମାନେ କିଏ ?

– "ଅନୁପମ ଭାଇ ନମସ୍କାର ।"

– "ନୋ, କୁହ ଅନୁଭବ ।"

– "ଇଏସ୍, ଇଏସ୍, ଅନୁଭବ । କିଏ ଆସିଛନ୍ତି ଦେଖିଲ ?"

– "କିଏ ଏମାନେ ?" ନିରୀକ୍ଷଣ କରି ଚାହିଁଲା ଆପାଦ ମସ୍ତକ ।

ନିଜକୁ ରୁକି ପାରିଲେନି ପ୍ରିୟମ୍ବଦା-"ଅନୁ ମୋ'ଅନୁରେ, ମୋ' ପୁଅ, ତୁ ତୋ' ବାବା-ମା'ଙ୍କୁ ଚିହ୍ନି ପାରୁନୁ ? ମୁଁ ପରା ତୋ' ମା', ଏ ତୋ ବାବା !"

– "ଅନୁପମ ! ଆମେ ତୋର ବାବା-ମାଆରେ !" କହିଲେ ରୁଦ୍ର ।

– "ଓଃ ! ଷ୍ଟପ୍ ।" ବିଚଳିତ ହେଇ ଉଠିଲା ଅନୁପମ ଓ ଘୁଞ୍ଚିଗଲା କେତେ ପାଦ ।

ଦୂରେଇ ଆସିଲେ ରୁଦ୍ର ଓ ପ୍ରିୟମ୍ବଦା । ଅନୁରାଗ କହିଲା- "ମୁଁ କହୁଥିଲି ନା, ସେ ମେମୋରି ହରେଇ ବସିଚନ୍ତି ।"

– "ହେ ପ୍ରଭୁ କାଳିଆ ସାଆନ୍ତ.. ମୋ' ପୁଅର ଏ କ'ଣ ହେଇଗଲା ପ୍ରଭୁ ?" ରୁଦ୍ର ସାନ୍ତ୍ୱନା ଦେଲେ- "ରୁହ, ଧୈର୍ଯ୍ୟଧର ପ୍ରିୟମ୍ବଦା ! ସବୁ ଠିକ୍ ହେଇଯିବ । ପୁଅ ଲାଗି ବିକଳ ହେଉ ଥିଲ ନା; ପୁଅକୁ ଦେଖିଲ । ସେହି କଳାଠାକୁର ଯିଏ ତମ ହଜିଲା ପୁଅକୁ ଖୋଜି ଆଣି ଦେଲେ, ତା'ର ହଜି ଯାଇଥିବା ସ୍ମୃତିକୁ ଦିନେ ସେ ନିଶ୍ଚୟ ଫେରେଇ ଦେବେ । ତାଙ୍କ ଉପରେ ବିଶ୍ୱାସ ରଖ । ହେ ଜଗନ୍ନାଥ !" ଆଖି ବନ୍ଦ କରି ହାତଟେକି ସମର୍ପିତ ହେଲେ ରୁଦ୍ରପ୍ରତାପ । ତାଙ୍କ ସହିତ ପ୍ରିୟମ୍ବଦା ବି ।

– "ଅନୁପମ ସରି ଅନୁଭବ ଭାଇ, ତମେ କ'ଣ ଏମାନଙ୍କୁ ଚିହ୍ନି ପାରୁନ ? ଆରେ ଏମାନେ ତମ ବାବା-ମାଆ, ଡାଡି-ମମି ।"

– "ମୋ' ଡାଡି -ମମି ??" ମନେ ପକାଇ ବିଫଳ ହେଲେ ଅନୁପମ ।

"ଆଃ"-ମୁଣ୍ଡ ଟିପି ଧରି - "ମୋ' ମୁଣ୍ଡ ଭିତରଟା କ'ଣ ହେଇ ଯାଉଛି ? ନାଇଁ...ମୋର କେହି ଡାଡି-ମମି ନାହାନ୍ତି, ଯାଅ, ଏମାନଙ୍କୁ ନେଇଯାଅ ମୋ' ପାଖରୁ ।"

ମୁହଁ ବୁଲାଇ ନେଲା ଅନୁପମ ଭିନ୍ନ ଦିଗକୁ । ବିଚଳିତ ହେଇ ଉଠି କହିଲେ ରୁଦ୍ର- "ଥାଉ, ତାକୁ ଆଉ ବିବ୍ରତ କରିବା ଠିକ୍ ହେବନି । ଆସ ପ୍ରିୟମ୍ବଦା, ଆମେ ଏଠୁ ଚାଲିଯିବା । ଆମେ ଆସୁଚୁ ଅନୁରାଗ, ଗାଡ଼ିରେ ଅଛୁ । ତୁ ଆସ୍ ।"

ବିକଳ ହୋଇ ପୁଅ ଆଡ଼କୁ ଚାହିଁ- "ଅନୁରେ, ମୋ' ବାପା ! ହେ କାଳିଆ ସାଆନ୍ତ, ମୋ' ପୁଅକୁ ଭଲ କରିଦିଅ ପ୍ରଭୁ । ତମକୁ କୋଟି କୋଟି ଦଣ୍ଡବତ ।"

ରୁଦ୍ର ପ୍ରିୟମ୍ବଦାଙ୍କ ହାତ ଟାଣିଧରି ଘେନିଗଲେ ।

ମା'ର ଅମାନିଆଁ ଆଖି ଫେରି ଚାହିଁ ରହିଥିଲା ତା' ସନ୍ତାନ ଉପରେ । ବର୍ଷୁଥିଲା ଆଖିରୁ ଅଶ୍ରୁ ।

– "କ'ଣ ଆଉ ଚାହିଁବେନି ଏ ଆଡ଼କୁ ?" ସେମାନେ ଚାଲିଗଲେଣି । ଫେରି ଚାହିଁଲା ଅନୁପମ- ତା' ଭିତରେ ଯେମିତି ଏକ ବ୍ୟସ୍ତପଣ ଅସ୍ଥିର କରି ପକାଉଥିଲା । କିଏ ଯେପରି ଟାଣି ଧରୁଥିଲା ସେଇ ଆଡ଼କୁ । ସେମାନେ ଚାଲି ଯାଉଥିଲେ ।

ଅନୁପମଙ୍କ ମାନସିକ କ୍ରିୟା -ପ୍ରତିକ୍ରିୟାକୁ ଠିକ୍ ଲକ୍ଷ୍ୟ କରି ପାରୁଥିଲେ । ତାଙ୍କ ମୁଖ ମଣ୍ଡଳରେ ଫୁଟି ଉଠୁଥିଲା ପ୍ରସନ୍ନତାର ସ୍ମିତ ଆଭା । ମନେ ମନେ କହିଲେ- 'ଇଏସ୍, ମେଡିସିନ ଠିକ୍ କାମ କରୁଛି ! ଖୁବ୍ ଶୀଘ୍ର ତମ ସ୍ମୃତି ଫେରୁଛି ଅନୁପମ ଭାଇ ।' ହଠାତ୍ ମନେ ପଡ଼ିଗଲା ତା' ଅନୁଅପାର କଥା । ଚାରିଆଡ଼େ ଘୂରି ଆସିଲା

ତାର ଖୋଜିଲା ଖୋଜିଲା ଆଖି । ଆରେ କି ଆଶ୍ଚର୍ଯ୍ୟ ! ଯେତେଥର ଆସିଛି, ସବୁଥର ସେ ଆସି ଦୂରରେ ଛିଡ଼ା ହେଇଥାନ୍ତି ସେଇଠି । ଆଜି କ'ଣ ହେଲା ? ଅନୁପମଙ୍କୁ ବ୍ୟସ୍ତ ହେଇ ପଚାରିଲା ଅନୁରାଗ- "ଆଚ୍ଛା, ଅନୁଭବ ଭାଇ, ତାଙ୍କୁ ତ ମୁଁ ଦେଖୁନି ।"

– "ଓ, ଡକ୍ଟର ନିବେଦିତାଙ୍କ କଥା କହୁଚ ?"

– "ଜାଣିଛି, ସେ ଏବେ ହସ୍‌ପିଟାଲ ଡିଉଟିରେ । ଆରେ ନା ନା, ମୁଁ ତାଙ୍କ କଥା କହୁନି । କହୁଚି-ସେହି ଯଉ ଯୁବତୀ ଜଣକ ଏଠି ରହୁଥିଲେ, ଯାହାଙ୍କୁ ନିବେଦିତା କହୁଥିଲେ ମେଡ ସରଭେଣ୍ଟ ।"

– "ଓ, ସେ କ'ଣ ତ ତାଙ୍କ ନାଆଁଟା ?" ମନ ଭିତରେ ମନ୍ଥନ "ଚପଳା ...ଅନୁପମା ? ଅନୁପମା...ଚପଳା ?" କ୍ଷଣେ ସ୍ଥିର ରହି - "ଇଏସ୍ ଚପଳା.. !"

– "ହଁ ଚପଳା !"

– "ନୋ ନୋ ଅନୁପମା !"

– "ଅନୁପମା !" ମୃଦୁ ଚିତ୍କାର କରି ଉଠିଲେ ଅନୁରାଗ ।

ସେଦିନ ଦେଖିବାପରେ ଠିକ୍ ଜାଣିଥିଲି- "ସେ ମୋ' ଅନୁଅପା ! ଅନୁଭବ ଭାଇ, ସତ କୁହ, ସେ ଚପଳା ନା ଅନୁପମା ?"

– "ସତ, ତାଙ୍କର ହଜି ଯାଇଥିବା ସ୍ମୃତି ଫେରି ଆସିଛି । ସେ ଆଉ ଚପଳା ନୁହେଁ, ଏବେ ଅନୁପମା ! ଇଏସ୍ ! ଦେଖ, ଏକଥା କାହାକୁ କହିବନି, ସେ ମୋତେ ନିୟମ ଦେଇଛି । ଯଦି ନିବେଦିତା ଜାଣିବ...ତାକୁ ମାରିଦେବ ।"

– "କାହିଁ, କାହିଁ ମୋ' ଅପା ! ଅନୁଅପା, ଅନୁଅପା । ଅନୁରାଗ ଏକଡ଼ ସେକଡ଼ ଧାଇଁ ବୁଲି ଡାକିହେଲେ ଅନୁପମାକୁ, କିଂତୁ ଜବାବ ନଥିଲା । କୁହନ୍ତୁ ଅନୁଭବ ଭାଇ, ସେ କେଉଁଠି...ସେ ମୋ' ଅପା, ମୋ' ଭଉଣୀ..."

– "ବହୁତ ଖୋଜିଲିଣି, ପାଉନି ।"

– "ମାନେ ? ସେ କ'ଣ ଏଠୁ ଚାଲି ଯାଇଛି ? ଇଏସ୍ ନିବେଦିତାକୁ ପଚାରିଲେ ସବୁକଥା ଜଣା ପଡ଼ିଯିବ । ଆଚ୍ଛା, ତମେ ଏବେ ବିଶ୍ରାମ କର । ମୁଁ ଆସୁଛି ।"

ଚାଲି ଯାଉଥିଲେ ଅନୁରାଗ । ପଛରୁ ହାତ ଟାଣି ଧରିଲା ଅନୁପମ ।

– "କିଛି କହିବ ?"

– "ଏମାନେ ସତରେ କ'ଣ ମୋର ମମି-ଡାଡି ?"

– "ଇଏସ୍, ଭାବିନିଅ ସତ ! ବାଏ !"

– "ନୋ, ମୁଁ ତାଙ୍କୁ ଏମିତି ଇନ୍‌ସଲ୍‌ଟ କରିବା ଠିକ୍ ହେଇନି । ମୁଁ ଯିବି । ତାଙ୍କୁ କ୍ଷମା ମାଗିବି ।"

– "ଭେରି ଗୁଡ୍ ! ତେବେ ଆସ ମୋ' ସହିତ ।"

ଅନୁରାଗ ଅନୁପମଙ୍କୁ ନେଇଗଲେ ଗେଟ୍ ପାଖକୁ । ଅନୁପମ ଆସୁଥିବାର ଦେଖି ରୁଦ୍ର ଓ ପ୍ରିୟମ୍ବଦା କାରରୁ ଓହ୍ଲାଇ ଆସି ଛିଡ଼ା ହେଲେ ସାମ୍ନାରେ ।

ଅନୁପମ ସେମାନଙ୍କୁ ଗଭୀର ଭାବରେ କିଛିକ୍ଷଣ ନିରୀକ୍ଷଣ କରି ଚାହିଁ ରହିଲା ଅପଲକ ଦୃଷ୍ଟିରେ । କିଛି କହିଲାନି, ଖାଲି ପାଦଧୂଳି ନେଇ ମଥାରେ ମାରିଲା ।

ରୁଦ୍ର ଅନୁପମଙ୍କୁ ବକ୍ଷରେ ଭିଡ଼ି ନେଇ ମଥାରେ ହାତ ବୁଲାଇ ଆଣିଲେ । ପ୍ରିୟମ୍ବଦା ଅନୁପମଙ୍କୁ କୋଳେଇ ଧରି ତା' କପାଳରେ ଚୁମାଟିଏ ଆଂକିଦେଲେ । ରୁଦ୍ର କହିଲେ–

– "ଆଚ୍ଛା ଅନୁରାଗ, ଆମ ପୁଅକୁ ଏବେ ଆମ ଘରକୁ ନେଇ ଟ୍ରିଟ୍‌ମେଣ୍ଟ କଲେ ହୁଅନ୍ତାନି ?"

– "ନୋ, ସେଇଟା ଠିକ୍ ହେବନି । ଡା. ନିବେଦିତା ତାକୁ ନୂଆ ଜୀବନ ଦେଇଛନ୍ତି । କେତେ କେୟାର ନେଉଛନ୍ତି । ଜଣେ ଡକ୍ଟରଙ୍କ ଅଣ୍ଡରରେ ଟ୍ରିଟ୍‌ମେଣ୍ଟ କ'ଣ ଘରେ ହେଇ ପାରିବ ?"

ପ୍ରିୟମ୍ବଦା କହିଲେ– "ନା, ସେ ଏଇଠି ଥାଉ । ଭଲରେ ଥାଉ । ଭଲ ହୋଇଗଲେ ମୋ' ପୁଅକୁ ମୁଁ ନିଜେ ଆସି ମୋ' ଘରକୁ ନେଇଯିବି । ତୁ ଥା' ବାବା ! କାଳିଆ ସାଆନ୍ତ, ତୋତେ ଘଣ୍ଟ ଘୋଡ଼େଇ ରଖିଥାନ୍ତୁ । ହେ ପ୍ରଭୁ !" ହାତ ଯୋଡ଼ିଲେ ପ୍ରିୟମ୍ବଦା ଠାକୁରଙ୍କ ଉଦ୍ଦେଶ୍ୟରେ । ତାପରେ–

ରୁଦ୍ର ଓ ପ୍ରିୟମ୍ବଦା ଗାଡ଼ିକୁ ଉଠିଗଲେ । ଅନୁରାଗ ଅନୁପମଙ୍କୁ ସାନ୍ତ୍ୱନା ଦେଇ ବିଦାୟ ମାଗିଲେ ।

– "ଆମେ ଆସୁଛୁ ! ତମେ ଭଲରେ ଥାଅ । ବେଷ୍ଟ୍ ଅଫ୍ ଲକ୍ । ବାଏ ।"

– "ବାଏ !" ଜବାବ ରଖିଲେ ଅନୁପମ ।

ଗାଡ଼ି ଚାଲିଲା...ଧୀରେ ଧୀରେ, ଫେର, ହାଇସ୍ପିଡ୍‌ରେ..

ଅନୁପମ ଚାହିଁ ରହିଥିଲେ ସେହି ଦିଗରେ.....। କିଏ ଯେପରି ତାଙ୍କ ମନ-ପ୍ରାଣକୁ ଟାଣି ଟାଣି ଘେନି ଯାଉଥିଲା ସେହି ଗାଡ଼ିର ପଛେ ପଛେ... !

ଅପରାହ୍ଣର ମଉଳା ଖରା କ୍ରମେ ସ୍ନିଗ୍ଧ ହେଇ ଉଠୁଥିଲା ।

॥ ୬୨ ॥

ପୋଲିସ ଡିପାର୍ଟମେଣ୍ଟରେ ଭାଳେଣି । ମିଡିଆରେ ହଲଚଲ । ସାରା ରାଜ୍ୟରେ ଚାଞ୍ଚଲ୍ୟ ।

ଜଣକ ପରେ ଜଣେ ଯୁବତୀଙ୍କୁ କିଡନାପ୍ କରାଯାଉଚି । ଏଇ କେତେ ମାସ ପୂର୍ବର ବଳାତ୍କାର ଓ ମହାନଦୀକୁ ଫିଙ୍ଗି ଦେବାର ଘଟଣା ମନରୁ ଲିଭିନି, ପୁଣି ଗୋଟେ କିଶୋରୀ ବଧୂର ଅପହରଣ ଆଉ ଗାଏବ୍ । ଏହା ପଛରେ ସୁନିଶ୍ଚିତ ଗୋଟେ ରାକେଟ୍ କାମ କରୁଛି । କିଏ ସେ ? କିଏ ସେହି ରାକେଟ୍‌ର ମାଷ୍ଟର ମାଇଣ୍ଡ୍ ?

ସହରର ନାରୀ ଜାଗରଣ ସମିତି ତରଫରୁ ବାରବାର ଘେରାଓ ହେଉଛି ଥାନା । ଧାରଣା-ଅନଶନ ଚାଲୁ ରହିଚି ସଚ୍ଚିବାଳୟ ସାମ୍ନାରେ । ରାଜ୍ୟର ବିଭିନ୍ନ ପ୍ରାନ୍ତରୁ ନାରୀ ସଂଗଠନ, ମହିଳା ସମିତି, ସ୍ୱୟଂ ସହାୟିକା ଗୋଷ୍ଠୀର ନାରୀମାନେ ଆସି ଆନ୍ଦୋଳନରେ ଯୋଗ ଦେଉଛନ୍ତି । ଆଗାମୀ ଦିନରେ ବଡ଼ଧରଣର ବିସ୍ଫୋରଣ ହେବା ଆଶଂକାକୁ ଏଡ଼ାଇ ଦିଆଯାଇ ନପାରେ । ମନେହୁଏ କ୍ରମଶଃ ସାରାରାଜ୍ୟକୁ ବ୍ୟାପିଯିବ ଏ ବିପ୍ଳବର ନିଆଁ ।

ସରକାରଙ୍କର କଡ଼ା ତାଗିଦ୍ । ପୋଲିସ ଡିପାର୍ଟମେଣ୍ଟ ତରଫରୁ ଜୋର୍‌ଦାର୍ କରି ଦିଆଯାଇଛି ଖାନ୍ ତଲାସୀ । ଛାପା ମରା ଚାଲିଛି ବିଭିନ୍ନ ସ୍ଥାନମାନଙ୍କରେ । ଭିଜିଲାନ୍‌ସ, ସି.ଆଇ.ଡିଙ୍କୁ ସଜାଗ-ସକ୍ରିୟ କରି ଦିଆଯାଇଛି । ଆଗକୁ ଇଲେକ୍‌ସନ । ଏଣୁ ସରକାର ସତର୍କ । ଗୃହମନ୍ତ୍ରୀ ତଥା ମୁଖ୍ୟମନ୍ତ୍ରୀଙ୍କର କଡ଼ା ନିର୍ଦ୍ଦେଶ-ଖୁବ୍ ଶୀଘ୍ର ଅପରାଧୀ ଧରା ପଡ଼ିବା ଦରକାର । ରହସ୍ୟର ପର୍ଦ୍ଦାଫାସ ହେବା ଚାହି ।

କିଶୋରୀ ବଧୂକୁ ଖୋଜି ଉଦ୍ଧାର କରିବାର ଅଛି । ତା' ନହେଲେ ସରକାର ବିରୁଦ୍ଧରେ ଯେବେ ଜନ ଆକ୍ରୋଷ ଥରେ ମୁଣ୍ଡ ଟେକେ ସବୁ ଓଲଟପାଲଟ ହେଇଯିବ । ଏହା ଭିତରେ ଘନଘନ ବୈଠକ ବସିଲାଣି ମନ୍ତ୍ରୀ ସଚିବଙ୍କ ସହ ଆଇ.ଜି., ଡି.ଜି, ଏସ୍.ପି., ଇନ୍‌ସପେକ୍ଟର ଇତ୍ୟାଦି ଉଚ୍ଚ ପଦସ୍ଥ ପୋଲିସ ଅଧିକାରୀମାନଙ୍କର । ଚାଲିଛି ମନ୍ତ୍ରଣା-ଟପ୍ ସିକ୍ରେଟ୍ । ମାତ୍ର ଗୋଟିଏ ରେପ୍‌କେଶ ଗୋଟେ ଦୀର୍ଘସ୍ଥାୟୀ ପୂର୍ବ ସରକାରଙ୍କୁ ଉତ୍‌ପାଟନ କରିଦେଲା । ଏବେ ଗୋଟେ ନୁହେଁ, ନଗଦ ଦୁଇଦୁଇଟା ଘଟଣା ତମାମ

ରାଜ୍ୟ ଓ ଦେଶବାସୀଙ୍କୁ ମର୍ମାହତ କରିଚି । ସହରର ପ୍ରତି ଗଳି-କନ୍ଦିରେ ସି.ସି. କ୍ୟାମେରା ଫିଟ୍ ସରିଛି । ଲାଇଟ ପୋଷ୍ଟକୁ ବଢ଼େଇ ଦିଆଯାଇଛି । ରାତିସାରା ପୋଲିସ ପଇଁତରା ମାରୁଛି । ତଥାପି କିଛି ଫଳନାହିଁ । ବାଟେ ବାଟେ ପୋଲିସ ଆଖିରେ ଧୂଳିଦେଇ ଅପରାଧୀମାନେ ଅପରାଧ ଘଟେଇ ଖସି ଯାଉଛନ୍ତି ।

ଏଇ ନଗଦ ମାସେ ଭିତରେ ରାଜ୍ୟ ରାଜଧାନୀରେ ସାତ ସାତଟି ଫ୍ଲାଟ୍-ଆପାର୍ଟମେଣ୍ଟ ସିରିଜ ଡକାୟତି ସହିତ ରାହାଜାନୀ, ପକେଟମାର, ଲୁଟତରାଜ, ଗୁଣ୍ଡାଗିରି, ଦଂଗା, ସାଂପ୍ରଦାୟିକ ବିଦ୍ରୋହ ସାମାଜିକ ପରିସ୍ଥିତିକୁ ଅସମ୍ଭାଳ କରିଦେଇଛି । ନାକେଦମ ହେଇ ସାରିଲାଣି ପୋଲିସ ବାହିନୀ । ଅହରହ ସହରରେ ଡାକବାଜି, ପ୍ରଚାର ମିଡିଆ ମାଧ୍ୟମରେ ଲୋକଙ୍କୁ ସତର୍କ ସଚେତନ କରାଯାଉଛି । କିଂତୁ ଫଳକାହିଁ ?

ସେପଟେ ପଡ଼ୋଶୀ ବଂଗଳା ଦେଶରେ ଗୃହଯୁଦ୍ଧ । ହିନ୍ଦୁମାନଙ୍କ ଉପରେ ନିର୍ମମ ଅତ୍ୟାଚାର । ହିନ୍ଦୁ ଦେବ-ଦେବୀ ମନ୍ଦିର ଭଂଗାରୁଜା, ପ୍ରଧାନମନ୍ତ୍ରୀ ସେକ୍ ହାସିନା ଗାଦି ଛାଡ଼ି ଭାରତରେ ଆଶ୍ରିତା । ତସଲିମା ନସରିନ୍ ଏବେ ବି ନିର୍ବାସିତା ଜୀବନ ଜୀଉଛନ୍ତି । ତାଙ୍କ 'ଲଜ୍ଜା' ଉପନ୍ୟାସ ଘଟଣାର ଏବେ ପୁନରାବୃତ୍ତି ହେବାକୁ ଯାଉନି ତ ?

ବଂଗଳାଦେଶୀଙ୍କ ଦେଶ ତଥା ରାଜ୍ୟ ଭିତରକୁ ଅନୁପ୍ରବେଶ ସମସ୍ୟା ଏବେ ଚିନ୍ତାର କାରଣ ହୋଇଛି । ସୀମାରେ ତାରବାଡ଼ ଦିଆ ଚାଲିଛି । ଚବିଶ ଘଣ୍ଟା କଡ଼ା ପହରାରେ ଜଗି ରହିଛନ୍ତି ସୀମାକୁ ଅର୍ଦ୍ଧସାମିରିକ ବାହିନୀ ଆଉ ତଟରେ ତଟରକ୍ଷୀ । ଏତେସବୁ ସମସ୍ୟା ଓ ସଂକଟ ଭିତରେ ଫେର ସାମାଜିକ ଅପରାଧ ସରକାରୀ କଳକୁ ଅଡୁଆରେ ପକାଇଛି । ଏବେ ମୁଣ୍ଡବ୍ୟଥାର କାରଣ ହେଇଛି କେମିତି ଅପରାଧୀ ଆସାମୀମାନଙ୍କୁ କବ୍‌ଜାକୁ ଆଣିବାକୁ ହେବ । ଯେମିତି ହେଉ । ଇଲେକ୍‌ସନ ଆଗରୁ ଏହାହିଁ ସରକାରଙ୍କ ଲାଗି ମସ୍ତବଡ଼ ଚାଲେଞ୍ଜ ।

ଏପଟେ ସମ୍ବାଦପତ୍ର ମାନଙ୍କର ସଂପାଦକୀୟରେ ସାଂପ୍ରତିକ ଘଟଣା ପ୍ରବାହକୁ କେନ୍ଦ୍ରକରି କ୍ରାଂତିକାରୀ ଲେଖାମାନ ବିଶେଷ କରି ଯୁବଚେତନାକୁ ଆନ୍ଦୋଳିତ କରୁଛି । ଉତ୍କଟ ବେକାରୀ ହେତୁ ଅନିଶ୍ଚିତ ଭବିଷ୍ୟତର ଆଶଂକାରେ ଜାଗ୍ରତ ଯୁବଗୋଷ୍ଠୀ ବିପ୍ଳବର ମଶାଲରେ ଅଗ୍ନି ସଂଯୋଗ ପାଇଁ ତାତି ରହିଛନ୍ତି । କଲିକତା ହସ୍‌ପିଟାଲ ଲେଡି ଡକ୍ଟର ଟ୍ରେନର ଅଭୟା ଗଣଧର୍ଷଣ ଓ ହତ୍ୟାର ଲୋମହର୍ଷଣକର ଘଟଣାକୁ କେନ୍ଦ୍ର କରି ଅଦ୍ୟାବଧି ଯୁବ ଡାକ୍ତର ଛାତ୍ର ଆନ୍ଦୋଳନର ବହ୍ନି ନିର୍ବାପିତ ହେବାର ନାଆଁ ଧରୁନାହିଁ । ଏ ପରିସ୍ଥିତିରେ ଆମ ରାଜ୍ୟରେ ବିଦ୍ରୋହୀ ଛାତ୍ରକ୍ରାଂତି ଯେ କେତେବେଳେ ଉଗ୍ରରୂପ ଧାରଣ କରିବ, ଏହି ଚିନ୍ତାରେ ବ୍ୟତିବ୍ୟସ୍ତ ବୁଦ୍ଧିଜୀବୀ ।

ତେଣେ କୁଚକ୍ରୀ ରାଜନୀତିକ ଦଳାଦଳର ପ୍ରତିକ୍ରିୟା ସ୍ୱରୂପ ଅତୀତର କୃଷକ ଆନ୍ଦୋଳନ, ଲାଲକିଲା ଉପରେ ଅକ୍ରମଣ, ଅରାଜକତା-ସଂଘର୍ଷକୁ ଦୃଢ଼ହସ୍ତରେ ଦମନ କରି କେନ୍ଦ୍ର ସରକାର ବେଶ୍ ପ୍ରଶଂସାର କାର୍ଯ୍ୟ କରିପାରିଛନ୍ତି । ଭୂସ୍ୱର୍ଗ କାଶ୍ମୀର ଆଜି ଶାଂତିର ସ୍ୱର୍ଗରେ ପରିଣତ ହୋଇଛି । ଧ୍ୱସ୍ତ ହେଇଯାଇଛି ଆତଙ୍କୀର ଆଡ୍‌ଡା । ପଣ୍ଡ ହୋଇଯାଇଛି ପଡ଼ୋଶୀ ଶତ୍ରୁ ରାଷ୍ଟ୍ରର ଷଡ଼ଯନ୍ତ୍ର । ଆଜି ଭାରତ ବିଶ୍ୱଗୁରୁ ହେବାକୁ ଯାଉଛି । ଦୃଢ଼ ନେତୃତ୍ୱ ବଳରେ ଭାରତ ହେବାକୁ ଯାଉଛି ବିଶ୍ୱର ଆର୍ଥନୈତିକ ତୃତୀୟ ମହାଶକ୍ତି । ବିକଶିତ ଭାରତର ସ୍ୱପ୍ନ ସାକାର ହେବାର ବେଳ ଆଗତପ୍ରାୟ । ଏବେଳେ ଦେଶ ଭିତରେ କୌଣସି ପ୍ରକାର ଅଶାଂତି ଅରାଜକତାକୁ ପ୍ରଶ୍ରୟ ଦିଆଯିବ ନାହିଁ । ଏହାହିଁ ଦେଶର ଶୀର୍ଷ ନେତୃତ୍ୱଙ୍କର ନିର୍ଦ୍ଦେଶ । ଏ ନିର୍ଦ୍ଦେଶକୁ ପାଳନ କରି ଦୃଷ୍ଟାନ୍ତ ସୃଷ୍ଟିପାଇଁ ରାଜ୍ୟ ତତ୍ପର ।

ଖାଲି ସରକାରଙ୍କ ଉପରେ ସବୁ ଦାୟିତ୍ୱ ନ୍ୟସ୍ତ କରି ଚୁପ୍ ବସିଗଲେ ହେବନି । ସମୟର ଏହି ଘଡ଼ିସନ୍ଧିରେ ନାରୀଙ୍କ ସହିତ ପୁରୁଷଙ୍କୁ ଜାଗ୍ରତ ହେବାକୁ ପଡ଼ିବ । ଗଣ ଜାଗୃତି । ଆମର ଛାତ୍ର -ଯୁବକମାନେ ଦେଶର ଭବିଷ୍ୟତ । ସେମାନଙ୍କୁ ଦେଶ ନିର୍ମାଣ ପଥରେ ଆଗେଇ ଆସିବାକୁ ହେବ । ଆମ ଦେଶ ଶାଂତିପ୍ରିୟ ଦେଶ । ବୁଦ୍ଧ-ଗାନ୍ଧିଙ୍କ ଅହିଂସା ମନ୍ତ୍ରରେ ଦୀକ୍ଷିତ ଆମେ । ଆମ ସଂସ୍କୃତି, ଆମ ସାହିତ୍ୟ ଆମକୁ ଏହା ଶିଖାଇଚି ଶାଂତି-ପ୍ରୀତି-ମୈତ୍ରୀର ପଥଦେଇ ପ୍ରଗତିର କଥା । ଆମକୁ ଏହି ଆଦର୍ଶରେ ଆଗେଇବାକୁ ପଡ଼ିବ ।

ଇଏସ୍, ମାଓବାଦ ଆଉ ଏକ ସଂକଟ । ଅରଣ୍ୟ ପ୍ରଦେଶରେ ସେମାନଙ୍କର ହିଂସ୍ରରାଜ ଆଦୌ ଶୋଭନୀୟ ନୁହେଁ । ମୋ’ ମତରେ ସେମାନଙ୍କୁ ଆସିବାକୁ ପଡ଼ିବ ସାମ୍ନାକୁ । ଦେଶ ଓ ରାଜ୍ୟର ରାଜରାସ୍ତାକୁ ଶାଂତିର ଧ୍ୱଜା ଧରି । ସାମିଲ ହେବାକୁ ହେବ ଦେଶ ଗଠନ ଓ ପ୍ରଗତିର ଅଭିଯାନରେ । ‘ମାଓବାଦ’ର ବିଦେଶୀ ଚିନ୍ତାଧାରାକୁ ପରିହାର କରି ସେମାନଙ୍କୁ ‘ମାଆବାଦୀ’ ହେବାକୁ ପଡ଼ିବ । ସେଥିପାଇଁ ରାଷ୍ଟ୍ରୀୟ ଶାଂତିସେନା ତରଫରୁ ସେମାନଙ୍କୁ ଆହ୍ୱାନ କରାଯାଇଛି । ବଂଧୁକ ନୁହେଁ ବଂଧୁତାର ହାତ ବଢ଼ାଇ ଆଗେଇ ଆସନ୍ତୁ । ଯୁଦ୍ଧ ବିଧ୍ୱସ୍ତ ପୃଥିବୀ ଆଜି ଧ୍ୱଂସର ଦ୍ୱାର ଦେଶରେ । ତୃତୀୟ ବିଶ୍ୱଯୁଦ୍ଧର ଘନଘଟା ମଧ୍ୟପ୍ରାଚ୍ୟକୁ ଆଜି ଆଚ୍ଛାଦିତ କରି ରଖିଚି । ରୁଷିଆ-ୟୁକ୍ରେନ ଯୁଦ୍ଧର ସମାପ୍ତି ପୂର୍ବରୁ ଇସ୍‌ରାଏଲ-ଇରାନ୍ ଆଦି ଦେଶମାନଙ୍କ ମଧ୍ୟରେ ଭୟଂକର ଆକ୍ରମଣ-ପ୍ରତି ଆକ୍ରମଣ ପୃଥିବୀ ପାଇଁ ଆଦୌ ଶୁଭ ସୂଚନା ନୁହେଁ । ଏଇଠି ମନେ ରଖିବାକୁ ପଡ଼ିବ-ବଂଧୁକ ଗୁଳିଗୁଳା ଅସ୍ତ୍ର ସଂହାର ଦେଇ ସମସ୍ୟାର ସମାଧାନ ସମ୍ଭବ ନୁହେଁ । ଶାଂତିପୂର୍ଣ୍ଣ ବାର୍ତ୍ତାଳାପ ମାଧ୍ୟମରେ ଏହା କେବଳ ସମ୍ଭବ । ଏହି ବିଶ୍ୱଶାଂତିର ବାର୍ତ୍ତା ବିଶ୍ୱସମୁଦାୟକୁ ଦେଇଛି ଭାରତ ।

ଏହି ଅବସରରେ ମୁଁ ଆଜି ଆମ ରାଜ୍ୟ ଓ ଦେଶର ବିରୋଧୀ ରାଜନୀତିକ ଦଳଙ୍କୁ ଛୋଟିଆ ପରାମର୍ଶଟିଏ ଦେବି- ସେମାନେ ପ୍ରତ୍ୟେକଟି ପ୍ରସଂଗରେ ସରକାରଙ୍କୁ ବିରୋଧ ନକରି ବରଂଚ ବିଶ୍ୱସ୍ତ ଉପଦେଷ୍ଟା, ପରାମର୍ଶ ଦାତାର ଭୂମିକା ନିର୍ବାହ କରନ୍ତୁ। ଉଚିତ ମାର୍ଗଦର୍ଶକ ସାଜନ୍ତୁ। ବିରୋଧୀ ଦଳର ଏହାହିଁ ତ ଧର୍ମ, କର୍ତ୍ତବ୍ୟ। ଶାସନ-ଆସନରେ ଯେ ବି ବସୁ ଦେଶ-ରାଷ୍ଟ୍ରହିଁ ସର୍ବପ୍ରଥମ। ରାଷ୍ଟ୍ରର ଉନ୍ନତି, ରାଷ୍ଟ୍ରବାସୀଙ୍କର କଲ୍ୟାଣ, ରାଷ୍ଟ୍ରୀୟ ସୁରକ୍ଷା ମୂଳକଥା। ସମସ୍ତଙ୍କର ଏହାହିଁ ଲକ୍ଷ୍ୟ ହେବା ଜରୁରୀ। ତାହାହେଲେ ମୋ' ମନ କହୁଚି-ଆମର ଭାରତ ଦିନେ ବିକଶିତ ରାଷ୍ଟ୍ରରେ ପରିଣତ ହେଇପାରିବ ଆଉ ଭାରତ ହେବ ବିଶ୍ୱଗୁରୁ। ଜୟହିନ୍ଦ୍।

ସମବେତ ଜୟଧ୍ୱନି ଓ କରତାଳିରେ କଂପି ଉଠିଲା ସଭାସ୍ଥଳ, ପରିବେଶ। ନାରୀ ଜାଗରଣ ସମିତିର ଜିମ୍‌ସେଣ୍ଟର ଉନ୍ମୋଚନ ଏବଂ କ୍ରାଂତି ସମ୍ମିଳନୀ ମଞ୍ଚରୁ ମୁଖ୍ୟ ବରେଣ୍ୟ ବକ୍ତା ବିପ୍ଳବ କୁମାରଙ୍କ ଏତାଦୃଶ କ୍ରାଂତିକାରୀ ବାର୍ତ୍ତା ଓ ବକ୍ତବ୍ୟ ଉପସ୍ଥିତ ଜନତାର ହୃଦୟ ସ୍ପର୍ଶ କଲା। ଅବିନାଶଙ୍କ ଉକ୍ତି-

– "ବାସ୍ତବିକ, ଏହାହିଁ ସମୟର ଯଥାର୍ଥ ଆହ୍ୱାନ। ଏ ଆହ୍ୱାନର ସାମ୍ନା କରିବାକୁ ପଡ଼ିବ ସାଗରିକା!"

କଥା ଯୋଡ଼ିଲେ ସାଗରିକା– "ମୁଁ ମଧ୍ୟ ତମ କଥାରେ ଏକମତ ଅବିନାଶ। ଆମ ନାରୀମାନଙ୍କ ପଟୁଆର ସାଥିରେ ତମେ ପୁରୁଷମାନେ ଯଦି ସମାନ୍ତରାଳ ଭାବରେ ସାମିଲ୍ ହେଇ ଆଗେଇ ଆସନ୍ତେ, କହିଲ କେତେ ଭଲ ହୁଅନ୍ତା? ନାରୀ -ପୁରୁଷ ମିଳିତ ଶକ୍ତି ଓ ସାମର୍ଥ୍ୟ ବଳକୁ କେଉଁ ଅସାମାଜିକ, ବିଭ୍ରାନ୍ତକାରୀ ଶକ୍ତି ଟାଳି ଦେଇ ଯାଇ ପାରନ୍ତା?"

ସୌଦାମିନୀ କଥା ଯୋଡ଼ିଲା- "ସତରେ, ତାହା ଯଦି ସମ୍ଭବ ହୁଅନ୍ତା ତେବେ ଆମ ଦେଶ-ସମାଜରୁ ସବୁ ଅରାଜକତା ଓ ଅଶାଂତିର ବିଲୋପ ଘଟନ୍ତା ନୁହେଁ?"

ଚାନ୍ଦିନୀ- "ଉଚିତ କହିଲ ସୌଦାମିନୀ ଦିଦି, ତାହା ସମ୍ଭବ ହେଲେ ମୋ' ମନ କହୁଚି- ଆମ ସୁନାର ଭାରତ ଓ ଗାନ୍ଧିଜୀଙ୍କ ରାମରାଜ୍ୟ ଆଉ ବେଶି ଦୂର ନୁହେଁ।"

– "ସେଥିପାଇଁ ତ ଆଜିର ଏ କ୍ରାଂତିରୁ ଶାଂତି, ଶାଂତିରୁ ପ୍ରୀତି, ପ୍ରୀତିରୁ-ମୈତ୍ରୀ ଦେଇ ପ୍ରଗତିର ସ୍ୱପ୍ନକୁ ସାକାର କରିବା ପାଇଁ ରାଷ୍ଟ୍ରୀୟ ଶାଂତିସେନାର ଏ କ୍ରାଂତିକାରୀ ଅଭିଯାନ। ପରାଧୀନତାର ବିଦେଶୀ ବେଡ଼ିରୁ ଆମେ ମୁକ୍ତସତ୍ୟ; କାହିଁ ଆମର ସ୍ୱାଧୀନତା? କେଉଁଠି ସେହି ମୁକ୍ତ ଜୀବନ? ଭାବ-ଭାଷା, ଆଚାର, ବ୍ୟବହାର,

ସବୁ କ୍ଷେତ୍ରରେ ଆମେ ଆଜି ସେହି ବିଦେଶୀ ଅପସଂସ୍କୃତି-ସଭ୍ୟତାର ଶିକାର ।" ଯୁକ୍ତି ତୋଳିଲେ ଅବିନାଶ ।

ସାଗରିକା ସ୍ୱର ମିଳାଇଲେ- "ନୋ, ସେ ଅପସଂସ୍କୃତିର ରାହୁଗ୍ରାସରୁ ଆମେ ଆମକୁ ମୁକୁଳେଇବାର ବେଳ ଆସିଛି । ମନେରଖ,ଏବେ ନୁହେଁ ତ କେବେ ନୁହେଁ । ଆସ, ଆଗେଇ ଆସ ସମସ୍ତେ, ହାତରେ ହାତ ମିଳାଅ । ସ୍ୱରରେ ସ୍ୱର ।"

କୁହ ସମସ୍ତେ - "ଇନ୍‌କିଲାବ୍, ଜିନ୍ଦାବାଦ୍ ।"

ଅନ୍ୟମାନେ - "ଇନ୍‌କିଲାବ୍, ଜିନ୍ଦାବାଦ୍ ।"

ଏମିତି ତ୍ରିବାର ଶ୍ଲୋଗାନ ଓ ଜିନ୍ଦାବାଦ ପରେ ଦର୍ପିତ ପଦକ୍ଷେପରେ ଆଗେଇ ଆସିଲେ ସୌଦାମିନୀ, ଚାନ୍ଦିନୀ, ଅବିନାଶ ଓ ଅନ୍ୟମାନେ । ସାଗରିକାଙ୍କ ହାତରେ ହାତ ମିଳାଇ ଏକତ୍ର ସ୍ୱର ତୋଳିଲେ-

– "ଭାରତ ମାତାକୀ -ଜୟ"

– "ବନ୍ଦେ-ମାତରମ୍ ।"

।। ୬୩ ।।

ଆଇନାରେ ନିଜ ରୂପ ଦେଖୁଛି ଚାନ୍ଦିନୀ ।

ଚୁମ୍ବନର ଦାଗ ଏବେ ବି ଚହଟି ଉଠୁଛି ତା' ଚଟୁଳ ଚିବୁକ ଆଉ ଢଳଢଳ ଗଣ୍ଡଯୁଗଳ ଉପରେ । ଶିରାରେ ଶିରାରେ ସଂଚାର ହେଉଛି ମିଳନର ମିଠା ଜହର । ଚପଳ ହେଇ ଉଠିଲା ମନ । ଅଧୀର ଅଧର । ଆଙ୍କି ଦେଲା ଚୁମ୍ବନଟାଏ ତା' ନିଜ ପ୍ରତିବିମ୍ବ ଦେହରେ ।

ଚାନ୍ଦିନୀ ଆଜି ବହୁତ ଖୁସି । ବହୁତ । ଯେମିତି ତା' ହାତରେ ସରଗର ଚାନ୍ଦ ଧରା ଦେଇଛି !

ରାତି ପ୍ରାୟ ମଧ୍ୟ । ବାହାରେ ସ୍ନିଗ୍ଧ ଜ୍ୟୋସ୍ନାର ଉଜ୍ଜ୍ୱଳ ବିଚ୍ଛୁରଣ । ମନ୍ଦ ମନ୍ଦ ବହୁଛି ଚୋରା ଚଉତାଳି । ମଳୟର ମୃଦୁ ପରଶ ଆଜି ଆଉ ଚାନ୍ଦିନୀକୁ ରୋମାଞ୍ଚିତ କରୁନି ଆଗପରି । ତୃଷ୍ଣା ତୃପ୍ତ । ପ୍ରତୀକ୍ଷା ପୂର୍ଣ୍ଣ ।

ଫୁଲ ବିଛଣାରେ ଆଜି ଧରା ଦେଇଛନ୍ତି ତା' ପ୍ରିୟତମ ପୁରୁଷ । ସ୍ୱପ୍ନର ରୂପକୁମାର ଅନୁରାଗ ।

ପ୍ରଥମ ମିଳନ ମଧୁସ୍ପର୍ଶର ସେ ଉନ୍ମାଦ ମାଦକତା ବେଯାଏ ଦେହରୁ ଥମିନି । ସ୍ଥିର ନେତ୍ରରେ ସେ ଖାଲି ଚେଇଁ ଚେଇଁ ଚାହିଁ ରହିଚି ଅନୁରାଗଙ୍କ ମୁଖମଣ୍ଡଳକୁ । ଆଃ..., କେତେ ସୁନ୍ଦର ସତରେ ଅନୁରାଗ ! ଏଇ ପ୍ରାଣରେ କେତେ ପ୍ରବଣତା, ଏଇ ଆଖିରେ କେତେ ଇସାରା, ଏଇ ମନରେ କେତେ ସ୍ୱପ୍ନ-କାମନା ଭରି ନଦେଇଛନ୍ତି ସେ ! କେତେ ମହାନ ଏ ଯୁବକ । ବାର୍‌ରେ ଡାନ୍ସ କରୁଥିବା ଛାର ଜଣେ ଅନାଥିନୀ କନ୍ୟାଟି ପ୍ରତି କିଏ ବା କାହିଁକି ଏତେ ଆତ୍ମୀୟତା ଅଜାଡ଼ି ଦିଅନ୍ତା ? ତା'ର ନାଚର ନିଶା, ବେଶର ବାସନା ଆଜି ଆଉ ନାହିଁ । ଟଂକାର ମୋହ ଭାଂଗି ଯାଇଛି । ସେ ଏବେ ପ୍ରଜାପତିଟି ପରି ଉଡ଼ି ବୁଲିବାକୁ ଚାହେଁ ତା' ପ୍ରିୟ ପ୍ରଣୟୀ ପୁରଷଙ୍କ ପ୍ରେମର ଉଦ୍ୟାନରେ ଫରଫର ହେଇ ।

ଚାହିଁଲା ଅନୁରାଗଙ୍କ ଆଡ଼କୁ । ଆଶ୍ଚର୍ଯ୍ୟ !

ଏଙ୍କର ଯେ କିଛି ପ୍ରତିକ୍ରିୟା ନାହିଁ । ମୁଁ ଯେ ଶୋଇ ପାରୁନି, ଅଥଚ ସେ

ଶାଂତିରେ ନିଘୋଡ଼ ନିଦରେ? ଶୋଇଶୋଇ ସ୍ୱପ୍ନ ଦେଖୁଚନ୍ତି ବୋଧେ! ନା, ମୁଁ ତାଙ୍କୁ ଡିଷ୍ଟର୍ବ କରିବିନି। ଦେଖନ୍ତୁ ସ୍ୱପ୍ନ। ସ୍ୱପ୍ନ କୁମାରଙ୍କ ମୁଖମଣ୍ଡଳକୁ ମୁଗ୍ଧ ନେତ୍ରରେ ଚାହିଁ ରହିଲା ବିମୁଗ୍ଧା ଅଭିସାରିକା!

– "ଆଃ, ଆଃ ନା, ତୁମେ ସେମିତି ପାରିବନି!" ହଠାତ୍ ନିଦ୍ରାରେ ବିଳପି ଉଠିଲା ଅନୁରାଗ ଆଉ ଚୁପ୍ ହୋଇଗଲା।

– "ଅନୁରାଗ!" ବିଚଳିତ ହେଇ ଉଠିଲା ଚାନ୍ଦିନୀ। ଭାବୁଥିଲା ବୋଧେ ସ୍ୱପ୍ନରେ ବିଭୋର ଅଛନ୍ତି ଅନୁରାଗ। ଦେଖନ୍ତୁ, ଚାନ୍ଦିନୀକୁ ନେଇ ଯେତେ ମିଠା ସ୍ୱପ୍ନ! ନା, ଜମା ଭାଂଗିବନି ତାଙ୍କ ନିଦ। ଏମିତି ତାଙ୍କରି ମୁହଁକୁ ଚାହିଁ ଚାହିଁ ପୁହେଇ ଦେବ ଏ ମିଳନ ରଜନୀ। ଜାଳିଦବ ତା' ପ୍ରୀତି-ପୂଜାର ଉଜାଗର ଜାଗର ଦୀପ!

ଅନୁରାଗ ସ୍ୱପ୍ନ ଦେଖୁଚନ୍ତି.....

ସ୍ୱପ୍ନ –

ଏହି ଯେ ରାକ୍ଷସୀ ପରି ମାଡ଼ି ଆସୁଚି। ନିବେଦିତା! ହାତରେ ଚାବୁକ। ନିଶା ଗର୍ଜୁଛି। ଖୋଲିଗଲା ରୁଦ୍ଧ କୋଠରୀର ଦ୍ୱାର। ମୁର୍ଦ୍ଦାର ପରି ଅନ୍ଧାରୀ ଘର ଚଟାଣରେ ପଡ଼ି ରହିଥିଲା ଚପଳା।

– "ଏ!" ଗର୍ଜି ଉଠିଲା ପିଶାଚିନୀ। ପ୍ରହାର ପରେ ପ୍ରହାର କରି ଚାଲିଲା ଚାବୁକରେ।

– "ଆଃ!" ଚିତ୍କାର କରି ଉଠିଲା ଚପଳା। ଖାଲି ଚିତ୍କାର କରୁଥିଲା ସେ। ରାତ୍ରିର ନୀରବ ପ୍ରହରରେ ସେ କରୁଣ ଚିତ୍କାର ରୁଦ୍ଧ କୋଠରୀର ଚାରି କାନ୍ଥରେ ପିଟି ହେଇ ଗୁମୁରୀ ଉଠୁଥିଲା ଖାସ୍!

ଗର୍ଜି ଉଠିଲା ନିବେଦିତା- "ବଦମାସ ଟୋକୀ, କେବଳ ତୋରି ପାଇଁ ମୋର ସବୁ ସ୍ୱପ୍ନ ଆଜି ଧୂଳିସାତ୍ ହେବାକୁ ଯାଉଛି। ତୋତେ ମୁଁ ଆଜି ଶେଷ କରିଦେବି।" ପିଟିବାକୁ ଉଦ୍ୟତ।

– "ନା, ମୋତେ ମାରନା, ମୁଁ କିଛି କରିନି। ମୋର କିଛି ଦୋଷ ନାହିଁ।"

– "କ'ଣ କହିଲୁ, ଦୋଷ ତୋର ନୁହେଁ; ଆଉ କ'ଣ ମୋର? ହଇଲୋ ଛୋଟଲୋକର ଝିଅ, ତୋତେ ମୁଁ ଆଶ୍ରୟ ଦେଇଥିଲି କ'ଣ ମୋରି ଅଣ୍ଟିଛୁରୀ ହେଇ ତଣ୍ଟି କାଟିବା ପାଇଁ? ହାରାମଜାଦୀ।"

ଟାଣି ଆସିଲା ତା' ଦେହରୁ ଶାଢ଼ୀଟା। ଫୁଙ୍ଗୁଳା ଦେହରେ ଚପଳା। ପିଠିରେ ଚାବୁକ୍‌ର ଚିହ୍ନ। ବିକଳ ହୋଇ ହାତ ଯୋଡ଼ି ଗୁହାରି କଲା- "ନାଇଁ ମୋତେ ଛାଡ଼ିଦିଅ, ମୁଁ ତମ ଗୋଡ଼ ଧରୁଛି।"

ଶାଢ଼ୀ କାନିରେ ବନ୍ଧା ହୋଇ ରହିଥିବାର ଦେଖି-

-"ଏ, ଏ କ'ଣ ? କ'ଣ ବାନ୍ଧିଛୁ ଏ ଶାଢ଼ୀ କାନିରେ ? ଚୋରଣୀ, ଚୋରି କରିଛୁ ମୋ' ଘରୁ ? ଦେଖେଁ!" ଖୋଲି ଦେଖିଲା- ଗୋଟେ ରତ୍ନଖଚିତ କ୍ଷୁଦ୍ର ପେଡ଼ି । ରାତିର ଅନ୍ଧକାର ଭିତରେ ଚକ୍‌ଚକ୍ କରି ଉଠିଲା । ଚମକି ଉଠି-

- "ଆରେ ବାଃ, କି ଚମତ୍କାର! ଏ, କହ ଏକୁ ତୁ କଉଠୁ ପାଇଲୁ ?କିଏ ଦେଇଛି ତୋତେ, ସତକହ କ'ଣ ଏ ?"

- "ଏ ଗୋଟେ କୁହୁକ ପେଡ଼ି ।" ଥରି ଥରି ଡରି ଡରି କହିଲା ଚପଳା ।

- "କୁହୁକ ପେଡ଼ି ?"

- "ମୋ' ରାଣୀ ମା' ଦେଇଥିଲେ ।"

- "ରାଣୀ ମା' ? ଓ ସେଇ ସାଗରଦ୍ୱୀପର ରାଣୀ ମା' ଦେଇଥିଲା ଏ ପେଡ଼ି ? ତୁ ତାହେଲେ ଗୋଟେ କୁହୁକିନୀ, ମାୟାବିନୀ କାଉଁରୀ କନ୍ୟା ?"

- "ନାନା ମୁଁ କାଉଁରୀ କନ୍ୟା ନୁହେଁ, ମୁଁ କାଉଁରୀ ଜାଣେନାହିଁ ।"

- "ତା'ହେଲେ କହ, ଏଥିରେ କ'ଣ ଅଛି ?"

- "ଅଛି ଗୋଟେ ଫୁଲ ଫରୁଆ ।"

- "ଫୁଲ ଫରୁଆ ? ହାଃ-ହାଃ-ହାଃ-ଭଲ ହେଇଚି । ଏଇ ଅପୂର୍ବ ଉପହାରଟି ମୋ' ଫୁଲଶଯ୍ୟାରେ ଭେଟି ଦେବି ପ୍ରିୟତମ ଅନୁପମଙ୍କୁ । ହା-ହା-ହା!"

ଚାଲି ଯାଉ ଯାଉ ଅଟକି ଯାଇ- "ନାନା, ଏକୁ ବଞ୍ଚେଇ ରଖିଲେ ଏ ପୁଣି ମୋ' ତଣ୍ଟି କାଟିବ । ଏଇଟା ଗୋଟେ କାଉଁରୀ କନ୍ୟା, କାଳେ କେତେବେଳେ ମୋତେ ମାୟା କରିଦବ । ସୈତାନୀ, ତୁ ହିଁ ତା'ହେଲେ କାଉଁରୀ କରି ମୋ' ଅନୁପମଙ୍କୁ ମୋ'ଠୁ ଦୂରେଇ ରଖିଚୁ ? ତାଙ୍କର ସ୍ମୃତି ଶକ୍ତିକୁ ବିଭ୍ରାନ୍ତ କରିଚୁ ? ମୁଁ ତୋତେ ତଣ୍ଟିଚିପି ଶେଷ କରିଦେବି ।"

ଚାବୁକ ଫିଙ୍ଗି ଚଢ଼ି ବସିଲା ଚପଳାର ଛାତି ଉପରେ । ଦୁଇ ହାତରେ ତାର ତଣ୍ଟିକୁ ଟିପି ଧରିଲା । ଚିତ୍କାର କରି ଉଠିଲା ଚପଳା !

XXX

ଚିତ୍କାର କରି ଉଠିଲା ଅନୁରାଗ !

- "ଆଃ...ନାଇଁ...!" ନିଜ ତଣ୍ଟିକୁ ଦୁଇ ହାତରେ ଜାକି ଧରିଲା । କଂପୁଥିଲା ସାରା ଶରୀର ।

- "ଅନୁରାଗ, ଅନୁରାଗ!" ଭିଡ଼ି ଧରି- "କ'ଣ ହେଲା ?"

- "କିଏ ଚାନ୍ଦିନୀ !"

– "ସ୍ୱପ୍ନ ଦେଖିଲ, କି ସ୍ୱପ୍ନ ?"

– "ନା, ସେ ସ୍ୱପ୍ନ ନୁହେଁ ସତ ! ମୁଁ ଯିବି, ମୁଁ ଯିବି ଚାନ୍ଦିନୀ !"

ବିଛଣାରୁ ବ୍ୟସ୍ତାତୁର ହୋଇ ଓହ୍ଲେଇ ଆଗେଇ ଯାଉଥିଲେ । ପଛରୁ ହାତ ଟାଣି ଧରି....

– "ଆରେ, ଏତେ ରାତିରେ କୁଆଡ଼େ ଯାଉଛ ? କୁହ କ'ଣ ହେଇଛି ?"

– "ମୋ' ଭଉଣୀକୁ ସେ ମାରିଦେବ । ମୁଁ ଯିବି ।"

– "ଭଉଣୀ ?"

– "ମୋ' ଅନୁ ଅପା ! ସେ ରାକ୍ଷସୀ ତା' ତଣ୍ଟି ଚିପି ଧରିଛି ।"

– "ମୁଁ ବି ତମ ସହିତ ଯିବି ।" ଚାନ୍ଦିନୀ କହିଲା ।

– "ଆସ, ଆସ ଚାନ୍ଦିନୀ, ବିଳମ୍ବ ହେଲେ ସର୍ବନାଶ ହେଇଯିବ ।"

ଚାନ୍ଦିନୀର ହାତ ଟାଣି ଧରି ଦ୍ରୁତଗତିରେ ବାହାରି ଗଲେ ଅନୁରାଗ ।

XXX

ନିବେଦିତାଙ୍କ କ୍ୱାଟର । ମଧ୍ୟରାତ୍ରି । ନିଶବ୍ଦ ରାତ୍ରିର ଘନ ଅନ୍ଧକାର ଭିତରେ ନିବେଦିତାଙ୍କ ସାମ୍ନାରେ ପ୍ରେତଛାୟା ପରି ଆପାଦ ମସ୍ତକ କଳା ପୋଷାକ ଘୋଡ଼େଇ ହେଇଥିବା ଚାରିଜଣ ଗୁଣ୍ଡାଶ୍ରେଣୀର ଯୁବକ ଛିଡ଼ା ହେଇ ରହିଥିଲେ । ଗୁଣ୍ଡାଙ୍କ ହାତକୁ ଟଂକାର ତାଡ଼ାଟାଏ ବଢ଼ାଇ ଦେଇ–

– "ଏହି ଧର, ପାଞ୍ଚ ଲକ୍ଷ ଟଙ୍କା । ତମର ବକ୍‌ସିସ୍ ! କାର୍ଯ୍ୟଟା ଶେଷ ହେଲାପରେ ଆଉ ପାଞ୍ଚଲକ୍ଷ ବୁଝିଲ ?"

ଗୁଣ୍ଡାମାନେ ସମ୍ମତି ସୂଚକ ମଥା ହଲାଇଦେଲେ ।

– "ଦେଖ, କେହି ଯେପରି ଏ ସବୁର ଟେର୍ ନପାଏ । ଖୁବ୍ ହୁସିଆର । ଯାଅ ।"

ଚାରିଜଣ ଯାକ ପାଦ ଚାପିଚାପି ପଶିଗଲେ ସେହି କୋଠରୀ ଭିତରକୁ । ଆପାଦ-ମସ୍ତକ ଘୋଡ଼େଇ ହୋଇ ବନ୍ଧା ଯାଇଥିବା ଚପଳାର ଶରୀରଟାକୁ ଟେକିଧରି ଆଗେଇ ଆସିଲେ ସତର୍କ ପଦକ୍ଷେପରେ । ନିବେଦିତାଙ୍କ ଇସାରାରେ ଘେନିଯାଇ ଗାଡ଼ିର ପଛ ଡିକି ଭିତରେ ମୋଡ଼ି-ମକଚି ଭୁକେଇ ଦେଇ ଗାଡ଼ିକୁ ଉଠିଗଲେ ଖୁବ୍ ସତର୍କତାର ସହିତ । ଗାଡ଼ି ଷ୍ଟାର୍ଟ ଦେଇ ଛୁଟିଗଲା ତୋଫାନ ବେଗରେ ।

ବିଜୟୋଲ୍ଲାସରେ ମଦମସ୍ତ ନିବେଦିତା ହସି ଉଠିଲା–ହା–ହା–ହା...ଖଲାସ୍, ଫିନିସ୍, ଚେପ୍ଟର କ୍ଲୋଜ୍, ହାଃ–ହାଃ–ହାଃ... !

XXX

କାଳରାତ୍ରିର ଅନ୍ଧକାର ବୁକୁଚିରି ତୋଫାନ୍ ବେଗରେ ଛୁଟି ଚାଲିଛି କାର୍ ଅନୁରାଗଙ୍କର । ହଠାତ୍ ବ୍ରେକ୍ ଦେଇ ଅଟକି ଗଲେ ଅନୁରାଗ ସେହି ଛକ ନିକଟରେ । ଦ୍ରୁତ ବେଗରେ ତାଙ୍କ ଗାଡ଼ିକୁ ଅତିକ୍ରମ କରି ଚାଲିଗଲା କଳା ଆମ୍ବାସଡରଟାଏ ।

– "ଏହି ଯେ, ଗାଡ଼ିଟାଏ ନିବେଦିତାଙ୍କ କ୍ୱାଟର ଆଡୁ ଆସିଲା ଆଉ ଏହି ଦିଗରେ ଏତେ କ୍ଷୀପ୍ର ବେଗରେ ଚାଲିଗଲା କାହିଁକି ?"

– "ଅନୁରାଗ, ଚାଲ, ସେଇ ଦିଗରେ ଗାଡ଼ି ଛୁଟେଇ ଦିଅ, ତାକୁ ଫଲୋ କର । ଏଇ ଗାଡ଼ିଟା ଉପରେ ସନ୍ଦେହ ହେଉଛି ।"

–"ଇଏସ୍ ! ମୋର ବି ।" ଷ୍ଟିଏରିଂ ମୁଡ଼ି ସେଇ ଦିଗରେ ଅନୁରାଗ ଛୁଟାଇ ଦେଲେ କାର୍ । ଆହୁରି କ୍ଷୀପ୍ର ବେଗରେ ।

ଗୁଣ୍ଡାମାନେ ଦେଖିଲେ ପଛରୁ ଲାଇଟର ଫୋକସ୍ ଆସୁଛି । କିଏ ଗୋଟେ ଗାଡ଼ି ତାଙ୍କୁ ଫଲୋ କରୁଛି ନିଶ୍ଚୟ । ଠିକ୍ ଏତିକି ବେଳେ ବାଜି ଉଠିଲା ସହରର ସାଇରନ୍ । ବିବ୍ରତ ହେଇ ଉଠିଲେ ଗୁଣ୍ଡାମାନେ । ଧରା ପଡ଼ିଯିବାର ଭୟରେ ଅନ୍ୟ ଉପାୟ ନଦେଖି ଅଟକାଇ ଦେଲେ ଗାଡ଼ି । ଧୁସ୍‌ଧାସ୍ ଓହ୍ଲେଇ ଆସି ଡି.କି. ଭିତରୁ ବଡ଼ିଟାକୁ ଟାଣି ରାସ୍ତା କଡ଼କୁ ଫୋପାଡ଼ି ଦେଇ ଗାଡ଼ି ଛୁଟାଇ ଫେରାର୍ ହେଇଗଲେ ।

ଛୁଟିଆସି ବ୍ରେକ୍ ଦେଲା ଅନୁରାଗଙ୍କ ଗାଡ଼ି । ଓହ୍ଲେଇ ପଡ଼ିଲେ ଅନୁରାଗ ଓ ଚାନ୍ଦିନୀ । ଦେଖିଲେ କପଡ଼ାରେ ବନ୍ଧାହୋଇ ରାସ୍ତାକଡ଼ରେ ପଡ଼ିଛି କ'ଣ ଗୋଟାଏ ! ଉଭୟ ଧାଇଁଯାଇ ଟେକି ଆଣି ଫିଟାଇଦେଲେ ଘୋଡ଼ଣି । ଦେଖିଲେ ସ୍ତ୍ରୀଲୋକଟାଏ । ମୁହଁରୁ କଳା ପଟିଟା ଫିଟାଇ ଦେଲା ଅନୁରାଗ । ଗାଡ଼ିର ଫୋକସ୍ ଲାଇଟରେ ନିଜ ଭଉଣୀକୁ ଚିହ୍ନି ଚିତ୍କାର କରି ଉଠିଲା ଅନୁରାଗ-"ଅନୁଅପା !"

ଚାନ୍ଦିନୀ ଅନୁରୂପ ଚିତ୍କାର କରି ଉଠିଲା- "ଅନୁରାଗ !"

- "ଚାହିଁଚ କ'ଣ ଚାନ୍ଦିନୀ ? ଆରେ ଧର, ଗାଡ଼ିକୁ ଉଠାଅ ! ତାକୁ ହସ୍‌ପିଟାଲ ନେବାକୁ ପଡ଼ିବ ।"

ଉଭୟ ଅନୁପମାକୁ ଉଠାଇ ନେଲେ ଗାଡ଼ି ଭିତରକୁ । ଗାଡ଼ି ଛୁଟି ଚାଲିଲା ହସ୍‌ପିଟାଲ ଅଭିମୁଖେ ।

ପୋଲିସ ପେଟ୍ରୋଲିଂ ଗାଡ଼ିଟା ହୁଇସିଲ୍ ମାରି ପଇଁତରା ଦେଇ ଚାଲିଗଲା ଭିନ୍ନ ପଥ ଦେଇ ।

XXX

କିଛି ଜାଣି ପାରିଲାନି ଅନୁପମ ସେ ରାତ୍ରିର ରହସ୍ୟ । କାରଣ ବହୁ ପୂର୍ବରୁ

ପାନୀୟ ଦେହରେ ନିଶା ଟାବଲେଟ୍ ଚଢ଼େଇ ଦେଇଥିଲା ନିବେଦିତା । ନିଘୋଡ଼
ନିଦ୍ରାରେ ପଡ଼ି ଘାରି ହେଉଥିଲା ସେ ।

ସେ ରହସ୍ୟ ରହସ୍ୟମୟ ହେଇ ରହିଗଲା ଅମାବାସ୍ୟାର ଅନ୍ଧକାର ପରି । ନା
ଜାଣି ପାରିଲା ଅନୁପମ; ନା ନିବେଦିତା !

॥ ୬୪ ॥

ନିବେଦିତାର ବିବାହ ତିଥି ସ୍ଥିର ହୋଇ ସାରିଛି ।

ଆଉ ଅପେକ୍ଷା କରି ପାରୁନି ସେ । ତା' ଜୀବନପଥର ଅସଲ କଣ୍ଟାଟାକୁ ସେ ସବୁଦିନ ପାଇଁ ସଫା କରିଦେଇଛି । ଚପଳା ନାମକ ସେଇ କାଉଁରୀ କନ୍ୟାଟି ହିଁ ତା' ତଣ୍ଟି ଚିପି ଧରିଥିଲା । ଫୁଲ ଶୁଙ୍ଘାଇ ତା' ଅନୁପମକୁ ଭୁଲାଇ ରଖିଥିଲା । ଅପହରଣ କରିଥିଲା ତାଙ୍କ ପୁରୁଷତ୍ୱ । ଖାସ୍ ସେଇଥିପାଇଁ ଅନୁପମ ବାରବାର ଆଟେମ୍ପ୍ଟ ପରେ ବି ଆଭଏଡ୍ କରି ଚାଲିଥିଲେ । ଆଉ ଏବେ ?

– "ହା-ହା-ହା !" ଆତ୍ମ ସ୍ଫୁର୍ତ୍ତିରେ ହସିଉଠିଲା ନିବେଦିତା ।

– "ନିବେଦିତା !" ପୃଷ୍ଠ ଭାଗରୁ ସମ୍ବୋଧନ କଲେ ଅନୁପମ ।

– "ହଁ, ଅନୁପମ କୁହ !"

– "ଚପଳା । ସେ କେଉଁଠି ?" ସ୍ୱରଥିଲା ଗମ୍ଭୀର ।

– "ମୁଁ ଜାଣେନା ।"

– "ସେ କ'ଣ ଚାଲିଗଲା ?"

– "ଯଦି ଭାବୁଛ, ଠିକ୍ ହିଁ ଭାବୁଛ ।"

– "ନୋ, ସେ ଏମିତି ଚାଲିଯାଇ ପାରିବନି ।"

– "ତା'ହେଲେ ତମେ ମୋତେ ସନ୍ଦେହ କରୁଛ ?"

– "ନାଇଁ ନିବେଦିତା, ସେମିତି ନୁହେଁ । ଝିଅଟା ସରଳ ଥିଲା, ଭାରି ନିରୀହ ବି ।"

– "ଓ, (ସ୍ୱଗତ) ଏବେ ବି ତା'ର ନିଶା ତମ ଉପରୁ ଓହ୍ଲେଇ ନାହିଁ ? ବେଶ୍ ମୁଁ ଓହ୍ଲେଇ ଦଉଛି ।"

ଗୋଟେ ଗ୍ଲାସରେ କିଛି ହୁଇସ୍କି ଢାଳି, ଅନୁପମଙ୍କ ଅଲକ୍ଷ୍ୟରେ ସେଥିରେ କ'ଣ ଗୋଟେ ଟାବ୍‌ଲେଟ ପକେଇଦେଲେ ନିବେଦିତା । ତାପରେ-

– "ନିଅ, ପିଇଦିଅ ।"

– "କ'ଣ ସେ ?"

– "ଆରେ ତମ ବ୍ରେନ୍ ଟନିକ୍ । ଡକ୍ଟର ଅନୁରାଗ ପ୍ରେସକ୍ରାଇବ କରିଚନ୍ତି । ଏକୁ ଡେଲି ପିଇ ଚାଲିଲେ ଜଲଦି ମେମୋରି ଫେରି ଆସିବ । ନିଅ ପିଅ ।"

ଜବରଦସ୍ତ ଅନୁପମଙ୍କ ମୁଖକୁ ଧରି ପିଆଇ ଦେଲା ନିବେଦିତା । ଅନୁପମ ପିଇବାକୁ ଅନିଛା ସତ୍ୱେ ବାଧହେଲେ । ପିଇ ସାରିବା ପରେ ତାଙ୍କ ତଣ୍ଟି-ଛାତି ଯେମିତି ଜଳିଜଳି ଯାଉଥିଲା । ଆଖିରୁ ଝଲସି ଉଠୁଥିଲା ନିଆଁଝୁଲ । ଦିମାକ୍ ଭିତରଟା ବିଚଳିତ ହେଇ ଉଠୁଥିଲା । ଗୋଟେ ଉତ୍କଟ ନିଶା ଘାରି ଘାରି ଯାଉଥିଲା ସାରା ଶରୀରରେ । ଚାରିଆଡ଼ ଅନ୍ଧକାର-ଖାଲି ଅନ୍ଧକାର !

– "କ'ଣ ପିଆଇଦେଲ ନିବେଦିତା । କୁହ ମୋର ଏଭଳି ରିଆକ୍‌ସନ ହେଉଛି କାହିଁକି ?"

– "ସେ କିଛି ନୁହଁ । ଡୋଣ୍ଟ୍ ଓରି ! କିଛି ସମୟ ପରେ ସବୁ ନର୍‌ମାଲ୍ ହେଇଯିବ । ତମେ ଶୋଇପଡ଼ । ଆସ....।"

ଅନୁପମକୁ ଧରି ବିଛଣାରେ ଶୁଆଇଦେଲା ଧୀରେ । ଅନୁପମ ଯେପରି ଚେତା ହରେଇ ପଡ଼ି ରହିଲେ ବିଛଣା ଉପରେ !

– "ଇଏସ୍, ଏଇ ହେଉଛି ଏବେ ତୁମକୁ କଣ୍ଟ୍ରୋଲ କରି ରଖିବାର ଅବ୍ୟର୍ଥ ଉପାୟ । ଖାଲି ମେରେଜଟା ସରିଯାଉ, ତା'ପରେ ତମେ ମୋ' ବାଘୁଣୀ ପନ୍‌ଝାରୁ କେବେ ଖସି ଯାଇପାରିବନି ମିଷ୍ଟର ! ପ୍ରଫେସର ତାରାପ୍ରସାଦ କହୁଥିଲେ, ବିବାହ ପରେ କପୁଲଙ୍କର ଇଣ୍ଟର ରିଲେସନ ହିଁ ମାନସିକ ସନ୍ତୁଳନର ବେଷ୍ଟ୍ ମେଡିସିନ । ହା-ହା-ହା, ଅପେକ୍ଷାକର,ଆପେ ଆପେ ତମର ମେମୋରି ଫେରିଆସିବ ମାଇଁ ଡିଏର !"

ମୋବାଇଲରେ କଲିଂ ।

– "ହାଲୋ, ଡାଡି ! ପ୍ରୋଗ୍ରାମ ଅନୁସାରେ ସବୁକିଛି ଠିକ୍ ଠିକ୍ ଚାଲିଛିତ ? ଇନ୍‌ଭିଟେସନ କାର୍ଡ଼ ମୁଁ ଆଜି ପ୍ରେସ୍‌ରୁ କଲେକ୍ଟ କରି ନେଉଛି । ଆଜି ରାତି ଭିତରେ ଆମେ ପହଁଚିଯିବୁ । ଓ.କେ., ବାଏ !"

ମୋ' ଇଚ୍ଛା ମୁତାବକ ସବୁ ଠିକ୍ ଠିକ୍ ଚାଲିଛି । ଏମିତି ଗୋଟେ ପ୍ରୋଗ୍ରାମ ହେବ, ଯେପରି ସହର ଝଲସିଯିବ। ରାଜଧାନୀର ଟପ୍ କେପିଟାଲିଷ୍ଟର ଓନଲୀ ବେବି, ତା'ର ମେରେଜଟା ଠିକ୍ ସେମିତି ହେବା ଦରକାର ନା ?

ମୋବାଇଲରେ ରିଂ ହେଲା ।

– "ହାଲୋ, ଡଃ ଅନୁରାଗ ! କ'ଣ କହିଲ..ତମେ ଏବେ ଆସୁଚ ? ନୋ ନୋ ଏବେ ନୁହେଁ, ଇଭନିଂକୁ ଆସ । ଗୁଡ ନିଉଜ୍ ଫର ଇଉ ! ମାଇଁ ମେରେଜ

ପ୍ରୋଗ୍ରାମ ଫିକ୍ସଡ୍। କମିଂ ଫିଫ୍ଟିନଥ୍- ଅକ୍ଟୋବର। ମାତ୍ର ପାଞ୍ଚଦିନ। ଏବେଠୁ ନିମନ୍ତ୍ରଣ ରହିଲା। ଏଟେଣ୍ଡ୍ କରିବ ସିଓର୍ ଉଇଥ ଫେମିଲି ଇଏସ୍? ଓ.କେ, ଗୁଡ ନାଇଟ୍।"

– "ହ୍ୱାଟ୍! ମେରେଜ୍?" ବିଚଳିତ ହେଇ ଉଠିଲା ଅନୁରାଗ।

– "କାହାର, କାହାର ଅନୁରାଗ?"

– "ସେହି କାଳନାଗୁଣୀ ଡକ୍ଟର ନିବେଦିତା।"

–"ନିବେଦିତା!"

– "ଇଏସ୍, ଯିଏ ମୋ' ଭଉଣୀର ଜୀବନଟାକୁ ବରବାଦ କରି ଦେଇଛି। ଆଉ ଏବେ ତା'ର ଭବିଷ୍ୟତଟାକୁ ଜାଳିପୋଡ଼ି, ପାଉଁଶ କରିଦେବାକୁ ଯାଉଛି। ନାଇଁ, ମୁଁ ତାହା ହେବାକୁ ଦେବିନି।"

– "କ'ଣ କରିବ ଏବେ?"

– "ସେହି କଥା ଭାବୁଛି ଚାନ୍ଦିନୀ, ମୁଁ ଏବେ କ'ଣ କରିବି? କିଛି ତ ବୁଦ୍ଧି ଗୋଟେ ଦିଅ, ପ୍ଲିଜ୍, ହେଲ୍ପ ମି!"

ଗୃହ ଭିତରୁ ଆବାଜ୍ ଆସିଲା.. ଅସ୍ପଷ୍ଟ ଆବାଜ୍, ଥିଲା ବେଦନା ଆଉ ଯନ୍ତ୍ରଣାର କାରୁଣ୍ୟ ଭରା। ଅନୁପମା ବିଛଣାରୁ ଡାକୁଥିଲା-

– "ଅନୁ, ଅନୁରାଗ।"

– "ଅପା ଡାକୁଛି!" ବ୍ୟସ୍ତ ବିବ୍ରତ ହେଇ ଉଠିଲା ଅନୁରାଗ। କହିଲା- "ଏ କଥାଟା ତା' କାନରେ ଯଦି ବାଜେ, ସେ ବାୟାଣୀ ହେଇ ଯିବ ଚାନ୍ଦିନୀ। ବିଚାରୀ କେତେ ମାଡ଼ ଖାଇଚି, କେତେ ନିର୍ଯ୍ୟାତନା ସହିଚି। ସେ ସୈତାନୀକୁ ମୁଁ ଛାଡ଼ିବିନି। ଛାଡ଼ିବିନି ଚାନ୍ଦିନୀ!"

କ୍ଳାନ୍ତ ଅବଶ ଶରୀର, ମନ୍ଥର ପଦକ୍ଷେପରେ ଆସିଲା ଅନୁପମା। ମୁଣ୍ଡରେ ବ୍ୟାଣ୍ଡେଜ୍।

– "ଅପା!!" ଚମକି ପଡ଼ିଲେ ଏମାନେ।

– "କିଏ, ତୁ କାହାକଥା କହୁଚୁ ଅନୁରାଗ?"

କଥା ଭୁଲାଇ କହିଲା ଚାନ୍ଦିନୀ। "ନାଇଁ ଅପା, ସେ କିଛି ନୁହେଁ। ତମେ ଚାଲିଲ, ଡକ୍ଟର ପରା କହିଥିଲେ ରେଷ୍ଟ୍ ନେବାକୁ। ଚାଲଅପା, ମୁଁ ତୁମ କ୍ଷତରେ ମଲମ ଲଗେଇ ଦେବି। ତମକୁ ମେଡିସିନ ଦେବାର ସମୟ ହୋଇଗଲାଣି।"

– "ରହଲୋ, କେତେ ଶୋଇବି? ଶୋଇ ଶୋଇ ମୋ' ପିଠି-କଡ଼ ପଥର ହୋଇଗଲାଣି। ମୁଁ ଟିକେ ଏଇଠି ବସେ। ଆହା-କେଡ଼େ ଥଣ୍ଡା ପବନ ଦେଉଛି।"

ଚଉକିରେ ବସିଲା ଅନୁପମା ! "ଅନୁ ! ଆ, ମୋ' ପାଖକୁ ଆ' !" ପାଖରେ ବସିଲା ଅନୁରାଗ ।

– "ଅପା !"

– "ମୋ' ଭାଇ !" କୋଳେଇଧରି କାନ୍ଦି ଉଠିଲା ଅନୁପମା ।

ଲୁହ ପୋଛି ଦେଇ- "କାନ୍ଦନା ଅପା, ତୋ' ପାଖରେ ପରା ତୋର ଭାଇ ଅଛି । ତୋର୍ ଆଉ ଭୟ କାହାକୁ ?"

– "ଆରେ ପାଗଳା, ତୁ ନଥିଲେ ମୋତେ କିଏ ଉଦ୍ଧାର କରିଥାନ୍ତା ? ମୁଁ ସେଠି ଖାଲି ମରିବାର ଅଭିନୟ କରୁଥିଲି । କିଛି ବୁଝି ପାରିଲାନି ସେ ପିଶାଚିନୀ, ଭାବିଲା ମୁଁ ମରିଯାଇଛି । ନହେଲେ ସେ ଜୀବନରୁ ଶେଷ କରିଦେଇଥାନ୍ତା ।"

– "ସତରେ ଅପା !" ଚାନ୍ଦିନୀ ଚକିତ ହୋଇ କହିଲା ।

– "ହଁ ଲୋ, ଖାଲି ଅନୁପମଙ୍କ ପାଇଁ । ଯେତେ କଷ୍ଟ, ଯେତେ ଯନ୍ତ୍ରଣା ସବୁ ସହି ସହି ପଡ଼ି ରହିଥିଲି ସେଠି ।"

– "ଥାଉ ! ଗଲାକଥା ଯାଇଛି । ଏବେ ଅନୁପମ ଭାଇଙ୍କୁ ସେ ବାଘୁଣୀ ପାଲରୁ ଉଦ୍ଧାର କରିବାକୁ ହେବ । ତୁ ଚିନ୍ତା କରନା ଅପା, ମୁଁ ତୋ' ମଥାର ସିନ୍ଦୂରକୁ ଆଉ କାହା ହାତକୁ ଟେକି ଦେବିନି ଲୋ ।"

– "ସତ କହୁଚୁ, ସତ କହୁଚୁ ?"

– "ସତ, ଏତେଦିନ ପରେ ତୋତେ ପାଇଲି । ଏବେ ବାବାଙ୍କୁ ବି ଖୋଜି ବାହାର କରିବାକୁ ପଡ଼ିବ । ମୋ ମନ କହୁଚି- ସେ ନିଶ୍ଚୟ ବଞ୍ଚି ରହିଥିବେ । ତାଙ୍କପରି ଟାଣୁଆ ମଣିଷଟା କେବେ କ'ଣ ଭାଂଗିଯାଇପାରେ ?"

– "ବାବାଙ୍କ କଥା ମୋର ଭାରି ମନେ ପଡୁଛିରେ ।" କହିଲା ଅନୁପମା ।

– "ମା' କଥା ତ ତୋତେ କହିଥିଲି । ତୁ ହଜିଗଲା ପରେ ତୋତେ ବାହୁନି ବାହୁନି ପାଗିଳୀ ହେଇ ଆଖି ବୁଜିଦେଲା ବିଚାରୀ ।"

– "ଆଃ ବୋଉ ! ତୁ ଆଜି କେଉଁଠି ବୋଉ ? ଦେଖିବୁ ଆ, ତୋ' ଝିଅ ମରିନି, ବଂଚିଛି । ଆ, ଚାଲିଆ ବୋଉ, ତୋ' ହଜିଲା ଝିଅ-ପୁଅ ତୋତେ ଖୋଜୁଛନ୍ତି । ତୁମେ ବି କେଉଁଠି ବାବା ?"

ଚାନ୍ଦିନୀ ସାନ୍ତ୍ୱନା ଦେଇ କହିଲା- "ବ୍ୟସ୍ତ ହୁଅନି ଅପା, ଆରପାରିକି ଚାଲିଯାଇଥିବା ମଣିଷ ଆଉ କ'ଣ ଫେରିବେ ? ବାପା ଯେଉଁଠି ଥିଲେ ବି ଦିନେ ନିଶ୍ଚୟ ଫେରି ଆସିବେ । ଆଗ ତୁମେ ସୁସ୍ଥ ହେଇଯାଅ । ଚାଲ ଅପା, ମଲମ ଲଗେଇ ମେଡିସିନ ଖୁଆଇ ଦେବି ।"

– "ଚାନ୍ଦିନୀ! ଠିକ୍ ଚାନ୍ଦପରି ମୁହଁଟି ମୋ' ଭାଉଜର। କଉ ଜନମରେ ତୁ ମୋର ଭଉଣୀ ଥିଲୁଲୋ। ନହେଲେ ଏତେ ସେବା କିଏ କରନ୍ତା?" ଭାବପ୍ରବଣ ହେଇ ଉଠିଲା ଅନୁପମା। ଚାନ୍ଦିନୀକୁ କୋଳକୁ ଟେକିନେଇ ତା' କପାଳରେ ଆଂକି ଦେଲା ସ୍ନେହର ଚୁମାଟିଏ। "ହଉ ଚାଲ!" ଉଠିଲା ଅନୁପମା। ଧରିଧରି ଘର ଭିତରକୁ ଘେନିଗଲା ଚାନ୍ଦିନୀ।

– "ଓଃ ହୋ, ରକ୍ଷା ପାଇଗଲି। ଯାହାହେଉ, ଅପା ଶୁଣି ପାରିନି ମେରେଜ କଥାଟାକୁ। ନଚେତ ଏହିକ୍ଷଣି କ'ଣ ଯେ ପରିସ୍ଥିତି ହେଇଥାନ୍ତା? ହେ କାଳିଆ ସାଆନ୍ତ, ମୋ' ଅପାର ସିନ୍ଦୂରକୁ ରକ୍ଷାକର ପ୍ରଭୁ!"

ପ୍ରଭୁଙ୍କ ଉଦ୍ଦେଶ୍ୟରେ ଦୁଇ ହସ୍ତ ଉତ୍ତୋଳନ କଲା ଅନୁରାଗ।

॥ ୬୫ ॥

ଗୌରକୁ ଦୁଇଦିନ ହେଲା ଜ୍ୱର ।

ଗୌରୀର ପିଲାହେବା କଥାଟାକୁ ସହଜରେ ଗ୍ରହଣ କରିପାରୁନି ଗୌର । ତା'ର ଏ ଗର୍ଭ ପାପ ଗର୍ଭ ନୁହେଁ ତ ?

ସନ୍ଦେହର କୁହେଳି ଭିତରେ ସେ ଘାଣ୍ଟି-ଚକଟି ହେଉଛି । କାହାକୁ କହି ପାରୁନି କି ସହିବି ପାରୁନି । ସେହି ଚିଂତାରେ ତାକୁ କ'ଣ ଜ୍ୱର ଆସିଯାଇଛି ?

– 'ଓଃ !' କି ଜ୍ୱାଳା, ଖଇ ଫୁଟୁଛି ଦେହରେ । ସାରା ଦେହ ଘୋଳାବିନ୍ଧା କରୁଛି । କାହାକୁ ଡାକିବ-ଗୌରୀକୁ ? ନାଇଁ, ତା' ମୁହଁ ସେ ଆଉ ଚାହିଁବନି । ଚମକି ଉଠିଲା ଗୌର, ଆରେ ସେ କି କଥାଗୁଡ଼ା ଭାବି ଯାଉଛି ? ବିଚାରୀ ଗୌରୀ, ତା'ର ବା ଦୋଷ କ'ଣ ? ସେ କ'ଣ ଆଉ ଜାଣି ଜାଣି ? ନାଇଁ । ପଛରେ ଗାର ଥିଲା ବୋଲି ମରୁମରୁ ବଞ୍ଚି ଯାଇଚି । ତା' ମନରେ ସେ ଆଉ ଦୁଃଖ ଦବନି । ହଁ ତାକୁ କହିବ, ଏ ଗର୍ଭଟିକୁ ନଷ୍ଟ କରି ଦେବାପାଇଁ । ତେବେ ସବୁ ଚିନ୍ତାଯିବ । ମୂଳୁ ମାଇଲେ ଯିବ ସରି । ହଁ, ଗୌରୀକୁ ଏବେ ଡାକିବ । ତା' ମନକଥା କହିବ ! ଏବେ – "ଗୌରୀ !"

ପଶି ଆସିଲା ଝୁମୁରୀ ଡାକ ଶୁଣି ।

– "ଡାକିଲ ଭିଣେଇ ଭାଇ, ଯାଃ. ଭୁଲ୍ ହୋଇଗଲାନା । ତମେ ପରା ମୋତେ ମା' କରିଛ ! ତାହେଲେ ଡାକିବି ଗୌରବାବା । ହେଲା ? ଏବେ କ'ଣ କୁହ ?"

– "ଗୌରୀ କାହିଁ ?"

– "ସେ ତମ ଲାଗି ରୁଟି-ସନ୍ତୁଳା କରୁଛି । ଡାକିବି ?"

– "ଆଃ, ମୋ' ମୁଣ୍ଡ ।" ନିଜ ମୁଣ୍ଡ ଟିପି ଧରିଲା ଗୌର ।

ଗୌର ଦେହରେ ହାତମାରି ଚମକି ଉଠିଲା ଝୁମୁରୀ ।

– "ଆରେ, ଏତେ ଜ୍ୱର ! ଜ୍ୱର ତ କମିଯାଇଥିଲା, ଫେର କାହିଁକି ଆସିଲା ଯେ ? ଠିକ୍ ଅଛି । ଏଇ ସାଥେ ସାଥେ ତମର ଜ୍ୱର ଛଡ଼େଇ ଦଉଛି । ଆସିଲ ଆସିଲ, ମୋ' କୋଳରେ ମୁଣ୍ଡରଖି ଶୋଇ ପଡ଼ିଲ । ଦେଖିବ ମୋ' ଟିପ ବାଜି ଗଲେନା, ସବୁ ବିନ୍ଧା, ଜ୍ୱର ଛୁ-ମନ୍ତର ।"

ଗୌର ମଥା ପାଖରେ ବସି ନିଜ ଜଂଘ ଉପରକୁ ଗୌରର ମୁଣ୍ଡ ଟେକି ଆଣି ଥୋଇ ଟିପିବାକୁ ଲାଗିଲା ଝୁମୁରୀ । ଗୌରକୁ ଆରାମ ଲାଗିଲା । ଝୁମୁରୀର କଅଁଳ କୋଳରେ ଶୋଇ ଯେପରି ସ୍ୱର୍ଗ ସୁଖ-ଶାଂତି ସେ ଅନୁଭବ କରୁଛି ! ସତରେ ସେ କ'ଣ କଉ ଜନ୍ମରେ ତା'ର ମା' ଥିଲା ? କେଜାଣି, ତା' ନହୋଇଥିଲେ ତା' ଛୁଆଁରେ ଦେହର ସବୁ ଦରଜ ଆପେଆପେ ଅପସରି ଯାଉଛି କିପରି ? ଝୁମୁରୀ କ'ଣ କିଛି ମନ୍ତ୍ର-ତନ୍ତ୍ର ଜାଣିଛି ? ନାଇଁ, ନାଇଁ, ଏସବୁ ତାର ଅନାବିଳ ସ୍ନେହ-ମମତାର କିମିଆଁ । କେତେ ସରଳା ଝିଅଟା । ଛଳ କପଟ ବୋଲି କିଛି ତାକୁ ଛୁଇଁନି ।

ଜ୍ୱର ଧୀରେ ଧୀରେ କମିବାକୁ ଲାଗିଲା । ଦେହ ଥଣ୍ଡା ହୋଇ ଆସିଲା । ଆରାମ ଲାଗିଲା ଗୌରକୁ । ଗୌର ଘୁମେଇଁ ପଡ଼ିଲା ଶାଂତିର ନିଦରେ ଝୁମୁରୀ କୋଳରେ ।

ଦେହ-ମୁଣ୍ଡରେ ହାତ ମାରିଲା ଝୁମୁରୀ ।

– "ଯାଃ, ଜ୍ୱର କମି ଯାଇଛି । ସେ ଶୋଇ ପଡ଼ିଲେଣି । ଏବେ ତାଙ୍କୁ ଉଠାଇ ବିଛଣାରେ ଶୁଆଇ ଦେବି । ଗୌରୀ ନାନୀଟା ଯଦି ଦେଖିବ, କ'ଣ ଭାବିବ ? ଭାବିବ- ତା' ବରକୁ ଏ ଝୁମୁରୀ ଚୋରି କରି ନେଉଛି । ନାଇଁ ନାଇଁ, ମୋ' ନାନୀ ସେମିତି ନୁହେଁ । ମୋ'ଠୁ ସେ କେତେ ଭଲ । କେତେ ଶାଂତ-ସରଳ, ସାଧା-ସିଧା । ଗୌରୀ ଠିକ୍ ଗୌରୀ ଠାକୁରାଣୀ । ହେଲେ ସମରା ? ସମରାଟା ଦେଖିଲେ ମନ ଊଣା କରିବନି ତ ? ରୁଷିକରି ଯଦି ଖସିଯାଏ ତେବେ କ'ଣ ହେବ ମୋର ? ଯାଉ, ଯୁଆଡ଼େ ଯାଉଛି ଯାଉ । ଏ ଚୁଲ୍‌ବୁଲି ଝୁମୁରୀର କଉକଥାକେ ଖାତିର ନାହିଁ । ମୁଇଁ ତ ମୋ' ପୁଅଟାକେ କୋଳରେ ଧରିଛେ । କିଏ କାଣା କହିବ କହୁବା ?"

– "ଝୁମୁରୀ !" ଡାକ ପକେଇ ରୁଟି ଓ ସନ୍ତୁଳା ଧରି ପଶି ଆସିଲା ଗୌରୀ ।

ଭାବର ଖିଅ ଛିଣ୍ଡିଗଲା ଝୁମୁରୀର । ଚମକି ଚାହିଁ-

– "ନାନୀ !"

– "କିଲୋ ତୋ'ର ଏକି ଅବତାର ?"

– "ନାଇଁ ଲୋ ନାନୀ, ତୋ' ବରକୁ ନା ବହୁତ ଜ୍ୱର ମାଡ଼ି ବସିଥିଲା, ଦିହ ମୁଣ୍ଡ ଜୋର୍ ବିନ୍ଧା କରୁଥିଲା । ସେଥିଲାଗି ମୁଣ୍ଡଟା ଟିପି ଦେଉଥିଲି ।" ହସିଦେଲା ଗୌରୀ । କହିଲା-

– "ବୁଝିଲି, ତୋ' ଭଳି ମା'ଟିକୁ ପାଇ ତାଙ୍କ ଜ୍ୱର ପୂରା ଛାଡ଼ି ଯାଇଥିବ । ଦେଖି ଦେଖି କେତେ ଜ୍ୱର ? ହାତମାରି, ଆରେ କାହିଁ, ଜ୍ୱର ତ ମୋଟେ ନାହିଁ ।"

– "ଜ୍ୱର ଓହ୍ଲେଇ ଯାଇଛି ନାନୀ ! ବହୁତ କଷ୍ଟ ପାଉଥିଲେ । ତୁ ତ ସେପଟେ ତୋ' ପାଇଟିରେ ବ୍ୟସ୍ତ । ଏଙ୍କୁ ଦେଖୁଛି କିଏ ?"

– "ମୋ' ସୁନା ଭଉଣୀ ଅଛି ତ, ମୋର ଆଉ କଉ କଥାକୁ ଚିନ୍ତା ? ଦେ, ତାଙ୍କୁ ଡାକି ଉଠା, ଖୁଆଇ ଦେ ଏତକ। ମୁଁ ତେଣେ ବାବା ମା', ସମରାଙ୍କ କଥା ବୁଝୁଛି। ପେଟ ପୂରେଇ ଖୁଏଇ ଦବୁ। ମୁଁ ସିନା ଖୁଆଇଲେ କେତେ ଅଝଟ କାଢ଼ିବେ। ମିଛଟାରେ କେତେ ଛଇ-ଛଟକ ତାଙ୍କର।"

– "ହଉ ଦେ, ତୁ ଯାଆ। ମୁଁ ଏଙ୍କ କଥା ବୁଝୁଛି।"

ଖାଇବା ଥାଳି, ଗ୍ଲାସ ଟି'ପଏ ଉପରେ ରଖିଲା ଗୌରୀ।

– "ମୋ' ସୁନା ଭଉଣୀଟା ପରି କିଏ ହବ ?" ଝୁମୁରୀକୁ ଚୁମାଟେ ଦେଇ ଚାଲିଗଲା ଗୌରୀ।

– "ଗୌର ବାବା ! ଉଠ।"

– "ଉଁ, କ'ଣ ଝୁମୁରୀ ?"

– "ନାନୀ ଦେଇ ଗଲାଣି, ଖାଇବ ପରା। ପେଟେ ଖାଇଦେଲେ ମୁଁ ରାତି ଡୋଜ୍ ଦେବି। ସକାଳକୁ ସବୁ ବେମାର ଛାଡ଼ିଯିବ। ଉଠ !"

ଗୌର କହିଲା- 'ନାଇଁ, ମୁଁ ଖାଇବିନି।'

– "ଖାଇବନି ? ଦୁଷ୍ଟ ପୁଅଟାର କାନ ଧରି ଖୁଏଇବି। ଦେଖିବା କେମିତି ଖାଇବନି। ଉଠ !" ଟେକି ଧରିବାକୁ ଚେଷ୍ଟାକଲା।

– "ଝୁମୁରୀ !" ଉଠୁନଥିଲା ଗୌର।

– "ତମକୁ ତମ ଝୁମୁରୀ ମା'ର ରାଣ !"

ଧଡ଼ପଡ଼େଇ ଉଠି ବସିଲା ଗୌର। ଝୁମୁରୀ ପାଟିରେ ହାତ ଦେଇ, "ସେ କଥା ଜମା କହିବୁନି ଝୁମୁରୀ। ସହି ପାରିବିନି ଲୋ, ତୁ ପରା ମୋ' ମା'। ମୋ' ସୁନା ମା'। ଦେ, କ'ଣ ଖାଇବି ଦେ ଆଣେ।"

ଖାଇବା ଥାଳିକୁ ନିଜ ହାତକୁ ଟେକି ନେଲା ଗୌର।

– "ନାଇଁ, ମା' ଥାଉ ଥାଉ ମୋ' ରୋଗାପୁଅଟା କଷ୍ଟ କରିବ ? ଆସ, ଏଇଥିରେ କୁଳୁକୁଞ୍ଚା କରିଦିଅ।"

ଝୁମୁରୀ କଥା ମାନି ମୁହଁ ଧୋଇଲା ଗୌର। ନିଜ ଶାଢ଼ୀ କାନିରେ ଗୌରର ମୁହଁ ପୋଛି ଦେଲା ଝୁମୁରୀ। ଖୁଆଇ ଦେଲା-

– "ନିଅ, ଖାଇଦିଅ।"

ଖୁଏଇ ଦେଉଥିଲା ଝୁମୁରୀ କେତେ ସରାଗରେ।

ଗୌର ମନା କରି ପାରୁନଥିଲା ଜମା। ବଳେଇ ବଳେଇ ଖୁଆଇ ଦେଉଥିଲା ଝୁମୁରୀ ମା'।

ଏତିକି ବେଳେ ପଶିଆସିଲା ମଲ୍ଲୀମା' ମାଉସୀ ।

– "ଆଲୋ ଝୁମୁରୀ, ମୁଁ ଜାଣିଥିଲି ତୁ ଏଇଠି ଥିବୁ । "

– "ମାଆ !"

– "ଆଃ ହା, ଦି ଦିନ ଜ୍ୱରରେ ମୋ' ଗୋରା ପୁଅଟା କି କଳାକାଠ ପଡ଼ିଗଲାଣି ଦେଖୁଚି । କି ନିଆଁ ଜରଟା କଉଠୁ ଆସିଲା କେଜାଣି । ହେ ମା' ସମଲେଇ, ତୋତେ ସିନ୍ଦୂର ତକତା ଦେବି, ମୋ' ପୁଅଟାର ଦିହ ଭଲ କରି ଦେ ମାଆ ! ମୋ' ପୁଅଟାର ଦିହ ଭଲ କରି ଦେ ! ଦେ, ଆଉ ଦି ଥର ଖାଇଦେ ବାପ । ଭେଣ୍ଡିଆ ବଅସ, ପେଟେ ଖାଇଲେ ସିନା ବଳ ଆସିବ ।"

ଗୌର ଭାବବିହ୍ୱଳ ହେଇ- "ମାଆ !"

ଗୌର ମଥାରେ ହାତ ବୁଲାଇ ଦେଇ "ତୋର କୋଟି ପରମାୟୁ ହଉ ବାପ । ଗୌରୀ କ'ଣ ମୋ' ପୁଅଟା କଥା ବୁଝୁନି ?"

ଝୁମୁରୀ କହିଲା-"ସେ ପରା ଗୌରବାବାଙ୍କ ଦାୟିତ୍ୱ ମୋତେ ଦେଇଛି ।"

– "ଓ, ଏମିତି କଥା ? ଭଲ କରିଛି । ଚାଲାଖ ଝିଅଟା, ଠିକ୍ ଜନ୍ତୁକୁ ଠିକ ଜନ୍ତାରେ ପକେଇ ଦେଇଛି ।"

ଚିଡ଼ିଉଠି- "ମାଁ, ମୁଇଁଟା କ'ଣ ଗୋଟେ ଜନ୍ତୁ ?"

– "ତୁ ଆଉ କ'ଣ କଉ ସହରରୁ ଆସିଚୁ ?ତୁ ପରା ବଣ-ପାହାଡ଼ର ଝିଅଟା । ଯାଏ ଲୋ ମା', ମୋ' ଗୌରୀଟା କ'ଣ କରୁଛି ତେଣେ... । ଗୌରୀ, ଗୌରୀ !" ଡାକିଡାକି ଚାଲିଗଲା ।

– "ତୁମେ କହିଲ ଗୌରବାବା, ମୁଁ ବଣ ପାହାଡ଼ର ଝିଅ ହେଲି ବୋଲି ମା' ମୋତେ କିମିତି କହୁଚି ! ମୁଁ କ'ଣ ଗୋଟେ ଜନ୍ତୁ ମାନେ ପଶୁ ? ମୋର କ'ଣ ବୁଦ୍ଧି ସୁଦ୍ଧି କିଛି ନାହିଁ ?"

– "ଝୁମୁରୀ, ରାଗେନା ।"

– "ନାଇଁ, ମୁଁ ରାଗିଯିବି ।"

– "ମୋ' ସୁନା ମା' ପରା ! ମା' ଉପରେ ଏପରି ରାଗନ୍ତିନି । କହିଲୁ ମୁଁ କ'ଣ ତୋ' ଉପରେ ରାଗି ପାରିବି ? ନାହିଁ ନା ?"

– "ଏଁ, ହଁ ତ , ସତକଥା । ମା' ପରି କେହି ହେବେନି । ମୁଁ ତମର ମା' ବୋଲି ସିନା ଏତେ ଯତନ କରୁଛି । ତା'ନହେଲେ..."

– "କ'ଣ ?"

– "କିଛି ନୁହେଁ! ନିଅ, ପାଣି ପିଇଦିଅ।" ପିଆଇ ଦେଲା। ଶାଢ଼ୀ କାନିରେ ପୋଛିଦେଲା ମୁହଁ। କହିଲା–

– "ଏଥର ତମେ ଶୋଇପଡ଼! ଗୌରୀ ନାନୀ ଆସିଲେ ତମକୁ ଔଷଧ ଖୁଆଇ ଦବ। ବୁଝିଲ! ଏବେ ମୁଁ ଆସୁଛି। ତେଣେ…"

କଥା ଛଡ଼ାଇ କହିଲା ଗୌର – "ଓ ସମରାଟା କ'ଣ କରୁଛି ସେଇ କଥା ତ?"

– "ଯାଃ, ତମେ ବଡ଼ ଦୁଷ୍ଟ ହେଇଗଲଣି ଦେଖୁଚି ଗୌର ଭାଇ ନାହିଁ ଗୌର ବାବା?"

ଗୌର କପାଳରେ ମା' ପରି ସ୍ନେହର ଚୁମାଟିଏ ଦେଇ ମୁହଁ ଥମଥମ କରି ଚାଲିଗଲା ଝୁମୁରୀ।

– "ଝୁମୁରୀ!"

ଚାହିଁ ରହିଲା ଝୁମୁରୀର ଯିବା ବାଟକୁ ଗୌର।

ଗୌରୀକୁ କହିବାକଥା ବିଲକୁଲ ଭୁଲି ଯାଇଥିଲା ସେ।

॥ ୬୬ ॥

ଗୌର ଭାଇ ପାଖରୁ ସବୁ ଶୁଣିଛି ସେ ।

ତା' ଦୁଃଖିନୀ ନାନୀର ଦୁଃଖ କଥା । ଭାବି ଭାବି ସେ ବେଳେବେଳେ ନିଆଁ ହେଇ ଯାଉଛି । ତା' ମନ କହୁଚି, ସେ ସୈତାନଟାକୁ ସାମ୍ନାରେ ପାଇଲେ ତା' କଲିଜା ଝୁଣି ଦିଅନ୍ତା । ହେଲେ କେମିତି ଜାଣିବ ସେ ବଦମାସଟା କିଏ ? କେଉଁଠି ରହେ ? ?

ଝୁମୁରୀ ଆଖିରେ ପ୍ରତିଶୋଧର ଜ୍ୱାଳା ।

ସୁଯୋଗକୁ ଅପେକ୍ଷା କରିଚି ସେ । ସମରାକୁ ମତେଇଛି, ହାବୁଡ଼ରେ ପାଇଲେ ସେ ତା' କାଣ୍ଡ-ତୀରରେ ତାକୁ ବିନ୍ଧିଦବ । ଟାଙ୍ଗିଆରେ ଟୁକୁରା ଟୁକୁରା କରି କାଟି ପକେଇବ । ତା' ରକ୍ତ ପିଇଯିବ ଝୁମୁରୀ । ପାହାଡ଼ୀ ଝିଅ ସେ-ବାଘୁଣୀ !

– "ଝୁମୁରୀ ! କାଣା ଏତେ ଭାବୁଛୁ ? ସେତେବେଲୁ ଏଇଠେ ବସି ବସି ଏକା ଏକା ?" ସମରା ବସିଲା ତା' ପାଖରେ । "କାଣା ହୋଇଛି ଲୋ, ଗାଁର କଥା ମନେ ପଡୁଛେ ? ତୁଇ ଯିବୁ ସମଲପୁର ? ତୋତେ ଏ କଟକ ସହରଟା ଭଲ୍ ଲାଗୁନିକି ?"

– "ନାଇଁରେ ସମରା ! ମୋ' ବାବା-ମା'ଙ୍କେ, ମୋର ଘର୍‌ଟାକେ ଛାଡ଼ି ମୁଇଁ ଆଉ କା'ଡ଼େ ଯାଇ ପାରିବି କହତ ? ଏଇ ମୋର୍ ସରଗ୍ । ତୋର୍ କି ମନ୍ ଲାଗୁନି ଏଠେ ? ତୁଇ ଯିବୁ ?"

– "ତୋତେ ଏଠେଇ ଛାଡ଼ି ମୁଇଁ କେନ୍ତା ଯାଇପାରିବି ଲୋ ଝୁମୁରୀ, ତୁଇ ପରା ମୋର–"

– "ଥାଉ ! ଜାଣିଛୁ ସମରା, ବାବା-ମା କଥା ହେଉଥିଲେ ଗୌରୀନାନୀର ଛୁଆଟା ହେଇଗଲେ ନା, ସେ ଆମର୍ ବାହାଘର କରେଇ ଦେବେ, ବାହାଘର୍ !"

– "ସତେ କିଲୋ ଝୁମୁରୀ ?" ସମରା ମନରେ ଉତ୍‌କଣ୍ଠା ।

– "ଆରେ ହାଁ, ସତ୍ କହୁଚେ ! ମୁଇଁ ତୋତେ ମିଛ କହିବି କିଆଁ ?"

ଘର ଭିତରୁ ରୁଦ୍ରଙ୍କର ଡାକ ଶୁଭିଲା-

– "ଝୁମୁରୀ, ମା' କୁଆଡ଼େ ଗଲୁ ?"

– "ହେଇ, ବାବା ଡାକିଲେଣି । ଯାଉଛେ ଯାଉଛେ ବାବା!" ଉଠି ଦୌଡ଼ି ଦୌଡ଼ି ଚାଲିଗଲା ଝୁମୁରୀ । "ବାବା!"

– "ଆଲୋ, ଏତେବେଳେ ଯାଏ କେଉଁଠି ଥିଲୁ? ସେତେବେଳୁ ମୁଁ ତୋତେ ଦେଖିବାକୁ ପାଉନି?"

– "ତମେ ତ ଟାଉନ ଯାଇଥିଲ କଉ କାମରେ । ତମେ ମୋତେ କେମିତି ଦେଖିବ ଯେ? ଦେଖ ବାବା, ଏଥର ମୁଁ ତମକୁ ଏକା ଛାଡ଼ିବିନି । ତମେ ଯଉ ଆଡ଼େ ଯିବ, ମୁଇଁ..."

– "ମୁଇଁ ନୁହେଁ ଲୋ, କହ ମୁଁ!"

– "ହଁ ହଁ ସେଇ; ମୁଁ ତମ ସାଥିରେ ଯିବି, କ'ଣ ଏଇଆ ହବତ?"

– "ମୋ' ସୁନା ମା'ର କଥା ମୁଁ କ'ଣ କାଟି ଯାଇପାରିବି? ଆ, ବସ, ମୁଁ ତୋତେ ଗୋଟେ କଥା ପଚାରିବାକୁ ଚାହୁଁଥିଲି ।" ଝୁମୁରୀ ପାଖରେ ବସି ପଡ଼ିଲା ।

– "କଉ କଥା ବାବା?" ଝୁମୁରୀ ବାବାଙ୍କ ଗୋଡ଼ ଟିପିଦେଲା ।

– "ଆରେ, ତୋର ଭାଇ-ଭାଉଜ ଯେବେ ଆସିବେ, ଆମେ ସେମାନଙ୍କୁ କିମିତି ରିସିଭ କରିବା?"

– "ରିସିଭି? ଧେତ୍, ସେ ଇଂଲିସି ଫିଂଗଲିସି ମୁଁ ଜମା ବୁଝି ପାରେନି । କୁଆଡ଼ିକାର ଅଡୁଆ କଥାଗୁଡ଼ା । ତମେ ଆଉ ଇଂଗଲିସି କହିବନି ବାବା । ଆମର କଥାଟା କ'ଣ ଭଲ ଲାଗୁନି?"

– "ଠିକ୍ କହିଚୁ! କଥାରେ କଥାରେ ଆମ ପାଠୁଆଙ୍କ ପାଟିରେ ଇଂଗ୍ଲିସ ପଶି ଯାଉଛି । ଦେଖ, ଗୋଟେ ସରଳା ଅପାଠୋଇ ଝିଅଟିଏ କେତେ ବୁଦ୍ଧିର କଥା କହୁଚି? ଆମ ମାଟିରେ ଆଜି ଆମେ ବିଦେଶୀ । ଖାଲି କଥାରେ ନୁହେଁ, ସବୁଥିରେ ଆଜି ଆମେ ଫରେନର୍ । ଧିକ୍ ଧିକ୍ ଆମର ମାତୃପ୍ରୀତି-ଦେଶପ୍ରେମକୁ ।" ଏମିତି ମନେମନେ ଭାବି ମଗ୍ନି ଚାଲିଥିଲେ ଝୁମୁରୀ କଥା ପଦିକର ଗହନ ଅର୍ଥ ।

– "ବାବା! କ'ଣ ଭାବୁଛ?" ପ୍ରକୃତିସ୍ଥ ହେଲେ ରୁଦ୍ର ।

– "ନାଇଁରେ ମା, ତୋ' କଥାର କଥା ଭାବୁଥିଲି । କେତେ ବୁଦ୍ଧି ମୋ' ଝିଅର । ମା' ମାଟି ଲାଗି କେତେ ମମତା ତା' ମନରେ? ହାଁ, ଏହାକୁ କହନ୍ତି-ବାପ୍ ସେ ବେଟା ଜ୍ୟାଦା ।"

– "ସେଇଟା ଫେର୍ କ'ଣ ବାବା?"

– "ଏଇଟା ଇଂଗଲିସ୍ ନୁହେଁରେ, ଏଇଟା ଆମ ଦେଶର ଭାଷା, ଆମ ରାଷ୍ଟ୍ରଭାଷା । ଆମ ହିନ୍ଦୁସ୍ତାନର ଭାଷା ହିନ୍ଦୀ ।"

– "ଓ, ବୁଝିଲି ! ମୁଁ ବି ଏଥର ହିନ୍ଦୀ କହିବି । ଗୌରଭାଇଙ୍କୁ କହିବି– ସେ ମୋତେ ଶିଖେଇ ଦେବେ । ହଁ, କ'ଣ କହୁଥିଲ ପରା ବାବା, ଭାଇ-ଭାଉଜଙ୍କ କଥା ?"

– "ହଁ...ସେଦିନ ଯାଇଥିଲୁ ତୋ' ଭାଇକୁ ଦେଖି ଆସିଛୁ । ସେ ଭଲ ହେଇଗଲେ ତାକୁ ଘରକୁ ନେଇ ଆସିବା ।"

– "ଆଉ ଭାଉଜ ?"

– "ହଁରେ ମା', ସେଦିନ ତାକୁ ଥରେ ଦେଖିବି ବୋଲି କେତେ ଆଶାନେଇ ଯାଇଥିଲି, ହେଲେ ସେଠାରେ ତାକୁ ତ କାହିଁ ଦେଖିବାକୁ ପାଇଲିନି । ତୋ' ଅନୁରାଗ ଭାଇ ଆସୁ । ସେ ଅନୁପମାର ଖବର କହିପାରିବ ।"

– "ଅନୁପମା ! ଆଃ, ଭାରି ବଢ଼ିଆ ନାଆଁଟା, ସତେ ନା ବାବା ?"

– "ଝିଅଟି ବି ବହୁତ ସୁନ୍ଦର । ଠିକ୍ ସରଗର ଦେବୀ !"

– "ସତରେ !"

– "ହଁ, ତୋ' ଭାଇ ପିଲାଦିନେ ତାର ଖେଳସାଥୀ ଥିଲା । ଦୁହେଁ ଦୁହିଁଙ୍କୁ ବହୁତ ଭଲ ପାଉଥିଲେ । ଛାଡ଼, ଏହି କୋଡ଼ିଏଟା ବର୍ଷ ଭିତରେ ତା' ଜୀବନରେ କାହିଁ କେତେ କ'ଣ ଝଡ଼ ବହିଯାଇଥିବ । ସବୁ ସେହି କାଳିଆ ଠାକୁରଙ୍କୁ ଜଣା । ଯାହା ହେଉ, ପ୍ରଭୁଙ୍କ କୃପାରୁ ଝିଅଟି ଭଲରେ ଫେରିଆସିଛି । ବୁଝିଲୁ ଝୁମୁରୀ, ତୋ' ଭାଇ-ଭାଉଜ ଯେବେ ଆସିଯିବେ ନା, କହିଲୁ ଆମ ଘରଟା କେନ୍ତା ଲାଗିବ ?"

– "ବାବା, ଖୁବ୍ ମଜା ଲାଗିବ ! ସମରା ମାଦଲ୍ ବଜେଇବ । ମୁଇଁ ନାଚ୍‌ବି- ସମଲପୁରୀ, ଡାଲ୍‌ଖାଇ ।"

– "ବାଜା ବାଜିବ, ରୋଷଣୀ ଜଳିବ । ଭୋଜି-ଭାତ-ହେବ । ରଂଗ-ବେରଂଗ ଆଲୋକ ସଜ୍ଜାରେ ଝଲସି ଉଠିବ ସହରର ଏ ପ୍ରଫେସର ପଡ଼ା । ରୁଦ୍ରପ୍ରତାପର ଏ ନୀଳକୋଠି । ହାଃ-ହାଃ-ହାଃ... ଆଉ ତା' ସାଥିରେ ତୋର ବାହାଘରଟା ସାରି ଦେଇ ନିଶ୍ଚିନ୍ତ ହେବି ।"

– "କ'ଣ କହିଲ, ମୋର ବାହାଘର ?"

– "ଆରେ ହଁ, ସମରା ସାଥିରେ !"

– "ବାବା !" ବାବାଙ୍କ କୋଳରେ ଲାଜରେ ମୁହଁ ଲୁଚେଇଲା ଝୁମୁରୀ ।

– "ଆରେ, ତୋତେ ଏଇ ହାତରେ କନ୍ୟା ସଂପ୍ରଦାନ କରି ପାରିଲେ ମୋର ଏ ଅଲୋଡ଼ା ଜୀବନଟା ଧନ୍ୟ ହେଇଯିବରେ ମାଆ ! ମୋ' ବଡ଼ଝିଅ ଗୌରୀକୁ ତ କନ୍ୟାଦାନ କରି ପାରିଲିନି, କେଡ଼େ ହତଭାଗାଟେ ମୁଁ ।"

– "ବାବା !" ଆସି ପଛ ପାଖରେ ଛିଡ଼ା ହୋଇଥିଲା ଗୌରୀ ।

– "କିଏ, ଗୌରୀ, ଆ, ମୋ' ପାଖକୁ ଆ ! ବସ୍ !"

ଗୌରୀ ଆସି ବସିଲା ବାବାଙ୍କ ପାଖରେ । ଝୁମୁରୀ ଏ ପଟରେ, ଗୋରୀ ସେ ପଟରେ । ଚିହିଁକି ଉଠିଲା ଝୁମୁରୀ-

– "ବାବା !"

– "କହ ।"

– "ଗୋଟେ ବୁଦ୍ଧି ଆସିଗଲା !"

– "କି ବୁଦ୍ଧି କହିଲୁ ଆଗ ?"

– "ଗୌର ଭାଇଙ୍କ ସାଙ୍ଗରେ ମୋ' ଗୌରୀ ନାନୀକୁ ଆଉଥରେ ବାହା କରେଇ ଦେବା କେନ୍ତା ହବ ?"

ହସି ଉଠିଲେ ରୁଦ୍ରପ୍ରତାପ, ଗୌରୀ ଚିଡ଼ି ଉଠି କହିଲା-"ଚୁପ୍ କର ! ଛୋପରୀଟା କଉଠିକାର । ଦେଖୁଛ ବାବା, ଝୁମୁରୀ ଦିନକୁ ଦିନ କେମିତି ଦୁଷ୍ଟ ହୋଇଗଲାଣି ।"

– "ବାଁବାଁ, ଦେଖୁଚ, ନାନୀ କିପରି କହୁଚି ? ମୁଁ କେତେବେଳେ ଦୁଷ୍ଟ ହେଲି ଯେ ? ଦେଖିବୁ, ଡାକିବି ଗୌରଭାଇକୁ ? ସେ ମିଛ କହୁଚି ବାବା ।"

– "ହଁ, ସେ ମିଛ କହୁଛି । ମୁଁ ଜାଣିଛି-ମୋ' ସୁନାଝିଅମାନେ କେବେ ଦୁଷ୍ଟ ହେଇପାରିବେନି । ତମେ ଦି' ଜଣ ପରା ମୋ' ପ୍ରାଣ-ଜୀବନ, ମୋ' ହୃଦୟର ସ୍ପନ୍ଦନ । ମୋ' ଦୁଇ ଆଖି ।"

ଦୁଇ ଜଣଙ୍କୁ ଦୁଇ ହାତରେ ନିଜ କୋଳକୁ ଭିଡ଼ିନେଇ ମଥାରେ ହାତ ବୁଲେଇଲେ ରୁଦ୍ର, କୋଟି କଲ୍ୟାଣର ହାତ । ଆଖି ଛଳଛଳ ହେଇ ଉଠିଲା ତାଙ୍କର ।

– "ହାଏ, ହତଭାଗିନୀଟା, ତମମାନଙ୍କୁ ଜନ୍ମଦେଇ ଆଖି ବୁଜିଦେଲା । ଥରେ ମୁହଁ ଚାହିଁବାକୁ ରହିଲାନି । ଅନସୂୟା, ତମେ ଆଜି କେଉଁଠି ଅନସୂୟା ? ଦେଖିବ ଆସ, ତମଏ ମାଣିକ ଦୁହିଁଙ୍କୁ ମୁଁ କିପରି କୋଳରେ ପୂରେଇ ସ୍ୱର୍ଗସୁଖ ଲାଭ କରୁଛି । କଥା ଦଉଛି ଅନସୂୟା, ଆଉ ଏମାନଙ୍କୁ କେବେ ପାଖଛଡ଼ା କରିବିନି । ନୋ-ନେଭର ।"

– "ବାବା, ଫେର ଇଂଲିସି କହିଲ ?"

– "ଓ-ସରି !"

– "ଫେର !"

– "ନୋ-ନୋ !" ନିଜ କାନ ଧରି, "ନା, ଆଉ ନୁହେଁ । ଜମା ବି ନୁହେଁ ।"

ହସିଉଠିଲେ ଝୁମୁରୀ ଓ ଗୌରୀ ।

– "ବାବା !"

– "ହଁ, କହ ମା' ଗୌରୀ ।"

– "ଆମ ମା'ଙ୍କର ଫଟୋ ରଖିଚ ବାବା ?"

– "ଅଛି, ତମକୁ ମୁଁ ଦେଖେଇବି...ହେଲେ ପ୍ରିୟମ୍ବଦା କିଛି ମନ ଊଣା କରିବେନି ତ ?"

ପ୍ରିୟମ୍ବଦା କହି କହି ଆସିଲେ

– "କି କଥା ଏ ! ପିଲା ଦି'ଟା ତାଙ୍କ ମା'ର ଫଟୋ ଦେଖିବେ ବୋଲି ଅଳି କରୁଚନ୍ତି, ମୁଁ କାହିଁକି ମନ ଊଣା କରିବି ? ସେ ତ ମୋ' ନିଜ ବଡ଼ ଭଉଣୀ । ଆସରେ ଝିଅମାନେ, ମୁଁ ତମକୁ ତମ ମା'ଙ୍କ ଫୋଟ ଦେଖେଇବି ।"

ରୁଦ୍ର କହିଲେ - "ଯାଅ ମା' !"

ଗୌରୀ ଓ ଝୁମୁରୀ ଖୁସି ମନରେ ତରତର ହେଇ ଚାଲିଗଲେ ପ୍ରିୟମ୍ବଦାଙ୍କ ପଛେ ପଛେ । ଚାହିଁ ରହିଲେ ରୁଦ୍ର ।

ଆନନ୍ଦର ଆତିଶଯ୍ୟରେ ଆଖି ବୁଜିହେଇଗଲା ରୁଦ୍ରପ୍ରତାପଙ୍କର । ବନ୍ଦ ଆଖିରୁ ଟୋପା ଟୋପା ହେଇ ଝରି ପଡୁଥିଲା ଅଶ୍ରୁବିନ୍ଦୁ ।

ଏ ଅଶ୍ରୁ ଥିଲା ଆନନ୍ଦ ଆଉ ବିଷାଦର; ମିଳନ ଆଉ ବିରହର !

॥ ୬୭ ॥

ନିବେଦିତା ଓ ଅନୁପମଙ୍କ ବାହାଘର ସରିଯାଇଛି ।

ଆଜି ଚଉଠି ରାତି ।

ବଡ଼ଘର, ବଡ଼ ସାଜସଜ୍ଜା । ରଜନୀଗନ୍ଧା ଫୁଲର ମହମହ ବାସ୍ନାରେ ମହକି ଉଠୁଛି କେଳିପୁର । ପରିଜନଙ୍କ ଗହଳ-ଚହଳ କମି ଆସିଲାଣି । କ୍ରମେ ନିରବ ହେଉଛି ରାତ୍ରି ।

– ଏ ରାତ୍ରି ନ ପାହାନ୍ତା କି ?

ଫୁଲ ବିଛଣାରେ ବସି ବସି ଚାତକୀ ପରି ତା' ଚପଳ ନେତ୍ରରେ ଚାହିଁ ରହିଥିଲା ନବବଧୂ ନିବେଦିତା ।

ରଜନୀଗନ୍ଧା କୁଂଜ ତଳୁ ତା' ହଳଦୀ କଣ୍ଠି ପାଟଶାଢ଼ୀ କି ନାଲି ରେଶମୀ ଝିଲିମିଲି ଓଢ଼ଣି, ଯେମିତି ଲାଲପରୀଟିଏ; କାହିଁ କେତେଯୁଗରୁ କଉ ରୂପରାଇଜର ରାଜକୁମାରକୁ ଅପେକ୍ଷାକରି ଚାହିଁବସିଚି ଆତୁର ନେତ୍ରରେ !

ନିବେଦିତାର ମନ କ୍ରମଶଃ ଅସ୍ଥିର ହେଇ ଉଠୁଚି । ତା' ମସ୍ତ ଆଖିର ଚୋରା ଚାହାଣୀ ଆଉ ମନା ମାନୁନି । କେତେବେଳେ ସେ ଆସିବେ- ତା' ବର, ତା' ରୂପକଥାର ରଜାପୁଅ ।

କେଡ଼େ ଛୋପରୀଗୁଡ଼ା ! ସେତେବେଲୁ ସାଜ ସରୁନି ଫୁଲେଇ ଗୁଡ଼ାଙ୍କର ! ମନ ହେଉଛି- ଉଠିଯାଇ ଦି' ଦି' ଥାପୋଡ଼ ବସେଇ ଦିଅନ୍ତା ଟୋକଳିଙ୍କ ଗାଲରେ । ଛାଡ଼ିଯାନ୍ତା ରୂପନିଶା ।

– "ରୁହ, ତମମାନଙ୍କ କଥା ବୁଝୁଚି !" ଚିଡ଼ିଯାଇ ଫୁତ୍କାର କରି ଉଠିଲା ନିବେଦିତା । ଆଃ, ବିଳମ୍ବ ଆଉ ସହି ପାରୁନି ସେ । ସେ କି ଆଉ ଯାଇ ହାତଧରି ଟାଣିଟାଣି ନେଇ ଆସିବ ଅନୁପମଙ୍କୁ ?

କିଏ କବାଟରେ ହାତ ମାରିଲା । ଚୁପ୍ ହୋଇଗଲା ନିବେଦିତା ।

– "ଏହି ଯେ ସେ ଆସିଗଲେଣି । କବାଟ ଫାଙ୍କରେ ତାଙ୍କର ଅଳତା ବୋଳା ପାଦ ଦୁଇଟି ଦିଶି ଯାଉଛି ।" ଆବାଜ୍ ଆସୁଥିଲା-

– "ନାଇଁ, ମୁଁ ଯିବିନି ।" ବିରୋଧ ପ୍ରକାଶ କରୁଥିଲେ ଅନୁପମ ।

– "ଆରେ ଯାଅ ମ ।" ଠେଲିଦେଲେ ଝିଅମାନେ ଅନୁପମଙ୍କୁ ଗୃହ ଭିତରକୁ ଆଉ ବାହାରପଟୁ କବାଟ ବନ୍ଦ କରିଦେଇ ହସି ଉଠିଲେ ଖିଲି ଖିଲି ଚାପା ଚାପା ହସ ଓ ଚାଲିଗଲେ ସେଠାରୁ ।

ବାସର ଶେଯରେ ବଧୂ । ବାସର ଗୃହରେ ବରଙ୍କର ବି ଆବିର୍ଭାବ । ପରିବେଶକୁ ବେଶ୍ ରୋମାଣ୍ଟିକ୍ କରି ତୋଳୁଥିଲା ।

ଅନୁପମ ଝରକା ପାଖକୁ ଆଗେଇ ଯାଇ ଚାହିଁ ରହିଲେ ବାହାର ଦୁନିଆକୁ । ସହରର ବିଜୁଳି ଆଲୁଅର ମେଳା ଭିତରେ ଆକାଶର ଜହ୍ନଆଲୁଅ କେଉଁଠି ସତ୍ତା ହରେଇଛି । କୋଳାହଳମୟ ନଗରର ରାଜରାସ୍ତାରେ ତୀର ବେଗରେ ଛୁଟି ଚାଲିଛନ୍ତି ଅସଂଖ୍ୟ ଗାଡ଼ିମୋଟର । ସମସ୍ତେ ଚଳଚଞ୍ଚଳ-କ୍ଷୀପ୍ର !

କିଂତୁ ଅନୁପମ ! ତାଙ୍କ ଜୀବନର ଗତି ଯେମିତି ଠପ୍ ହେଇ ଯାଇଚି କଉ ଏକ ଦୋଛକିରେ । ଫେର୍ ସେ ଆଜି କାଲେ ଜଣେ ମେଣ୍ଟାଲ ପେସେଣ୍ଟ, ଆଇ ମିନ୍ ପାଗଳ ।

– "ହାଃ-ହାଃ-ହାଃ... !" ହସିଉଠିଲେ ଅନୁପମ ନିଜକୁ ବିଦ୍ରୂପ କରି । ଖାଲି ନିଜକୁ କାହିଁକି, ନିଜ ଭାଗ୍ୟର ବିପର୍ଯ୍ୟୟକୁ, ନିଜ ନିଷ୍ଠୁର ନିୟତିକୁ ।

ବିଛଣାରୁ ଆସ୍ତେ ଉଠିଆସି ପଛରୁ ଛିଡ଼ାହେଇ ଅନୁପମଙ୍କ ମତିଗତି ଲକ୍ଷ୍ୟ କରୁଥିଲା ନିବେଦିତା । ଗଳା ଖଂକାରି ଦେଲା-ଅନୁପମଙ୍କୁ ପ୍ରକୃତିସ୍ଥ କରିବା ପାଇଁ । କିଛି ଫଳ ଦେଲାନି । ପୂର୍ବବତ୍ ଷ୍ଟାଚ୍ୟୁପରି ଛିଡ଼ାହୋଇ ରହିଥିଲେ ଅନୁପମ କଉ ଭାବରାଜ୍ୟରେ ଆତ୍ମଲୀନ କବି ଅବା ତ୍ରାଟକ ମୁଦ୍ରାରେ ସମାଧିସ୍ଥ ଯୋଗୀଟିଏ ଯେମିତି !

ବାଧହେଲେ ନିବେଦିତା ତାଙ୍କ କାନ୍ଧରେ ହସ୍ତ ଥୋଇବାକୁ । ଚମକି ପଡ଼ି ଫେରି ଚାହିଁ- "କିଏ, ଓ ତମେ ?"

– "କ'ଣ ଏତେ ଭାବୁଛ ? ବାସ୍ତବତାକୁ ଭୁଲି ପୁଣି ଭାବରାଜ୍ୟରେ ? ଆସ, ଫେରିଆସ । ଦେଖ ଏ ବାସ୍ତବ ପୃଥିବୀକୁ । ଦେଖି ପାରୁଛ ସଦ୍ୟ ରାଜନୀଗଂଧାର ବାସ୍ନାରେ କିପରି ମତୁଆଲା ହେଇ ଉଠୁଚି ଫୁଲଶେଯ । କେମିତି ରାଜହଂସୀ ପରି ସଜେଇ ହେଇଛି ଆମ ଏ ବାସରକକ୍ଷ । ମଧୁମିଳନର ଏ ମଦିର ମାଧବୀରାତି ପ୍ରତ୍ୟେକଟି ଜୀବନରେ ମାତ୍ର ଥରେ ଆସେ । କେତେ ପ୍ରତୀକ୍ଷାର, କେତେ ସ୍ୱପ୍ନ-ଅଭୀପ୍ସାର ଏ ମଧୁଲଗ୍ନକୁ ତୁମେ ଏମିତି ଖିଆଲ ଭିତରେ ହଜେଇ ଦେଇପାରିବନି ଅନୁପମ । ଆସ ।"

ହାତଧରି ଟାଣିନେଲା ଶେଯକୁ । ସୁନାପିଲାଟି ପରି ଚାଲିଲା ଅନୁପମ ପଛେ

ପଛେ । ବସ ! ବସିଲା ଅନୁପମ । ମୌନ ଥିଲା ସେ । ଦେଖିଲା, ନିବେଦିତା ନିଜ ଶାଢ଼ୀକାନିରୁ କ'ଣ ଗୋଟାଏ ଫିଟାଉଛନ୍ତି ।

– "ଏଇ ଧର ।"

– "କ'ଣ ସେ ନିବେଦିତା ?"

– "ତମ ପାଇଁ ଏ ବାସର ବଧୂର ଅପୂର୍ବ ଉପହାର ।"

– "ଉପହାର !"

ଚମକି ଉଠିଲେ ଅନୁପମ । ନିବେଦିତାଙ୍କ ମେହେନ୍ଦି ଲଗା ହାତ ପାପୁଲିରେ ଚକ୍ ଚକ୍ କରି ଉଠୁଥିଲା ସେହି ଅପୂର୍ବ ଉପହାରଟି । କ'ଣ ଏ ? ଏକୁତ ସେ ଆଗରୁ କେଉଁଠି ଦେଖିଛନ୍ତି । କେଉଁଠି ? କେଉଠି ? ? ଆଃ-ଗୋଳମାଳ ହେଇଗଲା ମୁଣ୍ଡ ଭିତରଟା ।

– "ଆରେ, ଚାହିଁଚ କ'ଣ ? ଧର, ଗ୍ରହଣ କର ।"

– "ଏଇଟା କ'ଣ ନିବେଦିତା ?"

– "କୁହୁକ ପେଡ଼ି ।"

– "କୁହୁକ ପେଡ଼ି ?"

– "ପଚାରୁନ, ମୁଁ ଏକୁ କେଉଁଠୁ ପାଇଲି ? କିଏ ଦେଲା ?"

– "ନାଇଁ, ମୁଁ କିଛି ଜାଣିବାକୁ ଚାହେଁନି ।"

– "ବେଶ୍, ସୁନାପିଲାଟି ପରି ଦେଖ, ଏହା ଭିତରେ କ'ଣ ସାଇତା ହେଇ ରହିଛି ?" ଖୋଲିଲା ନିଜେ ପେଡ଼ିଟି । ଫୁଲର ଫରୁଆଟେ ବାହାର କରି ଦେଖାଇଲା ଅନୁପମକୁ । କହିଲା, "ଦେଖି ପାରୁଛ, କି ଚମତ୍କାର ଫୁଲ ଫରୁଆଟିଏ ।"

– "ଫୁଲ ଫରୁଆ !" ମନତଳେ ମନ୍ଥନ -ସ୍ମୃତିରେ ଆଲୋଡ଼ନ ।

– "ଏବେ ଦେଖିବା, ଏହା ଭିତରେ କି ରହସ୍ୟ ଛପି ରହିଛି ।" ଖୋଲିଲା ଫୁଲଫରୁଆଟି । ଫରୁଆ ଭିତରେ ଚିର ସତେଜ ଫୁଲଟିକୁ ଦେଖି-"ଆରେ ବାଃ, କେଡ଼େ ସୁନ୍ଦର ଫୁଲଟିଏ ! କି ଦିବ୍ୟ ବାସ୍ନା ! ସତେ ସ୍ୱର୍ଗର ପାରିଜାତ !"

ଫୁଲର ଦିବ୍ୟ ମହକରେ ମହକି ଉଠିଲା ସଂପୂର୍ଣ୍ଣ କକ୍ଷଟି । ମହକି ଉଠିଲା ମଧୁ ମଦିରା ରଜନୀ । ସମ୍ମୋହିତ ହେଇ ପଡୁଥିଲେ ଅନୁପମ । ଫୁଲଟିକୁ ଅନୁପମଙ୍କ ହାତରେ ଧରାଇଦେଇ-

– "ଆରେ, ଧର ଫୁଲଟିକୁ । ଶୁଙ୍ଘି ଦେଖ, କେଡ଼େ ସୁନ୍ଦର ବାସ୍ନା !" ଫୁଲଟିକୁ ନେଇ ଅନୁପମଙ୍କୁ ଶୁଙ୍ଘାଇ ଦେଲା ନିବେଦିତା କେତେ ଆଗ୍ରହ, କେତେ ଉତ୍‌କଣ୍ଠା ଆଉ ଉତ୍‌ଫୁଲ୍ଲତାରେ ।

କିନ୍ତୁ ଫୁଲଟିକୁ ନାଶା ରନ୍ଧ୍ରରେ ଗୁଂଜିଦେବା କ୍ଷଣି ଚେତା ହରେଇ ଟଳି ପଡ଼ିଲେ ଅନୁପମ ଫୁଲଶେଯରେ ।

ଚିତ୍କାର କରି ଉଠିଲା ନିବେଦିତା । ପେଡ଼ିଟିକୁ ଫୋପାଡ଼ି ଦେଇ କୋଳେଇ ଧରିଲା ଅନୁପମଙ୍କୁ । ବ୍ୟସ୍ତ ବ୍ୟାକୁଳ ହେଇ - "ଅନୁପମ ! ଅନୁପମ ! କ'ଣ ହେଲା ତୁମର ? ଉଠ, ଉଠ ଅନୁପମ !" ପାଗଳିନୀ ପରି କ୍ରନ୍ଦରୋଳ ଭିତରେ ଅନୁପମଙ୍କୁ ଉଠାଇବାକୁ ଚେଷ୍ଟା କଲା । ପାର୍ଶ୍ୱ ଟେବୁଲ ଉପରେ ଥୁଆ ହୋଇଥିବା ଜଳପାତ୍ରରୁ ସୁବାସିତ ଜଳଆଣି ଅନୁପମଙ୍କ ମୁହଁକୁ ଛାଟ ମାରିଲା । କେତେ କ୍ଷଣ ପରେ–

– "ଆଃ !" ହୋସ୍ ଆସିଲା ଅନୁପମଙ୍କର ।

– "ଅନୁପମ !" ନିବେଦିତାଙ୍କ ବ୍ୟାକୁଳ ସମ୍ବୋଧନରେ ଆଖିଖୋଲି –

– "କିଏ ?" ଚମକି ଉଠିବସି ବିସ୍ମିତ ନୟନରେ ଚାହିଁ ପ୍ରଶ୍ନକଲେ–

– "କିଏ ତୁମେ ? ମୁଁ ଏବେ କେଉଁଠି ? ଏ କ'ଣ, ମୋ' ଦେହରେ ବରବେଶ ! ତମେ ..... ?" ତୀକ୍ଷ୍ଣ ଦୃଷ୍ଟିରେ ଚାହିଁ ରହିଲା ନବବଧୂଙ୍କୁ । ନିବେଦିତା ଚେତା ଫେରିବା ଦେଖି ଓଢ଼ଣି ଘୋଡ଼େଇ ନେଇଥିଲା ମୁଣ୍ଡ ଉପରେ । ଉଦ୍ଦେଶ୍ୟ ଅନୁପମ ହିଁ ଧୀରେ ଖୋଲିବେ ନବବଧୂର ରଙ୍ଗ ଓଢ଼ଣି । ବର-ବଧୂଙ୍କ ଚାରି ଚକ୍ଷୁର ହେବ ମିଳନ । କ୍ରମଶଃ ଦୁଇଟି ଦେହ, ଦୁଇଟି ମନ ହେଇଯିବ ଏକ ଅଭିନ୍ନ ।

କିଂତୁ ଲକ୍ଷଣ ଥିଲା ଭିନ୍ନ ପ୍ରକାର । ପ୍ରତିକ୍ରିୟା ଥିଲା ବିପରୀତ । ଅନୁପମ ସ୍ଥିର ହୋଇ ବସି ରହିଥିଲେ । ଓଢ଼ଣି ତଳୁ ନିବେଦିତାଙ୍କ ତାଗିଦ୍- "ଆରେ, ଚାହିଁ ବସିଚ କ'ଣ । ଖୋଲ ।"

– "କିଏ ତୁମେ ?" ଧୀରେ ଓଢ଼ଣି ଖୋଲି ଦେଖି ଚିତ୍କାର କରି ଉଠିଲେ ଅନୁପମ । "ନାଇଁ.... ।" ଉଠି ଆସିଲେ ବିଛଣାରୁ ଦୂରକୁ ।

ଓଢ଼ଣି ଫିଙ୍ଗିଦେଇ ନିବେଦିତା ବିସ୍ମୟ ଚକିତ ଚାହାଣୀରେ ଚାହିଁ ରହିଲା ଅନୁପମଙ୍କୁ । ଉଚ୍ଚାରଣ କଲା- "ନାଇଁ (?)"- ଉଠି ଆସିଲା ଅନୁପମଙ୍କ ନିକଟକୁ । "ଏହାର ମାନେ ?"

ଅନୁପମ ନିରବ-ନିଷ୍ପନ୍ଦ ! ଝୁଂକାଇ ଦେଇ- "ଜବାବ ଦିଅ ! ତମେ କ'ଣ ତମ ନିବେଦିତାକୁ ଚିହ୍ନି ପାରୁନାହଁ ?"

– "ନିବେଦିତା !"

– "ହା-ହା-ହା, ଆରେ ମୁଁ ପରା ତୁମ ସ୍ତ୍ରୀ । ତମ କଲେଜ ଜୀବନର ସେହି ପ୍ରେମିକା । ଆମର ବିବାହ ସରିଯାଇଚି । ଆଜି ଆମ ବାସରରାତି । ଏଇ ରଜନୀଗଂଧାର

କୁଂଜତଳେ, ଆସ, ଅମେ ରଚିବା ଆମ ଫୁଲଘର । ପୁହେଇବା ମିଳନର ମଧୁରାତି । ଆସ !" ଟାଣିଲା ସରାଗରେ ହାତଧରି ।

– "ଆଉ ମୋ' ଅନୁପମା ?"

ଚମକି ପଡ଼ିଲା ନିବେଦିତା । "ଅ-ନୁ-ପ-ମା ?? ତେବେ କ'ଣ ଏଙ୍କର ସ୍ମୃତି ଫେରି ଆସିଚି ? ହା-ହା-ହା... !"

– "କୁହ, ମୋ' ଅନୁପମା କେଉଁଠି ?"

– "ଅନୁପମା, କିଏ ସେ ଅନୁପମା ? ମୁଁ ତ ତାକୁ ଜାଣେନା ।"

– "ଜାଣିନାହଁ, ମୋ' ଅନୁପମା, ମୋ' ଚପଳାକୁ ତୁମେ ଚିହ୍ନିନାହ ?"

– "ଓ, ସେଇ ତୁମ ଚପଳା ? ହାଃ-ହାଃ-ହାଃ... !"

– "କୁହ, ସେ କେଉଁଠି ??"

– "ଖଲାସ୍, ଫିନିସ୍, ସବୁଦିନ ପାଇଁ ତମ ଜୀବନରୁ ତାକୁ ହଟେଇ ଦେଇଛି ଦୂରକୁ । ବହୁତ ଦୂରକୁ । ସେ ମରିଯାଇଛି ।"

– "ନାଇଁ !" ପ୍ରାଣଫଟା କରୁଣ ଚିତ୍କାର ସହ କାନ୍ଦି ଉଠିଲେ ଅନୁପମ ।

– "ହା-ହା-ହା..., ଏବେ ଆମେ ଫ୍ରି ।" ଦୁଇ ବାହୁ ମେଲେଇ ଅନୁପମଙ୍କୁ ଭିଡ଼ି ଧରିଲା ନିବେଦିତା ।

– "ସଟ୍ ଅପ୍ !" ଜୋରକରି ଠେଲିଦେଲେ ଅନୁପମ । ଛିଟିକି ପଡ଼ିଲା ନିବେଦିତା ଫୁଲଶଯ୍ୟା ଉପରେ । ଛିଣ୍ଡି ପଡ଼ିଲା ରଜନୀଗଂଧାର କୁଂଜ । ଆହତ ସର୍ପିଣୀ ପରି ରଜନୀଗଂଧାର କୁଂଜ ଜାଲ ଭିତରେ ଥାଇ ପ୍ରଜ୍ୱଳିତ ଅଗ୍ନି ନେତ୍ରରେ ଚାହିଁଲା ଅନୁପମଙ୍କୁ ନିବେଦିତା । ଯେପରି ସେ ଏବେ ତାଙ୍କୁ ସମାପ୍ତ କରିଦେବ, ଗୋଟେ ବିଷାକ୍ତ ଫୁତ୍‌କାରରେ !

ମୁହଁ ଫେରାଇ ନେଲେ ଅନୁପମ ଭିନ୍ନ ଦିଗକୁ । ନିଜ ବେକରୁ ଛିଣ୍ଡାଇ ଫୋପାଡ଼ିବାକୁ ଲାଗିଲେ ବରମାଳ ।

– "ହ୍ୱାଟ୍ ?" ଗର୍ଜି ଉଠିଲା ନିବେଦିତା । "ତମେ ଏମିତି କରିପାରିବନି ଅନୁପମ । ତମେ ମୋତେ ଏତେବଡ଼ ଶାସ୍ତି ଦେଇପାରିବନି । ମୁଁ ତାହା ହେବାକୁ ଦେବିନି ।" ଫୁଲର ଜାଲ ଛିଣ୍ଡାଇ କ୍ଷେପି ଆସିଲା ନିବେଦିତା ଅନୁପମଙ୍କ ସାମ୍ନାକୁ ।

– "ମାନେ, କ'ଣ କରିବ ?" ଉତ୍ତେଜିତ ହେଇ ଉଠୁଥିଲେ ଅନୁପମ !

– "କ'ଣ କରିବି ? ହାଃ-ହାଃ-ହାଃ !" ପଲ୍ୟଂକ ଡ୍ରୟାର ଭିତରୁ ଟାଣି କାଢ଼ି ଆଣିଲା ଆଲ୍‌ବମ୍‌ଟିଏ । ଧମକ ଦେଇ କହିଲା – "ଦେଖୁଚ, ଏଇ ମୋ' ହାତରେ ସେଇ ଆଲବମ୍ ।"

– "ଆଲବମ୍ ?"

– "ଯଉଥିରେ ସାଇତା ହେଇ ରହିଛି ଆମ ଅସଂଯତ ମୁହୂର୍ତ୍ତର ବ୍ଲ୍ୟୁ-ପ୍ରିଣ୍ଟ୍, ଆଇ ମିନ ନୀଳଛବି ।"

– "ବ୍ଲ୍ୟୁ-ପ୍ରିଣ୍ଟ ? ନୀଳଛବି ? ?"

– "ଦେଖ !" ପୃଷ୍ଠାପରେ ପୃଷ୍ଠା ଖୋଲି ଦେଖେଇ ଚାଲିଲା ନିବେଦିତା ଦେଖି ଯାଉଥିଲେ ଅନୁପମ । ନଗ୍ନ ଆଲିଂଗନ, ବେୟାର ବଡ଼ି । ନିବେଦିତାଙ୍କୁ ଭିଡ଼ି ଧରିଛନ୍ତି ଉନ୍ମାଦ ପରି ଅନୁପମ ।

– "ଆହୁରି ଦେଖ, ତମେ ମୋତେ କିପରି ପ୍ରପୋଜ୍ କରୁଛ । ଦେଖ-ମୋ' ଗାଲରେ କିସ୍ ଦଉଛ । ତମେ ମୋତେ ଛାତିରେ କିପରି ଭିଡ଼ି ଧରିଛ । ଦେଖ, ବେଡ ଉପରେ ତମେ ମୋ' ଉପରେ ଚଢ଼ି ବସି କ'ଣ କରୁଛ ?"

– "ଚୁପ୍ କର, ମିଛ, ଏସବୁ ମିଛ !"

– "ମିଛ, ହାଃ-ହାଃ-ହାଃ, ଓ ମିଷ୍ଟର, ମିଛ ବୋଲି କହି ଖସି ଯାଇ ପାରିବନି ଅନୁପମ । ସାରା ଜୀବନ ପାଇଁ ମୋ' ଜାଲରେ ତମେ ଛନ୍ଦି ହୋଇ ସାରିଛ ? ହାଃ-ହାଃ-ହାଃ.... !"

– "ତୁମେ ମୋ' ସାଥିରେ ତାହେଲେ ଛଳନା କରିଛ ? ମୋ ମାନସିକ ଦୁର୍ବଳତାର ସୁଯୋଗ ନେଇ ମୋତେ ବ୍ଲାକମେଲ୍ କରିବାର ଜାଲ ବିଛେଇଥିଲ ? ଇସ୍... !" କିଂକର୍ତ୍ତବ୍ୟବିମୂଢ଼ ଅନୁପମ ।

ନିବେଦିତା ହସିଚାଲିଥିଲା । ତା' ବିଦ୍ରୂପ ହସର ବିରାମ ନଥିଲା । ଆଉ ଅନୁପମ- "କ'ଣ କରିବି, କ'ଣ କରିବି ?"

ହସକୁ ବ୍ରେକ୍ ଦେଇ ନିବେଦିତା ଆହ୍ୱାନ କଲା–

– "କିଛି କରିବାର ନାହିଁ ! ଆସ, ଆରାମ ସେ ବାହୁରେ ବାହୁ ଛନ୍ଦି ଏଇ ଫୁଲଶେଯରେ ସାରାରାତି ମସ୍ତି କରିବା । ଫୁଲ୍ ମସ୍ତି ।"

– "ନୋ, ନେଭର... !"

– "ନୋ, ନେଭର ? ଏତେ ପରେ ?" କ୍ରୋଧରେ ଜଳିଉଠି- "ବେଶ୍ ଜେଲ୍ ଯିବା ପାଇଁ ପ୍ରସ୍ତୁତ ହେଇଯାଅ । ଜାଣି ପାରୁଛ, ଏଇ ପ୍ରମାଣଟି ସଫିସିଏଣ୍ଟ !"

ବିବ୍ରତ ହୋଇ ଉଠିଲା ଅନୁପମ । "ନାଇଁ, ତୁମେ ସେପରି କରି ପାରିବନି । ପ୍ଲିଜ୍, ପ୍ଲିଜ୍ ନିବେଦିତା !"

– "ତେବେ ସୁନାପିଲା ପରି ଆସ । ଅବାଧ ହୁଅନା । ହୁଁ !"

କ'ଣ କରିବେ କଛି ଭାବି ପାରୁନଥିଲେ ଅନୁପମ । ଦେଖିଲେ ଏବେ କିଛି ଆଉ ବାଟନାହିଁ । ଯେପରି ହେଉ, ଏ ମାୟାବିନୀ ପାଲରୁ ବର୍ତ୍ତିବାକୁ ହେବ ।

କ'ଣ କରିବି, କ'ଣ କରିବି ? ? ସ୍ଥିର ନିଶ୍ଚିତ ହୋଇ ଉଠି- "ଇଏସ୍ !"

– "ଓ.କେ, ଗୁଡ୍ ! କମ୍ ଅନ୍, କମ୍ ଅନ୍ ମାଇଁ ଡାର୍ଲିଂ ।"

ଅନୁପମଙ୍କ ଚକ୍ଷୁ ଗହ୍ୱରରୁ ଜଳିଉଠିଲା ପ୍ରତିଶୋଧର ବହ୍ନି । ଯିଏ ତା' ଅନୁପମା ସହିତ ଏତେବଡ଼ ଅନ୍ୟାୟ କରିପାରିଛି, ଜୀବନରୁ ମାରି ଦେଇଛି, ସେ ଆଜି ତା'ର ବଦଲା ନବ । "ଇଏସ୍ !"

ନିବେଦିତା ଭିଡ଼ିମୋଡ଼ି ହେଇ ଅଳସ ଭାଂଗିଲା, ଅଥୟ ହେଇଉଠି କହିଲା- "ଓ ନୋ, ମୁଁ ଆଉ ମୁହୂର୍ତ୍ତେ ୱେଟ୍ କରି ପାରୁନି ମାଇଁ ଡିଏର । ଆସ, ଆସନା !"

ଫୁଲଶେଯରେ ଚିତ୍‌ହୋଇ ପଡ଼ି ଟାଣିନେଲା ଅନୁପମଙ୍କୁ ନିଜ ଛାତି ଉପରକୁ ଆଉ ବେଡ୍ ସୁଇଚକୁ ଅଫ୍ କରିଦେଇ ଭିଡ଼ି ଧରିଲା ଉନ୍ମାଦିନୀ ପରି ଦୁଇବାହୁରେ ଅତି ନିବିଡ଼ ଭାବରେ ।

ତା'ପରେ ...ଏ କ'ଣ ?

ନିବେଦିତା ଅନୁଭବ କରୁଥିଲା- ଅନୁପମ ତାକୁ ଜୋର୍‌କରି ଭିଡ଼ି ଧରିଛନ୍ତି । ଦନ୍ତାଘାତ କରି ଚାଲିଛନ୍ତି ତା'ର ଗଣ୍ଡଦେଶ ଉପରେ । ଦଳି ମକଚି ଦେଉଚନ୍ତି ତାର ସ୍ତନଯୁଗଳକୁ । ହିଂସ୍ର ରାକ୍ଷସପରି ବିଦୀର୍ଣ୍ଣ କରୁଛନ୍ତି ତାର ଅଂଗ-ପ୍ରତ୍ୟଂଗ । "ଆଃ-ଆଃ-ଆଃ.... !" ଚିତ୍କାର କରି ଉଠିଲା ନିବେଦିତା ।

XXX

ରାତ୍ରି ପାହି ଆସୁଥିଲା । କବାଟ ଅଧା ଖୋଲାଥିଲା ।

– "ଆଶ୍ଚର୍ଯ୍ୟ ! କବାଟ ଯେ ଖୋଲା ପଡ଼ିଛି । ସତରେ, କେଡ଼େ ଅଲାଜୁକ ଏମାନେ !" ସଂପର୍କୀୟା ଭାଉଜ ସ୍ମୃତିରେଖା କବାଟକୁ ଆଉଜେଇ ନେଇ ଠକ୍ ଠକ୍ କଲା ।

ଏବେ ବି ରାତ୍ରିର ମ୍ଳାନ କାଳିମାରେ ଘୋଡ଼େଇ ହେଇ ପଡ଼ିଛି କକ୍ଷଟିର ରନ୍ଧ୍ର ରନ୍ଧ୍ର । ଠକ୍ ଠକ୍ ଶବ୍ଦ ଶୁଣି ହୋସ୍ ଆସିଲା ନିବେଦିତାର । ଚାହିଁ ଦେଖିଲା ଶେଯରେ ସେ ନାହାନ୍ତି ।

– "ଅନୁପମ ! ଓ, ତମେ ମୋ' ସାଥିରେ ଲୁଚକାଳି ଖେଳୁଛନା ? ମୋ' ପଲ୍ୟଙ୍କ ତଳେ ତମେ ଛପିଯାଇଛ ନୁହେଁ ? ମୁଁ ତମକୁ ନିଶ୍ଚୟ ଖୋଜି ବାହାର କରିବି ।" ନିଜ ନଗ୍ନଦେହର ବସ୍ତ୍ର ସଜାଡ଼ି ଦେଇ ଲାଇଟ୍ ଅନ୍ କଲା ନିବେଦିତା । ଉଜ୍ଜ୍ୱଳ ଆଲୋକରେ ଜଳି ଉଠିଲା ସାରାକକ୍ଷ ।

– "ଅନୁପମ ! ଅନୁପମ !" ଖୋଜି ଚାଲିଲା ଏଠି ସେଠି । "ଓ ତୁମେ ସିଓର ୱାସ୍‌ରୁମରେ ଅଛ ! ଆଚ୍ଛା, ମୁଁ ତମକୁ ସେଇଠି ମସ୍ତ ପାନେ ଚଖେଇବି ।" ୱାସ୍‌ରୁମ୍ ଭିତରକୁ କବାଟ ଠେଲି ପଶିଗଲା ନିବେଦିତା ।

– "କାହିଁ, ଏଠିବିତ ନାହାନ୍ତି ଅନୁପମ । ତେବେ କ'ଣ ସେ..." ଧାଇଁଗଲା ଡ୍ରୟାର ପାଖକୁ । ସେଥିରେ ଆଲବମ୍ ନଥିବାର ଦେଖି ଚିତ୍କାର କରି ଉଠିଲା- "ନାଇଁ..... !" କଚାଡ଼ି ହୋଇ ପଡ଼ିଲା ଚଟାଣ ଉପରେ ।

ଗୃହ ଭିତରକୁ ପଶିଆସିଲା ସ୍ମୃତିରେଖା ଭାଉଜ ।

– "କ'ଣ ହେଲା, କ'ଣ ହେଲା ନିବେଦିତା ?" ଟେକି ଧରିଲା ।

– "ଭାଉଜ !" କାନ୍ଦିଉଠି ଭିଡ଼ି ଧରିଲା ସ୍ମୃତିରେଖାଙ୍କୁ ।

– "ଆରେ, କ'ଣ ହେଇଛି ତ କୁହ, ଜ୍ୱାଇଁପୁଅ କାହାନ୍ତି ?"

– "ସେ ମୋତେ ଠକିଦେଇ ଚାଲିଯାଇଛନ୍ତି... !" କାନ୍ଦୁ କାନ୍ଦୁ କ୍ରୋଧରେ କଂପି ଉଠି- "ନା, ସେ ହାରିଯିବ ତ, କାହାରିକୁ ଜିତିବାକୁ ଦବନାହିଁ । ଅନୁପମ ! ଏଥର ତମକୁ ବି ଶେଷ କରି ଦେବି...ହାଃ-ହାଃ-ହାଃ... !"

ଉନ୍ମାଦିନୀ ପରି ଝଡ଼ବେଗରେ ଘରୁ ବାହାରିଗଲା ନିବେଦିତା । କିଛି ବୁଝି ପାରୁନଥିଲା ସ୍ମୃତିରେଖା । ଖାଲି ଚାହିଁ ରହିଥିଲା ନିବେଦିତାର ବାଟକୁ । ଭାବୁଥିଲା ...

– "ଆଶ୍ଚର୍ଯ୍ୟ ! ଇଏ କି ପ୍ରକାର ମଧୁଶଯ୍ୟା ?"

॥ ୬୮ ॥

ଗାଁକୁ ଆଜି ଫେରୁଛି ଗୌର ।

ତା'ର ସବୁ ଟାଣପଣ, ଦମ୍ଭ ଭାଂଗି ଯାଇଛି । ଭାଂଗି ଦେଇଛି କାଳିଆ । କାଳିଆର ପାପ ଔରସ ଆଜି ବଢୁଚି ଗୌରୀର ଗର୍ଭରେ । ଆଉ କେତେ ଦିନପରେ ସେ ପୃଥିବୀକୁ ଆସିବ । କୁଆଁ କୁଆଁ ରାବ ଛାଡ଼ି ଧିକ୍‌କାର କରିବ ଏ ଗୌର ଦାସକୁ । କିଏ ଯେପରି ତା' ଅନ୍ତର ତଳୁ ଗୁମୁରି ଉଠି ଜବାବ ମାଗିଲା–

– 'କହ ଗୌର ଦାସ, ସେତେବେଳେ ତୁ କ'ଣ କରିବୁ ? କି ଜବାବ ଦବୁ ? ?'

– "ଆଃ... !" ଶୂନ୍ୟ ଆକାଶ ଆଡ଼େ ଚାହିଁ ବାହୁ ମେଲେଇ ବୁକୁଫଟା ଚିତ୍‌କାର କରି ଉଠିଲା ଗୌର ।

ତା' ଚିତ୍କାର ଶୁଣି କାହିଁ, କେହି ତ ଧାଇଁ ଆସିଲେନି ତାର କାନ୍ଦଣା ଶୁଣିବାକୁ,

ବେଦନା ବୁଝିବାକୁ ? ତା'ହେଲେ, ଏତେବଡ଼ ଦୁନିଆରେ ତା'ର କ'ଣ କେହି ନାହାନ୍ତି, ଦୁଃଖ ବେଳରେ 'ଆହା' ବୋଲି ପଦେ କହିବା ପାଇଁ? ସେ ତେବେ ଆଜି ନିଃସ୍ୱ-ନିସଂଗ ?

ମୁହଁରେ ହାତ ପାପୁଲି ଗୁଂଜି କାନ୍ଦି ଉଠିଲା ଗୌର । କାନ୍ଦିବା ଛଡ଼ା ତା'ର ଆଉ କିଛି ଉପାୟ ନଥିଲା ।

ଗୌର ଚାଲିଛି । ଅଂକାବଂକା ଗାଁ ସଡ଼କରେ ଏକାଏକା ।

ମୁଣ୍ଡ ଉପରେ ପ୍ରଚଣ୍ଡ ଖରାର ତାତି । ବୈଶାଖର ଡହଡହ ଝାଂଜି ପିଟୁଛି । ଦେହରୁ ବହି ଯାଉଛି ଶର୍ମଝାଳ । ତଣ୍ଟି ଅଠାଅଠା, ପାଦ ପୋଡ଼ି ଜଳି ଯାଉଛି ତତଲା ବାଲିରେ । ଜୋତା ପଟିଏ ଛିଣ୍ଡି ଯିବାରୁ ଫିଙ୍ଗି ଦେଇଛି ମଝିବିଲକୁ ରାଗିକରି ଆର ପଟିକ । ଖାଲିପାଦରେ କଣ୍ଟା ପୋଡ଼ିଲା ପରି ଯନ୍ତ୍ରଣା । କୌଣସିଟି ପ୍ରତି ଆଜି ତାର ନା ଅଛି ଖାତିର ନା ଧ୍ୟାନ! ଯାହା ହେବ ହେଇଯାଉ । ଦେହରୁ ପ୍ରାଣଟା ଉଡ଼ିଯିବତ ଯାଉ । ଦୁଃଖ ନାହିଁ ତା'ର!

କାହିଁକି ବା କରିବ? ସବୁତ ନିଜ କଲାକର୍ମର ଫଳ । ନିଜେ ଅର୍ଜିଛି ଯେତେବେଳେ, ଦୋଷ ବା ଦେବ କାହାକୁ? ହାଏ, କାହିଁକି ସେ ଗୌରୀ ପ୍ରେମରେ ପଡ଼ିଲା? ଏତେ ଭଲ ପାଇଲା, କେତେ ସ୍ୱପ୍ନ ଦେଖିଲା? କାହିଁକି କାହିଁକି?? ସବୁ ସ୍ୱପ୍ନ-ଆଶା ଆଜି ଧୂଳିଘର ପରି ଉଡ଼ି ଉଜୁଡ଼ି ଗଲା ଅଦିନ ଝଡ଼-ବତାସୀରେ । ଏହି କ'ଣ ତା'ହେଲେ ତା' ପ୍ରତି ବିଧାତାଙ୍କ ବରାଦ; ତା' ଭାଗ୍ୟର ନିୟତି?

– "ଆରେ ଗୌର!"

ଚମକି ପଡ଼ିଲା ଗୌର । ଚାହିଁ ଦେଖିଲା, ତା' ସାମ୍ନାରେ ଛିଡ଼ା ହୋଇଛି ଆର ମା' ବୁଢ଼ୀ ।

– "ବୁଢ଼ୀ ମା'!" ଓଲଗିଟିଏ ହେଲା ।

– "କିରେ ତୁ ଏକାଏକା, ଆଉ ଗୌରୀ? ଗୌରୀକୁ କେଉଁଠି ଛାଡ଼ି ଆସିଲୁ ବାପ?"

କି ଜବାବ ଦେବ (?) ପାଟିରୁ ଭାଷା ଫୁଟିଲାନି ତା'ର ।

– "କିରେ, ଗୌରୀ କଥା ପଚାରିଲାରୁ ମୁହଁ ଶୁଖେଇ ଦେଲୁ? କଥା କ'ଣ? କ'ଣ ହେଇଛି ଗୌରୀର? ଗୌରୀ ଭଲରେ ଅଛି ତ?"

ଗୌର ପାଟି ଖୋଲିଲା ବାଧ୍ୟ ହେଇ-

– "ନାଇଁ ବୁଢ଼ୀ ମା', ଗୌରୀର କାହିଁକି କ'ଣ ହେବ? ସେ ଭଲରେ ଅଛି । ଖୁବ୍ ଆରାମରେ । ତା' ବାପା ଘରେ ।"

– "କ'ଣ କହିଲୁ, ବାପା ଘରେ ? କଉ ବାପାରେ ?"

– "ତୁ କ'ଣ ଜାଣିନୁକି ବୁଢ଼ୀ ମା', ଗୌରୀପରା କଟକ ସହର ଜଣେ ବଡ଼ ବାବୁ ଘରର ଝିଅ ।"

– "ହଁ ତ, ରାଧୁଟା କହୁଥିଲା- କଉ ବାବୁ ଏ ଝିଅଟାକୁ ତା' ହାତକୁ ଟେକି ଦେଇଥିଲେ ପରା । ହେଲେ ନିଜ ବାପଟାକୁ ଭୁଲି ସେଠି ରହି ପାରିଲା ? କେମିତିକା ଝିଅଟା ଯେ ସେ ? ଯେ କେତେ ଦୁଃଖ କଷ୍ଟ ସହି ତାକୁ ପାଳି ପୋଷି ବଢ଼େଇ ଥିଲା, ସେଇ ବୁଢ଼ା ବାପଟା କଥା ଥରେ ଭାବିଲାନି ?" ସବୁ ତ ଉଚିତ କଥା କହୁଚି ବୁଢ଼ୀ ମା', ଦେଶ ଦୁନିଆର କଥା ! କେମିତି ବା ସେ କଥାକୁ ଫାଙ୍କି ଦେଇ ପାରିବ ? ତେବେ ଗୌରୀକୁ ବଂଚେଇବାକୁ ଯାଇ ପ୍ରତିବାଦ କଲା ସେ- "ନାଇଁ ବୁଢ଼ୀ ମା', ଗୌରୀର କ'ଣ ଦୋଷ ? ସବୁ ଦୋଷ ତ ମୋରି ।"

– "ଆରେ ଶୁକୁରୀ ଆସି କହୁଥିଲା, ତମ ବାହାବେଦିରୁ କାଳେ କିଏ ଦଳେ ଗୁଣ୍ଡାଆସି ଗୌରୀକୁ ଉଠାଇ ନେଇଗଲେ; କଥାଟା କ'ଣ ସତ ? କହନି ବାପ !"

– "ହଁ ସତ, ହେଲେ–"

– "ତା'ର କିଛି କ୍ଷତି କରି ନାହାନ୍ତି ତ ବାବା ?"

– "ନାଃ... !" ନିଜ ବୁକୁର ଆହତ ଆର୍ତ୍ତନାଦକୁ ଚାପିରଖି କହିଲା ଗୌର । ମନେମନେ ବିଳପି ଉଠୁଥିଲା "କିଭଳି ଆଉ କ୍ଷତି କରିଥାନ୍ତେ ? ଯାହା କଲେ-ଏ ଗୌର ଦାସର ସବୁ କିଛି ତ ଶେଷ ହୋଇଗଲା !"

– "ମୁଁ ଆସୁଛି ବୁଢ଼ୀ ମା' !" -ପାଦଧୂଳି ନେଲା ।

– "ଉଠ୍, ଯା ଯା, ତେଣେ ତୋ' ମା'-ବାପା କେତେ ଝୁରି ହେଉଛନ୍ତି । ତୋତେ ଦେଖି ଆନନ୍ଦରେ କୁରୁଳି ଉଠିବେ । ଗଲାବେଳେ ରାଧୁବୁଢ଼ାକୁ ଦେଖା କରି ଯିବୁ, ବୁଢ଼ାଟା ମରୁମରୁ ଜୀଇଁ ରହିଚି ।"

ବୁଢ଼ୀ ମା'ର କଥାଗୁଡ଼ା ତା' ଛାତିରେ ଶୂଳ ପରି ବିଦ୍ଧ ହେଉଥିଲା । କଉ ମୁହଁରେ ସେ ଆଉ ଦେଖା କରିବ ରାଧୁ ମଉସାଙ୍କୁ ? ଚମକି ଉଠିଲା ଗୌର- "ରାଧୁ ମଉସା, ସେ କ'ଣ ବଞ୍ଚିଛନ୍ତି ? ଗୁଳିଟା ଯେ ତାଙ୍କ ଛାତିରେ ବାଜିଥିଲା । ଡାକ୍ତର ଆଶା ଛାଡ଼ି ଦେଇଥିଲେ । ହେ ପ୍ରଭୁ, ସବୁ ତୁମରି ଲୀଳା ! ହଁ, ସେ ଯିବ, ତାଙ୍କୁ ଦେଖାକରି ସବୁକଥା କହିଦବ । କ'ଣ କହିବ ? କହି ଦବକି କାଳିଆର...ନାନା । ବାପଟା ସେ କଥା ଶୁଣିଲେ ମୁଣ୍ଡ ପିଟି ମରିଯିବ । ହଁ-ଏଇଟା କହିବ, କହିବ-ସେ ତାକୁ ତା' ବାବୁ-ବାପା ପାଖରେ ଛାଡ଼ି ଆସିଛି । ସେ ଖୁବ୍ ଭଲରେ ଅଛି, ଖୁବ୍ ଭଲରେ । ସେ ମା' ହବାକୁ ଯାଉଛି, ମା' ! ହା-ହାଃ-ହାଃ... !"

ପାଗଳ ପରି ହସି ଉଠିଲା ଗୌର ।

– "ଆରେ, ଗୌର ଭାଇଟା କ'ଣ ସତରେ ପାଗଳା ହେଇ ଯାଇଛି ?"

ଡିଆଁ ଡେଇଁ ଖେଳଛାଡ଼ି ଗାଁ ପିଲାଏ ଧାଇଁ ଆସିଲେ । ବେଢ଼ିଗଲେ ତାକୁ ଚାରିଆଡୁ । କଟମଟ କରି ଚାହିଁ ରହିଲେ-ଆଖି ତରାଟି । କିଛି ବୁଝି ପାରିଲାନି ଗୌର । ରାଗିଯାଇ ପଚାରିଲା-

– "କ'ଣ, ତମେଗୁଡ଼ା ମୋତେ ଏମିତି ଚାହିଁ ରହିଛ କାହିଁକି ?"

– "ତମର କ'ଣ ହୋଇଛି ଗୌରଭାଇ ?" ସେମାନେ ଏକ ସ୍ୱରରେ ଚିଲେଇ ଉଠିଲେ ।

– "କାହିଁ, ମୋର କ'ଣ ହେଇଛି, କିଛି ତ ହେଇନି ?"

ପିଲାଏ ମିଳିତ ସ୍ୱରରେ କହି ଉଠିଲେ-

– "ହଁ, ତମେ ପାଗଳା ହେଇ ଯାଇଛ ! ହେଇରେ ଆମ ଗୌର ପାଗଳା ।" ତାଳି ଦେଇ ଚିଲେଇ ଚିଲେଇ ନାଚି ନାଚି ଗୌର ଚାରିପାଖେ ଚକାଭଉଁରୀ ପରି ଘୂରିବୁଲିଲେ । ପିଲାଙ୍କ ଚିତ୍କାର ଶବ୍ଦରେ କଂପି ଉଠିଲା ଗାଁ ଦାଣ୍ଡଟା ।

ଗୋଟେ ରଡ଼ି ଛାଡ଼ିଲା ଗୌର– "ନା...! ଚୁପ୍‌କର, ଚୁପ୍‌କର ତୁମେମାନେ । ଏ ଗୌର ଦାସ ପାଗଳ ହେଇନି । ତୁମେଗୁଡ଼ା ସବୁ ବଦ୍ଧ ପାଗଳ–ହାଃ–ହାଃ–ହାଃ...ହାଃ–ହାଃ–ହାଃ...।"

ଊର୍ଦ୍ଧ୍ୱଶ୍ୱାସରେ ହସିଚାଲିଥିଲା ଗୌର ଦାସ । ଠିକ୍ ଗୋଟେ ଉନ୍ମାଦ । ଯେମିତି ଫାଟିପଡୁଥିଲା ସେ ହସର ବେଦନାରେ ସାରା ଆକାଶ-ସାରା ପୃଥିବୀ ।

ଶୁକୁରୀ ଭାଉଜର ଦୂରରୁ ନଜର ପଡ଼ିଗଲା ଗୌର ଆଉ ପିଲାଙ୍କ ଫାଜଲାମୀ ଉପରେ । କଳସୀଟି ଘାଟରେ ଥୋଇଦେଇ କଳମ ଛଡ଼ି ଖଣ୍ଡେ ଧରି ଧାଇଁ ଆସି ପିଟିଗଲା ପିଲାଗୁଡ଼ାଙ୍କୁ ଅଜ୍ଞାନ । ମାଡ଼ ଖାଇ କିଏ କୁଆଡ଼େ ଧାଇଁ ପଡ଼ିଲେ ଛିନ୍‌ଛାଟ୍ । ଗୌର ଊର୍ଦ୍ଧ୍ୱମୁଖ ହେଇ ଚାହିଁ ରହିଥିଲା ଅଥର୍ବ ପରି ! ହସୁଥିଲା, କିଂତୁ ପାଟିରୁ ଏବେ କୌଣସି ଶବ୍ଦ ବାହାରୁନଥିଲା ତା'ର !

ବେଦନା ବିଧ୍ୱସ୍ତ ଉଦ୍‌ଭ୍ରାନ୍ତ ଚେତନାର ଏକି ଉଦ୍‌ଭଟ ସ୍ଥିତି !

ଜୋର୍‌ରେ ଝୁଙ୍କାଇ ଦେଲା ଶୁକୁରୀ ଭାଉଜ ଗୌରକୁ ।

– "ଗୌର !" ପ୍ରକୃତିସ୍ଥ ହେଲା ଗୌର । ସାମ୍ନାରେ ଭାଉଜକୁ ଦେଖି

– "ଭାଉଜ !" କାନ୍ଦି ଉଠିଲା ଭୋ-ଭୋ କରି ।

– "ଆରେ, କ'ଣ ହେଲା, କାନ୍ଦୁଛ କାହିଁକି ? କାନ୍ଦନି ।" ନିଜ ପଣତ କାନିରେ

ଆଖିରୁ ଲୁହ ପୋଛିଦେଲା । ତମ ପାଖରେ ମୁଁ ପରା ଅଛି । ଆସ, ଖରାଟାରେ କେତେ ବାଟରୁ ଆସିଲଣି । ଥକି ପଡ଼ିଥିବ । ପାଣି ପିଇବ, ଆଣି ଦେବି ?"

– "ନାଇଁ ଭାଉଜ ! ମୁଁ ଠିକ୍ ଅଛି । ଚାଲ ଆଗ ରାଧୁ ମଉସାଙ୍କୁ ଭେଟିବି ।" ଯାଉଯାଉ କଥା ହେଉଥିଲେ ଉଭୟ.

– "ଆଚ୍ଛା ଗୌର, ମୋ' ଗୌରୀ, ସୁନା ନଣନ୍ଦର କଥା, କାହିଁ କିଛି କହୁନ ?"

– "କହିବି, ସବୁ କହିବି ଭାଉଜ ! ହେଲେ ଏତିକି ଜାଣ ଗୌରୀ ବଂଚିଛି । ଭଲରେ ଅଛି । ସେ ମା' ହେବାକୁ ଯାଉଛି ।"

– "ଆରେ ବାଃ, ତମେ ବାପା ହେବାକୁ ଯାଉଛ !"

– "ବାପା....ମୁଁ ? ? ହଁ-ହଁ, ମୁଁ ବାପା ହେବାକୁ ଯାଉଛି, ବାପା !"

ପହଁଚି ଯାଇଥିଲେ ରାଧୁ ବୁଢ଼ାର ଘର ଅଗଣାରେ ।

– "କିଏ, କିଏ ଆସିଛି ? ଶୁକୁରୀ, କାହା ପାଟି ଶୁଭୁଛି ?" ବିଛଣାରେ ଥାଇ ବ୍ୟଥାହତ କଣ୍ଠରେ ଡାକ ଛାଡ଼ିଲେ ରାଧୁ ପଧାନ ।

– "ଗୌର ଫେରି ଆସିଛନ୍ତି ବଡ଼ ବା' !" ଶୁକୁରୀ ଜବାବ ଦେଲା ।

– "କ'ଣ କହିଲୁ, ଗୌର ଫେରି ଆସିଛି ? ଆଉ ମୋ' ଗୌରୀ ?"

– "ମଉସା !" ପାଦଧୂଳି ନେଲା ଗୌର ।

– "ଆରେ, କିଛି କହୁନୁ କାହିଁକି ? ମୋ' ଗୌରୀ କାହିଁ ? ମୋ' ମା' କାହିଁ ? ତାକୁ କଉଠି ଛାଡ଼ି ଆସିଲୁ ପାଗଳା ? ସେ ଭଲରେ ଅଛି ତ ? ଦୁଷ୍ଟମାନେ ତା'ର କିଛି କ୍ଷତି କରି ନାହାନ୍ତି ତ ? କହ ବାବା, କହ, ମୋ' ଗୌରୀ ଏବେ କେଉଁଠି, କିପରି ଅଛି ?" ଗୌର ନୀରବ ।

– "ତମେ ବ୍ୟସ୍ତ ହୁଅନି ବଡ଼ବା', ଗୌରୀ ଆମର ଭଲରେ ଅଛି । ସେ ମା' ହେବାକୁ ଯାଉଛି, ଗୌରବାବୁ ବାପା ।"

– "ଆଏଁ ସତରେ ! ହେ କାଳିଆ ସାଆନ୍ତ । ସବୁ ତୋରି ଦୟା । ଆରେ ମୋ' ଗୌରୀକୁ ସାଙ୍ଗରେ ନଆଣି ଏକା ଏକା ଛାଡ଼ି ଆସିଲୁ ?"

ଗୌର ପାଟି ଖୋଲିଲା-

– "ମୁଁ ତାକୁ ଠିକ୍ ଜାଗାରେ ଛାଡ଼ି ଆସିଛି ମଉସା ! ତମେ ସେଦିନ କହୁଥିଲ ନା ସତର ବର୍ଷ ଅତୀତର କଥା । ଗୌରୀ କଉ ବଡ଼ ସହରୀ ବାବୁଙ୍କ ଝିଅ ବୋଲି ?"

– "ହଁ, ହଁ, କହିଥିଲି, ହେଲେ ତୁ ସେ ବାବୁଙ୍କୁ ଭେଟ ପାଇଲୁ କିପରି ? ଚିହ୍ନିଲୁ କେମିତି ?"

– "ସବୁ ବିଧାତାଙ୍କ ଖେଳ । ମୁଁ ତାକୁ ତାର ବାବୁ-ବାପାଙ୍କ ଘରେ ଛାଡ଼ି ଆସିଛି । ସେ ଖୁବ୍ ଖୁସିରେ ଅଛି ମଉସା !"

– "ଖୁସିରେ ଅଛି ? ଆଉ ଏ ବୁଢା ବାବାଟା କଥା କ'ଣ ଭୁଲିଗଲା ? ଟିକେ ମନେ ପଡ଼ିଲାନି ? ଏଇ ହାତରେ ଏଡ଼ିକି ଟିଏରୁ ଏଡୁଟେ କରି ବଢ଼େଇଥିଲି । ତାରି ଲାଗି ସାରାଜୀବନ ହାତକୁ ଦି'ହାତ ହେଲିନି । କାଳେ କନିଆଁ ମାଆଟା ମୋ' ଝିଅକୁ ଯାତନା ଦେବ । ହଉ, ମୋ' କଥା ମନେ ନ ପକାଉ । ସେ ସେଠି ଭଲରେ ଥାଉ ।" ପ୍ରଭୁ କାଳିଆ ସାଆନ୍ତ ତାକୁ ଘଣ୍ଟ ଘୋଡ଼େଇ ରଖିଥାନ୍ତୁ । ହେ ଠାକୁରେ, ମୋ' ଝିଅ ତମକୁ ଲାଗିଲା ! ଆରେ ଗୌର, ମୋତେ ଥରେ ତୋ' ସାଂଗରେ ଝିଅ ପାଖକୁ ନେଇ ଯାନ୍ତୁନି ? ଥରେ ତାକୁ ଦେଖି ଆସନ୍ତି । ପାଚିଲା ତାଳ, କେତେବେଳେ କଉ କଥା ।" ଗୌର ବୁଝାଇ କହିଲା-

– "ଏ ଅବସ୍ଥାରେ ତମେ କ'ଣ ଯାଇ ପାରିବ ଏତେ ବାଟ ?"

– ହଁ, ତ, ବିଛଣାରେ ପଡ଼ିପଡ଼ି ଦିହଟା ଆଉ ଚଳୁନି । ଝିଅଟାକୁ ଝୁରିଝୁରି ମୋ' ଜୀବନ ଦୀପ ଲିଭି ଆସିଲାଣି । କେତେବେଳେ କଉ କଥା ।"

– "ନାଇଁ ବଡ଼ ବା, ତମେ ତମ ନାତିକି ନଦେଖି କୁଆଡ଼େ ଯାଇ ପାରିବନି । ଦେଖିବ-ମୋ' ମନ କହୁଚି, ଗୌରୀର ନିଶ୍ଚେ ପୁଅଟେ ହବ । ସେ ପୁଅକୁ ଧରି ଆସିବ ଆଉ ତମ କୋଳକୁ ବଢ଼େଇ ଦେଇ କହିବ- 'ଏଇ ମୋ' ପୁଅ ! ତୋ' ନାତିକି କୋଳକୁ ନେ ବାଆ' !"

– "ତୋ' ତୁଣ୍ଡ ସତୁଣ୍ଡ ହେଉ ଲୋ ମାଆ ! ହଉ, ସେଦିନକୁ ମୋ' ଆୟୁଷ କୁଳେଇଲେ ତ ! ଦେଖ ଗୌର, କହିଦଉଚି-ମୁଁ ନଗଲି ନାହିଁ, ତୁ ଗଲେ କହିବୁ- ତାର ପୁଅ ହେଲେ ନାଆଁ ଦବ ଗୋପାଳ ! କୃଷ୍ଣକୃଷ୍ଣ !"

– "ବାଃ, କେଡ଼େ ଭଲ ନାଆଁଟେ, ନୁହେଁ ଗୌର ? ଗୌରର ପୁଅ ଗୋପାଳ; ଗୌର-ଗୋପାଳ !" ହସିଦେଲା ଶୁକୁରୀ ।

ସହି ପାରୁନଥିଲା ଗୌର । ଏ ସବୁ ଖୁସି ପଛରେ ତା' ଲାଗି ଯେ ଗୋଟେ ବିଷର ଜ୍ୱାଳା ଭରି ରହିଛି । ସ୍ମିତ ହସିଦେଲା ଗୌର ଶୁକୁରୀକୁ ସମର୍ଥନ ଜଣାଇ ଯାହା । ରାଧୁବାବା କହିଲେ–

– "ଏବେ ଯା' ବାବା, ତେଣେ ଆସିବା କଥାଟା ଶୁଣି ଘରେ ଆଉଟି ପାଉଟି ହେଉଥିବେ । ଗଲାବେଳେ ମୋତେ ଟିକେ ଦେଖାକରି ଯିବୁ । ମୋ' ଗୌରୀ ପୁଅ-ଆରେ ମୋ' ନାତିପାଇଁ ରଖିଚିରେ । ପେଡ଼ିରେ ସାଇତି ରଖିଚି, ତା ଅଣ୍ଟିକି ରୁପାର

ଘୁଂଗୁର ଆଉ ବେକକୁ ସୁନାର କଲରାଫୁଲଟାଏ ! ଦେବି...ନେଇଯିବୁ । ଯା' ବାବା ଯା !"

– "ଚାଲ ଗୌର !" ଶୁକୁରୀ ଗୌରକୁ ସାଥିରେ ଧରି ଚାଲିଗଲା ।

ବୁଢ଼ା ରାଧୁପଧାନ ନାମ ଧରିଲେ- ହରେକୃଷ୍ଣ ହରେକୃଷ୍ଣ କୃଷ୍ଣ କୃଷ୍ଣ ହରେହରେ, ହରେରାମ ହରେରାମ ରାମରାମ ହରେହରେ ।

ସଂକୀର୍ତ୍ତନ ଧ୍ୱନିରେ ପୂରି ଉଠୁଥିଲା ଦୁଃଖୀ ମଣିଷର ଜୀର୍ଣ୍ଣକୁଟୀର । ଆଃ-ନିଃସଂଗତା ଭିତରେ କି ଶାଂତି; ଶୂନ୍ୟତା ଭିତରେ କି ପୂର୍ଣ୍ଣତା !

॥ ୬୯ ॥

ସମୟ ପୂର୍ବାହ୍ଣ । ପ୍ରାୟ ଦଶଟା ହେବ ।

ଝରକା ଦେଇ ଦେଖିଲା ଚାନ୍ଦିନୀ, ଗାଡ଼ି ଛୁଟେଇ ଗେଟ୍ ଭିତରକୁ ପଶି ଆସିଲେ ଅନୁରାଗ । ଗାଡ଼ି ବ୍ରେକ୍ ଦେଇ ତୁରନ୍ତ ଓହ୍ଲାଇ ମାଡ଼ି ଆସିଲେ ଗୃହ ଆଡ଼କୁ । ବିଚଳିତ ଥିଲା ପରି ବୋଧ ହେଉଥିଲେ । କିଛି ବୁଝି ପାରିଲାନି ଚାନ୍ଦିନୀ ।

– "ଚାନ୍ଦିନୀ! ଚାନ୍ଦିନୀ! ମୁଁ ହାରିଗଲି ଚାନ୍ଦିନୀ!"

ନୁଥିକିନା ବାରଣ୍ଡା ଚଉକିଟା ଉପରେ ବସିପଡ଼ି କାନ୍ଦିଉଠିଲେ ସେ । ମୁହଁ ଆଉ କପାଳକୁ ଦୁଇ ହାତ ପାପୁଲିରେ ଘୋଡ଼େଇ ଡେରି ପଡ଼ିଲେ ଚଉକି ବାଡ଼ାକୁ ଏକାଂତ ଅସହାୟ ଭାବରେ ।

ପାଟି ଶୁଣି ତରତର ବାହାରି ଆସିଲା ଚାନ୍ଦିନୀ । ଅନୁରାଗଙ୍କୁ ଧରିନେଇ-

– "କ'ଣ ହେଲା, ତମେ ଏମିତି ପିଲାଙ୍କ ପରି କାନ୍ଦୁଛ କାହିଁକି ? କୁହ ଅନୁରାଗ !"

– "ନାଇଁ, ଅପା ଶୁଣିଲେ ସହି ପାରିବନି । ପ୍ରାଣ ହାରିଦବ ।"

– "ସେ ଔଷଧ ଖାଇ ଶୋଇଛନ୍ତି ନିଦରେ । କହିଲ-ସେ ନିବେଦିତା...."

– "ହଁ, ସେ ଛଳନାମୟୀ ମୋତେ ଭୁଲ ତଥ୍ୟ ଦେଇଥିଲା । ମୋର ସବୁ ପ୍ଲାନ ଫେଲ୍ କରିଗଲା ଚାନ୍ଦିନୀ! ଭାବିଥିଲି ଅନୁପମ ଭାଇଙ୍କୁ ବେଦି ଉପରୁ ଦଳେ ଗୁଣ୍ଡା ପଠାଇ ଉଠେଇ ଆଣିଥାନ୍ତି ଆଉ ଏପରି ଏକ ଅଜ୍ଞାତ ସ୍ଥାନକୁ ନେଇ ଯାଇଥାନ୍ତି, ଯାହାର ଠିକଣା ନିବେଦିତା ପାଇପାରି ନଥାନ୍ତା । ହେଲେ...."

– "ଅନୁପମ, ଭାଇଙ୍କ ସ୍ମୃତି ତାହେଲେ ଫେରି ଆସିଚି ?"

– "ନୋ, ଫେରିବାକୁ ଆହୁରି ଡେରି ଅଛି, ଅନ୍ତତଃ ଗୋଟିଏ ବର୍ଷ ।"

– "ଯେତେବେଳେ ତାଙ୍କର ସ୍ମୃତି ଫେରିବ, ସେ'ତ ନିଶ୍ଚିତ ରିଆକ୍ଟ କରିବେ ।"

– "ଜାଣିଛି, ମୋ' ଅନୁଅପାକୁ ଛାଡ଼ି ସେ ବଂଚି ପାରିବେନି । ପାଗଳ ହେଇଯିବେ ପାଗଳ ! ସେତେବେଳକୁ ବହୁତ ଡେରି ହେଇଯାଇଥିବ ଚାନ୍ଦିନୀ! ନାଇଁ, ତା'ଆଗରୁ ମୋତେ କିଛି କରିବାକୁ ହେବ । ଇଏସ୍ !"

ଉଠି ଚାଲିଯିବାକୁ ଉଦ୍ୟତ ।

– "ଆରେ, ଆସିଲ, ଏତେ ଚଞ୍ଚଳ, କ'ଣ କିଛି ଜରୁରୀ ?"

– "ମୁଁ ଏବେ ଯିବି ତାଙ୍କ ଘରକୁ । ଅନୁପମ ଭାଇଙ୍କ ଟ୍ରିଟ୍‌ମେଣ୍ଟ୍ ବାହାନାରେ । ଦେଖିବି ସେଠିକାର ପରିସ୍ଥିତି କ'ଣ ଅଛି ? ଭାଇଙ୍କ ମାନସିକ ସ୍ଥିତି କିପରି ଅଛି ? ହଁ, ଦେଖ, ଅପାକୁ ଏ କଥା ଯେପରି କିଛି ବି କହିବନି । ଯଦି ନିଦରୁ ଉଠି ପଚାରିବ- 'କହିବ ହସ୍‌ପିଟାଲ ଯାଇଛି ।' ଖୁବ୍ ଶୀଘ୍ର ଫେରି ଆସିବି । ହେଲା ?"

– "ହଁ!"

– "ମୁଁ ଆସୁଛି ।" ଦ୍ରୁତେ ଗାଡ଼ି ଛୁଟାଇ ଚାଲିଗଲା ଅନୁରାଗ ।

ଗାଡ଼ିର ଶବ୍ଦ ଶୁଣି ନିଦ ଭାଂଗିଗଲା ଅନୁପମାର ।

– "ଆଲୋ ଚାନ୍ଦ, କିଏ କିଲୋ!" ପଚାରିଲା ଅନୁପମା ।

– "ନାଇଁ ଅପା, ଏଇ ତମ ଭାଇ ଆସିଥିଲେ ତ, କ'ଣ ଜରୁରୀ ଫୋନ ଆସିଲା, ହସ୍‌ପିଟାଲକୁ ଚାଲିଗଲେ ।"

ଅନୁପମା ଘରୁ ବାହାରକୁ ଆସି ବ୍ୟସ୍ତ ହେଇ ଉଠିଲା ।

– "ପିଲାଟା ଏବେ ଆସିଥିଲା, ଫେର ଚାଲିଗଲା ? କି ଔଷଧଗୁଡ଼ା ଆଣି ଦଉଛି ଯେ, ଖାଲି ନିଦ ଆସୁଚି ! ଏଇ ଦେଖୁନୁ, ଏବେବି ମୋ'ଆଖିରେ କିମିତି ନିଦ ଭରି ରହିଚି । ଆଖି ଖାଲି ବୁଜି ପଡୁଛି । କିଛି କହି ଯାଇଛି ?"

– "କହିଚନ୍ତି ଖୁବ୍ ଶୀଘ୍ର ଫେରି ଆସିବେ ।"

– "ହଉ ଭଲ ହେଲା, ତୁ ରନ୍ଧାରନ୍ଧି ସାରି ଦେଲୁଣି ?"

– "ସବୁ କେତେବେଳୁ ସାରି ଦେଇଛି । ଖାଲି ତମ କାମ ବାକିଅଛି ।"

– "ମୋ' କାମ ! ମୋର ଫେର୍ କି କାମ ଲୋ ?"

– "କହିବି କହିବି, ଆସିଲ ଆଗ, ବସିଲ, ତୁମ ମଥାର କେଶଗୁଡ଼ା କିଭଳି ଅଲରା ହେଇଛି ! ଟିକେ କୁଣ୍ଡେଇ ସଜାଡ଼ି ଦେବି ।"

– "ନାଇଁ ଲୋ ଚାନ୍ଦ, ମୋର ଆଉ ସେ ବେଶ କାହିଁ ପାଇଁ ? ସୁଖ ତ ମୋର ସରିଯାଇଛି । ଯାହାପାଇଁ ବଂଚିଛି- ସେ ତ ମୋତେ ଭୁଲିଗଲା ।"

– "ସେ କଥା ହେଇ ପାରିବନି ! ମୁଁ କିଛି ଶୁଣିବିନି । ଆଜି ତମକୁ ବଧୂବେଶରେ ସଜେଇବି, ତମ ଭାଇଙ୍କ କଡ଼ା ନିର୍ଦ୍ଦେଶ । ସେଥିଲାଗି ନୂଆ ଶାଢ଼ୀ, ଶଂଖା, ସିନ୍ଦୂର, ଅଳତା, କୁଂକୁମ ସାଙ୍ଗକୁ ପାଉଁଜି, ଆଉ କେତେ ଅଳଂକାର ଆଣି ଦେଇଛନ୍ତି । ବସ ଅପା, ତମକୁ ମୋ' ରାଣ ।"

– "ଯାଃ ପାଗଳୀଟା । ହଉ ତୋର ଯାହା ଇଛା ।" ବସିଲା ଅନୁପମା !

ଚାନ୍ଦିନୀ ଅନୁପମାର ମୁଣ୍ଡ କୁଣ୍ଡେଇ କେଶ ସୁଆଁରି ଜୁଡ଼ା ବାନ୍ଧିଦେଲା । ମୁହଁରେ ପାଉଡର ମାଖି ଆଖିରେ ଆଂକିଦେଲା କଜଳର ଗାର । ପାଦରେ ଅଳତା ଇତ୍ୟାଦି ଇତ୍ୟାଦି ବେଶ ସାରି ଗୋଟିଏ ପରେ ଗୋଟିଏ ଆଣି ପିନ୍ଧାଇ ଦେଲା ଅଳଂକାର । ହାତକୁ ଚୂଡ଼ି, ପାଦରେ ପାଉଁଜି, ନାକରେ ଫୁଲଚଣା, କାନରେ ଫୁଲଝରା, ଆଉ ବେକରେ ମଂଗଳସୂତ୍ର । ବଢ଼େଇ ଦେଲା ହାତକୁ କୁଙ୍କୁମ-ସିନ୍ଦୂରର ଫରୁଆ । କହିଲା - "ଅପା, ଏଥର ତମ ପାଳି । ଏ କୁଂକୁମ ଆଉ ସିନ୍ଦୂର ତମ କପାଳ ଆଉ ସିନ୍ଥିରେ ମୁଁ କି ପିନ୍ଧେଇ ପାରିବି ? ନିଜେ ପିନ୍ଧ !"

– "ହଉ ଦେ, ମୁଁ ପିନ୍ଧି ପକଉଚି ।" ଅନୁପମା କପାଳରେ କୁଂକୁମ ଓ ସିନ୍ଥିରେ ସିନ୍ଦୂର ପିନ୍ଧିହେଲା । "କ'ଣ, ତୋ' ଫାର୍ସ ସରିଲା ନା ଆଉ କିଛି ବାକି ଅଛି ?"

– "ଅଛି ନା ! ତମ ଭାଇ ଯଉ ଦାମୀ ପାଟଶାଢ଼ୀଟା ଆଣିଛନ୍ତି, ସେଇଟା କିଏ ପିନ୍ଧିବମ ? ରୁହ, ମୁଁ ଆଣୁଛି !" ଚାଲିଗଲା ଚାନ୍ଦିନୀ ।

– "ଧେତ୍ ! ଏଇ ଶାଢ଼ୀ ଟା କ'ଣ ମୋର ଚଳୁନି ? ରଖ୍ ରଖ୍ ସେଇ ଶାଢ଼ୀ ! ତୁ ପିନ୍ଧିବୁ ।" କହି କହି ଆସିଲା ଶାଢ଼ୀ ହସ୍ତରେ ଚାନ୍ଦିନୀ-

– "କ'ଣ କହିଲ, ତମ ଶାଢ଼ୀ ମୁଁ ପିନ୍ଧିବି ? ଏ କେମିତି କଥା କହୁଚ ଅପା ! ଆସ, ଆସ, ଆଗ ମୁଁ ତମକୁ ଶାଢ଼ୀଟା ପିନ୍ଧେଇ ଦେଲେ ରକ୍ଷା, ନହେଲେ ତମ ଭାଇନା ମୋ' ଅବସ୍ଥା ସାରିଦେବେ ।"

– "ଏମିତି କଥା ? ମୋ' ଭାଇକୁ ତୁ ଏତେ ଭଲ ପାଉଛୁ ?"

– "ନାଇଁମ, ସେ କଥା କେତେବେଳେ କହିଲି ? ଡରୁଛି, ଡରୁଛି ।"

– "ହଁ, ହଁ ସେଇ ! ସେଇଟାତ ଭଲ ପାଇବା ! ହଉ ଦେ, ମୁଁ ପିନ୍ଧି ପକଉଛି ।"

– "ନାଇଁ, ମୁଁ ତମକୁ ପିନ୍ଧେଇ ଦେବି । ଠିକ୍ ସତୀ ସୀତାଙ୍କ ପରି ।"

ଛଳଛଳ ହେଇ ଉଠିଲା ଅନୁପମାର ଆଖି । ମନେ ପଡ଼ିଗଲା ନିର୍ବାସିତା ସୀତାଙ୍କ କଥା । ଆଜି ସେ ନିଜେ ଯେମିତି ସେହି ନିର୍ବାସନ ଦଣ୍ଡରେ ଦଣ୍ଡିତା । ପତି ବିରହ ବିଦଗ୍ଧା ସତୀସାଧ୍ୱୀ ଅଶ୍ଳୁଳ ନାୟିକାଟିଏ ଆଉ କଉ ଏକ ରାମାୟଣର ! ଭାବମଗ୍ନା ଥିଲା ଅନୁପମା !

ଇତି ମଧ୍ୟରେ ଶାଢ଼ୀଟି ପିନ୍ଧାଇ ସାରିଥିଲା ଚାନ୍ଦିନୀ । ନୂଆ ପାଟଶାଢ଼ୀଟି ପିନ୍ଧି ଅନୁପମା ଏବେ ଝଲସି ଉଠୁଥିଲା କଉ ରୂପ ରାଇଜର ରାଣୀ ପରି ! ସତରେ ସେ କ'ଣ ଆଉ ତାହା ନୁହେଁ କି ? ସାଗରଦ୍ୱୀପର ରୂପ କୁମାରୀ ସେ । କପାଳ ମନ୍ଦ ବୋଲି ସିନା ସେ ଏଠି ଆସି ନର୍କ ଯନ୍ତ୍ରଣା ଭୋଗୁଛି । ଯାହାଙ୍କ ଲାଗି ଏତେ ତପସ୍ୟା, ଏତେ ଯାତନା, ସତରେ ସେ କ'ଣ ତା' ପାଖକୁ ଫେରି ଆସିବେ ? ତପସ୍ୟା ସଫଳ ହେବ ?

ଅନୁପମାକୁ ସଜାଇ ସାରି ଗୋଟେ ସେଲ୍‌ଫି ନେଲା ଚାନ୍ଦିନୀ ।

– "ସତରେ ଅପା, ତମେ ସରଗ ଅପ୍ସରୀଠୁ କଉ ରୂପଗୁଣରେ କିଛି କମ ନୁହଁ ମ! ଦେଖିଲେ ଦେଖିଲ..ସତ କହୁଚି ନା ?"

ମୋବାଇଲ ପରଦାରେ ଉଭୟଙ୍କ ଫୋଟ ଦେଖି ଖୁସି ହୋଇଗଲା ଅନୁପମା । କହିଲା- "ଆରେ ବାଃ, ମୋ' ସୁନାଭାଉଜ କ'ଣ କମ୍ ରୂପବତୀ କି? ନାଆଁଟି ଚାନ୍ଦିନୀ, ରୂପଟିବି ଠିକ୍ ସେମିତି । ରୁପାର ତୋଫା ଚାନ୍ଦିନୀ ଯେମିତି ଝଟକି ଉଠୁଛି ପରା !" ଚାନ୍ଦିନୀ କଥା ଯୋଡ଼ିଲା-"ହଉ ହେଲା, ତମରି କଥା ସତ । ଆଚ୍ଛା ଅପା, ତମକୁ ଗୋଟେ କଥା ପଚାରିବି କହିବ ?"

ଉଭୟ ସୋଫା ଉପରେ ଲଗାଲଗି ଯୋଡ଼ିଯାଉଁଲି ହେଇ ବସିଲେ । ଅନୁପମା ମନତଳେ କୌତୂହଳ! କଉକଥା ପଚାରିବ ଚାନ୍ଦିନୀ । କିଛି ତ ଅକୁହା ନାହିଁ ତା' ଜୀବନରେ । ମୁହଁ ଖୋଲିଲା

– "କଉ କଥା କିଲୋ ଚାନ୍ଦ ?"

– "ତମେ ଅନୁପମ ଭାଇଙ୍କୁ ପିଲାଦିନେ ବହୁତ ଭଲ ପାଉ ଥିଲ ନୁହେଁ ?"

– "ସେ କଥା ଏବେ ଆଉ କାହିଁକି ଲୋ ?"

– "ନାଇଁ, ତୁମେ କୁହ, ମୋର ଜାଣିବାକୁ ଭାରି ଇଚ୍ଛା ହେଉଛି ।"

– "ହଁ ଲୋ, ବହୁତ ଭଲ ପାଉଥିଲି । ସେ ବି । ପିଲାଦିନେ ଆମେ ଦୁହେଁ ଚନ୍ଦ୍ରଭାଗା କୂଳରେ କେତେ ବାଲିଘର କରି ନ ଖେଳିଛୁ ? ସମୁଦ୍ରର ଢେଉ ଭାଂଗିଛୁ । ବଣରୁ କଣ୍ଟିକୋଳି ତୋଳି ଖାଇଛୁ । ପ୍ରଜାପତି ଧରି ଉଡ଼ାଇଛୁ । କୁଂଜରୁ ଫୁଲ ତୋଳି ଅନୁପମ ମୋ' ବେଣୀରେ ଖୋସି ଦେଉଥିଲା । ଆଉ କହୁଥିଲା – 'ଅନୁପମା, ଫୁଲଟି ତୋ ବେଣୀରେ କେତେ ସୁନ୍ଦର ଲାଗୁଛି !" ହସି ଉଠିଲା ଅନୁପମା । ପ୍ରଶ୍ନ କଲା ଚାନ୍ଦିନୀ –

– "ହସିଲ କାହିଁକି ଅପା ? ସେତେବେଳେ ସେ ତମକୁ କୁତୁକୁତା ଦେଇ ଦେଲେକି ?"

– "ଧେତ୍, ସେ କଥା ନୁହେଁ ଲୋ । ମୁଁ ତାକୁ ଶୁଣେଇ ଦେଉଥିଲି- ସଫାସଫା- ଅନୁପମ, ମୋ' ବେଣୀଟା ତୋତେ ସୁନ୍ଦର ଲାଗୁଛି, ମୁଁ ନୁହେଁ ନା ?"

– "ସେଠୁ କ'ଣ କହୁଥିଲେ ସେ ?"

– "ଆଖି ଛଳଛଳ କରି ଦେଉଥିଲା । ମୁଁ ଠିକ୍ ବୁଝି ପାରୁଥିଲି ତାର ମନକଥା- ସତରେ ସେ କେତେ ଭଲପାଏ ମୋତେ । କେହି କାହାକୁ ଘଡ଼ିଏ ନଦେଖିଲେ ଆମେ ରହିପାରୁ ନଥିଲୁ । ତାଙ୍କ ଘରକୁ ଆମ ଘର ଲଗାଲଗି । ସଦାବେଳେ ସେ ଆସୁଥିଲା ଆମ ଘରକୁ । ସାଂଗରେ ଖେଳୁଥିଲୁ, ପାଠ ପଢୁଥିଲୁ, ଖାଉଥିଲୁ, ସାଂଗହେଇ

ସ୍କୁଲ ଯାଉଥିଲୁ । ସ୍କୁଲର ପୁଅ ଝିଅମାନେ ସହି ପାରୁନଥିଲେ । ଈର୍ଷା କରି କେତେ ଟାହିଟାପରା କରୁଥିଲେ । ଆଖି ଠରାଠରି ହେଉଥିଲେ । ଆମର ସେଥିକୁ ଟିକେ ବି ଖାତିର ନଥିଲା । ଭଲପାଇବାରେ ଭୁଲ ରହିଲା କେଉଁଠି ?"

– "ଘରେ ବାପା-ମା' ?" କଥା ଲମ୍ବେଇଲା ଚାନ୍ଦିନୀ । କୌତୂହଳ ବଢ଼ି ବଢ଼ି ଯାଉଥିଲା ତା ମନରେ । କେତେ ସୁନ୍ଦର ପ୍ରେମ କାହାଣୀ ଇଏ ! ଅନୁପମା କଥା ଯୋଡ଼ିଲା ।

– "ହଁ ଲୋ, ମୋ' ବୋଉ ଆଉ ଅନୁପମର ମା'-ଦି ବଉଳ । କାଳେ ମା' ରାମଚଣ୍ଡୀ ପାଖରେ ସତ୍ୟ କରିଥିଲେ- ବଡ଼ ହେଲେ ଆମ ଦୁହିଁଙ୍କୁ ବାହା ଦେବେ ବୋଲି ।"

– "ସତେ ନା କ'ଣ ?"

– "ହଁ ଲୋ, ହେଲେ ସେ ଦୁଷ୍ଟଟା... !"

– "ଦୁଷ୍ଟ ?"

– "ସେଇ ସାଗର !"

ସାଗର ନାଆଁଟି ଶୁଣି ଶିହରି ଉଠିଲା ଚାନ୍ଦିନୀ ।

– "ସାଗର ! କଉ ସାଗର ?"

– "ସାଗର ପଟ୍ଟନାୟକ ! ସେଇଟା ଗୋଟେ ଦୁଷ୍ଟପିଲା ଥିଲା । ସଦାବେଳେ ଆସି ଆମ ବାଲିଘର ଭାଂଗି ଦେଉଥିଲା । ନିରୋଳାରେ ପାଇଲେ ମୋତେ ଟାଣିଟାଣି ନେଇ ଯାଉଥିଲା ଦରିଆ ଭିତରକୁ ଆଉ ତାଗିଦ୍ କରି କହୁଥିଲା-

– "କଥା ଦେ ଅନୁ, ତୁ ମୋତେ ବାହା ହେବୁ ତ !"

– "ତାପରେ ?" ଚାନ୍ଦିନୀ ଡରି ଯାଇଥିଲା ମନେମନେ ।

– "ହେଲେ ମୁଁ କି ଡରିଯିବା ଝିଅ ? ମୁହେଁ ମୁହେଁ ଶୁଣେଇ ଦଉଥିଲି- ଯଦି ମୁଁ ତୋତେ ବାହା ନହୁଏ, କ'ଣ କରିବୁ ମୋର ?"

କହୁଥିଲା - "ତୋତେ ଦିନେ ଏଇ ଦରିଆକୁ ଠେଲି ଦେବି । ତୁ ମୋର ହବୁନି ତ ମୁଁ ତୋତେ ଅନୁପମର ହେବାକୁ ଦେବିନି । ମୁଁ ଭୀଷଣ ରାଗି ଯାଉଥିଲି । ତା' ମୁହଁକୁ ବାଲି ମୁଠେ ଛାଟି ଧାଇଁ ଖସି ଆସୁଥିଲି ଘରକୁ । ବୋଉକୁ ସବୁକଥା କହୁଥିଲି । ମୋ' ବାବା କେତେଥର ଯାଇ ତାଙ୍କ ଘରେ ଶୁଣେଇ ଆସୁଥିଲେ । କହୁଥିଲେ - ଦେଖ, ହରି ପଟ୍ଟନାୟକ, ମୋ' ଝିଅ ସାଥିରେ ତୋ' ପୁଅ ଯେବେ ଆଉ ଥରେ ଲାଗେ, ତାହେଲେ ଜାଣିବୁ ମୁଁ ତୋ' ପୁଅର କି ଅବସ୍ଥା କରିବି ।"

– "କ'ଣ ହେଲା ସେଇଠୁ ?" ସଂକିତ ଗଳାରେ ପଚାରିଲା ଚାନ୍ଦିନୀ ।

– "ହେଲେ, କଛି ଫଳ ହେଲାନି । ଦିନେ ଅନୁପମ ତା' ମାଉସୀ ଘର ନିମାପଡ଼ା ଚାଲିଗଲା । ମୁଁ ଏକା ହୋଇଗଲି । ଦିନେ ଦରିଆ ବାଲିରୁ ଶାମୁକା ଖୁଣ୍ଟୁଥିଲି- ସେଥିରୁ ମୋତି ଖୋଜିବା ପାଇଁ । ଭାବିଥିଲି ମୋତିର ହାରଟେ ଗୁନ୍ଥି ଅନୁପମ ମାଉସୀ ଘରୁ ଆସିଲେ ତା' ଗଳାରେ ପିନ୍ଧେଇ ପକେଇବି । ଭାରି ମାନିବ । ହାଏ, ସବୁ ସାରିଦେଲା ଦୁଷ୍ଟଟା । ହଠାତ୍ କେଉଁଠି ଛପିଥିଲା, ଧାଇଁ ଆସିଲା ଆଉ ମୋ' ହାତଧରି ଟାଣିଟାଣି ନେଇଗଲା ଦରିଆ ଭିତରକୁ । ସାକୁଲେଇ କହିଲା- ଆ, ଆମେ ଢେଉ ଭାଂଗିବା, ମୁଁ ବିଶ୍ୱାସ କରିଗଲି । ହେଲେ ସେ ସୈତାନ ମୋତେ ସମୁଦ୍ର ଢେଉର ପ୍ରବଳ ସୁଅ ଭିତରକୁ ଠେଲି ଦେଲା ।" କାନ୍ଦି ଉଠିଲା ଅନୁପମା ।

– "ଅପା !" ଶିହରିଉଠି କୋଳେଇ ଧରିଲା ଅନୁପମାକୁ । ପଚାରିଲା ଡରିଡରି- "ତା'ପରେ ? ତା' ପରେ କ'ଣ ହେଲା, ତମେ ବଂଚିଲ କିପରି ?"

– "ମୁଁ ଭାସି ଭାସି ଯାଉଥିଲି ସାଗର ଢେଉରେ । ମୋର ଚେତା କେମିତି କେତେବେଳେ ହଜିଗଲା । ଚେତା ଆସିଲାବେଳେ ଦେଖିଲି, ମୁଁ ଗୋଟେ ବୋଇତ ଭିତରେ ଶୋଇଛି । କେତେଜଣ ମୋତେ ବେଢ଼ି ବସିଛନ୍ତି । ସେମାନେ କିଏ ଥିଲେ ଜାଣିନି । ଦେଖି ଡରିଗଲି । କାନ୍ଦିଲି । ମୋତେ ଚକଲେଟ୍, ବିସ୍କୁଟ, କଦଳୀ, କମଳା ଖାଇବାକୁ ଦେଲେ । ଗେଲକରି କହିଲେ- 'ଦେଖ୍ ଝିଅ, ଡରନା, ଆମେ ତୋର କିଛି କ୍ଷତି କରିବୁନି । ସେମାନେ ମୋତେ ନେଇଗଲେ । ମୁଁ ଶୋଇଥିବା ଅବସ୍ଥାରେ ଗୋଟେ ଅଜଣା ଦ୍ୱୀପର ବାଲିକୁଦ ଉପରେ ଶୁଆଇ ଦେଇ ଚାଲିଗଲେ । ଆଜି ଭାବୁଛି ସେମାନେ ବୋଧେ ଜଳଦସ୍ୟୁ ଥିଲେ କି କଉ ଦେଶର ନାବିକ ।"

– "ତା'ପରେ କ'ଣ ହେଲା ଅପା ?" ଉତ୍ସୁକ ନେତ୍ରରେ ଚାହିଁ ରହି ଶୁଣି ଯାଉଥିଲା ଅନୁପମା ଜୀବନ ଯାତ୍ରାରେ ଏଇ ରୋମାଞ୍ଚକର କରୁଣ କାହାଣୀ ।

– "ସେଇଠି ପଡ଼ି ପଡ଼ି ଅସହ୍ୟ ଥଣ୍ଡାରେ ମୁଁ ଚେତା ହରେଇ ଦେଲି । ତାପରେ ମୁଁ ଆଉ କିଛି ଜାଣିନି । ଯେତେବେଳେ ଚେତା ଫେରିଲା-ଦେଖିଲି ମୁଁ ଆରାମ ସେ ଶୋଇଛି ଗୋଟେ ରୂପା ପଲ୍ୟଂକରେ ଫୁଲଶେଯରେ । ପରେ ଜାଣିଲି-ସାଗରଦ୍ୱୀପର ରାଣୀମା'ଙ୍କର ରୂପନଅର ଇଏ ।"

ଚାନ୍ଦିନୀ ଶୁଣି ଶୁଣି ଥକି ପଡ଼ିଥିଲା ଯେମିତି ! କହିଲା-"ଆଉ ଆଜି ଏତିକିରେ ତମ ରୂପ କାହାଣୀ । ଆଉ କେତେବେଳେ କହିବ । ବେଳ ଆସି କେତେ ହେଲାଣି । ଗାଧୋଇ କ'ଣ ଦି'ଟା ପାଟିରେ ଦେଇଥିଲ, ଭୋକ ହେଉଥିବ ।"

– "ନାଇଁଲୋ, ତୋ' ସାଥିରେ କଥା ହେଉଥିଲେ ମୋର ତ ଭୋକଶୋଷ ହଜିଯାଏ । କି କିମିଆଁ ଜାଣିଛୁ ତୁ ! କଉ ଜନମରେ ମୋ' ଭଉଣୀ ଥିଲୁ ନା ?"

– "ଅପା !" ଅନୁପମା ଛାତି ଉପରକୁ ଢଳି ପଡ଼ିଲା ଚାନ୍ଦିନୀ ।

– "ମୋ' ସୁନା ଭଉଣୀଟା ପରା !" ଚାନ୍ଦିନୀ କପାଳରେ ସ୍ନେହର ଚୁମାଟେ ଆଂକି ଦେଇ- "ଚାଲ, ନଣନ୍ଦ-ଭାଉଜ ବସି କ'ଣ ଦି'ଟା ଖାଇଦେବା । ତୋତେ ବି ଭୋକ ହେଉଥିବ, ଛୁଆଟା କେତେବେଳେ ଆସିବ କେଜାଣି ।"

ଚାହିଁ ରହିଲେ ଚାନ୍ଦିନୀ ଓ ଅନୁପମା ବାହାର ଆଡ଼କୁ । ହଠାତ୍ କଳା ଆମ୍ବାସଡରଟାଏ ଆସି ଷ୍ଟାଣ୍ଡ୍ କଲା ଗେଟ୍ ସାମ୍ନାରେ । ଏମାନେ ଭାବିନେଲେ ଅନୁରାଗ । ଧାଇଁଗଲେ ବାହାର ଅଗଣାକୁ । ହେଲେ ସେ ଅନୁରାଗ ନଥିଲା, ଥିଲା ସାଗର ପଟ୍ଟନାୟକ ।

ଦେହରେ ସଂପୂର୍ଣ୍ଣ କଳା ଡ୍ରେସ । ପେଣ୍ଟ-ସାର୍ଟ-ଜାକେଟ୍-ବୋଟ୍-ଟାଇ-ଟୋପି-ଗଗଲସ୍ ସବୁଥିଲା କଳା । ଆଗେଇ ଆସିଲା ଏମାନଙ୍କ ପାଖକୁ । ସାମ୍ନାରେ ଅନୁପମାକୁ ଦେଖି ଲହଲହ ହେଇଉଠିଲା ତାର ଜିହ୍ୱା । ହସିଉଠିଲା ସେ- "ହାଃ-ହାଃ-ହାଃ... !" ବିକଟାଳ ଅଟ୍ଟହାସ୍ୟ ।

ଥରିଉଠିଲା ଚାନ୍ଦିନୀ । ଡରି ନ ଯାଇ ପଚାରିଲା ଅନୁପମା- "କିଏ ତୁମେ ?" ସ୍ୱରଟା ପରିଚିତ ଲାଗୁଛି । କିଏ ହୋଇପାରେ ଏ-ଭାବୁଥିଲା ଅନୁପମା ।

ଆଖିରୁ କଳା ଚଷମାଟା ଖୋଲିଦେଲା ସାଗର ।

– "କ'ଣ ଚିହ୍ନି ପାରୁଛୁ ? ପାରୁନୁ ? ? ହଁ ଚିହ୍ନିବୁ କିପରି ? ଦୀର୍ଘ କୋଡ଼ିଏ ବର୍ଷ ପରେ ମୁଁ କିନ୍ତୁ ତୋତେ ଠିକ୍ ଚିହ୍ନି ପାରୁଛି ।"

– "ସା-ଗ-ର ?"

– "ଇଏସ୍ ସାଗର ପଟ୍ଟନାୟକ । ହାଃ-ହାଃ-ହାଃ !"

କେତେପାଦ ପଛେଇ ଗଲା ଅନୁପମା । ଚାନ୍ଦିନୀ ବି ଭୟ ଆଂତକରେ ।

– "ତୋ' ପ୍ରେମ କାହାଣୀର ଦୁର୍ଦ୍ଧାନ୍ତ ଖଳନାୟକ !"

– "ତୁ ଏଠାରେ କାହିଁକି ?" ପ୍ରଶ୍ନକଲା ଅନୁପମା ।

– "କାହିଁକି ମାନେ ? ଯେତେବେଳେ ବିଶ୍ୱସ୍ତ ସୂତ୍ରରୁ ଜାଣିବାକୁ ପାଇଲି ତୁ ବଂଚିରହି ପୁଣି ଫେରି ଆସିଚୁ ତୋ' ଅନୁପମ ସାଥିରେ, କହିଲୁ, ମୁଁ କ'ଣ ତୋତେ ଆଉ ଦେଖା ନକରି ରହି ପାରିଥାନ୍ତି ? ଆରେ ବାଃ, ସେଦିନ ଦେଖିଥିଲି ତୋ' ବାଳିକା ବେଶ । ସେତେବେଳେ ପାଗଳ କରିଥିଲୁ ମୋତେ । ଆଉ ଆଜି-ତୋର ଏ ଅଫୁରନ୍ତ ଯୌବନର ଉଚ୍ଛଳ ରୂପ-ସଂଭାରକୁ ଦେଖି-ମୋ ଆଖି ଖୋସି ହେଇ ଯାଉଛି ଲୋ । ମୋର ସତରେ କ'ଣ କ'ଣ ହେଇ ଯାଉଛି !"

– "ସେ ବାଜେ କଥା ବନ୍ଦ କର ସାଗର ।" ଚିଡ଼ି ଉଠିଲା ଅନୁପମା !

– "ମୁହଁ ସମ୍ଭାଳି କଥାବାର୍ତ୍ତା କର !" କହିଲା ଚାନ୍ଦିନୀ ।

– "ଏଁ ହାଃ...ହାଃ...ହାଃ... ! ଦୋ' ଫୁଲ ଏକ ମାଲୀ । ଦୁଇଟି ଫୁଲକୁ ଗୋଟିଏ ଭ୍ରମର । ବଢ଼ିଆ ବଢ଼ିଆ । ହାଲୋ ଅନୁପମା, ସତରେ ତୁ ଆଜି ବହୁତ ସୁନ୍ଦର ଦେଖାଯାଉଛୁ । ପୂରା ବିଶ୍ୱସୁନ୍ଦରୀ । ଇଏସ୍- ଗୋଟେ ସ୍ନାପ ନେବା ।" ମୋବାଇଲରେ ଉଠାଇନେଲା ଏମାନଙ୍କ ଯୁଗଳ ଫଟୋ । ମୋବାଇଲରେ ଦେଖି-ଆରେ ବାଃ, ସାକ୍ଷାତ ମେନକା ଆଉ ଉର୍ବଶୀ । ହାଃ ...ହାଃ...ହାଃ.... !"

– "ସଟ୍ ଅପ୍ !" ଅନୁପମା, ଚାନ୍ଦିନୀ ଏକ ସମୟରେ ଗର୍ଜି ଉଠିଲେ ।

– "ଚାଲି ଯା ଏଠାରୁ ।" ତାଗିଦ୍ କଲା ଅନୁପମା ।

– "ଯିବି, ନିଶ୍ଚୟ ଯିବି । ଆଗ ତୋର-ମୋର ମୁଲାକାତ ହେଇଯାଉ । କହ- କଉଦିନ ଆମର ବାହାଘର ହେବ? ଆଜି କହିବୁତ ଏଇ ଗାଡ଼ିରେ ନେଇଯାଇ ମନ୍ଦିରରେ ବାହା ହେଇ ପଡ଼ିବି, ବାସ୍ ! କଥା ଶେଷ । ଆ' ଚାଲିଆ ମୋ' ସହିତ ।

– "ଘୁଞ୍ଚିଯା ଦୁଷ୍ଟ । ଆଉ ପାଦେ ଆଗେଇଲେ –"

– "କ'ଣ କରିବୁ, ମାରିବୁ? ମାର... !" ଗାଲ ପାତିଦେଇ "ତୋର ସେ କଅଁଳିଆ ହାତ ପାପୁଲିରେ ଯେତେ ମାରୁଛୁ ମାର । ଜମା କାଟିବନି ଲୋ । ମିଠା ମିଠା ଲାଗିବ ହାଃ-ହାଃ-ହାଃ... !" ଧରିନେଲା ଅନୁପମାର ହାତ ।

– "ସଟାପ୍ !" ଅନୁପମା ହାତ ଛାଟିଆଣି ବସାଇଦେଲା ଶକ୍ତ ଚାପୁଡ଼ାଟାଏ ସାଗର ଗାଲରେ ।

– "ଆଃ !" ନିଜ ଗାଲ ମୁଠାଇ ଧରି..."ସତରେ ତୁ ମୋତେ ମାରିଲୁ? ଅନୁପମା !" ଗର୍ଜିଉଠିଲା ସାଗର ।

– "ବଦମାସ, ଦେଖି ପାରୁନୁ, ମୋ' ମଥାରେ ସିନ୍ଦୂର । ମୋ' ହାତରେ ଚୂଡ଼ି । ଗଳାରେ ମଙ୍ଗଳସୂତ୍ର । ବିବାହିତା ସଧବା ନାରୀ ମୁଁ ।"

– "ଓ, ସିନ୍ଦୂରର ଅହଂକାର ଦେଖଉଛୁ ମୋତେ ! ମୋ' ସାଥିରେ ଚେଲେଞ୍ଜ କରୁଛୁ? ମୁଁ ତୋର କି ଅବସ୍ଥା କରୁଛି ଦେଖ୍ । ତୋ' ସିନ୍ଦୂରକୁ ଯଦି ପୋଛି ନଦେଇଛି ! ମୁଁ ସାଗର ପଟ୍ଟନାୟକ ନୁହେଁ, ଗୋଟେ ବାଷ୍ଟାର୍ଡ଼ ।" କଳା ଚଷମାଟା ଆଖିରେ ଦେଇ ଫେରି ପଡ଼ିଲା ଆଉ ତାପରେ ଗାଡ଼ି ଛୁଟାଇ ଚାଲିଗଲା ସାଗର ଧୂମକେତୁ ପରି !

ଚିତ୍କାର କରିଉଠିଲେ ଅନୁପମା ଓ ଚାନ୍ଦିନୀ । ପରସ୍ପରକୁ କୋଳାଗ୍ରତ କରି ଥରୁଥିଲେ ଭୟ ଆଉ ଆତଙ୍କର ଶିହରଣରେ ।

ଗେଟ୍ ସାମ୍ନାରେ ଅନୁରାଗଙ୍କ ଗାଡ଼ି ଆସି ବ୍ରେକ୍ ଦେଲା ।

॥ ୭୦ ॥

ଆଜି ଗୌରୀ ଓ ଝୁମୁରୀର ଜନ୍ମଦିନ ।

କେତେ ଯୁଗପରେ ଯେମିତି ଆଜି ଏ ଶୁଭଲଗ୍ନ ଆସିଛି ଏଇ ନିଃସଙ୍ଗ ନିବାସକୁ । ପିଲାପିଲିଙ୍କ କୋଳାହଳ ନଥିଲେ କି ଘର ସେ ? ଜନ ଥାଇ ସେ ନିର୍ଜନ; ସଂଗ ଥାଇ ସେ ନିସଂଗ ।

ପ୍ରଫେସର ପଡ଼ାର ସେହି ନୀଳକୋଠି-ରୁଦ୍ର ନିବାସ । ସେଠି ଆଗର ସେ ରୌଦ୍ରତା ନାହିଁ । ଗୃହ ଆଜି ପୂରି ଉଠୁଛି ଗହଳ ଚହଳ ଆନନ୍ଦ କୋଳାହଳରେ । ଯାଆଁଳା ଦୁଇ ଝିଅଙ୍କର ପ୍ରଥମ ଜନ୍ମ ଉତ୍ସବ, ସତର ବର୍ଷ ପରେ ।

ପ୍ରାସାଦଟି ସଜେଇ ହେଇଛି ରଂଗୀନ ଆଲୋକମାଳାରେ ରାଣୀ ପରି ! ଫୁଲର ଗଜରାରେ ସୁସଜ୍ଜିତ ମହମହ ଉତ୍ସବ ମଞ୍ଚ । ଶୂନ୍ୟ ପୁରୀରେ ଆଜି ଆନନ୍ଦର ଉଲ୍ଲାସ । ପାଦ ଆଉ ସ୍ଥିର ହେଉନି ରୁଦ୍ରଙ୍କର । ପାଟିରୁ ଖଇ ଫୁଟୁଛି- "ଆଲୋ ଝୁମୁରୀ, ଗୌରୀ, ସମରା, ଗୌର ! ଆଗୋ ପ୍ରିୟମ୍ବଦା, ଝିଅ ମାନଙ୍କର ସାଜ ସରିଲାନା ନାହିଁ ? ଗେଷ୍ଟ୍‌ମାନେ ଏବେ ଆସି ପହଂଚି ଯିବେ ଯେ ? ଆରେ ଗୌର, ସମରା-କୁଆଡ଼େ ଗଲ, ଶୁଣ, ଏଠିକି ଆସ ।"

– "ଆମକୁ ଡାକୁଥିଲେ ବାପା ?" ପ୍ରଶ୍ନକଲା ଗୌର ।

– "ଆରେ ଭୋଜିଭାତର ପ୍ରସ୍ତୁତି ସରିଲାଣି କି ନାହିଁ ?"

ଗୌର ଜବାବ ରଖିଲା - "ସବୁ ସରି ଯାଇଛି । ଆପଣ ଜମା ଟେନ୍‌ସନ୍ ନିଅନ୍ତୁ ନାହିଁ । ଫେର୍ ଯଦି ପ୍ରେସର ବଢ଼ିଯିବ..!"

– "ଇଏସ୍, ଠିକ୍ କହିଚୁ । ବୟସ ହେଲାଣି ତ ! ଏ ପ୍ରେସରଟା ସ୍ଥିର ରହୁନି । ଆଉ ମୁଁ ବ୍ୟସ୍ତ ହେବିନି । ଏଇଠି ସ୍ଥିର ହେଇ, ଏଇ ଦେଖ ମୁଁ ବସିଗଲି । ବସି ପଡ଼ିଲେ ଚେୟାର ଉପରେ । ତମେମାନେ ଯାଅ, ଦେଖ ଗୌରୀ-ଝୁମୁରୀ ରେଡି ହେଲେଣି କି ନାହିଁ ।"

– "ଯାଉଛୁ ବାପା !" ଚାଲିଯାଉଥିଲେ ଗୌର ଓ ସମରା ।

– "ନାଇଁ, ନାଇଁ, ତମ ଦେଇ ହବନି । ତମେ ଏଠି ଗେଷ୍ଟଙ୍କୁ ରିସିଭ କର । ମୁଁ ଯାଏଁ ଦେଖେଁ । ଆଲୋ ଝୁମୁରୀ, ଗୌରୀ !"

ଡାକି ଡାକି ଉଠିଗଲେ ପାହାଚ ପରେ ପାହାଚ ଅତିକ୍ରମ କରି ଅପ୍‌ଷ୍ଟେୟାରକୁ ଦ୍ରୁତ ପଦକ୍ଷେପରେ ରୁଦ୍ରପ୍ରତାପ ।

– "ଆରେ ସମରା, ତୁ ସେ ପଟେ ଦେଖ; ମୁଁ ଏ ଆଡ଼େ ଦେଖୁଚି ।" ଚାଲିଗଲେ ଉଭୟ ଭିନ୍ନ ଭିନ୍ନ ଦିଗରେ ।

ଗେଷ୍ଟମାନେ ଜଣ ଜଣ କରି ଆସୁଥିଲେ । ଗୌର ସେମାନଙ୍କୁ ପାଛୋଟି ଆଣିବା କାର୍ଯ୍ୟରେ ବ୍ୟସ୍ତଥିଲା । କ୍ରମଶଃ ପରିବେଶ କୋଳାହଳମୟ ହେଇ ଉଠୁଥିଲା ।

ଭିଡ଼ ଭିତରେ ଆସି ଉଭାହେଲେ ଛଦ୍ମବେଶରେ ଅନୁପମ । ମୁହଁରେ ଅଳ୍ପ ଦାଢ଼ି । ମୁଣ୍ଡରେ ଫୁରୁଫୁରୁ ଅଲରା କେଶ । ଦେହରେ ପୁରୁଣା ପୁରାପେଣ୍ଟ ଆଉ ଫଟା ପଞ୍ଜାବୀ । ଯେମିତି ଅର୍ଦ୍ଧ ପାଗଳଟାଏ !

ଛିଡ଼ା ହୋଇଥିଲେ ଭିଡ଼ଠୁ ଛାଡ଼ି କିଛି ଦୂରରେ । ଚାହିଁ ରହିଥିଲେ ଚକିତ ଚକ୍ଷୁରେ ସାରା ଘରଟାକୁ । ଏଇ ତାଙ୍କରି ଘର, କି ସୁନ୍ଦର ଲାଗୁଛି ଆଜି । ଯେମିତି ରାଜମହଲର ରାଣୀହଂସ ପୁରଟିଏ ।

ପାଞ୍ଚବର୍ଷ ହେଇଗଲାଣି । ଘର ଛାଡ଼ି ଚାଲି ଯାଇଥିଲେ ଗୋଟେ ଅଭିମାନରେ । କଟକରୁ କୋଣାର୍କ, ତା'ପରେ ନିରୁଦ୍ଦିଷ୍ଟ । ତାଡି ରୁଦ୍ରପ୍ରତାପଙ୍କର କଠୋର ବ୍ୟବହାର ସେଦିନ ତାଙ୍କୁ ଅତିଷ୍ଠ କରି ଦେଇଥିଲା । ଭାରି ଅହଂକାରୀ ସେ । ଜମା ପସନ୍ଦ କରୁନଥିଲେ । ଭାବିଥିଲେ ସେ ବି ତାଙ୍କ ଭଳି ପ୍ରଫେସରଟାଏ ହେଉ । କିଂତୁ ନିବେଦିତାଙ୍କ ପ୍ରେସର ଓ ପ୍ରୋତ୍ସାହନ ପାଇଁ ଆଇ.ପି.ଏସ. ପରୀକ୍ଷା ଦେବାକୁ ବାଧ୍ୟହେଲେ । ସଫଳ ହେଲେ ବି । ଏଇଟାକୁ ସେ ଆଦୌ ଟଲରେଟ୍ କରିପାରିଲେନି । ଏଣୁ ବଚସା, ବିଦ୍ରୋହ, ଅଶାଂତି । ସେ ତାଙ୍କର ନିଜ ପୁଅ ନଥିଲେ । ପ୍ରକୃତ ବାବା ଥିଲେ ଅମରେନ୍ଦ୍ର ଦାସ ପଟ୍ଟନାୟକ । ଏକ ସିରିୟସ୍ ରୋଡ଼ ଆକ୍‌ସିଡେଣ୍ଟରେ ତାଙ୍କର ଅକାଳ ମୃତ୍ୟୁ ହେଇଗଲା । ମା' ଅଭାଗିନୀ ଅସହାୟା ହୋଇ ପଡ଼ିଲା । ରୁଦ୍ର ଥିଲେ ତାଙ୍କର ମଉସା । ପିଲା ଦିଟାକୁ ଜନ୍ମ ଦେଇ ଅନସୂୟା ମାଉସୀ ଆଖି ବୁଜିଦେବା ପରେ ମଉସା ଏକା ହୋଇଗଲେ । ବାଧ୍ୟ ହୋଇ ବିଚାରୀ ମା' ଛୋଟ ପୁଅକୁ ଧରି ଆସି ଆଶ୍ରୟ ନେଲା ଏଇଠି । ଏଇ ରୁଦ୍ର ନିବାସରେ । ସେତେବେଳେ ଅନୁପମଙ୍କର ବୟସ ମାତ୍ର ବାର ବର୍ଷ ।

ଆଜି ଏହି ସେହିଘର ଦିନେ ଯେଉଁଠି ସଦାବେଳେ ଖାଁ-ଖାଁ ଲାଗୁଥିଲା, ବେଳେବେଳେ ଶୁଭୁଥିଲା ରୁଦ୍ରରୂପୀ ବ୍ୟାଘ୍ରର ଗର୍ଜନ । ଆଜି ସେଇଠି ସେଇ ଘର-

ଅଗଣାରେ ଆନନ୍ଦ ଉତ୍ସବର ପରିବେଶ । ଖୁସିର ବନ୍ୟା ବହୁଛି । ମମତାର ବାଦଲଫଟା ବର୍ଷାରେ ଯେମିତି ଧୋଇହେଇ ଯାଇଛି ଯେତେ କ୍ରୂରତା । ସତରେ ସାର୍ଥକ ସେହି ଉକ୍ତି–

"ବୈକୁଣ୍ଠ ସମାନ ଆହା ଅଟେ ସେହି ଘର
ପରସ୍ପର ସ୍ନେହ ଯହିଁ ଥାଏ ନିରନ୍ତର ।"

ଅନୁପମ ଭାବି ଚାଲିଛନ୍ତି, ଠିଆ ହୋଇଛନ୍ତି ସେଇଠି ସେମିତି ସେତେବେଳୁଁ । ପାଗଳଟେ ଭାବି କାହାରି ନଜର ପଡ଼ି ମଧ୍ୟ ପଡୁନି ତାଙ୍କ ଉପରେ । ସେ ନର୍ବିକାର ! କାହିଁକି ବା ଦାବିକରିବେ ଆତିଥ୍ୟ । ସେ'ତ ଲୁଚି ଲୁଚି ଆସିଛନ୍ତି ଆଖି ପୂରେଇ ଥରେ ଦେଖିବାକୁ ତାଙ୍କ ସୁନା ଭଉଣୀମାନଙ୍କୁ । କେହି ଯଦି ଜାଣିବ ସେ ଜଣେ ଛଦ୍ମବେଶୀ ଫେରାର୍ ଆସାମୀ, ତେବେ ସବୁ ଗୋଳମାଳ ହେଇଯିବ । ଠପ୍ ହେଇଯିବ ତାଙ୍କର ଏ ଛଦ୍ମ ଅଭିଯାନ । ସେ'ବି ଜାଣନ୍ତିନି କାହିଁକି ଏ ଯାତ୍ରା, ଏ ଅଭିଯାନ କେବେ କେଉଁଠି ତା'ର ପୂର୍ଣ୍ଣଛେଦ !

ମଞ୍ଚ ସୁସଜ୍ଜିତ । କେକ୍, କେଣ୍ଡଲ ପ୍ରସ୍ତୁତ । ବେଲୁନମାନେ ପବନରେ ପହଁରି ବୁଲିବାକୁ ବ୍ୟଗ୍ର । ଗେଷ୍ଟମାନେ ଯଥା ସ୍ଥାନରେ ଉପବିଷ୍ଟ । ପ୍ରତୀକ୍ଷା ବାର୍ଥଡେର ବିଶେଷ ଆକର୍ଷଣକୁ । ଝୁମୁରୀ ଆଉ ଗୌରୀ ।

ଏଣେ ରୁଦ୍ରପ୍ରତାପ ଡାକ ପକେଇ ଆସିଲେ–

– "ଆଗୋ ପ୍ରିୟମ୍ବଦା, ସବୁ ରେଡି ତ ? ଗୌର, ସମରା, ଆରେ– କେକ୍–କେଣ୍ଡଲ ଆସିଲା ନା ନାହିଁ ? ବେଲୁନ ସଜା ସରିଲା କି ନାହିଁ ? ଆଲୋ ଗୌରୀ–ଝୁମୁରୀ, କୁଆଡ଼େ ଗଲ ? ଝୁମୁରୀ ସଜେଇହେଇ ବାହାରି ଆସିଲା, ପଚାରିଲା–

– "କେକ୍, କେଣ୍ଡଲ କ'ଣ ହେବ ବାବା ?"

– "ଆଲୋ ହୁଣ୍ଡୀ, ଜନ୍ମଦିନରେ ପରା କେଣ୍ଡଲ ଲିଭେଇ କେକ୍ କାଟି 'ହେପି ବାର୍ଥ ଡେ ଟୁ ଇଉ..ଟୁ ଇଉ' ଗୀତ ଗାଇ ବାର୍ଥ ଡେ ସେରିମନି ପାଳନ କରାଯାଏ । ଏଇଟା ମଡର୍ଣ୍ଣ ସଭ୍ୟତାର ନମୁନା ବୁଝିଲୁ ?"

– "ନାଇଁ ବାବା, ସେମିତି ହେଇ ପାରିବନି ।"

– "ହୋଇ ପାରିବନି, କ'ଣ ତୁ କହୁଚୁ ?"

– "ମୁଁ କହୁନି ବାବା, ନାନୀ କହୁଚି, ନାନୀ, ମୋ' ଦେଇ ! ସେ କହିଚି–କେକ୍ କଟାଯିବନି । ସେଥିପାଇଁ ନାନୀ ପୋଡ଼ପିଠା, ଆରିଷା, କାକରା, ଲୁଚି କେତେକଣ ତିଆରି କରି ରଖିଚି ।"

– "ସତେ ! ଆଉ କ'ଣ କହିଛି ତୋ' ନାନୀ ?"

– "ନାନୀ କହୁଥିଲା କେଣ୍ଡଲ ଲିଭେଇକରି ନୁହେଁ, ଦିଅଁଙ୍କ ପାଖରେ ଦୀପ ଜାଳିବ। ଧୂପ ଆଳତି କରିବ। କହୁଥିଲା- 'ଜୀବନ ପରା ଗୋଟେ ଆଲୁଅ। ତାକୁ ଲିଭେଇ ନୁହେଁ ଜଳେଇ ରଖିବାକୁ ହବ।' ଦେଖ ବାବା, ସେ ଇଁଗଲିସି ଗୀତଗୁଡ଼ା କେହି ଜମା ଗାଇବେନି ଯେପରି।"

– "ହାଃ-ହାଃ-ହାଃ...ଆରେ ବାଃ! ମୋ' ଗୌରୀ ମୁଣ୍ଡରେ ଏତେ ବୁଦ୍ଧି! ମାନିଗଲି, ବାପ୍ ସେ ବେଟା ଜ୍ୟାଦା। ମୁଁ ତମ ମାନଙ୍କର ପସନ୍ଦକୁ ତାରିଫ୍ କରୁଛି। ଯାହା ତମ ଇଚ୍ଛା ତହାହିଁ ହେବ। ଆଜି ଠାରୁ ରୁଦ୍ର ପ୍ରତାପର ଘରେ ଆଉ ମଡର୍ଣ୍ଣ ସଭ୍ୟତା ନାଆଁରେ ଫରେନ୍ ପଲିସି ଚାଲିବନି। ଏଠି ଚାଲିବ ଖାଣ୍ଟି ସ୍ୱଦେଶୀ-ନୀତି, ରୀତି ଆଉ ସଂସ୍କୃତିର ରାଜ୍! ଆଗୋ ପ୍ରିୟମ୍ବଦା, ଶୁଣୁଛ ଶୁଣୁଛ, ତୁମ ଝିଅମାନଙ୍କର କେଡ଼େ ମହାନ୍ ଭାବଧାରା। ଏଇ ଭାବକୁ ଯଦି ସବୁ ବାପା-ମା' ମାନେ ବୁଝିଯାନ୍ତେ, ଛାଡ଼! ମୋରି ପରି ସବୁଗୁଡ଼ାକ ପାଗଳ-ଗୋଟେ ଅପସଂସ୍କୃତି ଆଉ ଉଭଟ ସଭ୍ୟତା ପ୍ରେମରେ।"

ଗୌର ଆସି ଖବର ଦେଲା- "ବାପା, ଗେଷ୍ଟ୍‌ମାନେ ସମସ୍ତେ ଆସି ଗଲେଣି। ଆପଣଙ୍କୁ ଡାକୁଛନ୍ତି।"

– "ଆରେ ହଁ ତ, ମୁଁ ଭୁଲି ଯାଇଥିଲି ସେ କଥା। ଚାଲ୍ ଚାଲ୍। ମା' ଝୁମୁରୀ, ତୋ' ନାନୀକୁ ଧରି ଶୀଘ୍ର ଆସି ହାଜର ହୁଅ ମଞ୍ଚରେ।" ଗୌର ସାଥିରେ ତଳକୁ ଓହ୍ଲେଇ ଆସିଲେ ରୁଦ୍ର ପ୍ରତାପ।

ଗୌରୀର ମନ ମୁତାବକ ରୁଦ୍ରଙ୍କ ନିର୍ଦ୍ଦେଶରେ ବଦଳିଗଲା ମଞ୍ଚରୂପ। ବେଲୁନ କାଢ଼ି ସଜେଇ ଦିଆଗଲା ଗୋଲାପ, ଗେଣ୍ଡୁ ଆଦି ନାନାଜାତି ସଜଫୁଲର ହାର ଆଉ ତୋଡ଼ାରେ। କୁଳଦେବତା ଜଗନ୍ନାଥଙ୍କ ଫୋଟ ଯଥା ସ୍ଥାନରେ ବିଦ୍ୟମାନ ହେଲେ। ଟେବୁଲ ଉପରୁ କେକ୍ ଆଉ କେଣ୍ଡଲ ଟ୍ରେ ହଟେଇ ନିଆଯାଇ, ଆଣି ସଜେଇ ଦିଆଗଲା ନାନା ପ୍ରକାର ଦେଶୀ ପ୍ରସ୍ତୁତ ପିଠା-ମିଠା ଇତ୍ୟାଦିର ପସରା। ପ୍ରଭୁଙ୍କ ସାମ୍ନାରେ ଥୋଇ ଦିଆଗଲା ଦୀପ ଦଣ୍ଡଟାଏ। ମଞ୍ଚ ତଳେ ଝୁଲୁଥିଲା ଫୁଲର ଝୁଲଣା।

ଅତିଥିମାନଙ୍କ ମଧ୍ୟରୁ କେତେକ କିଛି ବି ବୁଝି ପାରୁନଥିଲେ-ଏଠି ସତରେ ହେଉଛି କ'ଣ? ସଂସ୍କୃତି ସଚେତନ ସ୍ୱଦେଶୀ ପ୍ରାଣର ପୁରୁଖା ବ୍ୟକ୍ତିମାନେ ମନେ ମନେ କହି ହେଉଥିଲେ "ବାଃ, ଏଇଟାହିଁ ଠିକ୍ ପରଂପରା। ଯାହା ହେଉଛି ଠିକ୍ ହେଉଛି।" ଆଉ କେତେକେ ବୋକାଙ୍କ ପରି ଚାହିଁ ରହିଥିଲେ ଆଁ କରି।

ସବୁରି ଦୃଷ୍ଟିରେ ଚମକ ଖେଳାଇ ମଞ୍ଚରେ ଆବିର୍ଭୂତା ହେଲେ ଗୌରୀ ଓ ଝୁମୁରୀ। ଝିଲିମିଲି ଜରିପୋଷାକରେ ଚହଟିଉଠୁଥିଲେ ଦୁଇ ଅପ୍ସରୀ ପରି ସେମାନେ। ଅତିଥିଗଣଙ୍କୁ

ନମ୍ର ପ୍ରଣାମ ଜଣାଇ ଦୁଇ ପାର୍ଶ୍ୱରୁ ବସିଗଲେ ଦୁଇ ଭଉଣୀ । ଜଣେ ଜାଳିଦେଲା ଦୀପ, ଆଉ ଜଣେ ଧୂପ । ପ୍ରିୟମ୍ବଦା ଫୁଙ୍କିଦେଲେ ଶଙ୍ଖଟାଏ । ଦୁଇ ଭଉଣୀ ଦୀପ ଆଳତି ଧରି ମହାପ୍ରଭୁଙ୍କୁ ଆରତି କରୁଥିଲାବେଳେ ବାଜି ଉଠିଲା ଯନ୍ତ୍ର ସଙ୍ଗୀତ । ଉଚ୍ଚାରିତ ହେଲା ଜଗନ୍ନାଥାଷ୍ଟକମ । 'କାଳିନ୍ଦୀତଟ ବିପିନସଂଗୀତକରବୋ, ମୁଦାଭିରିନାରୀ ବଦନକମଳାସ୍ୱାଦମଧୁପଃ' ଇତ୍ୟାଦି । ଗୌର ଘଣ୍ଟା ପିଟୁଥିଲା, ସମରା ବଜାଉଥିଲା ମହୁରୀ । ମିଷ୍ଟାନ୍ନ ଭୋଗ ଅର୍ଘ୍ୟ ନିବେଦନ ଅନ୍ତେ ମହାପ୍ରଭୁଙ୍କୁ ପ୍ରଣାମ ବାଢ଼ିଦେଇ ମଞ୍ଚରେ ଉପସ୍ଥିତ ବାବା-ମା'ଙ୍କ ପାଦତଳେ ଜୁହାରକଲେ ଗୌରୀ-ଝୁମୁରୀ । ତାପରେ ସମସ୍ତ ଅତିଥି ବୃନ୍ଦଙ୍କ ଉଦ୍ଦେଶ୍ୟରେ ପୁଣି ଥରେ ନମ୍ର ପ୍ରଣତି ।

ଉପସ୍ଥିତ ଅତିଥିବୃନ୍ଦଙ୍କ ଗହଣରୁ ତାଳି ଉଠିଲା । ଏକ ସ୍ୱରରେ ଆଶିଷ ଅଜାଡ଼ି ଦେଇ କହିଉଠିଲେ- 'ଆୟୁଷ୍ମତୀ ହୁଅ, ସୌଭାଗ୍ୟବତୀ ହୁଅ ଝିଅ ।'

ରୁଦ୍ର ମୁହଁ ଖୋଲିଲେ । "ପ୍ରିୟ ବଂଧୁଗଣ, ଆଜି ଆପଣମାନେ ଭାବୁଥିବେ-ଏ କି ପ୍ରକାର ବାର୍ଥ ଡେ ସେରିମନି- ସେଲିବ୍ରେସନ । କେଣ୍ଡଲ ଲିଭାଗଲା ନାହିଁ, କେକ୍ କଟାଗଲା ନାହିଁ, ବେଲୁନ ଫୁଟାଗଲା ନାହିଁ । କଟାକେକ୍ ମୁହଁରୁ ମୁହଁକୁ ଖିଆ ଖିଇ ହେଲାନି, ହେଲା କ'ଣ ? ପ୍ରଫେସର ରୁଦ୍ରପ୍ରତାପଙ୍କ ଘରେ ସଭ୍ୟତାର ଏ'କି ବ୍ୟତିକ୍ରମ, ବିରୋଧାଭାସ ? ଶୁଣି ଖୁସିହେବେ କି ଦୁଃଖ କରିବେ ଜାଣିନି । ଏସବୁ ମୋ' ଝିଅମାନଙ୍କ ଖୁସି ପାଇଁ କରିଛି । ଏମାନଙ୍କର ଏକା ଜିଦ୍ - ଆମ ଜନ୍ମଦିନ ଆମ ଦେଶୀ ପରଂପରାରେ ହେବା ଦରକାର । ସେଥିପାଇଁତ ପ୍ରଭୁ ଜଗନ୍ନାଥ ସ୍ୱୟଂ କାଳିଆ ସାଆନ୍ତ- ଆମ ଜାତିର ମହନ୍ତ-ମୁରବୀ ଆଜି ଆପଣମାନଙ୍କ ସାମ୍ନାରେ ସାକ୍ଷାତ ଏଠି ବିରାଜମାନ । କେଣ୍ଡଲ ବଦଳରେ ଦୀପ ପ୍ରଜ୍ୱଳିତ । କେକ୍ ବଦଳରେ ଦେଶୀ ପୋଡ଼ପିଠା, ଆରିଷା, ଖିରି, ଲୁଚି, ମିଷ୍ଟାନ୍ନ ଇତ୍ୟାଦିର ପସରା ଅର୍ଘ୍ୟରୂପେ ସମର୍ପିତ । ଇଂରାଜୀର ରାଇମ୍ ନୁହେଁ, ଶୁଣିଲେତ ପ୍ରଭୁ ଜଗନ୍ନାଥଙ୍କର ଅଷ୍ଟକମ୍ । କରୋନା ଶିଖେଇଛି-କାହାରି ଉଚ୍ଛିଷ୍ଟ ଭକ୍ଷଣ କେବେବି ମାରାତ୍ମକ ହୋଇପାରେ । ଏଥିପାଇଁ ତ ଆମ କୌଳିକ ପରଂପରା ସଦା ଏ ବଦଭ୍ୟାସକୁ ବାରଣ କରିଆସିଛି । ଏହି ବ୍ୟତିକ୍ରମରେ କାହାରି ଯଦି କିଛି ଆପତ୍ତି ଥାଏ, ନିଜ ଗୁଣରେ କ୍ଷମାଦେବେ । ମୁଁ ଆହ୍ୱାନ କରୁଛି-ସବୁ ବାପା-ମା' ଗୋଟେ ମୃତ୍ୟୁସେବୀ ସଭ୍ୟତାର ଅନ୍ଧାନୁସରଣ ନକରି ଆମର ଅମୃତମୟ ଉଜ୍ଜ୍ୱଳ ସଂସ୍କୃତିକୁ ଉଜାଗର କରାନ୍ତୁ । ଜୟ ଜଗନ୍ନାଥ... !"

ପୁନର୍ବାର ତାଳି ଉଠିଲା । ସମବେତ କଂଠରୁ ଉଚ୍ଚାରିତ ହେଲା 'ଜୟ ଜଗନ୍ନାଥ' । ପରେ ପରେ ଅତିଥିମାନେ ମଞ୍ଚକୁ ଜଣଜଣକରି ଆଗେଇ ଆସୁଥିଲେ । ଝିଅମାନଙ୍କ ହସ୍ତରେ ଉପହାର ଧରାଇ ପ୍ରଭୁଙ୍କୁ ପ୍ରଣାମ କରି ଯାଉଥିଲେ । ତତ୍‌ପରେ ଗୌରୀ ଓ

ଝୁମୁରୀ ମିଷ୍ଟାନ୍ନ ଭୋଗଥାଳି ଧରି ମଞ୍ଚ ତଳକୁ ଓହ୍ଲାଇଲେ । ଅତିଥିଗଣଙ୍କ ହସ୍ତରେ ଭୋଗ ପ୍ରସାଦ ବଣ୍ଟନ କଲେ । ଭୋଗପାଇ ଅତିଥିମାନେ ଆଗେଇ ଯାଉଥିଲେ ଆମନ୍ତ୍ରଣ କ୍ରମେ ଡାଏନିଂ ହଲକୁ । କ୍ରମେ ଭିଡ଼ ପତଳା ହେଇ ଆସୁଥିଲା ।

ହଠାତ୍ ଗୌରୀର ନଜର ପଡ଼ିଲା କିଛି ଦୂରରେ ଏକାଟିଆ ଛିଡ଼ା ହୋଇ ଅପଲକ ଦୃଷ୍ଟିରେ ଚାହିଁ ରହିଥିବା ସେହି ଅର୍ଦ୍ଧପାଗଳ ଉପରେ । ଗୌରୀ ଚାଲିଲା ମିଠା ଥାଳିଟାକୁ ଧରି ତାଙ୍କରି ଆଡ଼କୁ । ପଛେ ପଛେ ଝୁମୁରୀ ।

ଏମାନଙ୍କୁ ଆସୁଥିବାର ଦେଖି ବିଚଳିତ ହେଇଉଠିଲେ ଅନୁପମ । କିଛି ସ୍ଥିର କରିପାରିଲେନି ଏବେ କ'ଣ କରିବେ ? ଭଉଣୀ ତା'ର ଆସୁଛି ଭାଇ ପାଖକୁ । ରକ୍ତ ଯେପରି ରକ୍ତକୁ ଟାଣୁଛି ! ମଞ୍ଚରେ ବସି ମାୟା ଲଗେଇଛି କାଳିଆ ।

ଫେରିପଡୁଥଲେ ଅନୁପମ । ଗୌରୀ ଧରିନେଲା ଅନୁପମଙ୍କ ହାତ । ଚାହିଁରହିଲେ ଅନୁପମ ତା' ମୁହଁକୁ । ମୁହଁ ହଲାଇ କହିଲା ଗୌରୀ-ନାଇଁ, ଆସ ! ଟାଣିଟାଣି ଘେନିଆସି ବସାଇଦେଲା ଚଉକି ଉପରେ । ବାଧ୍ୟ ପିଲାଟି ପରି ମାନି ଯାଉଥିଲେ ଗୌରୀର ଆଦେଶ । ଗୌରୀ ସିନା ଜାଣିନି, ସେତ ଚିହ୍ନୁଚି ତା' ଅଲିଅଳି ଭଉଣୀମାନଙ୍କୁ । ଅବାଧ୍ୟ ବା ହେବ କିପରି ?

ଅନୁପମ ବସିଛନ୍ତି ଚେୟାରରେ ମାଦଳା ଜଗନ୍ନାଥ ପରି- ଯେମିତି କାଠଟାଏ ! ଗୌରୀ ପାଦତଳେ ଆଣ୍ଠୁମାଡ଼ି ପ୍ରଣାମ କଲା । ତା' ଦେଖାଦେଖି ଝୁମୁରୀ ବି । ମିଠା ଖୁଆଇଦେଲାବେଳେ ଗର୍ଜିଉଠିଲେ ରୁଦ୍ରପ୍ରତାପ କିଛି ଦୂରରୁ- "ଗୌରୀ, ତୁ ଏ କ'ଣ କରୁଛୁ ? ଆଲୋ, ସେ ଯେ ଗୋଟେ ପାଗଳ !" ଗୌରୀ ନମ୍ରତାର ସହ କହିଲା -

– "ନାଇଁ ବାବା । ପାଗଳମାନେ କ'ଣ ମଣିଷ ନୁହଁନ୍ତି ? ସମସ୍ତେ ପରା ପ୍ରଭୁ ପରମେଶ୍ୱରଙ୍କର ସନ୍ତାନ । ଏ ପାଗଳ ନୁହନ୍ତି ବାବା ! ଥରେ ତାଙ୍କ ମୁହଁକୁ ଚାହିଁ ଦେଖିଲ, ସତେ ଯେପରି କାଳିଆ ସାଆନ୍ତ ଏଙ୍କରି ରୂପରେ ଶ୍ରୀକ୍ଷେତ୍ରର ରତ୍ନ ସିଂହାସନରୁ ଓହ୍ଲେଇ ଆସିଚନ୍ତି ଆମ୍ଭମାନଙ୍କୁ କଲ୍ୟାଣ କରିବା ପାଇଁ ! ତାଙ୍କ ମୁଖ ମଣ୍ଡଳରେ କିପରି ଦିବ୍ୟଜ୍ୟୋତି ଫୁଟିଉଠୁଚି ଦେଖୁଚ ବାବା !"

ରୁଦ୍ରପ୍ରତାପ ଗୌରୀର କଥାରେ ମୂକ ପାଲଟି ଯାଇଥିଲେ ।

ଗୌରୀ ମିଠାଟାଏ ଖୁଆଇ ଦେଲାବେଳେ ଅନୁପମ ମୁହଁ ବୁଲେଇ ନେଉଥିଲେ । ଗୌରୀର ତାଗିଦ୍- "ନାଇଁ, ତମେ ଖାଇବ । ତମ ସୁଭଦ୍ରା ଭଉଣୀ ହାତରୁ ଖାଇବନି ଭାଇ ?"

ନିର୍ବାକ୍ ଅନୁପମ ଆଁ କରିଦେଲେ । ଗୌରୀ ଖୁଆଇ ଦେଲା ମିଠାଟାଏ । ଏଥର ଝୁମୁରୀର ପାଳି । ଆଗେଇ ଆସିଲା ଝୁମୁରୀ ଅନୁପମଙ୍କ ସାମ୍ନାକୁ ଗୌରୀକୁ ଠେଲିଦେଇ ।

ଅନୁପମ ଉଠିବାକୁ ଉଦ୍ୟତ ହେଉଥିଲାବେଳେ- "ରୁହ, ବସ ! ମୋ' ନାନୀ ହାତରୁ ମିଠା ଖାଇଲ, ମୁଁ କ'ଣ ତମର ଭଉଣୀ ନୁହଁ ? ହେଇ ପାରିବନି । ନାନୀ ହାତରୁ ଗୋଟିଏ ଖାଇଛ । ମୁଁ ତମ ସାନ ଭଉଣୀ, ଦୁଇଟା ତ ଖାଇବାକୁ ପଡ଼ିବ । ଆଁ କର....ଆଁ, ଗୋଟେ, ଦିଟା...। ଏଥର ହେଲା !" ଦୁଇଟି ମିଠା ଖୁଆଇଦେଇ ଝୁମୁରୀ କହିଲା, "ତମେ ପରା ବଡ଼ଖିଆ ବଡ଼ ଠାକୁର ମୋ' ଜଗାଭାଇ ! ନାନୀ, ମୁଁ କ'ଣ ଭୁଲ କହିଲି ?"

– "ନାଇଁଲୋ, ପୂରା ଠିକ୍ କହିଲୁ ! ତୋ' ପରି ଆଉ କିଏ କହିପାରିବ ?" ଛଳଛଳ ହେଇଉଠିଲା ଅନୁପମଙ୍କର ଆଖି ଦୁଇ । ଯେମିତି ଲୁହ ହେଇ ବୁକୁତଳୁ ମମତାର ଉଜାଣି ଉଠୁଛି ! ବ୍ୟାକୁଳ ହେଇ ଉଠିଲା ପ୍ରାଣ-ଦୁଇ ବାହୁରେ ତା' ଦୁଇ ଗେହ୍ଲୀ ଭଉଣୀଙ୍କୁ ଥରେ ସ୍ନେହରେ ଛାତିରେ ଭିଡ଼ି ଧରନ୍ତା କି ! ନାନା, ଏ କି ପ୍ରବଣତା ? ସେ ଯେ ଗୋଟେ ଫେରାର୍ ଆସାମୀ । ତା' ପଛରେ ୱାରେଣ୍ଟ୍ ଘୂରିବୁଲୁଛି । ଇଏସ୍, ଏବେ ତାର ପରିଚୟ ସେ ପାଗଳ, ଗୋଟେ ପାଗଳ !

– "ହାଃ-ହାଃ-ହାଃ... !" ହଠାତ୍ ହସି ଉଠିଲେ ଅନୁପମ ।

ଗୌରୀ, ଝୁମୁରୀ ଦୁଇ ପାର୍ଶ୍ୱରୁ ଧରି ହଲାଇଦେଇ- "ଭାଇ !"

– "ଏଁ, ହଁ, ମୋ' ସୁନା ଭଉଣୀ, ଭଲରେ ଥାଅ ।" ଦୁଇଜଣଙ୍କ ମଥାରେ ହାତ ରଖି...ମୁଁ ଆସୁଛି ।" ପ୍ରିୟମ୍ୱଦା ବାୟାଣୀଙ୍କ ପରି ଧାଇଁ ଆସିଲେ–

– "କିଏ, କିଏ ଏଠି ହସୁଥିଲା । ମୋ' ପୁଅର ହସ ପରି ଶୁଭୁଥିଲା ମୋ' କାନକୁ । କାହିଁ ସେ ?" ଅନୁପମକୁ ଦେଖି-ମୁଗ୍ଧ ନେତ୍ରରେ ଚାହିଁ ରହିଲେ ଅନୁପମଙ୍କ ମୁଖମଣ୍ଡଳକୁ । ମା'ର ଆଖିକୁ କେହି କ'ଣ ଫାଙ୍କି ଦେଇ ଚାଲି ଯାଇ ପାରିବ ?

– "ନାଇଁ ! ମୁଁ ଗୋଟେ ପାଗଳ...ହାଃ...ହାଃ...ହାଃ... !"

ଝଡ଼ପରି ଛୁଟି ମିଳେଇଗଲା ସେ ପାଗଳ । ମିଳେଇଗଲା ରାତ୍ରିର ବହଳ ଅନ୍ଧକାର ଭିତରେ ଛାଇ ପରି ।

– "ଅନୁ !" ଚିତ୍କାର ସହ ତଳେ ପଡ଼ିଗଲେ ପ୍ରିୟମ୍ୱଦା ।

– "ମା', କ'ଣ ହେଲା ତମର ! ଉଠ !"

– "ମୋ' ପୁଅ ଆସିଥିଲା, ଚାଲିଗଲା ମା' !"

– ଝୁମୁରୀ, ଗୌରୀ କିଛି ଦୂର ଧାଇଁଗଲେ, ଯେତେ ଜୋରରେ କଂଠ ଫଟାଇ ଡାକ ଛାଡ଼ିଲେ- "ଭାଇ.... ! !"

ଦିଗନ୍ତ ଥରାଇ ସେ ଡାକର କରୁଣ ଶବ୍ଦ ପ୍ରତିଧ୍ୱନି ତୋଳୁଥିଲା ଦୂରଦୂର ଯାଏ । ଅଥର୍ବ ପରି ଛିଡ଼ାହେଇ ଚାହିଁ ରହିଥିଲେ ରୁଦ୍ରପ୍ରତାପ ।

॥ ୭୧ ॥

ଆଜି ସାବିତ୍ରୀ ବ୍ରତ । ଅନୁପମା ଆଖିରେ ଲୁହ ।

ବସି ବସି ଦୂର ଆକାଶକୁ ଚାହିଁ ନିରବ ଅଶ୍ରୁ ଝରାଉ ଥିଲା ସେ । ଯାହାପାଇଁ ତା'ର ଏ ଅଶ୍ରୁଳ ଅଭିସାର, କାହାନ୍ତି ସେ, କେତେ ଦୂରେ ? ? ସେଠି ମୋତେ ନଦେଖି କ'ଣ ଭାବୁଥିବେ ସେ, ସତରେ ମୋ' ଲାଗି ତାଙ୍କ ମନରେ କ'ଣ କିଛି ପ୍ରତିକ୍ରିୟା ସୃଷ୍ଟି ହେଉଥିବ ?

ମନଟା ଆଜି କାହିଁକି ଅସ୍ଥିର ହେଇ ଉଠୁଛି । ତାଙ୍କ ସାଥିରେ କିଛି ଅଘଟଣ ଘଟେଇ ନାହିଁ ତ ନିବେଦିତା । ହେ କାଳିଆ ସାଆନ୍ତ, ତାଙ୍କୁ ତୁମେ ହିଁ ସାହା, ତୁମେ ଭରସା ! ଉପରକୁ ହାତ ଯୋଡ଼ିଲା । ଆଖିରୁ ଝରି ଯାଉଥିଲା ଧାର ଧାର ଅଶ୍ରୁ ।

ଭକ୍ତର ଭଗବାନ, ଦୀନଦୁଃଖୀର ବଂଧୁ ସେ । ହୃଦୟ ଦେଇ ଡାକିଲେ ସାଥେ ସାଥେ ସେ ତାର ଜବାବ ଦିଅନ୍ତି । ଆଖିର ଲୁହ ପୋଛିବାକୁ ଯେମିତି ତାଙ୍କ ଅଦୃଶ୍ୟ ହାତ ଲମ୍ବି ଆସେ । ସେଥିପାଇଁତ ସେ ବଳିୟାର ଭୁଜ । ବଡ଼ ଠାକୁର । ଜଗତର ନାଥ ଜଗନ୍ନାଥ । ମୋ' ଆଖିର ଲୁହ ପୋଛିବା ପାଇଁ କ'ଣ ତାଙ୍କ ହାତ ଲମ୍ବି ଆସିବ? ଭାବୁଥିଲା ଅନୁପମା ଗଭୀର ଧ୍ୟାନମୁଦ୍ରାରେ ଥାଇ ।

– "ଅପା !" ପୃଷ୍ଠ ପଟରୁ ମୃଦୁ ସମ୍ବୋଧନ କଲା ଅନୁରାଗ ।

– "ଅନୁରାଗ !" ଭାବ ଭାଂଗିଗଲା ତା'ର ।

– "ମୁଁ ତୋର ମନକଥା, ବୁକୁବ୍ୟଥା ବୁଝିପାରୁଛି ଲୋ ଅପା । ଚିନ୍ତା କରନା । ତୋ' ପାଖରେ ତୋ' ଭାଇ ଅଛି । ଦେଖିବୁ ସବୁ କିଛି ଠିକ୍ କରିଦବ ।"

– "କ'ଣ ଆଉ ଠିକ୍ କରିବୁ ପାଗଳା ! ମୋ' କପାଳ ତ ଫାଟି ଯାଇଛି । ଏ ଫଟାକପାଳକୁ କ'ଣ ଯୋଡ଼ି ହେବ ?"

ମୌନ ରହିଲା ଅନୁରାଗ । କି ଉତ୍ତର ଦେବ ସେ ? ସତରେ ତା' କପାଳ ଫାଟି ଯାଇଛି । ଫଟେଇ ଦେଇଛି ସେହି ମାୟାବିନୀ ନାରୀ ।

କୋହଭରା କଣ୍ଠରେ କହିଲା ଅନୁପମା–

– "କିରେ, କହିଲୁନି ଯେ ? କ'ଣ ହୋଇଛି ? ତାଙ୍କର ସବୁ କୁଶଳତ ? ଯାଇଥିଲୁ ସେଠିକି । କାହିଁ ସେ ଖବର ମୋତେ କିଛି କହିନୁ ?"

କଥା ବୁଲେଇଲା ଅନୁରାଗ –

– "ହଁ, ଲୋ ଅପା, କହୁଥିଲି କଣ କି ଆଜି ପରା ସାବିତ୍ରୀବ୍ରତ । ଜାଣିଛୁ ଅପା, ତୋ' ଲାଗିନା କେଡ଼େ ସୁନ୍ଦର ପାଟଶାଢ଼ୀଟାଏ ଆଣି ଆସିଛି । ତୁ ଆଜି ବ୍ରତ କରିବୁ । ସଜେଇ ହବୁ ଠିକ୍ ମହାସତୀ ସାବିତ୍ରୀ ପରି ।" ସ୍ମିତ ହସଟାଏ ହସିଦେଲା ଅନୁପମା, ବ୍ୟଥାବୋଳା ।

– "ମୁଁ କରିବି ସାବିତ୍ରୀବ୍ରତ ? କାହାପାଇଁ-କାହାନ୍ତି ସେ ? ସେ ପରା ଗୋଟେ କାଳନାଗୁଣୀର ମାୟାଫାଶରେ ବନ୍ଧା ପଡ଼ିଛନ୍ତି ? କିଏ ତାଙ୍କୁ ମୁକୁଳେଇ ଆଣିବ ସେଠୁ ?"

– "ତୁ ଅଲବତ କରିବୁ । ଯଉଠି ଥିଲେ ବି ସେ ତୋରି ନା ? ଦେଖିବୁ ଅପା, ତୋ' ବ୍ରତର ଫଳ ନିଶ୍ଚିତ ଫଳିବ । କାଳିଆଠାକୁରଙ୍କ ଉପରେ ଭରସା ରଖ ! ଦେଖ୍ ତୁ ବ୍ରତ ନକଲେ ମୁଁ ରୁଷି ଯିବି । ଜଳସ୍ପର୍ଶ କରିବନି ।"

– "ଆଚ୍ଛା, ମୋ' ପାଇଁ ତୋର ଏତେ ଚିନ୍ତା ! ଆଉ ତାହା କଥା ?"

– "କାହା କଥା କହୁଚୁ, ଏଇ ଚାନ୍ଦିନୀ ?" କହିଲା ଅନୁରାଗ ।

– "କେତେଦିନ ଆଉ ଝିଅଟା ମୁହଁ ଶୁଖେଇ ବସିଥିବ ? ତା' ମନକଥା ତୁ କ'ଣ କେବେ ବୁଝିବାକୁ ଚେଷ୍ଟା କରିଛୁ ?"

– "ବୁଝୁଛି ଲୋ ଅପା ! ମୁଁ ପରା ପ୍ରତିଜ୍ଞା କରିଛି, ଯେତେଦିନ ତୋ' ହାତରେ ଅନୁପମ ଭାଇଙ୍କୁ ଆଣି ଛନ୍ଦି ନଦେଇଛି, ସେତେଦିନ ଯାଏ... !"

– "ଚୁପ୍‌କର । ସେ କଥା ହେଇ ପାରିବନି । ତୁ ଆଜି ମୋ' ସାଂଗରେ ମନ୍ଦିର ଯିବୁ । ମା' ଠାକୁରାଣୀଙ୍କ ସିନ୍ଦୂର ଆଣି ତୁ ଚାନ୍ଦିନୀ ସିନ୍ଥାରେ ପିନ୍ଧେଇ ଦବୁ । ତେବେଯାଇ ମୁଁ ମୋ ଭାଉଜ ସାଥିରେ ସାବିତ୍ରୀ ବ୍ରତ ପାଳିବି କହି ଦଉଛି ।"

– "ଅ...ପା !" କିଂକର୍ତ୍ତବ୍ୟବିମୂଢ଼ ହୋଇ ପଡ଼ିଲା ଅନୁରାଗ ।

ଜିଦ୍ ଧରି ମୁହଁ ବୁଲାଇ ନେଇ କହିଲା ଅନୁପମା- "ମୁଁ ଆଉ କିଛି ଶୁଣିବିନି ।"

ଚାନ୍ଦିନୀ ପଶିଆସିଲା କହି କହି- "କ'ଣ ଚାଲିଛି ଏଠି ଭାଇ -ଭଉଣୀଙ୍କ ଭିତରେ ?"

– "ନାଇଁ ସେ କିଛି ନୁହେଁ ଚାନ୍ଦିନୀ ।" ଜବାବ ରଖିଲା ଅନୁରାଗ ।

– "କିଛି ନୁହେଁ ମାନେ, କିଛି ତ ଅଛି ?" ଚାନ୍ଦିନୀର ପ୍ରଶ୍ନ ।

– "କହ, ତା' ପ୍ରଶ୍ନର ଜବାବ ଦେ ।" ତାଗିଦ୍ କଲା ଅନୁପମା । କହିଲା-

"ବୁଝିଲୁ ଆଜି ତୋ' କାନଧରି ମୁଁ ମନ୍ଦିର ନେଇଯିବି, ଆଉ ତୁ ଆଜି ଚାନ୍ଦିନୀ ମଥାରେ ସିନ୍ଦୂର ଦେବୁ ।"

– "ଓ, ଏଇ କଥା ! ଅପା, ତମେ ନା !"

– "ଆଲୋ, ଦେଖିଲୁ, ତୋ' ସିନ୍ଥାଟା କିପରି ଖାଲିଖାଲି ଲାଗୁଛି ।" ଅନୁରାଗ ପ୍ରତି - "ଆରେ ଅବୁଝା, ଦେଖ ! ତମେ ଆଜିକାଲିକା ପିଲା, କେମିତି ବୁଝିବ ସିନ୍ଦୂରର ମହତ । କିପରି ଶୁଝିବ ପ୍ରୀତିର ଋଣ ? ସ୍ୱାମୀ-ସ୍ତ୍ରୀ ଭିତରେ ଯଉ ପବିତ୍ରତା, ଯଉ ଭଲପାଇବା, ତାହା ତମ ଆଜି କାଲିକା, ଏଇ କ'ଣ ଟି କହୁଛ ସେ- 'ଲିଭ୍ ଇନ୍ ଟୁଗେଦର', ସେଥିରେ କୁଆଡୁ ଆସିବ ? ଆଜି ମନ ମେଳିଛି, କାଲି ଫାଟିଯିବ । ଯିଏ ଯାହା ବାଟରେ । ଇଏ କ'ଣ ଜୀବନ ? ଏଇଟା କ'ଣ ସ୍ୱାମୀ-ସ୍ତ୍ରୀର ସଂପର୍କ ? ଆରେ, ସେ ସମ୍ପର୍କ ତ ସାତ ଜନ୍ମର । ଆଲୋ ଚଗଲୀ, ପତି ପରା ପରମ ଦେବତା । ଇହ-ପରକାଳର ସାଥୀ ।"

– "ଅପା !" ଚାନ୍ଦିନୀ ଭାବପ୍ରବଣ ହେଇଉଠିଲା ଅପାର କଥା ଶୁଣି । ତା'ର ହୃଦୟର ନିଭୃତ କନ୍ଦରରୁ ଉଠିଲା କେମିତି ଗୋଟେ ବ୍ୟଥାର ଉଚ୍ଛଳ ଆବେଗ । ଛଳଛଳ ହେଇଉଠିଲା ଆଖି ।

ସବୁ କିଛି ଲକ୍ଷ୍ୟ କରୁଥିଲା ଅନୁରାଗ । ବୁଝାଇ କହିଲା-

– "କାନ୍ଦନା ଚାନ୍ଦିନୀ । ଅପାର କଥା ମୁଁ କାଟି ପାରିବିନି । ଆଜି ଆମର ବାହାଘର ହବ । ମନ୍ଦିରରେ । ମୁଁ ତୁମ ଶୂନ୍ୟ ସିନ୍ଥିରେ ପିନ୍ଧେଇ ଦେବି ସୁଆଗ ସିନ୍ଦୂର ।"

– "ସତ କହୁଚ ।" ଉତ୍କଣ୍ଠିତା ଚାନ୍ଦିନୀ ।

– "ପ୍ରମିଜ୍ । କହ ଅପା, ଏଥର ଖୁସି ତ !"

– "ଆରେ ପାଗଳା, ମୁଁ ଜାଣିଛି ମୋ' ଭାଇ ମୋ' କଥା କେବେ କାଟି ଯାଇ ପାରିବନି ।"

– "ତେବେ ଆଉ ଡେରି କାହିଁକି, ନଣନ୍ଦ-ଭାଉଜ ବାହାରିପଡ଼ ସଜ ହୋଇ । ମୁଁ ଆସୁଛି ।" ଚାଲିଗଲା ଅନୁରାଗ ।

– "ଅପା ?" ପ୍ରଶ୍ନିଳ ଦୃଷ୍ଟି ଚାନ୍ଦିନୀର ।

– "ହଁ ଲୋ ଆଜିପରା ସାବିତ୍ରୀବ୍ରତ । ତୋ' ଅନୁରାଗ ଲାଗି ତୁ କ'ଣ ବ୍ରତ ପାଳିବୁନି ?"

ଥମ୍ ଥମ୍ ହୋଇ ଉଠିଲା ଚାନ୍ଦିନୀର ମୁଖ । ଓଠରେ ଖେଳିଗଲା ସ୍ମିତ ହସର ରେଖାଟିଏ ।

XXX

ମା' ଠାକୁରାଣୀଙ୍କ ମନ୍ଦିରବେଢ଼ା ।

ସକାଳର ସୁନାଖରା ତରାଫୁଲ ପରି ବିଛେଇ ହୋଇ ପଡ଼ିଛି କୃଷ୍ଣଚୂଡ଼ାର ତରୁ ତଳ ଅଗଣାରେ । ପକ୍କା ଚାନ୍ଦିନୀ ଉପରେ ଶୋଇପଡ଼ିଛି କିଏ ଜଣେ ଅଜଣା ବାଟୋଇ ସେଠି । ଜୀବନର ଚଲାପଥରେ ଯେମିତି ଥକି ପଡ଼ିଛି ସେ । ଉଠିବାକୁ ହୁଏତ ବଳ କୁଳଉନି । ଅଳସ ଅବଶ ଅଂଗ । ସେ ଅନୁପମ ।

ଆଜି ପାଗଳ ନ ହେଇବି ସେ ପାଗଳ । ପାଗଳ ବେଶରେ ସେ ଜଣେ ଛଦ୍ମବେଶୀ, ଫେରାର୍ ଆସାମୀ । ତାକୁ ପୋଲିସ ଖୋଜୁଛି । ଘରୋଇ ବଳାତ୍କାର ହିଂସାର ଦଫା ଲାଗିଛି ତା' ଉପରେ । ସେହି କାଳନାଗୁଣୀ ନିବେଦିତାର ବିଷ ଦୃଷ୍ଟିରୁ ବର୍ତ୍ତିବାର ଆଉ କିଛି ଉପାୟ ନାହିଁ ତା' ପାଖରେ । କେତେବେଳେ ଯେ ଆସି ପୋଲିସ ଆରେଷ୍ଟ କରିନେବ, ସେହି ଭୟ ତାକୁ ବିଚଳିତ କରୁଛି । ପାଗଳ ସାଜି ଆଜି ଘୂରିବୁଲୁଛି ଲୁଚି ଲୁଚି ଚୋର ଭଳି ଏଠି ସେଠି । କେମିତି ଥରେ କେଉଁଠି ଭେଟ ହେଇଯିବ ତା' ପ୍ରାଣପ୍ରିୟା ସାଥିରେ । କାଳେ ସେ ବଂଚି ରହିଥିବ କେଉଁଠି ଆଶ୍ରୟ ପାଇ । ଏଇ ମନ୍ଦିର ବେଢ଼ା ହିଁ ତା'ଲାଗି ନିରାପଦ ସ୍ଥଳ । ଏଇଠି ସେ ଜଗି ରହିଛି କାଳେ ସେ ଆସିଯିବ, ତା' ପ୍ରାଣ ପ୍ରେୟସୀ ଅନୁପମା ।

ଏଇ ଆଶା ବିଶ୍ୱାସ ତାକୁ ଅଟକେଇ ରଖିଚି ।

ତା' ସାଥୀ ତାକୁ ମିଳିଗଲେ ଆଉ ରହିବନି । ସେ ଜାଣି ସାରିଛି ଏ ସମାଜ ଜଂଗଲଠୁ ଆହୁରି ଭୟଙ୍କର । ଏ ମଣିଷ ପଶୁଠୁ ଆହୁରି ମାରାତ୍ମକ-ହିଂସ୍ର । ହଁ-ସେ ଚାଲିଯିବ । ଏ ସମାଜ ଛାଡ଼ି ନୀଳପାହାଡ଼ର ସେପାରେ ସେହି ଯଉ ସବୁଜ ସୁନ୍ଦର ପୃଥିବୀଟା ପଡ଼ିଛି, ତାକୁ ଆଜି ହାତଠାରି ଡାକୁଛି । ଡାକୁଛି ବଣପକ୍ଷୀ, ଟିକି ଝରଣା, କୁନି ଠେକୁଆ, ହାତୀ-ବାଘ-ସିଂହ-ହରିଣ ସମସ୍ତେ । ସେମାନଙ୍କ ମାଝିରେ ସେ ମିତ ବସିବ । ଗଳାରେ ଗଳା ମିଳେଇବ । ସେଇତ ତା'ର ଆଦିଭୂମି । ସେଇମାନେ ତ ତା'ର ପ୍ରିୟ ପରିଜନ ।

ସେଇଠି ସେଇମାନଙ୍କ ମେଳରେ ଆଦିମ ମଣିଷ ପରି ସେ ଗଢ଼ିବ ଛୋଟିଆ ନୀଡ଼ଟିଏ । ରଚିବ ତା' ସୁଖର ନୂଆ ଦୁନିଆ । ଅନୁପମାର ହାତଧରି ସେ ବୁଲିବ ବଣ ସାରା । ନଥିବ ଭୟ, ନଥିବ ଆତଙ୍କ । ଥିବ ଖାଲି ପ୍ରେମ ଆଉ ପ୍ରେମ; ଶାଂତି ଆଉ ଶାଂତି; ଅଖଣ୍ଡ ପ୍ରଶାଂତି ।

ହେଲେ ହାଏ, ଆଜି ଜଂଗଲ ସାଫ୍ ହେଇ ଯାଇଛି । ଲଣ୍ଡା ପାହାଡ଼ ମଥାରେ ଜଗି ବସିଛି ଜଂଗଲ ଦସ୍ୟୁ ବୀରାପ୍ପାନର ବଂଶଧର । ଶାଂତ ସ୍ନିଗ୍ଧ ଅରଣ୍ୟ ଆଜି

ପାଲଟି ଯାଇଛି ଦୁର୍ଦ୍ଧର୍ଷ ମାଓବାଦୀର ଚରାଭୂଇଁ, ହିଂସ୍ର ଆଡ୍‌ଡା ସ୍ଥଳ । ଗୁଳିଗୁଳା ବାରୁଦ ଧୂଆଁରେ ବିଷାକ୍ତ ପରିବେଶ । ପଲ୍ଲୀ ସହର ମୁହାଁ ଜଂଗଲ ପଶୁ । ମଣିଷ ଆଉ ପଶୁ ମଧ୍ୟରେ ଚାଲିଛି ଯୁଦ୍ଧ । ତେବେ କ'ଣ କରିବ ସେ ?

ତା'ର ତନ୍ଦ୍ରାଳସ ମାନସପଟରେ ଏମିତି କେତେ ଦ୍ୱନ୍ଦ୍ୱାତ୍ମକ ଭାବନାର ଭସାମେଘ ସ୍ୱପ୍ନର ବୁଢ଼ିଆଣୀ ଜାଲ ବେଢୁଥିଲା ବେଳେ ସକାଳର ଶୁଭ କାଉ-କୋଇଲିର କା-କୁହୁରେ ହଠାତ୍ ଚମକି ଚେଇଁ ଉଠିଲା ଅନୁପମ । ଚାହିଁ ଦେଖିଲା- ଫୁଲର ଡାଲା ହାତରେ ଧରି ଚାଲି ଯାଉଥିଲା ଅନୁପମା ପରି କେହି ଜଣେ ମନ୍ଦିର ଆଡ଼େ । ଉଠି ବସିଲା ସେ । ସତରେ କ'ଣ ଅନୁପମା ? ଠିକ୍ ତାରି ପରି ରାଜହଂସୀ ଚାଲି, କଟି ହଲାର ଛଇ, ଢଂଗଢାଂଗ ଠିକ୍ ଏକାପରି । ସେ କିଏ ହେଇପାରେ ? ଉଠି ଚାଲିଲା...। ଲୁଚି ଲୁଚି ଯାଇ ଖମ୍ବ ଉହାଡ଼ରୁ ଦେଖିଲା ମନ୍ଦିର ଭିତରକୁ ।

ଅନୁପମା ସହିତ ମନ୍ଦିରକୁ ଆଜି ଆସିଛନ୍ତି ଚାନ୍ଦିନୀ ଓ ଅନୁରାଗ । ମନ୍ଦିର ଗର୍ଭ ଗୃହରେ ମା' ଠାକୁରାଣୀଙ୍କ ସାମ୍ନାରେ ଉଭୟଙ୍କ ହସ୍ତକୁ ଫୁଲମାଳାରେ ବାନ୍ଧିଦେଇ ମନ୍ତ୍ରପାଠ କରି ଉଠିଲେ ପୁରୋହିତେ-'ଯଥା ରାବଣସ୍ୟ ତଥା ମନ୍ଦୋଦରୀ, ଯଥା ନଳସ୍ୟ-ଦମୟନ୍ତୀ' ଇତ୍ୟାଦି ମନ୍ତ୍ରମାଳା ।

ଆଶ୍ଚର୍ଯ୍ୟ, କାହାର ଏ ବାହାଘର ? ତା' ଅନୁପମା ସହିତ ଆଉ କାହାର ଏ ନୁହେଁ ତ ? "ନାଇଁ..!!" ମୃଦୁ ଚିତ୍କାର ସହ ଧାଇଁଗଲା ମନ୍ଦିର ଗମ୍ଭୀରା ନିକଟକୁ । ଖମ୍ବ ପାର୍ଶ୍ୱରେ ଛିଡ଼ାହୋଇ ନିରେଖି ଦେଖିଲା-ଏ ତ ଅନୁପମା ନୁହେଁ, ଆଉ ଜଣେ ଯୁବତୀ । ଅନୁରାଗଙ୍କ ହାତରେ ପଡ଼ିଛି ତାର ହାତଗଣ୍ଠି । ପାଖରେ ହାତଯୋଡ଼ି ଧ୍ୟାନମୁଦ୍ରାରେ ବସି ରହିଥିବା ସ୍ତ୍ରୀ ଲୋକଟି କିଏ ? ହଁ, ଏ ନିଶ୍ଚୟ ଅନୁପମା । ଅନୁରାଗର ଭଉଣୀ ଅନୁପମା । କଣ କରିବି ? କିପରି ଦେଖିବି ତାର ମୁହଁଟିକୁ ଥରେ ଖାଲି । "ହେ ମା' ଠାକୁରାଣୀ, ମୋ' ଅନୁପମା ସାଥିରେ ମୋର ଭେଟ କରେଇ ଦେ ମା' ।"

ଦୈବୀ ମାୟା ଲାଗିଲା ପରି ପଛକୁ ମୁହଁ ବୁଲାଇଦେଲା ଅନୁପମା । ଆଖିରେ ମିଶିଗଲା ଆଖି । ଚମକି ଉଠିଲା ସେ- ଏ କିଏ ? ଉଠି ଦ୍ରୁତ ପଦକ୍ଷେପରେ ଚାଲିଆସିଲା ବାହାରକୁ । ଆଗେ ଆଗେ ଅନୁପମ, ପଛେ ପଛେ ଅନୁପମା । ଡାକିଲା - "ରୁହ, ଛିଡ଼ା ହୁଅ, ଛିଡ଼ାହୁଅ କହୁଚି ! କିଏ ତୁମେ ?"

ଅନୁପମ ଧାଇଁ ଧାଇଁ ଚାଲିଗଲେ ସେହି ନିରୋଳା କୃଷ୍ଣଚୂଡ଼ା ଗଛ ତଳକୁ । କେଉଁଠି ଅଦୃଶ୍ୟ ହୋଇଗଲେ ସେ ।

କିଛିଦୂରରେ ଛିଡ଼ାହୋଇ ଅନୁପମା ଭାବିଲା- ଏ ବୋଧେ ତାର ଦେଖିବାର ଭ୍ରମ । ପାଗଳ ପରି ଲାଗୁଛି । ହେଇଥିବ। ସେତ ମାଲୁଣୀର ମାୟାଫାଶରେ ବନ୍ଦୀ ।

ସେ କ'ଣ ସହଜରେ ତାଙ୍କୁ ଛାଡ଼ିବ ? ନାଇଁ ମୋ' ଭାବିବା ଭୁଲ ! ଫେରି ପଡ଼ିଲା ଅନୁପମା । କିଂତୁ କାହିଁକି କେଜାଣି ତା' ଅମାନିଆଁ ଆଖି ଆଉ ଥରେ ଫେରି ଚାହିଁଲା ସେହି କୃଷ୍ଣଚୂଡ଼ା ଗଛ ଆଡ଼କୁ । ସେଠି କେହି ନଥିଲେ । ପାଗଳାଟା ହୁଏତ ଲୁଚି ଯାଇଛି ଭୟରେ ।

ଅନୁରାଗ ଓ ଚାନ୍ଦିନୀ ପଛେ ପଛେ ଧାଇଁ ଆସିଲେ ।

– "ଅପା, କ'ଣ ହେଲା, ତୁ ସେଠୁ ଉଠି ଏଠିକି ଚାଲି ଆସିଲୁ କାହିଁକି ?"

ବ୍ୟସ୍ତ ହୋଇ ପଚାରିଲା ଅନୁରାଗ । ଅନୁପମାକୁ ଧରିନେଇ ପଚାରିଲା ଚାନ୍ଦିନୀ- "କଣ କିଛି ଦେଖିଲ ?"

– "ହଁ, ଅନୁପମଙ୍କ ପରି କେହି ଜଣେ ଏଠିକି ଆସିଥିଲେ ।"

– "ଅନୁପମ ଭାଇ, ଆସିଥିଲେ, କାହାନ୍ତି ?"

– "ସେ ଚାଲିଗଲେ ଏଇ, ଏଇ କୃଷ୍ଣଚୂଡ଼ା ଗଛ ଆଡ଼କୁ ।"

ଚାନ୍ଦିନୀ ହାତଯୋଡ଼ି - "ହେ ମା' ଠାକୁରାଣୀ, ସତରେ କ'ଣ ଅନୁପମ ଭାଇଙ୍କୁ ଫେରେଇ ଆଣିଛ ?"

– "ହଉ ଆଗ ପୂଜା କାର୍ଯ୍ୟ ସରିଯାଉ, ତା'ପରେ ଅନୁପମ ଭାଇଙ୍କୁ ଖୋଜିବା, ଆ ଅପା, ତୁ ସାକ୍ଷୀ ନ ରହିଲେ ମୁଁ ତା' ମଥାରେ ସିନ୍ଦୂର ଦେବି କିପରି ? ତୁ ପରା ରହିବୁ ଆମ ସିନ୍ଦୂରର ସାକ୍ଷୀ ହେଇ ସାରା ଜୀବନ ।"

– "ଆସ ଅପା !" ଚାନ୍ଦିନୀ ଅନୁପମାର ହାତଧରି ଘେନିଯାଉଥିଲା ମନ୍ଦିର ଦିଗରେ ।

ଏଣେ ଗଛଉହାଡ଼ରୁ ମୁହଁ କାଢ଼ି ଚାହିଁ ରହିଥିଲା ଅନୁପମ ।

॥ ୭୨ ॥

ଅମାବାସ୍ୟାର ଘନ ଅନ୍ଧକାର ପଥରେ ପାଦ ଚାପି ଚାପି ଚାଲିଛି ଅନୁପମା । ସାବିତ୍ରୀ ଚାଲିଛି ସତ୍ୟବାନର ସଂଧାନରେ । ପ୍ରେମିକପାଇଁ ନିଶୀଥ ଅଭିସାର ଯାତ୍ରାରେ ପ୍ରେମିକା ।

ପଛରୁ ତାକୁ ଫଲୋ କରୁଥିଲେ ଅନୁରାଗ ଆଉ ଚାନ୍ଦିନୀ । କାଳେ କିଛି ବିଘ୍ନ ଘଟିଯିବ । ଅପା ଆଜି ଏତେ ରାତିରେ କେଉଁ ଆଡ଼େ ଯାଉଛି କାହାରିକି କିଛି ନ କହି ?

ଚାଲିଛି ଅନୁପମା ! ହାତରେ ଟିଫିନ ବକ୍ସଟାଏ, ଆଉ ଗୋଟେ ପାଣି ବୋତଲ । କାଳେ ସେ କିଛି ଖାଇ ନଥିବେ । ମନ୍ଦିର ବେଢ଼ା ଡେଇଁ ପଶିଲା ଅନୁପମା । ଧୀରେ ଧୀରେ ପହଁଚିଲା ସେହି କୃଷ୍ଣଚୂଡ଼ା ଗଛ ତଳେ । ଜଳୁଥିଲା ବିଜୁଳି ଖୁଣ୍ଟର ବତୀ । ଝାପ୍‌ସା ଆଲୁଅରେ କିଂତୁ ସ୍ପଷ୍ଟ ହେଇ ଉଠୁଥିଲା କୃଷ୍ଣଚୂଡ଼ାର ଶ୍ୟାମଳ ପରିବେଶ । ଫୁଲର ସ୍ତବକ ସାଥିରେ ଝରୁଥିଲା ଟପ୍‌ଟପ୍ ରାତ୍ରିର କାକର ବିନ୍ଦୁ । ସେଠି କିଏ ଯେପରି ଲୁହ ଝରେଇ କାନ୍ଦୁଛି ! ଚାରିଆଡ଼େ ଘୂରି ଆସିଲା ଅନୁପମାର ହରିଣୀ ଆଖି ।

– "କାହାନ୍ତି, କେହି ତ ନାହାନ୍ତି ଏଠି ! ସେ କ'ଣ ଚାଲିଗଲେ ?" କୋହ ସମ୍ଭାଳି ପାରିଲାନି ବିଚାରୀ । ବ୍ୟଥାହତ ପ୍ରାଣରୁ ଉଠିଲା ଆର୍ତ୍ତ ବିଳାପ-"ଅନୁପମ !"

କିଛି ଦୂର ମନ୍ଦିର ପାହାଚ ଉପରେ ନିଶ୍ଚିନ୍ତ ନିଦରେ ଶୋଇଥିବା ପାଗଳଟାର ନିଦ ଭାଂଗିଗଲା । ସେ ପାଗଳ ନଥିଲା, ଥିଲା ଅନୁପମ ।

– "କିଏ ସେ, କାହାକୁ ଡାକୁଛି ? ସତରେ ତା' ଅନୁପମା କି ଆସିଛି ଏତେ ରାତିରେ ତାକୁ ଖୋଜି ଖୋଜି ! ସ୍ୱତଃ ପାଟିରୁ ଉଚ୍ଚାରିତହେଲା- "ଅନୁ!" ଚମକି ଉଠିଲା ଅନୁପମା ।

– "କିଏ ? ଅନୁ ବୋଲି ଡାକିଲା । କାହିଁ ...କେଉଁଠି ? କେଉଁଠି ତମେ ?" ବାୟାଣୀଟି ପରି ବ୍ୟାକୁଳ ହେଇ ଉଠିଲା ସେ ।

ଧାଇଁ ଆସିଲେ ଅନୁପମ ସେହି କୃଷ୍ଣଚୂଡ଼ା ଗଛ ପାଖକୁ । ଝାପ୍‌ସା ବିଜୁଳି

ଆଲୁଅରେ ଦାଉଦାଉ ଉକୁଟି ଉଠୁଥିବା ଅନୁପମାର ମୁହଁଟିକୁ ଦେଖି ଠିକ୍ ଚିହ୍ନି ପାରିଲେ ସେ । ପାଟିରୁ ବାହାରି ପଡ଼ିଲା –

– "ତମେ ଆସିଛ ଅନୁ!"

– "ଅନୁପମ! ସତରେ ତମର ସ୍ମୃତି ଫେରି ଆସିଚି ?"

– "ହଁ, ମୋ' ସ୍ମୃତି ଫେରି ଆସିଛି, ଫେରି ଆସିଚି ଅନୁପମା ।"

– "ହାଏ ଅନୁପମ!" ଅନୁପମଙ୍କ ବକ୍ଷ ଉପରେ ଲୋଟି ପଡ଼ିଲା ଅନୁପମା । କୋଳେଇ ଧରିଲେ ଅନୁପମ ଯେମିତି ବିରହୀ ଯକ୍ଷ ତା ଯକ୍ଷବଧୂକୁ ପାଇ ପାଗଳ ହେଇ ଉଠିଛି କେତେ ଯୁଗପରେ!

କେତୋଟି ଅନ୍ତରଂଗ ମୁହୂର୍ତ୍ତ ଏମିତି ବିତିଗଲା ପରେ-

– "ଅନୁପମା!"

– "ଅନୁପମ! ଏ କ'ଣ ? ତମର ଏ କି ବେଶ ? ସେ ସୈତାନୀ ତମର ଏ କି ଅବସ୍ଥା କରିଛି ?"

– "ଚୁପ୍ ଚୁପ୍, ଚୁପ୍ ରୁହ ଅନୁ । ମୋତେ ପୋଲିସ ଖୋଜୁଛି । ମୁଁ ଖସି ଆସିଛି ତା' ପାଲରୁ । ସେ ଏତାଲା ଦେଇଛି । ଯଦି କେହି ଜାଣିବେ ମୁଁ ଏଠି, ସବୁ ଶେଷ ହେଇଯିବ ଅନୁ!" ବିବ୍ରତ ହୋଇ ଉଠିଲା ଅନୁପମ ।

– "ନାହିଁ, ତାହା ହେବନି । ସେତେବେଳେ ତମକୁ ଦେଖି ମୁଁ ଠିକ୍ ଚିହ୍ନି ପାରିଥିଲି । ଜାଣିଥିଲି-ତମେ ଆସିଛ । ସେଥିପାଇଁ ଏତେ ରାତିରେ ଛପି ଛପି ଆସିଛି, ତମକୁ ଭେଟିବା ପାଇଁ ।"

– "ମୁଁ ବି! ସେ ସୈତାନୀ ତମକୁ ମାରି ଦେଇଛି ବୋଲି କହିଲା, ହେଲେ ମୋ' ମନ ମାନିଲାନି । ସେଥିଲାଗି ଏ ପାଗଳ ବେଶରେ ମୁଁ ତମକୁ ଖୋଜି ଖୋଜି ଆସିଛି । ତମ ସହ ଭେଟ ହେଇଗଲା, ଏବେ ତମ ଭାଇ ପାଖରେ ତମେ ଥାଅ । ମୁଁ ଚାଲିଯିବି ।"

– "କେଉଁଆଡ଼େ ଯିବ ମୋତେ ଛାଡ଼ି...(?)"

– "ଜାଣିନି । ହେଲେ ବିଶ୍ୱାସ ରଖ, ମୁଁ ପୁଣି ଆସିବି । ଠିକ୍ ସମୟରେ ଆସିବି ତମକୁ ସାଥିରେ ନେଇଯିବା ପାଇଁ । ସେଦିନ ଯାଏ ଅପେକ୍ଷାକର ଅନୁପମା । ଏବେ ମୁଁ ଯେ ନାଚାର ।"

– "ଠିକ୍ ଅଛି । ଚାତକିନୀ ପରି ଚାହିଁ ରହିଥିବି ତମ ଆସିବା ବାଟକୁ । ଶୁଣ, ଆଜିପରା ସାବିତ୍ରୀ ଅମାବାସ୍ୟା । ବ୍ରତ ପାଳିଛି । ମଥାରେ ତମଲାଗି ସିନ୍ଦୂର ପିନ୍ଧିଚି ।

ଦେଖ ମା'ଙ୍କର କି କରୁଣା, ମୋ' ସତ୍ୟବାନ ମୋତେ ମିଳିଗଲେ । ଆଜି ଏ ଦିନରେ ମୋତେ ପତିବ୍ରତାର ଆଶୀର୍ବାଦ ନ ଦେଇ ଚାଲିଯିବ ?"

ଅନୁପମଙ୍କ ପାଦରେ ମୁଣ୍ଡ ରଖି ପ୍ରଣାମ କଲା ଅନୁପମା ।

– "ଉଠ ଅନୁ, ତମେ ସାତ ଜନ୍ମଯାଏ କାହିଁକି, କୋଟି ଜନ୍ମଯାଏ ଏମିତି ସତୀସାଧ୍ୱୀ ପତିବ୍ରତାର ସିନ୍ଦୂର ପିନ୍ଧି ତମ ଅନୁପମର ହାତଧରି ବାଟ ଚାଲୁଥାଅ । ଅନୁପମାକୁ ବକ୍ଷରେ ଭିଡ଼ିଧରି ତାର ସିନ୍ଥିରେ ଚୁମ୍ବନଟାଏ ଦେଲେ ଅନୁପମ ।

– "ଦେଖ, ତମେ ତ କିଛି ଖାଇ ନଥିବ ?"

– "ନାଇଁ,ସାରାଦିନ କିଛି ଖାଇନି, ଭାରି ଭୋକ ।"

– "ବସ, ମୁଁ ତମପାଇଁ ବ୍ରତର ପ୍ରସାଦ ସହିତ ତମ ପ୍ରିୟ ଖିରି-ପୁରି ଆଣିଛି ।"

ଚାନ୍ଦିନୀ ଉପରେ ବସିଲା ଅନୁପମ । ପାଖରେ ବସି ଟିଫିନ ବକ୍ସ ଖୋଲି ଖୁଆଇଦେଲା ଅନୁପମା ଆଣିଥିବା ଫଳ ଭୋଗ, ଖିରି ଆଉ ପୁରି । ଅନୁପମ ଆତ୍ମତୃପ୍ତିରେ ଖାଉଥିଲେ । ଖାଇବାପରେ ନିଜ କାନିରେ ମୁହଁ ପୋଛିଦେଲା ଅନୁପମା । କହିଲା

– "ନିଅ, ପାଣି ଦି ଢୋକ ପି ଦିଅ ।" ବୋତଲରୁ ଅନୁପମ ପାଣି ପିଇଲେ । ଅନୁପମଙ୍କ ମୁଖରୁ ନିର୍ଗତ ହେଲା- "ଓଃ କି ତୃପ୍ତି !"

– "ଏଥର ମୋ' କୋଳରେ ମଥାରଖି ଦଣ୍ଡେ ଶୋଇପଡ଼ ।" ଅନୁପମକୁ ଟାଣିନେଇ ଶୁଆଇଦେଲା ନିଜ କୋଳରେ ଅନୁପମା । ଅନୁପମ ଶୋଇ ଶୋଇ ଅନୁଭବ କରୁଥିଲେ- ଆହା, କି ଶାଂତି ଏ କୋଳରେ । ସତରେ ଅନୁ, ତମରି କୋଳରେ ଶୋଇ ରହି ମୁଁ ଆତ୍ମସ୍ଥ ହେଇଯାନ୍ତି କି !' ମନେ ମନେ କହି ଉଠୁଥିଲେ ଅନୁପମ ।

କାହାର ମୃଦୁ ପଦଶବ୍ଦ ଶୁଭିଲା । କିଏ ବୋଧେ ଏ ଆଡ଼କୁ ଆସୁଛି । ବ୍ୟସ୍ତ-ବିବ୍ରତ ହେଇ ଉଠିଲା ଅନୁପମା । ପ୍ରଶାନ୍ତ ନିଦ୍ରା ଘାରିଘାରି ଅସୁଥିଲା ଅନୁପମଙ୍କ ଚକ୍ଷୁ ପଟଳ ଉପରକୁ । ହଲେଇ ଦେଲେ ଅନୁପମା- "ଏ ଉଠ !"

– "ଆଃ ରୁହ, ତମ କୋଳରେ କେଡ଼େ ସୁଖନିଦ୍ରାଟା ଆସୁଛି । ଆଉ ଟିକେ ଶୋଇବାକୁ ଦିଅ, ପ୍ଲିଜ୍ ।"

– "କିଏ ଆସୁଛି !"

– "ଏଁ ଆସୁଛି ।" ଉଠି ବସିଲା ଅନୁପମ- "କାହିଁ, କେଉଁଠି ? କ'ଣ ପୋଲିସ ମୋ'ଖବର ପାଇଯାଇଛି ? ନାନା ମୋତେ ଯିବାକୁ ହେବ । ମୁଁ ଆସୁଛି ।" ଚାଲି ଯାଉଥିଲେ ଅନୁପମ, ପଛରୁ ହାତ ଟାଣି ଧରି- "ରୁହ, ଆଉଥରେ ଆଖି ପୂରେଇ ତମକୁ ଦେଖିନିଏଁ ।"

ମୁଗ୍ଧ ନେତ୍ରରେ ଅନୁପମଙ୍କ ମୁଖମଣ୍ଡଳକୁ ଆଞ୍ଜୁଳାରେ ତୋଳିଧରି ଚାହିଁ ରହିଲା ଅନୁପମା । ଛଳଛଳ ହେଇଉଠିଲା ଚକ୍ଷୁଯୁଗଳ । କୋହ ଉଠିଲା ବୁକୁତଳୁ ।

– "କୁହ, ଆଉ କେବେ ଭେଟ ହେବ ?"

– "ଜାଣିନି ।"

– "ନା, ତମେ ସେମିତି କୁହନି । ମୁଁ ତମ ବିନା ବଂଚି ପାରିବିନି ଅନୁପମ ।"

– "ଭାବିଛ ମୁଁ ତମ ବିନା ? ନାଇଁ, ତମ ବିନା ମୁଁ ପାଗଳ ହେଇଯିବି ।"

ଅନୁପମଙ୍କ ପାଟିରେ ହାତଦେଇ- "ନାଇଁ, ସେମିତି କୁହନି ।"

– "ଆସ, ମୋ' କୋଳରେ ଥରେ ବସିପଡ଼ । ତମକୁ ଥରେ କୋଳରେ ଧରି ଦୀର୍ଘ ବିରହର ଜ୍ୱାଳା ପ୍ରଶମିତ ହେଇଯାଉ ମୋର । ଆସ ଅନୁ ! ଅନୁପମଙ୍କ ବ୍ୟାକୁଳିତ କଂଠରୁ ଏ ମିଳନର ଆକୁଳ ଆହ୍ୱାନ ।

ଚାନ୍ଦିନୀ ଉପରେ ବସିପଡ଼ି ଅନୁପମାକୁ ନିଜ କୋଳକୁ ତୋଳିନେଲେ ଅନୁପମ । ଅନୁପମା ଲୋଟି ପଡ଼ିଲା ଛାତି ଉପରେ । ଅନୁପମାର ଦୁଇ ଗଣ୍ଡ ଦେଶରେ ଆଂକିଦେଲେ ପ୍ରୀତିର ଚୁମ୍ବନ । ଆଉ ଅନୁପମା ଅନୁପମଙ୍କ ଅଧରରେ ଅଧର ଯୋଖି ଆଂକି ଚାଲିଥିଲା ଚୁମ୍ବନ ପରେ ଚୁମ୍ବନ । ସେ ଚୁମ୍ବନ ଥିଲା ଅଧୀର ଅସରା । ଶିହରି ଉଠୁଥିଲା ତନୁତଳ ।

ହଠାତ୍ କାହା ଡାକରେ ଛାଡ଼ହେଇ ଉଠି ପଡ଼ିଲେ ଉଭୟ । ଉଭୟଙ୍କ ପ୍ରାଣରୁ ସ୍ୱତଃ ସ୍ଫୁରିତ ହେଲା- "ଆଃ !"

ଗୋଟେ ବିମୁଗ୍ଧ ବେଦନାର ଆହତ ଉଦ୍‌ଗାର !

କିଛି ଦୂରରୁ ଡାକ ଶୁଭିଲା - "ଅପା !"

– "ହେଇ ଅନୁରାଗ ଡାକୁଛି । ମୋ' ପଛେ ପଛେ ଭାଇଟା ମୋର ଖୋଜି ଖୋଜି ଆସିଛି ।"

– "ତମେ ଏବେ ଯାଅ ଅନୁପମା ! "

– "ତମେ ମୋ' ସହିତ ଆସିବନି ?"

– "ନାଇଁ, ମୁଁ ଆସୁଛି ।" ଅନ୍ଧକାର ଭିତରେ ଅଦୃଶ୍ୟ ହେଇଗଲେ ଅନୁପମ ପ୍ରହେଳିକା ପରି ।

– "ଅନୁପମ !" କାନ୍ଦି ଉଠିଲା ଅନୁପମା ।

କାନ୍ଦଣା ଶୁଣି ଅନୁରାଗ ଓ ଚାନ୍ଦିନୀ ଧାଇଁ ଆସିଲେ କୃଷ୍ଣଚୂଡ଼ା ଗଛ ତଳକୁ । ଅନୁପମା ଧକେଇ ହେଇ କାନ୍ଦୁଥିବା ଦେଖି ଧରିନେଲେ- "ଅପା ! କ'ଣ ହେଲା ଅପା ?" ଚାନ୍ଦିନୀ ପଚାରିଲା "କାନ୍ଦୁଛ କାହିଁକି ? କ'ଣ ହୋଇଛି ?"

– "ଅନୁପମ ଚାଲିଗଲେ ।"

– "ତୁ ତାଙ୍କୁ ଅଟକେଇ ପାରିଲୁନି ?" ପ୍ରଶ୍ନ ଅନୁରାଗର ।

– "ଶୁଣିଲେନି ମୋ' କଥା । ମାନିଲେନି ଜମା ।"

– "କିଛି କହି ଯାଇଛନ୍ତି ?" ପ୍ରଶ୍ନକଲା ଚାନ୍ଦିନୀ ।

– "କହିଛନ୍ତି - ସେ ପୁଣି ଆସିବେ ।"

– "ହଉ, ସେ ଆସିବାକଥା କହି ଯାଇଛନ୍ତି ତ ? ମନ ଦୁଃଖ କରନି । ଏବେ ଚାଲ ଘରକୁ ଯିବା, ରାତି ବହୁତ ହେଲାଣି ।"

ଅନୁରାଗ ଦ୍ୱନ୍ଦ୍ୱରେ ପଡ଼ି ଯାଇଥିଲା । ଭାବୁଥିଲା ଅନୁପମ ଭାଇ ଏଠି କେମିତି ? ନିବେଦିତାଙ୍କୁ ବିବାହ କରିଥିଲେ । ପୁଣି ଏଠି ଏତେ ରାତିରେ ? କିଛି ତ ଗୋଟେ ସମସ୍ୟା ହେଇଛି । ବୁଝିବାକୁ ପଡ଼ିବ ।

ଚାନ୍ଦିନୀ କହିଲା- "ଆରେ ଆସ ।" ଟାଣିନେଲା ଅନୁରାଗଙ୍କ ହାତ । ସେମାନେ ଚାଲି ଯାଉଥିଲେ । ଅନ୍ଧକାର ଭିତରେ ଛିଡ଼ାହେଇ ଏକଲୟରେ ଚାହିଁ ରହିଥିଲେ ଅନୁପମ । ଅନୁପମା ଫେରି ଫେରି ଚାହୁଁଥିଲା ତାଙ୍କରି ଆଡ଼େ । ତା' ପ୍ରାଣର ପ୍ରିୟତମ ପୁରୁଷଙ୍କୁ, କାଳେ ପଛେ ପଛେ ଆସୁଥିବେ ।

ନିଶା ଗର୍ଜୁଥିଲା । କୃଷ୍ଣଚୂଡ଼ାର ଶାଖା-ପତ୍ରରୁ ଝରୁଥିଲା ଶିଶିର ବିନ୍ଦୁ ଟୋପା ଟୋପା, ସତେକି ଏମାନଙ୍କ ବିରହରେକାନ୍ଦୁଥିଲା ପ୍ରକୃତି !

॥ ୭୩ ॥

ଅତ୍ୟଧିକ ହିଂସ୍ର ହେଇଉଠିଚି ନିବେଦିତା ।

କେମିତି ବା ହେବନି ?

ତା' ଜୀବନ- ଯୌବନର ଯେତେ ଆଶା-ସ୍ୱପ୍ନର ରଂଗୀନ କାଚଘରଟା ଭାଂଗି ଚୁରମାର ହେଇଗଲା । ଚୁରମାର କରିଦେଲା ଅନୁପମ । ଯାହାକୁ ଏତେ ଭଲ ପାଇଥିଲା, ଏତେ ସପୋର୍ଟ ଦେଇଥିଲା ଜୀବନରେ ଉଠିବା ପାଇଁ, ଏତେ ଭରସା କରି ହାତ ଧରିଥିଲା ସାଥୀ ହୋଇ ଜୀବନର ବାଟ ଚାଲିବା ପାଇଁ; ଖାସ୍ ସେଥିପାଇଁ ସେ ଅପରାଧ ଘଟେଇଲା, ଗୋଟେ ନିରୀହା ଝିଅର ଜୀବନକୁ ଶେଷ କରିଦେଲା, ପାଇଲା କ'ଣ ?

– "ଆଃ, କି ଯନ୍ତ୍ରଣା ? ମୋ' ସାଥିରେ ତମେ ଏମିତି କରି ପାରିଲ ଅନୁପମ ? ମୋ' ଉପରେ ତମେ ବଳାତ୍କାର କଲ, ଏତେ ଜଘନ୍ୟ ଭାବରେ ? କେଡ଼େ ନିଷ୍ଠୁର ତମେ, କେଡ଼େ ନିର୍ମମ ! ଦେଖିଯାଅ ଆଜିବି ତମ କ୍ଷତ ମୋତେ ଜର୍ଜରିତ କରୁଛି । ତମ ଦଂଶନ ମୋ' ଭିତରେ ଭରି ଦେଇଛି ଉତ୍କଟ ଜ୍ୱାଳା । ଆଃ...। –ନା, ମୁଁ ତମକୁ ଛାଡ଼ିବିନି ।" ବିସ୍ଫୋରଣ କରି ଉଠିଲା ନିବେଦିତା, ତା' ଆଖିରେ ଜଳିଉଠିଲା ପ୍ରତିଶୋଧର ଅଗ୍ନି । "ଅନୁପମ ତୁମେ ଯେଉଁଠି ଲୁଚି ରହିଲେବି ଖୋଜି ବାହାର କରିବି । ତମକୁ ଛାଡ଼ିବିନି ମୁଁ !"

– "କିଏ, କାହାକଥା କହୁଚ ନିବେଦିତା ?" ପଶିଆସିଲା ସାଗର ।

– "ସେହି ପ୍ରବଞ୍ଚକ ପ୍ରତାରକ, ବିଶ୍ୱାସଘାତକ ବେଇମାନ ଅନୁପମ ପଟ୍ଟନାୟକ ।"

– ଅନୁପମ ! କ'ଣ କରିଛି ସେ ?"

– "ହଁ-ହଁ ସାଗର, ମୋର ସବୁ ଶେଷ କରିଦେଇ ଯାଇଛି ।"

– "ତାହେଲେ ତମର ଏତେ ଦିନର ଏକତରଫା ଭଲ ପାଇବା ତାକୁ ବ୍ଲାକ୍‌ମେଲ କରି ବିବାହ କରିବା, ଏ ସବୁ କିଛି ବି କାମ ଦେଲାନି ?"

– "ମାନେ ? ତମେ କିପରି ଜାଣିଲ ଯେ ମୁଁ ତାଙ୍କୁ ଏକ ତରଫା ପ୍ରେମ

କରୁଥିଲି ଆଉ ସେ ମୋତେ ପ୍ରେମ କରୁନଥିଲେ ବୋଲି ? ତମେ କିପରି ଜାଣିଲ ଯେ ମୁଁ ତାଙ୍କୁ ବ୍ଲାକ୍‌ମେଲ୍ କରି ମେରେଜ କରିଥିଲି ?"

– "ହାଃ-ହାଃ-ହାଃ.... !"

– "ସାଗର !"

– "କେମିତି ଜାଣିଲି,ସେଇଟା ଏବେ ବଡ଼ କଥା ନୁହେଁ। ଏବେ କ'ଣ କରିବାକୁ ହେବ, ତା' ଉପରେ ଫୋକସ୍ କର ନିବେଦିତା !"

– "ବୁଝି ପାରିଲିନି, ତମେ କ'ଣ କହିବାକୁ ଚାହଁ?"

– "ବୁଝେଇ ଦେଉଛି । ଦେଖ, ଏବେ ବେନି ଜନେ ପଡ଼ିଛି ଏକ ଦଶା । ଅର୍ଥାତ୍ ତମେ ଆଉ ମୁଁ, ଉଭୟ ପ୍ରତାରଣାର ଶିକାର ।"

– "ତମେ ବି ?"

– "ଇଏସ ! ମୋ' ଆଶାରେ ସେ ଧୂଳି ଦେଇଛି । ମୁଁ ତାକୁ କ୍ଷମା ଦେବିନି ।"

– "କିଏ, କାହା କଥା କହୁଚ ସାଗର ?"

– "ସେହି ଅନୁପମା ।"

– "ଅନୁପମା ! ଆଇ ମିନ୍ ସେହି ଚପଳା ? ହା-ହା-ହା-, ଆରେ ମୁଁ ତ ତାକୁ ସବୁଦିନ ପାଇଁ ଏ ଦୁନିଆରୁ ବିଦା କରିଦେଇଛି ସାଗର ପଟ୍ଟନାୟକ, ମାରି ଦେଇଛି ।"

– "ମିଛ !"

– "ମିଛ ?"

– "ସେ ଏବେ ବି ବଞ୍ଚିଛି ।"

– "ହ୍ୱାଟ୍ ?"

– "ଇଏସ୍ ।"

– "ନୋ-ନେଭର ! ଇଟ୍ କାଣ୍ଟ୍ ବି । ହାଓ ଇଜ୍ ଇଟ୍ ପସିବ୍ଲ? କୁହ କୁହ ସାଗର । ଏହା କ'ଣ ସତ ?"

– "ନୋ ଡାଉଟ୍, ମୁଁ ତାକୁ ଆଖିରେ ଦେଖି ଆସିଚି । କଥା ବି ହେଇଚି । ତା' ସାଥିରେ । ବିବାହ ପ୍ରସ୍ତାବ ଦେଲି, ଫାଙ୍କି ଦେଲା, ଆଉ ମୋତେ କି ଜବାବ ଦେଲା ଜାଣିଛ ?"

– "କି ଜବାବ ?"

– "ଏଇ ଗାଲରେ ଶକ୍ତ ଚାପୁଡ଼ାଟାଏ । ଆଃ !" ବାମ ଗାଲକୁ ଚାପିଧରି ଅନୁରୂପ ଯନ୍ତ୍ରଣା ଅନୁଭବ କରୁଥିଲା ସାଗର ।

– "ଇସ୍ ! କିପରି ସମ୍ଭବ ହେଲା ? ସାଗରର କଥା ଯଦି ସତ୍ୟ ହୋଇଥାଏ,

ତେବେ ଏବେ ଉପାୟ ? କ'ଣ କରିବି ? ଇଡିୟଟ୍ ଗୁଡ଼ାକ, ନିହାତି ୟୁସ୍‌ଲେସ ! ପାଞ୍ଚ ଲକ୍ଷ ଟଙ୍କା ଗଲା, ପ୍ଲାନ୍ ବରବାଦ ହୋଇଗଲା, ବରବାଦ ହେଇଗଲି ମୁଁ । ଆଃ ନାନା ।"

ବ୍ୟସ୍ତ ବିବ୍ରତ ହେଇ ଉଠୁଥିଲା ନିବେଦିତା । ତା' ମନ ମଧ୍ୟରେ ବହୁଥିଲା ନୀରବ ଝଡ଼ । ଆଉ ସାଗର ବି ପୂର୍ବପରି ଯନ୍ତ୍ରଣାରେ ଜଳିଜଳି ଉଠୁଥିଲା । ଜଳି ଉଠୁଥିଲା ତା'ଆଖିରେ ପ୍ରତିହିଂସାର ଜ୍ୱାଳା । ଗର୍ଜି ଉଠିଲା ସାଗର –

– "ହାରାମଜାଦୀ, ଏଇ ବାହୁରେ ମୁଁ ତାକୁ ଭିଡ଼ିଧରି ତା' ଯୌବନର ଉତ୍କଟ ସୁରାପାନରେ ଯେତେଦିନ ମସ୍ତ ନହେଇଚି, ସେତେଦିନ ଯାଏ ଏ ସାଗରର ତୃଷ୍ଣା ଅଶାଂତ ଦାବାଗ୍ନି ପରି ହୁତ୍‌ହୁତ୍ ହେଇ ଜଳୁଥିବ ଆଃ-ହାଃ-ହାଃ-ହାଃ !"

ଯନ୍ତ୍ରଣା ଭିତରେ କ୍ରୂର ଅଟ୍ଟହାସ୍ୟ କରିଉଠିଲା ସାଗର ।

– "କ'ଣ, ଏକାବେଳେ ମସ୍ତ ପାଗଳ ହେଇଗଲ ?"

– "ହଁ, ମୁଁ ପାଗଳ ହେଇଯାଇଛି । ପାଗଳ ହେଇଛି ଖାସ୍ ତାରି ଲାଗି ।"

–ବେଶ୍, ତମର ଲକ୍ଷ୍ୟ ଅନୁପମା, ମୋର ଟାରଗେଟ୍ ଅନୁପମ । ସେହି ଏଂଗ୍ରି ମେନ୍, ଯିଏ ମୋତେ ସେଦିନ ବାସରରାତିରେ ଖିନ୍‌ଭିନ୍ କରି ଚାଲିଗଲା.. "ଆଃ... !"

– "ତେବେ ଏବେ ଆମର ଉପାୟ ?" ପ୍ରଶ୍ନକଲା ସାଗର ।

– "ଇଏସ୍ ଉପାୟ ? ?" ଅନୁରୂପ ପ୍ରଶ୍ନ ନିବେଦିତାର ।

– (ସ୍ୱଗତ) ମୁଁ ଅନୁପମକୁ ଖତମ୍ କରିଦେବି ।

– (ସ୍ୱଗତ) ମୁଁ ଅନୁପମାକୁ ଇଏସ୍ !

–(ସ୍ୱଗତ) ଅନୁପମ ବଂଚିଥିବା ଯାଏ, ଅନୁପମା କେବେ ମୋର ହେଇ ପାରିବନି ।

–(ସ୍ୱଗତ) ଅନୁପମା ଜୀବିତ ଥିବାଯାଏ ଅନୁପମ ମୋତେ କେବେ ସ୍ୱୀକାର କରିବନି ।

–(ସ୍ୱଗତ) ନିବେଦିତା ଜାଣିବନି, ମୁଁ କ'ଣ କରିବାକୁ ଯାଉଛି ।

–(ସ୍ୱଗତ) ସାଗର ବୁଝି ପାରିବନି-ନିବେଦିତାର ଚକ୍ରାନ୍ତ ।

ଉଭୟ ହସି ଉଠିଲେ ନିଜ ନିଜ ପ୍ରପଞ୍ଚନାର ପରାକାଷ୍ଠାରେ ।

ନିବେଦିତା ଯୁକ୍ତି ବାଢ଼ିଲା- "ତମେ ସିନା ଅନୁପମାକୁ ଖୋଜି ପାଇଗଲ, ଆଉ ମୁଁ ? ମୋ' ଅନୁପମ ଏବେ କେଉଁଠି ? ସେ ଯେ ନିରୁଦ୍ଦିଷ୍ଟ ।"

- "ପୋଲିସରେ ଏଫ୍.ଆଇ.ଆର୍ କରିଛ ?" ପ୍ରଶ୍ନ କଲା ସାଗର ।

– "କରିଛି ।"

– "ଆରେ, ରାଣୀ ମହୁମାଛିଟାର ଠିକଣାଟା ଯେତେବେଳେ ଜଣା ପଡ଼ି ଯାଇଛି, ସେତ ତା' ପାଖେ ପାଖେ ଘୂରି ବୁଲୁଥିବ ନା ମାଡାମ ନିବେଦିତା ?"

– "ଉଚିତ କହିଲ, ଅନୁପମାକୁ ଭେଟିବା ପାଇଁ ସେ ସିଓର ବାରଂବାର ଆସିବ । ଗୁପ୍ତ ଚାର ଖଂଜି ତା'ର ପତା ଲଗେଇବାକୁ ପଡ଼ିବ । ଇଏସ୍ ।"

– "ଡୋଣ୍ଟ୍ ଓରି ନିବେଦିତା । ମୁଁ ତୁମକୁ ନିଶ୍ଚୟ ହେଲ୍ପ କରିବି । ଅନୁପମକୁ ଖୋଜି ଦେବାର ଦାୟିତ୍ୱ ମୋର ।"

– "ଆଉ ମୁଁ ଗୁଣ୍ଡା ପଠାଇ ଉଠେଇ ଆଣିବି ତମର ଅନୁପମାକୁ । ମାଇଁ ପ୍ରମିଜ୍ !"

– "ଇଏସ୍... ?"

– "ଇଏସ୍... !"

ଉଭୟ ହେଣ୍ଡସେକ୍ କରି ହସିଉଠିଲେ ପିଶାଚ-ପିଶାଚୀ ପରି ।

ଅଲକ୍ଷ୍ୟରେ କିଛି ଦୂରରେ ଛିଡ଼ାହୋଇ ଶୁଣୁଥିଲା ସାଗରିକା ।

॥ ୭୪ ॥

ଝୁଙ୍କେଇ ଦେଲା ଗୌରକୁ ଗୌରୀ ।

– "ଏ ! କ'ଣ ହେଇଚି ତମର ? ସଦାବେଳେ ମୁହଁ ଶୁଖେଇ ବସୁଚ, କଥା ହେଉନ ? ପିଲା ହେବା ଶୁଣି ତମେ ଖୁସି ନୁହଁ ନା ? କୁହ, ଜବାବ ଦିଅ ।"

– "କି ଜବାବ ମୁଁ ଆଉ ଦେବି ଗୌରୀ । ଗୋଟାଏ ବିଷାକ୍ତ ଭ୍ରୂଣ ତୋ' ଗର୍ଭରେ ବଢୁଥିବା ଜାଣି ମୁଁ କେମିତି ଖୁସି ହୋଇ ପାରିବି, ତୁ କହ ?"

– "କ'ଣ କହିଲ, ଏ ଗୋଟେ ବିଷଭ୍ରୂଣ ? ନାଇଁ ମିଛ । ସବୁ ମିଛ । ଏହା ହେଇ ପାରେନା ।" ବ୍ୟସ୍ତ ହେଇପଡ଼ି ଅଖି ଛଳଛଳ କରିଦେଲା ଗୌରୀ । ଦୃଢ଼ ସ୍ୱରରେ କିଂତୁ କହିଲା ଗୌର–

– "ମିଛ ନୁହେଁ, କାଳିଆର କଳଂକ ତୋ' ଗର୍ଭରେ ବଢୁଚି ଗୌରୀ ।"

– "ଚୁପ୍‌କର ! ଏ କଥା ତୁମେ କହି ପାରୁଛ ?"

– "ବୁଝିବାକୁ ଚେଷ୍ଟା କର ଗୌରୀ । ତୁ ମୋ' କଥା ମାନିଯା ।"

– "କଉ କଥା ?"

– "ଆମେ ଏ ଗର୍ଭକୁ ନଷ୍ଟ କରିଦେବା ।"

– "କ'ଣ କହିଲ ?" ବିଚଳିତ ହେଇ ଉଠିଲା ଗୌରୀ ।

– "ହଁ, କେହି ଜାଣିବେନି ।" ପକେଟରୁ ଶିଶିଟାଏ ବାହାର କଲା । ଦେଖାଇ କହିଲା- "ଏଇ, ଆଣିଛି ! ଆଖିବୁଜି ପିଇ ଦେ । ଦେଖିବୁ, ସକାଳକୁ କିଛି ନଥିବ । ଏ ଅର୍ଦ୍ଧରାତ୍ରିର ଅନ୍ଧକାର ପରି ସେ ପାପ-କଳଂକର କାଳିମା ସକାଳ ସୂର୍ଯ୍ୟ ଉଇଁବା ଆଗରୁ ସବୁ ଧୋଇ ସାଫ୍ ହୋଇଯିବ ଗୌରୀ । ଆ, ନେ !" ଶିଶିର ଠିପି ଖୋଲିଲା - ଘୁଞ୍ଚିଗଲା ଗୌରୀ ।

– "ନାଇଁ, ମୁଁ ପିଇବିନି ।"

– "ତୁ ଅଲବତ୍ ପିଇବୁ ।" ଗୌରୀକୁ ଭିଡ଼ିଧରି ଜୋର କରି ତା' ପାଟିରେ ଢାଳିବାକୁ ଚେଷ୍ଟାକଲା ଗୌର । "ନାଇଁ ।" ଚିତ୍କାର କରି ଛାଟିଦେଲା ଔଷଧ ଶିଶିକୁ ଗୌରୀ । ଉତ୍ତେଜିତ ହେଇଉଠି ଗୌର ବଜେଇ ଦେଲା ଚାପୁଡ଼ାଟାଏ ଗୌରୀ ଗାଲକୁ ।

– "ଆଃ!" ଚିତ୍କାର ସହ ଚେତା ହରେଇ ଟଳି ପଡ଼ିଲା ଗୌରୀ ।

– "ଗୌରୀ! ଏଁ, ମୁଁ ଏ କ'ଣ କଲି? ଗୌରୀ!" କୋଳେଇ ଧରି "ଉଠ୍, ଉଠ୍ ଗୌରୀ ।" ପାଣି ଆଣି ମୁହଁକୁ ଛାଟିଲା । ହୋସ୍ ଆସିଲା ଗୌରୀର । ବିଳାପ କରି ଉଠିଲା- "ନା, ମୁଁ ପିଇବିନି । ମୋତେ ଛାଡ଼ିଦିଅ ।'" ଠେଲି ଦେଲା ଗୌରକୁ ।

ନିଜ କାନ ଧରି ଗୌର ବିକଳ ସ୍ୱରରେ କହିଲା-

– "ମୋର ଭୁଲ ହୋଇଗଲା ଗୌରୀ, ମୋତେ କ୍ଷମା କରିଦେ ।"

– "ତମେ ଏମିତି କାହିଁକି ଭାବୁଛ ଯେ–ଏ ତମର ନୁହେଁ ବୋଲି ।"

– "ପାରୁନି, ମନକୁ ବୁଝେଇ ପାରୁନି ଗୌରୀ ।" କାନ୍ଦିଉଠିଲା ଗୌର । କାନିରେ ଲୁହ ପୋଛିଦେଇ ଗୌରୀ କହିଲା- "କାନ୍ଦନି, ମୁଁ ଜୋର ଦେଇ କହୁଚି, ଏ ତୁମରି ସନ୍ତାନ । ହଁ ତୁମରି ।"

– "ଏତେ ଜୋର ଦେଇ କେମିତି କହି ପାରୁଛି ଗୌରୀ ! କ'ଣ ଜାଣିଛି ସେ?" ଭାବୁଥିଲା ମନେ ମନେ ଗୌର ।

ଗୌରୀ ଜାଣିଛି- "ଦୁର୍ଘଟଣା ଘଟିବାପରେ ସେ ତା'ର ମାସିକ ଧର୍ମ ପାଳନ କରିଥିଲା । ଏ ଲାଜ କଥା କେମିତି ବା କହିଥାନ୍ତା ଗୌରକୁ?"

– "ସତ କହୁଚୁ ଗୌରୀ, ଏ ପିଲା ମୋର?" ଗୌରୀ ପେଟରେ ହାତ ବୁଲାଇ କାନଡେରି ଡାକିଲା- "କୁନା, କୁନା!"

– "ଧେତ୍, ତମେ କ'ଣ ପାଗଳ ହେଇଗଲ? ମା' ପେଟରୁ ଛୁଆ ତମ ଡାକର କ'ଣ ଜବାବ ଦବ? ମୋ' ଧନ, ଅପେକ୍ଷାକର, ଆଉ ଅଳ୍ପ କେଇଟା ଦିନ ।" ଉଦ୍‌ଭ୍ରାନ୍ତ ହେଇ ଉଠିଲା ଗୌରର ମସ୍ତିଷ୍କ ।

– "ଅପେକ୍ଷା? ଆହୁରି ଅପେକ୍ଷା? କାହାକୁ ଅପେକ୍ଷା?? କାହିଁକି ଅପେକ୍ଷା?? ନାଇଁ, ଏ ପିଲା ମୋର ନୁହେଁ । ଏ ସେହି କାଳିଆର କାଳସର୍ପ ।"

ଅସହାୟତା ପ୍ରକାଶ କଲା ଗୌରୀ । କହିଲା- "ମୁଁ ଆଉ କିପରି ବୁଝେଇବି ତମକୁ? ଯଦିବି ତମ ଅନୁମାନ ସତ୍ୟ ହୋଇଥାଏ, ଏଥିରେ ମୋର ବା ଦୋଷ କ'ଣ? ମୁଁ କ'ଣ ଇଚ୍ଛା କରି ଏ ସବୁ କରିଛି? ଏତ ମୋ' କପାଳର ଦୋଷ! ମୋ' କପାଳର!" -ପିଟିହେଲା ପଲ୍ୟଙ୍କ ବାଡ଼ାରେ ମୁଣ୍ଡ ଗୌରୀ ।

– "ଗୌରୀ! ଏ କ'ଅ କରୁଛୁ ତୁ?" ଧରିନେଲା ଗୌର ।

– "କୁହ, ଏ କଳଂକିନୀକୁ ତମେ ବଂଚେଇଲ କାହିଁକି? ମହାନଦୀର ଭରା ସୁଅରେ ମୁଁ ସବୁଦିନ ପାଇଁ ହଜିଯାଇଥାନ୍ତି ।"

– "ତୁନି ହ ଗୌରୀ । ଚୁପ୍‌କର ।"

– "କାହିଁକି ଚୁପ୍ କରିବି ? କୁହ, ତମେ ପରା ତମ ଗୌରୀକୁ ଏତେ ଭଲ ପାଉଥିଲ ? ବାହାବେଦିରେ ମୋ' ବାଆକୁ ପରା କଥା ଦେଇଥିଲ-ମୋର ଦଶଟା ଦୋଷ କ୍ଷମା କରିଦେବ ବୋଲି ? ମୋ' ଭାଗ୍ୟର ଏଇ ଛୋଟିଆ ଦୁର୍ଘଟଣାର ଭୁଲଟିକୁ କ'ଣ କ୍ଷମା ଦେଇ ପାରିବନି ?"

– "ଗୌରୀ !" ଭାବାକୁଳିତ ହେଇ ଉଠୁଥିଲା ଗୌର । ଗୌରୀ କହି ଚାଲିଥିଲା- "ତମେ ପରା କହୁଥିଲ, ତମ ଗୌରୀ ତୁଳସୀ ପରି ପବିତ୍ର । ସାବିତ୍ରୀ ପରି ସତୀ ? ଆଉ ଆଜି....(?)"

କବାଟରେ ଠକ୍‌ଠକ୍ ଶବ୍ଦ ହେଲା । ଚମକି ଉଠି ଚୁପ୍ ହେଇଗଲେ ଗୌରୀ-ଗୌର । ପୁନର୍ବାର ଠକ୍‌ଠକ୍ ଶବ୍ଦ ।

– "କିଏ ?" ଗୌରୀ ଡରି ଯାଇଥିଲା, ଏ କଥା ବାବା-ମା' ଶୁଣିଯାଇ ନାହାନ୍ତି ତ ? ଯଦି ଶୁଣିଥିବେ କ'ଣ ହେବ ଏବେ ? କ'ଣ ଭାବିବେ ସେ ?

ଗୌର କହିଲା- "ରୁହ, ମୁଁ ଦେଖୁଛି ।" ଯାଇ ଫିଟେଇ ଦେଲା କବାଟ । ଛିଡ଼ା ହୋଇଥିଲେ ମଲ୍ଲୀମା' ଆଉ ଝୁମୁରୀ ।

– "ମା', ଝୁମୁରୀ !!"

ମଲ୍ଲୀମା' କହିକହି ପଶି ଆସିଲା- "ଆରେ, ରାତି ଏତେ ହେଲାଣି ତମେମାନେ ନ ଶୋଇ କ'ଣ ସବୁ ଟୁପୁରୁ ଟାପର ଚଳେଇଛ " ଝୁମୁରୀ ମୋତେ ଯାଇ କହିଲାରୁ ସିନା ମୁଁ ଉଠି ଆସିଲି ।"

ଗୌର ଓ ଗୌରୀଙ୍କ ଆଖିରେ ପ୍ରଶ୍ନିଳ ଦୃଷ୍ଟି- "ଝୁମୁରୀ ?" ଝୁମୁରୀ ପାଟି ଖୋଲିଲା- "ମୁଁ ସବୁ ଶୁଣିଛି, ସବୁ ଜାଣିଛି । ମୋତେ ତମେମାନେ ଲୁଚେଇ ପାରିବନି । କୁହ, ମା'କୁ ତମ ମନ ଗହୀରର କଥା ସବୁ ଖୋଲି କୁହ । ନହେଲେ ମୁଁ ତମ କାହାରିକି ଛାଡ଼ିବିନି । ଏଇନେ ବାବା-ମାଙ୍କୁ ଯାଇ କହିଦେବି ।"

ବ୍ୟସ୍ତ ହୋଇ ଉଠିଲେ ଗୌର-ଗୌରୀ । ଏମାନଙ୍କ ବ୍ୟସ୍ତତା ଅନୁଭବ କରି ମଲ୍ଲୀମା' ବାରଣ କରି କହିଲେ- "ଆଲୋ, ରହଲୋ, ମୋତେ ଟିକେ ମୋ' ଗୌରୀକୁ ପଚାରିବାକୁ ଦେ । ଗୌରୀ, ମୋ' ମାଆଟା ପରା, ତୁ କାନ୍ଦୁଥିଲୁ, କ'ଣ ହୋଇଛି ତୋର ?" ଗୌରୀ ଥଙ୍ଗ ଥଙ୍ଗ ହେଇ କଥା ଲୁଚେଇ କହିଲା-

– "ନାଇଁ ମା', ଆଖିରେ ପୋକଟେ ପଡ଼ିଗଲା ଯେ !"

ହାଙ୍କି ଉଠିଲା ଝୁମୁରୀ- "ଏ, ମୋ' ଆଗରେ ସେ ବାହାନା ମେଲିବୁନି । ମା'କୁ ଭୁଲେଇ ଦେଇପାରୁ; ହେଲେ ଏ ଛୋପରୀ ଝୁମୁରୀକୁ ନୁହେଁ ହାଁ । ମଲ୍ଲୀମା' ଚିଡ଼ି ଉଠି କହିଲା–

– "ଆଲୋ, ତୁ ଟିକେ ଚୁପ୍‌କର । ବାବା ଗୌର, କହ, କ'ଣ ହେଇଛି ତୁମ ଭିତରେ ? କାହିଁକି ଲାଗିଛ ? ଗୌରୀ ସାଙ୍ଗରେ ଭଲରେ କଥା ହେଉନୁ । ରାଗି ରୁଷି ସେଦିନ ଗାଁକୁ ଚାଲିଗଲୁ, ତାକୁ କିଛି କହିଗଲୁନି । କ'ଣ ହେଇଛି, ସତକଥା କହନି ବାବା ?"

ଗୌର ମଥାପୋତି କହିଲା- "ନାଇଁ ମା', ସେ କିଛି ନୁହେଁ । ଗୌରୀ, ତୁ କହୁନୁ ଆମ ଭିତରେ ଏମିତି କିଛି ନାହିଁ ବୋଲି । ସେ ଛୋଟିଆ କଥାଟାଏ ।"

ଝୁମୁରୀ ତାଗିଦା କରି କହିଲା- "ହୁଁ କୁହ, କ'ଣ ସେ କଥା ? କହିବ ନା ମୁଁ କହିବି ?"

ଚମକି ପଡ଼ିଲେ ଗୌରୀ-ଗୌର । ଗୌର ପଚାରିଲା ବିଚଳିତ ହୋଇ ଉଠି

– "ତୁ, ତୁ କ'ଣ ଜାଣିଛୁ ?"

– "ସବୁ ଜାଣିଛି । ତମେ ମୋ' ନାନୀକୁ ଏବେ ତା' ପିଲା ନଷ୍ଟ କରିବାପାଇଁ କହୁଥିଲନା ? ତାକୁ କ'ଣ ଔଷଧ ଖାଇବାକୁ ବାଧ୍ୟ କରୁଥିଲ ନୁହେଁ ?"

– "ନାଇଁ, ମିଛ କଥା !" ଗୌର ମୁହଁ ବୁଲାଇ ନେଲା ।

– "ଆଉ ଏଇଟା କ'ଣ ?" ପଡ଼ିଥିବା ଶିଶିଟିକୁ ଉଠାଇ ଦେଖାଇଲା ।

– "ଗୌର ! ତୁ ଏତେ ବଡ଼ ମହାପାପ କରିବାକୁ ଯାଉଥିଲୁ ? ବାବାରେ, ମୁଁ ଆଣ୍ଠୁକୁଡ଼ିଟିଏ । ଜନ୍ମକଲା ଛୁଆର ମୁହଁ ଦେଖିପାରିଲିନି । ଏଇ ଝୁମୁରୀକୁ କୋଳରେ ଜାକି ସାରା ଜୀବନ ସେ ଦୁଃଖ ଭୁଲିଛି । ଆଉ ଠାକୁରେ ଯେତେବେଳେ ଚାହିଁଛନ୍ତି, ତମେ ତାକୁ, ନାଇଁରେ । ପିଲାପରା ତାଙ୍କରି ଦାନ ।"

– "ଦେଖ ଗୌର ବାବା, ତମ ଦି ଜଣଙ୍କୁ କହି ଦଉଛି, ଆଉ ଏ ଭୁଲ କରିବନି । ତମେ ନ ନିଅ, ସେ ପିଲା ଜନ୍ମ ହେଲେ ମୋତେ ଦେଇଦବ । ମୋ' ମାଆପରି ମୁଇଁ ତାକୁ ପାଳି-ପୋଷି ମଣିଷ କରିବି ।" ଥମ୍ ଥମ୍ ହେଇ ଉଠିଲା ଝୁମୁରୀର ମୁହଁ ।

– "ତୁ ଏ କି କଥା କହୁଛୁ ଝୁମୁରୀ ?" ବ୍ୟଥାଭରା ଆକୁଳିତ କଣ୍ଠରେ କହିଲା ଗୌରୀ ।

– "ମୁଁ ଠିକ୍ କହୁଛି ଲୋ ନାନୀ ! ତୁ ଖାଲି ଜନ୍ମ ଦେଇ ଦେ'ନା, ତୋ' କାମ ଶେଷ୍ । ତା'ପରେ ସେ ପିଲା ମୋର । ମୁଁ ତା' କଥା ବୁଝିବି । ତମକୁ ମଥେଇବାକୁ ପଡ଼ିବନି ବୁଝିଲ ?"

ମଲ୍ଲୀମା' କହିଲେ- "ହଉ, ଏଥର ଶୋଇପଡ଼ । ରାତି ବହୁତ ହେଲାଣି ।

ଝିଅଟା ମୋର ଉଜାଗର ରହିଲେ ପିଲାକୁ କ୍ଷତି । ଆମେ ଆସୁଛୁ । ଆ' ଝୁମୁରୀ ।" ଚାଲିଲା ମଲ୍ଲୀମା' ।

– "ଚାଲ ମା' ।" ପଛେ ପଛେ ଯାଉ ଯାଉ ଫେରିପଡ଼ି କହିଲା- "ଦେଖ ଗୌର ବାବା, ତମକୁ ତମ ଝୁମୁରୀ ମାଆର ଋଣ ରହିଲା ।" ଭୋ କିନା କାନ୍ଦି ଉଠି ମୁହଁ ଫେରାଇ ଚାଲିଗଲା ଝୁମୁରୀ । ଗୌରୀ ଓ ଗୌର ପାଟିରୁ ବାହାରି ପଡ଼ିଲା- "ଝୁମୁରୀ !" ଗୌର ଧାଇଁଗଲା ଦରଜା ପାଖକୁ ଝୁମୁରୀର ପିଛାଧରି । ଛଳଛଳ ହୋଇ ଉଠିଥିଲା ତାର ଚକ୍ଷୁ ଯୁଗଳ । ଆଉ ଏପଟେ ଆଖି ବୁଜି ହେଇ ଯାଇଥିଲା ଗୌରୀର ।

କବାଟ ଆଉଜାଇ ଦେଇ ଗୌର ଝରକା ଆଡ଼ଦେଇ ଚାହିଁ ରହିଲା ବାହାର ଅଗଣାକୁ । ବାହାରେ ଦାଉ ଦାଉ ଦିନ ପରିକା ଜହ୍ନ ଆଲୁଅରେ ସଫାସଫା ଦିଶି ଯାଉଥିଲା ଫୁଲର ବାଗନା । ଗୌର ଦେଖିଲା -ଫୁଲକଳିମାନଙ୍କୁ ଧରି ଗଛର ବୃନ୍ତମାନେ ଧୀର ପବନରେ ଝୁଲିଝୁଲି ଝୁମି ଉଠୁଥିଲେ ଯେପରି ।

ଗୌର ଭାବନାରେ ଖେଳିଗଲା କଂପନ । କିଏ ଯେମିତି ତା' ଅନ୍ତର ତଳୁ କହୁଛି- "ଗୌର, ତୁ କ'ଣ ପାଗଳ ହେଲୁ ? ଆରେ ଜୀବନଟା ଈଶ୍ୱରଙ୍କ ଦାନ । ତାକୁ ତୁ ପାପ ବୋଲି କେମିତି ଭାବି ପାରୁଛୁ ? ଗର୍ଭ କେବେ ପାପ ହେଇ ନଥାଏ । ପାପ ତ ସେହି ପାପୀର କୁକର୍ମ । ପ୍ରତିଟି ମା' ପବିତ୍ର ତୁଳସୀ । ପ୍ରତିଟି ଶିଶୁ ଅମୃତର ଶିଶୁ । ଈଶ୍ୱରଙ୍କ ଅଂଶ, ସମସ୍ତେ ସେହି ପରମ ପିତାଙ୍କ ସନ୍ତାନ । ତୁ କିଏ ତାକୁ ପାପ ବୋଲି କହିବାକୁ ? ସେ ଅଧିକାର ତୋତେ କିଏ ଦେଇଛି ? ଯା ଭୁଲି ଯା ସେ ପାପକଥା । ଭାବିନେ ସେ ତୋରି ସନ୍ତାନ, ତୋରି ଔରସ ! ବାସ୍ । ଦେଖି ପାରୁନୁ, ବାହାରେ ବଗିଚାରେ କେତେ ଫୁଲ ଫୁଟି ହସି ଉଠୁଛନ୍ତି । ଭ୍ରମର କ'ଣ ଫୁଲ ଉପରେ ବସେନି ? ତା' ଦେହରୁ ମଧୁ ପିଏନି ? ଫୁଲ କ'ଣ ଅଛୁଆଁ ମାର୍ ହୋଇଯାଏ ? ତାକୁ ତ ଫେର ତୋଳି ନେଇ ଦିଅଁଙ୍କ ଉଦ୍ଦେଶ୍ୟରେ ଅର୍ଘ୍ୟ ବାଢ଼ି ଦିଆଯାଏ । କହ, ଭ୍ରମର ତାକୁ ଛୁଇଁଲା ବୋଲି, ଫୁଲ କ'ଣ ପାପୀ ? ଫୁଲ ପରି ଝିଅଟି ବି ତ ବିଧାତାଙ୍କର ଗୋଟେ ସୁନ୍ଦର ସୃଷ୍ଟି ନା ! ସେ କାହିଁକି ପାତକୀ ହୋଇଯିବ ? କାହିଁକି ହେବ ସେ କଳଂକିନୀ ? କହ ଜବାବ ଦେ ! ଜବାବ ଦେ ଗୌର ଦାସ !"

ଛାତି ଭିତରେ ଅସହ୍ୟ ଯନ୍ତ୍ରଣା ଅନୁଭବ କଲା ଗୌର । ଚିତ୍କାର କରି ଉଠିଲା ସେ- "ଆଃ, ନା ନା, ଗୌରୀ !"

ପ୍ରକୃତିସ୍ଥ ହୋଇ ଧାଇଁଗଲା ଗୌରୀ ପାଖକୁ । ଦେଖିଲା ଗୌରୀ ପଲ୍ୟଙ୍କ ବାଡ଼ା ଉପରେ ଡେରି ହେଇ ଆଖି ବୁଜି ଦେଇଛି । ତା' ଆଖିରୁ ଧାର ଧାର ଝରି ଯାଉଛି ଲୁହ ।

– "ଗୌରୀ ।"

ଆକୁଳିତ ପ୍ରାଣରେ ଗୌରୀକୁ କୋଳେଇ ନେଇଛି ଗୌର । ତା' ଗାଲକୁ ଚୁମି ଚୁମି ପିଇ ଯାଇଛି ଝରୁଥିବା ସେହି ବେଦନାବୋଳା ଗୌରୀ ଆଖିର ଲୁଣି ଲୁହ ପବିତ୍ର ଗଂଗାଜଳ ଭାବି ।

ପ୍ରେମର ପରଶରେ ଗୌରୀ ଆଖିରୁ ଉଚ୍ଛୁଳି ଉଠୁଥିଲା ବେଶିବେଶି ଲୁହର ଉଜାଣି । ବଗିଚାରେ ଫୁଲମାନେ ଚୁପିଚୁପି ପାଖୁଡ଼ା ମେଲୁଥିଲେ ।

ଚୋରା ଚଇତି ବାଆ ବହୁଥିଲା ଥିରିଥିରି ।

॥ ୭୫ ॥

ଅବିନାଶଙ୍କ ସହ କେରାଟେ ପ୍ରାକ୍ଟିସ୍ କରୁଥିଲା ସୌଦାମିନୀ।

ନାରୀଶକ୍ତିର ଜାଗରଣ ଘଟିଛି।

ସେ ଆଉ ଘରକୋଣରେ ଦୁର୍ବଳା ଅବଳା ହେଇ ରହିବାକୁ ଚାହେଁନା। ପୁରୁଷ ସାଥିରେ ସେ ଟକ୍‌କର ପକେଇବ। ସେ ଦେଖେଇ ଦବ ତାର ମର୍ଦ୍ଦାନା।

– "ଆଃ!" ଶକ୍ତ ଆଘାତଟାଏ ପାଇ ଚିତ୍କାର ସହ କିଛି ଦୂରକୁ ଛିଟିକି ପଡ଼ିଲେ ଅବିନାଶ। ଏକ ରୁସ୍‌ରେ କିଂତୁ ନିର୍ଦ୍ଧୁମ ଆକ୍ରମଣ ଜାରି ରଖିଥିଲେ ସୌଦାମିନୀ ଶୂନ୍ୟେ ଶୂନ୍ୟେ। କାଳେ ପୁଣି ଚୋଟଟାଏ ବାଜଯିବ, ପ୍ରାଣ ବିକଳରେ ଛିନ୍‌ଛାଟ୍ ଉତ୍ତାନ ହେଇଗଲେ ଅବିନାଶ।

– "ହା-ହା-ହା..! ହସି ଉଠିଲା ସୌଦାମିନୀ ବିଜୟୋଲ୍ଲାସରେ। ତାଳିଦେଇ ଆଖଡ଼ା ଘରକୁ ପଶି ଆସିଲା ସାଗରିକା।

– "ସାବାସ୍! ସାବାସ୍ ସୌଦାମିନୀ। ଠିକ୍ ଏମିତି, ଏ ଦୁଷ୍ଟ ପୁରୁଷମାନଙ୍କୁ ସାବାଡ଼ କରିବାକୁ ପଡ଼ିବ। ତା' ନହେଲେ ଏମାନେ ଅରଣା ମହିଷି ଭଳି ବାଟ-ଘାଟ ମାନିବେନି। ଝିଅ-ବୋହୂ ଗୁଡ଼ାଙ୍କୁ କ'ଣ ଫୁରସତ ଦେବେ?"

– "ଠିକ୍ କହିଲୁ ସାଗରିକା। ଏ ଉଚ୍ଛୃଙ୍ଖଳ ପୁରୁଷ ଜାତିଟାକୁ ବାଟକୁ ଆଣିବାପାଇଁ ଆମ ନାରୀ ଜାତିକୁ ଅଣ୍ଟାଭିଡ଼ି ଛିଡ଼ା ହେବାକୁ ପଡ଼ିବ। ସଶକ୍ତ ହେବାକୁ ହେବ। ଆତ୍ମରକ୍ଷାର ସମସ୍ତ କୌଶଳ ହାସଲ କରିବାକୁ ପଡ଼ିବ। ଆରେ ଏ ସ୍ତ୍ରୀ ଜାତିଟା କ'ଣ ତମ ହାତରେ ଖେଳ କଣ୍ଢେଇ? ଯେତେବେଳେ ଯାହା ଇଚ୍ଛା ସାଧି ଚାଲିଥିବ। ନାହିଁ ସାଗରିକା, ଏଣିକି ଆଉ ତାହା ହେବାକୁ ଆମେ ଦେବାନାହିଁ?"

ସାଗରିକା କ୍ଷୋଭ ପ୍ରକାଶ କରି କହିଲା - "ସତ ଯେ, ହେଲେ ଦେଖିଲୁତ ସୌଦାମିନୀ, କଲିକତା ସେ ହସ୍ପିଟାଲ ଡାକ୍ତରୀ ଛାତ୍ରୀଟାକୁ କିଭଳି ନିର୍ମମ ଭାବରେ ଧର୍ଷଣ କରି ମାରିଦେଲେ ଚଣ୍ଡାଳଗୁଡ଼ା?"

– "ହଁ ତ, ସେଥିପାଇଁ ସେଠି ଆନ୍ଦୋଳନ ଚାଲିଛି -ଜୋରଦାର। ଛାତ୍ର

ଆନ୍ଦୋଳନ । ପବ୍ଲିକ ବି ସେଥିରେ ସାମିଲ ହୋଇଛି । ସାରା ଦେଶରେ ଚାଞ୍ଚଲ୍ୟ; ମର୍ମାହତ ଜନତା ।”

– “ସେଇଥିପାଇଁ ତ ଆମ ସୁପ୍ରିମ କୋର୍ଟ ନିଜ ଆଡୁ ମାମଲା ଦାଏର କରି ତଦନ୍ତ ଆରମ୍ଭ କରିଦେଇଛନ୍ତି । ଦୋଷୀ ଦଣ୍ଡ ପାଇବା ଦରକାର; କଠୋରରୁ କଠୋର ଦଣ୍ଡ ।” ଉତ୍ତେଜିତ ହେଇ ଉଠିଲେ ସାଗରିକା ସାମାନ୍ୟ । ସାଗରିକାର ଏହି ପ୍ରତିକ୍ରିୟାରେ ନିଜକୁ ଯୋଡ଼ି ସୌଦାମିନୀ ବାଢ଼ି ବସିଲା ନିଜ ଅବସୋସର ଆକୁତି –

– “ଆଉ ଆମ ସରକାର, ଚୁପ୍ ହୋଇ ବସି ରହିଛନ୍ତି ନିଦା ବିଷ୍ଣୁ ପରି । ସେ କିଶୋରୀ ବଧୂଟିର ନିରୁଦ୍ଦିଷ୍ଟ ହେବା ପଛରେ କିଏ ସେ ଅପରାଧୀ ? କାହିଁକି ତାର କିଛି ଖୋଜ ଖବର ଏଯାଏ ମିଳୁନି ? ସେଥିପ୍ରତି କାହାର ଜିଗର ଅଛି ?”

–ସେଥିପାଇଁତ ଆମେ ଆନ୍ଦୋଳନକୁ ଆହୁରି ଜୋରଦାର କରିବୁ । ଆସନ୍ତା ପନ୍ଦର ତାରିଖ ଠାରୁ ରାଜ୍ୟବ୍ୟାପି ଚାଲିବ ରାଜ୍ୟ ନାରୀ ଜାଗରଣ ସମିତି ଆହ୍ୱାନରେ ଘେରାଓ, ହଡ଼ତାଳ, ରାସ୍ତାରୋକ । ନ୍ୟାୟ ପାଇଁ ଦୁର୍ବାର ଅଭିଯାନ ।” ସାଗରିକାର ଏ ଥିଲା ଅଗ୍ନିବର୍ଷୀ ଆହ୍ୱାନ ସମାଜ ପ୍ରତି । ଆହ୍ୱାନରେ ତୀବ୍ର ଅଗ୍ନି ସଂଚାର କଲା ସୌଦାମିନୀ –

– “ଇଏସ୍, ସେ ବିଧାନ ସଭା-ସଚିବାଳୟ ଆଗରେ ଅହିଂସା ନୀତିରେ ଦିନରାତି ଧାରଣା -ଅନଶନ-ହୋ’ ହଲ୍ଲାରେ କିଛି ଫଳ ହେଉ ନାହିଁ । ଯେସାକୁ ତେସା ଦରକାର ।”

– “ଟିଟ୍ ଫର୍ ଟେଟ୍ ଇଏସ !” ସାଗରିକାର ବିସ୍ଫୋରଣ ।

– “ଟିଟ୍ ଫର୍ ଟେଟ୍ ?” ଅନ୍ୟମନସ୍କ ଭାବେ ପଶି ଆସିଲେ ଅବିନାଶ । କିଛି ବୁଝିବା ଆଗରୁ ପ୍ରଶ୍ନ କଲେ ।

ମଥା ପାତିବାକୁ ତାଳ ପକେଇ ବିସ୍ଫୋରଣ କରି ଉଠିଲା ସୌଦାମିନୀ- “ବୁଝିଲ, ତମେ ଯେମିତି, ମୁଁ ତମ ପାଇଁ ସେମିତି ବ୍ୟବସ୍ଥା କରୁଛି ରୁହ ।”

ଲୁଚେଇ ଲୁଚେଇ ହସୁଥିଲା ସାଗରିକା । ବିବ୍ରତ ହେଇଉଠି ଅବିନାଶ ଅସହାୟତା ପ୍ରକାଶ ପୂର୍ବକ - “ଆରେ, ମୋର ଫେର କି ଦୋଷ ? ଭଲକୁ ତମକୁ କେରାଟେ ପ୍ରାକ୍ଟିସ୍ କରେଇ ଯଉ ନାମ ନେଲି...ଶେଷକୁ ଫଳ ହେଲା ଏଇଆ ? କି ସାଗରିକା ମାଡାମ୍, କିଛି କହୁନ କାହିଁକି ?”

ହସି ଉଠିଲା ସାଗରିକା- “ନାଇଁ ଅବିନାଶ ବାବୁ, ତମପାଇଁ ନୁହେଁ ମ, କଥାଟା ଥିଲା ସେଇ ସାଗର ଭଳି ପ୍ରତାରକ, ପ୍ରବଞ୍ଚକ, ଲୋଫର୍, ଉଦଣ୍ଡ ବଦ୍‌ମାସଗୁଡ଼ାଙ୍କ ପାଇଁ ।”

– "ଓହୋ, ରକ୍ଷା ପାଇଗଲା ମଣିଷ ।" କାନମୁଣ୍ଡ କୁଣ୍ଡେଇ କୁଣ୍ଡେଇ ଚଉକିରେ ବସି ପଡୁପଡୁ ଦୀର୍ଘଶ୍ୱାସଟିଏ ଛାଡ଼ିଲେ ଆଶ୍ୱସ୍ତିରେ ଅବିନାଶ ।

ସୌଦାମିନୀଙ୍କ ଆକ୍ରମଣ କିଂତୁ ଉଗ୍ର ହେଇ ଉଠୁଥିଲା କ୍ରମଶଃ –

– "ହେଇଟି ଶୁଣ !"

ଧଡ଼ପଡ଼ ଛିଡ଼ା ହେଇଯାଇ ନିଜ କାନଧରି - "କୁହ ରାଣୀମା'-ମାଡାମ୍ ! କି ଆଜ୍ଞା ଅଛି ଏ ଅଧମ ପତିଦେବଙ୍କ ପ୍ରତି ?"

– "ଏବେ ମୋର ଗୋଟେ ପିଲା ଦରକାର ।"

– "ହ୍ୱାଟ୍ ! ପିଲା ?" ଚିଲେଇ ଉଠିଲେ ଅବିନାଶ

– "ହଁ, ହଁ ପିଲା । ପୁଅ ହେଉ କି ଝିଅ, ମୁଁ ମା' ହେବାକୁ ଚାହେଁ ।"

ସୌଦାମିନୀଙ୍କ ଘନଘନ ଆକ୍ରମଣ ଆଉ ତାଗିଦା ଦେଖି ଅସ୍ତବ୍ୟସ୍ତ ଅବିନାଶ ସାଗରିକାଙ୍କ ଆଶ୍ରା ଲୋଡ଼ିଲେ-

– "ଶୁଣୁଛ, ଶୁଣୁଛ ସାଗରିକା, ତମ ସାଂଗଟିର କି ଅଜବ ଡ୍ରାମା !"

ଅବସୋସର ଦୀର୍ଘଶ୍ୱାସଟାଏ ଛାଡ଼ି- "ମୋର ସିନା କପାଳ ପୋଡ଼ିଗଲା । ସାଗରକୁ ପାଇବାର ତୃଷ୍ଣା ମୋର ସିନା ପାଲଟିଗଲା ମିଛ-ମରୀଚିକା । ହେଲେ ମୋ' ସାଙ୍ଗଟିର ଜୀବନରେ ତାହାହିଁ ହେଉ କିପରି ଚାହିଁ ପାରିବି କୁହ ଅବିନାଶ ! ତମେ ତ ତାକୁ ଖୁବ୍ ଯତ୍ନରେ ରଖିଚ । ତାର ହାତଧରି ଚାଲି ଆସିଛ ଜୀବନର ପଥରେ ଏତେ ଦୂର । ତାର ଇଛାଟିଏ ପୂର୍ଣ୍ଣହେବାରେ ତମର ଅସୁବିଧା କେଉଁଠି ? ସବୁ ନାରୀଙ୍କ ଏକାଂତ ଇଛା- ମା'ଟିଏ ହେବେ । ମାତୃତ୍ୱର ବାତ୍ସଲ୍ୟ ମମତାରେ ଭରିଦେବେ ତାଙ୍କର ସଂସାର । ସେଇତକ ତ ନାରୀଜୀବନର ପୂର୍ଣ୍ଣତା-ସାର୍ଥକତା ନା ?"

ବହେ ଭାବପ୍ରବଣ ହେଇ ଉଠିଲେ ସାଗରିକା । ଅବିନାଶ ତ୍ରାହି ତ୍ରାହି ଜପୁଥିଲେ ଏ ଗୁରୁଜ୍ଞାନର ପ୍ରବଚନ ଶ୍ରବଣ କରି । ମନେ ମନେ ଭାବୁଥିଲେ - "ଇଏ ବି ତାଙ୍କ ସାଥିରେ, ଏବେ ଆଉ ଖସିବାର ଉପାୟ ନାହିଁ । ହେ ନାରାୟଣ, ରକ୍ଷାକର ।"

– "ଏ, ଚୁପ୍‌ଚାପ୍ କ'ଣ ସବୁ ମନ୍ତ୍ରଣା ଚାଲିଛି ମନେମନେ ? କ'ଣ ଏଥର ଚେତନା ପଶିଲାନା ନାହିଁ ମୁଣ୍ଡକୁ ? ଭାବିଥିଲ ସ୍ତ୍ରୀ ସାଥିରେ ଖାଲି ରୋମାନ୍ସ ରୋମାନ୍ସରେ ସାରା ଜୀବନ ମସ୍ତି କରି ବିତେଇ ଦବ । ମୁଁ ବହୁତ ଶିକ୍ଷା ପାଇ ସାରିଲିଣି । ଆଜିକାଲିର ଏଇ 'ଲିଭ ଇନ୍ ଟୁଗେଦାର' ଯଉ ଗୋଟେ ଫେସନ ହେଇ ଯାଇଛିନା, ଏ ସୃଷ୍ଟିଛଡ଼ା ବାଜେ ସଂପର୍କକୁ ମୁଁ ମାନିପାରିବି ନାହିଁ । କହି ଦଉଛି- ମୋର ଗୋଟେ ପିଲା ଦରକାର ମାନେ ଦରକାର । ମୁଁ ମାଆ ହେବାକୁ ଚାହେଁ ।" ଆବେଗଭରା କଂଠରୁ ଉଠିଲା ସୌଦାମିନୀଙ୍କର ଏଇ ଭାବ ଛଳଛଳ ଅଭିବ୍ୟକ୍ତି ।

ଅବିନାଶ ନିର୍ନିମେଷ ନୟନରେ ଚାହିଁ ରହିଥିଲେ ଶୂନ୍ୟ ଆକାଶ ଆଡ଼େ ଯେତେଦୂର ଆଖି ପାଉଥିଲା ।

ସାଗରିକା ମୁହଁ ଖୋଲିଲେ- "କ'ଣ ମିଷ୍ଟର ରୋମିଓ, ବାପା ହେବାର ସ୍ୱପ୍ନରେ ଏକାବେଳେ ମଜ୍ଜିଗଲନା କି ?" ହସି ଉଠିଲେ ସାଗରିକା ମୃଦୁ ବ୍ୟଂଗ ମିଶା ମଧୁର ପରିହାସର ହସଟାଏ ।

ପ୍ରକୃତିସ୍ଥ ହୋଇ ଅବିନାଶ - "ଏଁ। ଇଏସ୍ ସାଗରିକା କ'ଣ କିଛି କହିଲ ?"

ଗର୍ଜିଉଠିଲା ସୌଦାମିନୀ- "କ'ଣ ହେଲା, ଆମେ ଏତେ ଗପିଗଲୁ ତମେ କିଛି ଶୁଣି ପାରିଲନି ? ହଇ ହୋ, ସାଗର ପଟ୍ଟନାୟକ ପରି ତମେ ବି କ'ଣ କଉ ପ୍ରେମିକାର ଚକ୍‌କରରେ କଳ୍ପନାର ଜାଲ ବିଛେଇ ଚାଲିଲଣି ନା କ'ଣ ?"

– "ସୌଦାମିନୀ, ପ୍ଲିଜ୍ ଶାଂତହୁଅ । ଭାବୁଛ କିପରି ମୁଁ ତମମାନଙ୍କ କଥା ଶୁଣିନି ? ସବୁ ଶୁଣିଛି । ହେଲେ...."

– "ହେଲେ କ'ଣ... ?"

– "ଆମର ପିଲାଟିଏ ହେଲେ ତା'ର ଦାୟିତ୍ୱ ନବ କିଏ ? ସେଇକଥା ଭାବୁଥିଲି । ତମେ ତ ଏବେ ପତ୍ନୀ ଭୂମିକାରେ ନାହଁ ନା । ଏକାବେଳେ ବିପ୍ଳବିଣୀ ନାୟିକା । ନାରୀ ଜାଗରଣର ଜ୍ୱଳନ୍ତ ଅଗ୍ନିଶିଖା ।"

ଭଡ଼କି ଉଠିଲା ସୌଦାମିନୀ- "ଶୁଣୁଛୁ, ଶୁଣୁଛୁ ସାଗରିକା, ଏ ନିର୍ଲ୍ଲଜ ପୁରୁଷ କି ବେସରମ କଥାଗୁଡ଼ା କହି ଯାଉଛନ୍ତି । ଆରେ, ଆମେ ନାରୀ ! ସର୍ବଂସହା-ଦଶଭୁଜା । ଦଶ ହାତରେ ଦଶଟି ଭୂମିକାରେ ଆମେ କାମ କରିପାରୁଁ । ପିଲାଟି ହେଲେ ମୁଁ ଆମ ଘରକୁ ଚାଲିଯିବି । ମୋ' ମା' ଭଉଣୀ ପିଲାକୁ ସମ୍ଭାଳିବେ ।"

– "କ'ଣ କହିଲ, ଶୁଣୁଛ ସାଗରିକା; ଏ କାଢ଼େ ପିଲାକୁ ଧରି ତାଙ୍କ ବାପଘରକୁ ଚାଲିଯିବେ । ଆଉ ଏ ବିଚରା ସ୍ୱାମୀଟିର କି ଅବସ୍ଥା ଟିକେ ଭାବିଲ ? ଆରେ ମୁଁ କ'ଣ ସେଠି ଯାଇ ଘର ଜୋଇଁଆ ରହିବି ? କି ସୁପର ଆଇଡିଆ ଦେଖ । ନାଇଁ, ସେ ସବୁ ହେଇ ପାରିବନି । ଆରେ ମୋର ତ ଗୋଟେ ପ୍ରେଷ୍ଟିଜ ଅଛି । କିଛି କହୁନ ଯେ ସାଗରିକା । ଏ ବେଳେ ମୋତେ ତ ଟିକେ ସପୋର୍ଟ ଦିଅ, ପ୍ଲିଜ୍ !"

ସାଗରିକା ଦ୍ୱନ୍ଦ୍ୱର ସମାଧାନ ଘଟାଇ ପ୍ରସ୍ତାବ ଦେଲେ-

– "ନୋ, ତାହା କେବେ ହେଇ ପାରିବନି ।"

– "ଆଉ ତାହେଲେ ହବ କ'ଣ ?" ଅବିନାଶଙ୍କ ବିକଳ ପ୍ରଶ୍ନ ।

– "ମୋ' ସାଂଗ ମା' ହେଲେ ସେ ତାଙ୍କ ବାପ ଘରକୁ ନଯାଇ, ତମ ବାପା ଘରକୁ ଯିବ ମାନେ ତାର ଶଶୁର ଗୃହକୁ ।"

– "ଆରେ ବାଃ, ସେଇଟା ହେଲେ ତ ମୋର ସବୁ ଦୁଃଖ ଗଲା । ମୂଳରୁ ମୁଁ ସେହିକଥା କହୁଥିଲି । କିଂତୁ ଏ ବାବୁ ମୋ' କଥା ମାନିଲେ ତ ? ବାହାଘର ପରେ ଏକା ଜିଦ୍- ମୁଁ ଗାଁରେ ରହିବିନି । ଟାଉନରେ ଘରଭଡ଼ା ନିଅ । ଆମେ ଫ୍ରି ଲାଇଫ୍ ମେଣ୍ଟେନ କରିବା । କିଏ ଏତେ ଜଂଜାଳକୁ ପଶିବ ? ପିଲାଟାବିତ ଗୋଟେ ଜଂଜାଳ ନା ?"

– "ଶୁଣ, ମୋର ଆଉ ସହର ସୁଖ ଦରକାର ନାହିଁ । ଯେତେ ଜଂଜାଳ ମଥେଇବାକୁ ପଡୁ ପଛେ, ମୋର ପିଲା ଦରକାର । ଏଥର ମୁଁ ଗାଁକୁ ଚାଲିଯିବି । ମୋ' ବାପଘର ନୁହେଁ ମ, ମୋ'ଶାଶୂଘର-ଆମ ଘରକୁ, ମୋ' ଘରକୁ, ହେଲା ?"

ଭାବ ଗଦ୍‌ଗଦ୍ ହୋଇ କହି ଯାଉଥିଲା ନିଜ ହୃଦୟର ଭାଷା ସୌଦାମିନୀ । ଗଦ୍‌ଗଦ୍ ହେଇ ଉଠିଲେ ଅବିନାଶ, ସାଗରିକା ବି ।

– "ସୌଦାମିନୀ !" କୋହଭରା ପ୍ରାଣସ୍ଫୁର୍ତ୍ତି ଅବିନାଶଙ୍କର ।

– "ସତରେ ଅବିନାଶ, ତମ ସ୍ତ୍ରୀ କେତେ ମହିୟସୀ !"

– "ଖାଲି ମୋ' ସ୍ତ୍ରୀ ମହିୟସୀ ହେଲେ ସମାଜ ଆଗେଇବନି ବିପ୍ଳବିଣୀ ସାଗରିକା ଦେବୀ ! ଏ ସମାଜରେ ପଥଭ୍ରଷ୍ଟ ପ୍ରତ୍ୟେକଟି ସ୍ତ୍ରୀ ସୌଦାମିନୀ ହେଇ ଆଗେଇ ଆସିବାକୁ ପଡ଼ିବ ଜୀବନର ବାସ୍ତବ ଚଲାପଥ ଉପରକୁ । ତା' ନହେଲେ ତମ ବିପ୍ଳବ ଯେ ଅଧୁରା ରହିଯିବ ।"

– "ଉଚିତ ଚେତାବନୀ ଦେଲ ତମେ ଅବିନାଶ । ଦେଖାଯାଉ ଏ ଅହ୍ୱାନ ଆଉ ଆଦର୍ଶକୁ କେତେ ଫଲୋ କରୁଛନ୍ତି ।"

ସମାଜ ପ୍ରତି ପ୍ରଶ୍ନିଳ ଦୃଷ୍ଟି ନିକ୍ଷେପ କରି ଚାହିଁ ରହିଥିଲେ ସାଗରିକା-ସୌଦାମିନୀ ଓ ଅବିନାଶ । ସେ ଦୃଷ୍ଟିଥିଲା ଦିଗନ୍ତବିସ୍ତାରୀ ଗୋଟେ ଆଶା, ସ୍ୱପ୍ନ, କଳ୍ପନା ଓ କାରୁଣ୍ୟର ।

ହାତାଶାର ଗୋଟେ ଊର୍ଦ୍ଧ୍ୱଶ୍ୱାସ ଉଠୁଥିଲା ସାଗରିକାର ବୁକୁ ଥରାଇ ଆଉ ଏମାନେ ଥିଲେ ଶାଂତ ନିର୍ବିକାର ।

॥ ୭୬ ॥

ପଶ୍ଚିମାକାଶରେ ଅସ୍ତସୂର୍ଯ୍ୟର ରକ୍ତାଭିସାର ।

ଲଣ୍ଡା ପାହାଡ଼ର ମୁଣ୍ଡିଆ ଉପରେ ବସି ଚାହିଁ ରହିଥିଲା ଯୁବତୀଟି ସେହି ଆକାଶ ଆଡ଼େ । ରକ୍ତର କି ବିକଟ ବିଭୀଷିକା !

ଯୁବତୀ । ଦେହରେ ମାଓବାଦୀର ପୋଷାକ । ନାଆଁ ଶୈଳଜା ଓରଫ୍ ଶାଳିନୀ । ତଳ ସ୍ତରରୁ ଉଠି ସେ ଆଜି ଏରିଆ କମାଣ୍ଡର । ଅତୀତର ସେହି ସରଳା, ତରଳା, କୋମଳା ଝିଅଟି ଆଜି ଦୁର୍ଦ୍ଧର୍ଷ ଗୋଟେ ବାଘୁଣୀ ।

ତାକୁ ବାଘୁଣୀ ସଜେଇଛି କିଏ ? କାହିଁକି ତାର ଏ ପରିବର୍ତ୍ତନ ? କିଏ, କିଏ ସେହି ଖଳନାୟକ, ଯିଏ ତା' ଜୀବନରେ ଏତେ ବଡ଼ ବିପର୍ଯ୍ୟୟ ସୃଷ୍ଟିକଲା ଆଉ ଫିଙ୍ଗିଦେଇଗଲା ଗୋଟେ ଭୟଂକର ନର୍କକୁ ?

ଚାହିଁ ରହିଛି ଶାଳିନୀ ସେହି ରକ୍ତ ପଟଳ ଭେଦ କରି ଅପଲକ ନେତ୍ରରେ ଦୂର ଆକାଶର କେଉଁ ଅନ୍ତହୀନ ଶୂନ୍ୟତା ଆଡ଼େ । ଏତିକିବେଳେ ତା'ର ଦୃଷ୍ଟି ପଥାରୂଢ଼ କରି ଉଡ଼ିଗଲେ ଦଳେ ନୀଡ଼ ଫେରନ୍ତା ପକ୍ଷୀ କଳରବ କରି । କ୍ଷଣକ ପାଇଁ ହେଲେ ବି ତାର ନିଥର ମନତଳେ ଖେଳିଗଲା ଶିହରଣ । ତା' ନିଶୂନ ପ୍ରାଣରେ କିଏ ଯେମିତି ଭରିଦେଲା କୋଳାହଳ । ଅସ୍ଥିର ହୋଇ ଉଠିଲା ସେ । ଇଚ୍ଛା ହେଲା ଏ ମାଟିର ମାୟାକାଟି ପକ୍ଷୀମାନଙ୍କ ସାଥିରେ ଉଡ଼ିଯାନ୍ତା କି ଆଉ କେଉଁ ଅଜଣା ରାଇଜ, ଭିନ୍ନ ଏକ ଇଲାକାକୁ !

ଯେଉଁଠି ନଥାନ୍ତା ରକ୍ତପାତ, ନରସଂହାର, ବଳାତ୍କାର ଭଳି ଅମାନୁଷିକ ହିଂସ୍ରଲୀଳା । ସେଠି ଥାନ୍ତା ଖାଲି ପ୍ରେମ-ସ୍ନେହ-ଶାଂତି ଓ ମୁକ୍ତିର ଅଖଣ୍ଡ ପରିବ୍ୟାପ୍ତି । ସଭିଏଁ ସେଠି ବନ୍ଧୁକ ନୁହେଁ, ବନ୍ଧୁତାର ହାତ ପ୍ରସାରିତ କରି କୋଳେଇ ନବାକୁ ପ୍ରସ୍ତୁତ ଥାନ୍ତେ ସଭିଙ୍କୁ । ଥାନ୍ତେ ସମସ୍ତେ ସେଠି ସ୍ୱତନ୍ତ୍ର-ସ୍ୱଚ୍ଛନ୍ଦ-ମୁକ୍ତ ।

ଯାଃ, ଏ କ'ଣ ଭାବୁଛି ସେ ? ଏ ଅଭିଶପ୍ତ ଜୀବନର ଶୃଙ୍ଖଳ କାଟି ସେ କ'ଣ ତାହା ପାରିବ ? ସେ ଆଜି ଜଣେ ଦୁର୍ଦ୍ଧର୍ଷ ମାଓ ଲିଡର । ମାଓ ଇଲାକା ଚିତ୍ରକୋଣ୍ଡାର ଚିତାବାଘୁଣୀ ସେ । ଯାହାର ପାଦ ପ୍ରହାରରେ ଏଠି ପାହାଡ଼ ଥରି ଉଠେ, ଯାହାର

ଗୁରୁଗମ୍ଭୀର ଶବ୍ଦନାଦରେ ଶିହରି ଉଠେ ଆକାଶ, ଯିଏ ବନ୍ଧୁକ ଉଠେଇଲେ ଶିକାର ଖସିଯାଇ ପାରେନା, ସେ ଏଇ ଶାଳିନୀ । ଜଂଗଲ ରାଣୀ । ମାଓ ବାଘୁଣୀ ।

ମାଓବାଦର ଧ୍ୱଂସ ଯଜ୍ଞରେ ସେ ନିଜକୁ ଆହୂତି ସଜେଇ ସାରିଛି । ତା' ଜୀବନ, ମାନ-ଇଜ୍ଜତ, ସ୍ୱପ୍ନ- ସଂଭାବନା ସବୁ ଜାଳିପୋଡ଼ି ପାଉଁଶ ହେଇ ଯାଇଛି ସେହି ଧ୍ୱଂସ ନିଆଁରେ । ଆଜି ତା' ଆଗରେ ଗୋଟେ ବାଟ- ମାରିବ ନଚେତ ମରିବ । ଗୁଳି-ଗୁଳା ଲ୍ୟାଣ୍ଡ୍ ମାଇନ୍ ବିସ୍ଫୋରଣରେ ଉଡ଼େଇ ଦବ ସେହିମାନଙ୍କୁ, ଯଉମାନେ ତା' ଆଖିରେ ଶତ୍ରୁ, ଦେଶଦ୍ରୋହୀ, ମାନବତାର ହତ୍ୟାକାରୀ । ଏଇ କଣ୍ଟ୍ରାକ୍ଟର, ଖଣି ମାଫିଆ, ଦୁର୍ନୀତିଖୋର ଅଫିସର, ପୋଲିସ, ରାଜନୀତି ନେତୃବର୍ଗ ସମସ୍ତେ ।

ସେ ଭାବୁଛି, ହୋଇପାରେ ଏହା ତା'ର ଭ୍ରମଧାରଣା, ଏଇମାନେ ଦେଶଟାକୁ ଖୋଳକରି ଖାଇଗଲେ । ଖଟିଖିଆ ଗରିବ ମୂଲିଆ ମଣିଷର ହକ୍ ଅଧିକାରକୁ ଏଇମାନେ ହିଁ ଛଡ଼େଇ ନେଇଛନ୍ତି । ତା'ର ଜଳ, ଜମି, ଜଂଗଲ ଉପରେ ଏଇମାନେ ଚଳେଇଛନ୍ତି ଲୁଟତରାଜ । ନିରୀହ ଆଦିବାସୀ ମଣିଷର ତଉଁର ଭିତରେ ଖୁନ୍ଦି ଦେଇଚନ୍ତି କଳାଧୂଆଁର ଉତ୍କଟ ଜହର । ତା' ସବୁଜ ବନାନୀ, ଶ୍ୟାମଳ ସୁନ୍ଦର ପାହାଡ଼, ଜଂଗଲ ଆଜି ସାଫ୍ ହୋଇଯାଇଛି । ତା' ସରଳ ସ୍ୱଚ୍ଛନ୍ଦ ଜୀବନ ଆଜି ଧୂଳିସାତ୍ ।

– "ନାହିଁ, ଏମାନଙ୍କୁ ସେ ଛାଡ଼ିବ ନାହିଁ । କେବେ ଫୁରସତ ଦବନାହିଁ ଆଉ ପାଦେ ଆଗକୁ ବଢ଼ିବାର ହିମ୍ମତ କରିବାକୁ । ସେଥିଲାଗି ସେ ଜଗି ବସିଛି ମାଟି-ମଣିଷର ରକ୍ଷାକବଚ ସାଜି । ସେଥିପାଇଁ ସେ ଖଂଜିଛି ଲେଣ୍ଡ୍‌ମାଇନ୍ । ଉଡ଼େଇଛି କେତେ ପୋଲିସ ବାହିନୀର ଗାଡ଼ି । ଅର୍ଦ୍ଧସାମରିକ ସୁରକ୍ଷା ବାହିନୀର ସାମନା କରିଛି ସେ । ଗୁଳି ଚଳେଇଛି । ମୁଣ୍ଡ ଗଡ଼େଇଛି । କେତେଥର ଗୁଳିର ଚୋଟ ଖାଇଚି ଏଇ ଦିହରେ । ବଂଚିଯାଇଛି ସେ ସବୁଥର ।

କାହିଁକି ? କେଉଁଥିପାଇଁ ? କିଏ ତା'ର ଟାରଗେଟ୍ ? – "ଟାରଗେଟ୍-ଟାରଗେଟ୍-ଟାରଗେଟ୍..ହାଃ...ହାଃ...ହାଃ.. !"

ବିକଟାଳ ଅଟ୍ଟହାସ୍ୟରେ ଗୁଂଜରି ଉଠିଲା ଆକାଶ ! ଶିହରି ଉଠିଲା ସାରା ଜଂଗଲ । ଗର୍ଜିଉଠିଲା ମହାବଳ । କ୍ଷିପ୍ର ବେଗରେ ଧାଇଁବାକୁ ଲାଗିଲେ ବଣର ଯନ୍ତୁଯୁନ୍ତାମାନେ -ଏଇ ହରିଣ, ଶୃଗାଳ, ଗଧିଆ, ହେଟା, ଠେକୁଆ ଆଦି ପ୍ରାଣ ବିକଳରେ ଏଣେ ତେଣେ ।

ହସୁ ହସୁ ହଠାତ୍ ଚୁପ୍ ହେଇଗଲା ଶାଳିନୀ । ହସିବ କେତେ ବା ସମୟ । ବୁକୁ ଥରାଇ ଉଠିଲା ଗୋଟେ ଅବ୍ୟକ୍ତ ବେଦନାର କୋହୋଚ୍ଛ୍ୱାସ । ଭୋ ଭୋ କରି କାନ୍ଦି ଉଠିଲା ସେ । କାନ୍ଦିବନି କେମିତି ? ଏଇ ଅଶ୍ରୁ ଯେ ତାର ଚିର ଜୀବନସାଥୀ ।

– "ଢୋ!" ଫୁଟି ଉଠିଲା ବଂଧୁକର ଗୁଳି ।

ଚମକି ସତର୍କ ହେଇଗଲା ସେ । ଚାରିଦିଗକୁ ତୀକ୍ଷ୍ଣ ଦୃଷ୍ଟି ଘୂରାଇ ଆଣିଲା ତା'ର ଲାଲ ଆଖି ଆଖିପିଛୁଳାକେ । ବାଇନାକୁଲାରରେ ଲକ୍ଷ୍ୟକଲା ଦୂରକୁ- ପାହାଡ଼ର ତଳ ଇଲାକାକୁ ।

– "ଏହି ଯେ, ସେମାନେ କାହାକୁ ବାଂଧି ଘୋସାରି ଘୋସାରି ଆଣୁଛନ୍ତି ଏଇ ଆଡ଼କୁ । କିଏ ସେ ?"

ଉଠି ଡେଇଁ ଡେଇଁ ତଳକୁ ତଳକୁ ଆଗେଇଗଲା ଶାଳିନୀ । ଯେମିତି ବାଘୁଣୀ ଶିକାରର ସଂଧାନ ପାଇଛି । ତା'ର ଟାରଗେଟ ଆଜି ଫୁଲଫିଲ୍ କରିବ, ଇଏସ୍ ଆଜି ।

XXX

ଘଞ୍ଚ ଜଂଗଲଘେରା ପାହାଡ଼ୀ ଗୁଂଫାର ସେହି ମାଓବାଦୀ ଗୁପ୍ତ ଆଡ୍‌ଡା । ଗୁଂଫାର ଦ୍ୱାରଦେଶରେ ପଥରଖଣ୍ଡ ଉପରେ ବସିଥିଲା ଶାଳିନୀ, ଲେଡି କମାଣ୍ଡର ।

କିଛି ଦୂରରୁ ଜଣକୁ ଟାଣି ଟାଣି ଆଣୁଥିଲେ କେତେଜଣ ଦୁର୍ଦ୍ଧର୍ଷ ମାଓ ଯୋଦ୍ଧା । ଆଣି ହାଜର କଲେ ସାମ୍ନାରେ । ଖୋଲିଦେଲେ ମୁହଁରୁ କଳାପଟି ।

କ୍ଷତାକ୍ତ ଯୁବକଟିର ଆଖି ବନ୍ଦ ଥିଲା । ମୁହଁରେ ସ୍ୱଳ୍ପ ଦାଢ଼ି । ଫୁରୁଫୁରୁ ନୁଖୁରା ଅଲରା ବାଳ । ଦିହରେ ଛିଣ୍ଡା ପଞ୍ଜାବୀ ଆଉ ମଇଳା ଚିରା ଫଟା ପୂରା ପେଣ୍ଟଟାଏ, ପାଦଠାରୁ ଚାଖଣ୍ଡେ ଉପରକୁ । ଲାଗୁଥିଲା ପାଗଳଟାଏ, ବହୁତ ଥକି ପଡ଼ିଚି । ତଳେ ଘୁମେଇଁ ପଡ଼ିଲା ସେ ।

– "ଆଃ, ପାଣି, ପାଣି ।" କ୍ଷୀଣ ସ୍ୱରରେ ଚିତ୍କାର ଥିଲା ତାର ।

ଲିଡରର ଇସାରା ପାଇ ବୋତଲରୁ ପାଣି ପିଆଇଲେ ମାଓବାଦୀମାନେ । ପାଣି ପିଇ ଟିକେ ଆଶ୍ୱସ୍ତ ହେଲା ଯୁବକ । ମାଓବାଦୀ ଜଣେ ତା' ମୁହଁକୁ ପାଣିର ଛାଟ ମାରିଲା । ଆଖିର ସବୁ ଘୁମର କଟିଗଲା । ଆଖି ଖୋଲି ବହୁ କଷ୍ଟରେ ଚାହିଁଲା ସେ । ଦେଖିଲା, ଗୋଟେ ଝାପ୍‌ସା ଅନ୍ଧାରୀ ଗୁଂଫା ଭିତରେ ହାତ-ପାଦ-ବନ୍ଧା ହେଇ ପଡ଼ିଛି । ତା' ସାମ୍ନାରେ ବାଘୁଣୀ ଭଳି ଜଗିବସିଚି ଜଣେ ଭୟଂକର ଚେହେରାର ମୁଖାପିନ୍ଧା ମଣିଷଟାଏ । ଘେରିରହିଚନ୍ତି କେତେଜଣ ବଂଧୁକଧାରୀ ପିଶାଚ ।

ଡରିଲାନି ଜମା ସେ । ମୃତ୍ୟୁକୁ ଏମିତି କେତେଥର ସେ ସାମ୍ନା କରି ଆସିଚି । ଜୀବନକୁ ନେଇ କେତେଥର ଏମିତି ନିଆଁର ବାଜି ଖେଳିଛି । ଆଉ ଆଜି ଏମାନେ ତାକୁ ଫେର୍ ମୃତ୍ୟୁର ଭୟ ଦେଖେଇବେ ? ହସି ଉଠିଲା ଯୁବକ–

– "ହାଃ...ହାଃ...ହାଃ.... !"

– "ହ୍ୱାଟ୍, ତମେ ହସୁଚ? କିଏ ତମେ? ଏତେ ନିର୍ଭୀକ!" ପ୍ରଶ୍ନ କଲା ଶାଳିନୀ। ଆଖିରେ ବିସ୍ମୟର ଭ୍ରୂକୁଟି।

ଉତ୍ତର ଆସିଲା, ଯନ୍ତ୍ରଣା ଜର୍ଜରିତ ପ୍ରାଣର ବିକ୍ଷୁବ୍‌ଧ ଉଚ୍ଚାରଣ-

– "ମୁଁ ଜଣେ ତମରି ପରି ମଣିଷ! ଚୋର ନୁହେଁ କି ତସ୍କର ନୁହେଁ। ପୋଲିସ ନୁହେଁ କି ସି.ଆଇ.ଡି. ନୁହେଁ। ଭାବିନିଅ-ମୁଁ ଗୋଟେ ସୃଷ୍ଟିଛଡ଼ା ପାଗଳ। ହାଃ...ହାଃ...ହାଃ...!"

– "Oh you shut up! ବନ୍ଦକର ତମର ଏ ବିଦ୍ରୁପ ହସ। ମୁଁ ଟଲରେଟ୍ କରି ପାରୁନି। ସତ କୁହ କିଏ ତୁମେ? ତୁମର ପ୍ରକୃତ ପରିଚୟ କ'ଣ?"

– "କହିଲି ନା ମୁଁ ଗୋଟେ ପାଗଳ।"

– "ନୋ, ନେଭର। ତୁମେ ପାଗଳ ହେଇ ନପାର। ମିଛ କହୁଚ। ସତ କୁହ, ଆମେ ତମର କିଛି କ୍ଷତି କରିବୁନି। ତମକୁ ନିଶ୍ଚୟ ଛାଡ଼ିଦେବୁ ତମ ଠିକଣାରେ। ଏଇସ୍ କୁହ।"

ଗୋଟେ ଅସହିଷ୍ଣୁତାର ଊର୍ଦ୍ଧ୍ୱଶ୍ୱାସ ଉଠିଲା ପାଗଳ ଭିତରୁ।

– "ନା, ମୁଁ ଆଉ ଫେରିଯିବାକୁ ଚାହେଁନା। ବହୁ ସଂଘର୍ଷ ପରେ ଖସି ଆସିଛି ଯେତେବେଳେ ମୋତେ ତମେ ଏଇଠି ଟିକେ ଆଶ୍ରୟ ଦେଇ ପାରିବନି?"

– "ଆଶ୍ରୟ? ହା-ହା-ହା! ଏଇଟା ଆଶ୍ରମ ନୁହେଁ। ଏଇଟା ମାଓବାଦୀ ଆଡ୍‌ଡା। ଏଠି ତମପାଇଁ ସ୍ଥାନ ନାହିଁ। ହଁ-ଅଛି। ଗୋଟିଏ ସର୍ତ୍ତରେ। ପାରିବ, ପାରିବ ତୁମେ ଏଇ ମାଓବାଦୀ ଡ୍ରେସ୍‌ଟାକୁ ପିନ୍ଧି ଏଇ ବନ୍ଧୁକଟାକୁ ହାତକୁ ଉଠେଇ ନେଇ ପାରିବ? ଆଉ ପୋକ ମାଛି ପରି ସମାପ୍ତ କରିଦେଇ ପାରିବ ସେଇ ବେଇମାନଗୁଡ଼ାଙ୍କୁ? ଜବାବ ଦିଅ!"

– "ନା, ଏତେବଡ଼ ଜଘନ୍ୟ ଅପରାଧ ଘଟେଇ ମୁଁ ଦେଶଦ୍ରୋହୀ ସାଜି ପାରିବି ନାହିଁ।"

– "ଦେଶଦ୍ରୋହୀ? କ'ଣ କହିଲ -ଆମେ ସବୁ ଦେଶଦ୍ରୋହୀ?"

– "ଇଏସ୍, ଦେଶଦ୍ରୋହୀ। ତା' ନହେଇଥିଲେ ତମେମାନେ ସମାଜ ଛାଡ଼ି ଜଂଗଲ, ରାଜରାସ୍ତା ଛାଡ଼ି ଏ ପାହାଡ଼ୀ କଣ୍ଟକିତ ପଥରେ ଭୀରୁଭଳି ଘୂରି ବୁଲୁ ନଥାନ୍ତ।"

– "ଖବର୍ଦ୍ଦାର! ଆଉ ପଦେ ପାଟିରୁ ଶବ୍ଦ ବାହାର କରିବୁ ତ ମୁଁ ଗୁଳିକରି ତୋ' ହୋସ୍ ଉଡ଼େଇ ଦେବି।" ଗର୍ଜିଉଠିଲା ଜଣେ ମାଓଯୋଦ୍ଧା ଆଉ ବନ୍ଧୁକ ଲଗେଇଲା ପାଗଳର ଛାତିରେ।

– "ନୋ, ରୁକ୍ ଯାଓ ! ହଟୋ ସବ୍, ହଟ୍‌ଯାଓ ! ଭାଗୋ ୟହାଁ ସେ ।"

– "ଜୀ ଲିଡର !" ନତମସ୍ତକ ହୋଇ ଦୂରେଇ ଗଲେ ଯୋଦ୍ଧାମାନେ ।

ଶାଳିନୀ ଆସିଛି । ଯୁବକର ହାତ-ପାଦରୁ ଖୋଲି ଦେଇଛି ରଶି । ପିଠି ଥାପୁଡ଼େଇ କହିଚି- "ସାବ୍‌ବାସ୍, ସାବ୍‌ବାସ ୟଂ ମେନ୍ । ମୁଁ ତମପରି ଜଣକୁ ଖୋଜୁଥିଲି, ଯିଏ ମୋ' ଇମୋସନ୍‌କୁ ତାଳ ଦେଇ ପାରିବ ।"

ହାତଧରି ଉଠାଇଲା ତଳୁ ଆଉ ବସାଇ ଦେଲା ଖଣ୍ଡେ ପଥର ଚଟାଣ ଉପରେ । ଚକିତ ହେଇ ଚାହିଁଲା ଯୁବକ । ପଚାରିଲା- "କିଏ ତୁମେ, ମୋର ଏପରି ସତ୍‌କାର କରୁଛ ?"

ମୁଖା ଖୋଲି ଦେଲା ଶାଳିନୀ ।

ଶାଳିନୀର ମୁଖକୁ ଗଭୀର ନିରୀକ୍ଷଣ କରି – "ତମେ ?"

– "କ'ଣ ଚିହ୍ନି ପାରିଲ ? ମୁଁ କିନ୍ତୁ ତମକୁ ଠିକ୍ ଚିହ୍ନି ପାରିଥିଲି । ତମେ..."

– "ଶାଳିନୀ ନା ?"

– "ଅନୁପମ ଇଏସ ?"

– "ଶାଳିନୀ !"

– "ଅନୁପମ !"

ହାତ ମିଳାଇଲେ ଉଭୟ !

– "ତମେ ଏମିତି ଅବସ୍ଥାରେ, କ'ଣ ହେଇଚି ତମର ? କୁହ କୁହ ଅନୁପମ !" ବ୍ୟସ୍ତ ହେଇ ଉଠୁଥିଲା ଶାଳିନୀ ।

– "କହିବି, ହେଲେ ଆଗ ମୋତେ କୁହ, ତମେ ଏପରି ସ୍ଥିତିରେ କାହିଁକି ? ଆଇ.ପି.ଏସ୍. ଶୈଳଜା ଆଜି ଜଣେ..."

କଥା ଛଡ଼େଇ କହିଲା ଶାଳିନୀ- "ମାଓ ଲିଡର...।"

– "ୱାଣ୍ଡରଫୁଲ !"

– "ହାଃ..ହାଃ...ହାଃ...! ନା, କିଛିବି ଆଶ୍ଚର୍ଯ୍ୟ ନୁହେଁ ମିଷ୍ଟର ।" ଭାଷାରେ ଥିଲା ଦରଦ, ବେଦନାରେ ଆର୍ଦ୍ରତା ।

– "କୁହ, କୁହ ଶାଳିନୀ, ମୋ' ପ୍ରଶ୍ନର ଜବାବ ଦିଅ ।"

ଉତ୍କଣ୍ଠିତ ହେଇ ଉଠୁଥିଲା ଅନୁପମ !

ଶାଳିନୀ ଆଖିରେ ଜକେଇ ଆସିଲା ଅଶ୍ରୁ । ସ୍ଥିର ଦୃଷ୍ଟିରେ ସେ ଚାହିଁ ରହିଥିଲା ଭିନ୍ନ ଦିଗରେ । ବୁକୁତଳୁ ଉଚ୍ଛୁଳି ଉଠୁଥିଲା କୋହ । ଅସ୍ପଷ୍ଟ ସ୍ୱରରେ କହିଲା- "ନାଇଁ, କହିପାରିବିନି ସେ ରକ୍ତଝରା ଯନ୍ତ୍ରଣାର କାହାଣୀ..ଆଃ !" ଚିତ୍କାର କରି ଉଠି ଥରିଥରି

ଲୋଟି ପଡୁଥିଲା ସେ । "ଶାଳିନୀ!" ଆସି ଧରିନେଲେ ଅନୁପମ! ଶାଳିନୀର ଜଡ଼ବତ୍ ଶରୀରଟା ଟଳି ପଡ଼ିଥିଲା ଅନୁପମଙ୍କ ଛାତି ଉପରକୁ ।

XXX

ନିଜ ସଂଘର୍ଷମୟ ଜୀବନର ରୋମାଞ୍ଚକର କାହାଣୀ କହି ସାରିଛି ଅନୁପମ । ଏବେ ଶାଳିନୀର ପାଳି । ସେ କହିବ ତା' ଲୁହ-ଲହୁବୁହା ଜୀବନ-ଯୌବନର ସେହି କରୁଣ ଇତିବୃତ୍ତ ।

ଦିନେ ଆଇ.ପି.ଏସ୍. ଅଫିସର ହେବାର ସ୍ୱପ୍ନ ଦେଖୁଥିବା ସେଦିନର ସେହି ଝିଅଟା ଆଜି କିପରି ପାଲଟି ଗଲା ଜଣେ ମାଓବାଦୀ ଲେଡି କମାଣ୍ଡର । ଆନ୍ଧ୍ର-ଓଡ଼ିଶା-ଛତିଶଗଡ଼ ବୋର୍ଡ଼ର ରେଞ୍ଜର ଗ୍ୟାଙ୍ଗ ଲିଡର । କ'ଣ ସେ କାହାଣୀ ?

କାହାଣୀ ସେଦିନର -

ନୀଳ ପାହାଡ଼ର ଛାତିତଳୁ ଘଞ୍ଚ ଅରଣ୍ୟର ବୁକୁଚିରି ଝର୍ଝର ନାଦରେ ଝରି ଆସୁଥିଲା ଛୋଟ ଝରଣାଟିଏ ! ଝରଣାର କୂଳେକୂଳେ ତାଳରେ ତାଳ ମିଶାଇ, ସ୍ୱରରେ ସ୍ୱର ତୋଳି ନାଚିନାଚି ଝୁମି ଉଠୁଥିଲେ ଯୋଡ଼ିଏ ମୟୂର-ମୟୂରୀ । ସେମାନେ ଥିଲେ ଶାଳିନୀ ଆଉ ସାଗର ।

ଉଭୟଙ୍କ କଂଠରେ ଯୁଗ୍ମ ସଂଗୀତଟିଏ ପ୍ରଣୟର–

(ଗୀତ) ପୁ- ଏଇ ପାହାଡ଼ ଏଇ ଝରଣା
ସ୍ତ୍ରୀ - ଏଇ ଜହ୍ନ ଏଇ ଜ୍ୟୋଛନା
ପୁ/ସ୍ତ୍ରୀ- ରହିଛି ରହିବ,
ଦେଖିବାକୁ ଆମ ମିଳନ ।୦।
ସ୍ତ୍ରୀ- ତୁମେ ସାଗରର ନୀଳ ଊର୍ମି
ମୁଁ ଯେ ସରଗର ନୀଳ ପରୀ
ପୁ- ତୁମେ ମୋ' ରୂପସୀ ପ୍ରଜାପତି
ମୋର, କରିଛ ଗୋ' ମନଚୋରି
ସ୍ତ୍ରୀ - ସାଥୀ ସାଜି ଯିବା ଦୂରେ
ପୁ- ସପନର ଆର ପାରେ
ପୁ/ସ୍ତ୍ରୀ -ଅଭୁଲା ଆମ ଏ
ନିବିଡ଼ ପ୍ରେମ ବନ୍ଧନ ।୧।
ଏଇ ପାହାଡ଼ ଏଇ ଝରଣା / ଏଇ ଜହ୍ନ ଏଇ ଜୋଛନା...

ଗୀତ ଅନ୍ତେ ନୃତ୍ୟରତା ଶାଳିନୀ ଲୋଟିପଡ଼ିଲା ସାଗର ବୁକୁରେ । ସାଗର ତାକୁ ଭିଡ଼ିଧରି ଆଂକିଦେଲା ତା' କଅଁଳ ଅଧରରେ ମୃଦୁ ଚୁମ୍ବନଟିଏ! ଦୁହେଁ ଧୀରେ ଲୋଟିପଡ଼ିଲେ ଗୋଟେ ପ୍ରସ୍ତର ଚଟାଣ ଉପରେ, ଜହ୍ନକୁ ଢାଙ୍କିଦେଲା ବାଦଲ ।

XXX

ସେହି ଝରଣା କୂଳ । ଅପସରି ଯାଇଛି ଜହ୍ନ ଦେହରୁ ବାଦଲର ଆସ୍ତରଣ । ଜହ୍ନ ଯେମିତି ହସି ଉଠୁଥିଲା ଖିଲିଖିଲି । ତା' ଓଠରୁ ଝରି ପଡୁଥିଲା ଜୋଛନାର ଫୁଆରା । ଧୀର ପବନରେ ମହକି ଉଠୁଥିଲା ବଣମଲ୍ଲୀ-ମରୁଆର ବାସ୍ନା ।

ପାଖାପାଖି ପରସ୍ପରକୁ ଭିଡ଼ି ବସିଥିଲେ ସାଗର ଓ ଶୈଳଜା ଓରଫ୍ ଶାଳିନୀ ।

ଏବେ ରତିକ୍ଲାନ୍ତା ନାୟିକା ତା' ପ୍ରଶ୍ନର ଉତ୍ତର ମାଗୁଛି ।

– "କୁହ ସାଗର, ଏତେ ପରେ ତମେ ମୋତେ ପର କରିଦେବ ନାହିଁ ତ ?"

– "ଏମିତି କେମିତି ପ୍ରଶ୍ନ କରି ପାରୁଛ ଶାଳିନୀ ? ତମକୁ ଯେ ମୁଁ କେତେ ଭଲପାଏ ! ଇଏସ୍, ମୋ' ପ୍ରାଣଠୁ ଅଧିକ । ବିଶ୍ୱାସ କର !"

– "କରିଛି ତ ବିଶ୍ୱାସ । ସେଇଥିପାଇଁ ମୁଁ ଆଜି ତମ ପାଦତଳେ ଅଜାଡ଼ି ଦେଇଛି ମୋ' ରୂପ-ଯୌବନର ସବୁକିଛି । ତମକୁ ନେଇ ମୁଁ ସ୍ୱପ୍ନ ଦେଖିଛି, ସତରେ କେତେ ରଂଗୀନ, କେତେ ରୋମାଞ୍ଚଭରା !"

– "ରିଏଲୀ ? ମୁଁ ବି । ତମରି ହାତ ଧରି ଚାଲିବାକୁ ଚାହେଁ ଜୀବନର ସାରାପଥ । କୁହ...ଚାଲିବ ନା ?"

– "ହା-ହା-ହା ଆହୁରି ସନ୍ଦେହ ? ନୋ-ନୋ, ତମେ ସେମିତି ମୋତେ ଅବିଶ୍ୱାସ କରି ପାରିବନି । ତାହା ମୁଁ ହେବାକୁ ହିଁ ଦେବିନି । ଦେଖିବ ।"

– "ସତ କହୁଚ !" ଶାଳିନୀକୁ କୋଳକୁ ତୋଳିନେଇ ଧୀରେ ତାର ଚିବୁକକୁ ହଲେଇ ଦେଲା ସାଗର । "ଉଁ ?"

– "ହୁଁ!"

– "ଓ ମାଇଁ ସୁଇଟ୍ ଡାର୍ଲିଂ !" ଆଂକିଦେଲା ଚିବୁକରେ ଚୁମ୍ବନ, ସାଗର ଶାଳିନୀର । ଶାଳିନୀ ବି ସାଗର ଚିବୁକରେ ।

ହଠାତ୍ ମନେ ପଡ଼ିଗଲା ଶାଳିନୀର ସାଗରିକା କଥା ।

ଭଡ଼କି ଉଠିଲା ସେ । ସାଗର କୋଳରୁ ଛାଡ଼ ହୋଇ ଆସି ପ୍ରଶ୍ନକଲା – "ଆଉ ସେ ସାଗରିକା ? ଇଓର ଉଡ୍ ବି ୱାଇଫ୍ ? ?"

ମୋର ବି ତୁମକୁ ସେହି ପ୍ରଶ୍ନ – "ଆଉ ସାଗରିକା ? ଇଓର ଜିଗରୀ ଦୋସ୍ତ... ଆଇ ମିନ୍ ଭେରି ଭେରି ଇଣ୍ଟିମେଟ୍ ଫ୍ରେଣ୍ଡ୍ ? ?"

– "ଯଦି ତମକୁ ଭୁଲ ବୁଝିବ ତ ?" ଶାଳିନୀର ପ୍ରଶ୍ନ ।

– "ତମକୁ ବି ଯଦି ସେ ଭୁଲ ବୁଝେ ?" ପାଲଟା ପ୍ରଶ୍ନ ସାଗରର ।

– "କି ଭୁଲ ବୁଝିବ ସେ ?"

– "ଏଇଆ, ତମେ ତା' ବଏ ଫ୍ରେଣ୍ଡ୍‌କୁ ପ୍ରେମ-ଜାଲରେ ଫସେଇ ଉଡ଼େଇ ଆଣିଛ ଏଇ ବଣ-ପାହାଡ଼ ଘେରା କୋରାପୁଟର ମାଲକାନଗିରି-ଚିତ୍ରକୋଣ୍ଡାର ବିଚିତ୍ରପୁରୀକୁ ?"

ଉଭୟ ଏକ ସଂଗେ ହସି ଉଠିଲେ । ଆଖିର ଇସାରା ଇସାରାରେ ପରସ୍ପରକୁ ସମ୍ମତି ଜଣାଇଲେ ଆଉ ସାଗରିକା ପ୍ରତି ଥିଲା ପରିହାସର ତୀବ୍ର ତାଚ୍ଛଲ୍ୟ । ଆଗେ ମୁହଁ ଖୋଲିଲା ସାଗର । "ସେଥିପାଇଁ ତମେ ଆଦୌ ବିବ୍ରତ ହୁଅନା ଶାଳିନୀ ।"

– "ତୁମର ବି, ଆଦୌ ବିବ୍ରତ ହେବାର ନାହିଁ । ସେ ବା କିପରି ଜାଣିବ ? ଯଦିବି ଜାଣେ ତା' କଥା ମୁଁ ବୁଝିବି । ରାଧା ଲାଗି ଲଳିତା କେତେ ତ୍ୟାଗ କରିଥିଲା ନୁହେଁ ? ମୋ' ପାଇଁ ସେ ଅନ୍ତତଃ ଏତିକି ତ ପାରିବ ନା ? ଜମା ପ୍ରତିବାଦ କରିବନି ଭାବୁଛି । ଆଉ ତୁମେ ?"

– "ମୁଁ ମାନେ ? ?"

– "ତାକୁ ବାଦ୍ ଦେଇ ତମର କିଛି ପ୍ରୋବ୍ଲେମ୍ ନାହିଁ ତ ?"

– "ନୋ, ନୋ, I don't care"

XXX

ଇତି ମଧ୍ୟରେ ବିତି ଯାଇଛି ଝଡ଼ା ବର୍ଷଟାଏ । ପାଠୁଆ ହେଲେ ବି ଗୋଟେ ସରଳା-ନିରୀହା ବଣ-ପାହାଡ଼ର ଝିଅ ଶାଳିନୀ । ତା' ସାଥିରେ ଏ ଲୋଫର ସେକ୍ସିବଏ ସାଗରର ପ୍ରତାରଣାର ଖେଳ ବେଶିଦିନ ତିଷ୍ଠି ରହି ପାରିନି । ଏଇ କେତେ ମାସ ଭିତରେ ଯୁବତୀ ଝିଅଟାକୁ ନେଇ ବହୁତ ଖେଳିଛି । ତା' ଯୌବନର ମହୁ ପିଇ ପିଇ ଶେଷ କରି ସାରିଲାଣି । ଫୁଲରୁ ମହୁ ସରିଗଲେ ଭ୍ରମର କି ଆଉ ସେଠି ଲଟକି ରହି ପାରିବ ? ତା'ର ନିଶା ନୂଆ ନୂଆ ଆଉ କଉ ସଜଫୁଲର ମହୁ-ମଦିରା ।

ସୁଯୋଗ ଖୋଜୁଛି ସାଗର । କିପରି ଶାଳିନୀକୁ ଫାଙ୍କିଦେଇ ଫେରାର୍ ହେଇଯିବ । ଆଦୌ ବୁଝିପାରିବନି ସେ ତା' ମନ ଗହୀରର ଏ ଗୋପନ ଚାଲ୍ ।

– "ହାଲୋ ସାଗର !"

– "ହାଲୋ... !"

ସାଗର ଦେଖିଲା ଝୁମୁରୁ ଝୁମୁରୁ ନାଦ କରି ତା'ରି ଆଡ଼କୁ ଡେଇଁ ଡେଇଁ ଆଗେଇ

ଆସୁଛି ସେହି ଚାରୁ ଚପଳ ଚରଣା- ଛନ୍ଦମୟୀ ଶାଳିନୀ । ବିଜୁଳି କନ୍ୟାପରି ଆସି ଉଭା ହେଲା ସାମ୍ନାରେ । ତାରିଫ୍ କରି ଉଠିଲା ସାଗର–

– "ଆରେ ବାଃ, ଆଜି ତମେ ଖୁବ୍ ଟାଙ୍ଗା ଲାଗୁଛ ! ଏତେ ଚମତ୍କାର ଯେମିତି ବନଦେବୀ ! ତମ ଗଭାରେ ଗଜରା ବେଶ୍ ମାନୁଛି । ତମ କଟିରେ ଘୁଙ୍ଘୁର ସାଂଗକୁ ଘାଗରା, ପାଦରେ ନୂପୁର, ଛାତିରେ ଝିଲିମିଲି ଝୀନ ଜାଲି କାଞ୍ଚଲାଟି ଯେମିତି କହି ଦଉଛି -କୋଣାର୍କର କଉ ଶିଳାସୁନ୍ଦରୀ ଏଠି ଆସି ଜୀବନ୍ୟାସ ପାଇଛି !"

– "ସତେ ନା କ'ଣ ?"

– "ସତ ମାନେ ? ସିଓର୍ ।"

– "ଜାଣିଛ, ଆମ ଇଲାକାରେ ନା ଚଇତି ପରବ ଭାରି ଧୂମ୍‌ଧାମ୍‌ରେ ପାଳିତ ହୁଏ । ଏବେ ସେଇ ପରବର ଦିନ ଚାଲିଛି । ସେଥିଲାଗି ମୋର ଏ ବେଶ । ଭାବିଲି ତମକୁ ଖୁସି କରିବା ପାଇଁ ଆଜି ମୁଁ ନାଚିବି । ଖୁବ୍ ନାଚିବି, ତମେ ମସ୍ତ୍ ହେବାଯାଏ । କାଲି ଆମ ବାହାଘର ନା ?"

– "ବାହାଘର ?"

– "ହଁ, ମୁଁ ବାବା-ମା'ଙ୍କୁ କହି ସବୁ ବ୍ୟବସ୍ଥା କରିଦେଇଛି । ମା' ବନଦୁର୍ଗା ମନ୍ଦିରରେ ଆମର ହେବ ବାହାଘର । ପରବର ମଜା-ମଉଜ ଭିତରେ ଆମର ମେରେଜ ସେରିମନି ବେଶ୍ ଜମି ଯିବ ନୁହେଁ ?"

– "କିନ୍ତୁ କହୁଥିଲି କଣ କି.... !"

– "ନୋ, ମୁଁ କିଛି ଶୁଣିବାକୁ ଚାହେଁନି । ଦେଖ ସାଗର, ମୁଁ ଆଉ ୱେଟ୍ କରି ପାରୁନି । ମେରେଜ୍‌ଟା ପରେ ପରେ ଆମେ ଫେର୍ ଫେରିଯିବା ସେହି ସହରକୁ । ଗୋଟେ ବଡ଼ ରୋମାଣ୍ଟିକ୍ ସ୍ପଟ୍‌ରେ ଆମର ହନିମୁନ୍, ତା'ପରେ ମୁଁ ଆଇ.ପି.ଏସ୍. ଆଉ ତୁମେ ସହରର ବଡ଼ ଶିଳ୍ପପତି ମିଷ୍ଟର ସାଗର ପଟ୍ଟନାୟକ ।"

– "ହା-ହା-ହା- !" ସାଗର ଗଳାରେ ନିଜ ଦୁଇ ବାହୁକୁ ମାଳାୟିତ କରି ପ୍ରଶ୍ନ କଲା ଶାଳିନୀ ଆଖିର କାଉଁରୀ କଟାକ୍ଷ ଆଙ୍କି- "ଉଁ ?"

ଇତି ମଧ୍ୟରେ ସ୍ଥିର କରି ନେଇଥିଲା ତା'ର ପରବର୍ତ୍ତୀ ନିଶ୍ଚିତ ପଦକ୍ଷେପ ଇତସ୍ତତଃ ସାଗର । ସତରେ- ଭବିଷ୍ୟତକୁ ନେଇ ଏତେ କଳ୍ପନାର ଜାଲବୁଣି ଚାଲୁଥିବା ଶାଳିନୀର ରଂଗୀନ୍ ଜୀବନଟାକୁ ସେ ଆହୁରି ଆହୁରି ରଂଗୀନ୍ କରି ଦେବାକୁ ଚାହେଁ । ଫୁଲ୍ ରଂଗୀନ୍ । ହାଃ..ହାଃ...ହାଃ.. ! ଏ ହସଥିଲା ମୌନ ମୁଦ୍ରାର, ନୀରବ ବ୍ୟଂଜନାର ।

– "କ'ଣ ଭାବୁଛ ?"

– "କିଛି ନୁହେଁ ।"

– "ଏବେ ନାଚିବି ?"

– "ନୋ ! ଏଠି ନୁହେଁ । ଚାଲ ଆମେ ପାହାଡ଼ ଉପର ମୁଣ୍ଡକୁ ଚାଲିଯିବା । ସେଠି ବୁଲି ବୁଲି ଦେଖିବା ଏ ନୀଳପାହାଡ଼ର ଛବି, ଏ ସବୁଜ ବନାନୀର ସୁନ୍ଦର ଶୋଭା ଆଉ ନୀଳଆକାଶର ଛାତିରେ ଆମେ ହଜିଯିବା କଳ୍ପନାର ରଂଗୀନ୍ ଡେଣା ମେଲି ଦୂରକୁ ବହୁତ ଦୂରକୁ । ଯେଉଁଠିକି କେହି ଆମକୁ ଖୋଜି ପାଇବେନି । କେହିବି ।"

– "ଦେଖୁଛି, ତମେ ଏକାବେଳେ ଇମୋସ୍‌ନାଲ ହେଇ ପଡ଼ିଛ ? ହା-ହା-ହା !"

– "ଆରେ ଆସନା, ସେଇଠି ତମେ ନାଚିବ, ମନ ଭରି ନାଚିବ ଆଉ ମୁଁ ଗାଇବି ପ୍ରାଣହରା ଆମ ପ୍ରୀତିର ମତୁଆଲା ଗୀତି । ଆସ !" ଟାଣି ଟାଣି ଘେନି ଯାଉଥିଲା ସାଗର ଶାଳିନୀକୁ ।

ସେ ଆକର୍ଷଣରେ ଥିଲା ଆଗ୍ରହ ନୁହେଁ, ବ୍ୟଗ୍ରତା । ଆତ୍ମୀୟତା ନୁହେଁ, ବାଚାଳତା । ପ୍ରେମ ବାଉଳା ଯୁବତୀ ଶାଳିନୀ ବିନା ଦ୍ୱିଧା ଓ ପ୍ରତିବାଦରେ ସାଗରର ହାତଧରି ଟାଣିଟାଣି ହେଇ ଯାଉଥିଲା ଯେମିତି ପାଦରେ ପାଦ ମିଳେଇ । ସେ କି ଜାଣିଥିଲା ଏ ସହରୀ ବାଘଟା ସତରେ ତାକୁ କେମିତି ବଣର ହରିଣୀ ସଜେଇ ଘେନି ଯାଉଛି ତା' ବିଛେଇଥିବା ଚକ୍ରାନ୍ତର ବ୍ୟୂହ ଭିତରକୁ । ଖୁବ୍ କେତେ ସମୟ ପରେ ପହଁଚିଗଲେ ପାହାଡ଼ ଛତିରେ ଉଭୟ ।

ଖୁସିରେ ଝୁମି ଉଠିଲା ଶାଳିନୀ । ନାଚିଉଠିଲା ତା'ର ନୂପୁରଲଗା ପାଦ ଯୋଡ଼ିକ । ଘୂରି ଘୂରି ଯାଉଥିଲା ଘାଗରା ।

- "ନାଚ, ନାଚ ଶାଳିନୀ, ଖୁବ୍ ନାଚ, ନାଚିନାଚି ବେହୋସ୍ କରିଦିଅ ମୋତେ । ଯେମିତି ଏ ସାଗରର ତୃଷ୍ଣା ତାକୁ ଆଉ କେବେ ବି ବିବ୍ରତ କରିବନି ।"

ନାଚୁଛି ଶାଳିନୀ ! ନାଚି ନାଚି ଥକି ପଡ଼ିଛି ।

କିଂତୁ ସାଗର ତାକୁ ଥକିବାକୁ ଦବନି । ତା' ପାଟିରେ ତେଣୁ ଭରି ଦେଇଛି ଠିପି ଖୋଲା ମଦର ବୋତଲଟାଏ । ଦେଶୀ ମହୁଲି ମଦର ନିଶାରେ ସେ ଆହୁରି ଝୁମି ଝୁମି ଉଠିବ । ଡେଇଁ ଡେଇଁ ପଡ଼ିବ ପାଦ । ନୂପୁର ଆଉ ଘୁଂଙ୍ଗୁର ନାଦରେ କଂପି ଉଠିବ ଏଇ ନିଶୂନ ଆକାଶ, ନିଥର ପୃଥିବୀ, ନିଝୁମ ବେଳା, ବାସ୍ !

ନାଚୁଛି, ମହୁଲି ନିଶାରେ ଜାଗି ଉଠିଛି ତା' ଦେହରେ ଉନ୍ମାଦନା । ନିଶା ଘାରି ଘାରି ଆସୁଛି । ପାଦ ଟଳିଟଳି ଥରିଥରି ପଡୁଛି । ଆଖିରେ କିଏ ଯେପରି ରଂଗର ଜଳନ୍ତା ରୋଷଣି ଗୁଂଜି ଦେଇଛି ! ଝିଲିମିଲି ଲାଗୁଛି ଦୁନିଆଟା-ନାଚୁଛି ଥୈ-ଥୈ

ହେଇ! ସେ ବି ଅପେକ୍ଷା କଲାନି। ଆହୁରି ଜୋର୍‌ରେ ନାଚିବାକୁ ଚେଷ୍ଟାକଲା। ସାଗର ତାକୁ ଚିଅର୍ କରୁଥିଲା ତାଳି ବଜେଇ–

– "ନାଚ, ନାଚ ଶାଳିନୀ, ଖୁବ୍ ନାଚ– ବୋଧେ ଜୀବନରେ ଆଉ କେବେ ନାଚିବାର ସୁଯୋଗ ଯୁଟିବନି। ଏପରି ସୁବର୍ଣ୍ଣ ସୁଯୋଗ।"

ନାଚି ନାଚି ଶାଳିନୀ ଲୋଟି ପଡ଼ିଲା ତଳେ। ଅଧା ହୋସ୍ ଉଡ଼ି ଯାଇଥିଲା ଯେପରି ତା'ର! ମଦିରାଭରା ଆଖି ଯୋଡ଼ିକ ଜୁଳୁଜୁଳୁ କରି ଚାହୁଁଥିଲା ସାଗରକୁ। ଖୋଜୁଥିଲା ଦେହର ଦାହ। ମିଳନର ପରଶ– "ଆସ, ଆସ ସାଗର, ମୋତେ ଭିଡ଼ି ଧର। ଭିଡ଼ି ଧର ଆଃ... !"

– "ହାଃ...ହାଃ...ହାଃ! ହାଃ...ହାଃ....ହାଃ... !" ହସି ଉଠିଲା ମଦମସ୍ତ ସାଗର। ବେଶ୍, ଏଥର ଶେଷଥର ପାଇଁ ତମ ସହ ମୋର ସାକ୍ଷାତ ଶାଳିନୀ! ଆସ ତମ ଦେହଟାକୁ ଆଉଥରେ ଖିନ୍‌ଭିନ୍ କରି ମୋର ବାକିଥିବା କ୍ଷୁଧା ତକ ମେଣ୍ଟେଇ ନେବି ଶେଷଥର ପାଇଁ। ହାଃ...ହାଃ...ହାଃ.... ।"

ହିଂସ୍ର ପରି କାମୋନ୍ମତ୍ତ ସାଗର ଝୁଣି ପକେଇଲା ଶାଳିନୀର ଅଂଗବସ୍ତ୍ରକୁ ଆଉ ଝାଂପି ପଡ଼ିଲା ତା'ର ଲଂଗଳା ଦେହଟା ଉପରେ। ନଖ ଆଉ ଦାନ୍ତରେ ଖିନ୍‌ଭିନ୍ କରି ଚାଲିଲା ତାର ସାରା ଦେହଟାକୁ ଅତି ଜଘନ୍ୟ ଭାବରେ। ଏମିତି ଗୋଟିଏ ଘଣ୍ଟା। ତାପରେ...

XXX

– "ଓଃ, କି ନିଷ୍ଠୁର ସେ ସାଗର !" ଅସହ୍ୟ ବେଦନାରେ ବିଳାପ କରି ଉଠିଲା ଅନୁପମ।

– "ଜାଣିନି, କିପରି ମୁଁ ଏହି ମାଓ ଆଡ୍‌ଡାରେ ନିଜକୁ ଆବିଷ୍କାର କଲି।"

– "ଆଉ ସାଗର?"

– "କେଉଁଆଡ଼େ ଗଲା, କିପରି ଗଲା, କାହିଁକି ଗଲା, କାହିଁକି ଯେ ଏପରି କଲା ତାହା ବି ଜାଣିନି। ଶୁଣିଛି କ୍ଷତବିକ୍ଷତ ଶରୀରଟାକୁ ଏମାନେ ଉଠାଇ ଆଣିଥିଲେ ଦେବଦୂତ ପରି । ଏମାନଙ୍କ ସେବା ଶୁଶ୍ରୂଷାରେ ମୁଁ ଖୁବ୍ ଶୀଘ୍ର ସୁସ୍ଥ ହୋଇଗଲି। ସେଇଠୁ ମୋର ଆରମ୍ଭ ହେଲା ଭିନ୍ନ ଏକ ଜୀବନ ଯାତ୍ରା। ସେଦିନୁ ଏଇ ଅମଡ଼ାବାଟକୁ ଆଶ୍ରା କରି ଧାଇଁଛି ତ ଧାଇଁଛି ଆଜିଯାଏ।"

– "I am very very sorry Salini" ତୁମକୁ କିପରି ସାନ୍ତ୍ୱନା, ସମବେଦନା ଜଣେଇବି ଭାଷା ପାଉନି। ତମର ବା ଏଠି ଦୋଷ କ'ଣ? ସବୁ ଦୋଷ ତ ସେଇ ସଇତାନ ସାଗର ପଟ୍ଟନାୟକର।"

– "ନାହିଁ, ମୁଁ ତାକୁ ଏତେ ସହଜରେ ଛାଡ଼ି ଦେଇ ପାରିବିନି ଅନୁପମ । ମୋ' ଜୀବନର ଲାଷ୍ଟ୍ ଟାର୍‌ଗେଟ୍ ସେହି ସାଗର ପଟ୍ଟନାୟକ । ଆଜି ଏପରି ଉଠେଇ ଆଣିବା ପଛରେ ମୋର ସେହି ଇଂଗିତ କାମ କରିଥିଲା । କିନ୍ତୁ ସେ ତ ସେ ନୁହେଁ । ତମେ ! ସରି ଅନୁପମ !"

– "ନୋ ନୋ, ଡୋଣ୍ଟ ମାଇଣ୍ଡ୍ । ଆଚ୍ଛା..."

– "କୁହ.."

– "ଏଇ ମାଓବାଦୀ ସାଜି ତମେ କ'ଣ ସହରର ରାଜରାସ୍ତାରେ ଛାତି ଫୁଲେଇ ବୁଲୁଥିବା ସେହି ଜହ୍ଲାଦଟାକୁ ଶାସ୍ତି ଦେଇ ପାରିବ ? ତା ଆଗରୁ ପୋଲିସ ତମକୁ ଗିରଫ କରିନବ ସିଓର ।"

– "ତେବେ କ'ଣ କରିବାକୁ ହେବ, ମୋତେ କୁହ ଅନୁପମ ।"

– "ଉପାୟ ଅଛି, ରାସ୍ତାକୁ ଆସିବାକୁ ପଡ଼ିବ ।"

– "ରାସ୍ତା ?"

– "ସେହି ରାସ୍ତା । ସମାଜର ଛାତି ଉପରେ ଛିଡ଼ା ହୋଇ ସେଠି ସେହି ରକ୍ତ-ମାଂସ ଭୋଜୀ ଶାଗୁଣାମାନଙ୍କୁ ମୂଳପୋଛ କରିବାକୁ ହେବ ଶାଳିନୀ ।"

– "ବୁଝି ପାରିଲିନି, ତମେ କ'ଣ କହିବାକୁ ଚାହଁ ?"

– "କହିବି, ଆଉ କେତେବେଳେ କହିବି, ଏବେ ତମେ ବିଶ୍ରାମ ନିଅ । ରାତି ବହୁତ ହେଲାଣି ।"

– "ନା, ଏ ଆଡ୍‌ଡା ସେତେ ନିରାପଦ ନୁହେଁ । ତମେ ବରଂ ବିଶ୍ରାମ କର । ବହୁତ କ୍ଲାନ୍ତ ହେଇ ପଡ଼ିଛ । ମୁଁ ତୁମକୁ ସାରାରାତି ଜଗି ବସିବି ।"

– "ସାରାରାତି ?"

ସ୍ମିତ ହସି କହିଲା ଶାଳିନୀ - "ଇଏସ, ଏଇଟା ଆମର ଅଭ୍ୟାସ, ନିଜକୁ ସୁରକ୍ଷା ଦେଇ ନ ପାରିଲେ ମାଓବାଦୀର ସବୁ ଲକ୍ଷ୍ୟ ଭଣ୍ଡୁର ହେଇଯିବ ମିଷ୍ଟର ! ଏଣୁ ନିଶାଚର ପଶୁପରି ଆମକୁ ଜଂଗଲରେ ଏମିତି ଜାଗ୍ରତ ରହିବାକୁ ପଡ଼ିଥାଏ । (ସ୍ୱଗତ) ଆଜି ଭାବ, ସେହି ଜାଗରଦୀପର ରାତି ଖାସ୍ ତମରି ପାଇଁ ।" ମନତଳେ ନୀରବ ଭାଷାର ବ୍ୟଂଜନା ।

– "ଓଃ ! କି ଯନ୍ତ୍ରଣାଦାୟକ ଭୟଂକର ଏ ଜୀବନ ସଂଗ୍ରାମ । ନୋ, ଏ ରାସ୍ତା ତୁମମାନଙ୍କୁ ଛାଡ଼ିବାକୁ ପଡ଼ିବ ଶାଳିନୀ ।"

– "ଅନୁପମ !" ବିସ୍ମିତ ନେତ୍ରରେ ଚାହିଁ ରହିଲା ଶାଳିନୀ ଅନୁପମଙ୍କୁ ।

– "ମୁଁ ବି ଚେଇଁ ରହିବି ଆଜି ତୁମ ସହିତ ସାରାରାତି । ଆଉ କହିବି ଏଇ

ମାଓବାଦକୁ ନେଇ ଦୀର୍ଘ ଦିନରୁ ମୋ' ମନ ମଧ୍ୟରେ ପୁଞ୍ଜିଭୂତ ଦର୍ଦ୍ଦ ଆଉ ଅଭିପ୍ରାୟର କଥା । ଶୁଣିବ ? ଧୈର୍ଯ୍ୟ ଅଛି ?"

– "ଶୁଣିବି, ଧୈର୍ଯ୍ୟର ସହ ଶୁଣିବି ଅନୁପମ- କୁହ !"

– "ଭଲ ହେବ, ତମେ ପୋଲିସ ପାଖରେ ସରେଣ୍ଡର କରିଯାଅ ।"

– "ସରେଣ୍ଡର !" ଚିତ୍କାର କରି ଉଠିଲା ଶାଳିନୀ ।

– "ହଁ ସରେଣ୍ଡର । ଶୁଣିଛି ତମକୁ ଧରିଦେବା ପାଇଁ ପୋଲିସ ଡିପାର୍ଟମେଣ୍ଟ ଦଶଲକ୍ଷ ଟଂକା ବାଜି ଲଗେଇଛି ? କ'ଣ ସତ ?"

– "ସତ କିନ୍ତୁ ସରେଣ୍ଡର କରି ମୁଁ କ'ଣ ମୋ' ଲକ୍ଷ୍ୟରେ ପହଁଚି ପାରିବି ଅନୁପମ ? ଏ ମାଓବାଦୀ ଦଳ କେବେ ମୋତେ ଫୁରସତ୍ ଦେବେନାହିଁ । ଯେଉଁମାନେ ମୋ' ଜୀବନ ବଂଚେଇଲେ, ତାଙ୍କ ସାଥିରେ ଏତେ ବଡ଼ ବିଶ୍ୱାସଘାତକତା ?"

– "ତେବେ ଅନ୍ୟ ପନ୍ଥା ଗ୍ରହଣ କରିବାକୁ ହେବ ତୁମମାନଙ୍କୁ ।"

– "କେଉଁ ପନ୍ଥା ?"

– 'ମାଓବାଦ'କୁ ପରିହାର କରି ସମସ୍ତଙ୍କୁ 'ମାଆବାଦୀ' ହେବାକୁ ହେବ ।

– "ମା-ଆ-ବା-ଦୀ ?"

– "ଇଏସ୍, ମା' ମାଟି ପାଇଁ ଆଗେଇ ଆସିବାକୁ ପଡ଼ିବ ଶାଳିନୀ । ଆମେ ସମସ୍ତେ ଏଇ ଏକ ଭାରତମାତାର ସନ୍ତାନ । ମନେ ପଡୁଛିନା -ସେହି ସଂଗ୍ରାମଦିନର କଥା ? ଜଣେ ଖାଲି ଜଣେ ନେତାଜୀ ସୁଭାଷ ଆଜାଦ୍-ହିନ୍ଦ୍-ଫୌଜକୁ ଧରି ଇଂରେଜ ସରକାର ବିରୁଦ୍ଧରେ ଯୁଦ୍ଧ ଘୋଷଣା କରଥିଲେ । 'ଦିଲ୍ଲୀ ଚଲୋ' ଡାକରା ଦେଇ ବୀରଦର୍ପରେ ମାଡ଼ି ଆସିଥିଲେ, ଯାହା ଇଂରେଜ ଛାତିରେ ହୃତକମ୍ପ ଜାତ କରିଥିଲା ସେଦିନ ?"

– "ଆଉ ଆଜି ସେ ପ୍ରସଂଗ କାହିଁକି ଅନୁପମ ?"

– "ଠିକ୍ ସେହିପରି ମାଓବାଦୀମାନଙ୍କୁ ପଟୁଆର ସଜେଇ ଆଗେଇ ଆସିବାକୁ ପଡ଼ିବ ସେହି ଦିଲ୍ଲୀ ଅଭିମୁଖେ । ବଂଧୁକ ଗୁଳି-ଗୁଳା ଧରି ନୁହେଁ, ଶାଂତି-ପ୍ରୀତି-ମୈତ୍ରୀର ତ୍ରିରଂଗା ଉଡ଼ାଇ, ହିଂସାର ପଥଛାଡ଼ି ଅହିଂସାର ମାର୍ଗରେ ଯେମିତି ଗାନ୍ଧିଜୀ । ଶାଂତିପୂର୍ଣ୍ଣ ଲଢ଼େଇ ଜାରି ରଖିବାକୁ ପଡ଼ିବ । ଗଣତାନ୍ତ୍ରିକ ପଦ୍ଧତିରେ ନିର୍ବାଚନ ଲଢ଼ିବାକୁ ପଡ଼ିବ; ଦେଶର ଦାବି, ମାଟିର ହକ୍, ମଣିଷର ଅଧିକାର ପାଇଁ ।"

– "ଅନୁପମ !"

– "ମୋର ମନ କହୁଚି, କାଲିର ସକାଳ ହେବ ଆମର ସକାଳ । ସେହି ସକାଳର ସୂର୍ଯ୍ୟୋଦୟ ଆମ ପାଇଁ, ତମ ପାଇଁ, ସାରା ଦେଶ-ବିଶ୍ୱ ପାଇଁ ଗୋଟେ

ନୂଆ ସନ୍ଦେଶ ନେଇ ଆସିବ, ଭାଇଚାରା, ବଂଧୁତା, ମୈତ୍ରୀ, 'ବସୁଧୈବ କୁଟୁମ୍ବକମ୍' ର। ଏ ଶାଂତିପ୍ରସ୍ତାବ ତମକୁ କିପରି ଲାଗୁଛି ଶାଳିନୀ ?"

ନୀରବ ଶାଳିନୀ।

– "କ'ଣ ମୌନତା ଭଂଗକରି କିଛି ତର୍କ ରଖିବନି କମାଣ୍ଡର ମାଓବାଦୀ ?"

– "ତମ ଯୁକ୍ତି ନିକଟରେ ମୁଁ ହାରିଯାଇଛି ସୁପର୍‌ମେନ! ବାରବାର ସାଲ୍ୟୁଟ୍ କରିବାକୁ ଇଚ୍ଛା ହେଉଛି ତମକୁ। ହେଲେ କୁହ ଏବେ ମୁଁ କ'ଣ କରିବି ? ଏମାନେ ସମସ୍ତେ କ'ଣ ମୋ' କଥା ମାନିନେବେ ? ତୁମର ଆଦର୍ଶ ଓ ଆହ୍ୱାନକୁ ସମ୍ମାନ ଜଣାଇବେ; ସ୍ୱୀକାର କରିବେ ?"

– "ଆଦର୍ଶ ସବୁବେଳେ ଆଦର୍ଶ। ସତ୍ୟ ସଦା ସତ୍ୟ ଶାଳିନୀ। ସେହି ଚିରନ୍ତନ ସତ୍ୟକୁ କେହି ଟାଳିନି କି ଟାଳି ପାରିବନି। କାଲିର ପ୍ରଭାତରେ ମୁଁ ଆମର ସମସ୍ତ ଭାଇ-ଭଉଣୀମାନଙ୍କୁ ସାକ୍ଷାତ କରିବି; ଉଦ୍‌ବୋଧନ ଦେବି। ବିଶ୍ୱାସ ସମସ୍ତେ ମୋ' କଥାର ମର୍ମ ବୁଝିବେ, ମୋ' ଅନ୍ତରର ଆର୍ତ୍ତନାଦ ଶୁଣିବେ। ଯେଉଁ ଆର୍ତ୍ତନାଦ ଭିତରେ ଫୁଟିଉଠୁଛି ଏଇ ମାଟି-ପାଣି-ପବନର କରୁଣ କ୍ରନ୍ଦନ ଧ୍ୱନି। ଇତିହାସର ପୃଷ୍ଠା ଓଲଟାଇ ଦେଖ ଶାଳିନୀ, ଯୁଦ୍ଧ କେବେ ସମାଧାନର ପନ୍ଥା ନଥିଲା କି ନୁହେଁ। ଜୀବନର ଅର୍ଥ ନୁହେଁ ସଂଗ୍ରାମ। ସୁଖ-ଶାଂତି-ଆନନ୍ଦତ ଜୀବନର ପରମ ଲକ୍ଷ୍ୟ; ଚରମ ସତ୍ୟ।"

– "ଅନୁପମ!" ଭାବପ୍ରବଣା ହୋଇ ଉଠୁଥିଲା ଶାଳିନୀ କ୍ରମଶଃ।

– "ଏଇ ଉତ୍କଳ-କଳିଙ୍ଗମାଟିରେ ଚଣ୍ଡାଶୋକର ନରସଂହାର ଦିନେ ଶାଂତିର ଇସ୍ତାହାରରେ ପରିଣତ ହୋଇଗଲା। ସେହି ନୃଶଂସ ନରରାକ୍ଷସ ମୁଖରୁ ଉଚ୍ଚାରିତ ହେଇଥିଲା ଶାଂତିର ମହାମନ୍ତ୍ର 'ବୁଦ୍ଧଂ ଶରଣମ୍ ଗଚ୍ଛାମି, ସଂଘଂ ଶରଣମ୍ ଗଚ୍ଛାମି'- ଏହି ଶାନ୍ତିର ମହାମନ୍ତ୍ର, ଅହିଂସାର ପରମସ୍ତୋତ୍ର। କ'ଣ ମନେପଡୁଛିତ ? ଆଜି ଏଇ ଓଡ଼ିଶା ମାଟିରୁ ହିଁ ଆରମ୍ଭ ହେଉ ଶାଂତିର ଶୋଭାଯାତ୍ରା, ଅହିଂସାର ପଟୁଆର, ସଂଘତି ଓ ପ୍ରଗତିର ଦୁର୍ବାର ଅଭିଯାନ।"

ଶାଳିନୀ ନୀରବ, ଭାବମଗ୍ନା।

– "ଆମେ ସେଇ ପଥରେ ଆଗେଇ ଯିବା। ଏ କାପୁରୁଷ ପରି ମାଓବାଦୀ ସାଜି ଲୁଚିଛପି ଗରିଲା ଯୁଦ୍ଧ ଆଳରେ ପଶୁଭଳି ବଂଚିବାର ଜୀବନକୁ ପରିତ୍ୟାଗ କରି ଆମେ ସାମ୍ନାକୁ ଆସିବା, ସମାଜର ଛାତି ଉପରକୁ। ଶାଂତିର ଧ୍ୱଜା ଧରି, ମୈତ୍ରୀର ବାର୍ତ୍ତା ଦେଇ, ପ୍ରୀତିର ଗୀତ ଗାଇ, ବିଜୟର ବାଜା ବଜେଇ ଆଗେଇ ଯିବା ଆଗକୁ ଆଗକୁ। ଏଇ ତ୍ରିରଂଗା ହେବ ଆମର ଅସ୍ତ୍ର-ଶସ୍ତ୍ର; ଅହିଂସା ହେବ ତନ୍ତ୍ର-ମନ୍ତ୍ର।"

ରାତ୍ରିର ନିରବ ପ୍ରହରରେ ଅନ୍ୟ ମାଓବାଦୀ ଯୋଦ୍ଧାମାନେ କିଛି ଦୂରରେ ଜାଗ୍ରତ

ରହି ଶୁଣି ଚାଲିଥିଲେ ଯୁବକଙ୍କର ଏହି ଅଗ୍ନିଗର୍ଭ ଉଦ୍‌ବୋଧନୀକୁ, ବୈପ୍ଳବିକ ଅହ୍ୱାନକୁ । ପ୍ରତ୍ୟେକଟି ପ୍ରାଣକୁ ସ୍ପର୍ଶ କରିଥିଲା ଏହି ମର୍ମସ୍ପର୍ଶୀ ଉଚ୍ଚାରଣ । ଗୋଟେ ଭ୍ରାନ୍ତ ଧାରଣାର ବଶବର୍ତ୍ତୀ ହୋଇ, ନିଜ ଜୀବନକୁ ଲହୁ-ଲୁହାଣ କରି, ନିରୀହ ନର ରକ୍ତରେ ହୋରି ଖେଳି, ବିସ୍ଫୋରଣର ବିଧ୍ୱଂସ ଘଟେଇ ତା' ଭିତରୁ ସତରେ କ'ଣ ମିଳିଛି ସେମାନଙ୍କୁ ? ଖାଲି ହତାଶା- ହତାଶା- ହତାଶା ! ପ୍ରତିଥର ସୁରକ୍ଷା ବାହିନୀର ପ୍ରଚଣ୍ଡ ପ୍ରହାର ସେମାନଙ୍କର ସବୁ ଆକ୍ରମଣକୁ ପଣ୍ଡ କରି ଦେଇଛି । ଏପରି ନାରକୀୟ ମୃତ୍ୟୁଲୀଳାର ଅର୍ଥ ସତରେ କ'ଣ ? କେତେଦିନ ଏ ସଂଗ୍ରାମ ? କାହିଁକି ଏ ବ୍ୟର୍ଥ ସମର ଅଭିସାର ? କେଉଁ ତୃପ୍ତିରେ ଏ ରକ୍ତ ତର୍ପଣ ? ?

ପୁନର୍ବାର ମୌନ ମୁଖ ମୁଖର ହେଇ ଉଠିଲା ଅନୁପମଙ୍କର ।

– "ବୁଝିଲ ଶାଳିନୀ, ଏ ଗଣତାନ୍ତ୍ରିକ ରାଷ୍ଟ୍ର ଓ ସମାଜ ବ୍ୟବସ୍ଥାରେ ଏପରି ରକ୍ତକ୍ଷୟୀ ଜାନ୍ତବ ଲୋଲୁପତାର ସ୍ଥାନ ନାହିଁ ? ସାମ୍ୟବାଦର ଧ୍ୱଜା ଧରି ଆମେ କ'ଣ ଆଗେଇ ପାରିବାନି ଆମର ଲକ୍ଷ୍ୟ ହାସଲ ପାଇଁ ? ସାମ୍ୟବାଦ ସବୁକାଳେ ବଂଚିଛି-ବଂଚିବ । ଏମିତି ନୁହେଁ, ତା'ର ଉଚିତ ମାର୍ଗରେ । ଆସ, ଆଗେଇ ଆସ, ମଓବାଦୀ ଭାଇ ଓ ଭଉଣୀମାନେ, ମୁଁ ଆଜି ଏ ମାଟିପାଇଁ, ଏ ମଣିଷମାନଙ୍କ ପାଇଁ, ଏ ସମାଜ-ରାଷ୍ଟ୍ର ପାଇଁ, ଆମ ଭାରତମା' ପାଇଁ ସମସ୍ତଙ୍କୁ ଆକୁଳ ଆହ୍ୱାନ ଦଉଛି । ହାତରେ ହାତ, କାନ୍ଧରେ କାନ୍ଧ ମିଳାଇ ଆମେ ଆଗେଇ ଯିବା । ଗଢ଼ିବା ନୂଆ ଏକ ମେଣ୍ଟ-ଗଣତାନ୍ତ୍ରିକ ଜାତୀୟ ଆଦର୍ଶ ସାମ୍ୟବାଦୀ ମେଣ୍ଟ, ଯଉ ମେଣ୍ଟ ଗଣତାନ୍ତ୍ରିକ ଲଢ଼େଇ କରି ଲକ୍ଷ୍ୟ ହାସଲ କରିବ, ଲକ୍ଷ୍ୟ ହାସଲ ।"

ଜଂଗଲ ଭିତରୁ ପୁଞ୍ଜିଭୂତ କରତାଳି ଉଠିଲା ସମର୍ଥନର; ଗୋଟେ ଉତ୍‌ଫୁଲ୍ଲିତ ଉଲ୍ଲାସର । ପ୍ରତିଧ୍ୱନିରେ ପ୍ରକମ୍ପି ଉଠିଲା ସାରା ପାହାଡ଼ୀ ଇଲାକା ।

ଚମକି ପଡ଼ିଲା ଶାଳିନୀ । ଅନୁପମଙ୍କ ଶବ୍ଦରେ କି ଯାଦୁ ଥିଲା, ଯାହା ଆଜି ହିଂସ୍ର ମଣିଷର ଛାତି ଭିତରେ ବୁହାଇ ଦେଇଛି ଶାଂତି-ପ୍ରୀତି-ବଂଧୁତାର ଅପୂର୍ବ ଭାବ-ଫଲଗୁ ।

ମୁଖ ଖୋଲିଲା ଶାଳିନୀ- "ମୁଁ ତୁମର ଆହ୍ୱାନକୁ ମାଓବାଦୀଙ୍କ ତରଫରୁ ସ୍ୱାଗତ କରୁଛି ଅନୁପମ ! ଏତେଦିନ ପରେ ଆଜି ତମେ ହିଁ ଶାଂତିର ଦୂତ ସାଜି ଆସି ଆମର ଆଖି ଖୋଲି ଦେଇଛ । ତମେ ହିଁ ଆଜି ଆମକୁ ବଂଚିବାର ପ୍ରକୃତ ରାହା ଦେଖେଇଛ । ତମକୁ ଶତବାର ସାବାସ ଆଉ ସାଲ୍ୟୁଟ୍ ।"

ଛିଡ଼ାହୋଇ ଅନୁପମଙ୍କ ଉଦ୍ଦେଶ୍ୟରେ ସାଲ୍ୟୁଟ୍ ଦେଲେ ମାଓ କମାଣ୍ଡର ଶାଳିନୀ ।

ଜଂଗଲ ମଧ୍ୟରେ ମାଓ ଯୋଦ୍ଧାମାନେ ନିଜ ନିଜ ସ୍ଥାନରେ ଦଣ୍ଡାୟମାନ ରହି ଅନୁରୂପ ଢଂଗରେ ସାଲ୍ୟୁଟ୍ ଦେଇଥିଲେ ।

ଅନୁପମଙ୍କ କଂଠରୁ ଉଚ୍ଚାରିତ ହେଲା

– ଭାରତ ମାତା କୀ,

– "ଜୟ"-ଅନ୍ୟମାନେ ।

– "ଇନ୍ କିଲାବ-"

– "ଜିନ୍ଦାବାଦ.. !"

– "ବନ୍ଦେ –"

– "ମା' ତରମ୍ ।" ଏମିତି ତ୍ରିବାର ଜୟଧ୍ୱନି ସବୁରି କଣ୍ଠରୁ ।

ଜଂଗଲ ଇଲାକାରେ ଖେଳିଗଲା ଦେଶପ୍ରେମର ଅଫୁରନ୍ତ ଉଲ୍ଲାସ; ମାଟି ପ୍ରୀତିର ଉଚ୍ଛଳ ପ୍ରାଣ ପ୍ରବାହ ।

ଘନକୃଷ୍ଣ ଆକାଶରେ ଜଳିଉଠିଥିଲା ଲକ୍ଷଦୀପାଳୀ-ବିଜୟୋତ୍ସବର !

।। ୭୭ ।।

ଚିତ୍ରକୋଣ୍ଡାର ଘଞ୍ଚ ଅରଣ୍ୟବେଷ୍ଟିତ ମାଓ ଇଲାକାର ସେହି ପ୍ରଶସ୍ତ ପ୍ରାଙ୍ଗଣ । ନିରବ ନିଶ୍ଚଳ ଷ୍ଟାଚ୍ୟୁ ପରି ବନ୍ଧୁକ ହସ୍ତରେ ଛିଡ଼ାହୋଇ ରହିଥିଲେ ଶହଶହ ମାଓବାଦୀ ଯୋଦ୍ଧା । ସମସ୍ତଙ୍କ ଶାଂତ-ସ୍ଥିର ଦୃଷ୍ଟି କେନ୍ଦ୍ରୀଭୂତ ଥିଲା ଉଚ୍ଚ ଗୋଟେ ପ୍ରସ୍ଥର ଚଟାଣ ଉପରେ ସ୍ତମ୍ଭପରି ଦଣ୍ଡାୟମାନ ସେହି କ୍ରାଂତିକାରୀ ଯୁବକ ଉପରେ, ଯିଏ ଆଜି ତାଙ୍କୁ ଏଠିକି ଚୁମ୍ବକ ପରି ଟାଣି ଆଣିଛି, ତାଙ୍କ କଠୋର ପ୍ରାଣରେ ଭରି ଦେଇଛି ଦେଶପ୍ରୀତିର ଅଫୁରନ୍ତ ପ୍ଲାବନ, ଶିରାରେ ଶିରାରେ ଜାଳି ଦେଇଛି ଜାତି-ପ୍ରାଣତାର ଅଗ୍ନିସ୍ଫୁଲିଂଗ ।

ସେହି କ୍ରାଂତିକାରୀ ପୁରୁଷ ଅନୁପମ ପଟ୍ଟନାୟକ ପ୍ରସ୍ଥର ମଞ୍ଚ ଉପରେ ଦଣ୍ଡାୟମାନ । ପାର୍ଶ୍ୱରେ ବନ୍ଧୁକ ହସ୍ତରେ ଦଣ୍ଡାୟମାନା ମାଓ ଲେଡି କମାଣ୍ଡର ଶୈଳଜା ଓରଫ୍ ଶାଳିନୀ ମହାପାତ୍ର ।

ଅନୁପମଙ୍କ ହସ୍ତରେ ଗୋଟେ ଚରମ ପତ୍ର । କ୍ରାଂତିକାରୀ ଆହ୍ୱାନ ସମ୍ବଳିତ ବିପ୍ଳବର ଅଗ୍ନିବର୍ଷୀ କବିତା ।

(କବିତା)

‘ମାଓବାଦୀ’ ହୁଅ ‘ମାଆବାଦୀ’

ମାଓବାଦୀ ହୁଅ ମାଆବାଦୀ
ରଣହୁଂକାର ଛାଡ଼ି / ବେଦ ଓଁକାର ତୋଳି
କଦମ୍ ପରେ କଦମ୍ ଥାପି
ବୀରଦର୍ପରେ ଆଗେଇ ଆସରେ
ଦେଶ-ଜନନୀର ରକ୍ଷା କବଚ ସାଜି !
ଭାରତ ମାଆର ସନ୍ତାନ ତୁ'ରେ
 ସେ କଥା କି ମନେ ନାହିଁ
ବିଦେଶୀ ଶତ୍ରୁ ଚେତନାରେ ଭ୍ରଷ୍ଟ

ହୁଅ ତୁହି କାହିଁ ପାଇଁ
ଆସରେ ଆସରେ ସିଂହ ଶାବକ ଦଳ
ଦେଶ-ଜନନୀର ରଣ-ଯଜ୍ଞରେ
ଏତ, ଆହୂତି ସାଜିବା ବେଳ
କାଶ୍ମୀର ବୁକେ କମାଣ ଦାବୁଛି ଦେଖ୍
ମାଆ ଓ ମାଟିର ଇଜ୍ଜତ ଲୁଟିବାକୁ
ସନ୍ତ୍ରାସ ଆଜି ଖେଳୁଛି ରକ୍ତହୋରି
ସେତ ଶତ୍ରୁର କାରସାଦୀ;
ମାଓବାଦୀ ହୁଅ ମାଆବାଦୀ !
ଏହିକିରେ ତୋର କ୍ଷତ୍ରିୟ ବୀର ରକ୍ତ
ସନ୍ତାନ ହେଇ ମାଆର ଛାତିରେ
ଖୋଳୁ କମାଣର କ୍ଷତ
ଜଂଗଲ -ଜଳ-ଜମି
ଛାଡ଼ିଦେ ସେ ପାଗଳାମୀ
ଦେଶ ଆଜି ତୋର ରକ୍ତ ମାଗୁଛି
ମାଟି ଆଜି ତୋତେ ଆକୁଳେ ଡାକୁଛି
ମାଆର ଇଜ୍ଜତ ଲାଗି
ଉଠାଅ ତୁ ହତିଆର
ଶତ୍ରୁ ସହିତେ ମୁକାବିଲା ପାଇଁ
ହୁଅ ତୁରେ ହୁସିଆର / ଆଗୁସାର
ଶାଣିତ ଖଡ୍‌ଗେ ଦେ ରେ ଦେ ରେ
ଶତ୍ରୁର ମଥା କାଟି
ଭୁଲିଯାଆ ଯେତେ ଚାଇନାର ଚାଲ୍‌ବାଜୀ
ମାଓବାଦୀ ହୁଅ ମାଆବାଦୀ ।

କ୍ରାଂତିବୀର ଅନୁପମଙ୍କ କଂଠରୁ କବିତାର ଏହି ଗୁରୁଗମ୍ଭୀର ଆବାହନୀ-ସମସ୍ତଙ୍କୁ ସ୍ତବ୍ଧ କରିଦେଲା ଯେମିତି ! ସବୁରି ପ୍ରାଣରେ ପ୍ରକମ୍ପି ଉଠୁଥିଲା ଦେଶପାଇଁ ଅଗ୍ନିଝଂକାର । ସେହି ଝଂକାରକୁ ତୀବ୍ରଗତି ଦେଲେ ଶାଳିନୀ –

– "ଇନ୍‌କିଲାବ–"

– "ଜିନ୍ଦାବାଦ !" ଅନ୍ୟମାନେ ।

– "ବନ୍ଦେ-"

– "ମା'ତରମ୍ !"

– "ଭାରତମାତା କୀ"

– "ଜୟ !"

– "ବଂଧୁଗଣ,

ଏବେ ଶେଷଥର ପାଇଁ ଆମ୍ଭେମାନେ ପ୍ରସ୍ତୁତ ହେଇଯିବା । ନିଜ ନିଜ ବଂଧୁକକୁ ଊର୍ଦ୍ଧ୍ୱକୁ ଟେକି ଶେଷଥର ପାଇଁ ବଂଧୁକରେ ଥିବା ସମସ୍ତ ଗୁଳିକୁ ଶୂନ୍ୟେ ଶୂନ୍ୟେ ନିଃଶେଷ କରିଦେବା । ଇଏସ୍ !"

ଶାଳିନୀ ଆଣ୍ଠେଇ ପଡ଼ି ଊର୍ଦ୍ଧ୍ୱକୁ ଟେକି ଧରିଥିଲେ ବଂଧୁକ । ତାଙ୍କୁ ଫଲୋ କଲେ ଅନ୍ୟମାନେ । ଅନୁରୂପ ପୋଜିସନ୍ ନେଲେ ।

ଶାଳିନୀ – "ରେଡି ୱାନ୍-ଟୁ-ଥ୍ରୀ-ଷ୍ଟାର୍ଟ !" ସମସ୍ତଙ୍କ ବଂଧୁକରୁ ଏକସଙ୍ଗେ ଗୁଡୁମ୍-ଗୁଡୁମ୍ ହୋଇ ଫୁଟି ଉଠିଲା ଗୁଳି । ମୁହୂର୍ତ୍ତକ ମଧ୍ୟରେ ଗୁଳି ଶେଷ । ଧୂଆଁ ଧୂଆଁ ହେଇଗଲା ସେହି ଅରଣ୍ୟ ପରିବେଶ ।

ନିରବତା ଭଂଗକରି ଆହ୍ୱାନ କଲେ ଲେଡି କମାଣ୍ଡର–

– "ବେଶ୍, ଏଥର ଫେରିବାର ବେଳ । ଏବେ ସମସ୍ତେ ପଟୁଆରରେ ସଜିଲ ହେଇ ପ୍ରସ୍ତୁତ ହେଇଯାଅ । ଅଡର୍ !"

ଆଦେଶ ମୁତାବକ ବନ୍ଧୁକ କାନ୍ଧରେ ଥୋଇ ମାଓବାଦୀମାନେ ପଟୁଆରରେ ଛିଡ଼ା ହେଇଗଲେ । ଆଦେଶ ଆସିଲା-

– "ସାବଧାନ ! ବିଶ୍ରାମ ! ସାବଧାନ !"

– "ଲେଫ୍ଟ ରାଇଟ୍ ଲେଫ୍ଟ, ଲେଫ୍ଟ-ରାଇଟ୍-ଲେଫ୍ଟ,

– "ସାବଧାନ !"

"କଦମ୍‌ତାଲ ସୁରୁ କରେଁଗେ-ଏକ-ଦୋ-ତିନ୍...

ଏକ-ଦୋ-ତିନ୍...ଏକ-ଦୋ, ତେର୍ ଚଲ୍–"

ଶାଳିନୀଙ୍କ କମାଣ୍ଡ ଅନୁଯାୟୀ ମାଓଯୋଦ୍ଧା ବାହିନୀ ଅନୁରୂପ ପୋଜ୍ -ପୋଜିସନ୍ ସହିତ ଅଗ୍ରସର ହେଲେ ଆଗକୁ ଆଗକୁ । ସାମ୍ନାରେ ଶାଳିନୀ ଓ ଅନୁପମ । ଅନୁପମଙ୍କ ହାତରେ ତ୍ରିରଂଗା ଝଣ୍ଡା । ସମସ୍ତ ମାଓଯୋଦ୍ଧାଙ୍କ କାନ୍ଧରେ ଘୋଡ଼େଇ ହୋଇଥିଲା ତ୍ରିରଂଗାର ଘୋଡ଼ଣି ।

ପୂର୍ବାକାଶରେ ରକ୍ତିମ ସୂର୍ଯ୍ୟୋଦୟ ହୋଇ ସାରିଥିଲା ।

XXX

ପାହାଡ଼ୀ ଇଲାକା ଛାଡ଼ି ମାଡ଼ିଆସୁଛି ମାଓ ନୁହେଁ ମଆ ବାହିନୀ । କାନ୍ଧରେ ବଂଧୁକ, ହାତରେ ତ୍ରିରଂଗା, ମୁଖରେ ମୁଖରେ ଦେଶପ୍ରେମର ଶ୍ଳୋଗାନ ଓ ଜାଗରଣର ଜୟଗୀତି- ଦେଶ ମାତୃକାର ସେବାପାଇଁ, ମାଟି ମଣିଷର ହକ୍‌ଲାଗି ।

କି ବିଚିତ୍ର ଏ ପରିବର୍ତ୍ତନ ! ଯେପରି ଆଜି ଗୋଟେ ନୂତନ ଯୁଗର ସୂତ୍ରପାତ ଘଟିଛି । ଘଟିଛି ନବଚେତନାର ଉନ୍ମେଷ, ଜାଗରଣ । ଜାଗୃତିର ଏହି ଶଂଖବେଳାରେ ପ୍ରକମ୍ପିତ ସମଗ୍ର ବନଭୂମି, ସମାଜ । ଦର୍ପିତ ପଦପାତରେ ଆଗେଇ ଚାଲିଛି ଲମ୍ୱା ପଟୁଆର-ଶାଂତି ସେନାର ।

ଚକିତ ସାରା ରାଜ୍ୟ-ଦେଶ-ବିଶ୍ୱ । ଏ କ'ଣ ହେଲା ? କିଏ ସେ ଯୁଗପୁରୁଷ, ଯିଏ ଗୀତାର ମନ୍ତ୍ରନାଦରେ ଶାଂତ-ଶୀଥିଳ ଅର୍ଜୁନକୁ ଯୁଦ୍ଧଲାଗି ଧନୁ
ଧରେଇବା ବଦଳରେ ଆଜି ଧରେଇ ଦେଇଛି ଶାଂତିର ଚରମ ପତ୍ର, ଅହିଂସାର ତ୍ରିରଂଗା ।

ରାଜ୍ୟର ରାଜଧାନୀ ଅଭିମୁଖେ ଏ ବୀର ପଟୁଆର । ତଟସ୍ଥ ହେଇ ଚାହିଁ ରହିଛି ଜନତା । ଆତ୍ମସ୍ଥ ହେଇଯାଉଛି ଯୁଗର ଆତ୍ମା । ଆବାଳବୃଦ୍ଧବନୀତାଙ୍କ କଣ୍ଠରେ ଗୁଂଜରିତ ହେଲା ମାଆବାଦୀ ବାହିନୀର ଜୟ ଜୟ କାର–ଭାରତମାତାକୀ ଜୟ ! ଇନ୍‌କିଲାବ ଜିନ୍ଦାବାଦ! ବନ୍ଦେ ମାତରମ୍ ।

ବାଟେ ବାଟେ ଦୁଇପାର୍ଶ୍ୱରେ ଲମ୍ୱା ଧାଡ଼ି ଜନତାର । ମା'-ଭଉଣୀଙ୍କ ମୁଖରୁ ଶଂଖ ଧ୍ୱନି । ଭାଇ-ବଂଧୁଙ୍କ ହାତରୁ ଫୁଲ ବୃଷ୍ଟି ହେଉଥିଲା ବୀରବାହିନୀର ସ୍ୱାଗତ ସମ୍ମାନ ଉଦ୍ଦେଶ୍ୟରେ । ପୋଲିସ ବାହିନୀ ସେମାନଙ୍କୁ ସାଲ୍ୟୁଟ୍ ଦେଇ ଆଗେଇ ଚାଲିଥିଲା ସମାନ୍ତରାଳ ପଟୁଆରରେ । ସାମ୍ନାରେ ଜଂଗଲୀ ବାଦ୍ୟ-ବାଦକ ଦଳ । ମାଦଳ-ଚାଂଗୁ-ଘୁମୁରା-ଢୋଲ-ଝୁଂପା-ମହୁରୀ ଆଦିର ମିଳିତ ସଂଗୀତ ଶୃଂଗାର ଏ ପଟୁଆରକୁ ସଜେଇଥିଲା ରାଜକୀୟ କରି । ସ୍ଥାନେ ସ୍ଥାନେ ସ୍ୱାଗତ ସମ୍ବର୍ଦ୍ଧନା-ଜଳଯୋଗ, ଭୁରି ଭୋଜନର ଆୟୋଜନ, ବିଶ୍ରାମ...ପୁନଃ ଅଭିଯାନ ।

ସପ୍ତାହବ୍ୟାପି ଚାଲିଛି ପଦଯାତ୍ରା । ରାଜଧାନୀ ଅଭିମୁଖେ । ଏଣେ ରାଜଧାନୀର ପ୍ରଶସ୍ତ ମୈଦାନ ସ୍ୱାଗତୋତ୍ସବ ପାଇଁ ପ୍ରସ୍ତୁତ । ରାଜ୍ୟ ସରକାର ବିଶେଷକରି ପୋଲିସବାହିନୀ ତରଫରୁ ଏ ବିଶେଷ ପ୍ରସ୍ତୁତି । ସସମ୍ମାନ ଓ ସଗର୍ବ ପାଛୋଟି ନିଆଯିବ ଆସୁଥିବା ବୀର-ବୀରାଙ୍ଗନା ମାନଙ୍କୁ । ଜୟଧ୍ୱନିରେ କଂପିତ ହେବ ରାଜଧାନୀ-ସମଗ୍ର ରାଜ୍ୟ । ସାରା ଦେଶ-ବିଶ୍ୱ ଦେଖିବ- ମୁକ୍ତିତୀର୍ଥ ଜଗନ୍ନାଥ ଭୂମିରେ ଶାଂତି-ମୈତ୍ରୀର ଏ ପ୍ରୀତିପାର୍ବଣ । ବଳିଆର ଭୁଜ କେମିତି କୋଳାଗ୍ରତ କରିବାପାଇଁ ବ୍ୟାକୁଳ ହେଇ

ଟାଣି ଆଣିଛି ତା' ଜାତିର, ତା'ମାଟିର ସନ୍ତାନଙ୍କୁ ବାହୁ ମେଲେଇ ! ସେଇଥିପାଇଁ ତ ସେହି ଦିବ୍ୟ ଇଂଗିତରେ ଏ ମୋକ୍ଷର ମାହାଯାତ୍ରା, ମାନବତାର ବିଶ୍ୱଜୟୀ ଅଭିଯାନ ।

ରାଜଧାନୀର ବିସ୍ତୃତ ପ୍ରାଙ୍ଗଣରେ ବିପୁଳ ସମ୍ବର୍ଦ୍ଧନାର ଅପୂର୍ବ ଅୟୋଜନ । ଚତୁର୍ଦ୍ଦିଗରେ ପୋଲିସ ବାହିନୀର ଫ୍ଲାଗମାର୍ଚ୍ଚ । କାଳେ କେହି ଆତଂକବାଦୀର ଆକ୍ରମଣରେ ଭଣ୍ଡୁର ହେଇଯିବ ଏ ଶାଂତିର ଶୋଭାଯାତ୍ରା ।

ଶୁଭିଲା ଶଂଖଧ୍ୱନି । ଉଠିଲା ଜୟଜୟକାର । ପଟୁଆରର ପଦଧ୍ୱନିରେ ସ୍ପନ୍ଦିତ ହେଲା ରାଜଧାନୀର ମାଟି-ପାଣି-ପବନ-ଆକାଶ । ଦର୍ପିତ ପଦକ୍ଷେପରେ ଆଗେଇ ଆସୁଥିଲେ ମାଆ ବାହିନୀ ।

ମୈଦାନ ଛାତିରେ ପାଦଦେଇ କଦମତାଲରେ ଅଗ୍ରସର ମାଆ ବାହିନୀଙ୍କୁ ସ୍ୱାଗତ କରାଗଲା ତୋପ ସଲାମି ଦେଇ ଆରକ୍ଷୀ ଆଦବ କାଇଦାରେ ଯଥାରୀତି ।

ସୁସଜ୍ଜିତ ମଞ୍ଚକୁ ସର୍ବପ୍ରଥମେ ସ୍ୱାଗତ କରି ପାଛୋଟି ନିଆଗଲା କ୍ରାଂତିବୀର ଅନୁପମ ଓ ବୀରାଂଗନା କ୍ରାଂତି କୁମାରୀ ଶୈଳଜା ଓରଫ୍ ଶାଳିନୀଙ୍କୁ । ଗଳାରେ ପୁଷ୍ପମାଲ୍ୟ ଓ ହସ୍ତରେ ଖାକୀ ସହିତ ପୋଲିସ ବାହିନୀରେ ବିଶେଷ ନିଯୁକ୍ତି ପତ୍ର । ବଂଧୁକ ସମର୍ପଣ କରି ଗ୍ରହଣ କଲେ ସେହି ବିଶେଷ ଉପଢୌକନକୁ ସରକାରଙ୍କର ।

ତତ୍‌ପରେ ଜଣଜଣ କରି ଅନୁରୂପ ଢଂଗରେ ମାଓବାଦୀମାନେ କ୍ରମାନ୍ୱୟରେ ଆସି ବଂଧୁକ ସମର୍ପଣ ସମେତ ଗ୍ରହଣ କଲେ ଉପଢୌକନ-ଗୋଲାପ ଫୁଲ ସହିତ ଖାକୀ, ରାଇଫଲ ଓ ନିଯୁକ୍ତି ପତ୍ର, ସ୍ୱତନ୍ତ୍ର ରାଜ୍ୟ ସୁରକ୍ଷା ବାହିନୀର । କ୍ରାଂତିବୀର ଅନୁପମଙ୍କର ସରକାରଙ୍କୁ ପ୍ରସ୍ତାବ -ପ୍ରଥମେ ଏମାନଙ୍କ ଉପରୁ ସମସ୍ତ ମାମଲା ଉଠାଇ ନିଆଯିବ । ଏମାନଙ୍କୁ ସ୍ୱତନ୍ତ୍ର ଭାବରେ ତାଲିମ ଦିଆଯିବ ଏବଂ ଏମାନଙ୍କୁ ନେଇ ଗଠିତ ହେବ ସ୍ୱତନ୍ତ୍ର ଦେଶ ସୁରକ୍ଷା ବଳୟ । ଏଇମାନେ ହିଁ ସାଜିବେ ଅନ୍ତରୀଣ ଦେଶ ସୁରକ୍ଷାର ମେରୁହାଡ଼ । ଦେଶରୁ ହଟିବ କଳାବଜାର, ଡକାୟତି, ଲୁଣ୍ଠନ, ଧର୍ଷଣ ଭଳି ଯେତେ ବ୍ୟଭିଚାର । ଏଇମାନଙ୍କ ସୁରକ୍ଷା ବଳୟ ଭିତରେ ରାଜ୍ୟ ଓ ସମାଜ ହେବ ସୁରକ୍ଷିତ । ରାବଣର ଲଙ୍କାଗଡ଼ ହେବ ରାମରାଜ୍ୟ । ସୁଖ-ଶାଂତିର ସ୍ୱର୍ଗଭୂମି । ବାପୁଙ୍କର ସ୍ୱପ୍ନ ହେବ ସାକାର । କ୍ରାଂତିବୀରଙ୍କ ଏପରି ଶାଂତି ପ୍ରସ୍ତାବକୁ ରାଜ୍ୟ ତଥା କେନ୍ଦ୍ର ସରକାରଙ୍କ ତରଫରୁ ସବୁଜ ସଂକେତ ଦିଆଯାଇଛି । ସେହି କ୍ରମରେ ଯଥାବଧି ସମ୍ପନ୍ନ ହେଉଛି ଅଭିନନ୍ଦନ ପର୍ବର ଅପୂର୍ବ ଉଦ୍‌ଯାପନୀ ।

ମୈଦାନର ଗୋଟିଏ ପଟରେ ପୋଲିସ, ଅନ୍ୟପଟରେ ନବନିଯୁକ୍ତ ସ୍ୱତନ୍ତ୍ର ସୁରକ୍ଷା ବାହିନୀର ତଥା ମାଆବାଦୀ ବାହିନୀର ନୂତନ ଖାକୀ ପୋଷାକରେ ସମାନ୍ତରାଳ ପଟୁଆର । ବୀରବାଦ୍ୟ ବାଜି ଉଠିଲା । ମିଳିତବାହିନୀର କମାଣ୍ଡ ସହିତ ଉଠିଲା ଜୟଧ୍ୱନି-

“ଭାରତମାତା କୀ ଜୟ, ଇନ୍‌କିଲାବ ଜିନ୍ଦାବାଦ, ବନ୍ଦେ ମାତରମ୍ !” ବୀରବାଦ୍ୟ ସହିତ ବୀରଗୀତର ତାଳେତାଳେ ଦର୍ପିତ ପଦକ୍ଷେପରେ ମଳିତବାହିନୀ ଆଗେଇ ଆସୁଥିଲେ ମଞ୍ଚସ୍ଥ ମୁଖ୍ୟମନ୍ତ୍ରୀ, ରାଜ୍ୟପୋଲିସ ବାହିନୀର ମୁଖ୍ୟ ଏବଂ କ୍ରାଂତିବୀର ଅନୁପମ ଓ ବୀରାଂଗନା ଶାଳିନୀଙ୍କ ଉଦ୍ଦେଶ୍ୟରେ ସାଲ୍ୟୁଟ ମୁଦ୍ରାରେ ।

(ଗୀତ)

ଆଗେଇ ଚାଲ୍ ଆଗେଇ ଚାଲ୍ ଆଗେଇ ଚାଲ ରେ
ଜନ୍ମମାଟିର ବୀର ସନ୍ତାନ ଆଗେଇ ଆଗେଇ ଚାଲ୍ ।
ଗର୍ବରେ ଆଜି ଫୁଲିଉଠେ ଦେଖ ଦେଶ-ଜନନୀର ଛାତି
ଦୂରେଇ ଯାଇଛି ଏ ଦେଶ-ମାଟିରୁ ଦୁଃଖର ଅମାରାତି
ନୂତନ ସୂର୍ଯ୍ୟ ଉଇଁଛିରେ ଆଜି ପୂରୁବ ଗଗନ ଭାଲେ
ସାଗର ଉର୍ମି ଉଛୁଳି ଉଠୁଛି ପୁଣ୍ୟ ମହୋଦଧି କୂଳେ
ମନରେ ଗର୍ବ ଭରି, ଛାତିକି ଶକ୍ତ କରି
ଚାଲରେ ଚାଲ୍, ଆଗେଇ ଚାଲ୍, ହୁଅନା ତୁ ବେଖିଆଲ !

ବୀରବାଦ୍ୟ ସହିତ ବୀର ପଟୁଆର ମୈଦାନର ଚତୁର୍ଦ୍ଦିଗକୁ ସାମ୍ନାକରି ମଞ୍ଚସ୍ଥ ନେତୃବୃନ୍ଦ ସହିତ ସମବେତ ଅସଂଖ୍ୟ ସାଧରାଣ ଜନତାଙ୍କ ଉଦ୍ଦେଶ୍ୟରେ ସାଲ୍ୟୁଟ୍ ଓ ସମ୍ମାନର ଅଭିନନ୍ଦନିକା ବାଢ଼ିଦେଇ କ୍ରମଶଃ ଅଗ୍ରସର ହେଲା ରାଜଧାନୀର ରାଜପଥ ଉପରକୁ...। ପଛେ ପଛେ ଜନତା...।

ସତେ ଯେପରି ଜନସମୁଦ୍ରରେ ଆଜି ଆନନ୍ଦର ଲହଡ଼ି ଉଠିଛି !

॥ ୭୮ ॥

ସଂଧ୍ୟା ଅତିକ୍ରାନ୍ତ । ଅନୁରାଗ ବାବୁଙ୍କ ବୈଠକ କୋଠରୀ । ଚାନ୍ଦିନୀ ନୈଶଭୋଜି ପ୍ରସ୍ତୁତିରେ ବ୍ୟସ୍ତ । କୌଣସି ଏକ ଜରୁରୀ ଟୁର୍‌ରେ ଅନୁରାଗ ବାବୁ । ବସିଛି ଏକାକିନୀ, ବିରହିଣୀ ନାୟିକା । ଚାହିଁ ରହିଛି ଦୂରଦର୍ଶନ ପରଦା ଉପରକୁ । ଅନୁପମ କାଲେ ଫେରି ଆସିଚନ୍ତି ମାଓବାଦୀଙ୍କୁ ସାଥିରେ ଧରି, କହୁଥିଲା ଅନୁରାଗ । ତେଣୁ ତା' ହରିଣୀ ଆଖି ଚାହିଁ ରହିଛି, ଥରୁଟିଏ ଦେଖି ଦେବାକୁ ତାର ସେହି ଦିବ୍ୟ ପ୍ରଣୟୀ ପୁରୁଷଙ୍କୁ । କେତେବେଳେ ଦୂରଦର୍ଶନ ପରଦାରେ କାଳେ ଫୁଟିଉଠିବ ତାଙ୍କର ରୂପ, ତାଙ୍କୁ ସରକାରଙ୍କ ତରଫରୁ ଦିଆଯାଇଥିବା ସ୍ୱାଗତ ସମ୍ବର୍ଦ୍ଧନାର ଟିକେ ଝଲକ୍ ।

ରାତ୍ରି ଆଠ । ଦୂରଦର୍ଶନରେ ବିଶେଷ କାର୍ଯ୍ୟକ୍ରମ । ନବଗଠିତ ସ୍ୱତନ୍ତ୍ର ପୋଲିସ ବାହିନୀ ତରଫରୁ ଅନୁପମଙ୍କୁ ବିଶେଷ ସମ୍ବର୍ଦ୍ଧନା ଏବଂ ଅନୁପମଙ୍କ ସହିତ ସାମ୍ବାଦିକ ମାନଙ୍କର ସ୍ୱତନ୍ତ୍ର ସାକ୍ଷାତକାର ।

XXX

ସମ୍ବର୍ଦ୍ଧନା ଓ ସାକ୍ଷାତକାର ମଞ୍ଚ ସୁସଜ୍ଜିତ ।

ମଞ୍ଚରେ ଉପସ୍ଥିତ ଅନୁପମ । ଦେହରେ ଶୁକ୍ଳବର୍ଣ୍ଣର ଧୋତି ଓ ପଞ୍ଜାବୀ । କାନ୍ଧରେ ଗୈରିକ ଉତ୍ତରୀୟ । ମୁଖମଣ୍ଡଳରେ ଉଦ୍‌ଭାସିତ ପ୍ରସନ୍ନତାର ଦିବ୍ୟ ଆଭା । ଦୃଶ୍ୟମାନ ହେଉଥିଲା ଯେମିତି କେହି ଜଣେ ଦିବ୍ୟପୁରୁଷ ଆଉଥରେ ଅବତରିତ ଭିନ୍ନ ରୂପ, ଭିନ୍ନ ଭୂମିକାରେ !

ଅନୁପମଙ୍କୁ ଏପରି ରୂପରେ ଦେଖି ଖୋସି ହେଇଯାଇଛି ଅନୁପମାର ଆଖି । ଖୁସିରେ ଝୁମି ଉଠୁଛି ବିରହିଣୀ ତପସ୍ୱିନୀର ମନପ୍ରାଣ । ଫେରେଇ ପାରୁନି ଦୃଷ୍ଟି ତାଙ୍କ ଉପରୁ ।

XXX

• **ସାମ୍ବାଦିକ : ପ୍ରଶ୍ନ ୧**

–"ଆପଣ ଏତେବଡ଼ କାର୍ଯ୍ୟକଲେ ! ମାଓବାଦୀଙ୍କୁ ସମାଜର ମୁଖ୍ୟ ସ୍ରୋତରେ ସାମିଲ କରେଇଲେ । ସାରା ଦେଶରୁ ଆପଣଙ୍କ ପ୍ରତି ଶୁଭେଚ୍ଛାର ସୁଅ ଛୁଟୁଛି । କ'ଣ କହିବେ ?"

• **ଅନୁପମଙ୍କ ଉତ୍ତର-**

"ମୁଁ କିଛି କରିନାହିଁ । ସବୁ ସେହି ମହାପ୍ରଭୁ ଜଗନ୍ନାଥଙ୍କର କରୁଣା । ସମୟ ବଡ଼ ବଳବାନ । ସମୟର ନିର୍ଦ୍ଦେଶକୁ କେହି ଏଡ଼ାଇ ଦେଇ ଯାଇପାରିବେନି । ଆମ ଭିତରେ ଗୋଟେ ଦିବ୍ୟଶକ୍ତି ସର୍ବଦା କାମ କରୁଛି । ସେହି ଦେବତ୍ୱର ଆହ୍ୱାନ ଆସିଲା । ସବୁରି ପ୍ରାଣକୁ ସ୍ପନ୍ଦିତ କଲା । ଯେତେ ଶୁଭେଚ୍ଛା ସବୁ ସେହିମାନଙ୍କୁ ଯିବା ଉଚିତ । ମୁଁ ତ ନିମିତ୍ତ ମାତ୍ର ।"

ଉପସ୍ଥିତ ସାମ୍ବାଦିକ ତଥା ଅତଥିଙ୍କ ତରଫରୁ କରତାଳି ଉଠିଲା ସାଧୁବାଦର ।

• **ସାମ୍ବାଦିକ : ପ୍ରଶ୍ନ ୨**

– "କହିବେକି ଆପଣଙ୍କର ଏ ମହାନ କାର୍ଯ୍ୟ ପାଇଁ ଆମ ରାଜ୍ୟ ସରକାର ଆପଣଙ୍କୁ ସର୍ବୋଚ୍ଚ 'ଉତ୍କଳରତ୍ନ ସମ୍ମାନ'ରେ ଭୂଷିତ କରାଇବା ପାଇଁ ପ୍ରସ୍ତାବ ରଖିଚନ୍ତି । ତା' ସହିତ ଆପଣ ଜଣେ **I.P.S. pass out,** ସେଥିପାଇଁ ସରକାର ଜଣେ ଉଚ୍ଚପଦସ୍ଥ ପୋଲିସ ଅଫିସର ଭାବରେ ପ୍ରାରମ୍ଭିକ ନିଯୁକ୍ତି ପ୍ରଦାନ କରିଚନ୍ତି । ଏହାପରେ ଖୁବ୍ ଶୀଘ୍ର ପ୍ରମୋଶନ । ଏତେ ସବୁ ଅଫରକୁ ଏଡ଼େଇ ଯିବା ପଛରେ ଆପଣଙ୍କର କେଉଁ ଉଦ୍ଦେଶ୍ୟ କାମ କରୁଛି ? କ'ଣ ଭଲ ଲାଗିଲାନି ଏ ସବୁ ?"

• **ଅନୁପମଙ୍କ ଉତ୍ତର –**

"ଭଲ ଲାଗିଲାନି ନୁହେଁ । ସମ୍ମାନ ଓ ପଦବୀଠାରୁ ଦୂରେଇ ରହି କିଛି କରିବାକୁ ମୁଁ ଅଧିକ ପସନ୍ଦ କରେ । ଦେଶ ଭାଇଚାରାର । ନିଃସ୍ୱାର୍ଥ ତ୍ୟାଗ ଓ ସମର୍ପଣରେ ଦେଶ ଗଢ଼ାଯାଏ । ଆମ ଇତିହାସ ଏହାହିଁ କହିଛି । ସେଥିପାଇଁ ତ ତ୍ୟାଗୀ ଗୋପବନ୍ଧୁ ସ୍ୱଚ୍ଛନ୍ଦ ଭାବରେ ଦୀନଦରିଦ୍ର ନାରାୟଣଙ୍କ ବଂଧୁ ସାଜି ସେବା ଓ ମମତାର, ତ୍ୟାଗ ଓ ତପସ୍ୟାର ମହାର୍ଘ ମାର୍ଗ ପ୍ରଦର୍ଶନ କରିଯାଇଛନ୍ତି । ମୁଁ ଆଜି ସେହି ମାର୍ଗର ପଥିକ । ଦେଶ ଜାତିର ସେବାକୁ ଜୀବନର ବ୍ରତ ଭାବରେ ବରି ନେଇଛି ।"

• **ସାମ୍ବାଦିକ : ପ୍ରଶ୍ନ ୩**

– "ଆପଣ ଜଣେ ସାଧାରଣ ମଣିଷ ହେଇ ଏପରି ଅସାଧାରଣ କାର୍ଯ୍ୟ କିପରି ସମ୍ଭବ କରେଇ ପାରିଲେ, ଯାହା 'ମାଓବାଦୀ'ଙ୍କୁ 'ମାଆବାଦୀ' ସଜେଇ ଦେଶସୁରକ୍ଷାର ମନ୍ତ୍ର ଓ ଅସ୍ତ୍ର ଧରେଇ ଦେଇ ପାରିଲା ? କିପରି ଏ ପରିବର୍ତ୍ତନ ସମ୍ଭବ ହେଲା ? କ'ଣ କଛି ଯାଦୁ ଥିଲା ଆପଣଙ୍କ ପାଖରେ ?"

ଅନୁପମଙ୍କ ଉତ୍ତର –

– "ମୋ' ପାଖରେ ନଥିଲା, ମୋ'କଥାରେ ଥିଲା ସେହି ଶକ୍ତି, ଯାହାକୁ

ଆପଣମାନେ ଯାଦୁ କହୁଚନ୍ତି । ଏଇ କଥାରେ ଅମୃତ ଅଛି; ବିଷ ବି ଅଛି । ନିର୍ମଳ ହୃଦୟରୁ ଅମୃତ ଝରେ । ବାପୁଙ୍କ କଥା କ'ଣ ଆପଣମାନେ ଭୁଲି ଯାଇଛନ୍ତି ? ନିରସ୍ତ୍ର ନିରୀହ ବାପୁଜୀ ଲଂଗଳା ଫକୀର ସାଜି ଏଇ କଥାର ଶକ୍ତିରେ ଦୁର୍ଦ୍ଧର୍ଷ ଇଂରେଜ ସାମ୍ରାଜ୍ୟକୁ ଦୋହଲାଇ ଦେଇଥିଲେ !"

• **ସାମ୍ବାଦିକ : ପ୍ରଶ୍ନ୪** –

– "ଆପଣଙ୍କର ପରବର୍ତ୍ତୀ ଯୋଜନା କ'ଣ ?"

• **ଅନୁପମଙ୍କ ଉତ୍ତର–**

– "ଏଇତ ଆରମ୍ଭ ମାତ୍ର । ଜାଗରଣର ଶଂଖବେଳା ଆସିଛି । ଦେଖିବେ କାଲି ପ୍ରଭାତରେ ପୂର୍ବାକାଶରେ କେମିତି ଲୋହିତ ବର୍ଣ୍ଣର ପଟୁଆର ସଜେଇ ଉଇଁ ଆସିବେ ସୂର୍ଯ୍ୟଦେବ । ଠିକ୍ ସେମିତି ଆମ ଦେଶ-ଜନନୀର ଭାଗ୍ୟ-ଆକାଶରେ ସେହି ସୂର୍ଯ୍ୟ ଉଇଁବ । ସକଳ ତମିସ୍ରାର ଅବସାନ ଘଟାଇ, ଏମିତି ଏକ ସିନ୍ଦୂରିତ ବେଳାରେ ଉଦ୍‌ଭାସିତ ହେବ ଆଗାମୀର ଭାଗ୍ୟରବି । ପ୍ରସ୍ତୁତ ହେଇଯାଅ ସମସ୍ତେ, ତା'ର ସ୍ୱାଗତ ବନ୍ଦନା ପାଇଁ । ଶୁଣି ପାରୁଛ-ବିହଗର କାକଳିରେ କେମିତି ଗୁଂଜରି ଉଠୁଛି ସେହି ସ୍ୱାଗତ ଗୀତିକା, ଶୁଭ ଆବାହନୀ ସଂଗୀତର ମନ୍ଦ୍ର ମଦିର ମୂର୍ଚ୍ଛନା ?"

ସ୍ତବ୍ଧ ଚକିତ ସାମ୍ବାଦିକଗଣ ଅନୁପମଙ୍କର ଯାଦୁଭରା ଉକ୍ତିରେ ମନ୍ତ୍ରମୁଗ୍ଧ ହେଇ ଚାହିଁ ରହିଥିଲେ ସେହି ଭାବଗମ୍ଭୀର ମୁଖମଣ୍ଡଳକୁ, ଯେମିତି ସମ୍ମୋହନ ଛୁଇଁଛି !

ଏଥର ଆଉ ପ୍ରଶ୍ନ ନଥିଲା, ଥିଲା ଖାଲି ତାଳି ପରେ ତାଳି । ସମବେତ କରତାଳିରେ ମୁଖରିତ ହେଉଥିଲା ସଭାସ୍ଥଳ । କେତେ ମୁହୂର୍ତ୍ତପରେ ସମସ୍ତେ ନୀରବ, ନିଶ୍ଚଳ । ପରିବେଶରେ ଅପୂର୍ବ ପ୍ରଶାଂତିର ମୌନତା ।

ମଞ୍ଚ ଉପରକୁ ଉଠିଲେ ଖାକି ପୋଷାକରେ ସେହି ମାଓ କମାଣ୍ଡର ।

– "ହାଏ, ମାଇଁ ଡିଏର କମ୍ରେଡ ଅନୁପମ, କଂଗ୍ରାଚୁଲେସନ !"

– "ହାଏ, କୁହ ଶାଳିନୀ, ସରି ଏ.ସି.ପି ଶାଳିନୀ ମହାପାତ୍ର ।"

– "ମୋତେ ଆଉ ଲଜ୍ଜିତ କରନ୍ତୁ ନାହିଁ ମିଷ୍ଟର ! ମୁଁ ଯେ ଆପଣଙ୍କ ପାଦତଳେ ଜଣେ ଦାସୀ । ଆପଣ ମୋ' ପାଇଁ ଦେବତା । ଖାଲି ମୋ' ପାଇଁ କାହିଁକି, ସାରା ମାଓବାଦୀମାନଙ୍କ ପାଇଁ ଜଣେ ଦିବ୍ୟଆତ୍ମା । ସେଥିପାଇଁ ଆପଣଙ୍କୁ ଆମ 'ମାଆବାହିନୀ' ତରଫରୁ ସ୍ପେଶାଲ ସ୍ୱାଗତ ଓ ସମ୍ବର୍ଦ୍ଧନା । ପ୍ଲିଜ୍ ଆଭଏଡ୍ ନକରି ଆମର ଏ ଉପହାରକୁ ଆପଣ ସାଦର ଗ୍ରହଣ କରିବେ ଆଶାକରେ ।"

– "ଉପହାର ?"

– "କେବଳ ଶ୍ରଦ୍ଧା ଉପହାର ।"

ଫୁଲର ମାଳାଟାଏ ଶାଳିନୀ ଲମ୍ବାଇ ଦେଲା ଅନୁପମଙ୍କ ଗଳାରେ ଓ ଦେଲା ସାଲ୍ୟୁଟ୍ ଏବଂ ନଇଁପଡ଼ିଲା ତାଙ୍କ ପାଦତଳେ ଆଣ୍ଠୁମାଡ଼ି ।

ସାମ୍ବାଦିକ ମାନେ ଫୋଟ ସଂଗ୍ରହ କରୁଥିଲେ ।

XXX

ଟି.ଭି. ପରଦାରେ ଅନୁପମା ଦେଖୁଥିଲା ସେହି ଅପ୍ରତ୍ୟାଶିତ ଘଟଣାର ଦୃଶ୍ୟ । ମନରେ ଦ୍ୱନ୍ଦ୍ୱ -ଏ କ'ଣ? ଏ ଝିଅ କିଏ? ଏଙ୍କ ଗଳାରେ ବରଣମାଳା ପିନ୍ଧେଇ ତା'ଠୁ ତା' ଅନୁପମଙ୍କୁ ଛଡ଼େଇ ନେବାର ଦୁଃସାହସ କରୁ ନାହିଁତ? ସ୍ତମ୍ଭୀଭୂତ ହୋଇ ଚାହିଁ ରହିଥିଲା ଅନୁପମା ଦୃଶ୍ୟକ୍ରମକୁ ।

XXX

ଫୋଟ ଉଠୁଥିଲା । କରତାଳିରେ ଉଚ୍ଛ୍ୱସିତ ଉଲ୍ଲସିତ ହେଉଥିଲା ଦିବ୍ୟ ବାତାବରଣ । ବିବେକାନନ୍ଦଙ୍କ ସମ୍ମୁଖରେ ଭଗ୍ନୀ ନିବେଦିତା ନୁହନ୍ତିତ, ଯିଏ ସେହି ପରମ ପୁରୁଷଙ୍କ ପାଦତଳେ ବାଢ଼ି ଦେଉଛି ଐକାଂତିକ ଭକ୍ତିର ପ୍ରୀତି ଅର୍ଘ୍ୟ?

ସ୍ୱତଃ ନଇଁ ଆସିଲା ଅନୁପମଙ୍କ ହସ୍ତ ଦୁଇ । ମୁଖରେ ଶ୍ରଦ୍ଧାଶୀଳ ସମ୍ବୋଧନ- "ଉଠ, ଉଠ ଶାଳିନୀ । ତମର ଏ ସ୍ୱାଗତ ଶ୍ରଦ୍ଧା ଉପହାରକୁ କି ଏଡ଼େଇ ଯାଇ ପାରିବି? ଖାସ୍ ତମରି ପାଇଁ ଏ ସମାଜଛଡ଼ା ଗୋଟେ ଉଦ୍‌ଭ୍ରାନ୍ତ ଯୁବକ ଆଜି ଦେବତ୍ୱର ସନ୍ଧାନ ପାଇଛି । ସୁତରାଂ ମୁଁ ତମ ଶ୍ରଦ୍ଧାକୁ ସାଦରେ ଗ୍ରହଣ କଲି । ହେଲେ-"

– "ପୁଣି ଆପତ୍ତି କାହିଁକି? କ'ଣ ଡରିଗଲେ କି ମିଷ୍ଟର, ନାଇଁ ସେମିତି କିଛି ବି ନୁହେଁ; ମୁଁ ଆପଣଙ୍କଠୁ ଆପଣଙ୍କ ଅନୁପମାକୁ ଦୂରେଇ ଦେଇ ସେ ସ୍ଥାନ ଅଧିକାର କରିବାକୁ ଆଦୌ ଛଳ ପ୍ରୟାସ କରୁନାହିଁ ।"

– "ହାଃ-ହାଃ-ହାଃ!" ହସି ଉଠିଲେ ଅନୁପମ!

ହସି ଉଠିଲା ଶାଳିନୀ । ହସି ଉଠିଲେ ଉପସ୍ଥିତ ସମ୍ବାଦିକ ଓ ଅତିଥି ବୃନ୍ଦ । ମୁହୂର୍ତ୍ତକ ପାଇଁ ହେଲେ ବି ସେହି ଭାବଗମ୍ଭୀର ପରିବେଶ ପରିହାସର ମୃଦୁ ପବନରେ ଆନ୍ଦୋଳିତ ହେଇଉଠିଲା; ହେଇଉଠିଲା କିଛିଟା ରୋମାଣ୍ଟିକ୍ ।

XXX

ଏପରି ପରିହାସପୂର୍ଣ୍ଣ ଶାଳିନୀର ଲଘୁ ଉକ୍ତି କିଂତୁ ଅନୁପମାକୁ ଆଦୌ ଭଲ ଲାଗୁନଥିଲା । ସେ ଥିଲା ଦୃଢ଼ ଠିକ୍ ସୀତାଙ୍କ ପରି, ତା' ଅଚଳା ପ୍ରୀତିରେ ।

XXX

ମୁଖର ପରିବେଶକୁ ରୋମାଞ୍ଚିତ କରି ଶାଳିନୀ ବାଢ଼ିବସିଲେ ନିଜ ହୃଦୟର

ଗଭୀର ଅନୁରକ୍ତି- "ଆପଣ ପରା ମୋ' ପାଇଁ ଦେବତା! ଆପଣ ମୋତେ ନୂଆ ଜୀବନ ଦେଇଛନ୍ତି। ନୂଆ ରାହା ଦେଖେଇଛନ୍ତି। ମୁଁ ଆପଣଙ୍କ ପାଦତଳେ ଚିରଦାସୀ ହେଇ ରହିବାର ଆଶ୍ରା ମାଗୁଛି। ଆପଣଙ୍କ ଆଦେଶ-ନିର୍ଦ୍ଦେଶରେ ଅବଶିଷ୍ଟ ଦେଶସେବାର ଜୀବନ-ବ୍ରତକୁ ପାଳନ କରିବି। କୁହନ୍ତୁ, କ'ଣ ମୋ' ଆଗାମୀ ସଂଗ୍ରାମୀ ଜୀବନର ନାୟକ ସାଜିବେନା?"

– "ମୋ' ସଖୀଙ୍କର ଇଚ୍ଛା ହିଁ ମୋ' ପାଇଁ ଆଦେଶ।"

ହାତ ବଢ଼ାଇଲେ ଅନୁପମ। ହାତ ମିଳାଇଲେ ଶାଳିନୀ।

କରମିଳନର ଏ ବିରଳ ଫୋଟ ଉଠୁଥିଲା ଶହଶହ ମୋବାଇଲ କ୍ୟାମେରାରେ। ସାମ୍ବାଦିକମାନେ ସ୍ନାପ୍ ନେଉଥିଲେ। ମଞ୍ଚ ଆକାଶରୁ ପୁଷ୍ପ ବୃଷ୍ଟି ହେଉଥିଲା ଉଭୟଙ୍କ ମସ୍ତକରେ ସ୍ୱତନ୍ତ୍ର ରାଜ୍ୟ ସୁରକ୍ଷା ବାହିନୀ ତରଫରୁ। ଅସଂଖ୍ୟ କରତାଳିରେ କଂପି ଉଠୁଥିଲା ପରିମଣ୍ଡଳ। ଶୁଭେଚ୍ଛା ଓ ଆଶୀର୍ବାଦ ଅଜାଡ଼ି ହେଇ ପଡୁଥିଲା ମାଟି ମା'ର ଏହି ବରପୁତ୍ର-ପୁତ୍ରୀଙ୍କ ପ୍ରତି। ସାକାର ହେଲା ଏଇ ବିଶେଷ ସାକ୍ଷାତକାର ତଥା ସ୍ୱାଗତ-ସମ୍ବର୍ଦ୍ଧନାର ଅପୂର୍ବ ଉଦ୍‌ଯାପନୀ।

XXX

ଅନୁପମା ଯେମିତି ସମ୍ମୋହିତା। ପାଟିରେ ନାହିଁ ଭାଷା। ଦେହରେ ନାହିଁ ପ୍ରାଣ ସ୍ଫୂର୍ତ୍ତି। ଜଡ଼ବତ୍ ସ୍ଥିତିରେ ସେ ଖାଲି ଚାହିଁ ରହିଥିଲା ଦୂରଦର୍ଶନ ପରଦାକୁ। ଏବେ ସବୁ ଦେଖୁଥିଲା, କିଛି ବି ଦୃଶ୍ୟ ହେଉ ନଥିଲା। ଅନୁପମଙ୍କ ଗଳାରେ ଝିଅଟାର ମାଲ୍ୟାର୍ପଣ ଫେର୍ ହସ୍ତମିଳନ, ତା' ମାନସ ପଟରେ ଯେମିତି ଖେଳେଇ ସାରିଥିଲା ଗୋଟେ ନାରୀ ସୁଲଭ ସହଜାତ ଅବିଶ୍ୱାସ ଆଉ ସନ୍ଦେହର କୁହେଳି। ଅସ୍ଥିର ଚିତ୍ତ କିଂତୁ ଥିଲା ସ୍ଥିର। ତା'ର ଅନ୍ତରସ୍ଥ ଚେତନା ପ୍ରବାହ ଥିଲା ନିସ୍ତରଂଗ। ହୃଦୟର ଗଭୀରତମ ପ୍ରଦେଶରୁ କିଏ ଯେପରି ପ୍ରତିଧ୍ୱନି ତୋଳି କହୁଥିଲା-

– "ଅନୁପମା! ତୁ ଭାଂଗି ପଡୁଛୁକି? ତୋ' ପାଇଁ ଏ ଅଗ୍ନି ପରୀକ୍ଷାର ସମୟ। ଏ ପରୀକ୍ଷାରେ ତୋତେ ଉତ୍ତୀର୍ଣ୍ଣ ହେବାକୁ ପଡ଼ିବ। ତୁ ପରା ସୀତା-ସାବିତ୍ରୀର ବଂଶଜା। ତୋ' ରାମ, ତୋ' ସତ୍ୟବାନକୁ ତୋ'ଠୁ କେହି ପୃଥକ କରି ପାରିବେ ନାହିଁ। ତୋ' ଶାଶ୍ୱତ ପ୍ରେମର ବଜ୍ରବନ୍ଧନରୁ କେହି ଛଡ଼େଇ ନେଇପାରିବେନି ତୋ' ଅନୁପମଙ୍କୁ। ଅନୁପମ ତୋର, କେବଳ ଅନୁପମାର।"

ନୟନରୁ ଝରି ଆସିଲା ନୀରବ ଅଶ୍ରୁ ଧାରା।

॥ ୭୯ ॥

ବିସ୍ଫୋରଣ କରି ଉଠିଲା ସାଗର । ଖୁସିରେ ଝୁମି ଉଠିଲା ନିବେଦିତା । ଦୂରଦର୍ଶନ (ଟି.ଭି) କୁ ରାଗରେ ସାଗର ଟେକିଧରି କଚାଡ଼ିଦେବାକୁ ଉଦ୍ୟତ, ନିବେଦିତା ଅଟକାଇ ନେଲା ।

– "ଆରେ ଏ କ'ଣ କରୁଛ ?"

– "ଛାଡ଼ ମୋତେ.... !"

– "ନାଇଁ, ଏଇ ନିଷ୍ପ୍ରାଣ ଯନ୍ତ୍ରଟାର କ'ଣ ଦୋଷ ?"

– "ମାନେ ?"

– "ଏହା ଉପରେ ରାଗ ଶୁଝେଇ କି ପାଇବ ସାଗର ? ଯାହା ଉପରେ ରାଗ ଶୁଝେଇବାର ଅଛି, ସେ'ତ ସୁନାଶାରୀପରି ଫରଫର ହେଇ ଉଡ଼ିବୁଲୁଛି ଅନୁପମଙ୍କ ମନ-ଅଗଣାରେ ।"

– "ଓ, ନୋ-ନୋ ନୋ ! ସେ ଅନୁପମା ପାଇଁ ମୁଁ ବିବ୍ରତ ନୁହେଁ ନିବେଦିତା ! ମୁଁ ବିବ୍ରତ ସେହି ଏ.ସି.ପି. ଶାଳିନୀ ମହାପାତ୍ର ।"

– "ଶାଳିନୀ ମହାପାତ୍ର, ଓ ସେହି ଗର୍ଲ, ଯେ ଦିନେ ଅନୁପମଙ୍କ ସାଥିରେ ଆଇ.ପି.ଏସ୍ ଏକଜାମ୍ ଦେଇ ପାଶ୍‌ଆଉଟ୍ ହେଇଥିଲା । ଦୀର୍ଘଦିନ ହେଲା ତ ସେ ନିଖୋଜ ଥିଲା ।"

– "ନିଖୋଜ ନୁହେଁ ନିବେଦିତା, ମୁଁ ତାକୁ ...। ଓ ନୋ, କିପରି, କିପରି ସେ ବଂଚିଗଲା ? ମୁଁ ତ ଧରି ନେଇଥିଲି ସେ ଶେଷ୍ ହେଇଯାଇଛି । ଓଃ, ହ୍ୱାଟ୍ ସେଲ ଆଉ ଡୁ ?"

ସାରା ବଂଗଳା ବିବ୍ରତ ଅବସ୍ଥାରେ ଟହଲ ମାରିବାକୁ ଲାଗିଲା ସାଗର । ଏଙ୍କର ଏଭଳି ପ୍ରତିକ୍ରିୟା ଦେଖି କିଛି ବୁଝିପାରାଲାନି ନିବେଦିତା । ନିବେଦିତା କିଂତୁ ଖୁସ୍ ! ତା'ର ଟାରଗେଟ୍ ତାକୁ ମିଳିଯାଇଛି । ସରକାରଙ୍କ ତରଫରୁ ତାଙ୍କୁ ଆଇ.ପି.ଏସ୍ ଅଫିସର ଅଫର ଆସିଛି । ଜାଣଛି- ସେ ପ୍ରଥମେ ଅସ୍ୱୀକାର କଲେ ବି ପଛରେ ମାନିନେବାକୁ ବାଧ୍ୟ ହେବେ । ବାଧ୍ୟ କରେଇବି ମୁଁ । ମୋ' ସାଥିରେ ସବୁ ଦୁର୍ବ୍ୟବହାରକୁ ମୁଁ ଭୁଲିଯିବି ।

ସେ ମୋ'କଥାରୁ କେବେ ବାହାରକୁ ଯାଇପାରିବେନି । ସେ ପୁଣି ଫେରିବେ ମୋ' ପାଖକୁ । ଜଣେ ଆଇ.ପି.ଏସ୍ ଅଫିସର ହେଇ । ମୋର ଦୀର୍ଘ ଆଶା-ସ୍ୱପ୍ନ -କଳ୍ପନା ସାକାର ହେବ । ମୁଁ ସେଇ ପରିଚୟ ନେଇ ଛିଡ଼ାହେବି -ଆଇ.ପି.ଏସ୍. ଅନୁପମ ପଟ୍ଟନାୟକଙ୍କର ୱାଇଫ୍ । ହସି ଉଠିଲା ନିବେଦିତା । ହସି ଉଠିଲା ସାଗର ।

– "ହାଃ-ହାଃ-ହାଃ ।"

ଜଣଙ୍କ ହସରେ ଥିଲା ବିଜୟର ଉଲ୍ଲାସ; ଅନ୍ୟ ଜଣଙ୍କ ହସରେ ପ୍ରତିହିଂସାର ବିଦ୍ରୂପ-ପରିହାସ ।

– "ସାଗର !"

– "ଇଏସ୍ !"

– "ହସିଲ ଯେ ?"

– "ତୁମେ ବି ହସିଲ ?"

– "ନାଇଁ, ତୁମକୁ କହିବାକୁ ହେବ, କୁହ, ତମ ହସର ରହସ୍ୟ ? ଏଇକ୍ଷଣି ବିବ୍ରତ ହେଇ ଉଠିଥିବା ମଣିଷଟାର ଓଠରେ ଅଟ୍ଟହାସ୍ୟ ?"

– "ବୁଝିଲ ନିବେଦିତା, ଏଇ ଦିମାକଟା ବୁଝି ପାରୁନଥିଲା ...କ'ଣ କରିବ ?"

– "କ'ଣ ସିଦ୍ଧାନ୍ତରେ ପହଁଚି ଗଲ ?"

– "ଇଏସ୍, ପହଁଚି ଯାଇଛି । ଏବେଠାରୁ ଘାଉଲା ବାଘ ଆହୁରି ହିଂସ୍ର ହେଇ ଉଠିବ । ଆହୁରି ହିଂସ୍ର ।"

– "କ'ଣ କରିବ ଶୁଣେ ?"

– ଆଗ ବାଟରୁ କଣ୍ଟାଟା ସଫାକରିଦେବି ।"

– "କଣ୍ଟା ? ?"

– "ସେହି ଏ.ସି.ପି. ଶାଳିନୀ ମହାପାତ୍ର । ତା' ନହେଲେ ସେ ନିଶ୍ଚିତ ମୋ' ଉପରେ ପ୍ରତିଶୋଧ ନେବ । ସାମ୍ନାରେ ପାଇଲେ ଗୁଳି କରି ମାରିଦେବ । ସେଇଟା ଗୋଟେ ଦୁର୍ଦ୍ଧର୍ଷ ମାଓବାଦୀ । ନା-ନା-ନା, ତାକୁ ବିଶ୍ୱାସ ନାହିଁ । ତା' ବଂଧୁକର ଶିକାର ହେବା ଆଗରୁ ମୁଁ ତାକୁ ଶେଷ କରିଦେବି, ଆଉ ତା'ପରେ ହାଃ-ହାଃ-ହାଃ ..... !"

– "ପୁନର୍ବାର ସେହି ଅଟ୍ଟହାସ୍ୟ ? ପୁଣି କିଏ ତମ ଟାର୍‌ଗେଟ୍‌କୁ ଆସି ଗଲାନା କ'ଣ ?"

ପକେଟରୁ ପିସ୍ତଲ କାଢ଼ି ଦେଖାଇଲା ସାଗର ।

– "ଏଇ,ଏଇଟାକୁ ଦେଖି ପାରୁଛ ମିସ୍ ନିବେଦିତା ?"

– "ଇଏସ୍; ଗୋଟେ ପିସ୍ତଲ !"

– "ଇସ୍ ମେ ଚାର୍ ଗୁଲି ହେଁ । ଦୋ'ଠୋ ଇସକେ ଲିଏ, ଅଉର ଦୋ'ଠୋ ଉସକେ ଲିଏ ସଫିସିଏଣ୍ଟ୍ !"

– "ଉସ୍‌କେ ଲିଏ ? କିଏ ସେ ? କାହାକୁ ଇଂଗିତ କରୁଛ ସାଗର ?"

– "ଶତ୍ରୁ, ଚରମ ଶତ୍ରୁ, ମୋ' ଜୀବନର ଜାନି ଦୁସ୍‌ମନ ! ଇଉ ଡୋଣ୍ଟ୍ ମାଇଣ୍ଡ୍ ନିବେଦିତା, ମୋତେ ମୋ' ଅନୁପମା ମିଳିଗଲେ, ମୁଁ ତୁମ ଅନୁପମକୁ ଆଣି ପହଁଚେଇ ଦେବି ତୁମ ପାଖରେ, ଏଇଟା ଥିଲା ନା ଆମର ସର୍ତ୍ତ ?"

– "ହଁ, ସେ ସର୍ତ୍ତ ନିବେଦିତା ନିଶ୍ଚିତ ପୂରଣ କରିବ । ବାକି ତୁମେ... ! ମୋର ଅନୁପମ ଦରକାର । ଯେପରି ହେଉ ।"

– "ଅନୁପମ-ଅନୁପମ -ଅନୁପମ ! ଅପେକ୍ଷାକର ଅନୁପମ, ମୁଁ ଆସୁଛି । ସାଗର ପଟ୍ଟନାୟକ ଆସୁଚି ତୋତେ ସାକ୍ଷାତ କରିବା ପାଇଁ ।"

– "ଆଉ ଅନୁପମା, ତୁ ବି ପ୍ରସ୍ତୁତ ହେଇଯା, ତୋ' ପ୍ରେମ ନାଟକର ଯବନିକା ଟାଣିଦେବା ପାଇଁ ମୁଁ ବି ଆସୁଛି..ମୁଁ ଡକ୍ଟର ନିବେଦିତା ଛୋଟରାୟ !"

ହସିଉଠିଲେ ଏକ ସଂଗେ ସାଗର ଓ ନିବେଦିତା ।

॥ ୮୦ ॥

ଗୌରୀକୁ ହସ୍‌ପିଟାଲରେ ଆଡମିଟ୍ କରାଯାଇଛି ।

ତା'ର ପିଲା ହେବ । ଅସହ୍ୟ ଗର୍ଭ ଯନ୍ତ୍ରଣାରେ ଛାଟିପିଟି ହେଉଛି ବିଚାରୀ ସକାଳଠୁ ।

ରୁଦ୍ରପ୍ରତାପଙ୍କ ଏକା ଜିଦ୍, ମୋ' ଝିଅର ଡେଲିଭରି ନର୍ମାଲ ହେବା ଦରକାର । ଡକ୍ଟରଙ୍କ ଡିସିସନ ଭିନ୍ନ, ଦରକାର ପଡ଼ିଲେ ଜରୁରୀ ପରିସ୍ଥିତିରେ ସିଜେରିଆନ୍ କରିବାକୁ ବାଧ୍ୟ ହେବେ ସେ ।

ଯୋଡ଼ ହସ୍ତ ଟେକି ରୁଦ୍ର -"ହେ କାଳିଆ ସାଆନ୍ତ, ସବୁ ତୁମରି ଇଚ୍ଛା ଠାକୁରେ !"

ପ୍ରସୂତି କକ୍ଷରୁ ଚିତ୍କାର ଉଠିଲା ।

ବାହାରେ ଅପେକ୍ଷା କରିଥିବା ପ୍ରିୟମ୍ବଦା, ଗୌର, ଝୁମୁରୀ, ସମରା ସମସ୍ତେ ଆତଂକିତ ହେଇ ଉଠିଲେ ।

ଏପଟରୁ ସେପଟ ଟହଲ ମାରୁଥିବା ରୁଦ୍ରପ୍ରତାପ ଚମକି ଉଠି
– "କ'ଣ ହେଲା, କ'ଣ ହେଲା ମୋ' ଝିଅର ? ଚିତ୍କାର କଲା କାହିଁକି ?" ଅସ୍ଥିର ହେଇ ଉଠୁଥିବା ରୁଦ୍ରଙ୍କୁ ସାନ୍ତ୍ୱନା ଦେଲା ଝୁମୁରୀ ।

– "ଧୈର୍ଯ୍ୟ ଧର ବାବା, ନାନୀର କିଛି ହେବନାହିଁ । ମୁଇଁ ପରା ମା' ସମଲେଇକି ପୂଜା ମାନିଛି । ଶିବଙ୍କ ମଥାରେ ପାଣି ଢାଳିଛି ।"

ଝୁମୁରୀକୁ କୋଳେଇ ନେଇ- "ତୋ' ପୂଜା ସଫଳ ହେଉ ମାଆ !"

ପୁନର୍ବାର ଚିତ୍କାର ଶୁଭିଲା, ତା' ସହିତ କୁଆଁ କୁଆଁ ରବରେ କମ୍ପି ଉଠିଲା ହସ୍‌ପିଟାଲ ପରିବେଶ ।

ସମସ୍ତେ ଆଶ୍ୱସ୍ତ ହେଲେ । ହାତ ଟେକିଲେ ପ୍ରଭୁଙ୍କ ଉଦ୍ଦେଶ୍ୟରେ । କିଂତୁ ଗୌରକୁ ଛାଡ଼ି । ସେ ଆଶ୍ୱସ୍ତ ନଥିଲା, ଥିଲା ଅଶାଂତ ।

ଗୌର ବସିପଡ଼ିଲା ଚେୟାର ଉପରେ । ଘୂରିଗଲା ମଥା । ଭାବିଥିଲା-ଗୌରୀ ଗର୍ଭରୁ ମଲା ପିଲାଟାଏ ଜନ୍ମ ନିଅନ୍ତାକି, ତା'ର ସବୁ କଳଂକ ଧୋଇ ହେଇଯାନ୍ତା ।

ହେଲେ ହେଲା କ'ଣ ? ସର୍ବନାଶ ହେଇଗଲା । ସେ ପିଲାଟା ତାହେଲେ କାଲିଆର ? ଗୋଟେ ବିଷ ଭୃଣ ? ଜାରଜ ସନ୍ତାନ ? ନାଇଁ, ମୁଁ ଏକୁ ମାନିନେଇ ପାରିବିନି । ପୁଅ କି ଝିଅ ଶୁଣିବାକୁ ଧୈର୍ଯ୍ୟ ନଥିଲା ତା'ର । ହଠାତ୍ ଉଠି ଦ୍ରୁତ ପଦକ୍ଷେପରେ ଉଦ୍‌ଭ୍ରାନ୍ତ ଯୁବକଟେ ପରି ଚାଲିଗଲା ସବୁରି ଅଲକ୍ଷ୍ୟରେ ଦୂରକୁ, ହସ୍‌ପିଟାଲ ବାହାରକୁ ।

ଅନ୍ୟମାନେ ଆତୁର ଥିଲେ ଜାଣିବାକୁ -କ'ଣ ହେଉଛି ?

ନର୍ସ ବାହାରକୁ ଆସିଲେ ଅପରେସନ୍ ଥିଏଟରରୁ । ହାତରେ ତୁଳାରେ, ଢଙ୍କା ହେଇଥିବା କଶି ଛୁଆଟି । ନର୍ସ ଜଣକ ହସିହସି କହିଲେ ପ୍ରିୟମ୍ବଦାଙ୍କୁ ଚାହିଁ- "ମାଉସୀ, ଆପଣଙ୍କର ନାତି ହୋଇଛି..ନାତି ।"

ନାଚିଉଠିଲା ଝୁମୁରୀ ତାଳି ଦେଇ । ଖୁସିରେ ଯେମିତି ପାଗଳ ହେଇଗଲେ ରୁଦ୍ରପ୍ରତାପ । ପ୍ରିୟମ୍ବଦା କୋଟି ନିଧି ପାଇଲା ପରି ନର୍ସଙ୍କ ହାତରୁ ପିଲାକୁ କୋଳକୁ ତୋଳିନେଲେ । ପିଲାଟିର ମୁହଁକୁ ଦେଖି- "ଆଃହା, କି ସୁନ୍ଦର ହେଇଛି ! ଦେଖିଲଣି ।"

ରୁଦ୍ର ପିଲାଟି ମୁହଁକୁ ଚାହିଁରହିଥିଲେ ଅପଲକ ନେତ୍ରରେ ।

– "ମା', ଏ ତ ଗୋଟିପଣେ ଠିକ୍ ଗୌରଭାଇ ପରିକା ହେଇଚି । ଦେଖିଲଣି, ଦେଖିଲଣି ଗୌରବାବା । ଆରେ କୁଆଡ଼େ ଗଲେ ? ଏବେ ଏଇଠି ତ ଥିଲେ ? ସମରା, ଚାହିଁଚୁ କ'ଣ , ଯା, ତାଙ୍କୁ ଡାକିଆଣେ । କଥାଟା ଜଣେଇ ଦେ– ତାଙ୍କର ଗୁଲୁଗୁଲିଆ ସୁନ୍ଦୁରିଆ ପୁଅଟେ ହେଇଛି, ଠିକ୍ ତାଙ୍କରି ପରି ! ଆରେ ଯା !"

– "ଯାଉଛେ ଝୁମୁରୀ ! ଗୌରଭାଇ ! କୁଆଡ଼େ ଗଲେ ? ଯାଏଁ -ଦେଖେଁ !" ଚାଲିଗଲା ସମରା ତରତର ହେଇ ।

ସେତେବେଲୁ ରୁଦ୍ର ଚାହିଁ ରହିଥିଲେ ଛୁଆଟି ମୁହଁକୁ ସେମିତି ଏକ ଧ୍ୟାନ ଏକ ଲୟରେ । ପ୍ରିୟମ୍ବଦାଙ୍କ କୋଳରେ ପିଲାଟିର ଜୁଳୁଜୁଳୁ ଅଖି ଯୋଡ଼ିକ ଚାହିଁ ରହିଥିଲା ରୁଦ୍ରଙ୍କୁ । ରୁଦ୍ରଙ୍କର ମନେ ପଡ଼ିଗଲା ଅଠର ବର୍ଷ ଅତୀତର ସେଦିନର ସ୍ମୃତି । ତାଙ୍କ ଦୁଇ ଝିଅଙ୍କ ଜନ୍ମ ହେବାବେଳର ଦୃଶ୍ୟ । "ଠିକ୍ ଏମିତି ଦୁଇଟି କଅଁଳା ଛୁଆଙ୍କୁ ଜନ୍ମଦେଇ ଅନସୂୟା ମୋ' କୋଳକୁ ପୂର୍ଣ୍ଣକରି ଆଖି ବୁଜିଦେଲେ । ପିଲା ଯୋଡ଼ିକ ଠିକ୍ ଏମିତି ଗୋଡ଼ ହାତ ଛାଟି କୁଆଁ କୁଆଁ କାନ୍ଦି ଉଠୁଥିଲେ ମୋରି କୋଳରେ । ହାଏ ନିଷ୍ଠୁର, ମୁଁ ତାଙ୍କୁ ନିଜ ପାଖରେ ନରଖି ଟେକି ଦେଲି ଅନ୍ୟ ହାତକୁ ।"

– "ବାବା !" ହଲେଇ ଦେଲା ଝୁମୁରୀ - "କ'ଣ ଭାବୁଛ' ?"

ଝୁମୁରୀକୁ ଛାତିରେ ଜାକି ଧରି ଭାବପ୍ରବଣ ରୁଦ୍ର କହିଉଠିଲେ- "ନାଇଁ ଲୋ, ମୁଁ ତମରିମାନଙ୍କ କଥା ଭାବୁଥିଲି ।" ଆଖିରୁ ଝରି ପଡ଼ିଲା ଅଶ୍ରୁ ବିନ୍ଦୁ

ଝୁମୁରୀ ମୁହଁ ଉପରେ । ଚମକି ଗଲା ଝୁମୁରୀ । ବାବାଙ୍କ ଆଖିକୁ ଚାହିଁ - "ତମେ କାନ୍ଦୁଛ ବାବା ?"

– "ଏ ଅମାନିଆଁ ଆଖିଟାର ଲୁହ ବୋଲମାନୁନିରେ ମା' ! ତମ ଜନ୍ମ ବେଳର ଦୃଶ୍ୟ ଆଜି ଜଳଜଳ ହେଇ ଦିଶିଯାଉଛି । ପ୍ରିୟମ୍ବଦା, ଦିଅ, ତାକୁ ଥରେ ମୋ' କୋଳକୁ ଦିଅ ।" ଛୁଆକୁ କୋଳରେ ଧରି - "ଆଃ, ମୋ' ଜୀବନ ଆଜି ସାର୍ଥକ ହେଇଛି ।" ଆଖି ବୁଜିହେଇଗଲା ତାଙ୍କର ଖୁସିର ଆବେଶରେ ।

କାନ୍ଦି ଉଠିଲା ଛୁଆଟି ।

– "ଦେଖିଲ ପ୍ରିୟମ୍ବଦା, ମୋର ମନକଥା କିପରି ବୁଝି ପାରୁଛି ସେ ।"

– "ଆରେ, ସେ ପରା ତମ ରକ୍ତ, ତମ କଥା ବୁଝିପାରିବନି ?"

– "ହା-ହା-ହା; ଠିକ୍ କହିଚ । ଠିକ୍ କହିଚ ପ୍ରିୟମ୍ବଦା, ଏ ମୋରି ରକ୍ତ । ନେ ନେ ଝୁମୁରୀ, ଏଥର ତୁ ତୋ' ପୁଅକୁ ନେ ।" ଝୁମୁରୀ କୋଳକୁ ପିଲାଟିକୁ ଟେକିଦେଇ, - "ମୁଁ ଯାଏଁ ଦେଖେ, ସେ ଦୁଷ୍ଟ ଗୌରଟା ଗଲା କୁଆଡ଼େ ! ଏ ଖୁସିବେଳରେ କଉ ବାପ, ପାଖରେ ନରହି କୁଆଡ଼େ ଉଭାନ ହେଇଯିବ ? କି ବିଚିତ୍ର ସେ ପିଲାଟା ! କ'ଣ ହୋଇଚି ତା'ର ? ଆରେ ଗୌର ! ଗୌର !"

ଡାକି ଡାକି ଚାଲିଗଲେ ରୁଦ୍ରପ୍ରତାପ ।

ଗୌରୀକୁ ନର୍ସମାନେ ଷ୍ଟ୍ରେଚର ଗାଡ଼ିରେ ବାହାରକୁ ଆଣି କେବିନ ଭିତରକୁ ନେଇଗଲେ । ପଛେପଛେ ଝୁମୁରୀ ଆଉ ପ୍ରିୟମ୍ବଦା ।

ଗୌରୀର ଚପଳ ଆଖି ଖୋଜି ବୁଲୁଥିଲା ତା' ଛୁଆକୁ । ଝୁମୁରୀ ନେଇ ତା' କୋଳରେ ଶୁଆଇ ଦେଇ, କହିଲା- "ନାନୀ, ଏଇ ତୋ' ପୁଅକୁ ନେ ।"

– "ନାଇଁ ଲୋ, ଏ ପରା ତୋ' ପୁଅ ! ଆଉ ସେ କୁଆଡ଼େ ଗଲେ ? ତୋ' ଗୌର ଭାଇ ?"

– "ଓ ସେ ? ସେ ମାନେ ଫେରାର୍ ।"

– "ଫେରାର୍ ?" ରହସ୍ୟଟା ଠିକ୍ ବୁଝି ପାରୁଥିଲା ଗୌରୀ ।

ତା'ର ଆଖିଯୋଡ଼ିକ ଛଳଛଳ ହେଇ ଉଠିଲା ।

॥ ୮୧ ॥

ପୋଲିସ ଡି.ଜି. ମିଷ୍ଟର ଖୁରାନାଙ୍କ ସିକ୍ରେଟ ଚାମ୍ବର । ଉପସ୍ଥିତ ଥିଲେ ଡି.ଜି.ଙ୍କ ସମେତ ରାଜ୍ୟ ତଥା ରାଜଧାନୀର ଉଚ୍ଚ ପଦସ୍ଥ ପୋଲିସ ଅଫିସର । ଉପସ୍ଥିତ ଥିଲେ କ୍ରାଂତିବୀର ଅନୁପମ, ନବନିଯୁକ୍ତ ଲେଡି ପୋଲିସ ଅଫିସର ଶାଳିନୀ ମହାପାତ୍ର । ଗୁପ୍ତ ମନ୍ତ୍ରଣାଳୟ ସଂପୂର୍ଣ୍ଣ ନିରବ-ନିଶ୍ଚଳ । ସି.ଆଇ.ଡି ରିପୋର୍ଟ ପଢ଼ି ଶୁଣାଉଥିଲେ, ଇନିସ୍‌ପେକ୍ଟର ଭିଜିଲେନ୍‌ସ ମିଷ୍ଟର ଚୋପ୍ରା ।

ସି.ଆଇ.ଡି. ରିପୋର୍ଟ :

ସଂପ୍ରତି ଘଟିଯାଇଥିବା ଦୁଇ ଦୁଇଟି ଘଟଣାର ମାଷ୍ଟର ମାଇଣ୍ଡ୍ ବିଷୟରେ ସବିଶେଷ ସୂଚନା ମିଳି ଯାଇଛି । ସେ ଆସାମୀ ଜଣେ କୁଖ୍ୟାତ ଅପରାଧୀ କି ଜଣାଶୁଣା ଦୁଷ୍ଟ ପ୍ରକୃତିର ବ୍ୟକ୍ତି ନୁହେଁ, ସେ ସମାଜ ତଥା ସହରର ପ୍ରକାଶ୍ୟ ଦିବାଲୋକରେ ଛଦ୍ମ ଖୋଳପା ତଳେ ଲୋକଙ୍କ ବିଶ୍ୱାସ ସହ ଖେଳ ଖେଳୁଥିବା ଜଣେ ପ୍ରତିଷ୍ଠିତ ସାଧୁବାବା । ସେ ବାବା ଜଣଙ୍କ ଆଉ କେହି ନୁହନ୍ତି -ସେ କାଳିଙ୍କିକର ।

– "ହ୍ୱାଟ୍ କାଳିକିଂକର !" ବିସ୍ମୟ ପ୍ରକାଶ କଲେ ଡି.ଜି. । ବିସ୍ମୟ ଚକିତ ହୋଇ ଉଠିଲେ ଅଫିସରମାନେ । ଡି.ଜି. ନିର୍ଦ୍ଦେଶ ଦେଲେ–

– "ଇଏସ୍, ପ୍ରସିଡ୍ ।"

କାଳିକିଂକରର ସେହି କାଳି ମନ୍ଦିର ଗୋଟେ କାଳକୋଠରୀ । ସେହି କାଳ କୋଠରୀର ଗୁପ୍ତ ସୁଡ଼ଙ୍ଗରେ ମାଳମାଳ କଂକାଳ ଠୁଳ ହୋଇ ପଡ଼ିଛି । ଏଥିରୁ ସ୍ପଷ୍ଟ ହୋଇ ଯାଉଛି ଯେ- କାଳିକିଂକର ଜଣେ ଭଣ୍ଡବାବା । ଜଣେ ସ୍ମଗଲର । ଜଣେ କାଳପୁରୁଷ ।

କେତେ ଯେ ଯୁବତୀଙ୍କର ଇଜ୍ଜତ ଲୁଟିଛି, ଜୀବନ ନେଇଛି ଅତି ନୃଶଂସ ଭାବରେ ତା'ର ହିସାବ ନାହିଁ । ଆଶ୍ରମ ଆଳରେ ସେ ଆଶ୍ରୟ ଦେଇଛି ଅନେକ ଅନାଥିନୀ ବାଳିକାମାନଙ୍କୁ । କାହାରିକୁ ଛାଡ଼ିନି ସେ ପିଶାଚ । ଯିଏ ବୋଲକରା ସାଜିଲା ସେ ସେଠି ତିଷ୍ଠି ରହିଚି- ଆଶ୍ରମ ସାଧିକା ପରିଚୟରେ ।

କିଛି ମାସ ପୂର୍ବରୁ ବିବାହବେଦିରୁ ନବବଧୂକୁ ଉଠାଇଆଣି ଏଇ ସୈତାନ ହିଁ ତାକୁ ବଳାତ୍କାର କରିବା ପରେ ମହାନଦୀର ଉଛୁଳା ଗର୍ଭକୁ ଫିଙ୍ଗି ଦେଇଥିଲା । ତା'ର ଅଳ୍ପ କେତେମାସ ପରେ ଭକ୍ତା ରୂପରେ ବନ୍ଧ୍ୟା ସମସ୍ୟା ସମାଧାନ ପାଇଁ ଆସିଥିବା ଜନୈକା କିଶୋରୀ ବଧୂକୁ ବି ଧର୍ଷଣ କରି ମାରି ଫିଙ୍ଗି ଦେଇଛି ସେହି କାଳକୋଠରୀର ଗୁପ୍ତ ସୁଡ଼ଙ୍ଗ ଗହ୍ୱରକୁ ।

–ଡି.ଜି.ଙ୍କ ନିର୍ଦ୍ଦେଶ- "ଇଏସ, ଦେନ ?"

ପ୍ରତ୍ୟହ ତା'ର ଜଣେ କୁଆଁରୀଝିଅ ଦରକାର, ହୋଇଥିବ ସୁନ୍ଦରୀ-ରୂପବତୀ । ଝିଅମାନଙ୍କୁ ଗୋପୀ ବେଶରେ ସଜାଇ ସେ ଜହ୍ନ ଆଲୁଅରେ ଆଶ୍ରମ ଉଦ୍ୟାନରେ କୁଂଜଲୀଳା କରେ । ଝିଅଙ୍କୁ ଧରି ପୁଷ୍କରିଣୀରେ ନୌକାବିହାର କରେ । ସୁଇମିଂ ପୁଲରେ ଛୋଟ ପୋଷାକ ପିନ୍ଧିଥିବା ବାହାରୁ ଆମଦାନୀ ସୁନ୍ଦରୀ ଯୁବତୀ ଝିଅଙ୍କୁ ନେଇ ନିଜେ ବାବା ଅର୍ଦ୍ଧନଗ୍ନ ଅବସ୍ଥାରେ ଜଳକ୍ରୀଡ଼ା କରିଥାଏ । ଏତଦ୍‌ବ୍ୟତୀତ-ପ୍ରତିବର୍ଷ କୃଷ୍ଣଜନ୍ମଉତ୍ସବ ପାଳନ ଅବସରରେ ବାବା ନିଜେ ବାଲ୍ କହ୍ନେୟା ଭୂମିକାରେ କାଛା ପିନ୍ଧି ଆଣ୍ଠୁଆ ଗୋପାଳ ସାଜି ବାଲ୍ୟଲୀଳା କରନ୍ତି । ସାରା ରାଜ୍ୟରୁ ବଛାହେଇ ଅଣାଯାଇଥିବା ସଦ୍ୟ ଯୁବତୀ ମା'ମାନେ ବାବାଙ୍କୁ କୋଳରେ ଭିଡ଼ି ଧରି ସ୍ତନରୁ କ୍ଷୀର ପିଆଇଥାନ୍ତି । ଚୁମା ଦେଇ ଗେଲ କରନ୍ତି । ଆଣ୍ଠୁଆ ଗୋପାଳ ବାବା ବି କାହାରିକୁ ଚୁମ୍ବନ ନଦେଇ; କ୍ଷୀରପାନ ଆଳରେ ସ୍ତନମର୍ଦ୍ଦନ ନକରି ଛାଡ଼ନ୍ତି ନାହିଁ ।

ହୋଲି ଅବସରରେ ଆଶ୍ରମରେ ରାସ ଚାଲେ । ବାହାରେ ରାସ, ଭିତରେ ରାସ । ଏକାଂତ କୋଠରୀରେ ଆଶ୍ରମ ଦ୍ୱାରା ସୁନ୍ଦରୀ ପ୍ରତିଯୋଗିତାରେ ବଛା ଶ୍ରେଷ୍ଠ ସୁନ୍ଦରୀ ଯୁବତୀ ଝିଅଟି ଗଜଦନ୍ତ ପଲ୍ୟଂକରେ ବାବାଙ୍କ କୋଳମଣ୍ଡନ କରିଥାଏ । ନେପାଳ, ମିଆଁମାର ଆଦି ବିଦେଶରୁ ଆସୁଥିବା ଦାମୀ ମଦ ଓ ମଦନାନନ୍ଦ ବାବା ପାନ କରନ୍ତି; ସଂପୃକ୍ତ ଯୁବତୀ ବି ନିଶାରେ ମତୁଆଲୀ ହୋଇଉଠେ । ତା'ପରେ ଚାଲେ ଅସଲ ରାସକ୍ରୀଡ଼ା, ସାରାରାତି ଉଚ୍ଛୃଙ୍ଖଳ ଯୌନ ବ୍ୟଭିଚାର ।

– "ଓଃ ଗଡ୍ !"

ବିସ୍ମୟ ଚକିତ ହୋଇ ଉଠିଲେ ଡି.ଜି.ଙ୍କ ସହ ଉପସ୍ଥିତ ଅଫିସର ମାନେ । କ୍ରୋଧରେ କଂପି ଉଠୁଥିଲା ଶାଳିନୀର ସର୍ବାଂଗ । ଏପରି ସୈତାନମାନଙ୍କୁ ସେ କେବେ ଫୁରସତ ଦବନାହିଁ । ଅନୁପମ ବି ମର୍ମାହତ ହୋଇ ଉଠିଲେ । ତାଙ୍କ କଂଠରୁ ଉଚ୍ଚାରିତ ହେଲା ଅଗ୍ନିବାଣୀ, "ଏଭଳି ଜଘଣ୍ୟ ଅପରାଧୀମାନଙ୍କୁ କଠୋର ହସ୍ତରେ ଦମନ କରାଯିବା ଦରକାର । ତା' ନହେଲେ ରାଜ୍ୟ ଓ ଦେଶର ବିକାଶ ପାଇଁ ଯେଉଁ କ୍ରାଂତିର ପ୍ରବାହ ସୃଷ୍ଟି କରିଛୁ- ତାହା ପୁନରାୟ ଭଣ୍ଡୁର ହେଇଯିବ ।"

ଡି.ଜି.ଙ୍କ ନିର୍ଭର ପ୍ରତିଶ୍ରୁତି- "ନୋ, ସେପରି ହେବାକୁ ଦିଆଯିବ ନାହିଁ । ରାଜ୍ୟରେ ବ୍ୟାପିଥିବା ଅଶାଂତି, ଅରାଜକତା, ଲୁଟତରାଜ, ଯୌନବ୍ୟଭିଚାର, କିଡନାପ୍, ମର୍ଡର ଭଳି ଅପରାଧକୁ ତୁରନ୍ତ କଠୋର ହସ୍ତରେ ଦମନ କରାଯିବ । ଏଥିଲାଗି ସରକାରଙ୍କ କଡ଼ା ନିର୍ଦ୍ଦେଶ-ଖୁବ୍ ଶୀଘ୍ର ଅପରାଧୀଙ୍କୁ ଗିରଫ କରାଯାଉ ଏବଂ ବୋଲଡୋଜର୍ ଚଳେଇ ଭାଂଗି ଦିଆଯାଉ ଯେତେ ଭଣ୍ଡବାବା, ଗୁଣ୍ଡା ମାଫିଆଙ୍କର କଳାସାମ୍ରାଜ୍ୟର ଆଡ୍‌ଡା ଓ ଅଟ୍ଟାଳିକା ।"

ପୁନଶ୍ଚ ଗର୍ଜି ଉଠିଲେ ଡି.ଜି., "ଶୁଣ, ଆମକୁ ଇମିଡିଏଟ୍ ଷ୍ଟେପ୍ ନେବାକୁ ପଡ଼ିବ । ସେ କାଳିକିଂକର ଆଡ୍‌ଡା ଉପରେ ମୌକା ଦେଖି ରେଡ୍ କରାଯିବା ଦରକାର । ଏଥିପାଇଁ ଗୋଟେ ସ୍ପେଶାଲ ରାପିଡ ଏକ୍ସନ ଟିମ୍ ଗଠନ ହେବ । କ୍ରାଂତିବୀର ଅନୁପମଙ୍କ ପରାମର୍ଶକୁ ସମ୍ମାନ ଜଣାଇ ସେହି ଟିମ୍‌ର ନେତୃତ୍ୱ ନେବେ ନବନିଯୁକ୍ତ ଏସ୍.ପି. ଶାଳିନୀ ମହାପାତ୍ର । "ମାଡାମ ଶାଳିନୀ !"

ଛିଡ଼ାହୋଇ ଜବାବ ରଖିଲେ ଶାଳିନୀ- "ସାର୍ !"

– "କ'ଣ ରେଡି ?"

– "ରେଡି ସାର୍ ।"

– "ୱେଲ୍ ! ତମ ଉପରେ ମୋର ତଥା ସରକାରଙ୍କର ପୂର୍ଣ୍ଣ ଭରସା ଅଛି, ତମେ ହିଁ ଏ ଦାୟିତ୍ୱ ଠିକ୍ ଠିକ୍ ତୁଲେଇ ପାରିବ । ଆଉ ଯେଉଁ ପୋଲିସ ଅଫିସରମାନେ ତମ ଟିମ୍‌ରେ ସାମିଲ୍ ହେବେ, ଖୁବ୍ ଶୀଘ୍ର ଜଣାଇ ଦିଆଯିବ । ଦେଖ, ସେ କାଳିକିଂକର ହେଉ କି ଆଉ କେହି, ଅପରାଧୀ ଯେତେ ଉଚ୍ଚ କ୍ଷମତାସମ୍ପନ୍ନ, ଯେତେ ପ୍ରତିଷ୍ଠିତ, ଯେତେ ବିତ୍ତଶାଳୀ, ଯିଏ ବି ହେଉନା କାହିଁକି-କାହାରିକୁ କ୍ଷମା ଦିଆଯିବ ନାହିଁ । ଦରକାର ହେଲେ -ଏନ୍‌କାଉଣ୍ଟର ! ସେଥିପାଇଁ ବିଭାଗ ତରଫରୁ ପୂର୍ଣ୍ଣ ସ୍ୱତନ୍ତ୍ରତା ଦିଆଯିବା ସପକ୍ଷରେ ମୁଁ । ଏ ଆଦେଶ କାର୍ଯ୍ୟକାରୀ ହେବା ଦରକାର । This is my order."

ଉପସ୍ଥିତ ସମସ୍ତ ଅଫିସରମାନେ ଦଣ୍ଡାୟମାନ ହୋଇ ଏକ ସ୍ୱରରେ ସମ୍ମତି ଜଣାଇଲେ ନମ୍ରତାର ସହିତ - "ଇଏସ୍ ସାର !"

ସମସ୍ତେ ସାଲ୍ୟୁଟ୍ ଦେଲେ, ଡି.ଜି. ଓ ଅନୁପମଙ୍କ ଉଦ୍ଦେଶ୍ୟରେ । ଡି.ଜି. ଓ ଅନୁପମ ହାତ ମିଳାଇଲେ ।

॥ ୮୨ ॥

ରାତ୍ରି ଦଶ ବାଜିବାକୁ ଯାଉଛି ।

ଶୋଇପଡ଼ିଛି କୁନା ।

କୁନାର ମୁହଁକୁ ଚାହିଁ ଚାହିଁ କେତେ ସମୟ ଆଉ ଏମିତି ବସିରହିବ ଗୌରୀ ଏକା ଏକା, ବିତେଇବ ବିରହର ବିନିଦ୍ର ରଜନୀ ? ତା'କୁ ଉଠିବାକୁ ପଡ଼ିବ । ତା' ବିରହିଣୀ ମା' ମନ ଭୁଲାଇବାକୁ ପଡ଼ିବ ତାକୁ । ଗୋଟେ ଭ୍ରାନ୍ତ ଧାରଣାର ବଶବର୍ତ୍ତୀ ହେଇ ଗୌର ତା' ପ୍ରାଣରେ ଯେଉଁ ବେଦନାର ଶୂନ୍ୟତା ସୃଷ୍ଟି କରିଛି, ତାକୁ ତା' କୁନାଛଡ଼ା କିଏ ବା ଆଉ ଭରଣା କରିପାରିବ ?

କୁନା ଶୋଇଛି ଗଭୀର ନିଦରେ । ମା' ଥନରୁ ପେଟେ କ୍ଷୀର ପିଇ ସତେଯେପରି ବିଭୋର ହେଇଯାଇଛି ମମତାର ସମ୍ମୋହରେ !

କୁନାକୁ ଉଠେଇବାକୁ ଚେଷ୍ଟାକଲା ଗୌରୀ । ତା' କଣ୍ଠରୁ ଗୁଣୁଗୁଣେଇ ହେଇ ଗୁଂଜରି ଉଠିଲା ପିଲାବେଳର ସେହି ମନମତାଣିଆଁ ନାନାବାୟା ଗୀତ, ପଲ୍ଲୀକବି କୃଷ୍ଣପ୍ରସାଦ ବେହେରାଙ୍କର-

"ନିଦ ଭାଂଗିଦେଇ ଉଠୁ ମୋ' କୁନା
    ଉଠୁ ମୋ' ସୁନାରେ
ଜହ୍ନମାମୁ ତୋତେ ଡାକୁଛି ପରା
    ଅନା ଅନା ରେ !"

ଜମା କୁନା ଶୁଣୁନି । କାହିଁକି ଯେ ତା' ଆଖିରେ ଆଜି ଏତେ ନିଦ ? କ'ଣ ହୋଇଛି ତା'ର ? ସେ'କି କ'ଣ ତା' ବାପା ପାଇଁ ରୁଷିଯାଇଛି ଏ ହତଭାଗିନୀ ମା'ଟା ଉପରେ ?

କ'ଣ କରିବି ଏବେ ? କ'ଣ ଝୁମୁରୀ କି ଯାଇ ଡାକି ଉଠେଇ କହିବି - "ଝୁମୁରୀ ଲୋ, ତୁ ଯା' ତୋ' ଗୌର ଭାଇଙ୍କୁ ଜଲ୍‌ଦି ଡାକି ଆଣେ । ମୋ' କୁନା ତାଙ୍କୁ ଖୋଜୁଛି । ମୋ' ମନ ଅଥୟ ହେଉଛି ।" ନା-ନା, ଘରର ସବୁ ପାଇଟି ସାରି ଭଉଣୀଟା ମୋର ଟିକେ ବିଶ୍ରାମ ନେଇଛି । ଶୋଇ ଶୋଇ କେଜାଣି ବାହାହବ

ବୋଲି ନୂଆ ନୂଆ ବୋହୂ-ବୋହୂକା ସାଜି ସ୍ୱାମୀ ସମରା ସାଥିରେ ପୁହାଉଥିବ ସପନର ସୁଖରାତି ! ନିଜ କପାଳ ସିନା ପୋଡ଼ି ଜଳି ଯାଇଛି, ସେ କାହିଁକି ତା' ସୁଖ ସପନରେ ବାଧାଦବ ?

ମନକୁ ବୁଝେଇ ନେଲା ଗୌରୀ । କାନ ପାଖରେ ମୁହଁଗୁଂଜି ଡାକିଲା ତୁନି-ତୁନି - "କୁନା, କୁନା !"

ହଠାତ୍ ଖୋଲିଗଲା କୋଠରୀର କବାଟ । ଚମକି ପଡ଼ିଲା ଗୌରୀ ।

– "କାହିଁ, କେହି ତ ନାହାନ୍ତି ? କବାଟଟା ଖୋଲିଲା କିଏ ?" ଉଠିଗଲା ବିଛଣାରୁ ଡାକି ଡାକି- "ଝୁମୁରୀ, ଝୁମୁରୀ !"

ପଶିଆସିଲା ଗୌର । ଧଡ଼ାମ୍‌କିନି କବାଟ ବନ୍ଦ କରିଦେଇ କିଳିଣି ଲଗେଇଦେଲା । କିଛି ବୁଝି ପାରିଲାନି ଗୌରୀ, ଏ ସବୁ କ'ଣ ହେଉଛି ?

– "ତମେ ?"

କିଛି କହିବା ଆଗରୁ ଗୌରୀକୁ ଟେକିନେଲା ନିଜ ଛାତି ଉପରକୁ ।

– "ଗୌରୀ-ଗୌରୀ-ଗୌରୀ... !" ଚକା ଭଉଁରୀ ଖେଳି ଘୂରି ଆସିଲା କେତେ ଫେରା ଗୌର ।

– "ଆରେ, କ'ଣ ହେଇଛି ତୁମର ? ଏତେଦିନ ପରେ ମନେ ପଡ଼ିଲା ଆମ ମା'-ପୁଅଙ୍କ କଥା ? ଆଜି ଏମିତି କ'ଣ ହେଇଛି ଯେ ଏତେ ସରାଗ ଉଛୁଳି ପଡୁଛି ? କୁହନା !"

– "ଶୁଣିବୁ, ଶୁଣିବୁ ମୁଁ ଆଜି କାହିଁକି ଏତେ ଖୁସି ?"

– "କାହିଁକି ?"

– "ଆଲୋ,ଏ ପୁଅ ମୋ'ରି ପୁଅ । ଆମରି ପୁଅ । କୁନା, ମୋ' କୁନା ! କୁନା କପାଳରେ ଆଂକିଦେଲା ଚୁମାଟିଏ ।"

– "ସତେ ! ମୋ' ଦିହ ଛୁଇଁ କହିଲ ?"

– "ହଁ ଲୋ, ତୋ' ଦେହ ଛୁଉଁଛି । ଜାଣିଛୁ- ମୁଁ ଆଜି ଡକ୍ଟରଙ୍କ ପାଖକୁ ଯାଇଥିଲି । ଡକ୍ଟର ରିପୋର୍ଟ ଦେଖି କହିଲେ- ଡି.ଏନ୍.ଏ ରିପୋର୍ଟ ମୋର ପିଲା ସାଥିରେ ମେଳି ଯାଉଛି । ଏହି ଦେଖ, ସେ ରିପୋର୍ଟ ପଢ଼ ।" ବଢ଼ାଇଦେଲା ରିପୋର୍ଟ ଗୌରୀ ହାତକୁ ।

ଅଭିମାନରେ ସେ ରିପୋର୍ଟକୁ ଠେଲିଦେଇ ବୁଲିପଡ଼ି ମୁହଁ ଶୁଖାଇ ରୁଷି ବସିଲା ଗୌରୀ ।

– "ଗୌରୀ !" ଆକୁଳିତ ଗୌର ହଠାତ୍ ଶାଂତ ପଡ଼ିଗଲା ।

– "ମୁଁ ସେବେଠାରୁ କହୁଥିଲି ନା । ତମେ ମୋ' କଥା ଜମା ଶୁଣୁ ନଥିଲ । ତୁମେ ନା !"

– "ଗୌରୀ ଲୋ, ରାଗେନା ! ମୋ' ସୁନାଟା ପରା !" କାନ ଧରି ଗୌରୀ ପାଖରେ ବସି ପଡ଼ିଲା ଗୌର । ବ୍ୟାକୁଳ ହୋଇ କହିଲା - "ମୋତେ କ୍ଷମା କରି ଦେ ଗୌରୀ ।"

ଚିଡ଼ି ଉଠି- "ନାଇଁ, ମୁଁ ତମକୁ ଶାସ୍ତିଦେବି । କୁଆଡ଼େ ଗଲା ମୋ' ଫୁଲଝାଡୁ ଟା ।" ଗୌରୀ ଉଠିଯାଇ ଝାଡୁଧରି ଗୋଡ଼ାଇଲା ଗୌରକୁ ।

ଗୌର ପଲ୍ୟଂକର ଚାରିକଡ଼େ ଧାଇଁ ବୁଲୁଥିଲା 'ଗୌରୀ-ଗୌରୀ- ଗୌରୀ' ବୋଲି ବିକଳ ଡାକ ପକେଇ । ଗୌରୀ ବିପରୀତ ଦିଗରୁ ଫେରି ଆସିଛି । ଗୌର ଦେହରେ ଧକ୍କା ଲାଗିଛି ଗୌରୀର । ଗୌରୀ ପଡ଼ିଗଲାବେଳେ ଗୌର ଗୌରୀକୁ ଭିଡ଼ି ଧରିଛି ଛାତିରେ । ଖସି ପଡ଼ିଛି ଫୁଲଝାଡୁ ।

– "ମାରିବୁ ପରା, ଏବେ ମାର୍ ।" ଆହୁରି ଜୋରରେ ଭିଡ଼ି ଧରିଲା ଗୌର ।

– "ଆଃ, ଛାଡ଼ !"

– "ମୁଁ ଏବେ ତୋତେ ସହଜରେ ଛାଡୁନି । ଯେତେ ଫେରା ମୋତେ ଖଣ୍ଡିଆଭୂତ କରି ଘୂରେଇଛୁ, ମୁଁ ସେତେଥର ତୋ' ଏ ଗୋରା ଗୋରା ଗାଲରେ ନଚଖେଇ ଛାଡୁନି ।" ଗୌରୀ ଗାଲରେ ଚୁମା ପରେ ଚୁମା ଆଂକି ଚାଲିଲା ଗୌର, ଯେପରି ଦୁଷ୍ଟ ଭ୍ରମରଟେ ଫୁଲରୁ ସହୁ ମହୁକୁ ଚୁମି ଚୁମି ଶେଷ କରିଦବ ବୋଲି ଜିଦି ଧରିଛି ।

ମିଛ ବାହାନାରେ ଗୌରୀ ଖାଲି- 'ଆଃ, ଆଃ, ଆଃ ଛାଡ଼, ଛାଡ଼ିଦିଅ' ହେଉଥିଲା ସିନା, ହେଲେ ଗୌରଠୁ ଏଇ କେତେଦିନ ଦୂରେଇ ରହିବାର ବିରହ ଜ୍ୱାଳାକୁ ଶାଂତ କରେଇବାର ଏହାହିଁ ତ ଥିଲା ନା ତା' ଲାଗି ଅମୋଘ ମହୌଷଧି ! ସୁତରାଂ, ଆରାମସେ ସେ ଆଖିବୁଜି ଚାଖି ଚାଲିଥିଲା ସେହି ଚପଳ ଚୁମ୍ବନର ମସ୍ତ ମଦିରା । ଆଉ ଗୌର ବି । ଚୁମ୍ବନ ଆଉ ଆଲିଙ୍ଗନର ମଧୁର ସମ୍ମୋହନ ଯେମିତି ଉଭୟ ପତି-ପତ୍ନୀଙ୍କୁ ବାଂଧି ରଖିଥିଲା କଉ ଏକ ଅସୁରୁଣୀର ମାୟାଫାଶରେ ।

ଗୌରୀ ଆଦୌ ବିରୋଧ କରୁନି । କ'ଣ ହେଲା ତାର ? କ୍ରମେ ତା' ତନୁରେ ଖେଳି ଉଠୁଥିଲା ମିଠା ଶିହରଣ-ଆଉ କେଉଁ ଅକୁହା ବେଦନା-ଆବେଦନର । କିଛି କହି ପାରୁନଥିଲା ସେ । ଲାଜରେ ସତେ ଝାଉଁଳି ପଡୁଥିଲା ଲାଜକୁଳି ! ଟଳିପଡ଼ିଲା ଗୌର ଛାତିରେ । ଦୁଇ ବାହୁରେ ଭିଡ଼ିନେଲା ଗୌରକୁ ।

ଗୌର ଦେହରେ ବି ଏକା ପ୍ରତିକ୍ରିୟା । ଗୌରୀର ଏହି କେତେଦିନର ବିରହ

କେତେ ଯୁଗପରି ଲାଗୁଥିଲା ତାକୁ! ଆଜି ଯେତେବେଳେ ଗୌରୀ ତା' କୋଳରେ ଧରା ଦେଇଛି । ତା' ପ୍ରତି ପ୍ରେମ-ପ୍ରବଣତା ଶତଗୁଣିତ ହେଇ ଉଠିବା ସ୍ୱାଭାବିକ । ଗୌରୀକୁ ନିବଡ଼କରି ଭିଡ଼ି ଧରିଲା ଗୌର, ଯେତେ ଜୋରରେ, ଯେମିତି ଦୁଇଟି ଦେହ ଏକ ହେଇଯାଇଛି !

ଦାମ୍ପତ୍ୟର ଏହି ନୀରବ ଅଭିସାର ରଜନୀ ଆଜି ବେଶ୍ ଉପଭୋଗ୍ୟ ହେଇ ଉଠୁଛି । କ୍ରମଶଃ ଅସଂଯତ ହେଇ ଉଠୁଛି ଦୁଇଟି ଦେହ ଆଉ ମନ, ଶୀଥିଳ ହେଉଛି ଅଙ୍ଗବସ୍ତ୍ର । ସାରା ଦେହରେ ଦେହରେ ଖେଳି ଯାଉଛି ପୁଲକ । ଯେମିତି ଉଚ୍ଛୁଳା ନଦୀର ସ୍ରୋତ ଏକାକାର ହେଇ ଯିବାକୁ ଚାହେଁ ସାଗରର ଉତ୍ତାଳ ଉର୍ମି କୋଳରେ । ଲୋଟଣି ପାରାପରି ମିଳନ ପିଆସୀ ପ୍ରେମୀଯୁଗଳ ଲୋଟିପଡ଼ିଲେ ପଲ୍ୟଂକର କଅଁଳ ଶେଯରେ । ବାତ୍ସଲ୍ୟର ତୂଳିତଳ୍ପ ମୁହୂର୍ତ୍ତକ ପାଇଁ ପାଲଟି ଗଲା ମଧୁଶଯ୍ୟା ।

ମିଳନର ମଧୁପର୍ବ କେତେ କ୍ଷଣ ?

କାନ୍ଦି ଉଠିଲା କୁନା । ଚମକି ପଡ଼ିଲା ଗୌରୀ । ଚିତ୍କାର ସହ- "ଆଃ, ଛାଡ଼ !" ଧକ୍‌କାଟାଏ ଦେଇ ଠେଲି ଦେଲା ଗୌରକୁ । ଛିଟିକି ପଡ଼ି ଚିଲେଇ ଉଠିଲା ଗୌର- "ଗୌରୀ ଆଃ !"

ଗୌରୀ ଶେଯରୁ କୁନାକୁ ଟୋଳି ଆଣି ଛାତିରେ ଜାକିଧରି ଗେଲକଲା - "ମୋ କୁନାଟା, ମୋଟ ଧନଟା !" ଚୁମାଟାଏ ଆଂକିଦେଲା ତା' କପାଳରେ ।

ଚୁପ୍ ହେଉନଥିଲା କୁନା । ଚୁପ୍ ରହିପାରିଲାନି ଗୌର । ସେ'ବି ଉଠିଆସି ଗୌରୀ ହାତରୁ କୋଳେଇନେଲା ପୁଅକୁ ।

– "ରହ, ମୁଁ ତାକୁ ତୁନି କରି ଦେଉଛି । କୁନା, ମୋ' ବାୟା, ମୋ' କୁଲୁ! କାନ୍ଦେନା ।" ଚୁମାଟାଏ ଗୌର ବି ଆଂକିଦେଲା କୁନା କପାଳରେ ।

ଜୋର୍‌ରେ ଆହୁରି କାନ୍ଦିଉଠିଲା କୁନା । ଗୌର ଅସମର୍ଥତା ପ୍ରକାଶ କରି

– "ଗୌରୀ, ଉଁ-ହୁଁ-ହୁଁ, କୁନା ତୁନି ହଉନି ।"

– "ଆରେ ବୋକା, ତାକୁ ଭୋକ ଲାଗୁଛି ।"

– "ଏଁ ଭୋକ ? ମୋ' କୁନାକୁ... ? ନେ ନେ, ତାକୁ କ୍ଷୀର ପେଇଦେ ଗୌରୀ ।"

ଗୌରୀ କୋଳକୁ ଟୋଳିନେଲା । ଶେଯରେ ବସି ମୁକୁଳା ସ୍ତନର ବେଣ୍ଟିକୁ ଗୁଂଜିଦେଲା ପୁଅ ପାଟିରେ । ଚୁପ୍ ହେଇଗଲା କୁନା । ଚୁଁ-ଚୁଁ କରି ପିଇ ଯାଉଥିଲା ମା' ବୁକୁର ସେହି ଅମୃତ ପସରାରୁ ସରଗର ସୁଧା! ଗୌରୀ ଏକ ଲୟରେ ଚାହିଁ ରହିଥିଲା ପୁଅ ମୁହଁକୁ ମନ୍ତ୍ରମୁଗ୍ଧ ହେଇ !

ଆଉ ଗୌର ସାମ୍ନାପଟରୁ ଝୁଙ୍କିପଡ଼ି ଗାଲରେ ହାତ ଭରାଦେଇ ଶୋଇ ଶୋଇ ଚାହିଁ ଦେଖୁଥିଲା ମା'-ପୁଅଙ୍କର ଏହି ଦିବ୍ୟ ଅମୃତ ଲୀଳାର ମିଳନ ମହୋତ୍ସବକୁ । ଉଭୟଙ୍କ ଦେହ-ମନରୁ ପୂର୍ବର ସେହି ଉତ୍ତେଜନା ଜଣାନାହିଁ କେତେବେଳେ ଛାଁ ଶାଂତ ହେଇଯାଇଥିଲା ଆଉ ଭରିଉଠିଥିଲା ଆନନ୍ଦର ଅପୂର୍ବ ଉଦ୍‌ବେଳନ ।

ଶୃଂଗାର ଉପରେ ବାତ୍ସଲ୍ୟର ଏ ବିଜୟ ବାସ୍ତବିକ୍ କି ଚମତ୍କାର !

।। ୮୩ ।।

ମନ୍ଦିରରୁ ସକାଳ ମାଂଗଳିକ ଧୂପ-ଆଳତିର ଘଣ୍ଟିଘଣ୍ଟା ବାଜି ଉଠୁଚି ।

ଆଜି ଗୌରୀ ପୁଅ କୁନାର ଜନ୍ମଦିନ । ପୂଜାପାଇଁ ଆସିଛି ଝୁମୁରୀ । ସାଥିରେ ସମରା । ହାତରେ ଭୋଗ ସାମଗ୍ରୀ ଓ ଫୁଲର ପୂଜା ଡାଲା ।

ସୁନ୍ଦର ଭାବରେ ଆଜି ସଜେଇ ହେଇଛି ଝୁମୁରୀ । ଦିଶୁଚି ଠିକ୍ ନବବଧୂ ପରି । ପାର୍ଶ୍ୱରେ ନବବସ୍ତ୍ର ପରିହିତ ଶ୍ୟାମଳ ସୁନ୍ଦର ଯୁବକ ସମରା । ରାଧା ସହିତ କହ୍ନେଇ ଆସିଚି ପରା ଅବା କଉ ନବବିବାହ ଉଦ୍ଦେଶ୍ୟରେ ବର-ବଧୂ ।

ମା'ଙ୍କ ମନ୍ଦିରରେ ସେତେ ଗହଳ ଲାଗିନାହିଁ । ଫାଙ୍କା ଫାଙ୍କା ଲାଗୁଛି ମନ୍ଦିର ବେଢ଼ା । ପାଖାପାଖି ଲଗାଲାଗି ଚାଲିଛନ୍ତି ଝୁମୁରୀ ଆଉ ସମରା । ମା' ଙ୍କ ପାଖରେ ପ୍ରଥମ ଦୀପ ସେହିଁ ଜାଳିବ । ପ୍ରଥମ ଧୂପ, ମଂଗଳ ଆଳତି ସେହିଁ କରିବ । ମା'ଙ୍କୁ ବାଢ଼ିଦବ ପହିଲି ପୂଜାଅର୍ଘ୍ୟ । ତା' ପୁଅ କୁନାର କଲ୍ୟାଣ ପାଇଁ ଝୁମୁରୀ ମା'ର ଏତେ ନିଷ୍ଠା, ଏଢ଼େ ତତ୍ପରତା ।

ସକାଳ ସକାଳ ନିରୋଳା ପାଇ ସେମାନଙ୍କୁ ଅନୁସରଣ କରୁଥିଲେ କେତେ ଜଣ ଭକ୍ତ ବେଶରେ ଆସିଥିବା ଛଦ୍ମବେଶୀ ସନ୍ଦେହୀ ଯୁବକ । ଦିଶୁଥିଲେ କଉ ମଠ-ମହନ୍ତର ଚାଲା ପରି । ଦେହରେ ଗେରୁଆ ଚୂଡ଼ିଦାର, ମୁଣ୍ଡରେ ଗେରୁ ପଗଡ଼ି, ହାତରେ ବଳା, କପାଳରେ ରକ୍ତ ଚନ୍ଦନ ତିଳକ । ଲାଗୁଥିଲା ଭକ୍ତ ବେଶରେ କଉ ଚିତାକଟା ଦଳ ହେବେ ଏମାନେ ।

ଅନୁମାନ ସତ୍ୟ ଥିଲା । ଏମାନେ ଥିଲେ କିଡ୍‌ନାପ୍ ଗୋଷ୍ଠୀ-ବାବା କାଳିକିଂକରଙ୍କର । ମଉକା ପାଇଲେ ଝାଂପିପଡ଼ି ଶାଗୁଣା ଭଳି ଉଠାଇ ନେଇ ଫେରାର୍ ହେଇ ଯାଉଥିଲେ ସୁନ୍ଦରୀ ଚିଡ଼ିଆମାନଙ୍କୁ । ସୁନ୍ଦରୀ ଝିଅମାନଙ୍କୁ ହିଁ ଏମାନେ ଟାରଗେଟ୍ କରୁଥିଲେ । ବାବାଙ୍କର ଖାଲି ତଟକା ଫ୍ରେସ୍‌ମାଲ୍ ଦରକାର ।

ଝୁମୁରୀ ଆଜି ସେମାନଙ୍କ ନଜରରେ । ବାଃ...., ଏତେଦିନ ପରେ ଗୋଟେ ଚୋଖା ଚିଜ ତାଙ୍କ ଜାଲରେ ପଡ଼ିବାକୁ ଯାଉଛି । ଚାରି ପାଖରୁ ବେଢ଼ି ଆସିଲେ ସେମାନେ । ସମରା-ଝୁମୁରୀଙ୍କ ପାଦରେ ପାଦ ମିଳେଇ ସମାନ୍ତରାଳ ଗତିରେ କେହି

କିଛି ସନ୍ଦେହ ନକଲା ପରି ଭିଡ଼ି ଭିଡ଼ି ଚାଲିଥିଲେ; ଯେମିତି ଦିଅଁ ଦେଖିବା ସେମାନଙ୍କର ଏକା ଲକ୍ଷ୍ୟ । ହଠାତ୍ ଜଣେ ସାମ୍ନାକୁ ଚାଲିଆସି ଚାହିଁ ଦେଲା ଝୁମୁରୀ ମୁହଁକୁ । ପାଦରୁ ମଥାଯାଏ । ତାଟକା ହେଇଗଲା ସେ ।

– "ଏ, କ'ଣ ଏମିତି ଦେଖୁଚୁ ?" ଚିଲେଇ ଉଠିଲା ଝୁମୁରୀ!

– "ନାଇଁ ମା, ଯାଅ! ପୂଜାବେଳ ହେଇଗଲାଣି ।"

ସମରା ଚିଡ଼ି ଉଠି - "ଆବେ ଯା' ଯା'! ମନ୍ଦିରକୁ ଦିଅଁ ଦେଖିବାକୁ ଆସି ଏଠି ପର ଝିଅବୋହୂଙ୍କୁ ନଜର କରୁଛି । ବଦମାସ କଉଟିକାର । ଚାଲ୍ ଝୁମୁରୀ-ଚାଲ..।"

ଆଗେଇ ଗଲେ ଦ୍ରୁତ ପଦରେ ସମରା-ଝୁମୁରୀ । ପଛେଇଗଲେ ଦୁଷ୍ଟଦଳ ଇସାରା -ଇସାରାରେ କ'ଣ କଥା ହେଇ । ଝୁମୁରୀର ମୁହଁ ଓ ଚେହେରାକୁ ନିରେଖି ଦେଖିଥିବା ଯୁବକଟି ଏକବାରେ ଅବାକ୍ ଥିଲା । ଅନ୍ୟମାନେ "କି ବେ, କ'ଣ ଏମିତି ତା'ଠି ଦେଖିଲୁକି, ଆଁ'ଟା କରି ଚୁପ୍ ଚାପ୍ ସେତେବେଲୁ ଚାହିଁ ରହିଚୁ ?" ଝୁଙ୍କେଇ ଦେଲେ ସଂପୃକ୍ତ ଯୁବକକୁ ଅନ୍ୟମାନେ । ଚମକି ଉଠିଲା ସେ, ଯେମିତି ତାକୁ ଭୂତ ଲାଗିଥିଲା, ସେହି ସୁନ୍ଦରୀ ଭୂତ । ବିଳପି ଉଠିଲା ସେ-

– "ଆବେ, ଇଏ ସେଇ ମାଲ୍ ।"

– "ସେଇ ମାଲ୍ ?"

– "ଯାହାକୁ ଆମେ ସେହି ବାହାବେଦିରୁ ଉଠାଇ ଆଣିଥିଲେ, ଯାହାକୁ ମହାନଦୀକୁ ଫିଙ୍ଗି ଦେଇଥିଲେ...।"

– "କ'ଣ କହୁଚୁ ?"

– "ସତ, ସତ ! ଗୋଟାଯାକେ ସେଇ । ରହ, ଏ ତାଜା ଖବରଟା ମୁଁ ବାବାଙ୍କୁ ଜଣେଇ ଦିଏଁ ।" ପକେଟରୁ ମୋବାଇଲ କାଢ଼ି ଫୋନ କଲା - "ହାଲୋ...ହାଲୋ... !"

XXX

ଆଶ୍ରମରେ ବାବା ଗଂଜେଇ ଚିଲମ ପାଟିରେ ଗୁଂଜି ଧୂଆଁ ଟାଣୁଥିଲେ । ମୋବାଇଲ ରିଂ ହେବା ଶୁଣି, ପାଟିରୁ ଭକ୍‌ଭକ୍ ଧୂଆଁଛାଡ଼ି- "ଆଃ, କିଏ ବେ ସେ ନନ୍‌ସେନ୍ସ ? ମୋ' ଝୁଙ୍କଟାକୁ କଣ୍ଡମ କରିଦେଲା ?" ଫୋନ୍ ଉଠାଇ- "ହାଲୋ !"

ଭଏସ୍ ଆସିଲା - "ବାବା, ମୁଁ ଚକରା କହୁଚି ।"

ଚିଡ଼ିଉଠି ବାବା- "ଆବେ ଦେଖୁଚି, ତୁଟା ଗୋଟେ ନାକରା! କହ, କି ଖବର ?"

– "ବାବା, ଖବର ଜଡ଼ ଜବର।"

ଚମକି ଉଠିଲେ କାଳିକିଂକର- "ଜବର, ଆବେ କଥାଟା କ'ଣ କହବେ?" ଉତ୍ତେଜିତ ହେଇ ଉଠୁଥିଲେ ବାବା।

– "ସେହି ଝିଅ?"

– "କଉ ଝିଅ ବେ?"

– "ସେହି ଯେଉ ଚୋଖା ମାଲ୍!"

– "ବୁଦ୍ଧୁ କହିଁକା, ଆବେ ସଫା ସଫା କହ, ନହେଲେ ତୋ' ଜିଭଟାକୁ କାଟିପକେଇବି ହାରାମଜାଦା।" ଗର୍ଜି ଉଠିଲେ ବାଘପରି ବାବା।

– "କହୁଚି କହୁଚି ବାବା, ସେହି ଯଉ ହରିପୁର ଗାଁ, ସେଇ ଯଉ ବେଦିରୁ ଛନଛନିଆ ଟୋକିଟାକୁ ଉଠେଇ ଆଣିଥିଲେ" ଏକ ନିଃଶ୍ୱାସରେ ଥଙ୍ଗଥଙ୍ଗ ହୋଇ ପାଟିରୁ ଉଗାଳି ପକେଇଲା ଚକରା।

ଚିତ୍କାର କରିଉଠିଲେ କାଳିକିଂକର- "ହ୍ୱାଟ୍? ଆବେ ସେ'ତ କେବେଠୁ ଖତମ ହେଇଯାଇଛି!"

– "ନାଇଁ, ବାବା। ସେ ବଂଚିଛି।"

ଛିଡ଼ା ହୋଇଗଲେ ବାବା- "କ'ଣ କହିଲୁ-ବଚିଂଛି? ଓଃ ଗଡ୍! କ'ଣ କରିବି, ଯଦି ପୋଲିସ ଆଗରେ ମୋ' କେଳେଙ୍କାରୀ କଥା କହି ଦିଏ- ତେବେ ତ ମୋର ସର୍ବନାଶ ହେଇଯିବ। ନାଇଁ ନାଇଁ ନାଇଁ, ତାହା ହେଇ ପାରିବିନି। ହାଲୋ!"

– "ଆଜ୍ଞା ବାବା।"

– "ହାରାମଜାଦା, ଆବେ ଚାହିଁଚ କ'ଣ, ସେ ଟୋକୀଟାକୁ ଉଠେଇ ଆଣ ମୋ' ସାମ୍ନାକୁ। ମୁଁ ତାକୁ ନିଜ ହାତରେ ତଣ୍ଟି ଚିପି ଶେଷ୍ କରିଦେବି, ଶେଷ୍! ଆଉ ବାଉଁଶ ରହିବନି କି ବଇଁଶୀ ବାଜିବନି, ହାଃ-ହାଃ-ହାଃ..! ଆବେ ଯାଅ।"

– "ଆଜ୍ଞା, ଆଜ୍ଞା ବାବା, ଆମେ ଏଇ ସାଥେ ସାଥେ ଚିଡ଼ିଆଟାକୁ ହରଣଚାଳ କରି ନଉଛୁ। ଇଏସ୍!"

ବିଶ୍ରାମ ଲାଗିଲା ପରି କଂପମାନ ହେଇ ଟହଲ ମାରୁଥିଲେ ବାବା। ଗର୍ଜିଗର୍ଜି କହୁଥିଲେ- "ଗୌରୀ, ତୁ ବଂଚିଛୁ? ଦେଖ୍, ଏଥର ମୁଁ ତୋର କି ଅବସ୍ଥା କରୁଛି? ନାଇଁ, ନାଇଁ, ନାଇଁ, ସେଇଟା ମୋର ଅଇଁଠା, ତା' ଦିହରେ ଜିଭ ଲଗେଇଲେ ପାଟିଟା ଗନ୍ଧିଆ ହେଇଯିବ। ବସିପଡ଼ିଲେ ଆସନ ଉପରେ ଚିତ୍ ହେଇ।

ଚାଲା ଜଣେ ଚିଲମଟାଏ ଧରେଇ ଦେଇ କହିଲା-

– "ବାବା, ଚିଲମ୍।"

– "ଦେ", ଚିଲମ ନେଇ ମୁହଁରେ ଯୋଖି, "ଆବେ ଲଗା ଇସ୍‌କୋ ।"

ମାଚିସ୍ ଜଳାଇ ନିଆଁ ଧରାଇଲା ଚାଲାଜଣକ । ବାବା ସୁଟ୍‌କିନି ଟାଣିନେଲେ ସୁଟ୍‌କେ । ଭଡ଼୍‌କିନା ଜଳି ଉଠିଲା ହାତେ ଉଁଚର ଉପରକୁ ଧକ୍‌ଧକ୍ ନିଆଁ ହୁଳା । ଧୂଆଁ ଛାଡ଼ି ହସି ଉଠିଲେ ବାବା, ବିକଟାଳ ଅଟ୍ଟହାସ୍ୟ ।

ଶିହରି ଉଠିଲା ବାବାଙ୍କ କାଳି ମନ୍ଦିରର ଗମ୍ଭୀରା ।

XXX

ଡାକି ଡାକି ଉନ୍ମାଦ ପରି ଦୌଡ଼ି ଦୌଡ଼ି ଆସିଲା ସମରା ।

– "ବାବୁ, ବାବୁ, ମା', ଗୌରଭାଇ !"

ଘରୁ ବାହାରକୁ ଡାକଶୁଣି ଧାଇଁ ଆସିଲେ ସମସ୍ତେ ।

– "ସମରା !"

– "ବାବୁ, ସର୍ବନାଶ ହେଇଗଲା ବାବୁ ।"

ରୁଦ୍ରପ୍ରତାପଙ୍କ ସହ ଅନ୍ୟମାନେ ଚିଲେଇଉଠି- "ସର୍ବନାଶ !"

– "ଝୁମୁରୀକୁ ଦଳେ ଗୁଣ୍ଡା ଉଠାଇ ନେଇଗଲେ ।"

ଅନ୍ୟମାନେ- "ଉଠାଇ ନେଇଗଲେ ?"

ରୁଦ୍ର ଗର୍ଜିଉଠି- "ଆଉ ତୁ କ'ଣ କରୁଥିଲୁ ? ତାମ୍‌ସା ଦେଖୁଥିଲୁ ?"

– "ନାଇଁ ବାବୁ, ବହୁତ ଭିଡ଼ିଲି । ପାରିଲିନି । ସେମାନଙ୍କ ହାତରେ ପିସ୍ତଲ ଥିଲା ।"

– "ଓଃ ଭଗବାନ !" ବସି ପଡ଼ିଲେ ରୁଦ୍ର ଚଉକିଟା ଉପରେ । ଧରିନେଲେ ପ୍ରିୟମ୍ବଦା-ଗୌରୀ ! ବିବ୍ରତ ହେଇ ଉଠିଲା ଗୌର ।

– "ଆରେ ସମରା, ଚାହିଁଚୁ କ'ଣ ? ଆ, ଆ ମୋ' ସହିତ ।"

– "ରୁହ ମୁଁ ମୋ' ଟାଙ୍ଗିଆଟା ଆଣି ଆସୁଛି ।" ଧାଇଁଗଲା ଘର ଭିତରକୁ । ତାପରେ ଗୌର ସମରାକୁ ପଛରେ ବସାଇ ବୁଲେଟ ଛୁଟେଇଦେଲା ।

କାନ୍ଦିଉଠିଲା ଗୌରୀ । "ବାବା, ମୋ' ଭଉଣୀକୁ ରକ୍ଷା କର ବାବା ! ସେ ସୈତାନ ଝୁମୁରୀକୁ ଗୌରୀ ଭାବି ଉଠାଇ ନେଇଛି ।"

– "କିଏ, କାହା କଥା କହୁଚୁ ?" କଂପି ଉଠିଲେ ରୁଦ୍ରପ୍ରତାପ !

– "ସେଇ କାଳିଆ-କାଳିକିଂକର !"

ପ୍ରିୟମ୍ବଦା ଓ ରୁଦ୍ର ଏକ ସ୍ୱରରେ- "କାଳିକିଂକର !!"

ମୋବାଇଲରେ କଲ କଲେ ରୁଦ୍ର- "ହାଲୋ, ହାଲୋ ପୋଲିସ ଷ୍ଟେସନ ! ହାଲୋ-ହାଲୋ ....!"

XXX

କାଳିକିଂକରର ରଂଗଶାଳା ।

ମଦମସ୍ତ ଥିଲେ ବାବା । ଏତିକିବେଳେ ଝୁମୁରୀକୁ ଗୁଣ୍ଡାମାନେ ସାମ୍‌ନାରେ ଆଣି ହାଜର କରେଇଲେ । ଚକରା ବାହାଦୂରୀ ଦେଖେଇ କହିଲା -

– "ଏଇ ସେହି ଚିଡ଼ିଆ ବାବା, ଆମେ ଉଠାଇ ଆଣିଛୁ । ହାଃ-ହାଃ-ହାଃ.."ହସି ଉଠିଲେ ଅନ୍ୟ ଗୁଣ୍ଡାମାନେ ଏକତାଳରେ ।

– "ସାବାସ୍, ଆଉଟ୍!"ଚାଲିଗଲେ ଗୁଣ୍ଡାମାନେ ।

– "ଇଏସ୍, ମୁହଁର ପଟିଟା ଖୋଲିଦିଅ ।"

ଭକ୍ତା ଜଣେ ମୁହଁରୁ ପଟି ଖୋଲିଦେଲା ଝୁମୁରୀର । ଚାହିଁ ତାଟକା ହେଇ- "ତୁ.... ? ଆଲୋ ସତରେ ତୁ ବଂଚିଛୁ ? ? କି ବଡ଼ ଭାଗ୍ୟ ନୁହେଁ ତୋର ?" ଆସନରୁ ଉଠିଆସି- "ଆଲୋ ଆଗଠୁ ତୁ ତ ବଡ଼ ଚିକ୍‌କଣିଆଁ-ଚିକ୍‌କଣିଆଁ ଦିଶୁଚୁ, ପୂରା ଫ୍ରେସ୍ ଲାଗୁଛୁ ଗୋଟେ ଚୋଖା ଖାସା ମାଲ୍ ହାଃ-ହାଃ-ହାଃ...।"

ଝୁମୁରୀ ଚମକି ପଡ଼ିଲା । ଏ ତାହେଲେ ସେଇ ସଇତାନ ? ଯିଏ ମୋ' ଗୌରୀନାନୀର ଇଜ୍ଜତ ନେଇଥିଲା । ତା' ଜୀବନଟାକୁ ବରବାଦ କରିଦେଇ ଥିଲା ? ମୁଁ ଆଜି ଏକୁ ଛାଡ଼ିବିନି । ହାତ ମୁଠା ମୁଠା, ଦାନ୍ତ କଡ଼ମଡ଼ କଲା ଝୁମୁରୀ ବାଘୁଣୀ ପରି । ଝାଂପିପଡ଼ିଲା କାଳିକିଂକର, ଧରିନେଲା ଝୁମୁରୀର ହାତ ।

– "ଆଃ, ଛାଡ଼ି ଦେ ।" ଧକ୍‌କାଟାଏ ମାରିଲା ଝୁମୁରୀ କାଳିଆକୁ । ମଦ ଓ ଗଂଜେଇ ନିଶାରେ ଟଳଟଳ କାଳିଆ ଛିଟିକି ପଡ଼ିଲା କିଛି ଦୂରକୁ । ଗର୍ଜିଉଠିଲା ସେ ।

– "ତୁ ମେତେ ଧକ୍‌କା ଦେଲୁ ? ଆଲୋ ତୋର ତ କମ ସାହସ ନୁହେଁ ! ଗୌରୀ!" ଚିତ୍କାର କରି ଉଠିଲା ସେ ।

– "ନା, ମୁଁ ଗୌରୀ ନୁହେଁ!"

– "ଏଁ! ତୁ ଗୌରୀ ନୁହଁ ? ତୁ କିଏ ?"

– "ମୁଁ ଝୁମୁରୀ! ସମଲପୁରିଆ ଝିଅ ।"

– "ତେବେ ତ କମାଲ୍ ହେଇଗଲା । ପାହାଡ଼ୀ ଖାସା ଖାସିଟା ତୁ । ଆରେ ବାଃ, କି ଯୋଗ ଆଜି । ଆଉ ଗୋଟେ ଫ୍ରେସ୍ ମାଲ୍ ହାବୁଡ଼ରେ ପଡ଼ିଯାଇଛି-ହାଃ-ହାଃ-ହାଃ... ! ଆଲୋ ସମ୍ବଲପୁରୀ ନନୀ, ଦେଖି ତୁ କେତେ ଫ୍ରେସ୍ ଲାଗୁଛୁ ! ପାଖକୁ ଭିଡ଼ିଯାଇ ଝୁମୁରୀ ଗାଲରେ ହାତ ଆଉଁଷି ଦେଇ-"ଆରେ ବାଃ ବାଃ, ତୁ ଚିଜ୍ ବଡ଼ୀ ହେ ମସ୍ତ୍ ମସ୍ତ୍ ତୁ ଚିଜ୍ ବଡ଼ୀ ହୈ ମସ୍ତ୍ ।" ବାରବାର ସସ୍ୱର ଆବୃତ୍ତି ।

ଝୁମୁରୀ ଏଠୁ ଖସିବାର ବୁଦ୍ଧି ପାଞ୍ଚୁଥିଲା । ଗୌରୀ ପରି ତ ଆଉ ନିରୀହା-ଏତେ ସରଳା ନୁହେଁ ସେ । ପାହାଡ଼ୀ ଝିଅ ସେ ଯେତେହେଲେ ।

– "ଆଲୋ ହେ, କ'ଣ ଭାବୁଛୁ ? ମାରିବୁ..ମାର୍...ମାର୍.. ମୋତେ ।"

– "ଆରେ ବାଃ, ଏଇଆ ଭାବୁଥିଲି ତମେ ବି ଗୀତ ଗାଇ ପାର ବାବା ? ମୁଁ ବି ନାଚି ପାରେ ।" ଗେହ୍ଲେଇ ଗେହ୍ଲେଇ କହିଲା ଝୁମୁରୀ ।

– "ନାଚିବୁ, ତୁ ତୋ' ସେ ସମ୍ବଲପୁରୀ ରଂଗବତୀ ଗୀତରେ ନାଚି ପାରିବୁ ?"

– "ହାଁ, ନାଚ୍ ପାର୍‌ବି । ଦେଖିବୁ ନାଚ୍‌ବି କେନ୍‌ତା ?"

– "ଆଲୋ ନାଚ, ଆରେ ବଜାରେ... !"

ବାଜିଉଠିଲା ରଂଗବତୀ ଗୀତର କେସେଟ୍ । ନାଚି ଉଠିଲା ଝୁମୁରୀ । ଗୀତର ତାଳେ ତାଳେ ଝୁମୁରୀ ସାଥିରେ ବାବା ବି । ବାବାଙ୍କ ଇସାରାପାଇ ଉପସ୍ଥିତ ସୁନ୍ଦରୀ ସାଧିକା ଝିଅମାନେ ବି ନାଚିଲେ ।

ନାଚ ଭିତରେ ଝୁମୁରୀ ସୁଯୋଗକୁ ଅପେକ୍ଷା କରିଛି । ଦେଖିଲା ଜଣେ ଭକ୍ତା ରଂଗମହଲର ଗୁପ୍ତଦ୍ୱାର ଖୋଲି ଭିତରକୁ ପଶି ଆସିଲା । ସେ କିଛିଟା ବିବ୍ରତ ଲାଗୁଥିଲା । ଏହି ମଉକାରେ ଝୁମୁରୀ ତାକୁ ଧକ୍‌କାଟାଏ ମାରି ଦ୍ୱାର ଦେଇ ପଳାୟନ କଲା ବିଜୁଳି ପରି । ତଳେ ପଡ଼ି ଭକ୍ତା ଜଣକ ପାଟି କରି ଉଠିଲା- "ବାବା, ଚାଲିଗଲା ।"

ପାଟିଶୁଣି ନୃତ୍ୟରେ ଉନ୍ମତ୍ତ ବାବା ଓ ଆନ୍ୟ ଭକ୍ତାମାନେ ଚୁପ୍ ହୋଇ ଗଲେ । ବାବା ଚିତ୍କାର କରି ଉଠିଲା - "ହ୍ୱାଟ୍ ?"

– "ବାବା ସେ ଝିଅଟା ଚାଲିଗଲା ।"

ଚାରିଆଡ଼ ବାବା ନିଜର ଆଖି ଡୋଳା ଘୂରାଇ ବୁଲାଇ ଆଣି ଦେଖିଲା, ସେ ଚିଡ଼ିଆ ଚମ୍ପଟ୍ । ଗର୍ଜି ଉଠିଲା ବାବା ବାଘପରି ।

– "ଓ ନୋ-ନୋ-ନୋ ! ମୁଁ ତାକୁ ଯିବାକୁ ଦେବିନି । ଆବେ ଯାଅ, ତାକୁ ଧର ।"

ଭକ୍ତାମାନେ ପଛେ ପଛେ ଗୋଡ଼ାଇ ଗଲେ । ପଛରେ କାଳିକିଂକର ଅସୁର ପରି ମାଡ଼ି ଯାଉଥିଲା ।

XXX

ଏଣେ ଗୌର-ସମରା ଝୁମୁରୀ-ଝୁମୁରୀ ଡାକଛାଡ଼ି ମନ୍ଦିର ଚାରିକଡ଼େ ଦରାଣ୍ଡି ଚାଲିଥିଲେ । ହଠାତ୍ ଭିତରୁ ଝୁମୁରୀର ଚିତ୍କାର ଉଠିଲା- "ସମରା ! ସମରା !"

ଝୁମୁରୀର ଚିତ୍କାର ଶୁଣି ସମରା ଚିତାବାଘ ପରି ଲଂଫଦେଇ ଛୁଟିଗଲା ସେଇ ଦିଗକୁ । ପଛରେ ଗୌର । ଦେଖିଲା ଝୁମୁରୀ ମନ୍ଦିର ବଂଗଳା ଭିତରେ ତଳେ ପଡ଼ି

ଘୁଷୁରି ଘୁଷୁରି ପଛେଇ ପଛେଇ ଯାଉଥିଲା । ତା' ଆଡ଼କୁ ବାଘ ଭଳି କୁଦି ଆସୁଥିଲା କାଳିକିଂକର ।

– "ନାଇଁ, ନାଇଁ ମୋତେ ଛାଡ଼ିଦେ ।"

– "ହାଃ -ହାଃ -ହାଃ ବଦମାସ ଟୋକୀ ! ଛାଡ଼ିଦେବି ? ନାଇଁ ! ଗର୍ଜି ନାଇଁ ।" ଉଠି ଝାଂପିପଡ଼ିଲା ଝୁମୁରୀ ଉପରକୁ । ଚିତ୍କାର କରିଉଠିଲା ଝୁମୁରୀ । ଚିରାଡ଼ି ଉଠିଲା ସମରା – "ଏ, ତାକୁ ଛାଡ଼ି ଦେ, ଛାଡ଼ି ଦେ କହୁଚି ।" ଗୌର ବି ।

କିଛି ଶୁଣିଲାନି ପିଶାଚ । ଝୁମୁରୀକୁ ମାଡ଼ିବସି ଖିନ୍‌ଭିନ୍ କରିବାକୁ ଉନ୍ମାଦ ହେଇ ଉଠୁଥିଲା ସେ । ଅନ୍ୟ ଉପାୟ ନପାଇ ଝୁମୁରୀ ଭିଡ଼ିନେଲା କାଳିକିଂକରକୁ ନିଜ ଛାତି ଉପରକୁ । ଆଉ ତା' ଗଳାରେ ବାଘୁଣୀ ପରି ଦାନ୍ତ ବସେଇ ଦେଲା, ବିଷଦାନ୍ତ ।

– "ଆଃ !" ଝୁମୁରୀକୁ ଛାଡ଼ି ଚିତ୍କାର ଛାଡୁଥିଲା ସୈତାନ । କାମୁଡ଼ି ଧରିଥିଲା ଝୁମୁରୀ, ଝୁଣି ଚାଲିଥିଲା ସୈତାନର ଗଳା ।

ତା' ପ୍ରାଣର ନିରବ ଆର୍ତ୍ତନାଦ- "ତୁ ମୋ' ନାନୀର ଇଜ୍ଜତ ନେଇଥିଲୁ ନା ? ସୈତାନ, ମୁଁ ଆଜି ତୋତେ ଖତମ୍ କରି ଛାଡ଼ିବି । ତୋ' ରକ୍ତ ପିଇବି । ମନେରଖ, ମୁଁ ସେ ଗାଁ ଝିଅ ଗୌରୀ ନୁହେଁ, ସମଲପୁରୀ ନନୀ-ପାହାଡ଼ୀ ଝିଅ ବାଘୁଣୀ ।"

ଧକ୍‌କା ଦେଲା ପ୍ରାଣ ବିକଳରେ କାଳିକିଂକର । ଛିଟିକି ପଡ଼ିଲା ଝୁମୁରୀ । କଂପୁଥିଲା ସେ ରକ୍ତମୁଖା ହେଇ । କାଳିକିଂକର ତଣ୍ଟିରୁ ଝରି ପଡୁଥିଲା ଧାର ଧାର ରକ୍ତ । ହିଂସ୍ର ହେଇଉଠିଲା କାଳିକିଂକର । ଅଣ୍ଟିରୁ ଛୁରୀଟାଏ ବାହାର କରି ଗର୍ଜି ଉଠିଲା - "ସୈତାନୀ, ମୁଁ ତୋତେ ଶେଷ୍ କରିଦେବି ।" ମାଡ଼ି ଯାଉଥିଲା ଝୁମୁରୀ ଆଡ଼କୁ । ଝୁମୁରୀ ଉଠି ଧାଇଁବାକୁ ଲାଗିଲା । ପଛେ ପଛେ କାଳିକିଂକର ।

ଗୌର ଓ ସମରା ଚିତ୍କାର ଛାଡୁଥିଲେ । ଧକ୍‌କା ଦେଇ ଚାଲିଥିଲେ ବଂଗଳାର ଗ୍ରୀଲ ଗେଟ୍‌ଟାକୁ । ଦୈବାତ୍ ଦୁହିଁଙ୍କ ବଳ ପ୍ରହାରରେ ଗେଟ୍‌ଟା ଖୋଲି ଯାଇଛି । ଝୁମୁରୀକୁ ମାଡ଼ିବସି ଛାତିରେ ଛୁରୀ ଭୂଷିବାକୁ ଉଦ୍ୟତ କାଳିକିଂକର । ଝାଂପିପଡ଼ି ତା' ଚୂଟିକୁ ଝିଙ୍କି ଆଣିଲା ସମରା । ଗର୍ଜି ଉଠିଲା - "ସୈତାନ, ଦେଖୁଛୁ ଏ ଟାଙ୍ଗିଆ । ତାକୁ ଛାଡ଼ ନହେଲେ ତୋ' ଗଣ୍ଡିରୁ ମୁଣ୍ଡଟାକୁ ଖସେଇ ଦେବି ବଦମାସ !"

ଧାଇଁ ଆସି ସମରା ହାତକୁ ଟାଣିଧରିଲା ଗୌର- "ନାଇଁ ସମରା, ତାକୁ ଛାଡ଼ । ଏ ବେଇମାନ, ମୋ' ଗୌରୀର ଇଜ୍ଜତ ନେଇଛି । ମୁଁ ଏହାର ଜାନ୍ ନେବି ।' ସମରାକୁ ଠେଲିଦେଇ ମାଡ଼ିବସି କାଳିଆର କ୍ଷତାକ୍ତ ତଣ୍ଟିଟାକୁ ଚିପିଧରିଲା ଗୌର ।

ପାଗଲା କୁକୁର ପରି ଛୁଟି ଆସିଲେ ଗୁଣ୍ଡାଦଳ । ସମରା ଓ ଗୌରକୁ ଭିଡ଼ିଧରି କାବୁ କରିନେଲେ । ତଲୁ ହୁଂକାର ଛାଡ଼ି ଅଟ୍ଟହାସ୍ୟ କରିଉଠିଲା

କାଳିଆ- "ହାଃ-ହାଃ-ହାଃ, ଆଃ !" ତଣ୍ଟିରେ ଯନ୍ତ୍ରଣା, ଟିପି ଧରିଲା ଚିତ୍କାର ସହ । ଫେର୍ ଅସୁର ପରି ଅଟ୍ଟହାସ୍ୟ କରି ଉଠିଲା ଦୁଷ୍ଟ ।

ଝୁମୁରୀ ଗୋଟେ କୋଣକୁ କୁଂକୁରି ଯାଇ ଛିଡ଼ାହେଇ ଥରୁଥିଲା ପ୍ରାଣ ଭୟରେ । କ'ଣ କରିବ କିଛି ବାଟ ଦିଶୁନଥିଲା ତାକୁ । କାଳିଆ ଆଖି ତରାଟି ଚାହିଁଲା ତା'ରି ଆଡ଼କୁ ।

– "ଏଥର ତୋତେ ମୋ' ପାଲରୁ କିଏ ରକ୍ଷା କରିବ ଦେଖିବି । ବଦ୍‌ମାସ ଟୋକୀ, ତେତେ ଏଠି ଖିନ୍‌ଭିନ୍ କରି ଯଦି ମୋ' କାଳକୋଠରୀ ଭିତରକୁ ଫୋପାଡ଼ି ନଦେଇଚି.... ?" ଆଗେଇଗଲା ଝୁମୁରୀ ଆଡ଼କୁ ବାଘ ପରି ଛକି ଛକି... ! ଚିତ୍କାର କରୁଥିଲେ ଗୌର-ସମରା, ଭିଡ଼ି ଧରିଥିଲେ ଗୁଣ୍ଡାମାନେ ।

ଧାଇଁଲା ଝୁମୁରୀ ଆଖି ପିଛୁଳାକେ ତୀର ପରି ଦ୍ୱାର ଦେଇ ବାହାରକୁ । ଆଗେ ଆଗେ ଧାଇଁଛି ଝୁମୁରୀ ପଡ଼ି ଉଠି । ପଛେ ପଛେ କଳା ପାହାଡ଼ ପରି ମାଡ଼ି ଆସୁଚି କାଳିଆ ଓରଫ୍ କାଳିକିଂକର ।

ଛୁଟିଆସି ବ୍ରେକ୍ ଦେଲା ଗାଡ଼ି । ଗାଡ଼ିରୁ ତୁରନ୍ତ ଲଂଫ ଦେଇ ଧାଇଁ ଆସିଲେ ଗର୍ଜି ଗର୍ଜି ରୁଦ୍ରରୂପୀ ରୁଦ୍ରପ୍ରତାପ । ହାତରେ ଥିଲା ଗୋଟେ ରିଭଲ୍‌ଭର ।

– "ଝୁମୁରୀ ।"

– "ବାବା !" ଝୁମୁରୀ ଧାଇଁଆସି କୁଣ୍ଢେଇ ଧରିଲା ବାବାଙ୍କୁ । ଝୁମୁରୀକୁ ପଛକୁ ଆଡ଼େଇ ଦେଇ ଗର୍ଜି ଉଠିଲେ ରୁଦ୍ର- "ଖବର୍ଦ୍ଦାର ! ଆଉ ପାଦେ ଆଗେଇବୁ ତ ମୁଁ ରୁଦ୍ରପ୍ରତାପ, ମୋ' ତାଣ୍ଡବ ରୂପ ଦେଖିବୁ ।"

ହଠାତ୍ ସତର୍କ ସାଇରନ୍ ବାଜି ଉଠିଲା । ଛୁଟିଆସିଲେ ପୋଲିସ ଗାଡ଼ି । ମାଡ଼ିଆସିଲେ ସ୍ପେଶାଲ ପୋଲିସ ଫୋର୍ସ । କମାଣ୍ଡ କରୁଥିଲେ ଏ.ସି.ପି. ଶାଳିନୀ ।

ପୋଲିସଙ୍କୁ ଦେଖି କାଳିକିଂକର ଭୟରେ ପଳାୟନ କରୁଥିଲା । ଶାଳିନୀଙ୍କ ପିସ୍ତଲରୁ ଗୁଳି ଫୁଟିଉଠିଲା । ବାଜିଲା କାଳିକିଂକରର ବାମ ଗୋଡ଼ରେ । ଚିତ୍କାର କରି ଟଳିପଡ଼ିଲା ସେ । ମାଡ଼ିବସିଲେ ପୋଲିସ । ଘେରାଉ କରିନେଲେ ଗୁପ୍ତ ଆଡ୍‌ଡାକୁ ।

ପୋଲିସ ଭୟରେ ପଳାଇଥିଲେ ଗୁଣ୍ଡାମାନେ । ଗୌର-ସମରା ଧାଇଁ ଆସି ଭିଡ଼ିଧରିଲେ ରୁଦ୍ରଙ୍କୁ ସାମନା ପଟରୁ । ପଛରୁ କୁଣ୍ଢାଇ ଧରିଥିଲା ବାବାଙ୍କୁ ଝୁମୁରୀ । ରୁଦ୍ର ହାତରୁ ଖସି ପଡ଼ିଥିଲା ରିଭଲ୍‌ଭର । ଯୋଡ଼ ହସ୍ତ ଉଠିଯାଇଥିଲା ମା' କାଳୀଙ୍କ ଉଦ୍ଦେଶ୍ୟରେ ।

– "ହେ ମା' କାଳିକା, ତୁ ଆଜି ମୋ' ଝିଅକୁ ବଞ୍ଚେଇ ଦେଲୁ ମା' !

– "ବାବା ! ଧକେଇହେଇ କାନ୍ଦିଉଠିଲା ଝୁମୁରୀ । ଝିଅକୁ ଛାତିରେ ଜାକିଧରି ରୁଦ୍ର ଭୋ-ଭୋ କାନ୍ଦିଉଠିଲେ । ଗୌର ସମରା ବି ।

॥ ୮୪ ॥

ମୋତେ ଏଠି ଭାରି ଡର୍ ଲାଗୁଛେରେ ସମରା । ତୁଇ ଚାଲ୍, ମା' କେ ଲେଇ ଆମେ ଚାଲିଯିବା ସମଲପୁର୍....ଆମର୍ ଗାଁ ଜମନ୍‌କିରା । ଏ ସହର୍‌ଟା ନା ଆମର୍ ଜଂଗଲଠୁ ଆହୁରି ଭୟଂକର୍ ।

– "ହଏ ତ!" ଜବାବ ରଖିଲା ସମରା ।

– "ସତରେ, ଆମର୍ ଗାଁଟା କେତେ ସୁନ୍ଦର୍! ଆମେ ସେଠେଇ ରହିମା । ଘର୍ କର୍‌ମା । ତୋର୍ ମୋର୍ ବାହାଘର ହବା । ମାଦଲ୍ ବାଜିବା । ନାଚ୍ ଗୀତର ଝୁମ୍ ଭିତରେ ଝୁମି ଝୁମି ଉଠିବ ଏ ଝୁମୁରୀ ।

– "ତୁହି ଏ କାଣା କହୁଚୁ ଲୋ ଝୁମୁରୀ ? ଆଲୋ ତୋର୍ ବାବାକେ ଛାଡ଼ି ତୁଇ କାଣା ସେଠେ ଯାଇ ପାର୍‌ବୁ? ତୋତେ ନଦେଖି କରି ତୋର୍ ବାବାଟା ପ୍ରାନ୍ ଛାଡ଼ି ଦବଲୋ । ନାଇଁ, ମୁଇଁ ତୋତେ କେନ୍ତା ଏଠୁ ଲେଇଯିବି କହ ? ଆମେ ଏଠେଇ ରହିମା । ବାବା-ମା' କେ ସେବା କର୍‌ମା । ମୁଇଁ ତ ଅଛି ତୋର୍ ପାଶେ । ମୋର୍ କାଣ୍ଡ-ଡୁଇଲା ଆଉ ଟାଙ୍ଗିଆଟା ଅଛି ତ କିଏ କାଣା କରିବ ଲୋ ? ତାର ମଥାଟାକେ ମୁଇଁ କାଟି ଭୋଜି ବନେଇ ଦେବିନି ? ଦେଖିଲୁନା, ସେଦିନ ସେଇ କାଲିର ବାବାଟାକେ କେନ୍ତା ଖିଁଚି ଧରିଥିଲି । ଏ ଗୌର୍ ଭାଇଟା ମୋର୍ ହାତଟାକେ ଅଟ୍‌କେଇ ଦେଲା ଯାଃ! ନଇଲେ ମୁଇଁ ତାକେ ସେଇଠେ ଶେଷ୍ କରି ଦେଇଥାନ୍ତି ବୁଝିଲୁ?"

– "ହାଁ, ତା'ପର କାଣା ହେଇଥାନ୍ତା କହ! ତୁଇ ଜେଲ୍ ଯାଇଥାନ୍ତୁ, ଫାଶୀ ପାଇଥାନ୍ତୁ । ଆଉ ଏ ଝୁମୁରୀଟା.."

– "ଝୁମୁରୀ!"

– "ଖାଲି ଝୁରିଝୁରି ପ୍ରାନ୍ ଛାଡ଼ି ଦେଇଥାନ୍ତା, ଏଇଆନା ?"

– "ତୁଇ ଠିକ୍ କହିଚୁ ଲୋ ଝୁମୁରୀ, ତୁଇ ଠିକ୍ କହିଚୁ । ସେ ସଇତାନ ଜେଲ ଯାଇଛେ । ସେ ସାଲା ସିଓର ଫାଶି ପାଇବ ।"

ଗୌର କହି କହି ଆସିଲା- "କିଏ କାହା କଥା କହୁଚୁ ସମରା ?"

– "ସେଇ କାଳିକିଂକର ।"

– "ସେଟା ତ ପଶୁଟା, ଛାଡ଼ ତା' କଥା । ଗଲା କଥା ଗଲାଣି । ତା'ର କଳାକର୍ମର ଫଳ ସେ ପାଇବ । ଶୁଣ, ତମ ଦି'ଜଣଙ୍କ ପାଇଁ ଗୋଟେ ଖୁସି ଖବର ।"

ସମରା ପଚାରିଲା - "କ'ଣ ଗୌର ଭାଇ ?"

– "କ'ଣ ଝୁମୁରୀ, ତୁ ଏ ଖୁସି ଖବରଟା ଶୁଣିବାକୁ ଚାହୁଁନୁ ? ଚୁପ୍‌ଚାପ୍ ମୁହଁ ଶୁଖେଇ ବସିଛୁ ?"

– "ଜାଣିଛେ ।" ଝୁମୁରୀ ଉତ୍ତର ରଖିଲା ମୁହଁ ମୋଡ଼ି ।

– "କ'ଣ ଜାଣିଛୁ କହିଲୁ ?" ପ୍ରଶ୍ନ କଲା ଗୌର ।

– "ବାବା -ମା' କଥା ହଉଥିଲେ, ସମରା ସାଥିରେ ମୋର ବାହାଘର କରେଇ ଦେବେ ।"

– "ହଁ, ଠିକ୍ ଜାଣିଛୁ ।"

– "ଆଚ୍ଛା, ମୋର ଗୌର ବାବାଙ୍କ ପରି ଏଡ଼େ ପୁଅଟାଏ ଥାଉଥାଉ ଫେର୍ ବାହାଘର ହବ କେନ୍ତା କହିଲୁ ?"

ଗୌରୀ ପଛରୁ କହି କହି ଆସିଲା - "ହଉ, ଏବେ ସେ ଛଟକ ସବୁ ଛାଡ଼ି ଦେ । ଟୋକଳୀ ବୟସରେ ଟୋକାଳିଆ ପୁଅ ସରାଗ ! ଅଠର ବରଷର ମା'ର ଫେର ପଚିଶ ବରଷର ଭେଣ୍ଡିଆପୁଅ । ଦେଖୁଛୁ, ଶୁଣୁଛୁ ସମରା, ଏଇ ଦି'ଟାଙ୍କ ଦିମାକ୍ ନା ବିଲ୍‌କୁଲ କାମ କରୁନି । ଏକୁ (ଝୁମୁରୀ ପ୍ରତି) ପ୍ରେମ ପିତାସୁଣୀ ନଜର ପକେଇଛି ଆଉ ଏଙ୍କୁ (ଗୌର ପ୍ରତି) ମାଡ଼ି ବସିଛି ବାବନା ଭୂତ ।"

ସମରା ମୁହଁ ଖୋଲିଲା - "ବୁଝିଲ ଗୌରୀ ନାନୀ, ଗୌର ଭାଇନା ଭାରି ଭଲ ଲୋକ । ତାଙ୍କ ଭଳି ମରଦ୍ ପାଇ ତମେ ସତରେ ବହୁତ ଭାଗ୍ୟବତୀ ।"

– ଝୁମୁରୀ ଚିଡ଼ି ଉଠି କହିଲା- "ଦେଖିଲୁ, ସମରା କ'ଣ କହିଲା ? କ'ଣ ଗୌର ବାବା, ଚୁପ୍ ରହିଲ ଯେ ? ମୋ' ଗୌରୀ ନାନୀର କଥା ଜମା ଧରିବନି । ମୁଇଁ ପରା ତୁମର ମା' ହେଇଛେ, ସବୁଦିନ ତୁମର ମା' ହେଇ ରହିବି କହି ଦଉଛି ।"

ଗୌରୀ ହସି ଦେଇ- "ହଉ, ହଉ, ତୋରି କଥା ହେଲା । ମୋ' କଥା ଫେରେଇ ନଉଛି ।" ଗୌର ମୁହଁ ଖୋଲିଲା- "ଏଥର ସରିଲାନା ତମ ଦି' ଭଉଣୀଙ୍କ ଫାର୍ସ ? ଶୁଣ, ବାବା ଯାଇଛନ୍ତି ଜ୍ୟୋତିଷଙ୍କୁ ଡାକିବାକୁ । ଆଜି ଶୁଭ ଦିନ ଧାର୍ଯ୍ୟ ହେବ । ତା'ପରେ ସବୁ ବ୍ୟବସ୍ଥା ମୁଁ କରିବି । ବୁଝିଲୁ ସମରା, ମୋ' ଝୁମୁରୀ ମା' ସାଥିରେ ତୋର ବାହାଘର ନା ଏମିତି ଧୂମ୍‌ଧାମ୍‌ରେ କରେଇବି, ଏ କଟକ ସହରିଆଙ୍କ ଆଖି ଝଲସି ଉଠିବ ।"

ଗୌରୀ କହିଲା, "ଆଉ ମୁଁ ମୋ' ସୁନା ଭଉଣୀକୁ ଏପରି ସଜେଇବି ଯେ, ସମସ୍ତେ ତାକୁ ଦେଖି କହିବେ, ଆରେ ଏତ ସରଗରୁ ଅପ୍ସରୀଟିଏ ଓହ୍ଲେଇ ଆସିଛି ।"

ଝୁମୁରୀ ଲାଜେଇ ଯାଇ- "ନାନୀ, ଗୌର ଭାଇ, ତମେ ନା ଧେତ୍ ।" ମୁହଁ ଫେରାଇ ଧାଇଁ ଧାଇଁ ଚାଲିଗଲା ଘର ଭିତରକୁ ଡାକି ଡାକି ମା', ମା' !"

ହସି ଉଠିଲେ ଗୌର-ଗୌରୀ ଫିକ୍‌କିନା । ହସିଦେଲା ସମରା ।

XXX

ମାଂଗଳିକ ନହବତ ଧ୍ୱନିରେ କଂପିଉଠିଲା ରୁଦ୍ରନିବାସ । ଉଜ୍ଜ୍ୱଳି ଉଠିଲା ଆଲୋକ ମାଳା । ମହମହ ମହକି ଉଠିଲା ହରିଦ୍ରା ଓ ମେହେନ୍ଦିର ସୁଗନ୍ଧି । ବାଜା ବାଜୁଥିଲା । ରୋଷଣୀ ଜଳୁଥିଲା । ଗହଳି ଭିତରୁ ଆଗେଇ ଆସିଲେ ରୁଦ୍ରପ୍ରତାପ, ବରର କର୍ତ୍ତା ବେଶରେ ଡାକି ଡାକି–

– "ପ୍ରିୟମ୍ବଦା, ପ୍ରିୟମ୍ବଦା । ଆରେ ବନ୍ଦାପନା ଥାଳି ଆଣି ଆସ ! ପୁଅ-ବୋହୂଙ୍କୁ ବନ୍ଦେଇ ଘରକୁ ପାଛୋଟି ନିଅ । ଝୁମୁରୀ, ଗୌରୀ, ଆରେ ଶୁଣୁ ନାହଁ, କୁଆଡ଼େ ଗଲ ସବୁ ?"

ପ୍ରିୟମ୍ବଦା କହି କହି ଆସିଲେ – "ଶୁଣୁଛୁ, ଶୁଣୁଛୁ ! ତମେ ଟିକେ ଚୁପ୍ ରୁହତ ।"

ରୁଦ୍ର ଚାହିଁ ଦେଖିଲେ ପ୍ରିୟମ୍ବଦା ବନ୍ଦାପନା ଥାଳି ଧରି ଉପର ମହଲାରୁ ତଳକୁ ପାହାଚ ପାହାଚ ଦେଇ ଓହ୍ଲେଇ ଆସୁଥିଲେ । ତାଙ୍କ ସାଥିରେ ଗୌରୀ ଓ ଝୁମୁରୀ । ଗୌରୀ ହାତରେ ଶଂଖ, ଝୁମୁରୀ ହାତରେ ରଂଗ ଅଳତାର ଥାଳି । ସମସ୍ତେ ଘରର ମୁଖ୍ୟ ଦ୍ୱାର ପାଖକୁ ଆଗେଇ ଆସୁଥିଲେ ।

ଦ୍ୱାର ସମ୍ମୁଖରେ ଛିଡ଼ା ହୋଇଥିଲେ ବର-ବଧୂ ଯୁଗଳ ମୂର୍ତ୍ତିରେ ଅନୁପମ ଓ ଅନୁପମା ।

ଶଂଖ ବାଜି ଉଠିଲା । ହୁଳହୁଳି ସହ ପ୍ରିୟମ୍ବଦା ପୁତ୍ରବଧୂଙ୍କୁ ବନ୍ଦାପନା କରି ଗୃହ ମଧ୍ୟକୁ ପାଛୋଟି ଆଣିଲେ । ସାମ୍ନାରେ ଅଳତା ଥାଳିଟି ଥୋଇ ଦେଇ ଝୁମୁରୀ କହିଲା- "ଭାଉଜ, ଏଇ ରଂଗଅଳତାରେ ପାଦରଖି ଆସ ।" ଥାଳିରେ ପାଦ ବୁଡ଼ାଇ ଗୃହ ଚଟାଣରେ ଲକ୍ଷ୍ମୀପାଦ ଆଂକି ଆଂକି ଆଗେଇ ଆସୁଥିଲେ ନବବଧୂ ଅନୁପମା । ଗୌରୀ ଓ ଝୁମୁରୀ ଦୁଇ ପାର୍ଶ୍ୱରୁ ଅନୁପମାଙ୍କୁ ଧରି ଧରି ଧୀରେ ପାଛୋଟି ଆଣୁଥିଲେ । ଗୌର ଆଗେ ଆଗେ କ୍ୟାମେରାରେ ଭିଡିଓ ସୁଟିଂ କରୁଥିଲା । ସମରା ପଛେ ପଛେ ଚାଲିଥିଲା କୁନିବର ହେଇ ।

ରୁଦ୍ରଙ୍କୁ ପ୍ରଣାମ କଲେ ପୁତ୍ର-ବଧୂ । ଦୁଇ ବାହୁରେ ଦୁହିଁଙ୍କୁ କୋଳେଇ ଧରି ହସିଉଠିଲେ ରୁଦ୍ରପ୍ରତାପ ।

– "ପ୍ରିୟମ୍ବଦା, ଆଜି ମୋ' ଜୀବନର ସବୁଇଚ୍ଛା ପୂର୍ଣ୍ଣ ହୋଇଗଲା । ଦେଖ, ମୋ' ପୂରା ପରିବାର ସାଥିରେ ମୋ'ଘର ଆଜି କିପରି ପୂରି ଉଠୁଛି । ଦୁନିଆର ସବୁ ଖୁସି ଆଜି ମୋ' ଉପରେ ଅଜାଡ଼ି ହେଇ ପଡ଼ିଛି । ଦେଖ ମୋ' ପୁଅବୋହୂ, ଝିଅ-ଜ୍ୱାଇଁ ପାଇ ମୁଁ ଆଜି କେତେ ଆନନ୍ଦିତ, ଉତ୍‌ଫୁଲ୍ଲିତ, ହାଃ-ହାଃ-ହାଃ, ଆଜି ମୋର ଖାଲି ହସିବାକୁ ଇଚ୍ଛା ହେଉଛି ପ୍ରିୟମ୍ବଦା, ହସିବାକୁ ହାଃ-ହାଃ-ହାଃ, ହାଃ-ହାଃ-ହାଃ.....ଆଃ ।" ନିଜ ଛାତି ଟିପି ଧରିଲେ ରୁଦ୍ରପ୍ରତାପ, ଅସହ୍ୟ ଯନ୍ତ୍ରଣାରେ । ଟଳିପଡୁଥିଲା ବେଳେ ଧରିନେଲେ, ଅନୁପମ ଓ ଅନୁପମା । "ବାବା!" ଏକ ସ୍ୱରରେ ଚିତ୍କାର କରି ଉଠି ବେଢ଼ିଗଲେ ଗୌରୀ-ଝୁମୁରୀ-ଗୌର-ସମରା ।

XXX

ଚିତ୍କାର କରି ଉଠିଲେ ପ୍ରିୟମ୍ବଦା - "ନାଇଁ ।"

ସ୍ୱପ୍ନ ଭାଂଗିଗଲା । ଚିତ୍କାର କରି ଉଠିଲା ଗୌରୀ । ଉଠିଆସି ଭିଡ଼ି ଧରିଲା ମା'କୁ । "ମା', କ'ଣ ହେଲା ତମର ?"

ଧାଇଁ ଆସିଲେ ରୁଦ୍ର ଓ ଝୁମୁରୀ ଚିତ୍କାର ଶୁଣି ।

– "ପ୍ରିୟମ୍ବଦା ! ଆରେ ତମେ ଏମିତି ଚିତ୍କାର କରିଉଠିଲ କାହିଁକି ?" ଝୁମୁରୀ କୋଳେଇ ଧରିଲା ମା'କୁ । ପ୍ରିୟମ୍ବଦା ଥରୁଥିଲେ । ରୁଦ୍ରଙ୍କୁ ଚାହିଁ - "ତମେ ? ଓଃ !" ଶାଂତ ହେଇ –

– "ମୁଁ ତାହେଲେ ସ୍ୱପ୍ନ ଦେଖୁଥିଲି ।"

ରୁଦ୍ର ହସି ହସି ପଚାରିଲେ- "ଆରେ କି ସ୍ୱପ୍ନ ଦେଖିଲ ?"

ପ୍ରିୟମ୍ବଦାଙ୍କ ଅନ୍ତରରୁ ଆବେଗଭରା ଭାବୋଚ୍ଛ୍ୱାସ-

– "ମୋ' ପୁଅ ଆସିଛି, ମୋ' ବୋହୂ ଆସିଛି । ମୁଁ ତାଙ୍କୁ ବନ୍ଦାପନା କରି ଘରକୁ ପାଛୋଟି ନେଉଛି । ଆଉ ସେତେବେଳେ.."

– "କୁହ, ରହିଗଲ କାହିଁକି ? କ'ଣ ହେଲା ସେତେବଳେ ?"

ପାଖରେ ବସିପଡ଼ି ପ୍ରଶ୍ନ କଲେ ରୁଦ୍ର । କଥା ଯୋଡ଼ିଲେ ପ୍ରିୟମ୍ବଦା-

– "ତମେ ହସି ଉଠୁଚ । ନା, ଆଉ କହି ପାରିବିନି ।"

– "ହାଃ-ହାଃ-ହାଃ"

ରୁଦ୍ରଙ୍କ ପାଟିରେ ହାତଦେଇ-"ନା ! ତମେ ଆଉ କେବେ ହସିବନି, ତମକୁ ମୋ' ରାଣ । ମୋ' ବଡ଼ଦେଇ ...ତମ ଅନସୂୟାର ରାଣ ।"

– "ଓ ବୁଝିଗଲି । ହସୁହସୁ ମୋର ହାର୍ଟଚୋକ୍ ଏଇଥାନା ?"

– "ଚୁପ୍‌କର, ସେ ଅଶୁଭ କଥାଗୁଡ଼ା କୁହନି କହୁଚି !"

– "ଆରେ, ସ୍ୱପ୍ନ କ'ଣ କେବେ ସତ ହୁଏ ?"

– "ସ୍ୱପ୍ନ ସତହେବ । ମୋ' ଭାଇ-ଭାଉଜ ନିଶ୍ଚେ ଦିନେ ଆମ ଘରକୁ ଫେରି ଆସିବେ ।" ଦୃଢ଼ତାର ସହ କହିଲା ଗୌରୀ । ଝୁମୁରୀ ତା' କଥାରେ ହଁ ଭରିଲା ।

– "ଆଉ ଏଇଟା ସତ ହେବ, ସେଇଟା କିମିତି ସତ ହବନି ? ମୁଁ କ'ଣ ଅମର ହେଇ ରହିଯିବି ?" ଯୁକ୍ତି ବାଢ଼ିଲେ ରୁଦ୍ର ।

– "ବାବା !" ଗୌରୀ-ଝୁମୁରୀ ବାବାଙ୍କୁ ଭିଡ଼ିଧରି କୋହଭରା କଂଠରେ କହି ଉଠିଲେ- "ନାଇଁ, ତମର କିଛି ହବନି ବାବା, ତମର କିଛି ହବନି । ଆମେ ଅଛୁନା !"

ଝୁମୁରୀ ଛଳଛଳ ଆଖି...ଥଙ୍ଗ ଥଙ୍ଗ ସୁରରେ କହିଲା- "ତମର କିଛି ହେଇଗଲେ, ତମ ଏ ଦି' ଝିଅ କ'ଣ ବଂଚିପାରିବେ ବାବା ?"

ଦି' ଝିଅଙ୍କୁ ଛାତିରେ ଜାକିଧରି- "ଗୌରୀ, ଝୁମୁରୀ ! ନାଇଁ ମୁଁ ମରିବିନି । ତମରିମାନଙ୍କ ପାଇଁ ମୁଁ ଅମର ହେଇରହିବି । ହଜାରେ ବର୍ଷ ମୋର ପ୍ରମାୟ ହେଇଯିବ- ହାଃ-ହାଃ-ହାଃ ।"

କୁଆଁ -କୁଆଁ ହୋଇ କାନ୍ଦି ଉଠିଲା କୁନା । ତରତର ହେଇ ଉଠିଗଲେ ଗୌରୀ ଓ ଝୁମୁରୀ କୁନା ପାଖକୁ । କୋଳକୁ ଟେକି ନେଲା ଗୌରୀ । "କୁନା, କୁନା !" କିଂତୁ କୁନାର କାନ୍ଦ ବନ୍ଦ ହେଉନଥିଲା । ଝୁମୁରୀ ହାଙ୍କି ଉଠି କହିଲା- "ନାନୀ, ଏ ତ ମୋ' ପୁଅ, ତୋ' କୋଳରେ କେମିତି ତୁନି ହବ ? ଦେ, ଦେ. ମୋ' ପୁଅକୁ ମୋତେ ଦେ । ଦେଖ୍ ମୁଇଁ କେନ୍ତା ତାକେ ଛୁ-ମନ୍ତର କରିଦଉଚେ ।" ଗୌରୀ କୋଳରୁ ଛଡ଼େଇ ନେଲା ଝୁମୁରୀ କୁନାକୁ । ନିଜ ଛାତିରେ ଜାକି ଧରିଲା । କହିଲା, "ନାଇଁ ଲୋ, ନାଇଁ ଲୋ, ମୋ' କୁନାଟା ମୋ' ସୁନାଟା !' ଆଙ୍କିଦେଲା ଚୁମାଟାଏ । କୁନା ମନ୍ତ୍ର ଫୁଙ୍କିଲା ପରି ଚୁପ୍ ହୋଇଗଲା ।

ମମତାର ଏପରି ଚମତ୍କାର ଦେଖି ଚକିତ ହେଇ ଚାହିଁ ରହିଲେ ରୁଦ୍ର ଓ ପ୍ରିୟମ୍ବଦା । ଗୌରୀ ମୁହଁ ତଳକୁ କରିନେଇଥିଲା । ରୁଦ୍ର ଗୌରୀର ମଉଳା ମୁହଁକୁ ଟେକିଧରି - "ଆଲୋ ମା', ମନ ଉଣା କଲୁକି ? ଏ ତୋର 'କୁନା' ନୁହେଁ 'କାହ୍ନା' । ସେ ତୋରି ପୁଅ । ତୁ ତାର ମା' ଦେବକୀ ହେଲେ, ଝୁମୁରୀ ପରା ଯଶୋଦା ।"

ହସିଉଠିଲା ଝୁମୁରୀ । ହସିଦେଲା ଗୌରୀ । କୁଣ୍ଢେଇ ଧରିଲା ଝୁମୁରୀ ଓ କୁନାକୁ ନିଜ ବାହୁ ବନ୍ଧନରେ । ଚୁମାଟେ ଆଂକି ଦେଲା ଝୁମୁରୀକୁ ଆଉ ଚୁମାଟେ କୁନା କପାଳରେ ।

ଭାବ ବିଭୋର ହେଇ ଉଠୁଥିଲେ ପ୍ରିୟମ୍ବଦା ଓ ରୁଦ୍ର । କିଛି ଦୂରରେ ଥାଇ ହସୁଥିଲେ ଗୌର ଓ ସମରା ।

ଡାକି ଡାକି ଆସିଲା ମଲ୍ଲୀ ମା' ।

॥ ୮୫ ॥

ଆକାଶରେ ନୀଳଜହ୍ନର ଅଭିସାର ।

ଉଜ୍ଜ୍ୱଳ ଜ୍ୟୋସ୍ନାଲୋକର ନୀଳ ଆଭା ସମଗ୍ର ପୃଥିବୀ ଓ ଆକାଶଟାକୁ ଉଦ୍‌ଭାସିତ କରି ତୋଳୁଛି । ପୂର୍ଣ୍ଣମୀର ଆକର୍ଷଣରେ ଉତ୍ତାଳ ହେଉଛି ମହୋଦଧି । ଘୋ..ଘୋ..ଗର୍ଜୁଛି ସାଗରବେଳା । ବାତାବରଣ ବେଶ୍ ଭୟାନକ ଓ ହିଂସ୍ର ।

ରାତ୍ରି ଅର୍ଦ୍ଧପ୍ରାୟ ।

ଘଞ୍ଚ ଝାଉଁବଣ ଭିତରେ ଡାଡିଙ୍କ ନିର୍ଜ୍ଜନ ଫାର୍ମ ହାଉସର ଗୁପ୍ତ ଆଡ୍‌ଡାରେ ଡାହାଣୀ ସାଜି ଜଗିବସିଛି ନିବେଦିତା । କେତେବେଳେ ସେମାନେ ଆସିଯିବେ ଅନୁପମାକୁ ଧରି ଗୁଣ୍ଡାଦଳ; ଅନୁପମକୁ ସାଥିରେ ନେଇ ସାଗର ।

ଚାହିଁ ରହିଛି ନିବେଦିତା । ଆଖିରେ ଦାଉଦାଉ ଜଳୁଛି ପ୍ରତିଶୋଧର ନିଆଁ; ଛାତିରେ ଧକ୍‌ଧକ୍ କରୁଛି ଅସହ୍ୟ ବେଦନାର ଦହନ । ସେ ନିଆଁ, ସେ ଦହନର ଜ୍ୱାଳା ଯେପରି ତାକୁ ଭିତରେ ଭିତରେ ଜାଳି ଜାଳି ନିଃଶେଷ କରି ଚାଲିଛି ।

– 'ଆଃ, ନା !' ଏ ଜ୍ୱାଳରୁ ତାକୁ ବାହାରିବାକୁ ପଡ଼ିବ । ଅନୁପମ ହୁଏତ ତାର ହବ, ନଚେତ ଆଉ କାହାରି ହବାକୁ ସେ ଦବନାହିଁ ।

– "ହାଃ-ହାଃ-ହାଃ... !" ପିଶାଚିନୀ ପରି ହସିଉଠିଲା ନିବେଦିତା ।

ତା' ହାତରେ ଚକ୍‌ଚକ୍ କରିଉଠିଲା ଗୋଟେ ପିସ୍ତଲ । ପିସ୍ତଲ ମୁଖାକୁ ଚୁମାଟାଏ ଦେଇ ଚଟ୍‌କିନି ଥୋଇଦେଲା ଟେବୁଲ ଡ୍ରୟାର ଭିତରେ । ଆଉ ବାହାର କଲା ଗୋଟେ ହୁଇସ୍କି ବୋତଲ, ଖୋଲିଲା ଠିପି । ଗ୍ଲାସରେ ଢାଳି ଢକ୍ ଢକ୍ କରି ପିଇଗଲା ପେଗ୍ ପରେ ପେଗ୍ । କିଛି ମୁହୂର୍ତ୍ତ ପରେ ଝୁମି ଝୁମି ଉଠିଲା ସେ । ଉକୁଟି ଉଠିଲା ଆଖିର ରଂଗ ନିଶା । ଏ ନିଶା ଗୋଟେ ଉତ୍କଟ ବାସନାର, ଗୋଟେ ବିଭତ୍ସ ଲାଳସାର, ଗୋଟେ ଜଘନ୍ୟ ଅପରାଧର ।

– "ଅପରାଧ ? ହାଃ-ହାଃ-ହାଃ...।" ଆହୁରି ହିଂସ୍ର ହେଇ ଉଠିଲା ସେ । ଗର୍ଜି ଉଠିଲା- "ହ୍ୱାଟ୍ ! ଏ ଯାଏ ଆସିଲେ ନାହିଁ । ଓ ଇଉ ବୋଗସ ଦଳ । ଇଉ ଷ୍ଟୁପିଡ୍ ସାଗର ପଟ୍ଟନାୟକ !"

ନିଜ ଆଇ ଫୋନ ସ୍କ୍ରିନ୍‌ରେ ଦେଖି- 'ଏହି ଯେ ସେମାନେ ଆସିଗଲେ । ଆଉ ମାତ୍ର କୋଡ଼ିଏ କିଲୋମିଟର । ମାତ୍ର କୋଡ଼ିଏ ମିନିଟ୍ ! ହାଃ-ହାଃ-ହାଃ !" ଗ୍ଲାସରେ ପୁନର୍ବାର ମଦ ଢାଳି ପିଇ ଚାଲିଲା...ଆଉ ବସିପଡ଼ିଲା ସେହି ମୁଭିଂ ଚେୟାରଟା ଉପରେ । ଘୂରିଗଲା ସାମ୍ନାକୁ ପଛକରି ପଛ ପାଖକୁ । ସ୍ଥିର ହେଇ ଅପେକ୍ଷା କଲା ସେମାନଙ୍କ ଆସିବାକୁ !

ଭାବୁଥିଲା ଅନୁପମ ଆସୁଛି । ତା' ଲାଇଫ୍‌ର ସବୁଠୁ ଇମ୍ପୋଟାଣ୍ଟ ପର୍ସନ, ତା' ସିନ୍ଥାର ସିନ୍ଦୂର, ତା' ସ୍ୱପ୍ନର ରାଜକୁମାର ! ସର୍ତ୍ତ ଅନୁସାରେ ସାଗର ପାଇବ ଅନୁପମାକୁ; ଆଉ ଅନୁପମକୁ ସେ ! ଇଏସ !

ଘୂରି ପଡ଼ିଲା ସାମ୍ନା ପଟକୁ ଚର୍କି ପରି । ଏହି ଆସିଗଲେ, ଗେଟ୍ ଭିତରକୁ ଢୁକିଲେ- "ହାଃ-ହାଃ-ହାଃ !" ଛିଡ଼ା ହେଇଗଲା ସେ । ସ୍ୱାଗତ କରିବାର ଆଦବ୍ କାୟିଦାରେ ।

ଦ୍ରୁତ ପଦଶବ୍ଦରେ ଗୁମୁରି ଉଠିଲା ନିର୍ଜନ ନିବାସର ସେହି ନିରୋଳ ପ୍ରହର । ପଶି ଆସିଲେ ଚେମ୍ବର ଭିତରକୁ ସେମାନେ । କଳା ପୋଷାକ ପିନ୍ଧିଥିବା ଗୁଣ୍ଡାଦଳ । ଜଣଙ୍କ କାନ୍ଧରେ ଝୁଲୁଥିଲା-ହାତ-ପାଦ-ମୁହଁ ବନ୍ଧା ଯୁବତୀ ଜଣକ-ସେ ଅନୁପମା ! ଅନୁପମାକୁ ବସାଇଦେଲା ଚେୟାର ଉପରେ । ଯେପରି ସଂଜ୍ଞାହୀନା ଥିଲା ସେ । ପଡ଼ିରହିଲା ଚେୟାର ବାଡ଼ାକୁ ଆଉଜି ।

ସାମ୍ନାରେ ଅନୁପମାକୁ ଦେଖି ଜଳିଉଠିଲା ନିବେଦିତା । କୋପରେ କଂପି ଉଠିଲା । ଗର୍ଜି ଉଠିଲା ସେ-

– "ସୈତାନୀ, ମାୟାବିନୀ କୁହୁକିନୀ ନାରୀ, ତୁ ମୋ' ଜୀବନର ସବୁ ଆଶାକୁ ଧୂଳିସାତ୍ କରି ଦେଇଛୁ । ତୋରି ପାଇଁ, ଖାସ୍ ତୋରିପାଇଁ ମୋର ସବୁ ପ୍ଲାନ ବରବାଦ ହେଇଗଲା । ମୁଁ ଆଜି ତୋତେ ଉଚିତ ଶାସ୍ତି ଦେଇ ଛାଡ଼ିବି । ତୋତେ ଟେକିଦେବି ସାଗର ପଟ୍ଟନାୟକ ହାତରେ । ଯଦି ସାଗର ତା' ସର୍ତ୍ତ ପୂରଣ ନକରେ, ତେବେ ତୋତେ ଏଠି ଜୀଅନ୍ତା ଜାଳିଦେବି । ହାଃ-ହାଃ-ହାଃ ! ଆଉ ସାଗର ? ହ୍ୱାଇ ସୋ ଲେଟ୍ ? ଆସିବ...ଅଲବତ ଆସିବ । ତା' କୁଇନଟା ଯେ ମୋ' ପାଲରେ ।

ଅନୁପମାର ମୂର୍ଚ୍ଛା ଭଂଗ ହେଇଛି । ଭିଡ଼ି ମୋଡ଼ି ହେଇଛି ସେ । ଅସ୍ପଷ୍ଟ କରି ଉଠିଛି ଚିତ୍କାର ।

ହସିଉଠିଲା ନବେଦିତା-ବିଦ୍ରୂପର ଗୋଟେ କ୍ରୂର ପରିହାସ । 'ଇଏସ...!' ଖୋଲି ଦେବାପାଇଁ ଇସାରା କଲା । ଗୁଣ୍ଡାମାନେ ଅନୁପମାର ହାତ, ପାଦ, ମୁହଁର ବନ୍ଧନ ଖୋଲିଦେଇ ତାକୁ ଚଟାଣ ଉପରେ ଗଡ଼ାଇ ଦେଲେ ନିବେଦିତାଙ୍କ ପାଦ

ପାଖକୁ । ଅନୁପମା ମୁହଁଟେକି ଚାହିଁ ଦେଖିଲା ଗୋଟେ ଝାପ୍‌ସା ଅନ୍ଧକାର କୋଠରୀ ଭିତରେ ସାମ୍ନା ଚେୟାର ଉପରେ ବସିଛି ଆପାଦମସ୍ତକ କଳାପୋଷାକରେ କେହି ଜଣେ, ତାକୁ ବେଢ଼ି ରହିଛନ୍ତି କେତେଜଣ କଳାମୁଖା ଓ ପୋଷାକଧାରୀ ପ୍ରେତ ! ଭୟରେ ଶିହରି ଉଠିଲା ସେ ।

ଡ୍ରୟାର ଭିତରୁ ଟଂକାର ତାଡ଼ା ଗୋଟେ ପରେ ଗୋଟେ ଫୋପାଡ଼ି ଚାଲିଲା ନିବେଦିତା ଗୁଣ୍ଡାମାନଙ୍କ ହାତକୁ । ଇସାରା କଲା ହାତରେ- "ହଟୋ !" ଚାଲିଗଲେ ଗୁଣ୍ଡାମାନେ । ହସି ଉଠିଲା ନିବେଦିତା ।

ନିବେଦିତା ସୁଇଚ୍ ଅନ୍ କଲା । ଜଳି ଉଠିଲା ଉଜ୍ଜ୍ୱଳ ଆଲୋକରେ ସାରା କୋଠରୀ । ନିଜ ମୁହଁରୁ କଳାପରଦା ଆଡ଼େଇ ଦେଲା ନିବେଦିତା, ଗର୍ଜି ଉଠିଲା–

– "ଦେଖ୍, ମୁଁ କିଏ ? ଚିହ୍ନି ପାରୁଛୁ ?"

– "ତୁମେ ନିବେଦିତା ମାଡାମ୍ ।"

– "ହା-ହା-ହା, ଠିକ୍ ଚିହ୍ନି ପାରିଛୁ ତୁ ।"

– "ମୋତେ ଏଠାକୁ କାହିଁକି ନେଇ ଆସିଛ, ମୁଁ ତୁମର କି ଦୋଷ କରିଛି ?"

– "କି ଦୋଷ କରିଛୁ ? ଆଃ !" ଜଳି ଉଠିଲା ଜ୍ୱାଳା । "ଖାସ୍ ତୋରି ପାଇଁ ସେ ମୋତେ ବାସରରାତିରୁ ଛାଡ଼ି ଚାଲିଗଲେ ।"

– "କିଏ, କାହା କଥା କହୁଚ ତୁମେ ?"

– "ତୋ' ସେହି ପ୍ରେମିକ ପ୍ରବର ଅନୁପମ ପଟ୍ଟନାୟକ ।"

– "ଅନୁପମ !"

ଖୋଲିଦେଲା କଳା ଘୋଡ଼ଣି ଦେହ ଉପରୁ । ଭିତରେ ପିନ୍ଧିଥିଲା ସେଦିନର ସେହି ବାସର ବଧୂର ବେଶ । ଚମକି ଉଠିଲା ଅନୁପମା ବଧୂବେଶରେ ନିବେଦିତାକୁ ଦେଖି । ଘୁଞ୍ଚିଗଲା କେତେପାଦ ପଛକୁ । ପାଖକୁ ଆଗେଇ ଆସିଲା ନିବେଦିତା । ବିଳାପ କରି ଉଠିଲା-

– "ଏଇ ଦେଖ୍, ମୋର ସେଦିନର ବଧୂବେଶ । ହାତରେ ଚୂଡ଼ି, ପାଦରେ ପାଉଁଜି, ଗଳାରେ ମଂଗଳସୂତ୍ର ଆଉ ମଥରେ ସିନ୍ଦୂର ।"

– "ସିନ୍ଦୂର !" ଅନୁପମା ଆଶ୍ଚର୍ଯ୍ୟ ହେଇ ଚାହିଁରହିଲା ତା'ର ସିନ୍ଥିକୁ । ବିଶ୍ୱାସ କରିପାରିଲାନି ସେ ।

– "ସେ ହିଁ ସେଦିନ ମୋତେ ବିବାହବେଦିରେ ଅଗ୍ନିକୁ ସାକ୍ଷୀରଖି ଏଇ ସିନ୍ଦୂର ପିନ୍ଧାଇଛନ୍ତି, ଏଇ ଦେଖ୍ ।"

– "ନାଇଁ !" ଚିତ୍କାର କରିଉଠିଲା ଅନୁପମା ।

– "ବିଶ୍ୱାସ ହେଉନି ? ବେଶ୍, ଏଇଟାକୁ ଦେଖି ତୋ'ର ବିଶ୍ୱାସ ହେଇଯିବ । ଦେଖ୍ !" ଟେବୁଲ ଉପରୁ ଆଲବମ୍‌ଟାଏ ଟାଣିଆଣି ଖୋଲି ଦେଖେଇଚାଲିଲା ଫୋଟ-ଗୋଟେ ପରେ ଗୋଟେ...ବିବାହ ବେଳର ।

– "ଏଁ, ଅନୁପମ ବେଦିରେ ତମକୁ ବିବାହ କରୁଚନ୍ତି ? ତମ ମଥାରେ ସିନ୍ଦୂର ଦେଉଛନ୍ତି । ଓଃ ତୁମେ ଏ କ'ଣ କଲ ଅନୁପମ !" ଘୂରିଗଲା ମଥା, କଚାଡ଼ିହେଇ ପଡ଼ିଲା ଚଟାଣ ଉପରେ ।

ତା' ପାଖରେ ଆଣ୍ଠେଇ ବସି- "ଆଉ ଦେଖ୍।"

ଅଶ୍ରୁଳ ନେତ୍ରରେ ଚାହିଁ ରହିଥିଲା ଅନୁପମା ।

– "ଦେଖି ପାରୁଛୁ, ସେଦିନ ବାସର ଶେଯରେ ସେ ମୋର କି ଅବସ୍ଥା କରି ଚାଲିଯାଇଛି ? ଏବେବି ମୋ'ଗାଲ ଦି'ଟାରେ ତା' ଦଂଶନର ଦାଗ ।" ଛାତିରୁ ବ୍ଲାଉଜ୍‌ର ବଟମ୍ ଖୋଲି ଦେଖାଇ- "ଦେଖ୍, ନଖ ମୁନରେ ଚିରିଚିରି କିପରି କ୍ଷତବିକ୍ଷତ କରିଦେଇଛି ମୋର କଅଁଳ ଛାତିଟାକୁ, ଆଉ ଦେଖିବୁ...ସେହି ବିଭସ୍ତ ରାତ୍ରିରେ ଘଟି ଯାଇଥିବା ସେ ଲୋମହର୍ଷଣ ବଳାତ୍କାର ହିଂସ୍ରତାର ଗୁପ୍ତ ଭି.ଡି.ଓ. କ୍ଲିପ୍... ! ଟିପିଦେଲା ରିମୋଟ୍; ଫୁଟି ଉଠିଲା ଟି.ଭି. ପରଦାରେ ସେହି ଦୃଶ୍ୟ ସେଦିନର, ଯଉ ଦୃଶ୍ୟକୁ ଧରି ରଖିଥିଲା ନିବେଦିତାଙ୍କ ଗୁପ୍ତ କେମେରା । ମ୍ଳାନ ଅନ୍ଧକାର ଭିତରେ ଅନୁପମଙ୍କ ସେହି କାରନାମା- ନିବେଦିତାକୁ ଧର୍ଷଣ କରୁଥିଲେ ଅନୁପମ !

– "ନାଇଁ... !" ଚିତ୍କାର ସହ ମୁହଁ ବୁଲାଇ ନେଲା ଅନୁପମା ।

ଆଖି ବନ୍ଦ ହେଇଗଲା ତା'ର । ବିକଳ ବିଳାପ କରିଉଠିଲା ସେ ।

– "ତୁମେ ଏ କ'ଣ କଲ ଅନୁପମ ? ବେଶ୍, ମୁଁ ଆଉ ଏ ଜୀବନ ରଖିବି କାହିଁକି, କାହାପାଇଁ ? ମେତେ ତୁମେ ଛାଡ଼ିଦିଅ ନିବେଦିତା ମାଡାମ୍ । ମୁଁ ଯିବି । ସାଗରକୁ ଡେଇଁ ଆତ୍ମହତ୍ୟା କରିବି ।"

ନେପଥ୍ୟରୁ ହସି ଉଠିଲା ସାଗର । ମାଡ଼ି ଆସିଲା ସମୁଦ୍ରର ଲହଡ଼ି ପରି । "ମୁଁ ଆସିଯାଇଛି, ସେଇ ସାଗର; ତୋତେ କୋଳେଇ ନେବାପାଇଁ, ଆ, ଆ ଅନୁପମା, ସାଗର ଗର୍ଭରେ ଆତ୍ମହତ୍ୟା କରିବୁ ପରା, ନାଇଁ, ନାଇଁ, ନାଇଁ, ବରଂ ଆ, ଏଇ ସାଗରର ବାହୁ ବନ୍ଧନରେ ଆତ୍ମହରା ହେଇ ଯା । ହାଃ-ହାଃ-ହାଃ ।"

– "ସାଗର !"

– "ତୁମେ ତୁମର ସର୍ତ୍ତ ପୂରଣ କରିଛ ମିସ୍ ନିବେଦିତା; ବାକି ମୋ' ସର୍ତ୍ତ... !"

– "କାହାନ୍ତି, କାହାନ୍ତି ସେ ଅନୁପମ, ତମର ସର୍ତ୍ତ ?"

– "ଆସୁଛି, ଖୁବ୍ ଶୀଘ୍ର ହାଜର ହେଇଯିବ । ଆରେ କାହାଣୀର ନାୟିକା

ଯେତେବେଳେ ଏଠି, ନାୟକ ତ ଅଲବତ ଆସିବନା, ତାକୁ ଉଦ୍ଧାର କରିବା ପାଇଁ । ସେ ସନ୍ଦେଶ ମୁଁ ତାକୁ ଦେଇ ସାରିଛି ।"

– "ସାଗର !" ବିବ୍ରତ ହୋଇ ଉଠୁଥିଲା ନିବେଦିତା । ସାଗର ତାକୁ ଧୋକ୍କା ଦେଉନି ତ ?

– "ଆଉ ମାତ୍ର ପାଞ୍ଚମିନିଟ୍, ଧୈର୍ଯ୍ୟଧର ମିସ୍ ନିବେଦିତା ।"

– "ମତଲବ ?"

– "ଏହି ଦେଖି ପାରୁଛ, କିପରି ହୁଇପରି ଗାଡ଼ିଟାଏ ଝାଉଁବଣ ଦେଇ ଏଇ ଆଡ଼କୁ ଛୁଟି ଆସୁଛି ।" ନିଜ ମୋବଇଲ ପରଦାରେ ଗାଡ଼ିର ଗତିବିଧି ଦେଖାଇଲା ସାଗର ।

– "ଇଏସ୍ !"

– "ବେଶ୍, ଏବେ ତାକୁ ମୋତେ ଦେଇଦିଅ । ମୋ' ଚିଡ଼ିଆଟାକୁ ମୁଁ ନେଇ ଉଡ଼ିଯିବି ସେହି ସାଗରବେଳାକୁ । ସେହି ହୋଟେଲ ନିହାରିକା । ବୁକ୍ ସରିଛି । ବାହାବେଦି, ସବୁକିଛି ରେଡି । ଖାଲି ଏହା ହାତରେ ମୋର ହାତଗଣ୍ଠିଟା ପଡ଼ିଗଲେ କାମ ଶେଷ୍ । ଆ, ଚାଲିଆ ଅନୁପମା ।"

ଅନୁପମାର ହାତ ଟାଣି ଧରିଲା ସାଗର ।

– "ନୋ ! ଅପେକ୍ଷା କର ଅନୁପମ ଆସିବାଯାଏ । ତମ ସର୍ତ୍ତ ପୂରଣ ନକରି ଏଠୁ ଏକୁ ନେଇ ଯାଇ ପାରିବନି ସାଗର ।"

– "ମୋତେ ବାଧା ଦିଅନା ନିବେଦିତା । ମୁଁ ଆଉ ମୁହୂର୍ତ୍ତେ ଏଠି ଅପେକ୍ଷା କରିପାରିବିନି । କାରଣ (ସ୍ୱଗତ) ଅନୁପମ ଏଠି ପହଂଚି ଗଲେ, ସବୁ ବିଗାଡ଼ି ଦବ । ମୋର ସବୁ ଖେଳ ଖତମ୍ ହେଇଯିବ ।" ଅସ୍ଥିର-ଉନ୍ମାଦ ହେଇ ଉଠିଲା ସାଗର- ଚରମ ପଦକ୍ଷେପ ପାଇଁ ।

– "ନିବେଦିତା, କହୁଚି ଦେଇଦିଅ, ନଚେତ୍..."

– "ନଚେତ୍ କ'ଣ କରିବ ?" ଡ୍ରୟାର ଭିତରୁ ପିସ୍ତଲ ବାହାର କରିବାକୁ ଆଗେଇ ଯାଉଥିଲା । ସାଗର ପିସ୍ତଲ ଦେଖାଇ-

– "ନୋ, ନୋ, ନୋ; ସେ ସୁଯୋଗ ମୁଁ ତମକୁ ଦେବି ନାହିଁ । ତମେ ମୋତେ ଗୁଳି କରିବା ଆଗରୁ – I will shoot you."

ଗୁଳି କଲା ସାଗର । ଚିତ୍କାର କରି ଟଳିପଡ଼ିଲା ନିବେଦିତା । ଚିତ୍କାର କରିଉଠିଲା କାନରେ ହାତଜାକି ଅନୁପମା । ଅଟ୍ଟହାସ୍ୟ କରିଉଠିଲା ସାଗର । ଅନୁପମାକୁ କାନ୍ଧ ଉପରକୁ ବଳପୂର୍ବକ ଉଠାଇନେଇ ଚାଲିଗଲା ଆଖି ପିଛୁଳାକେ ।

ନିବେଦିତାର ଛାତିରେ ଗୁଳିର ଚୋଟ । ଛଟପଟ ହେଇ ଚିତ୍କାର ଛାଡୁଥିଲା ନିବେଦିତା । - "ଅନୁପମ, ଅନୁପମ ।" ଝଡ଼ ପରି ପଶି ଆସିଲେ ଅନୁପମ । "ଅନୁପମା, ଅନୁପମା ।" କୋଳକୁ ଟେକିନେଲେ ନିବେଦିତାଙ୍କୁ । "ଅନୁପମା !"

– "ଆଃ ... ! ଅନୁପମ !"

– "କିଏ ନିବେଦିତା ! ତମର ଏ କ'ଣ ହେଲା ନିବେଦିତା ? ତମକୁ ଗୁଳି କଲା କିଏ ?"

– "ଆଃ, ସା-ଗ-ର ।"

– "ସାଗର, ସାଗର ତୁମକୁ ଗୁଳି କରିଛି ?"

– "ଯାଅ ଅନୁପମ, ତାକୁ ରକ୍ଷାକର ।"

– "କିଏ, କାହା କଥା କହୁଚ ତମେ ?"

– "ତମ ଅନୁପମା ! ଆଃ... !"

– "ଅନୁପମା ? କାହିଁ ମୋ' ଅନୁପମା ? କୁହ, କୁହ ନିବେଦିତା ।"

– "ଆଃ, ତାକୁ ସାଗର ଉଠେଇ ନେଇଯାଇଛି ।" କ୍ଷୀଣ ହେଇ ଆସୁଥିଲା ସ୍ୱର ।

– "କୁହ, କେଉଁଠିକି ନେଇ ଯାଇଛି ?"

– "ଆଃ ...ହୋଟେଲ ନିହାରିକା, ଆଃ...."

– "ନିବେଦିତା ! ମୋତେ କ୍ଷମା କରିଦିଅ ନିବେଦିତା ।"

– "ନାହିଁ, ତମର କିଛି ଦୋଷ ନାହିଁ । ସବୁ ଦୋଷ ମୋରି । ତମ ଇଚ୍ଛା ବିରୁଦ୍ଧରେ ଭଲପାଇ ମୁଁ ଭୁଲ କରିଥିଲି । ଆଜି ବୁଝି ପାରୁଛି-ଜୋର୍ କରି କାହାଠୁ ପ୍ରେମ ଆଦାୟ କରାଯାଇ ପାରେନା । ଆଃ... !" ଊର୍ଦ୍ଧ୍ୱଶ୍ୱାସ ଉଠିଲା ନିବେଦିତାର ଛାତି ଫଟାଇ ।

– "ନିବେଦିତା !"

– "ଯାଅ, ତମ ପ୍ରେମକୁ ତମେ ରକ୍ଷାକର ଅ-ନୁ-ପ-ମ । ଆଃ.. !"

ମୁଣ୍ଡ ଗଡ଼େଇ ଦେଲା ସେ, ଅନୁପମଙ୍କ କୋଳରେ ନିବେଦିତାର ପ୍ରାଣବାୟୁ ଉଡ଼ିଗଲା । ଚିତ୍କାର କରିଉଠିଲା ଅନୁପମ । ନିବେଦିତାର କପାଳରେ ଚୁମ୍ବନଟିଏ ଆଂକି ଛଳଛଳ ନେତ୍ରରେ ତଳେ ଶୁଆଇଦେଇ ଉଠିଲା ଅନୁପମ । ଚାହିଁଲା ବାହାର ଆଡ଼କୁ । ଅଗ୍ନି ଜଳିଉଠିଲା ତା'ର ଆଖିରେ । ସିଂହଭଳି ଗର୍ଜି ଉଠିଲା - "ସାଗର... !"

XXX

ହୋଟେଲ ନିହାରିକା ।

ସୁସଜ୍ଜିତ କଲ୍ୟାଣ ମଣ୍ଡପର ବିବାହ ବେଦି ଉପରକୁ ହାତଧରି ଟାଣି ଟାଣି ଆଣିଲା ବରବେଶରେ ସାଗର...ବଧୂବେଶରେ ସଜ୍ଜିତା ଅନୁପମାକୁ । ବେଦିରେ ମାଡ଼ି ବସାଇ ଦେଇ- "ପୁରୋହିତେ, ମନ୍ତ୍ର ପାଠ କରନ୍ତୁ! ଖାଲି ଏହା ହାତରେ ମୋର ହାତଗଣ୍ଠିଟା ପଡ଼ିଯିବା ଦରକାର ।" ସାଗର ନିଜେ ନିଜ ହାତ ଉପରେ ଅନୁପମାର ହାତକୁ ଭିଡ଼ି ଧରିଲା । ପୁରୋହିତେ ଉଭୟଙ୍କ ହସ୍ତ ବନ୍ଧନ ପାଇଁ ଉଦ୍ୟତ । ଅନୁପମା କାମୁଡ଼ି ଧରିଲା ସାଗର ହାତକୁ । ଚିତ୍କାର କରି ଉଠି ଛାଡ଼ିଦେଲା ଅନୁପମାର ହାତ ସାଗର । ଅନୁପମା ବେଦିରୁ ଉଠି ପଳାୟନ କଲା । ପଛରେ ସାଗର ।

ଉପର ମହଲାରୁ ପାହାଚ ପରେ ପାହାଚ ଓହ୍ଲେଇ ଆସୁଥିଲା ଅନୁପମା ଦ୍ରୁତ ବେଗରେ । ପଛେ ପଛେ ଗର୍ଜନ ଛାଡ଼ି ସାଗର ବ୍ୟାଘ୍ରପରି ।

– "ଆରେ ଧର, ତାକୁ ଅଟକାଅ ।"

କିଂତୁ କେହି ବାଧା ଦେଉ ନଥିଲେ ହୋଟେଲର ବଏ ଅବା ଗାର୍ଲ । ସବୁ ଠିକ୍ ବୁଝିଥିଲେ ଜଣେ ପର ସ୍ତ୍ରୀ ଉପରେ ପର ପୁରୁଷର ଏ ଜଘନ୍ୟ ଅପରାଧ, ଅନ୍ୟାୟ, ଅତ୍ୟାଚାର । ବରଂଚ ସମସ୍ତେ ତାକୁ ସାହାଯ୍ୟ କରୁଥିଲେ ପରୋକ୍ଷରେ । ପଛରୁ ଟାଣି ଧରୁଥିଲେ ସାଗରର ହାତ । କିଏ ଅନ୍ୟମନସ୍କତାର ବାହାନାରେ ସାମ୍ନାରୁ ଧକ୍କା ଦେଉଥିଲା । ଗର୍ଜି ଉଠି ସାଗର ସେମାନଙ୍କ ଉପରେ ମୁଷ୍ଟି ପ୍ରହାର ପରେ ପ୍ରହାର କରି ମାଡ଼ି ଯାଉଥିଲା ଅନୁପମାର ପଛେ ପଛେ । ସେତେବେଳକୁ ଅନୁପମା ଅଦୃଶ୍ୟ ହେଇ ଯାଇଥିଲା ।

ହଠାତ୍ ବାଜିଉଠିଲା ସାଇରନ୍ । ଏ.ସି.ପି. ଶାଳିନୀଙ୍କ ନେତୃତ୍ୱରେ ସ୍ପେଶାଲ ସୁରକ୍ଷା ବାହିନୀ ଘେରାଓ କରିନେଲା ସାରା ହୋଟେଲଟାକୁ । ପାହାଚ ପରେ ପାହାଚ ଦ୍ରୁତପଦରେ ଉଠିଆସୁଥିଲେ ଅନୁପମ, ପଛେ ପଛେ ଏ.ସି.ପି ଶାଳିନୀ । ପୁରୋହିତ ଜଣକ ଭୟରେ ଛିଡ଼ାହେଇ ଥରୁଥିଲା । ଶାଳିନୀ ତାର ତଣ୍ଟିଟାକୁ ଟିପି ଧରି-"କହ! ସେ ଝିଅକୁ ନେଇ କୁଆଡ଼େ ଗଲା ସାଗର ପଟ୍ଟନାୟକ । କହ! ନଚେତ ତୋତେ ଗୁଳି କରି ଶେଷ୍ କରିଦେବି ।"

– "ଆଜ୍ଞା, ମୁଁ କିଛି ଜାଣିନି । ସେ ଝିଅ ସାଗର ବାବୁଙ୍କ ହାତକୁ କାମୁଡ଼ି ଦେଇ ଧାଇଁ ପଳେଇ ଯାଇଛି- ତା' ପଛେ ପଛେ ସାଗର ବାବୁ ।"

– "ସାଗର ବାବୁ? ହେଟ୍?" ଧକ୍କାଟାଏ ମାରି- "ଚାଲ, ଚାଲ ଅନୁପମ, ସେମାନେ ବେଶି ଦୂର ଯାଇନଥିବେ ।"

– "ଅନୁପମା...!" ଚିତ୍କାର ସହ ଡାକ ଛାଡ଼ିଲା ଅନୁପମ ।

XXX

ଆକାଶରେ ନୀଳଜହ୍ନର ଉଜ୍ଜ୍ୱଳ ଜ୍ୟୋତ୍ସ୍ନାଭିସାର ତଥାପି ମ୍ଳାନ ପଡ଼ିନାହିଁ । ସମୁଦ୍ର କୂଳେ କୂଳେ ଝାଉଁବଣ ତଳ ଦେଇ ଧାଇଁଛି ଅନୁପମା; ପଛେ ପଛେ ସାଗର ।

– "ତୁ ମୋ' ପାଲରୁ ଖସି ଯାଇ ପାରିବୁନି ଅନୁପମା !" ଭଲରେ କହୁଚି ରହିଯା, ନଚେତ ମୁଁ ତୋର ସର୍ବନାଶ କରିଦେବି । ନିବେଦିତା ପରି ତୋ' ଅନୁପମକୁ ମାରିଦେବି ।" ଅଟକି ଗଲା ଅନୁପମାର ପାଦ ।

– "ନାଇଁ, ତୁ ସେମିତି କିଛି କରିବୁନି ସାଗର ।"

ସାଗର ପହଁଚି ଯାଇଥିଲା ଅନୁପମା ପାଖରେ ।

– "ତୋ' ପାଦ ଧରୁଛି ।" ତଳେ ପଡ଼ି ପାଦ ଧରିଲା ସାଗରର ଅନୁପମା ।

– "ହାଃ-ହାଃ-ହାଃ, ତେବେ ଉଠ୍ !" ଟାଣି ଉଠାଇଲା । "ମୋ' ସାଥିରେ ଚାଲ । ନୋ-ନୋ ସେଠିକି ନୁହେଁ, ଏଇଠି । ଏଇଠି ମୁଁ ତୋ' ମଥାରେ ସିନ୍ଦୂର ଟିପେ ମାରିଦେଲେ କାମ ଫତେ । ଆଣିଛିଲୋ ତୋ' ସୁଆଗ ସିନ୍ଦୂର । ଏଇ ଦେଖ୍ ।" ରୁପାର ସିନ୍ଦୂରଫରୁଆଟେ ପକେଟରୁ କାଢ଼ି ଦେଖାଇଲା ।

ପଛେଇ ଗଲା ଅନୁପମା । ଆଗେଇ ଚାଲିଥିଲା ସାଗର ।

– "ଆ, ସିନ୍ଦୂରଟା ପିନ୍ଧେଇ ଦେଇ ଆଜି ତୋତେ ଧରି ଚାଲିଯିବି ଇଣ୍ଡିଆକୁ ବାଏ ବାଏ କରି ଦୁବାଇ । ଆମ ହନିମୁନ୍ ଟୁର୍‌ରେ । ସେଠୁ ଲଣ୍ଡନ, ନିୟୋର୍କ, ଆଲାସ୍କା..ଏକ୍ସଟ୍ରା-ଏକ୍ସଟ୍ରା, ଟୁର୍ କରିବି ଅଲ ୱାରଲଡ୍ ! ତୋ' ସାଥିରେ ଖାଲି ରୋମାନ୍ସ କରିବିଲୋ - ଫୁଲ୍ ମସ୍ତି ହାଃ-ହାଃ-ହାଃ...। ଆ' ଚାଲିଆ !"

– "ନାଇଁ, ମୁଁ ଅନୁପମଙ୍କୁ ବିବାହ କରିଛି । ମୁଁ ବିବାହିତା ନାରୀ ।"

– "ବିବାହ, ଅନୁପମକୁ ? ହାଃ-ହାଃ-ହାଃ ! ନୋ-ନୋ, ସେ ହେଇ ପାରିବନି । ତୋ' ମଥାରୁ ଏବେ ସିନ୍ଦୂରଟା ପୋଛିଦେବି । ବାସ୍, ଫେର୍ କୁଆଁରୀ ହେଇଯିବୁ କୁଆଁରୀ । ଆ... !"ପୋଛିବାକୁ ଉଦ୍ୟତ ।

– "ନାଇଁ ସାଗର !" ଘୁଞ୍ଚିଗଲା, ବୁଲାଇ ନେଲା ମୁହଁ ଭିନ୍ନ ଦିଗକୁ ।

– "ହାଃ-ହାଃ-ହାଃ, ପୋଛିବାକୁ ଦବୁନିତ ? ଆଲୋ, ତୋ' ସିନ୍ଦୂର ତ ମୁଁ ପୋଛି ଦେଇ ଆସିଚି । ଏଇ ଦେଖି ପାରୁଛୁ... ପିସ୍ତଲ ? ମୁଁ ତାକୁ ଶେଷ୍ କରି ଦେଇଛି । ଆଇ ମିନ୍ ତୋ' ଅନୁପମକୁ । ହାଃ-ହାଃ-ହାଃ... !"

– "ନାଇଁ !" ଚିତ୍କାର କରିଉଠି ତଳେ କଚାଡ଼ି ହେଇ ପଡ଼ିଲା ଅନୁପମା ।

ଉନ୍ମାଦ ପରି ହସି ଉଠିଲା ସାଗର ।

– "କାନ୍ଦନା ଅନୁପମା ! ତୋର ଏ ରୂପଯୌବନ ବେକାର ଯିବନିଲୋ । ମୁଁ

ପରା ଅଛି । ଦେଖୁଛୁ-ଏଇ ଝାଉଁବଣ, ନିଝୁମ୍ ରାତି । ତୋଫା ତୋଫା ଜହ୍ନ ଆଲୁଅରେ ଆ, ଏଇ ନିଝୁମରାତିର ସାଥୀ ହୋଇ ସାଗରର ଭିଜାବାଲି ଶେଯରେ ଲୋଟିଯିବା । ବାହାଘର ନହେଲା ନାହିଁ । ସେ ହନିମୁନ୍ ଟୁର୍‌କୁ ଗୁଲିମାର୍ । ଆଜି ଏଇଠି ଚଉଠିଟା ତ ସାରିଦେବା । ଆ, ଆ ଲୋ... !"

ଧରିନେଲା ଅନୁପମାର ହାତ ସାଗର ।

ଚିତ୍କାର କରି ଉଠିଲା ଅନୁପମା । "କିଏ କେଉଁଠି ଅଛ, ମୋତେ ରକ୍ଷା କର । ଅନୁପମ !"

– "ହାଃ-ହାଃ-ହାଃ ! ଡାକ୍, ତୋ' ଅନୁପମକୁ ଡାକ୍ । ଥିଲେ ତ ଆସିବ । ହାଃ-ହାଃ-ହାଃ... ।"

ଅନୁପମାକୁ ଟେକିନେଇ ସମୁଦ୍ରର ଭିଜାବାଲି ଉପରେ ପକାଇ ମାଡ଼ି ବସିଲା । ଛାଟିପିଟି ହେଇ ଚିତ୍କାର କରୁଥିଲା ଅନୁପମା । ମାଡ଼ି ବସିଥିଲା ସାଗର ।

କ୍ଷୀପ୍ର ବେଗରେ ଗାଡ଼ି ଛୁଟେଇ ଛୁଟି ଆସିଲା ଶାଳିନୀ । ଚୂଟି ଧରି ଝିଙ୍କି ଆଣିଲା ଅନୁପମା ଉପରୁ ସାଗରକୁ । ଗର୍ଜିଉଠିଲା ବାଘୁଣୀ ଭଳି- "ଖବର୍ଦ୍ଦାର ! ତା' ଆଗରୁ ମୁଁ ତୋତେ ଶେଷ୍ କରିଦେବି ବଦ୍‌ମାସ ।"

ସାଗର ଛାତିରେ ପିସ୍ତଲ ଲଗେଇଲା ଶାଳିନୀ ।

- "ହେଣ୍ଡସ୍ ଅପ୍ !"

ହାତ ଉଠାଇଲା ସାଗର ।

– "କେତେ ଆଉ ଅତ୍ୟାଚାର କରିବୁ ? କେତେ ଝିଅଙ୍କ ଇଜ୍ଜତ ସହ ଖେଳ ଖେଳିବୁ ସାଗର ପଟ୍ଟନାୟକ ?"

– "କିଏ ତୁ ? ଶା-ଳି-ନୀ !"

– "ନୋ, କହ ଏ.ସି.ପି. ଶାଳିନୀ ମହାପାତ୍ର । ମନେ ପଡୁଛି, ତୁ ମୋ' ସହିତ କ'ଣ କରିଥିଲୁ ? ପାହାଡ଼ ଉପରୁ ଫିଙ୍ଗି ଦେଇ ଭାବିଥିଲୁ ମୁଁ ମରିଯାଇଛି ? ଦେଖ୍, ତୋ' ଆଗରେ ସେହି ଶାଳିନୀ ଆଜି ଗୋଟେ ଜୀଅନ୍ତା ପ୍ରେତ ହେଇ ଆସି ଛିଡ଼ା ହେଇଛି । କ'ଣ ଚାହୁଁଚୁ, ମରିବୁ ନା ଜେଲ୍‌ରେ ଷଢ଼ିବୁ ? ଚାହିଁଲେ ମୁଁ ଏବେ ତୋତେ ଏନ୍‌କାଉଣ୍ଟର କରି ଶେଷ୍ କରିଦେବି ।"

– "ନାଇଁ, ମୋତେ ଛାଡ଼ି ଦେ ଶାଳିନୀ । ଏପରି ଭୁଲ୍ ମୁଁ ଆଉ କେବେ କରିବିନି । ତୋ' ଗୋଡ଼ ତଳେ ପଡୁଛି ।"

ନଇଁପଡ଼ି ଗୋଡ଼ ଧରିବା ବାହାନାରେ ଛଡ଼ାଇ ନେଇଛି ଶାଳିନୀ ହାତରୁ ପିସ୍ତଲ । ଗର୍ଜିଉଠିଛି ବାଘଭଳି- "ଏ ! ଘୁଞ୍ଚିଯାଅ, ପାଦେ ଆଗେଇବ ତ ମୁଁ ତମ କାହାରିକୁ

ଛାଡ଼ିବିନି ।" ସାଗରର ଦୁଇ ହାତରେ ଦୁଇଟା ପସ୍ତଲ । ବିବ୍ରତ ହେଇ ଉଠିଲେ ପୋଲିସ ବାହିନୀ । ବିଚଳିତ ଥିଲା ଶାଳିନୀ । ଉପାୟ ଖୋଜୁଥିଲା । ପଛେଇ ପଛେଇ ଫେରାର୍ ହେବାକୁ ଉଦ୍ୟତ୍ ସାଗର ।

ବୁଲେଟ ଛୁଟାଇ ଛୁଟି ଆସିଲେ ଅବିନାଶ ଓ ଅନୁପମ । ବୁଲେଟ୍ ସାଗରକୁ ଧକ୍କା ଦେଲା । ଛିଟିକି ପଡ଼ିଲା ସାଗର । ଛିଟିକି ପଡ଼ିଲା ହାତରୁ ପିସ୍ତଲ । ପିସ୍ତଲ ହାତ କରିନେଲା ଶାଳିନୀ । ଅନୁପମ ସାଗରର ତଣ୍ଟି ଚିପିଧରି ଗର୍ଜିଉଠିଲା- "ସାଗର !"- "ସାଗର !"

– "ଆଃ... !" ଚିତ୍କାର ଛାଡୁଥିଲା ସାଗର ।

ଅନୁପମ ଓ ଅବିନାଶ ତାକୁ ପିଟି ଚାଲିଥିଲେ ।

ଉଭୟଙ୍କ ମାଡ଼ରେ ଘାଇଲା ହେଇ ଘୁମେଇଁ ପଡ଼ିଲା ସାଗର ।

ଶାଳିନୀ ବିବ୍ରତ ହେଇ ଉଠି- "ନାଇଁ, ତାକୁ ମୋ' ହାତରେ ଦେଇଯାଅ । ମୁଁ ଏହା କଥା ବୁଝୁଚି ।"

– "ମୋ' ଅନୁପମା କାହିଁ ଶାଳିନୀ ?"

– "ବୋଧେ ସେ ଚାଲି ଯାଇଛନ୍ତି ।"

– "ଅ-ନୁ-ପ-ମା !" ଚିତ୍କାର କରି ଉଠିଲା ଅନୁପମ ।

– "ଯାଅ ଅନୁପମ, ତୁମେ ତାଙ୍କୁ ବଂଚାଅ ।"

ଅନୁପମ, ଅବିନାଶ ଗାଡ଼ି ଛୁଟାଇ ଚାଲିଗଲେ କ୍ଷୀପ୍ରବେଗରେ ।

– "ହାଃ-ହାଃ-ହାଃ... !" ବିଦ୍ରୂପ କରି ହସିଉଠିଲା ସାଗର ।

– "ସଟ୍ ଅପ୍ ! ନିର୍ଲଜ ହସୁଚୁ ? ତୋ' ଭଳି ବିଶ୍ୱାସଘାତକ ଜାନୁଆର ବଂଚି ରହିଲେ ଏ ସମାଜରୁ ଆହୁରି କେତେ ଝିଅଙ୍କ ଜୀବନ-ଇଜତ ବଳି ପଡ଼ିଯିବ । ନାଇଁ, ମୁଁ ତୋତେ ଏଇଠି ଶେଷ କରିଦେବି । ଇଏସ୍..ରେଡି !" ପିସ୍ତଲ ଉଠାଇଲା ।

– "ଶାଳିନୀ !"

– "ନୋ, ନୋ, ମାରିଦେଲେ ତୁ ପାର୍ ପାଇଯିବୁ । ତୋ' ପାପର ପ୍ରାୟଶ୍ଚିତ କରିବ କିଏ ? ଯା, ଜେଲରେ ରହି ସାରା ଜୀବନ ପ୍ରାୟଶ୍ଚିତ କରିବୁ । ଇଏସ୍ ଏଇଟାକୁ ଗିରଫ୍ କରି ହାଜତରେ ଭର୍ତ୍ତିକର ।"

ସିପାହି ମାନେ ଆଗେଇ ଆସୁଥିଲେ । ହସିଉଠିଲା ସାଗର । ଘୋଷାଡ଼ି ଘୋଷାଡ଼ି ନେଲାବେଳେ ସାଗର ପ୍ରଳାପ ଛାଡ଼ି କହୁଥିଲା- I love you Salini, I love you! Love you!

॥ ୮୬ ॥

ଘୋ ଘୋ ଗର୍ଜୁଛି ସାଗର ।

ମହୋଦଧିର ଶୁଭ୍ର ବାଲୁକା ରାଶି ଉପରେ ଝରି ପଡୁଛି ଚହଟ ଚାନ୍ଦିନୀ । ଝଲସି ଉଠୁଛି ସାଗର ବେଳା ।

ଠିକ୍ ଏତିକିବେଳେ ଦୃଶ୍ୟହେଲା ଛାୟାମୂର୍ତ୍ତିଟାଏ ଧାଇଁ ଧାଇଁ ଆସୁଛି ସମୁଦ୍ର ଆଡ଼କୁ । ତା' ମୁକୁଳା କେଶ ପବନରେ ଉଡ଼ି ବୁଲୁଛି ନାଗୁଣୀର ଲହଲହ ଜ୍ୟୁହା ପରି । ତା' ଶାଢ଼ୀର ଆଂଚଳ ତଳେ ପଡ଼ି ଘୁଷୁରୁଛି ଭିଜା ବାଲି ଉପରେ । ସେ ଧାଇଁଛି ଉନ୍ମାଦିନୀ ପରି ଉର୍ଦ୍ଧ୍ୱଶ୍ୱାସରେ, ଏକ ନିଶ୍ୱାସରେ !

– "କିଏ ଏ, କ'ଣ ଅନୁପମା ?"

ସମୁଦ୍ରର ଉଚ୍ଛୁଳା ଗର୍ଭ ଭିତରକୁ ଡେଇଁ ପଡ଼ିବ ବୋଲି ଲଂଫ ଦେଉଥିଲା । ହଠାତ୍ ପଛରୁ କିଏ ପାଟି କରି ଉଠିଲା -

– "ରହ !" ଟାଣି ଧରିଲା ତାର ହାତ ! "ତୁ ଏ କ'ଣ କରୁଛୁ ?"

– "ନାଇଁ, ମୋତେ ଛାଡ଼ିଦିଅ ! ଛାଡ଼ିଦିଅ ! ମୁଁ ଆଜି ଜୀବନ ହାରିଦେବି ।"

– "ତୁ କ'ଣ ପାଗଳୀ ହେଇଯାଇଛୁ ଝିଅ ?" ଝିଙ୍କି ଆଣିଲା ଉପରକୁ ।

– "କିଏ, କିଏ ତୁମେ ?" ଚାହିଁ ଦେଖିଲା-

ତା' ସାମ୍ନାରେ ଜଣେ ବୃଦ୍ଧ ପାଗଳ, ତାକୁ ଆଖି ତରାଟି ଚାହିଁ ରହିଛି; ଯେମିତି କେତେ ଯୁଗରୁ ଦେଖିବ ବୋଲି ଏଠି ଜଗି ବସିଥିଲା !"

ଚିହ୍ନା ଚିହ୍ନା ଅଚିହ୍ନା ଅଚିହ୍ନା ଲାଗୁଥିଲା ଝିଅଟି । କିଏ ଏ ଝିଅ ? ତୋଫା ଜହ୍ନ ଆଲୁଅରେ ଝଟକି ଉଠୁଥିଲା ଝିଅଟିର କଇଁଫୁଲ ମୁହଁଟି ଆଇନାର ଛବି ପରି ।

କାନ୍ଦିଉଠିଲା ଝିଅଟା । "ନାଇଁ, ମୋତେ ତୁମେ ଛାଡ଼ିଦିଅ । ମୁଁ ଏ ଜୀବନ ରଖିବିନି ।"

– "ନା, ମୁଁ ତୋତେ ମରିବାକୁ ଦେବିନି । ଆରେ, ଏଇ ଦରିଆ ଢେଉରେ ମୋ' ଝିଅ ଭାସିଗଲା । ମୁଁ ଆଉ କାହା ଝିଅ କି ପୁଅକୁ ଏ ଦରିଆର ଶିକାର ହେବାକୁ

ଦେବିନି । ସେଇଥିପାଇଁ ପରା ସାରା ଜୀବନ ପାଗଳ ପରି ଏ ଦରିଆ କୂଳେ କୂଳେ ଘୂରି ବୁଲୁଚି,ସାରାଦିନ-ସାରାରାତି ।"

ଚମକି ପଡ଼ିଲା ଝିଅଟି । ପ୍ରଶ୍ନ କଲା–

– "ତମ ଝିଅ ?"

– "ହଁ ବାୟାଣୀ, ଏତୁଟେ ହେଇଥିଲା-ଆଠବର୍ଷର । ଚନ୍ଦ୍ରଉଦିଆ ପରି ତା'ର ମୁହଁ । କଇଁଫୁଲ ପରି ତା'ର ଦେହ । ପଦୁଅଁ ପାଖୁଡ଼ା ପରି ତା' କୁନି କୁନି ପାଦରେ ଡେଇଁ ଡେଇଁ ଏଇ ଦରିଆ ବାଲିରେ ଖେଳୁଥିଲା ସେ ବାଲିଘର କରି । ଜାଣିଛୁ, ତାକୁ ଦିନେ ଏଇ ଦରିଆ ଢେଉ ଟାଣି ନେଇଗଲା ଭିତରକୁ ।"

କାନ୍ଦିଉଠିଲା ପାଗଳ ବୁଢ଼ା । କାନ୍ଦି କାନ୍ଦି ବାହୁନୁଥିଲା -

– "ମୋ' ଝିଅ, ତୁ କେଉଁଆଡ଼େ ଚାଲିଗଲୁ ମା' ? ଫେରିଆ, ମୋ' କୋଳକୁ ଫେରିଆ ମା' ! ତୋ' ବାବା ତୋତେ ଡାକୁଛି ଆ, ଆ, ନାଃ, ସେ ଆଉ ଆସିବନି । ତା'ର ଏ ବାବାଟା ଉପରେ ଅଭିମାନ କରି ଚାଲିଯାଇଛି ।"

ଝିଅଟା ଭାବୁଥିଲା-କିଏ ଏ ? ଅବିକଳ ତାରି ଅଭୁଲା ଦିନର ଅକୁହା କାହାଣୀ କହୁଚି । ମୁହଁ ଖୋଲିଲା ସେ–

– "କଉ ଝିଅ କଥା କହୁଚ ?"

– "ଠିକ୍ ତୋରି ପରି । ସେ ଥିଲେ ଠିକ୍ ତୋରି ବୟସର ହେଇଥାନ୍ତାରେ ମା' ।"

– "ମୋରି ବୟସର ? କୁହ କିଏ ସେ, କିଏ ସେ ଝିଅ ?" କ୍ରମଶଃ ଉତ୍କଣ୍ଠା ବଢ଼ି ପଡୁଥିଲା ତା ମନରେ ।

– "ଦେଖିବୁ, ଦେଖିବୁ ତାକୁ ? ଆ, ଆ ମୋ' ସହିତ ।"

ଟାଣି ଟାଣି ନେଇଗଲା ଦରିଆ ଆଡ଼ିକି । ସାଗର ବାଲିରେ ଗଢ଼ିଥିବା ବାଲୁକା ମୂର୍ତ୍ତିଟିକୁ ଦେଖାଇ କହିଲା- "ଏଇ ଦେଖ୍, ମୋ' ଝିଅର ଛବି । ଦିଶୁନି ନା ? ରହ !" ପାଖରେ ଥୋଇଥିବା ଥଳିମୁଣିରୁ ଛୋଟ ଟର୍ଚ୍ଚଟିଏ କାଢ଼ି ଟିପି ଦେଖାଇଲା- "ଦେଖ୍ ।"

ବାଲୁକା ମୂର୍ତ୍ତିଟିକୁ ଦେଖି ଚମକି ଉଠିଲା ଝିଅଟି । ବାଲୁକା ମୂର୍ତ୍ତି ତଳେ ଲେଖାଥିଲା 'ଅନୁପମା ।'

– "ଅନୁପମା ?" ମୃଦୁ ଚିତ୍କାର କରି ଉଠିଲା ସେ ।

– "ହଁ, ମୋ' ଝିଅକୁ କିଏ ରୂପ-ଗୁଣରେ ବାଛିଦେବ ? କୋଟିକରେ ଗୋଟିଏ ମୋ' ଝିଅ । ସେଥିଲାଗି ତାର ନାଆଁ ଦେଇଥିଲି ଅନୁପମା ।"

– "ତମେ କ'ଣ ସେହି କୋଣାର୍କର ଶ୍ରେଷ୍ଠ ବାଲୁକା ଶିଳ୍ପୀ ?"

– "ହଁ ହଁ ମା', ମୁଁ ସେହି ଅମରେଶ ପଟ୍ଟନାୟକ।"

– "ବାବା!" ଚିତ୍କାର କରି ଉଠିଲା ଝିଅଟି।

– "ବାବା? ତୁ ମୋତେ ବାବା ବୋଲି ଡାକିଲୁ କାହିଁକି ଝିଅ। କହ ତୁ କିଏ? ତୋର ନାଆଁ କ'ଣ? କହ-"

– "ମୁଁ ତମ ଝିଅ ବାବା, ତମରି ସେହି ହତଭାଗିନୀ ଝିଅ ଅନୁପମା।"

– "ଅନୁ...!"

– "ବାବା!" କୁଣ୍ଢାଇ ପକାଇଲା ବାବାଙ୍କୁ ଅନୁପମା।

ବାବା ବି ଝିଅକୁ କୁଣ୍ଢାଇ ଧରି - "ଅନୁ, ମୋ' ଝିଅ, ତୁ ବଂଚିଛୁ, ତୁ ଫେରି ଆସିଛୁ?? ମୋ' ଅନୁ...!"

ବାବାଙ୍କୁ ଛାତିରେ ଭିଡ଼ିଧରିଥିଲା ଅନୁପମା। ଝିଅକୁ କୋଳେଇ ଧରି ପାଗଳ ପରି ହେଉଥିଲେ ଅମରେଶ ପଟ୍ଟନାୟକ।

କିଛି ଦୂରରୁ ଗାଡ଼ିର ଶବ୍ଦ ଶୁଭିଲା। ଲାଇଟ୍ ଫୋକସ୍ ପଡ଼ିଲା।

ଚମକି ଉଠିଲା ଅନୁପମା। ଚାହିଁ ଦେଖିଲା ଗୁଡ଼ାଏ ଛାୟାମୂର୍ତ୍ତି ତାରି ଆଡ଼କୁ ମାଡ଼ି ଆସୁଥିଲେ।

– "କିଏ ଏମାନେ? ସେ ସଇତାନର ଦଳ ନୁହଁନ୍ତି ତ?"

– "ବାବା!"

– "ଅନୁ!"

– "ସେମାନେ ଆସିଗଲେ।"

– "କିଏ, କିଏ ଆସୁଛି?"

– "ସେଇ ସଇତାନର ଦଳ। ମୋତେ ମାରିଦେବେ।"

– "ରହ, ମୋ' ଠେଙ୍ଗାଟା ଆଣେ।" ଠେଙ୍ଗା ଉଠାଇ ନେଇ- "ଏଥର କିଏ ଆସିବ ଆସୁ। ମୁଁ ଆଜି ସବୁଗୁଡ଼ାଙ୍କର ମୁଣ୍ଡ ଫଟେଇବି।"

– "ନାଇଁ, ବାବା! ମୋ' ମଥାର ସିନ୍ଦୂର ଲିଭି ଯାଇଛି। ଆଉ କାହା ପାଇଁ ବଂଚି ରହିବି? ମୋତେ ଯିବାକୁ ହବ। ଇଜ୍ଜତ ଯିବା ଆଗରୁ ଜୀବନକୁ ହାରିଦେବି।" ଧାଇଁଗଲା ସାଗର କୂଳକୁ।

– "ଆରେ ମା' ଫେରିଆ, ଫେରିଆ ମା'!" କାଷ୍ଠବତ୍ ଛିଡ଼ା ହୋଇ ଚାହିଁ ରହିଥିଲେ ଅସହାୟ ଭାବରେ ଅମରେଶ।

ସାଗର ଭିତରକୁ ଡେଇଁ ପଡୁଥିଲା ଅନୁପମା। ପଛରୁ ଶୁଭିଲା

– "ଅନୁପମା...!"

ଅଟକି ଗଲା ସେ । କିଏ ଯେପରି ତାକୁ ପଛରୁ ଟାଣି ଧରୁଛି । କିଏ ସେ ? କାହାର ଏ ଡାକ ? କାହାର ଏ ଆକର୍ଷଣ ? କାନେଇ ରହିଲା–

– "ଅ-ନୁ-ପ-ମା !" ସ୍ୱର କ୍ରମଶଃ ପାଖେଇ ଆସୁଥିଲା ।

– "ଏ ଯେ ଅନୁପମଙ୍କର କଂଠସ୍ୱର । ତେବେ ସେ କ'ଣ ବଂଚିଛନ୍ତି ? ସାଗର ତାହେଲେ ତାକୁ ମିଛ କହିଚି ? ? ହେଲେ ନାଇଁ, ସେ ଯେ ବିବାହିତ । ଜଣେ ପରପୁରୁଷ । ଅନ୍ୟର ମଥାରେ ଯିଏ ସିନ୍ଦୂର ପିନ୍ଧେଇଛି, ସେ କେବେ ମୋର ହୋଇ ପାରେନା ।"

– "ନା... !" ଡେଇଁପଡ଼ିଲା ସାଗର ଗର୍ଭକୁ ଅଭିମାନିନୀ ଅନୁପମା ।

ଧାଇଁ ଆସିଲା ଅନୁପମ ଡାକି ଡାକି–

– "ଅନୁପମା ! ଅନୁପମା ! ମୋ' ଅନୁପମା କାହିଁ ? ତମେ ତାକୁ ଦେଖିଛ ?" ଅମରେଶଙ୍କ ପ୍ରତି ।

କାନ୍ଦିକାନ୍ଦି ଜବାବ ଦେଲେ ଅମରେଶ- "ମାନିଲାନି, ଡେଇଁ ପଡ଼ିଲା ସେଇ ସାଗର ଜଳକୁ । ଯାଆ, ତୁ ତାକୁ ଉଦ୍ଧାର କର ବାବା । ତୁ ତାକୁ ବଂଚା ।"

ଚିତ୍କାର କରି ଉଠିଲା ଅନୁପମ- "ଅନୁ... !"

ଧାଇଁଯାଇ ସମୁଦ୍ର ଭିତରକୁ ଡେଇଁ ପଡ଼ିଲା ଅନୁପମ । "ହେ କାଳିଆ ସାଆନ୍ତ, ହେ ମହାବାହୁ, ବଳିଆର ଭୁଜ, ତମେ ମୋ' ପିଲା ଦୁଇଟାଙ୍କୁ ବଂଚେଇ ଦିଅ ଠାକୁରେ !"

ଦୁଇହାତ ଊର୍ଦ୍ଧ୍ୱକୁ ଟେକିଧରି ଧ୍ୟାନମୁଦ୍ରାରେ ପ୍ରସ୍ତର ମୂର୍ତ୍ତିବତ୍ ଛିଡ଼ା ହୋଇଗଲେ ଅମରେଶ ।

ସେଠି ପହଁଚି ଯାଇଥିଲେ ପୋଲିସ ବାହିନୀ ସହ ଶାଳିନୀ, ଅବିନାଶ, ରୁଦ୍ରପ୍ରତାପ, ଅନୁରାଗ ଓ ଅନ୍ୟମାନେ । ଅମରେଶଙ୍କୁ ଏପରି ମୁଦ୍ରାରେ ଦେଖି ସମସ୍ତେ ଊର୍ଦ୍ଧ୍ୱବାହୁ ହେଲେ ।

ହଠାତ୍ ଭୂମିକମ୍ପ ହେଲା । କଂପି ଉଠିଲା ଶ୍ରୀକ୍ଷେତ୍ର । ବାଜି ଉଠିଲା ମନ୍ଦିରର ଘଣ୍ଟିଘଣ୍ଟା । ଶିହରି ଉଠିଲା ନୀଳକନ୍ଦର । ଥରି ଉଠିଲା ରତ୍ନ ସିଂହାସନ । ଦୋହଲିଗଲା ପତିତପାବନ । ଅକସ୍ମାତ୍ ବଜ୍ରପାତ । ଜଳି ଉଠିଲା ନୀଳଚକ୍ର । ଚକ୍ର ଦେହରୁ ଏକ ନୀଳରଶ୍ମି ବିଦ୍ୟୁତ୍ ବେଗରେ ଆସି ସ୍ପର୍ଶ କଲା ମହୋଦଧିକୁ ।

ଗର୍ଜିଉଠିଲା ମହୋଦଧି । ଉଛୁଳି ଉଠିଲା ଜଳରାଶି । ଉତ୍ତାଳ ହେଇ ଉଠିଲା ତରଙ୍ଗମାଳା । ଗୋଟିଏ ଝଟ୍‌କାରେ ପ୍ରେମୀଯୁଗଳଙ୍କର ମୂର୍ଚ୍ଛିତ ଶରୀରକୁ ଆଣି ଫିଙ୍ଗି ଦେଇଗଲା ବାଲୁକା ବେଳାରେ । ନୀଳରଶ୍ମି ସ୍ପର୍ଶର ପ୍ରଭାବରେ ଚେତାପାଇ ହୁଂକାର

କରି ଉଠିଲା ଅନୁପମ । ଯେମିତି ପ୍ରଭୁଙ୍କ ନିର୍ଦ୍ଦେଶରେ ସାକ୍ଷାତ ହନୁମାନ ସବାର ହୋଇଛନ୍ତି !

ଅନୁପମାକୁ ଦୁଇ ବାହୁରେ ଟେକିଧରି ତାର କାନ ପାଖରେ ଚିତ୍କାର ଛାଡ଼ି ଡାକିଲା- "ଅନୁପମା !"

କଂପି ଉଠିଲା ପୃଥିବୀ, ଶିହରି ଉଠିଲା ଆକାଶ ଆଉ ଇଥର !

ଅନୁପମାର କର୍ଣ୍ଣକୁହର ଭିତରେ ଗୁଂଜରି ଉଠିଲା ସେହି ପ୍ରତିଧ୍ୱନି- 'ଅନୁପମା-ଅନୁପମା-ଅନୁପମା !'

ଚେଇଁ ଉଠିଲା ଅନୁପମା । ଚାହିଁ ଦେଖିଲା ଅନୁପମ ତାକୁ ଦୁଇ ବାହୁରେ ଟେକି ଧରିଛନ୍ତି । ଆକୁଳିତ ପ୍ରାଣରେ ଅନୁପମଙ୍କ କାନ୍ଧକୁ ଦୁଇହସ୍ତରେ ମାଳାୟିତ କରି ଭିଡ଼ିଧରିଲା । ମୁଖରୁ ସ୍ୱତଃ ନିର୍ଗତ ହେଲା- "ହାଏ ଅନୁପମ ।"

'ଜୟ ଜଗନ୍ନାଥ' ଧ୍ୱନିରେ କଂପି ଉଠିଲା ମହୋଦଧି ବେଳା ।

ଆକାଶରେ ଖିଲିଖିଲି ହସୁଥିଲା ଫୁଲେଇ ଜହ୍ନଟା ।

■

ଲେଖକଙ୍କ ଅନ୍ୟାନ୍ୟ ପ୍ରକାଶିତ ସୃଷ୍ଟି ସମ୍ଭାର

କାବ୍ୟ-କବିତା ଗ୍ରନ୍ଥ

- ରଜନୀଗନ୍ଧା
- ପଲ୍ଲୀପ୍ରିୟା
- କାଂତା
- ଜ୍ୱାଳା
- ଅକବିର ଅକବିତା
- ଧ୍ରୁବ
- ତୃଷ୍ଣା ଓ ତର୍ପଣ
- କ୍ରାଂତିପଥ
- କଳ୍ପନୀଡ଼ର ଗୀତ
- ରୂପାଜହ୍ନ
- କାଗଜଫୁଲ
- ଚନ୍ଦ୍ରଭାଗାର ତୀରେ
- ନୀଳପରୀ
- ଟିକିତାରା
- ପୂଜା
- ନୈବେଦ୍ୟ
- ନୂପୁର
- ଜୟମାଲ୍ୟ
- ପଲ୍ଲବୀ
- ଫୁଲରେଣୁ
- କଇଁଚ କାଢ଼ିଚି ବେକ
- ଗୀତି ମାଧୁରୀ (ହିନ୍ଦୀ)
- ହକୀକତ୍ (ହିନ୍ଦୀ)
- ପ୍ରୟାଣ ପଥେ
- ସ୍ୱୟଂବରା (ଯନ୍ତ୍ରସ୍ଥ)

ନାଟକ

- ବଉଳ ଗଛର ଛାଇ
- ବହ୍ନି ବିପ୍ଳବ
- ନାରୀ ନୁହେଁ ନାଗୁଣୀ
- ଅଜଣା ଝିଅଟିଏ
- ଫୁଲ ଫଗୁଣ
- ଜଳନ୍ତା ଜୁଇରୁ କହୁଚି
- ବକ୍‌ସିସ
- ଝୁମୁକା
- ମୁଁ ଏକ ଝରାଫୁଲ
- ଶକୁନିର ଶେଷହସ
- ଇନ୍ଦିରା ସ୍ୱର୍ଣ୍ଣମନ୍ଦିର
- ସତୀ ଅଶ୍ରୁ
- ଦୁଃଖିନୀ ସାରିଆ
- ବ୍ଲାକ୍ କୋବ୍ରା
- ସମ୍ରାଟ ନିକୁମ୍ଭାସୁର
- ଉର୍ବଶୀ ଅଷ୍ଟବଜ୍ର
- ତ୍ରିପୁର ତାଣ୍ଡବ
- ମୁଗ୍ଧ ମୃଗୟା

କାବ୍ୟ ନାଟିକା

- ରାସକେଳି
- ସୀତା ହରଣ
- ଶ୍ରବଣ
- କୋଣାର୍କ
- ସମ୍ବରାସୁର ବଧ
- ମୁକୁଟ ଭିକ୍ଷା

(ଗବେଷଣା ସନ୍ଦର୍ଭ ଗ୍ରନ୍ଥ ସହିତ ଗଳ୍ପ, ପ୍ରବନ୍ଧ,
ସମାଲୋଚନା ଇତ୍ୟାଦି ଅନ୍ୟାନ୍ୟ ରଚନା)

ଶେଷପତ୍ର

ଏଇଠି ଶେଷ ହୋଇନାହିଁ
ଅନୁପମାର କାହାଣୀ.....
ଏଇତ ଆରମ୍ଭ ମାତ୍ର ।
ପରେ ପରେ ଆସୁଛି
ସିରିଜ୍ ଅନୁପମାର ପରବର୍ତ୍ତୀ ଭାଗ

BLACK EAGLE BOOKS

www.blackeaglebooks.org
info@blackeaglebooks.org

Black Eagle Books, an independent publisher, was founded as
a nonprofit organization in April, 2019. It is our mission to
connect and engage the Indian diaspora and the world at large
with the best of works of world literature published on a
collaborative platform, with special emphasis on
foregrounding Contemporary Classics and New Writing.